JJ BENÍTEZ

CAVALO DE TROIA

9

CANÁ

JJ BENÍTEZ

CAVALO DE TROIA

9

CANÁ

Tradução
Clene Salles
Sandra Martha Dolinsky

Planeta

Título original: *Caballo de Troya 9 – Caná*

Revisão: Beatriz de Freitas Moreira e Gabriela Ghetti
Diagramação: all4type.com.br
Mapa: Gradualmap
Capa: Adaptada do projeto original de Opalworks

CIP-Brasil. Catalogação-na-fonte
Sindicato Nacional dos Editores de Livros, RJ

B415c Benítez, J. J, 1946-
v.9 Cavalo de Troia, 9 : Canaã / J. J. Benítez ;
tradução Clene Salles, Sandra Martha Dolinsky. -
São Paulo : Planeta, 2011.

Tradução de: Caballo de Troya 9 : Caná
ISBN 978-85-7665-752-1

1. Jesus Cristo - Ficção. 2. Novela espanhola.
I. Salles, Clene. II.Dolinsky, Sandra Martha. IV. Título.

11-6757. CDD: 863
CDU: 821.134.2-3

2011

EDITORA PLANETA DO BRASIL LTDA.
Avenida Francisco Matarazzo, 1500 – 3º andar – conj. 32B
Edifício New York
05001-100 – São Paulo-SP
www.editoraplaneta.com.br
vendas@editoraplaneta.com.br

A José Manuel Lara, meu editor, 30 anos depois.
Ele também não sabe que os "Cavalos de Troia"
foram escritos para o futuro.

Sumário

Síntese do publicado

Janeiro de 1973

Em um projeto secreto, dois pilotos da USAF (Força Aérea Norte-Americana) viajam no tempo, ao ano 30 de nossa era. Especificamente, à província romana da Judeia (atual Israel). Objetivo aparente: seguir os passos de Jesus de Nazaré e comprovar, com o máximo rigor, como foram seus últimos dias. Por que foi condenado à morte? Quem era aquele Homem? Tratava-se de um Deus, como garantem seus seguidores?

Jasão e Eliseu, responsáveis pela exploração, vivem passo a passo as terríveis horas da chamada Paixão e Morte do Galileu. Jasão, em seu diário, é claro e categórico: "Os evangelistas não contaram toda a verdade". Os fatos, ao que parece, foram tergiversados, censurados e mutilados, obedecendo a determinados interesses. O que hoje se conta sobre os derradeiros momentos do Mestre é uma sombra do que aconteceu na realidade. Mas algo falhou no experimento, e a Operação Cavalo de Troia foi repetida. (Isso foi o que fizeram que o Major norte-americano acreditasse.)

Março de 1973

Os pilotos norte-americanos "viajam" de novo no tempo, retornando à Jerusalém do ano 30. Lá, comprovam a realidade do sepulcro vazio e as sucessivas "presenças" de um Jesus ressuscitado. Os cientistas ficam desconcertados: a Ressurreição do Galileu foi inquestionável. A nave de exploração foi levada para o norte, junto ao mar de Tiberíades, e Jasão, o Major da USAF, assiste a novas aparições do Ressuscitado. A ciência não sabe, não compreende o porquê do "corpo glorioso".

Jasão se aventura em Nazaré e reconstrói a infância e a juventude de Jesus. Nada é como foi contado. Jesus jamais permaneceu oculto. Durante anos, as dúvidas consomem o jovem carpinteiro. Ainda não sabe quem é realmente.

Aos 26 anos, Jesus abandona Nazaré e empreende uma série de viagens "secretas", sobre as quais os evangelistas não falam.

O Major vai conhecendo e entendendo a personalidade de muitos dos personagens que cercaram o Mestre. É assim que *Cavalo de Troia* desmitifica e coloca em seu lugar exato protagonistas como Maria, a mãe do Galileu, Pôncio e os discípulos. Nenhum dos que lhe foram íntimos entendeu o Mestre, muito menos sua família.

Fascinado pela figura e pelo pensamento de Jesus de Nazaré, Jasão toma a decisão de acompanhar o Mestre durante sua vida pública, ou de pregação, registrando tudo que vê e ouve. Eliseu o segue, mas por razões que mantém ocultas. Nada é o que parece. Eles precisam agir à margem do estabelecido oficialmente por *Cavalo de Troia*. E, embora a vida de todos eles se encontre ameaçada por um mal irreversível – consequência do próprio experimento –, Jasão e Eliseu arriscam-se em um terceiro "salto" no tempo, retrocedendo ao mês de agosto do ano 25 de nossa era. Procuram Jesus e o encontram no monte Hermon, ao norte da Galileia. Permanecem com Ele durante várias semanas e assistem a um acontecimento transcendente na vida do Filho do Homem: no alto da montanha sagrada, Jesus "recupera" sua divindade. Agora é um Homem-Deus. Jesus de Nazaré acaba de completar 31 anos.

Nada disso foi narrado pelos evangelistas...

Em setembro do ano 25 de nossa era, Jesus desce do monte Hermon e se reintegra à vida cotidiana, na margem norte do *yam*, ou mar de Tiberíades. Não chegou sua hora. Parte de sua família mora em Nahum (Cafarnaum), na casa de propriedade do Mestre. Os pilotos descobrem uma tensa relação familiar. Maria, a mãe, e parte dos irmãos não entendem o pensamento do primogênito. A Senhora, especialmente, acredita em um Messias político, libertador de Israel, que expulsará os romanos e conduzirá o povo escolhido ao total domínio do mundo. Trata-se de uma grave crise – jamais mencionada pelos evangelistas – que desembocará em uma não menos lamentável situação.

Movidos pelo Destino, Jasão e Eliseu, após uma série de aparentes coincidências, viajam para o vale do rio Jordão e conhecem Yehohanan, também chamado o Anunciador (hoje lembrado como João Batista). Nada é como a História e a tradição contam. O diário do Major é esclarecedor. De volta a Nahum, os exploradores descobrem um Jesus operário, que espera o momento de iniciar sua vida pública. Tudo está pronto para a grande aventura.

O Major volta com João Batista e descobre nele uma grave doença, da qual os evangelistas também não falam. Descobre também que as ideias do Anunciador sobre o reino nada têm a ver com as do Mestre. Descobre que alguns discípulos de Yehohanan – Pedro, André e Judas – são os futuros apóstolos de Jesus. E Jasão percebe que há algo suspeito na Operação Cavalo de Troia. O Major encontra um Jesus lenhador e ajuda no batismo do Galileu, mas não no rio Jordão. Nada foi como contaram. Por fim, Jesus se retira para as colinas situadas a leste do Jordão e lá permanece durante 40 dias. Não era o deserto, e também não jejuou. O lugar se chamava Beit Ids. Lá ocorreram alguns fatos extraordinários que também não foram transmitidos pelos evangelistas. Jesus planejou o que, em breve, seria sua vida pública. Trabalhou na colheita da azeitona e...

O Diário

(Nona parte)

30 de janeiro, quarta-feira (ano 26)
(Terceira semana em Beit Ids)

Jesus de Nazaré continuou descendo a encosta com seus habituais passos longos. O objetivo, parecia claro, era "Matador", o maldito rapazinho que governava o bando dos *dawa zṛaḍ* (a "praga dos gafanhotos" na linguagem dos *badu*, beduínos de Beit Ids). Por trás, perto dali, seguia-o Dgul, o capataz do olival, com o "vibrador de tronco" nas mãos. Ambos pareciam dispostos a acabar com aquela lamentável situação. E eu, sem pensar, fui atrás deles. Mas, infelizmente, após dar apenas dois passos, o árabe agitou de novo a tocha que segurava na mão direita e a jogou dentro do cesto. Parei, espantado. As chamas tomaram as roupas da criança, e imediatamente Ajashdarpan se transformou em uma bola de fogo. O zimbro (uma espécie de aguardente), derramado por aquele canalha sobre os andrajos do menino dos ossos de "vidro", foi determinante. As chamas se propagaram velozes. E o árabe conseguiu gritar pela segunda vez:

– *Smiyt... i... qatal!* (Meu nome é "Matador"!)

Senti o mundo desabar. O Mestre e o capataz não chegaram a tempo.

Foi tudo tão rápido...

E nisso, assim que jogou o archote no cesto e gritou seu nome, "Matador" caiu fulminado. O que havia acontecido? Jesus e Dgul estavam quase alcançando o cesto em que o menino ardia.

Compreendi.

Por trás daquele malnascido, surgiu a figura da mendiga, cambaleante, com uma pedra na mão esquerda. A mulher o havia acertado na cabeça, e Qatal caiu a seus pés. O resto do bando, ao se dar conta da sorte de seu chefe, soltou as panelas que brandiam como maçãs, e com as quais haviam esmagado Ajashdarpan, e fugiu pelo olival.

Tudo ficou em silêncio. Todo mundo olhava para o cesto de madeira no qual o menino se consumia.

Imaginei que estivesse morto.

Ao chegar diante do fogo, o Mestre, sem hesitar, despojou-se da túnica e a jogou dentro do cesto, dando palmadas no corpo da infortunada criatura em uma tentativa de abafar as chamas. Dgul se juntou a Jesus, e os dois resgataram a criança de dentro do cesto. E no chão, de joelhos, prosseguiram com o incerto trabalho, em uma mais que difícil tentativa de salvar a vida da criança. Os demais *felah* se mobilizaram e correram para ajudar Jesus e o capataz. Eu, desconcertado e abalado, fui atrás deles.

Alguém começou a apagar o fogo, que praticamente havia consumido o cesto. O Mestre continuava de joelhos. O menino não se mexia. Também não ouvi um único gemido. Deduzi que, depois dos golpes e do incêndio, Ajashdarpan estivesse morto. Ninguém, em seu estado, teria resistido a algo parecido.

E durante alguns segundos, eternos, ninguém fez nada; ninguém disse nada. Jesus, com o cabelo preso em seu habitual rabo de cavalo, permanecia imóvel, mudo, com os olhos fixos na túnica branca que envolvia a criança.

"Que infortúnio", pensei.

E o capataz retirou a túnica. Ao contemplar a criança, um murmúrio se ergueu entre os camponeses. Quem isto escreve baixou o olhar, horrorizado.

"Ajashdarpan está morto". Esse foi meu pensamento ao olhar para o menino. Dgul tentou encontrar algum vestígio de vida no corpo carbonizado. Eu tentei superar aquele momento dramático e me concentrei em observar atentamente a criatura. O capataz negou com a cabeça. Era a primeira vez que não o via sorrir. Procurei o pulso e, para minha surpresa, vi que o bondoso capataz estava enganado. O menino tinha um pulso fraco e filiforme, como uma linha. Fiquei assombrado. Aquela criatura resistia com todas as suas forças. O panorama, porém, era desolador. As chamas o haviam praticamente consumido. O corpo, sem roupas nem cabelo, era uma crosta negra, enrugada até o desbridamento, e colonizado por um bom número de flictenas (bolhas) de todos os tamanhos, que variavam entre o branco e o vermelho-cereja. Não pude ver parte do corpo que não houvesse sido afetada pelo fogo. As queimaduras do tórax e das extremidades eram particularmente graves. As chamas, que por certo haviam ultrapassado os 70 ºC, tinham deixado exposta, sob a escara, ou crosta enegrecida, parte dos músculos e dos ossos. Embora o fogo tivesse afetado gravemente a cabeça e o rosto dele, provocando a atresia (oclusão das aberturas naturais, especialmente do nariz), Ajashdarpan mantinha uma respiração fraquíssima, mas suficiente. O restante do exame foi igualmente terrível. Era um milagre que a criança continuasse viva. As queimaduras nos pés e nos genitais externos eram muito profundas, e o mesmo acontecia com as dobras de flexão, pescoço e zonas de cicatrização queloidianas (região deltoidiana e face anterior do tórax). Recorri à chamada "regra dos 9",[1] de Wallace, para tentar conhecer a extensão aproximada das queimaduras, mas sabia que esse procedimento não era o ideal no caso de uma criança, devido às proporções, relativamente diferentes, da cabeça, das extremidades e do tronco. Repeti a operação, e o resultado, sempre aproximado, deixou-me sem fôlego: mais de 80 por cento do corpo fora consumido pelas chamas. O prognóstico, portanto, era muito grave. A probabilidade de morte era elevadíssima.

Dgul me observou, impaciente. E fiz a única coisa que podia fazer. Disse a verdade. O menino tinha poucas possibilidades de sobreviver. Mesmo assim, o obstinado capataz se dirigiu ao grupo de *felah* que continuava atento e ordenou às mulheres que arranjassem água gelada e limpa e azeite em abundância. Não repliquei.

O Mestre continuava imóvel, atento à criança e, suponho, aos meus exames.

Não pude ser preciso ao avaliar o tipo e a profundidade das queimaduras. O corpo, como disse, era só bolhas e carne carbonizada. Havia queimaduras de segundo grau e, principalmente, de terceiro e quarto.[2] Supus que, afora a intensa dor inicial, Ajashdarpan não havia sofrido demais. As queimaduras de terceiro e quarto graus haviam destruído as terminações nervosas, e isso, embora não fosse um consolo, pelo menos me fez suspeitar que a dor havia desaparecido. Outra questão era o choque e as possíveis infecções que podiam decorrer das terríveis queimaduras. O mais provável é que o menino dos ossos de "vidro" já houvesse sofrido um choque hipovolêmico, como consequência da enorme perda de fluidos corporais.

---

[1] "Regra dos 9": cabeça e pescoço, 9 por cento da superfície corporal total; braços, 9 por cento; cada perna, até a dobra glútea, 18 por cento; tronco anterior e posterior, 18 por cento cada um; períneo, 1 por cento. O ideal teria sido utilizar o esquema de Lund e Browder, mas não foi possível. (N. do Major.)

[2] Queimaduras de primeiro grau são as mais leves. Exemplo: as causadas por uma exposição excessiva aos raios ultravioletas do sol. Nas de segundo grau ocorrem bolhas como consequência do extravasamento de plasma. A camada superficial da pele fica destruída, afetando também a derme papilar. As queimaduras de terceiro grau afetam toda a espessura da pele. Os vasos sofrem trombose. O fogo necrosa os tecidos, chegando a lesar zonas de gordura, músculos e ossos. Com relação às de quarto grau, a carbonização é mais ou menos profunda, destruindo igualmente todo tipo de tecidos, músculos e ossos. A vida fica comprometida, não tanto pela profundidade das queimaduras, mas por sua extensão. Mesmo as de primeiro grau podem ser fatais quando atingem um terço da superfície total do corpo. Isso é especialmente grave no caso de crianças. Ajashdarpan, portanto, estava em uma situação altamente comprometida (praticamente morto). (N. do M.)

Eu não o podia medir naquele momento, mas deduzi que o aporte sanguíneo havia caído bruscamente. Aquilo tornava sua situação mais crítica. Para compensar o choque, teria sido necessário administrar-lhe entre 100 e 200 milímetros por hora de um *ringer lactato*. Mas isso, claro, era impossível. Examinei novamente as queimaduras e compreendi que, se sobrevivesse, as infecções não tardariam a assaltá-lo. Com a destruição da epiderme, a invasão bacteriana surgiria de imediato. Primeiro os estreptococos e estafilococos; depois, em poucos dias, as bactérias gram-negativas e uma extensa flora mista.[3]

Fiquei desolado. Havia começado a sentir afeto por aquele infeliz...

Quanto às fraturas, sinceramente, neguei-me a examiná-las. O menino, como já relatei, padecia de uma doença estranha, uma osteogênese imperfeita,[4] como resultado de um defeito genético. Seus ossos apresentavam uma extrema fragilidade, como o vidro, com deformações esqueléticas, articulações sem força, musculatura fraca e uma pele frágil, com cicatrizes hiperplásticas, sempre cheia de hematomas. Os golpes, com certeza, haviam pulverizado seus ossos, provocando todo tipo de fratura; algumas, imaginei, de especial gravidade. Mas me neguei a uma palpação inicial. Não queria acrescentar dor à dor.

A morte chegaria em questão de minutos; talvez, com sorte (?), em horas. E eu não podia fazer absolutamente nada. Fiquei frustrado. Mais que isso: eu me senti esmagado pela impotência e por uma tristeza infinita, como havia muito tempo não sentia. Precisava me afastar daquele lugar. E pensei em voltar ao olival, ou talvez à caverna. Dei uma olhada à minha volta. Foi quando reparei em "Matador". Quase o havia esquecido. Permanecia imóvel, a pouca distância. E necessitado de um respiro, afastei-me da criança e dos que a cercavam.

Aquele outro infeliz - porque disso se tratava -, sem dúvida, estava morto. A afiada pedra usada pela mendiga havia aberto a base de seu crânio. E lá ficara, incrustada no osso occipital, relativamente próxima à nuca. Da mendiga, aliás, nem sinal. Ninguém se preocupava com o árabe por enquanto. E deduzi que o resto do bando não tardaria a voltar. Aquele

---

[3] A septicemia é uma das graves ameaças após as queimaduras. A infecção era inevitável, dado que os detritos celulares que formam a crosta ou escara que recobre a pele queimada provocam uma exsudação rica em proteínas. Isso constitui um caldo de cultura no qual proliferam facilmente os germes saprófitos existentes nas proximidades. Com a perda da barreira imunológica devido ao desaparecimento de imunoglobulinas, os micro-organismos se multiplicam sem parar. (N. do M.)

[4] Ampla informação em *Cavalo de Troia 8 - Jordão*. (N. de J. J. Benítez.)

assunto não estava encerrado. E temi o pior. Devia convencer o Mestre a abandonar aquele lugar? Aquilo estava começando a ter um aspecto ruim.

O céu continuava se encobrindo. A chuva "dócil" – *es-sa ra* –, como a chamavam os *badu*, não tardaria a chegar. O que fazer? O instinto me alertava. Teria sido mais prudente afastar-se da colina "800" e voltar ao nosso lar, na caverna da chave. Mas eu era só um observador. Não devia decidir.

E naquele momento, enquanto me debatia entre esses pensamentos, ouvi aquela voz familiar. Era Jesus. Cantava em hebraico. Levantei-me e contemplei o grupo. As mulheres estavam voltando. Traziam a água e o azeite solicitados por Dgul. Haviam estendido uma esteira de folha de palma no chão e, ao que parecia, aguardavam a ordem para cuidar do menino. Todos pareciam desconcertados. Voltei para junto do capataz e o que vi também me deixou perplexo.

O Mestre havia tomado Ajashdarpan no braços e o mantinha perto de seu peito. Os braços do menino pendiam inermes. A cabeça, carbonizada, descansava sobre o poderoso ombro esquerdo do Mestre.

Senti um calafrio.

Jesus, de joelhos, ninava o menino com um suave movimento dos braços. Todos estávamos perplexos.

O Galileu mantinha os olhos baixos e entoava um salmo.

– Os teus mortos viverão, os seus corpos ressuscitarão; despertai e exultai, vós que habitais no pó...

Julguei reconhecer os versículos. Eram do profeta Isaías (26, 19).

Dgul, pouco a pouco, foi perdendo seu habitual sorriso, até que desapareceu. O que estava acontecendo? Imaginei que todos os ali presentes entenderam que Jesus se despedia do menino Ajashdarpan. Isso foi o que interpretei, mas, uma vez mais, estava enganado.

E foi a evidência que me devolveu ao bom caminho. Jesus elevou o tom de sua voz e levantou o rosto para o nublado e denso céu. Abriu os olhos, e a cor mel alcançou todos nós.

– ... porque o teu orvalho é orvalho de luz...

Foi instantâneo. Julguei compreender. Um Homem-Deus havia descido para abraçar a mais humilde das criaturas, e a abraçava e a ninava com ternura; a ternura infinita de um Deus.

E voltaram os calafrios.

A infinita misericórdia de um Deus estava diante de mim! E o Mestre prosseguiu com a canção, e com o leve movimento, e com seu amor pelo desventurado mestiço.

– ... e sobre a terra das sombras fá-lo-ás cair...

A voz tremeu. Jesus baixou a cabeça, e duas lágrimas rolaram por sua face, perdendo-se, tímidas e rápidas, na barba. E a emoção que escapava do Mestre dominou os que contemplavam a cena. Senti um nó na garganta e vi os olhos do capataz se umedecerem.

Não sei explicar, mas, naquele momento, enquanto o Homem-Deus estava com a cabeça baixa, abraçando amorosamente o menino dos ossos de "vidro", uma brisa vinda de algum lugar se juntou a nós, e todos percebemos: o lugar se encheu de um intenso perfume de tangerina. Eu, naquele momento, compreendi só um pouco.

Jesus não voltou a cantar e ficou um tempo na mesma posição, abraçando o agonizante Ajashdarpan. Depois, com a mesma ternura, deu um longo beijo na pele enegrecida do menino.

Calculo que devia ser a quinta hora (por volta de 11 da manhã) quando aconteceu o que aconteceu. Todos vimos. Todos fomos testemunhas. Não foi uma alucinação. Foi algo real e inexplicável. Eu havia visto aquilo em outras ocasiões, e assim foi narrado nestes diários. E, mesmo hoje, ainda não fui capaz de encontrar uma explicação lógica e racional. Mas devo me ater aos fatos tal como aconteceram.

De repente, enquanto assistíamos ao terno abraço, tudo à nossa volta, incluindo as roupas, as mãos, os rostos, as árvores, as pedras, tudo ficou azul. Olhamos uns aos outros atemorizados. As mulheres e os *felah*, instintivamente, deram um passo atrás. Dgul e eu trocamos um olhar, tentando encontrar uma explicação. Nenhum dos dois conseguiu abrir a boca. Aquele azul nos mantinha hipnotizados.

E em menos de cinco segundos tudo voltou ao normal.

Devia ter imaginado. Devia ter recordado o que acontecera em outras oportunidades. Aquele azul era um aviso. Algo extraordinário estava prestes a acontecer.

Jesus, então, dirigiu-se às mulheres e pediu que cuidassem do menino. Foi naquele momento que me pareceu ver nas têmporas de Ajashdarpan umas gotas de suor. Era um suor azul, mas não me atrevo a afirmar com cem por cento de certeza.

Que tolo eu...

Precisaria de um tempo para perceber o especialíssimo valor simbólico daquele salmo sobre o orvalho, e do suor azul. Na realidade, meu irmão, Eliseu, é quem o saberia interpretar. Mas essa é outra história.

A partir desse momento, tudo aconteceu a grande velocidade.

Mais ou menos esta foi a ordem, conforme recordo:

O Mestre se levantou. Pegou a túnica branca de volta. Vestiu-a e, sem uma palavra, afastou-se rumo ao olival com seus típicos passos longos. Recordo que a lã da túnica me chamou a atenção. Estava chamuscada em alguns pontos. E quem isto escreve, novamente desconcertado, não soube o que fazer. Olhei para o capataz, e ele, compreendendo, devolveu-me um sorriso. O trabalho havia terminado, pelo menos por aquele dia. E, confuso, fui atrás dos passos de Jesus de Nazaré. O Homem-Deus já se perdia em meio aos *zayit*, as corpulentas oliveiras da colina que eu havia batizado como "800", por conta de sua altitude.

E poucos passos depois comecei a ouvir gritos. Voltei-me e contemplei outra cena estranha: as mulheres, os camponeses, o capataz, todos corriam em desordem tropeçando uns nos outros. Eu não entendia.

Voltei e tentei, em vão, interrogar os *felah*. Ninguém me ouviu. Pareciam histéricos. Corriam. Gritavam. Choravam. Estavam pálidos. E, de repente, dei-me conta: a criança não estava no mesmo lugar. Busquei, mas foi inútil. E nisso, encontrei Dgul. Estava de joelhos, com os olhos perdidos no horizonte, com seu eterno sorriso. Não consegui arrancar dele uma só palavra. Por um momento, pensei no bando do "gafanhoto". Teriam voltado, como cheguei a supor? Mas não vi nenhum dos rapazes. O corpo de Qatal ("Matador") continuava no mesmo lugar.

Tornei a interrogar o capataz, e dessa vez perguntei por Ajashdarpan. Que diabos aconteceu nesses poucos minutos, enquanto eu me afastava para o olival? Finalmente, sem palavras, o bom homem apontou com a mão em direção a Beit Ids. Foi então que vi a familiar figura daquele personagem. Afastava-se pela trilha de terra que, efetivamente, conduzia à aldeia. Não devia estar a mais de 50 metros de nós.

Meu coração deu um pulo.

Aquele indivíduo era o sujeito de dois metros de altura que eu havia visto surgir no alto da "800". Mas, absorto no ataque de "Matador" e sua gente, a verdade é que o perdera de vista, e o esqueci.

Não havia dúvida. Era ele.

Sua singular roupa mudava de cor, como eu havia visto no poço de Tantur. Era o homem do sorriso encantador.

Ia para Beit Ids, de fato, e levava uma criança pela mão. Um menino nu.

Senti outro calafrio.

Não era possível. Neguei-me a aceitar uma ideia tão absurda.

Ajashdarpan?

Não era viável. Não era... O menino estava agonizante. Aquele, porém, caminhava com toda a naturalidade. Além disso, Ajashdarpan padecia de uma osteogênese imperfeita. Simplesmente não podia andar com tanta desenvoltura.

Não sei como explicar. Senti medo. De repente, fui assaltado por um pânico irracional. Talvez não quisesse enfrentar a realidade.

E, sem pensar, dei meia-volta e fugi dali.

Havia começado a chover mansamente.

Ao adentrar o olival da "800", compreendi que o Mestre havia desaparecido. Eu não sabia quais eram suas intenções. Simplesmente o havia perdido, mais uma vez. E hesitei. Dirigia-se à caverna? O Galileu havia ido à colina da "escuridão", a "778"? Deixei-me levar pelo instinto e tomei o caminho da caverna. Enganei-me novamente. Ou não? Jesus não estava na caverna que nos servia de refúgio. E me sentei ao pé do caminho, perto do arco de pedra que preservava a entrada da caverna. Tentei me acalmar. Jesus voltaria. Talvez estivesse no alto da colina dos *žnun*, a citada "778", em comunicação com seu Pai, como fazia habitualmente. E aquele súbito e incompreensível medo que havia me assaltado ao ver o homem do sorriso encantador sentou-se ao meu lado. O que estava acontecendo? Por que tanta confusão? Por que eu me negava a aceitar o que parecia evidente? E reagi como um perfeito idiota: eu era um cientista, não podia aceitar que um ser agonizante, gravemente queimado, voltasse à vida em questão de minutos, de segundos. Porque tratava-se disso: de aceitar um milagre. Jesus havia abraçado a criança, certo, e a manteve em seus poderosos braços, certo; e todos presenciamos aquela singular luminosidade azul. Mas não; eu me neguei a admitir que Jesus houvesse feito o prodígio. O mais provável é que Ajashdarpan estivesse em outro lugar. Alguém, na confusão, poderia tê-lo levado. Mas, então, a que se devia o pânico dos *felah*? Por que o capataz não articulou palavra alguma quando o interroguei? E o mais importante: quem era aquela criança que andava rumo à aldeia de Beit Ids de mão dada com a personagem do sorriso encantador? Censurei minha falta de coragem. Devia ter alcançado o homem de dois metros de altura e solucionado o mistério. Mas estava onde estava, e isso eu não podia mudar.

E, mergulhado nesses tormentosos pensamentos, por volta da nona hora (três da tarde) vi chegar pelo caminho um dos *abed*, um dos escravos negros de Yafé, o *sheik* ou chefe dos beduínos de Beit Ids. Perguntou pelo Mestre. Eu não soube lhe informar. E, decidido, indicou-me que o seguisse.

Yafé, o belo, o homem que nunca terminava as frases, também queria me interrogar. Tive um pressentimento, e não me enganei. Dessa vez não. O Destino sabia...

Havia parado de chover. O *sheik* esperava sentado em frente ao grande casarão, a *nuqrah*, cercado de seus cães, os fiéis galgos persas. De início, de acordo com o costume, nem sequer levantou a vista. E continuou fazendo uns nós de marinheiro. Nós, como já expliquei, que ele desfazia imediatamente. Por fim, ergueu o olhar e me convidou para sentar. Seus atraentes olhos verdes, perfilados de preto pelo *kohl*, foram mudando para o cinza prateado conforme decaía a luz. Calculei que faltavam duas horas para o ocaso.

E "o belo que, além de tudo, pensa" (esse era o significado completo de seu apelido) perguntou pelo Príncipe Yuy (assim os *badu* de Beit Ids se referiam a Jesus). Eu lhe disse a verdade. Não sabia onde estava. E a seguir interessou-se pelo ocorrido nas proximidades do olival da "800". Compreendi. Naquele remoto lugar, as notícias voavam. E supus que se referia ao brutal ataque de "Matador" e seu bando.

Yafé negou com a cabeça e acrescentou:

– Isso eu sei, mas não...

Deduzi que alguém o havia informado pontualmente sobre o caos que ocorreu depois. Mas me fiz de rogado:

– Não sei a que te referes.

– O que aconteceu? Aquele animal teve o que mereceu, mas depois...

– O que aconteceu depois? Não sei.

– Sim, depois do ataque. Ajashdarpan...

– Ajashdarpan?

O *sheik* começou a se impacientar. Estava claro que dispunha de toda a informação, mas queria se certificar.

– Sim, depois... Sei que tu e o Príncipe Yuy estáveis lá. Ajashdarpan, então...

– O Príncipe se afastou. Quanto a mim, sim, estava lá, mas foi como se não estivesse.

O *sheik* me olhou sem entender.

– Estavas, mas não estavas?

– Algo assim – resumi. – Sinceramente, não sei o que aconteceu. Todos ficaram loucos.

Yafé chamou o escravo negro. Sussurrou algo em seu ouvido, e o *abed* se perdeu sob o *qanater*, o arco de pedra do casarão. Pouco depois, atrás do escravo surgiu Dgul, o capataz, e vários varejadores que assistiram aos tristes acontecimentos nas proximidades da "800". Para que negar: fiquei surpreso. A que vinha tudo aquilo? E a um sinal do "belo", Dgul começou a falar, fazendo um detalhado percurso pelos mencionados acontecimentos. Falou de "Matador" e de sua gente, do incêndio do acampamento e da brutal surra na criança dos ossos de "vidro". Por último, referiu-se a Ajashdarpan e afirmou que, depois do abraço de Jesus de Nazaré, assim que depositou o agonizante nas mãos das mulheres, o menino se levantou como se nada houvesse acontecido. Estava curado! Havia recuperado a saúde! Os *felah* assentiram. Depois – concluiu Dgul – chegou aquele homem estranho, cuja vestimenta brilhava, e levou a criança pela mão.

Meu assombro não passou despercebido para o *sheik*.

– Foi ele, o Príncipe Yuy, quem fez o prodígio e o salvou?

Dei de ombros. E, como pude, mostrei-lhe que não sabia nada sobre tal prodígio. E mais: duvidava que aquela criança, que eu havia visto de longe, fosse Ajashdarpan.

Olhei para o capataz e fiquei envergonhado. Aquele homem jamais mentia, e era um excelente observador. Mas eu não podia aceitar algo tão inacreditável. Nunca vou aprender...

Era como se Yafé estivesse esperando aquele momento. E, sem parar de olhar para mim, bateu palmas. De dentro da casa, saíram quatro mulheres. Eram as que haviam cuidado do menino quando Jesus assim solicitara.

Pressenti alguma coisa.

Então, ele apareceu. Era o menino que eu vira no caminho para Beit Ids, aquele que se afastava de mão dada com o homem do sorriso encantador.

Acho que empalideci.

O *sheik* continuou em silêncio. Todos me observavam com curiosidade.

Não era possível, repetia para mim mesmo.

O menino estava coberto com um lenço.

– Este é Ajashdarpan – disse Yafé, sem disfarçar seu regozijo. – Podes perguntar-lhe, se é teu desejo.

Enchi-me de coragem e me aproximei do menino. Todos ficaram em um respeitoso silêncio.

Acho que esbocei um sorriso e retirei o lenço. O menino ficou completamente nu.

Bastou uma primeira olhada para entender que havia uma confusão ali. Aquela criatura não tinha queimadura alguma. Sua pele era lisa, limpa, sem rastros de crostas nem de bolhas. Eu havia visto os ossos, a gordura e os músculos calcinados em algumas queimaduras de terceiro e quarto graus.

Eu havia examinado a cabeça, sem cabelo, e os canais nasais obstruídos e deformados pelas chamas. Nas queimaduras profundas, com a destruição da epiderme e de boa parte da derme, a reepitelização é um processo lento, dando lugar a cicatrizes deformantes. Mas que bobagens estava pensando? Com uma extensão de 80 por cento, as queimaduras - aceitando que Ajashdarpan houvesse se recuperado, o que era demais - teriam necessitado de meses de recuperação, e, insisto, as cicatrizes teriam sido terríveis. Não, aquilo não tinha nada a ver com o que eu vira. Havia algum engano, necessariamente. Seu aspecto também não era o que eu recordava. Aquela criança não tinha nenhuma malformação aparente. Ajashdarpan, como expliquei, sofria de uma osteogênese imperfeita, com um singular desenvolvimento do crânio. Chamava a atenção justamente pela forma triangular da cabeça, em forma de pera invertida, provocada pela pressão do encéfalo. Isso, por sua vez, dava lugar a uma micrognatia, ou tamanho anormalmente pequeno do maxilar inferior. Seu nariz era pontudo e os olhos, exageradamente separados (hipertelorismo). Tudo isso, enfim, dava-lhe um aspecto monstruoso. O menino que estava diante de mim tinha um crânio normal, com um cabelo preto cacheado e uns olhos claros, cheios de vida. Era o único detalhe - os olhos - que recordava o "olhar azul" de Ajashdarpan. Não, aquele não era o menino que eu havia conhecido. Disso tinha certeza. Quanto aos movimentos, também não tinham nada a ver com os de Ajashdarpan. Aquele menino caminhava sem problemas. Não tinha escoliose, desvio lateral da coluna. Seus músculos pareciam fortes e saudáveis, assim como também as articulações. Não, aquela aparência não era, nem remotamente, a de uma pessoa com osteogênese imperfeita.

Voltei-me para o *sheik* e neguei com a cabeça.

– Esse menino - disse, categórico - não tem nada a ver com aquele que vi no olival. É impossível. Deve haver algum engano.

Sem perceber, acertei em minha apreciação. Aquele menino não tinha nada a ver com o que eu havia examinado. Mas não compreendi.

E antes que alguém se pronunciasse, o menino abriu a boca e emitiu uns sons guturais, confusos. Voltei-me e o vi sorrir. Seus dentes também não eram desarranjados nem tinham aquele brilho céreo e azulado que caracterizava a dentição de Ajashdarpan. Ele me chamou, e me aproximei, intrigado. Manteve o sorriso. Ergueu a mão esquerda e repetiu uma cena que eu havia contemplado no dia anterior, quando perguntei a Ajashdarpan se ele entendia aramaico. Levou a mão esquerda à altura da orelha, muito lentamente. Senti um calafrio. Depois, com a mesma lentidão, sempre sorrindo, tocou a orelha duas vezes. Por último, muito devagar, levou os dedos aos lábios. E negou com a cabeça.

Oh, Deus! Era ele! Era Ajashdarpan! Mas como podia ser?

Se eu não recordava mal, naquela terça-feira, 29 de janeiro, ao lhe oferecer minha cuia de madeira com *tahine* e lhe perguntar se entendia aramaico, ali, ao lado do menino, só estava a mendiga, mais que ébria, e um pouco mais atrás, os três rapazes que acompanhavam Ajashdarpan na colheita da azeitona. Nem a mendiga nem os rapazes prestaram atenção à cena em que Ajashdarpan me informou que era surdo. Foi um "diálogo" entre mim e ele, exclusivamente. Ninguém mais foi testemunha, que eu soubesse.

Mas então...

Tornei a examiná-lo. Ajashdarpan não se opôs.

Nem sinal das queimaduras... Nem rastro da osteogênese.

Caí de joelhos, perplexo. E perguntei:

– Podes me ouvir?

O menino assentiu com a cabeça, enquanto emitia aqueles sons guturais.

Meu Deus!

Julguei compreender. O menino havia recuperado a audição, mas, obviamente, não sabia falar.

– Tu és Ajashdarpan?

Ele assentiu pela segunda vez, e imediatamente. Vi-o sorrir. Não sei se ele tinha consciência do que havia acontecido. Provavelmente não. Mas que importava isso? E senti meu coração se apertar. Não entendia absolutamente nada, mas sabia que me encontrava diante de um prodígio. Algo extraordinário acabava de acontecer naquela remota paragem da Decápole. Algo que jamais seria relatado pelos evangelistas.

E, confuso, ergui-me e me coloquei de frente para o capataz. Supliquei seu perdão, e Dgul simplesmente me presenteou com seu melhor sorriso.

Despedi-me do *sheik* e afastei-me, em direção à caverna.

Estava impressionado, sim.

O Mestre não havia voltado. E sentei-me ao pé do caminho, em frente à caverna, em uma péssima tentativa de ordenar os pensamentos. Nada era lógico. Nada fazia sentido. Eu era um cientista! O que aconteceu na "800"? Nunca vi algo como aquilo! A ciência não pode aceitar uma coisa assim. Estava alucinando? Tratava-se de um sonho? Talvez estivesse prestes a acordar... Não, não era um sonho. Outros também viram. O menino estava lá, a dois passos, e saudável. O menino ouvia. E as queimaduras?

Quem transformou sua pele e seu crânio? Que singular poder o havia curado em questão de minutos?

Precisei de tempo para me acalmar. Os pensamentos, porém, continuaram em desordem. Rememorei o ocorrido várias vezes e tentei racionalizar o assunto. Sempre tropeçava no mesmo obstáculo: Ajashdarpan estava agonizante, com 80 por cento do corpo queimado. Ninguém, nem no século XX, teria podido regenerar aquela catástrofe em segundos, ou em décimos de segundo. Teria eu assistido à primeira cura milagrosa de Jesus de Nazaré? Fui testemunha de seu primeiro prodígio? Ou seria o segundo? E recordei as cenas vividas em 17 de setembro no *kan* de Assis, o essênio, às margens do lago Hule, quando caminhávamos do monte Hermon ao *yam*, ou mar de Tiberíades.[5] Naquela ocasião, diante do desconcerto geral, o Filho do Homem se ajoelhou também ante de um negro tatuado, de nome Aru, que padecia de uma espécie de loucura que o transformava em um ser violento e muito perigoso. Jesus aliviou uma de suas feridas e acariciou o rosto do jovem negro. A partir desse momento, Aru mudou e, que eu saiba, nunca mais foi assaltado pela referida síndrome. A cena foi relativamente parecida: Jesus ajoelhado diante de um ser desvalido; Jesus acariciando sua criatura; Jesus, comovido, derrama uma lágrima, uma misteriosa lágrima azul; Jesus, misericordioso...

Duas situações quase similares com resultado idêntico. Um resultado inviável para a lógica, mas lá estava, desafiador. E era só o começo. Este explorador não imaginava, naquele momento, o que o Destino lhe reservava. Foi tudo mágico.

Mas, obtuso, continuei insistindo no "como fez aquilo". Como conseguiu? Como era possível? Como pôde curar aquela pele e aqueles ossos e músculos carbonizados? Como modificou a doença que transformava Ajashdarpan em uma criatura com ossos de "vidro"? A osteogênese imperfeita tem origem em um defeito genético. Especificamente, em um dos dois *loci* que codificam o colágeno tipo I. O colágeno, como já expliquei em outro momento, é o principal elemento orgânico do tecido conjuntivo e da substância orgânica dos ossos e das cartilagens. O transtorno pode ser expresso por uma síntese anormal ou por uma estrutura deficiente do protocolágeno I. Em outras palavras: o Mestre, ou quem houvesse propiciado o prodígio, teria que manipular e modificar toda a carga genética

---

5 Ampla informação em *Cavalo de Troia 7 - Nahum*. (N. de J. J. Benítez.)

que provocava o mal. Isso significava uma alteração em cada célula de Ajashdarpan. Quintilhões de células modificadas!

Meu cérebro se sentiu sufocado novamente.

O que eu estava enfrentando? Ou melhor, a quem? E naquele momento fui visitado pela lucidez: aquele Homem, apesar das aparências, não era só um Homem; era um Deus. Ele tinha o poder. Ele simplesmente sabia como fazê-lo e, além de tudo, era misericordioso. Isso era suficiente. Isso era o importante e o que eu devia transmitir. O resto era secundário. Mas, pouco depois, a lucidez se afastou e quem isto escreve continuou enroscado no circunstancial e no puramente factual. Como fez aquilo? Como?

Cheguei a pensar nos *nemos*. Eu poderia inoculá-los dentro da criança e descobrir, talvez. Pareceu-me ridículo. De que mais precisava para me convencer? Saltava aos olhos. E decidi falar com o Mestre assim que chegasse à caverna. Precisava esclarecer aquelas terríveis dúvidas.

O sol já se despedia pelo caminho que levava a Hawi. Segundo os cronômetros do "berço", naquela quarta-feira, 30 de janeiro do ano 26, o sol se esconderia às 17 horas, 7 minutos e 35 segundos de um suposto Tempo Universal. A escuridão não tardaria a cair sobre o lugar. Eu havia me descuidado. Mergulhado nessas reflexões, não reparei no passar do tempo. Também a isso teria que me acostumar. A vida ao lado do Galileu era como um suspiro.

Recordei o prometido: quem isto escreve, enquanto Jesus permanecesse naquelas colinas, cuidaria da intendência e das coisas menores. Ele devia se dedicar, por inteiro, a seu Pai.

Preparei um bom fogo e o jantar. O Mestre não tardaria a aparecer.

Jesus voltou pouco antes do ocaso. Esse era seu costume. Cantarolava. Pareceu-me alegre, como se nada houvesse acontecido. Pegou suas coisas e se afastou em direção ao rio. Supus que quisesse se lavar. E assim foi.

Pouco depois, voltou para a caverna. Havia trocado a chamuscada túnica branca pela vermelha. Estava com o cabelo solto. Algumas lamparinas, estrategicamente distribuídas pela caverna, arrancaram cintilações de sua mais que crescida barba e da mansa cabeleira. Imaginei que o Mestre havia se permitido umas gotas de *kimah*, o perfume que usava com frequência, mais especificamente desde o histórico 14 de janeiro desse ano 26, data de seu batismo nas águas do Artal, um dos afluentes do rio Jordão.[6] E digo

---

6 Ampla informação em *Cavalo de Troia 8 – Jordão.* (N. de J. J. Benítez.)

isso porque, ao entrar na caverna, o recinto se encheu de um intenso e agradabilíssimo cheiro de sândalo branco. Um perfume que eu associava à paz interior e à serenidade.

O Mestre me viu mexer com os utensílios de cozinha e se colocou ao meu lado, curioso. Não disse nada. Limitou-se a sorrir, mostrando aquela dentição impecável, branca, perfeitamente alinhada.

Não sei explicar.

Senti medo.

Ou talvez não tenha sido isso. Senti uma mistura de medo, admiração e respeito. Não pude evitar. Era a primeira vez que isso me acontecia. Nunca, até esse momento, senti algo parecido. Jamais senti medo ao lado do Mestre, até esse momento. A lembrança do ocorrido durante a manhã com Ajashdarpan me fez tremer. Acho que Ele percebeu. Então, deixando cair sua mão esquerda sobre meu ombro direito, olhou-me como só Ele sabia olhar. Transpassou-me com aqueles olhos cor de mel, e o perfume de sândalo me embriagou. Não pronunciou uma só palavra. O gesto e o olhar foram suficientes. Aquele Homem havia conseguido o que ninguém conseguira em toda a história da humanidade, mas isso não devia levantar uma barreira entre nós. E o medo, ou o que quer que fosse, dissolveu-se.

Mensagem recebida.

E Ele, intrigado, começou a perguntar o que eu estava cozinhando. Dessa vez, fui eu quem sorriu. E expliquei:

– É quiabo.

O Mestre conhecia esse legume, tão habitual entre os árabes. E, apontando, interessou-se pelos ingredientes.

O medo, de fato, havia se afastado. Foi um mistério. Não sei como Ele fez aquilo.

– Azeite – expliquei. – Aquece-se azeite, depois, cebola. Picada e frita.

O Mestre assentiu com a cabeça, muito sério.

– Depois de dourada a cebola – prossegui –, acrescenta-se o quiabo.

E pegando uns generosos punhados de alho picado, pimenta e sal, cobri o verde e suculento legume, presente de Yafé. Mexi e misturei tudo cuidadosamente. Jesus, atento, não perdia nenhum detalhe.

Eu não me conformava. O Homem mais poderoso da Terra, um Deus, estava absorto em uma simples receita culinária. Assim era o Filho do Homem.

E deixei o quiabo cozinhando nas chamas do fogão a lenha. Com um grosso molho de tomate, eu teria arrematado o delicioso prato, mas o tomate não era conhecido ainda no velho mundo.

Calculei cerca de 45 minutos. Era o tempo necessário para o jantar ficar pronto. E me desculpei pela demora. O Galileu foi se sentar perto do fogo. Não prestou atenção em minhas palavras. Inclinou a cabeça para trás e semicerrou os olhos, desfrutando o tímido cheiro que começava a escapar da panela. Do lado de fora, a chuva voltara e repicava nas folhas da azinheira sagrada e das amendoeiras, como se brincasse. Eu me sentei em frente ao Mestre, atento ao quiabo, e também desfrutei daqueles instantes. Acho que o silêncio, muito atento, foi até a caverna.

Não pude evitar. Ao vê-lo diante de mim, tão sereno e tão próximo, voltaram os velhos pensamentos: como fez aquilo? Como obteve a cura do menino mestiço? Como?

Jesus permaneceu em silêncio.

E pensei que aquele era um bom momento para perguntar. Como fez aquilo? Como pôde obter tamanho prodígio? Onde estava o segredo? Como conseguiu algo tão incrível quanto a modificação da carga genética de Ajashdarpan? Como? Eu precisava dos detalhes.

Porém, algo me deteve. Não consegui abrir a boca e perguntar. Senti pudor. Aquele era um Homem maravilhoso. Que direito tinha eu de incomodá-lo com esse tipo de pergunta? Mas, por outro lado, eu precisava saber. Como diabos fez aquilo?

E nisso estava, debatendo-me entre o sim e o não, quando o Mestre abriu os olhos e me contemplou com aquela extrema doçura. Vi nascer em seu rosto um fraco, mas promissor, sorriso.

Pressenti. Ele sabia o que eu estava pensando.

E o sorriso foi se abrindo como uma flor. Senti que me abraçava naquele sorriso. Era outra forma de abraçar do Filho do Homem.

Não me enganei.

– Querido *mal'ak* (mensageiro), por que te preocupas tanto com o como?

A penumbra da caverna me protegeu e disfarçou minha falta de jeito. Corei, acho. Era tão difícil me acostumar! Era tão difícil aceitar que Ele podia entrar e acessar os pensamentos!

– Por que te atormentas com os detalhes – prosseguiu com aquela voz doce e calma – se o importante é que foi feita a vontade do Pai?

Deixou o silêncio rolar. E eu, sem saber o que dizer, refugiei-me no quiabo. Mexi-o várias vezes.

E, generoso, Ele aceitou me satisfazer, em partes. Então, começou a falar de sua "gente", que o assistia. Já havíamos falado disso em dias anteriores, por conta das misteriosas luzes que surgiram sobre Beit Ids, principalmente no cume da colina dos *žnun*, ou da "escuridão", como a chamavam os nativos do lugar. Foram eles, sua gente, que cuidaram dos "detalhes" e do "como". Não sei se entendi bem, mas essa foi a explicação: não foi o Mestre quem realizou o prodígio; foi sua gente. E aí concluiu o esclarecimento. Eu precisaria de tempo para compreender o que Ele tentava me transmitir.

– Nada teria sido possível – acrescentou – se não contasse com o beneplácito do Pai. Isso é a única coisa que conta.

O Pai.

Havíamos conversado sobre Ele em outras oportunidades, mas eu sempre ficava sedento. Quem é? Estava eu diante de uma pessoa? Eu sabia que isso não era possível. O Pai – *Abba* – tinha que ser uma criatura (?) puramente espiritual, longe da matéria e do tempo, mas eu não entendia. Também nisso precisava de detalhes. E aproveitei a ocasião para me aprofundar no assunto. Eu sabia que *Abba* era o tema favorito de Jesus. Falar d'Ele o encantava.

– Preciso de detalhes – urgi. – Fala-me do Pai. Talvez assim eu compreenda melhor o que aconteceu esta manhã no olival.

Sorriu, divertido. Não o consegui enganar, mas Ele aceitou falar, a sua maneira.

Pegou um dos galhos que este explorador havia separado para manter o fogo vivo e se inclinou sobre a terra que cobria a caverna. Alisou-a cuidadosamente e disse o seguinte, caso eu houvesse esquecido:

– Tu és um *mal'ak*, um enviado. Lembra que minhas palavras são sempre uma aproximação à verdade.

Assenti em silêncio. Eu lembrava.

– O que eu disser não tem por que ser a verdade, literalmente falando. Vós, agora, não podeis sequer vos aproximar do que tento transmitir, compreendeste?

Assenti pela segunda vez, sem me dar conta da importância do que Ele acabava de dizer.

E o vi desenhar na terra. Traçou primeiro a letra hebraica *yod*. Olhou-me com curiosidade e sorriu. Depois, desenhou o *heh*, o *vav* e, por último, de novo a consoante *heh*. Reconheci imediatamente. Era o terceiro Nome de Deus, segundo os hebreus: Yaveh ou *YOD-HEH-VAV-HEH*, as quatro letras que, segundo a tradição, não deviam ser pronunciadas. E uma vez terminado o Tetragrama, o Mestre permaneceu em silêncio com expressão grave. Pressenti que o que ia dizer era importante. Não me enganei.

– Entendo que desejes conhecer o Pai.

O rosto do Galileu se iluminou de novo.

– É a aspiração de todo filho do tempo e do espaço, mas isso chegará no momento certo. Não agora. Tu vives na matéria e na imperfeição, vives no tempo, e, em consequência, não é possível ao Pai manifestar-se tal como é. É Ele quem aceita se manifestar na consciência humana, e só assim podes alcançar uma compreensão – limitadíssima – do Não Limitado.

Jesus utilizou a expressão hebraica *ein sof* (o não limitado; acho que deveria ter usado letra maiúscula).

– Agora – prosseguiu, compreendendo minha inépcia para desvendar suas palavras e seus conceitos –, neste momento a natureza humana não pode se aventurar na Divindade. Não está preparada. Mesmo que eu atendesse a teus desejos, as palavras me limitariam. Não posso te dar detalhes sobre o Pai porque tua mente é humana, e Ele, por outro lado, não é.

Fez uma pausa. O perfume de sândalo se misturou com o do quiabo refogado e julguei intuir: eu estava mergulhado em um aroma no qual se cruzavam o sentimento de paz interior e a delícia de um fruto da terra. O sublime e o humano, por assim dizer. O divino e o material. Jesus também tentava brincar com os dois conceitos, mas não era fácil. *Abba*, o Pai, descia até o quiabo e o impregnava. O quiabo, porém, jamais poderia entender o que estava acontecendo.

– E te direi mais. Se o Pai aparecesse diante de ti agora mesmo, em toda sua glória, ficarias anulado.

– Por quê?

– Acreditas em minha palavra?

– Sempre acreditei.

Era verdade.

– Pois bem, aceita o que te digo. Se Ele, agora, aparecesse diante de ti com sua verdadeira luz, não desejarias prosseguir. É tamanha sua grandeza que cairias na Unidade e teu eu se extinguiria. Simplesmente, *mal'ak*, renunciarias a tua própria evolução. É por isso que deves ser paciente. Ele aparecerá diante de ti quando estiveres preparado.

– Tenta. Dá-me detalhes.

Eu mesmo me surpreendi. Estava começando a me parecer com Eliseu.

O Mestre sorriu com benevolência, mas não disse nada. Foi pegar uma das brasas que aquecia o quiabo e a ergueu, agitando-a no ar. O fogo se animou e ficou mais vermelho. Então, comentou:

– Se fores capaz de explicar ao fogo quem sou eu, então, querido amigo, eu te explicarei quem é o Pai.

Eu me rendi. Mais ou menos.

– Então, depois de morto, também não verei Deus.

– Repito: tu o verás quando estiveres preparado, não antes. Chegarás a Ele quando já não fores matéria. É a primeira condição.

– E, enquanto isso, o que devo fazer?

– O que começaste a fazer: buscá-lo, interessar-te por Ele, querer ser como Ele.

Fez uma estudada pausa e prosseguiu.

– E, acima de tudo, colocar-te em suas mãos e deixar que se faça sua vontade. Já sabes: o segredo dos segredos.

Sim, havia nos dito isso no Hermon.

– Mas não te atormentes – sentenciou. – Tua análise de Deus será sempre uma tentativa medíocre de compreender o inefável. Não pode ser de outra maneira. Eu te disse: é Ele quem desce à matéria, a tua mente, e quem permite que te aproximes, remotamente, de sua essência. Nunca é ao contrário. Não esqueças. A concepção humana do Pai será sempre limitada e fragmentada. Ninguém, insisto, está capacitado para entender Deus enquanto estiver sujeito ao tempo e ao espaço.

– Mas tenta.

Acho que se rendeu.

– Está bem: recorre aos símbolos. Eles te ajudarão a fazer o trabalho. Eles contêm os detalhes que tanto te preocupam.

E, apontando para as letras hebraicas que havia desenhado na terra, piscou para mim.

Naquele momento não captei o profundo significado de suas palavras. Captaria dias depois, em outra inesquecível conversa na caverna da chave. Mas tenho que seguir em ordem.

O que me veio à mente – suponho que tenha sido uma associação de ideias – foi a descoberta de Gödel, o matemático que trouxe à luz a existência de um número infinito de teoremas que são verdadeiros e que ninguém pode demonstrar.[7] Com o Pai, suponho, acontece a mesma coisa. A genial ideia de Leibniz (1686), contida no ensaio filosófico *Discurso da metafísica*, dava razão ao Mestre: uma teoria há de ser mais simples que os fatos que explica. Deus (*Abba*) é tanto que é indemonstrável.

---

7 O matemático Kurt Gödel valeu-se da própria matemática para demonstrar os limites da mesma. Gödel demonstrou que a matemática contém enunciados verdadeiros, impossíveis de provar. Deduziu que certos fatos matemáticos são verdadeiros sem que exista razão para isso. (N. do M.)

– Os símbolos... Nunca pensei que poderiam conter Deus.

O Galileu me olhou, surpreso. E disse:

– Eu não disse isso, mas pode ser.

Pegou de novo o galho com que acabara de desenhar o nome de Yaveh e colocou-o sobre a letra *yod*, a primeira do Tetragrama.

– Queres que te fale do Pai.

– Sim.

– Pois bem, observa.

Dirigiu o olhar para a citada letra *yod* e explicou:

– Esta letra está representando o Pai. Ela é o ponto primordial do qual tudo procede. É um símbolo. Ela representa o projeto do Pai, do Criador, para a criação. Em *yod* está contida toda a potencialidade do Pai. Dele nascem as linhas, as superfícies, os volumes, a potência espiritual e todas as possibilidades de formas e de evoluções. As que conheces e as que nunca conhecerás. As que são e as que nunca serão. Nele estão os caminhos e os não caminhos.

Eu estava me perdendo, e Ele sabia.

– Tu sabes que o valor de *yod* é 10.

Isso era Cabala. O Mestre, acho que já disse, era um perfeito cabalista; o grande cabalista, atrever-me-ia a dizer.

– Pois bem, desse ponto de vista simbólico – prosseguiu, medindo as palavras –, pode ser representado igualmente como o ponto primordial inscrito no círculo da eternidade.

E desenhou um círculo com um ponto no centro.

– Esse ponto, como te dizia, essa singularidade anterior à criação, contém tudo.

Fez outra pausa e deixou que me aproximasse de suas ideias.

– Pois bem, querido *mal'ak*, esse *yod*, esse 10, esse símbolo, representa o que chamamos Deus Pai. Mas atenção! Não é que o Pai seja do sexo masculino. Somos nós, os humanos, em nossa pequenez, que o limitamos e lhe outorgamos um caráter de masculinidade que Ele nunca teve. É Ele quem permite que tu penses assim, por ora. Mais além, como também te insinuei, está o "EIN SOF" (o NÃO LIMITADO).

– O Não Limitado – interrompi-o. – Gostei.

– Por enquanto, é suficiente que saibas que daí, do Não Limitado, surge a força espiritual do poder de Deus.

O Mestre interrompeu sua exposição e me observou com curiosidade. Teria eu compreendido? Mais ou menos. Então, perguntou:

– Sabes a que me refiro? Sabes qual é o verdadeiro poder de Deus?

Fiquei perdido. Não lembrava.

– O amor – adiantou-se, tirando-me do apuro. – Esse é o verdadeiro poder do Pai. Recordas?

Assenti em silêncio. Falamos sobre isso no cume da montanha sagrada, no Hermon.[8] Amor é igual a ação.

E perguntei uma coisa aparentemente tola.

– Se o Pai não é homem, é mulher?

Jesus sorriu de novo, mas não caiu na armadilha; porque era exatamente isso.

Voltou ao desenho das quatro letras hebraicas e, apontando de novo o *yod*, retomou o simbolismo:

–*Yod* é igual a 10. Certo?

– Sim, Mestre.

– *Heh* é igual a 5.

A letra *heh*, como expliquei, ocupava o segundo e o quarto lugar na palavra Yaveh *(YOD-HEH-VAV-HEH).*

–Bem, somos nós, os humanos, que outorgamos um caráter feminino às duas letras *heh*, que somam 10, e que nascem do *yod*. Não esqueças. Somos nós que associamos Deus a nossos próprios conceitos. Porém, isso não é correto; mas, está bem, pensa o que considerares mais oportuno.

Sorriu com prazer.

– Isso, ao Pai, não desagrada. Ao contrário. Quanto mais imaginares, melhor.

Eu estava perdido, uma vez mais, e assombrado. Eu não era especialista em Cabala. Não o conseguia acompanhar. Ao mesmo tempo, aquelas palavras – "somos nós, os humanos" – me deixaram perplexo. Como Ele podia falar assim? Ele era humano, naturalmente, mas também era um Deus.

E decidi me desapegar daquelas reflexões. Se seguisse por esse caminho, eu me enroscaria.

Não quis insistir no assunto da suposta feminilidade de Deus. Ele havia deixado isso mais ou menos claro. Porém, em minha memória flutuou aquela canção, tão querida pelo Mestre, que Ele repetia quando trabalhava no estaleiro de Nahum: "Deus é ela... Ela, a primeira *heh*, a que segue *yod*... Ela, a bela... o cálice do segredo... Pai e Mãe não são 15, e sim 9 mais 6... Ela é Deus...".

---

8 Ampla informação em *Cavalo de Troia 6 – Hermon*. (N. de J. J. Benítez.)

Sim, esqueci por um momento. Tinha que consultar meu irmão. Eliseu tinha conhecimentos de Cabala. Ele me ajudaria a entender.

O Mestre sabia que eu estava confuso e soube descer ao meu nível.

– Alguma pergunta?

Sorri como pude. Tinha tantas...

– Não temas. É suficiente. O importante, por enquanto, é que saibas, e que saibas transmitir.

Destacou o transmitir.

– Que Ele te habita.

E repetiu, ciente da importância de suas palavras:

– Que saibas, e que saibas transmitir que Ele te habita.

– Eu recordo, Senhor. Falaste disso: a *nitzutz,*[9] a "centelha" divina, a fração (?) que procede do Pai e que se instala no ser humano a partir de sua primeira decisão moral.

E recordei, com certa angústia, a cena com o Mestre, lá mesmo, em frente à caverna, incitando-me para que lhe batesse com uma das tábuas de tola branca, que se acumulavam em um canto da caverna. Jesus fingiu que era um cão e insistiu para que eu me imaginasse como uma criança com a tábua nas mãos. Eu me neguei, naturalmente.

O Mestre, ao se referir à centelha divina, utilizou a expressão *nishmat hayim,* ou "Espírito de origem divina". Disse que essa "vibração" era o Pai, em miniatura. Também a chamou de "presente" e "dom do fogo branco". A centelha (como a chamarei a partir de agora) é o que nos distingue. Trata-se do grande sinal de identidade dos seres humanos.

E formulei a mesma questão:

– Dá-me detalhes... Que é exatamente a centelha?

O Mestre me olhou sem saber por onde começar. Foi o que intuí. E decidi lhe dar uma mão.

– Recordas? Tu nos disseste no Hermon que a centelha chega quando a criança toma sua primeira decisão moral. Eu me neguei a te bater com a tábua. Foi uma decisão moral. E creio que falaste dos cinco ou seis anos. Essa é a idade na qual a centelha chega.

De repente, Ele me interrompeu.

---

9 *Nitzutz* é uma palavra hebraica que pode ser traduzida como "centelha", mas não no sentido de faísca elétrica ou partícula incandescente; é como uma espécie de "vibração" (?) produzida pela letra hebraica *yod*, à qual já me referi. Esse *yod*, segundo a Cabala, tem "vida" e produz uma "oscilação". (N. do M.)

– 2.134 dias, para ser exato.

– Como?

– A centelha, como tu a chamas, desce do Paraíso aos 2.134 dias do nascimento da criatura humana.

– Ah! Compreendo.

Para dizer a verdade, nunca soube se estava brincando.

– E como o Pai sabe que esse menino ou menina tomou sua primeira decisão moral?

Pareceu-me que Jesus prosseguiu com tom festivo. Ou não?

– É que O avisam.

– Claro. E uma vez instalada na mente da criança, o que acontece?

O Mestre ficou pensativo por alguns segundos. Por fim, desconcertou-me de novo:

– Eu disse isso?

– Sim, no Hermon, no mês de *ab* (agosto) do ano passado. A centelha se instala na mente humana. Não no coração, mas na mente.

– Ora! Que Deus mais desmemoriado!

E piscou para mim de novo. Naquela ocasião, no topo da montanha sagrada, quando tivemos a oportunidade de assistir ao histórico momento da "recuperação" de sua divindade, Eliseu, quem isto escreve e o Galileu nos envolvemos em uma gentil discussão sobre o lugar onde a centelha se instala. A coisa não ficou totalmente clara. E interpretei a piscada de Jesus como uma rememoração daquele interessante momento. Aquele Homem-Deus não tinha jeito...

– E então – retomei o fio principal da conversa –, o que acontece quando a centelha entra na mente do homem?

– Outro prodígio, e muito mais destacado que o desta manhã.

Ele leu em meu rosto. Mais importante que a cura de Ajashdarpan?

– O bondoso Deus, o Pai, tão distante para a criatura humana, abandona o Paraíso e se torna sócio do mais humilde e do mais primitivo de Sua criação material. Eu te disse: é o mistério dos mistérios. Nem os anjos sabem como se dá essa descida. Ele se fraciona e aparece na mente humana. Deus dentro de ti e como garantia de que serás eterno. A centelha é a promessa do Pai de que um dia serás imensamente feliz. Essa presença divina, tão real quanto este fogo que nos aquece, é que te empurrará constantemente a buscá-lo, a saber d'Ele, a querer ser como Ele. A centelha, uma vez em ti, acende a chama da necessidade.

– Que necessidade?

– A necessidade de saber quem és, por que estás na vida e o que te espera depois da morte. A necessidade e o anseio de encontrá-lo.

– Deus dentro de mim! Não posso imaginar.

Jesus deixou que a revelação – porque é o que era – se assentasse em minha mente. Depois prosseguiu:

– Sim, o Pai dentro de ti e não diluído.

– Deus, *Abba*, e em estado puro.

– Isso, querido *mal'ak*. O Pai, fracionado, mas não condicionado. O Pai sem misturas. Deus mesmo. Tal qual. Ele e só Ele. *Hut nehat*.

A expressão é equivalente a "Espírito que desce" e que acaba se unindo à criação. Assim reza o Levítico (9, 22): "Desceu."

Fiquei em silêncio; um respeitoso silêncio. Jesus de Nazaré nunca mentia. Se Ele afirmava que o Pai desce do distante Paraíso e se acomoda na mente do homem, assim é.

E me perguntei: por que essas coisas não são ensinadas pelas igrejas?

Mas o Mestre não permitiu que me distraísse. O que estava me revelando era extremamente importante, e Ele tinha que ter certeza de que este pobre explorador o saberia transmitir.

– Segundo grande prodígio, igualmente notável.

Deixou-me alguns segundos no ar, pendurado no suspense. Sorriu levemente e disse com uma segurança que ainda me assombra:

– Ao se instalar dentro de ti, a presença do Pai, da centelha, provoca o nascimento de uma criatura belíssima que, pouco a pouco, muito lentamente, vai despertando. Essa criatura é o cálice sagrado no qual se formará tua verdadeira personalidade, teu eu. Uma criatura imortal.

Eu sabia a que se referia. Jesus falava da *nišmah*, a alma.

Invadiu-me de novo, e, ao ler meus pensamentos, seu sorriso me envolveu.

– Mente mais centelha é igual a alma.

A simplificação não o desagradou. Era válida. Mas me recordou:

– Aproximação à verdade, não esqueças.

– Sim, Mestre. Suponho que a realidade seja muito mais fantástica.

Assentiu com a cabeça.

Mensagem recebida.

–Já falaste disso, mas dá-me mais detalhes. Como funciona a centelha? Qual é sua missão?

– Preparar-te para a verdadeira vida. Não te confundas: preparar-te para aquela que é e será tua verdadeira realidade.

– Tu te referes à vida depois da morte?

– Exato. A centelha não cuida dos problemas que surgem nesta existência. Ela os conhece e pode aconselhar-te sobre o particular, mas sua missão é outra: ajustar tua mente humana ao que realmente interessa, à vida que te aguarda, à vida eterna. Ou seja: ela te prepara, te dirige e tenta te mostrar teu destino final, a verdadeira vida que te espera. Ela é um piloto. Deus faz as coisas tão bem que muito antes de entrares na eternidade já está te preparando para isso.

– Vamos ver se eu entendi. Deus vem para dentro de mim e capacita minha jovem alma para que ascenda, seguindo justamente o mesmo caminho que tomou o Pai em sua descida do Paraíso. Correto?

– Corretíssimo, *mal'ak*.

– Ele desce e eu subo.

– Corretíssimo. E vai chegar o momento (não esqueças que minhas palavras são uma aproximação à verdade) em que ambos, a centelha e tu, sereis uma só criatura. Vós vos fusionareis. Deus e a alma humana imortal. Uma coisa só. A divinização do mais baixo e do último.

– E isso, quando acontece? Nesta vida?

– Pouquíssimos conseguem nesta existência. É depois da morte quando se dá o ansiado encontro: Ele (Deus) e tu, por fim.

– Para sempre?

– "Sempre" só existe em tua mente. No reino de meu Pai não há tempo. Não fales, portanto, de "sempre".

– Ela ajusta meu pensamento. Gosto disso.

– E o molda e o dirige para o belo, para o sábio, para o misericordioso e para o serviço a teus semelhantes. Ela consegue o grande prodígio: acaba apagando o medo de tua mente, e tua alma começa a conhecer a paz, a verdadeira paz espiritual. É a centelha que te proporciona a tranquilidade e a segurança. Ela te mostra o caminho. Ela te faz a grande revelação: tu és filho de um Deus.

– Estás falando da voz da consciência?

– Não. Dificilmente chegarás a ouvir a voz da centelha. Ela se confunde na confusão de tua mente. Às vezes sim, podes descobri-la. É como um eco distante.

– Então, quase ninguém tem consciência da presença desse fragmento divino.

Na realidade, não foi uma pergunta, e sim uma reflexão pessoal. O Mestre, porém, a complementou:

– O Pai é tão bondoso, tão respeitoso, que caminha na ponta dos pés dentro de ti. Por isso quase ninguém sabe.

Os olhos do Galileu se umedeceram.

– Eis outra razão pela qual vim ao mundo: para gritar que não estais sozinhos nem abandonados. Ele reside em nós e garante a imortalidade e a felicidade futuras. Estou aqui, querido mensageiro, para despertar o mundo. Quando chegar a hora, volta e transmite o que estou te revelando.

Procurei aliviar a emoção e me desviei do assunto capital.

– Falas também da mente. O que é?

Jesus resumiu tudo em três palavras:

– Uma criatura emprestada. Desaparece com a morte.

E não tive mais remédio que voltar ao assunto principal. Jesus parecia mais calmo.

– E o que o Pai ganha instalando-se dentro dos seres humanos?

O Mestre esperava essa pergunta. E se esvaziou:

– Recorda que é o mistério dos mistérios.

– Sim, mas dize-me.

Jesus tornou a sorrir, feliz. Meu interesse pelo bom Deus, para que negar, fascinava-o.

– Está bem. Farei o que puder. Deus, *Abba*, não está capacitado para o mal. Seu conhecimento das coisas é absoluto e preexistencial. Mas nada substitui a experiência direta. E isso é o que o Pai faz: desce até o mais baixo e vive, por si mesmo, cada aventura na matéria. Vive contigo (e não é uma metáfora) tuas solidões, teus erros, tuas alegrias, tuas lágrimas, tuas dúvidas, teus ódios, tuas humilhações, tuas riquezas e tuas pobrezas, tuas ansiedades, tuas doenças, tua ignorância, tua covardia ou tua coragem, tua generosidade ou teu serviço aos outros. Ele está aí, quase desde o princípio, e vive contigo, em silêncio. Ele te dá de presente a imortalidade, e tu, em troca, o ajudas a experimentar diretamente.

– Mas isso é um ato de humilhação!

– É, querido *mal'ak*. Deus, o maior, humilha-se. Deus "cresce" em direção ao homem e este "cresce" em direção ao Número Um. Ambos se beneficiam, não te parece?

– Que me dizes dos animais? Também desfrutam da centelha divina?

Jesus foi categórico.

– Não. Os animais podem expressar emoções, mas não são capazes de transmitir ideias nem ideais. Eles não sentem necessidade de buscar Deus, nem se fazem perguntas a respeito. A centelha é um presente do Pai, mas só para o ser humano. Os anjos, por exemplo, se pudessem sentir inveja, vos invejariam por algo assim.

– O que aconteceria se o homem deixasse de receber a centelha?

O Mestre sorriu diante de minha insaciável curiosidade.

– Isso não está nos planos do Pai.

– Mas imagina...

– A humanidade retrocederia. Da noite para o dia perderíamos a necessidade de experimentar a beleza, a generosidade e a bondade. Tudo isso foi dado ao mundo pela presença do Pai em cada um de nós. Essa é a função da *nitzutz*. Não compreendeste? A beleza está em ti, fisicamente, embora não tenhas consciência disso. E assim será, para "sempre".

– E como faço para lhe prestar maior atenção?

– Eu te disse, e me ouvirás repeti-lo uma infinidade de vezes: deixa que se faça a vontade do Pai, abandona-te em suas mãos, aninha-te na centelha. Ela fará o resto. Aceita que és um filho de Deus e que nada mudará essa realidade-presente. A centelha, então, trabalhará, e tu perceberás a mudança, pouco a pouco. O medo, como te dizia, desaparecerá. Já não te acovardarão as dificuldades, nem concederás tanta importância às angústias próprias da vida na matéria. A dor e o sofrimento chegarão, mas não te derrubarão. A velhice não te assustará. Nada poderá te atemorizar. Serás livre, enfim. Estarás no caminho do rcino.

Assim terminou aquela inesquecível conversa sobre a presença do Pai dentro do ser humano: a centelha.

Servi o jantar, e Jesus se mostrou afetuoso e feliz. Falamos de outros assuntos, mas uma ideia em minha mente permaneceu: agora, quando abro os olhos, vejo Deus, e quando os fecho, continuo vendo-o.

A chuva parou e nos retiramos para descansar.

Nunca esquecerei aquela quarta-feira, 30 de janeiro do ano 26. Ele abriu minha mente para uma realidade que sempre esteve ali.

Aquela quinta-feira, 31 de janeiro, amanheceu tranquila. O céu estava limpo. A *es-sa ra*, a chuva dócil, deu-nos uma folga.

Jesus havia desaparecido. Esse era seu costume, como já mencionei. O mais provável é que houvesse se dirigido à colina dos *žnun*,[10] também chamada da "escuridão", porque, segundo os *badu* (beduínos), quem se arrisca-

10 *Žnun* ou *yenún* são o plural de *zann* e de *yinn*, respectivamente. Trata-se dos diabos ou espíritos maléficos por excelência, segundo os *a'rab* (árabes). O *wely*, porém, é um gênio benéfico. (N. do M.)

va a entrar nela "ficava às escuras", e para sempre. Como também registrei nestes diários, "ficar às escuras", para os *a'rab*, não era padecer de cegueira, e sim de loucura. Eram os *žnun*, os diabos que habitavam o alto da colina, que provocavam essa "escuridão" ou demência. Como disse, em Beit Ids tinham um exemplo eloquente.

Eu conhecia essa colina. Já a havia visitado. Chamava-a de "778", por conta de sua altitude. Era um monte pelado, sem uma única oliveira. Os habitantes de Beit Ids não punham os pés nela. Era por isso que suas encostas estavam improdutivas. Ninguém na região teria se atrevido a invadir o território dos *žnun*.

Tomei o café da manhã e pensei em sair ao seu encontro. A "778" se erguia a cerca de dois quilômetros da caverna rumo ao nordeste. Se andasse rápido conseguiria alcançar o topo em uns 45 minutos. Não tinha pressa nenhuma. Na realidade, eu não tinha nada para fazer. Após o incidente com "Matador" e seu bando, dei por certo que o Mestre não voltaria a trabalhar na colheita da azeitona. E assim foi.

E nisso, percebi a tábua de tola branca que Jesus havia deixado perto da palha sobre a que dormia este explorador. Fazia parte do jogo do *shelem*, ou da "estátua", ao qual também me referi no momento oportuno. O Mestre, ao abandonar a caverna, escrevia algo na madeira, geralmente uma frase ou uma palavra, e quando voltava, ao entardecer, isso servia de guia para uma nova conversa.

"A pérola do sonho."

Isso foi o que Galileu escrevera. Eu pensei muito, mas não soube como interpretar aquilo. Fiquei feito uma estátua, de fato. Teria que esperar sua volta. Aliás, ao pensar nisso, em sua volta, surgiram em minha memória outras palavras, pronunciadas na noite anterior por Jesus de Nazaré, quando conversávamos sobre a centelha. Deixaram-me novamente impactado. Era a segunda vez que ele se referia a isso, que eu recordasse.

"Estou aqui, querido mensageiro, para despertar o mundo. Quando chegar a hora, volta e transmite o que estou te revelando."

Por que o Mestre falou no singular? Por que disse "volta"? Por que não falou no plural? Éramos dois...

E aí ficou a advertência. E eu acabei esquecendo-a.

Não precisei continuar hesitando. O Destino, efetivamente, tem tudo escrito.

Quando ia sair da caverna e rumar para a "778", apareceu o escravo negro de Yafé, *sheik* de Beit Ids. Yafé, o belo, estava me chamando.

Quando apareci na *nuqrah*, o lar do *sheik*, descobri uma notável atividade. Em frente ao casarão, as mulheres se ocupavam na montagem de uma *bait sharar*, uma tenda, ou "casa de pelo". Animavam umas às outras para estender as *saqqah*, pedaços de pele de cabra, e para levantar os postes e firmar as cordas. Yafé queria obsequiar o Príncipe Yuy (o Mestre) com uma ceia. Eu devia transmitir o convite. Yafé não foi muito explícito. E deduzi que o gentil gesto podia ter sido motivado pela cura do menino mestiço. Sim e não.

A questão é que o *sheik* preparou tudo como se se tratasse de um convidado ilustre. Ele nunca soube até que ponto acertou.

A tenda, toda ela branca, foi borrifada com água. Os beduínos tinham esse sábio costume. Ao ser molhada, a lã incha e fica mais fechada. Era uma excelente proteção contra a chuva.

Em pouco tempo tudo estava pronto. A tenda, muito espaçosa, foi dividida em duas partes: *al shigg* (o lado dos homens) e *al mahram* (a seção das mulheres). Os dois compartimentos foram separados por uma cortina de cores vivas, tecida também pelas mulheres do *sheik*; chamavam-na de *sahah*. O primeiro habitáculo, o dos homens, era mais amplo e confortável. Em um dos cantos, perto da porta, destacava-se um lenço vermelho amarrado a um dos postes de madeira, chamado *raffah*. Era um pano obrigatório em qualquer refeição importante. Era com ela que os hóspedes se limpavam depois de cada prato e ao fim da refeição. Que alguém não o fizesse era considerado uma descortesia, ou sinal de que o banquete não havia sido de seu agrado. O chão foi coberto com esteiras de palma e sobre elas colocaram um bom número de sacos que continham trigo e tâmaras. Os sacos, por sua vez, foram cobertos com tapetes. As mulheres os chamavam pelo nome. Cada tapete, como os postes de madeira ou as cordas, recebia um nome. Recordo alguns: *saggad*, *besal*, *ma'anek* e *labbad agoumieh*, entre outros. Do lado das mulheres, colocaram o necessário para a preparação da ceia: panelas para a carne; vasilhas para amassar a farinha; recipientes para a água; pratos de couro; o *laqen*, a grande travessa de metal, sempre funda, que servia para a comida comunitária; os *hata'is*, uns curiosos pratos de madeira pintados com a boca; as pinças para manipular as brasas, e outros utensílios que não consegui identificar.

Em uma dessas inspeções encontrei uma velha amiga: Nasrah, a primeira esposa do *sheik*, a *faqireh* ou feiticeira do clã de Beit Ids. Ela me olhou com desconfiança. Tinha a mesma aparência grosseira: o rosto maquiado de verde, um grande *nezem*, ou brinco de prata que perfurava seu nariz, e aquele *thob'ob*, uma peça de lã preta que ela enrolava no magro e mínimo corpo.

Eu sabia. Tinha que ter cuidado com a "gritona" (esse era o significado de Nasrah). Eu não gostava daquela bruxa. E não me enganei.

Ouvi-a falar com as demais mulheres. Dava ordens sem parar. E parecia não dar importância ao incidente do dia anterior. Pelo que pude ouvir e deduzir, a *faqireh* não gostava da presença de Jesus, e muito menos do fato de ele ter obrado um prodígio no local que ela considerava seu território. A notícia da milagrosa cura de Ajashdarpan, de fato, havia se espalhado por toda a região. Aquilo – pensei – só podia criar problemas.

Quase não conversei com o *sheik*. Quando ficou tudo pronto, sentou-se dentro da tenda, recostado nos sacos de grãos. As mulheres cuidaram da limpeza de seu cabelo e das unhas de mãos e pés.

Compreendi. O *sheik* queria causar a melhor impressão.

E voltei à caverna da chave. Lá, esperei a chegada do Mestre.

Jesus ficou encantado. Não era conveniente fazer desfeita a nosso generoso anfitrião. Uma boa comida, e quente, não cairia mal. Esse foi nosso principal pensamento. Pelo menos o meu.

E no ocaso, com o bosque de amendoeiras tingido de vermelho, fomos para o povoado.

Yafé estava à porta da tenda, esperando. Vestia uma longa e imaculada *dishasha* (uma espécie de túnica), toda de seda. Inclinou-se levemente e deixou seus negros e brilhantes cabelos balançarem. Seus cílios estavam pintados com um azul metálico. No cinto levava seu inseparável *khanja*, símbolo da virilidade para os *badu*: uma adaga curva, muito larga, com empunhadura de ouro.

E os escravos deram início ao ritual. Ofereceram água para lavarmos as mãos, especialmente a direita, e suplicaram que tirássemos os calçados.

No lado dos homens, aguardava um grande grupo de filhos, netos e outros parentes de Yafé. Todos, um por um, cumprimentaram o Príncipe Yuy e quem isto escreve. Calculei cerca de 30 pessoas. Na seção de mulheres ouviam-se os cochichos e percebia-se o vaivém dos últimos preparativos da ceia. Algumas mocinhas olhavam furtivamente pela cortina e sorriam maliciosas. Era parte do ritual.

Yafé deu a ordem, e os escravos passaram à cerimônia da imolação, também conhecida como *dabihet ed-deif*. Colocaram um cordeiro em frente à tenda e, após invocar o favor de Sahar e de Sami, "os únicos deuses *a'rab* que ouvem", degolaram-no. Vi o Mestre empalidecer. A seguir, parte do sangue foi vertida sobre um denso galho de louro. Yafé pegou as folhas, deu alguns passos em direção ao olival e espalhou o sangue no ar. Depois, voltou para dentro da tenda. A *dabihet* era um rito obrigatório na sagrada cerimônia da *dorah*, a hospitalidade, mas só estava ao alcance dos poderosos.

Acenderam-se as lamparinas de óleo, e os escravos colocaram três grandes *laqen*, ou travessas de cobre, no chão da tenda. Continham parte do menu.

Jesus continuava sério. Deduzi que a imolação do cordeiro não fora de seu agrado.

As travessas de metal, fumegantes, traziam uma abundante porção de codornas com uvas, temperadas com canela em pó, suco de gengibre, sal e pimenta em abundância.

Yafé cuidou pessoalmente da distribuição dos comensais perto das apetitosas travessas. Foi acomodando um a um. Reclinou-se em um dos sacos, e o Mestre, a convite do *sheik*, fez o mesmo, a sua direita. Eu me sentei à esquerda do belo. Para dizer a verdade, estava faminto. Além do mais, a comida parecia ótima. Alegrei-me pelo Mestre. Finalmente poderia jantar decentemente.

E esperamos. Esse era o costume.

Foi Yafé quem autorizou o início da ceia, após agradecer os favores da brilhante estrela da manhã, da *welieh* da fonte e de outras 50 divindades árabes. Permanecemos em um respeitoso silêncio. A seguir, a um gesto do *sheik*, todos os presentes atacaram suas respectivas bandejas, utilizando sempre os dedos polegar, indicador e médio da mão direita para pegar o alimento. Era assombroso. Cada convidado tinha especial cuidado para não coincidir com o restante na hora de levar a mão às codornas. Dava azar, diziam. E quem isto escreve se esforçou para não cometer uma gafe. Para Jesus, aquilo era divertido.

A refeição era algo tão especial para os *badu* que ninguém falava. De minha parte, agradeci. Já era bastante o jogo de não coincidir com o movimento de mãos dos demais comensais.

As codornas estavam saborosas. E notei que Jesus ia recuperando a força.

Yafé, segundo o costume, não comeu. Ficou atento para que nada faltasse. As mulheres também não comeram. O papel delas era espiar e rir.

De vez em quando, os escravos iam até Jesus, e até este aturdido explorador, e ofereciam água e um lenço. Limpávamos a mão direita e continuávamos a comer, em silêncio. Ninguém se atrevia a falar. Os demais convidados (não considerados especiais) tinham que se levantar e ir até a porta, limpando as mãos no *raffah*, o lenço vermelho próprio para isso. Quanto mais sujo – diziam os *badu* –, mais generosidade e poderio por parte do anfitrião.

Passados alguns minutos, satisfeita a fome, teve início a rodada de arrotos. Foi difícil me acostumar. Os convidados, tentando não desmerecer a "gentileza", começaram a expelir os gases, sem o menor pudor. Era a melhor demonstração de agradecimento que podiam dar. A cada arroto, o *sheik* correspondia com uma leve inclinação de cabeça e agradecia. E todos felizes. Em especial as mulheres, que replicavam, a cada arroto, com risos. Também Jesus se viu obrigado a praticar aquela forma de "cortesia" para com o anfitrião. Quanto a mim, na verdade, consegui mais ou menos. Mas o *sheik* não me levou em conta. Sabia que eu era um *barrani*, um estrangeiro.

Restou alguma coisa nas travessas de metal. Os beduínos tinham por costume não esvaziar os pratos. Se sobrasse, o anfitrião distribuía os restos entre os mais pobres e necessitados do lugar. Os escravos retiraram os *laqen* e voltaram com mais três travessas de cobre cheias de carne de vaca com favas e uma verdura parecida com o espinafre. Chamavam-na de *lahma bi foul ahdar wa sabanekh*, ou algo assim. A carne estava cortada em pequenos cubos, com a inevitável e abundante pimenta. A cebola, o sal e um fruto que me fez recordar a lima arrematavam o delicioso manjar.

E repetiu-se a sequência dos três dedos.

Nisso, enquanto dávamos conta da carne, apareceu na tenda um indivíduo de cabelo branco. Era um ancião, e só lhe restavam os ossos. Aguardou em pé, em frente à "mesa" do *sheik*. Portava nas mãos um pequeno "violino" (?) de uma corda só e o correspondente arco.

Yafé o incitou a tocar, e assim foi feito. E o lugar se encheu de um som doce e ondulado, entre a tristeza e a poesia. Ninguém respirou. Ayed – essa era sua graça – era um grande músico. Tocava seu *rabab*, seu violino, onde o requisitassem, por um punhado de sal ou de comida. Jesus acompanhou os lamentos do violino com verdadeiro interesse. E o vi transportar-se, mas não pude penetrar seus pensamentos.

A música nos acompanhou o resto da ceia, até que retiraram as bandejas e apareceram o chá e o *kafia*, aquela espécie de café procedente dos montes de Sidamo, Gamud e Dulla, na atual Etiópia.

Ao fim de cada melodia, os *badu*, em vez de aplaudir, inclinavam a cabeça em sinal de reconhecimento. E o ancião prosseguia, sempre grave e concentrado.

A sobremesa me deixou igualmente perplexo. Yafé havia se esmerado. Os escravos mostraram aos comensais uma travessa com uma *m'hencha*, uma serpente confeccionada com uma deliciosa massa assada que chamavam de *ouarka*, mistura de farinha, ovos, amêndoas moídas, canela, mel, manteiga e água de flor de laranjeira.

Os olhos de Jesus se iluminaram.

Eu comi duas vezes.

Ao chegar o chá, a situação mudou. O músico se retirou a um canto e esperou as ordens do *sheik*. Era a hora das conversas.

O Mestre escolheu o chá. Tratava-se de uma infusão com essência de jasmim. Eu me inclinei pelo *kafia*, mais forte. Alguma coisa me preveniu. Devia me manter atento.

De início, os comensais falaram de assuntos mais ou menos amenos: a situação do gado, a colheita da azeitona, quase concluída, e os últimos falecimentos da região. Mas todo mundo observava o chamado Príncipe Yuy. A verdade é que estavam lá por pura curiosidade. E murmuravam: "Será esse o autor do prodígio?".

Jesus também ouviu os comentários, mas não disse nada. Ficou mudo, bebendo de sua pequena xícara de chá.

Imagino que Yafé, o *sheik*, ardia de desejos de formular a pergunta que corria de convidado em convidado, mas, cortês, esperou.

E vencida a terceira xícara de chá, como ditava o costume, um dos comensais ergueu a voz e interrogou diretamente o hóspede principal. Fez-se silêncio. Chegara o grande momento.

O Mestre não respondeu e continuou sério. Parecia meditar a resposta.

Mas o Galileu não teve opção. Não chegou a responder. Outros comensais, ansiosos, intervieram com seus comentários, enroscando-se, por sua vez, em uma acre polêmica. O *sheik* não podia acreditar no que estava acontecendo. Alguns repudiaram a opinião dos primeiros. Não foram os "macacos", ou "os que atiçam fogo" (circunlóquios utilizados para evitar o nome dos *žnun*) que curaram o menino mestiço. Foram os *wely*, os espíritos benéficos, que provavelmente – foi o que disseram – se apiedaram de Ajashdarpan. Outros, inclusive, invocaram os nomes de Kabar, o planeta Vênus, e dos *ba'al*, os protetores do lar.

A situação começou a se complicar. Ninguém dava o braço a torcer. Jesus, impassível, ouvia todas as versões.

Por fim, o *sheik*, erguendo as mãos, restituiu a ordem à tenda. Todos se calaram.

Ao fundo, por um vão na cortina colorida, vi o rosto verde da *faqireh*. Sorria maliciosamente.

– Qual é tua opinião, Yuy? Foram aqueles que habitam o monte da escuridão que...? Ou acreditas que...?

Jesus conhecia o jeito de falar do *sheik*, sem terminar as frases. Dirigiu um olhar aos presentes e, ao notar a expectativa, sorriu levemente. O que estavam propondo?

E o Mestre, sempre em *a'rab*, explicou quem era o "*sheik* das Estrelas", de quem eu já havia falado com Yafé. Os convidados, perplexos, não se atreveram a interromper.

Jesus explicou que o Pai era o único Deus. D'Ele procedia sua força. Ele, o Príncipe Yuy, era seu enviado. Viera à Terra para trazer a luz e vencer o medo.

E disse mais.

Devo reconhecer que o Mestre era valente.

Referindo-se aos espíritos maléficos, aos *žnun*, esclareceu, categórico, que não existiam. Ou melhor: que Ele acabara de derrotá-los. Não tinham mais nada a temer. Podiam subir à colina da escuridão quando quisessem.

As afirmações do Mestre deixaram os presentes de boca aberta. Mas foi por pouco tempo. Quando os convidados compreenderam, simplesmente explodiram. Primeiro foi um murmúrio generalizado de desaprovação. Depois, gesticularam e gritaram entre si. Por fim, dirigindo-se a Jesus, insultaram-no.

O *sheik* empalideceu e tentou pôr ordem no recinto mais uma vez.

Foi inútil.

O clamor dos *badu* e os protestos foram crescendo.

"Como se atrevia a duvidar dos *žnun*? Quem era aquele homem para se considerar enviado dos céus?"

O volume dos gritos aumentou.

Jesus continuava impassível, com rosto grave.

Bendito Deus! Que eu recordasse, aquela era a primeira vez que o Mestre falava em público. Algo histórico e jamais registrado pelos evangelistas. E também foi a primeira vez que colheu um estrepitoso fracasso.

O *sheik*, a duras penas, erguendo a voz acima de seus parentes e amigos, solicitou bom-senso e respeito aos convidados. Ninguém obedeceu.

"Quem era aquele *barrani* para se considerar à altura dos deuses?"

Jesus ouviu a envenenada pergunta e ergueu a mão esquerda.

Foi instantâneo. As vozes cessaram e todos aguardaram a palavra de Yuy.

O Mestre, então, com voz firme, ratificou o que disse e foi além: os deuses, tal como eles os entendiam, eram pura invenção. Só o Pai, o *sheik* das Estrelas, era uma realidade física. Ele, o Príncipe Yuy, havia se limitado a cumprir a vontade do único Deus.

– Isso – concluiu Jesus, lançando mão da filosofia dos *badu* – é *as sime.*[11] Vós, se houvessem conhecido o Pai, teríeis feito o mesmo.

Mas alguém, indignado, interrompeu-o:

– Blasfemo! Como te atreves a negar a existência dos deuses?

E o tumulto explodiu de novo.

O *sheik* pediu paz e recordou que, enfim, estavam ali para celebrar uma *husna* (uma boa obra).

Ninguém ouviu as conciliadoras palavras do *sheik* de Beit Ids.

O Mestre, resignado, fez silêncio. E respondeu aos insultos baixando os olhos.

Meu Deus! Eu havia assistido (ou melhor, assistiria no futuro) a uma cena parecida, quando os judeus arremeteram contra o Mestre, na manhã de 7 de abril do ano 30, em um dos pátios da fortaleza Antônia, em Jerusalém.

Parecia um aviso do Destino.

– *Sharwaya! Sharwaya!*

E os convidados gritaram em coro um dos piores insultos dos *badu*. *Sharwaya* eram todos aqueles que não eram árabes e que, supunham, se dedicavam à criação de ovelhas. Os nobres e os verdadeiros beduínos – diziam – não trabalhavam nessas tarefas.

E o escândalo, longe de amainar, encheu a tenda e os arredores. Os escravos e as mulheres abandonaram suas posições e surgiram à porta da casa de pelo. Estavam desconcertados. Eu, mais que todos. O que podia acontecer? Passariam dos insultos e gritos às mãos? Pensei na "vara de Moisés". Nem sequer estava ao meu alcance.

E aconteceu o menos pior.

Alguns comensais se levantaram e abandonaram a tenda, indignados. Outros, depois de chutar as chaleiras, foram atrás deles, cuspindo ao passar pelo Mestre.

Yafé se levantou e tentou convencer seus convidados a manter a compostura. Ninguém obedeceu. E em pouco tempo ficaram na tenda só o Mestre, o *Sheik*, quem isto escreve e o músico, imóvel em seu canto.

---

11 *As sime*, como já expliquei em outro momento, era uma das qualidades mais destacadas no mundo árabe. Significava "a proteção do fraco". Fazer *as sime* era próprio de homens virtuosos e honrados. Em geral, era praticada com os mais fracos e desfavorecidos. (N. do M.)

O silêncio voltou, felizmente, e Yafé se desculpou pela enésima vez:

– Eu te suplico que os perdoes porque...

Jesus o abraçou com um de seus doces sorrisos e amenizou a situação.

– São *al-arab*...

Yafé, ao utilizar a expressão *al-arab*, quis dizer que seu povo era assim: gente que fala claramente.

Jesus aceitou as desculpas e ameaçou se levantar, com o claro propósito de se despedir do bom e confuso *sheik*. Mas o belo não permitiu. Tornou a se acomodar ao lado do Galileu e chamou o velho do violino. Ele rapidamente se postou em frente a nós e começou uma nova melodia.

A situação era embaraçosa. Não sei o que mais o *sheik* pretendia. Não demorei a descobrir.

Yafé, adoçando as palavras, sempre inconclusas, fez uma proposta a Jesus. Essa era a segunda grande razão que o havia levado a organizar a ceia.

– Soube – comentou – que és um excelente carpinteiro naval e que construíste...

O Mestre, adivinhando, dirigiu-me um olhar. Corei. Mas ele continuou atento às meias frases do *sheik*. Tempos atrás, como já relatei, eu havia informado o *sheik* da habilidade do Mestre para construir embarcações. Yafé não esqueceu e prosseguiu com sua proposta. Queria que tornasse seu grande sonho realidade: o barco-templo em homenagem a seu amor, o mar. E relatou, à sua maneira, as tentativas anteriores de construí-lo em uma das colinas de Beit Ids. O projeto não prosperou, e parte da estrutura acabou indo parar na caverna da chave. Essa era a madeira de tola branca na qual Jesus escrevia e que sempre acabava no fogo. O frustrado barco-templo tinha um nome: *Faq* ("Despertar").

E repetiu o que me havia dito:

– Nenhum *naggar* (carpinteiro naval) acreditou em meu sonho porque dizem...

– Talvez não tenhas encontrado o *naggar* adequado – replicou o Galileu.

Fiquei estupefato. Essa foi a resposta que dei ao belo naquela "conversa". Como Ele podia saber?

Yafé mudou de expressão. Seu rosto se iluminou e seus incríveis olhos verdes cintilaram.

– Estás dizendo que aceitas, e que, além de tudo...

Jesus sorriu abertamente, com agrado. Yafé e eu não podíamos acreditar.

– Aceito – concluiu o Mestre. – Com uma condição.

– Seja qual for; além do mais...

O Filho do Homem pediu calma. E o músico, como se adivinhasse, foi baixando a melodia muito lentamente.

– Construirei teu "Despertar" – prosseguiu o Mestre – desde que a notícia da cura da criança não se espalhe.

O *sheik* aceitou sem demora.

– Eu te pagarei. Eu te pagarei, e, além de tudo...

Levantou-se de novo. Andou em direção à cortina que dividia a tenda e chamou alguém.

Quando as vi, fiquei sem fôlego. Imaginei algo.

Eram as gêmeas, que eu havia visto em diversas oportunidades. Como se pode recordar, ambas fizeram fugir vários membros do bando dos *ḍuṛ-ḍaṛ* ("os que se viravam e mostravam o traseiro") quando incomodavam o Mestre no meio do rio que corria em frente à caverna. Eram netas do *sheik*. Desta vez vestiam seus *thob*, ou túnicas, de cor clara e se adornavam com cinco colares de conchas cada uma. Os olhos, escuros como a noite, pareciam perdidos. Olharam para nós sem enxergar. Estavam belíssimas, como sempre. Uma, se não me recordava mal, chamava-se Endaiá, ou "cheia de orvalho". A outra, idêntica, respondia à graça de Masi-n'ãss, que poderia ser traduzido como "a porta dos felizes sonhos".

Tremi.

Jesus fez silêncio e esperou uma explicação. Estava muito claro...

Não me enganei.

Yafé fez um detalhado e enfático elogio às garotas (creio que não tinham mais de 15 anos) e, finalmente, tomando uma delas pela mão, fez que desse um passo adiante. Mostrou-a a Jesus e lha ofereceu como esposa.

Fiquei sem fôlego.

Depois, fez o mesmo com a segunda e repetiu a oferta, incitando-me a aceitar o "presente".

Para os *badu*, aquele era um costume relativamente habitual. Não era necessário o consentimento das mulheres para que fossem entregues em matrimônio. De fato, quase nunca ocorria a aceitação prévia da noiva. Os pais e demais familiares negociavam o *mohar* (o dote), que ficava a cargo da família do noivo, e fechava-se o acordo com a entrega do dinheiro ou dos animais e bens combinados. Às vezes se assinava um contrato, mas isso também não era imprescindível. A palavra de um *badu* era sagrada.

Jesus, então, se levantou. Colocou as mãos nos ombros do *sheik* e agradeceu o gesto; mas suave e delicadamente, sabendo que a rejeição da gêmea melindraria o *sheik*, explicou-lhe que não podia aceitar a garota. Seu trabalho – disse – era revelar a existência do Pai, e isso era prioritário. Construiria o barco, como prometera, mas isso seria tudo. E agradeceu a hospitalidade e seu bom coração.

E dando meia-volta, afastou-se da tenda. Eu o vi desaparecer na escuridão da noite.

Yafé não teve tempo de reagir. O músico continuou tocando. Quanto a este confuso explorador, não lembro bem o que argumentei, mas abandonei a presença do belo na mesma velocidade.

Dado o forte caráter das gêmeas, entendo que foi o melhor que pude fazer.

Quando cheguei à caverna, o Mestre tentava acender o fogo. Não falamos nada. Na verdade, tudo estava dito, ou quase tudo. Perguntei se queria tomar alguma coisa. Negou com a cabeça. E me sentei em frente a Ele, como tinha por costume. Durante um tempo, fiquei observando-o. Parecia triste. Não me atreveria a dizer preocupado. E recordei o ocorrido na tenda de Yafé.

Não pude evitar aquele pensamento: o Filho do Homem era um ser maravilhoso, mas condenado ao fracasso.

Jesus levantou o rosto e me olhou intensamente. Sabia o que eu estava pensando. E sustentei aquela ideia.

Ele, a sua maneira, me deu razão. Não disse nada. Baixou de novo o rosto e continuou pensativo. O fogo e eu tentamos consolá-lo. Cada um como pôde. As chamas jogaram reflexos nos cabelos d'Ele, e eu o acariciei com a mente. Teria dado minha vida por aquele Homem.

Por fim, não sei se para tirá-lo daquele poço, eu me atrevi a perguntar. Sabia a resposta, em parte, mas isso não me importou. Queria que emergisse, que fosse o de sempre.

E questionei diretamente o assunto da gêmea. Por que a havia rejeitado? Ele também tinha direito a ter uma esposa, uma companhia.

Jesus captou minha boa intenção e aceitou voltar à realidade. Isso foi suficiente.

E lenta e tranquilamente, expôs o que este explorador já sabia. Também falamos disso no Hermon.[12] Não era aconselhável que Jesus de Nazaré deixasse descendência nem escritos permanentes. Isso teria provoca-

12 Ampla informação em *Cavalo de Troia 6 – Hermon*. (N. de J. J. Benítez.)

do inúmeras controvérsias entre seus seguidores. Assim lhe recomendara Emanuel, seu irmão maior no reino.

Emanuel? Não sabia de quem estava falando e perdi a oportunidade de perguntar. Foram tantos os temas que caíram no esquecimento...

Finalizada a exposição, Jesus voltou a ler meus pensamentos. Eu o ouvira com atenção e concordava com boa parte do dito, mas aquela dúvida continuava me intrigando: ele era ou não partidário do casamento?

O Mestre recuperou a força. Voltava a ser o de sempre. Sorriu e respondeu assim:

– Como podes duvidar? O casamento não foi inventado pelo homem. O casamento é uma opção legítima, à qual eu tenho direito.

Deixou-me perplexo.

– Mas sempre me submeterei à vontade do Pai. Eu poderia ter optado pelo caminho do casamento, e isso não teria obscurecido meu trabalho, mas decidi ouvir os que sabem mais que eu.

– O casamento não foi inventado pelo homem?

O Mestre compreendeu minha surpresa.

– Não, querido mensageiro, como tantas outras coisas.

E foi diretamente ao importante:

– Não te enganes. Mesmo não sendo uma criação do homem, o casamento não tem caráter sagrado.

Intuí por que dizia isso.

– Foi o homem que, uma vez mais, colocou Deus em seus assuntos. O casamento é um acordo entre duas partes. E deve ser formalizado com base no amor.

Deixou o silêncio rolar, e eu absorvi suas palavras.

– Mas, insisto, isso não o torna divino.

– Então, se for rompido...

– Não misture Deus nos negócios puramente materiais. Ele existe para coisas mais importantes. Se o casamento fosse sagrado, querido *mal'ak*, seria na matéria e também no reino espiritual de meu Pai. Lá, porém, não existe casamento tal como vós o interpretais na Terra.

Mensagem recebida.

Estávamos cansados. E de mútuo acordo, adiamos a conversa sobre a "pérola do sonho" para outra oportunidade.

O Galileu saiu da caverna. Supus que quisesse urinar. Depois, voltou e se acomodou sobre a palha que nos servia de leito. Logo dormia calma e profundamente.

Eu fiquei em frente ao fogo, ruminando as recentes palavras do Mestre sobre o caráter não sagrado do casamento. Nunca havia pensado nisso sob esse ponto de vista. As igrejas, de fato, não têm razão, e, o que é pior, arrastam seus seguidores para um mar de confusão e de angústias desnecessárias.

Então, apareceu diante de mim.

Brilhava timidamente.

Estava entre meus pés, ao alcance da mão, meio sepultado na terra da caverna.

Peguei-o com curiosidade. Observei-o e fiquei maravilhado.

Não o havia visto até esse momento.

Dirigi o olhar para Jesus. Era assombroso!

Aos meus pés apareceu um cravo de ferro, novo e reluzente, habilmente martelado em forma de "J". Passei-o por entre meus dedos e deduzi que fazia parte de alguma coisa. Talvez fosse um dos cravos inseridos na viga de carvalho que cruzava a caverna. Talvez houvesse caído. Não sabia naquele momento. E, de repente, recordei algo... O sonho! Foi durante uma de minhas estadias em Salem, a aldeia onde conheci o velho e sábio *Abba* Saul, ao passear pelo chamado "lugar do príncipe", quando adormeci em meio às ruínas de uma fortaleza supostamente erguida por Malki Sedeq (ou Melquisedec), o príncipe que, ao que tudo indica, ensinou Abraão. Nesse cochilo tive um estranho sonho: um homem de cabelos brancos e longos até a cintura, com uma túnica de seda branco gelo, aproximou-se de quem isto escreve e sussurrou-lhe palavras de luz.[13] No peito tinha um emblema que me pareceu familiar: três círculos concêntricos, bordados em azul. E o homem falou com "palavras luminosas": "Eu sou o verdadeiro precursor do Filho do Homem".

Bar Nasa... Filho do Homem...

Por último, antes que acordasse, o homem dos três círculos afirmou: "Quando chegar o momento, busca a teus pés. Então, compreenderás que isto não é sonho."

Fiquei desconcertado. Era a segunda vez que encontrava algo aos meus pés. A primeira, como já relatei, aconteceu no estaleiro de Nahum, no quarto secreto de Yu, o chinês. Naquela ocasião, encontrei entre meus pés um pequeno disco de jade preto, o "beijo interior". Segundo Yu, encontrar um jade preto era uma bênção especialíssima dos deuses.

Querida Ma'ch...

A qual dos dois achados se referia o sonho?

---

13 Ampla informação em *Cavalo de Troia 7– Nahum*. (N. de J. J. Benítez.)

E, esgotado, abandonei o misterioso assunto. Esqueci o cravo e fui dormir. Pouco depois já estava profundamente adormecido. Mas aconteceu algo estranho, difícil de explicar. Eu o atribuí ao fato recente de ter encontrado um cravo com uma forma tão curiosa.

A questão é que nessa noite tive outro sonho. Mais ou menos, isto é o que recordo:

Eu estava do lado de fora da caverna. Era dia. Eu era um simples espectador. Não fazia parte da ação. Chegaram várias pessoas. Vestiam-se como no século XX. Estavam procurando alguma coisa. Entraram na caverna. Depois, saíram. Reparei bem em cada um deles. Havia quatro árabes. Os demais eram europeus. Eu conhecia um dos europeus. Anos depois de nossas aventuras no Israel de Jesus de Nazaré, tive oportunidade de conversar com ele. Nós estávamos em Yucatán. Eu, naquele momento do sonho, não o conhecia ainda. Falavam e discutiam. Então, a pessoa a quem eu conhecia entrou de novo na gruta e ficou sozinha, sentada em uma das pedras. Parecia preocupada. Foi naquele momento que vi aquilo. No céu, surgiu uma pequena cruz vermelha. Voou por sobre a cabeça dos que discutiam e pousou em uma chapa de metal situada à esquerda da caverna. Ninguém viu a cruz. Eu me aproximei e verifiquei que, de fato, se tratava de uma cruz vermelha. Era como se alguém houvesse acabado de pintá-la na citada chapa metálica. Uma chapa que cobria e protegia o manancial que havia perto da caverna. Por último, no sonho, também vi aparecer um cravo de ferro. Era o que eu havia desenterrado essa noite! Tinha a mesma forma, como um "J". Voou da mesma maneira sobre os ali presentes, mas ninguém notou sua presença. Minto: a única mulher do grupo ergueu a cabeça, como se percebesse algo. E o cravo em forma de "J" acabou se perdendo na boca da caverna. E ali desapareceu.

Curiosamente, o nome de batismo do homem que entrou na caverna, aquele que eu conhecia e a quem acabaria entregando meu legado, começava com "J".

O sonho acabou aí. Nunca soube o significado dele, mas fica registrado.[14]

---

14 Em 2 de outubro de 1997, seguindo as pistas fornecidas pelo Major, cheguei à caverna da chave, acompanhado por um guia e vários arqueólogos jordânios. Nessa viagem me acompanhavam Blanca, minha mulher, e Iván, meu filho mais velho. E foi nessa visita à tal caverna perto de Beit Ids que encontrei um cravo em forma de "J" enterrado na esponjosa terra que cobria o piso da caverna. O cravo tinha 2 mil anos. O Major não podia saber dessa visita porque faleceu muito antes, em agosto de 1981. Para mais informação: *Planeta encantado: El mensaje enterrado.* (N. de J. J. Benítez.)

Quarta semana em Beit Ids

Naquela quarta semana de permanência nas proximidades da aldeia de Beit Ids, ao leste do rio Jordão, testemunhei um acontecimento digno de destaque. Ou melhor, dois.

O primeiro aconteceu quatro dias depois do acordo entre Jesus e o *sheik* para a construção do barco-templo. Yafé – não sei como conseguiu – juntou madeira, reuniu um grupo de trabalhadores (todos judeus) e preparou a infraestrutura mínima necessária para tocar o ansiado projeto. O lugar escolhido foi a cota 575, em uma clareira existente entre o povoado e a caverna. O simulacro de *mézah* (estaleiro) reunia o básico para a tarefa: um pequeno fosso, dois depósitos de lenha, um defumadouro, um depósito para as ferramentas, tintas e demais materiais, c a obrigatória serraria. O Mestre dirigiu as operações, encantado. Yafé, por sua vez, recuperou o otimismo, e aparecia, pontual, assim que amanhecia. A conselho do Mestre, o *sheik* mandou chamar dois dos melhores *naggar,* ou carpinteiros navais, do *yam* (mar de Tiberíades). Não houve problemas. Yafé pagava, e de maneira esplêndida. Eu não os conhecia. Eram do sul do *yam*, da região de Taríquia. O belo queria o melhor para seu "templo" e conseguiu um excelente carregamento de ciprestes de Sanir e de azinheiras de Basan, ambas cantadas pelo profeta Ezequiel. A primeira era excelente para as quilhas e a segunda, para os remos e o madeirame em geral. Um terceiro carregamento de pinheiro chegaria dias depois. Quanto ao buxo, incrustado de marfim (pura fantasia do *sheik*), jamais chegou a Beit Ids, como era de esperar.

Jesus traçou os desenhos básicos e calculou as medidas. *Faq*, o barco-templo, teria oito metros de comprimento. Yafé se deu por satisfeito.

E na quarta-feira, 6 de fevereiro, ao amanhecer, teve início a construção de um barco que não navegaria jamais.

Os olhos de Yafé se encheram de lágrimas.

O Galileu se entregou à tarefa com absoluta dedicação, como era habitual n'Ele.

À sexta hora (meio-dia), de acordo com o combinado com o *sheik*, Jesus de Nazaré abandonava o estaleiro e um dos *naggar* o substituía na direção e na construção do barco. Jesus, então, dirigia-se sozinho à colina da "escuridão" e lá permanecia, em comunicação com seu Pai, até pouco antes do ocaso. Yafé sempre respeitou o acordado. *Abba*, o *sheik* das Estrelas, tinha prioridade absoluta.

Eu o via se afastar rumo à "778" e continuava com minhas tinturas. Era uma forma de distração que não desperdicei. Ao entardecer, como era habitual, eu preparava tudo para o jantar.

O segundo caso digno de menção teve origem dias antes, no decorrer da tumultuada ceia na tenda de peles de cabra do *sheik*. Lá começou o mal-estar entre os moradores de Beit Ids. Mas foi na citada quarta-feira, 6 de fevereiro desse ano 26 de nossa era, que me dei conta da gravidade do assunto. Nesse dia, houve um eclipse parcial do sol. Segundo os dados registrados no "berço", 73 por cento do disco solar foi coberto pela lua às nove da manhã. O acontecimento fez parar o trabalho no estaleiro e provocou pânico na gente de Beit Ids. Jesus simplesmente se limitou a contemplar o fenômeno astronômico. Pouco tempo depois, uma vez restabelecida a normalidade, chegou um grande grupo de moradores. A *faqireh* marchava à frente. Aquilo não me agradou.

Falaram com Yafé e eu os vi discutir. Por fim, o grupo deu meia-volta e se afastou. Quando perguntei, o *sheik* baixou a cabeça e concordou em explicar o ocorrido, desde que eu não contasse ao Mestre. Eu não disse nem sim nem não. E o *sheik*, resignado, sabendo que a notícia acabaria chegando aos ouvidos de Jesus, anunciou que o povo, à vista do ocorrido no céu, havia exigido que Yuy abandonasse a caverna e se afastasse da região. Compreendi. O eclipse foi tomado como um sinal de mau augúrio e como resultado das "blasfêmias" do Galileu. Estava claro. Os *badu*, com a bruxa à frente, exigiam que Jesus e quem isto escreve fossem embora dali.

Yafé tentou acalmá-los. Foi inútil. E ameaçaram com represálias se suas exigências não fossem atendidas.

O *sheik*, desarmado, sentou-se novamente em frente ao fosso e ficou contemplando o trabalho de Jesus e de seu grupo.

Foi um aviso.

A partir desse dia, a atmosfera em Beit Ids continuou ficando pesada. Contribuiu para isso – e não pouco – a chegada de gente de toda a comarca. A notícia da milagrosa cura do menino mestiço continuou correndo de boca em boca. Era inevitável. E desfilou por Beit Ids um variado grupo de pessoas de todas as classes e condições. Todas queriam conhecer o *faqir,* ou feiticeiro, que havia obrado aquele milagre. Chegaram lesados, doentes de diferentes naturezas, aproveitadores, vendedores ambulantes, curiosos e desocupados.

Vi com clareza. Aquilo foi um anúncio do que estava por chegar. A vida de pregação de Jesus de Nazaré não havia começado ainda, pelo menos não oficialmente, mas o Destino já desenhava a paisagem que o aguardava.

As pessoas, informadas pelos moradores da aldeia, acabavam desembocando nos arredores do estaleiro. E o trabalho dos operários começou a se complicar. Haviam chegado de longe e queriam, desejavam, necessitavam ver e falar com tão poderoso *faqir.* A situação ficou tão tensa que em mais de uma oportunidade o Mestre teve necessidade de fugir do improvisado *mézah.*

Yafé, o *sheik,* não sabia o que fazer. E por recomendação de um dos *naggar,* estabeleceu um cordão de segurança perto do improvisado estaleiro. Foram outros *badu,* contratados nas aldeias próximas, que assumiram a vigilância para que ninguém se aproximasse de Jesus e de seus operários. Eram homens armados com longos sabres curvos e maças de espinhos de ferro.

O *sheik,* como tinha por costume, sentava-se perto de seu barco e o acariciava com o olhar, enquanto fazia e desfazia nós de marinheiro.

Eu continuava espantado.

Jesus de Nazaré, protegido por guardas armados de origem árabe, trabalhava na construção de um barco no meio dos olivais. Nada disso foi contado pelos erroneamente chamados "escritores sagrados". E tenho informação de que o Mestre falou disso a seus discípulos. Eu estava na frente.

A grande beneficiada com aquela caótica situação e com o constante ir e vir da gente que procurava o *faqir* foi Nasrah, a "gritona", a primeira esposa do *sheik.* A *faqireh* soube tirar partido da situação. Lia as borras do *kafia* a quem podia, vaticinava sobre o humano e sobre o divino e cobrava, naturalmente. E chegou a propalar a mentira de que a verdadeira autora da cura de Ajashdarpan era ela mesma. Muitos acreditaram, e seus benefícios se multiplicaram.

Para o Mestre, e para este explorador, a tática da maldita bruxa não representou nenhum respiro. As pessoas continuavam acossando o Filho do Homem, e Ele simplesmente se limitava a fugir. A situação ficou insustentável. E imaginei que estávamos com os dias contados na caverna da chave. Na realidade, tudo dependia do "trabalho" de Jesus na "778", e não da construção do barco chamado "Despertar", como cheguei a pensar em algum momento. O Mestre, para isso, era inflexível.

E, com o ocaso, ambos nos refugiávamos na caverna e desfrutávamos da ceia e do jogo do *Shelem,* ou da estátua. O medo da *welieh* da fonte e a própria escuridão mantiveram afastados conhecidos e estranhos. Era nosso momento.

Foi em uma dessas noites da quarta semana em Beit Ids que Jesus retomou a conversa sobre a *nišmah,* a alma do ser humano. Ele havia anotado a frase escrita em uma das madeiras de tola branca: "A pérola do sonho".

Não recordo bem como surgiu a conversa, mas isso é o de menos. Jesus falou em primeiro lugar da beleza dessa criatura que muitos confundem com a centelha. Uma não tem nada a ver com a outra – afirmou –, mas a alma não poderia ser sem a centelha. A *nišmah* é filha da mente e da centelha divina e, portanto, duplamente bela. Sua natureza – explicou com dificuldade – não é material, mas também não é cem por cento espiritual.

– Não compreendo, Senhor.

– É lógico. É outra das maravilhas do Pai, às quais vais te acostumando quando passares para o outro lado, como diz teu irmão.

– Nem material nem espiritual.

Jesus assentiu com a cabeça e sorriu, divertido.

– Uma criatura duplamente bela.

– Isso mesmo. A *nišmah* és tu, realmente. Ou melhor, serás. Agora, em vida, ela vai se enchendo, como uma taça.

– Enchendo-se de quê?

– De todas as tuas experiências. Isso a faz crescer. Essa é sua missão: crescer de dentro e para dentro.

– Pensei que a alma estava aqui, na Terra, para ser testada.

– Seria injusto testar um recém-nascido, não acha? Não, *mal'ak*, a *nišmah* nasce e vive para atingir a perfeição, mas não aqui. Nesta vida começa sua capacitação. É o princípio sem fim. Ela está destinada à eternidade, recordas? Ela, pouco a pouco, irá descobrindo quem é e qual é seu futuro. Ela intui que foi criada para algo muito grande: a fusão com Deus, com a centelha. Mas dá-lhe tempo. É conveniente que ela digira as experiências como uma criança, mastigando-as. Mais ainda: convém que não saiba demais.

Olhei para Ele, desconcertado. Ele acrescentou:

– Se ela soubesse tudo, de repente, fugiria. Não sejas impaciente. Tudo está ordenado, e para o bem. Ou melhor, para teu bem.

– Então, o que me aconselhas fazer?

– É bom que saibas que a *nišmah* é uma criatura real, e que é de tua posse. É o presente do Pai quando te imagina e apareces. Vive, portanto, e de acordo com o bom-senso. Isso é tudo.

Hesitou alguns segundos e finalmente concluiu:

– Vive o bom e o mau. Vive! É disso que se trata. Esta experiência na carne é única. A *nišmah* guarda tudo, mas alimenta-a especialmente com a imaginação. Sonha o quanto puderes. Os sonhos são sua fraqueza. Os sonhos a fazem crescer. Em cada sonho se esconde uma pérola, e tu deves encontrá-la.

E recordei o que defendiam os velhos alquimistas: *somnia dea missa* ("os sonhos são mensagens de Deus").

– A pérola do sonho é o símbolo da *nišmah*. Imagina quanto puderes, e ela, a alma, encher-se-á de paz.

E concluiu com uma frase que me acompanhará para sempre:

– Vive mais o que sonhas.

Depois falou da intuição, essa outra forma de alimentar a alma. A intuição, esse "presente" do Espírito. Mas essa é outra história.

Quinta semana em Beit Ids

Em 14 de fevereiro, quinta-feira, tive uma grande alegria. Em nosso trabalho, as satisfações não eram frequentes. Mas nesse dia, os céus se apiedaram de quem isto escreve.

O Mestre voltou de suas meditações à hora prevista. Eu ainda não havia preparado o jantar. Estava juntando lenha pelos arredores. E ao entrar na caverna, encontrei-o sentado. Parecia esperar. Apressei-me para acender o fogo e continuei observando-o furtivamente. Não falamos. Notei-o tranquilo. Ele me olhava, divertido. Eu conhecia essa expressão. Estava tramando alguma coisa.

Ele se levantou, aproximou-se e, sempre sorrindo, pediu-me que fechasse os olhos. Pegou-me tão de surpresa que alguns troncos que eu ainda segurava nos braços escorregaram e caíram nas chamas. O fogo, alterado, pegou a barra de minha túnica. Eu me assustei. Mas o Mestre, sem perder um segundo, precipitou-se sobre o tecido batendo nele com as palmas das mãos e apagando as chamas.

Sentamo-nos e respiramos aliviados.

E Jesus exclamou:

– Outra vez não, por favor!

Rimos com gosto.

Por fim, repetiu seu pedido e fechei os olhos, intrigado. Três segundos depois, Ele pedia que os abrisse. E assim fiz.

Jesus estava com o braço esquerdo estendido para este explorador. Na palma da mão mexia-se, tímida, uma velha e querida "amiga": a pequena esfera de pedra branca que soltava aqueles belíssimos reflexos azuis.

– Felicidades! É para ti.

Não soube o que dizer. Não era meu aniversário. Ninguém, naquele "agora", conhecia essa data. Por que, então?

E o intenso olhar do Galileu chegou até as profundezas de meu coração.

Peguei a *galgal* e a acariciei. Estava morna. Conforme havia explicado o Filho do Homem dias antes, aquela ortoclasita[1] lhe havia sido dada em Tušpa (Armênia), nas cercanias do lago Van (atual Turquia oriental), em uma de suas misteriosas viagens secretas pelo Oriente. A pequena esfera, de uns três centímetros de diâmetro, sorriu para mim, a sua maneira. Ao girá-la, emitiu cintilações azuis, como se dissesse: "Olá!" Quem isto escreve havia tomado especial afeto por ela, em especial após suas "peripécias" na "778", quando Jesus ficava lançando-a ao vazio enquanto conversávamos sentados em um dos precipícios. O Mestre, como se pode recordar, falava e jogava a pobre *galgal* para o alto, pegando-a depois com precisão na palma de sua mão. Sofri ao vê-la subir e descer. Se Jesus não a pegasse, adeus esfera. Teria se estatelado nas rochas da colina dos *žnun*. Desde então, sentia uma especial atração pela *galgal*. E ela me correspondia, tenho certeza.

Ao movimentá-la, o "número" que flutuava no mercúrio recuperou lentamente a verticalidade. Aquele "755", ou "557", conforme o ângulo, era outro enigma para quem isto escreve. Provavelmente se tratava de algo natural, pura coincidência, mas...

Tornei a interrogá-lo com o olhar. A que se devia aquele súbito presente?

Jesus entendeu minha perplexidade e esclareceu que estávamos em 14 de *adar* (fevereiro), uma das festas mais populares do povo judeu: Purim, ou a "festa das sortes". Outros a denominavam festa de Ester[2], em lembrança ao ocorrido na Pérsia no ano 200 a.C., quando a bela Ester conseguiu salvar milhares de judeus de uma morte certa. Eu sabia algo a respeito. A celebração, de menor peso religioso que outras, era muito

---

1 A *galgal* (esfera celeste) era um feldspato. Especificamente, uma ortoclasita ou feldspato potássico de grande beleza, mas de pouco valor como pedra preciosa. A pedra desfrutava de uma qualidade chamada "adularescência": a luz se refletia nas camadas de ortoclasita e albita e causava um efeito "nuvem", azul, muito chamativo. Dentro da esfera havia uma espécie de bolha natural, consequência, provavelmente, da tensão sofrida pelo material. Nessa bolha flutuava um corpo estranho, uma inclusão, semelhante ao número "755" em aramaico. (N. do M.)

2 A festa de Purim, também chamada em II Macabeus (15, 36) de Dia de Mardoqueu, é comemorada em homenagem à preservação do povo escolhido nos tempos de Ester. O nome Purim (sortes) procedia do fato de que o malvado Aman tirou na sorte o dia em que deveriam ser executados os judeus. Essa data foi 14 de *adar* (Est. 3,7 e 9,24). Em síntese, a história de Ester é a seguinte: o rei persa Assuero escolheu Ester como rainha, sem saber que era judia. Ester era prima de Mardoqueu, um judeu piedoso. E ocorreu que um dos altos funcionários do rei, um certo Aman, quis se vingar de Mardoqueu porque este não se inclinava diante dele. E decidiu matar todos os judeus da Pérsia. Aman escolheu o dia 14 de *adar* mediante um sorteio, ou "pur". Mardoqueu solicitou à rainha Ester que intercedesse perante o rei Assuero e que evitasse o massacre. E ela assim fez. Assuero, indignado com o complô de Aman, mandou enforcá-lo. E os judeus ficaram livres. Mardoqueu ocupou o posto de vizir da Pérsia. (N. do M.)

bem-recebida pelo povo. As pessoas saíam às ruas fantasiadas, trocavam presentes e faziam tronar as sinagogas com matracas e todo tipo de artefato quando, na leitura da *Megillah*, ou rolo de Ester, mencionava-se o nome de Aman, o ministro do rei Assuero, que quis aniquilar os judeus. Um dia antes, em 13 de *adar*, os judeus ortodoxos – e os mais piedosos – celebravam também a chamada festa de Nicanor, em homenagem à vitória de Judas Macabeu sobre os assírios. Na pátria dos asmoneus – Modin –, acendia-se um grande fogo e uma série de velozes corredores levava as tochas para todos os cantos de Israel.

Purim, por fim, com o passar dos séculos, transformar-se-ia em uma festa na qual o povo judeu comemora sua vitória sobre todos aqueles que os perseguiram.

A leitura do rolo de Ester era obrigatória, inclusive para as mulheres. Em Jerusalém, cidade amuralhada, celebrava-se um dia depois: em 15 de *adar*.

Era assombroso.

Aquele Homem não só lia pensamentos; também adivinhava as emoções e os desejos. Nunca me acostumei.

Não soube como lhe agradecer. Acho que Ele entendeu. Abraçou-me de novo com o olhar e pediu que não cuidasse do jantar. Dessa vez, ele cuidaria.

E, sem mais esclarecimentos, pegou um dos galhos que ardia no fogão e saiu. Eu o vi desaparecer na escuridão da noite, em direção ao casarão do *sheik*. O que pretendia?

Por um momento fiquei preocupado. Os ânimos do povo continuavam alterados.

Eu tinha que aprender a me acalmar. Ele sabia cuidar de si mesmo, e, além de tudo, havia sua "gente".

Instintivamente, olhei para o céu. A lua surgiria essa noite às 23 horas e 53 minutos. Algumas nuvens, velozes, dirigiam-se para o leste. Não percebi rastro algum das enigmáticas luzes. Fazia tempo que não as via.

E me sentei em frente ao fogo, desfrutando da companhia da *galgal*. Aproximei-a das chamas, e as nuvens azuis se multiplicaram.

Aquele Homem era uma criatura maravilhosa. Quem podia querer machucá-lo? E, sem que pudesse evitar, de repente se ergueram em minha memória as trágicas e infames imagens da Paixão e Morte do Galileu. "Como era possível?", eu me perguntava sem parar. Como era possível que a condição humana fosse tão vil e primitiva? E todos esses miseráveis que o condenaram e que o torturaram eram portadores da centelha divina? Segundo Ele, sim.

A presença do Mestre me resgatou daquele sofrimento. Chegou com várias cestas. Compreendi. Havia recorrido de novo à generosidade de Yafé. E este o satisfez com abundância.

Jesus começou a cantarolar e preparou o jantar. Eu me limitei a olhar e a servir de auxiliar de cozinha, como na montanha sagrada. Não me cansarei de repetir: o Mestre gostava de cozinhar. Era ágil, criativo e paciente.

Trouxe uma massa preparada. Recheou-a com carne e a colocou sobre o fogo. Chamou-a de *kreplej*. Ao que parece, era um prato típico na festa de Purim. Aprendera com sua mãe, a Senhora. Colocou também umas verduras e, para terminar, aplicou-se na confecção de umas bolinhas. Usou fermento fresco, sal, manteiga (previamente derretida), farinha, três ovos batidos, água e mel. "Assou" tudo em uma vasilha fechada de barro e depois mostrou, orgulhoso, exclamando:

– Orelhas de Aman!

O Galileu usou a expressão *ha-man-tash-em*.

Tentei pegar uma das bolinhas, agora douradas, mas o Filho do Homem, rápido como o pensamento, retirou o recipiente e me deixou a ver navios.

Era uma ceia típica de 14 de *adar*. Estávamos longe do *yam*, mas o Mestre tentou fazer que não se notasse.

E uma última surpresa...

Havia arranjado uma pequena abóbora oca, cheia de *raki*, uma espécie de mosto levemente fermentado e sabiamente misturado com iogurte batido com suco de frutas. Não era vinho do Hebron, mas caía bem do mesmo jeito.

E foi assim que festejamos o que chamavam de *seudá*, ou ceia de 14 de *adar*.

Jesus de Nazaré celebrou o fato de tudo estar delicioso. A verdade é que se esforçou ao máximo. Mas não seria aquela a última vez que desfrutaria de sua arte como cozinheiro.

E a noite correu tranquila, à luz da lamparina. Eu fiquei com meu *mishloach manot* (meu presente) nas mãos e conversamos "até que já não soubéssemos mais", como exigia a tradição de Purim.

Foi em um daqueles mágicos instantes, enquanto brincava com a esfera e com suas cintilações azuis, que o Filho do Homem exclamou, subitamente:

– Sabes que o Pai também fala por meio desses azuis?

Olhei para a esfera, atônito. Jesus nunca mentia. Mas não compreendi.

E Ele acabou esclarecendo que se referia à linguagem dos símbolos. Então, entendi menos ainda.

Os símbolos? E lhe expliquei que minha vida havia corrido por caminhos mais prosaicos. Não sabia do que estava falando.

Sorriu, benevolente.

– Pois já é hora de mudares.

Continuei não entendendo. E Ele, paciente, apontou para a *galgal*.

– Observa os azuis.

Fiz isso. As "nuvens", de fato, saíam da esfera a cada reflexo do fogo. E ali começou aquela que, sem dúvida, foi a conversa mais críptica de todas que cheguei a entabular com o Mestre. Não consegui esclarecer alguns pontos que Ele esgrimiu. Talvez Eliseu, mais iniciado que eu, conseguisse. Foi o que pensei, mas o Destino tinha outros planos. Peço desculpas, portanto, ao hipotético leitor destes diários por não ter sabido resolver o enigma de algumas palavras de Jesus de Nazaré.

– Observa estes azuis – repetiu o Mestre.

E utilizou a palavra *techelet* ("azul-celeste" em hebraico).

– Essas letras (*kaph* e *tet*), que compõem *techelet*, podem ser traduzidas como "todo" e "debaixo".

Isso era Cabala, de novo. *Tet* podia ser traduzido também como "sub" e "debaixo de". E deixei que se explicasse.

– O azul está debaixo de tudo.

Ele me observou e compreendeu que estava começando a me perder.

– O azul – esclareceu – aparece sempre por cima do homem e por baixo de Deus, do Infinito, da Eternidade e da Unidade. O azul sustenta tudo. Compreendes agora quando te digo que o Pai fala também por meio do azul?

E prosseguiu, entusiasmado.

– O azul é o símbolo do amor porque aproxima. O azul une e faz que dois sejam um. Sabes o que representa a cor azul?

Neguei com a cabeça. Efetivamente, estava mais que perdido. O Mestre acabava de dizer...

– Amor, em hebraico, como sabes, se diz *áhab*.

Assenti.

– Pois bem, essa palavra, *áhab*, contém os conceitos de *ab* (Pai) e *heh* (Espírito).

Dessa vez julguei entender.

– O amor (o azul) une o Pai e o Espírito, a grande força. O amor (o azul) sustenta tudo. O amor (o azul) une o que está em cima e o que permanece embaixo...

Apontou de novo para a *galgal* e acentuou:

– Ela está no meio dos céus.

Jesus utilizou a expressão *leb ha-shamaim* ("o coração dos céus"), como afirma o Deuteronômio (4, 11).

– Ela – prosseguiu –, o azul, o amor, não tem que ser compreendida: tem que ser sentida.

Nisso tinha razão, como em quase tudo, suponho. Quanto à *galgal*, era suficiente contemplá-la e perceber sua beleza. Senti-la, sim.

O mundo dos símbolos...

Nunca me aventurei nele. Jesus havia começado a navegar pela intuição, um oceano desconhecido para mim, embora eu, como médico, soubesse que a simbologia é a linguagem do hemisfério cerebral direito.

Jesus insistiu:

– Não temas. Deus, o Pai, é o primeiro a lançar mão dos símbolos. Eles foram imaginados pela Divindade para contribuir com o desenvolvimento espiritual do homem.

Nunca havia pensado nisso.

E naquele momento me veio à mente aquela assombrosa cena, no batismo de Jesus no Artal, um dos afluentes do rio Jordão. Uma pequena esfera, do diâmetro de uma mão fechada, desceu do céu encapotado, buscou o peito do Mestre e acabou desaparecendo (?) dentro do tórax do Galileu. Foi isso que vi, ou julguei ver, naquele 14 de janeiro.

A esfera era azul safira.

– Os símbolos – prosseguiu o Mestre – são os degraus pelos quais desce a Divindade. Não temas, querido mensageiro; que não te assustem. Observa-os como outra semeadura do Pai. Eles te pegarão pela mão e te aproximarão d'Ele. Eles te abrirão um horizonte que negam a razão. Eles, os símbolos, ampliarão tua consciência e te darão medida do que não tem medida.

– A consciência... – murmurei.

– Sim, a consciência, essa lenta e progressiva corrida para ti mesmo. Recordas? O trabalho da alma.

E pensei: "A consciência, como afirmava Ruyer, a antecipação do tempo futuro".

O Mestre sorriu, se divertindo. E pontuou:

– Sim, a finalidade do símbolo é criar consciência nas criaturas materiais. Consciência do inefável.

Tornei a me perder.

E Ele, paciente, insistiu em algo que já havia apontado:

– Deixa a razão de lado. Ela não te serve na viagem da intuição. A razão se desfaz quando pretende analisar e fragmentar o símbolo.

– E não seria melhor que o ser humano fosse sempre intuitivo?

– Deixa isso para depois da morte. Estás onde estás.

– Então, o símbolo, se não compreendi mal, é outra categoria do invisível.

O Galileu sorriu, satisfeito. Este pobre explorador já havia captado alguma coisa.

– Eu te disse: eles, os símbolos, levam diretamente às profundezas da Divindade. Eles afastam e aproximam, conforme o caso. Eles te aproximarão d'Ele e te afastarão de ti. Eles são uma ponte, mas só poderás cruzá-la de mãos dadas com a intuição. Pressente-os. Só assim serão símbolos vivos. Se o símbolo não te transmitir, é porque está por nascer.

Aconteceu de novo. Naquele momento, não sei como, a caverna se encheu de um intenso perfume de malva. Eu o associei ao sentimento de amizade. Jesus continuava falando e agitava suas longas e peludas mãos; na realidade, acho que o que agitava era seu enorme e generoso coração.

E desfrutei do aroma, com certeza muito mais que das difíceis e – para mim – distantes palavras.

– Os símbolos, acima de tudo, estão aí para que o pressintas a Ele. É uma forma de te dizer: "ei, *ze'er*!" ("ei, menino!").

E Jesus piscou para mim. Era assim que me chamavam no estaleiro, em Nahum: "ei, *ze'er*!"

– Sim, claro...

Para que mentir? Eu estava concentrado no perfume de malva. *Le-reach nijoach*... Um cheiro agradável... *Hut nehat*... O Espírito que desce, como já mencionei.

– Os símbolos te levarão além das palavras.

O Mestre me interrogou com o olhar. Acompanhava-o? Disse que sim por puro compromisso. Ele sabia que não estava. Fazia tempo que eu estava perdido. Mas Ele prosseguiu:

– Te conduzirão aonde desejar o Espírito, tua centelha.

Eu havia lido Jung em minha juventude e recordei uma citação sua: "O símbolo remete para além de si mesmo, para um além inapreensível, obscuramente pressentido, que nenhuma palavra poderia expressar de forma satisfatória". Sim, o Mestre tinha razão, como sempre.

– Veja a arte. Ela se alimenta do símbolo.

Eu concordava. É a simbologia que torna a arte inovadora.

– E voltamos à imaginação, querido *mal'ak*, à necessidade de sonhar acordado, à busca da pérola do sonho, recordas?

Disse que sim.

– O que pensas que havia antes da criação?

Ele me pegou de surpresa. Mas, sempre atencioso, adiantou-se:

– Imaginação. Antes da matéria estava o Pensamento, o Símbolo por excelência. Tudo existia antes de ser, na mente do Pai. Tudo que puderes imaginar, já foi.

– Queres dizer que nada do que o ser humano imaginar é novo?

– Nada. Tudo foi, mas está bem: deves utilizar a imaginação para ser como Ele. Eu te disse: a imaginação é o único caminho. Quanto mais cresceres nesse sentido, quanto mais imaginares, quanto mais sonhares, quanto mais te empenhares na busca da pérola, menos precisarás da realidade.

Olhou para mim com curiosidade e perguntou:

– Gostarias de viver outra realidade?

– Naturalmente.

– Pois imagina, sonha acordado, e esta realidade que agora te cerca se diluirá.

Sorriu feliz e recordou algo que repetiria até cansar:

– O reino do Pai é outra realidade. Vim ao mundo para recordar isso. Prepara-te imaginando, então. Utiliza os símbolos. Ele os deixa cair intencionalmente. Não analises. Sente. Estás aqui para experimentar a vida e o tempo. Deus quer que penses, sim, mas, especialmente, que sintas. Os símbolos te ajudarão a decifrar as escuridões da vida. Eles revelam velando, e velam desvelando. Eles são a explosão do Um para o Todo. Eles são a porta do reino que estou te oferecendo. E depois, quando abandonares a matéria, tu serás um símbolo.

Ele tinha toda a razão. Que seria do mundo sem a simbologia? Os símbolos nos ajudam a iluminar o Destino e, enfim, são a chave que abre a mente para o desconhecido. Eu concordava com o Mestre: um mundo sem símbolos seria irrespirável.

E naquele momento, já avançada a noite, ela cruzou diante de nós.

Eu continuava espantado. Coincidência? Sinceramente, duvido.

Jesus, ao vê-la a seus pés, fez silêncio. E ambos a seguimos com o olhar. Andava tranquila, exibindo aquele "emblema" no alto.

Era uma aranha de dimensões regulares. Dias depois, de volta à nave, "Papai Noel", nosso computador central, a identificou como uma *Araneus diadematus*, muito comum em Israel. Tinha uma tonalidade dourada. Era inofensiva. Provavelmente havia tecido sua teia em algum canto da caverna. No alto da viga notei outras redes e outras aranhas, mas não eram da mesma família.

E ela seguiu seu caminho.

A *diadematus* tinha nas costas uma pequena cruz branca, de uns 20 milímetros. Popularmente era conhecida por esse "emblema": a aranha da cruz.

Sim, muito oportuna. Outro símbolo.

E senti um fogo dentro de mim.

Faltavam quatro anos e dois meses para aquele fatídico 7 de abril do ano 30 de nossa era, data da Crucificação do Galileu.

Falávamos de símbolos e ela apareceu, carregando a cruz...

"Ele, o Pai, deixa cair os símbolos intencionalmente." Esse foi o final daquela intrigante conversa.

Sexta e última semana em Beit Ids

As coisas não mudaram muito naquela última semana entre os *badu*. Ou mudaram?

A construção do barco chamado "Despertar" prosseguiu em um bom ritmo. Segundo os cálculos de Jesus e dos demais carpinteiros navais, em três ou quatro semanas poderia "navegar". Todos riram. Todos menos Yafé.

Quanto à aldeia, os ânimos se acalmaram, aparentemente. Só a *faqireh* mostrava seu rosto, sempre verde, pelas imediações do estaleiro. Resmungava e acabava cuspindo aos pés daqueles que montavam guarda.

O número de visitantes também caiu consideravelmente.

E no dia 20 desse mês de fevereiro, quarta-feira, o Mestre, ao voltar à caverna, anunciou o fim de nossa estadia em Beit Ids. Seu "trabalho" – disse – havia terminado.

Achei-o mais que feliz. Seu rosto, bronzeado, irradiava uma luminosidade como eu nunca havia visto. Estava exuberante. Cantava sem parar. E falou bastante, sem que lhe perguntasse. Acho que precisava daquilo.

Havia chegado ao fim daquele período de reflexão e de intensa comunicação com sua centelha, com o bondoso Deus. No total, segundo meus cálculos, 39 dias.

Seu ambicioso "plano de trabalho" para a vida de pregação estava concluído. Foi o que disse. E foi enumerando as decisões (suponho que as mais importantes) que havia tomado. Adiantou-me alguma coisa em jornadas anteriores, e assim registrei em outras páginas destes diários.

Começou pelo que Ele denominava *At-attah-ani*[1], um processo (?) incompreensível para quem isto escreve, e que poderia ser porcamente

1 Como apontei em outro momento, se descompusermos a expressão *At-attah-ani* aparecem *at* (pronome feminino que significa "tu"), *attah* (pronome masculino que também quer dizer "tu") e *ani* ("eu"), tudo isso em hebraico. *At-attah-ani*, pelo que entendi, era um processo no qual *At* (o Feminino, com letra maiúscula) aprendeu a conviver (?) com o *attah* (o masculino), com um resultado prodigioso: um *ani* (eu) formado por uma dupla natureza: a divina e a humana. Durante esses quase 40 dias nas colinas da Decápole, as duas naturezas do Filho do Homem aprenderam a ser "um". Eu sei: foi outro dos muitos mistérios que não fui capaz de desvendar. (N. do M.)

definido como "o ajuste entre a natureza humana e a natureza divina do Filho do Homem". Preferi não perguntar. Bastava-me sua palavra. Esse processo havia acabado. As duas naturezas "conviviam" (?).

Depois, enquanto jantávamos, aprofundou-se no "plano de trabalho". Meticuloso e paciente, o Galileu traçou o que poderíamos denominar as linhas mestras de sua iminente vida de pregação. Uma bateria de decisões.

Dominou-me com seu entusiasmo. Poucas vezes o vi tão efusivo e com tanta vontade de se comunicar.

Decisões – pontuou – que foram tomadas em conformidade com seu Pai Azul.

E tornou a se referir a um fato do qual também me falou em outras oportunidades e que compreendi mais ou menos, como era de se esperar.

Afirmou que sua vida na Terra havia chegado ao fim.

Fiquei perplexo. Em agosto desse ano 26 completaria 32 anos. Por que dizia que sua vida havia terminado?

Parou um momento. Percebeu que eu não o acompanhava e esclareceu:

– Agora mesmo eu poderia voltar a meu Pai. Meu trabalho está terminado. Recuperei a soberania de meu universo. Encarnei neste mundo para experimentar, como vós, e isso está satisfeito. Mas não será assim. Tomei a decisão de voltar ao mundo e terminar minha vida na carne. Será como Ele quiser.

E pronunciou com especial ênfase:

– Minha vontade é que se cumpra a vontade do Pai.

Por um momento pensei: "O que teria acontecido se Jesus de Nazaré tivesse abandonado a Terra nesse ano 26? Poderia tê-lo feito, como disse. Nesse caso, as igrejas haveriam se cristalizado? Saberíamos algo sobre o Filho do Homem?"

E prosseguiu. Jesus, naquele momento, tinha plena consciência de sua natureza divina e, em consequência, de seu imenso poder. Era um Deus. Ou melhor, um Homem-Deus. Se quisesse, podia alterar as leis da natureza. Porém, propôs-se a não utilizar esse poder, salvo se fosse desejo do Pai. Simplesmente renunciou aos prodígios. Ele bem sabia que o povo judeu o aclamaria e o seguiria se lhe fornecesse sinais e lhe desse mostras de seu poder. Mas não. Ele queria atrair as pessoas com sua palavra. Queria convencer, não vencer. Seu trabalho era revelar o Pai, e faria isso da forma mais simples e, se possível, de acordo com o natural.

Não pude me conter e o interrompi:

– Pois eu sei de um prodígio, talvez dois...

Eu me referia à milagrosa cura do menino mestiço de Beit Ids e, talvez – disso não tinha tanta certeza –, à misteriosa recuperação de Aru, o negro tatuado que conhecemos no *kan* de Assis, que padecia o mal de *amok*.[2]

Jesus baixou a cabeça e ficou mudo por alguns instantes. Acho que estava buscando as palavras adequadas. Por fim, diante de minha surpresa, reconheceu que era verdade; as duas curas haviam sido reais, mas Ele – disse – não havia participado desses prodígios.

Minha confusão foi imensa. E paciente, medindo as palavras, explicou que, apesar de sua firme decisão de não fazer milagres, sua "gente", seus anjos, para simplificar, estavam capacitados para realizar obras assim. Se fosse desejo do Pai, sua "gente" poderia fazer o prodígio, independentemente, inclusive, da vontade do Mestre. Bastava que o Filho do Homem assim desejasse. Era suficiente que o Galileu sentisse piedade ou misericórdia. Se esses sentimentos fossem registrados, e se fosse a vontade de *Abba*, sua "gente" faria o resto e ocorreria o milagre.

Eu não quis entrar em detalhes, e Ele também não o teria feito.

Agora eu entendia.

Jesus, ao abraçar e beijar Aru e Ajashdarpan, ao sentir piedade por eles, acionou o prodígio sem querer. E nesse momento eu me perguntei: quantos portentos Jesus de Nazaré levou a cabo e nunca soubemos nada sobre isso?

Depois, falou de outra decisão não menos importante: na colina dos *žnun*, estudou o que fazer com esse extraordinário poder de se alimentar ou se proteger. Podia transformar pedras em pão ou voar por aí, se esse fosse seu desejo. Poderia ter impedido seu trágico fim na carne, mas optou por não se beneficiar desse poder. Era verdade: ajudara a muitos, mas não ajudara a si mesmo.

E decidiu ser fiel ao devir da natureza e do Destino. Procuraria não correr riscos desnecessários, mas não se valeria de sua divindade para evitar o que o pudesse ameaçar. Seria um homem apenas, dentro do que cabe, e sempre sujeito à vontade do Pai. Ele devia se preocupar não com sua segurança, mas com algo mais sublime: despertar o mundo para a realidade de outra realidade.

E me veio à mente um assunto narrado pelos evangelistas que eu não havia vivido ainda: Jesus caminhando sobre as águas do *yam*. Essa cena, ou suposta cena, não combinava com o estilo do Mestre, nem com sua

2 Ampla informação em *Cavalo de Troia 7 - Nahum*. (N. de J. J. Benítez.)

decisão de não recorrer aos prodígios. Mas eu teria que ser paciente. Tudo à sua hora, como Ele defendia.

Por último, sintetizando muito, anunciou que não cuidaria dos assuntos terrenos. Ele era um enviado dos céus para revelar assuntos espirituais. Prescindiria da política. Não entraria em problemas sociais ou econômicos. Não era sua tarefa. Ele não viera para mudar a ordem do mundo. Ele trazia a esperança e o "reabastecimento" espiritual. Jesus sabia muito bem que não era o Messias esperado. Sua missão era infinitamente mais importante. Ele não era um "quebrador de dentes" nem um libertador político ou religioso, como apregoavam os profetas. Ele era um Homem-Deus, algo que jamais imaginaram aqueles que proclamavam a iminente chegada do Messias. Simplesmente decidiu se afastar do poder temporal.

Sorri com meus botões. Aquilo não tinha nada a ver com a posterior "montagem" dos homens, incluindo seus seguidores.

Jesus aceitou que seu trabalho não seria fácil.

Fez silêncio durante alguns segundos, e à nossa mente, creio, voltou a imagem da aranha da cruz. Mas o Mestre estava disposto: beberia do cálice, se essa fosse a vontade do Pai. O Destino já lhe havia dado um "aviso" na tenda de peles de cabra do *sheik*, quando os *badu* o acusaram de blasfemo.

Não importava. Jesus tinha clareza: voltaria à Galileia, aguardaria sua hora calado e se prepararia para levar a boa-nova a todos que a quisessem ouvir. Éramos portadores de um Deus! Somos imortais! Somos filhos de um Pai que não faz contas! Ele nos imaginou e aqui estamos! Deus não é o que dizem, e muito menos o que vendem!

Voltar à Galileia? Quando? E Ele, feliz, insinuou que em breve.

Aí terminou a informação. Supus que esse "em breve" significava em questão de dias.

E aproveitei a oportunidade para tocar em um tema – como diria? – delicado: João Batista, Yehohanan.

Ele me olhou e compreendeu.

E foi tão sincero quanto pôde.

Disse que conhecia seu Destino e seu trágico final. Não pregaria ao mesmo tempo que seu primo distante. Esperaria. Foi outra decisão que tomou no alto da colina da "escuridão" durante aqueles dias de retiro.

Não houve mais perguntas.

Se eu tivesse que fazer uma síntese desses 39 dias nas colinas, entre as oliveiras de Beit Ids, diria o seguinte:

1. Jesus de Nazaré não jejuou. Não era essa sua intenção. Se houvesse ficado em jejum durante esse tempo, teria corrido grave perigo[3], e sua mente teria se debilitado.
2. Não se retirou ao deserto, como afirmam os evangelistas.
3. Não foi tentado pelo diabo.
4. Realizou – sem querer – seu segundo grande prodígio.
5. Planejou o que deveria ser sua vida pública e fez *At-attah-ani.*
6. Iniciou a construção de um barco de oito metros chamado *Faq* ("Despertar").
7. Colheu seu primeiro fracasso e foi acusado de blasfemo.
8. Não foi alimentado pelos anjos. Bem, em parte, sim.
9. Sua "gente" (cerca de 72 mil criaturas celestes) permaneceu com Ele dia e noite. E assim foi até o fim dos seus dias.

Essa noite dormi mal. Eu estava inquieto, como se algo fosse acontecer. Supus que se tratava das informações recebidas durante aqueles inesquecíveis 39 dias na aldeia beduína de Beit Ids. Tinha que processá-las e retê-las. Eram valiosas demais.

Saí da caverna em várias ocasiões. O firmamento se desfizera das nuvens e me saudava, vivo e brilhante. Fiquei um bom tempo contemplando as estrelas e desejoso, para que negar, de que as "luzes" aparecessem. Não apareceram. Explorei as regiões da Polar, do Dragão e de Capela, mas foi inútil. Sua "gente" estava lá, eu sabia, mas invisível aos olhos humanos.

O Mestre dormia como um anjo.

Em uma daquelas saídas, sentado no caminho em frente à caverna da chave, compreendi o sentido das palavras do Galileu quando, tempo atrás, Eliseu e eu estávamos na pousada de Sitio, na encruzilhada de Qazrin, na alta Galileia. Naquele 18 de setembro do ano 25, quando nos despedíamos de Sitio, o homossexual, este perguntou a Jesus:[4]

---

3 Tendo em conta que o jejum é a abstenção total ou quase total de alimentos e bebidas, o Mestre, com 39 dias de jejum, teria entrado em uma situação orgânica e mental comprometida. Entre os humanos, o jejum mais prolongado foi o do irlandês Mac Swiney, que morreu aos 74 dias. Outros irlandeses atingiram os 60 dias de jejum. Cetti e Succi (jejuadores profissionais) conseguiram entre 30 e 50 dias. Em geral, sem água, a sobrevivência não ultrapassa os 15 dias. (N. do M.)

4 Ampla informação em *Cavalo de Troia 7 – Nahum*. (N. de J. J. Benítez.)

– Tu és como Hillel, o sábio[5]?

O Mestre colocou as mãos nos ombros de Sitio e replicou:

– Amigo, não sou como Hillel.

Sacudiu levemente os ombros do homossexual, chamando a atenção do ruborizado Sitio, e acrescentou:

– Sou a esperança. A esperança sempre está contigo. Agora está dormindo. Um dia, despertará.

– Um dia? – perguntou Sitio, impaciente. – Quando?

– Não chegou minha hora.

– Mas quem és tu?

– Eu te disse – confirmou o Mestre –, sou a esperança. Quem me conhece, confia.

– Quero conhecer-te melhor.

Jesus, então, comovido, atendeu em parte ao pedido.

– Se tanto desejas, procura Aru. A esperança vai com ele.

Sim, agora eu entendia. Aru, o negro tatuado, foi seu primeiro milagre na Terra. A esperança ia com ele.

Como dizia o Mestre, quem tiver ouvidos, que ouça.

Pena que os evangelistas não mencionaram o ocorrido no *kan* de Assis e no olival de Beit Ids. Tudo teria sido mais lógico e mais bonito.

E perto da última vigília da noite (às 5h30 da madrugada), com o surgimento da lua cheia, quem isto escreve voltou para a caverna. Precisava dormir, mesmo que só um pouco. O sol, segundo os relógios do "berço", nesse 21 de fevereiro sairia às 6h14.

Esse dia foi tranquilo, preso à rotina habitual. Mas, com a sexta-feira, 22, tudo mudou.

Quando acordei, Jesus já não estava na caverna. Imaginei que havia ido ao estaleiro, como toda manhã. Não deixou nenhuma tábua escrita, como era seu costume. Estranhei.

---

5 Hillel, ou Hilel, foi um dos *chachamin*, ou interpretadores da Lei mosaica mais célebre de Israel. Foi contemporâneo de Jesus. Provavelmente faleceu no ano 20 de nossa era, quando o Filho do Homem contava 26 anos de idade. É possível que Jesus tenha chegado a conversar com ele durante a famosa passagem de sua fuga ao Templo, quando o Mestre tinha 13 anos. Hillel foi um homem humilde e de uma extraordinária retidão moral. A chave da Torá – dizia – está em seu espírito, não nos detalhes. Nasceu na Babilônia (daí seu apelido: o Babilônico). Era tão pobre que voltou a Jerusalém a pé. Durante anos trabalhou como trabalhador rural, recebendo um *teroppaiq* por dia (meio denário). Com isso, alimentava sua família e pagava as escolas rabínicas. (N. do M.)

E nisso, quando estava pegando minhas coisas para ir ao rio, para a higiene matutina, ouvi vozes.

Fiquei atento. Eu conhecia essas vozes.

Saí cautelosamente e vi uma densa névoa. Navegava rápida e espessa para o leste. Não se via nada, nem mesmo a ramagem da azinheira sagrada. Prestei atenção e, de fato, tornei a ouvir as vozes. Vinham do caminho que levava a Tantur, o povoado que ficava a oeste de Beit Ids.

Sim, eram vozes familiares.

Uma delas era a de João Zebedeu, discípulo de Jesus; ou melhor, aquele que seria seu apóstolo. A outra me recordou a de seu irmão Tiago. Mas percebi mais gente. Gritavam uns para os outros, como se orientando.

Eu me escondi no túnel de entrada e tentei pensar.

O que estavam fazendo ali?

Só me ocorreu uma coisa: estavam procurando o Mestre.

As vozes se aproximavam.

Então, julguei distinguir outra voz familiar. E comecei a tremer: era a de Eliseu! Ao que tudo indicava, acompanhava os Zebedeu.

E tentei pensar velozmente. O que devia fazer? Ia a seu encontro e delatava a presença do Galileu? Por que o estavam procurando?

E em segundos compreendi.

Os irmãos Zebedeu tentavam encontrar Jesus para descobrir o que ocorrera no batismo, no Artal. Foi o que eu supus. Propagou-se rapidamente a notícia dos fatos extraordinários registrados naquele 14 de janeiro, dos quais foram testemunhas Yehohanan, Tiago e Judas, os irmãos carnais do Mestre, e quem isto escreve. Era lógico. Alguém, em Ômega, entre os discípulos do Batista, pode ter explicado que o Filho do Homem havia se dirigido para o leste. E os Zebedeu, suponho, decidiram passar um pente fino na região. Por fim, apareceram em Beit Ids.

Essas suposições eram verossímeis, mas o que pensar de Eliseu? Também estava procurando Jesus? Descartei a possibilidade. Suas intenções, sem dúvida, eram outras.

Fazia quase dois meses que não o via. Como se pode recordar, nossa relação havia piorado. Ele pretendia algo que eu não estava disposto a permitir. Eliseu, cumprindo ordens, tentava pegar novas amostras de cabelo ou de sangue do Filho do Homem, necessárias para os abomináveis experimentos dos militares que dirigiam a Operação Cavalo de Troia. Em 30 de dezembro do ano 25, quando tentava decolar com o "berço" com a intenção de abandoná-lo, descobri que Eliseu havia cancelado a senha que ativava a SNAP 27, a pilha atômica do módulo. Sem essa senha, ligar os motores era inviável. Eliseu inutilizou a nave. Dias depois, durante nossa estadia nos bosques do Attiq, na alta Galileia,[6] Eliseu atingiu seus propósitos: pegou uma mecha de cabelo do Mestre e a escondeu no cilindro de aço que continha as amostras de sangue, cabelo etc. de Jesus, da Senhora, de José, o pai terreno do Galileu, e de Amós, o irmão do Nazareno prematuramente falecido em 3 de dezembro do ano 12 de nossa era, provavelmente em decorrência de uma epiglotite aguda. Obtendo o que necessitava, Eliseu tentou me convencer a voltar ao nosso tempo. Eu me neguei, e aí se rompeu definitivamente a relação. E em 11 de janeiro, após abrir o cilindro de aço e descobrir as maquinações do engenheiro, optei por pegar o cilindro e abandonar o cume do Ravid, indo em direção ao Jordão. Não foi possível enterrar o cilindro em Ômega, então deixei para uma melhor ocasião. Em Beit Ids, alguém abriu meu saco de viagem e roubou o cilindro de aço. Eu sabia que, cedo ou tarde, ao chegar à nave, Eliseu descobriria o desaparecimento do importante invólucro. Por isso estava ali, em Beit Ids. O engenheiro só se preocupava com a recuperação do cilindro. Por isso estava me procurando.

Maldito!

Reagi com rapidez. Retirei as mochilas que pendiam da viga de carvalho e me escondi em um canto da caverna. A escuridão me protegia.

Alguém surgiu na boca da gruta. Deu dois passos pelo túnel de acesso, mas parou. E gritou, em aramaico, perguntando se havia alguém ali. Era João Zebedeu.

Não respirei.

Logo percebi que vários de seus acompanhantes se juntavam ao futuro discípulo. Eu os ouvi conversar. Um deles, sem a menor dúvida, era o engenheiro. Pensaram que a caverna estava desabitada e se afastaram.

Deixei passar alguns minutos. Depois, com extrema cautela, saí novamente. A névoa não me permitiu saber se o grupo havia se distanciado ou se continuava pelos arredores. Eu não podia ficar ali. Os Zebedeu acabariam falando com gente da aldeia e voltariam à caverna da chave. Eu tinha que encontrar o Mestre.

Peguei os sacos de viagem e corri, velozmente, para a cota "575", para a clareira onde estava se construindo o barco. Tive sorte. Não tornei a ouvir as vozes dos Zebedeu nem a de Eliseu. Supus que haviam seguido pelo

---

6 Ampla informação em *Cavalo de Troia 8 – Jordão*. (N. de J. J. Benítez.)

caminho em direção à aldeia do Hawi, a oeste. Era o mais lógico. Com aquela névoa, não era bom se arriscar a explorar as colinas, caminhando às cegas pelos olivais.

Yafé, o *sheik*, não sabia nada sobre a presença dos estrangeiros. Jesus, segundo disse, aparecera no estaleiro bem cedo e se despedira. O belo estava consternado. O Mestre encarregara seus ajudantes da conclusão do *Faq* e se negou a receber o estipulado. Yafé estava perplexo. Segundo o *sheik*, o Galileu pediu que guardasse o dinheiro "até que Ele regressasse".

Fiquei tão desconcertado quanto o *sheik*.

O Mestre pretendia voltar às colinas de Beit Ids? Com que propósito?

Yafé perguntou timidamente se eu conhecia as intenções do Príncipe Yuy. Eu disse a verdade: não fazia ideia. Mas garanti que, se Yuy havia manifestado sua intenção de voltar, assim seria.

Deixei os sacos de viagem aos cuidados de Yafé e fui para o norte. Julgava saber onde estava o Galileu: na colina dos *žnun*, na "778".

Contornei facilmente a colina "661", ao norte da aldeia, e, ao deixar para trás outro olival, a névoa desapareceu. Foi muito estranho. Ela só cobria Beit Ids e um pequeno raio, não superior a um quilômetro. Não sabia o que pensar. A densa névoa, além de tudo, parecia cortada a faca. Ao sair do olival, simplesmente acabava. Aquilo não era normal. Mas, preocupado com a presença dos Zebedeu, e acima de tudo de Eliseu, não prestei muita atenção ao estranho fenômeno. E dei início à subida da pelada colina dos *žnun*.

Jesus, provavelmente, estava no alto, como sempre.

E comecei a me perguntar: O que lhe diria? Avisava-o dos que procuravam por Ele? Eu só era um observador...

E prossegui a laboriosa subida. As rochas formavam um todo. Não havia trilha.

Parei ao conquistar um terço dos 778 metros. Suava copiosamente. Apoiei-me na "vara de Moisés" e tentei recuperar o fôlego. Talvez precisasse de um descanso. Aqueles dias com os *badu*, embora agradáveis no geral, haviam sido de grande tensão. E prometi que assim seria. Na primeira oportunidade, eu me presentearia uns dias de repouso absoluto. Não tardei a rir de mim mesmo. Essa ideia, enquanto estivesse ao lado do Filho do Homem, não era viável. Resignei-me. Além de tudo, por que me lamentava? Conviver com o Galileu era a maior coisa a que um ser humano podia aspirar. E eu era esse afortunado ser humano.

Retomei a marcha entre esses e outros pensamentos, com a vista fixa no cume.

"Ânimo!", disse a mim mesmo. O Mestre saberá o que fazer.

E, ao deixar para trás uma grande rocha, fiquei petrificado.

Em frente a mim, sentados nas pedras azuis, estavam dois personagens com os quais eu não contava.

Olhamo-nos, incrédulos. Acho que nos surpreendemos mutuamente. Eles não me esperavam, nem eu a eles.

Um eu havia visto anteriormente. O outro não.

O que estavam fazendo ali?

Surpreendera o mais velho nessa mesma colina da "escuridão" em uma incursão anterior. Era Ámar ("Lua"), o louco da panela na cabeça. Para os *badu*, como expliquei, era um *madjnoun*, uma espécie de possuído dos *žnun*, os diabos maléficos. Morava na área e aparecia de vez em quando. Chamavam-no de "Lua" justamente porque "crescia e decrescia, e aparecia e desaparecia".

Ao me ver, pegou uma pedra e começou a bater na panela que lhe servia de capacete.

O segundo personagem era uma menina de uns 10 ou 12 anos, completamente nua, de cabelo preto, embaraçado e sujo, até a cintura. Tinha o corpo tomado por um bom número de cicatrizes e por dezenas de inchaços ou nódulos subcutâneos que me fizeram suspeitar de algum tipo de doença; talvez uma neurofibromatose[7]. Não era muito alta. Sua magreza, como a de Ámar, era extrema. Tinha olhos vivíssimos e muito azuis. Imaginei que se tratasse de uma menina abandonada, como tantas.

A seus pés descansava um objeto de minha propriedade: o cilindro de aço!

E compreendi. Aquela menina selvagem – que os beduínos chamavam de *hamaži* – era a responsável pelo roubo da lamparina, quando eu estava junto ao manancial, e também a causadora da misteriosa oscilação da mochila pendurada na viga. Aquela criatura era a que este explorador havia visto durante a noite no meio da ramagem da azinheira sagrada, e, evidentemente, a ladra. Foi ela que, não sei como, abriu minha mochila e pegou o cilindro com as amostras de cabelo e sangue. O cilindro que o engenheiro estava procurando.

Os *badu*, de fato, tomaram-na por uma *welieh*, um gênio benéfico: a *welieh* da fonte, como a chamavam.

---

7 É possível que a menina selvagem de Beit Ids padecesse da Doença de Von Recklinghausen, caracterizada, entre outros sintomas, por uma infinidade de nódulos subcutâneos (forma periférica de neurofibromatose). Esses nódulos, derivados de nervos subcutâneos, podem afetar o sistema neurológico. Trata-se de um transtorno hereditário de caráter autossômico dominante. (N. do M.)

Foi tudo muito rápido.

A menina, ao me ver, pegou o cilindro de aço e, com um salto, fugiu por entre os penhascos, colina acima.

O descerebrado, como dizia o *sheik*, continuou batendo a pedra na panela.

Pensei na "vara". Se ativasse os ultrassons, talvez pudesse deter a *hamaži*.

Mas a menina, agilíssima, escapuliu por entre as rochas. Desisti. Era muito difícil acertar o alvo.

E optei pela única possibilidade a meu alcance. Saí atrás dela. Era importante que eu recuperasse o cilindro.

Não contei, porém, com o louco da panela na cabeça.

Quando comecei a correr por entre as rochas, Ámar se ergueu e, sem parar de martelar o metal, gritou, cortando meu passo:

- *Žnun*! Eles voltaram!

E me derrubou.

A vara escorregou de minha mão e caiu no penhasco, rebotando aqui e ali colina abaixo.

Maldição!

Levantei-me como pude e hesitei: seguia a menina selvagem ou recuperava a "vara de Moisés"?

O bom-senso me fez desistir da perseguição. A vara tinha prioridade, pelo menos naquele momento. Além de tudo, dificilmente a teria alcançado.

Recuperei a "vara de Moisés" e levantei a vista: Ámar se perdia no meio das pedras. Saltava com a mesma agilidade que a menina. E deduzi que se dirigiam ao cume.

Bem. Cedo ou tarde, eu os encontraria. Então, veríamos.

Ajeitei minha roupa e minha não menos afetada dignidade e retomei o caminho rumo ao cume.

Por que aquele infeliz repetia aquilo dos *žnun*? Haviam voltado? Quem eram?

O resto da subida correu sem incidentes. Não tornei a ver a estranha dupla. E, ao coroar o cume, uma brisa fria e relaxante me recebeu e me serenou.

O cume da colina da "escuridão", como já descrevi em outra ocasião, era uma plataforma rochosa, moldada caprichosamente pelos ventos e pela fúria da chuva. Era um pedregal azul, cheio de buracos, como um queijo gruyère.

Dei uma primeira olhada, mas não vi o Mestre. Isso já havia acontecido antes. Em outra ocasião, andei muito perto, mas o Filho do Homem, recostado em uma das grutas e profundamente adormecido, passou despercebido para quem isto escreve. E optei por sentar e descansar.

Poucos minutos depois, diante de minha surpresa, vi-o aparecer perto de onde eu estava. Uma das rochas o havia escondido. Deu três ou quatro passos e parou à beira do precipício onde nos sentáramos semanas atrás; o precipício onde brincara com a *galgal*.

Já ia me levantar e ir para junto d'Ele quando, por trás do mesmo monte, vi surgir outro personagem igualmente familiar.

Foi como se me houvessem pregado no solo. Fiquei novamente sem fôlego. E deslizei por entre as rochas, escondendo-me. Sei que foi uma reação infantil. Repeti a mesma coisa que havia feito nas proximidades do poço de Tantur. Não sei exatamente por que, mas me escondi. E fiquei observando-os.

O segundo personagem se aproximou do Mestre. Conversaram. E, subitamente, o sujeito do sorriso encantador colocou o braço direito nos ombros do Filho do Homem. Era evidente que se conheciam e que se apreciavam.

Fiquei fascinado, mais uma vez. Quem era aquele indivíduo tão singular? A túnica, à plena luz do dia, era mate, de um branco sem brilho. Os braços eram enormes e desproporcionais. Pareciam bambus. Superava bastante a estatura do Mestre (1,81 metro). Calculei 2 metros, como no caso de Yehohanan.

Como já insinuei, embora seu aspecto não fosse agradável, seu incrível e terno sorriso fazia esquecer tudo o mais.

Por que aparecia em momentos tão especiais? Que relação tinha com Jesus de Nazaré?

Cheguei a pensar em algo que, obviamente, não podia provar. Mas não mencionarei uma ideia tão descabida. Seria fantasiar, e gratuitamente.

Parei de especular nessa direção. Talvez não houvesse mistério. Talvez se tratasse de um conhecido, apenas. A ideia também não me convenceu. Isso não fazia sentido. Como explicar que houvesse encontrado com o Mestre em um lugar tão remoto como Beit Ids? E outra coisa que me deixava perplexo: por que não consegui trocar com ele uma só palavra? Era tudo muito estranho.

Não sei quanto tempo fiquei escondido, atento ao Galileu e ao gigante do sorriso encantador. Falaram bastante, mas não consegui captar uma só palavra. Em algumas ocasiões os vi rir. Estavam desfrutando do momento, evidentemente.

Passada uma hora, mais ou menos, deram meia-volta e se afastaram, desaparecendo por entre as rochas e as agulhas azuis do cume.

E lá ficou este explorador, mais confuso que nunca.

Um tempo depois, certo de que haviam abandonado o penhasco dos *žnun*, levantei-me e tentei recapitular. Não havia conseguido falar com o Mestre. Não fora capaz de adverti-lo da presença dos Zebedeu. Estava como no início.

E deixei que o Destino resolvesse. Era isso que Ele ensinava. Aproveitei o momento e colhi uma boa quantidade de funchos que havia descoberto dias atrás, que mostravam sinais de desidratação. As plantas, normalmente olorosas, estavam amarelas e mortas. Algo as havia danificado. E associei aquilo à visão da enigmática "luz" que descera sobre a colina da "escuridão". De volta ao "berço", faria a análise.

Dei uma última olhada no cume e depois na névoa que havia caído sobre Beit Ids e seus arredores. Era desconcertante. Não estava desfiada nas bordas, como teria sido lógico e natural. Como disse, era como se a houvessem cortado com uma faca. Mas isso era impossível. Eu estava me deixando levar pela fantasia.

Na nona hora (três da tarde), muito mais tranquilo, comecei a descer.

Não encontrei rastro nem do louco da panela nem da menina selvagem. E no meio da colina parei, intrigado. Como podia ser? Esfreguei meus olhos. Mas, ao tornar a abri-los, vi que era verdade. Não estava sonhando. A névoa havia desaparecido! Extinguiu-se em questão de minutos, talvez segundos.

A aldeia de Beit Ids, as colinas circundantes, o caminho, as oliveiras, tudo se via com nitidez. O sol, fugindo para o oeste, pintava tudo de vermelho e laranja. Nunca entendi o porquê do súbito desaparecimento daquela névoa. A não ser que...

Esqueci o mistério e prossegui a bom passo.

E tornei a hesitar.

Para onde estava indo? Voltava ao estaleiro? Aventurava-me na caverna? E os Zebedeu e o engenheiro? Teriam abandonado a região?

Evitei o povoado e, seguindo o instinto, contornei de novo a "661". Desemboquei no caminho de terra que corria em frente à caverna da chave.

Lá tornei a parar, desconcertado.

Uma fumaceira preta saía pela boca da gruta. Os *badu* se aglomeravam perto da caverna. Alguns gritavam, gesticulavam e pediam água.

Aproximei-me devagar. Que diabos estava acontecendo? Distingui Jesus e o *sheik*.

Ao chegar ao local, Yafé, ao me ver, jogou-se em meus braços e, com lágrimas nos olhos, agradeceu aos deuses que me houvessem conservado a vida. De início não compreendi. Depois, um pouco mais sereno, explicou que todos achavam que eu estava dentro e que havia morrido queimado. Alguém, ao que tudo indica, pusera fogo na palha e nas madeiras de tola branca armazenadas na caverna.

O Mestre me olhou, tranquilo. Ele sabia que eu não estava lá dentro.

E, como puderam, tentaram apagar o fogo. E em minha mente ficou flutuando uma dúvida: quem fora o responsável pelo incêndio? Talvez o bando dos *dawa-zrạḍ*, cujo líder morrera no olival? Ou devia pensar na maldita feiticeira, a *faqireh*? Fora um dos *badu*?

Yafé, o *sheik*, pediu desculpas pela confusão e ofereceu que passássemos a noite no casarão. Jesus declinou o convite. Evidentemente, tinha outros planos.

E fomos para o estaleiro. Lá passaríamos a última noite em Beit Ids.

Quase não falamos, nem eu lhe contei o fugaz "encontro" com os irmãos Zebedeu. Deixei que os acontecimentos seguissem seu curso. Ele, eu sei, agradeceu sem palavras.

E dormi na companhia das estrelas. Ela, Ruth, estava lá, longe e perto. Ela brilhava para mim. E a estrela Alnitak piscou para mim. Eu a amava.

23 de fevereiro, sábado

Alguém me acordou.

Vi que estava amanhecendo. Todos dormiam.

Os relógios do "berço" apontaram o orto solar desse dia às seis horas e 12 minutos.

Era o Mestre. Tocou meu ombro suavemente e sussurrou:

– Vamos, *mal'ak*! Vamos acordar o mundo!

Pensei que ele quisesse acordar os demais trabalhadores que dormiam no estaleiro. Mas não. Sua intenção era outra.

Ele estava com o cabelo preso no habitual rabo de cavalo e usava uma faixa branca, de lã, na cabeça. Isso significava que Jesus estava disposto a caminhar durante um tempo considerável.

Pegamos as mochilas e, em silêncio, sem nos despedirmos de ninguém, descemos da cota "575" até o caminho de terra batida que lambia a entrada da caverna.

Ele se adiantou e caminhou sozinho, com seus passos longos e decididos. Aquele era outro "sinal" para quem isto escreve. Quando o Mestre queria ficar sozinho, tinha o costume de se distanciar alguns metros. Eu respeitei, naturalmente. Era difícil aceitar, mas eu era só um observador.

Pegou o caminho de Pella, para o oeste. Será que ele se dirigia à Galileia, conforme comentara dias antes? Também não quis me preocupar. Meu trabalho era segui-lo.

Não podia me queixar. Eu estava fisicamente bem. Quanto à péssima relação com o engenheiro, alguma coisa ocorreria, tinha certeza. Algo acabaria acontecendo e tudo voltaria a ser como antes. Talvez Eliseu houvesse se arrependido e sua presença em Beit Ids se devesse ao desejo de fazer as pazes e dar prosseguimento à missão normalmente.

Desses últimos pensamentos não tive tanta certeza.

Segundo meus cálculos, precisaríamos de duas ou três horas para chegar à cidade de Pella. Eram só 12 quilômetros, mas o Destino era imprevisível. Depois, ao lado, encontravam-se o meandro Ômega e o rio Artal, de recordações tão gratificantes. Yehohanan ainda estaria lá? Jesus pararia no *guilgal* onde o Batista parava? E me lembrei do não menos imprevisível gigante das pupilas vermelhas e das sete tranças louras, que se estendiam até quase os joelhos. Senti pena dele. Ou muito me equivocava ou não fazia parte do "plano de trabalho" que o Mestre havia traçado em seu retiro, na aldeia dos *badu*.

Logo descobriria...

Quando já havíamos percorrido quase três quilômetros – à vista da encruzilhada que conduzia à aldeia de Rakib, ao norte, aos povoados de Abil e Tantur, ao oeste e à Pereia, ao sul –, em uma das ocasiões em que olhei para trás, eu as vi.

Não podia ser.

Meu Deus!

Sim, eram elas. O que devia fazer? Avisar o Galileu? Esperá-las? Não, isso seria uma loucura.

Jesus não notou a presença das gêmeas. Seguia rápido e decidido. Endaiá e Masi-n'āss andavam muito perto, a uns 200 metros. Carregavam um saco de couro cada uma e portavam as temidas varas de aveleira. Diminuí o passo, tentando pensar. E em um minuto, creio, por minha cabeça passou um mundo inteiro. As belíssimas *badu* haviam sido rejeitadas. Mas lá estavam. As gêmeas tinham um caráter endiabrado. Pretendiam se juntar a nós? Queriam que as tomássemos como esposas? Santo Deus! Comecei a suar, de puro medo.

Como reagiria o Galileu quando as descobrisse? Porque, logicamente, em algum momento viraria a cabeça.

Não, aquilo não era justo.

E se fosse só uma coincidência? Descartei a ideia. Ali não havia nenhuma coincidência. As gêmeas provavelmente nos espiavam e saíram atrás de nós. Era óbvio que nos seguiam.

O que devia fazer? Eu não podia me responsabilizar por ninguém. As normas da Operação proibiam isso terminantemente. Quanto ao Mestre...

Eu me senti preso, sem solução.

E, ao pisar a referida encruzilhada, aconteceu de novo.

À nossa esquerda, ao pé da colina "481", entre as oliveiras, vi surgir o homem do sorriso encantador. Parei.

Não podia ser...

O homem caminhou decidido para as *badu*. Juntou-se a elas, conversaram um instante, e ele as pegou pela mão, tomando o caminho de volta a Beit Ids.

Não sei se empalideci. Aquilo era surreal.

As gêmeas, de vez em quando, viravam a cabeça e olhavam para mim.

Respirei aliviado. E retomei a marcha. Pouco depois, porém, outro pensamento me inquietou: voltaria a vê-las?

À hora prevista, sem percalços, contornamos a cidade de Pella e fomos descendo para o vale do Jordão. A temperatura aumentou consideravelmente. Devia beirar os 30 °C.

Jesus deixou que eu me aproximasse, e conversamos de assuntos banais. Eu não disse nada sobre as gêmeas, mas pouco faltou para que lhe perguntasse sobre o homem do sorriso encantador. Não o fiz.

O Mestre respirava otimismo. Parecia querer engolir o mundo.

E logo descobri nosso destino imediato. Pegou a estrada que ligava Pella a Bet She'an, e, ao chegar à ponte de pedra que burlava o rio Artal, virou à esquerda e procurou a margem direita do referido afluente. Dirigia-se ao acampamento de Yehohanan, no bosque dos "lenços", com árvores de 20 metros de altura que se espremiam no chamado meandro Ômega. Aquelas belas árvores (as *davidia*) exibiam milhares de flores brancas e pendentes. E a brisa as balançava e agitava como lenços ao vento. Quem isto escreve batizou o lugar de bosque dos lenços. O resto do meandro, em forma de grande ferradura, era povoado por tamariscos e uma moita baixa, parecida com a sempre-viva, que tingia os pés do arvoredo de uma cor violeta muito relaxante. Não muito longe da ponte, nessa margem direita, entre os bambus, perto das águas, destacavam-se quatro ou cinco grandes lajes de basalto negro, quase planas. O Batista, seguindo seu costume, havia traçado um círculo perto de uma das *davidia*. Era seu *guilgal*, o círculo protetor, desenhado com pedras. Nele se movia e nele permanecia com seus discípulos sempre que estivesse no acampamento. Nessa ocasião, o *guilgal* estava a uns 300 metros das lajes de pedra e quase no centro geométrico da "ferradura". Dos galhos da árvore, como expliquei, pendiam *óstracos* (pedaços de argila), com inscrições como as seguintes: "Pois eis que vem o Dia, abrasador como um forno", "Pisei-os com ira", "As nações tremerão diante de ti", "E os farei chocar, cada um contra seu irmão". Eram frases de Isaías, Jeremias, Malaquias e outros profetas; os preferidos do gigante das pupilas vermelhas. Aquele, como disse, era o conceito de Yehohanan sobre o Pai. Nada tinha a ver com a ideia que o Filho do Homem tentava transmitir.

No meio das árvores, distingui cerca de 30 tendas. Supus que fossem os seguidores habituais do Batista.

Tudo parecia tranquilo. O sol já corria alto. Calculo que não devíamos estar além da terceira hora (nove da manhã). Alguns acampados notaram nossa presença e avisaram os do *guilgal*. Pude ouvir os gritos. Jesus continuou caminhando, decidido.

Então, vi o gigante de dois metros se levantar. Retirou o xale de cabelo humano com que se cobria e saiu do círculo de pedras. Eu o vi correr para as lajes do rio. O Mestre parou. Estávamos a um passo das citadas pedras negras.

Yehohanan pulou em uma das rochas e, dirigindo-se a seu primo distante, clamou com aquela voz rouca e áspera que o caracterizava:

"Vede o Filho de Deus, o Libertador do mundo!"

Fez uma pausa e esperou que os seus e os demais acampados se aproximassem da margem do rio. E continuou apontando para o Filho do Homem.

"... Deste é de quem disse: atrás de mim virá o escolhido que foi antes que eu!"

Observei Jesus. Ouvia impassível. E me perguntei: quem era aquele que gritava? Aquele não era o estilo de Yehohanan. E lá mesmo, ao ouvir o que ouvi, cheguei à conclusão de que não era o Batista quem falava. Não sei explicar. Aquela lucidez não era própria de um desequilibrado.

"...por causa disso saí do deserto! Para pregar o arrependimento e para batizar com água!"

Ergueu a voz, e todos estremeceram:

"Aproxima-se o Reino do Céu! Aqui o tendes!"

Tornou a apontar para Jesus. Depois, prosseguiu em sua estranha lucidez:

"Já vem aquele que os batizará com o Espírito da Verdade!"

O Mestre estava tranquilo e deixou que falasse.

"Eu vi o Espírito descer sobre este Homem, e ouvi a voz de Deus, que dizia: 'Este é meu filho muito amado com quem estou satisfeito'!"

Definitivamente, aquele não era o Yehohanan que eu conhecia.

Concluído o anúncio, o Batista voltou ao *guilgal*. Ninguém disse nada. Não sei se compreenderam.

E o Mestre, em silêncio, foi se juntar a Yehohanan e seus íntimos. Eu o segui, intrigado.

Jesus se sentou no *guilgal*, perto do Batista. Lá encontrei todos os "justos". Acho que se alegraram ao me ver, mas ninguém pronunciou uma só palavra. Olhavam para o Mestre e para Yehohanan alternadamente, mas isso era tudo. Lá estavam André e seu irmão Simão, e também Judas, o Iscariotes, e Belša, o velho amigo, o corpulento persa do sol na testa. Fazia tempo que não os via – pelo que me lembrava, desde o passado mês de *kisléu* (dezembro), nos lagos de Enavan.

Não haviam mudado muito.

André, mais magro que Simão, continuava carregando sua timidez. Olhou-me e sorriu brevemente. Como creio ter mencionado, era mais velho que Jesus. Nesse ano 26 completava 33 anos. Tinha o mesmo rosto infantil e cuidadosamente barbeado. Seu irmão Simão – a quem posteriormente o Galileu batizaria com o apelido de "Pedra" (Pedro) –, tinha um ventre um pouco mais volumoso. Havia engordado. Olhava sem ver. Pareceu-me indeciso. Quanto a Judas, contemplava Jesus com seus olhos negros e profundos e parecia se fazer mil perguntas. Porém, não abriu a boca.

O ambiente, insisto, era tenso. O que estava acontecendo? Por que ninguém falava?

Foram minutos embaraçosos.

Alguns discípulos do Batista, os chamados "justos", baixaram a cabeça. Outros mantiveram o olhar no Filho do Homem. Eram olhares acusadores. Não entendi. Alguma coisa havia acontecido em nossa ausência.

Yehohanan, em outro de seus típicos arroubos, cobriu-se de novo com o xale. E ficou mudo, deixando que a desagradável situação se prolongasse.

Simão pigarreou, sem saber o que fazer. André, ao seu lado, pediu calma com as mãos.

Foi Jesus de Nazaré quem pôs um ponto final à tensa cena. Sem dizer uma palavra, levantou-se, pegou a mochila e saiu do *guilgal*. Ninguém disse nada. Abner, o pequeno grande homem, o imediato de Yehohanan, balançou a cabeça negativamente, mas eu não soube o que lamentava.

O Mestre caminhou devagar por entre as *davidia*. Parecia procurar um lugar para descansar ou passar a noite. Fui atrás d'Ele, atento. De repente, parou. Estava ao pé de uma das frondosas árvores. Suponho que tenha lhe agradado, e acabou amarrando o saco de viagem em um dos galhos.

E nisso, quando me aproximava para dividir com Ele a *davidia*, alguém me ultrapassou. Era André. Estava com pressa. Encaminhou-se para Jesus. E, ao passar ao meu lado, cumprimentou-me:

– Que a paz esteja contigo, "Esrin".

Yehohanan e os íntimos me chamavam assim: "Vinte".

Não tive tempo de responder. Teria gostado de interrogá-lo e de descobrir o que estava acontecendo com seus companheiros, os "justos".

Chegou ao Galileu e começaram a conversar. Fiquei quieto, a uns dez, doze passos, expectante. Não consegui ouvir suas palavras. E o Mestre, em outro de seus típicos gestos, acabou depositando as mãos nos ombros do irmão de Simão. André baixou a cabeça. Depois, aproximando-se do saco, o Filho do Homem o abriu e começou a remexer lá dentro. Eu não sabia o que pretendia.

Aí, eu me perdi.

De repente, atrás de mim, ouvi gritos. Alguém pronunciava meu nome com entusiasmo.

Ao me voltar vi Kesil, nosso fiel e querido serviçal. Carregava uma mochila e corria para quem isto escreve.

Não cheguei a reagir. Não o esperava. Ou melhor, não os esperava.

O bondoso *felah* jogou o saco no chão e, correndo, jogou-se em meus braços. Quase me derrubou. Kesil chorava e tentava se explicar. Disse algo sobre Beit Ids. Havia dias que me procuravam. Por fim, na aldeia dos *badu*, os ajudaram e voltaram.

E nisso o vi. Entrou no bosque correndo. Era o engenheiro.

Tinha um aspecto lamentável.

Parou a poucos passos e me olhou, desafiador. Suava copiosamente e sua túnica estava suja e rasgada.

O olhar, incendiado de ódio, deixou-me inquieto. As ilusões sobre um possível acerto naufragaram à vista daquele Eliseu nervoso e alterado. Quis dizer algo, mas não consegui. Kesil também havia ficado mudo. Ele sabia que algo não estava bem entre nós e ficou de fora.

Eliseu continuou caminhando. Alcançou-me e passou por mim. Não era eu quem lhe interessava, por ora.

Alcançou minha mochila e se ajoelhou, abrindo-a.

Eu estava tão perplexo que não fiz um só movimento.

E o vi remexer lá dentro. Julguei compreender. Julguei saber o que estava procurando.

Jesus e André estavam perto, conversando. Não prestaram atenção à chegada de Kesil e do engenheiro. Eu me contive. Não queria contribuir para um escândalo na presença do Mestre. Esperaria.

Mas Eliseu, vermelho de raiva, levantou a vista e perguntou:

– Onde está?

Não me permitiu responder.

– Onde o colocou? Maldito filho da...

Kesil, espantado, deu um passo para trás.

Eu sabia que era o cilindro de aço que o interessava, mas permaneci mudo, com a atenção dividida entre Jesus e aquele energúmeno.

Colocou de novo as mãos na mochila e tirou o estojo de primeiros socorros. Mostrou as ampolas de barro com os medicamentos e gritou com cinismo:

– Não vai mais precisar disto. E vai me suplicar.

André, alertado pelo tom de Eliseu, voltou a cabeça, intrigado. Jesus continuava de costas, aparentemente ocupado com o saco de viagem. Sei que Ele ouviu o engenheiro.

O que era aquilo que eu não ia precisar? Naquele momento não percebi. Maldito bastardo!

E exclamou, levantando-se:

– Vamos fazer um trato, Major.

Apontou com a vista para as ampolas de barro que segurava nas mãos e arrematou com frieza:

– O cilindro em troca dos oxidantes.

Sim, Eliseu era um desgraçado. Ele sabia que a dimetilglicina era fundamental para minha sobrevivência. Se deixasse de ingeri-la, podia ter uma recaída.

Percebeu minha angústia e sorriu, triunfante.

Passou diante de mim, abriu o saco de viagem de Kesil e guardou os remédios. Pegou a mochila e, dando meia-volta, distanciou-se. Eu sentia um nó no estômago.

No entanto, parou, depois de dar três ou quatro passos. Voltou-se para nós e clamou, ameaçador:

– Não vai ter outro jeito senão devolvê-lo. Não é propriedade sua. Eu garanto: voltaremos quando você o devolver.

– Não está comigo – repliquei.

Eliseu voltou. Postou-se a poucos centímetros de quem isto escreve e me olhou nos olhos. Sim, havia ódio naquele rapaz.

– Está mentindo.

Gostaria de ter lhe explicado como o perdera, mas não fazia sentido. Além de tudo, o Mestre continuava ali.

Ao me ver hesitar, enchendo-se de coragem, jogou-me na cara o que mais podia me doer. E falou em voz baixa, em inglês:

– Você não tem o que precisa. Não me estranha que Ruth o tenha desprezado. Maldito efeminado!

A seguir, deu meia-volta e se afastou apressado. Kesil, aturdido, foi atrás dele.

Foi uma paulada. Eu não era um efeminado, e também não tinha consciência de ter sido desprezado por Ruth.

As forças me abandonaram e me deixei cair no chão.

Como havíamos chegado a esse desastre? Não foi a perda dos antioxidantes que me fez desmoronar. Nem mesmo a ameaça do engenheiro sobre o retorno ao nosso tempo. O que me feriu profundamente foi a alusão a minha amada.

E cheguei a questionar: ela havia me desprezado? Talvez Eliseu tivesse razão. Eu era um velho.

Não sei quanto tempo se passou. A questão é que, ao voltar à realidade, o Mestre e André não estavam mais lá.

Procurei-os pelo acampamento. Nem sinal. Ninguém sabia de nada.

E, derrotado, voltei ao centro do bosque dos lenços. Sentei-me e tentei ordenar os pensamentos. O Galileu não estava em Ômega. Voltaria? Ao que parecia, estava acompanhado por André. Este guardava suas coisas no *guilgal*. Ali estava Simão, seu irmão. Segundo me explicou, queriam seguir com o vidente. André, portanto, teria que voltar ao meandro. Mas não tinha tanta certeza das intenções do Galileu. Levara consigo o saco de viagem. Pretendia voltar ou seguiria para o norte, para a Galileia?

E amaldiçoei minha falta de sorte.

Foi quando, com o sol no zênite, apareceram Abner e Belša. Eles haviam me visto de um lado para o outro perguntando pelo Mestre. Minha preocupação não passou despercebida. E o imediato de Yehohanan, tomando a palavra, interessou-se por minha pessoa e por minha longa ausência. Apesar de seu aspecto repulsivo, de gengivas vermelhas e sangrantes, com sua voz aflautada e as costelas quase aparecendo, aquele *ari*, um verdadeiro leão, segundo a linguagem dos judeus, era um ser afetuoso e sincero. Belša também se mostrou interessado em minhas andanças. Por fim, havia encontrado seu líder. Foi o que disse. E tornou-se o braço direito de Abner.

Eu me estendi até onde julguei oportuno, evitando o assunto da cura de Ajashdarpan e, evidentemente, sem mencionar as decisões a que o Mestre havia chegado em seu retiro, nas colinas de Beit Ids.

O corpulento Belša foi quem mais perguntou: como era Jesus? O que pretendia? Qual era sua mensagem? Era verdade o que afirmava Yehohanan? Tratava-se do Messias esperado? Levantaria a nação judaica contra Roma? Despedaçaria seus inimigos? Era um quebrador de dentes, como afirmavam os profetas antigos? Era zelote? Portava armas? Quem eram seus "justos"? Por que havia voltado?

Tantas perguntas me fizeram recear. E respondi com evasivas ou com meias verdades.

Depois, satisfeita em parte a curiosidade dos discípulos do Batista, fui eu que passei à ofensiva e me interessei pelo ocorrido em Ômega desde que partira para o leste naquele histórico 14 de janeiro, dia do batismo de Jesus de Nazaré. O que estava acontecendo com os íntimos de Yehohanan? Por que tanta frieza quando o Mestre apareceu?

Abner fez um esclarecedor resumo da situação.

Depois dos portentosos acontecimentos registrados no rio Artal naquele 14 de janeiro, as notícias sobre vozes celestes e chuvas azuis se propagaram em todas as direções. E foram muitos os que se dirigiam ao meandro Ômega com a esperança de ver e ouvir o responsável por tais maravilhas. Mas esse suposto Messias não estava ali, e as notícias acabaram se desvanecendo. As pessoas foram embora, decepcionadas. "E perdemos outra magnífica oportunidade", afirmou o pequeno grande homem. "Tudo estava ao nosso favor. Yehohanan só precisava se levantar em armas. O povo o teria seguido."

Abner, o homem-sorte, como o chamavam no grupo, tinha razão, em parte. Yehohanan não teria tido problemas para liderar uma sublevação contra os invasores, os *kittim*, ou romanos. Mas o vidente recuou e decidiu esperar o retorno de seu parente. Isso atiçou a polêmica entre os seus e entre seus seguidores. Ele era o verdadeiro Messias. Não tinham por que esperar o tal Jesus, nem ninguém. Como já relatei antes, a visão messiânica dos judeus[1] não tinha relação alguma com os planos do Mestre. Para a maioria dos judeus, esse ansiado Messias seria um libertador político-social, que levaria Israel à liderança das nações. Esse Messias em questão não buscaria um reino espiritual, como defendia Jesus de Nazaré, e sim a vitória sobre os inimigos do povo escolhido. O novo reino, em suma, era, para eles, um assunto de poder, de poder e de poder.

Foi nesses dias de ausência que surgiu no bosque dos lenços uma nova representação dos sacerdotes de Jerusalém. Abner foi muito explícito em suas explicações:

"Chegaram aqui com toda sua pompa, certos de que o vidente era um louco ou um iluminado. E perguntaram a Yehohanan se ele era Elias. O vidente disse que não era. E tornaram a perguntar pela segunda vez:

---

1 Ampla informação sobre o Messias em *Cavalo de Troia 7 – Nahum* e *Cavalo de Troia 8 – Jordão*. (N. de J. J. Benítez.)

'Tu és o Messias de que falam as Escrituras?'. O vidente disse: 'Não sou eu'. E os sacerdotes argumentaram: 'Se tu não és Elias, nem o profeta que Moisés prometeu, nem o Messias, por que batizas as pessoas com tanto alvoroço?'. E o vidente disse: 'Eles, os batizados, é que deveriam dizer-vos quem sou eu. Mas responderei à vossa pergunta: eu vos digo que, embora batize com água, um dia voltará aquele que o faz com o Espírito da Verdade'."

"E os malditos sacerdotes e fariseus voltaram à Cidade Santa, mas não compreenderam. E nós também não."

Abner foi sincero. Aquele, sem dúvida, foi outro momento de especial lucidez na vida pública do Batista.

Aqueles 39 dias, enfim, desataram algo inevitável, do meu modesto ponto de vista. Parte dos íntimos de Yehohanan repudiou o Mestre, mesmo sem tê-lo visto e sem saber de sua mensagem. Jesus de Nazaré se tornou inimigo do líder deles. Por isso, ao vê-lo sentado no *guilgal*, desprezaram-no. Era um conflito que cedo ou tarde ia explodir.

Outros discípulos, poucos, jogaram na cara do vidente o fato de não fazer milagres. A notícia sobre a cura milagrosa do menino mestiço chegou até Ômega, mas foi situada erroneamente na cidade de Pella. Por isso não encontraram Ajashdarpan. E Yehohanan ficou em silêncio. A situação foi tão crítica e tão penosa que o vidente parou de batizar e entrou em um estado de permanente mutismo. Quando Jesus e quem isto escreve chegamos ao bosque dos lenços, a decepção e a confusão dominavam os "justos". Ninguém sabia o que fazer. Qual seria o futuro daquele nascente movimento revolucionário? Quem seria o líder? E ocorreu um grave cisma entre os seguidores do Batista. Esdras, um dos discípulos, era o líder dos que criticavam duramente Yehohanan por não ter se rebelado contra Roma. Em breve, quem isto escreve seria testemunha da primeira grande ruptura entre os referidos "justos".

E à décima hora (quatro da tarde) apareceu no bosque Jesus de Nazaré e o bom e doce André. Respirei aliviado.

O Mestre não parou no círculo de pedra onde estava Yehohanan com sua gente. Seguiu até o centro do bosque das *davidia* e se juntou a quem isto escreve. André parecia intimamente feliz. Sorria por qualquer coisa.

O Galileu abriu o saco e me dedicou um longo olhar. Eu sabia que Ele sabia. Sabia que Ele sabia de minha tristeza.

Jesus abandonou o intenso olhar e desenhou um sorriso que me foi conquistando. Retirou a faixa branca de lã que cobria suas têmporas e tirou da mochila aquilo que seria nosso jantar: carne salgada, nozes sem pele, azeitonas em salmoura, tâmaras de Jericó recém-chegadas a Pella, e pão preto, outra especialidade dos *badu*.

André explicou que o Mestre havia cuidado pessoalmente da compra. E a pagara com seu dinheiro.

– Agora, acorda, querido *mal'ak*.

E acrescentou, piscando para mim:

– Confia. A esperança está comigo, não é?

Assenti.

Mensagem recebida.

E corri para preparar o fogo. André cuidou do corte da carne.

Ergui a vista brevemente e explorei o *guilgal* pela enésima vez. Que grande diferença entre aqueles homens e os deste lado do bosque. Os "justos", confusos, haviam perdido a esperança. Nós viajávamos com ela.

Jesus procurou o sol em meio à ramagem das *davidia*. Faltava uma hora c mcia, aproximadamente, para o ocaso. Voltou à mochila, tirou a túnica de reserva e os instrumentos para o asseio e dirigiu-se ao Artal. Esse era outro costume seu.

André e eu continuamos com nosso trabalho. O irmão de Simão estava feliz. E não era para menos.

Acabou me contando. Precisava. Queria abrir o coração e dividir sua alegria. Foi ssim que eu soube daquelas horas vividas pelo Mestre e por André em meio às pessoas da populosa cidade de Pella, também conhecida como Fahil.

Ao abandonar o meandro Ômega, ambos se dirigiram diretamente à cidade. Jesus queria comprar provisões. E assim fizeram. E conversaram durante horas.

André conhecia Jesus há muito tempo. Embora nascido em Nahum, o irmão de Simão vivia fazia anos na pequena aldeia de Saidan, vila pesqueira de Nahum. Chegaram a trabalhar juntos no estaleiro dos Zebedeu e se encontraram mais de uma vez no *yam* para pescar.

– Aquele Homem sempre me chamou a atenção – resumiu André. – Eu sabia que Ele era especial.

André morava na casa de Simão. Naquele momento, estava solteiro. Tinha mãe e três irmãs. O pai falecera anos antes.

No meio da gente que enchia um dos mercados de Fahil, aconteceu que um dos operários que trabalhava na construção de uma casa se precipitou ao chão. As pessoas se aglomeraram em volta do rapazinho e viram que estava ferido. Jesus e André estavam lá. O Mestre abriu caminho por entre os curiosos e examinou o rapaz. Estava com um braço quebrado. O Mestre procurou umas tábuas e improvisou uma tala, imobilizando o braço do rapaz. Depois, com a ajuda de André, levaram-no para casa. A família era de origem persa, muito humilde.

– E o ferido, curou-se?– perguntei com impaciência.

André não podia imaginar o sentido de minhas palavras. Negou com a cabeça e acrescentou:

– Que eu saiba, lá ficou, com o braço imobilizado.

– Tens certeza? Recordas se o braço foi curado?

– Não, não foi curado.

Não insisti. Estava começando a parecer um perfeito idiota. A lembrança do ocorrido com o menino mestiço no olival de Beit Ids me deixava um tanto transtornado. Via milagres por todos os lados.

E o paciente André prosseguiu com o que realmente importava.

A caminho de Ômega, não pôde se conter e disse ao Mestre o que me revelava naquele momento:

– Eu te observei durante muito tempo – disse – e sei que és alguém muito especial. Embora não entenda o que dizes, eu gostaria de estar ao teu lado e aprender.

Dada a timidez do rapaz, imaginei o esforço que teve que fazer para pronunciar estas palavras.

– Se permitires, eu me sentarei a teus pés e aprenderei a verdade sobre esse novo reino de que falas.

André fez silêncio, rememorando aquele histórico momento. Histórico para mim, não para ele. Ele ainda não sabia.

– E então, o que aconteceu?

– Nada.

– Como nada?

– Jesus disse que sim, que me admitia como discípulo.

E me olhou, atônito, como se o assunto não tivesse maior importância.

Eu não disse nada e continuei preparando o jantar. Definitivamente, André não tinha consciência do que havia acontecido de volta ao meandro Ômega. André havia se tornado o primeiro apóstolo do Filho do Homem. Isso aconteceu entre a nona e a décima (entre três e quatro horas da tarde) daquele sábado, 23 de fevereiro do ano 26 de nossa era. Era importante que eu recordasse.

André não soube explicar, mas a partir desse momento sentiu-se pleno e feliz. E soube transmitir isso.

Ao voltar ao "berço" e atualizar estes diários, peguei a "ficha técnica" que havia elaborado para cada um dos "12", assim como para outros personagens, inclusive mais destacados, e complementei o já escrito. Naquele momento, a ficha de André dizia assim:

"Nascido em Nahum. Família de estirpe. Escolhido apóstolo em primeiro lugar: ao entardecer de 23 de fevereiro do ano 26, de volta ao bosque dos lenços. Solteiro. Habita a casa de Pedro, em Saidan. A mãe é viva. Tem três irmãs. Chamam-no de *segan* (chefe). Completou 33 anos ao ser escolhido apóstolo. É o mais velho dos 12. Um ano mais velho que o Mestre. Estatura: 1,60 metro. Mais magro que Pedro, seu irmão, mas também forte e robusto. Cabeça pequena, cabelo fino e abundante. Olhos azuis. Rosto infantil. Sempre bem barbeado.

Personalidade: o mais capaz dos 12, embora nulo para a oratória. Bom organizador e melhor administrador. Pensamento lógico. Clara visão. Acertado em seus juízos. Muito estável. Grande serenidade. Nervos equilibrados. Bastante incrédulo e pragmático. Desconfia de todos, em especial de seu irmão Simão Pedro. Relaciona-se bem com ele. Em geral, sério e distante. Silencioso e tímido. Introvertido. Parece sempre preocupado. Bons reflexos e rápido em suas decisões. Quando o problema é demais para ele, procura o Mestre e o consulta. Sempre desconfiou de Judas Iscariotes. Defeito principal: falta de entusiasmo. Não gosta de elogiar ninguém. Odeia mentira e adulação. Tem dificuldade para reconhecer os méritos alheios. Muito trabalhador. Tudo que conseguiu foi com seu esforço. Admira Jesus por sua sinceridade e por sua grande dignidade.

Ofício: pescador e construtor de barcos.

Seu pai (falecido) foi sócio de Zebedeu no negócio de pescado salgado. Sócio de Tiago e João Zebedeu.

Vestimenta: sempre limpo. Habitualmente armado *(gladius hispanicus)*.

E, à medida que o bondoso André ia confessando a grande notícia, fui percebendo algo estranho. Ele falava e trabalhava com desenvoltura, mas, sempre que podia, escondia as mãos. Quis examiná-las, mas ele não permitiu, categórico, e as escondeu nas mangas da túnica. Ele corou, e pedi desculpas. Não era minha intenção.

Sorriu sem vontade. Compreendi, em parte. O mal que o acometia não era bem-visto pela sociedade judaica em geral. André padecia de um tipo de psoríase, uma doença que provoca a inflamação da pele. As mãos, pelo que pude ver, tinham as típicas placas escamosas, arredondadas e de diferentes tamanhos, eritematosas e cobertas por escamas imbricadas, de um branco acinzentado e prateado. As unhas quase não existiam. Sofria onicólise, ou desprendimento das unhas por alterações tróficas. Nos polegares, notei as típicas "manchas de óleo". No couro cabeludo também se viam outras lesões similares. E imaginei que a psoríase devia ter dominado outras partes do corpo, como as faces extensoras dos membros (especialmente as espinhas tibiais) e a região sacral. A doença em questão, como algumas alopecias e outras enfermidades dermatológicas, era considerada pela ortodoxia judaica como um dos diferentes tipos de lepra. E os portadores, qualificados de impuros, e consequentemente afastados da sociedade. Não entendi como André, doente de *sapahat* (psoríase), havia conseguido se dar bem. Questão de sorte, pensei. Mas o que mais estranhei foi o fato de essa doença não aparecer no discípulo no ano 30, quando o vira pela primeira vez. A única explicação é que a psoríase acabou entrando em remissão. Mas, como disse, achei estranho. E aí o assunto ficou meio esquecido.

André voltou ao normal e confessou que tinha um grande desejo. Seu irmão Simão era um bom homem, um tanto inepto em suas decisões, mas honrado e sincero. André não o via como discípulo do vidente. E pensou que seria bom que seguisse seus passos e aceitasse se tornar seguidor do Mestre.

Ouvi com atenção. Ele, logicamente, não sabia que esse desejo estava prestes a se realizar.

E perguntou minha opinião. Dei de ombros. Não podia nem queria influenciá-lo.

Dito e feito. André parou o que estava fazendo e foi para o *guilgal*.

Eu estava prestes a presenciar outro acontecimento histórico.

André conversou com o irmão. Ambos saíram do círculo de pedras e continuaram dialogando. André deu-lhe a notícia de sua recente nomeação e Simão, a julgar pelos gestos, não recebeu a designação de André com muita alegria. Levou as mãos à cabeça em várias oportunidades e andou de um lado parao outro, inquieto.

Por fim se separaram. Simão voltou ao *guilgal* e André voltou a este intrigado explorador. Perguntei o que havia acontecido.

André balançou cabeça negativamente. Parecia desanimado. Seu irmão, como suspeitei, não ficou feliz com a nomeação de André. Eram discípulos de Yehohanan. Não o deviam abandonar. Isso seria traição. Essa era a opinião de Simão. E voltou para junto do vidente e dos "justos".

– Então – perguntei –, rejeitou a possibilidade?

André pediu que eu aguardasse. Simão era assim. Primeiro dizia uma coisa e depois mudava de ideia. Era seu jeito de ser.

Eu sabia. Tive a oportunidade de presenciar essa fraqueza de caráter quando negara o Mestre em quatro ocasiões: três em público e uma em particular. E já estava havia anos com Ele.

Observei o comportamento de Simão. Ficou sentado um bom tempo com a cabeça afundada nas grandes mãos. E, de repente, levantou-se e abandonou o círculo de pedras. Caminhou decidido para nós e parou em frente ao irmão. André tinha razão.

– Não farei isso! – clamou com os olhos arregalados. – Será que não compreendes?

Seu irmão continuou com o jantar, aparentemente alheio à preocupação do impetuoso Pedro.

– Não farei isso! – repetiu, não tão convicto. – Eles, os "justos", não merecem uma coisa dessas. Além de tudo, eles nos desprezariam.

André abandonou o que estava fazendo e dedicou-lhe doces e firmes palavras:

– É nossa oportunidade. Esse Homem não é como o vidente. Ouve o que eu digo. Tenta, pelo menos.

Simão era inteligente e sabia que André tinha toda a razão.

Então, com o rosto grave, sem pronunciar uma só palavra, Simão deu meia-volta e se encaminhou de novo para o *guilgal*.

André sorriu para mim. Conhecia bem o irmão.

Vi-o entrar no círculo sagrado e falar com Abner, o pequeno grande homem. O homem-sorte ouviu-o em silêncio. Depois, aproximaram-se de Yehohanan e falaram com o gigante das sete tranças louras. O Batista pareceu não se alterar e ficou em silêncio. Supus que Abner estivesse lhe comunicando a decisão de Simão e de André de abandonar o grupo.

Não houve reação do vidente no momento.

André e eu nos olhamos, desconcertados.

Porém, instantes depois, Yehohanan se levantou e começou a andar perto da árvore dos *óstracos*. Era sua liturgia. E os demais discípulos, obedientes, seguiram-no. Simão não se juntou ao ritual. Girou sobre os calcanhares e afastou-se do círculo. Ao chegar junto ao irmão levou o dedo indicador esquerdo à têmpora e o girou duas ou três vezes, querendo dizer que o vidente não estava em seu juízo perfeito.

– Concordo – encerrou o assunto. – Onde está teu Mestre? Falarei com Ele.

Os relógios do módulo indicavam 17 horas. Faltava meia hora, ou pouco mais, para o pôr do sol.

E Jesus não tardou a aparecer. Usava a branca e chamuscada túnica sem costuras, presente de sua mãe. "Preciso consertar isso", pensei.

O Mestre, descontraído, sentou-se perto do fogo. Senti um cheiro...

Perfume de sândalo branco.

Eu o associava ao sentimento de amizade, à serenidade no coração de Jesus de Nazaré.

E Ele ratificou meus pensamentos com uma nova piscada. Ou foi pelo negócio da túnica?

Estávamos famintos. E o jantar correu em paz e em silêncio, ao estilo dos *badu*. Naquele momento, percebi a brusca mudança de cenário. Os judeus eram muito diferentes dos *a'rab*. Eu tinha que ser muito prudente.

Findo o jantar, pouco antes da primeira vigília da noite, André decidiu falar. Fez certo rodeio. Falou de Nahum e de Saidan, dos Zebedeu, do trabalho no lago e do tempo que fazia que Simão e ele conheciam o Galileu.

Observei o Mestre. Havia estendido as palmas das mãos para a nervosa fogueira. Parecia esperar algo importante.

E assim foi. André, engasgando, acabou dizendo que seu irmão Simão adoraria poder servir o Filho do Homem, assim como havia acontecido com ele próprio.

Simão ouvia em silêncio. De vez em quando coçava a calva, nervoso. E torcia as pequenas e toscas mãos. Mas sua atenção não estava centrada nas palavras do irmão ou no rosto grave de Jesus. Notei que olhava várias vezes em direção ao círculo de pedras onde se agrupavam os "justos", com Yehohanan à frente. Intuí que continuava preocupado com a ideia da traição ao vidente e a seus íntimos. Aquele homem não tinha jeito...

E André, então, bem ou mal propôs a Jesus que Simão fosse aceito como discípulo. O Mestre replicou imediatamente. Suponho que fazia tempo que esperava essa proposta.

– Simão – disse –, és um homem entusiasta, mas não pensas quando falas.

O rude pescador esqueceu o *guilgal* e voltou ao rosto de Jesus. Ficou de boca aberta, com os olhos azuis fixos nos do Mestre. Temi uma de suas loucas reações. Mas não. André assentiu com a cabeça, em silêncio, corroborando o afirmado pelo Galileu. E Simão, imaginando o pior, baixou o rosto mole e redondo, reconhecendo que aquele Homem tinha razão. Conversei com ele em outras oportunidades, e ele soube enfrentar a verdade: naquele momento, pensou que Jesus o rejeitaria. Mas o Mestre, obviamente, tinha outros planos, e prosseguiu:

– Isso é perigoso para a tarefa que vou te atribuir.

As várias rugas do rosto de Simão relaxaram. André sorriu, satisfeito.

– Eu te recomendo que penses no que dizes.

Simão respondeu como um autômato. Balançou a cabeça afirmativamente, mas não disse nada.

E o Mestre concluiu:

– A partir de agora, chamar-te-ei de "pedra".

Jesus pronunciou a palavra aramaica *êben*, que poderia ser traduzida por "rocha" ou "pedra". Estava claro. Jesus o aceitara e, de quebra, demonstrara seu finíssimo senso de humor. Chamara-o de "pedra" justamente por sua fraqueza de caráter. Mas Simão só captou a sutileza muito tempo depois.

Calculo que estávamos por volta das nove da noite quando ocorreu o não menos histórico momento da escolha de Simão como o segundo discípulo do Mestre. Pedro também não teve consciência do ocorrido nessa noite às margens do silencioso rio Artal. Sua mente, naquele momento, estava em outro lugar: no *guilgal* de Yehohanan[2].

---

2 Ao voltar ao Ravid, como no caso de André, completei a ficha de Simão. Isto foi o que escrevi sobre Êben, ou "Pedra": Simão Pedro, nascido em Nahum. Reside em Saidan. Casado. Com ele vivem sua mulher, seus três filhos, sua sogra e seu irmão André. No momento de ser escolhido apóstolo (21h de 23 de fevereiro do ano 26 de nossa era), Pedro contava 30 anos de idade. Estatura: 1,60 metro. Olhos azuis. Cabeça redonda. Pescoço grosso. Rosto marcado de rugas. Aparenta mais idade do que tem. Rosto comprido, mole e redondo como um escudo. Testa ampla. Calvo, com um pouco de cabelo na região temporal. Barba grisalha, sempre mal barbeado. Bigode raspado. Não é excessivamente obeso, mas apresenta gordura no abdome e nos flancos. Ombros e braços musculosos. Mãos pequenas e cheias de calos. Lábios vermelhos e sensuais. Voz dura, muito característica. Fortes roncos.

Personalidade: tipo pícnico, ciclotímico, com grandes oscilações de caráter. Grande capacidade de sintonização afetiva. Fácil de se contagiar de alegria e de melancolia. Grandes contradições. Não pensa antes de falar: isso o leva a uma infinidade de desgostos. Só as consultas prévias a seu irmão André evitam maiores conflitos. Muito fogoso. Radical.

E Pedro e André, principalmente o segundo, esforçaram-se para perguntar a Jesus tudo que lhes vinha à mente. (Na realidade, tanto o Mestre quanto os outros 12 nunca chamaram Simão pelo nome de "Pedro", mas pelo já citado apelido: Êben. Porém, por questão de comodidade e para tornar mais compreensível este texto, chamarei Simão como é denominado na atualidade: Pedro ou Simão Pedro.)

O Mestre fez o que pôde. Respondeu às perguntas, mas os irmãos pescadores do *yam* não conseguiam entender. A linguagem de Jesus era clara e muito didática, mas aquelas alusões a um Pai Azul, substitutivo do colérico Yaveh, iam além de sua compreensão.

O Filho do Homem acabava de inaugurar ensinamentos que se prolongariam durante muitos meses.

Ouvi em silêncio. Tudo isso estava claro entre o Mestre e quem isto escreve. Eu me senti feliz. Esqueci as penúrias da missão e as agressões verbais de Eliseu. Assistir a essa cena não tinha preço. Era o nascimento de um grupo, um lindo grupo, com uma bela utopia nas mãos. A propósito, o que tinha a ver isso que eu acabava de presenciar com o relatado pelos evangelistas?

Mateus (4, 18-22) diz literalmente: "E Jesus, andando ao longo do mar da Galileia, viu dois irmãos, Simão, chamado Pedro, e seu irmão André, os quais lançavam a rede ao mar, pois eram pescadores. Disse-lhes: 'Vinde após mim, e eu vos farei pescadores de homens'. Eles, pois, deixando imediatamente as redes, o seguiram. E, passando mais adiante, viu outros dois irmãos, Tiago, filho de Zebedeu, e seu irmão João, no barco com seu pai Zebedeu, consertando as redes; e os chamou. Estes, deixando imediatamente o barco e seu pai, seguiram-no."

Marcos, por sua vez (1, 16-20), copia praticamente o narrado por Mateus. Quanto ao inefável Lucas (5, 1-12), seu texto também não se

---

Impetuoso. Excelente orador. É um líder natural. Mente pouco profunda. Faz muitas perguntas, algumas superficiais. Presunçosa confiança em si mesmo. Inepto e covarde nos ataques pelas costas. Muito valente em ataques frontais. Pouca paciência. Lento e tardio na tomada de decisões. Uma vez adotadas, teimoso como uma mula. Blasfema, embora nunca na frente de Jesus. Fala aramaico e lê hebraico. Defende-se em *koiné* (grego). Quando está com o Mestre, age de forma diferente. Tendência a exagerar e tergiversar as coisas. Muito preocupado com o que os outros podem falar. Bem aceito, em geral, pelo resto do grupo. Ama Jesus sincera e profundamente. Admira a ternura e a grande paciência do Galileu.
Ofício: pescador. É sócio dos filhos de Zebedeu.
Vestimenta: descuidado. Habitualmente armado. Espada curta e larga, de dois gumes, em geral escondida sob a roupa. (N. do M.)

desaproveita: "Certa vez, quando a multidão se aglomerava ao redor de Jesus para ouvir a palavra de Deus, estava junto ao lago de Genezaré; viu dois barcos junto à borda do lago; mas os pescadores haviam descido dos barcos, e estavam lavando as redes. Entrando ele em um dos barcos, que era o de Simão, pediu-lhe que o afastasse um pouco da terra; e, sentando-se, ensinava, de dentro do barco, as multidões. Quando acabou de falar, disse a Simão: 'Faze-te ao largo e lançai as vossas redes para a pesca'. Ao que disse Simão: 'Mestre, trabalhamos a noite toda, e nada pescamos; mas, porque tu o dizes, lançarei as redes'. Feito isto, apanharam uma grande quantidade de peixes, de modo que as redes se rompiam. Acenaram então aos companheiros que estavam no outro barco, para virem ajudá-los. Eles, pois, vieram, e encheram ambos os barcos, de maneira tal que quase iam a pique. Vendo isso, Simão Pedro prostrou-se aos pés de Jesus, dizendo: 'Retira-te de mim, Senhor, porque sou um homem pecador'. Pois, à vista da pesca que haviam feito, o espanto se apoderara dele e de todos os que com ele estavam, bem como de Tiago e João, filhos de Zebedeu, que eram sócios de Simão. Disse Jesus a Simão: 'Não temas; de agora em diante serás pescador de homens'. E, levando eles os barcos para a terra, deixaram tudo e o seguiram".

Os evangelistas, os três, confundem o cenário. A escolha de André e de Simão Pedro não foi no *yam* ou mar de Tiberíades, mas muito mais ao sul, no referido afluente do rio Jordão, e relativamente perto da cidade de Pella, na Decápole. Também não fazem referência à tensa situação com o Batista, e muito menos às dúvidas de Pedro. Nenhum deles fala de como se deu a escolha de André, o primeiro selecionado. Quanto a Lucas, habituado já a seu caótico evangelho, não me espanta que confundisse Simão Pedro com outro pescador, também chamado Simão. Mas essa é uma história, muito rica, que contarei mais adiante. Ou melhor... Mas não devo me antecipar aos acontecimentos.

E resisto a ignorar outro "detalhe" que evidencia o desastre evangélico, para utilizar uma expressão caritativa.

Marcos (1, 12-13), ao falar do retiro de Jesus de Nazaré após o batismo, diz literalmente: "Imediatamente, o Espírito o impeliu para o deserto. E passou 40 dias sentado no deserto, tentado por Satanás; estava entre as feras, e os anjos o serviam".

Assombroso. Quem pode ter informado Marcos? Em Beit Ids, que não tinha nada a ver com o deserto, havia feras: lobos, javalis, cobras e escorpiões, mas Jesus não viu nem um só animal, que eu saiba. A não ser que o bondoso Marcos se refira a "Matador" e seu bando. Mas acho que não. Quanto a Satanás, o escritor sagrado deve ter ouvido alguma coisa (?), mas também não acertou.

Dito isto, acho que devo fazer uma retificação. Eu também cometo erros, e muitos.

Dizia que me senti feliz ao ouvir o Mestre e seus dois primeiros apóstolos naquela noite de 23 de fevereiro do ano 26. E dizia igualmente que foi o nascimento de um grupo, com uma bela utopia nas mãos. Pois bem, esse foi meu erro. Não se tratava de uma utopia. Uma utopia é um projeto ideal e perfeito, mas impossível de executar. Eu me enganei. O projeto de Jesus – revelar a verdadeira face do Pai e a irmandade entre os seres humanos – é um assunto belíssimo e esperançoso, mas não utópico; eu o considero real. A julgar pelo que me coube viver ao lado do Galileu, entendo que esse Pai Azul é muito mais real que a realidade.

A conversa se prolongou por um bom tempo; não muito. Todos estávamos esgotados.

Pedro, como estava dizendo, não parava de olhar para a árvore sob a qual se abrigava o grupo dos "justos". Estava com receio.

Por fim, de mútuo acordo, fomos descansar. Jesus usou seu saco de viagem como travesseiro e se deitou ao pé de uma das *davidia*, perto do fogo. André fez o mesmo, ao lado. Pedro, por sua vez, foi se sentar a três ou quatro passos da fogueira, e reclinou-se em outra árvore corpulenta. Eu fiquei em frente ao fogo durante alguns minutos. Precisava absorver tudo aquilo.

E fiquei observando Simão Pedro. Ele não dormia. Continuava vigilante, com a vista fixa no *guilgal*. Não sei o que podia estar passando por sua mente naquele momento.

No círculo de pedra não se detectava atividade. Supus que estivessem dormindo. No acampamento, no meio das tendas, distinguiam-se algumas lamparinas de azeite e um punhado de tochas que ia e vinha. Logo se apagariam.

Jesus e André não tardaram a adormecer. E Pedro, vencido pelo sono, começou a dar cabeçadas. Eram cabeçadas violentas. Temi que batesse a cabeça no chão. E começaram os roncos; roncos heroicos e insuportáveis. Sua cabeça e seu tórax afundavam lenta e inexoravelmente, e, por fim, Simão se recuperava e voltava momentaneamente a si, erguendo-se e ajeitando a posição, encostado no tronco da árvore. Então, espiava de novo o grupo de Yehohanan. Mas o sono o vencia e se repetiam as perigosas cabeçadas. E tudo de novo.

Procurei um lugar perto da fogueira. Coloquei a "vara de Moisés" ao meu lado e tentei dormir.

Impossível.

Os roncos do discípulo tronaram no bosque. Eu não sabia o que fazer nem em que posição ficar. Acho que fiquei obcecado com o assunto e continuei pensando nele, em uma mais que inútil tentativa de descansar.

Depois de um tempo, eu me rendi.

Voltei à fogueira, alimentei o fogo com outra carga de lenha e tornei a me sentar, depositando a "vara de Moisés" sobre minhas pernas.

O sono havia se afastado definitivamente. E me deixei levar pelos pensamentos. Eu não fazia ideia dos planos iminentes do Mestre. Voltaria à Galileia, como dissera? Quando? E, uma vez lá, o que nos reservava o Destino?

Tornei a me censurar por aquela preocupação absurda. Estava com Ele. Isso era o que contava. A vida com Ele era uma permanente aventura. Tinha que aceitar isso e ficar feliz e satisfeito. E foi isso que me propus, uma vez mais.

Mas a noite não havia acabado, não senhor. Faltava outro capítulo, não menos eletrizante.

Calculo que estávamos na segunda vigília da noite (por volta de duas da madrugada). Não fosse pelos roncos de Pedro, eu diria que o bosque adormecera. Não se via uma só luz no acampamento. As estrelas, atarefadas, brilhavam no alto.

Alimentei o fogo e me resignei. Outra noite em claro.

O Mestre dormia profundamente, e André também.

Então, ao longe, na área da ponte de pedra, vi uma luz amarelada. Estava oscilando.

Eu fiquei em guarda.

E a luz continuou avançando rumo ao bosque dos lenços.

Prestei atenção e imaginei que se tratava de uma tocha. Aproximava-se devagar, como se o portador caminhasse com dificuldade.

E logo chegou ao *guilgal*. Eu estranhei. O indivíduo que segurava o archote parecia conhecer o terreno.

Mas não era um homem; eram dois.

Acordaram os "justos" e os ouvi conversar.

Pedro continuava roncando e dando perigosas cabeçadas.

Notei certa alteração no círculo de pedras. Alguns discípulos de Yehohanan reclamaram do alvoroço. Outros se levantaram e se aproximaram dos homens da tocha. E lá permaneceram, conversando, pelo menos durante uma hora. Em algumas oportunidades, elevaram o tom das vozes. Discutiam, mas não consegui descobrir a razão. Yehohanan não participou do estranho concílio.

Fiquei tentado a me aproximar, mas decidi esperar.

De repente, a discussão parou e a tocha se agitou de novo. O portador abandonou o *guilgal* e se dirigiu à fogueira que me iluminava.

Eram dois homens que se aproximavam. Os demais "justos" continuaram no círculo sagrado. Vi-os deitar-se novamente.

Eu não soube o que fazer, mas acariciei a "vara de Moisés", disposto a qualquer coisa.

Não foi necessário. Ao chegar perto do fogo, reconheci o homem do archote. Era João Zebedeu. Atrás apareceu seu irmão Tiago.

Confesso. Respirei aliviado.

E imaginei que acabavam de voltar das colinas de Beit Ids. Não me enganei.

João passou os olhos pela cena. Quase nem me olhou.

Tiago, chegando perto do irmão, tentou persuadi-lo de algo:

– Deixa-o. É muito tarde. Amanhã perguntaremos.

Mas João não respondeu. E fixou os negros olhos no adormecido Pedro. Percebi uma centelha de ira. Aquilo não me agradou.

Passou a tocha a Tiago e foi para Simão. Inclinou-se sobre ele e o chacoalhou sem cuidados. Pedro acordou sobressaltado. E o Zebedeu, sem mais nem menos, soltou à queima-roupa:

– Dize-me: é verdade que agora és um discípulo de Jesus?

Notei raiva no tom de João.

E insistiu, colérico:

– Responde! É verdade?

Pedro, que não entendeu muito bem, respondeu balbuciante:

– Não sei... Sim, sou... Mas, na realidade, foi meu irmão...

Não havia dúvida. Aquele era o estilo de Simão Pedro.

– Sim ou não?

Pedro se levantou e fez um gesto com a mão, apontando para seu irmão. João, então, sem disfarçar a contrariedade, encaminhou-se para o adormecido André e repetiu a cena. Chacoalhou-o e o acordou sem contemplações. Tiago se aproximou e pediu a João que se comportasse. "Isso não são maneiras...", censurou. Mas João Zebedeu também não respondeu. E continuou.

– É verdade que agora sois discípulos dele? É verdade que haveis traído o vidente?

André não precisou de muito tempo para entender a situação. E, friamente, confirmou a primeira pergunta.

– Isso mesmo: agora somos discípulos dele.

Quanto à segunda pergunta, André não se dignou a responder. Fez bem. O soberbo e convencido João havia merecido.

João soltou um palavrão e chutou a terra. Tiago, conciliador, pôs a mão no ombro do irmão e tentou acalmá-lo. João repudiou o gesto e continuou chutando o chão, várias vezes.

– Traidores! – gritava. – Traidores!

Então, dominado pela ira, ajoelhou-se em frente ao Mestre.

Comecei a tremer. De que aquele energúmeno era capaz? Eu me levantei e levei os dedos à parte superior da "vara de Moisés", o cravo dos ultrassons. Se fosse necessário os utilizaria, naturalmente. Jesus estava acima de tudo.

Mas, quando o Zebedeu ia chacoalhá-lo, Jesus abriu os olhos. João se conteve. E o Mestre se sentou, reclinando-se na *davidia*. Observou os presentes e fez silêncio. Seu olhar penetrava tudo, também o impulsivo Zebedeu. Este, suponho, percebeu o fogo daqueles olhos cor de mel, quase sempre doces e pacíficos, mas às vezes assustadores.

João, então, usando de moderação, falou assim:

– Como é possível que hajas escolhido outros se nós te conhecemos desde antigamente? Como é possível que, enquanto meu irmão e eu te procurávamos nas colinas, tu selecionaste Simão e André como os primeiros associados para o novo reino?

O Mestre deixou que se acalmasse. João acabou se sentando ao lado do Galileu e o mesmo fez Tiago. Pedro, porém, continuava atento à gente do *guilgal*. Também não sabia que, em certa medida, havia negado sua condição de discípulo do Mestre. André continuou sério e mudo. Ele não esqueceria aquela cena jamais.

Por fim, quando o Filho do Homem julgou oportuno, dirigindo-se a João e a Tiago alternadamente, perguntou:

– Dize-me: quem vos mandou procurar o Filho do Homem quando estava ocupado com os assuntos de seu Pai?

Ninguém replicou. Porém, pouco tempo depois, João voltou à carga, dando todo tipo de detalhes sobre a infrutífera busca dos irmãos na região de Pella e nas colinas próximas. Jesus ouviu com atenção. No fim, ao dirigir-se de novo aos Zebedeu, notei certo tom de censura em suas palavras:

– Deveis aprender a buscar o novo reino em vosso coração.

O Mestre me dedicou um olhar fugaz.

Mensagem recebida.

E prosseguiu:

– E não nas colinas. O que buscáveis já está dentro de vós.

E esclareceu o assunto da seleção de André e Simão Pedro:

– Vós, de fato, sois meus irmãos e não necessitais que eu vos escolha.

Fez uma pausa e os explorou com o olhar. Ambos compreenderam.

– Já estáveis no reino. Levantai o ânimo. Preparai-vos para ir à Galileia. Amanhã partiremos.

Essa era uma notícia. E, quando pensávamos que as coisas haviam ficado claras e encerradas, João Zebedeu, contumaz, insistiu:

– Mas dize-me: seremos meu irmão e eu iguais a Simão e a André? Ocuparemos o mesmo posto no novo reino?

João não tinha jeito e, o que era pior, não sabia de que Jesus estava falando.

O Mestre se levantou, e João e Tiago o imitaram. Então, aproximando-se, colocou as mãos nos respectivos ombros de João e de Tiago, e suave e carinhosamente pronunciou as seguintes palavras (umas palavras misteriosas):

– Vós já estáveis comigo no reino antes de eles solicitarem ser meus discípulos. Mesmo assim, eu vos digo que poderíeis ter sido os primeiros se não vos houvésseis dedicado a procurar o que nunca esteve perdido. No reino futuro devereis aprender a fazer a vontade do Pai, e não a satisfazer vossas ansiedades.

Aí terminou o incidente. O Mestre pediu que descansássemos. Partiríamos ao amanhecer.

Faltavam umas três horas para o orto solar. E todos se acomodaram e tentaram dormir um pouco. Simão continuou acordado. Eu tornei a me sentar em frente ao fogo e repassei o ocorrido. Havia acabado de assistir à aceitação do terceiro e do quarto apóstolo de Jesus de Nazaré: João e Tiago Zebedeu. Mas o correto seria dizer que não houve designação. Jesus, em nenhum momento, os recebeu como seus discípulos. Não houve um "sim" oficial. Eles se juntaram ao grupo porque eram amigos do Galileu, e de muito tempo. Essa foi a verdade, e não a que contaria João em seu evangelho (1, 35-40). Como já expliquei em outro momento destes diários, João simplesmente não contou toda a verdade quando escreveu o referido texto evangélico. Basta dar uma olhada para captar a manipulação do Zebedeu. "No dia seguinte – reza o citado evangelho –, estava outra vez ali, com dois dos seus discípulos (refere-se ao Batista), e, olhando para Jesus, que passava, disse: 'Eis o Cordeiro de Deus!' Aqueles dois discípulos ouviram-no dizer isto, e seguiram a Jesus. Voltando-se Jesus e vendo que o seguiam, perguntou-lhes: 'Que buscais?' Disseram-lhe eles: 'Rabi' (que, traduzido, quer dizer Mestre), 'onde moras?' Respondeu-lhes: 'Vinde, e vereis'. Foram, pois, e viram onde morava; e passaram o dia com ele; era por volta da décima hora. André, irmão de Simão Pedro, era um dos dois que ouviram João falar, e que seguiram a Jesus."

Diferente dos outros evangelistas, João, acertadamente, não situa a passagem no *yam*, ou mar de Galileia. Mas confunde as palavras de Yehohanan quando o vidente se dirige a Jesus. Isso seria o de menos comparado com algo... inexplicável. Por que João Zebedeu não se refere à aceitação (?) de seu irmão e a dele mesmo como discípulos do Galileu? Ele estava lá. Só me ocorre uma explicação: se contasse, João teria que contar tudo, incluindo seu desafortunado interrogatório aos irmãos pescadores, e especialmente ao Filho do Homem. Isso teria ferido sua imagem perante os seguidores do Galileu e da nascente igreja. João não foi capaz de reconhecer sua vaidade e seus maus modos e escondeu o ocorrido às margens do rio Artal. Fala de André, sim, mas silencia a reprimenda de Jesus. E também não foi verdade que André e Pedro foram atrás do Mestre e lhe perguntaram onde morava. Era absurdo. Todos estavam no mesmo lugar: o meandro Ômega. Tem-se a sensação de que João tentou sair do apuro como pôde, mas não deu muito certo.

André e Pedro lhe contaram os pormenores de suas respectivas designações, mas João desfigurou os fatos em seu próprio benefício. Também não contou a visita do Mestre à cidade de Pella, em companhia de André, nem a assistência de Jesus ao rapaz que se feriu. Quanto às dúvidas de Simão Pedro e seus receios em relação à possível traição ao grupo do Batista, nem uma palavra. Isso teria igualmente ofuscado a imagem do futuro líder da Igreja. Simplesmente não interessava. E a verdade, uma vez mais, foi manipulada. Os seguidores das igrejas deveriam saber disso. Nada foi como contam os assim chamados "escritores sagrados".

Como dizia o Mestre, "quem tiver ouvidos que ouça."

E, ao voltar ao Ravid, tracei as "fichas técnicas" de João e de Tiago Zebedeu. O primeiro morreria sem conseguir superar sua vaidade e seu convencimento.[3]

---

3 Ficha de Tiago Zebedeu: tinha 30 anos quando se juntou ao grupo do Galileu. O fato se deu na madrugada de 24 de fevereiro, domingo, do ano 26 de nossa era. Aproximadamente às três horas. Mora em Saidan. É casado. Tem esposa e quatro filhos. Estatura: 1,80 metro. Rosto afilado, anguloso e pétreo. Desafia com o olhar. Voz calma e segura. Conhece Jesus há muito tempo. Personalidade: muito contraditória. Ardente quando algo o provoca. Justifica-se sempre. Irrita-se diante da injustiça. Um dia está loquaz, e no seguinte silencioso. Isola-se com muita frequência. Taciturno. Distante na maioria das vezes. Passa dias inteiros "ausente". Bom orador (o melhor depois de Pedro e Mateus Levi). Racional, prático, frio e calculista (quando não está irritado). De pensamento rápido. Tem a qualidade de ver todos os lados de um mesmo problema. Tolerante se não for provocado. Compreende e admite todo mundo. É muito sensato. Não demonstra pressa. É valente. Relaciona-se bem com seus irmãos. De início, aspirava a um alto posto no reino. Foi o que melhor compreendeu a mensagem do Mestre. Admira Jesus por sua compaixão. Ofício: pescador e sócio de André e de Pedro. Vestimenta: sempre bem cuidado. Armado quando viaja.

Ficha de João Zebedeu: tinha 24 anos quando se juntou ao grupo do Galileu. É o mais jovem dos 12. Baixa estatura. Magro como um bambu. Olhos negros como carvão. Calos nos pés. Rói as unhas. Feições finas. Gagueja quando se irrita. Solteiro. Vive em Saidan com seus pais e suas irmãs.

Personalidade: detecto certa tendência à homossexualidade. Reações infantis. Grande defeito: convencimento e vaidade. Foi muito mimado na infância. Intolerante. Sofre notáveis mudanças de personalidade, com ataques de cólera. Muito autoritário. Em geral fala pouco e pensa muito. Às vezes se comporta com valentia e grande serenidade. Muito criativo e astuto. Supersticioso. Tem pavor de cobras. Oculta rejeição ao casamento e a ter filhos. Às vezes, tem ataques de histeria. Entendo que sofre de psiconeurose, com perda de controle sobre seus atos. Não é uma novidade para o grupo. Na primavera e no outono os ataques pioram. Nessas crises transpira copiosamente e fala sozinho. Tendência a passar do riso ao pranto.Admira o amor e o altruísmo de Jesus de Nazaré. Está impressionado com a confiança do Mestre em *Abba*. Conhece Jesus desde o ano 14 de nossa era. Foi representante do Mestre em assuntos familiares. Irrita-o a incompreensão da família para com o Galileu. Não entende a postura da Senhora.

Ofício: pescador e sócio de André e de Pedro.

Vestimenta: muito bem cuidado. Armado. (N. do M.)

24 a 25 de fevereiro

Nesse dia, o alvorecer foi registrado às 6 horas, 11 minutos e 13 segundos.

E, de acordo com o previsto pelo Mestre, preparamo-nos para viajar.

Tomamos de café da manhã os restos do jantar, e alguém arranjou leite quente. As pessoas no acampamento foram se espreguiçando pouco a pouco. Tudo voltava ao normal.

Objetivo: Galileia.

E cada um arrumou seus pertences.

Porém, de repente, em pleno café da manhã, ouvimos vozes. Vários discípulos do Batista gritavam e gesticulavam no *guilgal*. Todos nós voltamos a cabeça para o círculo de pedras. E imaginei que se tratava de outra discussão. Abner, o imediato de Yehohanan, estava no meio da confusão.

O Mestre, sentado junto ao fogo, ergueu os olhos para o *guilgal*, mas continuou molhando o pão no leite. Estava sério.

E o vozerio aumentou.

Deixei as tâmaras nas mãos de André e fui até a árvore dos *óstracos*. A disputa continuava esquentando. Uns gritavam, e os outros gritavam com mais raiva ainda. Eu não entendia nada.

Judas e Belša ficaram à margem, observando com curiosidade.

Abner, quando me viu, afastou-se do grupo que discutia e se aproximou deste explorador. Estava com os olhos vermelhos. Supus que não houvesse dormido grande coisa. E explicou a razão do novo conflito. Um tal de Esdras – um dos últimos a se juntar ao círculo dos íntimos de Yehohanan – havia acabado de insultar o vidente. Chamara-o de traidor. As palavras do gigante da colmeia pronunciadas no dia anterior, quando o Mestre estava entrando no bosque dos lenços ("Vede o Filho de Deus, o Libertador do mundo"), não agradaram a Esdras nem a vários "justos".

Esdras era um judeu quase negro e coxo. Era o que mais vociferava.

Em um momento da briga, conseguiu fazer as vozes amainarem e exclamou, irado:

– Diz o profeta Daniel que o Filho do Homem chegará com grande poder e glória, envolvido nas nuvens do céu. Esse carpinteiro não pode ser o Libertador de Israel.

E perguntou com ironia:

– E de Natzrat (Nazaré) pode sair um dom divino desses?

Abner protestou e se juntou de novo ao grupo.

Essa frase me soou familiar. Não tardaria a ouvi-la de novo.

E Esdras concluiu com umas palavras que também não agradaram aos que se mantinham fiéis ao vidente:

– Esse Jesus, pela bondade do coração de Yehohanan, enganou nosso mestre. Vamos ficar afastados desse falso Messias!

– Estás mentindo! – interrompeu Abner. – Ninguém enganou ninguém.

E Esdras, furioso, empurrou o pequeno grande homem, que rolou, literalmente, pelo *guilgal*. Em um instante, cinco espadas de dois gumes pararam a poucos centímetros da garganta do coxo.

Olhei para Yehohanan. Continuava imperturbável, sentado embaixo da árvore, como se a disputa não fosse com ele.

Belša e eu trocamos um olhar. O persa parecia tranquilo. A julgar pela expressão de seu rosto, pensei que se alegrava com o ocorrido. Mas foi só um pressentimento.

Abner se ergueu de imediato e ordenou a seus homens que embainhassem as *gladius*. Eles obedeceram devagar e de má vontade.

E em silêncio, após cuspir aos pés de Abner, Esdras pegou seus pertences e saiu do círculo de pedras. Outros o seguiram. E os vi se perderem rumo à ponte de pedra.

Judas, impassível, voltou a suas coisas. E não pude evitar um pensamento: estando tão perto do Iscariotes, por que Jesus não se aproximou dele e o designou um de seus discípulos? E imaginei também que o Destino sabia o que fazia. Não me enganei.

Voltei para o lado do Mestre. Ninguém perguntou nem fez comentário algum. Cada um pegou seu saco de viagem e aguardamos as instruções do Galileu. O Filho do Homem, muito sério, pôs-se à frente da pequena comitiva e rumou para a ponte. Mas, ao passar pelo *guilgal*, o Mestre parou. Deixou a mochila no chão e entrou no círculo. Abner se levantou e me interrogou com o olhar. Dei de ombros. Não sabia.

Jesus, então, foi até Yehohanan. O vidente continuou sentado. Olharam-se e, por último, o Mestre exclamou:

– Meu Pai te guiará agora e no futuro, como o fez no passado.

Isso foi tudo. Yehohanan não replicou. E o Mestre, dando meia-volta, abandonou o *guilgal*. Pegou o saco e retomou a marcha.

Nunca mais tornariam a se ver, pelo menos na Terra.

Yehohanan e Jesus de Nazaré se falaram quatro vezes na vida.

Deviam ser sete da manhã.

Chegamos à estrada romana que ligava Pella à também cidade pagã Bet She'an e mergulhamos em outro mundo. O dia, azul, prometia calor. Dezenas de caminhantes aproveitavam o relativo frescor da manhã e arreavam corações e gado, com pressa. Os gritos e xingamentos dos inevitáveis arreeiros me devolveram à realidade. E começamos a desviar de ovelhas e onagros. Era o retorno à "civilização".

Supus que Jesus, se quisesse chegar à Galileia nesse mesmo dia de domingo, escolheria o caminho mais rápido: o que corria paralelo à margem direita do rio Jordão, e que este explorador havia transitado em outras oportunidades. No total, até a margem sul do *yam*, pouco mais de 30 quilômetros. Isso representava um tempo aproximado de sete, oito horas, se tudo corresse bem, é claro. Eu me enganei, uma vez mais.

Jesus tomou a dianteira. A pouca distância caminhavam os irmãos André e Simão Pedro. Um pouco mais atrás, absortos em suas conversas, os Zebedeu. Por último, fechando o grupo, como era igualmente habitual, quem isto escreve. A ideia, deduzi, era percorrer os 27 estádios (pouco mais de cinco quilômetros) que separavam o meandro Ômega do Jordão, sempre pela referida e confortável estrada. Depois, pensei, ao cruzar o rio, em frente à aldeia de Ruppin, viraríamos para o norte e seguiríamos pela estrada de Hayyim, Hasida, Bet Yosef, Yardena, Gesher, Afiqim, Ma-Agan e, finalmente, Degania e Senabris. Uma viagem confortável, em princípio.

Mas não...

Não havíamos percorrido nem um quilômetro quando Jesus parou. Os demais o imitaram e cercaram o Mestre. Então, eu o vi. Era Felipe, chamado de Saidan. Eu o havia conhecido no ano 30. Não havia mudado grande coisa: ventre proeminente, olhos verdes, nariz curvo, mais avançado que o do Mestre, e um único dente no maxilar inferior. A calvície o perseguia com determinação. Era um *guibéah*, como chamavam os calvos. Usava uma túnica amarela, muito chamativa. Carregava um saco de couro a tiracolo. Debaixo da faixa via-se uma bainha de madeira com a típica *gladius hispanicus*.

Conheciam-se do *yam*. Felipe vivia em Saidan e trabalhava em qualquer tipo de trabalho, mas sua especialidade (depois eu soube) eram os óleos essenciais. Ele havia visto Jesus em muitas ocasiões, mas não se pode dizer que eram amigos. Conheciam-se de vista, só isso.

Com ele caminhava outro Galileu, Natanael, ou Bar Tolmay (em aramaico): filho de Tolmay, a quem os crentes chamam hoje de Bartolomeu. Era o ano 26 (fevereiro), e Bartolomeu não era conhecido de Jesus nem dos demais discípulos. Era a primeira vez que se viam. Bartolomeu era amigo e sócio de Felipe nos negócios de exportação e importação. Residia habitualmente na aldeia de Caná, na Galileia. Segundo disseram, dirigiam-se ao meandro Ômega para se informar sobre o suposto Messias, um tal de Yehohanan. Queriam saber se tratava-se do Libertador de Israel, como diziam.

Bartolomeu também não me reconheceu, claro. Arrastava a perna esquerda, como no futuro. Estava igualmente enfaixada com vendas de couro que tentavam aliviar um antigo problema vascular: veias varicosas (varizes), tão frequentes naquela época quanto em nosso "agora".

Observei-o, curioso. Mostrava o mesmo hirsutismo (corpo muito peludo) e aquelas chamativas telangiectasias, ou dilatações localizadas dos vasos capilares de reduzido calibre, e que davam ao seu nariz um aspecto muito peculiar. Seu nariz sempre me chamou a atenção: deformado, redondo como uma bola de golfe, pintado de vermelho por causa das veinhas. Os olhos, intermináveis e profundos, davam equilíbrio a seu desafortunado corpo. O rosto, mais largo que comprido, lembrava um escudo romano. Dele pendia uma barba longa e grisalha, aberta em leque. Os lábios, muito sensuais, estavam sempre úmidos.

Aproximamo-nos. E o grupo continuou conversando. Bartolomeu saiu da estrada e deu uns passos pelo campo. Queria urinar. Depois, visivelmente cansado, foi se sentar ao pé de uma amoreira e esperou que seu amigo terminasse a conversa.

O Mestre chamou à parte Tiago e lhe explicou o caminho a seguir. Eu fui o primeiro surpreendido. Não seguiríamos pelo vale do Jordão, como havia calculado quem isto escreve; adentraríamos o vale de Yezrael, ao oeste, e buscaríamos a estrada de Naim.

Naim? Para quê?

Não perguntei, naturalmente. O Mestre era uma caixa de surpresas.

E Pedro e os demais aproveitaram a ocasião para notificar Felipe que acabavam de se juntar a Jesus naquilo que Pedro definiu como "a construção do novo reino". Entendo que o voluntarioso Simão Pedro não sabia muito bem de que estava falando, mas seu entusiasmo deslumbrou o homem de Saidan. E, sem mais nem menos, diretamente, sugeriu que se juntasse a eles. O da túnica amarela ficou perplexo. Não era isso que pretendia. Eles estavam procurando o Messias. E Pedro assentiu com uma segurança que me deixou atônito:

– Já o encontraste. Fala com Jesus. Pergunta a ele.

Não hesitou nem um segundo. Foi para o Mestre, interrompeu as explicações que estava dando a Tiago Zebedeu e soltou, sem rodeios:

– Mestre, devo ir até Yehohanan ou devo me juntar a meus amigos e seguir-te?

Jesus olhou-o, satisfeito. O rosto do Galileu se iluminou, e abraçando Felipe com um sorriso, respondeu seguro e decidido:

– Segue-me!

E o Mestre continuou com o assunto da viagem como se não houvesse sido interrompido.

Felipe deu meia-volta e voltou a seus amigos. Estava tão desconcertado e feliz que não conseguiu falar por um bom tempo. Todos o acolheram sorridentes e o abraçaram. Felipe estava nas nuvens.

E, pouco depois, recomposto o ânimo, afastou-se do grupo e se dirigiu apressado ao esquecido Bartolomeu. Fui atrás dele e disfarcei, urinando. Felipe disse que havia encontrado o Libertador de Israel e que Jesus acabava de admiti-lo em suas filas. O homem de Caná olhou-o com ceticismo e replicou à meia-voz, sem dar muita importância ao que seu sócio havia dito:

– De onde vem esse Libertador?

– É Jesus de Nazaré, filho de José, o carpinteiro. Agora vive em Nahum e trabalha no estaleiro dos Zebedeu.

Bartolomeu sorriu debochado e proclamou:

– Pode algo tão bom vir de Natzrat?

– Vem e verás.

E Felipe arrastou o amigo à presença do Mestre.

Então, deu-se uma cena um tanto quanto embaraçosa. Ninguém disse nada. Todos olhavam para Jesus. Pareciam abobados.

E o Galileu, lendo no coração daqueles homens, exclamou:

– Eis um verdadeiro israelita. Um homem sem engano.

Voltou a sorrir, colocou as mãos nos ombros de Bartolomeu e ordenou, categórico:

– Segue-me!

O homem de Caná ficou de boca aberta, sem acreditar no que estava ouvindo. Por último, voltando à realidade, dirigiu-se a Felipe e disse:

– É verdade. Tens razão. Ele é um mestre. Eu também o seguirei, se é que sou digno.

Jesus, então, assentiu com a cabeça e repetiu:

– Segue-me!

Eu havia acabado de assistir à escolha do quinto e do sexto discípulos. Deviam ser oito da manhã do domingo, 24 de fevereiro do ano 26 de nossa era.

João, em seu evangelho (1, 48-51), também acertou em relação às últimas palavras de Bartolomeu e de Jesus.[1] O Mestre não falou de nenhuma figueira (era uma amoreira) e também não fez alusão a esses anjos de Deus subindo e descendo sobre o Filho do Homem. Sem comentários[2]...

---

1 O citado texto evangélico diz assim: "Perguntou-lhe Natanael: 'De onde me conheces?' Respondeu-lhe Jesus: 'Antes que Felipe te chamasse, eu te vi, quando estavas debaixo da figueira'. Respondeu-lhe Natanael: 'Rabi, tu és o Filho de Deus, tu és rei de Israel'. Ao que lhe disse Jesus: 'Porque te disse: Vi-te debaixo da figueira, crês? Coisas maiores do que estas verás'. E acrescentou: 'Em verdade, em verdade vos digo que vereis o céu aberto, e os anjos de Deus subindo e descendo sobre o Filho do homem'." (N. do M.)

2 Ao voltar ao Ravid, as fichas técnicas de Felipe e de Natanael, ou Bartolomeu, ficaram como segue:
Felipe, de Saidan: tinha 27 anos no ano 26, ao se juntar a Jesus. Conhecem-se de tempos atrás. Mora em Saidan. É casado. Não tem filhos. Conheci seis de seus irmãos.
Estatura: 1,70 metro. Calvo. Tendência a engordar. Ventre volumoso. Olhos verdes. Nariz tipicamente judeu. Problemas com a dentição. Míope.
Personalidade: falta total de imaginação. Minucioso. Metódico e tenaz. Muito trabalhador. Prosaico. É o grande curioso do grupo. Chamam-no "curiosidade". Gosta de matemática abstrata. Faz bem coisas pequenas. Expressão favorita: "Vem!". Não gosta de oratória, mas é persuasivo em particular. Tem medo das pessoas. Mente honesta, mas pouco espiritual. Tagarela incorrigível. Gosta de fazer brincadeiras e aceita bem que as façam com ele. Tem fobia de tempestades (especialmente de trovões). Rói as unhas quando está nervoso. Sua grande paixão são os óleos essenciais. Tem um pequeno laboratório em Saidan. Admira Jesus por sua generosidade.
Ofício: pescador. É hábil em qualquer trabalho.
Vestimenta: quase sempre se veste de amarelo. Não descobri por quê. Habitualmente armado.
Anexo: esconde obsessão sexual. É heterossexual.
Bartolomeu (Natanael): tinha 25 anos em fevereiro do ano 26, ao se juntar ao grupo dos discípulos de Jesus.
Estatura: 1,58 metro (é o mais baixo do grupo). Olhos negros e profundos (muito expressivos). Cílios longos e fartos. Pernas curtas. Varizes na esquerda. Mãos curtas e peludas. Hipertenso, com problemas circulatórios. Manca da perna esquerda nas caminhadas. Perfil arredondado. Ventre volumoso. Tendência a engordar. Rosto pentagonal (em forma de escudo). Calvície prematura. Cabelo preto. Fronte limpa. Braços curtos, musculosos e peludos (hirsutismo). Corpo, em geral, muito peludo. Nariz com telangiectasia e em forma de bola de golfe. Barba grisalha e enrolada, em leque. Lábios carnudos e sensuais, sempre úmidos.
Vivia em Caná da Galileia com seus pais. Solteiro. É o mais novo de sete irmãos.
Personalidade: temperamento ciclotímico. Juntamente com o Iscariotes, é o mais culto. Sincero e honesto. Defeito principal: julga as pessoas com leviandade. É orgulhoso, mas não tanto quanto João Zebedeu. Gosta de comer e beber (problemas com o vinho). Falta de tato.

Uma hora depois (à terceira hora, ou nove da manhã), contornamos Bet She'an pelo leste e prosseguimos a bom passo pela mesma estrada, rumo a noroeste; supostamente para Naim. Calculei umas quatro horas de viagem.

Adentramos o vale de Yezrael. Nada a ver com o do Jordão. Lá tudo é plano, quase sem horizontes. Tudo era verde, vermelho e mais verde. Tudo parcelado minuciosamente. Lá despontava o cereal e divisava-se por todo lado a boa mão dos *felah*, hábeis camponeses judeus. Pomares sem ordem nem concerto, hortaliças preparadas para exportação e para o Templo da Cidade Santa, canais de irrigação rumorosos e o branco das aldeias, aqui e ali, surpreendendo-nos. A temperatura foi se suavizando.

Deixamos para trás as muralhas da caótica Bet She'an e tomamos uma longa reta.

O trânsito de homens e animais caiu consideravelmente. E Jesus, feliz, diminuiu o passo, dando um respiro ao coxo Bartolomeu. O grupo, então, reuniu-se.

E nisso, nós as vimos voar.

Eram centenas.

Eram as *Ciconia ciconia*, as belas cegonhas brancas procedentes do norte (atual Europa), que gostavam de invernar naquela região e no Jordão. Alguns bandos voavam em formação, em "V", e outros disputavam os peixes e pequenos crustáceos dos riachos que desciam do Gilboá, as únicas elevações que nos acompanhavam à nossa esquerda, rumo ao oeste.

O Mestre contemplou as cegonhas e, de repente, começou a cantar. Todos o olhamos, surpresos.

Mas o Galileu, sem o menor pudor, exuberante inclusive, ergueu sua voz potente e prosseguiu:

"Até a cegonha no céu conhece os seus tempos determinados!"

Era um versículo do profeta Jeremias (8, 7).

"(...) Sua voz foi ouvida nas alturas!"

E, para minha surpresa e do resto do grupo, suponho, João Zebedeu se juntou ao Filho do Homem:

Sua franqueza é às vezes insuportável. É intransigente em alguns momentos. Hipocondríaco. Chamam-no de "urso", "tampa de odre", "tonel" e "sem engano". Sabe rir de seu corpo pouco atraente. Filósofo e poeta. Fala vários idiomas. Gosta de contar histórias. Muito supersticioso (carrega no pescoço um saquinho com ovos de gafanhoto). Muito limpo. Admira Jesus por sua tolerância.

Ofício: comerciante. Negócios com Felipe.

Vestimenta: sempre limpo. Polaina na perna esquerda, por conta das varizes. Armado. (N. do M.)

"(...) Porque distorceram seu caminho e de Yaveh, bendito seja seu nome, esqueceram-se!"

Jesus não olhou para ele. Seguiu adiante, com o rosto levantado para o azul do céu e para as *ciconias*, totalmente alheias à passagem daquele Homem-Deus.

Os outros não tardaram a vencer a timidez e se juntar aos entusiasmados Jesus e João Zebedeu:

"(...) Convertei-vos, filhos rebeldes, e sanarei vossas rebeliões. Eis que vimos a ti, porque tu és nosso Deus!"

Os cânticos se prolongaram por um bom tempo.

Depois, mais sossegados, entraram em uma infantil polêmica em relação às cegonhas. Bartolomeu, um dos mais instruídos, defendia o caráter bondoso dessas aves. Por isso – afirmava – eram chamadas de *hasidah* (piedoso). Todos concordaram. A *ciconia* é uma ave fiel a seu parceiro e a sua família, até a morte. Os romanos a chamavam de *Pia avis* (ave piedosa) e a consideravam um modelo de comportamento. Bartolomeu, então, passou a narrar uma das lendas que corriam sobre Moisés, relatando que o mítico profeta adestrava as cegonhas para capturar cobras. Dessa forma, soltava-as sobre as cidades inimigas, todas elas – disse – infectadas de serpentes, e obtinha o triunfo sobre o inimigo. André perguntou onde isso havia acontecido, e Bartolomeu, sem hesitar, afirmou que o adestramento das cegonhas jovens por parte de Moisés aconteceu na Etiópia. E aí nasceu a discussão. Vários companheiros protestaram e afirmaram que Moisés nunca esteve nessa região. Outros ficaram do lado de Bartolomeu, e a discussão foi inevitável. E daí só piorou.

Alguns insultaram Bartolomeu, e este fez o mesmo com os primeiros. A coisa começou a ficar feia.

No meio disso, Jesus, sem pronunciar uma só palavra, acelerou o passo, afastando-se com seus típicos passos longos.

Acho que todos, ou quase todos, compreenderam. E se fez silêncio, um eloquente silêncio.

Eu fiquei um pouco atrás, mas sem perder o Galileu de vista.

Ao chegar a uma encruzilhada, nas proximidades de uma aldeia chamada En Harod, divisamos, à esquerda da estrada, dois marcos de pedra, os familiares miliários, que sinalizavam a estrada e avisavam das aldeias próximas, bem como das milhas romanas[3] em que estavam situadas. Foram sempre muito úteis para quem isto escreve.

---

3 Milha romana: equivalente a 1.481 metros (uns mil passos). (N. de J. J. Benítez.)

O grupo passou adiante e vários discípulos, com João Zebedeu à frente, voltaram o rosto para os cilindros de caliça, cuspindo nas pedras. Eu havia esquecido. Era outro costume daqueles que se consideravam patriotas e, portanto, inimigos do invasor, de Roma.

Um dos miliários anunciava a aldeia de Afula, a oeste, a uns 135 estádios (cerca de 15 quilômetros). Ao pé da informação, igualmente entalhada, lia-se uma legenda obrigatória: "Imperador César Divino Tibério, filho do Divino Augusto. Ano V de Tibério".

Supus que esse fosse o caminho certo: Afula, que em hebraico significa "altar de Eliseu", e de lá a Naim. Naquele momento, devia ser a quinta hora (11 da manhã). Restavam-nos mais duas horas, no mínimo.

Mas não...

Jesus parou. Estávamos muito perto de En Harod, uma aldeiazinha branca e esquecida, com meia centena de casas de um ou dois andares.

O Mestre escolheu um círculo de altas palmeiras de azeite, de cujos frutos se extraía uma essência usada na fabricação de uma espécie de sabão, e entendemos que lá descansaríamos. Todos nós relaxamos.

Jesus falou com Felipe e lhe entregou umas moedas. Queria que entrasse na aldeia e comprasse alguns víveres. Não muitos, insistiu. O jantar – disse – já estava previsto. E Felipe assentiu. Decidi acompanhá-lo. Esse, de alguma maneira, foi outro momento histórico. Depois dessa manhã, talvez pelo gesto de Jesus, Felipe de Saidan passou a ser o responsável pela intendência. Sem que ninguém o nomeasse oficialmente, o eficaz e sempre bem disposto discípulo cuidaria do abastecimento do grupo. Ele ficou com a tarefa do necessário abastecimento diário.

Perguntamos aos camponeses e logo estávamos em frente ao lugar indicado: uma casa que fazia as vezes de mercearia, oficina de carpintaria, depósito de trigo e lugar para ferrar os animais.

Felipe comprou várias tortas enormes de flor de farinha, amassadas com azeite e perfumadas com cominho, canela e hortelã. O segredo estava dentro. Acrescentou a isso queijo de ovelha, muito curado, de uma atraente cor dourada, mel e fruta.

E voltamos às palmeiras. Uma forte brisa começou a agitar as longas folhas e a curvar os altos caules. Jesus continuava de pé, com a vista perdida no caminho pelo qual supostamente devíamos prosseguir. O vento fazia sua túnica branca oscilar. Em que estava pensando? Por que Naim? Por que escolheu essa aldeia como fim de viagem?

Eu estava enganado, uma vez mais.

Reunimo-nos e almoçamos. Quem isto escreve foi o único a se surpreender com o conteúdo das tortas. Ao morder um pedaço, senti algo estranho. Era seco e duro. Devolvi-o à palma da mão e, disfarçadamente, examinei-o. Eram gafanhotos!

Ergui a vista e encontrei os olhos cor de mel do Mestre. Ele me contemplava, divertido. E acabou fazendo seu gesto favorito: piscou para mim. Eu também recordei o assunto dos gafanhotos, em Beit Ids.

Engoli os restos do inseto e fiz o que pude. Estava com fome.

Logo depois, no meio do almoço frugal e da animada conversa, surgiu pela estrada, procedente de Afula, uma patrulha dos sempre temidos *kittim*, os romanos. Era um *contubernium*, grupo de oito infantes, todos eles pertencentes às chamadas tropas auxiliares; ou seja, soldados rasos, provavelmente sírios ou egípcios. Aproximavam-se devagar, em fila indiana, pelo centro da estrada.

Fiquei alerta. Peguei a vara e fiquei atento. O Mestre também os viu. O resto do grupo, avisado pelos Zebedeu, dirigiu o olhar para a estrada e fez silêncio. Aqueles encontros nunca eram agradáveis.

Os *kittim* usavam a típica armadura de couro que protegia o tórax. Da cintura pendiam as afiadas espadas de um metro de comprimento. Usavam capacetes também de couro.

Não tardaram a nos descobrir, e a um gesto do *optio* (um suboficial)[4] diminuíram o passo. Pareciam voltar a sua base, em Bet She'an. Notei-os cansados. Aquelas patrulhas podiam durar dois ou três dias, cobrindo mais de 50 quilômetros. Tínhamos que ter cuidado. Os mercenários provavelmente não estavam para brincadeira.

O *optio* parou a uns 20 metros das palmeiras. A patrulha fez o mesmo e se voltou para nós. O *optio* conversou brevemente com seus homens e se aproximou do nosso grupo. Era acompanhado por um imediato romano.

Jesus continuou impassível, mordiscando o queijo. João Zebedeu era o mais nervoso. Agitava-se em seu assento, em cima de uma pedra. Os demais continuaram saboreando os malditos gafanhotos. Eu coloquei a "vara de Moisés" em cima das pernas.

Ao chegar a dois metros de nós, o suboficial ficou quieto. Varreu-nos

---

4 O nome *optio*, no exército romano, conforme conta Festo, tinha origem "nos tempos em que se permitia aos centuriões escolher a aquele que queriam como lugar-tenente". Era, portanto, uma espécie de suboficial, diretamente sob o comando de um centurião. Comandava pequenos grupos de tropa. (N. do M.)

com o olhar e – acho eu – não soube a quem se dirigir. E falou no plural, em um aramaico mais que deficiente. Talvez fosse sírio.

– Quem sois e de onde vindes?

Houve dois ou três segundos de embaraçoso mutismo. Os discípulos olharam uns para os outros e, finalmente, com grande prudência, André tomou a palavra, enquanto se levantava. O gesto foi do agrado do *optio*.

– Somos galileus – replicou André – e viemos do Jordão.

E acrescentou – desnecessariamente, do meu ponto de vista:

– Éramos discípulos de Yehohanan.

O sírio sorriu com malícia. Tinha uma barba de vários dias e seus olhos estavam avermelhados.

– Esse iluminado... Fizestes bem.

João Zebedeu, ao captar o tom insultante, remexeu-se inquieto e ameaçou se levantar. Imaginei suas intenções. Havia fogo em seu olhar.

Mas o Mestre, atento, fez um gesto com a mão esquerda, insinuando a ele que não se mexesse. O *optio* captou o sinal de Jesus e compreendeu que aquele era o chefe.

O vento recrudesceu.

– E tu – perguntou dirigindo-se ao Mestre –, quem és?

João Zebedeu cerrou os dentes. E o Galileu, em silêncio, levantou-se. O coração de quem isto escreve se encolheu. O que estava prestes a acontecer? Os discípulos, desconcertados, também não sabiam o que pensar nem como agir. Era a primeira vez, desde que haviam sido escolhidos discípulos de Jesus, que se viam em uma situação delicada, e justamente com os odiados *kittim*.

A considerável estatura do Galileu não impressionou o *optio*.

Acariciei o cravo dos ultrassons e, disfarçadamente, apontei para a cabeça do suboficial. Ao menor gesto de violência, eu o fulminaria.

O soldado que acompanhava o *optio* pôs a mão na empunhadura de sua *gladius*, como eu, devagar e delicadamente. Ambos esperávamos, mas não sabíamos o quê.

Jesus olhou para o suboficial como só Ele sabia olhar. Praticamente o inundou com aquele olhar dourado. Foram segundos. O *optio* pestanejou, confuso. Aquele Homem-Deus, sem falar, dizia tudo.

Mas o Mestre acabou se dirigindo ao romano e disse:

– O Espírito do Senhor Deus está sobre mim, pois Ele me ungiu. Enviou-me para anunciar a boa-nova aos pobres, para curar os corações partidos, para apregoar aos cativos a libertação, e aos reclusos a liberdade.

Jesus havia invocado um texto do profeta Isaías.

O *optio* não entendeu muito bem, mas continuava impressionado com o olhar e o semblante daquele judeu. E, voltando à realidade, inexplicavelmente deu meia-volta e ordenou à patrulha que se mobilizasse. Logo se afastaram para Bet She'an.

E Jesus, em voz baixa, como se falasse para si mesmo, exclamou:

– Sou o galho que te sustenta.

Galho?

Sim, Jesus utilizou a palavra aramaica *sok*.

Julguei entender. E recordei uma cena, no monte Hermon, em uma daquelas inesquecíveis noites junto à fogueira.[5] Jesus segurava um galho nas mãos. E, de repente, pousou nele uma magnífica mariposa. O Mestre, então, perguntou a Eliseu, meu companheiro:

"Dize-me, querido anjo, crês que essa criatura está em condições de compreender que um Deus, seu Deus, a está sustentando?"

Logo depois, tão ignorante quanto o *optio*, a bela *Euprepia oertzeni*, quadriculada de branco e preto, alçou voo e se perdeu na noite.

Todos se mobilizaram. Todos menos o Mestre e quem isto escreve. João Zebedeu correu para pisar as grandes, negras e desgastadas pedras da estrada e cuspiu com fúria, xingando os *kittim*. E fez isso duas vezes. Alguns íntimos o imitaram. André e Tiago Zebedeu se abstiveram. E todos aguardaram as ordens do Mestre.

Jesus voltou à realidade, olhou para mim e sorriu com uma sombra de tristeza.

Mensagem recebida.

E retomamos a marcha. O vento do oeste continuou sibilante e desagradável.

Jesus tomou a iniciativa mais uma vez. Atravessamos a estrada romana e o Mestre escolheu um caminho secundário, de terra batida, que partia das imediações da aldeia onde havíamos nos abastecido. Rumava para o noroeste, na direção em que ficava Naim, a misteriosa Naim.

Em nenhum momento o vi hesitar. O Galileu conhecia aquelas paragens. Tomou a dianteira e se distanciou alguns metros. Era o sinal, seu sinal: queria ficar sozinho. Mas os discípulos não sabiam, e Pedro e João Zebedeu tentaram alcançá-lo em várias oportunidades. Conseguiram, mas, um minuto depois, o Filho do Homem tornava a se afastar. Pouco a pouco foram aprendendo.

---

5 Ampla informação em *Cavalo de Troia 6 – Hermon*. (N. de J. J. Benítez.)

E o caminho, voluntarioso, começou a ziguezaguear por entre plantações e a desviar de trigais e cevadais. E os verdes e os vermelhos nos cobriram de novo.

Eu conversei com uns discípulos e com outros. Falava-se de assuntos de pouca importância. Bartolomeu parou em várias oportunidades e tentou respirar e aliviar a perna cansada. Desenrolava as faixas de couro e aplicava água fria nas áreas varicosas. Tentei animá-lo. Segundo meus cálculos, faltava pouco mais de uma hora para alcançar as alturas de Moreh. Lá, na vertente ocidental dessas colinas, estava Naim. Ele agradeceu o consolo e a companhia.

E em um daqueles trechos, enquanto o terreno iniciava uma lenta, mas obstinada, ascensão, acertei meu passo com um grupo no qual conversavam Simão Pedro, os irmãos Zebedeu e Felipe. André ficou para trás, atento a Bartolomeu. João Zebedeu, ao que tudo indica, havia dado início à conversa, fazendo alusão ao incidente com o *optio*. E perguntou:

– Reparastes no poder do Mestre? Ele paralisou o maldito *kittim* com o olhar.

Não houve comentários a respeito. João estava certo, mas duvido que chegasse a compreender o alcance das palavras do Galileu. De fato, em seu evangelho não consta o referido encontro com a patrulha romana.

Simão Pedro, então, tomou a iniciativa e fez outra pergunta:

– Será o Mestre o profeta Elias, que voltou?

A ideia de Simão, como já comentei nestes diários, não era uma novidade. Fazia séculos que flutuava na alma coletiva do povo escolhido. Era a base de Malaquias (3, 23-24) e de outros textos sagrados. Pedro e os demais sabiam dessas Escrituras. Não eram tão incultos como se fez crer.

Como também mencionei, o estudo e a leitura das Sagradas Escrituras eram obrigatórios desde os 5 anos de idade, momento em que o menino (sempre o menino) passava da custódia da mãe à do pai.

O povo judeu acreditava que o profeta Elias, que foi arrebatado aos céus 800 anos atrás, apareceria pouco antes da chegada do Messias. Elias poria ordem entre as nações e prepararia o caminho do Justo. Malaquias repetia isso várias vezes. E os assuntos considerados impossíveis ficavam sujeitos a um dito popular que dizia "até que venha Elias" (assim diz a *Mishná*). Naquele momento, como também expliquei, a esperança messiânica estava muito arraigada. A conquista de Roma foi um toque de atenção no coração da ortodoxia. Todos clamavam pela liberação. E recorriam sem parar ao livro de Daniel para justificar esse sonho.[6] O Messias, um

6 Daniel (167 a.C. a 165 a.C.) teve uma grande influência na crença judaica no Messias

rei da estirpe de Davi, seria também um ser extraordinário, quebrador de dentes, que levaria Israel ao ponto mais alto e derrotaria os inimigos da Terra Santa. Esse era o conceito de Messias que prosperava na gente daquele tempo, e no qual naturalmente Yehohanan e seus discípulos acreditavam. E, claro, os debutantes apóstolos de Jesus de Nazaré. Não convém esquecer esse princípio básico. Só assim é possível compreender a atitude e o pensamento do grupo que se juntou ao Mestre.

Felipe respondeu, à sua maneira, à pergunta de Simão Pedro:

– Não sei se o Mestre é Elias, mas os sinais anunciados pelos profetas estão acontecendo. O Messias se aproxima – prosseguiu com segurança – porque o descontrole não cessa.

Todos assentiram.

– A vinha produz fruto, mas o vinho é caro. O governo dos sacerdotes é heresia, mas ninguém diz não.

Novo e geral assentimento.

– A casa da assembleia (referia-se à sinagoga) dedica-se à incontinência; a Galileia será arrasada... Gablan é um deserto, e já não há piedade entre os homens. Os sábios são ignorantes; a verdade foi embora... Os jovens humilham os idosos e a filha se rebela contra a mãe. O rosto dessa geração é como de um cão; não há vergonha.

E Felipe resumiu:

– Se Elias não chegou, não deve demorar.

Os discípulos, obviamente, estavam confusos.

– Outros dizem que, além de Elias, aparecerá um profeta enviado por Moisés.

Tiago Zebedeu falava de alguém prometido, de fato, no Deuteronômio (18, 15).

– E Elias ungirá o Messias – ratificou Simão Pedro –, e os mortos serão ressuscitados.

Simão conhecia as Escrituras. De tudo isso falavam os livros de Baruch, de Esdras, de Enoch e, inclusive, os pouco conhecidos Oráculos Sibilinos (3, 52-56) e os Salmos de Salomão (17, 24, 26, 27, 31, 38, 39, 41).

E a conversa se desviou para um tema mais concreto: quando o Messias deveria chegar?

---

libertador. Durante o reinado do malvado Antíoco Epífanes (Dn. 12, 1), o profeta estimulou a grande libertação do povo judeu. O próprio Deus cuidaria de julgar os povos e de acabar com os inimigos de Israel. Os "santos do Altíssimo" receberiam o reino, e para sempre. (N. do M.)

Ninguém concordava, como era de esperar.

Tiago Zebedeu, mais bem informado, forneceu alguns dados que deixou seus companheiros pensativos: o Messias nasceria em Belém de Judá, como uma criança. Depois, ficaria oculto e surgiria de repente.

– Esse é o Mestre.

A afirmação de João Zebedeu foi bem recebida. No fundo, todos o amavam. Por isso estavam ali.

E o impulsivo João prosseguiu, entusiasmado:

– E o Filho do Homem expulsará os reis e poderosos de seus acampamentos e quebrará os dentes dos pecadores!

Assim reza o primeiro livro de Enoch (52, 4-9).

Santo Deus! Quão longe estava João do pensamento de seu Mestre! Mas assim eram as coisas, e não como foram contadas.

– Nada na Terra poderá resistir ao seu poder – prosseguiu o Zebedeu, extasiado. – Não haverá ferro para a guerra – continuou citando Enoch – nem material para uma armadura. De nada servirá o bronze. Ninguém quererá o chumbo. Seu poder será tão grande que nada nem ninguém o vencerá. E as palavras de sua boca matarão os ímpios.

João Zebedeu ficou tranquilo. Havia esvaziado seu coração. Essa era sua ideia do Messias: um quebrador de dentes a serviço do povo judeu. O resto não importava.

Contemplei Jesus.

Caminhava a bom ritmo, à frente de seus amigos e sozinho. Sim, muito sozinho. Eu estava começando a entender por que ninguém o compreenderia, muito menos seus íntimos.

Simão Pedro aliviou a tensão do momento com outra de suas loucas questões:

– E seremos ricos.

Isso diziam os profetas por todo lado. A terra frutificaria como jamais o havia feito. Durante o reinado do Messias até as feras se tornariam cordeiros. Com uma só uva – diziam – encher-se-ia um tonel de vinho. O trigo forneceria mais de cem grãos por espiga e as verduras teriam que ser transportadas em carroças. Cada escarola precisaria de uma carroça, e cada romã, e cada alho... Cada homem viveria mil anos (das mulheres nada se dizia). Mas ninguém ficaria velho ou doente. Todos seriam como crianças. Os partos aconteceriam sem dor e os pagãos trabalhariam para os judeus. Esse seria o "reino" chegado dos céus.

João Zebedeu, então, decidiu se entusiasmar:

– Meu irmão e eu seremos os generais desse Libertador.

O assunto não agradou a Simão Pedro. E tornaram a se enroscar em outra acre polêmica, disputando cargos e generalatos.

Foi o sensato Tiago Zebedeu que acabou com a discussão absurda. Ficou mais sério que o habitual e fez uma interessante pergunta (não sei a quem):

– E enquanto isso não chegar, de que viverão nossas famílias?

A pergunta acabou com os sonhos de todos. Tiago falava com razão. Se não trabalhassem e seguissem Jesus de Nazaré, de que viveriam?

Ninguém tornou a falar. Todos, suponho, deixaram-se levar pela esmagadora lógica de Tiago. Esse era outro problema no qual este explorador havia reparado uma infinidade de vezes.

Quando o grupo apostólico decidisse pegar a estrada e pregar a boa-nova, que seria da numerosa prole daqueles homens? Que pensariam as esposas, filhos e demais familiares de uma aventura tão estranha quanto pouco rentável? Os evangelistas também não falam disso, mas, sem dúvida, constituía um sério problema. Em pouco tempo eu obteria uma resposta. E o que presenciei também não foi registrado pelos assim denominados "escritores sagrados". Era lógico. "Aquilo" teria ferido a imagem do recém-nascido corpo apostólico. Mas não devo me antecipar aos acontecimentos.

E com o sol no alto, superada a sexta hora (meio-dia), conquistamos as colinas que chamavam de Moreh, a cerca 500 metros acima do nível do mar. O vento cedeu.

Jesus esperava no alto dos penhascos fazia tempo. Havia recuperado a boa disposição.

E cada um procurou uma sombra. Estávamos exaustos.

Logo chegaram André e Bartolomeu. O de Caná continuava arrastando a perna esquerda.

Quis examiná-la, mas o "urso" não permitiu. E se deixou cair na pequena clareira onde havíamos parado.

Pensei que devíamos estar a um passo do fim da viagem.

Sim e não...

Desfrutei do lindo panorama.

Moreh é um "oásis" rochoso no meio das planícies de Esdrealon, ou Yezrael. Pura pedra, com pouca vegetação e um perfeito domínio, em 360 graus, de toda a região. Não alcançamos a cota máxima (515 metros), mas a paisagem, como disse, era maravilhosa. Ao norte, ao longe, distinguiam-se os azuis do mar de Tiberíades. E mais perto, o cone verde do monte Tabor. A oeste, a cerca de uma hora de estrada, erguiam-se, cinza, os montes que cercam Nazaré. Ao sul, branca e esticada, a cidade de Afula. E na distância, para onde quer que se olhasse, campos verdes, bosques densos, lotados, e aldeias tranquilas, às dezenas, deixando o tempo passar.

O Mestre, sentado em uma das rochas, bebeu a paisagem, exatamente como eu. Não disse nada. A brisa o acariciava e Ele deixava. Aquele Homem sabia aproveitar cada momento. Sabia tornar seu o que o Destino lhe trouxesse. O "depois", o "amanhã" não pareciam contar para o Filho do Homem; não, pelo menos não com o mesmo peso que para os demais mortais.

Bartolomeu, o "urso" de Caná, acabou se recuperando e, a pedido de seu amigo Felipe, dirigiu-se ao grupo, dando algumas explicações sobre o lugar em que descansávamos e também sobre o que nos cercava. Bartolomeu, como disse, era um dos discípulos mais instruídos.

E falou dos montes de Moreh (atualmente conhecidos como o Pequeno Hermon ou Jebel ed-Day)[7]. Lá, ao pé das colinas de pedra, batalharam os amalecitas e os madianeus contra Gedeão, como reza o livro dos Juízes (7, 1).

Os discípulos ouviam encantados.

Depois, referiu-se à célebre caverna de En-Dor. E apontou para o norte, pontuando o local a uns três quilômetros.

– É uma gruta com uma fonte natural – afirmou com segurança. – Nela viveu a famosa pitonisa de En-Dor, aquela que aconselhou o rei Saul.

Sim, isso é o que conta o Velho Testamento (Sl 28, 7-19).

E prosseguiu:

– E nessa caverna, atenção, habita Adam-adom.

O Mestre sorriu, benévolo. Mas os demais permaneceram sérios e muito atentos. Adam-adom, segundo havia me explicado Belša em uma das viagens pelo Jordão, era uma criatura, um diabo, que habitava os mangues. O nome ("homem vermelho") tinha origem na luz avermelhada que emitiam os olhos do suposto diabo e que lhe permitia avançar com desenvoltura na escuridão. Como disse, era só uma lenda. Ou não?

---

7 O nome "Pequeno Hermon" procede da época de Orígenes e São Jerônimo. Egéria, a freira peregrina que viveu no século IV, imortalizou esses cumes com uma lenda que não se encaixa à realidade. Em Moreh, diz, Jesus comeu com seus discípulos, e lá ficou impresso na rocha o cotovelo do Senhor. Evidentemente, o Mestre não comeu em Moreh. Comeu muito antes. Nesse lugar limitou-se a descansar, e também não ficou nenhuma marca de sua passagem. (N. do M.)

– Como sabeis – acrescentou baixando o tom de voz –, esse diabo mata as pessoas e os animais. Deixa-os sem uma gota de sangue.

Ninguém respirou. Só se ouvia o suave assovio do vento nos montes.

Um pouco mais ao norte, a uma hora de estrada, distinguia-se a inconfundível silhueta cônica do Tabor. Bartolomeu o chamou de montanha, mas, com seus 1.483 pés (588 metros de altitude), não passava de monte.

E o discípulo, orgulhoso, relatou as batalhas protagonizadas no Tabor. Falou de Débora e de Barak, filho de Abinoam, e da batalha contra Sísera, capitão do exército de Jabim, o cananeu, rei de Hazor. E chamou o Tabor de "umbigo do mundo". Bartolomeu era um patriota, dava para ver.

O Tabor, à distância, era uma mancha negra azulada. Naquele tempo, estava coberto de bosques; sobretudo carvalhos anãos, terebintos, acácias e lentiscos. Lá, segundo os cristãos, deu-se a transfiguração do Mestre. Grave erro. Não foi no Tabor, e sim no Hermon, a montanha sagrada. Mas disso cuidaria Eliseu, quando fosse a hora.

O "urso" se estendeu, satisfeito, nos detalhes sobre Daberat, outra aldeia branca e notável que se distinguia a oeste do Tabor. Bartolomeu, obviamente, sentia-se orgulhoso de poder falar diante de seu Mestre. E falou sobre a tribo de Isaacar, primeira proprietária de Daberat, e das 48 cidades levíticas de Israel, dentre as quais estava a referida Daberat. E falou dos egípcios, e de sua passagem pela região...

Notei que os discípulos estavam entediados. Mas não fizeram nenhum comentário e esperaram.

Jesus continuava atento ao improvisado "guia turístico".

E nisso, centrei minha atenção em Simão Pedro. Ele estava recostado em uma das rochas, atento ao "urso". Ou melhor, aparentemente atento.

Primeiro, observei que os joelhos do discípulo fraquejaram. E notei também uma quase imperceptível vibração dos músculos do rosto. De repente, ele caiu, mas teve tempo suficiente para se segurar na pedra e não ir ao chão.

Eu me alarmei.

Simão fez um esforço para ouvir o que seu companheiro dizia, mas não teve muito êxito. Ele cabeceava. Era uma situação parecida àquela vivida no bosque dos lenços, mas sem roncos.

A expressão de seu rosto ficou vazia. Suas pálpebras caíam várias vezes e as cabeçadas se repetiam, cada vez mais acentuadas e perigosas. Seu olhar não olhava.

Eu me aproximei devagar e me posicionei ao seu lado. Suas conjuntivas estavam injetadas de sangue.

E as cabeçadas acabaram vencendo-o. E devagar, muito lentamente, Simão Pedro foi escorregando pela rocha até ficar sentado na terra. Adormecera. Adormecera profundamente.

André, seu irmão, não tardou a perceber e acudiu, solícito. Tentou acordá-lo, mas não conseguiu. Pedro abriu os olhos, olhou sem ver, e tornou a adormecer.

Ou muito me enganava ou ele sofria de uma patologia do sono. Era possível que o discípulo tivesse o que se denomina "latência REM".[8] Em outras palavras: passava diretamente do estado de vigília ao sono REM. Talvez eu estivesse diante de um tipo de narcolepsia, uma doença de etiologia desconhecida e que se caracteriza por uma sonolência excessiva, quase insuportável, associada à cataplexia, ou paralisia do tônus muscular, bem como a outros fenômenos do sono.

E o bondoso André, conhecedor, sem dúvida, do problema de Simão, correu para molhar o rosto do adormecido pescador. A água fria e a brisa fizeram efeito, e Simão Pedro se recuperou. Levantou-se e olhou para o irmão, agradecido. Ninguém pareceu dar importância ao incidente. Eu, porém, dei. Se fosse o que eu suspeitava, talvez um caso de narcolepsia ou

---

8 Lavie e Antonio Culebras, em suas obras, descrevem a arquitetura do sono nos seguintes termos: "Em geral, em um sujeito normal, quatro ou cinco minutos depois de assumir uma postura confortável, começa a declinar a atividade elétrica cerebral que marca o estado vigil. Quando o polissonograma detecta uma redução de 50 por cento da atividade 'alfa', acompanhada ou precedida de movimentos oculares lentos, aceita-se que o indivíduo entrou no estágio 1 do sono (transitório). Durante essa fase surgem as ondas 'theta', de pouca magnitude. Durante o estágio 1, o conteúdo mental se caracteriza por pensamentos sem ilação, às vezes sensação de queda no vazio ou de voo sideral e falta de retenção mnemônica. O estágio 1 tem uma duração de cinco a sete minutos. O aparecimento de fusos do sono (ritmos de 12 a 14 Hz, de mais de 0,5 segundo de duração) e de complexos K marcam o surgimento do estágio 2. É possível que este represente a verdadeira presença do sono. Trata-se do período mais longo e ocupa 45 por cento do sono total em um adulto saudável. O estágio 3 e o 4 caracterizam-se pelo aparecimento de ondas lentas (mais de 75 microvolts e menos de 2 Hz). Os dois estágios se denominam também sono 'delta', pelo predomínio de atividade elétrica de baixa frequência. E é a partir dos 90 minutos de iniciado o descanso que surge o sono REM ou 'sono paradoxal'. Aparecem, então, as ondas de baixa voltagem e frequência mista, com uma aparência não muito diferente daquela da atividade elétrica cerebral que caracteriza a vigília. Daí um dos nomes do sono REM ('paradoxal'). As ondas em forma de dentes de serra ocorrem de vez em quando, em especial precedendo os movimentos oculares rápidos (típicos do sono REM). São reconhecidas por serem descargas rítmicas de ondas agudas, de pouca voltagem, e de um a três segundos de duração. O tônus muscular decai. No homem, costuma-se notar ereção do pênis. Esse sono REM ocupa entre 22 por cento e 25 por cento do total do período de descanso. Ao ser despertado em pleno sono REM, o sujeito recorda os sonhos". Enfim, Simão Pedro passava do estado de vigília ao sono REM sem passar pelos estágios prévios. (N. de J. J. Benítez.)

algo pior, Simão Pedro tinha um problema delicado. E me perguntei: por que no ano 30, quando o conheci, não soubera detectar essa patologia? A narcolepsia, em geral, martiriza o paciente com períodos de sono que o assaltam de improviso, onde quer que se encontre. Não importa onde nem em que circunstâncias.

Mas a resposta à minha dúvida não estava ao meu alcance; ainda não.

O sol começou a rolar para o poente e Jesus alertou seus homens. Era hora de partir.

Bartolomeu ficou satisfeito.

E às 13h, segundo meu particular cômputo do tempo, iniciamos a descida. O Mestre, à frente, pegou a trilha que serpenteava pela face ocidental do Moreh. A aldeia de Naim – disse-me – estava a um passo, exatamente a 300 metros de altitude. Fim da viagem.

Mas não.

O Mestre e o grupo passaram muito perto da muralha que fechava a cidade, mas não pararam. Naim, pelo que pude observar, era muito mais que uma aldeia. E recordei os comentários de Guilherme de Tiro, qualificando-a de "cidade antiquíssima", mencionada nos anais vitoriosos do faraó Tutmés III, entre os anos 1483-1450 a.C.

Para onde íamos? Definitivamente, o Filho do Homem era uma caixinha de surpresas.

Adentramos a bela planície de Esdrealon e caminhamos com certa pressa rumo aos trigais. Ao fundo, a pouco mais de uma hora, distinguiam-se altos montes, cada vez mais cinza.

Eu devia ter imaginado.

Dirigíamo-nos a Nazaré, "a branca flor entre colinas".

Como não imaginei? Mas por que Nazaré? Por que Jesus escolheu esse destino após o retiro de 39 dias na aldeia beduína de Beit Ids?

Continuei caminhando, fechando o grupo.

Surpresa!

As colinas, efetivamente, protegiam a aldeia de Jesus pelo flanco oriental. E iniciamos uma nova ascensão por uma trilha tímida, desenhada pelo contínuo ir e vir das cabras e que driblava, não sei como, as penhasqueiras de dois promontórios de 443 e 437 metros de altitude, respectivamente. As duas colinas se olhavam com desconfiança. Agora, estavam vestidas de laranja. O sol as iluminava em cheio.

Conforme avançávamos, fui observando o mais alto, o de 443 metros. Erguia-se à nossa esquerda. Na face leste tinha um talho de mais de 150 metros. Fiquei impressionado, mas naquele momento não soube por quê. Os nativos chamavam o lugar de *Chipazon*, que poderia ser traduzido como "Precipitação" ou, mais exatamente, o "monte dos precipitados ou jogados no abismo".

Estremeci.

Eu não podia saber, mas, algum tempo depois, essa região seria protagonista de uma triste notícia. Ou melhor, de duas.

A outra colina, a de 437 metros, era conhecida pelo nome de Débora.

E subimos o penhasco dos "precipitados".

Lá estava a branca Nazaré, como sempre, encolhida entre 15 colinas. O Nabi Sa'in, a elevação mais garbosa, com seus 488 metros, encarregava-se de reunir em sua encosta oriental o pequeno grupo de cerca de 30 casas que formavam a silenciosa e remota aldeia.[9]

Tudo por perto era um verde quieto. Só as estradas davam movimento à paisagem.

O sol, fugindo, divertia-se colorindo o "passeio das palmeiras" e a inquieta e transparente cachoeira que caía do Nabi, margeando a face sul do povoado.

Nazaré, quando foi visitada por este explorador, contava com cerca de 50 famílias, num total de 300 habitantes, mais ou menos.

Imaginei que não teria mudado grande coisa.

Não pude distinguir o rosto do Mestre. Como sempre, andava à frente. Mas imaginei que a vista de Nazaré alegrou seu coração. Lá vivera durante mais de 22 anos. Aqueles becos, aquela colina do Nebil, aquela oficina do oleiro e aqueles bosques e hortas foram sua vida até que o Destino, no ano 20 de nossa era, decidiu tirá-lo do lugar, para sempre.

O Mestre não parou para contemplar seu povoado. E desceu rapidamente ao encontro do caminho de cinza que vinha de Afula e se aventurava em Nazaré. Ninguém falava. Bartolomeu respirava com dificuldade. E todos seguimos o Mestre, intrigados. Seria uma visita de cortesia? Quais eram os planos do Galileu? Logo descobriria e ficaria surpreso, uma vez mais.

Passamos à esquerda pelo tosco e negro edifício da pousada e cruzamos a pequena ponte que atravessava a nervosa cachoeira. Que seria de Heqet, o maldito e trapaceiro dono da pousada? E Débora, a prostituta? Estaria lá? Eu devia muito àquela gentil prostituta.

---

9 Ampla informação sobre Nazaré em *Cavalo de Troia 4 – Nazaré*. (N. de J. J. Benítez.)

Ao entrar na aldeia propriamente dita e cruzar a fonte, algumas matronas que enchiam seus cântaros voltaram a cabeça com curiosidade. Quem eram aqueles homens? E cochicharam entre si. Embora estivesse com a cabeça descoberta e o cabelo preso em seu habitual rabo de cavalo, as mulheres de Nazaré não reconheceram o Mestre. Era compreensível. Fazia seis anos que não aparecia por ali.

O Galileu se perdeu por entre as casas. Eu sabia, ou julgava saber, para onde ia. E os discípulos, meio aturdidos, correram para alcançá-lo.

De fato, Jesus continuou subindo pelo bairro baixo, o mais antigo e descuidado da aldeia. As pessoas olhavam, intrigadas, mas também não sabiam a quem se ater. Não conheciam nenhum daqueles homens.

E a cerca de 80 metros da "asa do pássaro", como chamavam a fonte pública, o Filho do Homem parou.

Senti uma emoção especial.

Lá estava a casa de Maria, "a dos pombos", como a chamavam em Nazaré.

Nada havia mudado. Os muros, caiados, estavam um pouco descascados. Nada sério. A escada de madeira do lado de fora continuava subindo para o terraço, como sempre. E no alto, a uns quatro metros, no guarda-corpo que fechava o terraço, bicavam e revoavam alguns pombos mansos e silvestres, de plumagem negra azulada e pescoço verde bronze.

Na porta, permanentemente aberta, segundo o costume da aldeia, estava sentado um menino de cabeça raspada e túnica cor de açafrão. Carregava no colo um bebê seminu. O menino não devia ter mais de 5 anos.

Eu fiquei atrás, perto do grupo. Ninguém falava. Ninguém sabia...

Jesus se aproximou da criança e lhe disse alguma coisa. Não consegui ouvir. Depois, pegou o bebê, contemplou-o e o beijou várias vezes. E o menino da túnica cor de açafrão se levantou, voltou-se para a escuridão da porta e gritou um nome. Pareceu me entender "Taqop". Era um nome de mulher. Significava "Tesouro", ou algo parecido.

Mas o bebê começou a chorar desconsoladamente. Jesus tentou niná-lo e sussurrou palavras de consolo. Foi inútil. O bebê só entendia que estava em mãos estranhas. E o pranto recrudesceu.

Os discípulos, preocupados, aproximaram-se do Mestre e tentaram ajudá-lo.

Foi pior a emenda que o soneto. Diante de tanto rosto desconhecido, a criatura elevou o tom dos gritos. Jesus empalideceu.

Era incrível. Um Homem-Deus segurando uma de suas criaturas e sem saber o que fazer para controlar o pranto dela.

Logo surgiram mais duas crianças na porta. Eram mais novas que a primeira. E atrás, secando as mãos em um avental, surgiu a figura de uma mulher corpulenta, altíssima, de peitos desproporcionais. Poderia tratar-se de uma elefantíase, doença crônica causada pela filária (um tipo de nematódeo endoparasita no homem e nos animais); um verme branco que vive no sistema linfático e cujos embriões (microfilárias) se distribuem pelo sangue, provocando dilatações, em especial nas extremidades inferiores, braços, mamas e escroto. Esse tipo de filária, conhecida como *Wuchereria bancrofti*, é transmitida geralmente pela picada do mosquito *Culex*.

A mulher gritou o nome de Jesus e pulou no pescoço do Mestre. Temi que esmagasse o bebê.

Os vizinhos, nas portas das casas, comentavam. Quem eram aqueles personagens?

Logo surgiu José, irmão do Mestre, e naqueles dias proprietário da "casa dos pombos". José, nascido em 16 de março do ano 1, era o quarto filho de Maria (o terceiro homem). Eu o havia visto anteriormente, mas quase não falara com ele. Era um homem calado, menos inteligente que seus irmãos, mas tão trabalhador quanto eles. Era magro como um junco e tinha um cavanhaque quase branco, apesar de seus 25 anos. Trabalhava na oficina de carpintaria ao lado da casa.

E atrás de José, para arrematar a cena, surgiu uma cabra negra de chifres recortados e longa barba. Suas orelhas tinham mais de um palmo. Seu pelo brilhava, como o de seus congêneres, as de Núbia. E a cabra olhou, mas duvido que tenha entendido o que estava acontecendo.

Todos se abraçaram.

"Tesouro" era a mulher de José. Formavam um curioso casal.

Tinham quatro filhos e a cabra, naturalmente.

Foi uma surpresa. Ninguém esperava o Mestre. Na realidade, ninguém em Nazaré sabia de suas andanças. Haviam ouvido algo sobre o ocorrido no rio Artal durante o batismo, mas as notícias eram confusas. Diziam que Jesus havia aberto os céus e que fizera o portento de chover uma chuva azul. Mais ou menos o de costume.

Concluídos os abraços, José e Tesouro insistiram para que o Galileu entrasse na casa. E assim foi. Mas os discípulos, desconcertados, não souberam o que fazer, e ficaram na rua, sujeitos às fofocas dos locais.

Ninguém se decidiu a entrar. Pouco depois, Jesus de Nazaré voltou e, com um gesto da mão esquerda, chamou os íntimos para que entrassem.

Eu fui o último.

O interior da casa de Maria também não havia mudado muito. Tinha os dois níveis habituais das casas judias: o da esquerda (tomando a porta de entrada como referência), um pouco mais elevado, servia de cozinha e de dormitório. Lá estavam ainda a velha arca, destinada à roupa e aos víveres, e o fogão de tijolo refratário no canto esquerdo. E nas paredes, rebocadas com gesso, meia dúzia de nichos onde Tesouro guardava vasilhas, pratos e outros utensílios de cozinha. No nível da direita, uns 80 centímetros abaixo do superior, descobri a célebre mesa de pedra, de um metro de diâmetro e 20 centímetros de altura, junto à qual se deu a aparição do anjo à Senhora, em novembro (mês de *marchesvan*) do ano -8, nove meses depois, aproximadamente, do casamento de Maria e José.[10]

Foi emocionante.

E ao fundo, no canto direito, as ânforas de pedra, solidamente ancoradas ao piso. Naquela ocasião só havia duas. A terceira chegaria à casa algum tempo depois, quando aconteceu o que aconteceu.

E no chão, as grandes esteiras de folha de palma, tão acolhedoras.

A minha direita, muito perto da porta de entrada, abria-se a oficina de carpintaria, agora iluminada por algumas lamparinas.

Tesouro não sabia o que fazer. Corria de um lado para o outro, dava ordens, pedia que nos sentássemos, afastava a cabra, ninava o bebê e abraçava Jesus toda hora. José continuava sério em um canto, sem saber que partido tomar. Alguma coisa estava rondando sua cabeça.

À mulher acabou mandando um dos filhos avisar alguém. No meio daquela confusão era difícil ouvir e se fazer ouvir. E o menino saiu correndo.

Jesus fez as apresentações, e José foi correspondendo com uma leve inclinação de cabeça. O bebê continuava chorando. A cabra se contagiou e começou a balir, acho que com razão. Não havia jeito de se entender. Acho que José e sua esposa não conseguiram gravar o nome dos discípulos.

Tesouro se deu conta da penumbra que dominava a casa e foi às escadas que permitiam o acesso ao nível superior. Uma vez lá, encheu várias lamparinas com um perfumado azeite de oliva e criou uma melhor visibilidade. Eu, pessoalmente, agradeci.

Os discípulos tentaram se ajeitar nas esteiras, e bem ou mal distribuíram-se perto da pedra de moinho que fazia as vezes de mesa. O Mestre fez o mesmo. O bebê não parava de chorar. Jesus pediu para segurá-lo, mas Tesouro não lhe deu ouvidos. Era uma mulher bem disposta, que podia com

---

10 Ampla informação em *Cavalo de Troia 2 – Massada*. (N. de J. J. Benítez.)

tudo. E continuou ninando-o em seus braços enquanto distribuía as lamparinas de azeite pela casa. Eu fiquei junto à porta de entrada, em pé. E de relance dei uma olhada na oficina de carpintaria. Parecia limpa e organizada.

E nisso, de repente, entrou ela. Foi como um turbilhão. Atrás, apagados, o pedreiro e mais quatro crianças.

Estava belíssima, como sempre.

Miriam, irmã do Mestre, morava muito perto, na mesma "rua". Jacó, o pedreiro, era seu marido.

A linda mulher, de cabelos negros, traços angulosos e olhos verde-escuros, como sua mãe, procurou Jesus entre os ali reunidos e se jogou em seus braços. E durante alguns segundos não disseram nada. Os olhos de Miriam se umedeceram. Jacó aguardou, visivelmente nervoso.

Miriam, nascida na noite de 11 de julho do ano -2, era a irmã mais velha. Naquele momento ia completar 27 anos. E imaginei que fazia muito tempo que não via o Mestre.

Do silêncio e das lágrimas passaram aos risos e aos gritos, e a novos abraços.

Jacó, então, tentando cumprimentar seu cunhado, contornou a mesa de pedra, mas tropeçou em um dos discípulos. Pelo que recordo, foi em Tiago Zebedeu. Eu não comentei, mas todos continuavam sentados. Quando entrava uma mulher em uma casa ou em uma sala, ninguém se erguia. Era o costume. E o pedreiro rolou pelo chão, com o azar de esmagar a cabra na queda. O animal protestou, e seus balidos se tornaram insuportáveis. E o bebê que Tesouro segurava, que não havia parado de chorar, contagiou-se da cabra e a apoiou, redobrando seus gritos. Jacó se levantou praguejando e, por fim, abraçou o Galileu. Aquele ruivo de olhos claros, um pouco mais velho que Jesus, havia sido amigo íntimo do Filho do Homem durante boa parte de sua infância e de sua primeira juventude. Quem isto escreve obteve muita informação daquele tímido e inteligente galileu.

Jacó ajeitou a túnica de grandes faixas verticais vermelhas e pretas, o tradicional *tsitsit*, e procurou um lugar onde se sentar. Impossível. Não cabíamos na modesta casa, mas isso não importava. O que importava era o retorno do Irmão.

Jesus repetiu as apresentações, mas o choro do bebê e os lamentos da cabra as fizeram naufragar, uma vez mais.

Miriam e Jacó não conseguiam captar o nome dos discípulos.

E a irmã do Galileu, em outro de seus típicos arroubos, pediu o bebê. Tesouro, que conhecia o implacável caráter de Miriam, obedeceu imediatamente e lhe passou a criança.

Mão santa.

O bebê, ao ver que estava nos braços da tia, parou de chorar e sorriu como um anjinho.

Eu não podia acreditar no que estava vendo.

Miriam era como a Senhora.

A seguir, dirigiu-se ao esposo e deu-lhe ordem de tirar a cabra da casa.

Jacó pegou o animal e se retirou. Não se desobedecia a Miriam. Logo retornou.

E fez-se o silêncio, por fim.

Jesus se dedicou a seus sobrinhos, então. Beijou-os um por um e foi recordando os nomes. Riram. E Tesouro ajudou o Mestre a relembrar o nome dos outros sobrinhos. Quando chegaram ao número 12, eu me rendi. Não tinha sentido decorá-los. O último havia nascido em 14 de janeiro desse ano 26. Era filho de Tesouro e Tiago, irmão de Jesus. Eu a vira grávida em setembro do ano anterior, na "casa das flores", em Nahum. Curioso. O menino nasceu no dia do batismo do Mestre no Artal, afluente do rio Jordão.[11]

Miriam, então, recordou a Jesus que ele não havia apresentado as pessoas que o acompanhavam. Simplesmente não sabiam quem eram.

E o Mestre, complacente, foi apresentando-os, mas não disse que eram seus discípulos. Miriam os observou atentamente. Não perdia nenhum detalhe. E julguei ver em seus olhos a desconfiança. Estava intuindo alguma coisa.

A este explorador Jesus apresentou como um amigo, simplesmente. Nem Miriam nem Jacó podiam me reconhecer. Estávamos no ano 26, e eles conversaram comigo no ano 30. Não sabiam.

E chegou o inevitável. Miriam, suponho, queria dizer tudo que pensava ao seu Irmão. Haviam sido anos de silêncio. Ninguém sabia d'Ele. Ninguém sabia se estava vivo ou morto. Voltou, sim, mas esses seis anos de angústia não eram fáceis de esquecer. E Miriam censurou Jesus. Foi gentil, mas firme. Ele não tinha direito de se comportar desse jeito.

Jacó assentiu em silêncio. Sabiam que havia retornado a Nahum em setembro, e estávamos em fevereiro. Por que não fora visitá-los muito antes?

---

11 Como já foi explicado em outro momento destes diários, Jesus foi o primogênito de um total de nove irmãos. Com exceção de Amós, que faleceu no ano 12, e Ruth, que continuava solteira, o restante já estava casado no ano 26. (N. do M.)

O Mestre ouviu em silêncio e admitiu as críticas. Tinham e não tinham razão. Eu o compreendi. Era difícil explicar a eles o que ocorrera no Hermon e nas colinas de Beit Ids. Não o invejei.

E o pedreiro, inteligente, aliviou a tensão com algo prosaico, mas que estava na mente de todos: como íamos nos virar para dormir?

Miriam cedeu e deu as ordens oportunas. Os Zebedeu, Felipe e o "urso" de Caná descansariam na casa de Jacó, com todas as crianças. E erguendo a mão esquerda recomendou a seu marido que se apressasse. Não havia tempo a perder. Primeiro tinha que acomodar os convidados e depois cuidar do jantar das seis crianças.

Os discípulos rapidamente pegaram seus sacos e suas mochilas e seguiram Jacó. As crianças, encantadas, foram atrás do pedreiro.

E lá ficamos nós. Eu, sinceramente, perplexo.

Pedro, esgotado, tornou a dar cabeçadas. Logo estava dormindo. André, ao seu lado, quis acordá-lo, mas Jesus lhe mostrou que não fazia sentido. Era melhor deixá-lo descansar. E assim foi, mas ele ficou atento aos possíveis roncos de Simão. Tivemos sorte. O pescador dormiu sem tropeços, mas seria por pouco tempo.

Não creio que ela houvesse planejado, mas a oportunidade caiu como uma luva.

Miriam aproveitou a ausência da maioria dos íntimos de seu Irmão para pedir explicações sobre os rumores que corriam pela aldeia.

Tesouro havia voltado ao nível superior e mexia com os utensílios de cozinha. Era hora de preparar o jantar. José, seu marido, continuava mudo ao lado do Mestre.

E o Galileu perguntou:

– Rumores? Que rumores?

Miriam continuou embalando o bebê no colo e esclareceu:

– Dizem que fizeste portentos no Jordão.

Jesus compreendeu. E prosseguiu em silêncio. Seu semblante estava sério.

– E dizem também não sei que bobagens sobre os céus. Vós os abristes? Choveu água azul?

O Mestre sorriu sem vontade. José ouvia, estupefato. André não respirava.

E o Mestre evitou as perguntas. Como explicar-lhe o ocorrido?

Mas a mulher, que não desistia, voltou à carga, e dessa vez com veneno em suas palavras:

– E que me dizes destes?

Imaginei que se referia aos discípulos.

– Não entendo – replicou o Galileu.

– Estes que te acompanham. Quem são? Por que estão contigo?

Jesus disse a verdade.

– São meus discípulos.

– Teus o quê?

Miriam ouvira perfeitamente. E abriu os lindos olhos verdes, sem conseguir acreditar nas palavras de seu Irmão.

– Meus discípulos – insistiu o Mestre. – Com eles iniciarei meu trabalho, quando o Pai assim decidir.

André interveio e confundiu a cada vez mais alterada mulher:

– A chegada do reino. Tu sabes...

– O reino? Que reino?

E Miriam disse tudo. Estava querendo isso fazia tempo:

– E o que me dizes de teus irmãos? Também serão teus discípulos?

Notei uma ponta de ironia em suas palavras. Mas Jesus não caiu na armadilha.

– Meus irmãos são aqueles que fazem a vontade de *Abba*.

Foi o cúmulo.

– Então, antepões os estranhos a teu próprio sangue!

O Galileu negou com a cabeça. Eu o compreendi. Aquele Homem estava começando a batalhar antes de batalhar. A cena foi premonitória. Foi algo assim como um ensaio do que aconteceria em breve com o resto de sua família carnal. De repente, surgiram os ciúmes. Por que Jesus havia escolhido seis estranhos? Qual era o problema com Tiago, seu irmão, e com Judas, e com José, e com Simão, seus outros irmãos? Por que eles não contavam?

Nesse momento eu soube que sua vida familiar não seria fácil. Mas nada disso foi contado pelos evangelistas.

Jacó, uma vez mais, suavizou a tensão. Desviou os dardos de sua mulher e perguntou ao Mestre, inocentemente, se pretendia comparecer ao casamento.

– Que boda?

– Do filho de Nathan, em Caná. Todos fomos convidados – esclareceu o pedreiro. – Esperamos tua mãe, e Tiago.

Jesus assentiu com a cabeça, como se recordasse de repente.

A boda de Caná?

Oh, Deus! Eu havia esquecido!

E Jacó acrescentou que seria na próxima quarta-feira. Estávamos no domingo. A Senhora comentara sobre isso em minha primeira viagem de Nahum a Nazaré. Ou melhor, comentaria.

E falara (ou falaria) de um grande prodígio.

Não quis me atormentar. Estava onde estava. Tudo chegaria, supus.

A atmosfera se tornou mais respirável. Miriam cedeu em seus ataques e se dirigiu à cozinha. Deixou o bebê em cima de um acolchoado estendido no chão no nível superior e foi ajudar sua cunhada na preparação do jantar. Éramos muitos.

À décima hora (quatro da tarde), faltando uma hora e meia para o ocaso, o Mestre pediu a seu irmão José que o acompanhasse ao pátio nos fundos da casa. Pensei que queria urinar. Lá estava o chamado "quarto secreto". Ergueu-se e, ao fazê-lo, dirigiu-me um significativo olhar. Compreendi. Queria que eu fosse com Ele. E assim fiz. André e Jacó continuaram conversando. Pedro dormia profundamente.

Entramos na oficina de carpintaria. Duas lamparinas iluminavam tudo suficientemente. Parei um instante. Eram tantas recordações que aquela casa me trazia...

O Mestre empurrou a folha que nos separava do pátio a céu aberto e eu permaneci ensimesmado, observando o banco de carpinteiro. Acaricici-o. José, naquele momento, trabalhava em um jugo. Nas paredes, as ferramentas de sempre penduradas: serras, compassos de bronze e de madeira, cisalhas, cinzéis, formões e serras de arco, dentre outras. O chão, como então, estava atapetado de serrilha e de cisalhas cacheadas. Senti-as ranger sob as sandálias. E pelos cantos, cabos de enxadas, manguais para as cavalarias e arados de pouco peso. Nada havia mudado. Ou melhor, algo sim: ao inspecionar as paredes, notei que havia nelas uma série de tábuas de madeira de diversos tamanhos. Havia umas quadradas, outras retangulares. Não me lembrava de tê-las visto em minha visita "anterior" (ou futura, dependendo do ponto de vista), no ano 30. Poderia jurar que não estavam lá. Eu me aproximei e descobri, assombrado, que eram pinturas e frases em hebraico, também pintadas.

Esqueci o Mestre e me concentrei na inspeção do que estava a minha frente. Meu instinto me avisou.

Eram 16 tábuas, quase todas de carvalho, de pouco peso, e presas às paredes por simples pregos.

Admirável!

Havia paisagens. O Nabi, a colina favorita de Jesus, repetia-se em várias pinturas. Observei dois retratos. Um correspondia à Senhora. O outro, suponho, era de José, o pai terreno do Mestre.

Um tesouro! E tudo, supus, pintado pelo Galileu!

O resto das tábuas continha frases. Todas em hebraico clássico. Consegui decorar a maioria. Diziam coisas assim:

"Deus não envelhece porque é eterno." "Deus não é o que parece, longe disso." "O Pai adora detalhes." "Deus, além de ser deslumbrante, é econômico." "Deus perde para ganhar." "O Pai não está aqui para ajudar; isso seria fácil."

Depois, em outras tábuas de madeira igualmente polidas, liam-se os dez mandamentos. Tudo, como disse, pintado pelo próprio Filho do Homem. E recordei uma das conversas com a Senhora, ali mesmo, junto à mesa de pedra. Maria pessoalmente pendurou na oficina as pinturas do Filho. Ela sabia que essas manifestações artísticas eram rigorosamente proibidas pela lei mosaica, mas não se importou. E acertou. As frases e os desenhos eram maravilhosos. Jesus era um excelente pintor.

No entanto, de repente, algo desviou minha atenção. Vinha do pátio traseiro, a céu aberto, que servia de desafogo para a casa. Lá, como já expliquei em outro momento, cultivavam algumas hortaliças e amontoavam trastes mais ou menos imprestáveis.

Vi um fogo se levantar. O Mestre e José acabavam de acender uma fogueira. Saí da oficina de carpintaria e vi José alimentando as chamas. Jesus estava sentado em uma pequena bacia virada. A seu lado havia um cesto de vime cheio de algo que não consegui identificar. Eu me aproximei, discreto. O Mestre pegava o conteúdo do cesto, um a um, e o desembrulhava. Eram pequenas figuras de barro cozido protegidas com panos. Pareciam estar havia muito tempo naquele cesto.

Começava a escurecer.

E o Mestre, sem mais nem menos, começou a bater uma das estatuetas nas lajotas do pátio. Virou pó. E lá ficou o barro vermelho espalhado pelo chão. Sem dizer uma só palavra, foi esvaziando o conteúdo do cesto e quebrando-o. Não se alterou.

Pelo que pude apreciar, tratava-se de pequenas esculturas, muito simples. Recordo a de um pastor com um cordeiro nos ombros, um lobo ou algo parecido, uma carroça, uma casa típica judaica, a cabeça de um *kittim* e coisas assim. Calculo que no cesto devia haver umas 20, 30 figuras, todas de barro vermelho cozido.

Todas foram destruídas.

E às 17 horas, faltando 27 minutos para o pôr do sol, o Mestre se levantou e, com o rosto grave, entrou de novo na oficina de carpintaria de seu irmão. Vi-o despendurar as tábuas de madeira. Pouco depois voltou com elas e se sentou de novo na bacia virada.

Eu soube o que ia fazer, e senti uma profunda tristeza. Havíamos falado sobre isso na caverna da chave. Não podia ficar nada na Terra que houvesse sido escrito por sua mão. Eu sabia, mas...

Lentamente, foi jogando cada tábua às chamas. José não disse nada. Limitou-se a observar. E as primeiras estrelas surgiram também no céu de Nazaré. Todos, creio, estávamos desolados. Disso os evangelistas também não disseram nada.

E no meio da queima vi Miriam aparecer. Olhou incrédula e, sem uma palavra, retirou-se apressadamente para dentro da casa.

Dessa vez, acertei. A intuição falou mais alto.

Deixei o Mestre em frente à fogueira e segui os passos da mulher.

Estava tramando alguma coisa.

Ela subiu ao nível superior e, decidida, abriu a velha arca. Remexeu lá dentro durante alguns segundos. Eu fiquei imóvel junto à porta principal.

Por fim, encontrou o que buscava. Tratava-se de algo embrulhado em um pano vermelho, como veludo, de uns 30 centímetros de lado. Era praticamente plano.

Pegou um xale que estava pendurado ao lado de um armário e cobriu a cabeça. Imediatamente escondeu o pacote debaixo do xale e se dirigiu aos degraus que permitiam o acesso ao nível inferior, onde estava este explorador. E passou por mim, apressada. Ia para a rua. Mas, ao me ver, esboçou um sorriso e piscou para mim.

Depois, perdeu-se na escuridão.

Ninguém na casa se deu conta da manobra de Miriam. E me perguntei: o que ela escondia debaixo das roupas?

Tive um pressentimento.

Jesus não havia queimado tudo.

Voltei ao pátio e me sentei junto ao fogo. As chamas haviam crescido. O Mestre continuava jogando as pinturas e as frases à fogueira voraz. José acabou voltando para dentro. Não houve palavras entre nós. Para quê? Ambos sabíamos.

Foi quando percebi aquele intenso cheiro. De início, atribuí-o à desintegração das pinturas que estavam sendo consumindas pelo fogo. Não sabia o que pensar, mas o caso é que senti uma fragrância especial. Era um cheiro de canela. Observei o rosto do Galileu. Pareceu-me triste. E associei a essência de canela à tristeza. Não seria a última vez que eu captaria uma coisa assim.

Quando a última tábua foi jogada às chamas, o Mestre, em silêncio, levantou-se. E, ao passar junto a este explorador, colocou sua mão esquerda em meu ombro direito. E pressionou por alguns segundos.

Mensagem recebida.

Senti um nó na garganta.

Jesus se perdeu na oficina de carpintaria, e quem isto escreve ficou um longo tempo com a vista fixa no fogo. Eu não tinha muita consciência do que estava acontecendo ali, mas com aquela fogueira desaparecia parte da história do Filho do Homem. Ninguém jamais soube que foi um bom pintor e que sacrificou sua obra. Então, recordei as madeiras de tola branca onde escrevia e com que jogávamos *Shelem* na caverna de Beit Ids. E soube por que as queimava.

Eu me refugiei no firmamento. Estava negro e brilhante. As estrelas quase caíam. E uma delas, Capela, fez-me um sinal.

Minha querida Ma'ch...

Mas tenho que ser sincero. Nem tudo foi limpo naquele momento. Ao ver sobre as lajotas do pátio os restos das estatuetas de barro, uma tentação me assaltou. Ele não teria percebido. Ou teria? Era muito fácil. Bastava revirar os pedaços e tentar recompor uma das figuras de argila. Depois, eu a esconderia na mochila e, uma vez no Ravid, tentaria colar as partes. Seria uma boa recordação.

Acariciei o barro com a ponta dos dedos, mas, no fim, desisti. A recordação do ocorrido em nossa segunda semana no monte Hermon bateu à porta da memória.[12] Naquela oportunidade, como se pode recordar, Eliseu escondera uma cuia de madeira na qual o Galileu havia escrito "Estou com o 'Barbas'. Voltarei ao entardecer". E Jesus descobriu.

Não, eu não passaria por tamanha vergonha. Ele confiava em mim. Não o decepcionaria.

Quando voltei para dentro da casa, no pátio só restavam umas brasas vermelhas e agonizantes, o intenso perfume de canela e as estrelas, tão assombradas quanto este explorador. Deviam ser umas sete da noite daquele não menos histórico domingo, 24 de fevereiro do ano 26 de nossa era. A noite em que Jesus de Nazaré queimou parte de sua vida.

Fazia tempo que estavam jantando. Salvo as mulheres, que iam e vinham com as coisas, todos os discípulos estavam reunidos em volta da mesa de pedra da "anunciação". Não faltava ninguém. Pedro havia se jun-

---

12 Ampla informação sobre o incidente em *Cavalo de Troia 6 – Hermon*. (N. de J. J. Benítez.)

tado à refeição. Jacó e José fizeram um espaço para mim e me sentei em frente ao Mestre.

O jantar parecia apetitoso: lentilha e ensopado de cervo.

Só comi lentilha. Deliciosa, com um toque picante.

João Zebedeu, uma vez mais, dirigia a conversa. O Filho do Homem comia em silêncio. Mantinha aquela sombra de leve melancolia no rosto. Eu julgava saber por quê. E, em uma das ocasiões, trocamos olhares. Ele disse tudo em três segundos: sim, a queima de suas queridas pinturas o havia afetado. E sei que não prestou muita atenção aos comentários de João e do resto. O Zebedeu se esforçava para fazer José compreender que o Messias já estava na Terra.

E João Zebedeu fazia sinais com a cabeça, indicando a posição de Jesus na mesa. Mas José não respondeu. Não sei se chegou a entender o que o loquaz discípulo estava insinuando.

Era triste, realmente. Nenhum daqueles homens, salvo José, tinha ideia do que acabara de acontecer no pátio da casa dos pombos. Mas assim foi a história do Filho do Homem.

Miriam não parava. Subia e descia sem descanso, atendendo, complacente, aos dez homens. Também trocamos alguns olhares, e eu soube que ela confiava em quem isto escreve. Sabia muito bem que não a delataria.

Mas estávamos cansados, e o grupo começou a cochilar.

E, de comum acordo, deu-se por terminada a confraternização. José se levantou e entoou as *Shmoneh esreh*, as 19 preces, a oração por excelência do povo judeu. Todos eram obrigados a recitá-las três vezes ao dia. Somavam 19 *berakhot*, ou bênçãos. Nas primeiras, como acho que disse em outra ocasião, louvavam a onipotência de Yaveh. Nas centrais, apareciam as súplicas e os pedidos de conhecimento, arrependimento, perdão, libertação do mal, saúde e boas colheitas. Por último, pedia-se a restauração da soberania nacional judaica, a reunião dos dispersos, a destruição de Roma, o prêmio aos justos e o envio do Messias libertador.

Os discípulos se juntaram à recitação de José. João Zebedeu foi o que mais entusiasmo mostrou. O Mestre se levantou, como todos, mas não abriu a boca. E ficou com o rosto abaixado. O Mestre, eu sabia, nunca utilizava essas fórmulas para se dirigir a *Abba*. Eu não o podia imaginar recitando ou cantando a "reza" (a *htplh*), como chamavam as *Shmoneh*, muito menos rogando a Deus pela destruição de ninguém. Compreendi, portanto, seu silêncio. Os discípulos, porém, olhavam uns para os outros sem entender.

Jesus desejou boa-noite a todos e comunicou a André que partiríamos no dia seguinte, "o mais cedo possível". Isso foi tudo. André interessou-se pelo destino e por outros detalhes da viagem, mas o Galileu fez silêncio. Uma vez mais estávamos no escuro. Iríamos para o *yam*? Pararíamos em Caná?

Após a partida da maioria dos discípulos, de Jacó e de sua mulher, José fechou a porta de entrada. E cada um procurou um lugar para se deitar. Simão Pedro voltou ao canto das ânforas. André se deitou ao seu lado, e o Galileu, ao pé da mesa da "anunciação". Usou o saco de dormir como travesseiro, de acordo com o costume. Eu me sentei em uma das esteiras e me encostei na parede, muito perto da referida porta principal. Esse também era meu costume. De lá, dominava toda a cena. Tesouro, cuidadosa e solícita, colocou uma lamparina acesa em cima da mesa de pedra e outra no nível superior. Lá, na plataforma elevada, dormiriam o casal e o bebê. E sobre a citada mesa, caso alguém sentisse fome ou sede durante a noite, a mulher colocou uma jarra de barro com água e uma cuia de madeira com nozes peladas e passas de Corinto sem sementes, outra fraqueza do Mestre.

O dia chegava ao fim. Havia sido um dia intenso.

Pouco depois, Jesus entrou em um sono profundo. E o mesmo ocorreu com os irmãos pescadores. O casal conversou em voz baixa durante alguns minutos, mas também acabou rendido. E fez-se o silêncio. Um silêncio gratificante, quebrado às vezes pelos distantes uivos dos gatos no cio.

E fechei os olhos, satisfeito. Eu estava em paz e Ele estava lá, a um passo.

Eu estava enganado, naturalmente. O dia não havia terminado.

Lembro que pensei: como serão os sonhos do Mestre?

E nisso estava pensando quando aconteceu o inevitável. Não sei por que não imaginei.

Não estávamos havia nem dez minutos naquele denso e promissor silêncio quando Simão Pedro deu início a uma rodada de roncos, cada um mais heroico que o outro.

Oh, Deus!

André, atento, tentou conter o irmão. Chacoalhou-o, mas foi inútil. Os roncos eram demolidores. Mudei de posição várias vezes. Impossível. Mais que roncos, eram tiros de canhão. Em minha imaginação, parecia que a casa tremia. Tesouro se levantou, incomodada, mas acabou se deitando.

Jesus dormia profundamente. Que bênção!

E foi em uma daquelas rodadas de roncos que notei algo que me alertou. Simão Pedro parou de roncar e, durante uns 30 a 50 segundos, ficou no mais absoluto silêncio. Pouco depois, quando eu acreditava estar salvo, voltaram os roncos, e com mais força.

Eu me levantei.

Passados alguns minutos, repetiu-se o incidente. Pedro parou de roncar, e notei como fazia esforço para voltar a respirar. Tentou se levantar, sem conseguir. Passados mais 30 ou 40 segundos, conseguiu recuperar o fôlego e deixou-se cair sobre a esteira. E voltaram os roncos. E assim várias vezes.

Eu tinha quase certeza.

Simão Pedro sofria do que se denomina "apneia obstrutiva do sono"; ou seja, uma suspensão transitória do ato de respirar. Algo parecia estar entalado em sua garganta bloqueando a passagem do ar. O problema era grave. Cada vez que se dava um período de apneia, o discípulo lutava, uma luta de vida ou morte, para recuperar o ar. O colapso inspiratório da faringe podia ser provocado pela perda do tônus dos músculos faríngeos, pelo tamanho inadequado das tonsilas, pelo véu do paladar, pela má posição da mandíbula ou por estreitamentos constitucionais da garganta, dentre outros defeitos.

E pude verificar que os bloqueios respiratórios aconteciam sem parar. Ao longo da noite, contei mais de 300. Isso explicava, em parte, a sonolência de Simão Pedro durante o dia. Seu sono era fragmentado. Ele não descansava. Ao contrário, cada interrupção respiratória era um esforço para sobreviver. E o homem acabava rendido. Aquela presumível obstrução ou colapso das vias aéreas superiores (nariz e garganta) provocava o ronco também. Que estranho! No ano 30, quando o conheci, o apóstolo não padecia desse mal, pelo que eu e lembrava.

Voltei preocupado ao meu lugar. Algo não se encaixava no que eu conhecia.

Mas o cansaço venceu os roncos, e o sono acabou me invadindo. Foi um sono curto, mas reparador. E tive um sonho que nunca esquecerei.

Hesitei de colocá-lo nestes diários, mas, à vista do que me coube viver algum tempo depois, decidi registrá-lo. O hipotético leitor destas memórias saberá tirar suas próprias conclusões.

De repente, no sonho, eu me vi na *insula*, em Nahum; o edifício onde havíamos alugado três quartos.

Era noite.

Eliseu e Kesil me acordaram.

"Fogo!", gritavam.

Fomos para o corredor. Havia fumaça. Vinha da porta "44", o quarto onde moravam os trigêmeos, os meninos "lua"[13].

Ouviam-se gritos. Eram gritos de terror.

Corremos para o "44".

Efetivamente, a fumaça saía por baixo da porta e pelas fendas.

Era estranho. Não havia um único vizinho no corredor. O edifício parecia vazio.

E os gritos continuaram; mais que gritos, berros.

Eliseu derrubou a porta com um pontapé. Foi impressionante. Tivemos que retroceder. Chamas ferozes quiseram nos engolir. O quarto ardia pelos quatro lados. Era impossível entrar no aposento. Eram chamas tão altas quanto este explorador. Retorciam-se e crepitavam.

O que podíamos fazer?

A fumaça, negra, densa, aliada às chamas, obrigou-nos a cobrir o rosto.

Eliseu gritava: "As crianças! As crianças estão ali!"

E, de repente, os gritos pararam.

Então, eu disse algo absurdo: "É proibido. Não podemos intervir."

E o engenheiro, compreendendo, caiu de joelhos no chão. Chorava e gemia, e de vez em quando se lamentava: "Estão mortos! Estão mortos!"

Kesil, o criado, também chorava.

No sonho, aconteceu algo impossível...

De repente, no meio das chamas, vi um dos trigêmeos. Estava nu. Sorria.

Sim, era um deles. Tinha o cabelo longo, até os ombros. Aquele cabelo branco... Os olhos, rasgados, tinham a íris amarela. Não havia dúvida. Era um dos "lua", os meninos que só eram vistos durante a noite. A mãe, chamada "Gozo", era uma prostituta. À noite, os trigêmeos ficavam sozinhos no "44". Às vezes, Eliseu lhes fazia companhia.

Mas o mais incrível é que o menino caminhava por entre as chamas como se nada fosse, de mão dada com outro personagem não menos familiar: o sujeito do sorriso encantador!

O homem, quando me viu, sorriu abertamente. E o vi abaixar a cabeça para não bater na moldura da porta. As chamas também não o afetavam.

Saíram do quarto e desapareceram. Não sei para onde foram.

Eliseu gemia e pedia clemência ao bondoso Deus.

---

13 Ampla informação sobre os trigêmeos (meninos "lua") em *Cavalo de Troia 7 - Nahum*. (N. de J. J. Benítez.)

Então, no meio do fogo, repetiu-se a cena: apareceu um segundo menino, idêntico, também nu, de mão dada com o mesmo homem do sorriso encantador. Sorriam. Depois, não os vi mais.

Voltei-me e tentei avisar o engenheiro. Ele não me ouviu. Continuava chorando e, de vez em quando, gritava: "Estão mortos!"

E a cena se repetiu pela terceira vez.

Um terceiro trigêmeo surgiu no meio das chamas. Também sorria. Também andava nu de mão dada com aquele desconcertante personagem.

Pouco depois, não sei como, não os vi mais.

E o fogo foi se extinguindo.

Então, eu me aventurei dentro do "44". Tudo estava destruído. Em um dos cantos, encontrei os restos calcinados das três crianças. Haviam morrido abraçadas.

"Mas – pensei no sonho –, isso não é possível. Eu os vi sair do quarto..."

Não consegui derramar uma lágrima.

Eliseu, no corredor, continuava chorando.

E no sonho eu vi. Estavam pelo chão do quarto. Eram restos de papiros. Todos queimados. Eu me agachei e peguei um dos pedacinhos, que milagrosamcntc sc salvou do incêndio.

Havia algo escrito. Era aramaico. E li:

"Viverás o não vivido."

Era minha letra!

Eu estava tão surpreso que não vi a pessoa que se aproximava. Tocou em meu ombro e disse: "Vamos!".

Imaginei que fosse Kesil, mas não era a voz do fiel serviçal e amigo.

Nesse instante, acordei.

Precisei de alguns segundos para reagir e compreender que tudo havia sido um pesadelo.

O Mestre, inclinado diante de quem isto escreve, estava com a mão esquerda em meu ombro. Sorriu quando me viu acordar e sussurrou com doçura:

– Vamos!

Atônito, quase como um autômato, segui-o. O pesadelo me perseguiu durante um bom tempo. A cena, terrível, repetia-se sem parar. Até que um dia desapareceu e parou de me atormentar. Nesse dia, coube-me viver... Mas é melhor não me antecipar aos acontecimentos. Tudo passo a passo.

Nessa segunda-feira, 25 de fevereiro, amanheceu às 6 horas e 10 minutos.

O céu de tempestade me pareceu tão atormentado quanto este explorador.

Simão Pedro tinha notáveis olheiras, mas não reclamou.

Despedimo-nos dos dois casais e pegamos a estrada para não sabíamos onde. Para ser exato: fomos nós quem nos despedimos dos generosos José e Tesouro e Miriam e Jacó. O Mestre não gostava muito de despedidas. Limitou-se a beijar seus irmãos, pegou a mochila e seguiu caminho. A faixa branca na cabeça anunciava outra longa caminhada. Mas, como ia dizendo, o Galileu tinha costumes muito especiais. Pouco a pouco fui conhecendo-os e respeitando-os. Como dizia, se pudesse, ele evitava se despedir. Usava expressões como "boa sorte!" ou também "até logo!" ou "que *Abba* te proteja!", ou coisas do estilo. Mas sua palavra favorita para essas ocasiões era *shalom*, mas não no sentido de "adeus", e sim de "paz". Também não o vi com pressa. Nunca. Andava rápido, mas nunca com pressa. Não gostava de se desculpar. Nunca o vi pedir perdão ou se desculpar por alguma coisa. Também não lembro que desse motivos para isso. E, da mesma maneira, jamais o vi pedir um conselho; nunca, a ninguém.

Deixamos Nazaré para trás e seguimos rumo ao norte, por entre as colinas. Pensei que se estivéssemos indo ao *yam* teríamos que cruzar desfiladeiro de Ein Mahil, onde habitavam os leprosos e onde este explorador tivera um encontro com um velho doente de lepra tipo "mosaica", ou "branca", hoje conhecida como "anestésica". Eu fiquei inquieto. O que aconteceria se o Galileu ou seus discípulos tropeçassem naqueles infelizes?

Mas não.

Logo o Mestre, sempre à frente, pegou um caminho mais estreito e descuidado e viramos para a esquerda, também em meio a bosques e madrugadores silêncios. O "urso" e Felipe acompanhavam Jesus. Conversavam animadamente. André andava ao meu lado. Os outros caminhavam à vontade, entre o grupo da frente e nós.

Foi uma oportunidade perfeita, e perguntei a André sobre os roncos de seu irmão. O gentil e paciente pescador desabafou. Estavam havia anos naquele sofrimento. A família de Simão Pedro estava desesperada. Havia sido assim desde sua juventude. Formulei algumas perguntas, sempre de forma discreta, e confirmei o que suspeitava. Simão Pedro, de fato, adormecia em qualquer lugar e o tempo todo. "E o pior", comentou André, "é que depois ele nega." No *yam*, em plena pesca, havia acontecido mais de uma vez. Era perigoso, insinuou, e eu lhe dei razão. Sentia uma constante secura na boca, e as mudanças de humor eram constantes. Simão

Pedro, naqueles momentos, segundo seu irmão, era insuportável. André não sabia, mas os sintomas eram absolutamente normais na apneia de que padecia o irmão.[14] O pescador me falou, inclusive, de uma espécie de focinheira de couro fabricada em Nahum que Pedro colocava na boca a fim de combater os roncos. "Aquilo durou pouco. Meu irmão se sentia como um onagro." E a focinheira, pelo visto, foi posta de lado. Agora, ao ser escolhido discípulo do Mestre, Simão Pedro, ciente dos roncos, propôs a André a possibilidade de tornar a usar a tal peça. E imaginei o apóstolo com o arreio.

Pensei em inocular-lhe os "nemos". Isso podia equivaler a uma polígrafia cardiorrespiratória, e descobriria, assim, os parâmetros necessários para conhecer a dimensão do problema: frequência cardíaca, esforço de ventilação, fluxo aéreo, níveis de CO_2 e de oxigenação no sangue, e até a arquitetura do sonho. O assunto me pareceu atraente. A questão era quando e onde.

Deixei nas mãos do Destino. Não era o momento de me preocupar com esse assunto.

Em pouco tempo, como era previsível, o "urso" foi ficando para trás. Arrastava a perna esquerda.

Ele nos alcançou e conversamos. Foi assim que eu soube dos planos imediatos do Mestre. Os discípulos – essa foi a ordem do Galileu – permaneceriam em Caná. Todos. Ele seguiria para o mar de Tiberíades. Queria visitar seu irmão Judas, o rebelde. Ou melhor, aquele que havia sido a ovelha negra da família. Agora morava em Migdal, na margem ocidental do *yam*, e trabalhava com pesca. Depois, segundo o "urso", Jesus seguiria até Nahum. Como eu já sabia, lá estava a Senhora, sua mãe, e vários irmãos: Tiago, sua esposa Esta, e Ruth.

Ruth...

---

14 A apneia, além do esgotamento, pode ocasionar uma redução do abastecimento de oxigênio do cérebro. Isso justificaria as mudanças de humor e de personalidade. O problema é que eu não sabia de que tipo de apneia Simão Pedro sofria. Podia se tratar de uma apneia central, das vias respiratórias altas, ou de uma apneia mista. Na primeira, mais delicada, ocorre uma desorganização da função do centro respiratório do cérebro. Na segunda, registra-se um bloqueio na área das vias respiratórias altas. A terceira é uma complexa mistura das anteriores. A questão é que, além do exposto, a apneia, qualquer que fosse, provocava uma queda do nível de oxigênio no sangue e um aumento de CO_2. No angustiante processo de tentar recuperar o ritmo respiratório, o sujeito experimenta também um aumento da pressão sanguínea (às vezes altíssima) e uma preocupante oscilação cardíaca. Existem casos, inclusive, de repercussões em nível renal. O assunto, portanto, era grave. (N. do M.)

Perguntei por que os discípulos teriam que ficar em Caná, e Bartolomeu esclareceu que era a vontade do Mestre. Tinham que conversar com Nathan e preparar o necessário para o casamento de quarta-feira, dia 27. Todos se alojariam na casa do "urso". E o bondoso Bartolomeu me ofereceu a hospitalidade de seu lar. Eu agradeci, mas meus planos eram outros.

E às oito da manhã, após quatro quilômetros de marcha, o grupo parou nas cercanias de Caná. Nessa ocasião também não tive oportunidade de entrar. O Mestre se despediu com um doce *shalom* e disse que o seguisse. Contornamos a aldeia pela face oriental e descemos até encontrar a estrada principal, que ligava o mar de Tiberíades a Cesareia, e que eu havia transitado em várias ocasiões. De início não conversamos. Jesus parecia alegre e bem disposto. E eu passei a organizar meus pensamentos.

Eu acabava de saber que Ele pretendia chegar ao *yam* e, ao que tudo indicava, voltar imediatamente a Caná para o casamento do filho de Nathan. Isso não me dava muita margem. Tinha que escolher: ou segui-lo ou subir ao Ravid e preparar os "nemos", absolutamente necessários para tentar verificar o que foi que aconteceu no mencionado casamento. Deu-se o célebre milagre? Os "nemos", como disse, eram vitais.

E tomei a decisão enquanto andávamos. Nós nos separaríamos. Eu entraria no "berço", prepararia o necessário e voltaria a Caná sozinho.

Tínhamos pela frente cerca de 24 quilômetros. Jesus caminhava a um bom passo, como sempre. Em questão de cinco horas estaríamos nas proximidades do *yam*. E ao pensar na "cidade dos *mamzerim*", a poucos quilômetros de Tiberíades, tornei a me inquietar. O lugar, como já comentei em outro momento, era um inferno. Tratava-se de uma grande concentração de bastardos, ou *mamzerim*, a escória da nação judaica: ladrões, assassinos e gente marginalizada. Não me agradou a ideia de que o Mestre tivesse que atravessar aquele antro. Mas não fiz nenhum comentário.

Deixamos para trás o povoado de Tir'an, a pousada do "caolho" e a encruzilhada de Lavi. E, ao chegar ao desvio para Arbel, a pouca distância da "cidade dos bastardos", o Galileu abandonou a trilha principal e virou à esquerda, pegando uma estrada vicinal. Respirei aliviado.

Paramos para comer em Arbel e lá tivemos uma importante conversa, mas Ele me fez prometer que não falaria disso com ninguém. E eu cumpri, por enquanto.

No *wadi* Hamam, junto aos miliários que anunciavam as cidades de Tiberíades e de Migdal, a pouco mais de um quilômetro e meio do lago, Jesus seguiu seu caminho, e quem isto escreve, impressionado com a recente conversa, ficou um tempo ao pé da estrada, meditando. Depois, fui para o Ravid. Era a décima hora (quatro da tarde).

Na nave, tudo estava sob controle (sob controle do não menos fiel "Papai Noel", o computador central). Estava claro que Eliseu, apesar dos pesares, era um bom militar. Continuava cuidando da vigilância e da manutenção do "berço" e, pelo que pude ver, regularmente. Isso me tranquilizou um pouco.

O ocaso solar se daria às 17 horas, 28 minutos e 17 segundos nesse dia. Eu havia chegado ao alto do Ravid com luz e com tempo de sobra. E decidi aproveitar. Pus a mão na massa. Havia muita coisa a coordenar.

E o instinto me levou diretamente à farmácia da nave. Eu precisava dos antioxidantes. O engenheiro havia se apoderado das ampolas de barro onde eu guardava os últimos comprimidos de dimetilglicina. O mal que nos afligia, como expliquei, tornava necessária a ingestão diária desses fármacos a fim de deter o excesso de NO (óxido nitroso) que canibalizava alguns setores dos grandes neurônios.[15] O mal decorria do processo de inversão de massa (inversão axial dos eixos dos *swivels*).[16]

Não era possível...

Olhei e remexi. Fiz uma limpeza. Reordenei os medicamentos, mas não encontrei o que procurava. Não encontrei nem um único frasco de dimetilglicina nem dos outros antioxidantes: o glutamato e o N-tert-butil-a-fenilnitrona.[17]

Maldito bastardo!

---

15 O estresse oxidante que sofríamos, com a consequente liberação de radicais livres, podia ser estimulado pela reação do NO com o ânion superóxido, gerando peroxinitrito, um implacável agente nitrante de proteínas. (N. do M.)

16 Como consequência das sucessivas inversões de massa das partículas que o Major denomina *swivels* ("elos"), os pilotos do Cavalo de Troia foram afetados por uma doença que provocava, entre outros problemas, o envelhecimento prematuro. (N. de J. J. Benítez.)

17 O "tert-butil" era também um bom antioxidante; em especial na precipitação dos níveis das proteínas oxidadas (os índices, naquele tempo, de superóxido dismutase e catalase, enzimas responsáveis pela inativação do NO, estavam muito baixos). Quanto ao glutamato, administrado com prudência, constituía igualmente um excelente redutor, capaz de recuperar, em médio ou longo prazo, os tecidos infectados pelo óxido nitroso. Esse aminoácido, como neurotransmissor, favorece a troca sináptica entre os neurônios (em especial o N-metil-D-aspartato), obtendo a abertura dos canais iônicos que, por sua vez, promovem a migração dos íons de cálcio para dentro dos neurônios. Com isso, obtém-se um benéfico impulso ativador. A administração do glutamato, porém, exige cautela. Um excesso na dose pode provocar o efeito contrário ao desejado: a "chuva" do neurotransmissor, ao abrir os canais, "encharca" os neurônios, "asfixiando-os". Muitos dos acidentes vasculares cerebrais assim o ratificam. Em outras palavras: se não acertássemos a dose exata, o nefasto óxido-nítrico-sintase podia triplicar, piorando o problema. (N. do M.)

Eliseu sumira com eles.

Se bem me lembrava, ao abandonar a nave, tínhamos uma reserva mais que generosa. Mais de 900 comprimidos de dimetilglicina, de 125 miligramas cada um. Ou seja: suficiente para os dois pilotos durante 450 dias. Do resto, sinceramente não tenho ideia da quantidade armazenada.

Bastardo, sim!

Ele sabia da importância dessa medicação.

E recordei suas palavras no bosque dos lenços, quando vasculhava em meu saco de viagem:

"... você vai me suplicar..."

A falta de antioxidantes era um assunto delicado. A missão podia falhar.

Mas o que estava pensando?

Ri com meus botões.

Falhar? A missão estava ameaçada pelo maldito óxido nitroso? E o que devia pensar dos 19 tumores localizados ao pé do hipocampo, nas profundezas do cérebro deste explorador? O "achado" do "Papai Noel" em dezembro do ano passado (25 de nossa era) é que me deixou fora de combate. Aquilo sim era um problema: a amiloidose de que padecia, provocada pela proteína fibrilar amiloide que se acumula perto e dentro dos nervos, era suficientemente grave para acabar com minha vida em seis meses.

Estávamos em final de fevereiro. Isso significava que me restavam três ou quatro meses.

Senti um suor gelado.

Três ou quatro meses de vida!

Por que não havia comentado isso com o Mestre? Ele, se quisesse, poderia me curar. O negócio do menino mestiço – Ajashdarpan – foi mais espetacular...

Mas não. Eu me neguei a continuar alimentando uma ideia assim. Não faria isso. Deixaria que o Destino fizesse seu trabalho.

E, como um autômato, vasculhei novamente. Talvez os antioxidantes estivessem em outro lugar da nave.

Negativo.

Estava claro. Eliseu os havia levado. Tinha que me contentar com a ingestão da vitamina E, muito apropriada também para a batalha contra o NO, justamente graças aos tocoferóis que contém (em especial ao alfa-tocoferol). A provisão da vitamina E estava garantida com o consumo de ovos, óleos vegetais, leite, manteiga, legumes verdes, nozes, amêndoas, trigo e alguns peixes muito específicos (sardinha e enguia). O extrato de bacalhau, obviamente, não era viável naquele "agora". Também contava com o auxílio da vitamina C e do betacaroteno como "caçadores" dos radicais livres.[18]

E recordei outra possibilidade, apontada pelo eficaz computador central: a injeção dos "nemos" nos tecidos neuronais e a posterior desintegração dos tumores. Os "nemos" haviam sido capacitados para um trabalho assim, mas senti medo. "Papai Noel" estabeleceu a margem de erro em 20 por cento. Os "nemos" podiam errar o alvo e danificar os tecidos saudáveis. E, pela segunda vez, recuei.

Pensei, inclusive, em decolar e voltar ao meu tempo. Que absurdo! Não devia, nem podia, nem queria. Desde dezembro, a SNAP 27, a pilha atômica, estava inutilizada; ou melhor, Eliseu havia mudado a senha que a ativava. Eu desconhecia essa senha e, em consequência, não estava em condições de mover o "berço". Além de tudo, pensei, para quê? Morrer aqui ou lá, que importava? Lá eu não tinha ninguém; ninguém me esperava. Aqui tinha o Mestre... e ela.

Tinha que pensar positivo. E viver o momento, como recomendava o Filho do Homem. Só o "agora". O futuro nunca chega. Não existe. E me propus a ser coerente com essas ideias. Trabalharia no imediato. Sobre o amanhã, depois veríamos.

Caná. Esse era o objetivo.

Eu tinha tempo e me esmerei na seleção dos "nemos"[19] que deveria levar para a aldeia onde supostamente se daria o milagre. Na realidade, foi "Papai Noel" quem fez o trabalho. Eu me limitei a supervisionar e a colocar em três ampolas de barro os correspondentes "batalhões" dos "minissubmarinos" ou microssensores biológicos. Achei que aquela carga era suficiente. Só teria que vertê-los na água, ativar a "vara de Moisés" e

18 O fornecimento de vitamina C estava igualmente garantido por meio de frutas, hortaliças e fígado de boi. A batata ainda não era conhecida no velho mundo. Em relação ao betacaroteno – da classe dos pigmentos carotenoides –, podíamos ingeri-los por meio de algumas hortaliças, especialmente a cenoura. (N. do M.)

19 Os "nemos", como consta em outras partes destes diários, são máquinas biológicas de 30 nanômetros de tamanho (um nanômetro equivale à bilionésima parte do metro), capacitados para ser introduzidos em qualquer organismo e agir como "informantes" ("nemos frios") ou como hábeis "cirurgiões" ("nemos quentes"). Enfim, agem como sondas ou como corretores, proporcionando todo tipo de informação. Tanto uns quanto outros podem transmitir até 50 mil imagens por segundo. Um sistema alojado na parte superior da "vara de Moisés" ativava os "batalhões", atuando também como receptor e amplificador das ondas de rádio emitidas pelos "nemos". A cabeça receptora multiplicava por dez mil a tensão dos impulsos primários, permitindo ao "Papai Noel" a digitalização dos sinais. (N. do M.)

colher a informação que os referidos "nemos" pudessem captar. Depois, o computador central cuidaria da avaliação correspondente e saberíamos o que teria ocorrido na célebre boda de Caná. A água foi transformada em vinho, como afirma João, o evangelista? Algo não me cheirava bem nesse assunto. Não soube dizer naquele momento, mas "alguma coisa" me pareceu turva. Não parecia razoável que o bom Deus, se é que houve o milagre, houvesse se dedicado a alterar as leis da natureza. A água não dispõe de carbono; o vinho sim. Como podia ser, então, que a água utilizada na boda houvesse se transformado em vinho (álcool)? Fazia tempo que a palavra "milagre" não me agradava. Segundo a Igreja Católica, por exemplo, milagre é um acontecimento extraordinário que contraria as leis da natureza e que supostamente foi realizado por intervenção divina. Eu não sabia muito sobre o Pai, mas, pelo que havia aprendido com o Mestre, achei que o bom Deus não andava por aí se enredando em suas próprias leis físicas. E menos ainda para agradar a alguém.

Como havia dito: nesse negócio de Caná havia gato na tuba. Poderia confiar em João Zebedeu, o único que menciona o suposto prodígio? (A palavra "prodígio" – acontecimento que excede os limites regulares da natureza – me parece menos ruim que "milagre".)

E durante um tempo estudei e dissequei o citado texto evangélico de João (2, 1-11). Diz assim:

"Três dias depois, houve uma boda em Caná da Galileia, e estava ali a mãe de Jesus; e foi também convidado Jesus com seus discípulos para a boda. E, tendo acabado o vinho, a mãe de Jesus lhe disse: 'Eles não têm vinho'. Respondeu-lhes Jesus: 'Mulher, que queres de mim? Ainda não é chegada a minha hora'. Disse então sua mãe aos serventes: 'Fazei tudo quanto ele vos disser'.

Ora, estavam ali postas seis talhas de pedra, para as purificações dos judeus, e em cada uma cabiam duas ou três *metretas*. Ordenou-lhe Jesus: 'Enchei de água essas talhas'. E encheram-nas até em cima. Então lhes disse: 'Tirai agora, e levai ao mestre-sala'. E eles o fizeram. Quando o mestre-sala provou a água tornada em vinho, não sabendo de onde era, se bem que o sabiam os serventes que tinham tirado a água, chamou o mestre-sala ao noivo e lhe disse: 'Todo homem serve primeiro o vinho bom e, quando os convidados já estão embriagados, então serve o inferior; mas tu guardaste o vinho bom até agora!'. Assim deu Jesus início aos seus sinais em Caná da Galileia, e manifestou a sua glória; e os seus discípulos creram nele."

Em vista do que eu sabia, dos erros e da manipulação do apóstolo em outros assuntos (o mais recente era a escolha dos primeiros discípulos de Jesus), aquilo sinceramente não me agradou. Eu conheci, em primeira mão, uma das decisões tomadas pelo Mestre em seu retiro de 39 dias nas colinas de Beit Ids: não faria prodígios, fugiria do caminho fácil (?) das manifestações extraordinárias. Frisou isso várias vezes na caverna da chave. Então, assim sendo, como entender que, de repente, poucos dias depois, em plena boda em Caná, decidisse transformar a água em vinho? Por que aceitar a palavra do Zebedeu?

Jesus não era um Homem contraditório. Era um Homem (sempre foi) de grande coerência. Aquele texto era estranho. Furado. João, além de tudo, não sabia nada acerca das grandes decisões.

Mas eu tinha que ser objetivo.

Primeiro, era conveniente assistir ao acontecimento e descobrir o ocorrido. Depois viriam as conclusões.

Não me enganei.

O acontecimento não foi como narra João Zebedeu, longe disso.

Por que não imaginei?

E devo fazer um esforço para não antecipar o que tive oportunidade de presenciar. Não foi como afirma João. Foi mais... como diria? Talvez a palavra exata seja notável. Foi mais notável do que pretende o evangelista.

Por fim, antes de descansar, cuidei de um último assunto, talvez menos relevante, mas, para mim, de um considerável interesse "científico", embora – também antecipo – não tenha conseguido explicá-lo satisfatoriamente. Talvez alguém um dia saiba fazê-lo ou intuí-lo.

Peguei as amostras das plantas que havia colhido no alto da colina dos *žnun* e as submeti a uma análise exaustiva.

Dias atrás, como se pode recordar, uma incrível "luz" precipitou-se (?) no cume da citada colina, também conhecida por este explorador como a "778" ou da "escuridão". Não houve impacto, pelo menos eu não ouvi barulho. Como já disse, ao chegar ao cume, a "luz", ou o que quer que fosse, provocou uma gigantesca labareda e tudo perto de mim (eu estava do lado de fora da caverna da chave) se iluminou de violeta: montes, oliveiras, roupas, fogueira, firmamento... Tudo ficou violeta!

O que havia acontecido? Eu nunca soube. E poucas horas antes de abandonar Beit Ids, como já relatei, fui ao alto da "778" e peguei um punhado de funchos. As plantas, normalmente cheirosas, estavam amarelas e mortas. Alguma coisa as secara até a raiz.

Usei as técnicas ao meu alcance: espectrofotometria, emissão (Na e K: AAS), sistema "Kjeldhal" (N) e absorção (Ca, Mg, Fe, Mn, Cu, Zn e Mo: AAS). E repeti a análise.

Os resultados foram idênticos: desidratação intensa (quase cem por cento) em níveis celulares (incluindo as raízes). Nenhum rastro radioativo.

O ferro, o alumínio e o manganês, porém, estavam muito acima do habitual nesse tipo de herbáceas. Os índices de alumínio eram espetaculares, com uma média superior a 1.502 ppm (partes por milhão) (mg/kg).[20] O ferro apresentava níveis superiores a 916 ppm e o manganês beirava as 50 ppm. Não era lógico que a colina dos *žnun* pudesse conter semelhantes proporções de alumínio. Esse tipo de planta não tolera esse tipo de solo. Se fosse um componente natural, as raízes não o teriam admitido. Em consequência, a "contaminação" (?) devia ter ocorrido pelo ar. E fiquei pasmo. A que "contaminação atmosférica" me levavam a análise? Estávamos no ano 26 de nossa era.

E "Papai Noel" ofereceu algo que eu havia esquecido. Os anormais índices de manganês dos funchos coincidiam, de certo modo, com outra análise feita tempos atrás (ou melhor, no futuro: ano 30). Naquela oportunidade, a análise foi feita nas bagas, nas folhas e nos galhos do sicômoro existente em frente à cripta onde foi sepultado o cadáver de Jesus de Nazaré. No momento da "ressurreição" do Galileu (domingo, 9 de abril do ano 30), uma singular "labareda" azul surgiu da caverna e afetou a referida árvore. A misteriosa radiação (?) dessecou parte da ramagem do corpulento sicômoro e danificou também outras árvores frutíferas próximas. Pois bem, naquele caso, surgiu outra súbita desidratação (cem por cento), com alteração de alguns elementos-chave: potássio, cobre, cálcio e sódio, entre outros. O manganês foi um dos mais alterados, com índices que superaram 2.800 ppm (em um sicômoro saudável, a quantidade de manganês oscila cerca de 300 ppm).[21]

Em outra incursão à Cidade Santa, tive a oportunidade de pegar amostras do terreno, e verificamos o que já suspeitávamos: o solo, basica-

---

20 Como é sabido, o alumínio é altamente tóxico para as plantas. Costuma aparecer quando o solo é muito ácido ou quando existe contaminação por chuva ácida (não era esse o caso, evidentemente). Quando acontece algo assim, a planta sofre uma clorose e morre. (N. do M.)

21 Ampla informação em *Cavalo de Troia 5 – Cesareia*. (N. de J. J. Benítez.)

mente composto de cal, tinha proporções razoáveis de manganês (20 mg/kg, para um pH de 6).

Coincidência?

Como dizia o Mestre, quem tiver ouvidos que ouça.

Assim terminou aquela segunda-feira, 25 de fevereiro do ano 26 de nossa era.

De 26 a 28 de fevereiro

Descansei profundamente.

Nessa terça-feira, 26 de fevereiro, o dia amanheceu às 6 horas, 8 minutos e 59 segundos. O barômetro do "berço" baixou sensivelmente. Naquele momento marcava 995 milibares, e caía. Isso representava instabilidade. Os radares da nave me alertaram. Aproximava-se pelo oeste uma frente fria muito ativa procedente do Mediterrâneo. Em questão de horas, a região podia ser afetada pela chuva.

Eu me preparei. Não havia tempo a perder. Meu objetivo, como já disse, era Caná. Queria chegar antes do Mestre. Precisava reconhecer o lugar, pegar referências e, sobretudo, explorar a região onde ia ser celebrado o casamento. Era vital que eu localizassc os cântaros e que preparasse tudo para o suposto – insisto, suposto – prodígio da transformação da água das purificações em vinho.

Eram pouco mais de 22 quilômetros de estrada. Com sorte, e sem parar, chegaria a Caná em quatro ou cinco horas.

E os céus me protegeram.

À quinta hora (11 da manhã) divisei a aldeia (talvez a designação apropriada fosse "povoado de menor categoria": naquele tempo, Caná contava com cerca de 1.800 habitantes). Tratava-se, como acredito ter mencionado, de uma localidade branca e esticada sobre o cume de uma colina suave, de 400 metros. Tudo ao seu redor, como no caso de Nazaré, era verdor e novas colinas, praticamente gêmeas. A nenhuma havia ocorrido a temeridade de ultrapassar os 400 metros de altitude. Os bosques de algarobeiras, carvalhos, terebintos e oliveiras fugiam verde-escuros em todas as direções, subindo e descendo os montes sem descanso.

E o céu, como eu havia suposto, cobriu-se de nuvens negras. Pareciam ter pressa de chegar a algum lugar. Talvez ao *yam*...

Eu adentrei o caminho que já conhecia, o do norte, e fui usufruindo as frondosas romãzeiras. À direita e à esquerda estendiam-se várias hortas, protegidas por um labirinto de muros de pedra de um metro de altura. Era o orgulho de Caná. Centenas de *Punicum granatum* (mencionados em Números 13,23), de troncos densamente ramificados e folhas oblongas, contemplaram-me curiosos, enquanto eu caminhava decidido. No meio dos galhos distingui alguns abibes atrasados.

Ao contrário do que supõem os crentes hoje, Caná nunca foi um lugar onde a uva prosperava. Jamais houve vinho nessa região. Não sei por que, mas isso podia se dever à má qualidade do terreno ou à umidade. Eram as romãzeiras e o azeite que davam prosperidade a Caná, que seus habitantes chamavam pomposamente de "cidade notável". O lugar era habitado desde a Era do Bronze, mas o atual assentamento, hoje chamado Kafr Kanna, não tem a ver com a Caná que eu conheci. A Kafr Kanna atual fica a cerca de um quilômetro para o leste. Se eu tivesse que escavar o local exato onde se erguia a Caná dos tempos do Mestre, seria em Karm er Ras.

Mas estou desviando do assunto principal.

Caná, como dizia, era uma aldeia orgulhosa e próspera. Admitia muitos trabalhadores das aldeias próximas, inclusive de Nazaré. E entre as duas localidades, como pude ir observando, existia uma mais que velha e acirrada rivalidade.

Passei em frente aos grossos e negros muros do casarão de Meir, o *rofé,* ou médico das rosas, e recordei a bondade daquele sábio.

Devia entrar e cumprimentá-lo? Arriscava-me a perguntar pelo casamento do filho de Nathan?

Optei por procurar a casa de Bartolomeu, o "urso" de Caná. Era mais prático e seguro. Conheci Meir no ano 30. Eu não podia saber quem era aquele grego idoso e compridão.[1]

Deixei os roseirais de Meir para trás. Assim que pisei na cidade, ao perguntar, um dos moradores me levou pela mão até a casa dos pais de Bartolomeu. Tanta gentileza me surpreendeu.

E nisso começou a chover.

Observei o céu. Aquilo não parecia ser breve. A tempestade estava estacionada, negra e robusta, sobre a região.

Azar, pensei, e entrei na penumbra da casa.

O "urso" veio ao meu encontro e me recebeu com todas as honras. Apresentou-me a seus pais, velhos e doentes, e desculpou-se pela bagunça, que se devia, disse, à súbita chegada dos discípulos. Aliás, ao me acostumar à pouca claridade do aposento, pude ver os Zebedeu, Simão e seu irmão

---

1 Ampla informação sobre o *rofé* das rosas em *Cavalo de Troia 4 – Nazaré.* (N. de J. J. Benítez.)

André; mas não Felipe. Bartolomeu desculpou-se por ele. O homem de Saidan, apaixonado por óleos essenciais, não queria perder a oportunidade e estava visitando o casarão de Meir, o especialista em essências de rosas.

E me acomodei nas esteiras, prestando atenção à conversa deles.

Nada novo, salvo um detalhe. João Zebedeu, como sempre, defendia que Jesus era o Messias prometido. O resto, especialmente seu irmão Tiago, duvidava. E João forneceu um detalhe que eu ignorava. Segundo ele, Caná foi escolhida pelo Mestre como a aldeia onde faria seu primeiro prodígio, o primeiro grande sinal que estremeceria o mundo e, acima de tudo, Roma. Não sei de onde ele tirou a ideia, mas, em parte, acertou. A coisa não ficou aí. Assim que entraram na cidade, no dia anterior, os discípulos se encarregaram de espalhar a notícia: o Messias chegaria em breve a Caná e faria tremer os alicerces do mundo conhecido. Caná era a aldeia escolhida.

Eu continuava espantado.

E o pai de Bartolomeu, conhecedor da rivalidade entre seu povo e a vizinha aldeia de Nazaré, perguntou em várias oportunidades o que seu filho já havia comentado antes de ser selecionado como apóstolo do Filho do Homem: "E de Natzrat (Nazaré) pode sair algo bom?".

As pessoas da cidade obviamente duvidaram das afirmações daquele grupo. E, por respeito ao "urso", ouviram as "absurdas palavras" de João Zebedeu. E as críticas, mordazes, começaram a circular pela aldeia. "Se Jesus era de Nazaré – aludiam com razão –, por que escolheu outra cidade para a revelação de um destino tão glorioso?" E debochavam do Zebedeu. Mas a semente da dúvida estava plantada. A festa de casamento do filho de Nathan, de fato, era algo conhecido, que aconteceria em breve. E a inquietude rondava muitos daqueles corações simples. Mais ainda, e isto foi de especial importância para o que aconteceria na citada quarta-feira, dia 27: a notícia da chegada do suposto Messias, e dessa pretensa obra extraordinária que realizaria em Caná, acabou correndo pela região. E em questão de dois dias chegou ao *yam*. Não havia muitos fatos concretos sobre o ansiado Libertador de Israel. Era compreensível, portanto, que o rumor se espalhasse como uma mancha de óleo.

O Messias estava chegando a Caná, e seus discípulos afirmavam que faria um grande milagre. Seria o início do fim de Roma. Era natural que ninguém quisesse perder o evento. A considerável aglomeração de gente na festa de casamento, e não outra coisa, foi o que acabou provocando a falta de vinho. Mas vamos por partes.

João e os íntimos continuaram polemizando sobre o Messias e o "reino de Deus" que estava para ser inaugurado – "*malkuta di elaha*", repetiam –, e eu, meio entediado, pedi ao "urso" que me explicasse como chegar à casa de Nathan.

O bondoso galileu fez melhor. Ofereceu-se para me acompanhar e insinuou algo em que este explorador não havia reparado, e que também tinha certa importância. Ele me apresentaria ao dono da casa e o convenceria a me aceitar como um convidado. De certa forma – foi o que disse Bartolomeu –, eu podia ser considerado um discípulo de Jesus de Nazaré, "mesmo que fosse de origem pagã" – soltou com ironia. O negócio do convite para a festa de casamento me deixou preocupado. O "urso" tinha razão. O que seria deste inepto explorador se não tivesse acesso ao recinto da festa? Nada do que havia planejado seria factível.

E agradeci o conselho e a boa vontade. Parece que os convites haviam sido distribuídos fazia um mês. No total, segundo o "urso", o número de convidados chegava perto dos 300.

O que argumentaria para que Nathan me aceitasse?

Aquela aparente simplicidade me deixou seriamente preocupado. Tudo poderia vir abaixo por conta de um descuido.

Parou de chover, e Bartolomeu sugeriu que saíssemos.

E atravessamos a cidade de leste a oeste.

As ruas, enlameadas, fizeram-me recordar o desastre de Saidan, o bairro pesqueiro de Nahum.

Os moradores aproveitaram a trégua dos céus e foram cuidar de suas obrigações. As matronas tiraram os tapetes e os acolchoados pelas estreitas janelas, e a criançada foi cuidar das galinhas que ciscavam no barro. Alguns artesãos olhavam para o céu e hesitavam, sem saber se colocavam as mercadorias na "rua". Reuniam-se aqui e ali e acabavam falando sobre o assunto do momento: a chegada do Messias para a festa de casamento do filho de Nathan. Todos queriam estar presentes, por via das dúvidas.

E à sexta hora (meio-dia), Bartolomeu me mostrou a casa que eu estava procurando.

A casa de Nathan era fácil de reconhecer. Ficava no lado oeste da cidade, na periferia, camuflada nos negros e verdes bosques de carvalhos e algarobeiras. Era um casarão enorme, quadrado, de mais de cem metros de lado. Uma trilha confortável, feita sob medida, passava pelos pés de romã que cercavam Caná e nos deixava na porta da fazenda. Porque era exatamente isso: uma chácara de dimensões consideráveis, com o grande casarão de um lado, a pouco mais de 500 metros da aldeia. Uma colina de 412 metros velava o lado oeste da casa para que os ventos do Mediterrâneo não a perturbassem. Nathan era um homem rico. Era dono de metade das romãzeiras da região, bem como de olivais cujos horizontes não eram visíveis. Na fazenda reunia gado graúdo e miúdo.

Quando nos aproximamos, descobri outro detalhe de especial relevância, que tornava fácil a localização da *Sapiah* – esse era o nome da fazenda e do casarão. Significava "trigo que nasce espontaneamente", mas tinha uma segunda acepção: "chuva forte". Em vista do que aconteceu pouco depois, quem isto escreve ficou com a segunda tradução. Eu estava dizendo que havia algo que distinguia o lugar, e de longe. O "urso" esclareceu minhas dúvidas. Aquelas árvores de um vermelho encarnado que cercavam toda a casa eram conhecidas como "árvores de ferro", pela dureza da madeira. As flores tinham uns cálices enormes, em forma de taça, com os estames sobressalentes e pendentes, de um vermelho vivíssimo. Quando voltei à nave, soube que se tratava da *Metrosideros robusta*. Os gregos a chamavam de "metra". Eram árvores de cerca de 30 metros, de uma espécie "estranguladora", porque as raízes cercavam a árvore hospedeira e acabavam destruindo-a. Chamou minha atenção o fato de que estivessem em flor. Estávamos em fevereiro, e a climatologia não era adequada para isso. Considerei isso uma referência excelente. Em Caná só existiam aqueles exemplares da árvore de ferro.

Mas, de repente, o céu se abriu e foi um dilúvio.

Corremos e nos refugiamos no túnel de acesso à *Sapiah*, a porta principal. O casarão não era mais que uma antiga pousada reformada. Conservava a estrutura inicial, com o típico túnel de entrada e um grande pátio central, a céu aberto. Em cada lado do pátio havia um magnífico pórtico, com um total de 20 colunas de quase quatro metros de altura. Nessas galerias abriam-se várias portas. Quatro estreitas escadas, uma de cada lado do pátio, levavam para o alto. Imaginei que conduzissem aos quartos do andar superior e ao terraço. Alguém havia pintado as colunas de amarelo. Devia se tratar de outra moda grega.

Bartolomeu procurou com o olhar. Nisso, parou de chover.

Uma dúzia de serviçais apareceu por entre as colunas e começou a limpar, a lavar e a tentar fechar com madeiras uma piscina central, de uns cinco metros de extensão. Todos, homens e mulheres, usavam túnicas verdes que iam até abaixo dos joelhos. Ninguém prestou atenção em nós.

Fiquei assombrado. Os serviçais eram negros.

E tanto os homens quanto as mulheres esfregavam com frenesi as lajotas do pátio e dos pórticos, bem como as paredes caiadas. Corria água por todos os lados, e também a vassoura e os panos, e as esponjas, e os baldes.

Deduzi que aquele era o lugar da festa. Aquela limpeza, ao meio-dia do dia anterior à festa de casamento, só podia se justificar por uma celebração importante.

O "urso" foi até um dos serviçais e perguntou alguma coisa. Eu me aproximei com prudência e observei os que tentavam fechar a *mikveh*, a piscina central. Imaginei que fosse isto: uma piscina para recolher a água da chuva e fazer a purificação da pessoa contaminada pelo contato com mortos, ou para as mulheres em estado de *niddah*, ou impureza por parto ou menstruação.[2]

O fosso estava vazio, e os serviçais se esforçavam para cobri-lo com longas tábuas. Aquele trabalho me levou a uma conclusão interessante: a família de Nathan não era muito religiosa. Se fosse, dado que a *mikveh* devia ser usada pela noiva em uma cerimônia de purificação muito particular, não a teriam coberto.

Não me enganei.

Logo ouvimos alguns palavrões. Vinham do andar de cima. Era Nathan, o dono da casa e pai do noivo. Desceu até a *mikveh* e ameaçou com todo tipo de raios e desgraças os serviçais que a cobriam se não acabassem o serviço de uma vez por todas.

Nathan notou a presença de Bartolomeu e se aproximou. Continuava xingando a torto e a direito. Não importava por quê. A questão era xingar. Estava claro: Nathan era tudo, menos religioso.

Conheciam-se, naturalmente. O "urso" lhe falou de quem isto escreve.

---

2 Naquele tempo, esse tipo de *mikveh* era usado também antes dos casamentos e nas cerimônias de conversão ao judaísmo. O aspirante tinha a obrigação de entrar na piscina e submeter-se a um banho de imersão. Os meticulosos judeus pensavam em tudo. Se a *mikveh* não contivesse um mínimo de 20 *seah* (cerca de 320 litros), a piscina ficava invalidada. Quando a *mikveh* era natural (não fabricada por mão humana), não havia problema. O *tevilah*, ou banho de imersão na *mikveh*, exigia um ritual prévio muito rigoroso. O convertido, ou a mulher que queria a purificação, devia lavar previamente todo o corpo, cabelos, unhas e até os dentes. Concluída a imersão, recitavam uma bênção. Antes da festa de casamento, nas famílias muito religiosas, a mãe do noivo entregava a noiva à *mikveh*, sempre nua. Ela mergulhava por completo e rezava as preces da purificação. A mãe do noivo, então, vestia a noiva com a túnica que devia ser sempre branca, como sinal de um começo limpo e alegre na nova vida conjugal. Naquele momento, durante a chamada *tevilah*, as mulheres davam os presentes de casamento à noiva. A cerimônia só era praticada entre os judeus ortodoxos. (N. do M.)

Nathan me olhou de cima a baixo e deu de ombros. Nada lhe importava. Os preparativos da festa de casamento eram um desastre. Tudo estava uma confusão. Ninguém sabia o que tinha que fazer. Ele tinha até que espantar as moscas. Foi o que disse entre um palavrão e outro.

"E o vinho nem chegou!"

Fiquei alerta e me atrevi a perguntar.

- O vinho não chegou?

- A culpa é desse maldito Azzam, ou como quer que se chame.

- Azzam?

Julguei me lembrar desse nome. Eu conhecia um tal de Azzam, comerciante do deserto do Neguev. Vendia zimbro, um vinho vagabundo, relativamente parecido com nosso gim. Tive a oportunidade de conversar com ele por conta de um incidente no caminho do *yam* à montanha sagrada do Hermon, quando, em agosto do ano passado (25), procurávamos o Mestre. Azzam era o chefe de uma parelha de burros estranhos, de pelagem rosada, com uma cruz de Santo André nas costas e crinas cinza avermelhadas arrematando a cauda. Um dos animais atropelou Denario, o menino surdo-mudo que vivia no *kan* de Assis, o essênio. Foi assim que fizemos amizade.

- Tu o conheces? - perguntou o proprietário da casa sem disfarçar seu desprezo pelo comerciante de zimbro.

Pedi alguns detalhes e confirmei o que suspeitava. Tratava-se do mesmo comerciante de vinhos.

Eu não soube o que fazer nem o que dizer. O tal de Azzam havia prometido uma entrega de vinho de Aphek (atuais altos do Golan), mas não chegava, e estávamos a um dia da festa de casamento.

Praguejou contra Azzam e contra os céus.

Preferi me calar.

E Nathan se afastou, clamando contra os negros que esfregavam as lajotas dos pórticos.

Eu havia descoberto algumas coisas: o vinho era doce e ainda não havia chegado. Belo panorama, pensei.

E fui além, inclusive, em meus tortuosos pensamentos: "João, o evangelista, havia inventado a passagem do vinho?" Estavam a 24 horas da festa e não tinham vinho.

Perguntei a Bartolomeu pelo convite para a festa de casamento, mas ele não soube responder. Nathan não havia dito nem sim nem não. E me pediu paciência. Insistiria.

Eu me dediquei, então, a uma inspeção mais cuidadosa de tudo que me cercava. Precisava saber onde estava cada coisa. Só assim poderia me mover com eficácia.

Após a limpeza do chão, os serviçais cobriram-no com serragem. Mas era uma serragem muito peculiar. Examinei-a com atenção e verifiquei que havia sido tingida com açafrão e cinábrio. E o cúmulo do requinte: acrescentaram pó de especularita à serragem para dar-lhe mais brilho e suavidade. Eu havia lido alguma coisa a respeito disso no *Satiricon*, de Petrônio.

Percorri os pórticos. Ninguém perguntou o que eu estava fazendo lá. Ninguém me abordou. Cada um cuidava de suas coisas, e com evidente pressa. Bartolomeu se perdeu por uma das escadas laterais, imaginei que em busca do possesso Nathan.

A família colocou quatro grandes candelabros, ou *menoroth* de sete braços, de quase dois metros de altura cada, estrategicamente no centro de cada uma das quatro galerias. Eram de ferro lavrado, com as respectivas taças, maçãs e flores, como mandava o Êxodo (25, 31-37). A iluminação, graças às 28 taças em forma de flor de amendoeira, era mais que suficiente. A família realmente desfrutava de um notável poder aquisitivo.

Quanto às paredes dos pórticos, os serviçais davam os últimos toques nos enfeites florais. Toda a superfície das paredes foi coberta com lírios amarelos, que, segundo os judeus, simbolizavam a paz e a ternura. No amor – diziam –, representam a felicidade total e a sabedoria. As colunas também foram enfeitadas, mas com um tipo de lírio azul, recém-chegado do vale do Jordão. Era o *Iris humilis*, delicadíssimo, que só durava um ou dois dias. Sua beleza, à luz das lamparinas, deixou-me deslumbrado.

Nathan voltou ao pátio acompanhado por uma mulher e o "urso". Também não fui apresentado dessa vez, mas soube por Bartolomeu que a galileia era esposa do velho resmungão. A mulher quase não falou. Devia beirar os 50 anos, como Nathan. Já eram idosos, levando em conta que a expectativa de vida naquela época não passava dos 40, 45 anos para os homens. Não sei se já mencionei, mas essa realidade afetava também o Filho do Homem. Jesus, em seus 31 anos, já não era um rapazinho.

A mulher se chamava Ticra, que podia ser traduzido por "céu aberto". Devia ter sido linda. Tinha um nevo azul (uma pinta) no queixo. Era um nevo com uma forma curiosa: lembrava um coração. E, verdade seja dita, era só coração. Não tinha nada a ver com o marido.

– Diz o grego – gritou Nathan – que esse pilantra chegará a tempo.

Deduzi que o grego fosse eu e o pilantra, o responsável pelo vinho: Azzam.

Ticra olhou para mim, ansiosa, e perguntou:

– Tens certeza? Tu o conheces, diz meu marido. Ele chegará a tempo com o vinho?

Não sei o que aconteceu, mas respondi com uma segurança que ainda me assombra:

– Não te alarmes. Terás o melhor vinho.

Agora sei. Não fui eu quem falou.

A senhora sorriu agradecida mostrando uma fileira de dentes totalmente coberta de ouro na mandíbula. Seus olhos brilharam fortemente. A partir desse momento, soube que havia gostado de mim. E fiquei tentado a tocar no assunto do convite para o casamento. Não houve oportunidade. Naquele momento, voltou a chover com força, e todo mundo se refugiou, nos pórticos. Nathan levantou os braços e clamou furioso contra os céus. A mulher tentou acalmá-lo. Impossível. E ambos desapareceram por uma daquelas várias e cada vez mais misteriosas portas.

Foi quando as vi.

Meu coração me avisou.

Eu me aproximei, inquieto, afastando-me dos serviçais e de Bartolomeu.

Não havia dúvida. Eram elas... E eram seis!

Ninguém as vigiava. Estavam alinhadas perto do túnel, à direita de quem entrava no pátio (tomarei sempre como referência esse túnel de acesso).

Eu as acariciei.

Sim, tinha certeza... Eram as *cad,* ou talhas que andava procurando!

Eram seis, feitas de pedra (provavelmente de pedra caliça), feitas a torno e rebocadas com uma grossa camada de gesso. Foram encostadas nas paredes, ocupando praticamente toda a esquina.

Foi um encontro emocionante. Elas, à sua maneira, estavam me esperando.

Eram talhas decapitadas, de bocas largas (40 centímetros), que os romanos e os pagãos em geral chamavam de *dolium*. Não eram fáceis de transportar. Um robusto pé, também de pedra, ancorava-as às lajotas do pórtico. Eram gêmeas. Atingiam uma altura de 70 centímetros. Pelo que pude descobrir dias depois, de volta ao Ravid, sua capacidade era de 120 litros por talha. Isso representava um total de 720 litros.[3] João, o evange-

---

3 Para ser exato, tendo em conta que uma metreta equivale a cerca de 40 litros, o volume de cada talha era de aproximadamente 120 litros. Isso perfazia um total de cerca de 720 litros de água nas seis *cad*, ou talhas, juntas. (N. do M.)

lista, estava certo, pelo menos no que se refere à capacidade das *cad*. Mas eu não podia confiar.

Estavam cheias de água, quase até a boca. No total, cerca de três metretas por talha. Imaginei que a água estivesse destinada às obrigatórias purificações dos judeus, tanto ao entrar no banquete quanto após a degustação dos diversos pratos. Às vezes, nem sempre, a água era usada para misturar com o vinho e enfraquecê-lo.

A lei mosaica era muito rígida no que se refere à purificação. Bastava que a vasilha ou a água entrasse em contato com algo impuro (um rato ou uma lagartixa, por exemplo, como aponta o Levítico [11,33]) para que o recipiente e o conteúdo se tornassem impuros. Isso significava um gasto extra. Havia que esvaziar a água e, inclusive, segundo as normas, descartar a talha. Mas os judeus tinham soluções para tudo. E a *Mishná* (naquele tempo, a tradição oral) estabelecia que a impureza não se estabelecia se o cântaro fosse de pedra ou de madeira. Em resumo: isto barateava o negócio em médio e longo prazo. Por isso a maioria das *cad* era de pedra, não "para" as abluções, e sim "pelas" purificações dos judeus. Assim reza o texto, em grego, do evangelho de João Zebedeu: "Havia lá seis talhas (que eram) de pedra, conforme (*kata*) os ritos judeus da purificação".

Examinei-as minuciosamente. Tinha que saber como derramar os "nemos" e em qual delas. Ou devia fazer isso nas seis? Não quis me preocupar com esses problemas, digamos, "técnicos", naquele momento. Tudo a seu tempo.

O engobo e o lustro também eram cuidadosos e permitiam que a porosidade fosse quase nula.[4]

Nas asas, gravada na pedra, lia-se a palavra *lmlk* ou *lam-melech*, que quer dizer "pertencente ao rei". Isso significava que Nathan, em outro momento, as havia adquirido de algum "antiquário". As talhas em questão eram realmente valiosas. Ignoro o preço, mas devia estar acima dos 300 denários de prata cada uma. Debaixo de *lmlk* lia-se Hebron. Isso fazia supor que as talhas procediam dessa região ao sul de Jerusalém. Talvez houvessem pertencido a um rei.

---

4 O conteúdo da talha (neste caso, água) cuidava de arredondar a impermeabilidade do recipiente. O polimento dava tal brilho que proporcionava a sensação de vitrificado. O artesão havia usado o procedimento chamado "decantador de líquidos", comum fazia séculos. (N. do M.)

Ao lado, diretamente no chão ou sobre esteiras de folha de palma, alinhava-se uma tropa de jarras, vasilhas, conchas e potes de barro, metal e madeira com os quais se deveria extrair a água.

Essa era a paisagem, mais ou menos, por onde devia me mover. Lá, em algum momento do dia seguinte, ocorreria o prodígio. Ou não? Contemplei o grande pátio e as galerias e não soube o que pensar. Onde me situaria? O lógico é que ficasse o mais perto possível das talhas. Além de esvaziar as ampolas com os "nemos", tinha que ativar a "vara de Moisés". O problema era saber quando. Como saberia que havia chegado o momento oportuno? De que dependia? Precisaria me concentrar na figura do Mestre? Tinha que seguir seus passos?

Sinceramente, aquilo era um labirinto. Eu não sabia por onde começar.

E uma série de gritos me tirou desses pensamentos.

Depois, chegaram os palavrões. E adivinhei que era Nathan.

Que nova desgraça o acossava?

Apareceu na galeria onde eu estava. Surgiu por uma daquelas 40 portas...

Levantava os braços e cuspia palavrões. Andava rápido, mas sem saber para onde. Os servos se afastavam, temerosos.

Atrás, também com precipitação, surgiu um indivíduo macérrimo, usando uma calça parecida às que usavam os persas, presas nos tornozelos. Era vermelha (um vermelho que machucava os olhos). Vestia um coletinho da mesma cor. O peito estava descoberto, perfeitamente depilado. Ao notar o movimento dos quadris e os gestos, exageradíssimos, calculei que estava diante de um efeminado. Não me enganei.

O "homem" andava a pouca distância de Nathan, e a cada palavrão do proprietário da casa puxava os cabelos; ou melhor, a trança loura na qual prendia o cabelo. E, a cada puxão, soltava um lamento e murmurava umas palavras que não consegui entender. Era outro idioma.

Mas a coisa não acabou aí.

Atrás do efeminado, pela mesma porta, surgiu uma terceira pessoa. Era mais jovem, quase uma criança, muito pálido, com uma longa túnica branca. No colo e nas mangas, uns lindos bordados feitos de ouro.

Parecia assustado.

O "urso" me procurou e foi esclarecendo a situação. O sujeito da calça vermelha berrante era quem garantiria que a festa, incluindo o banquete nupcial, corresse em ordem e sem tropeços. Era uma espécie de *maître* contratado para organizar tudo. Os romanos o chamavam de *tricliniarcha*. Quem isto escreve tivera a oportunidade de conhecer um desses profissionais na visita a Cesareia, de triste lembrança.

O outro, o mais novo, era filho de Nathan; o noivo.

E o efeminado, de repente, parou no meio do pórtico e ameaçou abandonar a casa.

E acrescentou, também em aramaico:

– Diz teu filho que o magarefe se nega a matar mais cordeiros.

Nathan girou sobre os calcanhares e voou para cima do *maître* com os olhos brilhantes de cólera.

– Por quê?

O efeminado deu um passo para trás, assustado com aquela onda que ameaçava quebrar em cima dele. E não disse nada. Nathan, então, jurou, entre palavrões, que o mandaria de novo para Susa. Compreendi. O *maître* era persa. Susa era uma importante cidade do leste da Babilônia.

Por fim, com um fio de voz, o persa esclareceu que o magarefe queria saber o número exato de convidados. Não podia ficar sacrificando cordeiros o dia todo.

Nathan reconheceu que a pergunta do magarefe era lógica e, bufando, voltou-se para o filho e lhe falou por meio de sinais.

Olhei para Bartolomeu e ele confirmou minhas suspeitas.

O rapaz era mudo. Provavelmente surdo.

Suponho que Nathan tenha lhe comunicado o problema, e o noivo, atento aos lábios do pai, foi assentindo com a cabeça. O rapaz dominava a leitura de lábios perfeitamente. E observei outro detalhe que me pareceu curioso. Nathan, ao dirigir-se ao filho, não ficou em cima dele, como havia feito com o persa. Manteve-se a uns três metros de distância, e isso, segundo meu pouco entendimento, favoreceu a compreensão do que estava transmitindo.

Aquele mundo da linguagem de sinais era desconhecido para quem isto escreve. De modo que não pude saber de que estavam "falando" com exatidão. Foi tudo pura dedução. Como sabem os especialistas, não existe uma linguagem única e universal de sinais. Cada idioma dispõe do seu próprio. Neste caso, Nathan e Johab (esse era o nome do noivo) trocaram sinais em uma linguagem equivalente ao aramaico.

Ao que tudo indicava, o número de convidados para a festa de casamento crescia constantemente, e o responsável pela matança dos cordeiros exigia uma explicação. A chegada do suposto Messias à casa de Nathan nessa quarta-feira, 27 de fevereiro, estava fazendo as coisas saírem do controle. Ninguém estava no comando. O número inicial de convidados (entre 200 e 300) foi superado em muito. Chegavam pedidos de todos os lados e a toda hora. A família de Nathan não sabia como reagir. Eram só problemas. Uma confusão só. Tudo idas e vindas. O vinho não chegava, ninguém sabia se era preciso matar mais cordeiros, chovia a cântaros...

E Nathan, desesperado, resmungou outro palavrão – irreproduzível –, deu meia-volta e deixou o filho e o persa ali plantados.

Quem isto escreve não se conformava. Nada disso foi contado pelo evangelista, e tudo – creio eu – teve sua importância.

E continuei atento. Não havia jeito de me convidarem para a festa de casamento.

O "urso" pediu calma mais uma vez. Pensaria em alguma coisa. Eu confiava naquele homem.

Por fim, a chuva parou. Devia ser a nona hora (três da tarde).

E voltamos a Caná, à casa dos pais de Bartolomeu.

Lá ficou Nathan e o resto da família, aturdidos, brigando com os problemas. A iminente visita do suposto Messias os pegou de surpresa e os obrigou a mudar alguns planos previstos para a festa de casamento. Nathan era cético no que se refere ao Libertador de Israel, e muito mais em relação ao fato de que o tal Messias pudesse estar presente em Caná. Conhecia Jesus desde que este era uma criança. Suas famílias eram amigas. Ele o vira crescer. Sabia quem era sua mãe e seus irmãos. Para Nathan, portanto, a notícia de que o Galileu era o Messias há tanto tempo esperado simplesmente não teve importância. Não deu crédito às falações. Porém, ao ver que os pedidos para comparecer à festa se multiplicavam, o chefe da *Sapiah* ficou desconcertado. Ticra, porém, estava adorando. Não era todo dia que o Messias ia à festa de casamento de um filho. A mulher estava esperançosa e preocupada ao mesmo tempo. Tudo tinha que estar perfeito.

Eu me consolei. Não consegui que me convidassem para o festejo, mas pelo menos tive a oportunidade de passear pelo suposto cenário dos fatos e pegar referências. O "urso" de Caná tinha razão. Tinha que confiar. Alguma coisa aconteceria, e quem isto escreve teria acesso à casa.

E assim foi, mas não como eu imaginava.

– A propósito – comentou Bartolomeu, enquanto atravessávamos as ruas encharcadas –, que roupa preparaste para amanhã?

Roupa? Eu só tinha a roupa do corpo e a capa, que havia ficado na casa do discípulo.

O silêncio foi tão eloquente que o "urso" compreendeu e tentou me acalmar. Ele tinha roupa. O problema era o tamanho. Bartolomeu era o mais baixo do grupo. Não chegava a 1,60 metro. Quanto a mim, com um 1,80 metro...

Oh, Deus! Outro problema.

Mas as surpresas não haviam terminado.

Ao entrar na casa, vi junto ao fogo dois novos inquilinos. Eram Tiago e Judas, os irmãos carnais do Mestre. Não entendi a presença deles na casa. Eles não conheciam Bartolomeu ainda.

Alegraram-se em me ver. Fazia um mês e meio que os havia perdido de vista. A última vez que nos encontramos havia sido no batismo de Jesus, no rio Artal (14 de janeiro). Ambos sabiam alguma coisa sobre minhas andanças em Beit Ids. Os discípulos lhes contaram. E elogiaram minha fidelidade a Jesus.

Tiago e Judas haviam acabado de chegar. Vinham de Nahum e de Migdal, respectivamente. Entraram em Caná na mesma hora em que o "urso" e eu abandonávamos a fazenda de Nathan. Perguntei pelo Mestre e soube que Ele e o resto da família estavam no casarão de Meir, o *rofé* das rosas. Era compreensível. Jesus, a Senhora e os filhos eram velhos amigos de *rofé*, ou curador. Foi Meir, como se pode recordar, quem tratou de Amós, filho de José e de Maria, falecido na noite de domingo, 9 de janeiro do ano 7 de nossa era. Meir não pôde fazer nada para salvar a vida do irmão de Jesus. Mesmo assim, todos eram gratos a ele.

Jesus, a Senhora e Tiago haviam feito a viagem juntos, procedentes de Nahum. Judas se juntara a eles em Migdal. Pelo que me contaram, Ruth decidiu ficar na "casa das flores" cuidando de Esta, esposa de Tiago – a qual, como já foi dito, havia dado à luz recentemente. E na casa de Meir, em Caná, encontraram Miriam e seu esposo, Jacó, o pedreiro, procedentes de Nazaré. De comum acordo, o Galileu, a Senhora, Miriam e seu marido pernoitariam na casa do "auxiliador". Tiago e Judas optaram por se juntar aos discípulos na casa de Bartolomeu, onde estávamos. Mas a decisão não foi casual. Tiago e Judas tinham um propósito secreto. Miriam, ao que parecia, havia informado a eles sobre a recente escolha dos seis discípulos. Meir os levou até a casa do "urso".

Pensei em ir até a casa de Meir e cumprimentá-los, mas me contive. E acho que fiz bem. A conversa com os irmãos do Mestre seria ilustrativa e me daria uma visão panorâmica do que estava acontecendo naquele momento na família do Filho do Homem. Nada do que eu ouviria foi relatado pelos evangelistas.

Comecei perguntando pelo ocorrido naqueles dois últimos dias. Parece que não aconteceu nada de especial importância, segundo eles. Jesus chegou ao lago no entardecer da segunda-feira, 25, e foi diretamente ao casarão dos Zebedeu, na margem oriental do *yam*, em Saidan.

Estranhei. Por que Jesus não visitou primeiro a "casa das flores", em Nahum? Lá estavam sua mãe e seus irmãos.

Os demais discípulos, aos quais Felipe havia se juntado novamente, ouviam com atenção. O "urso", ajudado por André, preparava o jantar.

– Meu Irmão – prosseguiu Tiago – estava feliz. Fazia tempo que não o víamos tão alegre e tão comunicativo.

Judas assentiu em silêncio.

– Devo dizer-te que tanto Judas quanto eu nos convencemos...

Tiago hesitou. Olhou para os discípulos com desconfiança, mas concluiu o que pretendia dizer:

– Judas e eu sabemos agora que nosso Irmão é o Messias prometido.

O silêncio ficou denso. João Zebedeu enfatizou as palavras de Tiago com vários movimentos afirmativos de cabeça. No rosto de seu irmão, Tiago Zebedeu, esboçou-se a dúvida. Simão Pedro estava cabeceando, dominado de novo pelo sono. André e Felipe, atarefados com a carne seca e uma fumegante sopa, ouviam e não ouviam. Quanto ao "urso", eu o perdia de vista toda hora. Entrava e saía, mas eu não saberia dizer o que estava fazendo.

– O que aconteceu em Ômega – concluiu Tiago – acabou nos convencendo.

Referia-se, concluí, aos acontecimentos extraordinários que havíamos vivido no rio Artal durante o batismo do Filho do Homem.

– Nossa mãe tem razão. Ele é o Libertador de Israel, conforme prometeu o anjo.

Não era verdade. Em sua mensagem a Maria, o anjo jamais falara desse assunto. Mas eu não quis interromper.[5]

---

5 As palavras do anjo, naquele mês de novembro do ano –8, quando Maria estava casada havia oito meses, foram as seguintes: "Venho por ordem daquele que é meu Mestre, a quem deverás amar e sustentar. A ti, Maria, trago boas notícias, já que te anuncio que tua concepção foi ordenada pelo céu. A seu devido tempo, serás mãe de um filho. Tu o chamarás Yehošu'a (Jesus, ou 'Yaveh salva') e inaugurará o reino dos céus sobre a Terra e entre os homens. Disto, fala tão somente a José e a Isabel, tua parente, a quem também apareci e que logo dará à luz uma criança cujo nome será João. Isabel prepara o caminho para a mensagem de libertação que teu filho proclamará com força e profunda convicção aos homens. Não duvides de minha palavra, Maria, já que esta casa foi escolhida como morada terrestre desta criança do Destino. Tens minha bênção. O poder do Mais Alto te sustentará. O Senhor de toda a Terra estenderá sobre ti sua proteção". Como se pode certificar, nada a ver com o que foi escrito por Lucas (1, 26-39). (N. do M.)

– Nossa família – prosseguiu com entusiasmo – está destinada ao mais santo e ao maior. Ele, nosso Irmão, liderará os exércitos que libertarão nosso povo.

João Zebedeu não pôde se conter e abraçou Tiago. O abraço, porém, não foi do agrado do irmão de Jesus. Suponho que o Zebedeu o percebeu. Voltou ao seu lugar e ficou mudo.

– Já é hora de partir. Ele está esperando.

Olhou para nós, um por um. Deixou correr uma pausa e acrescentou:

– Amanhã será o grande dia. Amanhã, meu Irmão convencerá os descrentes.

Eu me atrevi a perguntar o que já sabia:

– E como será isso? O que acontecerá?

– Ele fará um prodígio. Todos sabemos. É a forma de dizer ao mundo quem é e por que está aqui.

– Um prodígio? – insisti. – Que tipo de prodígio?

Tiago deu de ombros. Obviamente não sabia. Em parte, havia falado com razão quando dissera que "sua família estava destinada ao mais santo e ao maior". Só errou o endereço.

No fundo, não importava que tipo de prodígio. A família – era claro – havia se rendido, por fim, diante da velha esperança da Senhora: Jesus era o Libertador político, social e religioso do povo judeu. E Caná era o cenário escolhido para essa inauguração. Até certo ponto, para a família era lógico: tratava-se de uma festa de casamento, uma reunião importante e quase multitudinária; os fatos sobrenaturais do vale do Jordão estavam muito recentes, e Maria, ao que tudo indica, encarregou-se de avivar aquele sentimento de triunfo. Uma série de circunstâncias, enfim, havia confluído naquele lugar e naquele momento.

E Maria e seus filhos, felizes e expectantes, apostaram no grande dia: quarta-feira, 27 de fevereiro do ano 26.

Tiago esclareceu que assim que soubera da chegada de seu Irmão a Saidan, pegara sua mãe e se dirigira ao casarão dos Zebedeu. Lá ficaram com Jesus e lhe fizeram muitas perguntas.

– Que perguntas?

– Minha mãe queria que Jesus ratificasse o que havia sido dito pelo anjo. Era ele o Messias prometido? Que planos tinha? Que lugar ocuparíamos no Estado-maior do Libertador?

E Tiago, sem querer, fez uma pausa e contemplou os discípulos. Julguei adivinhar seus sentimentos, e os de Judas. Aquilo não me agradou.

– O que aconteceria com Yehohanan? Por onde começaria a sublevação? Quem custearia os gastos dos exércitos? Deveríamos segui-lo fisicamente? O que aconteceria com a família do Messias? Jesus iria à festa de casamento de Nathan? Em que prodígio havia pensado para inaugurar o novo reino? E coisas assim...

Apesar de saber o que sabia, fiquei impressionado. A família não havia entendido absolutamente nada.

– E o que disse Jesus?

Tiago deu de ombros. E replicou com amargura:

– O de sempre...

– O de sempre?

– Sim.

Dessa vez foi João Zebedeu quem perguntou, impaciente:

– Mas, o quê?

– Isso, o de sempre: que não havia chegado sua hora, que era melhor esperar, que tinha que fazer a vontade do Pai, ou algo parecido.

Imaginei a expressão do Mestre, entre surpreso e resignado. Nada havia mudado no coração de sua mãe.

Nessa manhã de terça-feira, 26, foram para Caná. Todos estavam felizes. Uns por um motivo e outros por outro. A Senhora, acima de tudo, segundo Tiago, flutuava de felicidade. Cantava. Sorria sem parar. Estimulava-os. Estava chegando o grande dia. Seu sonho estava prestes a se tornar realidade. Ela era a mãe do Messias. Como disse, estava flutuando.

– Abaixo Roma! – gritou Judas.

– Abaixo! – respondeu João Zebedeu.

Os demais presentes fizeram silêncio. Aquela atitude, eles bem sabiam, era extremamente perigosa. Tinham que andar pisando em ovos. Havia espiões por todo lado.

As recomendações do Mestre para que não falassem "enquanto não chegasse sua hora" caíram em ouvidos moucos. A mãe e também os irmãos se encarregaram de espalhar a boa-nova para todos aqueles que cruzaram seu caminho. "O Messias havia chegado, finalmente, e dirigia-se a Caná. Lá demonstraria seu poder." As pessoas, imaginei, deviam olhá-los com perplexidade. De que aqueles loucos estavam falando? Mas outros, que já conheciam as notícias, alegraram-se e espalharam, por sua vez, o que Maria e seus filhos haviam apregoado.

Impressionante. Nenhum evangelho jamais contou isso. Foi a Senhora, Tiago e Judas que participaram ativamente da preparação do ambiente para esse iminente prodígio. De certo modo, Maria foi um dos artífices da tumultuada reunião na aldeia de Caná.

Jesus, segundo os irmãos, fez o caminho tranquilamente, sem prestar atenção aos comentários da mãe. E insistiram: o Mestre estava descontraído e alheio às inquietudes dos seus. Era como se esse negócio do Messias não fosse com Ele. E a mãe se perguntava: "E depois? Qual seria o prodígio seguinte?".

A ceia pôs um ponto final às explicações de Tiago.

Foi um respiro. Mas só isso, um respiro.

Começou a chover de novo, e com força.

E o "urso" e seus pais se esforçaram para resolver o problema das incontáveis goteiras. Distribuíram vasilhas pela casa em uma tentativa de controlá-las. Conseguiram mais ou menos.

E durante o jantar percebi outra vez o sentimento que se aninhava no coração dos irmãos do Mestre. Tiago perguntou sem rodeios, a seu estilo: "Aqueles homens eram os discípulos de Jesus?" Todos responderam afirmativamente. E notei certo mal-estar e uma especial tristeza no rosto de Tiago e de Judas.

De novo o ciúme.

Não perguntei. Era evidente. Os irmãos de Jesus não viam graça no fato de uns "estranhos" (embora conhecessem de sobra todos, menos Bartolomeu) ocuparem os postos que, por lógica (a lógica do sangue), lhes pertenciam. Esse era o pensamento da família de Jesus na véspera do grande dia.

E todos nos acomodamos na sala à espera do sono necessário. Estávamos cansados.

Apesar dos roncos de Simão, das goteiras e da preocupação com a roupa, quem isto escreve também caiu em um profundo e benéfico sono.

Nessa histórica quarta-feira, 27 de fevereiro, os relógios da nave advertiram acerca do orto solar às 6 horas, 8 minutos e 59 segundos.

Não tenho a menor dúvida. Esse dia foi especialmente intenso e benéfico para quem isto escreve. Meu ceticismo em relação aos prodígios simplesmente naufragou.

Mas tenho que ir passo a passo.

Surpresa.

Havia parado de chover, mas nevava de leve. A neve sempre me agradou.

Caná amanheceu branca e silenciosa. As portas e janelas foram abertas e, intrigadas, olhavam os flocos de neve. Viam-nos cair, mas imagino que não sabiam o que pensar. Depois chegou o habitual ruído da moenda.

E com a neve, como acontece em quase todo o mundo, a casa de Bartolomeu se encheu de alegria. Era a primeira vez que eu via os discípulos brincando com neve.

Enquanto tomávamos o café da manhã, o "urso" cumpriu o prometido. E me mostrou diversas túnicas. Eu não sabia o que fazer. Todas batiam em meus joelhos. E me sentei, preocupado, para pensar. O que faria? A festa de casamento era um ato solene. Todos usavam suas melhores roupas.

Então, a velha mãe de Bartolomeu encontrou uma solução, digamos, razoavelmente boa.

E sugeriu que eu colocasse qualquer túnica de seu filho sobre a minha própria.

Foi o que fiz. Peguei uma das *chaluk* do "urso", preta, e a vesti, seguindo o conselho da mulher.

Bartolomeu riu a valer. A combinação do preto com o branco osso de minha túnica habitual era interessante. E me chamou de *tar'elah*. A expressão aramaica significa "que faz perder o sentido". Mas não me dei conta. E o "urso", convencido, afirmou que "daria o golpe".

O golpe? Para isso, em primeiro lugar, era preciso que me aceitassem na festa de casamento.

Eu não disse nada.

Dirigi-me à mãe do "urso" e pedi um novo favor: uma pequena cabaça, vazia, dessas que usavam como cantil. A mulher não perguntou e me deu o que eu precisava. Escondi nela as três pequenas ampolas de barro com os "nemos", amarrei-a na cintura, peguei a "vara de Moisés" e me despedi do grupo. Ninguém perguntou nada. Imaginei que deviam saber que estava indo à casa de Meir para encontrar o Mestre. Não havia pressa. Os discípulos chegaram algum tempo depois. O início da cerimônia foi marcado para "quando o sol estiver no alto" (meio-dia).

E às oito fui para a *Sapiah*, a fazenda de Nathan.

Apesar de ainda estar com a "pele de serpente", senti a queda da temperatura. E senti falta do manto. Eu o deixara na casa de Bartolomeu, com o saco de viagem. Lá não havia problema.

Logo me consolei. O *talith* só teria sido um estorvo.

Deixei-me acariciar pela neve.

Que nova aventura me esperava naquela casa?

Observei o céu e notei, preocupado, que as nuvens haviam materialmente caído sobre a aldeia.

Aquilo não estava com uma boa cara. Era provável que continuasse nevando ou chovendo. E pensei nos noivos, e no inquieto Nathan. Uma pena...

Ao chegar à casa, em meio ao vermelho das árvores de ferro, vi muita atividade. A grande porta de entrada estava fechada. E no meio das árvores vi homens e uma parelha de asnos. Contei mais de uma centena de pessoas. Não vi crianças. Quase todos eram homens. Pareciam esperar que as portas se abrissem. Caminhei por entre eles, curioso, e me surpreendeu ver que a maior parte eram mendigos, pilantras, aleijados e outra gente com aparência não muito boa.

Pensei que poderiam ser aproveitadores que tentavam tirar partido da iminente festa de casamento. Era o comum em festividades desse tipo. Em algumas casas, geralmente nas de fariseus muito ortodoxos, chegava-se ao extremo de permitir a entrada de todo tipo de infeliz e mendigo, que ficavam em pé nas proximidades do salão. De lá, como demonstração de caridade e de religiosidade, os fariseus jogavam comida para esses desafortunados.

Talvez eu estivesse em uma situação parecida.

E nisso, ao lado dos burros, vi um grupo de negros com longas túnicas vermelhas. Eu já havia visto aqueles homens.

De fato. Eram os arreeiros de Azzam, o beduíno nascido no deserto do Neguev, com quem encontrei a caminho do Hermon.[6]

Sim, eram os insólitos jumentos núbios, de pelagem rosada. Carregavam odres de pele de cabra.

Imaginei que fosse o vinho prometido a Nathan. E respirei aliviado. Azzam havia cumprido sua promessa.

Não tardei a encontrá-lo. Seus dois metros o tornavam visível a distância.

Ele me abraçou, feliz. E deu graças aos deuses por aquele novo encontro. Então, passou a me explicar, com toda riqueza de detalhes, como é habitual em um *badawi*, de onde vinha, o que transportava e para onde ia.

Azzam, que em árabe significa "bom homem", havia sido um *gazou* (guerreiro) na juventude, e participara de todo tipo de *razzias*, ou lutas com outras tribos, também *badu* ou beduínas. Viveu no Egito e na Núbia, onde era conhecido pelo tráfico de escravos. Em uma palavra: apesar do apelido e de suas boas maneiras, não era de confiança.

Foi assim que eu soube que transportava uma carga de vinho envelhecido (chamou-o de *iain yashan*), da safra do ano anterior, e misturado – foi o que disse – com mel e pimenta. Chamavam-no de *inomilin*. O vinho, armazenado nos odres, procedia da região de Sydoon Gezer, perto da costa. Era um vinho negro, "que se deixava acariciar como uma mulher". Foi o que disse Azzam, mas não sei... A Nathan, ele afirmara que o vinho era de Aphek.

---

6 Ampla informação em *Cavalo de Troia 6 – Hermon*. (N. de J. J. Benítez.)

No total, cerca de 600 litros de vinho tinto e outra carga de *shekhar*, uma cerveja leve elaborada com milho e cevada. O melhor do melhor, afirmou pela enésima vez.

Fiz as contas. Se Azzam estivesse dizendo a verdade, aqueles 800 litros seriam mais que suficiente para uma festa de casamento de 300 convidados. E tornei a duvidar do prodígio. Por que Nathan ia ficar sem vinho no meio da festa?

Nesse momento, abriram-se as grandes portas de madeira da casa e surgiu Nathan com os escravos. Atrás vinha o *maître*. Assim que saiu, os serviçais fecharam o portal. E os mendigos e todos que esperavam do lado de fora se precipitaram para a mencionada porta e bateram com os punhos. Foi um aviso.

Nathan se apressou. E ordenou ao beduíno que abrisse um dos odres. O persa pegou o vinho e o provou. Fechou os olhos. Fez a bebida dançar na boca e, finalmente, com uma expressão de desagrado, acabou engolindo-o.

Olhou para seu patrão com uma expressão de dúvida. O vinho não era bom, mas também não afirmou que fosse ruim.

Nathan amaldiçoou sua falta de sorte. Teria despachado Azzam a pontapés, mas a festa de casamento aconteceria em questão de quatro ou cinco horas. Não estava em condições de repudiar a carga daquele vigarista. E se resignou.

Continuava nevando docemente.

Foi naquele momento que tive a ideia.

E o persa, contrariado, fez um comentário:

– Pelo menos deve ser um vinho *kosher*.[7]

---

7 Tanto a carne quanto o vinho, para poderem ser consumidos pelos judeus, deviam ser *kosher* (limpo), e, em consequência, manipulados por mãos judias e peritas, que soubessem cortar, limpar etc. Para os muito religiosos, as regras conhecidas como *Kashruth*, promulgadas, ao que tudo indica, por Moisés, eram outro meio importante de purificação e de serviço a Yaveh. Muitos especialistas, atualmente, consideram-nas um utilíssimo sistema de higiene, e mais ainda nos tempos de Moisés (cerca de 1.300 anos antes de Cristo). Eis algumas das regras mais destacadas praticadas pelos judeus ortodoxos: em relação à carne, só podiam comer os quadrúpedes com casco fendido e que ruminassem. O porco era proibido em todas as suas formas (inclusive manteiga e toucinho). A carne tinha que ser lavada previamente com água e sal, eliminando todo vestígio de sangue. Esse processo de limpeza é conhecido como *kosher*. Os métodos para cozinhar eram muito complexos. O povo, obviamente, fazia pouco caso desses procedimentos. Entre outras razões porque submeter a carne ou o peixe à limpeza de especialistas era mais caro. Os peixes permitidos pelas Sagradas Escrituras são os que dispõem de barbatanas e escamas. Os mariscos, enguias etc. eram proibidos. Naquele tempo, e também no de Moisés, a proibição do marisco era mais que justificada, dadas as altas temperaturas do deserto do Sinai, pelo qual caminharam durante 40 anos. O marisco teria se estragado em questão de horas. Também era proibida a mistura de

Azzam nem olhou para ele. E ordenou que descarregassem os odres. Então, sem pensar duas vezes, eu me misturei com os servos que acompanhavam Nathan e com o pessoal de túnicas vermelhas. Peguei um dos sacos de pele de cabra e o carreguei no ombro esquerdo. E sem me encomendar nem a Deus nem ao diabo, segui para o portal da *Sapiah*. Outros criados me precediam, também com odres nos ombros. Ninguém fez comentário algum. Ninguém me deteve. Ninguém me chamou a atenção. Nem voltei a cabeça. Meu único interesse era entrar na casa e, naturalmente, ficar nela. E os céus foram benevolentes com este explorador... até certo ponto.

Uma das folhas do portal foi entreaberta. Lá estava postado outro grupo de negros, também servos de Nathan, perfeitamente diferenciados pelas túnicas verdes.

E ao passar pelos mendigos e aleijados, senti olhares de ódio e também de inveja. Nós estávamos entrando na casa; eles não.

Vociferaram e exigiram que Nathan lhes franqueasse a passagem e lhes permitisse participar do evento. O dono não se voltou nem respondeu aos comentários, alguns enfáticos e insultantes.

Desfilei por entre os indivíduos com o coração apertado. Qualquer energúmeno daqueles podia me delatar. Eu não me vestia como um serviçal.

O persa, na porta, me viu passar. Na realidade, estava contando os odres. Não sei se naquele momento notou aquele "serviçal" anormal, mais alto que o habitual e vestido não se sabe como.

E, ao entrar no túnel de acesso, de soslaio observei algo no qual não havia reparado antes: na madeira do portal havia meia dúzia de orelhas humanas pregadas. Estavam secas. Estavam ali fazia um tempo. E pensei: a que se deve um horror desses? Recordava bem o que diz o Deuteronômio (15, 16-18) sobre a libertação dos escravos.[8] Alguns judeus interpretavam mal o texto supostamente sagrado e, de fato, como sinal de libertação, cortavam as orelhas e as pregavam nas portas. Eu reparei melhor nos serviçais e notei que alguns homens e mulheres não tinham orelhas. Tinha que haver algum engano. A lei, além de tudo, proibia essa prática.[9]

---

determinados alimentos, de acordo com o mandamento de Yaveh: "Não coserás o cabrito no leite de sua mãe". Não se podia, portanto, misturar manteiga, queijo ou leite com carne. Também não deviam ser preparados com os mesmos utensílios. (N. do M.)

8 O citado texto diz: "Mas se ele (o escravo) te diz: 'Não quero ir embora', porque te ama, a ti e a tua casa, porque está bem contigo, tomarás um punção, furarás sua orelha na porta e será teu servo para sempre. O mesmo farás com tua serva".

9 Os escravos pagãos, segundo a lei judaica, podiam ser libertados também pelas seguintes

O importante é que consegui.

Estava dentro.

E agora?

Tinha que dar um jeito de continuar dentro e de estar presente na festa de casamento. Não podia perder nem um detalhe. Aquele era um momento histórico. Eu intuía isso.

Pensei em me esconder. Depois, encontraria o lugar e o jeito.

Inicialmente, limitei-me a seguir os passos dos serviçais.

No grande pátio a céu aberto, outros servos se aplicavam a uma tarefa que achei absurda, dado o estado do tempo. Brigavam com um enorme lenço violeta, muito leve, parecido com o tule. Tentavam cobrir o pátio amarrando o pano nas colunas que se erguiam nos pórticos. E digo que me pareceu um esforço ilógico porque a neve e a possível chuva iriam arruinar tudo aquilo.

Carregamos os odres entrando por uma das misteriosas portas. Aquela grande sala era uma adega. Lá se alinhavam vários, enormes cântaros. Uma escada preta e encardida levava a um possível porão. Aquilo podia ser um bom esconderijo.

Um escravo de cabelo branco vigiava a colocação do vinho nas talhas. Observou-me com curiosidade, mas não abriu a boca.

E ao esvaziar meu odre compreendi que aquele vinho também deveria ser analisado. Eu não havia pensado nisso. Precisava de uma amostra que servisse de testemunha. Tinha que arranjar outro cantil, ou um recipiente similar, e enchê-lo com o vinho. Mas cuidaria disso – pensei – em outro momento. Agora, o vital era me manter dentro da *Sapiah*.

E os céus, à sua maneira, me protegeram. Sim, à sua maneira...

Fiz mais duas viagens, e todas, naturalmente, angustiado. Temia que a qualquer momento alguém me detivesse e me pusesse na rua. Nathan me espiava com curiosidade, mas também não disse nada. Depois eu soube por quê.

A neve caía a um ritmo doce e agradável.

---

razões: pela livre decisão do dono, por ordem da sinagoga, por disposição testamentária, por resgate mediante dinheiro, por decisão de um tribunal no caso de denúncia pela mutilação "das 24 extremidades dos membros" (que compreendia dedos da mão, dedos do pé, orelhas, ponta do nariz, pênis ou mamilos, no caso da mulher). A libertação era obtida também se o escravo se comprometesse a pagar de seu bolso metade de seu valor. Existiam outras maneiras de obter a emancipação, todas elas extremamente complexas do ponto de vista jurídico e religioso. A realidade é que as possibilidades de conseguir a liberdade eram poucas e complicadas. (N. do M.)

Vi mais gente às portas da casa. Já deviam passar dos 200. Muitos estavam mais bem-vestidos. A maioria se cobria com roupões. Descobri que levavam rolos nas mãos. Podiam ser pergaminhos ou papiros. Eram os verdadeiros convidados da celebração. Faziam fila ordenadamente.

Os aventureiros, curiosos, mendigos e demais oportunistas iam e vinham por entre as árvores vermelhas, inquietos e, suponho, tentando descobrir como entrar na fazenda. Mas Nathan, mais precavido que eles, montara um esquema de segurança perto da casa. Vários escravos, armados com maças e enormes machados, passeavam de cima a baixo, sempre atentos.

Não vi o Mestre na fila dos que esperavam. Nem os discípulos ou a Senhora.

Devia ser a terceira hora (nove da manhã). Talvez fosse cedo.

E, ao terminar a terceira viagem à adega, enquanto esperava minha vez de esvaziar o odre e pensava em meu grande problema (como permanecer na casa), os céus vieram em meu auxílio.

A solução foi o persa.

Ele entrou no aposento, observou-me dos pés à cabeça e, rebolando, foi se aproximando. Fiquei perdido. Com certeza havia me descoberto.

Mas não.

Ao chegar a mim, sorriu, malicioso. E perguntou:

– Qual é teu nome? Que fazes aqui? Trabalhas para Nathan? Para quem trabalhas?

Não me permitiu responder. As perguntas, encadeadas, pareciam esconder uma dupla intenção. Será que suspeitava que eu era um espião? Tive que fazer um esforço para conter o riso.

Esvaziei o vinho, e, sem rodeios, ele ordenou:

– Vem comigo.

Comecei a tremer. Era o fim.

Sempre rebolando, saiu da adega, dirigindo-se ao túnel de acesso.

Tudo indicava que ia me pôr para fora. Estávamos indo diretamente para a porta.

Tentando ganhar tempo e, evidentemente, a confiança do *maître*, parei no meio da galeria. Apontando para os que amarravam o lenço violeta nas colunas, sugeri que a manobra era pouco afortunada.

O persa parou. Dedicou um olhar de desprezo aos serviçais das túnicas verdes e comentou:

– Eu disse isso a esse bruto umas cem vezes.

Deu de ombros e suspirou. Depois, olhando-me nos olhos, comentou:

– Quer dizer que também entendes dessas coisas?

Assenti.

– Eu disse a Nathan: não vai resistir.

O persa esqueceu o lenço violeta e me lançou outro olhar intenso, lascivo. Não sei se corei de vergonha.

Tornou a me percorrer de cima a baixo, sem o menor pudor, e acabou acariciando meu braço direito. Segurei com força a "vara". Se aquele sujeito passasse dos limites, eu o fulminaria ali mesmo.

Não foi necessário. O persa era esperto.

– Está bem – anunciou, adoçando as palavras. – Se te portares bem...

E repetiu com ênfase:

– Se te portares bem, eu te nomearei meu ajudante. Podemos viajar juntos. Tenho dinheiro e prestígio. Sou o melhor em meu trabalho. Que me dizes?

Era uma oportunidade. Era a melhor maneira de continuar na casa e de ficar a par de tudo que acontecesse. Fui rápido. Disse que sim.

Ele sorriu, encantado, dando por certa minha cumplicidade.

– Tu és um homem de sorte. Esta mesma noite, quando tudo acabar, eu te darei tua recompensa.

E mostrou-me a ponta da língua, agitando-a de um jeito sensual.

Tive que fazer um esforço para não arrebentar sua cabeça ali mesmo.

E em questão de minutos me pôs a par de tudo sobre sua pessoa. Disse chamar-se Atar. Em *parsna* (persa) significava "fogo". Sua mãe era *amadai* (de ascendência meda). Fora criado nas montanhas (atual Curdistão) até que um *fratakara*, uma espécie de mago, comprara-o como escravo e o transformara em um refinado *tricliniarcha*. Havia percorrido meio mundo e servido aos grandes senhores da Terra. Foi o que disse. Não acreditei em uma só palavra. Aquele indivíduo, porém, teria um papel de destaque em outra aventura minha. Mas isso, logicamente, eu não sabia naquele crítico momento.

– Sabes ler?

Eu disse que sim, sem compreender suas intenções.

– Pois bem, acompanha-me.

Ele me pegou pelo braço e me conduziu para o portal de entrada.

Eu estava confuso. O que pretendia?

Notei certa atividade no túnel de acesso à casa. As portas continuavam fechadas. Alguém colocara tochas acesas nos muros.

Ele me disse o que eu devia fazer. Era simples: ajudar os serviçais no controle dos convites para a festa de casamento. Tudo estava previsto. Três escravos se colocaram em frente às folhas de madeira. Atrás colocou-se este perplexo explorador. Ao meu lado, outro servo, que seria ajudante de quem isto escreve. E ao lado do ajudante, um enorme cesto de vime no chão. Os três primeiros negros seriam responsáveis pela leitura dos convites. Depois, cada rolo passaria a minhas mãos, e eu faria uma última revisão. Os pergaminhos ou papiros deveriam ser colocados no cesto. Só assim se permitiria o acesso à casa.

Fiquei novamente maravilhado. Não era frequente que os escravos soubessem ler. Mas aquela não era uma casa comum. Isso estava claro.

Alguém bateu à porta. As pessoas começavam a se impacientar. Fazia frio, e a neve continuava caindo sobre Caná.

E às dez da manhã, mais ou menos, o persa deu a ordem. Abriu-se uma das folhas do portal (a das orelhas) e senti uma leve brisa. A climatologia estava começando a se enrolar.

Os ali reunidos formavam uma longa fila. Não se via o fim. Mais dois serviçais, armados com machados, colocaram-se a cada lado da entrada, vigilantes. E o persa gritou aos escravos que estavam do lado de fora para que ficassem atentos. Vi três ou quatro escravos que andavam sem parar junto à longa fileira de gente, atentos aos convites e a qualquer contratempo. Também estavam armados.

Os mendigos e demais pilantras, ao vê-los, afastavam-se e se escondiam entre as árvores de ferro.

À primeira vista, tudo parecia sob controle.

E, sem perda de tempo, os convidados foram entregando os pergaminhos enrolados. Era uma manobra mais lenta do que eu havia imaginado. As pessoas avançavam e entregavam o convite a qualquer um dos três escravos que impediam a passagem. Eles o liam, de início com mais atenção, deixavam passar os convidados, e os rolos chegavam ao meu poder. Eu tornava a lê-los e depois os colocava no cesto.

Os convites, na maioria, eram pergaminhos pequenos, em geral confeccionados com pele de cordeiro e escritos no sistema que chamavam de *gewil*[10], o mais caro. Também nisso se notava a mão do persa e,

---

10 A pele *gewil* não era aberta ao meio. Como o pergaminho era caro, às vezes o abriam ao meio (sistema *dukystos*) e aproveitavam as duas faces. A interna, por sua textura, era mais valiosa. De fato, os escribas judeus obrigavam que os textos sagrados fossem escritos sempre sobre pele *gewil*. O procedimento contrário era conhecido como "couro intacto". (N. do M.)

naturalmente, os recursos de Nathan. Estavam escritos em aramaico, com algumas palavras e expressões em hebraico religioso, tudo isso em tinta vermelha, ou *sikra*, um pó extraído da cochonilha que servia também para maquiar homens e mulheres.

Era uma maravilha. Haviam sido redigidos com grande delicadeza. Pude ler a maioria. Em outros, como faziam os servos que estavam à minha frente, apenas passei os olhos. Não precisava ser muito esperto para saber que estava diante de um convite verdadeiro. Ninguém teria se dado ao trabalho – e tido o gasto – de falsificar algo tão caro e sensível.

Recordo alguns textos, inspirados principalmente no Cantar dos Cantares e nos Salmos. Também havia provérbios populares sobre o casamento:

"Oh, vem, amado meu, vamos ao campo! Passaremos a noite nas aldeias. De manhã, iremos às vinhas; veremos se a videira está em flor, se os brotos se abrem, e se florescem as romãzeiras. Lá te entregarei o dom de meus amores."

Outros diziam:

"Levanta-te, amada minha, linda minha, e vem!"

"Sempre te amei, desde o primeiro dia em que encontrei teu olhar."

"Vede já que se detém atrás de nossa cerca, olha pelas janelas e me vê."

"Meu amado. Eis que já vem."

"Eu me uno a ela porque foi escrito nas estrelas."

"Casar-se com uma estranha é beber de um cântaro. Casar-se com Noemi é beber da fonte."

Esse era o nome da noiva. O do noivo, como disse, era Johab.

Por último, no rodapé do pergaminho, apareciam os detalhes necessários: lugar, data da cerimônia e nome do convidado. Todos os convites foram remetidos a seus destinos por meio de mensageiros especialmente contratados com cerca de dois meses de antecedência.

Nathan apareceu na porta em várias ocasiões. Chamou minha atenção o fato de que não cumprimentasse seus convidados. Isso seria feito um tempo depois, no pátio central, na companhia do resto da família. Nessas inspeções, o dono da fazenda se limitou a vigiar seus homens. De vez em quando gritava e xingava, recordando aos serviçais que ficassem atentos.

De início não compreendi. Tudo estava indo perfeitamente. Depois, percebi.

De repente, no meio dos convidados aparecia alguém sem convite, com uma pesada pedra na cabeça. Dizia algo sobre não sei que conserto na parte de trás da casa e tentava entrar. O pessoal dos machados agia sem contemplações. Arrancavam-no da fila e o chutavam.

Mas aqueles que pretendiam entrar não se rendiam facilmente.

Logo chegavam outros "espertinhos". Alguns com mais imaginação. Um deles, vestido de mulher, carregava um cântaro com mel. O pessoal das túnicas verdes o despiu ali mesmo, e ele teve a mesma sorte que os outros. O pilantra desapareceu correndo no meio das árvores. Outros tentaram com madeiras no ombro, cestos vazios, cordeiros (provavelmente roubados do próprio Nathan), e houve até os que se fizeram passar por estrangeiros. Falavam em línguas estranhas (metade árabe, metade *koiné*) e tentavam convencer os negros de que haviam perdido o convite. O resultado era o mesmo: pontapés e rua.

Eu me senti reconfortado. Tive sorte. Se houvesse feito a fila, provavelmente teria fracassado. Ou não?

O persa também voltou ao túnel e me observou com interesse. Estava claramente satisfeito. Eu soube cumprir minha tarefa. Isso me beneficiava, sem dúvida. Naquele momento, eu não sabia até que ponto.

Na quinta hora (11 da manhã) acabou o controle.

Contei 192 pergaminhos.

Creio que não me enganei.

Eram mais convidados do que haviam me comunicado. Talvez eu tivesse entendido mal. Os convites tinham um caráter coletivo. Embora constasse o nome de uma só pessoa – geralmente o chefe da família –, eram extensivos a toda a casa. Observei isso em várias oportunidades. Com o portador do pergaminho chegaram também outras pessoas, todos membros da mesma família. Fiz algumas contas simples e deduzi que haviam atravessado o portal entre 500 e 600 convidados. Não me enganei. Pouco depois, no pátio, eu confirmaria isso.

Não comentei, mas por lá passaram também alguns velhos conhecidos de quem isto escreve. Eles, logicamente, não me reconheceram. Mas falarei disso mais adiante.

Entre os últimos convidados estavam Jesus de Nazaré e os seus. Os pergaminhos estavam com Maria, a mãe do Mestre (a Senhora), o "urso", e Miriam, respectivamente.

Fui um perfeito idiota.

Se houvesse usado a cabeça, poderia ter me unido a qualquer um dos grupos e teria passado como mais um membro da família.

Mas estava onde estava. Não tinha sentido me lamentar.

E olhei o lado bom: eu havia feito "amizade" com o responsável pela intendência e organização da festa de casamento. Isso não podia me prejudicar, ao contrário.

Jesus estava maravilhoso, como poucas vezes o havia visto. Sinceramente, fiquei de boca aberta.

Usava uma túnica, um *chaluk*, azul claro, até os tornozelos. O barrado era adornado com bolotas confeccionadas também com lã, de uma atraente púrpura. Os sapatos, fechados, possivelmente trabalhados em couro, me fizeram recordar as tradicionais sapatilhas orientais. Eram de um bordô fino, com as pontas reforçadas. O cinto era formado por duas cordas douradas. O manto, ou *talith*, era-me familiar. Era o que eu havia visto em tantas ocasiões. Agora combinava com o bordô dos sapatos. Os cabelos estavam escondidos em um branco e imaculado *cufieh*, um turbante de linho, minuciosamente enrolado. O bronzeado do rosto o deixava especialmente atraente. Havia aparado a barba.

Ao passar, sorriu para mim.

Alguns flocos de neve permaneciam intencionalmente presos no manto. Era como se soubessem.

Senti aquele perfume tão especial... o *kimah*, que poderia ser traduzido como "plêiades". Dessa vez, era uma essência parecida com *tintal* (terra molhada). Associei-o ao sentimento de amizade.

Maria, a Senhora, estava linda também, com o cabelo preto preso na nuca. Usava uma túnica verde, combinando com seus amendoados olhos verde mato. O manto, cor de canela, a favorecia.

Ao me ver, aproximou-se e, sorridente, proclamou em voz alta:

– Chegou a hora dele!

Deu-me dois beijos, primeiro na face direita e depois na esquerda, como ditava a tradição, e afastou-se feliz. Feliz? Os filhos tinham razão: aquela mulher estava flutuando.

Com a Senhora passaram Tiago, Judas e o Mestre.

Depois chegaram Miriam, belíssima, Jacó (o pedreiro), e o "urso" de Caná, com o resto do grupo. Todos impecáveis.

Miriam também me beijou. Suas sobrancelhas e seus cílios estavam pintados com *puch*, uma maquiagem muito popular entre as hebreias, que as *badu* chamavam de *kohl*. Suas unhas e as palmas das mãos estavam pintadas com hena.

Os discípulos sorriam para mim ou faziam um sinal com a cabeça.

Alguns pareciam surpresos ao me ver naquele trabalho, com aquela indumentária. Pedro estava com umas olheiras enormes, consequência de seu problema de sono.

Por fim, Atar, o persa, deu as ordens oportunas e o portal foi fechado.

Não tardaram a se ouvir reclamações e pancadas na madeira. Ninguém prestou atenção.

Nathan, com a família, aguardava os convidados no fim do túnel. Lá os ia recebendo e beijando. E as pessoas, pouco a pouco, foram tomando posições no pátio central e nos pórticos.

A neve cedeu momentaneamente, e a gaze violeta, como uma tenda improvisada, foi a admiração de todos.

As mulheres, segundo o costume, isolaram-se em uma das galerias; especificamente naquela situada em frente ao túnel de acesso (ao sul).

Não tive tempo de mais observações. O persa me puxou e me conduziu a outra porta. Aquilo era um manicômio. Eu estava nas cozinhas. Escravos e não escravos iam e vinham, defumados por conta dos guisados e suando sem parar. Gritavam uns com os outros e, curiosamente, entendiam-se. Havia dois ou três chefes. Eram os que mais gritavam.

E, de repente, voltando-se para quem isto escreve, o *maître* fez uma pergunta que eu já esperava fazia tempo:

– Não podes largar essa bendita vara? Estás me deixando nervoso!

Ele tinha razão, em parte. A "vara de Moisés" era só um estorvo, mas eu não podia explicar. E disse a primeira coisa que me ocorreu:

– É um talismã. Sem ele, estou perdido.

Olhou para mim, espantado. Deu de ombros, e acho que se resignou.

Então, deu-me as ordens. Eram simples também: tinha que vigiar os serviçais enquanto distribuíam o vinho e os aperitivos. Tinha que me mover por entre os convidados e ficar atento às bandejas ou a qualquer contratempo. Ele, o persa, ficaria por perto e atento. Não titubeei.

E, a um sinal do *tricliniarcha*, os aperitivos surgiram no grande pátio. E as bandejas começaram a circular entre os convidados. Havia de tudo. Lembro-me de uma espécie de panqueca (parecida com o *blini* russo), feita com farinha de trigo sarraceno, fermento, leite, claras batidas e manteiga. Haviam sido mergulhadas em um creme grosso, parecido com a *smetana*. Também vi canelones de cogumelo polvilhados com queijo ralado; fígado de frango assado com muita cebola e pimenta; pés de vaca triturados, chamados de *holodetz*, e pedaços de carpa temperados com suco de limão (as cabeças eram disputadas).

Acho que não me engano quando afirmo que naquele momento, no pátio a céu aberto, deviam estar reunidas mais de trezentas pessoas. E fui caminhando por entre os convidados, aparentemente absorto em meu novo trabalho.

Prosseguiam as pancadas na porta de entrada. Alguns escravos armados montavam guarda no túnel.

Mas meu verdadeiro propósito era outro. E fui me aproximando do grupo em que o Mestre estava.

Dei uma olhada nas mulheres. Chamou-me a atenção um pequeno, mas importante detalhe: a Senhora era o centro das atenções da maioria das hebreias. Falava e gesticulava, entusiasmada. E todas em volta dela pareciam perplexas. Discutiam entre si. Julguei saber do que estavam falando. Maria havia demorado pouco para tocar no assunto capital, o que realmente interessava à maior parte dos ali reunidos: Jesus de Nazaré, o Messias prometido em mais de 500 textos sagrados. Seu Filho.

Eu peguei uma das bandejas e, com dificuldade, fui abrindo caminho até chegar ao centro, perto do Galileu. Não fosse pelos aperitivos, não teria chegado a Ele.

Era incrível!

Todos falavam ao mesmo tempo. Todos perguntavam a mesma coisa, ou parecida. Todos queriam saber se aquele Homem era o anunciado pelos profetas. Todos o devoravam com o olhar. Percorriam-no de cima a baixo. Discutiam entre si. Alguns tentavam até tocar Suas vestes. Era uma loucura.

E Jesus, sem perder a alegria, cordial com todos, não sabia para onde dirigir o olhar. Eu notei que Ele havia compreendido a situação. Mas simplesmente estava preso. Não podia dar um passo.

Eu reparei nas tábuas do chão. Estávamos em cima da *mikveh*, a piscina central. E temi que afundasse. Havia muita gente; talvez cem pessoas.

Procurei os discípulos com o olhar, mas não os consegui encontrar.

E os convidados, jovens, velhos, ricos ou menos ricos, continuaram assediando o Mestre, sempre com a mesma pergunta:

"Tu és ou não és o Messias anunciado?"

Jesus, com uma paciência infinita, não parava de sorrir e de receber as mãos daqueles que o pretendiam tocar. Suas respostas, porém, foram esquivas. Em nenhum momento fez alusão a sua condição de Libertador ou de Homem-Deus. Teria chegado sua hora, como proclamava a Senhora?

Só pude admirar, mais uma vez, aquele espírito calmo, gentil e generoso. O Mestre deixou acontecer. Não podia evitar. Estava no furacão. Ele sabia. Aceitava isso.

A expectiva era total. Para ser sincero, naquele momento ninguém pensava na festa de casamento do filho de Nathan. E uns diziam aos outros: "Quando fará o prodígio que a mãe e os irmãos anunciam?".

Obviamente, ninguém entrava em acordo. Uns afirmavam – de boa fonte – que ele o faria antes da cerimônia. Outros se inclinavam pelo cair da tarde, depois de concluído o ritual, "e como lógico presente de casamento".

Ouvi de tudo naquele tumulto.

Nathan, que tentava se aproximar do convidado de honra (porque era nisso que Jesus de Nazaré havia se transformado), empurrava e xingava, mas não conseguia dar um passo. Não lhe permitiam.

Por fim, vi vários discípulos. João Zebedeu dava pulinhos nas proximidades, tentando descobrir se o Mestre estava naquele grupo e o porquê de tanto distúrbio. Quando o Zebedeu e o resto se certificaram de que, de fato, o Filho do Homem era o centro das atenções, suas expressões foram impagáveis. Não acreditavam no que viam. As pessoas se amontoavam perto do Galileu como se Ele fosse um herói, um líder ou um profeta.

Era a primeira vez que participavam de um ato público na companhia do Mestre. Estavam assombrados. Foram passando pelos também lógicos sentimentos de satisfação e de orgulho. Ele os havia admitido como discípulos!

Foi mais que um sonho para todos eles.

Fazia apenas três dias que o conheciam ou que haviam se juntado a Ele.

Atar, o persa, também brincava pelos arredores, em uma vã tentativa de esclarecer o que estava acontecendo. Fazia sinais para mim a fim de que eu voltasse até ele.

Impossível. Eu não queria nem podia.

Deixei-me levar pelo momento, conforme Ele me ensinou, e aproveitei.

As pessoas, gratamente surpresas com a cordialidade e distinção daquele Homem, baixaram o tom das perguntas e dedicaram mais atenção ao pretenso Messias.

Jesus percebeu e, um tanto angustiado, procurou uma saída. Não era fácil.

Então, voltando-se para quem isto escreve, apontou para a bandeja com os aperitivos e, esperto, perguntou:

– Tu ma emprestas?

Eu lhe entreguei o que restava do fígado de frango, e Ele, sorridente, pegou a bandeja de cobre, abrindo caminho por entre os ali reunidos.

Eu fiquei de boca aberta.

E, quando se distanciava, voltou-se para este explorador e, piscando, perguntou de novo:

– É pato queimado?

Observei os fígados assados que haviam sobrevivido (não muitos) e compreendi.

Durante a estadia no monte Hermon, como se recordará, Eliseu e eu acabamos queimando um dos patos com que pretendíamos comemorar o 31º aniversário de Jesus de Nazaré.

Assim era o Filho do Homem.

Não sei como fez, mas conseguiu. Logo estava livre do aperto. Também não durou muito. Outros convidados o acabaram cercando, e começou tudo de novo.

Jesus não fez uma careta, ao contrário. Deixou que perguntassem. Deixou que polemizassem entre si. Deixou que o tocassem e que o beijassem.

João Zebedeu se aproximou e me perguntou se tudo aquilo era real.

Sorri, satisfeito. E assenti. Era real, absolutamente real. E pensei: "mas tu não saberás ou não quererás contá-lo do jeito que está acontecendo".

O novo grupo de convidados, como da primeira vez, entusiasmou-se. Jesus era, de fato, a estrela da festa. Eu diria que muito mais que isso.

E se repetiram as perguntas e as exigências e as esquivas respostas do Filho do Homem.

Minutos depois, dava um jeito de novo de abandonar os que o fustigavam. E naquele momento tive a oportunidade de ver algo que começou a dissipar uma das minhas dúvidas a respeito do comportamento do Galileu na vida de pregação. Por que Jesus se cercava sempre, nos momentos críticos, de Pedro, João e Tiago Zebedeu? Foi algo que sempre me perguntei. Era uma questão de preferência? Essa ideia nunca me agradou. Jesus não mostrava predileção por ninguém. Todos os homens eram iguais para Ele. Então, o que aconteceu? Por que aqueles três discípulos estavam perto do Mestre nos momentos mais complicados? Eu recordava, por exemplo, o ocorrido no jardim do Getsêmani, pouco antes da prisão.

A resposta estava lá.

Quando Jesus conseguiu se desembaraçar do segundo grupo, três discípulos espontaneamente o cercaram e protegeram, tentando evitar que as pessoas caíssem em cima d'Ele.

Esses homens foram os irmãos Zebedeu e Simão Pedro.

E agiram muito bem, levantando um muro de ferro em volta de Jesus de Nazaré.

Os demais discípulos aplaudiram a medida, e, a partir desse dia, esses três galileus permaneceram junto ao Filho do Homem, mais perto que os outros. Não houve, portanto, nenhuma predileção do Mestre por esses três discípulos. Jesus não disse nada. Limitou-se a aceitar o que parecia uma medida prudente e de boa-fé. Foi assim que nasceu o que hoje poderíamos chamar de "cordão de segurança" em volta de Jesus de Nazaré. Sem intenção, Simão Pedro, João e Tiago Zebedeu se transformaram, nessa quarta-feira, 27 de fevereiro, em "guarda-costas" do Filho do Homem. Séculos depois, essa proximidade seria pessimamente interpretada pelos exegetas.

Estávamos chegando perto do meio-dia.

E fui invadido pela confusão. Jesus continuava acossado por outras pessoas e pelos mesmos motivos. O trio de galileus fazia tudo que podia para isolar o Mestre. O que eu devia fazer? Ir já até os cântaros e derramar os "nemos" na água? Esperar?

O vinho tinto e a cerveja haviam começado a ser consumidos pouco antes. Era prematuro. Tinha que me acalmar e ficar atento. Essa era a chave: ficar atento.

Não precisei de muito tempo para ratificar o que acabava de pensar. A água das seis talhas havia começado a ser usada nas abluções e na lavagem das mãos e dos pés dos convidados. Foi usada várias vezes e reposta pelos serviçais. Se eu houvesse vertido os "nemos", teriam sido desperdiçados.

Foi quando prestei mais atenção naqueles indivíduos. Eu os conhecia de longa data. Foram parte importante na decisão de matar o Mestre. Não ia com a cara deles, para que negar?

Iam e vinham do pátio central e das galerias até o local dos cântaros. Eram inconfundíveis.

Não permitiam que os escravos lavassem suas mãos ou seus pés. Mais ainda: tentavam, por todos os meios, impedir os negros de os tocar. Portavam suas próprias vasilhas, envolvidas em pano, e com elas extraíam a água, evitando o contato com a pedra das talhas. O ir e vir desses indivíduos era constante. Cada vez que tocavam um manjar ou uma taça de vinho, voltavam ao canto em questão e lavavam as mãos novamente. Era obsessivo. Eram os fariseus, também chamados "santos" ou "separados" ("fariseu" derivava do substantivo aramaico *perishayya*, e este, por sua vez, do verbo *parash*: "separar". Outros afirmam que o termo é persa [*perushi*], devido à similaridade da religião persa com algumas das crenças dos "santos e separados").

Quase sempre se vestiam de preto, com longas túnicas ou com uma espécie de levita justa até a cintura e saiote até os tornozelos, com a borda da frente reta até os joelhos. Tinham o costume de usar o cabelo comprido, com cachinhos nas têmporas, um de cada lado. Usavam luvas pretas e meias, pretas ou brancas, dependendo do grau[11] em que estavam. Um chapéu em bico, também preto, de veludo, arrematava o conjunto. A barba era considerada consubstancial ao caráter do fariseu. Muitos dos ali reunidos tinham o rosto branqueado com farinha. Era um sinal de dedicação ao estudo da Lei de Moisés. Com isso, pretendiam mostrar que seu tempo estava consagrado a Yaveh. Nem sequer viam o sol.

Vangloriavam-se de ser os mais piedosos, os mais estritos no cumprimento da Lei. Orgulhavam-se de ser os depositários da tradição oral, entregue – segundo eles – a Moisés no monte Sinai pelo próprio Yaveh. Deles nasceu também, em boa medida, outro grupo que acabou se distanciando dos "santos e separados": os chamados zelotes, aos que me referi em outras oportunidades. Os fariseus consideravam os zelotes a "ala caminhante do farisaísmo", mas, verdade seja dita, a expressão correta seria "braço armado" do farisaísmo. Os zelotes, como disse, eram terro-

---

11 Os fariseus, no tempo de Jesus, organizavam-se em comunidades ou fraternidades que chamavam de *haburot*. Para entrar nelas, deviam ser testados durante um período de cerca de um ano, às vezes menos. Ao ser aceito, ficava-se ligado por uma série de votos, cada um mais complexo e secreto. Em muitas ocasiões, como escreve Paulo de Tarso, a condição de fariseu era passada de pai para filho ("fariseu filho de fariseus"). Calcula-se que podiam chegar a mais de seis mil membros, distribuídos pelo território de Israel e na diáspora. Quando o sujeito era admitido na comunidade fariseia (alguns a chamavam de *chabura*), a família passava automaticamente a fazer parte das referidas irmandades. Foram justamente as mulheres dos "santos e separados" que mais se distinguiram na exigência do cumprimento da Lei. Foram elas que influíram – e de que forma – na perseguição e na posterior condenação do Filho do Homem. Foram elas, em suma, que pressionaram seus maridos para que agissem contra Jesus de Nazaré. Mas nada disso foi registrado pelos evangelistas. Pelo que pude descobrir, a casta dos fariseus se organizava em quatro graus. Quanto mais alto na escala, mais puro e mais honorável aos olhos dos homens e de Yaveh. Não podiam vender a ninguém que não fosse "santo e separado". Os negócios, como sempre, ficavam entre eles mesmos. Os do primeiro grau eram conhecidos como *chaber* ou *ben hacheneseth* ("filho de união"). Tratava-se dos fariseus ordinários (a maioria dos que Jesus encontrou ao longo da vida). Os três graus restantes eram designados pelo nome genérico de *teharoth* ("purificações"). O *chaber*, ou fariseu comum, tinha a obrigação de pagar o dízimo (por tudo que consumia) e de se manter puro, a qualquer custo. Neste último quesito, ao qual espero me referir mais adiante, era fundamental que o fariseu jamais se misturasse, sob nenhum pretexto, aos chamados *am-ha-arez* (o povo simples). Isso significava o pior dos pecados; ou seja, a impureza total. Os *am-ha-arez*, de quem já falei nestes diários, eram considerados incultos, ignorantes da Lei de Moisés e, em consequência, em permanente pecado aos olhos de Deus. O pior é que, além de se contaminar com os *am*, os fariseus de primeiro grau podiam contagiar a impureza a seus irmãos de segundo grau, e estes, por sua vez, aos de terceiro; e estes, naturalmente, aos de quarto grau. Como se pode ver, aquilo era uma loucura. As mulheres dos "santos e separados" não pertenciam a nenhum dos graus da irmandade fariseia. E, apesar desse racismo explícito, o povo judeu os tinha em considerável estima. (N. do M.)

ristas, assassinos e ladrões que pretendiam a independência de Israel. "Deus – diziam – é o único Senhor. Não Roma."

Enfim, os fariseus acabaram constituindo o que hoje, no século XX, chamaríamos de seita, mas alguns exegetas não concordam com essa qualificação.[12] Não eram sacerdotes, embora muitos sacerdotes se sentissem felizes de pertencer às fraternidades dos "santos e separados". Diziam defender o povo, mas não era verdade. Desprezavam-no e procuravam se manter afastados dos *am*, como já mencionei. E citavam a tradição oral (Dem 2,3) para defender esse distanciamento do povo: "Todo aquele que aspira a ser *ḥbr* (fariseu) não vende a um *am-ha-arez* frutos secos ou frescos, não lhe compra frutos frescos, não entra em sua casa como hóspede nem o aceita como hóspede se levar suas próprias roupas". As roupas de um *am*, enfim, eram impuras para os *ḥbr*, ou *ḥaber*, também chamados *chaber* (fariseus de primeiro grau). O povo simples (os *am*) era impuro por natureza, segundo a casta dos "santos e separados". Tratar com eles significava ir contra Yaveh. Foi motivo de escândalo para os fariseus o Mestre conviver com os "pecadores" (os *am*). As disposições contra os *am-ha-arez* contavam-se às centenas. Vejamos um exemplo, transmitido por Deus a Moisés, segundo a filosofia dos "ss" (santos e separados): "Quando a esposa de um *ḥaber* deixa que a esposa de um *am* moa no moinho de sua casa, se o moinho parar, a casa ficará

---

12 De forma muito simplificada, a história dos fariseus é a seguinte: tudo começou no século II antes de Cristo. Israel fazia parte da província romana de Síria, governada então pelos selêucidas, descendentes de Alexandre Magno. No ano 199 a.C., o rei Antíoco III consolidou seu poder militar e político na referida província. Os judeus eram obrigados a pagar tributos e foram progressivamente invadidos por um afã helenista. Isso dividiu os judeus em duas facções: os que repudiavam a helenização e os que tentavam contemporizar com ela. E foi durante o reinado do tristemente célebre rei Antíoco Epífanes que o precário equilíbrio entre os judeus desmoronou. Antíoco Epífanes proibiu muitas práticas judaicas (entre elas, a circuncisão e o cumprimento do *shabbat*) e chegou a invadir o Templo, contaminando-o. Os judeus acabaram se sublevando, e no ano 167 a.C. Matatias se levantou contra o tirano Antíoco IV Epífanes. Um ano depois (166 a.C.), Judas Macabeu, filho de Matatias, reconquistou o Templo e o purificou (daí procede a festa da Hanukah, já descrita). Anos depois, em 134 a.C., João Hircano fundou a dinastia asmoniana. Foi um momento decisivo para a comunidade judaica. Aquelas rebeliões, e as vitórias, fizeram crer aos judeus que o Messias prometido estava para chegar. Mas a situação não acabou bem, e voltaram a ditadura, o descontentamento e as tensões interiores. Foi quando apareceram os *Chasidim*, judeus piedosos que se rebelaram contra os macabeus e que acreditavam na solução divina. Só Yaveh podia trazer ordem ao povo escolhido. E nasceu, assim, a literatura apocalíptica. Mas nem todos os *Chasidim* concordavam com essa postura. Havia judeus, também piedosos, que consideravam que o homem devia colaborar com Deus na preparação do "reino". Tudo estava na Lei, diziam. Era questão de aplicá-la. E foi assim que nasceu o grupo dos fariseus, os "santos e separados". (N. do M.)

impura; se ela continuar moendo, só ficará impuro aquilo que ela puder tocar estendendo a mão" (Toh 7,4). Como já expliquei, quando alguém se contaminava por impureza (ou julgava se contaminar), sua obrigação era fazer uma oferenda, obtendo, assim, o perdão de Deus pela culpa ou a suposta culpa. Isso, claro, significava dinheiro. Um dinheiro para o Templo (na realidade, para os sacerdotes).

E com os fariseus chegou também a adoração à Torá oral. Até o aparecimento dos "santos e separados", o povo judeu se guiava pela Torá escrita; ou seja, o manifestado por Deus a Moisés. Essas manifestações integram o Pentateuco (os cinco livros sagrados: Gênese, Êxodo, Levítico, Números e Deuteronômio). Tudo foi registrado por escrito. Eram as Escrituras Sagradas, a Lei. Mas os fariseus foram além e estimaram que o dito por Yaveh a Moisés havia sido muito mais e muito mais complexo e importante que o registrado na Torá escrita. Foi assim que nasceu a Torá oral: milhares de normas que, segundo os fariseus, constituíam a correta interpretação e o desenvolvimento último da Torá escrita. O Pentateuco, enfim, segundo a filosofia farisaica, não era suficiente para servir a Yaveh. Essas normas complementares procediam dos tempos do exílio na Babilônia (586 a.C.) e foram "atualizadas" pelas gerações seguintes.[13] Nos tempos do Mestre contavam-se 613 preceitos (365 proibições e 248 mandamentos positivos), com uma constelação de subpreceitos; um monumento jurídico que, segundo os "ss", procedia diretamente de Deus. As ramificações da chamada Torá oral eram tantas que o povo se sentia incapacitado para cumpri-las. Nem mesmo os especialistas – os escribas – estavam em condições de reter na memória tamanha teia jurídica. Era o "pesado jugo" a que o Filho do Homem faria alusão em várias ocasiões.

A obsessão dos "santos e separados" com a Torá (a deles, a oral) era tanta que defendiam que o mundo havia sido criado com o instrumento dessa Torá oral. Pois bem, esse era o grande tesouro de Israel: a Lei. Deus

---

13 Para os fariseus, a Torá oral era mais importante que a escrita. Isso foi uma fonte de conflitos com outro grupo do judaísmo: os saduceus. A fidelidade à Torá oral levava as irmandades fariseias a todo tipo de extravagâncias. A Torá oral – diziam – dá resposta a qualquer ordem da vida diária. Não importava qual. Tudo estava na Lei (eles a chamavam de "tradição dos pais", ou *halakah*). A *halakah*, também conhecida como "a trilha pela qual transita Israel", abarcava todos os aspectos imagináveis da conduta humana e contemplava todo tipo de ritos, dízimos, pureza e impureza, orações, mandamentos, comportamento durante o sábado, relações conjugais, festas de todo tipo e disposições legais, tanto nas leis civis quanto nos assuntos criminais. Os fariseus consideravam a Torá oral o fundamento da nação judaica. Ninguém podia questioná-la. Jesus, ao defender o espírito da Lei, e não a letra, tornou-se inimigo da casta dos "ss". (N. do M.)

os fizera depositários da "grande joia". Por isso se consideravam superiores às demais nações. A Lei, diziam, era a clara manifestação da vontade divina. Eles, os judeus, eram os escolhidos. Só o cumprimento estrito da Lei levava à salvação. Tanto individual quanto coletivamente. E proclamavam que as guerras se deviam "à exposição da Torá por caminhos não correspondentes à *halakah*". E acrescentavam: "Tudo aquilo que expõe a Escritura de maneira não conforme à *halakah* não tem lugar no mundo futuro". Foi assim que nasceram os especialistas nessas milhares de disposições: os escribas, ou doutores da Lei, a quem espero me referir mais adiante.

E junto à devoção à Lei, ou como consequência dela, os fariseus também eram obcecados pelo pagamento do dízimo e pela manutenção da pureza ritual, ao preço que fosse. Deviam pagar dez por cento de qualquer coisa que possuíssem. Não importava quão insignificante fosse. A situação, como se pode compreender, levava a extremos ridículos. Se compravam, por exemplo, alguns gramas de cominho, a obrigação era separar o dízimo desses gramas e reservá-lo para o Templo. Houve "santos e separados" que chegaram a separar o dízimo do ar que respiravam. Mas como faziam isso?

O absurdo chegava a proporções de pesadelo no que se refere à pureza ritual. Foi a parte que me desconcertou por completo. Os fariseus não podiam tocar os *am*, como já expliquei, nem cadáveres, nem os animais mortos, e muito menos as mulheres menstruadas, ou que tenham acabado de dar à luz, ou os homens suspeitos de ter fluxo seminal. A relação de objetos impuros era interminável. Havia profissões contaminantes, como no caso dos curtidores ou dos coletores de excrementos de cão. As doenças também contaminavam; em especial os diversos tipos de lepra. A saliva era pura ou impura, dependendo do dono. E o que dizer dos alimentos? Os fariseus, por precaução, nunca compravam de quem não fosse "santo e separado". A obsessão pela pureza os levou a situações estranhas[14], muito perto do dese-

---

14 Selecionei alguns exemplos que ilustram o que afirmo e que realmente levaram os fariseus a uma paranoia individual e coletiva. A citada "tradição dos pais" (registrada no que chamam de *Mishná*), no capítulo intitulado *Toharot* (Purezas), reúne 253 disposições sobre a citada pureza ritual. Essas disposições, por sua vez, estão subdivididas em dezenas e dezenas de normas de segunda e terceira ordem. Como disse, um emaranhado impossível de memorizar. Vejamos: A pureza podia ser "original" (pai da impureza) ou "originada" (filho da impureza). Dentro da impureza originada distinguiam-se (distinguem-se ainda hoje) vários graus: primeiro grau, impureza derivada por contato com uma impureza original; segundo grau, impureza derivada por contato com uma impureza de primeiro grau; terceiro grau, impureza derivada por contato com uma impureza de segundo grau; quarto grau, impureza derivada por contato com uma impureza de terceiro grau. As coisas não sagradas só eram afetadas pelo primeiro e

quilíbrio mental. Recordo que me contaram o caso de um fariseu cuja mão fora amputada. Pois bem, ele não permitiu que sua família assistisse à amputação com medo de que a mão "morta" os pudesse contaminar. Outros chegavam ao extremo de não construir uma casa porque haviam sonhado com ela durante o sagrado período do *shabbat*. Alguns não confiavam as cartas aos mensageiros pagãos para evitar que fossem entregues no sábado. E os *am* falavam dos chamados fariseus *shoted*, que se negavam a prestar auxílio a uma pessoa que estivesse se afogando em um dia santo como o sábado. Entre esses *shoted* havia também os que se negavam a olhar para as mulheres, porque isso podia contaminá-los.

Eram, enfim, homens arrogantes e vaidosos, orgulhosos de si mesmos, que olhavam por cima do ombro àqueles que não eram da fraternidade. Sua religiosidade ficou reduzida a um pacto comercial com Yaveh. Deus lhes dava e eles devolviam. Nada era gratuito. Jamais faziam nada por altruísmo. Quando chegar o momento, espero dedicar umas linhas às

---

o segundo graus. O cadáver de um homem era o "pai dos pais da impureza". Tudo era passível de ser impuro: seres humanos, animais, alimentos (no caso de se umedecerem), utensílios e, evidentemente, cadáveres. A transmissão podia se dar por contato, pelo ar, pelos líquidos, pelos assentos, pelas carroças, pelas selas e, inclusive, pelas sombras. A sombra projetada por um cadáver, por exemplo, contaminava. Se um homem ejaculasse, a manta sobre a qual caía o sêmen era impura; caso se sentasse sobre dez mantas, as dez ficariam impuras. Se alguém entrasse em uma casa onde jazia um cadáver, essa pessoa ficava imediatamente contaminada.
Outros exemplos:
Se alguém fizesse uma roupa com uma rede de pescar (especialmente do saco) era passível de impureza.
A almofadinha dos carregadores era suscetível a impureza.
Um bloco de madeira pintado de vermelho, ou de açafrão, ou se fosse polido, era impuro.
Uma esteira confeccionada com bambus, se cruzados, era passível de impureza.
Uma caixa situada em uma casa onde se encontrasse um cadáver era impura caso dispusesse de um orifício (aberto) de um palmo. Todos os objetos que se encontrassem perto seriam contaminados. As focas eram impuras porque se refugiam em terra. Não era ortodoxo confeccionar objetos com pele de foca.
A bainha da espada, a aljava para as flechas ou o estojo para guardar maquiagem eram suscetíveis de contrair impureza ritual.
A harpa era impura para o canto. Quando se tratava da harpa dos levitas, não era suscetível a impureza.
As tábuas dos padeiros eram impuras. Se a tábua pertencesse a um particular, não seria suscetível a impureza. Se fossem pintadas de vermelho, seriam.
Quando uma chave tinha a forma da letra grega gama não era impura. O resto, sim.
As ferraduras eram impuras. As de cortiça, porém, não eram.
Um bastão com um prego na ponta era impuro. Quando se tratava de um enfeite, não era.
Quando faltava um dente a um pente e era substituído por um de metal, era impuro.
Quando a ponta de uma agulha se quebrava, ficava impura. Quando alguém deixava uma coisa perto de uma pessoa ignorante, a coisa era considerada impura. A lista era interminável. (N. do M.)

célebres "obras de caridade" dos "ss". Era um espetáculo. Na hora de entregar as esmolas, faziam-se acompanhar por outros fariseus que tocavam o sino ou a trombeta, chamando a atenção da vizinhança. Como dizia o Mestre, "esses já tiveram sua recompensa". Para os "santos e separados", a caridade fazia parte de sua filosofia e era feita não por piedade ou generosidade, mas porque acreditavam que essas obras eram retribuídas em curto, médio ou longo prazo por Yaveh. Sabiam da misericórdia de Deus, mas esse perdão divino – diziam – era só para os justos. Os pecadores não mereciam essa misericórdia. Tudo isso, como disse, transformara-os em seres vaidosos, que se consideravam acima do resto dos mortais. Eram máquinas cumpridoras de uma lei sufocante. E comecei a compreender o porquê do ódio pelo Filho do Homem.

Em geral, acreditavam na imortalidade da alma, mas só a do justo passava para outro corpo. A dos *am* e pagãos em geral ia parar no centro da Terra. Lá se consumiam no fogo eterno. Os cristãos, com o passar dos séculos, copiaram essa tradição fariseia. Acreditavam, evidentemente, na reencarnação, mesmo que só para contrariar seus eternos inimigos, os saduceus, a casta dos latifundiários e da aristocracia.

E defendiam também a existência de anjos e espíritos malignos. Tratava-se de uma clara influência do mundo persa, onde seus antepassados viveram durante o exílio na Babilônia. Eram partidários (quase fanáticos) do Destino. Achavam que o homem estava acorrentado a ele. "O homem deve fazer o bem – sentenciavam –, mas o Destino é quem controla as rédeas."

Participavam da política conforme a conveniência. Não se opunham abertamente ao invasor, como acontecia com os zelotes, mas o faziam quando os governantes não lhes permitiam praticar o que eles consideravam sua religião. E não hesitavam em se comportar como um partido político se a lei oral fosse ameaçada. Não sendo assim, os "santos e separados" faziam vista grossa ou olhavam para o outro lado. Proclamavam-se uma irmandade a serviço da Torá. O resto pouco importava. Havia, evidentemente, outras correntes no seio da grande comunidade farisaica. Alguns achavam que tudo devia ser filtrado pela religiosidade. E lutavam para chegar ao poder. Só assim o "reino" se estabeleceria definitivamente. Outros, porém, resignavam-se. Acreditavam que Israel estava submetida a Roma por culpa dos muitos pecados do povo judeu. Yaveh os estava castigando e era preciso ter paciência e saber esperar. O domínio do invasor duraria o que Deus quisesse. Essa foi uma das razões que incitaram alguns fariseus a acatar o reinado de Herodes, o Grande, o "odiado edomita".

E havia quem se sublevasse contra tudo isso e concordasse com os escribas: o Messias libertador estava para chegar. O sinal dos tempos dizia isso. Israel não podia suportar um rei estranho. Deus havia entregado a ele a grande joia, a Lei, e isso era incompatível com o domínio estrangeiro. Roma simplesmente era contrária à Torá.

Outros repudiavam o Messias. "A Lei já foi entregue, e tudo está na Lei" diziam. Não tinham que esperar salvadores, nem Messias, nem novos profetas.[15] E invocavam o Deuteronômio (30, 12): "Não está no céu [o mandamento] para dizeres..." A frase, supostamente pronunciada por Moisés, queria dizer que tudo fora entregue aos homens. Nada restava a revelar. Tudo, insistiam, estava na Lei oral e escrita. A história do Messias era um conto da carochinha.

Os escribas protestavam, e também um amplo setor dos "ss". O Messias prometido estava na Lei. E apontavam mais de 500 citações sobre esse detalhe; algumas meio forçadas, isso sim.

Por isso, ao ouvir sobre um suposto novo profeta no vale do Jordão (Yehohanan) e sobre o aparecimento do desejado Messias (Jesus de Nazaré), sentiram especial pressa em ir vê-los e estudá-los. Não tardariam a descartar o Batista, achando que não estava em seu juízo perfeito. Em relação ao Galileu, era cedo para julgar. Tinham acabado de conhecê-lo. Não sabiam qual era sua mensagem, nem o que pretendia. Eu, porém, ao saber deles e de sua forma de pensar e agir, e ao conhecer a filosofia do Mestre, comecei a perceber muitas coisas. Lá, nos fariseus, estava a chave daquilo que, em questão de quatro anos (abril do ano 30), seria o fim da vida terrena do Filho do Homem. O hipotético leitor destas memórias já deve ter adivinhado meus pensamentos.

Não podemos nos enganar. A presença dos fariseus na festa de casamento de Caná não foi casual. Estavam lá, assim como outros convidados, por amizade à família dos noivos, por curiosidade e para "informar". Alguns daqueles sujeitos (pouco a pouco eu ia confirmando isso) trabalha-

---

15 Essa atitude de muitos fariseus era conhecida naquele tempo como a postura "derássica", da raiz hebraica *drsh*, que significa "estudo". Esses "santos e separados" concentravam-se no estudo da Lei (a vontade de Deus e a vontade para sempre). Nada nem ninguém podia substituir o *midrás* (o estudo ou a busca). E repetiam várias vezes: "O homem foi criado para estudar a Lei." A *Mishná* afirma que são necessárias 24 virtudes para exercer o sacerdócio, 30 para ser rei, e 48 para estudar a Lei. Por isso os fariseus desprezavam os *am*, porque não se preocupavam com o estudo da Torá. Mais ainda: para mostrar que todo seu tempo estava dedicado a essa atitude "derássica", os fariseus caminhavam com pressa, ou correndo, quando estavam fora das sinagogas ou das casas de estudo. (N. do M.)

vam como confidentes, primeiro da irmandade fariseia, e depois, ou ao mesmo tempo, do Grande Sinédrio de Jerusalém. O povo os chamava de *tor* ("bois"), por sua periculosidade. E não estavam exagerando, conforme eu teria oportunidade de verificar. Muitos eram informantes também do tetrarca Antipas, um dos filhos de Herodes, o Grande, que governava as regiões da Galileia e da Pereia. Não tenho certeza, mas pode ser que trabalhassem inclusive para Roma. Os "santos e separados" eram fascinados por dinheiro.

Caná, em suma, marcou o início de uma longa cadeia de ódios e incompreensões por parte dos fariseus, e de outros, em relação aquele doce e especialíssimo Homem.

Mas receio que não estou sendo justo. Naturalmente, também havia "santos e separados" honrados, nobres e dispostos a praticar o espírito da Lei: "Não faças aos outros aquilo que não queres que te façam" (Hillel). O povo simples sabia quem eram. Trabalhavam sem roubar. Eram boas pessoas. Buscavam a verdade, "supondo-se que exista", e não desprezavam ninguém.[16] Alguns desses fariseus, como se verá mais adiante, chegaram a ser amigos do Mestre e até o ajudaram em momentos críticos. Mas não vamos antecipar os acontecimentos.

Havia fariseus bons, no sentido literal da palavra, mas eram poucos. A maioria se comportava como um rebanho. Eram gregários para o bem e para o mal. Eram hipócritas, adoradores da letra miúda da Lei (quanto menor, mais fanáticos), vaidosos até tocar o céu com a ponta dos dedos, racistas inveterados e desconfiados, inclusive com Deus. Pouco importava para eles a suposta vida futura ou a imortalidade da alma. O importante era o dinheiro, os lugares principais nas festas e celebrações e as reverências dos *am* quando passavam por eles. Consideravam-se santos (ou seja, perfeitos) e, em consequência, superiores. Além de tudo eram judeus, o povo escolhido. Em outras palavras: insuportáveis.

16 A própria "tradição dos pais" relatava uma interessante lista com os tipos de fariseus que abundavam naquele tempo. Recordo os seguintes: os "largos de costas", porque escrevem suas boas ações nas costas, para que todo mundo as possa ver; os "minha cabeça sangra", porque andavam com os olhos baixos para não ver as mulheres e acabavam tropeçando nas paredes; os "atrasados", que arranjavam qualquer desculpa para não pagar; o "teimoso", já descrito; os "calculistas", assim chamados porque tinham tantos méritos que se permitiam vários pecados por dia; os "escrupulosos", que viam pecados em tudo e em todos; os "poupadores", que só tentavam aumentar seus méritos diante dos outros; e, finalmente, os do "amor", os verdadeiros, os que ajustavam sua vida ao serviço aos demais. (N. do M.)

Dentre os convidados, reconheci também os saduceus, a classe aristocrática (inimigos naturais dos fariseus); os escribas (aliados dos "santos e separados"); os sacerdotes (um mais corrupto que o outro); e outros "velhos conhecidos". Mas destes falarei – espero – em outro momento.

E à sexta hora (meio-dia), Nathan encontrou o persa perto do túnel de acesso ao grande pátio central do casarão.

Fiquei por perto.

As batidas na porta de entrada continuavam. Imaginei que se tratava dos mendigos. Nathan e "Fogo", o persa, dirigiam olhares para o portal e discutiam. O *maître* resumiu a situação: era absurdo continuar mantendo a casa fechada. Cedo ou tarde entrariam. Nathan xingava e jurava por seus mortos que isso não aconteceria. O efeminado se aborreceu e exigiu que o dono tomasse uma decisão. Havia parado de nevar fazia tempo e era conveniente aproveitar a bonança. Era hora de dar início à cerimônia de casamento. Nathan consultou o estado do céu através do "tule" violeta e viu que as nuvens continuavam lá, gordas, ameaçadoras.

O Mestre e os convidados continuavam conversando animadamente nas galerias, ou andavam pelo pátio.

Os serviçais, sob minha suposta vigilância, não haviam parado de servir aperitivos, vinho e cerveja.

Já os fariseus, conforme consumiam os manjares, ou o vinho, corriam apressados para o canto das talhas e faziam as abluções obrigatórias, várias vezes, várias vezes. E a água era reposta, até a boca.

Tudo parecia correr com certa normalidade. Mas não. Uma vez mais eu estava enganado.

O persa teve que se submeter à decisão do dono. Fez-me um sinal para que o seguisse e nos perdemos por uma das 40 portas que olhavam para as galerias. Explicou-me no caminho: o teimoso Nathan não dava o braço a torcer. As carruagens sairiam da *Sapiah* pelo lado oeste da casa. Absurdo, disse. E tinha razão. As pessoas que aguardavam do lado de fora, que batiam na porta de entrada, juntar-se-iam à comitiva assim que vissem as carruagens. E deu de ombros. "Aquilo seria catastrófico – disse. – Por que não sair pela porta principal, como manda a tradição?"

Os serviçais trabalharam com eficiência. E logo, em frente ao muro oeste da casa, foi se alinhando o sistema de transporte escolhido para a primeira parte do ritual: contei 12 carruagens, do tipo *reda*, de quatro rodas, com uma capacidade notável. O ruim é que eram descobertas. Juntaram-se às *redas* outras carruagens menores, parecidas aos *plaustrum* romanos, providas de bancos e de um guarda-corpo protetor. Eram puxados por mulas. Tratava-se de animais altos, poderosos, de grande cabeça e orelhas longas e pontudas. Tinham os olhos sempre assustados. A maioria era preta. Três, dentre os seis que puxavam a primeira carruagem, eram baios, com o branco um pouco desbotado. Todos ganharam sininhos.

Os escravos checaram as carruagens e os animais e substituíram as flores caídas. As *redas* e os *plaustrum* haviam sido enfeitados com lírios azuis, como os que havia nas paredes do pátio. Tudo trazido também do vale do Jordão.

O persa fez uma nova e criteriosa checagem dos veículos e, uma vez satisfeito, deu as ordens oportunas. Minutos depois, por um dos portais laterais, vimos surgirem os convidados. Alguns caminhavam com dificuldade, devido à "alegria" proporcionada pelo vinho. E os servos, bem treinados, foram distribuindo o pessoal nas carruagens. Os fariseus não aceitaram dividir assento. A Lei oral proibia.[17] E esperaram pacientemente, em pé, apinhados junto à comitiva.

Atar agiu com decisão. Não havia dúvida de que conhecia o ofício de *tricliniarcha*. Colocou a família do noivo na primeira *reda*, a carruagem mais importante. Faltava o noivo. E Nathan, praguejando, mandou que os escravos fossem buscá-lo. Ticra, a esposa, pediu mesura. Era a festa de casamento de seu filho. Mas Nathan continuou praguejando e ajeitando a quipá, ou solidéu. Era uma quipá especial, das grandes celebrações, branca, feita de crochê por "Céu aberto" quando era noiva do dono da casa. Era o costume. A noiva a dava de presente ao noivo durante a cerimônia. Quanto mais preta fosse a quipá, mais religioso era o judeu que a recebia. No caso de Nathan estava claro. Ticra era muito mais inteligente que o marido.[18]

Por fim, apareceu Johab, o noivo. Estava pálido e nervoso. Desculpou-se e pulou na carruagem. Usava uma longa túnica de seda de um azul profundo e cobria-se com uma capa, ou *aba*, grená, combinando com as botas

---

17 Segundo o tratado *Kelim*, da Lei oral, havia três tipos de carruagem para os fariseus: a que tem forma de uma poltrona e, portanto, é suscetível à impureza de assento; a que tem forma de leito e é suscetível à impureza de morto, e a de pedra, que está livre de toda impureza. Obviamente, era difícil encontrar carruagens feitas de pedra. (N. do M.)

18 A quipá era um símbolo para os judeus. Recordava que o ser humano é finito e que existe Alguém superior acima dele. A quipá significava também que o portador acatava os mandamentos de Yaveh. (N. do M.)

(presente do persa). Na fronte, um diadema de ouro em que se lia, em hebraico: "Sou dela". Seus olhos e suas pálpebras estavam maquiados de azul.

O Mestre, livre do acosso dos convidados, inspirou profundamente. Notei que observava o céu. Fazia frio. Era possível que voltasse a nevar. Alguns homens aproveitaram para urinar. Os discípulos, silenciosos, ficaram perto do Galileu. Ninguém sabia onde se acomodar.

E o persa se dirigiu a Jesus. Era a primeira vez que fazia isso. Nathan o estava chamando.

Jesus foi convidado a entrar na carruagem de honra e a presidir a cerimônia da "busca da noiva". Era uma deferência. E o Filho do Homem aceitou, agradecendo à família. Ocupou seu lugar entre Nathan e o noivo. Os discípulos, desconcertados, seguiram perto da *reda*. O persa tentou fazê-los procurar lugar em outras carruagens, mas foi inútil. Ninguém se mexeu. Seguiriam a pé. O mestre de cerimônias esqueceu o assunto, consultou de novo Nathan e, depois de receber a devida autorização, dirigiu-se aos músicos situados à frente da carruagem de honra. E os incitou a começar seu trabalho. Foi assim, ao som das flautas, dos tamborins, das harpas e dos pandeiros, que começou, oficialmente, a festa de casamento de Johab e de Noemi, a célebre boda de Caná.

Os serviçais que seguiam ao lado das carruagens acenderam mais de uma centena de tochas – conforme estabelecia a tradição – e foram distribuindo-as pelos convidados. Alguns, embriagados, tentaram pegá-las, mas os demais os impediram, muito sensatamente.

E a comitiva seguiu caminho.

Quem isto escreve colocou-se bem perto da *reda* do noivo, no meio dos discípulos, sempre atento ao Filho do Homem. O persa, nessa oportunidade, não me deu nenhuma ordem. "Fique à vista." Isso foi tudo. E eu obedeci, evidentemente.

Os discípulos, mais animados, começaram a conversar entre si. E surgiu o tema principal: o prodígio, ou suposto prodígio, que o Galileu devia fazer. Também não entravam em um acordo. Não havia acontecido nada de particular até esse momento. E alguns diziam: "Vai fazê-lo agora, antes de chegar à casa da noiva".

E afirmavam, convictos: "Talvez abra os céus e faça cair maná, ou sangue".

João Zebedeu, que estava se entusiasmando, foi além e advertiu seus companheiros: "Fará cair ouro!"

Seu irmão Tiago debochou dele. E o "urso" também. Essa era a mentalidade daqueles homens.

Imaginei que teríamos um longo trecho pela frente. Não sabia onde a noiva morava.

Essa parte da cerimônia consistia em acompanhar o noivo até o lugar onde estava Noemi. O noivo a tomava e voltavam juntos para casa; ou seja, a *Sapiah*. Meses atrás (o costume era um ano antes), as famílias haviam feito o acordo e assinado um documento com as condições do casamento. Era o *kiddushim*. Assim se inaugurava o período de esponsais, anterior ao casamento. Durante esse ano, a noiva era a "prometida". As relações sexuais, nesse tempo de esponsais, não eram bem-vistas, mas consentidas. Se nascesse um filho durante esse período, era considerado legítimo.[19] Em geral, os noivos não apitavam nada na *ketubbah*, o contrato matrimonial propriamente dito. O "negócio" era arranjado pelos pais ou pelos representantes dos noivos. E havia casos em que mulheres e homens viam seu parceiro pela primeira vez no momento do casamento. O *mohar* (o dote) era um dos capítulos mais delicados. Devia ser oferecido pelo noivo, ou pela família do noivo, ao pai da noiva. O fato de a noiva se casar representava uma perda financeira para a família, dado que, em tese, a noiva deixava de levar dinheiro para casa. Em geral, se fosse virgem, o *mohar* se estabelecia em um mínimo de 200 denários de prata. A virgindade nunca contava no caso do homem. Assim diz o Gênesis (34, 12), em I Sam. (18, 25) e em Êxodo (22, 16). Além do dote, o noivo arcava com outro gasto: o *matan*, uma espécie de bens de viuvez, que deviam ser conservados para tal ocasião, que geralmente eram investidos e negociados pelo marido.

O costume ditava que o casamento se celebrasse em uma quarta-feira no caso de uma donzela. Se o marido descobrisse que a mulher não era virgem, tinha um dia para reclamar perante o tribunal (geralmente, reuniam-se às segundas e quintas-feiras). Se o casamento fosse com uma viúva, seria celebrado em uma quinta-feira. Desta forma – rezava a Lei–, em caso de desacordo, o marido teria três dias "para usufruir dela".

---

19 Na *ketubbah* (contrato matrimonial), o pagamento, ou dote, por uma viúva era de uma *mina* (cerca de 240 denários de prata). O contrato era redigido em aramaico e nele se determinavam também as obrigações financeiras do marido para com a esposa ou as esposas (a poligamia era permitida) e a prole. Também se especificava a quantia que a mulher devia receber em caso de divórcio ou de viuvez. Uma disposição do sábio Shimon ben Shetach (ano 80 a.C.) estabelecia que os bens do marido ficassem em garantia para o fiel cumprimento da *ketubbah*. Evidentemente, ninguém o cumpria. A partir do momento da assinatura da *ketubbah*, os bens da mulher passavam a ser do marido, que era automaticamente designado herdeiro universal. Sem a assinatura da *ketubbah*, a Lei não reconhecia os esponsais nem o casamento. (N. do M.)

Era uma sociedade certamente machista.[20]

Estávamos, portanto, no final do período chamado *kiddushim* (esponsais) e prestes a entrar no que denominavam *nissu'im* (transferência da mulher para a casa do noivo).

Mas, antes, aconteceriam outras coisas.

Dobramos a esquina oeste da casa e os vimos. Lá estavam, conforme anunciara o persa. Assim que viram as carruagens, pilantras, mendigos, curiosos e talvez os convidados que haviam chegado atrasados à fazenda agitaram-se, nervosos. E correram para a comitiva nupcial. Nathan não sabia o que fazer. O persa pediu calma, e parte dos servos cercou a primeira *reda*. Os machados foram um aviso. E tudo prosseguiu em paz.

Os que esperavam em frente à porta principal eram mais de 300. Souberam se comportar. Juntaram-se à caravana com aplausos, vivas e todo tipo de exclamações em favor do noivo. E, pouco a pouco, foram ficando para trás, misturando-se com os convidados que seguiam o cortejo a pé. Eu não sabia o que pensar. Naquele momento, éramos mais de 800. Os convites haviam sido retirados pela gente de Nathan. Como pretendiam controlar os que acabavam de se juntar à comitiva? E comecei a intuir por que o vinho da festa acabaria se esgotando.

E finalmente entramos na cidade.

Atar correu para a dianteira. Incitou os músicos e acabou se juntando a quem isto escreve.

As ruas (?) estavam tão enlameadas – ou mais – quanto nas primeiras horas do dia, quando eu as atravessara em direção à fazenda. E as carruagens começaram a entortar e a atolar no lodo. Os escravos batiam nas mulas e gritavam ou as puxavam. O persa tentava estar em todos os lugares ao mesmo tempo. Nathan praguejava a cada tranco da *reda*. Jesus estava tranquilo, segurando-se como podia no encosto do banco. Os discípulos pararam várias vezes, para evitar as poças ou ajudar o pessoal das túnicas verdes no arreio das cavalarias.

Olhei para o céu. As nuvens, densas e próximas, estavam querendo dizer alguma coisa, mas eu não soube compreender o quê.

---

20 A Lei oral judaica, no capítulo chamado *kiddushim* (esponsais), estabelecia que era possível conseguir a mulher de três maneiras: por dinheiro, por documento e pela união sexual. Ela, por sua vez, conseguia a independência com o libelo de divórcio ou com a morte do marido. O homem sempre tomava a iniciativa, casando-se por paixão, riqueza, honra ou pela glória de Deus. Assim estabelecia a Lei. No primeiro caso, segundo o Deuteronômio (21, 11), os filhos eram "teimosos e rebeldes". No segundo, saíam "interessados" (I Sam 2,36). (N. do M.)

E, de repente, pela porta e pelas janelas das casas, começou a surgir gente. Davam vivas ao noivo. Alguns, nos terraços, jogavam pétalas de rosas de diversas cores.

O noivo se levantava, segurava o diadema com dificuldade e saudava, correspondendo às atenções da vizinhança.

Nathan não sorria. Limitava-se a espiar as pessoas dos terraços e, de vez em quando, trocava um olhar de cumplicidade com o *maître*. Havia algo estranho ali...

Logo depois, quando encontrei o persa, ele não pôde se conter e explicou que tudo estava combinado. Ele mesmo distribuíra as moedas para os moradores e saldara algumas dívidas. As pessoas tinham que sair às janelas e aos terraços e colaborar. E acho que cumpriram. Até que se deu o incidente.

Não posso ter certeza, mas, uma hora depois da saída da *Sapiah* (uma da tarde), os músicos pararam. Mas continuaram tocando, com mais entusiasmo ainda. Estávamos do outro lado da aldeia, perto do casarão de Meir, o *rofé*.

Estávamos em frente à casa de Noemi.

O persa, por meio de sinais, pediu ao noivo que esperasse. E todos permaneceram nas carruagens, à expectativa.

Em frente à casa em questão, estavam vários vizinhos e amigas da noiva. Todos se vestiam de branco e portavam lamparinas acesas. Alguns homens seguravam tochas, também acesas. E os convidados, lentamente, foram descendo das *redas* e se posicionando na rua. Logo ficou lotada.

E, no meio da alegria das flautas e dos suaves lamentos das harpas, julguei ouvir um choro.

Era o sinal esperado por todos.

Efetivamente, de dentro da casa, procediam lamentos e gemidos. Prestei atenção e deduzi que se tratava de choro e de gritos femininos.

Era o costume.

A filha estava abandonando a casa paterna, e isso significava desconsolo. Tinham que chorar, e quanto mais alto e de forma mais escandalosa, melhor. Em muitas ocasiões, dependendo do poder aquisitivo da família, contratavam-se carpideiras, ou "choronas profissionais", que davam mais seriedade à cerimônia.

O persa deixou que o pranto se prolongasse por cerca de dez minutos.

Era o ideal.

Então, postando-se à porta da casa, de costas para as carruagens, ergueu os braços e imediatamente tornou a baixá-los. Os músicos emudeceram. E também o pranto e os gritos de desespero. Nathan, o noivo, a família do noivo e o Mestre haviam se levantado. Tudo estava pronto para receber Noemi, a noiva.

O *tricliniarcha* dirigiu-se à *reda* e ajudou o noivo a descer. Ao descer, o bendito diadema caiu e foi parar no barro. Um murmúrio de desaprovação correu entre os presentes. Aquele sinal era um mau augúrio.

E acredito que foi mesmo.

O persa rapidamente resgatou e limpou o diadema e o devolveu ao rapaz, dizendo-lhe por meio de sinais que não se preocupasse. Atar conhecia a linguagem dos sinais que o surdo-mudo utilizava. Ele realmente era um homem vivido.

E todos começaram a descer da *reda* de honra, cercando o noivo.

O Mestre parecia encantado. Estava aproveitando aquilo tudo.

E nisso, registrou-se o primeiro "relâmpago". Não sei como defini-lo, mas vou usar essa palavra, mais próxima da realidade. A "descarga", ou o que quer que fosse, propagou-se por entre as nuvens, mas não ouvimos o trovão correspondente. As mulas ficaram inquietas. Os servos tiveram que segurá-las e acalmá-las.

Olhamos para céu, mas não entendemos nada. As nuvens, como disse, flutuavam próximas ao chão e tinham um aspecto pouco conciliador. Eram negras e cinza. Ninguém as havia convidado, mas lá estavam.

Era estranho. Um relâmpago sem trovão...

E fez-se um silêncio tão eloquente e ameaçador quanto a tempestade que supostamente ia cair.

Mas o mestre de cerimônias não estava disposto a permitir que os céus arruinassem sua festa. Fez um gesto e os músicos acabaram com o silêncio pesado. As pessoas respiraram aliviadas.

Não houve tempo para pensar em mais nada. Lá estava Noemi, resplandecente.

Apareceu no meio dos convidados, e os murmúrios de admiração se propagaram como uma onda.

Era muito bonita.

Usava uma túnica longa, cor de marfim, com bordados de ouro nas mangas. Entre os fios de ouro aninhavam-se cachos de pérolas negras. O persa, na volta para casa, me forneceria interessantes detalhes. Por exemplo: as pérolas haviam sido importadas diretamente do que hoje conhecemos como mar Amarelo, na costa da China. A roupa íntima era de seda. Ela usava duas pulseiras de prata em cada braço, de acordo com a tradição. Cada pulseira representava um filho. Noemi, segundo Atar, queria ter no máximo quatro. Seus dedos estavam cheios de anéis. Não soube dizer quantos. A cada movimento brilhavam e nos cegavam.

A noiva usava também um longo véu vermelho, de gaza, que caía nos ombros, escondendo seu rosto.

As amigas, em número de dez, cercaram-na imediatamente. E vigiaram suas respectivas lamparinas. Dava azar que se apagassem.

E o *tricliniarcha*, atento, ordenou silêncio de novo. Os músicos obedeceram.

O noivo, então, seguindo o costume, foi até Noemi e retirou o véu.

As pessoas voltaram a cochichar, gratamente surpresas. A noiva, de fato, era e estava belíssima. Tinha cabelos pretos, longos, e estavam soltos, como cabia a uma virgem, com as pontas cacheadas. Seus olhos eram intensamente azuis. Em sua fronte, duas fileiras de moedas (denários de prata), resplandecentes, presente do noivo. Era o *wazary* e fazia parte do *matan*, de exclusiva responsabilidade do futuro marido. Usá-lo na festa de casamento dava prestígio e boa sorte.

Seu rosto, quase de uma menina (Noemi não devia ter mais de 14 anos), havia sido maquiado pelas amigas que a acompanhavam com as lamparinas de óleo. Esse era o costume. Cada uma cuidava de uma parte do rosto. As pálpebras se destacavam com um leve turquesa insinuado. Os olhos foram contornados com *puk*, e a face, como os lábios, suavemente reforçados com ocre vermelho. Um grande colar com contas de *al-anbar* completava os adornos. Dentro de cada peça de resina havia um inseto. Era a moda que fazia furor naquele tempo. A túnica fora ajustada com o obrigatório cinto de lã de ovelha de duas cores, também prescritos pela tradição: vermelho e preto. Tratava-se de um costume procedente de Roma. O cinto era preso por um duplo nó (os romanos o chamavam de *nodus herculeus*), que o marido só podia desfazer na noite de núpcias.[21]

Foi um momento emocionante e decisivo. A cerimônia estava chegando ao fim.

Noemi sorriu, e o noivo também.

E os convidados explodiram em uma salva de palmas, dando viva aos noivos.

A garota baixou a cabeça, envergonhada e feliz.

---

21 O *nodus herculeus* havia sido criado em memória de Hércules, o grande herói. Dizia-se que ele teve 60 filhos. Era outro símbolo de fertilidade. (N. do M.)

Apesar dos esforços para se conter, os olhos de Nathan se umedeceram. Ticra, a mãe do noivo, caiu no choro. O persa também se acabou em um mar de lágrimas.

Os músicos atacaram de novo e a alegria foi geral.

Alguém começou a jogar grãos de trigo torrados no casal.

E os vivas, as felicitações e os aplausos foram gerais, enchendo toda a rua. Mas, de repente, as nuvens tornaram a se iluminar. Foi uma "descarga" (?) que se prolongou por cinco segundos e que tingiu as nuvens de um azul intenso. Também não se ouviu detonação.

As pessoas, assustadas, emudeceram.

Eu não entendia. Relâmpagos azuis sem trovões?

A música decaiu, mas continuaram os tímidos golpes de tímpanos. Os tambores tornaram o momento ainda mais lúgubre. As pessoas não sabiam o que fazer. Alguns, no tumulto, gritaram que era melhor se apressarem. Não lhes faltava razão.

Mas o persa se impôs e pediu silêncio aos tímpanos. A cerimônia não havia terminado.

O noivo, então, dirigiu-se a Noemi, e com sinais disse-lhe o seguinte:

– Vós sois, hoje, testemunhas – Atar foi "traduzindo" – de que tomo esta mulher como esposa.

Johab invocava o texto do livro de Ruth, obrigatório nas cerimônias judaicas de esponsais.

E os convidados replicaram com vigor:

– Somos testemunhas! Faça Yaveh que a mulher que entra em tua casa seja como Raquel e como Lia, as duas que edificaram a casa de Israel.

E voltaram os vivas.

O Mestre, na primeira fila, aplaudiu com entusiasmo. Como disse, estava feliz e despreocupado. O importante naquele momento era o casal.

E de acordo com a tradição, o sogro do noivo se adiantou e pronunciou a frase que todo mundo esperava:

– Hoje és meu genro.

A alegria transbordou. As mulheres gritavam e davam palmadas na garganta com as mãos. Continuava caindo o grão torrado, como pedia a "tradição dos pais", e a música corria solta. Os vizinhos dos terraços jogaram novas pétalas e deram vivas aos noivos. Nathan não se conteve e chorou abertamente. O persa o consolou como pôde. A família estava simplesmente feliz. Tentei localizar a Senhora e os seus. O tumulto tornava a tarefa praticamente impossível. Também não vi os discípulos.

O noivo, então, como conclusão do ritual, pegou a mão direita de Noemi com sua mão direita e a convidou a entrar na *reda* presidencial. Aquele era outro costume copiado das bodas romanas (que chamavam de *dextrarum iunctio*). E a mocinha, feliz, seguiu o noivo.

O mestre de cerimônias correu para abrir caminho aos noivos, e ambos se acomodaram na carruagem. O Galileu e o resto da família os imitaram. E as pessoas, entusiasmadas, continuaram aplaudindo e desejando felicidades. O previsto era que os noivos voltassem para a *Sapiah*, a casa paterna, pelo caminho usado por Johab. Estava difícil. A rua estava lotada de gente. As *redas* seguintes estavam a certa distância e também atoladas no meio do povo.

Não houve tempo para discutir o que fazer.

As nuvens pareciam esperar aquele momento, e desceram um pouco mais sobre a aldeia. O negro se tornou ameaçador e, de repente, voltaram os "relâmpagos". Também azuis e também sem descargas.

E a neve começou a cair fortemente. Fortemente? Aquilo foi um dilúvio branco e denso. Em questão de uns dois minutos perdi a visibilidade. Era uma cortina que dava para cortar com a "vara".

Devia ser umas duas da tarde, não tenho certeza.

As mulas, novamente inquietas, agitaram-se e empinaram. Os criados tentaram acalmá-los. O persa, atônito, precisou de alguns segundos para reagir. E atuou corretamente. Ordenou aos servos que puxassem os animais e seguissem em frente. Não havia alternativa.

Os servos obedeceram, mas os animais, assustados, resistiram.

As tochas foram se apagando, e os convidados correram em todas as direções, atropelando-se. Foi o caos. Gritos, lamentos, confusão, xingamentos e mais neve; toda a neve do mundo.

No meio do desastre, outro "relâmpago" sem trovão, e outro, e mais outro...

Eu não conseguia entender. Aquela não era uma tempestade normal.

Ninguém sabia para onde tinha que ir. Os músicos foram engolidos pelo tropel e, suponho, pela neve.

Nathan, em pé na carruagem, gritava, procurando pelo persa, e praguejava contra os céus, com certa razão. Mas o efeminado estava ocupado. Puxava as malditas mulas com todas as suas forças, colaborando com o pessoal das túnicas verdes. Era preciso salvar os noivos daquela catástrofe.

Noemi começou a chorar, e imaginei que as lágrimas não se deviam somente à confusão e à inoportuna nevasca, mas também ao que estava provocando em sua maquiagem. Os azuis e os vermelhos escorriam por seu rosto e pela túnica.

O Galileu, então, tirou o manto e procurou cobrir a jovem. O noivo também tirou sua capa e cobriu com ela a noiva desconsolada.

As mulas finalmente obedeceram e saíram a trote.

E vi a *reda* se afastar.

Não pensei duas vezes e corri atrás da carruagem, tropeçando aqui e ali com uns e com outros. Quase perdi a vara. A nevasca era tal que eu precisava parar a cada tanto para tentar distinguir não mais a estrada, mas o que havia a dois ou três metros à minha frente.

E o mesmo acabou acontecendo com o criado que conduzia a *reda* em que viajavam a família e o Galileu. Desconcertado, sem saber para onde puxar, o negro conseguiu parar as mulas. Foi minha oportunidade. Consegui chegar até a carruagem e segurar em um dos estribos. A noiva continuava chorando, e Ticra, a mãe do noivo, também.

Estávamos fora da aldeia, no meio do campo, mas não se via trilha alguma. Tudo à nossa volta era branco.

Foi Nathan quem desceu da *reda* e se postou à frente dos animais, conduzindo-nos para a fazenda. Praguejava sem parar. O persa chorava como a noiva, ou mais.

Jesus, em silêncio, cuidava da capa com que tentava proteger a entristecida Noemi. Foi uma cena difícil de esquecer. Nenhum evangelista faz menção ao desastre.

E, pouco a pouco, contornando Caná pelo lado leste, fomos chagando à *Sapiah*.

A borrasca de neve não cedeu um instante, e os misteriosos "relâmpagos", sem trovões, surgiam sem parar.

Naquele penoso caminhar rumo à fazenda, observei os flocos que me cobriam e pareceu-me distinguir algo que não era habitual: os flocos não tinham a tradicional forma de estrela, ou cristais hexagonais. Eram octogonais! Quando voltei ao Ravid e consultei o computador central, não obtive nenhuma informação a respeito. Simplesmente não existem flocos de neve octogonais.

Então...

Eu me neguei a pensar no assunto, bem como nos não menos enigmáticos relâmpagos silenciosos e azuis. A cor era possível. A falta de estrondo não se encaixava em absoluto. Um raio normal sempre vem seguido de um trovão. É um efeito natural. Em um milésimo de segundo, ou menos, o "canal" pelo qual a faísca desce pode se aquecer a mais de 30.000 °C, fazendo com que o ar quente do milimétrico "túnel" pelo qual viaja o raio se expanda e provoque a detonação. Não duvido que dentro dos cúmulos-nimbos ocorressem as habituais diferenças de potenciais elétricos (ou entre a nuvem e a Terra), que é o que dá lugar aos relâmpagos; mas, por que em nenhum momento, que eu recorde, ouvimos um trovão? O brilho, além de tudo, durava mais que o habitual. Se um relâmpago tem uma duração média de 0,2 segundos, aqueles – os azuis – se prolongavam entre três e cinco segundos, que é demais.

Mas não quero me desviar do tema central. As surpresas não haviam terminado naquele incrível dia.

Fomos uns dos primeiros a chegar à fazenda. Outros convidados esperavam às portas, tiritando.

Nathan ordenou a abertura do grande portal, e as pessoas se precipitaram para dentro feito loucas.

A neve nos ensopara.

Atar ajudou os noivos a descer da carruagem. Primeiro Noemi. Continuava chorosa e desmantelada. E o azar quis que, ao descer, o noivo pisasse na barra da túnica da garota, rasgando-a. E a noiva ficou com as pernas de fora.

Oh, Deus!

Foi a gota d'água.

Suas pernas eram lindas, mas isso não contava naquele momento crítico. Noemi, ao ver o vestido rasgado, deu um grito e caiu desmaiada. O persa, atento, pegou-a no ar e levou-a correndo para dentro.

O noivo ficou parado no estribo da *reda*, mais pálido e mais mudo do que era.

A família, consternada, correu para a porta, perdendo-se também no túnel de acesso.

Nathan estava tão furioso que não conseguiu xingar. E lá ficou alguns segundos, coberto de neve, balbuciando.

A carruagem, então, dirigiu-se ao lado oeste do casarão, de onde havíamos partido.

Eu fiquei com o Mestre, também perplexo. O casamento, até o momento, fora um perfeito desastre.

A neve, inclemente, cobria o turbante, a barba, os ombros e o resto da túnica do Galileu. Eu devia estar com o mesmo aspecto lamentável.

E o Mestre, com a capa nas mãos, voltou-se para quem isto escreve e comentou, sorridente:

- Como nos velhos tempos, *mal'ak*...

Referia-se, sem dúvida, à nossa aventura nos montes do Attiq, na alta Galileia, quando trabalhava como lenhador.[22]

Assim era o Filho do Homem...

E Jesus entrou na *Sapiah*.

O instinto me avisou.

O grande momento, supondo que fosse verdade, estava perto. Tinha que me preparar.

E nisso vi outras *redas* e outros convidados chegarem. Pulavam das carruagens e corriam desesperados para o casarão. Decidi aguardar. Talvez, naquela onda, estivesse a Senhora ou os discípulos.

Os convidados falavam entre si e, mordazes, referiam-se ao "prodígio" realizado pelo carpinteiro de Nazaré: "Conseguiu uma nevasca sobre Caná como jamais foi vista!" E riam, debochando abertamente do Galileu.

Foi naquele momento que o vi.

Não podia acreditar.

Corri para a carruagem, mas a *reda*, vazia, dobrou a esquina com rapidez e a perdi de vista.

Estava delirando?

Primeiro os relâmpagos azuis e sem trovões. Agora isso...

Quando virei pelo lado oeste da *Sapiah*, ao fundo, junto ao portal lateral pelo qual haviam saído os convidados, vi a carruagem. Permanecia imóvel. Alguns servos cuidavam das mulas.

E prossegui devagar e perplexo. Não via o condutor.

Mas tinha certeza de tê-lo visto. Ele passara pela frente deste explorador, a pouco mais de dez metros. Controlava os animais com destreza. E acho que olhou para mim.

Ao chegar à altura da *reda* vi que, de fato, o sujeito do sorriso encantador, o condutor das mulas, não estava em nenhum lugar. Mas eu o havia visto no assento, sentado, e com as rédeas nas mãos.

Andei ao redor da carruagem, examinei-a de cima a baixo diante do atônito olhar dos negros, e chequei até debaixo dela. Nada em absoluto. Nem rastro do enigmático personagem.

---

22 Ampla informação em *Cavalo de Troia 8 - Jordão*. (N. de J. J. Benítez.)

Perguntei, mas ninguém soube me informar. Ninguém parecia ter visto o homem de dois metros e túnica brilhante.

Entrei no pátio lateral e em outras dependências próximas e chequei até o último canto.

Negativo.

Saí novamente, caminhei em volta da casa e perguntei para as pessoas que voltavam.

Negativo.

E pensei: talvez tenha sido minha imaginação.

No pátio central a céu aberto e nos pórticos, tudo estava uma confusão. O caos desatado pela nevasca havia se transferido para a residência familiar. As pessoas se espremiam nas galerias. Continuava nevando e fazia frio. O "tule" violeta, como suspeitávamos, acabou se rasgando com o peso da neve. Os servos brigavam agora para desamarrar as cordas e retirá-lo. A noiva e a família haviam desaparecido. Supus que estivessem em seus aposentos trocando de roupa. Nathan praguejava em uma das portas e tentava abrir caminho por entre os convidados. Estava procurando o persa. Queria matá-lo com suas próprias mãos.

Então, enquanto contemplava o desastre, reparei n'Ele. Estava à esquerda do túnel de acesso, junto a um dos candelabros, a uns dez passos de onde eu estava. Dessa vez também fiquei petrificado.

O Mestre estava em pé, com a cabeça levemente inclinada para frente. Uma mulher secava vigorosamente os cabelos do Galileu com um lenço branco. O Homem a deixava agir.

E, curioso, fui abrindo caminho por entre os convidados. Nenhum discípulo estava com Ele.

A mulher, quase tão alta quanto o Galileu, sorria feliz.

Era Rebeca!

Eu diria que estava mais atraente que no ano 30, quando a conheci em Nazaré. Aquela mulher, como se recordará, era apaixonada por Jesus desde a adolescência. Sua família tentou chegar a um acordo com a do Galileu, mas o Filho do Homem rejeitou gentilmente a proposta de casamento. Rebeca, porém, a julgar pelas informações que me deram Miriam e seus irmãos, continuou perdidamente apaixonada por Jesus. De fato, seguiu-o até a cruz.

E lá estava, como convidada de Nathan. Ezra, seu velho pai, a acompanhava.

Rebeca era dois anos mais nova que o Mestre. Desde a negativa de

Jesus, havia se mudado para a cidade de Séforis, capital da baixa Galileia, não muito longe de Nazaré.

Eu a observei atentamente. Seus olhos rasgados, belíssimos, azul-claros, nos quais quem chegava a cair não conseguia mais sair, contemplavam o Galileu com infinito amor. Não ouvi uma só palavra. Não sei como se encontraram. Supus que por pura coincidência. Havia muita gente ali naquele momento. Calculei mais de 800 pessoas, e continuavam entrando.

Mas, subitamente, no meio dos convidados apareceu a mãe do Filho do Homem. Contemplou a cena e, sem hesitar, foi em direção a Rebeca. Afastou-a doce, mas firmemente, e cuidou da secagem dos cabelos de seu primogênito. Jesus percebeu, mas não disse nada. Rebeca baixou os olhos e desapareceu no meio das pessoas.

Parou de nevar.

E pelo portal continuava entrando gente: convidados e não convidados, suponho.

Nathan finalmente se rendeu. Não era viável começar a perguntar quem era e quem não era convidado. Dava no mesmo. Autorizou que as portas permanecessem abertas, mas pediu a atenção dos servos que seguravam os machados. Não consentiria um único abuso. "Ali – disse – há muito vagabundo."

O persa, mais sereno, assumiu o controle da celebração e me mandou vigiar de novo os serviçais. A melhoria do tempo permitiu limpar a neve do pátio central, e os convidados foram se espalhando pelo lugar. Tudo ficou mais confortável.

E, como compensação pelos maus momentos sofridos na aldeia, Atar fez circular vinho quente; uma espécie de *mulsum* elaborado com tinto, mel e ovos batidos. Foi um reconstituinte eficaz. As pessoas se animaram e se aqueceram. Os servos carregavam pequenas talhas com *mulsum* e caminhavam por entre os convidados. Antes, foram distribuídas taças de barro e de madeira. Um dos negros introduzia uma concha com um longo cabo dentro da talha (uma espécie de *kyathos*) e distribuía o líquido. As pessoas repetiam várias vezes. Só os fariseus se mantiveram afastados.

Calculo que deviam ser três da tarde (nona hora).

Tudo corria com aparente calma. E senti a imperiosa necessidade de ir até o canto dos cântaros. Não sei o que aconteceu comigo.

A questão é que inspecionei as seis talhas. Fazia tempo que os serviçais não repunham água para as abluções. Imaginei que, uma vez lavadas as mãos, os convidados não repetiriam a operação, exceção feita dos "ss". O canto, de fato, estava solitário. E cometi um grave erro. Insisto:

não sei o que me levou àquilo. A questão é que abri a cabaça que carregava no cinto e tirei duas das três ampolas de barro que continham os "nemos". E, disfarçadamente, verti-os na água dos cântaros. Exatamente em quatro dos seis recipientes.

Logo, porém, dei-me conta do erro. Alguns "santos e separados" se aproximaram e passaram a realizar suas habituais e complexas lavagens de mãos, tirando água várias vezes. Dessa vez fui eu quem praguejou. Havia cometido um erro grave. Simplesmente me precipitara. Tinha que ter esperado. Os "nemos" se desperdiçaram com as abluções dos fariseus. E, mal-humorado, eu me perdi entre as pessoas.

Não conseguia entender. Como fui tão inepto? Aquilo punha em risco toda a operação. Só restava uma ampola com vários batalhões de "nemos".

Tinha que ser mais prudente. Tinha que esperar o momento oportuno. Mas qual era esse momento? E, irritado comigo mesmo, sem saber muito bem por que, acabei na adega, ao lado do negro de cabelo branco. Ele estava preocupado. Perguntei por que, e ele apontou para as grandes talhas onde armazenavam o vinho tinto e a cerveja. Dei uma olhada. O responsável pela adega tinha razão. As reservas haviam baixado consideravelmente. Calculei que deviam restar cerca de 400 litros de vinho tinto e de cerveja. Talvez menos.

Não disse nada. O homem dos cabelos prateados não havia avisado o persa nem Nathan. Talvez pudessem aguentar. Só faltava o banquete...

E pensei: quanta gente se reunia naquele momento no pátio central e nas galerias? Não soube calcular com exatidão, mas o número chegava perto de mil pessoas, ou mais.

Mas eu soube reagir. Com a desculpa de experimentar o vinho, sem que nenhum serviçal percebesse a manobra consegui encher de vinho uma das ampolas de barro. E abandonei o lugar. De repente, a ideia de dispor de amostras do vinho e da água dos cântaros voltou a quem isto escreve. Eu abri caminho por entre os convidados e voltei ao canto das abluções. Repeti a operação, enchendo a segunda ampola vazia com a água das talhas. E as duas ampolas foram guardadas de novo na cabaça vazia que supostamente devia armazenar uma amostra do vinho "milagroso".

De fato, continuava chegando gente. E Nathan, a conselho dos serviçais e do *tricliniarcha*, mudou de ideia e fechou as portas novamente. Mesmo assim, era difícil dar um passo. E me movi como pude por entre os convidados. As pessoas bebiam sem moderação. A esse ritmo, o vinho ia faltar.

Muitos presentes continuavam embarcados no já familiar assunto do prodígio. Não entravam em acordo, uma vez mais. O convidado de honra – Jesus de Nazaré – estava lá, junto à *menorah*, acompanhado de seus discípulos. Todos o viam. E diziam uns aos outros: "Por que não age? Não é este o Messias que prometem as Escrituras? Dizem que abriu os céus no vale do Jordão e fez chover azul...".

O que pretendia fazer?

A mãe do construtor de barcos de Nahum também achava que havia chegado a hora de demonstrar seu poder. A Senhora falava disso cada vez que alguém perguntava. E deixava as pessoas fascinadas.

A maioria pensou que o prodígio aconteceria assim que os noivos voltassem à festa. Era o sensato – tentavam se convencer. Outros adiavam o "milagre" até a entrega dos presentes ao casal. Parecia o adequado.

Em resumo, não entravam em um acordo. Discutiam sem parar, sempre com uma taça de vinho quente nas mãos. As pessoas, tontas, buscavam apoio nas paredes e nas colunas. E discorriam sobre a natureza do prodígio. Ouvi as versões mais absurdas: "Pararia o curso do sol e da lua, como fez Josué?[23] Transformaria a noite em dia? Tingiria a lua de sangue, como sinal de fim dos tempos? Transformaria os milhares de pés de romã que cercavam Caná no novo exército libertador de Israel?"

E, pouco a pouco, fui chegando perto do candelabro junto ao qual estavam o Galileu e seus homens. Tiago e Judas, os irmãos de Jesus, acabavam de se juntar ao grupo dos sete. A Senhora foi para a galeria sul, juntando-se às mulheres.

O Mestre estava descontraído e falante. Bem sabia o que se dizia d'Ele, mas em nenhum momento pôs lenha na fogueira ou se deixou levar pelo comentário geral. Falava sobre a recente nevasca, e ria, divertido, do estrepitoso fracasso de seu turbante. A neve o arruinara. Os discípulos, contagiados pelo bom humor do Filho do Homem, foram contando também suas peripécias durante a nevada e como conseguiram escapar do atoladeiro.

Jesus ria a valer. Parecia alheio ao que estava prestes a acontecer. Já me fiz esta pergunta: estava realmente alheio? Com a mesma sinceridade: duvido.

---

23 Josué, lugar-tenente de Moisés, conduziu o povo escolhido à terra de Canaã e a conquistou, em nome de Yaveh. Passou a faca em milhares de homens, mulheres e crianças. Em uma das batalhas, contra os amorreus (século XIII a.C.), Josué pediu a Yaveh que detivesse o curso do sol e Deus obedeceu, segundo reza o livro de Josué (10,1 2-16): "E o sol parou e a lua parou até que o povo se vingou de seus inimigos". O sol, ao que tudo indica, ficou imóvel no meio do céu e lá permaneceu um dia inteiro. Evidentemente, não há registro astronômico algum sobre esse detalhe. (N. do M.)

Havia se livrado do referido turbante e permitia que seus cabelos cor de caramelo descansassem sobre seus poderosos ombros.

Olhamo-nos em algumas ocasiões. Ele sabia que eu sabia.

E o vinho continuou correndo.

De repente, a noiva apareceu. E atrás, Johab, o noivo.

Noemi havia trocado de roupa. Agora usava uma túnica reta, lisa até os tornozelos, de um branco prata, amarrada com o cinto de duplo nó. Seus cabelos continuavam soltos e despreocupados. A maquiagem era a mesma. Não usava véu. Havia recuperado o ânimo e sorria para todo mundo.

O noivo também estava mais descontraído. Usava uma túnica amarela até os pés, com o emblema da família no peito: um *leb*, um coração bordado de vermelho. Cobria-se com o *talit*, um manto usado geralmente na oração ou na cerimônia de casamento.[24] Era branco, com *tzitzit* (franjas) azul- claro; um azul especial chamado *tchelet,* extraído de um molusco difícil de encontrar (geralmente na costa de Ascalon e Azoto, perto do que hoje é Tel Aviv).[25] Na parte superior do manto, bordada com ouro, lia-se o seguinte: "*Baruch atá adonai eloheinu melech haolam asher kidesahnu bemitzvotav vetzivanu letatef betzitzit.*" ("Bendito sejas, oh, Senhor, nosso Deus, rei do universo, que nos santificaste com teus preceitos, ordenando-nos envolver-nos no *tzitzit.*") Para os judeus, fossem ou não religiosos, o *talit* tinha, além de tudo, uma simbologia especial: envolver-se nele era como envolver-se em Deus. Dava sorte, muita sorte.

E, junto aos noivos, Nathan, sua esposa Ticra e o resto da família. Todos irradiavam felicidade. Todos menos o pai, como já era habitual.

Colocaram-se no centro do pátio, sobre o tablado que cobria a *mikveh*, a piscina, e o persa, tocando uma sineta de bronze, pediu atenção geral. Fez-se silêncio, e todos ficaram atentos ao ritual. A cerimônia prosseguia.

E, com voz grave, Nathan recitou as obrigatórias "bênçãos". Tratava-se de um dos poucos momentos no casamento que poderíamos conside-

---

24 O *talit*, na época de Jesus, era usado pelos homens desde o *bar mitzvá* (maioridade, a partir dos 13 anos). Era obrigatório que fosse de lã ou de seda, com uma série de *tzitzit*, azuis, nas quatro bordas, conforme ordenava Yaveh em Números (15, 37-41): "... E vos servirá de franja para que quando o vejais vos recordeis de todos os mandamentos do Senhor". (N. do M.)

25 As franjas pretas do *talit* começaram a ser usadas a partir do ano 70 d.C., como recordação da destruição do Templo por Roma. A bandeira de Israel se baseia, em parte, no *design* do *talit*: duas listras azuis sobre fundo branco e uma estrela de Davi no centro. De fato, a primeira bandeira de Israel foi confeccionada com um *talit*. (N. do M.)

rar “religioso”. Naturalmente, as “bênçãos” em questão não respeitaram a ortodoxia.[26] Nathan as derramou do seu jeito.

– Bendito seja o Senhor, nosso Deus, rei do universo, que criou o fruto da videira e, acima de tudo, a romãzeira!

Ouviram-se risos. As “bênçãos” habituais não falam de pés de romã. Compreendi. Nathan devia boa parte de sua riqueza aos pomares de romãzeiras de Caná.

– Bendito seja o Senhor, nosso Deus, rei do universo, que criou a neve!

O riso foi geral.

– Bendito seja o Senhor, nosso Deus, rei do universo, que alegra os recém-casados e seus pais, porque, finalmente, os filhos vão embora de casa!

Os convidados assentiram com regozijo. O persa estava pálido. Não entendia o mordaz humor do dono da fazenda.

– Bendito seja o Senhor, nosso Deus, rei do universo, que criou o gozo e a alegria do recém-casado!

Voltaram as risadinhas maliciosas. Nathan, machista como quase todos os judeus daquele tempo, não fez menção à felicidade da esposa.

E assim foi destrinchando “bênçãos”, todas encharcadas de sua ironia peculiar. As pessoas aplaudiram e riram das tiradas do patrão.

Concluídas as “bênçãos”, Atar entregou à noiva uma romã cortada ao meio. E Noemi a jogou nas lajotas do pátio. Depois pisou os restos, espalhando os grãos. Os serviçais se agacharam, recolheram os grãos contando um a um. Um dos negros informou o número ao persa: 346 grãos. Atar fez cálculos e reduziu os três dígitos a um só: “4” (soma de 3 + 4 + 6 = 13 = 1 + 3 = “4”). E, surpreso, comunicou à noiva o número final obtido. O “4”, segundo a tradição, significava o número de filhos que o casal teria.

---

26 A oração (“bênçãos”) para a cerimônia de casamento era a seguinte: “Bendito seja o Senhor, nosso Deus, rei do universo, que criou o fruto da videira! Bendito seja o Senhor, nosso Deus, rei do universo, que criou o homem! Bendito seja o Senhor, nosso Deus, rei do universo, que criou o homem à sua imagem, que quis dar ao homem uma semelhança e uma maneira de ser, que fez para o homem uma casa para sempre: a mulher! Bendito seja o Senhor, nosso Deus, rei do universo, que alegra os recém-casados! Bendito seja o Senhor, nosso Deus, rei do universo, que criou o gozo e a alegria, ao recém-casado e à sua esposa, o amor, a fraternidade, as festas, a felicidade, a paz e a sociedade! Que o Senhor, nosso Deus, faça ecoar rapidamente em todas as cidades de Israel e nas praças de Jerusalém os gritos do recém-casado e de sua esposa, o ruído do banquete de casamento e o som dos instrumentos dos jovens! Bendito seja o Senhor que alegrará o recém-casado com sua esposa e os fará prosperar! Celebrai ao Senhor porque é bom, porque seu amor é eterno! Que cresça o gozo, que o pranto e os suspiros se afastem!”. (N. do M.)

Noemi sorriu, feliz. Era o que queria. E apontou para as quatro pulseiras nos braços. Yaveh estava com ela.

O persa comunicou o resultado do rito da romã a Johab, o noivo, e ele respondeu com sua linguagem, mostrando que estava satisfeito.

Os convidados respaldaram o ritual com novos vivas. Os olhos de Ticra se umedeceram.

A seguir, dois servos abriram caminho por entre a multidão. Portavam bandejas com um total de 20 taças de metal, reluzentes. De início, achei que fosse de prata; não eram. Tratava-se de uma liga, mas eu não soube de que tipo.

As taças foram distribuídas aos membros da família. Mas sobrava uma. E Nathan procurou na multidão. Cochichou algo no ouvido do persa e este se dirigiu ao candelabro junto ao qual estava o Mestre. Tomou-o pela mão esquerda e praticamente o obrigou a se juntar à família no meio do pátio. Imediatamente se elevou um burburinho entre os que contemplavam a cena. Jesus continuava sendo o convidado de honra. Aquele gesto ratificava isso.

Os noivos não receberam as correspondentes taças de metal. O persa ofereceu a Johab uma simples xícara de barro vermelho. E o jovem segurou-a nas mãos.

O Mestre postou-se em frente aos noivos. E os servos encheram os cálices com o vinho quente. Os servos de túnicas verdes encheram de novo a taça dos convidados. Maria, a Senhora, sorria. Seu rosto estava iluminado. E preparou sua taça, pronta para brindar aos noivos.

– *Lehaim!*

O brinde de Nathan (À vida!) foi acolhido com entusiasmo. E todos ergueram as taças, proclamando:

– *Lehaim!*

O Mestre também levantou a brilhante taça de metal que segurava e gritou, radiante:

– *Lehaim*! À vida!

Aquele brinde, eu sabia, era um de seus favoritos.

E beberam.

Naquele momento, notei um pequeno detalhe: o Galileu, após beber, ficou contemplando o cálice. Girou-o, observando-o também por cima e por baixo. Não havia dúvida de que a atraente peça chamara sua atenção desde o primeiro momento.

Atar deu a ordem e um dos servos verteu vinho na xícara de barro que o noivo segurava. Johab dirigiu um olhar ao pai e este assentiu com a cabeça.

Então, o jovem bebeu da taça. E a seguir passou-a à noiva. Noemi também bebeu. Johab, então, pegou com sua mão direita a mão direita da garota, e ela, decidida, jogou a xícara no chão. A peça se estilhaçou, e os convidados gritaram o nome dos noivos; ou melhor, dos esposos. A festa de casamento estava praticamente concluída. Concluía-se a "tomada de posse da esposa na casa do noivo". Assim estava prescrito no Deuteronômio (20, 7).

E durante alguns minutos muitos dos presentes cercaram a família e foram cumprimentando os jovens esposos, Nathan e os demais membros da casa do "coração no peito", satisfeitos.

Eu fiquei perto do candelabro, atento ao Galileu. Ainda não sabia quando ocorreria o prodígio, supondo, insisto, que o que foi relatado no evangelho de João fosse verdade.

Os serviçais continuaram oferecendo vinho quente e cerveja e esperaram o sinal do *tricliniarcha*. Quando o persa achou que havia chegado a hora, tocou de novo a sineta pedindo a atenção de todos. Todo mundo obedeceu. Era a vez de entregar os presentes ao casal recém-casado.

A família e os noivos permaneceram sobre as tábuas que cobriam a piscina central, e as pessoas, ordenadamente, foram formando uma fila em frente à *mikveh*. Os músicos se colocaram bem perto da família e se prepararam. Só esperavam o sinal do incansável Atar. A banda de música era inconfundível. Vestiam-se de preto rigoroso, com o cabelo tingido de amarelo. Eram egípcios, especialmente contratados para o evento.

O persa inspecionou a fila dos convidados que pretendiam presentear os recém-casados e, satisfeito, ordenou aos músicos que atacassem. Só os flautistas entraram. O resto acompanhava quando era a hora.

Foi delicioso, e ajudou a relaxar a tensão.

Contei três flautas de Pã, cinco doces e oito parecidas com as que hoje conhecemos como transversais. Todas eram de marfim. As transversais eram especialmente harmoniosas. Tinham corpos cilíndricos, inteiriços, divididos em três partes cônicas e com um total de sete orifícios. Chamaram minha atenção porque, segundo minhas informações, esse tipo de instrumento musical só foi aperfeiçoado com o sétimo orifício e a correspondente chave no século XVIII, graças aos Hotteterre, artesãos franceses. Em 1800, a flauta em questão foi dotada de oito chaves. Evidentemente, não sabemos tudo sobre a antiguidade.

A tessitura, lindíssima, alcançava três oitavas. As flautas doces, com seis orifícios, levavam as outras pela mão.

O Mestre desfrutou intensamente. Fechou os olhos e se deixou levar pela virtuosidade de um dos solistas. Ele nos arrebatou e nos levou para muito longe dali. E eu a vi, em Nahum...

O capítulo dos presentes aos noivos também foi surpreendente. Os primeiros na fila foram os fariseus. Carregavam saquinhos de couro com moedas. Ao chegar diante do casal, erguiam-nos e os chacoalhavam, de forma que os demais soubessem de sua generosidade. Os "santos e separados" não tinham jeito.

De repente, surgiu alguém carregando um grande berço de madeira na cabeça.

Depois foi a vez das panelas. Os noivos receberam todo tipo de utensílios de cozinha: *caccabus*, tão na moda, e *gaulus* (panelas em forma de barca). O noivo ficou especialmente contente com um recipiente de metal chamado *aulula*, que, segundo a tradição, servia também para esconder tesouros. Ao entregar o presente, o convidado pronunciou a frase de praxe: "Onde ferve a panela vive a amizade".

O casal recebia os obséquios com alegria. E comentavam entre si, na linguagem de sinais. Noemi agradecia aos convidados. Ela não era surda-muda.

Nathan, mais interessado nos presentes até que seus filhos, analisava-os minuciosamente e contava o dinheiro. Era o costume. Ninguém se sentiu incomodado com isso. Depois, os servos levaram os obséquios para dentro da casa.

Objetos de asseio, um açor adestrado para a caça, mantos escarlate, copos de cristal e de *murra*, ferraduras de cortiça para as cavalarias, urinóis de prata, essências valiosíssimas da Nabateia, *garum* em pequenas talhas (um molho de peixe feito com vísceras de cavala [*scomber*] cujo preço estava nas alturas), ovos coloridos de avestruz, xícaras de medida, um exemplar das Sagradas Escrituras (em grego), botas até o tornozelo (de cara pele de hiena), *piercings* de nariz e brincos de ouro (desenterrados, diziam, do deserto de Judá), vasilhas de diversos tipos (todas de cerâmica e destinadas à mistura do vinho com a água) e, que me recorde, dentre muitas outras coisas, algo que me chamou muito a atenção: uma espécie de "esfregão" (última moda em Roma) provido de um longo pau e tiras de um material absorvente (linho) para limpar o chão sem precisar se agachar. E digo que me chamou a atenção porque a invenção do esfregão, como hoje o conhecemos, deveu-se, basicamente, ao gênio Leonardo da Vinci (século XV).

Não há nada novo sob o sol, de fato...

O persa desapareceu, mas logo voltou ao pátio com a tropa de servos negros. Carregavam pesados tabuleiros de quatro metros de extensão. Abriram caminho por entre os convidados e foram montando as mesas do banquete. Os pés, dobráveis, também eram de madeira, em forma de tesoura. Trabalhavam com uma segurança invejável. E em questão de minutos instalaram quatro longas mesas nas respectivas galerias, no coberto. No total, cem metros de tablados, todos com suas respectivas toalhas brancas de mesa, devidamente bordadas com o *leb*, o coração dourado ou também vermelho.

Os comensais se agitaram, inquietos. Estavam todos famintos. Havia chegado o grande momento: o banquete de casamento propriamente dito. Eu também fiquei nervoso. E durante um tempo não soube onde me situar.

As pessoas estavam terminando de entregar seus presentes.

As flautas continuavam nos acariciando, mas em segundo plano, como se não estivessem ali.

Então, vi a Senhora. Estava na fila e esperava sua vez. Estava com Miriam e Judas.

Jesus também os observava.

Ao chegar em frente aos noivos, Maria entregou a Noemi duas túnicas de lã, tecidas por ela mesma, sem costuras, parecidas com a túnica branca que o Filho do Homem usava habitualmente e que foi presente de sua mãe. Aliás, como já mencionei, uma túnica que foi estragada no incidente do olival de Beit Ids. Eu tinha que dar um jeito naquilo. E fui amadurecendo uma ideia.

Noemi agradeceu e os noivos beijaram a face da Senhora e de seus filhos.

Eram 15h30, aproximadamente.

A entrega de presentes acabou, e, após consultar Nathan, o *maître* deu sinal verde ao banquete. E pelas portas das galerias começaram a surgir bandejas e mais bandejas com um menu tão requintado quanto interminável.

E os pratos, de *terra sigillata*, uma finíssima cerâmica vermelha importada de Arezzo, na Toscana, foram passando de mão em mão, até que todo mundo recebeu o seu. A ceia era um bufê, também ao estilo dos helenos e romanos. E assim que aterrissaram sobre a mesa, os convidados caíram em cima das bandejas. Foi outro caos.

Todo mundo queria ser o primeiro a chegar à comida. E começaram as brigas e discussões.

O Mestre pediu aos discípulos que aguardassem. Não havia pressa.

E quem isto escreve, embora estivesse morrendo de fome, esperou. E fiquei observando.

Em uma das pontas da mesa foram depositadas as caçarolas com as apetitosas sopas fumegantes. O persa, que não parava um instante, foi me informando dos detalhes. Chamou uma de *qaddiš* ("santa"). Era servida em uma tigela contendo pão de centeio torrado crocante. O segredo estava no suco de limão. Outra sopa consistia em um caldo fervente de legumes ao qual se acrescentava pão preto e manteiga. Depois, como prato principal, o cordeiro. A maior parte da carne havia passado por um processo de maceração que levava de dois a três dias. Encontrei cordeiro "de panela", cortado em pedaços, combinado com pimenta-do-reino; costelas assadas na lenha; cabeça de cordeiro assada recheada de cogumelos, carne de vaca e nozes moídas e pé de cordeiro feito com uma massa da qual Atar não quis falar. Era segredo. E, além disso, pombo assado, crocante, deliciosamente suculento por dentro. Também foram servidas bandejas com língua de terneiro minuciosamente cortada em rodelas diagonais ao molho de laranja. E recheios de castanhas com uma base de ganso; e carne de boi, à moda "Judas Macabeu", com amêndoas; outro prato fortíssimo, segundo os romanos. E vi também um bom número de saladas (de abobrinha e azeitona preta; de "cachinhos", com macarrão e cenoura; aquela chamada "salada dos pobres", com berinjela crua, marinada em azeite, limão, alho e mel; a "esmeralda", à base de verduras frescas do Jordão; a de arroz, com aipo, uva-passa e cebola doce, conhecida pelo nome de "tesouro", com ovo cozido, peixe seco, nozes e ervilha). Sei que serviram outras, mas não prestei mais atenção.

Por último, as sobremesas, deliciosas. Quase todas eram especialidade do *maître*: a torta "pirâmide", com pão de ló e "chocolate" de Kazrin, extraído de algarobeiras; merengue com nozes; creme de leite com castanhas de caju torradas; uma torta que me fez lembrar o *strudel* de maçã vienense, que praticamente derretia na boca; peras com menta e salada de frutas frescas, dentre outras. E, naturalmente, uma das sobremesas favoritas do Mestre: o *lukum*, um bombom feito com mel e perfumado com jasmim e pétala de rosas. Enfim, uma comida *kosher* (limpa).

Os convidados, como dizia, ao ver os manjares, disputaram tudo. E os pilantras, vagabundos e demais aproveitadores, como dizia Nathan, entraram em ação. Por isso estavam às portas da *Sapiah*. E, diante de meu assombro, tiraram sacos de baixo das túnicas e passaram a fazer uma cuidadosa "limpeza" nas bandejas. Mas o *tricliniarcha* e os homens das túnicas verdes estavam alertas e pareciam esperar por aquele momento. Não hesitaram. A uma ordem do persa, mais de 50 mendigos foram tirados à força do tumulto e jogados para fora. Os servos dos machados, como bem sabiam, não faziam cerimônia.

Nos primeiros minutos, o alvoroço e a confusão em volta das mesas foram tais que vi a estabilidade das mesas correr risco. Mas os servos, bem treinados, acabaram impondo ordem, e a situação foi se acalmando. A maior parte dos comensais não requereu os serviços dos negros que esperavam perto com os jarros e os lenços para lavar e secar as mãos de quem necessitasse. Só os "santos e separados" iam correndo ao canto dos cântaros. Isso cada vez que terminavam um prato. Aquilo me inquietou novamente. A presença dos "santos e separados" perto das seis talhas era um problema para este explorador. Como e quando poderia verter os "nemos", absolutamente necessários para descobrir o ocorrido com a água?

Quando os comensais se acalmaram e tudo começou a transcorrer com mais serenidade, Jesus sugeriu aos discípulos que fossem até as mesas e se servissem. Ele fez o mesmo, e o vi inclinar-se pela sopa e pelo cordeiro. O Mestre, pelo que pude ver durante o tempo que fiquei ao seu lado, só evitava cordeiro durante a celebração da Páscoa judaica. Era uma forma de repúdio e protesto pela crueldade dos sacrifícios rituais. E isso lhe ocasionaria mais de um desgosto. Mas falarei disso em seu devido tempo.

Jesus voltou para junto da *menorah* e se sentou com os discípulos. Conservava o cálice de metal com o qual havia brindado. Os serviçais tornaram a enchê-lo com aquele vinho tinto, seco e pouco adequado para uma festa de casamento. Eu peguei um prato, enchi-o de cordeiro e fui me sentar com o grupo. O persa viu, mas me deixou descansar. Os homens das túnicas verdes moviam-se com diligência. O vinho continuava correndo, e as mesas estavam perfeitamente abastecidas. Não faltava nada. E aproveitei aquele respiro para organizar os pensamentos e repassar a estratégia a seguir, caso acontecesse algo anormal. Mas o que devia acontecer? Como saber que estava diante do suposto prodígio?

A taça de metal me intrigava. Parecia uma liga, como disse, mas não tinha certeza. Era maravilhosa, com um acabamento perfeito. Devia ter uns 13 centímetros de altura, com um diâmetro na boca de uns seis centímetros. O pé era largo e confortável. Não cheguei a tocá-la, e não foi por falta de vontade. Tive a sensação de que havia sido fabricada sem emendas. Mas acabei esquecendo-a.

Comentavam sobre os presentes recebidos pelos noivos quando, de repente, a Senhora e seu filho Tiago chegaram ao candelabro. Todos os receberam com satisfação e os convidaram a se sentar nas esteiras de folha de palma. Mas a Senhora tinha outras intenções e pediu a seu Filho que se afastasse um instante. O Mestre se levantou e ouviu os seus. Eu estava ao lado deles. Ouvi-os e os vi perfeitamente.

Deviam ser 15h45, aproximadamente.

Maria, conforme seu jeito de ser, foi diretamente ao que a preocupava:

– Gostaríamos de conhecer teu segredo.

O Galileu a olhou com incredulidade.

– Que segredo?

A Senhora acrescentou:

– Teu irmão e eu queremos saber em que momento farás o prodígio.

Maria hesitou, mas prosseguiu:

– Temos o direito de saber e de estar preparados. Como o farás?

Os discípulos, prudentemente, ficaram onde estavam. Acho que nenhum deles chegou a ouvir a conversa. Nem João Zebedeu.

E o Mestre, compreendendo, ficou sério. Não posso dizer que Jesus de Nazaré chegara a se aborrecer, mas quase.

Por fim, respondeu:

– Se de verdade me amais, estai dispostos a esperar. Devo aguardar que se cumpra a vontade de meu Pai, e não outra coisa.

Dando meia-volta, juntou-se aos discípulos, pegou a taça de metal e seu prato e continuou comendo. Todos o observaram, preocupados, mas ninguém quis interferir no que – pensaram – se tratava de um assunto de família.

Maria se voltou para Tiago e exclamou, confusa:

– Não posso entender. Que quis dizer? Não pretende acabar com essa estranha conduta? Sou sua mãe!

Tiago me olhou e fez cara de paisagem. Ele também sabia que eu sabia.

E ambos se retiraram.

Nenhum dos dois estava a par, que eu soubesse, da recente decisão do Filho do Homem de não fazer prodígios. E, mesmo que soubessem, teriam compreendido?

Uma vez mais julguei entender o desassossego do Mestre. E a aventura de sua vida pública estava apenas começando.

Mas Jesus sabia se recuperar com presteza. Logo reagiu e acabou com o mutismo de seus íntimos com as seguintes palavras:

– Não penseis que estou aqui para fazer milagres.

João Zebedeu olhou para Ele de boca aberta.

– Não estou neste lugar – prosseguiu – para convencer os incrédulos ou para dar satisfação aos curiosos.

Os discípulos sentiram a indireta. Alguns baixaram a cabeça, envergonhados. Para dizer a verdade, o Mestre havia falado pouco sobre suas intenções. Eles estavam confusos. Todo mundo afirmava que era o Libertador de Israel. Sua mãe apregoava isso aos quatro ventos. Por que dizia agora que não faria nenhum prodígio?

– Estamos aqui, queridos amigos, para esperar que se manifeste a vontade de nosso Pai que habita nos céus e em cada um de nós.

Também não entenderam muita coisa.

Como é que Yaveh, o sanguinário, o justo, o vingativo, habitava dentro do homem?

Mas os comentários dos discípulos não foram além, e Jesus também não falou da "centelha". Isso aconteceria depois, no *yam*.

O persa acabou me chamando. E eu lhe dei trela. Era o combinado.

E embora tudo parecesse em ordem, vi que estava absorto e preocupado.

Fiz umas rodadas de inspeção pelo pátio central e pelas galerias e me certifiquei de que, de fato, tudo corria com normalidade (com a normalidade que se pode esperar em uma festa de casamento que reuniu mil pessoas e em que todo mundo esperava a atração final: um prodígio por parte do Enviado de Deus).

A fome foi satisfeita, e nas rodinhas, com os ânimos adormecidos pelo vinho abundante, falou-se de novo do assunto que os interessava: Jesus de Nazaré. E continuavam se perguntando: "Por que não agiu ainda? O que espera?" A noite não tardaria a chegar. Nessa quarta-feira, 27 de fevereiro do ano 26 de nossa era, segundo os relógios da nave, o sol se esconderia às 17 horas, 29 minutos e 42 segundos. Faltava uma hora e meia, mais ou menos. "E por que Ele não havia se dignado a lhes dirigir a palavra durante a cerimônia?" Uns o atacavam e o chamavam de arrogante. Outros pediam paciência e prediziam que o portento aconteceria no final do banquete nupcial. "Que tipo de Messias é este – murmuravam os fariseus – que não se lava cada vez que come e que toca os escravos? Por que bebe em taça de metal[27] e por que permite que uma mulher seque seus cabelos? Quem sabe se está menstruada..."

Alguns culpavam Nathan. Chamaram-no de louco, capaz de qualquer coisa para chamar a atenção, e muito mais na festa de casamento de seu filho.

A Senhora estava triste e silenciosa, sentada em um canto da galeria sul com as mulheres. Quase não comeu. Miriam e Rebeca faziam de tudo por ela, mas Maria parecia ausente. Não compreendia o comportamento de seu Filho. Aquela era uma oportunidade excepcional para deixar claro quem era

27 Segundo a Torá oral *(Kelim)*, todos os utensílios de metal, lisos ou com cavidades, são suscetíveis a impureza. (N. do M.)

e, acima de tudo, deixar claro a Roma e aos inimigos de Israel. Que diferente era essa Maria da imagem que a tradição propagou ao longo dos séculos!

E nessas estava eu, ouvindo os vários comentários sobre o suposto Messias, quando notei certa agitação às portas da adega.

O *tricliniarcha* veio ao meu encontro.

– O que aconteceu? – perguntei, intuindo que chegava o grande momento.

Entramos na adega e Atar me convidou a examinar as talhas que continham vinho e cerveja. Estavam vazias. Fiz uns cálculos. Deviam restar quatro metretas de vinho, no máximo (cerca de 160 litros), e duas de cerveja (quase 80 litros). O que era isso para mil convidados que praticamente estavam começando a jantar?

Senti um calafrio.

O que estava escrito no evangelho de João começava a ser intuído...

O prodígio aconteceria?

Sim, tornar-se-ia realidade, mas não pelos caminhos traçados pelo evangelista. As surpresas estavam ainda por chegar.

Os serviçais que cuidavam da adega estavam silenciosos. Sabiam do problema. O negro de cabelo prateado, responsável por aquele departamento, esperava uma solução. Mas o persa, pegando-me pelo braço, afastou-me dos servos. E me perguntou:

– Venho te observando... Tu és um homem de recursos. Tens alguma ideia? Estamos sem vinho...

E respondi algo que não foi compreendido, logicamente. Que mais podia dizer?

– Confia.

– Confiar? – gritou o *maître*. – Em quê? Temos vinho até o ocaso, com sorte.

E o persa se esqueceu de quem isto escreve. A solução que eu lhe dera não se encaixava em seus esquemas mentais.

Voltou com o homem dos cabelos nevados, e teve início uma calorosa discussão. Se faltasse vinho, a festa seria um fracasso. Se a festa de Caná fosse um fracasso, ele perderia seu prestígio e seria o palhaço da profissão dos *tricliniarcha*. Seria sua ruína.

Soluções?

O chefe da adega falou com bom-senso. Não importava de quem fosse a culpa. Estávamos onde estávamos. Precisavam de vinho com urgência. Pelo menos umas 20 metretas. Como obtê-lo? A única saída aceitável era Séforis. Precisavam comprar vinho, e o lugar ideal, a pouco mais de uma hora, era a capital da baixa Galileia, a referida cidade de Séforis. Nazaré ficava mais perto, mas representava um duplo problema: talvez a aldeia não tivesse tamanha quantidade de vinho e o caminho não era bom para uma *reda*, a carruagem que deveria transportar a bebida. O *yam* (mar de Tiberíades), outra opção, ficava a quatro horas, mais quatro ou cinco para carregar e voltar a Caná. Inviável.

O persa concordou, mas contrariado. Agora, faltava o pior: informar a Nathan.

Atar mandou buscá-lo e continuou andando, nervoso, por entre as grandes talhas. E repetia para si mesmo:

– Arruinado por causa de uma aldeia nojenta e perdida... Arruinado... Quem mandou eu me meter neste manicômio?

Nathan irrompeu na sala como um tornado. Empurrou os serviçais que encontrou no caminho e, vermelho de raiva, pediu explicações ao mestre de cerimônias. O persa pediu que fosse ver as talhas e não houve mais comentários.

E a adega se encheu de palavrões. Nenhuma novidade.

Nathan exigiu soluções. O escravo dos cabelos brancos propôs de novo a possível saída: comprar vinho em Séforis. E o senhor, com bom-senso, perguntou:

– E enquanto o vinho não chega?

Ninguém replicou.

Nathan tornou a praguejar contra seus antepassados e mandou chamar *cyathus* (assim se chamava o escravo que "suavizava" o vinho com água). O rapazinho calculou o vinho existente, e também a cerveja, e estimou que, no máximo, poderia "esticá-los" por umas duas horas. "Os convidados vão notar a mudança e vão amaldiçoar Nathan e o mestre-sala", acrescentou.

O persa, impotente, começou a chorar.

Não havia alternativa. E Nathan mandou que preparassem uma carruagem imediatamente e que o *cyathus* fizesse o que tinha que fazer. "Mas com água morna – acrescentou o patrão –, para que esses bêbados não percebam." A cena me recordou o *O gorgulho*, a comédia de Plauto.

A operação estava em andamento. Cinco negros armados iriam na *reda* de quatro rodas. Os serviçais se puseram à disposição do "misturador", e o persa cuidou pessoalmente do fornecimento das bebidas aos convidados. O engodo poderia se prolongar no máximo até o cair da tarde. "Depois – segundo Atar –, chegaria a ruína e a desonra."

E estávamos nessa quando irrompeu na adega a dona e senhora da casa, Ticra, a gentil e bondosa "Céu aberto". Não precisou de muito tempo para perceber que alguma coisa estranha estava sendo tramada por seu marido, o persa e os serviçais. Interrogou Nathan, e ele, cabisbaixo, não teve remédio senão lhe contar tudo. A mulher empalideceu. Ela sabia o que significava faltar vinho no meio do banquete. O excesso de convidados não era desculpa para muitos daqueles oportunistas e fofoqueiros. Ririam deles e, o que era mais doloroso, ririam de seus filhos, os recém-casados. As pessoas são cruéis. Ela sabia. E perguntou a uns e outros: "Que podemos fazer?" Informaram-na dos detalhes da compra de vinho e aí acabou a conversa. Ticra, então, reparou em quem isto escreve. Caminhou para mim e me interrogou com o olhar. Percebi uma muda censura. Talvez tivesse razão: eu havia prometido algo que não estava se cumprindo. Quando o vinho de Azzam estava atrasado, ela perguntou e eu respondi: "Não te alarmes, terás o melhor vinho".

Eu não soube o que dizer. Nem eu mesmo tinha certeza do que nos reservava o futuro imediato. E fiz a única coisa prudente: silêncio. Ela também não disse nada, mas vi duas lágrimas inundarem seus olhos. Foi um momento de especial crueldade para quem isto escreve. Supondo que o prodígio estivesse prestes a acontecer, este explorador tinha a obrigação de calar.

E Ticra, mordendo os lábios, girou sobre seus calcanhares e dirigiu-se à porta. Não sei o que aconteceu. Foi como se alguém me puxasse. E fui atrás dela.

Faltava pouco para a décima hora (quatro da tarde).

Uma vez no pátio, Ticra hesitou. Não sabia aonde ir. Jesus continuava ao lado da *menorah* com seus homens. O Mestre não sabia que estava faltando vinho, nem os outros convidados. Os noivos continuavam perto dos flautistas, conversando com os amigos. Noemi e Johab também não sabiam do problema. Naquele momento, para ser exato, só o persa, Nathan, sua esposa e parte dos escravos sabiam da ameaça que pairava sobre a festa. Eu, oficialmente, não existia.

Supus que a intenção de Ticra fosse recorrer ao Mestre e pedir ajuda. A mulher sabia dos rumores que falavam de sua possível divindade e que afirmavam que a festa de casamento havia sido o acontecimento escolhido para demonstrar seu poder sobrenatural. Fazia tempo que ouvia que Jesus era o Messias prometido. De fato, seu marido o aceitara como "convidado de honra". E percebi que ela queria lhe pedir um enorme favor. Ticra, ao sair da adega, tinha uma intenção clara: solicitar ao Galileu que resolvesse o problema do vinho. Ela não sabia como, mas que resolvesse.

No último instante, porém, mudou de ideia. Pude conversar com ela em abril e confirmei todos esses pontos.

Não se atreveu e optou por recorrer à Senhora.

Não hesitei. Fui atrás dela.

Ticra falou com Maria, mas, no meio da conversa, caiu no choro. E a Senhora, compadecida, abraçou-a. Naquele momento, não pude saber do que falavam. A mãe do noivo esclareceria isso em minha visita seguinte a Caná, no início do mês de *nisan* (março-abril) (Uma visita que se deveu a outros motivos.) Ticra falou à Senhora da falta de vinho e, suave e docemente, perguntou se Jesus "poderia fazer algo a respeito".

Maria renasceu das cinzas. Assim era aquela mulher maravilhosa e iludida.

Pensou por dois segundos e, decidida, respondeu à desolada Ticra:

– Não te preocupes, falarei com Ele. Meu filho nos ajudará.

Outras mulheres, ao ver a mãe do noivo chorando, aproximaram-se, curiosas. Mas a Senhora e Ticra, abraçadas, ficaram em silêncio. Ninguém soube.

A partir daí, tudo aconteceu muito rapidamente. Não sei se conseguirei ordenar os fatos conforme aconteceram. Tentarei.

A questão é que Maria recuperou o otimismo. Já não recordava as palavras do Filho censurando seu interesse pelo quando e o como do prodígio. Era, de novo, a Maria impulsiva e eletrizante que eu conhecera em outras oportunidades.

E, animada, puxando Ticra, passou por entre os convidados e parou novamente em frente ao grupo do Mestre. Chamou Jesus, e Ele, cordial, ergueu-se e foi até as mulheres com a taça de metal na mão esquerda. Sorriu. Nenhum discípulo se mexeu, e continuaram comendo. João Zebedeu discutia com o "urso" e com Felipe sobre o momento do prodígio. "Já não deve demorar", defendia João. Os outros duvidavam.

João Zebedeu, portanto, não esteve presente no que estava prestes a acontecer. Acertou, em parte, sem saber.

E essa "força" que me puxava me obrigou a ficar perto do Galileu e das hebreias. Acho que não perdi uma só palavra nem gesto.

E os três caminharam devagar pela galeria em direção às seis talhas que continham a água para a lavagem e as abluções rituais.

Senti outro calafrio. Alguma coisa podia ser sentida no ambiente.

Ao chegar às *cad* de pedra, a Senhora parou. Um dos serviçais, responsável pelo abastecimento de água, perguntou a Jesus se queria lavar as mãos. O Mestre, cortês, negou com a cabeça e continuou atento à mãe. Os escravos que cuidavam das talhas eram três. Um deles tinha a orelha direita cortada. E continuaram em pé junto aos cântaros. Ninguém se aproximou ou pediu água nesses críticos instantes. Nem os "santos e separados" foram ao canto das *cad*. Estávamos sozinhos.

E Maria, esboçando seu melhor sorriso, disse ao Filho:

– Não há vinho.

Ticra, a um passo, balançou a cabeça afirmativamente. Seus olhos suplicavam.

A afirmação da Senhora não foi correta. Havia vinho, ainda. Os cálculos estimavam que a bebida acabaria em questão de duas horas, no máximo.

Jesus olhou para ela, atônito.

E Maria insistiu, injetando na voz todo seu poder de convicção:

– Filho... não há vinho.

O Mestre ficou sério e replicou com firmeza:

– Minha boa mulher, que tenho eu a ver com isso?

Maria não era de desistir facilmente e, defendendo-se atrás de outro sorriso, comentou e perguntou:

– Tua hora chegou. Não podes nos ajudar?

Ticra tremia como uma folha levada pelo vento. Jesus estava grave. Parecia que não ia ceder. E a minha mente voltou ao retiro em Beit Ids e a sua firme decisão de não revelar o Pai mediante prodígios ou maravilhas sobrenaturais, coisas de que seus conterrâneos, os judeus, tanto gostavam.

A Senhora olhou para Ele, ansiosa. E sorriu. Porém, a dureza no rosto do Filho fez com que seu sorriso se desmanchasse lentamente.

Maria, Ticra e quem isto escreve soubemos naquele momento que não havia nada a fazer. Jesus não aceitaria. Não estava em seus planos. Não haveria prodígio.

O Mestre, após aqueles segundos de silêncio angustiante, proclamou por fim:

– Novamente declaro que não vim para fazer as coisas dessa maneira.

Olhou para a mãe e depois para Ticra. Acho que não compreenderam. Estavam desoladas.

E prosseguiu:

– Por que me atormentas de novo com esse assunto?

Acho que não me equivoco. Nas palavras do Filho do Homem percebia-se certa recriminação. Em parte, com razão. Era a segunda vez que a Senhora se dirigia a Ele para falar do suposto prodígio. E duvido que Maria agisse naquele momento com o único fim de ajudar e agradar a mãe do noivo. No fundo de seu coração havia mais. Ela queria, mais que ninguém, que se desse o milagre. Isso a situaria no alto, e todos teriam que reconhecer que ela era a "rainha mãe". Houve piedade no pedido da Senhora, sim, mas também uma oculta e desmedida ambição.

Maria começou a intuir. Jesus não daria o braço a torcer. E surgiram as lágrimas. A Senhora se encolheu, abalada de dor. E Ticra, contagiada, começou a chorar.

O Mestre hesitou. Aquela situação, creio, estava começando a sair de seu controle.

Mas Maria, ressurgindo, tentou de novo:

– Eu lhes prometi...

As lágrimas a interromperam. Por fim se compôs e prosseguiu:

– Prometi tua ajuda... Por favor, não farias isso por mim?

Ticra, arrasada pelo pranto, refugiou-se no braço direito da Senhora. Senti um nó na garganta.

O Mestre não afrouxou nem um milímetro. E respondeu com dureza:

– Mulher, que tens tu a ver com essas promessas? Não as torne a fazer. Temos que esperar, em tudo, que se faça a vontade de *Abba*.

A resposta provocou algo previsível. A Senhora, definitivamente derrotada, desabou, e seu pranto fez minha alma se apertar. Maria chorava sem consolo. E Ticra, surpresa, tentou confortá-la. Os servos que velavam junto às talhas aproximaram-se e tentaram descobrir o que estava acontecendo com a mulher. Um deles até lhe ofereceu um pouco de água. Maria recusou. Seus belos olhos verdes estavam inundados de lágrimas e tristeza. Senti vontade de ir até ela e abraçá-la, mas me contive. Eu era apenas um observador.

E aconteceu.

O Filho do Homem, comovido, aproximou-se das mulheres. Deixou o cálice de metal em poder de Ticra e colocou a mão esquerda na cabeça da Senhora. E o Mestre falou, dessa vez em um tom doce e encorajador:

– Já chega, mãe Maria. Não chores por minhas palavras aparentemente duras. Não te disse muitas vezes que vim só fazer a vontade de meu Pai dos céus?

Maria continuava gemendo.

– Com quanta alegria faria o que me pedes se essa fosse a vontade de *Abba*...

Jesus hesitou. Foi só um instante, mas hesitou.

E o céu se iluminou com um súbito relâmpago azul, sem trovão. Foi um brilho interminável, de uns dez segundos.

Os convidados, perplexos, levantaram a vista para as nuvens e deram gritos de surpresa. Todos pensaram em outra nevada e rapidamente se retiraram do pátio. Os músicos hesitaram.

Não sei como aconteceu, mas me senti arrastado por essa enigmática "força". E em décimos de segundo, com uma clareza de ideias que ainda me assusta, coloquei-me ao lado dos cântaros. Os servos das talhas, atônitos como os demais, foram até o fim da galeria e contemplavam a incrível iluminação azul existente dentro das nuvens. Foi um momento decisivo. Peguei a ampola de barro e esvaziei os "nemos" em três dos seis recipientes. A seguir, ativei a "vara de Moisés". E voltei rapidamente para junto do Mestre e das mulheres. Logo os três negros de túnicas verdes retomaram suas posições perto dos cântaros de água. Mas ninguém solicitou seus serviços. As pessoas estavam atentas à camada de nuvens que cobria Caná.

Nunca pude explicar aquilo satisfatoriamente. Como foi que eu soube que aquele era o momento em que devia esvaziar os "nemos"? Alguém me "empurrou", tenho certeza.

E houve uma segunda "iluminação" azul (não me atrevo a chamá-la de relâmpago). Foi mais breve. Talvez cinco segundos. E os convidados gritaram de novo, um grito de surpresa e medo.

Eu, então, comecei a sentir um estranho formigamento nas mãos e nos pés.

A Senhora também percebeu algo singular. Alguma coisa estava acontecendo.

E, de repente, cessaram as lágrimas.

Maria recuperou o sorriso e, diante do olhar atônito da mãe do noivo, pulou no pescoço do Filho e o abraçou e o beijou várias vezes. Foram beijos sonoros, sem palavras, sem descanso. Maria, não sei como, soube que Jesus a havia atendido. Havia feito o prodígio! Insisto: não sei como pôde saber, mas soube.

Quem isto escreve só se deu conta do ocorrido algum tempo depois. Mas vou tentar ordenar os fatos, conforme os recordo (não sei se aconteceram exatamente nessa ordem).

Ticra estava desconcertada. Não sabia o que estava acontecendo. Por que Maria passava das lágrimas aos beijos? Por que abraçava Jesus com tanto entusiasmo?

O Mestre, a julgar por seu semblante, estava tão perplexo quanto Ticra. Eu diria que muito mais.

Segundos depois, a Senhora se afastou do Filho e, dirigindo-se aos servos que cuidavam dos cântaros, gritou:

– O que meu Filho vos disser, fareis!

Pegou Ticra pela mão e, sem palavra alguma, foi apressadamente à área das mulheres.

O Mestre, pálido, não pronunciou uma só palavra. E os servos se olharam, sem entender. O que estava acontecendo com aquela hebreia? A que se referia? Acho que ninguém jamais lhes explicou o que aconteceu e por que a galileia em questão havia pedido a ajuda deles. Porém, foram testemunhas.

Senti tontura; curta, mas intensa. E fiquei preocupado.

Pouco depois deu-se uma terceira iluminação azul, mais breve que as anteriores; talvez de dois ou três segundos.

O formigamento nas mãos e nos pés prosseguiu durante um tempo. Olhei minhas mãos, mas também não entendi.

E naquele momento comecei a sentir um cheiro de queimado. Era um cheiro que eu conhecia bem: o que se percebia habitualmente quando fazíamos a inversão de massa no "berço". Era típico, parecido com o que ocorre quando se queima um cabo elétrico.

Olhei à minha volta como um perfeito tolo. Nada estava queimando ali.

Sim, como um idiota.

Precisei de tempo para perceber o que aconteceu nesses exatos instantes. Foi no Ravid...

E com o cheiro de "cabos queimados" senti uma leve dor de cabeça. Também não soube explicar aquilo. Talvez se devesse à tensão do dia. Naquele momento eu não sabia...

Dias depois, ao entrar na nave e consultar a informação coletada pelos "nemos", soube que o prodígio foi registrado às 16 horas, 6 minutos e 1 segundo daquele 27 de fevereiro do ano 26 de nossa era.

Como dizia, esses acontecimentos ocorreram a grande velocidade e, insisto, não sei se na ordem estabelecida por quem isto escreve.

E o Mestre, finalmente, reagiu. Olhou para mim intensamente, deu meia-volta e se afastou com seus típicos passos largos. Vi-o desaparecer por uma das escadas que desembocavam no terraço. Os discípulos continuavam perto do candelabro, comendo e bebendo, alheios ao que estava acontecendo. Nem os convidados sabiam. Observei a água das talhas. Tudo continuava igual, aparentemente.

E voltou o formigamento nas mãos e nos pés.

Eu não conseguia entender.

Então, ele apareceu.

Caminhava aos trancos. Estava bêbado.

Usava as roupas sacerdotais: túnica branca, ajustada à cintura por três voltas de faixa, também branca como a neve.

Julguei reconhecê-lo.

Em um dos tropeços perdeu o gorro cônico, que rolou pelo chão. Tentaram ajudá-lo, mas o sacerdote os rejeitou com maus modos. Dirigia-se ao canto das *cad* (cântaros).

E quando se aproximou não tive dúvidas. Era ele.

Tinha os mesmos sinais de cirrose que eu havia visto em Nazaré: ginecomastia (anormal volume das mamas, que balançavam debaixo da túnica a cada movimento ou respiração agitada), consumição muscular (forte emagrecimento), vermelhidão ou eritema palmar, ascite (acúmulo de líquido na cavidade abdominal) e os "nevos em aranha" em mãos e faces (vasos dilatados dispostos de forma radial, como patas de aracnídeos).

Era Ismael, o saduceu, responsável pela sinagoga de Nazaré, um sujeito repugnante a quem tive que enfrentar em minha primeira visita à aldeia do Filho do Homem.[28]

Quando estava a dois passos das talhas, caiu novamente.

Um dos escravos, o da orelha cortada, correu para ajudá-lo. Ajoelhou-se ao seu lado e tentou levantá-lo.

Ismael era outro convidado. Não o havia visto até esse momento. Supus que fosse amigo da família. Além de tudo, como velho professor do Galileu, deve ter sentido curiosidade. Seu aluno era o Messias prometido?

O servo se dirigiu a outro colega e pediu um pouco de água. Um segundo serviçal pegou uma vasilha, introduziu-a em uma das *cad* e levou-a àquele que continuava de joelhos. O "sem orelha" molhou um lenço com a água e o colocou na fronte do aturdido Ismael. Obviamente tentava refrescá-lo e lhe devolver um pouco de compostura. Mas o sacerdote reagiu de forma estranha. Ou talvez não tão estranha...

---

28 Ampla informação em *Cavalo de Troia 4 - Nazaré.* (N. de J. J. Benítez.)

Xingou o escravo e retirou o pano da fronte. A seguir, cheirou-o. Murmurou algo irreproduzível e arrancou a vasilha do serviçal, bebendo o que restava. Estendeu a vasilha ao "sem orelha" e pediu mais. Os servos se olharam, mas não disseram nada. Estava ébrio "até além dos pensamentos", como diziam os judeus.

O segundo negro repetiu a operação, mas, quando ia entregar a água a seu colega, ainda de joelhos, Ismael desabou e desmaiou.

O "sem orelha" não sabia o que fazer. E instintivamente levou o lenço ao nariz. Por que Ismael o havia cheirado?

Fui burro, muito burro.

O escravo se levantou e foi até as talhas. Observou o líquido, aproximou o nariz da superfície da água e cheirou. Os outros servos olhavam com curiosidade. O que estava acontecendo? E, sem pronunciar uma palavra, pegou outra vasilha e a mergulhou no líquido. Levou-a aos lábios e provou.

Pressenti algo e corri para os recipientes.

A conselho daquele que acabava de beber, um segundo negro pegou a mesma vasilha e a levou à boca.

Em um primeiro momento não percebi nada estranho. Os cântaros estavam cheios de água, até a boca.

E os servos se enroscaram em uma furiosa discussão, em uma língua que eu não entendia. Possivelmente em um dialeto africano.

O terceiro escravo se juntou aos seus colegas. Provou o líquido e fez uma careta de surpresa. A seguir, entrou na discussão, gritando tanto ou mais que seus colegas.

Eu continuava sem entender nada.

Os convidados, diante da ausência dos brilhos azuis, foram recuperando a calma. E voltaram ao pátio central. Os músicos, esgotados, iam se apagando pouco a pouco.

Os três negros foram de novo até as *cad* e tiraram água de cada uma das seis talhas. E tornaram a degustar o conteúdo. E voltou a polêmica. Pareciam culpar uns aos outros. Que diabos estava acontecendo?

De repente, pararam de gritar e correram para a porta da adega.

Ismael, o saduceu, continuava desmaiado.

Outros flautistas assumiram a execução musical. E elevou-se no ar uma música que jamais esquecerei. Foi um "sinal" da Providência, ou de quem quer que fosse. A melodia entoada pelas flautas doces se chamava *Chemer* (vinho) e se enroscou, deliciosa, nas colunas e nos corações. As pessoas fizeram silêncio e a desfrutaram.

Burro, sim... Fui burro.

Finalmente fiz o que devia ter feito muito antes.

Fui até um dos cântaros e bebi.

Aquilo não era água!

Era quase transparente, com um levíssimo toque ambarino. Por isso não havia sabido distinguir!

Era vinho doce!

Eu não entendia muito de vinho, mas era. Foi isso que alarmou os escravos.

Vinho? Mas de onde havia saído? Eu estive perto das *cad* o tempo todo e não vi nada estranho.

E tive outra reação afortunada: peguei a cabaça que levava no cinto, tirei uma ampola de barro e a enchi até a boca com o conteúdo das talhas. Fui tomando vinho de todas as *cad*; um pouco de cada uma. E experimentei pela segunda vez. E gostei. Era intenso, bem estruturado, com aroma de amêndoas, levemente frutado. Ideal para sobremesas.

As ampolas de barro? O que faria com elas? Duas continham as respectivas amostras do vinho tinto usado no banquete e da água armazenada nas talhas antes do prodígio. A terceira estava vazia. E enfrentei um problema, aparentemente menor.

Não podia perder as amostras, eram valiosíssimas. Serviriam para comparar com o "vinho" que havia acabado de aparecer nas talhas.

Porém, o que faria com elas? Onde as guardaria? Não podia ir até a casa de Bartolomeu e escondê-las em meu saco de viagem. Naquele momento, não.

Também não tinha faixa para escondê-las.

O que fazer?

Só me ocorreu o *saq*, ou cueca. Não tive opção.

E lá foram parar as duas ampolas. O que não previ foi o resultado: os "genitais" aumentaram, e de que forma! O pacote se destacava, não importava o que eu fizesse nem como me colocasse. A dupla túnica não ajudou muito.

Pensei em retirar as ampolas, mas me neguei. Preferia passar vergonha a prescindir da informação.

Escondi a terceira pequena ampola de barro entre os pés das *cad* e tentei organizar os pensamentos. A dor de cabeça continuava me martelando.

Era impressionante. Salvo os três escravos e quem isto escreve, ninguém na *Sapiah* havia notado o prodígio... ainda. Maria intuíra alguma coisa, mas não chegara a verificar. Quanto a Ismael...

Fui até o saduceu. Dormia calmamente. Ele também não soube. E recordei suas palavras, em sua casa de Nazaré, quando perguntei sobre o prodígio de Caná. O maldito sacerdote começou a rir e afirmou que só Maria foi testemunha do suposto milagre. "Jesus só fazia maravilhas diante dos seus", afirmou. Pobre imbecil! Além de mentiroso e corrupto, foi desafortunado. Estava lá, mas não percebeu o ocorrido.

E tentei racionalizar o ocorrido. Impossível. Meus pensamentos se agitavam, embaralhados. Tropeçavam uns com os outros. Eu não sabia por onde começar. Não entendia... E nesses difíceis momentos recebi uma luz: aquele prodígio tinha a mesma causa da portentosa cura do menino mestiço de Beit Ids, Ajashdarpan. A piedade e a misericórdia do Homem-Deus deram lugar ao prodígio. Eu não sabia como, mas sabia que essa era a explicação. E não me enganei. Um tempo depois, o Mestre confirmaria, à sua maneira.

Não houve margem para mais discussões.

Nisso, apareceu a tropa: Nathan, o *tricliniarcha*, o servo dos cabelos nevados, os três escravos que cuidavam das *cad*, e não sei quanta gente mais.

O primeiro a provar o vinho foi o dono da casa.

Ficou mudo. Não houve comentários no momento.

Os convidados, insisto, continuavam alheios ao ocorrido e ao que acontecia naquele canto da casa.

O persa perguntou, mas, como disse, não obteve resposta.

O segundo a beber foi Atar. Seu pulso tremia. Provou o líquido e, voltando-se para Nathan, sentenciou:

– É um vinho melhor que o daquele maldito Azzam... Teria sido bom tirá-lo primeiro. Não sei por que fizeste assim, mas tudo bem: problema resolvido.

Ouvi-o, atônito. Precisei de uns segundos para entender. O persa não falou de prodígio em nenhum momento. Seu pensamento estava longe dessa ideia. O *maître* pensou que a presença daquele vinho nas seis *cad* era consequência de um erro.

O servo dos cabelos prateados foi o seguinte a provar o líquido. Ratificou a impressão do *tricliniarcha* (era um bom vinho), mas hesitou a respeito do hipotético erro. Ele, como responsável pela adega, sabia o que entrava e saía. Era muito difícil que uma remessa tão grande (calculei mais de 700 litros) fosse parar no lugar indevido. As seis talhas não eram o lugar adequado. Concordei com ele, mas fiquei em silêncio em um discreto segundo plano, como era minha obrigação.

Nathan explodiu e, entre palavrões, jurou que acabaria com a vida do escravo de cabelo branco. Fizera-o sofrer desnecessariamente. Gritou: "Por que escondeste esse vinho?" O dono da fazenda se inclinou para a versão do persa: tudo se devia a um erro. Ninguém pronunciou a palavra "prodígio". Ninguém se referiu ao Messias, nem ao que diziam os rumores. O do cabelo nevado protestou. Tentou fazer valer sua versão. Esse suposto erro na hora de guardar o vinho que Azzam havia fornecido não fazia sentido. Esse tipo de vinho doce, além de tudo, não era transportado em odres de pele de cabra. Ele teria percebido. Os argumentos do responsável pela adega não adiantaram muito. Nathan o mandou passear, e o negro se retirou, mal-humorado. Os três escravos que vigiavam as talhas não se atreveram a abrir a boca. Eles sabiam que o chefe da adega tinha razão. Não haviam saído daquele canto o dia todo. Era água, e só água, o que havia dentro dos cântaros. Eles os encheram várias vezes e manipularam a água cada vez que alguém solicitava seus serviços. Os "santos e separados" não teriam consentido em se lavar com vinho. É certeza que, se houvesse acontecido algo assim, teriam feito um escândalo. A Lei oral proibia. O vinho, logicamente, não servia para isso.

E aí acabou o assunto. Ou melhor, não totalmente.

Nathan se retirou, e o persa, de repente, reparou em quem isto escreve. E seu olhar foi diretamente aos meus volumosos genitais. Achei que morreria.

Caminhou devagar, rebolando, para este desolado explorador, sem tirar os olhos de meu baixo ventre. E ao chegar a meio metro clamou, entusiasmado:

– Eu suspeitava que tinhas poderes, mas nem tantos.

Como disse, achei que morreria.

Ele tentou me abraçar, mas escapei. E o *maître* se afastou, atrás dos passos do dono da casa.

Os discípulos continuavam comendo. Até o momento, ninguém havia se dado conta do que estava acontecendo.

Talvez fossem 16 horas e 30 minutos.

A tensa calma se prolongou um pouco mais. Não muito. E aconteceu o que tinha que acontecer...

Os serviçais acabaram dando com a língua nos dentes e a notícia da conversão da água em vinho se espalhou entre os convidados. Era lógico. Tinha que acontecer, cedo ou tarde.

Este explorador ficou perto das talhas. E comecei a ouvir uma onda de cochichos. Os olhares, inquietos, dirigiam-se para o canto das *cad*. Estava claro: o rumor corria solto.

Pouco depois, alguns comensais foram chegando ao lugar em que estávamos. Primeiro, timidamente. Perguntavam aos escravos, mas eles davam de ombros. Não falaram uma só palavra. Não queriam se comprometer.

Outros pediram para provar o líquido. Os negros negaram. E exigiram autorização prévia do dono ou do *maître*. Vários convidados, com o ânimo alterado por conta do vinho tinto quente que haviam ingerido em abundância, tentaram chegar às talhas e beber por sua conta. Os homens das túnicas verdes os impediram, e deu-se uma primeira briga. O atrito acabou com a chegada dos que portavam os assustadores machados de dois gumes. Os convidados se retiraram, de maus modos e praguejando, e o "sem orelha" correu de novo para uma das portas em busca de ajuda e conselho.

Não imaginava como aquele assunto ia terminar.

Logo descobriria.

Como não imaginei?

Os murmúrios cresceram e começaram a se ouvir vozes. O clamor foi dissolvendo a música.

E nisso, deu-se o "terremoto".

A Senhora, seguida de perto pela dona da casa, apareceu no canto das talhas. Eu havia me esquecido dela.

Estava transtornada. Seus olhos brilhavam. Não estava radiante. Era mais que isso. Imaginei que havia acabado de saber. E assim foi. Maria perguntou aos servos, e Ticra também. Estavam prestes a responder quando a Senhora, sem esperar resposta, pegou uma vasilha, introduziu-a em um dos recipientes e o levou aos lábios. Sua companheira fez o mesmo e bebeu com a mesma ansiedade. A partir daí, como disse, foi um "terremoto".

A Senhora jogou a vasilha para o ar e gritou entusiasmada:

- Inon! Inon! Inon!

Inon era outro nome simbólico do Messias, mas o significado literal é "emanar". A tradição oral, conhecida como "tradição dos pais", fala disso no tratado "Sinédrio 98b". Era uma palavra com uma simbologia especial para os iniciados judeus (os escribas). De Inon - diziam - derivam *iain* (vinho) e *nin* (descendente). Quando analisei o assunto com mais calma, fiquei gratamente surpreso. Mistérios da Cabala... A letra *nun*, além de tudo, tem relação com a palavra "filho".

Como dizia o Mestre, quem tiver ouvidos que ouça.

E Ticra reforçou as exclamações de Maria.

- Inon!

Todo mundo se voltou, surpreso. Os serviçais não sabiam o que fazer. Lá estava a dona da casa...

E Maria, mais que feliz, pulava e gritava o nome de seu Filho.

– A profecia se cumpriu! Inon! Inon! Inon!

Os convidados acabaram se aproximando e tentaram perguntar o que estava acontecendo e acalmar as mulheres. Impossível. A felicidade as dominava da cabeça aos pés. Pareciam em transe.

E, em um daqueles pulos, Maria me viu. Correu para este explorador e me abraçou. Quase me derrubou.

– Eu te disse, Jasão! A hora d'Ele chegou!

As lágrimas correram por sua face. Era um pranto diferente daquele que eu havia visto pouco antes do prodígio. Maria, em questão de minutos, passou da tristeza e desesperança ao otimismo e entusiasmo.

Ticra também me abraçou, exultante. E sussurrou em meu ouvido:

– Como soubeste? Tinhas razão: o melhor vinho!

Não repliquei. O que podia dizer?

E me perguntei: por que todo mundo se abraçava?

E a Senhora, sem parar de chorar, de rir, de gritar, de pular e de cantar o nome de Jesus, foi até os serviçais e preparou tudo para que o "vinho milagroso", segundo suas próprias palavras, fosse distribuído ali mesmo, imediatamente. Ticra colaborou na tarefa. E o vinho, de fato, passou a ser servido em todo tipo de vasilhas, jarras e recipientes menores. E todo mundo experimentou uma dose do saboroso líquido. Quando Nathan e o *maître* chegaram era tarde demais. O vinho já corria pelo pátio e pelas galerias. Nathan amaldiçoou sua estrela, mas aos poucos começou a se mover por entre as rodinhas de convidados explicando que tudo se devia a uma lamentável confusão. Aqueles que ainda estavam serenos aceitaram as explicações do chefe da *Sapiah*. "Isso sim faz sentido", diziam.

Porém, a essa altura da festa, os que conservavam a clareza mental não eram muitos. A maioria, alertada pelo burburinho e pelos gritos procedentes do canto das talhas, abriu caminho como pôde até as *cad* e tentou arranjar um cálice do "vinho prodigioso".

Foi o caos.

As pessoas se espremiam, reclamavam, perguntavam, gritavam mais que o vizinho, derramavam o vinho, praguejavam, choravam sem saber por que ou riam por puro contágio. E, de vez em quando, animadas pela Senhora e por Ticra, repetiam o nome de Jesus ou de Inon.

– Inon! Inon! Inon!

Foi uma loucura.

A uma ordem do persa, os escravos dos machados deram um jeito de resgatar as mulheres eufóricas para deixar que os das túnicas verdes continuassem servindo o "vinho milagroso".

Mas a Senhora não estava disposta a deixar passar aquela incrível oportunidade e se livrou dos serviçais. Ticra, porém, foi praticamente arrastada até a galeria das mulheres.

E Maria, a mãe do Mestre, foi imediatamente absorvida por outras rodinhas de comensais, desejosos de confirmar os rumores. E viu-se novamente no centro das atenções, alvo de todo tipo de perguntas. A Senhora, desejosa de dividir sua alegria, respondia a todos e a tudo. Não importava a desordem, não importava que uns atropelassem as perguntas dos outros, não importava a incredulidade ou o sarcasmo. Maria, como disse, respondia a tudo. Falava de seu Filho, dos planos para a sublevação, dos exércitos que tinham de preparar, da mensagem do anjo em Nazaré, de Yehohanan, lugar-tenente do Libertador, de seus outros filhos, que ocupariam postos relevantes, da glória de Israel, já próxima...

Não consigo me lembrar de tudo que falou.

E como havia acontecido com o Filho do Homem durante a manhã, a Senhora escapava de um grupo e caía nas garras de outro. E tudo recomeçava.

Maria não se queixou. Estava encantada. Era o que havia desejado durante anos. Sinceramente, não a reconheci. Não era aquilo que seu Filho pretendia.

E, por fim, eu os vi.

Os discípulos do Mestre, com o "vinho milagroso" nas mãos, tentavam se aproximar de uma dessas rodinhas. Estavam alterados. Não sabiam se riam ou choravam. Não conseguiam entender. O Mestre não estava em lugar nenhum, mas todo mundo falava d'Ele. Pedro bebia sem parar, impressionado com a situação. De vez em quando gritava: "Inon!". E João Zebedeu, tão bêbado quanto Simão Pedro, respondia, feliz, com o mesmo e eufórico "Inon!" Foi quando assisti a uma cena que também não seria contada por João, o evangelista. Era compreensível...

Tiago Zebedeu, mais sereno, quis equilibrar os ânimos de seus companheiros e pediu mesura. A versão de Nathan, que continuava se espalhando pelos comensais, também havia chegado aos íntimos do Galileu. E Tiago recordou a Pedro e a seu irmão "que talvez tudo não passasse de uma confusão".

Ouvidos moucos. João Zebedeu pulou em Tiago e o derrubou. Chamou-o de tudo, socou-o... Foi preciso que André e o "urso" os separassem. Pedro só cambaleava.

João Zebedeu, o futuro evangelista, gaguejava de tanto vinho e raiva. Tornou a beber e a gritar, mais eufórico ainda:

– I-non! I-no-no-on!

Tiago lhe deu as costas e voltou ao candelabro. Lá, Felipe esperava.

Nesses momentos de tensão, também consegui ver Meir, o *rofé* ou auxiliador das rosas de Caná, o bondoso sábio de cabelos e barba quase albinos. Ouvia a Senhora com atenção e de vez em quando balançava a cabeça negativamente. Compreendi.

E em outra rodinha, também silenciosa, vi os irmãos Joli (Yehudá e Nitai), presidente e esmoleiro da sinagoga de Nahum, respectivamente. Fiquei surpreso de vê-los na festa de Noemi e Johab. Talvez fossem amigos; nunca soube. O primeiro, com seus mais de cem quilos, esforçava-se para ficar em pé, ajudado pelo dócil e macérrimo Nitai. Também não diziam nada. Limitavam-se a ouvir a Senhora.

E, de repente, no meio de tamanho alvoroço, intuí uma coisa: aquela situação era perigosíssima para o Mestre. Entre as centenas de convidados, com toda certeza, devia haver vários espiões e confidentes do Sinédrio, do tetrarca Antipas e, evidentemente, de Roma. A Senhora, sem querer, estava fornecendo dados para os futuros inimigos de seu Filho. Mas, infelizmente, eu era só um observador. E limitei-me a cumprir meu trabalho: observar.

Foi necessário um bom tempo para acalmar os comensais. Maria continuava de um lado para o outro, no meio do furacão da curiosidade e da maledicência. Independentemente do que possa ter dito, tivesse ou não tivesse razão, reconheci que foi o dia mais espetacular e feliz da vida dela. A Senhora viveu em uma nuvem na qual nunca mais tornaria a subir. Foi a rainha-mãe, pelo menos durante algumas horas. Muitos prestaram atenção nela e, o que era mais importante, acabaram acreditando na história do ser luminoso que apareceu para ela em Nazaré anunciando a "glória de Israel". Essas palavras – "a glória de Israel"– também foram inventadas pela bem-intencionada mulher. Foi seu grande dia. Ela estava orgulhosa, exultante e capaz de engolir o mundo.

Mas, como também era previsível, a versão de Nathan e do *tricliniarcha* foi ganhando terreno e se instalou na mente da maioria. "Foi tudo um engano", explicavam sempre que podiam. "O culpado (o negro dos cabelos prateados) já foi castigado." E as pessoas, por trás da Senhora, riam e debochavam do "vinho prodigioso" e, naturalmente, do suposto Messias. Os saduceus eram os mais corrosivos. Essa seita, como já expliquei em outro momento, reunia a classe aristocrática de Israel. Eram ricos por herança e pretendiam manter seu status de qualquer maneira, contra quem quer que fosse. Contemporizavam com o poder, com Roma, a fim de não perder seus privilégios e prebendas. O Messias e seu revolucionário plano não eram de seu agrado. Os "santos e separados" estavam consternados. Foram testemunhas do prodígio, mas não sabiam o que fazer nem o que dizer. E fiéis a sua atitude ladina escolheram o silêncio. Perguntaram à Senhora, sim, mas tomaram muito, muito cuidado para se pronunciar sobre o Messias ou sobre o Mestre. Primeiro, tinham que consultar a fraternidade. Foi aqui, em Caná, que nasceram os problemas de Jesus com os fariseus, com os sacerdotes e com os saduceus. Por uma razão ou outra, todos acabariam repudiando o prodígio e o Filho do Homem.

Mas também houve "convertidos", gente que ficou fascinada com as palavras da Senhora e que, a partir desse dia, defendia o Mestre onde quer que estivesse. Cheguei a ouvir versões que me deixaram perplexo. Alguns invocaram o poder de Belzebu, o príncipe dos diabos, para justificar o prodígio. E afirmavam que o Galileu não era nada além de um *tzadikim*, uma espécie de sábio ou iniciado[29], capaz de andar pelo mundo com a precisão e o ritmo da Divindade. Podia fazer aquilo (transformar a água em vinho). Não se enganaram, embora não fosse um *tzadikim*, exatamente. Era muito mais.

E no meio do entusiasmo chegou o pôr do sol (17 horas e 29 minutos).

Os servos acenderam as tochas e as taças dos candelabros, e Maria continuou feliz, respondendo a todos que perguntavam. E em um determinado momento, no meio de uma discussão, a Senhora interrompeu as explicações e ergueu a voz, dando início a uma canção de boas-vindas ao Messias. Chamavam-na de *Illi*, que poderia ser traduzido como "de cima" ou "do alto" (referente ao céu). Seguidores e não seguidores, contagiados pelo fervor da mulher, juntaram-se à Senhora, e o pátio tremeu com o clamor daquelas centenas de judeus. Não vi os discípulos, mas imaginei que estivessem cantando, tão fora de si quanto a Senhora. A mãe do Filho do Homem erguia o punho esquerdo e repetia com toda a força de que era capaz: "Inon! Inon! Inon! Abaixo o ímpio!"

---

29 Os *tzadikim* apareciam em várias lendas judaicas. Eram similares aos sábios egípcios ou babilônicos, e também aos sufis, no posterior islamismo. O *tzadik* era um iniciado que estava do "lado" *(tzad)* do esoterismo secreto, revelado a Moisés no Sinai. Eram guardiães da sabedoria, capazes de perceber a beleza do universo de um único ponto. Eram seres "exatos" *(daik)*. (N. do M.)

Eu não podia acreditar.

A Senhora, de fato, não havia entendido o pensamento do Mestre. Nunca esqueci aquela cena. Representava muito mais do que eu teria imaginado. A postura de Maria, sem demora, acabaria acarretando outra grave crise familiar. Mas vamos passo a passo.

Subitamente, a canção amainou. As pessoas emudeceram pouco a pouco. Primeiro os que estavam perto do pórtico oeste. Depois o resto. O silêncio foi descendo por setores.

Em um primeiro momento, não entendi. Depois, ao ver Jesus no final da escada pela qual o vira desaparecer, compreendi.

Maria foi a última a vê-lo. Estava cercada de convidados e não tinha visibilidade do local.

E continuou cantando, até que notou o estranho silêncio.

Tenho certeza de que o Galileu a ouviu perfeitamente.

E a Senhora, ao ver seu Filho, emudeceu.

Jesus de Nazaré estava voltando de retiro no terraço para o pátio central.

Seu semblante era sério. Sereno e descontraído de novo, mas sério.

Desceu os degraus lentamente. Os comensais se afastaram de imediato, abrindo caminho para Ele. Percebi medo. Era um medo reverencial. Não importava se acreditavam ou não no Messias. Não importava se haviam negado o prodígio ou se o defendiam. Todos, inclusive os saduceus, deram um passo atrás. Estavam lívidos. Aquele Homem, com seu porte majestoso e o olhar limpo e penetrante, era algo fora do comum. Atraía e provocava respeito em partes iguais. Ninguém se atreveu a interrogá-lo. Não se ouviu o menor murmúrio. Foi um silêncio absoluto, incomodado apenas pelo atrito dos sapatos do Mestre com a serragem ou as esteiras de palma.

Percorreu, decidido, aquele trecho de galeria, passou em frente às seis talhas sem olhar para elas e parou em frente ao grande candelabro situado no pórtico norte. Não hesitei. Fui até o túnel de acesso e lá parei, atento.

Jesus se inclinou para André e sussurrou algo em seu ouvido. Depois, dando meia-volta, encaminhou-se para o portal de entrada da casa.

Os convidados permaneciam imóveis, em silêncio, contemplando-o.

O que pretendia fazer?

Muito simples. Sem dizer uma palavra, sem um só gesto, o Filho do Homem abandonou a *Sapiah*. A festa, para Ele, havia terminado.

Eu o vi desaparecer na escuridão da noite.

André trocou algumas palavras com seus companheiros e afastou-se da *menorah*, indo em direção ao túnel de acesso. Tiago Zebedeu, Bartolomeu e Felipe foram atrás dele. Pedro e João Zebedeu ficaram sentados, cada um com sua taça do "vinho milagroso" na mão. Cambaleavam mesmo sentados.

Quando André passou diante de quem isto escreve, aproveitei para interrogá-lo.

– O que aconteceu?

– Vamos partir ao amanhecer.

Isso foi tudo. O Mestre pretendia abandonar Caná com as primeiras luzes do dia seguinte. Para onde? Quais eram seus planos? O prodígio que eu acabara de contemplar havia modificado seu projeto? Que pensava sobre os planos de sua mãe? Faltava selecionar mais seis discípulos. Como e quando faria essa escolha?

Eram perguntas demais. E decidi viver o momento. Tudo se resolveria, imaginei. E acredito que se resolveu.

Não pensei duas vezes. Fui atrás deles. Já havia visto o bastante.

E quando pus os pés nas escuras lajotas do túnel, os murmúrios se levantaram novamente. Ao caminhar por entre as árvores de ferro, rumo à aldeia, tornei a ouvir os flautistas. A festa continuava.

Lamentei pelo persa e por Ticra. Apesar de tudo, gostava deles, e haviam me ajudado. Tornaria a ver o primeiro em circunstâncias "especialíssimas". Também veria a senhora da *Sapiah*, mas em questão de horas.

A casa do "urso" estava vazia. Toda a parentela estava na festa de casamento.

O Mestre, previdente (?), ao ir à *Sapiah* pela manhã, deixara o saco de viagem na casa de Bartolomeu. Eu o vi trocar de roupa. Pegou a túnica vermelha, guardou seus pertences e ajudou o "urso" a preparar um bom fogo. Eu cuidei das minhas coisas: retirei as desconfortáveis ampolas de barro, guardei-as na mochila e fiz o mesmo com a valiosa cabaça que continha o "vinho prodigioso" (não sei por que o chamo assim).

E, mais tranquilo, fui me sentar perto do fogo, ao lado do Mestre e dos galileus.

Deviam ser seis da tarde.

O céu continuava fechado, mas fazia tempo que não nevava. Estava frio, mas também não importava. Muita coisa se agitava dentro de mim. Tinha que dar um jeito de pôr ordem nas coisas e apaziguar minha alma. Tinha muitas coisas para perguntar ao Filho do Homem, mas fui cauteloso e prudente. Deixei que o Destino me levasse.

Durante um tempo, ninguém falou. Contemplávamos as chamas e seus amarelos tremores. Os discípulos trocavam olhares, mas ninguém se decidia a dar o primeiro passo. Queriam perguntar, como eu, mas tinham medo. Acho que essa seria a palavra exata. Havia medo em seus olhos. Era a primeira vez que assistiam a algo sobrenatural. E eles eram os discípulos do autor do prodígio! Estavam nas nuvens também. O medo os mantinha mudos, mas, ao mesmo tempo, sentiam uma grata mistura de orgulho e de vaidade. É que simplesmente a confusão dominava. Exatamente como a este explorador.

Por último, alguém quebrou o silêncio constrangedor. Foi Tiago, o mais cético:

– O que aconteceu, Mestre?

Jesus sorriu com certa amargura. Não era fácil esclarecer a dúvida do Zebedeu.

– Vós vistes – declarou. – Fez-se a vontade de *Abba*.

– Sim, mas o que aconteceu? Todos provamos aquele vinho. De onde saiu?

O Mestre soube interpretar os receios de Tiago. E replicou com segurança:

– Foi a vontade do Pai.

– Então, é verdade que houve um prodígio. Nathan e outros afirmam que foi tudo uma confusão.

Jesus olhou fixamente para Tiago, atravessando-o com o olhar. O Zebedeu não precisou de nenhum outro esclarecimento. O olhar do Filho do Homem encerrava a resposta.

E o "urso" interveio. A curiosidade o estava matando.

– Sim, rabi (Mestre), mas não respondeste à pergunta de Tiago: de onde saiu?

O Galileu olhou para Bartolomeu e tornou a sorrir, apontando para o teto com o indicador da mão esquerda. E todos, feito idiotas, olhamos para o alto. Só havia goteiras lá.

O Mestre notou nossa inocência e esclareceu:

– Mais acima.

– Mais acima?

O "urso" acabou respondendo, e eu também.

– Tu te referes a Yaveh? Então o prodígio foi feito por Deus, bendito seja seu nome?

– Sim e não.

A resposta de Jesus deixou os discípulos novamente confusos. Ele tinha vindo para mudar o rosto desse Deus bíblico, colérico e justiceiro, mas não era tão simples. Aqueles homens cresceram com a ideia de um Yaveh vingativo, e não entrava na cabeça deles que esse novo Deus fizesse favores a alguém, menos ainda em uma festa de casamento. O conceito de Pai estava muito longe, ainda, de sua mente. Isso chegaria depois, graças aos ensinamentos do Galileu.

O Mestre, inteligente, deixou o assunto para lá. Esse "sim e não" era mais que suficiente, por ora. Não era o momento de explicar quem eram aqueles que o acompanhavam permanentemente (sua "gente", como eu os havia definido), nem por que ocorreu o prodígio. Haveria tempo, supus.

O realmente importante era que Jesus de Nazaré estava ratificando a autenticidade do "milagre" (eu já disse: a palavra "milagre" não me agrada; tentarei não a repetir).

E Felipe interveio:

- Não te parece um tanto desproporcional? Por que desperdiçar o poder de Deus, bendito seja, em algo tão prosaico como encher talhas de vinho?

O bondoso Felipe já despontava como responsável pela intendência do grupo.

Jesus parecia preparado, perfeitamente preparado, para as tolas - não tão tolas - perguntas de seus íntimos. E liquidou a questão:

- Pensas que tirar vinho do nada é um trabalho sem graça e sem imaginação?

- Bem, não sei...

Felipe sabia que Jesus tinha razão. E quem isto escreve não reparou, naquele momento, em um detalhe de especial importância, revelado na resposta do Mestre: "tirar vinho do nada".

Insisto: não reparei. Só depois, já no Ravid, recordei aquele instante; aquele importante momento em que o Galileu "esclareceu" parte do enigma.

- Para que tanto esforço? - insistiu André, apoiando as dúvidas de Felipe.

- Para maior glória do Pai.

Mensagem recebida.

Os discípulos, porém, não captaram a intenção de Jesus.

E o "urso" resumiu seu pensamento:

- Tu és um "mar", como *abba* Hilkiah.

Não entendi a que se referia quando mencionou o *abba*, ou rabi, Hilkiah. Ao voltar à nave e consultar os arquivos no "Papai Noel", julguei compreender.[30] O tal de Hilkiah, segundo a tradição judaica, era um fazedor de

30 O termo aramaico "mar" era um conceito superior ao de "rabi" ou "senhor". Era usado para se referir a alguém capaz de fazer prodígios. Este era o caso do tal Hilkiah, que viveu provavelmente no século I a.C. Sua fama virou lenda e foi registrada inclusive no Talmud.

milagres, capaz de fazer chover, de ressuscitar os mortos e de obter colheitas abundantes em menos de um dia. Basicamente, tudo inventado.

Jesus agradeceu a deferência, mas negou com a cabeça. Tinha razão. O Mestre era muito mais, muitíssimo mais, que *abba* Hilkiah. O tempo lhe daria razão.

E o "urso", feliz com a possibilidade de mostrar seus conhecimentos diante de seus amigos e, acima de tudo, de seu Mestre, começou a falar das antigas tradições egípcias, que já mencionavam a conversão de água em vinho. Fiquei gratamente impressionado com a cultura de Bartolomeu. E todos ouvimos com atenção. O "urso" disse que, desde tempos remotos, as pessoas que viviam no Nilo iam, em um dia determinado no mês de *shvat* (janeiro), às margens do rio para pegar água. E entendi que no dia 6 desse mês de janeiro registrava-se o habitual milagre do Deus Dusares: a água se transformava em vinho. Era uma água milagrosa, capaz de grandes prodígios.

Todos o ouvíamos boquiabertos. Eu, sobretudo. O Mestre gostava de ouvir as histórias do "urso". Algumas, suponho, exageradas ou deturpadas. Isso não importava... O interessante era vê-lo e ouvi-lo. Ele dramatizava, gesticulava. Elevava ou baixava o tom, segundo as circunstâncias. Mantinha a todos hipnotizados.[31]

Mas o cansaço dominou a todos. Havia sido um dia extenuante e inesquecível.

E, lentamente, conforme as chamas foram enfraquecendo, os discípulos foram se retirando. Cada um arranjou um lugar no grande cômodo que servia de sala de jantar, de estar e dormitório, e se preparou para descansar.

Era considerado neto (?) do grande Honi, o "traçador de círculos", "aquele que chamava a chuva". Diziam que *abba* Hilkiah rezava e a chuva aparecia imediatamente. Contava-se uma infinidade de casos a respeito, a maior parte inventada. No tempo de Jesus, que eu pudesse constatar, o termo "mar" não era utilizado com frequência. O povo preferia "rabi" (mestre) ou "senhor". Ambos foram usados com o Galileu constantemente. (N. do M.)

31 No reino nabateu – segundo Bartolomeu –, também circulavam lendas parecidas com a do Nilo. De fato, Dusares era um Deus nabateu (árabe). No local que hoje conhecemos como Petra, celebrava-se uma tradição similar à da conversão da água em vinho. Era a água milagrosa que curava os males da alma e do corpo. Nos poços de Zemzem (Meca), existia uma tradição idêntica. Hoje, os peregrinos a Meca não abandonam o lugar sem ter bebido primeiro desses poços. Desde tempos imemoriais, muito antes do islamismo, os árabes consumiam a *siqaya* (também conhecida como *nabid* ou *sawiq*), uma espécie de vinho, intimamente relacionado com a água dos citados poços. A tradição se manteve até o século X de nossa era. Para os místicos árabes, a conversão da água em vinho não era uma novidade. Em Gerasa (atual Jordânia), também se celebrava uma festa similar, na qual a água milagrosa era o centro das atenções dos peregrinos. (N. do M.)

Pouco depois, todos estavam dormindo. Senti falta dos roncos de Simão Pedro.

O Galileu ficou um pouco mais em frente ao fogo. Imaginei que também devia ter muitas coisas na cabeça.

E quem isto escreve ficou ao seu lado, em silêncio.

Foi quando percebi o aroma de malva. Não era da lenha que se consumia na lareira. Só restavam brasas. Eu sabia: era um perfume emanado do Filho do Homem. Naquele momento, o aroma da amizade. Assim interpretei.

E, antes de se retirar, o Galileu se voltou para quem isto escreve e, misterioso, dedicou-me umas palavras:

– Busca a pérola em teus sonhos.

O que Ele quis dizer?

Pegou seu saco de viagem, usou-o como travesseiro e se preparou para dormir.

A que pérola se referia? Que eu recordasse, nunca havia sonhado com uma pérola. Ele usou a palavra *margalit* (pérola). Foi Eliseu, muito depois, que apontou uma possível explicação. Ou melhor, duas.

O Mestre pode ter querido dizer que eu ficasse atento aos sonhos. Nos sonhos – afirmou o engenheiro –, esconde-se uma "pérola", oculta no meio de outras imagens *kleenex*, absurdas, descartáveis. É preciso saber "ver" enquanto se sonha. Sonhar é um presente dos céus. Geralmente, essa "pérola" é uma advertência. Alguém avisa: alguma coisa vai acontecer.

A segunda explicação possível também me inquietou. "Buscar a pérola nos sonhos" significava também "ser inocente ao interpretar uma mensagem".[32]

O que o Filho do Homem insinuara?

Não tardaria a descobrir a secreta intenção do Galileu. Mas isso aconteceria em Nahum.

E caí, rendido. Estava esgotado.

---

32 *Margalit* (pérola) podia ser traduzido também como "hábil" *(raguil)* e como "perfeição" *(tam)*. Segundo essa interpretação, "extrair a pérola do sonho" significava ser hábil para decifrar uma mensagem. De outro ponto de vista, cada pérola branca derivaria de *ve'achlamah* (ametista), como diz o Êxodo (28, 19). Como se recordará, a ametista aparecia entre as 12 pedras sagradas que o Sumo Sacerdote judeu ostentava no peitoral, em menção às 12 tribos de Israel. Era considerada uma pedra com poderes sobrenaturais. Evidentemente, jamais se encontrou uma pérola de ametista. (N. do M.)

Mas a felicidade só durou duas horas.

Já avançada a segunda vigília da noite, fomos acordados bruscamente.

Eram Simão Pedro e João Zebedeu. Voltavam da festa de casamento, e não exatamente sóbrios. Eu diria que muito alegres. Apoiavam-se um no outro. Entraram cantando a canção do Messias e não tardaram a tropeçar e rolar pelo chão. André, solícito, correu a cuidar de seu irmão. Censurou--o pelo estado lamentável e o ajudou a se deitar ao seu lado. Simão Pedro não o ouvia. De vez em quando, dava vivas a Jesus de Nazaré. O Mestre se levantou, compreendeu e voltou a dormir.

João Zebedeu imitou Simão, mas foi se deitar longe de onde seu irmão Tiago descansava.

E fez-se a paz novamente. Paz? Eu havia esquecido os roncos e o suplício da apneia de Pedro.

E a casa se encheu de roncos e de silêncios heroicos.

Mas eu também acabaria me acostumando.

E voltei a dormir.

Mas, faltando uma hora para o alvorecer, alguma coisa me acordou. Ouvi ruídos. Endireitei o corpo e, à luz das lamparinas penduradas nas paredes, notei uma silhueta hesitante. Movia-se com dificuldades. Tropeçava. Dirigia-se para quem isto escreve.

Eu me assustei. Quem era? O que estava acontecendo?

E a figura continuou se aproximando.

Desviava dos corpos adormecidos dos discípulos. De repente, parava e olhava para a direita e para a esquerda.

Eu o conhecia.

Ao chegar ao meio da sala, uma das lamparinas de óleo o iluminou lateralmente.

Era Pedro!

Estava de olhos abertos, mas não olhava para lugar nenhum. Em décimos de segundo, julguei entender.

Começou a andar de novo, mas logo parou. Esfregou as mãos, como se as estivesse lavando em uma fonte imaginária.

Já ia me levantar. Tinha que ajudá-lo. Não foi necessário. André, ao não ouvir os roncos, acordou e o viu caminhando pela sala. Foi até ele, pegou-o pelo braço e, com doçura, conduziu-o de novo ao seu lugar. E lá ele se deitou, como se nada houvesse acontecido.

Acho que ninguém, salvo André e este explorador, percebeu o que aconteceu. Simão Pedro era sonâmbulo. Outra alteração típica do sono.[33] Nada grave, a princípio, mas podia se transformar em algo problemático, dependendo do lugar e das circunstâncias.

E tudo voltou à calma. E me perguntei, mais uma vez: por que, no ano 30, quando conheci Pedro, não notei sua apneia, nem os roncos, nem o sonambulismo? Não conseguia entender. Não era lógico. Em muitas daquelas noites, quando pude observá-lo durante horas, esses automatismos do sono teriam que ter se repetido.

Assim me surpreendeu o amanhecer, imerso nessas meditações. Não conseguia esclarecer o mistério. Só um tempo depois, no fim de minha aventura, tudo ficou nítido.

Os relógios do "berço" apontaram o orto solar (amanhecer) dessa quinta-feira, 28 de fevereiro, às 6 horas, 6 minutos e 41 segundos (de um suposto Tempo Universal).

O grupo foi acordando. Todos fizeram o asseio matinal, e Bartolomeu se esmerou com o café da manhã. O Mestre estava descansado. Notei seu bom ânimo. Contemplando-o, dava a impressão de que não havia acontecido nada. O prodígio do dia anterior parecia esquecido. Ninguém o recordou. Ninguém fez alusão à entrada "triunfal", de madrugada, de João e de Pedro. Tomamos o café da manhã em silêncio. Era desconcertante. A festa, aparentemente, era passado. Foi o que pensei, pelo menos.

E às sete da manhã, já prontos para partir, apareceu alguém que sinceramente eu havia esquecido. Era Ticra (Ceú aberto), a mãe do noivo. Estava acompanhada por Noemi, a nora. Ticra foi diretamente para o Mestre. Lamentou que houvesse ido embora da festa tão precipitadamente e, antes de se despedir, entregou-lhe um pequeno saco de lã, ou talvez de algodão, azul-escuro. Fechava com a ajuda de uma corda, também azul profundo.

Jesus pegou o saquinho e o abriu parcialmente. Olhou dentro dele e se voltou para a boa mulher. O rosto do Galileu se iluminou. E sorriu em silêncio. Ticra e Noemi corresponderam ao sorriso. Mas ninguém fez nenhum comentário sobre o conteúdo do saquinho.

---

33 Embora as causas do sonambulismo não estejam esclarecidas, os especialistas consideram que durante esse período o cérebro passa por um bloqueio cortical sem inibição motora. Geralmente, ocorre durante o sono profundo (estágios 3 e 4). Existem outros automatismos durante o sono (parassonias), como ranger os dentes (bruxismo), urinar na cama (enurese), falar e gesticular, sofrer pesadelos, sentar-se na cama com os olhos abertos ou puxar os lençóis no meio da noite. Nos adultos, o sonambulismo costuma aparecer como consequência do estresse, de uma forte tensão ou do álcool, entre outras razões. Pela manhã, ao acordar, a pessoa não se lembra do ocorrido durante a noite. (N. do M.)

E as mulheres, sem mais, beijaram novamente a face do Filho do Homem e se despediram. Afastaram-se apressadamente. A festa, ao que parecia, continuava.

E partimos.

A despedida do "urso" de seus pais idosos foi emotiva. Bartolomeu chorou um bom tempo enquanto nos afastávamos da aldeia. O "urso" era quem sustentava financeira e emocionalmente seus progenitores. Bartolomeu – acho que já disse – era o mais novo de sete irmãos. Todos moravam fora de Caná. Ele prometeu voltar "quanto antes", mas nem ele nem ninguém sabiam com certeza quando isso se daria. E, desta forma, começou a se esboçar um problema – em absoluto menor – que rondava fazia tempo a mente deste explorador: o que aconteceria com a família dos discípulos quando Jesus iniciasse sua vida pública? De fato, em certa medida, esse período já havia sido inaugurado. Eu não soube o que pensar. Muitas pessoas, supostamente, podiam ficar no desamparo.

O tempo tinha a palavra. Ele resolveria, imaginei.

O céu continuava denso e fechado, com as nuvens baixas distraídas em lamber colinas e olivais. Fazia frio, mas não parecia que sofreríamos as nevadas do dia anterior.

O Mestre, segundo seu costume, colocou-se à frente e puxou o grupo com passo decidido. Eu me coloquei em último lugar, fechando a expedição, como também era habitual neste explorador; e na companhia de André. Achei-o melancólico e um pouco triste. Imaginei que se devesse ao comportamento de seu irmão. E dei um jeito de tocar no assunto da bebida e do sonambulismo. André, que amava Pedro acima de tudo, evitou o primeiro tema. Seu silêncio me deu a entender que Simão bebia fazia tempo. Também não era de se estranhar. Os pescadores, no *yam*, eram homens rudes que diariamente tinham que enfrentar o perigo das tempestades frequentes e, em geral, exerciam um trabalho áspero e pouco gratificante. Quase todos os pescadores bebiam, e sem medida. Simão Pedro não era uma exceção, pelo menos não naquele momento.

Com relação ao segundo problema – o sonambulismo –, o paciente discípulo tornou a dar de ombros, como quando eu falara sobre o suplício dos roncos, e afirmou que não se lembrava do momento em que seu irmão começara a andar e fazer coisas estranhas dormindo.

– Coisas estranhas? Que coisas?

André me olhou intrigado. Por que aquele grego intrometido fazia perguntas tão estranhas? Mas o homem me apreciava, e eu a ele; e respondeu, acho que com sinceridade:

– Desde criança andou enquanto dormia. Era eu quem o levava de volta para a cama. A lua cheia é que o enfeitiçava, e ainda enfeitiça.

Essa era a crença generalizada naquele tempo. Os sonâmbulos eram homens e mulheres enfeitiçados pela lua.

– Andava por entre os móveis, sem tropeçar, e subia nas árvores e nos muros...

Tive um pressentimento. Jesus caminhara sobre as águas, como defendem os evangelistas, ou foi tudo consequência de um sono agitado de Simão Pedro? Eu teria que esperar para desvendar o enigma. Ou melhor, meu irmão é que teria que esperar chegar esse não menos histórico e incrível momento. Tempo ao tempo.

E, ouvindo as explicações de André, não sei por que me veio à memória o quinto ato (primeira cena) de *Macbeth*, de Shakespeare, quando detalha o sonambulismo de Lady Macbeth. Por que nenhum dos erroneamente chamados "escritores sagrados" fazem referência ao problema de Pedro com a bebida? Por que não mencionam os automatismos do sono de que sofria? Não era importante? Feria a imagem daquele que chegaria a ser líder visível da primitiva igreja?

E assim, enredados nessas conversas, desembocamos na trilha principal, a estrada que levava do *yam* a Cesareia, e que, como expliquei, eu havia percorrido nos dois sentidos em várias oportunidades. Jesus virou à direita e seguiu para o leste. Compreendi. Sua intenção era chegar ao mar de Tiberíades. Talvez a Nahum. Isso representava umas três ou quatro horas, dependendo. Naquele momento, talvez estivéssemos perto das oito da manhã. À nona hora (três da tarde), se tudo corresse normalmente, poderíamos avistar a margem ocidental do *yam*. Normalmente? Com Jesus de Nazaré era impossível falar de normalidade. E me preparei para enfrentar a viagem com otimismo. Viver com aquele Homem era uma permanente e deliciosa aventura.

Foi quando me veio à mente o que Bartolomeu narrara durante minha primeira viagem a Nazaré, no ano 30. Segundo o "urso", no dia seguinte ao prodígio, quando Jesus e os seis discípulos iam de Caná ao *yam*, pararam na chamada pousada do "caolho", não muito longe de onde estávamos naquele momento. Nesse albergue, ao que tudo indicava, acontecera alguma coisa. Eu tinha que me manter alerta. Esse dia ao qual Bartolomeu se referiu era justamente 28 de fevereiro, quinta-feira.

Segundo os meus cálculos, estávamos mais ou menos a uma hora da pousada.

E, pouco a pouco, o grupo foi descontraindo. Era o habitual. Então, quando havíamos avançado apenas cinco ou dez minutos, o Mestre abandonou a dianteira e lentamente foi ficando para trás. Conversou com uns e com outros. Simão Pedro estava eufórico. Achei estranho. Ele não havia dormido bem. Porém, como disse, falava com todos, ria e de vez em quando cantava. Não tinha jeito de estar sofrendo a esperada ressaca.

A questão é que o Galileu acabou se emparelhando com este explorador. Durante um tempo, andamos em silêncio. Os outros iam à frente, a bom passo. Agora era Simão Pedro que puxava o resto.

Olhei de soslaio algumas vezes. Sua aparência era boa. O cabelo estava preso no habitual rabo de cavalo e a fronte, coberta com a faixa de lã branca, também normal nas longas caminhadas. Imaginei que estivesse concentrado em seus pensamentos, mas não...

De repente, perguntou:

– É tão bom quanto dizem?

Não compreendi.

– Bom? O quê?

Sorriu com ironia e apontou para o saco de viagem que eu carregava no ombro direito. Eu continuava sem entender.

– O vinho.

– Vinho? Que vinho?

Naquela manhã, eu era o mais lerdo dos oito, sem dúvida. Precisei de alguns minutos para me dar conta.

Ele fez um comentário que me deixou perplexo.

– Pensei que, como *mal'ak* (mensageiro), minha gente havia te dotado de uma memória melhor.

Não reagi. Eu não entendia nada.

O Mestre compreendeu e me abraçou com seu braço direito e com seu sorriso. Aliás, foi quando reparei em outro detalhe que havia ignorado, mas que encerrava um significado: Jesus sempre caminhava à esquerda de quem quer que fosse. Precisava lhe perguntar por quê.

Fiquei feliz com o abraço, mas continuava confuso.

Ele insistiu, divertido:

– É bom o vinho do prodígio?

Finalmente!

– Ah, sim – balbuciei. – Claro que é!

E tentei me antecipar a seus pensamentos:

– Tenho um pouco... Queres?

– Depois...

E naquele momento percebi algo que o evangelista também não menciona: Jesus de Nazaré foi o único que não provou o vinho milagroso de Caná. Provou o primeiro, o que estava acabando, mas não o que "apareceu do nada", segundo suas palavras. Aliás, como Ele soube que eu carregava uma cabaça com um pouco de vinho prodigioso? Ele não estava presente quando a enchi e estava de costas quando a escondi na mochila.

Que pergunta mais tola!

E aproveitei a boa disposição do Mestre e a circunstância – perfeita – de estarmos caminhando sozinhos para abordar alguns temas relacionados ao prodígio. Temas que sinceramente eu não conseguia concatenar. O Galileu aceitou, encantado. Isto é o que recordo daquela instrutiva conversa a caminho do *yam*:

Jesus confirmou o que eu suspeitava. Ele não fora o responsável direto pelo prodígio. Foi sua "gente" (seus anjos, para simplificar) que o fez. Ele foi o primeiro a se surpreender. Como se pode recordar, em Beit Ids Jesus se propôs firmemente a não recorrer a seu poder pessoal. Queria revelar o Pai Azul mediante a palavra, e não por meio de sinais maravilhosos.

Mas, conforme imaginei, a piedade acabou "vencendo-o". Cada vez que sentia misericórdia, ternura ou compaixão, corria o risco de que seu desejo se tornasse realidade. "Correr o risco", obviamente, é um jeito de falar.

A questão é que Jesus de Nazaré sentiu doçura e piedade por aquela mulher que lhe havia dado o ser e que, no meio da festa de casamento, suplicava sua ajuda. As lágrimas da Senhora abriram seu coração, e Ele desejou, por um instante, que os sonhos de Maria se realizassem. Foi suficiente. Sua "gente" materializou o desejo do Homem-Deus. E o vinho se fez realidade.

– Mas como? – interessei-me vivamente – Como fizeram aquilo?

Jesus tornou a sorrir. Eu conhecia aquele sorriso. Vira-o no monte Hermon e em outros lugares. Era um sorriso que significava: "Chegaste ao limite".

– Eu sei – respondi a mim mesmo face ao eloquente silêncio do Mestre. – Cada um tem suas normas.

Jesus apreciou minha compreensão e acrescentou algo que não ficou claro. Falou do tempo. Ou melhor, da ausência do tempo. Sua "gente", se não entendi mal, criou o vinho como fazem os seres humanos, mas "fora do tempo". O vinho foi elaborado e processado (as palavras não me ajudam) como se faz na Terra, mas independentemente do fator ou da dimensão tempo. Aceitei sua palavra, mas não consegui dar luz à minha mente. Jesus de Nazaré jamais mentia.

Em consequência, segundo essas explicações, não houve violação das leis da natureza. Deus não burlou suas próprias normas. Não necessitava. Ao chegar ao Ravid e analisar a informação disponível, entendi um pouco. Só um pouco. Mas é bom eu ir passo a passo.

O Mestre sentenciou o enigma com uma simples frase:

– Não confundas tua limitação com a limitação de Deus.

Eu estava perplexo, mais uma vez. Jesus de Nazaré, como havia feito poucas horas antes com seus discípulos, estava reconhecendo que Ele não era o autor do prodígio. Havia sido sua "gente", com o consentimento ou a vontade de *Abba*.

– De modo que tu foste o primeiro a se surpreender – acrescentei.

– O primeiro e, de início, o mais surpreso.

Acabamos rindo.

Aquele Homem-Deus, mesmo sendo o Criador de um universo, não o controlava totalmente. Era parte do jogo.

E Jesus tornou a lamentar que as pessoas acreditassem nele por causa desses assuntos, tão alheios a sua vontade.

– Precisarei ter cuidado.

De início eu também não compreendi aquelas palavras.

– Cuidado?

– Sim, *mal'ak*, tenho que aprender a ser um Deus cuidadoso. A misericórdia é necessária, mas, em meu caso, devo administrá-la com prudência.

Era justamente isso que o distinguia. Jesus de Nazaré foi o Homem que mais misericórdia derramou sobre a Terra. Eu fui testemunha disso.

Mas acabei compreendendo. O que Ele quis dizer é que precisava estar atento. Qualquer manifestação de ternura ou compaixão podia derivar em um prodígio, e não era o que queria. Agora, finalizada minha aventura, continuo me perguntando: quantos acontecimentos prodigiosos foram protagonizados por Jesus sem que Ele estivesse ciente disso? Quantos prodígios foram consequência de sua misericórdia? Prodígios que não foram documentados por ninguém.

Não quero deixar de lado o último versículo do evangelho de João (21, 25). Embora provavelmente se trate de uma interpolação posterior (alguém colocou a mão), o responsável pelo acréscimo acertou na mosca, não sei se com conhecimento de causa. O versículo diz literalmente: "E ainda muitas outras coisas há que Jesus fez; as quais, se fossem escritas uma por uma, creio que nem ainda no mundo inteiro caberiam os livros que se escrevessem". Certo. Eu havia sido testemunha de dois acontecimentos inéditos: as curas de Aru, o negro tatuado do *kan* de Assis, o essênio, e a de Ajashdarpan, o menino mestiço de Beit Ids. E isso foi só o começo.

Por fim, quando o Mestre soube do ocorrido na festa de Caná, resignou-se. Não havia volta. Foi a vontade de seu Pai, o bondoso Deus. Isso era o importante. Isso era o que realmente contava para o Galileu. E ele se retirou para o terraço da casa. Precisava pensar. Tinha que entrar em contato com *Abba* e tomar decisões. Foi o que Ele explicou naquela caminhada. Ao descer as escadas e voltar ao pátio a céu aberto encontrou o "circo".

Não fiz comentário sobre a atitude de Maria, sua mãe. Não me pareceu prudente nem correto. Além de tudo, para quem isto escreve o assunto era nítido como a luz. A Senhora, como expliquei em outro momento, não entendeu a mensagem nem os métodos utilizados por seu Filho. Não compreendeu. Só depois da morte do Galileu começou a intuir seu erro. Mas acho que já falei disso.

E faltando pouco para a terceira hora (nove da manhã), o grupo parou em frente à pousada do "caolho". Os discípulos aproveitaram para descansar. Jesus chamou Felipe de lado, entregou-lhe umas moedas e pediu que fosse buscar as provisões necessárias para o dia. Quando chegássemos ao *yam*, veríamos.

Felipe se dirigiu ao túnel de acesso ao albergue e quem isto escreve rememorou os acontecimentos vividos naquele ano 30, quando caminhávamos em direção contrária, para Caná e Nazaré.[34] E elogiei o tato do Mestre ao não acompanhar Felipe dentro daquele maldito antro.

Mas o "urso", incapaz de controlar a curiosidade, foi atrás de Felipe. Depois me explicou. Seu desejo de dividir a notícia sobre o prodígio do vinho era tanto que não refletiu e se encaminhou para a pousada com o simples propósito de falar do assunto com quem estivesse ali reunido. Até certo ponto, era lógico e natural. Bartolomeu era de Caná. A pousada do "caolho" era um lugar relativamente próximo a sua àldeia natal. Lá todos se conheciam. Queria dar a grande notícia, mas...

Não hesitei. Fui atrás deles.

E fui recebido pelo cheiro inconfundível que caracterizava o recinto: uma mistura de urina, umidade, animais e óleo queimado.

---

34 Ampla informação sobre os fatos que lá aconteceram em *Cavalo de Troia 4 - Nazaré*. (N. de J. J. Benítez.)

Atravessei o pátio e, ao passar pelo poço, recordei a cena dos soldados e os clientes do "caolho".

O interior do albergue tinha o mesmo aspecto. No aposento retangular, iluminado por meia dúzia de tochas nas paredes, ainda estava a mesa longa e suja, assim como outras, menores e quadradas, tão imundas e gastas quanto a principal.

Várias prostitutas, com os peitos de fora e a pele tatuada, serviam vinho e carne ensopada para uma dezena de clientes. Uma fumaça branca saía das tochas e ia parar no teto. Os clientes, quase todos viajantes, riam das graças do proprietário da pousada, o tristemente célebre "caolho"; um sujeito mal-encarado, com um tampão de metal preto cobrindo seu olho esquerdo. Usava seu habitual avental de couro, sujo e ensebado, e um molho de grandes chaves de ferro pendurado no pescoço. Estava atrás do "balcão" das talhas, um "móvel" obrigatório nas tabernas e pousadas. Neste caso, como já detalhei, o "balcão" era formado por dez talhas de um metro de altura, alinhadas e solidamente ancoradas no chão de tijolo. Em cima da boca das talhas, foi colocada uma prancha de madeira de uns cinco metros de comprimento, com dez orifícios que permitiam encher as jarras. O vinho era retirado das talhas e servido pelas prostitutas.

Felipe esperava perto do "balcão". Já havia feito seu pedido: cabrito ao molho, pão escuro e fruta.

E aconteceu o inevitável.

Bartolomeu se dirigiu ao dono do albergue e, com solenidade, anunciou que o desejado Messias, o descendente da casa de Davi, estava às portas do estabelecimento. E o "urso", não contente com isso, advertiu o "caolho" e o resto da clientela que Jesus havia acabado de fazer um prodígio em sua aldeia, em Caná. E explicou algo que o "caolho" já sabia: a água das abluções foi transformada em vinho.

O riso foi geral. Ao que parecia, a notícia do prodígio havia se espalhado no fim da tarde anterior, e à grande velocidade. Já era conhecida na região.

Então, diante da crescente indignação de Bartolomeu, o dono do albergue – que não parava de rir e de debochar do tal Jesus de Nazaré – foi examinando o conteúdo das dez talhas. E, ao chegar a uma delas, provavelmente vazia ou quase vazia, parou, pegou um recipiente de metal, encheu-o de água e o esvaziou na talha. E repetiu a operação até enchê-la. Depois, incitando os presentes a rir, perguntou a Bartolomeu:

– Podes pedir a esse Messias que transforme esta água em vinho?

A clientela, de fato, morreu de rir.

O "urso" tentou pular em cima do dono do albergue, mas Felipe o segurou e o obrigou a ficar quieto.

E o "caolho" arrematou:

– Se possível, que seja vinho do Hebron. Naturalmente, vamos dividir os lucros.

A chegada das provisões pôs um ponto final na cena desagradável. Felipe pagou e saiu puxando seu contrariado sócio e amigo. Ao sair da pousada, os risos continuavam ecoando nas paredes.

O Mestre, sentado ao pé da estrada, olhou intensamente para mim. Nem o "urso" nem Felipe disseram nada, mas Ele sabia.

E prosseguimos a marcha.

Deviam ser dez da manhã, mais ou menos.

Havia muito caminho pela frente. E tornei a questionar: o povoado dos bastardos ficava a uma hora e meia dali. Será que o Mestre entraria no conflituoso assentamento dos *mamzerim*? Eram milhares de casebres com a escória da sociedade judaica. Quem isto escreve já havia tido uma amarga sensação ao atravessar aquela "cidade"[35], quando ia e vinha de Cesareia. Eu não conseguia imaginar o Filho do Homem no meio de tamanho desastre humano. Ou poderia? O que podia acontecer se alguém pedisse sua ajuda?

E Jesus entrou na "cidade dos desventurados", mas em outro momento.

O Galileu foi revezando enquanto avançávamos. Caminhava com uns e com outros, ou com o grupo, conforme o momento. Dedicou ao "urso" parte do trajeto. Bartolomeu continuava mancando da perna esquerda.

A verdade é que cruzamos com pouca gente.

E à quinta hora (11 da manhã), o Mestre fez o que eu havia imaginado: ao divisar o cruzamento para a aldeia de Arbel, foi desviando e acabou pegando à esquerda, abandonando a trilha principal. Foi uma feliz ideia. Aquele atalho para o *yam* era mais recomendável que o cruzamento por entre os bastardos, e, posteriormente, a passagem pela intrincada cidade de Tiberíades. A propósito, ao longo do caminho, antes de chegar ao referido desvio para Arbel, a aldeia das redes, o Mestre foi explicando a cada discípulo que, no futuro, deviam evitar as cidades de Séforis (capital da

---

35 Ampla informação sobre a "cidade dos *mamzerim*" em *Cavalo de Troia 5 – Cesareia*. (N. de J. J. Benítez.)

baixa Galileia) e Tiberíades. Não deu explicações. Meu irmão, Eliseu, é quem acabaria esclarecendo o mistério. E Jesus também recomendou que procurassem falar o menos possível sobre o ocorrido na boda de Caná. "Um pouco tarde", pensei.

Uma vez no caminho que levava a Arbel, o Mestre escolheu um círculo de oliveiras à direita e sugeriu que descansássemos. Era hora do almoço.

E os discípulos se sentaram no chão. Alguns aproveitaram para urinar.

Felipe, o "urso" e André prepararam a comida.

Jesus se acomodou ao pé de uma das velhas oliveiras e contemplou o céu. Fiz cálculos. Eu conhecia a região. Estávamos a 193 metros acima do nível do mar e a pouco mais de uma hora e meia de Migdal. Antes do ocaso, se essas fossem as intenções de Jesus, poderíamos estar em Nahum.

O céu começou a se abrir, mas, na parte que havíamos deixado para trás, especialmente nas colinas de Caná, o horizonte continuava negro e borrascoso. De vez em quando, a parede de nuvens se acendia, e adivinhavam-se os trovões. Não eram relâmpagos azuis, como os que vi em Caná. Devia estar chovendo ou nevando sobre a casa de Nathan. A festa ainda duraria? Como teria reagido a Senhora ao saber que seu Filho havia abandonado o lugar? O "vinho prodigioso" se esgotaria? Que pensariam Tiago e Judas, irmãos de Jesus, da súbita partida do Mestre e de seus discípulos? E o que dizer do persa? Continuaria procurando por mim?

E, mergulhado nessas reflexões mais ou menos importantes, fui surpreendido por algo que havia se perdido na penumbra do esquecimento.

O Mestre revirou seu saco de viagem e tirou a pequena bolsa azul profundo que Ticra lhe dera nessa mesma manhã, ao alvorecer.

Fiquei intrigado. O que continha?

E prestei atenção.

O Filho do Homem, feliz, cantarolando em voz baixa, soltou a corda e abriu a bolsa. Olhou dentro dela e, sempre cantarolando, ergueu os olhos e me procurou com o olhar. Fiquei lívido. Pouco faltou para que este explorador desviasse o olhar, mas não. Decidi resistir àquela "luz" cor de mel. Não era fácil se acostumar a Ele penetrando seus pensamentos...

Sorriu, divertido, e continuou cantarolando.

Eu conhecia a canção: "Deus é ela..."

Era uma das favoritas do Mestre. Eu a ouvi pela primeira vez no estaleiro dos Zebedeu, quando o Galileu trabalhava em uma das embarcações.

"Ela, o primeiro *heh*, que segue o *yod*..." Jesus martelava os pregos e fazia coincidir os golpes com algumas palavras.

O Mestre, sempre sorrindo, baixou a vista e se concentrou de novo no conteúdo da bolsa de lã.

"... Ela, a linda e virgem..."

E assim ficou por alguns segundos, contemplando não sei o quê. Eu estava aflito.

Felipe soltou um palavrão em homenagem aos pais do dono do albergue, "supondo que os tenha", acrescentou. Não sei o que estava acontecendo.

"... O cálice do segredo... Pai e Mãe são nove mais seis..."

A canção fluía devagar. Jesus mantinha a bolsa aberta. Parecia enfeitiçado pelo conteúdo. Observei de novo suas mãos. Eram especialmente atraentes: longas, estilizadas, com as unhas sempre limpas e bem cortadas. Varonis, mas não deformadas pelo trabalho. Era assombroso: Jesus foi carpinteiro, ferreiro, pedreiro, pescador e também *naggar*, ou carpinteiro naval. Suas mãos, pela lógica, deviam estar deformadas. Mas, ao contrário.

"... Deus é ela..."

Por que não tirava de uma vez o conteúdo da bolsa? Tive vontade de me levantar e bisbilhotar, mas não. Meu atrevimento não chegava a esse extremo. Meu irmão com certeza teria sido capaz de algo assim.

O Mestre parecia encantado com o presente de Ticra. Disso não havia dúvida. E prosseguiu contemplando-o, mas sem tirá-lo da bolsa azul.

Comecei a pensar que não o tiraria.

"... Ela, o segundo *heh*, habitante dos sonhos..."

E o "urso" se juntou aos xingamentos de seu sócio, Felipe de Saidan. Disse algo sobre o cabrito que o "caolho" lhe havia vendido.

Eu me resignei.

Jesus não parecia disposto a mostrar o presente da mãe do noivo.

Eu me enganei, naturalmente.

"... Deus é ela..."

E, sem abandonar o sorriso divertido, colocou a mão esquerda na bolsa e resgatou seu conteúdo.

Finalmente!

O sol, quase no alto, recebeu-o com a mesma ansiedade que eu. Mas ele o fez brilhar. Eu não estava preparado, ainda, para tal façanha.

Ao vê-lo, fiquei perplexo. Havia me esquecido daquilo por completo.

E Felipe, mal-humorado, aproximou-se de Jesus e lhe mostrou o ensopado de cabrito. O discípulo pegou um pedaço, levou-o à boca e tentou morder.

– Maldito cão sarnento! Isto é lenha!

Jesus não teve tempo de reagir. Felipe voltou com seus companheiros e continuou xingando o "caolho". O cabrito, ao que parecia, era intragável.

O Mestre esqueceu o contratempo e prosseguiu, encantado com o cálice de metal com que havia brindado e bebido na festa de casamento de Noemi e Johab. Era isso. Esse foi o presente de Ticra.

Passou-o pelos dedos e o deixou brilhar. O sol estava adorando e fazia seu trabalho às mil maravilhas.

Era uma liga, como disse, mas não sabia qual. Teria que tê-lo tocado e analisado.

O Galileu tirou um pano vermelho da bolsa azul e começou a dar brilho à taça. Ticra, cuidadosa, havia previsto tudo. O pequeno lenço de linho, vermelho-cereja suave, servia para manter o curioso objeto limpo e brilhante. E digo curioso porque, pelo que pude observar, o cálice tinha um acabamento e uma forma pouco comuns. E desejei ardentemente acariciá-lo e examiná-lo. O ideal teria sido no "berço". Mas compreendi que estava sonhando.

Digo desde agora. Não sei por que, desde o primeiro momento, me senti atraído pelo cálice. Foi uma empatia incrível. E o mesmo aconteceu com o Mestre. Desde que os serviçais de *Sapiah* ofereceram as taças de metal à família e ao convidado de honra, o Filho do Homem observou e acariciou a taça com um especialíssimo cuidado. E me veio à mente a sequência do jardim de Getsêmani e aquelas terríveis palavras de Jesus, aterrorizado diante do que estava prestes a acontecer: "*Abba*! Vim a este mundo para cumprir Tua vontade e assim fiz. Sei que chegou a hora de sacrificar minha vida carnal. Não me esquivo, mas gostaria de saber se é Tua vontade que beba deste cálice".

E repetiu, minutos mais tarde:

"Pai... muito bem sei que é possível evitar este cálice. Tudo é possível para Ti. Mas vim para cumprir Tua vontade e, não obstante ser tão amarga, eu a beberei se é Teu desejo."

Isso aconteceu (aconteceria) na madrugada de sexta-feira, 7 de abril do ano 30 de nossa era, na periferia de Jerusalém.

Senti um calafrio.

O que aquele cálice simbolizava? Por que estava lá? Por que o Galileu sentia tanta atração por ele? Por que me emocionei ao vê-lo?

Mas o Mestre acabou guardando a taça de metal e dando atenção aos seus.

O almoço, efetivamente, malogrou, em parte. O ensopado tinha mais anos que o sol, e a carne era dura feito pedra. Os discípulos xingaram o "caolho". Era curioso. Por ora, Jesus não parecia incomodado com a linguagem dos íntimos. Não levava em consideração seus palavrões. E decidimos pelo pão escuro molhado no molho. Aquilo aliviou, em boa medida, o mau humor geral. A fruta fez o resto.

E enquanto descansávamos, enquanto alguns discípulos cochilavam ao pé das oliveiras, o Galileu pegou de novo o cálice de metal e o entregou a mim, pedindo que lhe permitisse provar o "vinho prodigioso". Rapidamente satisfiz seus desejos.

Peguei a taça e fui até o saco de viagem, colocado debaixo de uma árvore com as outras mochilas.

Jesus observava. Eu sabia, mesmo estando de costas para Ele.

E aproveitei para examinar o cálice com atenção.

Parecia aço inoxidável, mas, obviamente, eu não tinha certeza.

Aço inoxidável?

Esse tipo de liga começou a ser industrializado na Europa em 1910, graças aos trabalhos de especialistas como Gielsen, Portevin, Maurer e Strauss, entre outros. Como era possível? Sinceramente, depois da experiência com a espada de "aço de Damasco" vivida em Jerusalém durante o segundo "salto" no tempo[36], já não me atrevi a negar absolutamente nada. Tudo era possível naquela louca e maravilhosa aventura.

O cálice era inteiriço. Devia medir cerca de 13 centímetros de altura, com um diâmetro de seis na boca. O pé era oco e do mesmo diâmetro. Era extraordinariamente brilhante. Havia sido polido com uma espécie de torno. Dentro do cálice notavam-se as espirais e os pontilhados produzidos pelo torno. O peso me chamou a atenção. Calculei cerca de meio quilo. Muito para um cálice dessas dimensões.

A feitura era maravilhosa. Foi trabalhado com requintada delicadeza (como não podia ser diferente).

E naquele momento tornei a pensar: como gostaria de levá-lo ao "berço" e analisá-lo exaustivamente!

---

36 Durante uma das incursões no bairro dos ferreiros, em Jerusalém, quem isto escreve visitou uma oficina e teve em suas mãos uma espada fabricada com aço (o chamado "aço de Damasco"). Era muito leve, com as duas faces da lâmina cruzadas por belas e suaves marcas ondulantes que lhe davam uma tonalidade branca azulada. Como se pode recordar, as primeiras descrições do "aço de Damasco" datam do ano 540 d.C. A espada foi confeccionada com altas concentrações de carbono. Tinha a chamada "escala de Mohammed" (típicas marcas verticais na lâmina). As regiões esbranquiçadas do aço eram carboneto de ferro, ou cementita, e as faixas escuras do fundo, ferro com um baixo índice de carbono. A matéria-prima era *wootz*, um aço fabricado na Índia. (N. do M.)

Mas foi só um pensamento.

Cheirei-o. Era metal. Pelo menos, foi o que me pareceu.

Não quis me demorar mais. Enchi a taça com o vinho do prodígio e voltei para perto do Galileu. Entreguei-a, e Jesus agradeceu o gesto com outro interminável sorriso. Aquela dentição, branca, perfeitamente alinhada, sem defeito algum, deixava-me fascinado.

Correspondi ao sorriso, mas não me dei conta do segredo que o olhar do Filho do Homem encerrava. Fui tolo. Aquele olhar carregava uma mensagem. Agora eu sei.

Pensei nos discípulos. Convidava-os a dividir a bebida prodigiosa? Descartei a ideia. A análise era prioritária. Não podia perder nem mais uma gota.

Jesus ergueu a taça, e o sol, atento, encheu-a de reflexos.

E o Mestre, em voz baixa, entoou seu brinde favorito:

- *Lehaim!* (À vida.)

Os discípulos não viram nem ouviram.

Então, aproximou o cálice de seu rosto, contemplou novamente o vinho e o cheirou devagar, semicerrando os olhos.

Levou-o aos lábios e bebeu com lentidão e curiosidade. Deixou que o vinho se acomodasse em sua boca e o degustou sem pressa.

Continuava de olhos fechados, mas seu rosto irradiava satisfação. Estava gostando daquilo.

E nisso, um dos discípulos - acho que João Zebedeu - pediu a atenção do grupo.

E apontou para o oeste, para Caná.

Ficamos maravilhados.

Foi um espetáculo único. Maravilhoso. Oportuníssimo. Mágico.

Ao fundo, no céu negro-azulado, sobre as colinas, viam-se dois enormes arco-íris, concêntricos, quase redondos.

- Cem anos de boa sorte... - clamou o "urso".

Essa era a crença quando se viam dois arco-íris ao mesmo tempo. Quando se via um, a sorte - diziam - se prolongava por 50 anos (a vida toda, praticamente). Pura superstição.

O arco interno (o mais próximo do solo) era o mais brilhante, exatamente como cabe a esse tipo de fenômeno.

Então, ao observar com calma, reparei em algo que me deixou confuso. Na realidade, não foi um, mas dois "detalhes" estranhos.

Para começar, era meio-dia. O sol estava praticamente no zênite. Nessa posição, é difícil ver um arco-íris, e muito menos um duplo. Eu

tive oportunidade de ver um quando voava sobre meu país, os Estados Unidos. Era um círculo completo, belíssimo. Eu tive sorte, sim. Nessa oportunidade, porém, o duplo arco, o observador e o sol formavam um ângulo reto.[37]

O segundo detalhe que me deixou perplexo foi, sem dúvida, o mais notável. No arco primário (o mais brilhante), duas das cores habituais do espectro estavam em posição trocada.

Olhei de novo.

Não era possível... O que estava acontecendo? Aquele fenômeno era desconhecido para este explorador. Não recordava ter lido algo sobre isso.

O violeta, que devia aparecer na parte baixa do arco-íris (a mais próxima ao chão, para entender melhor), estava no "exterior", na parte mais alta do arco. O vermelho, por sua vez, ocupava a posição do violeta. Em vez de estar na parte alta, para meu desconcerto, foi relegado à parte inferior.

As outras cores estavam "em seu lugar", como deviam.

Aquilo não tinha sentido... Ou tinha?

Quanto ao arco secundário, como manda a natureza, a ordem das cores era invertida em relação ao primário. Nesse aspecto, tudo normal.

Eu estava tão absorto na contemplação dos dois arco-íris concêntricos que quase perdi o Galileu de vista.

Mas Jesus, alertado pelos comentários dos discípulos, acabou abrindo os olhos e teve oportunidade de contemplar aquela maravilha.

Então, ergueu de novo o cálice em direção aos arco-íris e o manteve nessa posição durante alguns segundos.

E repetiu, também em voz baixa:

– *Lehaim!*

Minha confusão foi total. A quem estava brindando?

Não fui muito esperto, não senhor. Lá havia muito mais do que parecia.

O cálice lentamente voltou aos lábios do Mestre, e o Filho do Homem bebeu o vinho prodigioso. Depois, reclinou a cabeça no tronco da

---

37 O habitual é que o arco-íris apareça quando chove na parte do céu oposta ao sol (tomando como referência o observador). O processo é o seguinte: quando a luz solar encontra gotas de chuva, boa parte dos raios luminosos se refrata em cada gota, refletindo-se dentro. Por último, registra-se uma segunda refração. Se a reflexão da luz é uma só, dá lugar ao arco-íris primário (o mais brilhante). Em outros casos registram-se duas reflexões no seio das gotas de chuva e surgem dois arcos (primário e secundário). O centro do arco, o olho do observador e o sol devem estar sempre alinhados. (N. do M.)

oliveira e fechou os olhos novamente. Seu semblante estava sereno. De cada poro seu saía um pouco de luz. Foi o que me pareceu.

E a taça de metal descansou no colo do Galileu, firmemente presa em seus dedos. O sol cuidou de enchê-la de cintilações.

E fez-se um longo silêncio. Um silêncio sem fundo.

Desfrutei do singular arco-íris até que, lentamente, foi se extinguindo. O segundo arco também acabou desaparecendo e só ficou o horizonte negro e fechado, justamente sobre Caná. Justamente...

Eu me senti bem e confuso ao mesmo tempo. Não soube a que atribuir aquela intensa sensação de paz. Agora, passado o tempo, acho que sei.

Quanto à confusão, era lógica. Como disse, jamais havia visto coisa igual. Não existe bibliografia a respeito que eu tenha podido encontrar. E posso afirmar que procurei, começando pelo banco de dados de nosso fiel colaborador, "Papai Noel". Não há nada sobre a inversão de cores no arco-íris. Não é lógico nem racional. Não obedece ao conhecido. Porém, quando Eliseu soube do ocorrido, sorriu com a mesma malícia que o Galileu e deu uma possível explicação. Disse que... Bem, melhor que ele mesmo dê os detalhes, quando chegar a hora. Evidentemente a inversão do violeta e do vermelho tinha sentido.

Não sei quanto tempo se passou. Não calculei.

O caso é que assim que os arco-íris desapareceram, voltei-me para o Mestre e o contemplei. Pensei que estava cochilando, mas não. De repente, por sua face direita deslizou uma lágrima. Era uma lágrima apressada. E Ele a escondeu, rapidamente, na barba.

Não houve mais. Fiquei impressionado.

Os discípulos acabaram caindo em um plácido sono. Pedro, felizmente, não interrompeu aquele momento mágico com seus roncos. Acho que nenhum dos seis notou a misteriosa lágrima do Filho do Homem.

E quem isto escreve se perguntou: "Por que o Mestre chorou?" Foi de felicidade? Viu algo que os outros não viram? Foi de tristeza? Soube de algo que também não fomos capazes de intuir? Nunca descobri.

Passado um tempo, o Galileu abriu os olhos. Olhou à sua volta e recuperou a disposição. Observou este explorador e, após me dar uma piscada, levantou-se. Guardou o cálice, colocou o saco de viagem no ombro e alertou seus homens para que retomassem a marcha.

Pouco depois, o grupo estava em movimento, rumo ao mar de Tiberíades.

Estávamos perto da uma da tarde.

E continuei me perguntando: "Que foi que aconteceu naquele remoto caminho, perto da aldeia de Arbel?" Tinha certeza de que havia sido testemunha de algo especial, muito especial, e talvez tão prodigioso quanto a conversão da água em vinho, mas não soube decifrar o novo mistério.

E, mergulhado nesses pensamentos, contornei com os outros a tranquila Arbel, e seguimos pela planície das pimpinelas espinhosas rumo aos desfiladeiros de Hamam e dos "pombos", perto do *yam*.

Os enigmas do cálice e da inversão de cores no arco-íris me deixaram obcecado. E durante um bom tempo não fiz nada além de pensar nisso. Mas, certo de que não chegaria a nenhuma solução enquanto não pudesse examinar a peça de metal e consultar o computador central, optei por me refugiar em outro tema, não menos problemático: o evangelho de João. Eu fui testemunha do ocorrido na boda de Caná e recordava o que João Zebedeu havia escrito a respeito; o citado evangelista também fora testemunha (a sua maneira) do prodígio.

Sorri com meus botões. Os crentes, ao ler esse texto[38], podem imaginar uma festa de casamento muito diferente do que realmente foi, e, acima de tudo, podem acreditar no que nunca existiu. Embora os fatos já tenham sido narrados, acho que é minha obrigação repassar o citado texto de João. Se não fizesse isso, não ficaria tranquilo. A leitura do evangelho de João é simplesmente uma demonstração da pouca credibilidade dos assim chamados "escritores sagrados". Vamos aos dados:

1. "Três dias depois celebrava-se um casamento em Caná da Galileia", diz João.

Em minha opinião, é o único acerto do evangelista. Haviam se passado três dias (quase quatro) desde a partida de Jesus e seus recém-es-

---

38 O texto de João (2, 1-12) diz literalmente: "Três dias depois, houve um casamento em Caná da Galileia, e estava ali a mãe de Jesus; e foi também convidado Jesus com seus discípulos para o casamento. E, tendo acabado o vinho, a mãe de Jesus lhe disse: 'Eles não têm vinho'. Respondeu-lhes Jesus: 'Mulher, que tenho eu contigo? Ainda não é chegada a minha hora'. Disse então sua mãe aos serventes: 'Fazei tudo quanto ele vos disser'. Ora, estavam ali postas seis talhas de pedra, para as purificações dos judeus, e em cada uma cabiam duas ou três metretas. Ordenou-lhe Jesus: 'Enchei de água essas talhas'. E encheram-nas até em cima. Então lhes disse: 'Tirai agora, e levai ao mestre-sala'. E eles o fizeram. Quando o mestre-sala provou a água tornada em vinho, não sabendo donde era, se bem que o sabiam os serventes que tinham tirado a água, chamou o mestre-sala ao noivo e lhe disse: 'Todo homem põe primeiro o vinho bom e, quando já têm bebido bem, então o inferior; mas tu guardaste até agora o bom vinho'. Assim deu Jesus início aos seus sinais em Caná da Galileia, e manifestou a sua glória; e os seus discípulos creram nele. Depois disso desceu a Cafarnaum, ele, sua mãe, seus irmãos e seus discípulos; e ficaram ali não muitos dias". (N. do M.)

colhidos discípulos do meandro Ômega, nas proximidades do Jordão. A propósito, por que o Zebedeu não menciona em seu texto a queima feita pelo Mestre em Nazaré? Não a julgou importante? João sabia que essa faceta artística (desenhar e esculpir figuras humanas) era proibida pela Lei de Moisés. Por que escondeu a queima de quadros ou a destruição das estatuetas de barro? Temia que acusassem o Filho do Homem de idólatra?

2. "... e estava ali a mãe de Jesus; e foi também convidado Jesus com seus discípulos para o casamento."

Correto, mas havia muito mais gente. Por que João não faz menção a Tiago e a Judas, irmãos do Mestre? Também estavam lá. Um deles, inclusive – Tiago –, participou com a mãe de uma consulta a Jesus sobre o quando e o como do prodígio. Por que o evangelista oculta isso? No fim do texto, porém, João deixa escapar que os irmãos de Jesus também compareceram à festa de casamento: "Depois disso desceu a Cafarnaum, ele, sua mãe, seus irmãos, e seus discípulos (...)". Obviamente, se João Zebedeu houvesse contado toda a verdade, deveria ter falado desse encontro entre Jesus, a Senhora e Tiago e, em consequência, ver-se-ia obrigado a explicar qual era o pensamento de Maria e de muitos dos ali reunidos. Como pode que o evangelista defendesse as ideias da Senhora sobre um líder, um Messias, político e libertador de Israel? O evangelho de João, não esqueçamos, foi escrito muitos anos depois da morte do Filho do Homem. João era o primeiro a acreditar nesse Messias "quebrador de dentes", pelo menos naquele momento. Depois, compreendeu (mais ou menos) e mudou de opinião. Mas, dado seu orgulho, não podia aceitar que na época em que se deu a boda de Caná ele fosse um defensor do Messias político-religioso-social. Essa é a razão básica pela qual manipulou a verdade.

3. "E, tendo acabado o vinho(...)"

Naquele momento (quatro da tarde), pouco antes do prodígio, o vinho não havia acabado. Segundo meus cálculos, restavam cerca de 240 litros de vinho e uns 80 litros de cerveja (quatro metretas de vinho e duas de cerveja).

4. "(...)a mãe de Jesus lhe disse: 'Eles não têm vinho.'"

Não foi assim que se desenrolaram os fatos. Foi Ticra, a mãe do noivo, quem avisou à Senhora que o vinho estava acabando.

5. "Respondeu-lhes Jesus: 'Mulher, que tenho eu contigo? Ainda não é chegada a minha hora.'"

João não estava presente quando se deu esse diálogo entre a Senhora e seu Filho. Das duas, uma: ou ele o inventou, ou a Senhora lhe contou depois, à sua maneira. Ou Maria contou a verdade e João Zebedeu a mudou a seu bel-prazer. É muito diferente dizer "Que tenho eu contigo, mulher?"

em vez de "Minha boa mulher, que tenho eu a ver com isso?" E também não foi o Mestre quem anunciou "que havia chegado sua hora". Foi Maria quem disse isso, e acrescentou algo importante: "Não podes nos ajudar?" Entendo que essas sutilezas devem ser destacadas.

6. "Disse então sua mãe aos serventes: 'Fazei tudo quanto ele vos disser'."

João faz desaparecer o resto da conversa entre o Mestre e a mãe e, evidentemente, a recriminação que Jesus faz a Maria: "Por que me atormentas de novo com esse assunto?" Não era bem-visto que o Mestre se queixasse diante da Senhora? Pelo jeito, não.

E o evangelista não menciona as lágrimas de Maria. Por quê?

E também não faz referência às palavras do Galileu quando adverte a mulher de que não torne a fazer promessas que comprometam o Filho. Tratava-se de outra recriminação, e isso, evidentemente, não agradou a João Zebedeu. E a verdade foi sepultada de novo.

Mas o mais lamentável, do meu ponto de vista, foi o silêncio do evangelista com relação à cena seguinte, quando Jesus se dirige a uma Senhora arrasada pelo pranto: "Já chega, mãe Maria! Não chores por minhas palavras, aparentemente duras. (...)Com quanta alegria faria o que me pedes se essa fosse a vontade de *Abba*...".

Por que não menciona o instante em que Jesus coloca a mão esquerda na cabeça de Maria, em sinal de consolo? Por que não diz nada sobre os beijos e os abraços da Senhora?

É verdade que Maria disse aos serviçais: "O que meu Filho vos disser, fareis!". Mas as circunstâncias em que se deu essa instrução não foram as contadas pelo evangelista.

7. "Ordenou-lhe Jesus: 'Enchei de água essas talhas'. E encheram-nas até em cima."

Falso. Jesus não disse absolutamente nada, nem a ninguém. Simplesmente, quando compreendeu o ocorrido, deu meia-volta e se afastou, refugiando-se no terraço da casa. João inventou a cena, ou alguém lha contou, deturpando os fatos. As talhas, além de tudo, estavam cheias de água. O conteúdo era reposto constantemente. Ninguém as encheu "até em cima". Aliás, João não se lembrava direito. Não sabe se as talhas eram de duas ou três metretas. Eram de três metretas, exatamente, com um total de cerca de 720 litros. Esse foi o volume do "vinho prodigioso".

8. "Tirai agora, e levai ao mestre-sala."

Nova invenção do escritor. Insisto: João Zebedeu não esteve presente. Não sei de onde tirou essa informação. Ele estava a certa distância, perto de um dos candelabros, na galeria norte da *Sapiah*, com os outros discípulos. A "descoberta" do "vinho prodigioso" se deu de outra forma. Jesus não estava perto das *cad* quando um dos escravos notou que "aquilo não era água".

9. "E eles o fizeram. Quando o mestre-sala provou a água (...) chamou o noivo e lhe disse: 'Todo homem põe primeiro o vinho bom e, quando já têm bebido bem, então o inferior; mas tu guardaste até agora o bom vinho.'"

Prosseguem as falsidades. O vinho não foi levado ao mestre-sala. O *maître*, ou mestre de cerimônias, foi às talhas, como o dono da casa e a própria Senhora, quando começou a correr o rumor. Provou o vinho, de fato, mas não se dirigiu ao noivo, e sim ao pai deste. E suas palavras estão incompletas. Falou do vinho e afirmou que era bom, mas João, o evangelista, ignorou as dúvidas do mestre-sala. Este, em nenhum momento, falou de prodígio. Para o persa, tudo foi um engano. E esse foi o pensamento do pai do noivo e de muitos convidados.

Também não faz referência ao tipo de vinho (doce), muito apropriado para a sobremesa, nem à circunstância de que a maior parte dos comensais já havia jantado. Naturalmente, João evita o súbito desaparecimento do Filho do Homem, e diz ainda menos de sua volta e de como abandonou a casa.

Quanto à divisão de opiniões entre os convidados sobre a natureza do que havia acontecido, João Zebedeu se abstém. Lendo seu evangelho, temos a sensação de que todo mundo, desde o início, considerou o aparecimento do "vinho prodigioso" como um portento. Nada mais longe da realidade.

10. "Assim deu Jesus início aos seus sinais em Caná da Galileia, e manifestou a sua glória; e os seus discípulos creram nele."

João estava mal informado. Não foi em Caná que o Mestre fez seu primeiro prodígio. Foi no lago Hule, em Beit Ids, onde aconteceram os primeiros fatos sobrenaturais, que eu saiba...

E outro detalhe de especial importância que João, na hora de escrever seu evangelho, conhecia perfeitamente: não foi um prodígio feito por Jesus, e sim por sua "gente", e com o consentimento de *Abba*, o que é muito diferente.

11. "Depois disso desceu a Cafarnaum, ele, sua mãe, seus irmãos, e seus discípulos; e ficaram ali não muitos dias."

Falso também. A mãe, Tiago e Judas não voltaram com Ele ao *yam*.

Jesus voltou com seus discípulos. A Senhora e os irmãos voltariam a Nahum horas depois, na noite de quinta-feira, 28 de fevereiro.

Quanto ao fato de não terem ficado lá muitos dias, mais falso ainda.

Mas disso falarei a seu devido tempo.

Em resumo: o evangelho de João, no que diz respeito à boda de Caná, pode ser considerado um absoluto e total desastre. Em 30 linhas contei mais de 12 erros, alguns especialmente graves. A manipulação foi descarada. João Zebedeu faltou com a verdade, uma vez mais.

E uma última observação. Se o prodígio de Caná foi tão importante (e foi) e o Zebedeu fala de *semeion* (sinal), por que os demais evangelistas não o mencionam? Será que souberam das dúvidas que assaltaram os convidados da festa e optaram pelo silêncio?

Como dizia o Mestre, quem tiver ouvidos, que ouça.

E foi a caminho do *yam*, perto de Nahum, que comecei a compreender outro episódio singular vivido por este desconcertado explorador quase quatro meses antes, na chamada garganta de El Firan[39], quando me coube conviver com Yehohanan. Em uma daquelas noites (novembro do ano 25) julguei ter tido um sonho. Foi um sonho (?) estranho. "Vi" no céu estrelado uma série de "luzes" que pareciam navegar de forma inteligente. Pois bem, várias dessas "luzes" afastaram-se do cinturão de Orion, sobre o qual haviam permanecido camufladas, e deram início a uma vertiginosa descida rumo ao desfiladeiro em que eu estava. No meio do caminho, as "luzes" se fundiram em uma. E uma enorme bola branca se precipitou para quem isto escreve. E, quando pensei que tudo estava prestes a voar pelos ares, a bola parou. Flutuava como uma pluma. Era uma enorme esfera branca radiante. Tudo à minha volta estava iluminado como se fosse dia. Aquela luz não produzia sombras. A esfera, situada a uns 500 metros acima de minha cabeça, tinha um 1,8 quilômetro de diâmetro (exatamente 1.757,9096 metros). Nunca entendi como eu soube disso, mas a medida chegou nítida a minha mente. Era o mesmo objeto enorme que foi observado em 7 de abril do ano 30 sobre Jerusalém, quando surgiram as não menos misteriosas "trevas" no momento do falecimento do Galileu. Pois bem, de repente, essa esfera mudou de cor e passou ao vermelho-cereja. E se elevou a grande velocidade, desaparecendo em direção a Orion. Mas

39 Ampla informação sobre o misterioso acontecimento em *Cavalo de Troia 8 - Jordão*. (N. de J. J. Benítez.)

o "sonho" não havia terminado. Não sei como, alguma coisa ficou flutuando na noite. E foi descendo rumo à garganta do El Firan. Eram letras e números, em hebraico e aramaico, enlaçados como elos de uma corrente! Eram como o cristal, mas não era cristal! Abri as mãos e deixei que pousassem nelas. E retive na memória algumas daquelas palavras e daqueles números. Foi isto que "vi" no "sonho" (nesta ordem): "ÔMEGA 141"; "PRODÍGIO 226"; "BELSA'SSAR 126"; "DESTINO 101"; "ELIŠA E 682"; "MORTE EM NAZARÉ 329"; "HERMON 829"; "ADEUS ORION 279"; e "ESRIN 133".

E, como disse, julguei entender.

As palavras e os números eram "profecias", ou algo assim. O significado das duas primeiras foi claro. Pelo menos, foi o que pensei.

"ÔMEGA 141" tinha que se referir ao batismo de Jesus no meandro Ômega. Especificamente no rio Artal, um dos afluentes do Jordão. Quanto aos números ("141"), separados forneciam uma data: 14 de janeiro. Justamente a data do batismo do Mestre.

Fiquei desconcertado.

Quanto à segunda palavra e número – "PRODÍGIO 226" –, o resultado foi também categórico: "PRODÍGIO" tinha que fazer alusão ao que foi registrado na boda de Caná. O número representava a data: fevereiro do ano 26 (2 e 26).

Senti um calafrio.

Se essas duas palavras e números, caídos (?) não se sabe de onde no meio de um "sonho", anunciavam (quase com quatro meses de antecedência) o que iria acontecer em janeiro e fevereiro do ano seguinte (26), o que representava o resto? Que outros anúncios me foram concedidos?

Três deles continham nomes conhecidos: Belsa'ssar, Eliseu, e eu mesmo (Esrin). Um quarto nome – Orion – ficou na dúvida. Não sabia se a "profecia" (?) falava de Kesil, nosso fiel servo.

E aí fiquei, desconcertado e temeroso. Que me reservava o Destino? Ou melhor, o que nos reservava? Teria que ficar muito atento.

A palavra-anúncio seguinte era "BELSA'SSAR", com o número "126". Belsa'ssar, ou Belša, era o persa do "sol" na testa, meu amigo, um dos discípulos de Yehohanan. O que anunciava a profecia? E por que "126"? Referia-se a janeiro do ano 26? Isso já havia passado. O que Belša tinha a ver com esse mês? Tratava-se de algo que podia acontecer no futuro? 12 de junho? E por que essa data?

E, nessas reflexões, fomos nos aproximando do mar de Tiberíades. Conforme havia calculado, às cinco da tarde, pouco antes do ocaso, o grupo chegou à cidade de Nahum.

Os discípulos, entusiasmados, não paravam de falar do prodígio. Haviam se passado apenas seis horas desde a advertência do Mestre para que não espalhassem o ocorrido na festa, e já estava esquecida. Pararam para cumprimentar vários conhecidos ao longo das ruas de Nahum e explicaram o que havia ocorrido em Caná em detalhes. As pessoas ouviam com admiração e com ceticismo. "O Messias? Em Nahum? Havia transformado a água de uma festa em vinho? Ora, Messias! E que festa de casamento!"

O Mestre não parou. Não prestou atenção aos comentários dos discípulos e muito menos aos dos cidadãos com quem os íntimos cruzavam. Pedro e João Zebedeu eram os mais exaltados. Pulavam. Gritavam. Exageravam. Cheguei a ouvir que o volume do "vinho prodigioso" poderia ter enchido as adegas do Templo de Salomão, em Jerusalém.

E o Mestre deixou a "casa das flores" para trás e embarcou no porto de Nahum, perto do estaleiro dos Zebedeu, pedindo ao barqueiro que os levasse ao bairro de Saidan. Simão Pedro e João, entretidos nas ruas de Nahum, ficaram para trás e tiveram que contratar outra barca. Jesus não esperou.

Essa era outra característica do Filho do Homem: dificilmente esperava alguém.

De início, estranhei. Jesus passou pela frente da "casa das flores", mas não parou. Ele sabia que Esta e Ruth estavam em Nahum. Esta, mulher de Tiago, havia dado à luz um mês e meio antes. Por que seguiu para Saidan? Essa noite, ao saber que a Senhora e seus filhos acabavam de voltar a Nahum, à "casa das flores", julguei compreender. Jesus não queria novos enfrentamentos, e muito menos com a mãe. Optou, a meu entender, pela postura mais inteligente.

Eu lamentei intimamente. Ardia de desejo de voltar a ver minha amada.

E o Galileu, sem hesitar, foi ao casarão dos Zebedeu, em frente à praia.

Foi uma alegria tornar a ver o Mestre.

A notícia do prodígio havia se espalhado pela região. Todo mundo se perguntava se era verdade, e se de fato Jesus de Nazaré era o Messias prometido. Mas, prudentemente, ninguém na casa dos Zebedeu se atreveu a perguntar a Jesus. Não foi preciso. Os discípulos se encarregaram de informar, pontualmente, sobre o ocorrido e o não ocorrido.

Pedro e João assumiram a tarefa. O resto se limitou a complementar os esquecimentos dos dois primeiros. Tiago praticamente não falou.

Houve um momento em que me chamou a atenção o fato de alguns íntimos (Pedro, André e Felipe) não demonstrarem a menor impaciência por voltar com suas respectivas famílias. Fazia dias que não as viam.

Logo me acostumaria a essa atitude e descobriria algo mais.

A família preparou o jantar e o alojamento do Mestre.

E eu me perguntei: "O que devia fazer? Voltava a Nahum e me estabelecia na *insula*, em companhia de Eliseu e de Kesil?" A ideia não me agradou. O relacionamento com o engenheiro havia chegado à tensão máxima. Não queria passar por novos desgostos nem atritos. Depois veria... Por ora, estava onde estava. Talvez dormisse na praia. A temperatura no *yam* era agradável. Provavelmente rondava os 18°C. Eu tinha capa. Serviria de manta. Mas o Destino tinha outros planos para quem isto escreve.

E, durante o jantar, diante do assombro da família Zebedeu, os discípulos falaram sem parar. Salvo Tiago e André, o resto parecia contagiado pelo entusiasmo. Discutiam entre si. Riam. Exageravam, como disse, sobre o ocorrido em Caná. Apregoavam que o Libertador estava lá, naquela casa, e que a libertação de Israel era questão de dias ou semanas. Respondiam a todas as perguntas, soubessem ou não soubessem. E davam mancada toda hora, claro.

Jesus jantou em absoluto silêncio. Em nenhum momento interveio, nem para afirmar, nem para corrigir os erros de seus homens entusiasmados.

Seu rosto era grave e os olhos estavam baixos. Essa atitude me fez pressagiar algo. Não me enganei.

João Zebedeu, insisto, era um dos mais acalorados. Proclamava que Jesus era o Messias, e com tal veemência que quase não deixava o resto falar. Pedro se irritou mais de uma vez. Queria participar e mostrar como o prodígio havia acontecido. Levantava-se, erguia a voz e os braços e simulava a ordem do Galileu aos céus, exigindo vinho. Alguns aplaudiam. Eu continuava espantado. Aqueles homens continuavam embriagados de sucesso. Para dizer a verdade, Simão Pedro não soube o que aconteceu na festa de casamento de Noemi e Johab. Mas assim são as coisas.

E eles, os discípulos, eram os escolhidos!

Zebedeu pai também não falou muito. Observava uns e outros e depois olhava para Jesus. Li em seus olhos claros um ceticismo mais que lógico.

Mas João, Simão Pedro, o "urso" e Felipe haviam subido aos céus, e essa era a única coisa que contava para eles. Acabavam de descobrir o Libertador. Eram seus generais. O mundo estava prestes a se render aos seus pés. Abandonariam as redes, o estaleiro e os negócios mundanos e passariam a beber em taças de ouro e a comandar os povos. O Messias, após tanto tempo esperado, dissera-lhes: "Segui-me!"

Tentar acalmá-los e colocar as coisas em seu lugar teria sido contraproducente.

"Quem era capaz de transformar a água de seis talhas no melhor dos vinhos?"

Esse foi o grande argumento. "Ninguém – respondiam. – Nem mesmo Roma, com todo seu poder."

"Treme, Roma!", repetiam em coro.

Deus do céu! Que imagem mais distorcida a dos crentes a respeito desses homens!

E terminado o jantar, os discursos de vitória, o ardor e as promessas mútuas de poder e de felicidade se prolongaram durante mais um tempo. Ninguém via além do que queria ver. O Messias, o Libertador político, social, econômico, religioso e militar era uma realidade, e estava ali, sentado como qualquer um.

Mas as coisas mudaram em minutos.

De repente, Jesus se levantou e disse aos íntimos que o seguissem. Eu fui atrás deles.

O Mestre cruzou o pátio dos fundos do grande casarão e se dirigiu às escadas que ligavam a casa com a praia. Lá se sentaram. E lá me sentei, perto deles.

E assisti a uma cena que também não foi registrada pelos evangelistas.

O Filho do Homem, em tom afável, mas firme, discorreu sobre três grandes assuntos.

O céu, estrelado, sem lua, estava tão expectante quanto este explorador. Embaixo, na escuridão, muito perto, ouvia-se o murmúrio das pequenas ondas na areia. Algumas luzes navegavam na negrura do lago. Eram os esforçados pescadores de tilápias. De vez em quando se ouviam seus gritos, perto da primeira desembocadura do Jordão.

E Jesus começou dizendo quem era na realidade. Não era o Messias de que falavam as Escrituras. Era muito mais...

Os discípulos se entreolhavam, mas não entendiam.

E lhes disse que Ele era um Príncipe, um Deus que governava o universo que eles conseguiam ver e muito mais. Alguns olharam para as estrelas. Podiam contar-se mais de 8 mil. Mas também não entenderam do que Jesus estava falando.

O Mestre leu os pensamentos e fez silêncio durante alguns segundos. E, apesar do evidente fracasso, prosseguiu com sua exposição.

Então, explicou por que veio a este mundo. Ele conhecia o verdadeiro Deus Pai (*Abba*) e tinha a missão de comunicar isso aos homens. O Pai Azul, como o chamou, não é vingativo, nem cruel, nem racista, nem controla os pecados de ninguém; nem sequer é justo. É amoroso, que é muito mais que justo.

Os discípulos pensaram que se referia ao sanguinário e temido Yaveh.

Sim e não...

E Jesus tentou mostrar que tudo acontece por algo bom, que tudo foi criado para o bem, mesmo que não consigamos entender, e que Ele estava ali para recordar isso ao mundo e, acima de tudo, para acender a chama da esperança.

"Não importa o que façais", disse, "estais condenados a ser feliz".

Mas continuaram sem entender. Não conseguiam compreender suas estranhas (?) palavras. "Não era o Messias prometido? Era muito mais? Era um Príncipe, criador das estrelas que contemplavam? Ele era de carne e osso. Isso saltava aos olhos. Como um Deus podia se fazer homem? E para que descer à Terra para mudar o rosto de Yaveh?" Estavam bem como estavam, embora não se atrevessem a pronunciar o nome desse Deus.

Esses pensamentos iam de uns aos outros, e a confusão foi total.

O Mestre deixou que discutissem.

E então, terminou sua exposição com uma "bomba". Quem isto escreve ficou petrificado, desconcertado.

Era a primeira vez que falava disso em público.

E fez-se silêncio. Entenderam, mas não entenderam.

O Galileu, muito sério, anunciou como se desenrolariam os acontecimentos futuros, como seriam perseguidos por seus inimigos e, finalmente, como Ele seria executado com vergonha e extrema dor. E prognosticou que o grupo passaria por momentos difíceis e angustiantes.

Algumas estrelas piscaram, nervosas. Elas sabiam que o Filho do Homem sabia.

E eu senti fogo no estômago. O Mestre estava ali, pleno de força e de amor, mas não podia esquecer qual era seu Destino na Terra. Certo. Aquele Homem, todo doçura e compreensão, um Deus Criador, seria executado com vergonha e com extrema dor, como disse. E não se estendeu, possivelmente para não ferir seus homens tão profundamente.

As reações não se fizeram esperar. João Zebedeu se negou a aceitar esse fim. Gritava que não e não, mas eu não sabia a quem gritava. Pedro foi um dos mais afetados pelo anúncio da morte. Levantou-se, não disse nada e desceu os degraus, perdendo-se na praia. O "urso" olhava para uns e outros e tentava confirmar o que acabava de ouvir. Ninguém se atreveu a repetir o que foi ouvido. E mais: ninguém perguntou a Jesus. Ninguém quis tornar a ouvir o que acabávamos de ouvir. Foi uma negativa coletiva e silenciosa. "Não é verdade o que o Mestre disse. Com certeza se explicou mal." Escutei esses argumentos muitas vezes durante os dias que seguiram a essa histórica noite nas escadas do casarão dos Zebedeu.

Felipe também emudeceu. Quanto a Tiago e o bondoso André, estavam tão perplexos quanto o resto. Sua mente não conseguia assimilar. Se aquele Homem foi capaz de transformar a água em vinho, por que ia mentir ou inventar uma coisa assim? Mas aquilo não era o que vinham esperando. Jesus era o poder e a glória. Ninguém poderia com Ele. Se foi o autor de um prodígio como o de Caná, quem tentaria destruí-lo e, acima de tudo, com que meios?

O Filho do Homem ficou em silêncio. As palavras sobravam.

E compreendeu perfeitamente: o entusiasmo de seus íntimos havia evaporado. Aqueles que gritavam de felicidade momentos antes, que se prometiam o mundo mutuamente, acabavam de morrer, de certo modo.

André foi o único que perguntou a Jesus, mas suas palavras atropelaram umas às outras. A confusão e a surpresa os deixaram amarrados. Eram reféns do medo.

E nisso, no alto da escada, ao lado da pequena porta de madeira, apareceu Judas, irmão de Jesus.

Deviam ser nove da noite.

O Mestre o viu e aproveitou a oportunidade para se despedir dos discípulos. Falou com voz tranquila, tentando apaziguar os ânimos. Não conseguiu. A derrota ficou com os íntimos. Não podiam acreditar nas palavras do Galileu. Definitivamente, as ideias sobre o Messias libertador, "quebrador de dentes", estavam tão cristalizadas em sua mente e em seu coração que ninguém, nem mesmo o Mestre, poderia tê-las modificado. Jesus, suponho, entendeu exatamente como eu; ou melhor, infinitamente melhor que este explorador.

O "urso" foi com Felipe. Ficaria na casa do futuro intendente, em Saidan. André desapareceu escadas abaixo em busca de Pedro, angustiado e confuso. João e Tiago foram para casa. Nem se despediram.

André, antes de partir, pediu instruções ao Galileu. Marcaram de se encontrar no dia seguinte na casa dos Zebedeu. Jesus daria as ordens oportunas.

Anotado. Não devia sair do casarão.

E Judas, aproximando-se de seu Irmão, beijou sua face e se sentou ao nosso lado. Durante um tempo não falaram. Na realidade, Jesus não pronunciou uma só palavra. Judas falou tudo. E foi sincero, como sempre. Em síntese, isto foi o que pude ouvir:

– Nunca te compreendi bem. Não sei se és o que diz nossa mãe. Não compreendo bem isso de um reino que está para chegar, mas te direi uma coisa: também sei que és um Homem poderoso e que pertences a Deus. Assim como Tiago, eu também ouvi essa misteriosa voz em Ômega. Sei que és alguém importante, mas não sei exatamente o quê. Não importa. Creio em ti.

Jesus sorriu, agradecido.

– Agora – concluiu Judas –, voltarei a Migdal. Lá estarei, para o que necessitares.

Deduzi que a Senhora e Tiago, seu filho, haviam chegado nessa mesma noite a Nahum, na companhia de Judas. Mas só Judas, a ovelha negra da família, teve coragem de procurar Jesus e confessar que acreditava n'Ele, não importasse o que acontecesse. Esse homem nos reservaria algumas notáveis surpresas.

E me perguntei: "Quais eram os planos de Maria? Procuraria seu Filho, como fez Judas?". Eu sabia que ela era decidida e teimosa. Não se contentaria com o silêncio, como havia escolhido Jesus – inteligentemente, do meu ponto de vista.

E ficamos sozinhos, mais uma vez.

As estrelas nos olharam. Não sei como adivinharam, mas sabiam que íamos falar de algo delicado.

Foi Ele quem puxou a conversa.

– É tão difícil de entender?

A lua, como disse, não havia saído ainda (sairia pouco depois, às 23h56). Não era fácil contemplar seu rosto. A noite era escura. A luz das estrelas o banhava com delicadeza.

– O quê?

– Que eu nasci para mudar a imagem de *Abba*.

Compreendi.

– Depende.

– Eles não modificarão suas ideias sobre o Messias, também sei.

Assenti com a cabeça e continuei em silêncio. Ele estava certo. Os discípulos haviam nascido com o conceito de um Libertador político, quase carregavam isso em seus genes. Eram muitas gerações que compartilhavam a ideia de um Messias "quebrador de dentes". Quase insinuei que esquecesse o assunto. Eles, de fato, não mudariam. Mas fiquei mudo. Ele sabia. Também não o invejei. A cena que eu acabara de presenciar na casa dos Zebedeu, com os íntimos eufóricos, seria uma constante na vida de pregação do Mestre. Ele teria que lutar contra isso ou simplesmente se "submeter" e deixar que continuassem pensando em um reino material e em uma libertação política e social. Os prodígios que iam chegando contribuiriam - e de que forma! - com o fortalecimento dessa crença: Jesus era o Messias prometido pelos profetas, e a libertação de Israel estava próxima. Não havia mais o que dizer.

Acho que a partir dessa noite Jesus aceitou essa situação e deixou que se fizesse a vontade do Pai. Não discutiria, não contrariaria quando alguém tornasse a tomá-lo pelo Messias "quebrador de dentes". (Para dizer a verdade, não me lembro de uma única imagem de Jesus discutindo ou polemizando com alguém, sobre assunto nenhum.)

Ele não disse, mas eu intuí. Essa noite foi especial nisso, no que se refere ao conceito do Messias, e em algo mais.

Observei de novo o firmamento. As estrelas pareciam ansiosas. Brilhavam com pressa. Gritavam alguma coisa, mas eu não entendia.

E foi "Alfa de Cefeu", a 50 anos-luz, nada menos, que acabou cintilando com clareza: "Fala da morte d'Ele".

Certo. Era uma oportunidade única. Era a primeira vez que Ele falava disso em público, e ainda faltavam 49 meses para a Crucificação. Como Ele soube? Que pergunta mais idiota!

E decidi. Não sabia como Ele reagiria, mas não deixei escapar a oportunidade.

Jesus, suponho, esperava a pergunta. E se expressou livremente, sabendo que falava para o futuro. Mais ainda: sabendo que estes diários seriam aceitos parcialmente.

- Não tens medo? - comecei.

- Por que teria?

Apesar do que eu havia visto e do que sabia, aquele Homem me surpreendia a cada momento. Respondeu à pergunta sobre a morte sem que eu a mencionasse especificamente. É fácil resumir e difícil de aceitar: Ele sabia tudo. Desde a recuperação de sua divindade, no monte Hermon, sabia tudo.

- Todos têm... temos - retifiquei.

Sorriu.

– Tu, melhor que ninguém, sabes que voltarei da morte.

Deixou que eu refletisse sobre essa grande verdade. Depois, com a mesma suavidade, prosseguiu:

– O homem teme a morte porque acredita que é o fim.

– E não é?

– Sim e não.

– Sim e não?

– É o fim desta vida, mas não da vida. Na realidade, a vida, a verdadeira, começa antes da vida e continua depois da vida.

Eu me perdi.

– Um momento... A vida começa antes da vida?

– Isso mesmo, querido *mal'ak*.

– Mas como vou estar vivo antes da vida?

– Estás.

Aquela segurança me deixou perplexo. Jesus jamais mentia.

Não prosseguiu. Entendi.

– E depois da vida?

– Já falamos disso, recordas?

Perfeitamente. No Hermon, Eliseu propôs uma teoria interessante e singular: os chamados mundos "MAT".[40]

– Sim, eu lembro. Segundo tu, depois do doce sono da morte, despertamos em outro lugar.

O Mestre se adiantou:

– Vivos! Despertareis vivos.

– Quando dizes "vivo" te referes a... vivo?

– Claro. A que outra coisa poderia me referir?

– Não sei... Contigo, nunca se sabe.

Riu. Eu havia conseguido algo importante. O Galileu estava descontraído. E me dei por satisfeito.

Mas o Mestre não havia terminado.

– Aliás – acrescentou –, não se trata de uma "teoria", embora seja interessante e singular.

Fez novamente. Dessa vez, entrou em meus pensamentos e em algo mais: no que eu escreveria um tempo depois.

E perguntei, como um perfeito tolo:

– Não é uma teoria?

---

40 Ampla informação sobre os "MAT" em *Cavalo de Troia 6 – Hermon*. (N. de J. J. Benítez.)

– Não é. Trata-se de algo físico, que poderás constatar. Tu te levantarás da morte como se a vida houvesse sido um sonho. Despertarás de um sonho para voltar à realidade.

E repetiu algo que acabava de enunciar:

– A vida, a verdadeira, começa antes da vida e continua depois da vida.

Não importava não entender. Ouvi-lo era tão relaxante e tão esperançoso...

E comentei quase para mim:

– Como podes ter certeza do que afirmas? Como saber que viverei depois da morte?

– E tu perguntas? Tu, que me viste depois de morto?

– Sim, mas...

– Entendo. Trata-se de uma experiência pessoal, que ninguém vai viver por ti. Mas pelo menos confia. Sabes que não minto.

Disso dou fé. Jesus jamais mentiu, nem se enganou. Nunca, que eu saiba ou recorde, teve que retificar.

– Então, após a morte, desandaremos o caminho da perfeição.

A frase não era minha. Pertencia a Aristóteles (*Metafísica*, livro VIII). Mas o Mestre também havia lido o filósofo grego e disse:

– O corruptível, querido mensageiro, não faz parte do eterno.

E acrescentou com aquela segurança que desarmava:

– Após a morte, não se desanda nada. Segue-se rumo à perfeição, ao Pai Azul.

E eu, teimoso, voltei a Aristóteles (Livro XI):

– Então, ao morrer, volto para Deus.

– Não exatamente. Recorda que Ele já está em ti. Para chegar ao Pai – também falamos disso –, precisas consumir muito, muitíssimo "não tempo". Ele te espera, fisicamente, no Paraíso, mas não tenhas pressa. A eternidade é um tapete vermelho em que pisarás no instante da morte.

E tentou se aproximar da verdade, uma vez mais:

– Eu não deveria falar de "instante", e sim de "não tempo".

– A morte – murmurei – é uma experiência pessoal. Gosto disso.

– E única. Só se morre uma vez.

– Algumas filosofias não dizem isso.

– Os conceitos orientais e pitagóricos sobre a reencarnação ou a transmigração das almas são apenas sonhos humanos. A verdade, amigo meu, é muito mais fantástica. O Pai pensou em tudo. Deixa que Ele te surpreenda.

E em vez de continuar por esse interessante caminho, recém-aberto pelo Filho do Homem, insisti:

– Morrerei sozinho.

– É a lei. Morrer é pessoal. Ninguém morre acompanhado, mesmo que pareça. Por essa porta, só passa um de cada vez.

– Eu sei, é a lei, como dizes.

– A morte, *mal'ak*, não é um capricho. É a melhor maneira de abandonar um sonho.

– E não teria sido melhor não morrer?

– Começas a parecer teu irmão.

Ele estava com a razão. E acrescentou:

– Morrer não é tão importante. É abrir uma porta, só isso. Por que te preocupas tanto?

Eu não soube o que responder, mas não queria morrer; não naquele momento.

– Morrer, e quero que o transmitas assim, é despertar, por fim.

– Despertar?

Eu conhecia a resposta. Ele acabava de expô-la, mas, como disse, gostava de ouvi-lo. Era um bálsamo.

– Está bem. Como quiseres. Morrer é despertar para a realidade. O que agora vives é real, mas não é a realidade final, a que realmente conta.

E acrescentou, baixando o tom de voz, como se pretendesse que as estrelas não o ouvissem:

– O sistema está tão bem montado, querido *mal'ak*, que o ser humano acredita que a vida é a única coisa que tem.

Meu Deus! Quanta razão!

– Assim é porque o Pai assim programou. É a única forma de o ser humano viver a vida com intensidade. Se ele tivesse certeza de que há outra realidade, outra vida, não viveria com o mesmo interesse. Compreendes?

Precisei de um tempo para entender.

Estamos aqui, no mundo, na matéria, na imperfeição, para viver o que não poderemos viver nessa outra "realidade", a do universo invisível do "não tempo". Estamos aqui para saborear o tempo e a limitação. Foi o que deduzi de suas palavras (sábias palavras).

– E, quando chegar a hora, o Pai Azul aparecerá e tu ficarás arrebatado por seu amor, por sua sabedoria e por saber que Ele nem sequer é o fim.

Não fui ágil. Não soube perguntar sobre a última parte de sua exposição. O que significa que o Pai "nem sequer é o fim"?

Fui inepto, uma vez mais.

– Ele está em mim, bem sei. Tu me revelaste isso. Ele é a "centelha" que me habita, certamente. Mas, como, além de tudo, Ele me espera no Paraíso? Está dentro e está fora?

– Não podias definir melhor. Um dia, quando chegar tua hora, descobrirás que "dentro e fora" são a mesma coisa no "não tempo".

Não consegui mais que isso. E foi muito.

Eu estava cansado. Ele percebeu e, com doçura, sugeriu:

– Tua alma transborda. Vamos parar por aqui.

Contemplou, feliz, a maravilhosa paz que de fato me inundava, e acrescentou, divertido:

– Não sabia que falavas com as estrelas.

Dirigi um olhar a Alderamin, e a estrela respondeu à sua maneira, com duas cintilações (cintilações de cumplicidade, eu sei). Como Ele conseguia adivinhar?

– Agora descansa – despediu-se. – Tens muito a presenciar e a contar, e, mais ainda, a narrar a teu mensageiro. E dize o que já te disse: "Não escrevas para convencer. Escreve para insinuar, para ajudar, para iluminar".

Eu recordava. Ele dissera isso durante a primeira semana no Hermon. Quanto a esse misterioso "mensageiro", agora sei quem é. Naquele momento, não soube a quem se referia. Mas o Filho do Homem previa tudo.

Como dizia o Mestre, quem tiver ouvidos, que ouça.

E nos despedimos. Ele continuou sentado na escada. E as estrelas me substituíram, encantadas.

Ao entrar na casa para pegar a vara e o saco de viagem, encontrei Salomé, esposa de Zebedeu pai. Para ser exato, Salomé e as filhas me aguardavam. Salomé era uma mulher inteligente, que sempre estava um passo à frente dos acontecimentos. Era um pouco mais nova que o patriarca. Estavam casados havia 40 anos, ou mais. Talvez beirasse os 55 anos de idade. Usava seu cabelo branco e liso muito curto, ao estilo de Rodas. Era culta e instruída. Falava vários idiomas e lia perfeitamente o hebraico sagrado. Sardas adornavam sua face e seu nariz. Era magra e nervosa, muito mais que o marido, e sabia guardar silêncio e segredos. Procedia de uma família aristocrática, entroncada em uma das castas sacerdotais. Era parente de Anás – sogro de Caifás que havia sido sumo sacerdote –, de tão amargas recordações. Seu gesto durante a Paixão e Morte do Mestre, acompanhando a todo momento a Senhora, com quem mantinha uma antiga e sincera amizade, dizia muito sobre sua coragem. Era decidida e tenaz, mas não tão obstinada quanto Maria.

Salomé, à frente deste explorador, resumiu a situação com uma frase:

– Aonde pensas que vais?

Ela me pegou. Não soube mentir. Não tinha aonde ir.

E tive que suportar uma mais que merecida bronca:

– Parece mentira – lamentou. – Este grego enxerido, tão querido por Jesus e pelos Zebedeu, despreza a hospitalidade desta família.

Neguei com a cabeça. Não era verdade, mas...

Estava decidido, foi o que ela disse. Havia conversado com seu marido, e o chefe dos Zebedeu se mostrou de acordo:

– Ficarás nesta casa.

E concluiu com firmeza:

– O tempo necessário. Está claro?

Eu disse que sim imediatamente, encantado.

Algumas filhas riram e aprovaram o "sim" deste confuso explorador.

O casal Zebedeu, como creio ter comentado anteriormente, tinha sete filhos: três homens e quatro mulheres. Eu conhecia todos os homens. Os irmãos João e Tiago, praticamente desde o primeiro momento. Quanto a Davi, que seria chefe da correspondência entre os seguidores de Jesus, tive a sorte de saber dele nos trágicos momentos da Paixão. Ele me ajudou muito. Era valente, astuto, discreto e mais eficaz e preparado que seus irmãos. Davi entendeu a mensagem do Mestre e acreditou na Ressurreição desde o primeiro instante. Seu trabalho em favor do reino foi espetacular, mas jamais fora mencionado pelos evangelistas; nem mesmo por seu irmão João.

Quanto às quatro filhas, quase não havia reparado nelas.

A partir desse momento, tudo mudou.

A mais velha chamava-se Iyar (Abril), porque nasceu nesse mês. Era magra, morena, com uns olhos sempre atentos de um marrom extremamente doce. Quase não piscava. Seus lábios eram finos, levemente desenhados, e as mãos frágeis, mas resolutas. Tinha uma filha chamada Maria, mas todo mundo se referia à menina pelo apelido de Iorei ("A primeira chuva"). Abril havia se divorciado recentemente. Chamou minha atenção. Era valente, como a mãe, forte de espírito e apegada à terra, como o pai. Adorava tingir o cabelo de vermelho ou violeta. Com o tempo, fui conhecendo-a melhor. Em família chamavam-na de "77", mas de início eu não sabia por quê. Ela mesma me explicaria, à sua maneira.

Elul (Agosto) era a segunda. Era gorda, muito gulosa e especialmente mentirosa. Era a que governava o resto das irmãs.

A terceira, Chesvan (Outubro), era o posto das anteriores. Estava sempre triste e apagada. Mal participava das conversas. Tinha fama de feiticeira.

A última se chamava Kis, mas seu verdadeiro nome era Kislev (Novembro). Era egoísta. Só sabia falar de si mesma. Tinha uma beleza especial, muito sensual.

E Salomé pegou duas lamparinas e pediu que a acompanhasse. Fui atrás dela quietinho.

As filhas ficaram olhando, satisfeitas; especialmente Abril.

Atravessamos o pátio dos fundos, onde eu estivera momentos antes, e viramos à esquerda. E lá, em frente aos estábulos, a mulher parou. Entregou-me uma das lamparinas e apontou para os degraus de madeira colados ao muro de pedra vulcânica. Recomendou que tivesse cuidado. Chegou a mim o cheiro dos célebres carneiros de caudas enormes, conhecidos popularmente como "cinco quartos", por conta do tamanho desses apêndices. Os estábulos estavam repletos de carneiros procedentes da Líbia, cabras de orelhas compridas e ovelhas castradas. Como disse, a família dos Zebedeu era bem situada e com bons recursos financeiros.

Salomé subiu agilmente pela escada, e quem isto escreve a seguiu.

E a mulher me conduziu ao andar superior. Lá haviam sido preparados dois quartos, destinados aos convidados. Um deles era o meu. O outro, como pude ver dias depois, era do Mestre.

Tratava-se, segundo explicou, de dois pombais já em desuso, que seu marido, com bom-senso, decidira reformar para quem necessitasse.

Ela entrou primeiro e me chamou.

Era um quarto pequeno e simples, de uns nove metros quadrados, pé-direito alto, com 20 nichos na parte superior, agora vazios. As paredes haviam sido rebocadas com gesso. Em frente à porta de madeira, abria-se uma janelinha que, por sua vez, olhava para o lago. As duas, porta e janela, foram pintadas de verde. Uma tímida cortina branca, de gaze, agitava-se de um jeito muito feminino, balançada por uma brisa recém-chegada. O mobiliário era breve e também severo: uma cama com pés em forma de tesouras, uma arca de madeira de oliveira e um tapete de pele de cabra tingido de vermelho berrante. Em cima da arca, montavam guarda uma jarra de barro com água, uma bacia também de argila vermelha, e um vaso com um maravilhoso ramo de *Lavandula spica*, uma planta da região, de um verde enfraquecido, mas com uma fragrância deliciosa, que fazia esquecer o fedor procedente do andar de baixo.

Salomé apontou para a arca e disse que lá eu encontraria um bom acolchoado, caso sentisse frio.

Isso foi tudo.

Ela me desejou boa noite e "que a paz durma a teu lado". Sorriu, fechou a porta e desapareceu.

Eu fiquei em pé, inspecionando, e fiquei satisfeito. O Destino, a Providência, *Abba*, ou quem quer que fosse, também cuidava deste pobre explorador. E como!

Passei a lamparina pelo quarto e fui explorando até o último detalhe.

Não podia me queixar. Embora ficasse em cima dos estábulos, o quarto era perfeito. Eu estava parede com parede com o Mestre, e em um lugar que achei especialmente estratégico. Ou muito me equivocava, ou o casarão dos Zebedeu em Saidan acabaria se transformando em quartel-general do Filho do Homem. Apostei nessa ideia. Não considerei a possibilidade de o Galileu voltar a sua casa, a "das flores". A situação não era a mais adequada. E, como dizia, eu me senti um homem de sorte. As dúvidas a respeito do lar onde deveria me estabelecer, a partir desse momento, começavam a se dissipar. Eu não precisava voltar à *insula*, em Nahum, nem me preocupar em encontrar um novo alojamento. A vida seguia seu curso. Deixar fazer-se a vontade do Pai Azul começava a me agradar. Além de tudo, era prático.

Coloquei a lamparina sobre a arca e escondi a "vara de Moisés" em um dos cantos, perto da porta. Depois, olhei o *yam*. A brisa, de fato, brincava pelos arredores. E em cima, nervosíssimas, cintilavam as 8 mil estrelas. Isso queria dizer que Jesus continuava sentado nas escadas, ou talvez estivesse passeando pela praia. Eu me senti tranquilo.

Ela, além de tudo, estava muito perto, em Nahum. Quando a veria? Não a podia esquecer, nem queria.

E pensei no "vinho prodigioso". Tinha que ir até o Ravid e fazer a análise. Não era bom me descuidar. As amostras podiam estragar. Mas quando entraria no "berço"? Eu ignorava tudo sobre os planos do Filho do Homem. O que pretendia fazer? Entraria de imediato na vida de pregação? A julgar por suas últimas palavras aos discípulos, Ele queria sair pelo mundo espalhando a boa-nova do Pai Azul, mas quem isto escreve não sabia bem quando nem como. Não havia outra opção: só esperar.

E a densa escuridão da noite quase me empurrou para a cama. Tinha que descansar. O instinto estava avisando. Eu presenciaria acontecimentos inéditos na vida do Galileu, cada um mais intenso e eletrizante que o outro. Precisava estar atento como um falcão.

E assim, abraçado a esses pensamentos e à imagem de Ruth, acabei adormecendo.

Uma hora depois, mais ou menos, tive um sonho. Outro sonho absurdo (?) e aparentemente sem explicação. Ou teria uma?

No sonho, este explorador estava na janela daquele quarto (que, a partir de agora, chamarei de "pombal"), contemplando a paisagem. Ou melhor, a escuridão da noite. Era uma noite como a que eu acabava de viver. Distingui milhares de estrelas disputando no firmamento. Uma queria brilhar mais que a outra. "Isso é impossível", pensei. E assim permaneci um tempo, deixando que a brisa me acariciasse com seus dedos doces, recém-molhados na água do *yam*.

Mas, de repente, alguém tocou meu ombro direito. Duas vezes, decidido.

Voltei-me no sonho, mas não vi ninguém. O "pombal" continuava vazio. Eu estava sozinho.

Alarmei-me.

Olhei embaixo da cama, como um tolo. Lá, logicamente, não havia ninguém.

"Que estranho – pensei. – Podia jurar que alguém me tocou."

E nisso, enquanto escrutava a penumbra, ouvi uma voz. Era de homem. E disse, em aramaico: "Já é hora de voltares à realidade".

Notei algo estranho. A luz amarela da lamparina se agitou subitamente.

Atribuí o movimento à brisa.

E certo de que "aquilo" era fruto de minha imaginação, retornei à janela e continuei observando.

Não se passaram nem cinco segundos quando alguém tornou a me tocar, mas dessa vez no ombro esquerdo, por três vezes.

Senti um calafrio.

Voltei-me, assustado.

O lugar continuava vazio.

Olhei para a lamparina. A pequena chama oscilava.

O que estava acontecendo?

E a voz soou em meu cérebro pela segunda vez, forte e clara: "Para de olhar pela janela e volta à realidade".

Então me dei conta. Dessa vez, a voz se dirigiu a este explorador, mas em inglês, uma língua proibida durante a Operação.

E o medo, no sonho, fez-se mais intenso.

Olhei de novo. Era absurdo. Eu estava sozinho, com a única companhia do medo e daquela chama pedindo ajuda sem parar.

O que estava acontecendo?

E bateram à porta. O medo foi total. Eu peguei a "vara de Moisés" e fui até a porta. E me preparei. Se fosse atacado, revidaria.

– Quem é? – gritei no sonho.

Não houve resposta.

Deslizei os dedos para a parte alta da vara e acariciei o cravo dos ultrassons.

Abri a porta de uma vez e, oh, Deus! Lá estava Ele.

Faltou pouco para que atirasse n'Ele!

Era o Mestre! A luz do quarto o iluminava debilmente.

Sorriu, estendeu o braço esquerdo e me entregou algo, comentando:

– Antes esqueci. Acho que perdeste isto na *Sapiah*, durante a festa.

E afastou-se, escadas abaixo.

Eu fiquei na porta, atônito e assustado. Não compreendia absolutamente nada.

Vi o que o Galileu acabava de deixar em minha mão e notei que se tratava de uma ampola de barro, a terceira ampola que eu havia escondido intencionalmente perto das seis grandes talhas que continham água, no pátio da *Sapiah*. Aquela ampola havia ficado vazia, e eu decidira escondê-la naquele lugar.

Que sonho mais estranho!

Mas as surpresas não haviam terminado. A ampola de barro continuava vazia, mas menos. Dentro, perfeitamente enrolado, havia um pequeno pergaminho. Tirei-o e li o que estava escrito, em inglês! Dizia exatamente: "Curtiss te precederá no reino dos céus (Isaías 29, 8)".

Embaixo, também em inglês, lia-se: "Acautela-te e aquieta-te; não temas, nem te desfaleça o coração (Isaías 7, 3)".

Meu desconcerto só aumentava. O que significava aquilo? O que o general Curtiss, chefe da Operação Cavalo de Troia, tinha a ver com o profeta Isaías?

Fechei a porta e me sentei na cama, pensativo. Li o pergaminho várias vezes. Não entendia nada.

E, nisso, tornaram a bater na porta. Não reagi. E bateram de novo na madeira.

Então, acordei.

Compreendi.

Foi tudo um sonho, um estranho sonho.

Alguém estava batendo à porta.

Observei minhas mãos. Não havia ampola alguma nelas. Continuava na cama, deitado.

Sim, foi tudo um sonho.

Eu me levantei e abri a porta. Era Abril. Iluminou-me com uma lamparina e sorriu. Trazia algo na mão esquerda.

De repente, ela corou.

Entregou-me uma bandeja de madeira, olhou fixamente para mim de novo, como se quisesse entrar em mim, e imediatamente, sem pronunciar uma só palavra, desceu pelos degraus e se perdeu na noite.

Quis lhe agradecer, dizer alguma coisa. Tarde demais.

Fechei a porta e examinei a bandeja. Estava coberta com um lenço branco.

Surpresa.

Como souberam que eu gostava daquilo? Foi uma gentileza da parte de Salomé, imaginei.

Na bandeja encontrei meia dúzia de *keratia*, tabletes de "chocolate" que havia visto e degustado nas proximidades de Qazrin, na alta Galileia.[41] Fiquei feliz.

Mas a felicidade durou pouco.

Naquele momento, reparei em minha situação. Não havia percebido.

O que ela iria pensar?

Eu estava totalmente nu.

Agitado e confuso por conta da recordação daquele sonho, não me cobrira antes de abrir a porta.

Sentei-me na cama, envergonhado.

O sonho foi tão real... E coincidia com o que falara pouco antes com o Mestre. Talvez por isso tenha acontecido. Mas que coincidência! "Já é hora de voltares à realidade", ouvi no sonho. O Galileu, por sua vez, havia dito: "Morrer é despertar para a realidade". E a voz do sonho insistiu: "Para de olhar pela janela e volta à realidade".

Ruminei tudo aquilo.

Se fosse um sonho premonitório, que queria dizer? A "visão de uma

---

41 A *keratia* era a semente do *haruv* (algarobeira). Os camponeses a moíam e obtinham um pó ocre com o qual adoçavam as bebidas e os doces. Às vezes, esse pó era sabiamente misturado com ovos, leite e mel. O resultado eram uns saborosos tabletes com certa semelhança ao nosso chocolate. (N. do M.)

janela" era um símbolo? Nesse caso, olhar pela janela significava viver, apenas? Alguém, ao recomendar que esquecesse a janela, estava anunciando o fim dos meus dias? Oh, Deus! O fim? Eu conhecia o mal de que sofria e sabia que, com sorte, tinha meses de vida. Talvez seis. Alguém estaria me prevenindo? Ou queria dizer que devia me despedir da missão e voltar a minha "realidade", a meu verdadeiro mundo? Naquele momento, logicamente, não estava em condições de esclarecer o mistério; ou melhor, o suposto mistério. Mas chegou o dia em que o "sonho" teve sentido.

Quanto à segunda parte do sonho – o pergaminho escrito em inglês –, também não sabia o que pensar. Para tentar esclarecer o enigma, supondo que fosse um, primeiro tinha que consultar os capítulos e versículos citados no texto: Isaías 29,8 e 7,3. Sinceramente, não me diziam nada. Não entendia a relação com Curtiss. Agora, sabendo o que sei, estremeço. O "sonho" tinha razão: "Acautela-te e aquieta-te; não temas, nem te desfaleça o coração".

Meu Deus!

Mas tenho que ser paciente e agir com ordem.

Meu Deus, dai-me forças! Falta tanto para contar!

Definitivamente, alguns sonhos são o pátio dos fundos da Divindade, onde às vezes entramos sem saber. E recordei as palavras do Mestre: "Busca a pérola em teus sonhos".

De 1º de março a 15 de junho

Por fim consegui recuperar o sono. Dessa vez não houve advertências, nem mensagens, nem nus completos.

Descansei.

Segundo os relógios do "berço", nessa sexta-feira, 1º de março do ano 26, amanheceu às 6 horas, 5 minutos e 31 segundos (TU – Tempo Universal).

Desci ao *yam*, lavei-me e voltei ao casarão.

Estava faminto.

Jesus e os discípulos estavam tomando o café da manhã. Eu me juntei ao grupo e senti uma atmosfera carregada. Ninguém falava. Os íntimos pareciam desanimados. Que havia sido do furioso otimismo do dia anterior? Compreendi. Os anúncios do Mestre acabaram com eles. As expressões do rosto diziam tudo. Tomavam o leite quente em pequenos goles, com os olhares perdidos nas lajotas do piso. Não era difícil adivinhar seus pensamentos. Sentiam-se derrotados; ou um tanto decepcionados.

Abril trazia e levava mel e pão recém-saído do forno. Olhamo-nos algumas vczcs. Ela tornou a corar.

O Galileu deixou que terminassem o café da manhã. Dava a impressão de que também não havia dormido muito. Vi olheiras em seu rosto. Parecia preocupado.

Por volta das oito da manhã, decidiu falar. Falou devagar, com clareza. E disse que, essa noite, após consultar seu Pai dos céus, havia tomado a decisão de esperar.

Os discípulos não entenderam.

E esclareceu:

– Esperaremos que Yehohanan termine seu trabalho. E então, nós empreenderemos o nosso.

Fez-se silêncio, quebrado apenas pelo ir e vir das mulheres.

Jesus percorreu-os com o olhar, um por um. E captou a confusão geral. O que queria dizer? Yehohanan tinha seus discípulos, os chamados "justos". Quando se supunha que terminaria seu trabalho? Ele, Yehohanan, dizia ser o braço direito do Messias, aquele que estava preparando o caminho do Libertador. Jesus não pretendia se juntar ao grupo do Batista? Por que tinham que esperar? Ou melhor, o quê?

João Zebedeu perguntou, mas a resposta do Mestre foi esquiva:

– É a vontade do Pai. Vamos aguardar que Yehohanan termine sua pregação.

Ainda não compreendiam.

– Quando ele acabar – insistiu com ênfase –, nós proclamaremos a boa-nova do reino dos céus.

Dito isso, mandou-os a suas casas e a seus trabalhos habituais.

Alguns protestaram em voz baixa. O Mestre, porém, foi inflexível. Era a vontade de *Abba*. Tinham que voltar a seus ofícios: à pesca, ao estaleiro, ao comércio... Ele lhes diria quando suspender de novo as tarefas.

– Agora, meus amigos, devo deixar-vos. Preciso continuar em comunicação com meu Pai.

E acrescentou duas informações interessantes: caminharia sozinho pelas colinas próximas e tornariam a se ver ao pôr do sol do dia seguinte, sábado, na sinagoga de Nahum. Lá, falaria. Depois se reuniria com eles e lhes daria instruções.

Pronto.

Levantou-se e abandonou o perplexo grupo. Nem sequer me olhou. Isso significava que não queria que o acompanhasse.

Mensagem recebida.

Tentei analisar suas palavras. O que quis transmitir?

Eu não disse abertamente, mas julguei entender que não queria coincidir no tempo com seu primo distante, Yehohanan. Era preciso que o Anunciador terminasse seu trabalho para que Ele pudesse começar o seu. E, subitamente, recordei algo que havia perdido em minha memória. João Zebedeu me havia dito na primeira viagem a Nazaré, em abril do ano 30. Naquela acidentada viagem, como se pode recordar, o "urso" defendia a data do batismo em Ômega como o início da vida pública do Mestre. João Zebedeu se opôs e afirmou que foi após a prisão de Yehohanan, no mês de *tamuz* (junho) desse ano 26, que realmente foi inaugurada a vida de pregação do Filho do Homem. Junho! O mês de *tamuz*! Assim sendo – e depois (ou antes, dependendo do ponto de vista) confirmado pelo Zebedeu pai –, só faltavam três meses para o início do período de pregação.

Eu devia ter percebido. Jesus de Nazaré sabia o que ia acontecer, mas nem sequer insinuou. Imagino que não devesse.

Yehohanan, além de tudo, como já detalhei em outras oportunidades, estava no polo oposto do pensamento e das intenções do Mestre. Se houvessem coincidido na pregação, teria sido um desastre. Foi o que pensei naquele momento, e continuo pensando hoje. Os ideais de um e de outro não eram compatíveis. De fato, como veremos mais adiante, seus respectivos discípulos acabariam se enfrentando – e de que maneira! Mas vou tentar não me antecipar aos acontecimentos.

Por que me espantava? Jesus havia tomado essa decisão – "esperar Yehohanan terminar seu trabalho", como disse aos íntimos com sutileza – durante o retiro de 39 dias em Beit Ids. Agora simplesmente a tornava pública.

E também devo apontar algo que nunca entendi, como creio ter mencionado. Não compreendi por que Yehohanan foi considerado o precursor ou o anunciador de Jesus de Nazaré. Mas esse é um assunto quase pessoal, no qual não gostaria de entrar.

Talvez um dia, em outro lugar...

Fiz cálculos.

O Mestre queria ficar sozinho.

Eram oito horas da manhã, aproximadamente.

Eu tinha 33 horas até o ocaso do dia seguinte, 2 de março. Era a margem de tempo anunciada para a reunião seguinte, na sinagoga de Nahum. Se fosse rápido e não perdesse tempo, poderia estar no alto do Ravid em questão de três ou quatro horas. Ou seja, ao meio-dia. Tinha, pois, um dia inteiro, e mais, para fazer a necessária análise do "vinho prodigioso" e das demais amostras de vinho e de água coletadas em Caná. A verdade é que eu morria de vontade de conhecer as informações que presumivelmente os "nemos" haviam obtido. Era uma oportunidade. Se deixasse para mais tarde, quem sabe o que poderia acontecer.

Decidido.

E à terceira hora (nove da manhã) me despedi de Salomé e prometi voltar no dia seguinte. Ela ficou tão perplexa que não replicou. Logo se acostumaria a essas súbitas e aparentemente inexplicáveis ausências. Falei a ela sobre um negócio qualquer. Não menti. O "negócio" que precisava fazer era importante.

Peguei o saco de viagem e a inseparável "vara de Moisés" e rumei para Nahum. O céu me acompanhou, azul e pacífico.

E à sexta hora (meio-dia), sem percalços, cheguei ao topo do Ravid.

Lá me esperavam várias surpresas: algumas boas e outras não tão boas.

Tudo no cume do "porta-aviões" estava em ordem. Foi o que deduzi, mas também não parei para inspecionar os arredores do "berço" com atenção. Foi melhor assim.

"Papai Noel", nosso computador central, continuava cuidando de tudo. A manutenção e os cintos de segurança funcionavam perfeitamente. Logo notei a mão de Eliseu. Ia regularmente à nave. Isso saltava aos olhos. Tudo de primeira.

Bem, nem tudo.

A primeira surpresa chegou quando chequei a farmácia de bordo. Os antioxidantes continuavam desaparecidos.

E enquanto eu procurava, encontrei uma segunda surpresa, não muito agradável para quem isto escreve. Em minha ausência, o engenheiro havia aberto uma das mochilas e lera os *amphitheatrica*, papiros onde este explorador foi copiando o "tesouro" do Zebedeu pai.[1] Os papiros estavam fora de ordem. Eu os colocara na mochila em perfeita ordem, de acordo com meu costume. Sinceramente, isso me incomodou muito. Não queria que aquele imprestável se metesse em meus assuntos, mesmo que esses "assuntos" fizessem parte da operação. E tomei uma decisão equivocada. Mudaria os papiros de lugar. Eu os tiraria do módulo. Onde os esconderia? Nem ideia. Cuidaria disso outra hora. Eliseu não tornaria a meter o bedelho em minhas coisas.

E entrei em ação. O importante era a análise do vinho de Caná, que eu havia começado a chamar de "vinho prodigioso".

Fiz ao computador as consultas pertinentes. Que sistema recomendava para um estudo profundo da bebida? Depois cuidaria do não menos intrigante capítulo dos "nemos". O que detectaram? Como o prodígio se materializou?

Na tela surgiu o sistema "ACLAINAN" como o mais adequado a meus propósitos. Era um método de "análise clássica e instrumental nanotécnica"[2] de especial eficácia. Eu só tinha que preparar o "equipa-

---

1 Nesses papiros, o Major copiou as experiências vividas pelo Mestre durante as "viagens secretas", entre março do ano 22 e julho do ano 25 de nossa era. Segundo o diário do Major norte-americano, foi o próprio Jesus de Nazaré que ditou essas vivências ao patriarca dos Zebedeu durante três meses. (N. de J. J. Benítez.)

2 Para fazer a análise dos mais de mil componentes que integram o vinho, era necessária uma combinação dos sistemas clássicos e instrumentais mais modernos, sujeitos à engenharia da nanotecnologia. Isso era o "ACLAINAN". Os métodos clássicos consistiam na separação dos principais componentes mediante precipitação, extração ou destilação. Os componentes

mento" (provetas etc.), e "Papai Noel" cuidaria do resto. Pura rotina e pura tecnologia. Este explorador simplesmente observava os processos e avaliava. Mas nem tudo foi rotina.

E enquanto o computador fazia os ensaios, quem isto escreve consultou os versículos mencionados no manuscrito do recente "sonho". Isaías 29, 8 e 7, 3.

Não me disseram nada.

Isaías (29, 8) diz literalmente: "Será também como o faminto que sonha que está a comer, mas, acordando, sente-se vazio; ou como o sedento que sonha que está a beber, mas, acordando, desfalecido se encontra, e ainda com sede; assim será a multidão de todas as nações que pelejarem contra o monte Sião".

Não ajudaram em nada, mas fiquei surpreso com a coincidência. Isaías falava de "sonho", e eu havia acabado de viver tudo aquilo em um sonho. O texto de Isaías tem 66 capítulos e 1.280 versículos. Que coincidência!

Mas, como dizia, não prestei muita atenção a isso.

Imbecil!

A segunda citação (7, 3) me disse muito menos. Além de tudo, vi que havia um erro no que pude ler no "sonho". "Acautela-te e aquieta-te; não temas, nem te desfaleça o coração" não correspondia ao versículo 3, e sim ao 4. O 3 diz: "Então disse o Senhor a Isaías: sai agora, tu e teu filho Sear-Jasube, ao encontro de Acaz, ao fim do aqueduto da piscina superior, na estrada do campo do lavandeiro".

Fiquei intrigado. O general Curtiss tinha dois nomes de batismo na vida real. Um deles era Isaías.

Dei de ombros.

---

separados são tratados a seguir com reagentes, originando produtos que podem ser identificados quantitativamente em medidas gravimétricas ou volumétricas. A isso acrescentou-se a cromatografia líquida de alto desempenho (HPLC), que tem a vantagem de não necessitar que se gaseifique o componente. Isso permitiu reconhecer elementos que integram a cor, o cheiro e o sabor do vinho, analisando, inclusive, compostos inorgânicos. "Papai Noel" fez também a correspondente análise de densidade, teor alcoólico, extrato seco, matérias minerais, acidez total e volátil, glicose, gás sulfuroso total e livre (dado que naquele tempo se usava enxofre para a melhor conservação do vinho), ácido tartárico (total e livre), ácido cítrico, láctico, glicerina, tanino, ferro etc., bem como ensaios de cor e determinação do pH mediante métodos potenciométricos, com eletrodos seletivos que determinavam ânions e cátions. Também foi aplicada a espectrofotometria ultravioleta (para o estudo das diversas frações de destilados) e a infravermelha (para a caracterização por meio dos elementos fixos de um vinho – extrato seco e cinzas – de vinhos diferentes ou do mesmo tipo, mas de comarcas diferentes). (N. do M.)

Só depois, muito tempo depois, eu descobriria a "pérola" que, de fato, como anunciou o Mestre, esconde-se em cada sonho. Também neste.

E com o ocaso, chegaram os resultados da análise.

"Papai Noel", para uma melhor compreensão, dividiu-a em dois tópicos, ou capítulos.

Repassei-os umas mil vezes. Não havia erro algum. "Papai Noel" era quase perfeito.

Eis aqui uma síntese do obtido:

Tratava-se de um vinho doce e generoso, típico de sobremesa, com uma elaboração difícil e, digamos assim, muito peculiar. Para meu assombro, o "vinho prodigioso" havia "viajado" (!) durante 18 meses.

De início, tentei racionalizar o que estava lendo. Depois me dei conta: eu estava diante de um portento, diante de algo de origem divina ou sobrenatural, e que, em consequência, escapava à minha modesta compreensão. Simplesmente tinha que me limitar a receber a informação. Todo o resto era perda de tempo e energia.

Prossigo.

Era como se a bebida tivesse sido embarcada e submetida ao calor da adega do navio, à umidade do mar, aos movimentos do navio e às mudanças de temperatura. Tudo acabou repercutindo na qualidade do vinho. Uma qualidade excelente, como comentou o *tricliniarcha*. Embarcado durante um período de um ano e meio? Eu me neguei a pensar e prossegui com os incríveis resultados. O computador apontou que essa melhora da qualidade pôde se dar mediante o embarque do vinho em um navio, ou pelo sistema conhecido como *estufagem*.[3] "Papai Noel", obviamente, não sabia o que eu sabia. O "vinho prodigioso", que eu soubesse, não havia viajado em nenhum barco. E mais: não havia viajado, segundo o conceito humano de viajar. Quanto à

3 Atualmente conhecem-se quatro procedimentos para aquecer o vinho *(estufagem)* e, assim, melhorar sua qualidade: mediante a introdução de pequenos tonéis dentro de grandes cubas, aquecidas por água quente a 40 °C (o processo leva de seis meses a um ano); vinho em *fudres* de carvalho, aquecido a 45 °C, também com água quente, durante um período de quatro a seis meses; cubas aquecidas por eletricidade durante quatro meses e, por último, tonéis deixados ao sol para o aquecimento. Essa última operação se prolonga durante oito anos ou mais. Há vinhos – como os de Madeira – que são aquecidos durante um ano em armazéns onde se injeta ar quente. (N. do M.)

estufagem, um método para simular em terra a viagem do vinho por mar, também não tinha pés nem cabeça. Ninguém manipulou as talhas. Ninguém submeteu o conteúdo a aquecimento algum. Aquilo era absurdo, eu sei.

O vinho foi armazenado em barris de carvalho torrado, da espécie *Quercus pedunculata* (árvores grossas e não muito altas). Isso o beneficiou especialmente. O carvalho torrado exerce uma função antisséptica de primeira magnitude e evita que o líquido azede. As tábuas dos barris deviam ter passado por uma torração intensa. Do contrário, não se entenderiam os significativos índices de furfural HMF e aldeídos aromáticos que o "vinho prodigioso" apresentava. Essa torração forte do carvalho afetou os primeiros milímetros da madeira das tábuas dos barris onde o líquido permaneceu pelo menos durante três anos. Essa foi a idade calculada para o "vinho prodigioso".

O teor alcoólico foi estimado em 14 °C. O vinho foi envelhecido em um só barril, com um volume não superior a mil litros. Era um vinho "clarificado", ou seja, decantado de forma natural (sem filtros). Sua base eram mostos ricos em açúcar. A uva, segundo "Papai Noel", era uma malvasia, mas não procedia de solo judeu. Isso me deixou perplexo também. O "vinho prodigioso" não era de Israel. O computador não soube estabelecer a pátria. Podia ser de qualquer lugar. Em Israel, naquele tempo, segundo nossas notícias, os vinhos se dividiam em dez grandes variedades[4]. O "prodigioso" era do tipo *ilyaston* (doce), mas não foi colhido em terras judaicas.

Os cálculos do computador central foram minuciosos. Por hectolitro (cem litros) foram necessários 19.680 gramas de glicose e 80 litros de água. Para o volume total de vinho (cerca de 720 litros), foram requeridos 138,5 quilos de glicose.

Não foram detectados os micro-organismos habituais, responsáveis pela chamada "quebra do vinho".[5] A proporção das substâncias tânicas era

---

4 Basicamente, os judeus classificavam os vinhos da seguinte forma: vinho velho misturado com água clara e bálsamo *(aluntit)*, vinho de alcaparra, ou do Chipre *(kafrisin)*, vinho doce *(ilyaston)*, vinho de cachos de uva doce defumados *(me'ushan)*, aperitivos *(appiktevizi)*, vinho amargo *(pesinyaton)*, vinho de uva-passa *(zimmukin)*, vinho misturado com mel *(inomilin)*, vinho agregado ao azeite *(enogeron)* e vinho com especiarias *(kunditon)*. (N. do M.)

5 Entre os cerca de mil componentes do vinho, cabe destacar as seguintes substâncias: "salgadas" (provêm dos sais dos íons de sulfito, cloreto, fosfato etc. e proporcionam o sabor salgado); "amargas" (procedem dos compostos fenólicos); "gomas" (agem como coloides); "ácidas" (acético, criado pelas bactérias lácticas; láctico, originado pela fermentação alcoólica dos açúcares; málico, que provém dos cachos verdes; succínico, com origem na fermentação

correta, favorecendo a oxidação e, portanto, contribuindo para o envelhecimento e o amadurecimento da bebida.

Evidentemente, não encontramos rastro de metabissulfito sódico, um produto químico que às vezes é acrescentado ao mosto durante o processo de fermentação, como elemento desencadeante de SO_2.[6]

Também não se encontrou excesso de ácido tartárico ou cítrico (utilizados normalmente para corrigir a falta de acidez). Isso me levou a pensar que o ano da colheita da uva do referido "vinho prodigioso" não foi excessivamente quente.

Não se detectou excesso de carbonato de cal, destinado também a modificar a acidez do mosto. A dedução do "Papai Noel" foi que a pátria do "vinho prodigioso" era um lugar temperado.

Em suma, para não estender este capítulo, o vinho era excelente, intenso, bem estruturado e muito mais.

O segundo tópico – o do prodígio propriamente dito – foi espetacular. A ciência chegou até onde pôde, e não foi pouco.

O "Papai Noel" trabalhou a um terço de sua potência (à razão de um trilhão de operações em "ponto flutuante" por segundo, ou 10^{12}). Foi suficiente.

Pessoalmente, fiquei maravilhado.

Os "nemos frios", com a missão de "fotografar" e transmitir, fizeram um trabalho intenso e minucioso (até onde foi possível). Enviaram 500 imagens por femtossegundo.[7] O "Papai Noel" amplificou as imagens para "nível dois" (atômico).

---

alcoólica; e tartárico, que protege o vinho das bactérias negativas); "açucaradas" (são as que dão ao vinho o sabor doce, a suavidade e a pastosidade). Esses elementos são encontrados no vinho sempre em proporções variáveis, dependendo do clima, do tipo de solo, das técnicas utilizadas no cultivo, do grau de maturação etc. A falta de qualquer um desses ingredientes pode provocar a "quebra do vinho", mas essa expressão é utilizada com mais frequência na tarefa antisséptica dos taninos. As substâncias tânicas são compostos orgânicos que se devem à união de um carboidrato com outra substância denominada "aglicona" (ácido-fenol). Um excesso de tanino também pode ser prejudicial. (N. do M.)

6 O metabissulfito sódico age como inibidor de determinadas leveduras e também como solvente de pigmentos corantes. No vinho, o SO_2 não deve exceder a quantidade de 0,35 grama por litro. Um excesso de SO_2 evita a melhora da qualidade. (N. do M.)

7 Para uma melhor compreensão do ocorrido em Caná, aqui vai uma série de exemplos sobre medidas de tempo (não habituais) que, entendo, ilustrará o que foi narrado pelo Major norte-americano:

Um segundo: é o tempo necessário para que um coração humano saudável pulse uma vez.

Um décimo de segundo: Nesse tempo, um colibri bate as asas um total de sete vezes. É o típico "abrir e fechar de olhos".

Um milissegundo (10^{-3}: um milésimo de segundo). Uma mosca bate uma vez as asas a cada três milissegundos. A abelha, a cada cinco.

O prodígio, como foi dito em outro momento, foi registrado às 16 horas, 6 minutos e 1 segundo daquela inesquecível quarta-feira, 27 de fevereiro do ano 26 de nossa era. Esse dado (a hora exata) é importante para compreender o que aconteceu. A duração do prodígio foi estimada em 155 femtossegundos. Em outras palavras: não foi visível ao olho humano. Como sabem os especialistas, para a criação da realidade (a nossa, a cotidiana) são necessários 50 milissegundos (recordemos que um milissegundo é 10^{-3} segundos, ou, o que é o mesmo, um milésimo de segundo). Uma vez abertos os olhos, são necessários 50 milissegundos para que o cérebro "traduza" ao ser humano o que está vendo.[8] Um femtossegundo é uma unidade de tempo infinitamente menor se comparada a um milissegundo. (Femtossegundo: 10^{-15} segundos.) Tudo aconteceu em um "tempo" (?) tão breve que, mesmo que este explorador houvesse permanecido com a vista fixa na água das talhas, sem afastá-la um só instante, não teria captado o ocorrido. Foram os "nemos frios" que conseguiram "ver" (?) uma parte do prodígio. Desde que

---

Um microssegundo (10^{-6}: um milionésimo de segundo). Nesse tempo, um raio de luz (que viaja a 300 mil quilômetros por segundo) percorre 300 metros. Uma vez consumido o estopim, um cartucho de dinamite precisa de 24 microssegundos para explodir.

Um nanossegundo (10^{-9} segundos). O microprocessador de um computador pessoal precisa de dois a quatro nanossegundos para executar uma operação (exemplo: a soma de dois números). Um raio de luz (no vácuo) avança apenas 30 centímetros nesse tempo.

Um picossegundo (10^{-12} segundos). À temperatura ambiente, o tempo de vida médio de uma ligação de hidrogênio entre moléculas de água é de três picossegundos. Na opinião do Major, um *swivel* precisa de um picossegundo para se desmaterializar.

Um femtossegundo (10^{-15} segundos). É um "tempo" inferior ao "tique-taque" do relógio atômico mais refinado. Um femtossegundo é para um segundo o que um segundo é para 32 bilhões de anos. Outro exemplo: enquanto em um segundo a luz cobre a distância de quase 300 mil quilômetros, em um femtossegundo esse raio de luz só percorre 0,3 micra (o diâmetro da menor bactéria). Exemplo: nas moléculas, os átomos vibram em tempos de 10 a 100 femtossegundos. As reações químicas mais rápidas precisam, em geral, de centenas de femtossegundos. O processo que permite a visão (interação entre a luz e a retina) consome 200 femtossegundos, aproximadamente.

Um attossegundo (10^{-18} segundos). Os "nemos" eram capazes de emitir cintilações cuja duração era de 130 attossegundos.

Tempo de Planck (10^{-43} segundos). O tempo (?) mais breve imaginável (?). O "passo" seguinte, talvez, seria o "não tempo", de que o Mestre falava. (N. de J. J. Benítez, baseada na lista de Davi Labrador.)

8 Se um ser humano precisasse de uma hora para construir a realidade, seu presente (seu "agora") seria justamente de uma hora. As formigas, por exemplo, funcionam com um presente mais reduzido e elementar que o nosso. Se déssemos pão a uma formiga, esse ato seria presente para nós e um hipotético futuro para o inseto. Em termos de inconsciente, o homem situa seu futuro em um contínuo "agora". (N. do M.)

a "vara de Moisés" foi ativada até que começou o portento propriamente dito, os "nemos" que flutuavam na água das talhas, e os chamados "AD" ("nemos" aderidos às paredes internas de pedra das talhas e distribuídos em cinco grupos), "fotografaram" a referida água durante três minutos. O "Papai Noel" não encontrou nada em especial, salvo um moderado excesso nos volumes de cal (algo lógico nos terrenos calcários de Caná). Tratava-se de água vadeosa ou superficial, típica entre o lençol freático e a superfície. Era água natural, com um leve aumento de cálcio. Tudo normal.

Mas, às 16 horas, 6 minutos e 1 segundo, os "nemos" detectaram várias anomalias, que se prolongaram por 54 femtossegundos. Talvez eu não consiga me explicar (as palavras não me ajudam). Talvez tudo tenha ocorrido simultaneamente; mas acho que devo narrar por partes, a fim de tornar compreensível (?) o que aconteceu naquela tarde. Vou tentar não formular comentário algum enquanto não tiver concluído a exposição dos "fatos". Não sei se conseguirei.

Às 16 horas, 6 minutos e 1 segundo.

Os "nemos" captaram uma alteração na gravidade, que caiu de seu valor habitual (9,8 m/s^2) a 6,9176 m/s^2.[9] Os "nemos", logicamente, não puderam verificar se a gravidade sofreu alguma mudança no pátio ou nos arredores da *Sapiah*. É possível (não certeza) que a tontura, a dor de cabeça e o formigamento nas mãos e nos pés que quem isto escreve sentiu naquele momento tivessem sua origem nessa variação nos níveis de gravidade.

Simultaneamente (16 horas, 6 minutos e 1 segundo), os átomos da água armazenada nas seis talhas sofreram uma leve oscilação. A frequência foi de 10 a 100 GHz. Mais ou menos entre 10^{10} e 10^{11} ciclos por segundo. A água perdeu seu caráter dielétrico (com uma permissividade de 80) e ocorreu um fenômeno não menos singular. As moléculas, formadas por um átomo de oxigênio ligado a dois de hidrogênio, que normalmente apresentam uma forma triangular, sofreram duas importantes modificações: os ângulos das duas ligações (habitualmente em 104,5°) mudaram para 105°. A distância da ligação O-H não foi modificada, mas o momento dipolar (1,85 *debye*) apareceu em 1,84. Achei que o "Papai Noel" havia enlouquecido.

9 Um planeta constitui "uma só massa", formada por elementos de diferentes densidades. Está claro que o córtex, a hidrosfera, o manto superior e o inferior e os núcleos externo e interno da Terra têm diferentes densidades que, multiplicadas pelo volume do esferoide (sem contar a atmosfera), proporcionam uma massa que, ao deformar o espaço, dá uma aceleração da gravidade na superfície do planeta de 9,8 m/s^2. Em Mercúrio, a gravidade seria de 2,78 m/s^2. Em Vênus (quase do mesmo tamanho que a Terra), a gravidade é um pouco menor: 8,87. Marte tem 3,8 e Urano, 7,77. (N. de J. J. Benítez.)

A água vibrou como o couro de um tambor ao ser acertado pela baqueta.

Aquilo foi o caos. Mas um caos que durou apenas femtossegundos. Imediatamente (?), os "nemos" fotografaram e mediram o deslocamento das oscilações e certificaram, também em femtossegundos, que o movimento caótico evoluía para uma vibração coordenada dos quintilhões e quintilhões de átomos que integravam a água das talhas.

Tudo voltou à "normalidade" (?), mas por pouco tempo (sempre medido em "fem": femtossegundos).

E registrou-se outro fenômeno incrível.

Os quintilhões de átomos de cada talha se "transformaram" (?) em cintilações luminosas... azuis!

Foi uma loucura.

Os "nemos frios" não davam conta.

Era como um gigantesco farol estroboscópico que emitia quintilhões de *flashes* azuis a uma cadência de cinco "fem". Ao fim desse "tempo", registrava-se um intervalo de um attosegundo, e começava tudo de novo.

Como Harold Edgerton, do Instituto de Tecnologia de Massachusetts, teria gostado de ver isso![10]

Cada átomo era um foco emissor de "luz azul"!

E foi o "Papai Noel", ao avaliar a informação, que detectou algo "impossível" para a ciência, mas real.

As "cintilações" dos quintilhões de átomos registravam-se em forma de sequência numérica (algo parecido ao morse). A sequência se repetia 1.530 vezes. Ocorria uma "pausa", e o fenômeno prosseguia. O computador submeteu os números a todo tipo de cálculos e combinações, mas os resultados foram negativos. Não conseguiu saber do que se tratava, supondo que "aquilo" tivesse algum sentido.

A série em questão era a seguinte:

"4173-45-51-61314147."

Não era preciso ser muito esperto para compreender que a água "falava".

Qual era a mensagem? Ignoro.

Mas desde quando a água fala? Pensei que estivesse enlouquecendo.

O "Papai Noel" checou as informações várias vezes. Não havia dúvida. Os quintilhões de *flashes* azuis escondiam uma ordem numérica. Outra ques-

---

10 Harold Edgerton foi quem iniciou uma importante tecnologia baseada em *flashes* eletrônicos estáveis que emitiam cintilações luminosas periódicas com uma duração de microssegundos. (N. do M.)

tão é que o computador e quem isto escreve não sabiam decodificar o suposto enigma da "água falante". Talvez alguém, um dia, soubesse decifrá-lo.

E, subitamente (?), a iluminação azul parou.

Os "nemos" registraram uma queda na temperatura da água. Se antes do prodígio era de 15 °C, nesse instante caiu para −1 °C. E deu-se outro "espetáculo" fascinante. Para ser exato, dois "espetáculos" fascinantes que me deixaram também atônito. Foram simultâneos. O primeiro consistiu no surgimento de centenas de pequenos cristais de gelo, hexagonais, belíssimos. Outros, também centenas, tinham forma da flor da tangerina. O segundo fenômeno foi o progressivo desaparecimento da água. Em cada talha, o líquido foi desaparecendo, do fundo para a superfície, em lâminas que oscilavam entre 0,75 e 5 nanômetros de espessura.[11] Algo parecido às chamadas "Newton Black Films". Foi também vertiginoso.

E as seis talhas ficaram completamente vazias.

O tempo utilizado nessa primeira fase do prodígio – que abarcou a alteração gravitacional, as modificações na estrutura da água, as cintilações azuis, o surgimento de cristais hexagonais e o progressivo desaparecimento do líquido, em lâminas – foi de 54 "fem". Um período de tempo quase inimaginável.

Os "nemos" situados nas paredes de pedra dos recipientes não registraram alteração alguma nelas. Foi assombroso. Apareciam secas.

E nesse instante (?) os "AD" enviaram informações sobre o "conteúdo" das talhas: nenhum. Ou melhor, ar normal, como o que respiramos habitualmente.

Os demais "nemos frios" pararam de transmitir. Desaparecendo a água, eles também foram eliminados. Quem sabe onde foram parar.

O ar que enchia as talhas não apresentava alteração alguma: oxigênio (21 por cento), nitrogênio (78 por cento), argônio (1 por cento) e quantidades variáveis de vapor d'água e dióxido de carbono. Tudo normal.

---

11 Um nanômetro equivale à bilionésima parte do metro; ou seja, 10^{-9}. Para que tenhamos uma ideia: um cabelo humano tem uma espessura que varia entre 80 mil e 200 mil nanômetros. Um átomo mede um décimo de nanômetro *(angstrom)*. Os "nemos" tinham 30 nanômetros. Outros exemplos: um nanômetro é o que cresce a barba de um homem no tempo que demora para levar a máquina de barbear ao rosto. O "ponto" que acabo de imprimir tem um diâmetro de 500 mil nanômetros. A unha do dedo mínimo mede 10 milhões de nanômetros de comprimento. Um nanômetro equivale a um décimo da espessura do tingimento dos óculos de sol. Uma nota de um dólar tem a espessura de 100 mil nanômetros. (N. de J. J. Benítez.) (Informação obtida da *National Geographic.*)

O que aconteceu com os mais de 700 litros de água?

Não sei. Simplesmente deixaram de estar.

O "vazio", ou a ausência de água, prolongou-se por 101 "fem".

Nesse "tempo", os "nemos" não detectaram nada estranho nem que se destacasse. Só "vazio", se me é permitida a expressão.

E ao fim desses 101 "fem", para minha surpresa, as talhas se encheram de vinho.

Foi um processo simultâneo e instantâneo. No "fem" 101 não havia nada e no 102 apareceu o *ilyaston* (vinho doce), enchendo as seis talhas.

Fiquei tão impressionado que obriguei o "Papai Noel" a repetir o filme várias vezes. Sempre obtive o mesmo resultado. Do "nada" passou-se ao vinho.

E tudo voltou ao normal, inclusive a gravidade.

Fim do prodígio.

Segundo o computador central, o portento teve uma duração total de 155 femtossegundos. Praticamente nada. Como já expliquei, o prodígio não foi visível aos olhos humanos. O tempo gasto - 155 "fem" - é inferior ao que o homem precisa para formar uma imagem (o tempo que a luz necessita para ativar os pigmentos da retina é de 200 "fem" aproximadamente). Como também disse, mesmo que este explorador houvesse ficado com o nariz colado à superfície da água das talhas, meu sistema visual não teria detectado nada.

Teríamos assistido ao que se denomina "estado de transição da matéria"?[12]

Não sou capaz de afirmar.

O que sei é o que vi e o que os "nemos" "viram".

A que conclusões cheguei?

Não muitas, mas importantes. A saber:

1. O prodígio foi real. Não sei quem foi o responsável, mas alguém fez a água desaparecer e, posteriormente, surgir vinho: cerca de 720 litros.

Retifico: sei quem realizou o portento. O Mestre me explicou e assim registrei nestes diários.

A ciência, porém, deve se limitar às provas.

---

12 Do ponto de vista técnico, um "estado de transição" poderia ser definido como "um ponto de sela em uma superfície de energias potenciais". Até o momento, a ciência não dispõe dos meios necessários para observar um "estado de transição" em tempo real. Os "nemos", como já expliquei, são matéria confidencial dentro do estamento militar norte-americano. (N. do M.)

2. Não houve conversão da água em vinho, como diz a tradição. Houve um prodígio, espetacular diria eu, mas nenhuma lei da natureza foi violada. O H_2O se transformar em carbono não é a mesma coisa que fazer desaparecer um líquido para, depois de um tempo, fazer aparecer outro. E recordei as palavras do Galileu quando caminhávamos para o *yam*: "Consideras que tirar vinho do nada é um trabalho sem graça e sem imaginação?"

Fiquei perdido.

Fazer desaparecer cerca de 700 litros de água e obter vinho do "nada"... A mesma quantidade, exatamente.

O portento era maravilhoso, sem explicação científica possível, pelo menos por ora, e não agredia as leis da natureza.

Sublime! Magistral! Insuperável! Delicadíssimo! Requintado!

3. Provavelmente, como também disse Jesus de Nazaré, alguém com poder suficiente manipulou o tempo. Essa foi outra chave do prodígio. Mas não tenho palavras para esclarecer o mistério. Como é possível manipular o tempo? Que estupidez! Nós fazíamos isso! E eu disse a mim mesmo: se nós, pobres humanos, éramos capazes de algo assim, o que poderiam fazer as criaturas a serviço de um Homem-Deus?

Eu me rendi.

4. Embora a covariância defenda que as leis da física são idênticas para todos os observadores, alguma coisa está faltando nesse corolário. No prodígio de Caná, as leis físicas não foram violadas, mas os "observadores invisíveis" tiraram algo do nada, coisa impossível, segundo a ciência.

5. A flecha do tempo – segundo alguns – seria explicada pela segunda lei da termodinâmica (a entropia, definida como a progressiva desordem de um sistema). Pois bem, em Caná, aparentemente, alguém pulou essa segunda lei da termodinâmica. Ou não? Insisto no que afirmava Gödel: "Sempre haverá enunciados verdadeiros em matemática que estão além de nosso conhecimento". Caná é um desses "enunciados", e assim será por muito tempo.

E nessa noite, rendido perante a evidência, caí de joelhos. E louvei a sabedoria e o amor do Pai Azul.

Não há dúvidas. Estamos nas melhores mãos.

Então, dobrei meu espírito científico e o guardei. O método científico não serve para estudar Deus, da mesma maneira que nunca servirá para medir a beleza, a poesia ou a ternura.

Foi nesse dia, sexta-feira, 1º de março do ano 26 de nossa era, que tomei uma sábia decisão; algo que não havia me atrevido a fazer no Hermon: entregar-me à vontade de *Abba*. Conforme dizia o Homem-Deus, "Minha vontade é que se faça Tua vontade".

A partir desse momento, tudo foi diferente, mesmo sendo igual.

Mas vou tentar ir por partes.

Aliás, quase esqueci. Ao fazer a análise, o "Papai Noel" fez outra descoberta, eu diria que notável, que me beneficiou pessoalmente. No "vinho prodigioso" surgiu uma substância antioxidante muito superior à dimetilglicina, que combate a contração dos vasos circulatórios e anula boa parte do NO (óxido nitroso). Eu a batizei de *chenaz* ("tesouro" em aramaico). O poderoso antioxidante é um derivado dos flavonoides e dos taninos, tendo, além de tudo, uma capacidade espetacular de prevenir a hipertensão. Um dia – espero – será descoberta pelos cientistas.

Decidi guardar o que havia sobrado após a análise. Talvez me ajudasse na luta contra o NO. Fazia quase uma semana que não tinha antioxidantes. E acredito que me serviu. Minha saúde melhorou sensivelmente. Foi incrível: este explorador foi outro beneficiado pelo "vinho prodigioso". Quantos mais, dentre os convidados da festa de casamento, seriam agraciados com o *chenaz*?

O computador fez também os ensaios sobre as amostras de água e de vinho tinto, transportadas ao "berço" nas já referidas ampolas de barro. Não se observou nada de particular, salvo o já mencionado: um leve aumento nos índices de cal da água das talhas.

E fui descansar. Aquele foi outro dia inesquecível.

Mas a paz não durou muito.

Por volta das duas da madrugada, o "Papai Noel" me alertou. O cinturão gravitacional disparou. Como se pode recordar, Eliseu modificou os limites dessa defesa, instalando-os a 500 metros do "berço". Era o primeiro escudo protetor do módulo. O cinturão gravitacional atuava como uma cúpula invisível. Se alguém pretendesse ultrapassar esse limite, uma força esmagadora o impediria. Era como um furacão, ou como um muro. Ninguém estava capacitado para ultrapassá-lo. Só nós, graças a uma senha que passávamos ao computador central cada vez que queríamos entrar na nave. Essa senha era "Base-Mãe-3". Ao pronunciá-la, o "Papai Noel" desligava o sistema gravitacional. Ao abandonar o Ravid, os pilotos pronunciavam a palavra "Ravid" (em inglês), e o cinturão se materializava novamente.[13]

---

13 No último "salto" no tempo, as defesas do "berço" foram estabelecidas da seguinte forma:
1. Cinturão gravitacional (já detalhado). A poderosa emissão de ondas partia da complexa

Era estranho. Do lado de fora, notava-se uma intensa luminosidade violeta.

Eu já tinha visto esse fenômeno antes.

Chequei os radares. Tudo parecia estar em ordem. Nem um único "eco" suspeito. E pensei nos pombos que faziam ninho no monte Arbel, muito próximo. Já haviam nos dado outros sustos.

E, de repente, o alarme parou.

Podiam ter sido os pombos de Arbel...

Mas não fiquei tranquilo e decidi sair da nave. Estávamos sozinhos no cume do Ravid. Eu me refiro ao "Papai Noel" e a quem isto escreve.

Aquela luminosidade... eu já a vira antes. E recordei uma das noites na colina que eu chamava de "778", nas proximidades de Beit Ids. Também lá, durante alguns segundos, a noite ficou violeta. Algo (aparentemente uma luz) se precipitou sobre o cume da colina e tudo ficou violeta.

Agora, a luminosidade que eu contemplava era parecida, mas percebi algo diferente: aquela luz violeta que inundava tudo (pedras, nave, roupas e a distante macieira de Sodoma) estava lá pelo menos havia três minutos. Esse era o tempo que levei para me levantar desde que o "Papai Noel" me pôs em alerta.

E a contemplei com prazer.

Era um violeta doce, muito tênue.

De onde vinha?

Olhei para todos os lados, mas não consegui localizar a origem.

E, lentamente, a luz foi se extinguindo.

Eu me sentei em uma das agulhas de pedra, espantado. Não conseguia encontrar uma explicação. O fenômeno deve ter se prolongado por uns nove minutos.

Fiquei contemplando o firmamento. A escuridão era total. A noite recuperou a serenidade. A lua havia se escondido às 23 horas, 34 minu-

---

membrana externa da nave, podendo ser modificada à vontade, tanto em distância quanto em intensidade.

2. Cinturão "IV" (infravermelho). Detectava a presença de qualquer ser vivo. Foi instalado por Eliseu a 400 metros do "berço". O sistema se baseava na propriedade da pele humana, capaz de se comportar como um emissor natural de IV. Capacidade de varredura: 50 por segundo.

3. Cinturão de hologramas. Foi situado a 173 metros do "berço", coincidindo com os restos da muralha romana. Tratava-se de terríveis cenas, protagonizadas por nossos "vizinhos", os chamados ratos-toupeira, de grandes dentes (tipo sabre). Os hologramas foram dotados de som e movimento. Os *Haterocephalus glaber*, exímios escavadores, pelados, só eram visíveis durante a noite.

Os demais sistemas defensivos, como a varredura com microlasers, foram abandonados, por ora. (N. do M.)

tos e 50 segundos. E com ela se foi o vento. As oito mil estrelas pareciam alheias a tanto prodígio, mas não...

E, de repente, a oeste, na "popa" do "porta-aviões", no lugar onde se erguia a macieira de Sodoma (uma das referências para entrar no cume do Ravid), julguei ver uma luz. Não era uma estrela.

Eu me levantei.

De fato...

Estava se mexendo!

Era uma luz amarelada, com um tamanho dez vezes superior à estrela Capella, em forma de bala de canhão, com a ponta para cima.

Fiquei atônito, e provavelmente de boca aberta.

Outra vez as "luzes"!

A "bala" prosseguiu em sua descida, lenta e continuada, aproximando-se da "popa" do Ravid. Não fazia barulho.

Eu não sabia o que fazer. Entrava na nave e ativava os dispositivos de defesa?[14] Consultava os radares? Filmava?

Não houve tempo.

A luz interna do "berço" se apagou. E – supus – os cintos gravitacionais, os de visão IV e os hologramas ficaram inutilizados.

E a luz amarela desapareceu por trás da macieira de Sodoma.

Nesse momento, senti náuseas e uma notável tontura. Tudo começou a girar.

Tive que me sentar de novo na rocha.

O que estava acontecendo?

Seria outro sonho?

Recordo que inspirei profundamente e tentei me acalmar.

E nisso, a luz de cabine do "berço" se restabeleceu.

Foi quando vi aquela outra "luz". "Decolou" (modo de dizer) da região da macieira e começou a se elevar lentamente, sem barulho.

A tontura aumentou. Tive que me segurar na pedra. Haveria a possibilidade de que as "luzes", ou o que quer que fossem, estivessem criando um campo eletromagnético de baixa frequência? Isso talvez explicasse a súbita tontura.

Essa segunda "luz" era branca, como uma lua cheia, e no alto havia outra luz, menor, vermelha. Avançou para mim, mas subitamente parou. Estava a pouco mais de 35° acima da linha do horizonte.

---

14 Nos diários do Major, não consta alusão alguma aos dispositivos de defesa a que faz referência nesta passagem. (N. de J. J. Benítez.)

Não cintilava. Eram luzes fixas. Percebi um leve "movimento de cabeça". Não pude calcular a distância a que estava, mas não devia ser superior a mil metros. (A macieira de Sodoma, como já expliquei, estava a 2.173 metros da nave.)

Eu continuava espantado.

E ali permaneceu, imóvel, em um "estacionário" perfeito, por mais de um minuto. As náuseas e a tontura desapareceram.

Reagi e entrei no módulo. Peguei um projetor a laser (portátil) e voltei à plataforma rochosa.

As luzes haviam desaparecido.

Não esperei muito tempo.

Da região da macieira de Sodoma, tornaram a "decolar" (?) mais três "luzes". Dessa vez, formavam um triângulo isósceles. Eram vermelhas. Subiram devagar e também sem barulho. E foram se aproximando.

Obviamente, tratava-se das luzes de posição de um mesmo objeto.

Caminhei uns cem metros e me situei perto dos restos da muralha romana. A negrura era absoluta.

Então, decidido a terminar com aquele irritante mistério, pulsei o laser e emiti um sinal luminoso para o "triângulo".

O objeto parou. E permaneceu estacionário, à baixa altura, a uns 1.500 metros de minha posição.

Repeti o sinal luminoso, e acho que acertei no alvo.

Quase instantaneamente partiram do "triângulo" duas cintilações.

Pensei que ia desmaiar.

Não era possível! Estavam respondendo a meus sinais! Mas quem? Aquilo era de enlouquecer. Estávamos no ano 26. Quem voava nessa época?

E o "jogo" se repetiu dez ou doze vezes. Eu enviava um sinal luminoso e "eles" (?) respondiam sempre com dois.

Não sei de onde tirei forças...

A questão é que, de repente, tive uma ideia.

E tentei a comunicação por código morse.

Perguntei:

"Amigos?"

Dessa vez, tive que me sentar.

Houve resposta, e imediata. Tive a sensação de que adivinhavam meu pensamento antes que este explorador emitisse os sinais luminosos.

A resposta foi assombrosa:

"Mais que amigos."

Engoli em seco e perguntei de novo:
"Sabeis quem somos?"
Resposta:
"Sabemos."
Pergunta:
"Sois anjos?"
Resposta do "triângulo":
"Talvez."
E me entusiasmei:
"Que tendes a ver com Jesus de Nazaré?"
Silêncio. Não houve cintilações. Não houve resposta.
Insisti e repeti a pergunta, modificando-a em parte:
"Sois a 'gente' d'Ele?"
Silêncio. Não houve mais cintilações.

E o "triângulo" se elevou na escuridão a uma velocidade incrível, perdendo-se no firmamento. O silêncio ficou flutuando na noite e em meu desconcertado coração.

Mas não tive tempo de estabilizar a mente. Senti passos atrás de mim. Alguém estava correndo.

Senti um novo calafrio.

Voltei-me e distingui duas sombras. Corriam, de fato, em direção ao "berço".

Eu poderia jurar que eram humanos.

Não sei de onde saíram, nem como. Corriam perto do módulo e os vi desaparecer no meio do trem de pouso.

Quem eram? Como haviam chegado até ali? Teriam sido os responsáveis pelo disparo do alarme? Como conseguiram burlar o cinturão gravitacional?

E, em pânico, tive uma reação animal. Precisava descobrir o que estava acontecendo.

Corri para o "berço", mas, na escuridão, no segundo passo tropecei em uma das agulhas calcárias, perdi o laser e rolei entre os afilados penhascos.

Bati a cabeça e perdi os sentidos. Não me lembro de mais nada.

Quando voltei a mim, estava dentro da nave, no chão.

Tentei recordar... O que havia acontecido?

E vi, com espanto, que eram 5h07. Recordei que havia sido acordado pelo "Papai Noel" às duas horas...

Não conseguia entender.

E, lentamente, fui recuperando as lembranças: a luz violeta, as "luzes", o estranho "diálogo" com o "triângulo", as figuras humanas que corriam e desapareciam sob a nave.

Teria caído do beliche? Tive um pesadelo?

E recordei o laser. Eu o perdera perto da muralha romana. Estaria lá?

Levantei-me com dificuldade. Tinha um corte na testa, em cima do olho esquerdo. Nada importante, mas... Como fiz aquilo? Teria sido lá fora, quando tropeçara, ou ao cair do beliche? Mas havia realmente caído da cama?

E, aturdido, decidi esperar o alvorecer. Tinha que sair e descobrir que diabos estava acontecendo.

Teria sido melhor não descobrir nada.

Mas as coisas são como são, e não como gostaríamos que fossem.

Faltava pouco menos de uma hora para o amanhecer. O que faria?

Optei por checar os sistemas.

Eu sei. Foi uma desculpa. Para que esconder? Senti medo.

Não sei o que havia lá fora, mas era algo além de minha compreensão.

Eu me senti desconcertado, confuso e temeroso. Não queria andar pela plataforma rochosa no meio daquela negrura. Essa foi a verdadeira razão pela qual continuei no "berço".

E voltou a velha ideia: teria sido tudo um sonho?

Não sei...

As leituras nos radares não forneceram nenhuma informação.[15] Nenhum dos objetos que este explorador supostamente observou ficou registrado nas telas. Foram três, que eu recordasse. Como era possível? Em outras oportunidades, como na madrugada de 7 de abril do ano 30, esses misteriosos objetos voadores foram captados pelos radares de bordo, sim. O "2.000", com um comprimento de onda de três centímetros e uma cobertura de quase 40 quilômetros, também estava "mudo". E o mes-

15 Utilizávamos vários tipos de radares. O chamado "2D" e o "Gun Dish" foram os mais habituais. O primeiro caracteriza-se por grandes extensões de pulso (PW, 2 a 20 usec), baixa frequência de repetição (PRF, 100 a 400 pps) e uma frequência de transmissão da ordem de 500 a 3.000 MHz (em faixas C a F). O grande comprimento de pulso autoriza a transmissão de potências muito altas (1 a 10 MW), que, unido a sua baixa PRF, permitia uma detecção de até 250 milhas. Esse tipo de varredura – circular – girava 360°, com um período lento (entre 3 e 8 rpm). O "Gun Dish" tinha uma frequência de 16 GHz (16.000 Mc/s). (N. do M.)

mo aconteceu com os analisadores do espectro. A luz violeta não continha nenhum sinal eletromagnético ou de rádio. Era uma "luz" (?) "vazia", desconhecida para nós. Mas o achado mais surpreendente foi feito pelo "Papai Noel". Ele conseguiu "limpar" um ruído de fundo (eletromagnético) muito forte e obteve um sinal aparentemente sem sentido. Repetia-se constantemente a sequência "2, 9, 8, 2, 0, 2, 7". Mas isso foi tudo.

Por que "2, 9, 8, 2, 0, 2, 7"?

O "Papai Noel" também ofereceu uma síntese do ocorrido desde que fui acordado:

"Alteração do cinturão gravitacional às 2h01. Duração da anomalia: 21 segundos."

Luz violeta. Permanência total: 9 minutos e 3 segundos.

A temperatura no cume do Ravid caiu bruscamente em 2 °C. Com o desaparecimento da luz violeta tudo voltou ao normal. A temperatura se elevou de novo a 18 °C.

Queda do fornecimento elétrico no "berço". Registrou-se às 2h10. Duração da estranha "queda": 39 segundos e 7 décimos.

Com o corte no fornecimento elétrico, vieram abaixo todos os cintos de segurança.

Não houve razão para essa "queda" no fornecimento elétrico.

Inexplicável.

Curioso. De todo aquele manicômio de cifras, sensações e dúvidas, em minha cabeça só ficou uma coisa: "2, 9, 8, 2, 0, 2, 7".

Eliscu, quando soube do ocorrido, apontou uma possível explicação. Para ele, o estranho número em questão era uma data: 29 de agosto de 2027.

E ambos demos de ombros. Estava muito longe.

Mas, se fosse verdade – e o "Papai Noel" dificilmente errava –, o que estavam nos comunicando? Quem havia transmitido esse sinal, e, acima de tudo, por quê? Estavam nos avisando alguma coisa?

E o alvorecer pôs fim aos trabalhos com o instrumental. Eram 6 horas, 4 minutos e 20 segundos do sábado, 2 de março de ano 26 de nossa era. Outra data difícil de esquecer.

Observei pela escotilha. Tudo na meseta rochosa parecia tranquilo. Porém, desci inquieto. Estava com a "vara de Moisés", mas mesmo assim...

A primeira exploração foi negativa. Não havia ninguém lá. O "porta-aviões" estava solitário, como quase sempre.

Cheguei até os restos da muralha romana, situada a 173 metros do "berço", e procurei entre as lajes e as agulhas azuis de pedra.

Lá estava a lanterna a laser!

Peguei-a e dei uma olhada nos arredores.

Não tardei a descobrir gotas de sangue, já seco, em uma das arestas pedregosas. Era sangue deste explorador, sem dúvida.

Mas, então...

Não foi um sonho! Foi realidade! Eu vivi a noite violeta, a aproximação das "luzes" e aquele singular "diálogo" com o "triângulo isósceles"!

Oh, Deus! O que estava acontecendo?

Por que apareci dentro do módulo? Que aconteceu comigo nessas duas horas e pouco que não conseguia recordar? Alguém, evidentemente, havia me levado para dentro da nave. Eu estava inconsciente. E lá ficaram o laser e o sangue, para provar (para me provar) que nada daquilo havia sido um pesadelo ou fruto de minha imaginação. Alguém estava nos seguindo muito de perto e, de certo modo, velava por nossa segurança. Ou não era isso?

Dediquei um tempo à exploração do lugar. Uma exploração criteriosa.

Negativo.

Não encontrei nada estranho: nem pegadas, nem sinal algum das "sombras" que distingui na escuridão. Então, ao rememorar a difusa imagem das criaturas correndo para os "pés" do "berço", algo se situou em primeiro plano; algo que não percebi naqueles difíceis momentos: as "sombras" não se vestiam como os conterrâneos e naturais da época (ano 26).

Usavam calças! Ou melhor, algo parecido a um macacão, parecido com o que os pilotos usavam.

Isso não era possível!

E deixei para lá a imagem. Com certeza se devia ao medo.

Continuei a busca, chegando até a macieira de Sodoma, a quase 2.200 metros do lugar onde se assentava o "berço".

Negativo.

Eu vira as "luzes" "decolarem" daquela área, mas não encontrei nada em particular. Nem queimaduras, nem marcas na terra, nada.

E, ao voltar à "proa" do "porta-aviões", não sei por que fui até a escarpa que se abria a seis poucos metros do módulo. Era quase inacessível, como já descrevi em outro momento, com uma profundidade de 131 metros. Na realidade, salvo na "popa" do Ravid (região da macieira), o resto do monte, como também expliquei, era cortado em todas as direções (pelo sul, pelo leste e pelo oeste) por precipícios que variavam entre os referidos 131 metros (altura máxima) e os 40 metros.

Vi-o imediatamente.

E fiquei perplexo.

Como ele chegou até ali? Como não o vi antes?

Estava pensando bobagens.

Quando cheguei ao Ravid, ao meio-dia da sexta-feira, 1º de março, entrei diretamente na nave e parti para a análise do "vinho prodigioso". Não me preocupei em rastrear o "porta-aviões", nem tinha motivos para isso.

Eu me aproximei devagar, com extrema cautela.

Inclinei-me e vi que, de fato, tratava-se daquilo que havia pensado.

Tornei a explorar o Ravid com o olhar.

Negativo.

Não havia ninguém ali. Então, aquilo...

Toquei como se fosse uma aparição.

Estava frio. O sol não tivera tempo de esquentá-lo.

E pensei: "Isto esteve aqui a noite toda".

Senti um nó no estômago.

Isso queria dizer que alguém sabia que estávamos lá, no alto do Ravid. Que mais podia pensar?

E disse a mim mesmo: "Que faço? Tiro-o?"

Tornei a acariciar o ferro. Era um gancho de três "anzóis", grande e poderoso, com um "cabo", também de ferro, de quase um metro de comprimento. Uma longa corda, amarrada na ponta do "cabo", pendia no vazio. Calculei dez metros de corda.

Estava claro.

Alguém usara o triplo gancho para escalar o Ravid por aquele lado do "porta-aviões". E supus que a pessoa o tinha feito pouco a pouco, jogando a "âncora" por trechos e subindo.

Mas...

Sim, era um homem. Descobri-o ao pé da escarpa. Estava imóvel no meio dos penhascos e do mato. Estava morto?

E imaginei que talvez houvesse chegado a pôr o pé na plataforma rochosa. Nesse caso, ao chegar ao topo, o cinturão gravitacional o teria empurrado ao vazio.

Oh, Deus!

Sim, essa tinha que ser a explicação. O "vento de furacão" o jogou para fora do Ravid.

Mas quem era? O que pretendia? Por que escolheu aquele caminho, tão difícil e arriscado? Isso significava que havia tentado pelo lado da macieira de Sodoma, o mais lógico para subir ao cume?

As perguntas atropelavam umas às outras.

A situação era grave. A integridade da nave estava em perigo? Quantos mais haviam tentado entrar no alto do "porta-aviões"? Tinha que falar com o engenheiro. Era preciso encontrar uma solução.

E nisso, pela trilha de terra preta vulcânica que contornava o Ravid pelo flanco norte, procedente de Migdal ou talvez da plantação onde conhecera o velho Camar, o beduíno, vi surgir um grupo de homens. Contei oito. Caminhavam com pressa.

Deitei-me nas rochas e segui seus movimentos, inquieto.

Conforme havia imaginado, abandonaram a pista e abriram caminho por entre o mato e os penhascos, cercando o corpo daquele que jazia imóvel. Alguém os havia advertido, obviamente. Examinaram-no, e alguns deles levantaram a cabeça, dirigindo o olhar para a corda que balançava no alto. Colei o rosto ao chão e esperei. Se me vissem, estaria perdido. Ou melhor, a operação ficaria seriamente comprometida. Eu não permitiria isso.

E o grupo começou a discutir.

Tinha que fazer alguma coisa.

E optei pelo mais sensato.

Saí dali sem que me vissem. Segui em direção à macieira e ativei as defesas. A seguir, sem perda de tempo, atravessei a "região morta" e me situei na referida trilha de terra vulcânica. E segui para Migdal.

Minha intenção era clara: tentar descobrir o ocorrido. Quem era aquele indivíduo? O que os homens que acabavam de cercá-lo sabiam? Tinham alguma notícia sobre a presença da nave no Ravid?

Deixei a trilha principal e, com a "vara de Moisés" na mão, virei à direita, adentrando o mato que prosperava ao pé do Ravid.

Os homens não tardaram a me ver. E falaram entre si.

Mas as surpresas não haviam terminado.

Um dos oito era o velho Camar, o *badawi* que conheci no ano 30, pouco antes do terceiro "salto" no tempo. Ele não podia me reconhecer. Estávamos no ano 26.

Ele usava uma longa túnica branca, típica dos beduínos, com as mangas arregaçadas acima dos cotovelos, além de um *keffiyeh* (turbante) também branco. Sob o *keffiyeh* viam-se aqueles longos e lamentáveis cabelos vermelhos, tingidos com Deus sabe o quê.

Os outros eram moradores de Migdal.

Mais adiante eu soube. Camar foi o primeiro a ver a corda e o primeiro a se aproximar do corpo. E correu para avisar o pessoal da cidade mais próxima: Migdal.

Eu não disse nada. Nem me apresentei. Agi com tamanha firmeza que eles ficaram perplexos. Isso me ajudou.

O homem que jazia imóvel estava morto. Examinei-o com atenção. Seu crânio estava destruído, e o cérebro, espalhado pelas pedras. Tinha uma barba preta até a cintura. Suas sandálias haviam desaparecido. Encontrei uma a cerca de três metros, bem como uma espada de dois gumes.

Seus olhos estavam impressionantemente arregalados.

Olhei para o alto e considerei que minha hipótese estava correta. Aquele sujeito, não sei com que intenções, tentara chegar ao cume do Ravid, mas alguma coisa o jogou no vazio. Eu sabia o que acabara matando-o.

– O que aconteceu? – perguntei com determinação.

E os homens, aturdidos, talvez me considerando alguém importante a serviço dos romanos ou do tetrarca Antipas, encolheram-se. Ninguém quis falar.

Foi Camar quem deu o primeiro passo. Acariciou seu cavanhaque grisalho e desfiado e comentou:

– Dizem que foram vistos diabos no alto.

– Diabos? Que tipo de diabos?

– Não sabemos... São dois...

Devo ter empalidecido.

– E quem os viu?

Gofel (esse era o verdadeiro nome de Camar) olhou para seus companheiros. Ninguém se atreveu a responder a minha pergunta. Por fim, Camar, cravando em mim seus olhinhos de hiena, aventurou-se:

– Este... e outros *bucoles*.

Apontou para o morto.

– *Bucoles*?

O termo procedia da alta Galileia. Significava "bandidos".

Camar assentiu em silêncio, segurando sua *khamsa*, uma grande mão de prata que levava no pescoço. Esse tipo de adorno tinha um sentido mágico para os *badu*, conforme pude constatar em nossa aventura em Beit Ids. Tanto as mãos quanto as pedras azuis, os triângulos, os olhos etc. serviam basicamente para conjurar o mau olhado. Pura superstição.

Não me atrevi a perguntar novamente.

Como já relatei em outro momento, aquela região do desfiladeiro dos pombos, em especial o *har*, ou monte Arbel, era um fervedouro de bandidos, malandros, assassinos e foragidos da justiça. Assim era desde os tempos do profeta Oseias, no século VIII a.C. Na face norte do Arbel, em frente ao Ravid, era possível ver uma grande quantidade de cordas que caía do cume e se balançava em frente a um conjunto de cavernas naturais. Era o sistema utilizado pelos *bucoles* para entrar nas grutas. Assim entravam e saíam das cavernas. E do Arbel se espalhavam pelo desfiladeiro, passando a faca em quem resistisse. Roubavam, violentavam e assassinavam a seu bel-prazer, com a cumplicidade dos corruptos centuriões romanos, que recebiam uma parte substanciosa do butim em troca do silêncio e da passividade. Alguns caçadores de rolinhas e de pombos percorriam o Arbel, dia e noite, armados com as tradicionais redes-armadilha. Tratava-se de "mensageiros" e confidentes, tanto de uns quanto de outros.

Talvez tenhamos sido confiantes demais.

O rei Herodes, o Grande (falecido em março do ano –4), fez tudo que esteve ao seu alcance para acabar com essa situação. No ano 39 a.C. tomou de assalto essas cavernas e fez uma "limpeza" drástica. Praticamente acabou com os *bucoles*. Mas, em pouco tempo, outros bandidos os substituíram. E a esses se juntaram os zelotes, guerrilheiros contra Roma.

Essa foi uma das razões pela qual descartamos o Arbel como lugar de assentamento da nave. Mas, como dizia, teríamos nos equivocado ao escolher o Ravid? Precisava falar com Eliseu. Precisávamos tomar uma decisão. A presença dos *bucoles* no "porta-aviões" era inquietante. Estávamos protegidos, mas não era bom viver nessa tensão. Meu trabalho era outro: acompanhar Jesus de Nazaré. Não podia nem queria perder tempo com outros assuntos. Se fosse preciso, mudaríamos de lugar.

Precisaria de mais informação. O *bucol* estava sozinho quando foi derrubado? Vinha das cavernas do Arbel? O que estava procurando no alto do Ravid? Como Camar soube dos "dois diabos"?

O instinto me disse que o velho *badawi* sabia mais do que parecia. Mas optei por me calar. Talvez, em outro momento, pudesse interrogá-lo, a sós. Faria isso.

Nem me despedi. Dei meia-volta sobre meus passos. Lá ficou o grupo de Migdal, desconcertado, imagino. Quem era aquele estrangeiro? Por que falava com tanta decisão e energia? Acho que os confundi.

Não vou me enganar nem enganar o hipotético leitor destas memórias. Quando entrei no "berço", meus joelhos tremiam.

Quis pensar, mas não consegui muito bem.

Devia esperar no alto do Ravid? Talvez os bandidos voltassem.

Não me pareceu boa ideia. Precisava tomar uma decisão, como já mencionei. Mas a decolagem da nave estava condicionada à pilha atômica, a SNAP 27. Eu não tinha a senha de ativação. O engenheiro a modificara. Tinha que encontrá-lo e discutir o assunto. Aliás, Eliseu sabia dessa situação? Possivelmente não.

Também não queria me descuidar do acompanhamento do Filho do Homem. Nessa mesma tarde, o Galileu havia marcado um encontro em massa com os habitantes de Nahum, na sinagoga.

Avaliei os prós e os contras e decidi seguir o plano previsto: voltaria ao *yam*.

E, nervoso, pouco convencido de que estava agindo corretamente, guardei os papiros com a informação sobre as "viagens secretas" do Mestre em uma segunda mochila, chequei o sistema diretor dos cinturões de segurança e me afastei do "berço", com remorsos. Lá ficou o gancho, no mesmo lugar em que se enganchou na rocha. Talvez fosse melhor assim. Não devíamos levantar suspeitas.

Quanto aos "dois diabos" vistos no cume, só podíamos ser nós.

Seja como for, a verdade é que subestimamos os habitantes locais.

Os problemas, de fato, estavam se acumulando.

Ao chegar à macieira de Sodoma, hesitei. Contemplei as letras que eu havia gravado no tronco e que deviam servir de lembrete no suposto caso de um dos dois perder a memória, e optei por apagá-las. "B-M-3" (Base-Mãe-3), a senha, não teria sido entendida pelos *bucoles*, mas fiquei mais tranquilo. Ativei o laser gasoso, e as letras desapareceram. A casca da árvore ficou calcinada, em parte. Lamentei pela pobre árvore.

Ao passar em frente ao lugar onde estava o cadáver do bandido, parei por alguns segundos. O grupo brigava pelos pertences do morto. Acho que não me viram. E retomei a marcha, em direção ao lago.

O sol estava a pino. Era a sexta hora (meio-dia). A bom passo, e sem percalços, chegaria à cidade de Nahum em três horas; talvez menos. Tudo dependia do Destino.

Nesse sábado, o ocaso se daria às 17 horas e 31 minutos. Tinha tempo mais que suficiente. Meu plano, em princípio, era simples: esconder os papiros e ir à sinagoga. Mas a realidade começou a me pressionar. Onde guardava os *amphitheatrica*? O tesouro era realmente valioso. Não podia correr riscos. E tomei uma decisão... equivocada.

Eu os levaria aos quartos que alugamos na *insula*. Pensei no "39". Eliseu e Kesil dividiam o "40". O quarto "39" tinha um beliche de três camas.

Talvez pudesse esconder o saco de viagem embaixo das tábuas da cama mais próxima ao chão. Depois veria.

Eliseu nunca entrava no "39". Não tinha por que encontrar a mochila.

Novo erro.

Esse foi o dia dos erros.

À altura dos moinhos de Tabgha, relativamente perto de Nahum, o Destino tornou a cruzar meu caminho. De repente, reparei em algo que não havia notado antes. Estávamos no sábado, efetivamente. Os judeus tinham o costume de começar a contar os dias a partir do pôr do sol.

Oh, Deus!

Isso queria dizer que, com o entardecer, começaria o domingo, 3 de março.

O lógico era que os ofícios na sinagoga fossem celebrados ao longo do sábado, e não do domingo.

Tive o pressentimento de que havia cometido um erro. Teria entendido mal as palavras do Galileu quando se dirigira aos discípulos no casarão dos Zebedeu? Naquela sexta-feira, após tomar o café da manhã, Jesus comentara que queria ficar sozinho nas colinas e que falaria ao público na sinagoga de Nahum no sábado ao entardecer.

Não podia ser. Ou ouvi mal, ou Jesus não se expressou corretamente. Descartei a segunda hipótese. Eu é que não captara a mensagem do Mestre. Simplesmente havia a possibilidade de eu ter me enganado de dia. Podia ter sido na tarde de sexta-feira, 1º de março, ou ao longo do sábado, 2, quando falara aos moradores de Nahum.

E amaldiçoei minha falta de sorte.

Apertei o passo, mas logo compreendi que a pressa não tinha sentido. Se Jesus falara na sinagoga na sexta-feira, ou na manhã desse sábado, o esforço para chegar era absurdo. Era a nona hora (três da tarde). A sinagoga, com certeza, estaria fechada.

Entrei em Nahum e fui direto ao edifício da sinagoga. Não estava fechada, mas vazia.

De fato, havia me enganado.

Na porta, o velho "sacristão" varria. Era um sujeito indesejável, conhecido como "Repas" (literalmente, "pisotear"), porque era capaz de pisar em sua mãe por umas moedas, supondo "que tivesse uma", como murmurava o povo de Nahum.

Eu me decidi e perguntei sobre a intervenção do Mestre. Havia acontecido nessa manhã ou no dia anterior?

O tal de "Repas", cujo verdadeiro nome era Tarfon, nem sequer me olhou. Continuou varrendo, consumido por um permanente tique nervoso nos olhos.

Por fim disse que sim, que "o carpinteiro falou esta manhã, mas não disse nada".

- Como não disse nada?

Tarfon continuou varrendo, mais preocupado em encontrar uma moeda que em limpar as das lajotas.

E eu, tolo, insisti:

- De que falou?

O ministro da sinagoga (um *hazzan ha-knesset*) não replicou.

Por fim, quando já ia dar meia-volta rumo à *insula*, o sujeito falou:

- Essa informação te custará um denário.

Ao me ver hesitar, o ladino tentou me convencer:

- O carpinteiro se limitou a pedir paciência... como se fosse alguém.

E, sem me olhar nos olhos, movimentando a vassoura mecanicamente, sentenciou:

- Quem esse de tal Jesus pensa que é? Todos sabemos que é um pobre carpinteiro.

Deixei-o ali plantado.

Não podia perder o personagem de vista. Esse tal de Tarfon foi outro inimigo do Mestre.

A *insula* ficava muito perto do porto. Como disse, minha intenção era esconder os papiros. Depois, embarcaria para Saidan. Deduzi que o Galileu tivesse voltado para o casarão dos Zebedeu, no bairro pesqueiro.

Arrisquei.

Eliseu não estava na *insula*.

Kesil, nosso fiel servo, recebeu-me com alegria. Seus olhos se encheram de lágrimas. Não perguntou por nossas diferenças. Foi discreto e prudente, como sempre.

Fui direto ao ponto. Confiei-lhe o saco com os *amphitheatrica*. Ninguém devia saber de sua existência, muito menos Eliseu. Ele não fez perguntas. Nem sequer abriu a mochila. Assentiu com a cabeça e, em silêncio, pediu que o acompanhasse. Foi diretamente ao quarto "39", como eu havia pensado. E lá o escondeu, debaixo do beliche de três camas de madeira. Ninguém o usava. Ninguém entrava no "39". Ninguém tinha por que saber. E, em minha presença, trancou a porta. Considerei que estavam a salvo.

Mas o Destino sorriu, debochado.

Não resisti à tentação e perguntei pelo engenheiro.

Kesil franziu a testa, preocupado.

Eliseu – foi o que disse – parecia triste. Voltou ao trabalho no estaleiro dos Zebedeu como ajudante dos serradores, e na companhia de Tiago, irmão do Mestre. Quase não falava. Passava muito tempo na "casa das flores", com Ruth. À noite, dormia no quarto "44", com os meninos "lua".

Tentei perguntar por Ruth. Kesil a via diariamente. Não consegui.

Eu me despedi e, ao passar diante da "casa das flores", senti meu coração acelerar. Ela estava lá, com certeza. A porta estava aberta. Parei um segundo, mas não a vi. Não vi ninguém. Meu coração continuava batendo forte.

Como eu a amava!

E compreendi. Era sábado. Eliseu provavelmente também estava na casa.

Não devia arriscar. Ela não tinha culpa de nossas diferenças.

E segui para o porto.

Subi em uma das barcas que fazia o trajeto até Saidan, pelo módico preço de dois ases, e desci em terra em frente à "quinta pedra de amarração", muito próxima do casarão dos Zebedeu. Durante a navegação, cruzamos com outros barcos. Eram também gentios; os únicos autorizados a pescar e a transportar passageiros ou mercadorias aos sábados.

Calculei que estávamos na décima hora (quatro da tarde). Faltava uma hora e meia para o pôr do sol.

O que havia acontecido na sinagoga? Era verdade que o Galileu não quisera falar? Eu também não confiava em Tarfon. Tinha que ver por mim mesmo.

Não sei explicar, mas eu estava triste. Profundamente triste.

Minto. Sei por quê. Ela estava lá, tão perto e tão longe...

Salomé me orientou, mais ou menos. Disse que o Mestre e seus homens haviam ido para o *yam* fazia pouco tempo. Não soube me dizer se estavam pescando. Provavelmente não, posto que era sábado.

Abril e as irmãs andavam pelo casarão, preparando o jantar.

Abril e eu nos olhamos algumas vezes. Havia "algo" naquele olhar, mas, tolo de mim, eu não soube "ler".

Era um olhar mágico.

Deixei o saco de viagem e a vara no pombal e optei por sair. Precisava de ar.

Sentei-me no alto das escadas de pedra que ligavam a casa com a praia e decidi esperar. Supus que o Mestre e os seus voltariam antes do entardecer. Eles me contariam.

Distingui várias embarcações, mas não soube qual era a do Galileu. Estavam longe.

Querida Ma'ch! Como sentia falta de seu olhar! Era a única coisa que eu tinha...

Fiquei ali pensando. Como podia ter me apaixonado no momento errado, pela pessoa menos adequada? O amor não precisa de justificativa. Acontece e pronto. Mas que seria de mim? Eliseu, além de tudo, estava no meio. Ele também estava apaixonado por Ruth. Pelo menos foi o que me fez crer.

Eu a amava profundamente, como jamais havia acontecido comigo. E a via o tempo todo em minha mente. Via-a nas estrelas, nos silêncios, na luz e na escuridão. Que seria deste pobre explorador? Cedo ou tarde, de uma forma ou de outra, teria que voltar ao meu "agora". Tinha que voltar e contar o que havíamos vivido ao lado do Mestre. E então, que faria eu sem ela?

Cheguei a imaginar uma coisa incrível. Podia não voltar ao meu tempo. Podia mandar a Operação para o inferno. Ela me atraía como nenhuma mulher jamais atraiu. Não valeria a pena esquecer tudo e ficar com ela até o fim?

Não houve resposta para uma ideia absurda dessas. De repente, uma das barcas se afastou das outras embarcações e se dirigiu à praia. Os remadores vogavam com força.

Julguei distinguir a figura do Filho do Homem, em pé na popa, com a barra do timão entre os pés. E as dúvidas sobre a missão evaporaram. Ele vinha em primeiro lugar.

Chegaram à margem e pularam para a terra. Era Ele, de fato. Acompanhado dos seis discípulos e de seus irmãos carnais: Tiago e Judas.

Corri para o grupo.

Jesus ajudou a amarrar a barca, e André me deu as primeiras notícias. Não tinham ido pescar, como pensava Salomé. Conversaram. Ou melhor, Ele falou.

Mas a conversa foi interrompida.

O Mestre, terminada a atracação, pediu que esperassem um instante. Todos o cercaram, expectantes.

Jesus, então, dirigiu o olhar às primeiras estrelas tímidas e falou assim:

– *Abba*, meu Pai, agradeço-Te por estes amigos. Apesar de suas dúvidas, sei que creem e que acabarão acreditando. Peço-Te que aprendam a ser um, assim como Tu e eu também somos um.

Aí terminou o dia para os discípulos e para os irmãos.

Jesus se despediu com um "até logo" e pediu que voltassem a suas famílias e seus trabalhos habituais, conforme haviam combinado no *yam*.

Eu não sabia a que se referia. O que haviam combinado no mar de Tiberíades?

Teria que esperar até depois do jantar para descobrir.

E André, Pedro, Felipe, o "urso", Tiago e Judas se afastaram pela praia em direção a seus lares.

Fiquei confuso.

Os íntimos pareciam sérios. O que havia acontecido naquela barca?

E amaldiçoei de novo minha falta de sorte.

Mas o erro seria corrigido, em parte, graças à bondade de Tiago Zebedeu. Foi ele quem me informou do ocorrido, desde o início.

O Mestre foi descansar e quem isto escreve ficou um bom tempo sozinho com Tiago.

Ele me explicou tudo com detalhes e respondeu de bom grado a todas as minhas perguntas.

Isto foi o que deduzi de suas palavras:

Lá pela quinta hora (11 da manhã) desse sábado, 2 de março, Jesus foi à sinagoga de Nahum. Havia pedido para falar ao público. Estavam todos ali. Desde os irmãos Joli, sacerdotes responsáveis pela sinagoga, até os notáveis de Nahum, passando pelos irmãos do Senhor, os seis discípulos e, evidentemente, a Senhora. Ela havia acabado de chegar da boda de Caná.

Os seis íntimos se sentaram nos lugares de honra, a pedido do Galileu. Mas não os irmãos carnais.

Havia uma enorme expectativa. Às notícias dos acontecimentos sobrenaturais ocorridos no Artal durante o batismo do Filho do Homem, somaram-se as procedentes de Caná. Aquele Homem – diziam – havia sido capaz de transformar a água das purificações em vinho. E do melhor!

Aquela, exatamente, foi a primeira aparição pública do Mestre.

– Estávamos atentos – disse Tiago com sua habitual frieza. – Que podia acontecer? Uns falavam de novos prodígios. Jesus estava em sua cidade. Era o momento de mostrar sua autoridade e seu poder.

– Todos pensavam em um novo portento?

– Isso mesmo. Todos falavam, mas ninguém entrava em acordo sobre o momento do prodígio e, acima de tudo, sobre a natureza do milagre.

A situação era similar à da festa de casamento na *Sapiah*, com uma diferença: Nahum, efetivamente, era a cidade onde o Mestre estava em casa. Era "sua" cidade. Todos falavam d'Ele como o Messias prometido, o grande Libertador e "quebrador de dentes" (dos romanos). Tinha que fazer algo demolidor. Ali, na sinagoga, confundidos no meio da multidão, estavam também, sem a menor dúvida, os *tor* e os "escorpiões" (confidentes do Sinédrio, de Antipas e dos romanos). Fizesse o que fizesse Jesus de Nazaré, as notícias voariam de imediato a Jerusalém e a Cesareia, capital administrativa do império romano para a província da Judeia, como se referiam a Israel.

- E que tipo de prodígio esperavam?

Retifiquei.

- Que tipo de prodígio esperáveis?

Tiago Zebedeu me olhou e esboçou um meio sorriso. Eu sabia que ele era incrédulo. Provavelmente o mais cético dos seis.

Mas insisti. E Tiago foi honesto, como sempre:

- Não sei. Falava-se de tudo. Uns diziam que faria cair fogo do céu e arrasaria a guarnição romana de Nahum. Outros afirmavam que haveria um grande terremoto, que assolaria a Cesareia. Não sei... Ouvi muitas bobagens.

Estimulei-o a prosseguir.

- Chegaram a dizer que as tilápias do *yam* pulariam para a terra e caminhariam até a sinagoga, confirmando o poder do Mestre.

Como dizia, bobagens.

E no meio daquela expectativa - segundo Tiago -, Tarfon entregou ao Galileu um dos rolos, com a Lei. Ele devia ler e fazer um discurso sobre a passagem escolhida. E Jesus, como *darshan*, ou pregador, escolheu Isaías. E procedeu à leitura do capítulo 66.[16]

---

16 Segundo Tiago Zebedeu, o que o Mestre leu foi o seguinte: "Assim diz o Senhor: O céu é o meu trono, e a terra o escabelo dos Meus pés. Que casa Me edificaríeis vós? E que lugar seria o do Meu descanso? A Minha mão fez todas essas coisas, e assim todas elas vieram a existir, diz o Senhor; mas eis para quem olharei: para o humilde e contrito de espírito, que treme da minha palavra. Quem mata um boi é como o que tira a vida a um homem; quem sacrifica um cordeiro, como o que quebra o pescoço a um cão; quem oferece uma oblação, como o que oferece sangue de porco; quem queima incenso, como o que bendiz a um ídolo. Porquanto eles escolheram os seus próprios caminhos, e tomam prazer nas suas abominações, também Eu escolherei as suas aflições, farei vir sobre eles aquilo que temiam; porque quando clamei, ninguém respondeu; quando falei, eles não escutaram, mas fizeram o que era mau aos Meus olhos, e escolheram aquilo em que Eu não tinha prazer. Ouvi a palavra do Senhor, os que tremeis da Sua palavra: Vossos irmãos, que vos odeiam e que para longe vos lançam por causa do Meu nome, disseram: Seja glorificado o Senhor, para que vejamos a vossa alegria; mas eles serão confundidos. Uma voz de grande tumulto vem da cidade, uma voz do templo, ei-la, a voz do Senhor, que dá a recompensa aos Seus inimigos. Antes que estivesse de parto, deu à luz; antes que Lhe viessem as dores, deu à luz um filho. Quem jamais ouviu tal coisa? Quem viu coisas semelhantes? Poder-se-ia fazer nascer uma terra num só dia? Nasceria uma nação de uma só vez? Mas logo que Sião esteve de parto, deu à luz seus filhos. Acaso farei Eu abrir a mãe, e não farei nascer?, diz o Senhor. Acaso Eu que

– Jasão, a tensão podia ser palpada. Havia chegado o momento. Jesus agiria, como fizera em Caná.

Esperei, tão expectante quanto os presentes ao ato.

Tiago sorriu, decepcionado. E comentou:

– Nada. Não aconteceu nada.

– Nada?

– O Mestre devolveu o rolo e não fez *maftir.*[17]

Quis dizer que não houve discurso direto, ao alcance do povo.

– Limitou-se a dizer: "Sede pacientes e vereis a glória de *Abba*. Do mesmo modo será com aqueles que estão comigo e que aprendem a fazer a vontade de meu Pai que está nos céus".

Tiago fez silêncio.

– Isso foi tudo?

O Zebedeu fez que sim com a cabeça.

– E as pessoas foram para casa sem entender uma só palavra.

– Decepcionadas.

– Muito decepcionadas. Principalmente a mãe do Mestre.

Imaginei a Senhora. Depois do episódio de Caná, ela esperava a consagração de seu Filho. Foi outra oportunidade perdida. Na sinagoga de Nahum, como disse, estavam reunidas as forças vivas da cidade. Era o momento exato para mostrar seu poder e afirmar a fidelidade do povo judeu. Esse era o pensamento de Maria, a Senhora. Mas, efetivamente, ela ficou decepcionada. Muito mais que o resto, sem sombra de dúvidas.

Pouco depois, ao voltar a Saidan, o Mestre pediu aos discípulos, e também a seus irmãos, Tiago e Judas, que o acompanhassem ao lago. Subiram em uma das barcas e remaram. Jogaram a âncora, e o Filho do Homem falou durante um longo tempo.

---

faço nascer, fecharei a mãe?, diz o teu Deus. Regozijai-vos com Jerusalém, e alegrai-vos por ela, vós todos os que a amais; enchei-vos por ela de alegria, todos os que por ela pranteastes; para que mameis e vos farteis dos peitos das suas consolações; para que sugueis, e vos deleiteis com a abundância da sua glória. Pois assim diz o Senhor: Eis que estenderei sobre ela a paz como um rio, e a glória das nações como um ribeiro que transborda; então mamareis, ao colo vos trarão, e sobre os joelhos vos afagarão. Como alguém a quem consola sua mãe, assim Eu vos consolarei; e em Jerusalém vós sereis consolados. Isso vereis e alegrar-se-á o vosso coração(...)". (N. do M.)

17 A lição final, após a leitura da Lei, contemplava duas formas de pregar: "fazer *maftir*" ou "fazer *amora*". O primeiro foi o sistema utilizado habitualmente pelo Mestre: falar direta e luminosamente para o povo. *Amora*, mais complexo, exigia um tradutor que vertesse em palavras simples os labirínticos postulados do pregador. (N. do M.)

Segundo Tiago, estes foram os assuntos destacados na referida conversa:

1. Jesus ordenou que voltassem aos trabalhos habituais. Deviam esperar o momento oportuno para sair e pregar a boa-nova.

2. Ele também retomaria seu trabalho no estaleiro.

3. Tinham que silenciar sobre os planos do Mestre. Ninguém tinha que saber quem Ele era.

4. A preparação dos discípulos seria lenta e difícil. Jesus cuidaria dessa tarefa.

Ninguém fez perguntas. Estavam confusos. Não compreendiam o porquê da espera. Não entendiam por que o Galileu renunciava a seu poder. Era o Messias, mas não parecia dar importância a isso!

– E disse algo que também não entendemos – acrescentou Tiago. – "Recordai que meu reino não há de vir com pompa e escândalo, mas mediante uma mudança".

Tiago parou. Efetivamente, parecia não compreender. Mas foi fiel ao que disse o Galileu.

– Disse algo sobre uma mudança que o Pai deverá fazer no coração dos homens. Sinceramente, não sei a que mudança se referia.

Eu sabia. Falei sobre isso com Ele muitas vezes. Mas decidi silenciar. Esse não era meu trabalho. Este explorador era apenas um observador.

– Disse mais alguma coisa?

– Sim...

Tiago ordenou as ideias e prosseguiu:

– Chamou-nos de amigos, disse que confiava em nós e que nos amava.

Tiago corou. Aquelas não eram palavras habituais entre os homens judeus. Era raro ouvir um homem dizer a outro homem: "Eu te amo".

Assim era o Mestre.

– E disse também que logo seríamos seus sócios. E acrescentou: "meus sócios favoritos". Recomendou que fôssemos pacientes e suaves e que nos abandonássemos sempre à vontade de *Abba*.

Tiago me olhou, curioso, e perguntou:

– A que se refere quando fala da vontade do Pai? Tu, Jasão, estás há muito tempo com Ele. Com certeza sabes.

Eu me defendi como pude.

– É melhor que tu mesmo descubras.

E o incitei a prosseguir.

– Depois falou das "dificuldades que estão por vir". Também não entendemos.

– O que disse exatamente?

– Que nos preparássemos para a chamada desse reino e que estivéssemos cientes de que esse reino aparecerá no meio de grandes atribulações. "O serviço ao Pai – disse – gera felicidade, mas chegarão momentos terríveis."

Tiago Zebedeu me olhou, incrédulo. E buscou resposta em quem isto escreve. Eu sabia a que o Mestre se referia: à perseguição e morte de alguns daqueles discípulos, inclusive Tiago; mas silenciei de novo. Que mais podia fazer?

Era impressionante. Jesus havia anunciado sua morte poucas horas antes, enquanto conversavam nas escadas da praia. Agora, sutilmente, acabava de dizer que alguns dos íntimos também pereceriam, e de forma trágica. Estávamos a 2 de março do ano 26.

– Mas para aqueles que encontrarem o reino – prosseguiu o discípulo –, a felicidade será completa. E o Mestre acrescentou: "E serão chamados benditos da Terra".

O rosto de Tiago se ensombrou de novo, mas ele deu sequência ao relato:

– "Estai atentos! – disse Jesus. – Não abrigueis falsas esperanças. O mundo tropeçará em minhas palavras!"

E Tiago Zebedeu, ingênuo, tornou a me interrogar:

– Que quis dizer?

Dei de ombros.

Ele mesmo respondeu:

– O mundo tropeçará em sua mensagem? Já comecei a ver isso. O mundo exige uma coisa, e Ele pretende outra.

Ele não poderia ter definido melhor. Assim seria no futuro imediato e no futuro de longo prazo: em meu mundo. O que as igrejas hoje defendem não tem relação alguma com o que quis e com o que revelou o Mestre.

– E disse também que nós, seus discípulos, também não entendemos sua mensagem.

Isso era evidente.

– E afirmou que trabalharíamos para uma geração que só busca portentos e sinais. Nesse momento, amigo Jasão, trocamos olhares e sentimos vergonha. E o Mestre sentenciou: "Exigirão prodígios como prova de que sou o enviado de *Abba*. Não sabem, nem saberão, qual é meu trabalho no mundo: a revelação do amor do Pai". E terminou com outras palavras misteriosas: "Alguns, porém, em outros lugares e em outros tempos, compreenderão minha revelação".

Eu não estava no barco, mas captei a intenção do Mestre.

Mensagem recebida.

No dia seguinte, 3 de março, domingo, Jesus de Nazaré de fato voltou ao trabalho no estaleiro dos Zebedeu, perto da desembocadura do rio Korazain, ao leste de Nahum. Fui atrás d'Ele e pedi emprego no estaleiro. Era o único jeito de ficar ao lado d'Ele e de acompanhar seus movimentos. A alegria do velho Zebedeu, de Yu, chefe do estaleiro, e dos demais trabalhadores foi enorme. Estavam felizes. O Galileu era um excelente *naggar* (carpinteiro naval). Eu diria que um dos melhores que já passara pelo *yam*.

Eu fui designado de novo ao departamento de pintura, tingimento, verniz em geral e protetores contra caruncho. Trabalharia sob as ordens do velho fenício, o homem que achava que o mundo cabia em uma lata de tinta ou de cola de carpinteiro.

E nessa mesma manhã o Mestre cuidou do entabuamento de uma barcaça de transporte cujo nome era *Kenah* ("companheiro"). Trabalhou com a mesma alegria de sempre, acompanhado da inseparável canção: "Deus é ela".

Eliseu não tardou a notar nossa chegada. De início, evitou-me. Mas, na hora do almoço, fui até ele. A presença de Yu e dos outros operários o obrigou a ficar no lugar. Não teve mais remédio. E fui diretamente ao que interessava. Expus a situação no Ravid e detalhei o achado do triplo gancho e do cadáver ao pé do penhasco. Informei-o dos boatos sobre os *bucoles*, mas não mencionei a análise do "vinho prodigioso" e muito menos o encontro com as "luzes" no alto do "porta-aviões". Não era a hora.

Ele não acreditou em mim. E mais: debochou de quem isto escreve. Chamou-me de fantasioso e maluco. E acrescentou:

– Isso me lembra do cilindro de aço. Também foi roubado por uma menina selvagem, segundo você.

Sorri com amargura. Estava claro que não podia contar com seu apoio. Teria que resolver o problema por mim mesmo.

Ele aproveitou para me comunicar:

– Vendi a opala branca.[18]

---

18 A opala branca foi entregue ao Major em Cesareia, em uma festa no palácio de Pôncio. Tratava-se de uma gema de cerca de quatro centímetros de diâmetro (grande como uma amêndoa), montada em um anel de ouro e turmalina azul, com uma fosforescência verde de fundo devida a um mineral uranífero. (N. de J. J. Benítez.)

Esboçou um sorriso diabólico e murmurou quase para si:

– Não sei quanto tempo vai precisar para devolver o que não é seu.

Não quis discutir sobre o roubo do cilindro de aço que continha as amostras de sangue e de cabelo do Filho do Homem, da Senhora, de José, pai terreno de Jesus, e o DNA de Amós, irmão do Galileu, morto prematuramente. Não fazia sentido.

– A missão – acrescentou – pode se prolongar; não sabemos até quando. Tudo depende de você. Enquanto isso, preciso viver.

E comentou que a valiosa gema havia sido negociada pelo velho Zebedeu. Como se pode recordar, foi o patriarca dos Zebedeu que nos aconselhou a não vender a joia aos cambistas e banqueiros da Cidade Santa. Eliseu sabia, e recorreu a Zebedeu pai. Este, ao que parecia, conseguiu um bom preço: 300 mil denários de prata (um pouco menos que a tabela: 333.333 denários, ou dois milhões de sestércios). A quantia, mesmo assim, era muito considerável. Praticamente uma fortuna. Tínhamos dinheiro de sobra. Segundo Eliseu, os denários foram depositados em um banco, em Nahum. Ganhávamos juros de 3 por cento; ou seja, 375 denários de prata por mês para cada um de nós. Era dinheiro mais que suficiente para viver. Por um lado, eu me alegrei. "Um problema a menos", pensei.

Os detalhes eram coisa do velho Zebedeu. Tinha que recorrer a ele. Ele me propiciaria acesso ao dinheiro, os certificados etc. A operação foi feita pelo engenheiro na volta de Ômega. Não o parabenizei, mas quase.

Isso foi tudo.

A conversa terminou aí.

E ao pôr do sol abandonamos o *mezah*, o estaleiro.

Jesus, o chefe dos Zebedeu, Tiago (irmão do Mestre) e quem isto escreve embarcamos em uma barca e fomos para Saidan, como era o costume.

O Mestre se lavou e desceu para a sala de jantar comunitária do casarão. Uma sala onde a família compartilhava o café da manhã e as refeições e onde se deliberava todo tipo de assuntos. Batizei-a com o nome de "terceira casa"; explico: a dos Zebedeu (que costumo chamar de casarão) era integrada por um total de seis casas. Nelas se distribuíam os membros da família. Na primeira, residiam João Zebedeu e seu irmão Davi (ambos solteiros). Na segunda, moravam Tiago, sua esposa Hadar ("Glória") e os quatro filhos. Na terceira casa, ficava a citada sala de jantar. Na quarta, ficavam as quatro irmãs (todas solteiras). A quinta estava vazia. Na sexta e última casa habitavam Salomé e o velho patriarca, donos do casarão.

Havia, além de tudo, um depósito para as redes e outros equipamentos, os estábulos, já mencionados, e os quartos de hóspedes, agora ocupados pelo Galileu e por este explorador. O casarão tinha também dois pátios ao ar livre. Um, na parte de trás, estava voltado para o sul, para a praia do mar de Tiberíades (que habitualmente chamo de *yam*). O outro, também a céu aberto, tinha forma de "L". As seis casas já citadas e o depósito de redes davam para ele. Visto do alto, como um relógio, o casarão tinha a seguinte distribuição: a primeira casa ficava ao "meio-dia". A segunda (a de Tiago e Hadar) ficava em frente (à "uma"). Parede com parede (às "três") ficava a "terceira casa" (a sala de jantar comunitária). Às "seis", o depósito de redes. Às "sete", a quinta casa (naquele momento vazia), e às "onze", a sexta casa (a dos pais dos Zebedeu). Os que chamei de "pombais" foram construídos sobre os estábulos, no pátio dos fundos, como já comentei. A porta principal do casarão estava orientada para o norte e dava para uma das "ruas" de Saidan.

Quanto à "terceira casa" (a sala de jantar), o aposento era extremamente simples. Media cinco metros quadrados. As paredes, de basalto negro, foram cuidadosamente cobertas com gesso. Era uma sala tranquila, com duas janelas e uma porta permanentemente aberta. No centro havia um recipiente quadrado embutido no solo, de 30 centímetros de profundidade por 50 centímetros de lado. Nele faziam fogo e aqueciam a comida. Um caldeirão de metal, preto pelo passar dos anos, pendia do teto com o auxílio de uma corrente. À esquerda (usarei sempre a porta como referência principal) havia uma grande estante de nogueira que ocupava praticamente toda a parede. Nela ficavam os pratos e demais utensílios de cozinha, bem como uma variada e perfumada família de queijos feitos pelas mulheres. Eram queijos de cabra e de ovelha, coalhados com flores de cardo, violetas e especiarias. Uns gordurosos, outros magros, de massa mole e massa dura. Um deles, relativamente parecido com o camembert que eles chamavam de *cha'alah* ("gazela"), deixou-me deslumbrado. Tinha cheiro e sabor de glória.

O aroma dos queijos, enfim, enchia tudo e tornava a visita à "terceira casa" mais que desejada e gratificante, pelo menos para quem isto escreve.

No canto esquerdo da sala, sérias e bojudas, como quase sempre, alinhavam-se as três grandes talhas onde armazenavam a água e o vinho. À direita, a pouco mais de um metro da parede, havia uma longa mesa, preta, brilhante pelo uso, de um carvalho nascido nos bosques da alta Galileia (possivelmente no Attiq).

Perto do quadrado central onde acendiam o fogo, vi meia dúzia de tocos de árvore, talvez de pinheiro, de quase meio metro de altura cada um. Alguém os havia distribuído ordenadamente em volta ao fogo.

Essa era a "terceira casa", onde passaríamos muitas horas.

Assim que escureceu, foram chegando os "seis" (os discípulos).

André, Pedro e os irmãos Zebedeu (João e Tiago) haviam voltado às redes e aos negócios de secagem e venda de peixe. Felipe e Bartolomeu (o "urso"), por sua vez, entregaram-se à importação e exportação de óleos essenciais, a fraqueza de Felipe.

Jantamos na "terceira casa", todos juntos, inclusive as mulheres dos Zebedeu. Foi um jantar tranquilo. Abril e eu nos olhávamos de vez em quando. E me perguntei: "O que essa bela mulher quer? Por que me busca com o olhar?"

Ao terminar o jantar, Jesus se levantou e foi conversar com João Zebedeu. Não sei de que falaram. Logo depois, João foi até seus pais. Murmurou algo no ouvido de Salomé e ela, por sua vez, conversou com o patriarca. O velho Zebedeu compreendeu e, fazendo um gesto, ordenou a Davi e às mulheres que saíssem da sala de jantar. Hadar, a esposa de Tiago, levou os quatro filhos. Eram todos meninos. O mais velho devia ter uns 7 anos.

E foram abandonando o lugar. Ninguém protestou.

Eu ameacei me levantar, mas o Mestre ergueu a mão esquerda dizendo que ficasse ao seu lado.

Mensagem recebida.

Ficamos na sala o Filho do Homem, os discípulos, Tiago, o irmão carnal de Jesus, e quem isto escreve.

O Galileu pediu que nos acomodássemos. Cada um se sentou em um dos tocos distribuídos perto do fogo. Jesus se sentou de frente para a porta. Essa seria sua posição habitual durante os quatro próximos meses, sempre que dirigisse a palavra aos ali presentes. E assim deu início ao que chamei de "aulas". Durante 101 sessões, sempre à mesma hora (depois do jantar), o Filho do Homem se esforçou para ensinar seus íntimos. Foram "aulas" elementares, nas quais Jesus tentou transmitir a essência de sua mensagem: quem era *Abba*, o que era o reino dos céus, qual devia ser o trabalho dos discípulos no futuro etc.

Não ensinou mais do que precisavam, mas também não menos.

E os ensinou lentamente, porque, além de tudo, o grupo estava incompleto. Faltavam mais seis. Quando chegasse a hora, teria que repetir as explicações.

Havíamos recebido muitos ensinamentos no monte Hermon, e eu, particularmente, durante a permanência na aldeia beduína de Beit Ids. Não me importou tornar a ouvi-las. Era uma delícia ouvi-lo. Aprendi muito. Participei das 20 primeiras "aulas". Depois, o Destino me manteve ocupado com outras coisas. E retornei às "aulas" em meados do mês de *tamuz* (junho-julho).

Mas vamos por partes.

Todo dia, exceto as sextas e os sábados, o Mestre se reunia com os seus na "terceira casa", sempre depois do jantar com a família Zebedeu. As "aulas" começavam mais ou menos às oito da noite, em plena primeira vigília. E prolongavam-se por umas duas horas. A primeira era de ensinamento puro e simples. O Mestre falava e todos ouviam. A segunda hora era dedicada a perguntas. Era, talvez, a mais interessante. Todos participavam. Bem, nem todos.

Tiago, o irmão de Jesus, esteve em quase todas as reuniões. Era mais um. Para dizer a verdade, sentia-se um apóstolo exatamente como o resto. Ele comentou comigo em várias oportunidades: morria de vontade de pegar a estrada e pregar a boa-nova.

Pobre Tiago! O Destino tinha outros planos...

Judas, seu irmão, também foi convidado para as "aulas". Infelizmente, a esposa, a quem chamavam pelo diminutivo Lelech ("Noite estrelada"), tinha uma saúde delicada. Judas não a podia abandonar. Foi uma pena. Era um homem valioso e valente. Mas o Mestre sabia o que fazia.

Duas vezes por semana, como disse anteriormente, o Galileu suspendia as "aulas". Nesses dias, sextas e sábados, iam à sinagoga de Nahum, consultavam e estudavam as Escrituras Sagradas. Sinceramente, não entendi por que isso. O Yaveh que aparecia constantemente nas leituras era o contrário daquilo que Jesus pregava. Aquele Yaveh era um ser colérico e constantemente irritado. Mas, Jesus de Nazaré, como disse, sabia o que fazia. Jamais duvidei disso.

Os irmãos Joli, sacerdotes da sinagoga, mostraram-se satisfeitos e espantados ao mesmo tempo. Não era normal que "um bando de brutos" – como os chamavam – mostrasse tanta dedicação e entusiasmo pela palavra de Deus.

Com aquela primeira "aula", às 20 horas do domingo, 3 de março, do ano 26 de nossa era, Ele deu início ao que poderíamos denominar "instrução oficial" dos apóstolos. E Jesus, como não podia ser diferente, escolheu para essa histórica "aula" seu tema favorito, do qual já havia lhes falado em outras ocasiões: *Abba*, seu Pai Azul, o bondoso Deus.

Mas, antes de iniciar o ensinamento, o Filho do Homem pegou a pequena bolsa azul que "Céu aberto", a dona da fazenda de Caná, lhe dera e tirou o cálice de metal e o pano de linho vermelho que servia para limpá-lo.

Todos estávamos na expectativa. Olhávamos para o cálice brilhante e para o rosto do Mestre alternadamente. O que pretendia?

Durante alguns segundos, a atenção de Jesus permaneceu fixa na taça. Acariciou-a e, finalmente, começou a passar-lhe o pano de linho, limpando-a e dando-lhe brilho. Na minha opinião, um trabalho desnecessário. Mas Ele sabia.

Assim deu início à conversa.

Jesus começou contando uma história. Falava tranquila e pausadamente, com os olhos baixos, atento, ao que parecia, ao cálice, seu novo amigo. Sim e não.

– Era uma vez um rei – começou. – Era poderoso e de grande generosidade. Tinha muitos territórios. As pessoas eram felizes. Mas ocorreu que, em certa ocasião, em uma de suas distantes terras, apareceram uns chefes, súditos também do grande rei. E esses chefes, violando as leis do reino, submeteram homens e mulheres a todo tipo de crueldade. E inclusive se deitaram com as filhas dos homens, e nasceram homens, todos gigantes.

Entendi por onde ia. Estava fazendo alusão ao Gênesis (6).

Os discípulos faziam silêncio, muito atentos.

E o cálice ia e vinha em suas mãos, vestido com os reflexos vermelhos do fogo da lareira e com os amarelos, mais tímidos e distantes, das lamparinas de óleo das paredes.

O rosto do Galileu foi se iluminando.

– A partir desse momento, nessa terra distante, foi tudo confusão e desesperança. O rei estava muito longe. E os tiranos, além de escravizar os súditos, apagaram a imagem daquele poderoso e magnífico monarca e se erigiram novos reis e governantes. Aquela terra ficou mergulhada na escuridão.

Alguns discípulos menearam a cabeça, desaprovando os atos dos chefes rebeldes. Não captaram a intenção do Filho do Homem.

– Mas a terrível notícia acabou chegando aos ouvidos do bondoso rei.

Jesus levantou os olhos e observou a atenta audiência. Compreendeu que não sabiam o que ele pretendia e esboçou um leve sorriso. Buscou-me com o olhar e, ao me encontrar, acentuou o sorriso. Mas prosseguiu com o conto (perdão, com o suposto conto) e com o polimento do cálice de metal.

– E o monarca – prosseguiu Jesus –, desejoso de que tudo voltasse à paz e à felicidade de antes, enviou mensageiros aos filhos rebeldes ordenando que restabelecessem as leis que governavam seu imenso reino. Mas os traidores não deram ouvidos aos enviados e aquele mundo permaneceu nas trevas.

Então, habilmente, o Mestre interrompeu a narração e perguntou:

– Que credes que fez o bondoso rei?

Pedro, exaltado, gritou com fúria:

– Castigou esses filhos da...

João Zebedeu clamou:

– Passou-os na faca!

Ninguém mais replicou.

O cálice, assustado, ficou quieto nas mãos do Filho do Homem.

E o Galileu, com o rosto grave, prosseguiu:

– Decidiu lhes dar outra oportunidade.

Simão Pedro e João Zebedeu menearam a cabeça negativamente. Não concordavam com o "bondoso rei". Mas ficaram em silêncio.

– E o poderoso monarca optou por enviar um dos seus filhos. A ele ouviriam, pensou.

O Galileu tornou a olhar para mim, com especial intensidade. Dessa vez, não sorriu. A tristeza, rápida e sorrateira, passou diante de nós. Ele sabia que eu sabia.

E, após alguns segundos de silêncio, quando a tristeza saía pela porta, prosseguiu, tranquilo, como se a história não fosse com Ele:

– O filho chegou à terra governada pelos rebeldes, mas também não o ouviram.

Escaparam algumas exclamações dos decepcionados discípulos.

Jesus baixou de novo os olhos, concentrando-se nas carícias ao cálice.

Foram segundos eternos, pelo menos para Ele e para mim.

Jesus ia anunciar, de novo, sua futura morte. Teria que beber de um cálice muito amargo.

"E, não satisfeitos com isso – acrescentou, baixando o tom de voz –, torturaram-no e o levantaram em uma árvore, crucificando-o até a morte."

Fez-se um silêncio negro e pesado. Um silêncio que doía.

Os íntimos ficaram de boca aberta, atônitos.

Simão Pedro explodiu:

– Eu arrasaria essa terra!

Jesus olhou-o com doçura e concluiu o "conto":

– Mas o bondoso rei era, na verdade, o melhor. E não só perdoou os rebeldes como também permitiu que seu filho morto ressuscitasse e transmitisse de novo a esperança àquelas pessoas infelizes e aparentemente sem futuro.

Pedro e João Zebedeu continuavam contrariados. "Muita piedade – disseram. – Muita bondade..."

Durante um tempo, concluída a história, o Galileu fez silêncio, refugiando-se no cálice.

Senti um nó no estômago.

Jesus havia acabado de esboçar seu futuro, mas nenhum dos presentes entendeu. E mais: nenhum dos evangelistas registra essa história, nem o período de quatro meses em que o Mestre se dedicou a ensinar os íntimos. Mas por que me surpreendo? Os relatos dos assim chamados "escritores sagrados" são uma catástrofe. Não têm ordem nem conserto. Eles manipularam os fatos. Disseram o que Jesus de Nazaré nunca disse. E ignoraram o que disse. Mateus, o primeiro a começar a escrever suas recordações após a Crucificação, misturou tudo. Inventou sem parar. Exemplo: após as supostas "tentações no deserto" (?) (capítulo 4), Mateus afirma que "Jesus, porém, ouvindo que João estava preso, voltou para a Galileia; e, deixando Nazaré, foi habitar em Cafarnaum, cidade marítima, nos confins de Zebulom e Naftali (...) Desde então começou Jesus a pregar, e a dizer: 'Arrependei-vos, porque é chegado o reino dos céus'".

Que desastre! Yehohanan foi preso depois de Jesus começar a instrução dos discípulos. E também não morava em Nazaré. Fazia mais de seis anos que havia partido da aldeia. Mas o pior é que Mateus parece não conhecer a linguagem habitual do Mestre. O Filho do Homem jamais exigiu que as pessoas se "convertessem". Jesus pregava com um enorme respeito pela liberdade de todos, como espero ter a oportunidade de narrar. A frase "Arrependei-vos, porque é chegado o reino dos céus" não foi dita pelo Galileu, e sim por Yehohanan. Tristemente, Marcos, o segundo evangelista, copiou Mateus, e Lucas fez o que pôde, baseando-se mais nas versões de Simão Pedro e de Paulo de Tarso que na verdade. Como disse, uma catástrofe.

E, concluído o suposto conto, o Mestre discutiu algumas ideias básicas sobre aquele "bondoso rei". E tentou explicar quem era *Abba*.

Foi um notável fracasso.

Os sete ouviram, atônitos. Não acreditavam no que ouviam.

Deus era um ser cheio de doçura, como afirmava o Galileu?

De início, ficaram imóveis. Depois, começaram a negar com a cabeça.

Jesus percebeu a situação, mas insistiu.

Deus era um amigo? Estávamos sentados em seus joelhos?

Os discípulos e Tiago foram passando da incredulidade ao espanto.

Um Deus a quem podíamos incomodar a qualquer hora e com quem era possível falar em voz alta ou em voz baixa? Um Deus a quem, fundamentalmente, tínhamos que pedir informação? Um Deus que não estava no Templo de Jerusalém, e sim dentro de cada ser humano? Um Deus que dá a vida, a imortalidade, sem pedir nada em troca? Um Deus intuitivo, como uma mulher?

Não compreenderam. Pior ainda: não aceitaram.

Jesus fez o que pôde. Tentou se aproximar da verdade, com palavras belas e simples, mas aqueles galileus, como já expliquei, haviam aprendido outra ideia desde o berço. Yaveh não era amor, e sim punhos fortes. Yaveh não era imaginação, e sim sangue e morte. Alguém, no século XX, ocupou-se de contar os mortos que aparecem na Bíblia e que foram assassinados – direta ou indiretamente – por Yaveh: um milhão. Yaveh não era tolerante. Defendia a escravidão. Yaveh não aceitava um sacerdócio com defeitos. Yaveh era partidário da pena de morte. Yaveh era um Deus (?) que estava cansado dos seres humanos e que quase os fizera desaparecer com um dilúvio. Yaveh era o machado na base da árvore.

Essa ideia sobre Deus estava enraizada na mente dos discípulos. Eram raízes muito antigas, alimentadas geração após geração. Yaveh era um Deus (?) que devia ser temido. Essa era a chave. O resto era heresia ou blasfêmia.

Devo ser sincero, como sempre.

As palavras de Jesus sobre o Pai dos céus soaram a blasfêmias na "terceira casa". Ninguém se atreveu a dizer isso, mas pensaram. E ficaram espantados. Jesus era o Messias? Acho que duvidaram. O Libertador prometido era um súdito de Yaveh. O Messias não teria se atrevido a falar de Deus nesse tom, e muito menos a compará-lo com a intuição e com a sensibilidade de uma mulher.

Chegou a vez das perguntas, mas ninguém abriu a boca.

Foram minutos pesados, que não passavam.

E, apesar do permanente cuidado de André, que não perdia seu irmão de vista, Simão Pedro começou a roncar. Aguentou bastante.

Foi o sinal.

O Mestre deu por concluída a "aula". Os sete estavam esgotados.

O Filho do Homem, meio decepcionado, guardou o cálice e foi para seu quarto.

Durante duas semanas, dia após dia, o Mestre, imune ao desânimo, falou sobre *Abba,* e acho que continuou colhendo fracassos. Era uma tarefa árida.

Nessa mesma noite, dei um jeito de conversar com o velho Zebedeu. Ele esclareceu o assunto do dinheiro e, em princípio, cheguei a um acordo com ele. Ele cobraria pela hospedagem. Do contrário, eu seria obrigado a abandonar o pombal. Falei com firmeza e com delicadeza ao mesmo tempo. O patriarca admitiu que era justo e aceitou. Mas não quis ir além de um denário por dia. Salomé, a esposa, afastou-se resmungando. Não concordava. Ela não queria me cobrar. E me deixou intrigado. A que se devia essa postura? Generosidade? Salomé sabia (seu esposo lhe dissera) que Eliseu e eu "havíamos herdado uma grande fortuna". Eu tinha dinheiro de sobra para pagar o alojamento e a comida. Só algum tempo depois descobri as intenções da mulher.

Nas duas últimas semanas de março, as "aulas" foram voltadas para o conceito de "reino de Deus". Jesus, com uma paciência admirável, tentou mostrar que o *malchut d'elaha* ("reino de Deus", em aramaico) que Ele queria apresentar não era o *malchut*, o reino que os profetas defendiam. Tanto Isaías quanto Jeremias, Daniel e os profetas menores haviam se cansado de repetir que esse "reino" era algo físico e material, no qual Yaveh reuniria as 12 tribos do povo escolhido e disperso: "Serei o Deus de todas as famílias de Israel" (Jr. 31, 1). Ezequiel (20, 33) buscava algo similar quando situou Yaveh como o rei de Israel, "após um novo Êxodo e um último juízo". O profeta Isaías foi mais explícito (59, 9-21) e descrevia Yaveh como um guerreiro que acabaria estabelecendo a ordem na Terra. Jerusalém seria a capital das capitais e lá chegariam as nações com seus tributos. Zacarias, mais apocalíptico, afirmava que Jerusalém seria o centro desse "reino" após uma última e sangrenta batalha mundial. "E a Terra (diz em 14,9) será como um paraíso quando Yaveh reinar sobre toda ela." *(Wehaya yahweh lemelek 'alkol-ha' ares.)* Daniel, por último, anunciava que o esquema tradicional dos quatro grandes reinos acabaria em um só, com a derrota dos inimigos de Israel. Os "santos" seriam os governantes desse "reino" (2, 36-45; 7, 1-27).

Também não compreenderam quando Jesus lhes falou de um reino não material.

Um reino espiritual, situado fora da Terra? A que se referia? Um reino sem tempo? Um reino formado por outra realidade? Um reino no qual Israel não seria Israel? Do que estava falando?

Discutiram entre si, mas foi aparentemente inútil. As ideias messiânicas faziam parte da informação genética daquelas pessoas. Yaveh era um Deus (?) vingativo e colérico a quem era melhor não aborrecer. O "reino" era o futuro, com Israel no topo, presidindo o concerto dos povos. Quanto ao Messias, o enviado de Yaveh, que dizer que já não tenha dito? Seria um super-homem, "quebrador de dentes", que ajudaria a colocar a nação judaica onde lhe cabia (a propósito, os judeus ortodoxos ainda aguardam a chegada desse Messias).

Não, o trabalho do Mestre nessas "aulas" não foi invejável.

Mas nem tudo foi arisco naquele mês de *nisan* (março-abril) do ano 26.

Na quarta-feira, dia 6, Jesus recebeu uma pequena grande alegria.

Era a quinta hora (11 da manhã). Hora de almoçar. E Yu, o chefe dos carpinteiros navais do estaleiro, pediu a atenção do Mestre para que o acompanhasse. Foram ao "pavilhão secreto", onde o chinês trabalhava em seus experimentos.[19] Eu o conhecia. O *naggar* não permitia que ninguém entrasse lá. E, intrigado, fui atrás deles. Pretendia mostrá-lo a Jesus?

Sim e não.

Yu abriu a porta e deu passagem ao Filho do Homem. Entramos.

Jesus ficou fascinado ao ver os desenhos, os números, os esquemas e as frases que o chinês havia pintado nas paredes.[20]

Não disse nada. Limitou-se a observar os "achados" de Yu devagar, usufruindo. Eu o segui de perto.

Ao chegar à parede do fundo (em frente à porta), o Galileu parou um instante. Lá se viu, como se pode recordar, uma equação "diofantina": "Amor = Dou porque Tenho" (A = D x T).[21]

Não houve tempo para muito mais.

---

19 Ampla informação sobre esse pavilhão em *Cavalo de Troia 8 – Jordão*. (N. de J. J. Benítez.)

20 Recordo pensamentos como estes: "Se te oferecem a velhice, pensa como um velho"; "Não planeje além de tua sombra"; "Eu habito ao sul da razão"; "Se descobres que vais morrer, continua o que estais fazendo"; "Cada agora é uma verdade." (N. do M.)

21 Segundo Yu, essa equação foi obtida após a leitura de obras como *Arithmética* e *Sobre os números poligonais*, do matemático grego Diophantos (talvez do século II a.C.). Assim era Yu, o primeiro homem que escreveu sobre o Mestre. Seus escritos provavelmente se perderam. (N. do M.)

Yu se inclinou sobre uma pequena gaveta de madeira e tirou algo. Dessa vez, eu é que fiquei maravilhado.

O chinês se colocou atrás do Filho do Homem e pediu sua atenção. Jesus se voltou e se deparou com uma grata surpresa.

Yu o segurava, com os braços estendidos para o surpreso Mestre.

O rosto de Jesus se iluminou.

E imediatamente Ele acolheu em suas longas mãos o que o chinês Yu lhe entregava. Sorriu, satisfeito. O presente, de fato, era do agrado do *naggar* de Nazaré.

O Mestre o contemplou várias vezes, e seus lindos olhos cor de mel brilharam. De repente, um batalhão de recordações o dominou.

– É para ti – disse Yu sem disfarçar sua satisfação.

– Para mim? Por quê? Hoje não é meu aniversário.

O chinês cruzou as mãos sobre o peito e replicou:

– Os presentes são uma demonstração de amor. Que importa que não seja teu aniversário? Eu amo toda vez que posso.

O Filho do Homem olhou-o intensamente. Yu tinha razão. Os presentes são amor diluído. E quanto menores e mais delicados, como naquele caso, mais amor.

– Eu te darei uma explicação – acrescentou Yu –, se isso é o que desejas.

Jesus parecia não ouvir. Estava atento ao presente. Erguia-o, olhava-o... E acabou beijando-o.

– Todos nos alegramos por teres voltado ao estaleiro. Aceita este humilde presente por conta de teu gentil gesto.

O Galileu olhou fixamente para o "obséquio" do chinês e exclamou, feliz:

– Tu te chamarás *Zal*, como aquele outro e querido companheiro.

Oh, Deus!

E recordei uma das conversas, em Nazaré, com a Senhora e sua filha Miriam. Elas falaram (falariam) dos *Zal*, dois lindos cães.

Porque era isso: um magnífico filhote de cão pastor. Naquele momento, tinha cerca de três meses. Era uma linda bola de pelo branco, com uns olhinhos muito vivos, oblíquos, amendoados, cor de mel, quase âmbar. Me fez recordar a raça *kuvasz*, de cães de primeira categoria, presumivelmente de origem asiática.[22] Têm fama de ser excelentes pastores, com uma fidelidade e inteligência pouco comuns. São muito carinhosos,

---

22 Sabe-se que no século XIII os mongóis introduziram os *kuvasz* nos vales dos Cárpatos. É possível que muito antes esse tipo de cão já existisse na China. (N. do M.)

corajosos e de uma enorme força física. Quando voltei ao Ravid, o "Papai Noel" me forneceu ampla informação.

São cães de olfato finíssimo, fáceis de adestrar, grandes (os machos atingem entre 71 e 75 centímetros de estatura, e as fêmeas, um pouco menos: entre 66 e 70 centímetros). São musculosos, com cabeça especialmente atraente, pelo curto, reto, denso e fechado na cabeça, nas orelhas e nos pés. A cauda é longa, de pelo ondulado, com cristas e mechas. Os pelos do pescoço se estendem até o peito. Enfim, os *kuvasz* são bonitos, de uma inteligência refinada (quase humana) e amigos de seus amigos até a morte.

Zal não foi uma exceção.

Jesus, se não me recordo mal, teve um primeiro cão quando era ainda adolescente. Aquele primeiro *Zal* chegou a sua vida aos 17 anos. Segundo minhas notícias, o cão morreu em Nazaré no mês de agosto do ano 25, quando Jesus estava no monte Hermon. Nós não chegamos a conhecê-lo.

Yu explicou que o cachorro havia chegado no dia anterior do sul do mar Cáspio (atual Irã). Viajava em uma caravana que parou em Nahum. Levavam especiarias e perfumes. Yu se interessou pelo cão e o comprou por 17 ases e um saco de nozes. Uma pechincha.

Quando me interessei pelo significado do nome, o Mestre falou das montanhas de Elburz, na referida margem sul do Cáspio (perto da atual Teerã). De lá procede uma lenda que, ao que parece, agradara ao Filho do Homem. Conta a tradição[23] que na remota antiguidade viveu na região um herói que realizou grandes façanhas. Seu nome era Zal. Tocava o céu com os dedos. Tinha cabelos de prata, e também o peito. Era nobre, valente e generoso. Jesus ficou fascinado com a história (possivelmente falsa). Mas que importava? Jesus, naquele tempo, gostava de se sentar com os caravaneiros que passavam por Nazaré e ouvia, encantado, todo tipo de histórias e lendas. Foi assim que soube do herói persa e batizou seu cão com o nome de *Zal*.

O "Papai Noel" forneceu outra versão. Zal podia ser interpretado como "Z/Tal[assocracia]", que, em grego, equivale "ao poder ou domínio do mar".

23 O chamado *Livro dos Reis (Shah-nama)*, escrito pelo célebre poeta Firdusi no ano 1010 d.C., conta, entre outras tradições, a de Zal, filho de Sam, governador do Indostão. Zal foi um bebê que nasceu com o cabelo branco (talvez albino). E seu pai o abandonou nas montanhas de Elburz, justamente ao sul do Cáspio. Ali foi recolhido por um pássaro mitológico – Simurg – que cuidou dele, até que Sam, arrependido, voltou para buscá-lo. Zal ficou famoso por sua coragem e beleza. Era alto como um cipreste, de cabelo branco e peito de prata. (N. do M.)

O poder do mar! Gostei tanto quanto da versão iraniana.

Seja como for, a questão é que o Mestre nesse dia recebeu uma grande alegria.

Yu prometeu tomar conta do cachorro, pelo menos no básico, durante alguns meses. Lá ficaria, no "pavilhão secreto". Todos cuidariam dele.

Jesus colocou as mãos nos ombros do chinês e agradeceu o presente com um olhar que Yu possivelmente jamais esqueceria.

Mas, antes de dirigir-se à porta, o Mestre deu meia-volta, foi até a parede do fundo, pegou um pano e, em silêncio, apagou parte da citada fórmula: "A = D x T". Mudou de lugar duas incógnitas e, diante da surpresa de Yu e de quem isto escreve, comentou:

– Agora sim está certa.

E desapareceu, sorridente.

Li a equação. Dizia: "A = T x D". Ou: "Amor = Tenho porque Dou".

Assim era o Filho do Homem.

Zal foi a alegria do estaleiro. Yu o deixava solto, e o cachorro acabou simpatizando com todos. Sua cor de estanho chamava a atenção de longe. Estorvava, mas ninguém se aborrecia. Jesus o alimentava e Yu ajudava. O Mestre estava fascinado com o cão. Acariciava-o, lavava-o, conversava com ele, e mais de uma vez o bichinho acabou dormindo entre seus braços. *Zal* logo entendeu quem era seu amo.

Às vezes, enquanto o *naggar* batia os pernos de carvalho ou fazia a estrutura de uma embarcação, *Zal* se deitava ao seu lado e acompanhava com atenção os movimentos do Mestre. Gostava do barulho do martelo na madeira. E lá ficava, até que se cansava.

De início, terminado trabalho, o Galileu o levava para o casarão dos Zebedeu. Foi a delícia das mulheres. Abril o mimava e andava a casa toda com o cão aos seus pés. Mas Salomé ficou louca, e com razão. *Zal* mordia tudo. Em poucos dias, não restava um móvel inteiro. Afiava os dentes com o que encontrava. Adorava sandálias. Estraçalhava-as. Depois cismou com as roupas. Arrastava-as pelos pátios e acabava dormindo em cima delas. Não sabia andar tranquilo. Era desajeitado. Mais de uma vez se enroscou nos pés de Jesus, e este acabou pisando nele sem querer. O final era sempre o mesmo: *Zal* chorava, as mulheres iam pra cima dele com a vassoura, e o Mestre ficava desconcertado.

Salomé chegou ao limite da paciência e deu um ultimato ao Galileu: ou o cão, ou ela. E comentou, enquanto se afastava: "Esse é pior que o cão".

Curioso. Enquanto a mulher repreendia Jesus, *Zal*, meio escondido entre as sandálias do Mestre, latia furiosamente para Salomé. Era um cão esperto.

Jesus não lhe deu ouvidos. Achou que a dona da casa estivesse brincando. O Mestre, além de tudo, cuidava de quase tudo: recolhia os excrementos, lavava o cachorro, alimentava-o, limpava suas remelas com água morna, escovava-o, ensinava-o a caminhar, brigava com ele quando fazia algo errado, e durante a noite o trancava com Ele, em seu pombal.

E falando em brigar, as únicas vezes que vi Jesus relativamente irritado foi com *Zal*. Nunca o vi adotar aquela atitude com os humanos. Acontecia, em geral, quando o Galileu surpreendia o cachorro lambendo ou comendo seus próprios excrementos. Era óbvio que o animal sofria de algum problema no pâncreas. *Zal* ouvia Jesus, baixava as orelhas e se escondia. Distinguia muito bem as broncas de seu amo.

Pouco depois, tudo estava esquecido. O cão ia atrás de Jesus e o provocava para brincar. E o Mestre respondia sempre afirmativamente. O Galileu acabava no chão, lutando com *Zal*. O cão não perdia a oportunidade e mordia onde podia. As mãos do Mestre acabavam todas mordidas. Depois, as mulheres é que brigavam para ver quem ia fazer curativo no Filho do Homem. Mar era a mais bem disposta. E comecei a notar uma clara rivalidade entre elas. Todas disputavam as feridas do Mestre. Bem, todas não. Abril ficava de fora, observando a mim.

Mas o que mais chamava a atenção naquele cão era o olhar. Parecia um ser humano. Não perdia um detalhe do que acontecia a seu redor. Conhecia as vozes de todos e adivinhava a proximidade de Salomé. Era infalível. Percebia os passos da mulher e, antes que ela entrasse na "terceira casa", fugia como um meteoro, provocando o riso geral.

Às vezes, o Galileu passeava com ele pela praia. Era um espetáculo. *Zal* tinha uma cisma especial com gaivotas. Perseguia-as sem descanso, latia, subia nas embarcações atracadas e tentava pegá-las no ar. Jesus brincava com ele jogando galhos e pedaços de madeira na água. *Zal* ficava louco de alegria, e devolvia, pontualmente, cada um. Acabava esgotado, nos braços do Mestre. Assim voltava ao casarão.

Contudo, um dia, a coisa ficou séria. Salomé conversou com o patriarca, e o velho Zebedeu não teve opção: falou com o Galileu e sugeriu que deixasse *Zal* no estaleiro. O Mestre compreendeu. *Zal* não tornaria a pisar o velho casarão. Pouco a pouco, o Filho do Homem veria serem arrebatadas d'Ele todas as alegrias, grandes e pequenas. Era seu Destino.

Nunca entendi bem o motivo de Salomé não permitir que o Galileu ficasse com *Zal* no casarão. Também é verdade que, para os judeus, os cães não eram bem-vistos. Os muito religiosos, em especial os "santos e separados" (fariseus), odiavam os cães. Assim exigia a Lei, tanto a escrita quanto a oral.[24] Teria sido essa a razão que levara Salomé a agir assim? Duvido. A família era religiosa, mas não chegava ao fanatismo dos "ss".

Abril também sentiu falta do cão.

E continuaram acontecendo coisas. Algumas notáveis e outras nem tanto. Vamos ver.

Recordo que nessa mesma quarta-feira, 6 de março, com o aparecimento de *Zal* chegou também outra notícia, procedente do vale do Jordão. Fazia alusão a Yehohanan, o Anunciador. Poucos dias antes, em 3 de março, domingo, o gigante das sete tranças louras decidiu pegar a estrada de novo. Havia sido visto rumo ao sul. As pessoas que se encontraram com ele afirmavam que o Batista, e os "justos" que o acompanhavam, já não procediam à imersão dos convertidos na água. Yehohanan, ao que parecia, continuava confuso e triste. Não tinha certeza de nada. E repetia, quando estava sozinho: "É tudo mentira".

---

24 Na Bíblia, em geral, os cães são considerados animais impuros que se alimentam de cadáveres. Os judeus deviam se afastar deles justamente por essa possibilidade de contato com a impureza. Eram, ainda, símbolo da prostituição. Também o Êxodo (22, 31) adverte os judeus: "E ser-me-eis homens santos; portanto não comereis carne despedaçada no campo; aos cães a lançareis". A Lei oral (posteriormente registrada na *Mishná*) é muito mais dura. O cão é equiparado ao porco (TB 83a). O cão era uma maldição: "Regressam à tarde, uivam como cães, rondam pela cidade". (Ps 59). E pediam a Yaveh que os livrasse da espada e das garras do cão (Ps 22, 21). Esta mesma Lei oral fornece longas explicações sobre o que se deve fazer no caso de um cão atacar uma pessoa (BK 5, 3 e Saun. 9, 1). Os provérbios eram incontáveis. Eis aqui alguns: "(...) porque melhor é o cão vivo que o leão morto" (Eclesiastes 9, 4); "Cria um cão, sim, mas amarrado"; "Criar cães é como criar porcos"; "Filho meu, adoça tua língua, porque o rabo propicia pão ao cão"; "A boca do cão só lhe acarreta paus" (Aicar); "Como o cão que torna ao seu vômito, assim é o tolo que reitera a sua estultícia." (Prov 26, 11); "Que os cães lambam teu sangue".
"Cachorro" ou "cachorro morto" era um dos piores insultos. E o mesmo significava "cabeça de cão" ou "cara de cão" (II Sam 3, 8 e Sot 9, 15).
Na época de Jesus, esses insultos continuavam vigentes. Mateus distorce uma das frases atribuídas ao Mestre: "Não deis o santo aos cães." Na realidade disse: "Não deis aos cães o que é santo, nem lanceis aos porcos as vossas pérolas (...)" (Mt. 7, 6). Jesus jamais falou assim dos cães. Quanto a Paulo de Tarso, obviamente ele não conheceu Jesus nem soube de *Zal*. Por isso qualificou os judaizantes ou os gnósticos de "cães" (Fil. 3, 2). (N. do M.)

Foi nesse tempo que Yehohanan, ninguém sabia por que, deu início a sua campanha particular de desprestígio do tetrarca Herodes Antipas, filho de Herodes, o Grande, que tinha sob sua responsabilidade (sob a tutela de Roma) os territórios da Pereia, ao sul, e da Galileia, onde estávamos. As notícias, nesse sentido, não eram claras. Por que atacava Antipas? E recordei o dito por João Zebedeu naquela inesquecível viagem do *yam* a Nazaré: o Batista seria preso poucas semanas depois, no mês de junho. Precisava ficar atento. Seria melhor ir até Yehohanan e ver o que estava acontecendo? Intuí que minha presença junto ao homem das pupilas vermelhas poderia ser interessante. O que realmente aconteceu? Por que foi preso? Era verdadeira a notícia dos evangelistas? O que o Mestre fez quando seu primo distante foi preso? Como Judas Iscariotes, um dos discípulos de Yehohanan, reagiu?

E, de certo modo, eu me preparei. O Destino avisaria. E assim ocorreu. E de que forma!

Foi nesses dias, em uma das "aulas" do Galileu na "terceira casa", que Tiago, irmão de Jesus, comentou que a Senhora havia entrado em outra grave crise.

– Por quê?

– Não entende meu Irmão.

E explicou que, após a euforia em Caná, tudo desabou para ela. "Jesus voltou atrás na sinagoga de Nahum, quando pediu paciência. O que estava esperando? O poder e a glória eram dele. Ele era o Messias prometido. Por que não agia? Yehohanan continuava esperando. O povo continuava esperando. Os exércitos (?) continuavam esperando. Israel continuava esperando."

– Só fica repetindo: "Não o compreendo, não o compreendo".

Tiago também não entendia o que estava acontecendo. E acrescentou:

– Minha mãe passa o dia em um canto, sem falar com ninguém. Está decepcionada. E duvida inclusive da promessa do ser luminoso que apareceu para ela em Nazaré.

Eu não sabia o que dizer. Outra vez os evangelistas! Por que não contaram a verdade?

– De vez em quando, quando Esta e Ruth tentam consolá-la, ela, com o olhar perdido, diz: "O que significa tudo isso?"

Pensei em ir visitá-la. Iria antes do que imaginava.

E no domingo, 10 de março, apareceu no estaleiro um velho conhecido: Azzam, o árabe cujo nome significava "bom homem". A última vez que o vira fora em Caná. Transportava vinho para a festa de casamento de

Noemi e Johab. Alegrou-se ao me ver de novo. Achou que fosse um sinal dos deuses.

O velho aventureiro ouvira as notícias sobre a "conversão" da água em vinho e voltara à *Sapiah*, confirmando o ouvido. Não pensara duas vezes e fora direto para Nahum em busca do suposto Messias.

Jesus o ouviu enquanto almoçava. Acho que estava tão atônito quanto este explorador.

Azzam lhe propôs um negócio: o árabe forneceria água – "da melhor qualidade" – e o Filho do Homem a transformaria em vinho ("se possível, siciliano"). Dividiriam os lucros.

Jesus o contemplou durante alguns segundos. Depois, desviou o olhar para quem isto escreve e, sem que nos pudéssemos conter, caímos na risada.

Por fim, Azzam se juntou ao regozijo e compreendeu que havia dito bobagem. Mas aceitou bem.

E, recuperando a compostura, o Galileu pôs as mãos nos ombros do árabe e proclamou:

– Em verdade te digo que o negócio de tua vida será ouvir a palavra do Filho do Homem.

Nem Azzam nem eu entendemos. Não naquele momento. Só algum tempo depois aconteceria um novo "milagre", dessa vez na pessoa de Azzam. Mas essa é outra história.

A essa altura, quase duas semanas depois do portento de Caná, a notícia sobre o "vinho prodigioso" havia chegado praticamente ao país todo. O polêmico assunto estava nas mesas das autoridades romanas, dos responsáveis das castas sacerdotais, dos saduceus, de Herodes Antipas, de Felipe, seu meio-irmão, e do resto das forças vivas em geral. Todos se preocuparam de enviar espiões a Nahum. Eram fáceis de identificar. Eram vistos pelas tabernas e pousadas, pelos mercados e pelos bordéis, interrogando uns e outros, e sempre sobre o mesmo tema: "Quem era esse Jesus de Nazaré?" Os *scorpio* e os *tor*[25] (assim chamavam aos espiões de Roma e do Sinédrio, respectivamente)

---

25 Como já expliquei em outro momento, na época de Jesus, tanto Roma quanto o Grande Sinédrio de Jerusalém e o tetrarca Antipas, entre outros, alimentavam uma grande rede de espiões. Entre os romanos, recebiam o apelido de *scorpio* (escorpião). Eram hábeis e certeiros. Ouviam e transmitiam. Formavam correntes de três agentes. Os espiões a serviço de Antipas, do Sinédrio e dos "santos e separados" recebiam o nome de *tor* (boi, em aramaico), por sua periculosidade. Muitos deles eram agentes duplos e triplos. Ficaram perto do Mestre desde o primeiro momento. (N. do M.)

eram os que pagavam as rodadas de vinho ou de cerveja. E às vezes, quando bebiam além da conta, eram eles quem forneciam informações. Foi assim que chegou a mim a notícia de que o tetrarca Antipas havia sido informado poucas horas depois do ocorrido na festa de casamento na *Sapiah*. E se mostrara incrédulo a respeito do "vinho prodigioso", mas ordenara que seguissem de perto os movimentos do Galileu. Nesses primeiros dias de março do ano 26, Herodes Antipas (que tentaria interrogar Jesus durante a Paixão e Morte: 7 de abril do ano 30) estava mais preocupado com Yehohanan que com o "místico carpinteiro", como chamava o Galileu, pejorativamente. E o Mestre ficou livre, em parte, da pressão do não menos odiado filho de Herodes, o Grande. Mas seria por pouco tempo.

E chegou o dia 13 de março, quarta-feira. Era aniversário de minha amada. Completava 17 anos.

Eu me esmerei. Queria lhe fazer uma surpresa. Na realidade, foi ela quem fez uma a mim.

Pensei em um perfume. Ruth gostava de essência de jasmim. Pude notar isso naquele inesquecível 18 de outubro, na "casa das flores", quando Eliseu deixou cair uns lírios, e ela, assim como eu, abaixou-se para pegá-los. Nesse momento esteve muito perto de mim. Pude sentir a intensa fragrância que exalava. Seus olhos verdes me olharam.

E pensei no jasmim.

Felipe, especialista em óleos e essências, acompanhou-me ao mercado de Nahum e pessoalmente escolheu o presente. Cometi um erro. Não disse para quem era.

Escolheu o chamado jasmim *grandiflorum*, procedente do vale do Jordão. Cheirou-o, levantou o frasco e verificou a cor. Era uma essência escura e viscosa, com um aroma lento e poderoso. Segundo o comerciante, as flores haviam sido colhidas durante a noite; por isso seu odor penetrante. Era caríssimo, mas valia. Ela merecia o melhor.

Felipe, então, piscou para mim e comentou:

– É lógico, na tua idade...

Não entendi do que estava falando. Mas também não perguntei. Tolo de mim. Teria me poupado um desgosto.

O vendedor, animado com a venda, quis que comprasse também um chá de jasmim vindo diretamente da Índia. Eu disse que não. Depois, tentou me vender uma de suas filhas pequenas. Só me custaria cinco denários. Felipe me tirou de lá. Eu queria matar o maldito comerciante com minhas próprias mãos.

Pedi a Yu um dia livre. Ele autorizou e sorriu maliciosamente. Também não compreendi.

Lavei as roupas. Fiz a barba. Perfumei-me e me preparei para o grande momento. Embrulhei o presente em um delicado pano de linho, peguei a "vara de Moisés" e, feliz e nervoso, fui para Nahum.

À terceira hora (nove da manhã), estava em frente à "casa das flores". Minha querida Ruth estava lá.

Pelo caminho, enquanto a barca me levava da "quinta pedra" ao porto de Nahum, fui repassando mentalmente o que diria: "Feliz aniversário! Isto é para ti". Ela, então, abriria o presente e ficaria impressionada. Olharia para mim com seus incríveis olhos verdes e sorriria. Eu sabia que ela me amava. Gritava isso em cada olhar. Ou não? Então, eu tomaria suas mãos e lhe confessaria meu amor. Ela coraria e baixaria os olhos. Depois...

E, subitamente, "acordei". Estava em frente a sua porta.

Esta, esposa de Tiago, irmão do Mestre, não tardou a me ver. Não vi ninguém no pátio. Raquel, a filha, estava ao seu lado, agarrada à túnica. Nada parecia ter mudado. Mas mudara.

Perguntei por Ruth.

– Não quer ver ninguém – replicou a sempre concisa cunhada de Jesus.

Insisti e mostrei o pacote, acrescentando:

– Sei que hoje é aniversário dela. Trago um pequeno obséquio.

Esta hesitou. Não disse nada. Deu meia-volta e se perdeu na segunda casa, onde habitavam a Senhora e Ruth. A menina me olhou com curiosidade, sorriu e foi atrás da mãe.

Pouco depois, Esta apareceu de novo pela cortina. Caminhou decidida para este explorador e esclareceu:

– Ela não está bem. Não vai receber ninguém.

– Mas...

A menina havia perdido o sorriso pelo caminho.

– Está bem – resignei-me. – Pelo menos entrega-lhe meu presente.

Coloquei o pacote em suas mãos e me despedi. A menina não tornou a sorrir.

Afastei-me, desconcertado.

O que estava acontecendo? Esta não costumava mentir. Ruth estava com algum problema. Mas qual? Tiago, seu irmão, não havia comentado nada durante as "aulas", ou no trabalho no estaleiro. Se fosse algo grave ou importante, Jesus teria se preocupado. Eu não conseguia entender.

Talvez não quisesse me ver.

Esse pensamento começou a me devorar.

Por quê? Havia preferido Eliseu? Era lógico. Eu tinha aparência de velho. O engenheiro era jovem e bonito.

E nisso, quando caminhava devagar para o porto com a intenção de voltar ao meu refúgio no pombal, ouvi uma voz familiar me chamando.

Voltei-me e, de fato, vi Eliseu. Vinha depressa, quase correndo. Não tive tempo de nada. Foi tudo muito rápido.

Seu rosto estava vermelho, congestionado de ira.

Trazia nas mãos o pacote de linho que eu havia acabado de entregar à mulher de Tiago.

E ao chegar a mim, com os olhos exorbitados, gritou, em inglês, desembrulhando o frasco de perfume:

– Maldito efeminado!

E jogou o recipiente aos meus pés, nas pedras da rua. O vidro se estraçalhou e fiquei tomado de um aroma intenso, e de confusão.

Não conseguia entender.

Eliseu, então, furioso, empurrou-me com todas as suas forças e topei com um dos muros. O empurrão foi tão súbito e tão violento que, após bater na parede, caí no chão.

E ouvi seus gritos:

– Deixe-a em paz! Não a insulte! Maldito! Maldito!

Não consegui pensar.

O engenheiro, ao me ver caído, começou a chutar quem isto escreve. E não tardou a perceber que eu não estava usando a proteção da "pele de serpente". Fazia tempo que havia prescindido dela.

Só consegui me proteger com os braços. Os pontapés acertaram todo o meu corpo. Foram especialmente violentos no ventre, nos testículos e na cabeça. Senti sangue nos lábios.

Não conseguia me defender. A surpresa foi demolidora.

Alguns vizinhos saíram às portas das casas, alarmados.

Mas Eliseu, fora de si, continuou me chutando e vociferando:

– Seu gay maldito! Devolva-o! Não é seu! Devolva o cilindro! Vou matá-lo! Vou matá-lo!

Ele quebrou meu nariz. E senti o sangue, quente. A hemorragia foi intensa.

Por fim, os vizinhos e alguns transeuntes deram fim à surra. Seguraram o violento Eliseu e o afastaram de mim. Outros me ajudaram. Eu me levantei como pude. Acho que estava pálido. Senti uma dor intensa no flanco direito. Imaginei que estava com alguma costela quebrada. Alguém me deu um lenço úmido e tentei conter a hemorragia nasal. Estava sangrando também pelo ouvido esquerdo.

Não vi Eliseu. Imaginei que o haviam arrastado rua acima.

Recuperei a vara e, após agradecer a ajuda, fui para o porto. Eu me sentia mal, muito mal, e não só pela surra. A relação com o engenheiro acabava de naufragar definitivamente. O que eu podia fazer?

Embarquei rumo a Saidan e tentei organizar minhas ideias. Por que Eliseu gritou que eu havia insultado Ruth? Eu estava desconcertado.

Alguns dias depois, ao conversar com Felipe, eu entendi. Ninguém, naquele tempo, dava de presente perfume de jasmim a uma mulher. Era um insulto. A essência era considerada um poderoso afrodisíaco, de uso exclusivo do homem. Oferecê-la a uma mulher era quase agredi-la sexualmente.[26] Cometi o erro, como disse, de não dizer ao discípulo que o presente era para Ruth. E entendi também a piscada marota e o comentário de Felipe quando eu comprara o perfume: "É lógico, na tua idade...".

Não sei quando me senti pior: ao levar a surra ou ao saber que havia insultado, sem querer, a bela mulher.

E, lentamente, com dificuldade, subi as escadas para o casarão dos Zebedeu, abri a porta dos fundos e fui para o meu quarto. Minha mente continuava nublada, e não por conta da dor física.

Mas, ao pôr o pé no pátio, Salomé e Abril me descobriram. Não pude fazer nada.

– O que aconteceu? – perguntou a senhora da casa, alarmada com meu aspecto.

Dei de ombros e respondi com parte da verdade:

– Tropecei.

Evidentemente, ela não acreditou.

Inspecionou meu nariz e ouvido e me deixou ir. Já no pombal, eu me perguntei: "O que deu errado?" Não obtive resposta. "Como chegamos a tal situação? Como eu havia permitido? A Operação era o mais importante. Eu estava no comando".

---

26 Em uma das visitas ao "berço", o "Papai Noel" detalhou o conteúdo básico da essência de jasmim (especificamente do *Jasminum grandiflorum*). Os componentes químicos são os seguintes: acetato de linalina, linalol, acetato de arila, antranilato de metila e α-terpineol. Embora seja duvidoso, poder-se-ia considerar que o jasmim age contra o tamanho desmesurado da glândula prostática. Também não está claro que ajude a uma melhor ereção ou que combata a impotência. Uma vez mais, tratava-se de uma lenda. (N. do M.)

Também não soube esclarecer essas dúvidas. As coisas acontecem e pronto.

E comecei a sentir raiva.

Nisso, bateram à porta.

Eram Salomé e sua filha Abril. Entraram armadas de lenços, bandagens de linho, uma bacia, duas jarras com água e vários recipientes com não sei quantos unguentos amarelos e supurativos.

Meus protestos foram como zumbidos de moscas em seus ouvidos.

Salomé, enérgica, ordenou que me despisse. Tirei a roupa sem chiar.

Meu corpo estava coberto de hematomas.

Notei que Abril contemplava minhas pernas e meu tórax. Seu rosto refletia perplexidade. Acho que sei por quê. Meus cabelos eram de velho, e também meu rosto, marcado de rugas. Mas o mesmo não acontecia com meu corpo. O envelhecimento prematuro afetara exteriormente minha cabeça e minhas mãos. O restante conservava a força muscular do que eu realmente era: um jovem que ainda não havia completado 37 anos.

Salomé me lavou com um líquido que continha flor de calêndula e examinou minhas costelas. Eu a ajudei. A dor, de fato, delatou uma fratura dupla, ou fissura, na terceira e na quarta costela do lado direito. O melhor era uma bandagem, o mais firme possível. Primeiro me untou com óleo de linhaça, com extrema delicadeza. Agradeci a poção e a ternura. O linho não cheirava bem, mas compreendi que o conteúdo (mucinas, linoleína, glicosídeos, ácidos saturados e linoleico) era benéfico para as possíveis fraturas e para a pele. E, efetivamente, não tardei a notar seu poder anti-inflamatório e calmante. Eu me neguei a receber o unguento supurativo, preto como o piche. Não sei para que servia, mas o linho já era suficiente.

E Salomé, auxiliada pela silenciosa Abril, foi vendando meu tórax. O linho era novo.

Depois, contiveram a hemorragia nasal. Salomé, paciente, teve que explicar em que consistia a manobra. Ela molhou duas gazes com água fria e verteu sobre cada pano duas gotas de suco de limão. Compreendi. A essência de limão é hemostática e acelera a coagulação do sangue. A mulher sabia.

Antes de colocar as gazes em meu nariz, Salomé perguntou se havia fratura. Respondi afirmativamente.

– Nesse caso – sentenciou –, terás que tentar endireitar o nariz.

E acrescentou:

– Tu o fazes ou faço eu?

Eu apalpei meus próprios ossos e deduzi que a ruptura estava do lado esquerdo. Só precisava pressionar para o lado contrário. Armei-me de coragem e empurrei o septo. Aguentei a dor como pude, e o nariz ficou reto. Eu já havia visto os boxeadores fazerem isso em meu país.

Salomé sorriu.

– Tu és valente.

A seguir, introduziu as finas gazes em meus orifícios nasais, o mais para cima possível, e me obrigou a segurá-las.

Minutos depois, parava de sangrar. Mão de santa.

A mulher sorriu, satisfeita, e recomendou que me deitasse na cama. Preparou compressas com água fria e as colocou em minha nuca.

– Agora tens que descansar – ordenou.

Eu ia agradecer os cuidados, quando tornaram a bater à porta. Era outra filha. Acho que Mar. Chamavam a mãe na cozinha. E fiquei com Abril, a sós.

A garota, prestativa, cumpriu as ordens de Salomé e me deu uma beberagem à base de melissa e não sei que outra planta. Era um calmante.

Fechei os olhos e tentei não pensar. Não consegui.

"O que havia acontecido?"

Abril se ajoelhou ao meu lado e começou a limpar o sangue de meu rosto. Começou pelo ouvido. Senti seus dedos, finos e longos. Moviam-se como o ar. E foi limpando. De vez em quando trocava de algodão, umedecia-o na bacia e prosseguia. E continuou pelo nariz.

"Como havíamos chegado a tal desastre?"

E seus dedos, sem querer, roçaram a lesão recente. Não pude evitar um gemido. Ela levantou o algodão, assustada.

Abri os olhos e percebi o temor nos seus. Então reparei: seus dedos tremiam.

Esbocei um sorriso, sem dar importância ao pequeno incidente.

Ela agradeceu o gesto e guardou meu sorriso, tenho certeza. E tentou devolvê-lo. Pestanejou, nervosa, e voltou à limpeza do nariz. Estimulei-a com outro sorriso. E olhei para ela, curioso. Aquele cabelo tingido de vermelho era impressionante. Os lábios, finíssimos, estavam levemente úmidos. Ela percebeu que eu a examinava e ficou vermelha. Suas narinas tremeram. E notei que seus pequenos seios subiam e desciam, agitados. Ela era linda.

Mas voltei aos meus pensamentos.

"O Destino é que havia nos levado a uma situação tão lamentável? O Destino..."

O algodão passou de novo pelo nariz dolorido e foi acariciando-o e limpando, quase sem tocá-lo.

"Tenho que encontrar uma saída, e rápido. A situação é insustentável."

E Abril, mais confiante, levou os dedos aos meus lábios. Os pontapés os haviam arrebentado. Havia sangue seco nos cantos, no queixo e até no pescoço.

E ela foi lavando delicadamente.

"Seria melhor suspender a missão? Eu não estava com o maldito cilindro de aço."

E percebi que a respiração da mulher se tornava mais rápida e agitada. Mas não me importei.

"Era questão de procurar Eliseu e fazer um trato. Um trato? Com um animal daqueles?"

Limpou os cantos de minha boca, e então, aconteceu. Ela me pegou desprevenido. Não podia imaginar.

Abril, subitamente, inclinou-se sobre quem isto escreve e depositou um beijo em meus lábios. Foi um beijo doce, breve e fugidio.

Abri os olhos, desconcertado. Mas ela, valente, não retrocedeu. E continuou de joelhos, olhando fixa e intensamente para mim. Seus doces olhos marrons brilhavam. Eu diria que haviam bebido a luz do quarto.

E, antes que eu tivesse tempo de dizer uma só palavra, reclinou a cabeça em meu ombro direito e o beijou com ternura.

Eu, não sei por que, ergui a mão direita e acariciei seus cabelos.

Meu Deus! O que estava acontecendo? Era 13 de março, aniversário de minha amada! Eu não podia...

Não houve tempo.

A porta se abriu e surgiu Salomé. Ao nos ver naquela atitude, ficou imóvel, mas não disse nada.

Abril retirou imediatamente a cabeça, ergueu-se, pegou a bacia e, vermelha como uma papoula, correu para a porta, desaparecendo.

Eu me sentei na cama e tentei me desculpar. Mas de quê?

Salomé não parecia incomodada. Ao contrário. Examinou meu rosto e se mostrou satisfeita com o trabalho da filha.

Optei por fazer silêncio. Foi o melhor.

E continuei me atormentando: "O que aconteceu? Por que ela me beijou?"

Sempre fui burro no que se refere ao sexo feminino.

E nisso, como uma tábua de salvação, tornaram a bater à porta.

Salomé e eu trocamos um olhar. Não sabíamos...

A mulher abriu e encontramos (principalmente eu) outra surpresa.

O que ele estava fazendo ali? Eu não podia acreditar. Seu descaro e cinismo eram maiores do que eu imaginava.

Estava acompanhado por Mar.

Deu um passo e, dirigindo-se para quem isto escreve, pediu perdão. Era Eliseu.

As mulheres nos deixaram sozinhos.

O engenheiro fechou a porta, e eu continuei sentado na beira da cama. Não sabia o que fazer. Expulsava-o a pontapés? Olhei para a "vara de Moisés". Estava em um dos cantos, perto da porta de madeira.

Eliseu percebeu meu olhar e, ao ver a vara, adiantou-se aos meus pensamentos:

– Não será necessário, Major. Desta vez, venho em paz.

Paz? Maldito bastardo!

– Sei o que está pensando – acrescentou. – E você tem razão. Não sei o que me deu. Só posso lhe pedir perdão. Isso não tornará a acontecer.

Percebi calma em sua voz. Parecia sincero, mas não confiei.

– O que você quer?

– Não tenho a quem recorrer.

Não sabia a que se referia. Mas ele esclareceu logo:

– Ruth... Preciso que a examine.

Ao ouvir o nome dela, eu me levantei.

– O que foi? Esta me disse algo, mas não sei o que está acontecendo. Fale!

– Está há dias sem sair do quarto. Não come, não fala com ninguém. Nem comigo.

– Está doente?

– Não sei. Não sou médico. Você pode descobrir.

O engenheiro baixou a cabeça. As lágrimas surgiram de imediato.

Pensei em uma armadilha. Ele era um bom ator.

Mas o silencioso pranto era sério. Sentou-se na cama e escondeu o rosto nas mãos.

– Não sei, Major... Não sei o que há com ela, mas parece grave.

– Não entendo. Por que não me disse esta manhã? Por que me bateu?

Ele levantou o rosto e esclareceu:

– Quando você apareceu com o presente, eu estava desesperado. Depois, ao abrir o pacote e presenciar o pranto de Ruth, quis matá-lo. Dar jasmim de presente é um insulto, conforme Esta me explicou.

Fiquei perplexo. Eu também não sabia. Felipe, como disse, é quem me explicaria dias depois.

– Isso já não tem solução – lamentei. – Agora, o importante é ela.

– Então, você aceita? E me perdoa?

– Aceito, claro, e tudo está esquecido. Por ora.

Não havia nada mais a dizer. Eu me vesti, peguei a vara e, dolorido, saímos.

Ela precisava de mim. Isso era o que contava.

Nem me despedi das mulheres.

E por volta do meio-dia (sexta hora), cruzamos a porta da "casa das flores", em Nahum. O Destino me reservava outra surpresa.

A hemorragia nasal cedeu definitivamente. Meu flanco doía, mas suportei. A prioridade era ela.

Durante a travessia do lago, da "quinta pedra" até o cais de Nahum, não falamos uma só palavra. Eliseu me evitava. Olhei-o de cima a baixo e, não sei por que, enfiei na cabeça que tudo aquilo era uma de suas tramoias. Tinha que ficar alerta.

Estava enganado.

Esta e a menina esperavam no pátio. E fomos diretamente à segunda casa, parede com parede com a de Tiago. Lá moravam habitualmente a Senhora e Ruth, a filha pequena, minha amada.

Eliseu retirou a rede revestida de breu que fazia as vezes de porta, evitando a entrada de moscas e outros insetos, e me convidou a entrar.

De início, só vi negrura. Era um dos meus problemas com as escuras casas judaicas.

Precisei de alguns segundos para me acostumar à escuridão.

Era uma sala grande, retangular, sem janelas. Cheirava mal, a lugar sem ventilação.

E, pouco a pouco, fui distinguindo. Ao fundo, ao pé da parede frontal, vi a silhueta de duas camas. Na da direita (tomarei a porta como referência) via-se uma pequena chama amarela, minúscula. Descansava entre os pés de alguém. Parecia uma mulher. Estava sentada na cama e, como disse, com uma lamparina de óleo aos pés. Não se mexia.

Eliseu caminhou por entre as camas e parou em frente à parede do fundo.

A segunda cama estava vazia.

Ouvi-o sussurrar algo e a seguir voltou ao lugar onde aguardava este confuso explorador. Esta e a menina entraram no quarto e ali permaneceram, na porta. Não falaram.

– Muito bem – indicou o engenheiro. – Podes examiná-la.

Por que estava falando em voz baixa?

Entendi que se referia a Ruth.

– Aguarda um instante – acrescentou Eliseu –, vou buscar uma lamparina.

Esperei.

Então, conforme fui acostumando as pupilas à penumbra, julguei reconhecer Ruth. Estava sentada em um banquinho de madeira, entre as duas camas, muito perto da parede. Mexia-se ritmicamente, para frente e para trás. Julguei ouvir um lamento, mas muito abafado.

Dirigi o olhar para a mulher que continuava sentada no leito e cheguei à conclusão de que era Maria, mãe de Ruth.

O que estava acontecendo? Por que não falava?

Parecia uma estátua. Seus olhos estavam perdidos em algum lugar do quarto. Quase não piscava. A luz amarela endurecia seus traços. Fiquei desconcertado.

Eliseu voltou com outra lamparina a óleo. E pediu que me aproximasse da mulher do banquinho.

Ao chegar perto dela, o engenheiro a iluminou fugazmente, e confirmei minhas suspeitas: era Ruth, minha amada Ruth.

Seu cabelo estava emaranhado, como se não tivesse sido penteado havia dias. Sua pele, normalmente transparente, estava coberta de suor. Ela suava copiosamente por todo o corpo. Não parava de se agitar, para a frente e para trás. Seus belos olhos verdes estavam fechados. Um permanente lamento, quase um cântico, escapava de uma boca meio aberta. Seus lábios tremiam.

Eu me assustei.

Peguei a lamparina de Eliseu e passei a luz em frente ao rosto da garota. Ruth, ao perceber a proximidade da chama amarela, entreabriu os olhos e subitamente bateu na lamparina.

Sua reação foi tão inesperada que a pequena vasilha de argila com óleo rolou pelo chão.

Eliseu se desculpou e tentou pegar a lamparina. Estava quebrada. Desapareceu de novo no pátio. A menina e Esta foram com ele.

E Ruth, sem uma palavra, tornou a fechar os olhos e retomou o lamento e os rítmicos movimentos, tão preocupantes.

Eu não sabia o que fazer.

Optei por esperar. Não me atrevi a prosseguir o exame.

Precisava de Eliseu ao meu lado.

A Senhora não se alterou.

Logo o engenheiro voltou com uma nova lamparina a óleo. Estava abalado. Pediu desculpas, também em voz baixa. A menina e Esta não voltaram à porta.

Então, pedi a Eliseu que segurasse a luz lateralmente; nunca em frente aos olhos dela.

Obedeceu.

E me arrisquei a tomar-lhe o pulso. Ruth não se opôs. Praticamente não houve reação. Prosseguiu se lamentando de olhos fechados.

Seu pulso estava rápido. Demais.

Aquilo podia indicar uma taquicardia. Mas como confirmar?

Eu me alarmei.

Julguei distinguir uma diminuição na fenda palpebral do olho direito. Então, seus olhos começaram a lacrimejar.

Eu me atrevi a interrogá-la.

Perguntei se sentia dor. Ruth, ao reconhecer minha voz, abriu os olhos com dificuldade e assentiu com a cabeça. Notei uma intensa congestão ocular, e também nasal, com rinorreia (muco abundante). Tentei fazer que mantivesse os olhos abertos e, como pude, orientando a luz amarela de forma que não a ferisse, examinei suas pálpebras e a conjuntiva. Confirmei as suspeitas iniciais: queda da pálpebra e forte injeção conjuntiva no olho direito (olho vermelho).

E, suavemente, em voz baixa, perguntei onde doía, e com que intensidade.

Ela foi respondendo à sua maneira, sem palavras, com a ajuda dos dedos. E deduzi que sentia uma dor fortíssima, encadeada em paroxismos unilaterais, centrada no olho esquerdo e na região periorbitária, irradiando para rosto, palato, fronte e têmporas. Era uma dor insuportável – julguei entender –, "como se a perfurassem com uma espada". Fazia dias que padecia dela, e com uma frequência muito alta: cerca de 20 ou 30 crises por hora.

Julguei intuir o que estava acontecendo, mas não tinha certeza. Precisaria de um exame mais a fundo, com instrumental adequado.

Eliseu olhou para mim, ansioso.

Eu não disse nada. Queria ter um mínimo de certeza.

A Senhora continuava imóvel, com a luz a seus pés. Não parecia se importar com o mal de sua filha. Não entendi, sinceramente. Mas minha preocupação, naquele momento, era Ruth.

E, um pouco mais animado com a colaboração dela, supliquei que respondesse a minhas perguntas. Ela abriu os olhos com dificuldade e fez um gesto com a mão, pedindo a Eliseu que apagasse a luz. Pedi a ele que a escondesse e fiz as perguntas. E assim, lentamente, fui compondo o quebra-cabeça.

Pouco antes de começarem as dores, no olho contrário Ruth via estranhas imagens: fagulhas, raios, figuras geométricas, estrelas que brilhavam com grande intensidade e, acima de tudo, um ponto de luz no centro do campo visual que se transformava em uma nuvem branca. Às vezes, essa distorção visual (o que nós, médicos, chamamos de "escotomas" e "fotopsias") acabava apagando as coisas e as pessoas ou as deixava borradas, "como se as visse através da água".

Não tive mais dúvidas.

A tudo isso tínhamos que somar constantes vômitos, insensibilidade (sua boca ou parte dela, sua língua, sua mão e seu antebraço adormeciam) e disfasia (dificuldade de encontrar as palavras adequadas).

As crises – segundo Ruth – começaram quando era menina. De início, mais moderadas e em número menor. Havia alguns meses, as dores ficaram mais intensas (ela usou a palavra "insuportáveis"). Atacavam-na pela manhã e permaneciam o dia todo. Às vezes, como disse, 20 ou 30 crises por hora.

Vê-la chorar partiu meu coração.

O sofrimento era tal que ela não suportava a luz nem o barulho. Escondia-se no quarto, às escuras. Às vezes, as crises a assaltavam à razão de quatro ou cinco por mês. Não sabia o que fazer. Seu humor mudou. Tornara-se insuportável. Não se atrevia a sair à rua. Sofria de poliúria (excesso de urina), e isso a deixava constrangida. Disse que havia se tornado inútil, com uma hipersensibilidade extrema. Tudo a irritava. Não se sentia feliz com nada. Sua única obsessão era se livrar da dor. Chegou a pensar em suicídio. Mais de uma vez, Eliseu e Esta tiveram que segurá-la quando batia a cabeça nas paredes.

Voltei o olhar para a Senhora. Continuava na mesma posição. Parecia insensível a tudo. E me perguntei: seria ela a responsável, em parte, pelas últimas crises agudas de Ruth?

Terminado o interrogatório, acariciei as mãos da garota. Ela quis sorrir, mas não conseguiu.

Quanto a amava!

Saí. Eliseu me seguiu.

– E então?

– Não tenho certeza – disse. – Ruth pode estar sofrendo de uma enxaqueca ou uma combinação de várias cefaleias.

– Não entendo.

– A enxaqueca é uma doença crônica, muito dolorosa, e deve-se a diversos fatores. Não podem ser confundidas com as típicas dores de cabeça.

E expliquei.

– A enxaqueca é muito mais que isso.

Hesitei.

– Além de tudo, não sei que tipo de enxaqueca ela tem. Pode ser uma cefaleia com aura, tensional, hemiplégica familiar etc. Existem muitas. Cada uma tem, ou pode ter, uma origem diferente. Seria preciso fazer exames específicos.

Eliseu entendeu o que eu pretendia.

– Está se referindo aos "nemos"?

Assenti em silêncio.

Era uma opção. Os "nemos frios" podiam entrar no organismo da garota e esclarecer a natureza do problema, assim como a origem.

Tentei fazê-lo ver que o assunto era mais complexo do que parecia:

– É questão de ir descartando. Estamos diante de uma lesão intracraniana ou sistêmica grave? Talvez uma sinusite, um glaucoma ou uma disfunção da articulação temporomandibular? Existe algum tipo de oclusão arterial? Uma malformação vascular?

Fiz uma pausa e cogitei outra possível causa, realmente preocupante:

– E se for um tumor cerebral?

Eliseu sentiu o golpe. Baixou a cabeça e seus olhos se umedeceram. Tentei aliviar a situação.

– Nada é certeza. É preciso fazer os exames.

O engenheiro reagiu. Enxugou as lágrimas e perguntou:

– O que estamos esperando?

Acho que nem ele nem eu pensamos a respeito. Não era necessário.

Consultei a posição do sol. Devia ser uma da tarde. Fiz cálculos. A subida ao Ravid levava três horas e meia. Tínhamos que programar os batalhões de "nemos" e voltar. Isso significava, no mínimo, cerca de nove horas.

Disse isso ao engenheiro.

Acho que ele esperava minhas observações. E replicou:

– Para que existe dinheiro?

Não entendi.

– Vamos fazer do meu jeito.

E pediu que eu esperasse. Não demoraria.

Deu meia-volta e saiu da "casa das flores".

Voltei para dentro e me sentei na beira da cama que estava desocupada. Contemplei novamente a cena, e meu coração se apertou, impotente.

Ruth resistia à dor entre lamentos, com aquela agitação para frente e para trás. A Senhora, impassível, nem me olhou.

E assim passei os minutos, incapaz de ajudar a pessoa que amava. Eu me senti profundamente triste. Esqueci até de minhas dores.

Por volta das duas da tarde, Eliseu apareceu de novo no quarto. Chamou-me à porta e saímos.

Surpresa!

Eliseu, com bom-senso, foi contratar uma *reda* de quatro rodas, uma carruagem leve, dessas muitas que pululavam por Nahum. No comando estava um fenício. Era um condutor veterano, um *sais*. Por precaução, o engenheiro e Kesil pagaram também uma escolta – um homem armado.

A ideia me conquistou. Com um pouco de sorte, estaríamos em Migdal em pouco mais de uma hora. De lá à "região morta" do Ravid, só dois quilômetros nos separavam. Em outras palavras: o tempo de entrada no "berço" se encurtava sensivelmente.

Por que não?

Como dizia meu avô, o caçador de patos, "o dinheiro serve para o que serve: para ajudar ao próximo e para se divertir".

Planejamos tudo no caminho, em inglês. A *reda* nos conduziria até a periferia da aldeia de Migdal. A carruagem esperaria. Nós prosseguiríamos a pé até o "berço". Pareceu-me uma ideia interessante e, acima de tudo, uma atitude discreta. Do preço, nem falamos. Eliseu cuidou disso. Como ele disse, o que sobrava agora eram denários.

O fenício e o homem armado não falavam muito. Fizeram um movimento de cabeça e confirmaram que esperariam nossa volta. Só pagamos metade. O resto, na chegada a Nahum.

E à décima hora (quatro da tarde), aproximadamente, entramos no "berço". Os quatro quilômetros entre Migdal e a proa do "porta-aviões" foram cobertos com celeridade e sem percalços.

Nem olhei para o precipício que se abria a seis metros da nave. Nem parei para pensar no triplo gancho de ferro e na corda pendurada no vazio.

Toda a minha atenção estava no "Papai Noel" e na programação dos batalhões de "nemos frios", ou exploradores. Calculei duas ampolas de barro. Isso seria suficiente. E os "nemos" foram projetados pelo computador para explorar o cérebro, o tronco encefálico e o sistema nervoso central.[27]

Cheguei a pensar se não estaríamos violando a ética do Cavalo de Troia. Concluí que não. A exploração não significava alteração alguma.

Duas horas depois, tudo estava pronto. E nos preparamos para voltar à providencial *reda* de quatro rodas.

Prevendo que a crise continuaria, peguei um sortimento de medicamentos que pudesse aliviar, em parte, as dores da jovem. Confisquei anti-inflamatórios não esteroides (tipo ketorolac, aspirina e paracetamol) e antieméticos (fundamentalmente domperidona). Não resolveriam o problema, mas, pelo menos, dariam uma trégua. Isso não ia contra as normas.

Os relógios do "berço" apontavam 19 horas quando descemos a terra. Fazia tempo que havia anoitecido. Era melhor assim. A possibilidade de que alguém nos visse abandonando o Ravid era menor. Além de tudo, conhecíamos o caminho de cor. E, efetivamente, chegamos à *reda* sem percalços.

Tudo estava correndo bem. "Muita sorte", pensei.

Avaliamos a situação enquanto rumávamos para Migdal.

Se tudo corresse bem, uma vez ingeridos os "nemos", podíamos voltar e fazer a análise final. Não havíamos comido nem descansado, mas isso era o de menos. Para Eliseu e para quem isto escreve, só contava ela. Foi o que pensei naqueles momentos difíceis. Pobre idiota! Nunca vou aprender!

Assim faríamos. Nessa mesma noite, solucionaríamos o mistério: qual era o problema de Ruth?

A carruagem voou. O fenício (nunca soube seu nome) conhecia a trilha de olhos fechados. Não precisou de tochas.

E na primeira vigília da noite (oito da noite) irrompemos na "casa das flores". Por ordem de Eliseu, o *sais* cuidou da troca das mulas. A nova oferta foi mais substanciosa que a primeira. Esperariam novamente em Migdal. Quando voltássemos, chegando a Nahum receberiam o dobro do combinado pela primeira viagem. O fenício e o armado se mostraram de acordo. Disseram que esperariam "até o retorno de Elias". Era um dito popular que significava "até sempre".

Tivemos sorte.

---

27 O "Papai Noel" programou o que chamávamos de *squid*, um tipo de "nemo frio" especialmente sensível e eficaz. Era um robô biológico que localizava áreas do corpo humano, de acordo com os campos magnéticos gerados por esses setores. O Cavalo de Troia modificou os *squid* acrescentando nióbio e, posteriormente, ítrio-bário-óxido de cobre. Cada "nemo frio", como detalhei em outro momento, tinha um diâmetro de 30 nanômetros, com uma "camuflagem especial" (células "T") que o protegia do sistema imunológico. (N. do M.)

Tiago estava no casarão dos Zebedeu, em Saidan, ocupado com as "aulas" do Mestre.

Decidimos aproveitar a circunstância. Era melhor assim.

A cena mal havia mudado, salvo com relação à Senhora, que não estava presente. Não soubemos onde estava. A mulher de Tiago também não soube nos dizer.

E pusemos as mãos à obra. Não havia tempo a perder.

Eliseu deu-lhe os "nemos". Ruth bebeu lenta e pausadamente. Estava arrasada. E este explorador ativou a "vara de Moisés", iniciando o processo informativo.

Duas horas depois, às dez da noite, após administrar uma razoável dose de analgésico e um antiemético, Eliseu e eu voltamos à *reda*. Ruth parecia mais estável. Nós a deixamos na cama, descansando.

E o bondoso Kesil, advertido por Eliseu, providenciou água e provisões para nós. Pareceu-me feliz e esperançoso. Achou que o engenheiro e quem isto escreve havíamos feito as pazes. Não exatamente.

Os céus realmente estavam do nosso lado. A segunda viagem para Migdal foi mais rápida que a primeira. A carruagem esperaria às portas da aldeia, como da vez anterior. Isso foi o combinado. E retomamos o caminho de subida ao "porta-aviões". Tudo estava em silêncio, livre. Isso me tranquilizou.

O plano previa que nos encontrássemos com o *sais* e o armado ao alvorecer do dia seguinte, 14 de março. Eles repetiram a expressão de Elias.

Essa margem de tempo era mais que suficiente para decodificar a informação dos *squid* e tomar alguma decisão, supondo que fosse necessário.

Os relógios apontavam meia-noite quando o "Papai Noel" entrou em ação. Não nos preocupamos em comer ou dormir. Estávamos angustiados, com razão.

E passou-se uma hora. E duas...

Eliseu, nervoso, resolveu comer. Kesil havia preparado peixe seco, fruta e um pão de centeio. Eu não estava com fome. As dores até passaram para segundo plano.

E às três da manhã, o computador deu por concluída a tarefa.

Os resultados, em um primeiro momento, deixaram-me confuso.

Revisei-os, conforme meu costume.

Não havia dúvida.

E Eliseu, atento, pediu esclarecimento.

Hesitei. Devia dizer a verdade?

Senti fogo no estômago.

E tornei a checar os "achados" dos *squid*.

Meu Deus!

Não era o que havia imaginado.

- O que foi?

Eliseu exigiu clareza, e fui claro, até onde julguei oportuno.

- Boas e más notícias.

O engenheiro consultou a tela, mas não conseguiu decifrar a linguagem médica. "Traduzi" o resultado obtido pelos "nemos frios" em termos simples.

- Não há tumor cerebral.

Eliseu recuperou a cor.

- Essa é a boa notícia.

- E a má?

Fui apontando e comentando o que o "Papai Noel" informava:

- Não foi detectado um tumor, de fato, mas Ruth padece de uma mistura de cefaleias, uma mais insidiosa e insuportável que a outra: tem a que chamamos de "em salva", de aura e hemiplégica familiar.

- Não entendo.

- Até aí, seria relativamente normal. Muitas pessoas sofrem de cefaleia, mas...

- Mas o quê?

- A informação aponta para um alto risco de...

Hesitei de novo. O que eu ganhava dizendo a verdade? E me arrependi. Mas o engenheiro pressionou. Não tive alternativa. E contei-lhe o que os "nemos" haviam descoberto.

- O relatório diz que existe risco de infarto cerebral.

Eliseu empalideceu. Ele sabia a que me referia. Os acidentes vasculares cerebrais consistem em uma diminuição da irrigação sanguínea que alimenta o cérebro. Como é sabido, o cérebro precisa de sangue para viver. Com a irrigação sanguínea, chega oxigênio e glicose (pura energia). Pois bem, a interrupção da irrigação - mesmo que só por poucos minutos - provoca a morte de determinados neurônios, e, finalmente, quando se prolonga o acidente vascular cerebral, toda a rede neuronal naufraga, inclusive as neuróglias (neurônios estruturais). Passado um tempo, as lesões são irreversíveis.

- Ela pode morrer?

A voz do engenheiro falhou.

– Sim, ou algo pior.

– Pior?

– O infarto cerebral provoca paralisia ou incapacidade.

– Oh, Deus!

E me aventurei até o fundo do problema:

– Segundo as estatísticas – de nosso tempo, esclareci –, 30 por cento das vítimas de infarto cerebral falecem. Outros 30 por cento são seriamente afetados.

– Paralisia?

– É possível... E também pode perder a consciência ou sofrer transtornos cognitivos, inclusive alterações visuais.

Eu não quis seguir por esse caminho.

– Tem certeza?

Tornei a checar a informação fornecida pelo "Papai Noel". Não me apressei. Não havia erro.[28]

---

28 Em síntese, eis aqui o que os *squid* detectaram:

1. Os "nemos" captaram um excesso de óxido nítrico (o mesmo que nos canibalizava). Isso dava lugar à gênese das cefaleias tensional e "em salva". O "Papai Noel" aconselhava uma medicação baseada em inibidores da síntese de óxido nítrico.
2. A enxaqueca hemiplégica familiar era provocada, em parte, por genes determinantes (localizados nos cromossomos 1 e 19). Essas anomalias alteravam a codificação dos canais do cálcio, provocando uma maior excitação neuronal. Isso, por sua vez, facilitava a crise de enxaqueca. O "Papai Noel" apontou a possibilidade de que a enxaqueca fosse provocada por uma "canalopatia" (a já referida disfunção genética no sistema de transporte de íons). Concordei com as duas "opiniões".
3. Foram especialmente importantes os "achados" dos "nemos" no tronco encefálico de Ruth. Tudo apontou para uma disfunção grave. Os "nemos" "fotografaram" três grupos de células (núcleos), todos eles anormalmente excitados: o *locus cœruleus*, o núcleo da rafe e a substância cinzenta periaquedutal. Durante a dor, todos se manifestavam de forma anormal. O ângulo ponto-cerebelar também acusou uma significativa deficiência.
4. Foram observadas irregularidades no hipotálamo. Em cada dor, o sistema trigêmino-vascular era ativado de forma estranha. Ao mesmo tempo, como foi dito, ocorria uma alteração nos receptores serotonérgicos.
5. Nos núcleos da rafe detectou-se um centro gerador da enxaqueca, responsável por toda a ativação fisiopatológica. Nesses núcleos existia um notável depósito de ferro. Isso explicava a sensibilização central na transmissão nociceptiva.
6. Ao estudar o fluxo, os *squid* detectaram que, em plena fase dolorosa da enxaqueca, registrava-se uma vasodilatação das artérias cranianas extracerebrais e uma inflamação estéril da parede, secundária à liberação de peptídeos algógenos.
7. A serotonina não funcionava corretamente, aumentando a dor.
8. Os "nemos" mostraram, além do transtorno vasomotor (hipovolemia), um sensível aumento da agregação plaquetária (com dano endotelial).
9. E o mais grave: ficou clara uma importante oclusão arterial, na área cerebral posterior, com grave risco de infarto. O fluxo sanguíneo cerebral que precedia cada enxaqueca era inferior a 40 ml/100 g/minuto, relativamente próxima ao limiar de isquemia/infarto: 10 ml/100 g/minuto. (N. do M.)

E reafirmei o que havia dito. Eu me sentia mais ferido que ele. Eu a amava.

E o silêncio se instalou no "berço" durante um longo tempo.

Tentei consolá-lo e me consolar.

– Sejamos otimistas – disse com pouca convicção. – As estatísticas dizem que o acidente vascular cerebral só ocorre em um por cento dos casos de enxaqueca.

Eliseu esboçou um péssimo sorriso. Eu não devia insultar sua inteligência.

Não disse nada, mas o simulacro de sorriso se apagou. E o silêncio dominou de novo o "berço".

Assim foi por mais de meia hora.

O que podíamos fazer?

Absolutamente nada. A Operação proibia qualquer tipo de intervenção que pudesse modificar o Destino de uma pessoa.

Bobagem!

Mas assim pensava este explorador naquele momento.

O engenheiro acabou perguntando o que ambos pensávamos fazia tempo.

– Há solução?

Neguei com a cabeça.

– Quando pode acontecer?

– Ninguém sabe. Talvez nunca aconteça.

Foi outra mentira piedosa. Eu sabia que uma oclusão arterial dessa natureza, cedo ou tarde, acarretaria o infarto cerebral e, com ele, a morte, ou coisa pior.

Eu me enganei. Foi pior do que eu imaginava.

– O "Papai Noel" poderia operar? – perguntou Eliseu.

O engenheiro era ágil e inteligente. Muito mais que este explorador.

Mas me neguei a alimentar a ideia. O "Papai Noel" poderia interferir e retificar a oclusão arterial, sem dúvida. Mas, como disse, fatalmente ancorado nas normas do Cavalo de Troia, eu não quis contemplar essa hipótese.

Eu a amava, mas estava cego.

O Destino não é o que parece, nem age como acreditamos. Mas tratarei desse assunto em seu devido tempo.

Eliseu adivinhou meus pensamentos e insistiu:

– Poderia ou não poderia intervir?

Estava sem saída.

– A Operação proíbe.

– Ou seja, poderia.

Não pude me safar.

– Talvez... Mas é proibido.

– Malditas normas! Você é um perfeito idiota!

Eu merecia, mas continuei firme.

E ele acrescentou algo que naquele momento não entendi em sua justa medida; algo especialmente grave:

– Um dia você vai descobrir que as normas não são tudo.

E mudou de assunto.

– Por favor – suplicou –, pense no assunto. Eu lhe peço. É a vida dela. Você a ama?

Reconheci que sim, com a cabeça.

– Então...

Agora era o engenheiro quem suplicava. Como é estranha a vida! Poucos dias antes, no bosque dos lenços, ele me ameaçou: "(...) e você vai suplicar".

Eu estava tão aturdido que cometi outro erro.

– Mas você não entende?

O engenheiro me olhou, atônito.

– Uma intervenção assim exigiria levar Ruth ao "berço". Você está louco?

Eliseu sorriu, triunfante.

E tentei rapidamente destruir suas esperanças:

– Isso não vai acontecer. Pelo menos não enquanto eu estiver no comando.

E Eliseu recordou algo que eu havia esquecido:

– Faz tempo que você não está no comando, Major.

Mas logo retificou:

– Não importa. Deixe estar.

Fez silêncio, mas logo falou de novo:

– Eu proponho um trato.

Ouvi com desconfiança.

– O "Papai Noel" opera Ruth, sob sua supervisão, claro, e eu esqueço o cilindro de aço.

E acrescentou, mentindo:

– Quando Ruth estiver a salvo, você e eu voltamos.

Eu me neguei.

– Está bem – arrematou. – Pense.

O instinto advertiu. Eliseu não estava sendo sincero. A posse do cilindro, para ele, era mais importante que Ruth. Mas eu só perceberia isso muito depois.

E o trato ficou em suspenso.

Preparei alguns medicamentos específicos que pudessem aliviar a dor da garota (especialmente *naratriptano*)[29] e tentei dormir um pouco. Estava esgotado, física e mentalmente.

Eliseu permaneceu em frente ao computador e elaborou, com o "Papai Noel", um plano alternativo de ajuda a Ruth. Quando acordei, ele me mostrou o plano e dei minha aprovação. Tratava-se de uma terapia que não resolvia o problema principal, mas mitigava as dores. O computador central propunha repouso em um lugar escuro e sem barulho, massagens na nuca e no pescoço, compressas de água fria e quente (alternadamente nas áreas de massagem), sono de um determinado mínimo de horas, fuga de todo tipo de estresse, nada de queijos ou *kaph* fermentados, nem cítricos, nem doces, nem cogumelos, nem vinho tinto. Propunha que a mulher evitasse todo tipo de perfume, bem como a exposição à luz solar, e que se protegesse do vento e do clima abafado. O "Papai Noel" insistiu no estresse psicofisiológico. Ruth tinha que fugir dos problemas alheios. E pensei na Senhora. Eu não estava tão enganado quando deduzi que Maria podia ser uma das causas desencadeantes das cefaleias. Ruth era muito sensível e percebia o estado de extrema tristeza em que sua mãe caíra.

O computador acrescentou doses de betônica e de melissa, plantas que favorecem o relaxamento e a redução da dor.

Tive minhas dúvidas, mas, como disse, concordei. Não podiam causar mais mal.

E foi assim que vimos chegar o amanhecer daquele 14 de março, quinta-feira. O orto solar, às 5 horas, 49 minutos e 24 segundos, reservava-nos outra surpresa.

E nos preparamos para abandonar a nave.

Eu continuava perplexo e profundamente triste.

Eliseu desceu a terra. Precisava esticar as pernas. Foi o que me disse.

Por que este explorador não permitia que o "Papai Noel" interviesse? A operação cirúrgica, com a ajuda dos "nemos quentes", era extremamente simples.

E surpreendi a mim mesmo imaginando os detalhes: era questão de

---

29 Os medicamentos chamados *triptanos* são agonistas seletivos dos receptores 5-HT1B/D. Atuam como vasoconstritores e aliviam as dores, reduzindo o nível de náuseas e vômitos. Com 2,5 mg por via oral era mais que suficiente. Outros medicamentos (também *triptanos*) ficaram na farmácia do "berço", caso fossem necessários. Eu os iria administrando a ela de forma progressiva. (N. do M.)

levar Ruth o mais perto possível do Ravid. Depois, uma vez anestesiada, Eliseu e quem isto escreve podíamos levá-la ao "berço". A operação para corrigir a oclusão arterial era questão de minutos.

Depois, nós a devolveríamos a Nahum, sã e salva.

Mas não. Não eram essas as normas do Cavalo de Troia. E eu continuava no comando, independentemente do que Eliseu dissesse.

Não podíamos mudar o Destino.

E nessas estava, brigando comigo mesmo, quando o engenheiro apareceu.

Estava pálido.

Não disse nada, mas fez sinais com as mãos para que o seguisse. Depois, levou o dedo indicador esquerdo aos lábios e pediu silêncio.

O que estava acontecendo?

Saltamos à terra. A claridade estava ganhando terreno.

Ele me conduziu diretamente à beira do precipício, na proa do "porta-aviões".

Então, mostrou-me o que eu já conhecia. E insistiu para que fizéssemos silêncio.

Contemplei o triplo gancho de ferro, ainda ancorado nas rochas, e a corda oscilante sobre o abismo.

E, em voz baixa, comentou:

– Não acreditei em você.

– Eu nunca minto – repliquei no mesmo tom. – Esse gancho está aí há alguns dias.

– Esse gancho?

Não compreendi a pergunta do engenheiro. Mas ele não tardou a esclarecer a questão:

– Não é um gancho, são três.

Debrucei-me no penhasco; efetivamente, a um metro abaixo da "âncora" que eu havia descoberto em 2 de março, encontrei mais dois ganchos idênticos ao primeiro, presos às rochas, com suas respectivas cordas.

Entendi, ou julguei entender.

Alguém – outros bandidos, talvez – tentou subir novamente por aquele lado do Ravid. E os ganchos ficaram presos na pedra, a pouca distância do cume.

Não os havíamos visto por conta da preocupação e da escuridão (nessa ordem).

Mas lá estavam...

Tornei a explicar o que acontecera no sábado, 2 de março, com o achado do cadáver do *bucol*, mas me dei conta de que estávamos em pé, à vista de qualquer um que pudesse estar à espreita. Então, entramos no "berço" e tentamos analisar a situação.

Não tínhamos muito o que avaliar.

A realidade, nua e crua, estava lá fora.

Os bandidos do Arbel haviam voltado. Pelo menos, tentaram.

Ao pé da escarpa, não se distinguia ninguém. Também era verdade que haviam se passado muitos dias desde o primeiro "achado". Doze, no total. Os *bucoles*, se é que foram jogados novamente ao vazio pelo "vento de furacão", tiveram tempo de recolher seus mortos ou feridos e de levá-los embora. Tínhamos que consultar Camar, o velho *badawi* da plantação que se erguia perto dali, no caminho para Migdal. Ele deveria saber.

Uma coisa estava clara: os novos ganchos foram usados entre 2 e 14 de março.

A situação me pareceu realmente séria.

Senti que estávamos sem saída.

Nesses 12 dias, a notícia da morte do *bucol* (ou dos *bucoles*) teria chegado, com toda certeza, aos ouvidos dos *kittim*, os romanos. Como disse, eles dispunham de espiões por todos os lados. Os próprios bandidos agiam como agentes.

Tremi.

Se os romanos enviassem patrulhas ao Ravid, o que poderíamos fazer? Se os mercenários eram jogados ao vazio, como aconteceu com um dos bandidos, ou se simplesmente não eram capazes de avançar pelo penhasco em consequência do cinturão gravitacional, o mais provável era que em pouco tempo uma unidade tática cercasse o monte. O que deveríamos fazer nesse caso? Aniquilar centenas de soldados? Isso não seria prudente. Tínhamos que encontrar uma alternativa.

A mais sensata era mudar de lugar. A nave teria que ser removida e aterrissada em outro lugar. Mas onde?

Eliseu fez silêncio. Naquele momento, não cheguei a compreender sua postura.

A vida pública do Mestre mal havia começado. Havia longos quatro anos pela frente, supondo que tudo corresse normalmente. Normalmente? Eu já não recordava o significado dessa palavra.

Seja como for, eu tinha que pensar em uma solução. Cedo ou tarde, do jeito que os acontecimentos se encadeavam, os *kittim* apareceriam no Ravid. Precisávamos nos antecipar.

O engenheiro levantou dois problemas. Ambos eram muito conhecidos por este explorador.

Em primeiro lugar, não tínhamos muito combustível sobrando. Àquela altura, dispúnhamos de um total de 7.124,68 quilos (mais a reserva). Para a viagem de volta a Massada, precisávamos de 6.896 quilos (se tudo corresse bem). Isso dava um "excedente" (?) de 315 quilos, mais a reserva (intocável).[30]

Uma situação perigosa.

O segundo problema, já mencionado, era o possível novo assentamento do "berço". Sinceramente, eu não tinha ideia de onde situá-lo.

E mantive uma calma inexplicável. Eu resolveria aquilo. Não sabia como, mas resolveria.

Eliseu deu de ombros. Aquela atitude me deixou perplexo. Não parecia preocupado. Obviamente, ele tinha outros planos. Quando vou aprender?

A ordem foi reforçar o sistema de defesa.

Eliseu obedeceu sem replicar. Aquilo também me deixou confuso. Não era seu estilo. Nem sequer discutiu.

E o cinturão gravitacional foi situado no nível que o Cavalo de Troia denominava "Mene-dois", com uma capacidade de impenetrabilidade de 550 quilômetros por hora. Em outras palavras: ficava praticamente impossível de atravessar o muro. A velocidade de "expulsão" (bastando pisar na região sensível) foi elevada para 550 quilômetros por hora. Ninguém, naquele tempo, estava capacitado para derrubar esse "muro". A segurança do módulo continuava garantida, mas, como disse, tamanha potência era uma faca de dois gumes. Se os afetados fossem os *kittim*, em questão de cinco horas a unidade tática mais próxima - Nahum ou Tiberíades - apareceria por ali.[31]

Eu também dei de ombros. Nesse momento, pensei no "princípio Ômega", aprendido com o Mestre: deixar que se fizesse a vontade de *Abba*.

E fiz isso. Deixei o assunto nas mãos da Providência, ou como quer que se chame.

O engenheiro ajustou a nova intensidade do sistema defensivo e quem isto escreve, corrigindo erros anteriores, pulverizou seu corpo com a "pele de serpente". Não seria ferido novamente.

E chegamos a um segundo acordo (?).

Dadas as circunstâncias, Eliseu se comprometeu a entrar no "berço" uma vez por semana. Terminado seu trabalho no estaleiro, visitaria o

30 A reserva era equivalente a três por cento (492 quilos). (N. do M.)

31 A guarnição romana em Nahum tinha um total de 500 mercenários (tropas auxiliares) e 10 centuriões. Na cidade de Tibérias (Tiberíades), haviam sido destacadas várias guarnições. (N. do M.)

Ravid e me informaria sobre a situação. Eu iria para Beit Ids – o engenheiro exigiu isso – e cuidaria da busca e do resgate do cilindro de aço, "vital para a Operação", segundo suas palavras.

Não quis discutir. Não fazia sentido. Aceitei, mas eu sabia que tardaria muito a pisar naquela região. O cilindro era difícil de localizar. Mas, como disse, eu não tinha a menor vontade de polemizar, menos ainda naquele momento. Ruth e o "berço" ocupavam todo o meu pensamento, ou quase.

Eliseu se mostrou satisfeito e insistiu:

– Depois, voltaremos a 1973.

Naturalmente, o Destino tinha outros planos.

Descemos do Ravid e, conforme havíamos planejado, paramos na plantação onde residia Camar, o árabe.

Ele pareceu receoso por tornar a me ver, ainda por cima na companhia de outro estrangeiro.

Fui diretamente ao ponto. Mas o *badawi*, astuto, segurou a mão de prata que levava no pescoço e continuou nos percorrendo dos pés à cabeça, com seus olhinhos de hiena. Disse não saber nada de nada. Nem sequer recordava o incidente com o *bucol* morto. Mas a "amnésia" tinha solução. Agitei algumas moedas nas mãos e Camar "providencialmente" recuperou a memória.

– Agora recordo...

Pegou uma jarra e, apesar da hora (talvez fosse a quinta: 11 da manhã), ofereceu *raki*, um mosto fermentado e misturado com iogurte.

– Os *bucoles* voltaram.

– Quando?

– No dia seguinte.

Isso nos situava no domingo, 3 de março.

– O que aconteceu?

Camar bebeu uma segunda dose de *raki* e começou a perder a memória.

Esfregou os dedos indicador e polegar da mão direita, simbolizando dinheiro, e exigiu mais moedas.

Eliseu lhe entregou mais.

– Então, levaram o morto.

– Quem eram?

O *a'rab* deu de ombros. E acrescentou:

– "Bucoles". Não sei os nomes. Ninguém os conhece.

Estava mentindo.

E prosseguiu:

– Olhavam para o alto do Ravid e gritavam entre si.

– Gritavam o quê?

– Vingança! Pediam vingança.

– Por quê?

– Não sei.

Camar continuava mentindo.

– Depois voltaram. Foi durante a noite.

– Quando?

– Não me recordo. Talvez nesse mesmo dia.

Segundo Camar, a volta dos bandidos ocorreu no domingo, 3 de março.

– Subiram com cordas e ganchos, mas os "diabos" tornaram a lançá-los ao vazio.

Ficamos em silêncio. Eu não estava tão enganado assim em minhas apreciações.

Resultado: três *bucoles* mortos e dois muito feridos. O resto do pessoal carregou os cadáveres e os companheiros feridos e se perdeu nas cavernas do Arbel.

– Juraram voltar e passar na faca esses malditos diabos.

– Diabos? – interveio Eliseu sem poder se conter. – Que diabos?

Sugeri calma. Tentei disfarçar o desmedido interesse de meu companheiro. Camar, esperto como uma raposa, percebeu. Mas disfarçou:

– Ninguém sabe. Dizem que são dois, e que vivem lá no alto.

E acrescentou com um sorriso malévolo:

– Sopram e jogam os intrusos pelos despenhadeiros.

– Sopram?

– Todos os diabos de prata sopram.

Fiquei atônito. Eu não conhecia essa lenda.

– Por que de prata?

– Vestem-se assim.

– Não compreendo.

O *badawi* me olhou com estranheza. E perguntou, por sua vez:

– Não haveis ouvido falar dos diabos de prata?

Eliseu e eu negamos com a cabeça.

Camar serviu outra rodada de *raki* e esclareceu algo que me sobressaltou.

– Eles vão e vêm. Voam. Transformam-se em luzes. Às vezes descem no alto do Ravid, e em outros montes, e caminham. São altos. Vestem-se como os persas, com trajes brilhantes. São diabos de prata.

"Vestir-se como os persas" queria dizer que usavam calças.

E recordei a imagem das duas figuras que corriam para o trem de pouso do "berço". Usavam uma espécie de macacão, como o dos pilotos.

Ao que parecia, eu não era o primeiro a ver essas estranhas criaturas. E fiquei em silêncio.

Agora podia intuir quem eram os "diabos de prata".

Voltamos a Nahum sem novidades.

Eliseu ficou na "casa das flores". No Ravid, eu lhe ensinei a administrar a medicação. As ordens eram claras e precisas: se ela tivesse uma nova crise, tinha que me informar de imediato. Não importava em que momento. Eu iria.

E quem isto escreve seguiu para Saidan. Gostaria de ter ficado ao lado de minha amada, mas eu não teria resistido.

Passei o resto daquela quinta-feira, 14 de março, no pombal. Precisava ficar sozinho. Estava mais afetado do que eu mesmo teria imaginado. Ruth estava em permanente perigo de morte, ou de invalidez, e eu não era capaz de resolver seu problema, mesmo sabendo como. Isso acabou comigo.

Não queria ver ninguém.

Passei a noite em claro, tentando chegar a uma solução. Podia levá-la ao Ravid para que o "Papai Noel" cuidasse de tudo. Podia? Sim, mas não devia.

E algo dentro de mim foi se impondo.

Podia, mas não devia.

Naquele momento eu estava enganado. O Destino das pessoas não depende do acaso, nem de nossas atuações ou omissões. Essa é a crença geral, mas não é verdade. O Destino dispõe de seus próprios mecanismos e nada é capaz de alterar o que está traçado. Mas essas elucubrações não devem me afastar dos fatos.

A vida prosseguiu, e de que forma...

No dia seguinte, ao chegar ao estaleiro dos Zebedeu, no flanco oriental de Nahum, tudo continuou igual. Estranhei a atitude de Tiago, irmão de Ruth. Não parecia preocupado. Entendi, em parte. Ele não conhecia o verdadeiro alcance do problema. Jesus também não deu mostras de preocupação. Trabalhou alegre, como todo dia. Brincou com *Zal* e conversou com os companheiros na hora do almoço. Mas eu sabia que Ele sabia.

Com relação à Senhora, segundo minhas informações, sua tristeza não mudou.

E quem isto escreve aprendeu a silenciar e a não se intrometer. Meu trabalho era observar e anotar. Assim havia sido até aquele momento, e assim devia continuar. Nem sempre consegui.

Ruth superou a crise, aparentemente, e se recuperou. As notícias fornecidas pelo engenheiro eram alentadoras. Mas a ameaça continuava lá.

Fiquei tentado a visitá-la. Tinha a desculpa perfeita: sua "doença"; mas consegui me conter. Não era bom jogar mais lenha na fogueira (principalmente na que ardia em meu coração). Eu precisava aprender a viver na companhia daquele amor impossível. Como disse, cedo ou tarde eu voltaria ao meu "agora". Ela nunca morreria, mas desapareceria.

Um daqueles dias, ao chegar ao estaleiro, Eliseu me fez uma surpresa. O engenheiro decidiu devolver os antioxidantes. A ingestão do "vinho prodigioso" ajudara na luta contra os radicais livres, mas fazia tempo que havia acabado. Tomei o gesto como uma tentativa de aproximação. Não foi muito, mas foi alguma coisa. E a esperança bateu de novo à porta. Pobre ingênuo! Não soube "ler" nas entrelinhas.

Eliseu, quando cruzava com ele no trabalho ou nas ruas de Nahum, perguntava sempre a mesma coisa:

– Quando vai entregá-lo?

E eu replicava no mais puro estilo de Michelangelo:

– Quando o entregar!

Evidentemente, como disse, eu não tinha intenção de ir à região de Beit Ids. O cilindro estava simplesmente perdido.

O resto de março – até a fatídica sexta-feira, 29 – correu em uma discreta paz. Só a Senhora foi a nota discordante. Não conseguia superar o abatimento.

O Mestre, se não estava mal informado, não visitou a "casa das flores" nem uma só vez. Insisto: Ele sabia.

Eu me recuperei dos ferimentos e assisti com regularidade às "aulas" do Filho do Homem. Jesus continuou falando de *Abba* e do novo "reino", da realidade espiritual à qual estávamos "condenados" (felizmente condenados), mas os "sete" não compreendiam. Parecia um trabalho sem futuro.

A maior parte das "aulas", sempre no mesmo lugar e na mesma hora, acabava em discussão entre os discípulos. "Esse Deus Pai não é vendável." Não deixavam de ter razão. Morto Jesus, a igreja primitiva continuou defendendo o mesmo princípio: "Aquela mensagem não era vendável. Os judeus não aceitariam um Yaveh assim".

Os roncos de Simão Pedro punham um ponto final à polêmica, indefectivelmente.

Eu assistia a tudo absorto, encantado com a paciência do Galileu.

Em suas mãos, estava o cálice de metal. Ele o acariciava e o limpava, concentrado. Eu precisava pegar a taça e examiná-la. Esse pensamento me foi dominando. Mas, como? Estava claro que não o podia pedir emprestado. Ou poderia?

E nesses dias vi outros "convidados" chegarem ao lago.

Primeiro foram as cegonhas brancas – majestosas –, às centenas. Nunca havia visto tantas. Vinham do norte procurando o calor do mar de Tiberíades. A *chasidah,* ou "ave piedosa", agrupava-se nas margens, principalmente na selva da primeira desembocadura do rio Jordão. A *Ciconia ciconia* era uma bênção. Em questão de dias, acabavam com todo tipo de ofídio e outros répteis. Depois, chegaram suas irmãs, as cegonhas negras, mais tímidas e menos variadas. Todas eram bem-vindas para os pescadores e caçadores. "Traziam vento em suas asas", como escrevia o profeta Zacarias (5, 9) e "boa sorte no bico", segundo o dito popular.

Juntamente com as cegonhas chegou ao lago o *maarabit*, o familiar vento do oeste. Era sempre pontual. Chegava ao *yam* ao meio-dia e não parava até o pôr do sol. Chegava do Mediterrâneo, seguindo o vale de Bet Netofa e o desfiladeiro de Arbel. Parecia esgotado; soprava a uns 20 quilômentros por hora. E lá ficava, como mais um cidadão, até o mês de *tishri* (setembro-outubro). Esgotado? Não é verdade. Mais de uma vez o vi enfurecido, provocando tempestades.[32]

---

32 No *yam* (mar de Tiberíades) sopravam muitos ventos. Dos mais notáveis irei falando a seu devido tempo. Alguns tiveram destaque na vida pública do Mestre. Em linhas gerais, no *yam*, o ano se dividia em duas épocas: verão e inverno. Os ventos eram diferentes. A época estival compreendia de março-abril até setembro-outubro. Entre março e outubro, o normal era que o calor apertasse até o meio-dia. A partir do meio-dia surgia o *maarabit*, sempre pela faixa Arbel--Migdal. De lá se abria como um leque e varria todo o lago. O vento nasce no mar Mediterrâneo e precisa praticamente de toda a manhã para chegar ao Tiberíades. Quando surge no *yam*, a temperatura sobe entre 3 ºC e 7 ºC. A umidade relativa também cai (entre 20 e 40 por cento). Todo mundo agradecia por ele. Os camponeses aguardavam a chegada do *maarabit* com impaciência. E, de vez em quando, levantavam a vista, tentando descobrir sua presença. No *yam* havia um dito: "já se vê o vento". Isso porque, sobre as águas, pouco antes de surgir o *maarabit*, aparecia uma faixa escura (às vezes prateada) que adentrava o mar pela região de Migdal. Era o anúncio do vento iminente. Ao cruzar o lago, o *maarabit* esfriava e tornava menos rigorosa a vida das pessoas da margem oriental. Pouco a pouco, conforme acabava o verão, o vento retardava sua chegada ao *yam*. Em setembro-outubro, chegava à nona hora (três da tarde). Em geral, a velocidade do vento oscilava entre 10 e 20 quilômetros por hora. Porém, às vezes o *maarabit* se enfurecia e superava os 70 quilômetros por hora. Isso significava uma tempestade. E os pescadores buscavam refúgio de imediato. As tempestades provocadas pelo *maarabit* causavam vários naufrágios e dezenas de vítimas ao longo do ano. E não era o vento mais temido. (N. do M.)

Quando o *maarabit* se irritava, o céu do *yam* ficava violeta. E os homens, curiosamente, carregavam-se de vinganças.

Foi em um desses dias de março, ao acordar, que o vi pela primeira vez. Não recordo o dia.

Ele não se assustou.

E permaneceu na janela durante alguns minutos.

Seu peito era branco e suas costas, azuis. Cantava deliciosamente.

As pessoas de Saidan confundiam esse pássaro com o martim-pescador.

Ele me alegrou durante o mês de março. Ao alvorecer, vindo não se sabe de onde, chegava à janela do pombal e me acordava com seus fortes trinados.

Acabamos ficando amigos.

Ao anoitecer, eu deixava umas migalhas de *keratia* na janela, e, ao amanhecer, *Yeda* comia todo o "chocolate".

Chamei-o de *Yeda*, por conta da companhia.[33]

Ele foi uma das alegrias deste explorador.

E chegou também um intenso cheiro de peixe, típico do *yam* nos meses de março e abril. Nessa época, como acho que já mencionei, o mar de Tiberíades perdia a transparência e ficava cor de canela. O fenômeno tinha origem na proliferação das algas chamadas *Peridinium westii*, um exemplar esférico protozoário do grupo dos *pirofitos* ("brilhantes"). Em janeiro, multiplicava-se com muita rapidez, chegando a 3.300 centímetros cúbicos nos citados meses de março e abril. E o *yam* se transformava em uma "sopeira"; uma "sopa" marrom, densa, com penetrante cheiro de peixe (mais exatamente, de marisco). Eu adorava aquele perfume.

Com o amanhecer, a *peridinium* subia à superfície e ocupava quatro metros de espessura. Ao entardecer, voltava às profundezas, a uns sete metros. Em junho, com o aumento da temperatura, a *peridinium* morria, e o *yam* recuperava a transparência.

Com o aparecimento dessas algas, o lago fervia de vida. Era o sinal. E os habitantes do *yam* viam milhares de aves chegando. A *peridinium* atraía os cardumes de tilápia, e elas, por sua vez, milhares de gaivotas e garças púrpuras, entre outras espécies. As odiadas "gaivotas dos lagos" eram as mais variadas. Calculei mais de 10 mil. Estavam em todas as partes, assim como suas irmãs, as "negras" e as "prateadas". Acompanhavam os barcos, sujavam tudo, entravam nas casas e roubavam tudo que encontravam. Eram escandalosas e comiam carniça. Eu as odiava, assim como *Zal*.

33 *Yeda*, em aramaico, significa "dar graças". (N. do M.)

As garças, porém, comportavam-se discretamente. Ficavam nas margens do Jordão e lá pescavam, imóveis feito estátuas. Os pescadores gostavam delas e sempre as contemplavam. Quando uma garça inclinava a cabeça sobre o peito, era infalível: logo chegava uma tempestade. Eram o melhor aviso.

Muitos habitantes do *yam* praticavam o "esporte" caça à gaivota. Usavam todo tipo de armadilhas, redes e até veneno. Mas elas também tinham defensores. Eles achavam que as gaivotas eram a reencarnação dos pescadores. Mais de uma vez, a caça às gaivotas acabava em pauladas e pedradas entre os cidadãos.

E foi em um daqueles sossegados dias do mês de *nisan* (março-abril) do ano 26 de nossa era que aconteceu de novo.

Caí de novo na tentação.

Eu explico.

Estava eu nesse entardecer apoiado na janela do pombal, contemplando o Mestre. Ele se lavava nas águas do *yam*, como todo dia. E, de repente, fui assaltado por um pensamento insistente.

"Por que não dá uma olhada no quarto d'Ele?"

O pombal do Mestre ficava parede com parede com o meu. Só tinha que atravessar o breve corredor que os unia, empurrar a porta e olhar. Não precisava tocar em nada. Ele não notaria. Ou notaria?

O pensamento se transformou em algo obsessivo.

O que estava acontecendo comigo?

Aquilo não era certo. Eu não devia entrar no quarto de ninguém.

O Galileu continuava se banhando nas mornas águas do lago.

De início, resisti.

"Não faria isso. De novo não."

E recordei o ocorrido em Beit Ids. Desamarrara o saco de viagem do Mestre com as mesmas intenções: xeretar.

Naquela ocasião, aguentara. E Ele, pouco depois, como se houvesse adivinhado meus pensamentos, mostrara-me o conteúdo da mochila.

"Não devo..."

Mas o maldito pensamento foi se enroscando em quem isto escreve e começou a me sufocar.

"Ninguém precisa saber."

O Galileu começou a se ensaboar. Eu tinha tempo.

"Só uma olhada..."

Engoli em seco e abandonei a janela.

Era uma força superior a mim. Ela me puxava. Ela me obrigava.

Saí do quarto. Não vi ninguém no pátio dos fundos. Era o momento propício.

E passei pelo corredor, sorrateiro como um furão (era justamente o que eu era).

Parei em frente à porta do quarto e voltei o olhar para o pátio a céu aberto. Eu estava sozinho.

Empurrei a porta, que opôs certa resistência. As dobradiças (traidoras) rangeram, com razão.

Acho que empalideci.

Esperei alguns segundos.

O silêncio voltou e aquele pensamento bastardo continuou me pressionando.

"Só uma olhada..."

Qual era o objetivo daquela intromissão? Eu não sabia, mas o Destino já tinha tudo calculado.

Jesus jamais fechava as portas. Da mesma maneira que nunca o vi se olhar em espelho, também não se preocupava em trancar seus aposentos. Nem ali, nem em nenhum outro lugar.

Era o ser mais crédulo que conheci.

Senti meu coração pulsando alto.

Aquilo não era certo. Aquele não era o explorador prudente e discreto que eu julgava conhecer.

Mas não dei ouvidos ao meu lado bom e entrei no quarto.

Fechei a porta, e as dobradiças ergueram novamente a voz, alertando a todos. Traidoras! Mas ninguém notou.

O quarto era quase igual ao meu. Tratava-se de outro pombal, um pouco mais amplo, com as paredes revestidas de gesso e uma única janela, que dava para o pátio dos fundos. Eu tinha uma vista melhor.

A cama era idêntica, e a arca de madeira também.

O tapete era diferente. O do quarto do Galileu, trabalhado em couro de vaca, era suave ao tato.

Meu coração, a pleno rendimento, continuava avisando.

"Isto não é correto..."

A limpeza e a ordem chamaram minha atenção.

Atrás da porta, em ganchos de ferro, vi a túnica vermelha, a capa habitual (cor de vinho) e o saco de viagem, praticamente vazio.

A cama estava feita com esmero.

E lá surgiu a primeira surpresa. O travesseiro não era como o meu, ou como o de todos. Tratava-se de uma pedra cilíndrica, verde, perfeitamente polida, com uma parte rebaixada, onde se supunha que tinha que descansar a cabeça. Não sabia que rocha era.

Eu me aproximei e toquei o "travesseiro", incrédulo. Não sabia desse peculiar costume do Galileu. Jamais havia visto o cilindro em questão. Era comprido e estreito, de uns 40 centímetros de comprimento. Devia pesar cerca de cinco quilos.

E fiquei pensativo.

Que travesseiro mais estranho!

Em cima da arca, estava boa parte dos utensílios de asseio que eu havia visto na caverna de Beit Ids.[34] Nada novo. Em um cestinho vi o familiar frasco de vidro que chamavam de *foliatum*, que continha o *kimah*, o apreciado perfume que Ele usava diariamente, sempre na barba.[35]

Bem perto, também sobre a arca, estava a bolsa azul onde guardava o misterioso cálice de metal. Não me atrevi a abri-la.

Meu coração continuava agitado.

Tinha que voltar ao meu quarto.

Ele podia aparecer a qualquer momento. E, se entrasse, o que faria eu? Principalmente, o que diria?

Já ia abandonar o recinto quando reparei em um pequeno vaso de argila.

Descansava em uma ponta da arca.

Eu me aproximei com curiosidade.

Quc cstranho!

Jesus não era uma pessoa que se entretinha cortando flores. Eu, pelo menos, nunca o vi fazer isso.

---

34 Geralmente, em seu asseio diário, Jesus de Nazaré utilizava uma esponja e uma pedra de *borit*, o "sabonete" mais comum naquele tempo, fabricado com cinzas, potássio, alecrim e orégano, entre outras plantas aromáticas. Também utilizava uma pequena lixa para as unhas e um pó de anis misturado com pimenta, que fazia as vezes de "pasta de dente". Dissolvia-se em água e se mantinha na boca durante alguns minutos. Além disso, tinha um pente de madeira, de duplo uso, com dentes largos para desembaraçar e outros, fechados, para pentear. A barba e o cabelo eram cortados com uma navalha com cabo de osso. Uma vez por semana ele lavava o cabelo e o protegia com óleos essenciais. (N. do M.)

35 O *foliatum* era um vidro opaco inventado pelos fenícios. A tonalidade azul do recipiente oferecia proteção contra a luz ultravioleta, assegurando a conservação dos óleos essenciais e dos perfumes. O *kimah* foi um presente de Yu. Procedia de um lugar chamado Timná, no reino arábico de Qataban, na trilha do incenso. *Kimah* poderia ser traduzido como "Plêiades". Era elaborado com seis óleos. (N. do M.)

Da boca do vaso me olhava uma rosa vermelha, bem fechada. Isso significava que não havia sido cortada havia muito tempo.

Observei-a, perplexo.

Não era uma *vered*, como as que floresciam no vale do Jordão ou nos jardins de Jericó, cantadas pelo Eclesiastes.

Era mais bonita.

O assombroso é que as pétalas externas (só as externas) eram violeta. Uma rosa vermelha e violeta ao mesmo tempo? Não me lembrava de ter estudado nada parecido.

Tinha certa semelhança com as que chamavam de "rosas da Fenícia", mas não era a mesma.

O vermelho era muito sensual, como o das "rosas de Castela".

Olhamo-nos uma última vez, e nisso meu coração quase parou.

Ouvi passos. Alguém estava subindo pelos degraus colados à parede dos estábulos. Dirigia-se aos pombais. Era o único acesso.

Pensei no Mestre.

Que faria?

Tentei manter a calma. Impossível.

E meu coração saiu em disparada

Pensei em pular pela janela.

Negativo.

Quem chegasse ia me ver de imediato.

Percorri o quarto com o olhar e com ansiedade.

Onde podia me esconder?

Debaixo da cama?

Podia ser...

E comecei a transpirar, de puro terror.

Se fosse Jesus, eu lhe diria... Não, isso era ridículo... Então...

Negativo. Negativo. Negativo.

E os passos se ouviram no corredor de madeira. As tábuas rangeram.

Só me ocorreu sentar-me na cama.

Levantei-me de novo e peguei a bolsa azul. Abri-a e tirei o cálice.

Essa seria a desculpa (?).

"Lamento, Senhor – ensaiei. – Queria ver o cálice de novo."

Diria isso.

Imagino que estava pálido. A taça tremia em minhas mãos. Imagino que estava tão assustada quanto este inepto explorador.

Tremia o cálice ou tremia quem isto escreve? Não lembro. Talvez ambos.

Mas os passos se dirigiram ao meu quarto.

Meu coração voltou, perplexo.

Ouvi a porta. Depois, nada.

Continuava suando.

Não era o Mestre.

Tentei ouvir. Quem era? Talvez Salomé? Se me descobrisse, não teria desculpa.

Senti as agitadas batidas do meu coração. O coitado não ganhava para tanto susto.

Segundos depois tornei a ouvir a porta ranger. E os passos se afastaram, com pressa. Senti um profundo alívio quando ouvi a pessoa descer os degraus.

Escapei por pouco.

Mas cometi um novo erro.

Fechei a porta e, angustiado, após me certificar de que ninguém me observava, fui para meu pombal.

"Aquela situação não devia se repetir", disse a mim mesmo (ou melhor, gritei para mim). Estava brincando com fogo, desnecessariamente.

Corri para a janela.

Jesus havia recolhido suas coisas e caminhava devagar para as escadas que ligavam o casarão e a praia.

Respirei.

Mas, de repente, a imagem da bolsa azul me veio à mente.

Merda!

Deixei-a em cima da cama, e não sobre a arca.

Armei-me de coragem e voltei ao quarto do Galileu.

De fato, lá estava a bendita bolsa, adormecida sobre a cama.

Devolvi-a ao seu lugar e naquele momento tornei a hesitar: onde a havia encontrado? À direita ou à esquerda da arca?

Não havia tempo.

E lá ficou, em uma ponta, perto da não menos perplexa rosa.

Fiz o caminho de volta e me tranquei de novo em meu quarto. Pouco depois, ouvi os passos do Filho do Homem.

Um nó na garganta me obrigava a respirar agitadamente.

"Nunca mais..."

E jurei pelo mais sagrado. Jurei por Ruth.

Minha querida Ma'ch!

E outro pensamento, não menos cruel, assaltou minha mente:

"Será que o Mestre descobriria que alguém entrara em seu quarto?"

Eu me neguei a aceitar aquela ideia. Só havia tocado a bolsa azul.

"Nunca mais..."

Eu estava tão indignado comigo mesmo e tão assustado que nem me preocupei com o recente visitante anônimo. Não inspecionei o quarto. Quem havia entrado, e por quê? E pouco depois, necessitado de ar e de paz, desci à praia e caminhei sem rumo.

"Nunca mais..."

As gaivotas pagaram por minha inépcia. E durante mais de uma hora fiquei atirando pedras nelas, com toda minha raiva.

Não jantei.

Não tive coragem de aparecer na "terceira casa" e assistir à habitual "aula" do Filho do Homem.

E lá permaneci, junto às infantis e tímidas ondas do *yam*.

Eu sei. As estrelas debocharam deste pobre e enxerido explorador.

Houve momentos bons e maus na Operação. Aquele foi especialmente tenso.

Já bem avançada a noite, um pouco mais sereno, voltei para o pombal. O velho casarão dormia em silêncio. Todos voltaram a suas casas e a seus sonhos.

E amanheceu naquela sexta-feira, 29 de *nisan* (março-abril) do ano 26 de nossa era. Os relógios do "berço" apontaram o orto solar às 5 horas, 29 minutos e 35 segundos de um suposto TU.

29 de março...

Uma data para o esquecimento. Como é verdade que uma desgraça nunca vem sozinha...

Yeda, o falso martim-pescador, não apareceu naquela manhã na janela do pombal. Foi um presságio.

Aparentemente, tudo correu normalmente. O trabalho no estaleiro se desenrolou sem incidentes. Supostamente, Jesus não se deu conta de meu atrevimento ao visitar seu quarto. Supostamente...

À décima hora (quatro da tarde), quando o dia já se dirigia para o pôr do sol, percebi certa agitação dos trabalhadores. Alguns abandonaram suas tarefas e começaram a gritar. Eu estava, naquele momento, no galpão dos vernizes, atarefado na mistura de tintas. Precisei de alguns segundos para perceber aquele horror.

Alertado pelos gritos, acabei saindo do galpão e vi, atônito, uma coluna de fumaça que se erguia no centro de Nahum.

Era uma fumaça preta e densa que caracolava no ar.

Pouco depois, o *maarabit*, o vento do oeste, começou a empurrar a coluna. As cinzas não tardaram a varrer o estaleiro. Contemplei-as, desconcertado. Eram cinzentas. Pareciam restos de madeira.

Então, vimos os trabalhadores do cais correrem em direção à aldeia.

Trocamos olhares, sem compreender.

O que estava acontecendo?

E o trabalho ficou paralisado.

Ouvimos gritos. Eram distantes. Vinham do centro da aldeia.

Tive um pressentimento.

Jesus também parou de martelar. E *Zal* ficou ao lado do Mestre, com a vista fixa na coluna de fumaça.

Foram segundos intermináveis.

Ninguém se decidia. Ninguém sabia o que fazer.

Por fim, Yu tomou a iniciativa e mandou dois operários para se informar.

Olhei para Eliseu, e o engenheiro me devolveu o olhar. Ambos – agora eu sei – pensamos a mesma coisa.

E esperamos com inquietude.

Talvez tenhamos perdido segundos preciosos. Quem sabe...

O Destino tinha tudo sob controle.

Mesmo que houvéssemos corrido para a coluna de fumaça preta, teria sido um esforço inútil. Mas vou tentar relatar ordenadamente.

Logo voltaram.

Meu coração deu um salto: Kesil, o serviçal, chegou com os operários.

O pessoal se aglomerou perto dos sufocados enviados. Yu teve que pôr ordem no alvoroço.

Eliseu e quem isto escreve fomos para cima de Kesil.

O que estava acontecendo? O que o criado tinha a ver com tudo aquilo? Por que estava lá?

Kesil arfava e chorava. Tinha dificuldade de se expressar. Seu rosto estava coberto de fuligem.

O engenheiro tentou acalmá-lo. Deu-lhe água. Kesil não conseguia articular palavra. Gemia e apontava para Nahum.

Ouvimos comentários. Os trabalhadores enviados por Yu falavam de um grande fogo, um incêndio. E julguei ouvir que o desastre estava localizado na *insula* de Taqa.

Eliseu e eu tornamos a nos olhar, desconcertados.

Taqa era nosso senhorio, o velho judeu que administrava a *insula* onde havíamos alugado os quartos.

Nossa *insula* estava em chamas?

O engenheiro urgiu Kesil, e este, como pôde, disse que sim: "o edifício estava pegando fogo".

Empalidecemos.

E acrescentou, soluçando:

– Todos fugiram. Tentei salvar nossas coisas, mas...

A angústia o derrotou.

Eliseu e eu tivemos a mesma reação.

Não havia tempo a perder.

Saltamos o fosso e corremos pelo cais, em direção ao edifício da *insula*.

Pelo caminho, pensei nos papiros, nos *amphitheatrica*. Kesil os escondera debaixo do triplo beliche de madeira, no quarto "39".

E aquele pressentimento voltou.

É curioso. Ambos corríamos, mas nossos impulsos eram diferentes.

E ao chegar às proximidades do edifício, no *cardo maximus* (rua principal), a multidão nos bloqueou. Aquilo estava um caos. Os moradores corriam, gritavam e se atropelavam; todo mundo gemia e se lamentava.

A *insula* ardia, sim, mas não como diziam. Grandes labaredas saíam pelas janelas do terceiro e último andar, bem como pelo terraço. E uma fumaça densa e preta fugia também com o fogo. As ruas e as casas vizinhas estavam cobertas com aquela cinza carregada pelo *maarabit*. O vento, inoportuno, avivava o fogo. Eu o ouvia crepitar e devorar o madeirame. Como se pode recordar, a parte superior do edifício estava em obras. Quando alugamos os quartos ("39", "40" e "41"), a fachada estava coberta por andaimes, trançados com tábuas e varas.[36] Tudo era pasto das chamas.

Fiquei paralisado.

O fogo, em grandes línguas, saía pelas janelas do "41", o quarto de esquina, de onde vigiávamos o "olho do ciclope" e a "casa das flores". Essa última, um pouco mais ao sul, estava fora do alcance do incêndio.

E Eliseu, como pôde, abriu caminho a cotoveladas. Eu o segui, sem pensar.

---

36 As paredes das *insulae*, como expliquei, eram levantadas basicamente com uma estrutura de madeira com pedras e argamassa. O térreo do edifício era formado pelas *tabernae* (pequenas lojas onde se vendia de tudo). Nelas se acumulava grande quantidade de lenha, azeite e outros materiais inflamáveis, como lã, palha e até alcatrão. (N. do M.)

A multidão fugia em todas as direções. Vi pessoas carregando todo tipo de coisas, fugindo dos imóveis próximos.

Não havia ordem nem conserto.

Nahum dispunha de uma unidade de algo similar ao corpo de bombeiros, criada quatro anos antes por ordem do imperador Augusto. A base não ficava muito longe, mas ainda não haviam dado sinal de vida.

Caí algumas vezes, empurrado pelas pessoas aterrorizadas, e também pelo desespero. O fogo ameaçava as casas próximas, e as pessoas tentavam salvar o pouco que tinham. O chão estava coberto de cerâmica quebrada, roupas, galinhas pisoteadas, móveis destruídos e talhas vertidas.

Meu companheiro conseguiu atravessar a muralha humana e se colocar na primeira fila. Senti o calor do incêndio. Ao pé do edifício, a chuva de cinzas e fagulhas era contínua.

Vi duas ou três famílias saindo da *insula*. Habitavam também o andar superior. Uma delas era a do jovem Minjá, o epiléptico que eu conhecera nos bosques da alta Galileia. Morava no "46".

Eliseu perguntou se restava alguém no edifício.

A família de Minjá não soube responder. E fugiram.

Naquele momento de aturdimento não captei as intenções do engenheiro.

O fogo, incontrolável, avançava. Não encontrava oposição, ao contrário.

Algumas pessoas, mais corajosas, haviam organizado uma corrente humana e passavam de um a outro todos os tipos de baldes e recipientes. Mas a água acabava se derramando pelo caminho. Além de tudo, ao chegar ao pé do imóvel, ninguém sabia o que fazer com os baldes. Jogavam a água na porta de entrada da *insula*, quando, na realidade, as chamas estavam no alto.

Como disse, um caos.

Taqa, o senhorio, também estava na linha de frente. Gritava, chorava e arrancava os cabelos. Chutava o chão com raiva e agitava uma bolsa com moedas, estimulando as pessoas a abafar o fogo. Ninguém via nem ouvia. E ele gritava sem parar:

– É a ruína, é a ruína!

Não era só o "41" que ardia sem piedade. As chamas empurravam umas às outras e tomaram os demais quartos. O "40" e, o "39" e os do resto do corredor do terceiro andar também haviam sucumbido. Adeus ao meu "tesouro"! Dei-o por perdido. Não me enganei. Os papiros nos quais eu havia conseguido reunir informação sobre as viagens secretas do Mestre (de março do ano 22 a julho do ano 25) transformaram-se em cinza.

E uma fumaça preta, não menos agressiva, apareceu no térreo da *insula*. O pessoal da corrente humana retrocedeu.

Ninguém se atrevia a entrar no edifício. Era perigoso.

E os vizinhos das casas ao lado, alertados, começaram a jogar fardos, móveis e até crianças pelas janelas da *insula*. Outros colocaram colchões no chão e recolhiam as crianças.

O calor ficou mais intenso. Quase sufocante.

E nisso, também a cotoveladas e empurrões, vimos chegar Kesil e Gozo, a prostituta que morava no quarto "44", a mãe dos trigêmeos, os meninos "lua".

Kesil, aterrorizado, não conseguia falar.

Gozo estava pálida. A maquiagem corria por seu rosto.

A pobre mulher também não conseguia se expressar. A notícia do incêndio a surpreendera no cais, em pleno "trabalho".

Como o resto, não acreditava no que via.

E, de repente, explodiu:

– Meus filhos!

Eliseu e eu compreendemos.

Oh, Deus!

Perguntei pelos trigêmeos, mas Gozo não soube responder. Ela os deixara no "44", como todos os dias. Os albinos, como já expliquei em outro momento, sofriam de fotofobia (intolerância à luz), talvez por questões oculares ou neurológicas. A mãe era uma prostituta. Emigrara da ilha de Melita. Estava havia pouco tempo em Nahum. Durante o dia trabalhava no cais, e os meninos "lua" ficavam sozinhos no quarto da *insula*. Eliseu costumava lhes fazer companhia à noite. A fotofobia os obrigava a permanecer fechados, pelo menos durante o dia. Por isso os chamavam de meninos "lua".

Tivemos o mesmo pensamento, mas meu irmão se adiantou.

Rasgou a barra de sua túnica, introduziu o pano em um dos baldes e encharcou-o de água.

Tentei gritar e convencê-lo de que o que pretendia era uma loucura.

Não me ouviu.

E quem isto escreve ficou com a palavra na boca:

– Não podemos! É proibido!

Sim, eu realmente era um perfeito estúpido.

E embora a Operação Cavalo de Troia proibisse uma ação dessa natureza, este explorador acabou contagiado, e imitei Eliseu.

Rasguei a túnica, encharquei-a na água e corri para a entrada da *insula*.

Não sei se Kesil gritou alguma coisa.

Alcancei meu companheiro e, no meio da fumaça e dos reflexos das chamas, subimos para o terceiro andar. Lá, precisamos cobrir o rosto com os lenços úmidos. A fumaça era asfixiante. E o calor era insuportável.

Tentei distinguir alguma coisa. O corredor do terceiro andar era puro fogo. As chamas, altas como torres, viram-nos. E se apressaram a nos devorar. Corriam (voavam) para nós.

Não havia ninguém lá. Quem poderia sobreviver naquele inferno?

E, de repente, ouvimos gritos. Eram gritos de terror.

Eliseu clamou:

– As crianças! As crianças estão ali!

O sangue gelou em meu coração. Como era possível? Aquilo era um mar de fogo. Tudo ardia. Tinha cheiro de madeira e tinta derretidas. A fumaça entrava pelos poros.

Não sei de onde ele tirou forças, mas o engenheiro correu para as chamas.

Eu também não pensei duas vezes, e fui atrás dele.

O que estávamos fazendo? Seria nosso fim? Não sei... Naquele momento, eu não estava pensando.

E os gritos pararam.

Eliseu parou em frente ao "44" e, cercado pelo fogo, começou a chutar o que restava da porta, que saltou em pedaços.

Nisso, antes que pudéssemos reagir, outra língua de fogo saiu do quarto e caiu sobre meu companheiro, derrubando-o.

Também não sei como fiz aquilo. Puxei-o, arrastei-o com todas as minhas forças e cheguei às escadas. Lá, tirei a túnica e bati com ela no corpo do engenheiro, apagando as chamas que haviam tomado sua roupa.

Kesil apareceu. Segurava um balde d'água. Esvaziou-o em Eliseu e acabou de abafar o fogo.

Fugimos atropeladamente. Kesil e eu com ataque de tosse. Achei que fosse morrer.

Chegamos ao *cardo maximus* e caímos no chão, exaustos.

Mas o pior estava por vir, pelo menos para este explorador.

A fumaça continuava saindo aos borbotões tanto pelas janelas e pela fachada quanto pela porta da *insula*. Não dava trégua.

Eliseu estava meio inconsciente. Kesil, com lágrimas nos olhos, limpou seu rosto e deu-lhe água.

Logo se recuperou. E tornou a perguntar pelos trigêmeos.

Fiquei em silêncio.

O engenheiro entendeu que haviam morrido. Nenhum de nós três conseguia falar. Os meninos "lua" pereceram, calcinados, e nós não pudemos fazer nada para ajudá-los. Chegamos tarde. Foi o Destino deles.

E nisso, no meio da multidão que contemplava o incêndio à distância, destacou-se alguém.

Levantei-me, nervoso.

Era Ruth!

Atrás dela surgiu Tiago, seu irmão.

Ruth correu para nós.

Corria com os braços abertos.

Senti meu coração bater forte.

Era ela!

Estava lá! Corria para me receber! Ela me amava!

Não imaginei que aquela catástrofe pudesse ter também seu lado bom.

Ela correu, ansiosa.

E eu abri os braços, pronto para recebê-la.

Quanto a amava!

Por fim ela havia compreendido.

Não a deixaria jamais. Seria o amor da minha vida (ainda é). Eu renunciaria à missão se fosse preciso. Não voltaria a meu tempo. Ela era tudo.

Mas, ao chegar à minha altura, a ruiva se jogou sobre o engenheiro, e abraçou-o, e acariciou-o, e o encheu de beijos.

Oh, Deus!

Eu fiquei ali, em pé, com os braços abertos.

Então, senti algo que jamais havia sentido. Foi como se o universo desmoronasse.

Ruth chorava, abraçada a Eliseu. Kesil também chorava.

Tiago se aproximou e perguntou algo sobre o incêndio, mas não recordo o quê; não prestei atenção.

O universo era um monte de ruínas, exatamente como este explorador.

Tudo deixou de ter sentido.

O que não aconteceu comigo dentro da *insula* acabava de acontecer. Eu estava morto, como os meninos "lua".

Ela não me amava.

E Ruth, ajudada por Kesil e por Tiago, levantou meu companheiro, e se afastaram.

Ela não me amava.

Deixei-me cair no chão do *cardo*. Precisava chorar, mas não tinha lágrimas.

Tudo a minha volta perdeu o sentido. O incêndio continuava lá, atrás de mim, mas não me preocupou. Eu via, mas não via. Chegaram as *redas*, com os *vigis*, mas também não me importou. Eu ouvia, mas não ouvia.

O mundo se movimentava, mas não era verdade. Nada importava.

Ela me amava?

Não sei quanto tempo passei naquele lugar. Eu estava realmente morto.

Ela não me amava...

Sei que, de repente, alguém me cobriu com uma manta e pôs o braço em meus ombros. Então, caminhamos, mas também não me importou.

A *insula* e o caos ficaram para trás.

Esse alguém não falou. Continuou me acompanhando, sempre com o braço naquele "morto que caminhava".

Embarcamos, e julgo recordar (vagamente) que atravessamos o *yam*.

Nem sequer o olhei.

Desembarcamos, e ele me levou para dentro do casarão dos Zebedeu.

Ouvi gritos.

Salomé e Abril lavaram minhas queimaduras e me deram algum tipo de bálsamo. Isso tudo eu soube muito depois.

Ruth havia escolhido Eliseu.

E esse alguém, por último, ofereceu-me uma taça de vinho quente. Salomé, sabiamente, acrescentou umas gotas de *Asparula odorata*, um sedativo.

Eu continuava morto.

E o Mestre – foi Ele quem me encontrou e me conduziu a Saidan – aconselhou que fosse descansar. Acompanhou-me até o pombal e me ajudou a deitar.

Então, ao se retirar, disse:

– Agora descansa, *ma'lak*... Amanhã, deixa que o Pai te guie. Depois, volta e me informa.

Não compreendi.

E, prestes a fechar a porta, acrescentou:

– Quando voltares a Saidan, recorda-me que tenho algo para ti.

Foi estranho. Eu não ouvia, não via nem sentia, mas aquelas palavras ficaram gravadas em minha memória. Nunca entendi.

Depois, silêncio. O sono rapidamente me salvou.

Ela não me amava...

Foi meu último pensamento naquela nefasta sexta-feira, 29 de março do ano 26 de nossa era. Uma data para o esquecimento.

No dia seguinte, sábado, 30 de março, *Yeda* me acordou com seus trinados. Precisei de tempo para me situar.

Não recordava bem...

E, de repente, em tropel, voltaram as imagens do incêndio, do corredor em chamas, dos gritos, do "44"...

Eu estava perplexo.

O sonho que este explorador tivera em Nazaré na noite em que o Mestre queimara seus quadros e destruíra as estatuetas de barro se realizara, em parte.

Era de enlouquecer!

Os meninos "lua", de fato, morreram na *insula*. No sonho, eu os vi calcinados. Ou melhor, primeiro os vi vivos, de mãos dadas com o homem do sorriso encantador. Iam saindo um atrás do outro. Depois, ao entrar no quarto, encontramos os corpos.

Como entender aquela confusão?

Algum tempo depois, quando aconteceu o que aconteceu, Eliseu apontou uma possível explicação: o que vi no "sonho" não foram exatamente os trigêmeos, e sim a alma deles. Custei a crer em uma coisa assim, embora o Filho do Homem houvesse falado em várias ocasiões sobre a vida depois da vida.

Eu era um cientista. E acrescento: um cientista "míope".

Espantei-me. A cena na qual Eliseu derruba a porta do quarto de Gozo e seus filhos me parecia familiar. E recordei que, em 19 de outubro do ano anterior (25), meu companheiro e eu, de fato, havíamos vivido uma situação parecida: ouvimos lamentos e vimos fogo pelas frestas da porta. Eliseu acabara derrubando-a com um pontapé.

Como era possível?

Mas o sonho – ou o que quer que fosse – só se realizou em parte. O final havia acontecido e não havia acontecido. Eu explico: os papiros foram destruídos, sim, tal como mostrava o sonho, mas, na realidade, não os vi nem os recolhi do chão. No sonho, como se pode recordar, quem isto escreve pegava um dos pedacinhos de papiro e lia, em aramaico: "Viverás o não vivido".

Fiquei confuso também.

E recordei outra enigmática frase do Mestre, na qual sugeria que eu "buscasse a pérola do sonho".

Julguei entender. Em quase todos os sonhos existe uma "mensagem". Uma "mensagem" dos deuses?

Yeda me devolveu à crua realidade.

Ela não me amava.

Olhei a minha volta e descobri que, efetivamente, o universo havia desabado.

E as imagens, que esperavam impacientes à porta da memória, entraram e me derrubaram.

Fogo. Fumaça. Gritos de terror. Eliseu em chamas. Kesil. E, finalmente, Ruth, de braços abertos, correndo ao encontro de Eliseu. Ela o abraçou, e o beijou...

Então sim. Então as lágrimas surgiram e me aliviaram.

Que destruidora sensação de fracasso!

Não tenho palavras.

O sentimento de frustração foi tão intenso que não pude mover um músculo, muito menos os da alma.

Não estava morto, mas estava.

Os meninos "lua" haviam desaparecido. Meu "tesouro" se transformou em fumaça. Meu amor também foi calcinado.

Que mais podia acontecer?

Sim, faltava alguma coisa. Faltava um pequeno "detalhe".

E as lágrimas fluíram.

Foi um pranto silencioso e amargo.

E *Yeda*, assustado, saiu voando. Não o tornaria a ver.

Não demorei a decidir. Foi outro erro, eu sei, mas a vida é assim.

Nem me preocupei com as queimaduras.

Eu me vesti, fiz a mochila, peguei a vara e me despedi de Salomé. Só dela. O resto estava dormindo.

A mulher também não entendeu. Estava começando a se acostumar com meus súbitos desaparecimentos. Não sei se disse a ela que voltaria. Na realidade, não recordo o que falamos. Meu pensamento estava em outro lugar.

Nada me importava. Nem mesmo Ele.

Minha ideia simplesmente era...

Mas é melhor ir passo a passo.

Primeiro, visitei a "casa das flores". Queria ver Ruth pela última vez. Queria olhar em seus olhos e me certificar de que não me amava.

Era sábado, como disse. Quase todos estavam na casa.

Tiago e Esta me acolheram com alegria. Sabiam de nossa tentativa de salvar os trigêmeos. Ofereceram-me leite quente e mel. Fiquei assombrado com a frieza com que eu me movia. Falei com eles e perguntei pelo engenheiro.

Acompanharam-me ao quarto da Senhora. Eliseu estava na cama de Ruth. A ruiva estava ao seu lado, sentada.

Pareceu surpresa ao me ver, mas imediatamente se retirou do quarto. Não troquei um olhar com ela. A penumbra me traiu.

E, por puro compromisso, fui examinar Eliseu. Tiago e Esta permaneciam ao pé da cama, atentos.

O engenheiro quase não abriu a boca. Notei que estava muito abalado com a morte dos meninos "lua".

E me deixou examiná-lo.

As queimaduras não eram graves. Tudo havia sido mais aparatoso que grave. Sinceramente, fiquei surpreso. Eram queimaduras de primeiro grau (um pouco mais que as provocadas por uma insolação) que não requeriam uso de medicamentos tópicos. Com um tratamento minimamente saudável, cicatrizariam em breve.

Seu pulso era estável. Também não tinha febre.

Esta me informou sobre os bálsamos que haviam começado a lhe aplicar: uma mistura de arnica (muito apropriada para uma melhor cicatrização), clematite e alho (especialmente poderoso contra infecções).

Recomendei que limpassem as queimaduras duas ou três vezes ao dia e que continuassem lhe dando o bálsamo. Chamavam-no de *rehas* ("confiar"). Nunca soube por quê.

Da Senhora, nem sinal.

Não perguntei. Não me interessava.

Pouco depois, sem mais comentários, abandonei a "casa das flores".

Também não vi Kesil.

Passei em frente à *insula*, ou melhor, em frente aos restos fumegantes.

Não senti nada.

E afastei-me rapidamente rumo à tripla porta de Nahum.

Queria chegar ao Ravid o mais rápido possível.

Estava decidido. Aquela ideia me conquistou. Era a solução. Era o que eu pensava naqueles amargos momentos.

Evidentemente, como disse, eu estava total e absolutamente enganado, mas também é bom comentar os erros. Tudo foi intenso naquela incrível aventura.

E devo antecipar: como é verdade que Deus escreve certo por linhas tortas!

Não me lembrava de ter feito o caminho até o "porta-aviões" em tão pouco tempo: apenas três horas.

E cheguei ao "berço" sem novidade.

Nem olhei o precipício. Pouco me importava se os *bucoles* haviam aparecido novamente. Eu só queria acabar com aquela tortura.

Sim, esse era o objetivo: morrer.

Não queria viver; não nessas circunstâncias. Ruth era tudo para mim. Que sentido tinha a vida sem ela?

Decidi.

Poria fim à minha vida. E faria isso ali, no "berço".

Havia maquinado um plano que não podia falhar.

Pensei também em voltar ao meu "agora" (1973), mas era inviável. Não tinha a senha para ativar a SNAP 27, a pilha atômica. Estava preso naquele "agora".

Além de tudo, que importava acabar naquele momento ou em questão de seis meses?

Essa havia sido a sentença do "Papai Noel" quando descobrira que eu tinha uma amiloidose primária.[37] Em outras palavras: um total de 19 tumores nas profundezas do cérebro, e outro de lambuja na língua. Tudo, provavelmente, consequência da maldita inversão de massa dos eixos dos *swivels*.

Não havia solução.

O "Papai Noel" havia sido muito claro: ou eu me submetia a uma intervenção cirúrgica, ou minha vida acabaria no prazo mencionado: cerca de seis meses.

O computador central, tempos atrás, quando detectara o problema, traçara um plano para combater a amiloidose. Mas o programa estabelecia uma margem de erro de 20 por cento.[38] Era uma intervenção perigosa.

---

37 A amiloidose é um transtorno ocasionado pela proteína fibrilar amiloide, que se acumula perto e dentro dos nervos, alterando a função dos sistemas. Estranhamente, em vez de afetar órgãos como coração, rins, baço, pulmões, fígado, pele ou vasos sanguíneos, havia se instalado ao pé do hipocampo, bem profundo do cérebro. Os 19 tumores mantinham uma distribuição "milhear". Os "nemos" detectaram problemas imunológicos (especialmente o desaparecimento de células "T"). (N. do M.)

38 Os "nemos caçadores", embora fosse pouco provável, podiam errar seus alvos e danificar os tecidos que cercam o hipocampo. A destruição da fímbria, do úncus ou do trígono colateral seria fatal. Este explorador poderia ficar cego, mudo, paralítico ou, simplesmente, morrer. As neoplasias, ou tecidos tumorais (refiro-me aos malignos), não apresentam um campo

"Perfeito. É justamente do que eu preciso", pensei.

E decidi me submeter à intervenção. Talvez a sorte me acompanhasse e eu morresse na tentativa. Vinte por cento é um risco considerável.

Mas, para o caso de a cirurgia ser um sucesso, maquinei algo que "não podia falhar".

Primeiro, eu me submeti a um novo exame dos "nemos frios" (exploradores). Tinha que ter certeza.

O resultado foi o já conhecido: 20 tumores malignos e outro "presente" inesperado.

O "Papai Noel" notou algo que não fora detectado no último exame: os "nemos" captaram sinais de uma iminente amiloidose secundária. Em breve, segundo essas estimativas, meu organismo seria afetado por outros tumores, que invadiriam o baço, o fígado, os rins ou os gânglios linfáticos, entre outros órgãos e sistemas. O fígado e o baço acabariam endurecendo e adquirindo a consistência da borracha. Os rins poderiam aumentar, e a morte chegaria muito antes. Talvez em semanas.

É curioso. Em outras circunstâncias, a notícia teria me derrubado. Era a catástrofe das catástrofes. Pois bem, fiquei impassível. E mais: acho que até me alegrei.

Minha vida podia acabar muito antes do que esperava.

Como disse, não me importei. E dei sequência ao plano previsto.

O computador se "esmerou". E preparou vários batalhões de "nemos quentes" ou "caçadores" (especialmente os chamados "naja", já descritos, que descarregavam medicação, destruindo as células cancerosas). Os "camicases" não foram incluídos.[39] Perigosos demais.

Foram acrescentados também os "nemos" que a Operação designava "cristais de ouro". Tratava-se de outro tipo de "robô orgânico" (de uns 100

---

magnético definido, e isso dificulta sua destruição. A maioria dos tumores se defende especialmente mediante uma alteração de seu campo magnético, que evita a ação das defesas. Essa alteração mantém o campo, mas distorce-o, provocando uma "imantação" nula. Isso é consequência das posições dos *swivels*, que formam subredes cujos momentos magnéticos são iguais em valor absoluto, mas orientados em sentido oposto. Para localizá-los, os "nemos quentes" ("caçadores") serviam-se de outro sistema de guia, baseado na vibração do tumor, sempre idêntica nos casos de malignidade. Esses achados não foram divulgados à comunidade científica. São "propriedade" (?) dos militares. (N. do M.)

39 Os "nemos camicases", como já informei em outro momento, eram catapultados para os alvos e mergulhavam no tumor, "incendiando-o". Uma vez dentro, elevavam sua temperatura, dissolvendo as células malignas. Tanto os "naja" quanto os outros "caçadores" não podiam ultrapassar os 400 nanômetros. Esse era o limite para despistar o implacável sistema imunológico. (N. do M.)

nanômetros), recoberto com ouro, em cuja superfície aderiam-se anticorpos específicos. Uma vez na corrente sanguínea, os "cristais de ouro" impactavam os tumores, e os anticorpos destruíam as células malignas. Era simples e muito eficaz.

Mas o "Papai Noel" não ficou satisfeito e decidiu experimentar também mais dois tipos de "nemos caçadores": os "teos" e os "furadores". Os primeiros eram formados por complexas esferas de 70 nanômetros que ativavam seu poder destrutivo com a formação de micronanojatos coaxiais eletrificados com uma solução de tetraetilo e oligo-siloxano cíclico. "Derretiam" materialmente os tumores. Os "furadores" trabalhavam mediante pulsos. Cada pulso se prolongava por 200 microssegundos, com um comprimento de onda de 2,9 micrômetros. Eram também rápidos e impecáveis. Eliminavam qualquer tumor. O segredo estava na faixa de érbio-ítrio-alumínio-granate (YAG). Não posso dizer mais nada. Esses "nemos" são considerados segredo militar também.

Não me queixei. A "tropa" de "nemos" era de elite.

E sorri com meus botões.

Nada daquilo daria certo. Meu plano não podia falhar. Desbloqueei o caderno de Bitácora. A blindagem já não fazia sentido. Não importava que Eliseu, ou quem quer que fosse, tivesse acesso aos diários. Eu só queria acabar.

Preparei tudo, e me preparei.

Que estranho! Agora, ao recordar aqueles lamentáveis momentos, não consigo compreender. Eu tinha tudo. O Mestre pôs em minhas mãos o melhor que um ser humano pode ter: a esperança. Porém...

Eu só queria acabar.

Era impressionante! Esqueci o Filho do Homem!

Como é contraditória a natureza humana!

O plano, como disse, consistia em simular um acidente durante a cirurgia. O "Papai Noel" cuidava de tudo. O sistema era automático.

A chave estava em uma das fases do processo de anestesia.[40] Na tercei-

---

40 Resumidamente, a anestesia (nesses anos do século XX), abarcava as seguintes fases:

Pré-medicação: O "Papai Noel" utilizou uma benzodiazepina, com dose de 5 a 10 miligramas (por via intravenosa). Como prevenção de possíveis efeitos vagotônicos, acrescentou-se uma dose de atropina (de 0,5 a 1 miligramas).

Hipnose e analgesia: Foi utilizado um derivado do ácido fenoxiacético (propanidid), de ação ultracurta, na dose de 5 a 7 miligramas por quilo.

Entubação e relaxamento muscular: Escolhi o relaxante muscular denominado succinilcolina, na dose de um miligrama por quilo.

ra etapa (digamos assim), que poderíamos chamar de "fase de entubação e relaxamento muscular", após a injeção do relaxante muscular (succinilcolina), quem isto escreve suprimiu o obrigatório processo de entubação oro/nasotraqueal. Isso significava morte quase imediata. A succinilcolina, em uma dose de um miligrama por quilo, era letal se o paciente não dispusesse do correspondente sistema de ventilação, ou assistência respiratória. O referido relaxante muscular esgota os depósitos de acetilcolina, e o falecimento é questão de minutos. A succinilcolina, além de tudo, não deixa rastro. Se Eliseu conseguisse voltar ao nosso tempo e fizessem uma autópsia em mim, ninguém notaria. O percalço poderia ser qualificado como um "acidente".

Tive dúvidas na hora de escolher o relaxante muscular. Pensei também no brometo de pancurônio, de efeito não despolarizante. Mas acabei me inclinando pela succinilcolina, de ação ultracurta.

Era simples... e fatal.

A última fase (manutenção e proteção neurovegetativa) foi controlada com a mistura de fentanyl e droperidol. Eu sabia que não seria necessária. Eu já estaria morto. Mas, como disse, programei-a (por segurança).

Deitei-me e preparei um dos braços robóticos (conectado ao "Papai Noel"). Chequei o sistema de chaves e verifiquei se a "IV" (injeção intravenosa) estava funcionando.

Conectei-me e, sem pensar, dei sinal verde para o computador.

O "Papai Noel" agiu.

Logo me senti cair em um poço sem fundo. E na negrura apareceram aqueles olhos verdes... verdes... verdes...

Era Ruth.

Vinha se despedir?

Eu estava prestes a morrer.

Fui anestesiado, e os "nemos" agiram. Foi tudo muito rápido. A intervenção cirúrgica foi feita em menos de meia hora.

Mas...

Minutos depois, acordei.

Estava morto?

Aquilo não me parecia o céu. Ou melhor, aquilo não me parecia a sala de ressurreição da qual o Mestre falava.

Manutenção e proteção neurovegetativa: O computador central selecionou o fentanyl (analgésico de tipo opioide), com o droperidol (de excelente poder antiemético e com ótimos resultados como protetor neurovegetativo). Ajudava a um melhor despertar. (N. do M.)

Tornei a fechar os olhos.

Sentia um gosto estranho na boca.

Que estranho! Morrer é mais bobo do que eu imaginava.

Abri de novo os olhos e vi, mais uma vez, o teto do "berço".

Merda! Não estava morto!

Eu me sentia bem, mas um pouco pesado.

O que havia dado errado? Por que não estava morto? Não fui entubado. Então...

E deixei que os minutos passassem. Procurei pensar. O que havia acontecido?

Não conseguia ficar naquela incerteza.

Desconectei o braço robótico, levantei-me e fui direto para a tela do computador.

Chequei o processo e li, com assombro:

"A amiloidose foi extirpada. A limpeza atinge 99,9 por cento."

Não podia acreditar.

Não só não estava morto como estava mais vivo que antes.

Oh, Deus! Por que tudo saía ao contrário para mim?

Não tardei a localizar a "falha".

Eu subestimara o "Papai Noel". Aquilo não era um supercomputador. Era mais que humano.

O computador "compreendeu" que, sem a entubação, a ação da succinilcolina teria sido letal. E suprimiu a dose de relaxante muscular. Simples assim. Seus parâmetros não contemplavam a morte, e sim a vida.

O "Papai Noel" havia acabado de me dar uma lição que eu jamais esqueceria.

Eu me enganei. A esperança não está no amor (com inicial minúscula), e sim no Amor. Ele se cansou de repetir isso.

Não tornaria a acontecer.

Três dias depois, o "Papai Noel" fez uma checagem.

Tudo estava em ordem. A operação, efetivamente, fora um "sucesso".

E a recuperação, razoavelmente rápida.

O computador, porém, dada a obscura origem do mal que eu sofria, programou um novo *check-up* geral para o mês de setembro. Era conveniente controlar os níveis de óxido nítrico, bem como o possível reaparecimento da amiloidose (primária ou secundária).

Aceitei.

E aproveitei aqueles dias de solidão no alto do Ravid para atualizar os diários, e principalmente para refletir. Tinha muita coisa para pensar, e muito mais para corrigir em minha vida.

Não tornaria a bloquear o caderno de Bitácora.

Como pude ser tão estúpido? Eu era treinado para situações arriscadas e, não obstante, havia me deixado capturar por uma mulher. Como pude pôr em gravíssimo perigo a Operação Cavalo de Troia? Será que não aprendi nada com o Homem-Deus? Ele me deu *tikvá* (esperança), e achei que tinha tudo. Assim está escrito nestes diários. E, de repente, queria jogar tudo para o alto.

Senti vergonha.

Não só esqueci o Filho do Homem como tentei o suicídio. Fui egoísta e um mau amigo. Bati a porta na cara do bondoso Deus.

Isso não tornaria a acontecer.

A vida (enquanto permanecemos nela) é a coisa mais valiosa que nos foi confiada. Jesus de Nazaré repetia isso sem parar. E ele brindava a ela a cada oportunidade: *Lehaim!*

Nunca mais...

Bem. E o que eu devia fazer?

Muito simples: prosseguir com a programação. O trabalho era observar, acompanhar os movimentos do Galileu, contar sua vida e seus pensamentos. Esse era o objetivo. Essa era a missão.

Assim seria.

E recordei as misteriosas e oportunas palavras do Mestre na noite do incêndio (29 de março):

– Agora descansa, *ma'lak* (mensageiro). Amanhã, deixa que o Pai te guie. Depois, volta e me informa.

Ele sabia o que estava prestes a acontecer?

Não estranhei. Já havia visto coisas mais impressionantes. E tornaria a ver. Aquelas palavras me animaram, e não pouco:

"Deixa que o Pai te guie."

Foi o que fiz.

Deixei-me levar pela intuição, outro anjo de *Abba*.

Estávamos no mês de *iyar* (março-abril). Segundo minhas informações, faltavam dois meses para outro acontecimento de especial relevância: a prisão de Yehohanan. Isso aconteceria em *tamuz* (junho-julho). Era questão de semanas.

E tomei a decisão de ir para o vale do Jordão. Procediam de lá as últimas notícias sobre o Batista, como já mencionei. Ao que tudo indicava, havia abandonado o meandro Ômega e caminhava rumo ao sul.

O que pretendia? Por que em direção ao sul? Não teria sido mais lógico que se dirigisse ao norte e tentasse conversar com Jesus de Nazaré? Yehohanan provavelmente soube do prodígio de Caná. Qual era seu pensamento? Achava agora que o Mestre era realmente o Messias prometido nas Sagradas Escrituras?

A mente de Yehohanan era um labirinto. Quem sabe o que podia estar maquinando?

"Depois, volta e me informa."

Compreendi.

Era importante que eu ficasse ao lado do Anunciador e que tomasse conhecimento do ocorrido durante sua detenção.

Mensagem recebida.

Quanto às últimas e não menos misteriosas palavras do Galileu naquela terrível noite, naquele momento, sinceramente, não me dera conta:

– Quando voltares a Saidan, recorda-me que tenho algo para ti.

Fiquei intrigado. Pensei muito, mas foi inútil. Não sabia a que Ele se referia, nem remotamente. Foi uma grande surpresa. Só vou antecipar uma coisa: fiquei pasmo, mais uma vez.

E assim foram se passando os primeiros dias de abril.

Meu ânimo foi serenando, e recuperei parte da calma perdida. O tema "Ruth" foi minuciosamente "dissecado" e cheguei a uma conclusão: era um amor "violeta"; ou seja, impossível. Era um mistura do vermelho da paixão com o azul mais puro e terno (o amor transparente). Mas meu trabalho era mais importante, e de especial importância. Minha missão era "amarela" (equilíbrio e inteligência) e estava a serviço d'Ele (puro azul, puro Amor). Se eu fosse capaz de conjugar o equilíbrio e a inteligência (amarelo) com a energia (vermelho), o resultado seria a alegria (laranja); e não só o "laranja" para mim. Seria a alegria para muitos (no futuro). Além de tudo, se soubesse casar o Amor (azul) com a inteligência (amarelo), o resultado me deixaria louco: eu alcançaria a liberdade! (verde).

Desci em várias oportunidades à plantação de Camar, o velho beduíno, e comprei provisões. Em uma daquelas visitas, com a ajuda de algumas moedas, ele "recordou" algo interessante: os *bucoles*, ao que tudo indicava, ameaçavam voltar ao Ravid. Era o que ele ouvira.

E acrescentou:

– E voltarão com toda a sua gente.

Camar costumava estar bem informado. E as velhas preocupações voltaram.

Mas o assunto dos bandidos ficou em suspenso quando, na sexta-feira, 12 de abril, duas semanas depois da tentativa de suicídio, quem isto escreve viu Eliseu chegar ao "berço".

Encontramo-nos por pouco. Eu planejava abandonar o "porta-aviões" nessa mesma manhã, rumo ao Jordão.

A visita – foi o que disse – se devia à rotina estabelecida. Pura manutenção da nave.

Acreditei.

Deixou que eu examinasse suas queimaduras. Haviam cicatrizado e seu estado era saudável, como sempre.

Não pareceu surpreso ao me ver no alto do grande penhasco. Não perguntou.

Isso me intrigou.

Mas quem isto escreve também não fez comentário algum sobre a razão de minha presença no Ravid. Obviamente, no caderno de Bitácora, não consta informação sobre a tentativa de suicídio. Não fazia sentido que os responsáveis pela Operação soubessem disso. A intervenção cirúrgica do "Papai Noel" ficou registrada, mas não citei a não entubação. Mesmo que Eliseu consultasse os diários (coisa que fez), não poderia saber.

E arranjei uma desculpa: estava no Ravid para organizar uma iminente viagem ao rio Jordão, "em busca do cilindro de aço". Em parte, era verdade. Durante esses dias eu me preparara para o encontro com Yehohanan e, acima de tudo, comigo mesmo.

Não sei se ele acreditou. Suponho que sim. No fundo, não importava. Eu havia tomado uma decisão (continuar acompanhando o Filho do Homem) e a cumpriria. O cilindro, como disse, não me importava.

Quanto à "volta" a 1973, depois veríamos.

Por ora, não estava em minhas mãos.

Comentei a notícia dada por Camar. A resposta do engenheiro foi rápida:

– Eles que tentem. Tenho uma surpresa preparada para eles.

Não disse mais nada.

Eu tinha uma leve ideia sobre o tipo de surpresa que ele era capaz de bolar (jamais poderia esquecer o "encontro" com os ratos-toupeiras).[41] Fiquei relativamente tranquilo. Os bandidos teriam problemas.

---

41 Ampla informação sobre o "incidente" com os ratos-toupeiras em *Cavalo de Troia 5 – Cesareia*. (N. de J. J. Benítez.)

E, naturalmente, interessei-me pelo Mestre.

Eliseu me informou com detalhes: Jesus de Nazaré continuava trabalhando no estaleiro, muito perto dele. E toda noite, após o jantar comunitário, passava seus ensinamentos aos "sete". Tiago, o irmão carnal do Galileu, era quem o informava pontualmente.

A Senhora não havia mudado de atitude. Pretendia que o Filho demonstrasse seu poder, e que o fizesse em público, como acontecera na boda de Caná. Passava as horas trancada em seu quarto. Não entendia absolutamente nada e se negava a receber conselho ou ajuda. Ruth e Esta faziam o que podiam para ajudá-la, mas era um trabalho quase inútil. Jesus não havia voltado à "casa das flores".

Perguntei se o Mestre estava a par do estado da mãe, e Eliseu declarou que sim. Tiago o mantinha informado.

Compreendi a difícil postura do Filho do Homem. Se fosse a Nahum e visitasse a família, Maria voltaria à carga, e o assunto se complicaria ainda mais. A atitude inteligente, evidentemente, era o silêncio. O bondoso Deus – como dizia o Galileu – tinha seus próprios planos.

As coisas entre Eliseu e Ruth melhoraram após o incêndio da *insula*. O relacionamento com a ruiva ia bem, e era sério. Foi o que afirmou.

Senti dor, mas soube sufocá-la. Como disse, havia assumido. Ruth era (é) um amor "violeta". Ele tinha (tem) prioridade.

Kesil arranjou um novo alojamento. Tratava-se de outra *insula*, porém mais perto do cais. De lá controlava o "olho do ciclope". Alugaram dois quartos. Um, provisoriamente, era dividido por Kesil e Gozo, a mãe dos trigêmeos calcinados no incêndio.

Em princípio, tudo parecia em ordem em Nahum.

Bom, nem tudo.

O engenheiro me falou dos rumores que corriam por ali. O de maior destaque, e mais desagradável, era o que afirmava que o incêndio da *insula* havia sido provocado por alguém.

Ninguém se atrevia a apontar o autor, ou autores, mas os nomes corriam de boca em boca: *Kuteo* e Nabu. *Kuteo* er o sírio que dirigia uma taberna onde Eliseu e eu tivemos um lamentável encontro, justamente com eles. Como se pode recordar, ao voltar do monte Hermon, o tal de *Kuteo*[42]

---

42 *Kuteo* era um apelido com o qual se designava, pejorativamente, os samaritanos. Kut, ou Kuta, na Pérsia, era a região, inicialmente, de onde procediam os samaritanos, antes de se estabelecerem em Israel. Chegaram como colonos no século VIII a.C. Daí nascia o ódio dos

roubou a bolsa com dinheiro que meu companheiro carregava. Quando tentamos recuperá-la (coisa que fizemos), o samaritano e seu comparsa, Nabu, não ficaram muito bem. E *Kuteo* jurara se vingar.

O rumor tinha seu fundamento. Aqueles sujeitos não eram de confiança.

Uma vez concluída a atualização das informações, e terminada a inspeção da nave, Eliseu e eu abandonamos o Ravid.

Os ganchos de ferro continuavam ancorados no precipício, com as cordas ao vento, como um aviso.

Não os quisemos retirar. Era melhor assim.

E à sexta hora (meio-dia) do sábado, 13 de abril, seguimos rumo a Migdal.

Meu plano era simples.

Uma vez em Migdal, nós nos separaríamos. Eliseu seguiria para Nahum, ao norte, e este explorador margearia o *yam* pela borda ocidental, até a segunda desembocadura do Jordão. Uma vez lá, seguiria para o sul, em busca do gigante das sete tranças louras.

Mas o Destino tinha outros planos.

Não sei o que aconteceu. Na última hora, prestes a nos separar, decidi acompanhar Eliseu. Também não dei explicações, nem ele as pediu. Foi a intuição que sussurrou em meu ouvido. Antes de fazer a nova viagem em busca de Yehohanan, precisava olhar nos olhos do Filho do Homem. Precisava saber que estava perdoado.

O engenheiro me conduziu diretamente ao novo albergue. Era outra *insula*, próxima ao *cardo*, e praticamente no cais de Nahum. Havia alugado dois quartos.

Kesil não acreditava no que via.

Os dois amigos, e sócios, reconciliados.

Sim e não.

Mas nem Eliseu nem eu demos explicações.

Nessa noite, fiquei na *insula* de *Se*. Esse era o apelido da dona. A "Gata" de Nahum.

Não cheguei a ver Gozo, a mãe dos meninos "lua". Segundo Kesil, a mulher estava arrasada. Só encontrava consolo na bebida. Se quisesse,

---

judeus, que os consideravam impuros e usurpadores. As alusões do Deuteronômio (32, 21) ao "que não é povo" e "nação insensata" destinavam-se, segundo os judeus ortodoxos, aos samaritanos. (N. do M.)

podia encontrá-la na taberna do "maldito Nabu". E Kesil desabafou. Todo mundo falava disso. Eliseu comentara no Ravid: Nabu e *Kuteo* eram os autores do incêndio.

Perguntei em que se baseava para afirmar isso. E respondeu: "Eles mesmos andam apregoando sua façanha".

Ao que parecia, quando o sírio e o samaritano bebiam além da conta (coisa frequente), falavam demais, fornecendo todo tipo de detalhes sobre o incêndio da *insula*. *Kuteo* foi o autor material do fogo. Entrou no edifício pouco antes da décima hora (quatro da tarde), quando todo mundo estava no trabalho. Nabu ficou na rua, vigiando. O samaritano e o sírio sabiam que nossos quartos eram o "39", o "40" e o "41". E esperaram Kesil sair da *insula*. Foi quando *Kuteo* derrubou a porta do "39" e pôs fogo no triplo beliche de madeira. Ambos permaneceram nos arredores, presenciando o incêndio e se regozijando.

Eu não sabia o que pensar.

Sabia que eram detestáveis, mas não imaginava que pudessem chegar a tal ponto.

A versão de Kesil era certa. O próprio Nabu, à minha volta do Jordão, confessaria.

E no domingo, 14 de abril, assim que clareou, acompanhei Eliseu ao estaleiro. Lá nos despedimos.

Falei com Yu, o chinês. Ele se alegrou de me ver com tão boa saúde. E atribuiu isso ao jade em pó que me oferecia regularmente ("santo remédio - dizia - para chegar à imortalidade"), e que eu, com a mesma regularidade, jogava no lixo. Mas agradeci o gesto. Yu falava de coração.

Disse que teria que me ausentar de novo. Um importante negócio me chamava fora de Nahum.

Yu ouviu em silêncio e, quando terminei as explicações, comentou:

– Já és rico. Esquece o dinheiro e enriquece tua alma.

– É o que vou fazer, querido amigo, é o que vou fazer.

Yu sorriu e me deu uma nova dose de jade em pó. E acrescentou:

– Volta logo. Já és da família.

E disse algo que não entendi bem:

– Tu pintas com o silêncio.

Supus que se referisse a meu trabalho no estaleiro, como ajudante misturador de tintas. Não sei...

Mas meu objetivo naquele lugar, como disse, era outro.

Fui ao fosso onde o Mestre martelava. De início, Ele não me viu. Usava o avental de couro preto de sempre, com o torso nu. Tinha o cabelo preso no habitual rabo de cavalo. Nos lábios segurava uma série de pregos, e, ao mesmo tempo, cantarolava sua canção favorita: "Deus é ela...".

Contemplei-o durante alguns segundos. E me perguntei: "Ele me perdoará?"

Zal, deitado ao seu lado, não tardou a notar minha presença. Levantou-se e correu ao meu encontro, feliz. Acariciei-o em silêncio.

De repente, o Galileu parou de martelar. Voltou-se para quem isto escreve e me observou brevemente. Não me mexi.

Jesus sorriu e quase deixou cair os pregos.

Então, piscou para mim e prosseguiu seu trabalho.

Mensagem recebida.

Era o que eu necessitava.

E afastei-me, recompensado.

Assim era o Filho do Homem.

Nessa tarde, parei na base de abastecimento que se chamava "13 irmãos", nas proximidades da união dos rios Yavneel e Jordão, perto do *yam*. Lá, como comentei em outro momento, judeus e gentios haviam montado um "mercado", onde era possível adquirir provisões, armas e, evidentemente, contratar *cisium* (carruagens de duas rodas) ou *redas* (de quatro), com ou sem condutor.[43]

Não foi difícil localizar Tarpelay, o *sais* negro que eu conhecera em outras viagens pelo Jordão. Eu gostava daquele guia. Ele sabia tudo sobre o vale e era discreto e silencioso. Foi o condutor que nos levou de Damiya a Migdal, quando Eliseu ficou doente. Tarpelay era um apelido. Assim chamavam os oriundos de Tarpel (atual Líbia). Comecei a chamá-lo de Tar. Ele não disse nada. Simplesmente, nunca dizia nada. Limitava-se a observar e, na medida do possível, procurava se antecipar a tudo e a todos. Isso me agradava.

Acho que já mencionei isso, mas insistirei. Tar era honrado (um luxo para os condutores de carruagens da região). Olhava de frente (algo

---

43 O viajante – conta o Major – podia alugar essas carruagens e se deslocar com mais conforto e rapidez. Um desses "táxis" para a Cidade Santa (Jerusalém) – para uma só pessoa – custava cerca de 15 denários de prata, incluindo comida e alojamento. Evidentemente, o preço era negociável. O *sais* (geralmente proprietário e condutor da carruagem) garantia a segurança do viajante e um tempo máximo de viagem de um dia e meio. Um lenço branco amarrado na carruagem significava que o "táxi" estava desocupado e pronto para partir. (N. de J. J. Benítez.)

que este explorador estima de uma forma especial) e jamais pechinchava. Dava um preço, e esse era o preço.

Era negro como carvão e orgulhoso como uma águia. Tinha a cabeça raspada e usava uma túnica longa, até os pés, sempre amarela. Jamais usava outra cor. Na faixa da cintura, viam-se três adagas curvas, sempre reluzentes e ameaçadoras. Suas empunhaduras eram de prata. Para dizer a verdade, jamais o vi usá-las.

Expliquei que queria encontrar o Anunciador, e ele assentiu com a cabeça.

Isso foi tudo.

Partiríamos ao amanhecer.

E assim foi.

Na "13 irmãos" sabiam de tudo (e de todos).

E descansei tranquilo. Tar preparou a carruagem, bem como os cavalos, e se acomodou a poucos metros. Sentou-se no *cisium,* e lá, suponho, dormiu. Quando o conheci melhor (?), soube que na realidade jamais dormia, ou dormia com um olho aberto. Mas isso não era de minha incumbência.

Tar foi de grande ajuda em meu trabalho. Isso foi importante.

E na segunda-feira, 15 de abril (ano 26), ao alvorecer (quando os relógios do "berço" indicavam 5 horas e 7 minutos), Tar e eu deixamos para trás a base de abastecimento, rumo ao sul. Segundo as notícias que circulavam pela "13 irmãos", Yehohanan e seu grupo estavam acampados nas proximidades de Damiya, em um lugar chamado vau das Colunas. Lá eu vira o Batista pela primeira vez, e ali, na casa de Nakebos, o *al-qa'id,* ou alcaide corregedor da prisão do Cobre, Eliseu ficou gravemente doente.

E os 67 quilômetros existentes entre a "13 irmãos" e a citada aldeia de Damiya, muito próxima à desembocadura do rio Yaboq no Jordão, foram cobertos sem problemas e em um tempo mais que aceitável. À quinta hora (11 da manhã) avistamos as brancas casinhas de Damiya.

Tar não permitiu que eu andasse até o vau das Colunas, no Yaboq. E deu um jeito de cruzar a aldeia e entrar com a carruagem pelo estreito caminho de terra vermelha que levava diretamente à margem esquerda do rio Yaboq.[44] Lá, como era habitual, o Anunciador havia montado seu

---

44 O vau das Colunas – conforme aparece no diário do Major – ficava a 300 metros da localidade que recebia o nome de Damiya, muito perto do rio Jordão e do Yaboq, seu afluente. O Yaboq, nesse lugar, alargava-se consideravelmente, formando uma espécie de "lago" de águas tranquilas e vadeáveis. No leito sobressaíam quatro bases de pedra, muito deterioradas pela força da corrente. Eram os restos de outros tantos pilares, destinados, em outro momento, à sustentação das abóbodas de uma ponte. Isso dava nome ao lugar: "vau das

guilgal, um círculo de pedras de dez metros de diâmetro, com uma árvore muito singular no centro: uma acácia de 20 metros de altura, copa arredondada e o tronco coberto de enormes nós.

Tar, assim como o Mestre, não era amante de despedidas. Preferia erguer levemente a cabeça. Era seu sinal de "adeus" ou "até logo". Dessa vez, porém, abriu uma exceção e falou, prometendo voltar uma vez por semana, caso eu "precisasse silenciar com alguém".

Agradeci.

Isso significava que toda semana o *sais* me encontraria, onde quer que estivesse.

Em parte, isso me tranquilizou.

E ele partiu.

A temperatura aumentou. O calor era sufocante.

Perto do Yaboq, na "praia" dos seixos brancos, vi um bom número de barracas de peles de cabra. O número de acampados (supus que eram seguidores de Yehohanan) era muito superior ao habitual. Calculei mais de mil.

E caminhei lentamente rumo ao *guilgal*. Pouco ou nada parecia ter mudado no local.

Pendiam dos galhos da árvore os pedaços de cerâmica com as já conhecidas frases da Torá. Tratava-se de outra ideia extravagante do Batista. Uma leve brisa fazia o barro balançar.

Logo reconheci Abner, o pequeno grande homem, lugar-tenente do Anunciador. Conversava com outros "justos" (discípulos de Yehohanan). Não vi o Batista, nem Belša, o persa com o sol na testa.

Abner ficou feliz ao me ver.

– Esrin voltou!

Assim me chamava o Anunciador. "Esrin", em aramaico, significava "vinte". Eu era o discípulo número 20 do Batista.

Abner pediu que me sentasse com eles e que contasse. O pequeno grande homem tinha a mesma lamentável aparência de sempre: gengivas vermelhas e sangrando, com meia dúzia de dentes longe um do outro, uma pele enrugada e um saiote cobrindo um corpo esquelético, que parecia prestes a se quebrar ao menor sopro.

Colunas". Na outra margem, na margem direita do Yaboq, a pouco mais de 50 metros, distinguia-se um bosque de acácias, com milhões de flores amarelas e esféricas. Nas margens do vau, cresciam bambus, juncos, *Cyperus* e tamariscos do Nilo. (N. de J. J. Benítez.)

Mas Abner, como disse, era um *ari*; um leão, na linguagem dos judeus: um homem de pequena estatura e aspecto frágil, mas valente e nobre de coração.

O grupo dos discípulos havia diminuído sensivelmente. Esdras, um dos "justos", abandonara Yehohanan em fevereiro e levara um terço dos íntimos.

Judas foi o único que não me cumprimentou. Não me importei. Sabia de sua timidez.

Ficou atrás do grupo, escondido e ausente, como quase sempre.

Também não havia mudado. Sempre me recordou um pássaro; talvez por conta de seu nariz aquilino. Era imberbe, com uma pele quase transparente e os olhos negros profundos, sempre inquietos e inquisidores. Não perdia um detalhe. Era um observador incansável. Seus cabelos, também pretos, descansavam nos ombros. Era limpo e refinado. Sua educação havia sido excelente. Seus pais, de bom berço e dinheiro, esforçaram-se com ele. Mas Judas não compartilhava a filosofia de seus ancestrais (eram saduceus) e os renegara. Seus pais, como disse, deserdaram-no e o amaldiçoaram. Seu desejo, naquele momento, era entrar para a seita dos zelotes, o braço armado dos "santos e separados" (fariseus). Mas suas tentativas não deram frutos. Os zelotes o mantinham em "período de observação".[45]

E falei do que podia falar. Basicamente do prodígio de Caná. Os "jus-

---

45 Ficha de Judas Iscariotes: Judas Ben Simão (filho de Simão) contava com 30 anos quando se juntou ao grupo de Jesus (junho do ano 26). Solteiro. Nasceu na pequena aldeia de Queriot, ao sul de Jerusalém. Juntamente com o Mestre, é o único judeu dentre os "12". Alto: 1,70 metro. Culto e educado. Conhece o hebraico sagrado, a *koiné* e um pouco de árabe. Magro. Cabeça pequena. Perfil de pássaro. Nariz aquilino. Pele pálida. Rosto imberbe. Cabelo preto e fino. Um dos discípulos mais limpos. Gestos educados. Tipo leptossômico. Jamais sorri. Nunca olha nos olhos quando fala. Tímido e assustadiço. Pele do lado direito mais fria. Come pouco. Foi rejeitado pelos pais (saduceus) quando souberam que havia se tornado discípulo do Batista. Seu grande objetivo na vida (confissão direta a quem isto escreve) é a liberdade de Israel. Pensa que os romanos são déspotas, sacrílegos, parricidas, incestuosos, ladrões, assassinos e pederastas. Roma é a encarnação do mal. Deseja entrar nas filas dos zelotes ("zelosos da Lei") e participar da expulsão dos *kittim*. Sua covardia torna isso inviável. Os zelotes o observam, mas duvido que o aceitem. Seus ídolos são Pinchas (neto de Aarão), o profeta Elias e os irmãos Macabeus. Atualmente, autoproclama-se *maquisard* (guerrilheiro), mas não é. Anda armado, com *gladius* ou com *sica*. Só contempla a guerra como solução para o problema da liberdade de Israel. Fala de saquear os registros de Jerusalém e, assim, acabar com as dívidas do povo. "Deus não dará o primeiro passo – afirma – se antes não o dermos nós." Acredita no Messias libertador, político e social. É sério em tudo. Não tem senso de humor. Introvertido e pouco sociável. Ninguém gosta dele. Provável infância difícil. Vingativo e rancoroso. Temperamento esquizotímico. Excelente memória. Muito desconfiado. Grande senso do ridículo. Despreza as mulheres. Não é homossexual. Considera-se superior aos outros. (N. do M.)

tos" sabiam o que havia ocorrido na festa de casamento. Na realidade, àquela altura, Israel inteiro sabia. Eu me limitei ao essencial. Não entrei em detalhes, evidentemente.

Discutiram entre si.

Yehohanan não fazia prodígios. Isso era preocupante. Assim disseram.

Então, eu perguntei.

Abner respondeu, lamentando que as coisas houvessem "piorado".

– Não entendo.

– O vidente – disse o pequeno grande homem, referindo-se a Yehohanan – está triste. Quase não fala. Não é fácil chegar até ele.

E me perguntei: "Quando foi acessível a alguém, além de suas abelhas?" Mas guardei o comentário para mim mesmo.

– Continua com o velho costume – prosseguiu Abner. – Desaparece nessa maldita margem – apontou para o bosque das acácias – e tu nunca sabes quando volta.

Nada de novo.

– Também não faz šakak.

O segundo homem do Batista se referia à cerimônia de submergir os seguidores na água.

– Desde que esse Jesus de Nazaré se despediu no meandro Ômega, nada foi igual. O vidente não é mais o mesmo.

O grupo assentiu. Judas ficou mudo e expectante.

– Só volta para pronunciar esses horríveis discursos.

Eu não sabia do que ele estava falando.

– Horríveis discursos? A que te referes?

Os "justos" complementaram:

– Horríveis e desnecessários discursos.

Senti uma ponta de recriminação. Aquilo sim era novo. O que havia acontecido? Por que os incondicionais do Batista falavam desse jeito?

E, nisso, ouvimos o *chofar*. Foi um toque longo.

Um dos "justos", situado na margem do Yaboq, alertava sobre a presença do vidente: Yehohanan.

Levantamo-nos e dirigimos os olhares para o bosque das acácias.

Devia ser meio-dia (sexta hora). O sol, no alto, observava, redondo e implacável.

Distingui a figura do Batista, com a inseparável colmeia na mão esquerda. Caminhava decidido, como sempre. Cobria-se com o "xale" de cabelo humano (seu cabelo).

E Abner, convidando-me a acompanhá-lo à margem dos seixos brancos, exclamou:

– Julga por ti mesmo!

Os acampados saíram rapidamente das tendas, largando tudo que estavam fazendo.

Alguns correram para a água. Outros levantavam os braços e gritavam o nome de Yehohanan.

E, em segundos, a "praia" dos seixos se encheu de seguidores, curiosos e vendedores. Eu conhecia mais ou menos a cena.

Mas não. Não era o que eu julgava. Foi pior.

Eu sempre disse: contemplar o Anunciador era um espetáculo. Não importa o que fizesse.

Pulou sobre a coluna mais próxima à margem e colocou a colmeia ao seu lado.

Durante alguns segundos limitou-se a contemplar os ali reunidos. E fez-se silêncio.

Mantinha o aspecto que tanto impressionava. Além dos dois metros de altura, usava os cabelos louros quase nos joelhos, cuidadosamente presos em sete tranças, e roupas breves e severas. Não faltava nada: o *saq*, ou sunga de pele de gazela, o saco de couro branco a tiracolo, e os colares de conchas, tilintando no peito. Sua cabeça, como disse, estava coberta com o "xale" amarelo.

E alguns seguidores, entusiasmados, estimularam-no com gritos. Mas Yehohanan não precisava de ânimo. Sabia como se comportar. Quem isto escreve o viu "agir" em outras oportunidades.

E foi isso que fez: agiu.

De repente, levantou os braços para o céu e abriu os dedos.

E assim permaneceu durante quase um minuto.

Um murmúrio de admiração se levantou entre os acampados.

Olhei para Abner, e ele, por sua vez, devolveu-me o olhar e balançou a cabeça negativamente. Estávamos de acordo sem pronunciar uma só palavra: aquilo era artificial e falso.

Não houve jeito. Comparei-o, mais uma vez, com Jesus de Nazaré.

Que desastre!

As igrejas e a tradição não sabem, ou mentem.

O que aquele homem tinha a ver com o Galileu? Por que a história o proclama seu "anunciador"?

Entramos na água e ficamos na primeira fila. Os "justos" se amontoaram. Percebi o medo em seu rosto. Mas por quê?

Não tardaria a descobrir.

Prudentemente, fiquei em um discreto segundo plano. Não queria que o vidente me visse; não ainda.

E a voz rouca de Yehohanan se ergueu, por fim:

– Sabeis que o espírito de Deus está sobre mim!

As pessoas assentiram com a cabeça. Ninguém se atreveu a pronunciar uma só palavra.

– Ele me ungiu!

Yehohanan continuava com os braços levantados.

Aquele discurso me pareceu familiar. Ele o repetia sem parar.

Mas não...

– Ele me enviou para anunciar a boa-nova aos pobres! Estou aqui para enfaixar os corações partidos!

O tom foi subindo. As pessoas, cientes de que ele preparava algo "especial", não respiravam.

– Estou aqui para pregar a libertação dos cativos, para dar a liberdade aos reclusos.

Fez uma pausa estudada. O suspense aumentou.

– E para condenar essa hiena do Tiberíades!

Foi imediato.

A multidão explodiu e começou a gritar o nome de Yehohanan.

Hiena do Tiberíades? De quem estava falando?

– É um vigia cego! Não sabe de nada!

E os seguidores, enlouquecidos, interromperam-no de novo.

O que era tudo aquilo?

Não pude resistir e me adiantei, situando-me junto ao pequeno grande homem. Notei que sentia a mesma perplexidade de quem isto escreve. E comentei:

– Isso é novo. Não sei a quem se refere.

Abner fez um gesto de resignação, tornou a mover a cabeça negativamente e comentou em voz baixa:

– Eu te disse. Agora se dedica a fazer discursos horríveis e desnecessários.

E concluiu, quase com um fio de voz:

– Fala de Antipas, o tetrarca.

Yehohanan prosseguiu, desafiador:

– É um cão mudo, nem ao menos late!

Reconheci alguns versículos do profeta Isaías. Yehohanan os manipulava a seu bel-prazer, como era habitual nele.

Eu não entendia. A que se devia aquele furioso ataque a Herodes Antipas, tetrarca da Galileia e da Pereia? O vau das Colunas, como já mencionei em outro momento, ficava em pleno território da Pereia. Ou seja, sob a jurisdição de Antipas, filho de Herodes, o Grande. Por mais que tenha pensado, sinceramente não encontrei uma explicação lógica para isso.

– Ele tem visões! É um cão voraz! Nunca está satisfeito! Hiena selvagem! Cãozinho de estimação da puta de Edom! Tu te esconderás da ira de Yaveh debaixo da saia da *dusara*?

Também não entendi o negócio da "puta de Edom", e muito menos a alusão à *dusara*.

Abner explicou, baixinho:

– Está falando de Herodíade, esposa de Antipas. Ela é de Edom. Dusara é um deus árabe.

Isso eu sabia. Dusara era um dos deuses do império nabateu (árabe).

Eu estava perplexo. A situação havia me abalado. Era a última coisa que eu podia esperar daquele fanático insensato. E compreendi a preocupação dos íntimos. Antipas era temível. O gigante havia ficado maluco? O que estava pensando? Evidentemente, era um desequilibrado. Como já disse, padecia de uma esquizofrenia de tipo hebefrênico; uma complexa fragmentação do eu que fere a personalidade e transforma o paciente em um ser fantasioso e praticamente isolado da sociedade.[46]

Por que me espantava?

– Filho de feiticeira! Filho de adúltera, que te prostitui!

Os seguidores, cada vez mais excitados, quase não lhe permitiam falar. Interrompiam-no com seus "vivas". Estavam encantados com os duros ata-

---

46 A esquizofrenia hebefrênica transforma o paciente em um ser incapaz de planejar seu futuro. As ideias delirantes e místico-religiosas acabam conduzindo-o a uma espécie de autismo do qual é muito difícil escapar. Em geral, são doentes acossados por alucinações auditivas. Ouvem vozes que os interpelam, que os ameaçam e que os levam a executar todo tipo de ordens. É a destruição da personalidade. Chega o momento em que o alucinado não distingue as experiências internas das externas. Quase todos os hebefrênicos precisam de ajuda. Sua vida acaba desembocando em um "absurdo", tornam-se erráticos, sem nenhum objetivo, sujeitos a doenças, sem conversar com ninguém. Essa subversão cerebral estava provocando um grave desequilíbrio no Batista, com frequentes crises de agressividade e tendência à solidão. A essa delicada situação acrescentava-se, ainda, seu caráter tosco, consequência, talvez, de uma infância pouco grata. Yehohanan não sabia sorrir, não tinha senso de humor, era frio e calculista, arrogante, dramático quando lhe convinha, egocêntrico, autoritário e narcisista. Odiava e temia as mulheres (em partes iguais). (N. do M.)

ques do vidente. Eu sabia que Antipas não era querido pelos judeus religiosos, mas aquelas manifestações contra o tetrarca me pareceram perigosas, tanto para Yehohanan e seu grupo quanto para os ali reunidos. Sem dúvida, Antipas tinha espiões. Com certeza estavam no meio dos acampados.

E olhei para o pálido Abner com preocupação.

– Pai do incesto! Filho do incesto! De quem deboCharás quando chegar a ira do Santo? Antipas, engendro de pecado! Bastardo! Filho de degolador de crianças nas cachoeiras!

Falava do pai de Antipas, Herodes, o Grande! Falava da matança dos inocentes!

Mas os acampados não entenderam essa última alusão. Era lógico. Haviam se passado 31 anos desde aquele trágico episódio.

Fiquei intrigado. Por que Yehohanan introduzia no discurso algo já esquecido?

E prosseguiu manipulando Isaías:

– Sim, tu te despiste e subiste, não comigo, e sim com essa puta de Edom!

Os "justos" estavam desanimados, com razão. Eu não conseguia decifrar o porquê daquele violento ataque a Herodes Antipas e a Herodíade. Eu conhecia o assunto pelas passagens evangélicas, mas...

– Embusteiro! Embusteira!

As pessoas gritavam de prazer. E alguns clamavam: "Eis aqui um homem de honra!"

Julguei entender. Para a maioria daqueles que acampavam junto ao rio Yaboq, o gigante das pupilas vermelhas era um enviado dos céus; alguém capaz de enfrentar o abuso e a tirania de Roma. Yehohanan – acreditavam – podia conduzir o povo à vitória sobre os *kittim* (romanos). Sua audácia ao criticar Antipas, o reizinho da Galileia e da Pereia, era o melhor sinal. Antipas era uma marionete de Roma.

Essas palavras foram mais importantes do que, de início, imaginei. Foram a chave para a detenção do "imprudente" (?) Anunciador.

Mas devo ir passo a passo.

O que as pessoas ali reunidas não sabiam, obviamente, é que aquele indivíduo de aspecto feroz e voz rouca era um desequilibrado mental. E, mesmo que soubessem, as coisas não teriam mudado.

Yehohanan simplesmente não tinha razão, e, além de tudo, estava pisando em um terreno pantanoso. Eu não tardaria a certificar isso.

Ele prosseguiu, com a mesma teatralidade:

– Vou denunciar teus fatos! Tu vives em pecado!

Fez outra pausa. E repetiu:

- Vives em pecado, maldito, com a mulher de teu irmão!

Houve certa confusão entre os seguidores.

E perguntavam uns a outros: "De que está falando?"

Abner me olhou, desolado. E comentou, finalmente:

- Ninguém se importa com isso.

- Com o quê? - perguntei como um tolo.

- Com o fato de que ele viva ou não com a mulher de seu irmão. Além de tudo, não é verdade.

Naquele momento, não reparei na importância do que o pequeno grande homem estava falando. Só depois me dei conta.

Aqueles judeus estavam ali pelo que já comentei anteriormente: a possibilidade de Yehohanan encabeçar uma rebelião contra Roma. O resto não tinha importância. Por isso não entendiam a alusão à "mulher do irmão".

- Quando gritares, maldito, que te salvem os reunidos em torno a ti! O vento ardente de Yaveh levará a todos!

Yehohanan, aparentemente, recuperou o rumo, e as pessoas o premiaram com novos vivas.

A filípica, em termos parecidos, prolongou-se por três horas. Três cansativas horas nas quais acabamos pelo chão, entediados. Mas Yehohanan continuava praguejando contra Antipas, contra a "puta de Edom", contra os romanos, e contra todos aqueles que se atrevessem a pôr em dúvida sua palavra.

Usou Isaías a seu bel-prazer, virou-o do avesso, segundo lhe interessava, e manipulou o nome de Yaveh a sua conveniência.

Yehohanan era o oposto de Jesus de Nazaré.

A maioria, esgotada, acabou se retirando.

E por volta das quatro da tarde, diante da pouca audiência, o gigante optou por interromper a longa ladainha de insultos e baixarias. Contei 93 expressões ofensivas contra o tetrarca Antipas e 94 contra Herodíade. O mais suave foi "cachorro", "puta", "bosta" e a palavra favorita do Batista para desprezar alguém: *hara'im* ("excremento humano").

Esse era o anunciador do Filho do Homem?

Fico louco quando vejo as barbaridades que a Igreja Católica proclama.

O Batista finalmente compreendeu que aquilo estava esgotado e pulou da coluna. Pegou o "barril" colorido que fazia as vezes de colmeia e dirigiu-se à nossa margem.

Abner e os demais se levantaram.

Passou diante do grupo, mas não cumprimentou. Ou melhor, cumprimentou do seu jeito.

Parou um instante e olhou da escuridão do capuz.

E simplesmente ordenou:

– Esrin, fala-me!

Eu conhecia essa ordem. Ouvi-a muitas vezes durante minha permanência na garganta do El Firan.

Obedeci, naturalmente. Que mais podia fazer?

Yehohanan sentou-se ao pé da acácia. Continuava usando o "xale" de cabelo humano na cabeça.

Os "justos" sentaram-se também, cercando seu líder.

Eu me sentei de frente para o gigante. E coloquei a "vara de Moisés" sobre as pernas. Com aquele energúmeno, nunca se sabia.

Notei expectativa.

O fato de Yehohanan querer falar com um dos "justos" era um acontecimento e uma "honra".

Imediatamente percebi o inconfundível cheiro de suor que o Batista emanava. Não tive mais remédio que resistir. Alguns, disfarçadamente, tamparam o nariz.

Faltava uma hora, mais ou menos, para o ocaso. O sol fugia por cima das copas das acácias. Não estranhei.

E, de repente, ele tirou o "xale".

Eu o havia visto muitas vezes, mas a visão daquele rosto sempre impressionava.

Ele cravou suas pupilas vermelhas em mim e, montado em sua habitual arrogância, perguntou:

– Já preparaste os exércitos?

A "borboleta" em seu rosto e a ferocidade daqueles olhos me desconcertaram durante alguns segundos.[47]Era difícil se acostumar.

Abner, ao meu lado, deu-me uma cotovelada. E "voltei".

---

47 As pupilas "vermelhas" eram consequência de um albinismo ocular, provocado, por sua vez, por um defeito genético que alterava a pigmentação (melanina) e causava um efeito óptico (não é que as pupilas fossem vermelhas). Quanto à "borboleta" no rosto, como já informei em outro momento, tratava-se de um "LED" ("lupus eritematoso discoide"). Parte das faces, órbitas oculares e o dorso do nariz eram afetados por uma grande "mancha" em forma de borboleta. Na realidade, não era uma mancha, e sim dezenas de pequenas cicatrizes provocadas pelo "LED", uma afecção não tuberosa crônica da pele que afeta o tecido conjuntivo, fundamentada na degeneração fibrinoide das fibras de colágeno dos tecidos mesenquimais. (N. do M.)

– Exércitos? Que exércitos?

Yehohanan me olhou, incrédulo.

– Os exércitos de Yaveh. Todo mundo está esperando. Eu espero. O que espera Jesus para se levantar em armas? Já falamos sobre isso.

Sim, havíamos falado, e ele me mostrou, inclusive, aquele pergaminho fantástico, que eu batizei de "323", ou da "vitória". Lá, no pergaminho, segundo Yehohanan, estavam os exércitos de Deus reunidos contra Roma e liderados pelo Mestre e por Yehohanan, dentre outros profetas. Outra ideia delirante.

– Não há exércitos.

Minha resposta acendeu as pupilas vermelhas. E o nistagmo vertical (oscilação do globo ocular em sentido vertical, provocada por espasmos involuntários dos músculos motores) ficou insuportável. Aquele contínuo subir e descer dos olhos fazia mal a quem o contemplava. Eu não fui uma exceção. Tive que engolir em seco.

Ele explodiu:

– Estás mentindo!

Os "justos" se encolheram. Outra tempestade se aproximava.

Mas eu não me acovardei.

E o enfrentei.

– Eu nunca minto! Não há exércitos! Ele triunfa com a palavra! Não precisa de armas!

Ele se levantou. Jamais ouvia o que não queria ouvir.

Inclinou-se para quem isto escreve e estendeu a palma da mão esquerda, situando-a a uma polegada de meu rosto.

Abner empalideceu.

Não retrocedi um milímetro.

– Recorda quem sou! – gritou. – Sou d'Ele!

Isso estava gravado a fogo na palma de sua mão: "Seu". (Literalmente: "Eu, do Eterno", em hebraico.) Era outro sinal de "pertinência", de corpo e alma, ao Yaveh bíblico.[48]

Fiquei em silêncio, sem tirar o olho dele.

---

48 Embora o Levítico proibisse formalmente as tatuagens (19, 28), os judeus ortodoxos gostavam desse tipo de manifestação externa, mostrando, assim, sua piedade e seu zelo pelo Deus do Sinai. Os "santos e separados", assim como os saduceus, eram amantes desses sinais externos. Amparando-se em Isaías (44, 5) gravavam "Seu" ou "d'Ele" ("de Yaveh") na palma da mão esquerda (a direita era utilizada para se limpar depois de defecar) ou na testa. Às mulheres, isso era proibido. (N. do M.)

Seus lábios, grossos e sensuais, tremeram. E vi parte de sua dentição desorganizada. Não sabia o que fazer.

Ele gritou, em uma tentativa de me subjugar:

– Sou d'Ele! Quem como eu?

Senti pena. Não havia dúvida, era um demente.

Eu insisti, com firmeza:

– Não há exércitos!

Yehohanan deu um passo atrás. Não era tolo. Compreendeu que com Esrin aquelas maneiras não adiantavam.

Tornou a se sentar ao pé da árvore, e Abner e os demais respiraram aliviados. Eu também.

Então, recuperando um tom mais adequado, deu uma guinada na conversa e perguntou pelo prodígio de Caná.

– Que desejas saber?

– Estavas lá?

– Sim.

– É verdade que Ele transformou a água em vinho?

Todos sabiam, mas queriam ouvir. E relatei o que julguei oportuno.

– Sim, para maior glória de seu Pai dos céus.

– Ele disse isso?

– Foi o que disse.

– Proclamou a ira de Yaveh?

– Ele não acredita nisso. Seu Deus é diferente.

– E qual é seu Deus?

– O mesmo que o teu, e que o meu, e que o de todos. Um Deus desconhecido, ainda.

Ele não compreendeu, nem lhe interessou.

– E por que não transformou a água em sangue? Teria sido mais efetivo.

Os "justos" aplaudiram o comentário. Era próprio de um desequilibrado.

Dei de ombros. Não valia a pena entrar em discussões absurdas.

Yehohanan prosseguiu.

– E o que disseram os romanos?

– Ignoro. Não havia romanos lá, que eu saiba.

– Os *kittim* estão em todos os lugares..

Nisso tinha razão. Os *scorpio* ("escorpiões"), como chamavam seus espiões, não tardaram a saber do prodígio de Caná, e não precisaram de muito tempo para saber da existência daquele suposto profeta que pedia o arrependimento e que pretendia a ruína de Roma. Agora posso dizer:

não foi Roma quem prendeu Yehohanan, mas o teria feito se Antipas não houvesse intervindo.

– Que planos tem?

– Desconheço-os.

Eu disse a verdade. Não conhecia os pensamentos do Mestre a respeito do futuro imediato.

E, bruscamente, ele parou de perguntar. Abandonou o grupo e se sentou fora do círculo de pedras. Abriu a colmeia e tirou sua dose diária de mel. Ninguém comentou nada.

Terminado o jantar, sem uma palavra, pegou o "barril" colorido e entrou nas águas do Yaboq, afastando-se rumo ao bosque das acácias.

O sol foi com ele.

Acenderam-se as tochas e, com elas, as discussões.

Ninguém entendia nada.

"Por que Yehohanan se preocupa com o carpinteiro de Nahum?"

"Ele é o verdadeiro Messias."

"Nesse caso, por que não faz portentos, como Jesus?"

O prodígio de Caná havia abalado o moral do grupo. Alguns "justos" pretendiam que o vidente fosse para a cidade mais próxima e que repetisse o ocorrido na festa da *Sapiah*. A ideia de transformar a água em sangue foi muito aplaudida. Mas em que cidade? A maioria apontou Jerusalém. Havia chegado a hora.

"A magia do Galileu seria resultado de um pacto com o 'senhor das moscas' (Belzebu)?"

"O que deviam fazer se as críticas chegassem aos ouvidos de Antipas? Desintegrar o grupo? Fugir? Enfrentar o martírio?"

Mais de um comentou, acertadamente, que Antipas já sabia. Gente estranha andava por aquele acampamento.

"Fugir? Nunca."

Abner se opôs com todas as suas forças. Não abandonaria seu ídolo. "Yehohanan é o Messias libertador. Esse Jesus desapareceu."

Judas não abriu a boca.

Não houve jeito de entrar em acordo. Cada um puxava a brasa para sua sardinha, segundo seu entendimento e seus interesses.

Eu também fiquei em silêncio, atento.

Mas concordaram, e por unanimidade, com a "atração" popular do Batista. Repetiram isso várias vezes: "Era a hora. Convinha se organizar e levantar o povo contra os malditos *kittim*. Jogariam os romanos ao mar. Seria o início da glória".

Judas interveio. Estava eufórico:

– Sim, temos que nos organizar. Devemos começar pelas armas.

Fez-se silêncio.

Abner pôs as coisas em seu devido lugar:

– E de onde tiramos dinheiro?

Aí, o entusiasmo acabou.

Ninguém quis comprometer fazenda ou fortuna. Uma coisa eram palavras e intenções, e outra a realidade, como sempre, e como em todos os lugares.

Precisaram de tempo para retomar a discussão. O assunto, de fato, não era tão simples.

E o pequeno grande homem, por último, levantou o que, sem dúvida, era o problema capital naquele momento: os duríssimos ataques de Yehohanan ao tetrarca Antipas e a Herodíade.

Nisso também houve unanimidade.

Ninguém entendia o porquê do perigoso comportamento do vidente. E ninguém recordava por que começara a absurda e desagradável campanha contra o filho do Grande.

Isso me interessava, e fiz perguntas.

As respostas me desconcertaram. Nunca haviam conversado sobre isso. Nunca estimularam Yehohanan a atacar Antipas, e muito menos Herodíade. Por que fariam uma coisa dessas? A libertação de Israel ocupava seus pensamentos.

Estavam confusos e, o que era pior, temerosos. Herodes Antipas era digno filho de seu sanguinário pai. Podiam esperar qualquer reação (de dia ou de noite). Antipas era bem capaz de prender a todos e de passá-los na faca ou desterrá-los.

Assenti. Antipas era cruel, injusto, ambicioso e covarde.

Péssimo negócio, pensei.

Antipas não permitiria a menor ameaça de rebelião, pelo menos não em seus territórios. Os "justos" sabiam, e tinham ciência também de que Roma estava por trás do tetrarca da Pereia e da Galileia. Se Yehohanan arrastasse a multidão, como acontecia, e fizesse a mínima alusão à insurreição contra o poder estabelecido, adeus Yehohanan. Sua prisão poderia ser fulminante.

Todos estavam cientes dessa delicada situação. Por isso o terror.

Ao começar a ouvir a filípica, reconheço que me distraí. Conhecia os textos evangélicos, nos quais os "escritores sagrados" (?) contam sua versão sobre a prisão e morte de Yehohanan.[49] Não sei o que aconteceu comigo. O ataque a Antipas foi tamanha surpresa para mim que precisei de tempo para reagir. Eu conhecia o tetrarca. Foi o sujeito que tentou interrogar o Mestre na dramática madrugada de sexta-feira, 7 de abril do ano 30. Jesus, como se pode recordar, não abriu a boca. Antipas também foi o injusto governante que negou a indenização à família do Galileu após a morte de José, quando este construía um edifício público na cidade de Séforis, capital da Galileia. Jesus, pessoalmente, solicitou a indenização, mas Antipas negou. O Filho do Homem tinha 14 anos.[50]

E foi ali, no vau das Colunas, que comecei a esclarecer as dúvidas.

Os evangelistas - como não - eram responsáveis, em boa medida, por minha confusão.

Simplesmente: a condenação a Herodes Antipas era injusta.

Herodíade não era mulher de seu irmão, como escrevem os citados "escritores sagrados" (?). Herodíade era a legítima esposa de Antipas. Eu fui o primeiro equivocado.

A história, uma vez mais, fora manipulada.

Em síntese, isto foi o que consegui saber sobre o assunto:

Antipas, um dos muitos filhos legítimos de Herodes, o Grande (os ilegítimos eram dezenas), era casado com uma princesa nabateia (árabe). Mas, em uma de suas viagens a Roma (possivelmente no ano 25), ao visitar Herodes Felipe, um de seus meio-irmãos (filho da terceira esposa do Grande), conheceu Herodíade, mulher do referido Herodes Felipe, e se apaixonou por ela. Outros afirmavam que o tal H. Felipe era, na realidade, Herodes, filho de Mariane II,

---

49 Lucas diz (3, 19-20): "Mas o tetrarca Herodes, sendo repreendido por ele [por Yehohanan] por causa de Herodíade, mulher de seu irmão, e por todas as maldades que havia feito, acrescentou a todas elas ainda esta, a de encerrar João no cárcere".
Mateus diz (14, 3-5): "Pois Herodes havia prendido a João, e, manietando-o, guardara-o no cárcere, por causa de Herodíade, mulher de seu irmão Felipe; porque João lhe dizia: 'Não te é lícito possuí-la'. E queria matá-lo, mas temia o povo; porque o tinham como profeta".
Marcos diz (6, 17-20): "Porquanto o próprio Herodes mandara prender a João, e encerrá-lo manietado no cárcere, por causa de Herodíade, mulher de seu irmão Felipe; porque ele se havia casado com ela. Pois João dizia a Herodes: 'Não te é lícito ter a mulher de teu irmão'. Por isso Herodíade lhe guardava rancor e queria matá-lo, mas não podia; porque Herodes temia a João, sabendo que era varão justo e santo, e o guardava em segurança; e, ao ouvi-lo, ficava muito perplexo, contudo de boa mente o escutava". (N. do M.)

50 Ampla informação sobre os dois acontecimentos em *Cavalo de Troia 1 - Jerusalém* e *Cavalo de Troia 4 - Nazaré*. (N. de J. J. Benítez.)

que também se casou com o Grande. Herodíade, por sua vez, era filha de Aristóbulo (estrangulado por ordem de Herodes, o Grande) e, em consequência, neta deste último. Do casamento entre Herodíade e Herodes Felipe nasceu Salomé, a célebre bailarina que pediu a cabeça de Yehohanan. A questão é que Antipas propôs casamento a Herodíade, e ela aceitou. E ambos decidiram que, ao voltar a Israel, Antipas se divorciaria da princesa árabe e se casaria com Herodíade. E assim foi. Herodíade e Antipas assinaram os devidos documentos de repúdio, ou divórcio, e se casaram com todas as bênçãos legais.

Em outras palavras: Herodíade não foi mulher de seu irmão, e sim de seu meio-irmão. Não era sobrinha de sangue de Antipas. Ou seja, do ponto de vista do parentesco de sangue, a relação era distante.

Os evangelistas mentiram ou foram enganados.

E o mais importante: Antipas e Herodíade haviam se casado legalmente; não podia ser diferente, dado o status real de Antipas e a origem também nobre de Herodíade. Roma não teria aceitado uma situação ambígua.

E aconteceu que a esposa nabateia de Antipas, chamada Fasaleia, acabou sabendo do complô e fugiu para Sela, a "Rocha" (atual Petra, na Jordânia). Lá, refugiou-se no império de seu pai, Aretas IV.[51] E o nabateu jurou vingar-se de Antipas. (Na realidade, as disputas entre Antipas e Aretas IV eram antigas, e quase todas tinham origem em problemas de territorialidade ou de controle das rotas principais. Alguns atritos remontavam à época de Herodes, o Grande.[52] Anos depois [em 36], Aretas IV acabou derrotando Antipas.)

Em resumo: alguém manipulou a verdade e fez a posteridade acreditar no que não era verdade. A saber:

1. Antipas não "roubou" a mulher de seu irmão.
2. Seu irmão, na realidade, era seu meio-irmão.
3. Herodíade não era sobrinha de sangue de Antipas.
4. Houve divórcio prévio ao casamento entre Antipas e Herodíade, como exigia a lei.

---

51 Aretas IV reinou entre os anos 9 a.C. e 40 d.C. Sucedeu seu irmão, Obodas III. Nas moedas, aparece com o nome de Filodemo, mas também é conhecido como Filopatris. Para Clermont-Ganneau, o título Filopatris significava "aquele que ama seu bisavô". Schürer prefere "aquele que ama seu povo". (N. do M.)

52 Os problemas do reino nabateu com Israel remontavam à época de Antonio e Cleópatra. A política destes últimos fez que no ano 31 a.C. Herodes, o Grande, enfrentasse os nabateus. Por fim, o Grande venceu os árabes e mostrou a Roma seu talento estratégico e militar. Os árabes continuaram reivindicando alguns territórios (como a região de Gabalis) e, finalmente, enfrentaram Antipas, derrotando-o. (N. do M.)

5. Antipas não prendeu Yehohanan por causa de Herodíade, como afirmam os evangelistas. As razões foram outras, e mais graves, como relatarei mais adiante.

6. Os "escritores sagrados" (?) não dizem que naquele tempo o casamento entre parentes era permitido, e inclusive recomendado.[53] Ainda mais na família herodiana.[54] Só alguns poucos, especialmente os "santos e separados", polemizavam a respeito. E nem entravam em acordo entre si.

---

53 Em um estudo sobre esse assunto, Joachim Jeremias revela um bom número de dados que avalizam a afirmação do Major. Eis aqui alguns:
Números (36, 11): "(...) pois Macla, Tirza, Hogla, Milca e Noa, filhas de Zelofeade, se casaram com os filhos de seus tios paternos".
Quando as filhas, não havendo filhos homens, eram herdeiras, a Torá ordenava que se casassem com parentes. E assim ratifica o livro de Tobias (6, 10-13 e 7, 11-12). O mesmo acontecia com as famílias sacerdotais e com casamentos de laicos. Nesse sentido, o livro dos Jubileus recomenda também o casamento com a prima (Jubileus IV, 15, 16, 20, 27, 28, 33; e X, 14). Os patriarcas desposaram as filhas da irmã ou do irmão de seu pai (ou seja, recomendavam o casamento com a sobrinha e proclamavam: "Não tome mulher um homem antes que a filha de sua irmã se tenha feito grande").
A Lei oral (b. Sanh. e b. Yeb.) diz: "Um casamento com a filha da irmã traz como consequência que a oração seja ouvida". Também não era raro o casamento com a filha do irmão. O próprio Abraão afirma que Sara era sua meio-irmã por parte paterna: "Era a filha de sua irmã". Em hebraico, "tio paterno" é *dod* ("amado"). (N. de J. J. Benítez)

54 Flávio Josefo, ao falar da família de Herodes, o Grande, mostra quão difundido era o casamento entre parentes, especialmente com a sobrinha, com a prima carnal ou com a prima de segundo grau. Eis aqui alguns exemplos:
Casamentos com a sobrinha (filha do irmão):
Herodes, o Grande, com a filha (nome desconhecido) de um irmão.
Herodes Felipe (filho de Herodes, o Grande) com Herodíade (neta de Herodes o Grande).
Herodes Antipas (filho de Herodes, o Grande) com Herodíade.
Felipe (filho de Herodes, o Grande) com Salomé (sobrinha [não de sangue] de Felipe).
Herodes de Cálcis (neto de Herodes, o Grande) com Berenice (bisneta de Herodes, o Grande).
Casamento com a sobrinha (filha da irmã):
Herodes, o Grande, com uma filha (nome desconhecido) de sua irmã Salomé.
Casamentos com a prima carnal:
Fasael (sobrinho de Herodes, o Grande) com Berenice (bisneta de Herodes, o Grande).
Aristóbulo (filho de Herodes, o Grande) com Berenice (bisneta de Herodes, o Grande).
Antípater (sobrinho de Herodes, o Grande) com Kypros (neta de Herodes, o Grande).
José (sobrinho de Herodes, o Grande) com Olimpias (filha de Herodes, o Grande).
Um filho de Feroras (sobrinho de Herodes, o Grande) com Roxana (filha de Herodes, o Grande).
Um filho de Feroras com Salomé (filha de Herodes, o Grande).
Aristóbulo (bisneto de Herodes, o Grande) com Salomé (bisneta de Herodes, o Grande).
Casamentos com a prima de segundo grau:
Agripa I (neto de Herodes, o Grande) com Kypros (neta de Fasael, irmão de Herodes, o Grande).
Herodes de Cálcis (neto de Herodes, o Grande) com Mariane (neta de José, irmão de Herodes, o Grande).
A lista é interminável. (N. de J. J. Benítez.)

HERODES E SUA DESCENDÊNCIA
HERODES, O GRANDE
Nascido em 73 a.C., morto em 4 a.C., desposa:

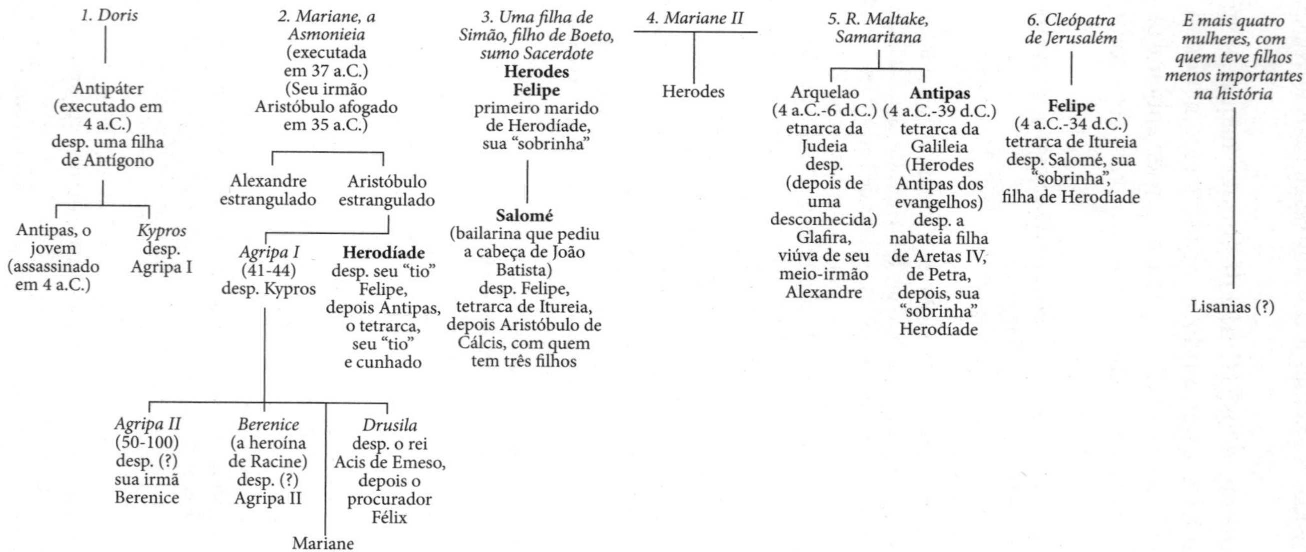

(O nome dos que reinaram está em itálico)

Em negrito, os principais protagonistas da história que acabou com a prisão de Yehohanan. Não confundir Felipe (filho da terceira esposa de Herodes, o Grande) com seu meio-irmão Felipe (filho de Cleópatra de Jerusalém). Herodíade se casou com o primeiro. Depois, casou-se com Antipas. Salomé nasceu da união entre Herodíade e Felipe. (Informação baseada em Rops, J. Jeremias, Schürer e F. Josefo). (N. de J. J. Benítez.)

Para o povo, como se pode compreender, essas discussões legais e religiosas pouco importavam.

Yehohanan, como os demais discípulos, estava a par dessas notícias e esses pormenores. Por que, então, deu início àquela imprudente campanha contra Herodes Antipas?

Os "justos", insisto, não entendiam, e quem isto escreve também não.

A não ser que...

Mas descartei a ideia. Pareceu-me absurda.

Algum tempo depois, quando o Destino permitiu que contemplasse o que contemplei, compreendi que a intuição sempre acerta.

Mas não quero me antecipar aos acontecimentos. Tudo deve andar passo a passo na vida, e ainda mais nesta assombrosa história.

Além de tudo – repetiam os discípulos, com razão –, que importa Herodíade? Estavam debatendo algo de maior envergadura e de extrema importância: o Messias e a libertação de Israel.

Por que o vidente insistia em insultar o tetrarca e sua legítima esposa?

Havia uma razão – uma poderosa razão – mas, como disse, naquele momento passou despercebida para este explorador. Os "justos" também não se deram conta disso. Quem poderia imaginar uma coisa assim?

O vidente só voltou três dias depois.

Pensei em adentrar o bosque das acácias, como já fizera em outra oportunidade, mas desisti. Achei mais interessante assistir às discussões entre os discípulos. Eram constantes e cada vez mais acaloradas.

"Aquele não era o caminho", afirmava a maioria.

"Era urgente que Yehohanan mudasse de tática para pregar."

"Os insultos ao casal Antipas-Herodíade não contribuem em nada à necessária sublevação de Israel. Muito ao contrário: podem conduzir ao desastre."

E uma parte do grupo propôs a Abner a possibilidade de abandonar o vidente, "caso não aceitasse essas condições".

O pobre Abner viu-se entre a cruz e a espada. Reconheceu que aqueles que assim falavam tinham razão. E prometeu expor o assunto a seu ídolo. Outra questão era a reação de Yehohanan. Todos sabiam que ele era imprevisível.

Nesses dias, para minha surpresa, o número de acampados cresceu consideravelmente. Contei mais de 1.500. As pessoas se aglomeravam no vau como podiam, e os vendedores e oportunistas sorriam à toa. Eram de toda classe e condição. Procediam dos lugares mais remotos e inesperados.

Todos queriam (exigiam) ver e ouvir o novo profeta. Todos queriam saber do homem que anunciava o fim de Roma e dos tempos. Todos queriam se arrepender e, de quebra, derrubar alguma coisa.

Percebi uma enorme falta de informação entre os ali reunidos.

Confundiam Yehohanan com Jesus de Nazaré. Chegavam com a ideia de que o prodígio de Caná acontecera no vau das Colunas. Inclusive perguntavam pelo "vinho prodigioso". Houve quem oferecesse dinheiro para prová-lo.

Os discípulos do vidente ficavam nervosos. "Yehohanan - diziam - não se dedica a essas minúcias."

Muitos se sentiam decepcionados. E as polêmicas surgiam aqui e ali, como as fogueiras.

Para piorar, Yehohanan havia desaparecido.

Na quarta-feira, 17 de abril, ao amanhecer, Abner e quem isto escreve estávamos na margem dos seixos brancos. Contemplávamos o panorama. Centenas de pessoas iam e vinham, discutiam, esperavam. E o pequeno grande homem fez um comentário, alertando-me sobre algo que eu não havia notado. Apontou para uma série de indivíduos e, de fato, percebi: eram sujeitos estranhos, com um comportamento não menos estranho. Não eram judeus nem *badu* (beduínos). Estavam misturados na multidão, quase sempre em duplas. Não falavam com ninguém. Só entre si. Apesar das altas temperaturas (naquele momento, devia beirar os 25 °C), usavam manto e capuz. Sim, era chamativo.

Abner confessou seus temores. Provavelmente estávamos diante de um grupo de espiões de Antipas. Também podiam ser "escorpiões" (a serviço dos *kittim*).

E disse que estavam com eles fazia tempo. Viram-nos no bosque dos lenços. Sempre se comportavam da mesma forma. Eram fugidios. Jamais participavam. Nunca punham os pés no *guilgal*, nem haviam se submetido à cerimônia de imersão nas águas. Ninguém os viu perguntar sobre Yehohanan. Dormiam no acampamento ou nos arredores. Observavam tudo, mas, como disse, ficavam à margem.

Abner foi além e confessou que podiam ser membros da guarda pretoriana de Antipas.[55]

---

55 Era mais que provável que a guarda pretoriana ou pessoal de Antipas, presente do imperador Augusto a Herodes, o Grande, no ano 30 a.C., estivesse formada por soldados gauleses, trácios e germânicos. Em um primeiro momento, a citada escolta era integrada por 400 gauleses. Era a guarda pessoal de Cleópatra, a última rainha do Egito. Augusto, como disse, dera-a de presente ao Grande. E foi passando aos filhos. Foram os gauleses que assassina-

Isso era importante.

Eu os havia visto em Jerusalém, durante a visita ao palácio de Antipas, no triste dia 7 de abril do ano 30. A guarda pessoal do tetrarca era temível.

Os que cheguei a ver usavam uniforme: túnicas verdes de meia manga, com o tronco e o ventre cobertos por uma "camisa", ou armadura, trançada à base de escamas metálicas. Nas costas carregavam estojos de couro cheios de flechas. Eram especialmente hábeis com o arco.

Esses, os camuflados com os mantos, vestiam-se "à paisana".

Tratava-se dos *sōmatophylax*, os sanguinários "guarda-costas" de Herodes Antipas. Era preciso ter cuidado. Aquela guarda, formada fundamentalmente por gauleses, era famosa por sua brutalidade e pela fidelidade ao tetrarca.

E Abner, com bom-senso, recomendou prudência.

Mas aconteceu o inevitável.

Alguns dos acampados também notaram a presença dos encapuzados na margem e, tão ousados quanto ignorantes, os interpelaram.

Abner e eu nos olhamos, desconcertados.

E o azar fez com que Judas, o Iscariotes, se encontrasse nas proximidades.

Mas a dupla de estrangeiros não respondeu às perguntas dos acampados. E continuaram sentados nos seixos brancos. Pareciam não entender o aramaico de quem perguntava. Não eram perguntas difíceis. Queriam simplesmente saber o lugar de origem dos encapuzados.

Abner pensou em intervir, mas hesitou. Fez bem.

E um dos curiosos, que dirigia o grupo, elevou o tom, recriminando o silêncio e a má educação daqueles que se cobriam com os mantos.

Outros acampados, alertados pelas vozes, aproximaram-se.

E aquele que perguntava insistiu. Mas também não obteve resposta. Julguei, sinceramente, que os encapuzados não entendiam.

Abner chamou minha atenção sobre outras duplas de encapuzados. Haviam começado a se aproximar do grupo.

Se efetivamente fossem da guarda gaulesa, aquilo podia se transformar em uma tragédia.

---

ram Aristóbulo, um dos filhos de Herodes, o Grande. Os crimes desses mercenários eram contados às dezenas. Foram também os responsáveis pela morte das 16 crianças de Belém e sua comarca, por ordem do Grande. Falecido Herodes, o Grande, a guarda gaulesa foi herdada por Arquelau (4 a.C.-6 d.C.), um dos filhos. Com a destituição de Arquelau, os temíveis mercenários passaram às mãos de Antipas. A maioria procedia da região situada entre o Garona e o Sena (atual França). César os chamava de "celtas". (N. do M.)

Lamentei não dispor da "vara de Moisés". Eu a havia deixado no *guilgal*. Tudo se precipitou em questão de segundos.

O acampado que dirigia as perguntas acabou se aborrecendo e, com um movimento brusco de mão, tirou o capuz de um dos que se escondiam sob o manto. A capa caiu no chão, e o indivíduo se levantou de um salto. Era jovem, de cabelo louro, quase branco, e os olhos claros. Era um gaulês, sem dúvida. Abner estava certo. Podia ser um mercenário, a serviço de Antipas.

O rapaz (não devia ter mais de 20 anos) pegou sua *sica*, um punhal curto, e brandiu-o diante dos acampados.

Retrocederam, atônitos.

O gaulês usava um longo bigode, também louro, e tinha o torso nu. No peito, nos ombros e nas costas, tinha várias tatuagens azuis. Eram todas idênticas. Pareciam pegas (os pássaros).

O segundo encapuzado também se levantou e ameaçou os presentes com outro punhal.

Ninguém se mexeu.

E os gauleses trocaram algumas palavras em seu idioma. Depois, de comum acordo, retrocederam, encarando os acampados. Os demais encapuzados observavam a cena à distância. Não havia dúvida de que estavam dispostos a intervir, se fosse preciso.

A situação parecia resolvida, quando, de repente, o homem das tatuagens tropeçou em um dos perplexos observadores.

Ambos rolaram pelos seixos.

Era Judas!

Abner correu para o grupo.

O gaulês se ergueu de imediato, mas chegou a ouvir umas palavras, pronunciadas pelo furioso Iscariotes. Judas amaldiçoou o gaulês. E emitiu um som que, de início, eu não soube interpretar.

Repetiu-o. Era mais ou menos assim:

– *Ak-ak!*

Em aramaico significava "pega", mas não compreendi por que a alusão às tatuagens. Ou não era isso?

O gaulês colocou a *sica* na garganta de Judas. Ele entendia aramaico.

Não sei o que teria acontecido sem a rápida intervenção do segundo encapuzado. Ele segurou o braço de seu companheiro e o arrastou para a trilha de terra vermelha. E ambos se perderam em direção a Damiya. Os outros encapuzados foram atrás deles.

Ao ver o punhal no pescoço de Judas, temi o pior.

Depois, sorri com meus botões. O Destino, obviamente, não teria permitido que Judas se desse mal.

Abner rapidamente foi ver o estado do Iscariotes, e também de alguns acampados.

Ele estava mais pálido que o habitual.

Não disse nada.

Deixou-se conduzir pelo pequeno grande homem e retornamos ao *guilgal*.

Judas se limitou a beber água e permaneceu em seu habitual mutismo.

Não tornamos a ver os gauleses durante aquele dia.

Alguns "justos" se prestaram a ajudar o lívido Iscariotes e o felicitaram por seu comportamento. Foi quando eu soube que o som emitido pelo discípulo era um insulto contra os malditos e odiados gauleses. Todos, ou quase todos, possuíam tatuagens semelhantes. Era um dos símbolos da tribo à qual pertenciam, a Hallstat. A pega-azul, ou pega-rabuda, era um dos pássaros da sorte para aqueles mercenários. Acreditavam que essas tatuagens lhes propiciariam bons butins. (Diz a lenda que a pega, um corvídeo especialmente inteligente, guarda em seus grandes ninhos todo tipo de objeto brilhante.)

Sinceramente, o gesto de Judas não me pareceu um sinal de valentia; foi mais uma insensatez. Abner concordou com este explorador. Insultar um gaulês podia ser patriótico, mas nunca inteligente.

Seja como for, a questão é que a maior parte dos discípulos se sentiu constrangida com o incidente. Tinham que falar urgentemente com Yehohanan. A situação, uma vez confirmada a presença da guarda pretoriana de Antipas, tornava-se especialmente perigosa.

Mas quando ele voltaria?

E alguém falou de enviar um mensageiro ao bosque das acácias.

Não foi necessário.

Yehohanan, como se intuísse alguma coisa, apareceu no dia seguinte, quinta-feira, 18 de abril. Outra data difícil de esquecer.

Não me cansarei de insistir nisso. Yehohanan não era uma pessoa normal (em nenhum sentido). Era um perturbado, mas, às vezes, mostrava – como definir – uma "lucidez" que desconcertava. Naquele dia, tornou a demonstrar isso.

Porém, antes de ele aparecer no vau das Colunas, aconteceu algo que também não foi normal.

Acabava de amanhecer.

Eu fui ao rio, a fim de me lavar. Então, eu os vi.

Abner e outros "justos" também os detectaram.

De início, pensei em novos seguidores. Se os números não mentissem, naquele momento o número de acampados no vau e arredores superava os 1.500.

Mas não. Não eram seguidores do Batista.

Foi algo pior.

Eram os gauleses, de novo.

Voltaram, em um grupo notável. Contei mais de 200.

Todos estavam encapuzados.

Ocuparam a trilha de terra vermelha que ligava o vau à aldeia de Damiya e se espalharam pela "praia".

Pareciam nervosos.

Os acampados continuavam com suas coisas, ocupados no asseio matinal, na preparação do café da manhã, na coleta de lenha, ou na tentativa de enxotar a nuvem de vendedores e pilantras. Tudo mais ou menos normal.

E nisso estava eu, atento à guarda pretoriana de Antipas, quando ouvi o *chofar*. Foi outro toque longo e cansado.

Yehohanan surgiu do outro lado do rio. Estava de cabeça descoberta, sem o costumeiro "xale" de cabelo humano. Em sua mão esquerda, o "barril" colorido, a temida colmeia.

E foi avançando, devagar, pelas águas.

Abner e os discípulos correram para a margem. Eu me juntei a eles.

Alguns comentaram que havia chegado a hora. Dessa vez, conversariam com o vidente. Se ele não aceitasse as condições estabelecidas – esquecer os insultos ao tetrarca e a sua mulher, Herodíade –, abandonariam o grupo. E insistiram: "A liberdade do povo está em jogo."

Os vários seguidores e curiosos ficaram indecisos por alguns momentos. Depois, reagiram. Deixaram de lado o que estavam fazendo e se reuniram na margem, expectantes.

Os gauleses que estavam perto da água também se aproximaram.

Eram cerca de 60.

Posicionaram-se formando um círculo e obrigaram os acampados mais próximos a se retirar. As pessoas obedeceram, temerosas.

E vários mercenários começaram a assoviar. Eram sinais, evidentemente. O pessoal da trilha ouviu os assovios e atuou imediatamente.

Yehohanan já havia subido na pilastra de costume. Colocou a colmeia ao lado e jogou as sete tranças louras para trás.

Abner e quem isto escreve não sabíamos para onde olhar.

E pelo caminho de terra vermelha surgiu uma pequena comitiva. Contei seis pessoas; todas também encapuzadas.

Os gauleses foram rapidamente escoltá-las e guiá-las. Mais de cem homens cobriram os flancos. Os acampados se afastaram, ou simplesmente eram afastados à força.

Os "justos" ficaram alarmados. Quem eram aqueles "principais"? Foi assim que os chamaram.

Abner pediu calma. Podiam ser altos funcionários de Antipas ou talvez sacerdotes de Jerusalém. Judas não concordava. A guarda pretoriana do tetrarca não estava ali para proteger a casta sacerdotal. Ele tinha razão.

Tratava-se do próprio Herodes Antipas?

Ninguém foi capaz de afirmar. Ninguém o reconheceu. Todos, como disse, estavam com a cabeça e o corpo cobertos com os mantos. Pela forma de se movimentar, um dos recém-chegados parecia uma mulher, mas não tive certeza.

Três servos, munidos de grandes guarda-sóis vermelhos e azuis, acompanhavam a comitiva e tentavam proteger os "principais" do sol ardente.

Alguém disse algo a respeito do vidente. Convinha avisá-lo. Tarde demais.

Os "principais" alcançaram a margem e se acomodaram nos seixos brancos. Os gauleses engrossaram o círculo protetor e se colocaram de frente para os surpresos acampados. Entre estes e a guarda, não devia haver mais de 50 metros. Nós estávamos águas abaixo, a uma distância similar.

E começou o "teatro".

Abner, em voz baixa, pediu calma pela enésima vez. Ninguém devia se mexer. Essas foram as ordens do *ari*. E acho que todos obedeceram.

Para dizer a verdade, a atenção do grupo estava dividida entre Yehohanan e os recém-chegados.

Eu me perguntei: "Como o Batista reagirá?"

Yehohanan não enxergava bem, conforme apontei em outro momento. Era outra consequência do albinismo ocular de que padecia. Chegaria a perceber a presença dos estranhos?

E o Anunciador, seguindo o costume, após dois minutos de tensa espera, foi erguendo os braços.

Ouvimos um murmúrio de admiração.

Yehohanan abriu os dedos e apontou com eles para o azul do céu.

O silêncio voltou a reinar. Os "principais" não falavam. A guarda permanecia atenta, sem perder os acampados de vista.

A intuição tocou meu coração.

Aquela não seria uma filípica como as outras.

Eu também não sabia em quem prestar atenção.

Tentava descobrir se Antipas ou Herodíade estavam entre os "principais", mas não sabia como.

E deixei que o Destino cuidasse disso.

– E saindo – começou o Batista –, verão os cadáveres daqueles que se rebelaram contra mim.

O silêncio foi total. Não sei se as águas pararam também.

– E sairão, e verão os cadáveres dos homens que transgrediram contra mim; porque o seu verme nunca morrerá, nem o seu fogo se apagará; e eles serão um horror para toda a carne.

Dessa vez, o "sermão" começou com o último versículo do capítulo 66 do profeta Isaías, um de seus favoritos. Ele o manipulou, claro está:

– Assim, pois, de lua nova em lua nova, todo mundo virá se prostrar diante de mim.

Fez uma pausa e deu início às acometidas:

– E tu, Antipas, o chacal, virás me prestar obediência? Assim diz Yaveh.

Não houve movimento algum entre os "principais".

O povo ali congregado reagiu. E surgiram os primeiros vivas.

A seguir, foi a vez do profeta Jeremias. Ele mudou os textos a seu bel-prazer, sem o menor pudor:

– Declarai a guerra santa! Em pé, subamos contra os ímpios! Yaveh nos chama! É hora da ira e da vingança! Onde te esconderás, Roma, puta das putas?

Os vivas foram gerais.

Alguns seguidores tentaram chegar à água e se aproximaram perigosamente do círculo formado pelos gauleses. Eles se interpuseram e obrigaram os acalorados acampados a retroceder. Em pouco tempo, outros encapuzados, que montavam guarda na trilha de terra vermelha, foram em auxílio do pessoal do círculo. Não precisaram agir. A multidão recuou.

Abner balançou a cabeça negativamente. A situação era muito desconfortável.

– Ai de nós! O dia vai caindo e Yaveh continua sem recompensa.

E tornou a arremeter contra o tetrarca:

– Atropelo! Despojo humano! Aprende, Antipas! Não seja que se afaste minha alma de ti! Não seja que te transforme em desolação! Antipas, acorda! Antipas, atropelador! Eu também estou cheio de sanha de Yaveh! E cansado de retê-la, eu a verterei sobre a criança da rua e sobre o grupo de mancebos juntos. Mas, acima de tudo, sobre ti, Antipas, carniceiro! E sobre a mulher, a *dusara*!

A multidão não entendia a miscelânea dos ataques a Roma, as alusões à vingança do colérico Yaveh e os insultos a Herodes Antipas e à *badawi* (Herodíade).

Dava no mesmo.

Era a palavra "Roma" que arrastava tudo. E aplaudiram, e gritaram o nome do vidente, cada vez com mais raiva.

"Abaixo Roma! Abaixo as marionetes de Roma!"

Esses foram os gritos que às vezes abafavam as palavras de Yehohanan.

Os olhos de Judas brilhavam. Yehohanan era seu homem.

No círculo dos "principais" ninguém mexeu um dedo. Os únicos que pareciam vivos eram os escravos dos guarda-sóis. De vez em quando erguiam a vista e verificavam a posição do sol.

– Antipas e Herodíade serão presos!

O clamor quase desapareceu.

– Ele e a *dusara* cederão suas casas a outros! E se envergonharão das abominações que fizeram. Cairão com os que caírem! E será muito longe, no fim do mundo! Atenção ao toque do chifre! Eis que trago desgraça a este povo porque a minhas razões não atenderam e porque repudiaram minha lei!

E surgiu a surpresa principal (houve outras), pelo menos para quem isto escreve. De repente, erguendo de novo os braços e a voz, clamou:

– Antipas, maldito, Yaveh fala contigo!

O silêncio foi sepulcral.

– Há 161 luas novas desenhadas sobre ti e sobre essa puta de Edom!

E repetiu:

– Há 161 luas novas para pôr fim a tua rebeldia! Há 161 luas para selar teus pecados, para expiar tua culpa e para instaurar a justiça!

Abaixou os braços lentamente e ficou em silêncio durante um longo minuto.

Ninguém respirava.

O que ele quis dizer? Seria outra loucura sua?

Abner fez contas com os dedos, mas estava confuso demais. Eu precisei de tempo para entender.

Yehohanan se apoiava no capítulo 9 do livro de Daniel. Mas o texto do profeta não diz isso.[56] E dei de ombros.

E ele prosseguiu com o livro de Daniel.

– Sejam confundidos os que a teus servos fazem mal! Tu, Antipas, e tu, Herodíade, ficareis cobertos de vergonha! Sereis privados de todo poder! Sereis arrancados dentre os homens e vossas unhas crescerão como as das aves!

Continuava manipulando a seu bel-prazer. Essas palavras pertencem ao capítulo 4, mas Daniel jamais faz alusão ao tetrarca da Pereia e da Galileia. Como podia fazer, se o livro, como disse, foi escrito dois séculos antes?

– Por isso Yaveh enviou a mão que te adverte! *Meneh*: Deus mediu teu reino! Antipas, corrupto! E lhe pôs fim! *Teqel*: Deus pesou tua alma na balança e te encontrou sem peso! *Parsin*: teu reino foi dividido e será entregue aos teus!

As três enigmáticas palavras significavam (em aramaico) "medir" (*meneh*), "pesar" (*teqel*) e "dividir" (*Parsin*). Na realidade, era um velho jogo de palavras que fazia alusão aos persas (*parah*) e a seu declínio. Mas Yehohanan se apossou dele e o deturpou, naturalmente.

– E Yaveh mandou revestir de púrpura seu profeta! Tu me concederás, chacal de rapina, um colar de ouro que adorne meu pescoço? Ou o cortarás com o machado em tua bebedeira?

Senti gelo nas veias.

Yehohanan não sabia do que estava falando. Não tinha consciência de que acabava de anunciar sua própria morte. Yehohanan era uma criatura estranha, sim. Não resta dúvida de que alguém dirigia suas palavras.

Os "ilustres" se remexeram, inquietos. Haviam chegado ao limite da paciência. E acabaram se levantando. A guarda se preparou.

Por fim, deram as costas ao vidente e caminharam rumo a Damiya. Mas Yehohanan captou a cena e arremeteu de novo contra os encapuzados.

---

56 No livro de Daniel, o anjo Gabriel anuncia a seguinte profecia: "Setenta semanas estão decretadas sobre o teu povo, e sobre a tua santa cidade, para fazer cessar a transgressão, para dar fim aos pecados, e para expiar a iniquidade, e trazer a justiça eterna, e selar a visão e a profecia, e para ungir o santíssimo".

Os pais da Igreja Católica e os exegetas não entram em acordo sobre a natureza dessa suposta profecia. Alguns acreditam que se refere à morte de Jesus de Nazaré. Outros afirmam que Daniel fala do final do Segundo Templo; e, inclusive, há quem afirme que está se referindo à data do fim do mundo (?). É possível que o livro tenha sido redigido na segunda metade do século II a.C. e que tudo seja pura invenção. (N. do M.)

– Não fujais, covardes!

Os "principais" pararam. Ou melhor, um deles parou. O resto o imitou.

– Meu Deus enviou seu anjo! O fim chegará para ti, para a puta de Edom e para os ímpios que queimam incenso para os deuses do Ocidente!

Voltaram os vivas e, ao mesmo tempo, os assovios de repúdio aos que se retiravam. Abner não sabia se ria ou chorava.

Mas o vidente não havia acabado.

– Entende e compreende, filho de Baal-Zevuv (Deus das moscas)! A partir deste instante, Yaveh traçou o fim! Quando Gog chegar, a profecia será realizada!

Fiquei perplexo. De que diabos estava falando?

– E Yaveh enviará a grande rocha, para que todos saibam de quem é o mundo! E o mundo se vestirá de luto e de gelo! Mas a desolação não será eterna! Então, aparecerá um Filho do Homem e o mundo será ancorado na luz!

Os "principais" se negaram a continuar ouvindo. Deram meia-volta e se afastaram. E todos os gauleses foram com eles.

Yehohanan não se alterou e prosseguiu em cima da pilastra vomitando insultos e inconveniências contra o tetrarca, contra a esposa, contra os *kittim* e, especialmente, contra os que não prestavam atenção aos profetas. Anunciou o fim do mundo mais de dez vezes, e sempre de forma diferente. Ameaçou com fogo, com guerras, com fome e, acima de tudo, com aquela misteriosa "grande rocha que cairia dos céus".

As pessoas estavam fora de si. Ovacionavam-no. Aplaudiam. Choravam. Abraçavam-se. Pediam sangue. Não importava de quem. Ameaçavam Roma. Exigiam armas. Queriam a liberdade e a guerra.

"Abaixo Roma!"

Foi o grito unânime que pairou no vau das Colunas durante muito tempo.

Abner e os discípulos pulavam e gritavam de prazer. Esqueceram as críticas a Antipas. Só a sublevação e a preparação do novo reino contavam. O Messias estava lá, no alto daquela pilastra, com uma colmeia aos seus pés, as pupilas vermelhas, uma "borboleta" no rosto e sete tranças louras ao vento.

Que mais podiam querer?

Contei uma centena de insultos e insolências contra o tetrarca e Herodíade.

E acabei sentado nos seixos brancos, confuso e abalado.

Seguindo aquele caminho, Yehohanan e os seus não tardariam a ser esmagados. Fosse por Roma ou por Antipas, a certeza é que seriam.

Não me enganei.

E às 11 da manhã, após quase cinco horas de filípica, o vidente pulou para as lentas águas do Yaboq e se juntou aos "justos" no *guilgal*. Quando passava, as pessoas o estimulavam, abençoavam-no, beijavam-no, tocavam-no.

Foi, sem dúvida, um dos dias de glória do Batista. Todos estavam eufóricos. Todos menos quem isto escreve.

Foi a única vez que vi Yehohanan chorar, mas nunca soube se o pranto era de alegria ou de pesar. Ele, naquele momento, sabia que a sorte (a dele) estava lançada.

Por fim, ele foi se sentar ao pé da acácia. E todos o cercaram, extasiados.

Abner beijou suas mãos, e o resto fez o mesmo. Eu fiquei em segundo plano, desconcertado. Nada disso foi escrito pelos evangelistas.

Mas o dia não havia terminado.

Suponho que tenha sido inevitável. Também não havia muito que contar.

Um dos "justos" acabou informando o Batista sobre o incidente do dia anterior, entre o gaulês e Judas. E exagerou. Isso também era normal. Contou a Yehohanan que mais de dez sujeitos atacaram o Iscariotes, e que este se defendeu com bravura, e que os pôs para correr.

"É um herói!", clamou o grupo.

Quem isto escreve estava novamente perplexo.

Os "justos" pareciam não saber da personalidade egocêntrica de seu líder, ou talvez, movidos pelas circunstâncias, esqueceram. E o conflito estourou.

O vidente mandou chamar o Iscariotes.

Todo mundo se felicitou.

Judas caminhou devagar e receoso para o centro do *guilgal*. Creio que já falei: o Iscariotes era extraordinariamente inteligente. E intuiu o perigo.

Parou e ameaçou dar meia-volta. Os companheiros não consentiram. E quase o obrigaram a ir à frente do gigante das sete tranças.

Yehohanan o olhou de cima a baixo. Seu rosto era pura pedra. Não mexeu um músculo.

Levantou-se, e o Iscariotes empalideceu.

E enquanto todos esperavam um elogio ou uma bênção, o vidente se cobriu com o "xale" de cabelo humano.

Fez-se silêncio.

Poucos segundos depois, diante da surpresa geral, Yehohanan cuspiu nas sandálias de Judas. E soltou dois de seus insultos favoritos:

– *Hara'im! Ewil!*

("Excremento humano" e "mais que estúpido", respectivamente).

A seguir, sem explicações, saiu do *guilgal*, pegou a colmeia e se afastou rumo ao bosque das acácias.

A consternação caiu sobre o grupo como chumbo derretido; especialmente sobre o Iscariotes.

Assim era Yehohanan.

Judas foi o primeiro a reagir.

Pegou seus pertences e, em silêncio, sem se despedir de ninguém, dirigiu-se para Damiya.

Só Abner percebeu. Captou o ocorrido e saiu atrás do discípulo, implorando compreensão. Mas as súplicas do pequeno grande homem não serviram de nada. Judas também era complicado. Não suportava que o insultassem, e muito menos em público. Seu senso de ridículo estava acima do perdão e até da lógica.

Se não me recordava mal, essa era a segunda vez que o Anunciador o "maltratava" diante das pessoas. A primeira foi nos lagos de Enavan, ao norte, em um incidente com os levitas, a guarda do Templo. Naquela ocasião, Judas pulou em um dos policiais e colocou a *sica* na garganta do surpreso levita. Yehohanan ordenou que retirasse o punhal e o envergonhou na frente de todos, chamando-o de *ewil* e *hara'im.*[57]

Ninguém disse nada, mas todos pensaram o mesmo: Yehohanan não permitia sombras em sua liderança. Todos sabiam disso. O gesto de Judas, maldizendo o gaulês e, de certo modo, enfrentando o invasor, podia tirar méritos do "profeta". E eu me perguntei: "O que aconteceria se o vidente acabasse se unindo ao grupo de Jesus de Nazaré?". Descartei a ideia. Isso era inviável. Os pensamentos e as maneiras de um e de outro eram incompatíveis. Algo assim não teria prosperado. E elogiei, uma vez mais, a inteligência do Mestre. O Destino sabia.

Não tornamos a ver o Anunciador (?) durante duas semanas.

Em boa medida, todos agradecemos por isso. Conviver com aquele homem era uma tortura.

E demos por certo que estava no bosque das acácias, com suas loucuras, suas vozes interiores e seus projetos para a libertação de Israel.

Nessa mesma noite de quinta-feira, 18 de abril, chegou ao *guilgal* um rumor pouco tranquilizador. Ao que parecia, aqueles que haviam visitado

---

57 Ampla informação sobre o acontecimento nos lagos de Enavan em *Cavalo de Troia 7 – Nahum.* (N. de J. J. Benítez)

o vau naquela manhã eram Antipas, Herodíade e quatro altos funcionários da corte herodiana. A notícia foi difundida pelos próprios gauleses. Voltaram ao acampamento e fizeram correr o rumor. E acrescentaram, da parte de Antipas e de Herodíade (principalmente de Herodíade): "Fugi enquanto podes. Fugi ao fim do mundo".

Não era preciso ser muito inteligente para adivinhar que Antipas e Herodíade abandonaram o local preocupados e aborrecidos. A palavra exata não seria "aborrecidos".

Yehohanan estava semeando ventos, e não tardaria a colher uma catastrófica tempestade. Naquele momento, eu era o único com certa perspectiva (e por razões óbvias).

Por mais que tenha pensado nas cenas da manhã, não consegui intuir qual dos seis "principais" era o tetrarca da Pereia e da Galileia. Eu o havia visto, no "futuro", como já expliquei, durante a tentativa de interrogatório em Jerusalém ao Filho do Homem. Antipas esteve diante deste explorador como um indivíduo de uns 50 anos, envelhecido, extremamente magro, com a pele semeada de crostas sujas e cinzentas. Antipas padecia de uma doença que chamavam de mentagra (as úlceras começavam sempre pelo queixo). Talvez se tratasse de sífilis.

Acabei me resignando. O que eu não imaginava naquele momento é que, meses depois, estaria de novo na presença do tetrarca, outro sujeito desprezível e perigosíssimo.

Mas essa é outra história.

Os dias seguintes (até a quinta-feira, 25, desse mês de abril) foram de relativa calma e de especial expectativa. Yehohanan não voltava, e os acampados, impacientes, foram abandonando o vau. Corria todo tipo de rumor. A maioria, falsa. Houve quem tenha associado a ausência do Batista com a ira de Antipas e de Herodíade. E se empenhavam em afirmar que Yehohanan havia sido preso naquela mesma manhã de 18 de abril. Outros alimentaram os boatos com um possível envenenamento do vidente promovido pela guarda gaulesa. E cheguei a ouvir histórias tão absurdas... como que o Batista havia perdido faculdades e que agora vivia no Egito, com Esdras e os dissidentes. Faculdades? Que faculdades?

Abner lutou contra os rumores até que compreendeu que era uma batalha perdida. Yehohanan estava se transformando em um mito, em um profeta à altura de Isaías, Elias, Ezequiel ou Daniel. Isso, pelo menos, era o que dizia o povo. E o *ari*, ciente disso, dedicou-se, com renovada energia, a dar sequência a suas "memórias". O bondoso homem sonhava: "Aquele diário, um dia, será também um texto santo". Abner não imaginava o que estava prestes a acontecer, e o fim que teriam aquelas "memórias".

Quem isto escreve esteve prestes a abandonar o vau das Colunas. Eu sentia falta do Mestre. Lá, praticamente, não tinha nada a fazer. Mas, apesar desses pensamentos e desejos, alguma coisa me reteve no rio Yaboq. Não sei explicar. Era uma voz interior, que aconselhava: "Confia. Espera".

E obedeci. Não saí do lugar.

Aproveitei esses dias para conversar longamente com Abner e com os "justos". Assim como os outros discípulos (os do Filho do Homem), aqueles traziam desde o berço os conceitos messiânicos. Não era fácil fazê-los mudar de opinião. Tudo se centrava na glória e na liberdade de Israel. Tudo era Yaveh (colérico e vingativo). O Messias (Yehohanan) já estava lá. A luta era iminente. Israel subjugaria o mundo, e eles, os "justos", marchariam à frente dos exércitos. Depois, chegariam os dias de glória. O reino estava ao alcance da mão.

Fiquei em silêncio, naturalmente. Limitei-me a ouvir e a perguntar.

Abner e os outros me apreciavam, e acho que foram sinceros.

Não invejei o papel de Jesus de Nazaré. Tinha muito trabalho pela frente, e um trabalho ingrato que não seria compreendido. E mais: custaria sua vida.

Sim, sentia falta dele.

E aproveitei aquele relativo sossego para meditar sobre outro assunto que me deixara perplexo: as palavras de Yehohanan na filípica da quinta-feira, 18 de abril.

Como ele podia saber?

Ao longo do "sermão", como se pode recordar, o Batista soltou frases como as seguintes:

"Antipas e Herodíade serão presos."

"Ele (Antipas) e a *dusara* (Herodíade) cederão suas casas a outros."

"Cairão com os que caírem. E será muito longe, no fim do mundo."

"Há 161 luas novas desenhadas sobre ti (Antipas) e sobre essa puta de Edom (Herodíade)."

"Há 161 luas novas para pôr fim a tua rebeldia. Há 161 luas para selar teus pecados, para expiar tua culpa e para instaurar a justiça."

"Tu, Antipas, e tu, Herodíade, ficareis cobertos de vergonha. Sereis privados de todo poder. Sereis arrancados dentre os homens."

"Deus mediu teu reino e lhe pôs fim. Teu reino será dividido e será entregue aos teus."

"Tu me concederás um colar de ouro que adorne meu pescoço ou o cortarás com o machado em tua bebedeira?"

Estávamos em abril do ano 26 de nossa era. Insisto: como ele podia saber? Simplesmente assombroso!

Antipas, pelo que conta a história, foi destituído na localidade de Baias (Itália), perto do mês de agosto do ano 39 d.C.[58] Foi o imperador Calígula quem se encarregou de acabar com a tetrarquia de Herodes Antipas, desterrando-o no sul da França (possivelmente na região de Lugdunum Convenarum, na vertente norte dos Pirineus). Herodíade negou-se a voltar a Israel e acompanhou seu marido até a morte. O reino de Antipas (Galileia e Pereia) foi posto nas mãos de Agripa I, irmão de Herodíade. Ou seja, "o reino de Herodes Antipas foi entregue aos seus". Yehohanan acertou: Antipas e Herodíade foram humilhados e cobertos de vergonha. Antipas foi derrotado pelos nabateus no ano 36. Depois, após ser destituído, teve que sofrer o desterro. Todos os seus bens e suas propriedades passaram às mãos de outros. Não foram presos, mas quase. Calígula os reteve, até que finalmente Antipas foi despojado de tudo. E o mais incrível: entre esse mês de abril do ano 26 e agosto de 39 passaram-se 161 luas novas.

Que estranha criatura, o Batista!

Antipas e Herodíade "caíram", e acabaram a vida no lugar que naqueles tempos era considerado o "fim do mundo" (Ocidente).

---

58 A vida com Herodíade ocasionou a Herodes Antipas vários desgostos. Além dos problemas com Aretas IV por conta das disputas fronteiriças (por causa da região de Gabalítide), houve o divórcio da princesa nabateia. Aretas IV não o perdoou, e no ano 36, como já mencionei, os dois exércitos se enfrentaram e Antipas foi derrotado. O imperador Tibério teve conhecimento da derrota, e enviou o governador da Síria, Vitelio, para capturar Aretas IV, vivo ou morto. Vitelio, ao que tudo indica, teve outros enfrentamentos com Antipas e retardou, no que foi possível, o avanço das legiões rumo a Petra. Em plena marcha para os territórios nabateus, Vitelio recebeu a notícia da morte de Tibério (ocorrida em março do ano 37 d.C.) e achou que sua obrigação de batalhar contra Aretas IV havia terminado. A derrota, portanto, ficou sem vingança. Mas as desgraças de Antipas haviam só começado. Calígula aceitou Agripa I como rei da Palestina, e no segundo ano de seu reinado (março do ano 38 d.C.) Agripa apareceu em Israel como único rei. Herodíade sentiu-se humilhada e obrigou seu marido a ir a Roma para exigir um título similar. Antipas não estava muito convencido, mas aceitou. Não deu sorte. Nessa mesma data, apareceu em Roma um tal de Fortunato, liberto de Agripa, com uma lista de acusações contra Antipas. Foi acusado de traição, confabulação com o rei parto Artabano, e acúmulo de armas em local secreto. Antipas reconheceu que esse arsenal existia, mas disse que estava destinado a futuras guerras contra Aretas IV. Calígula não acreditou nele e deu por certas as outras acusações contra o tetrarca. Antipas foi destituído e desapossado de tudo que tinha. E de Baias, na Campânia, foi desterrado para a Galia, onde morreu. (N. do M.)

Algum tempo depois, Antipas, em plena bebedeira, mandou cortar a cabeça de Yehohanan. E se cumpriu a penúltima profecia (?). Eu não podia saber disso naquele momento, mas chegaria a ser testemunha do trágico acontecimento.

Não mencionei, mas Tarpelay continuava aparecendo no vau das Colunas uma vez por semana, conforme havia prometido. Falávamos em silêncio e percorríamos os arredores. O negro da túnica amarela conhecia a região como a palma de sua mão. Aquelas viagens curtas e intensas foram muito úteis para as seguintes e não menos apaixonantes aventuras. Mas falarei disso em outro momento. Ou não?

Como dizia: na quinta-feira, 25 de abril, por volta da quinta hora (11 da manhã), recebemos uma visita inesperada. Apareceu no vau um grande grupo de "notáveis". Era uma delegação de saduceus e de escribas. Vinham da Cidade Santa (Jerusalém).

Os saduceus eram inconfundíveis. Viviam cercados de todas as comodidades havidas e por haver, e algumas mais.

Chegaram ao Yaboq com uma caravana de onagros, *redas* e mais de uma centena de servos. Durante horas foram a distração dos acampados, e, evidentemente, de Abner, dos "justos" e de quem isto escreve.

Descarregaram as coisas, e eu fiquei maravilhado. Dispunham de tendas confortáveis, banheiras de madeira, leques de penas de avestruz, vasilhas de ouro e prata, cozinhciros *badu*, guarda-sóis coloridos, espanta-moscas, proteção armada, camas dobráveis, concubinas, neve do Hermon em baldes cobertos com samambaias e até contadores de histórias, equilibristas e anões bufões.

Dificilmente passavam despercebidos. Vestiam-se com os melhores tecidos do Oriente ou do Ocidente. Usavam turbantes com pedras preciosas e pérolas e trocavam de calçado toda hora (tudo dependia do barro ou do pó da estrada). Eram acompanhados por secretários e servos de companhia, inclusive no "quarto secreto". Eram os aristocratas e os nobres da nação judaica. Não formavam uma comunidade no sentido das "fraternidades" dos "santos e separados" (fariseus), mas vangloriavam-se de proceder de um homem santo: Sadok, um sumo sacerdote cujos descendentes haviam exercido o sumo sacerdócio no Templo desde a época de Salomão (cerca de mil anos antes de nossa era).[59]

---

59 A palavra "saduceu" procede do aramaico *zadduqaya*. É uma derivação, por sua vez, de

Os escribas, vestidos de linho branco, sempre imaculado, eram mais discretos.[60] Acompanhavam os saduceus como assessores, mas muitos

---

Sadok, sumo sacerdote rival de Abiatar (*Sadok* significa "justo"). Os saduceus podiam ser considerados mais um partido que uma seita. Eram muito estritos no que se refere à observância da Lei escrita. Só admitiam a Torá de Moisés (os cinco livros do Pentateuco). O resto, o que os fariseus chamavam de Lei oral (ou dos pais), era rejeitado sistematicamente pelos saduceus. Eram inimigos viscerais dos fariseus. De fato, debochavam deles cada vez que tinham oportunidade e, especialmente, das alambicadas normas dos "santos e separados" em relação à pureza legal. Para os saduceus, essa pureza ritual ficava circunscrita ao Templo, e nada mais. Isso lhes permitia um melhor e maior trato com os pagãos, coisa que, por sua vez, redundava em lucro. Estavam tão longe da filosofia fariseia que inclusive incitavam a contrariar até seus próprios doutores e escribas (mestres) que faziam parte de suas filas. Não é verdade que repudiaram os livros dos Profetas, mas sua teologia era muito especial: duvidavam do Messias, não acreditavam na ressurreição dos corpos no dia do Juízo; aliás, debochavam desse Juízo Final. Negavam a existência de anjos e espíritos maléficos e acreditavam no homem por si mesmo. Eram defensores da liberdade humana e rejeitavam o Destino. Eram partidários de que Deus "ficasse em sua casa e deixasse o homem em paz". Durante séculos haviam ocupado o sumo sacerdócio, assim como a direção das castas sacerdotais (Anás e Caifás eram saduceus), e estavam acostumados a dirigir a política da nação. O Sinédrio, o grande conselho do país, que chamavam de *Gerousia*, estava geralmente em suas mãos. Eram os saduceus que tomavam as grandes decisões políticas ou religiosas. Eram grandes viajantes, e, em consequência, a mente deles era mais aberta que a dos "santos e separados". Defendiam o helenismo. Amavam a arte, os jogos, a boa comida, as cidades organizadas e limpas e, acima de tudo, a paz. Essa atitude os levou a um permanente colaboracionismo com os impérios. Consentiam que Roma fosse sua "dona". Isso lhes proporcionava parcos benefícios. Mas, ao mesmo tempo, a tolerância para com os invasores provocou o ódio do povo e, em especial, dos zelotes. Os saduceus simplesmente os desprezavam. Tinham seu próprio código penal e não hesitavam em prender aqueles que incitavam a rebelião contra Roma ou contra o poder estabelecido (seu poder). Sua concepção teológica (negando o além) os conduzia, irremediavelmente, ao desfrute imediato da vida. Tudo era pouco para "viver". Usavam o ouro e a prata para comer, para urinar ou para as camas onde descansavam. Ao possuir a riqueza, interpretavam que Deus os recompensava. Os prêmios e os castigos – diziam – aparecem nesta vida, não na outra. Esse era o sentido de justiça para os saduceus. A essa situação, somavam-se os vários pactos com os chamados escribas (sábios) ou doutores da Lei. Tudo isso os levou ao controle não só do poder político como também do judicial e do econômico. Nada se mexia no país sem o consentimento dos saduceus e de Roma (não sei se nessa ordem). Não convém esquecer: foram os saduceus, ajudados pelos fariseus, que traçaram e realizaram a operação de captura e condenação do Filho do Homem. Jesus de Nazaré era um perigo para a estabilidade do poder estabelecido (segundo os saduceus). A ressurreição de Lázaro foi a gota d'água na paciência dos saduceus. Eles não aceitavam a vida após a morte. (N. do M.)

60 O corpo dos escribas, como já relatei em outras oportunidades, nasceu no exílio, na Babilônia (586 a.C.), com Esdras. Surgiram pela necessidade de estudar a Lei (a Torá). Eram sábios (*chachamim*) e um dos setores mais influentes na vida social e religiosa de Israel. Tornaram-se também especialistas na Lei oral e em sua aplicação jurídica. O Eclesiástico afirma (38, 24-25) que um bom escriba é aquele que dedica todo seu tempo ao estudo

pertenciam ao partido deles. Também havia escribas que comungavam com os "santos e separados". A maioria, porém, era *freelancer*. A Lei proibia que cobrassem por seus ensinamentos, mas eles sabiam contorná-la, e obtinham benefícios até com o mais insignificante conselho.[61] Oficialmente eram carpinteiros, diaristas, pescadores, comerciantes, pedreiros, refinadores de linho, e o que fosse necessário. Mas só "oficialmente". Em uma viagem como essa, até o rio Yaboq, a serviço dos saduceus, os "conselhos" se valorizavam, alcançando preços superiores a 200 denários.

E saduceus e escribas montaram o acampamento perto do *guilgal*, a uma considerável distância do "povinho fedido", como chamavam os acampados.

Evidentemente, não tardaram a mandar mensageiros ao *guilgal*, chamando por Yehohanan.

Abner, alguns "justos" e quem isto escreve fomos até os recém-chegados.

O encontro não podia começar pior.

– Tu és quem batiza?

---

da Lei de Moisés, às sentenças ditadas pelos pais, às chamadas sentenças "obscuras", e ao ensino. Os escribas antepunham a Torá ao Templo e o conhecimento ao sacerdócio e aos sacrifícios rituais. Durante muito tempo, ganharam o ódio dos saduceus, mas, finalmente, estes compreenderam que era melhor tê-los como aliados. Entre os escribas existiam várias subdivisões de especialistas. Havia especialistas em cada um dos livros sagrados e em seções, capítulos e versículos. Entre os mais respeitados estavam os chamados *tanaítas,* ou repetidores. Sabiam de cor os textos e podiam recitá-los de frente para trás ou de trás para frente. Eram verdadeiras máquinas memorizadoras. (N. do M.)

61 Os escribas, embora não pudessem receber pagamento ("oficialmente"), dispunham de negócios (escolas rabínicas), especialmente em Jerusalém, com os quais acumulavam grandes somas. O dinheiro nunca era entregue em mãos. Simplesmente era depositado nos bancos da cidade (ou na diáspora). Dessa forma, não se descumpria a norma imposta por Esdras. Nessas escolas, os escribas (a quem chamavam de rabi ou "senhor") desenvolviam a interpretação da Lei graças a uma minuciosa e intrincada casuística. Esse "Direito bíblico" somou tal quantidade de normas e contranormas que se transformou em um "alto ramo do saber" para os escribas e em um pesadelo para o povo. A relação mestre-aluno era sagrada, a ponto de – diziam –, em caso de incêndio, haver que salvar primeiro o mestre e depois o resto da família. O rabi, em suma, tinha preferência sobre o pai e sobre a mãe. O *talmid*, ou aluno, estudava durante anos. Sempre recebia o ensinamento de forma oral, nunca por escrito. Quando dominava todas as matérias e o método da *halakah* (tradição oral), o *talmid* era designado "doutor não ordenado". Era o momento em que tomava decisões no terreno religioso ou no Direito penal. Era um *talmid hakam*. O passo seguinte se dava aos 40 anos (idade canônica), dependendo da sabedoria, da "diplomacia" do aluno e dos subornos. Se tudo corresse bem, a comunidade dos escribas aceitava o aspirante como *hakam* (doutor ordenado), podendo participar dos tribunais de justiça, dos debates civis e das discussões religiosas. Esse foi um dos primeiros assuntos que jogaram na cara do Mestre: Ele nunca estudou em uma escola rabínica, e, em consequência, não era um rabi. Os escribas o desprezaram desde o primeiro momento. (N. do M.)

Abner negou com a cabeça.

– Viemos ouvir esse pretenso profeta – explicaram os saduceus, reclinados em suas almofadas. – Dizem que é Elias.

E riram da piada.

Nas almofadas de veludo vermelho lia-se, bordado com ouro, o nome das famílias às quais supostamente pertenciam. Li "Arah" (da tribo de Judas), "Parosh", "Adin" (também de Judas), "Pajat-Moab", "Zattuel", "Senaá" (da tribo de Benjamim), "Yonadab" (da tribo de Recab), e assim até 20.

– Ele não está aqui.

A resposta de Abner não agradou aos saduceus.

– Viemos de Jerusalém – replicaram com desgosto. – Onde está?

– Não sabemos.

Abner fez bem em não revelar o bosque onde estava o vidente. Não se devia confiar naquela gente.

– Quando voltará? Não temos o tempo todo.

Abner deu de ombros.

E a atitude do pequeno grande homem irritou ainda mais os prepotentes saduceus.

– Então, não sabem nada sobre vosso profeta? Não sois vós seus discípulos?

Abner insistiu: não podia responder às perguntas do notável.

Cochicharam entre si e, finalmente, expuseram o que realmente os preocupava.

– Dizem que está levantando o povo contra Roma.

Abner, inteligentemente, tornou a dar de ombros. E se passou por tolo.

– Dizem que é a reencarnação do profeta Elias.

O *ari* não pôde se conter, e explodiu:

– Ele não é Elias!

– Ah! Então, quem é?

– O Libertador!

– O Libertador?

E os escribas e saduceus riram em uníssono.

Os discípulos se remexeram, nervosos, mas Abner estendeu a mão e pediu calma. O "leão" era extremamente prudente e valente.

– Vós não o podeis entender – disse Abner com todo o tato de que foi capaz. – Yaveh, bendito seja seu nome, manifestou-se a Yehohanan e lhe mostrou o futuro. O machado está na base da árvore.

– O futuro? De modo que teu amo também vê o futuro...

Abner disse que sim com a cabeça.

– Pois nós te diremos algo: nós também vemos o futuro. Principalmente o desse profeta. E parece um futuro muito negro.

E um dos saduceus comentou:

– Esse profeta não é do agrado de Roma, nem de Herodes Antipas.

Estava claro. Aqueles indivíduos não haviam ido até o vau das Colunas para satisfazer sua curiosidade pessoal (não só). O que realmente importava era esclarecer até onde chegava o poder de convicção do Batista, e se, como diziam, incitava o povo à sublevação. Essa era a chave.

Por último, os recém-chegados – sempre depreciativos – dispensaram Abner e os "justos". Esperariam o retorno de Yehohanan, embora ninguém tivesse ideia do momento de sua volta.

Abner ficou inquieto. Aqueles indivíduos não eram de seu agrado. Não lhe faltava razão.

O cerco em torno ao Batista continuava se estreitando.

No dia seguinte, tive uma surpresa.

Apareceram no *guilgal* dois saduceus e um escriba. Os primeiros eu não conhecia. O segundo, sim. O escriba, e fariseu, era Nicodemos, outro velho amigo. Ele, evidentemente, não sabia quem era este explorador. Ele era membro do Grande Sinédrio e fazia parte da chamada "nobreza laica". Foi o homem que, valentemente, na companhia de José de Arimateia, se atreveu a solicitar o cadáver do Filho do Homem e a levá-lo para a caverna funerária de propriedade de José. Lá o limparam e o depositaram sobre uma laje, à espera da chegada do domingo, 9 de abril, do ano 30.

Nicodemos era um homem pouco agraciado. Devia ter 1,50 metro de altura. Tinha a pele rosada, como um bebê. Era calvo, mas fazia esforços para que os quatro fios de cabelo que nasciam nas regiões parietais se ajeitassem na forma de cachos, como exigia a fraternidade dos "santos e separados". Usava uma barba preta (tingida), sempre enroscada nos dedos. Mas o mais chamativo eram as orelhas. Descolavam-se sem o menor respeito aos seus 40 e muitos anos. Tinha um olhar limpo e confiante, que conheci (que conheceria) no ano 30.

Nico, como disse, era escriba. Atingiu o grau máximo: *hakam* ou "doutor ordenado". Era um homem rico, parente dos poderosos Gorion, uma das famílias de maior prestígio em Jerusalém.[62] Era um fariseu de

62 Nicodemos, ou Naqdemon, comercializava trigo. Sua fortuna era superior a um milhão de denários de prata. Para que tenhamos uma ideia, uma das grandes fortunas de Roma era um tal de Gávio Apício, que conseguiu reunir mais de 50 milhões de denários. Nicodemos,

"esquerda"; ou seja, simpatizante de Hillel. Naquele tempo, como mencionei em outras oportunidades, as *haburot*, ou comunidades fariseias, andavam de picuinha entre si, como consequência da existência de duas escolas rabínicas que não entravam em acordo em praticamente nada. Uma dessas tendências era a de Hillel, mais progressista e tolerante. Na escola de Hillel praticava-se o liberalismo (dentro da rígida ortodoxia fariseia). Na *beth* de Schammai (a segunda escola, ou casa rabínica, de importância na época), o que importava era o fundamentalismo. Os seguidores de Schammai eram mais ritualistas, rígidos e reacionários.[63]

Nicodemos, por sua personalidade gentil e generosa, identificava-se mais com as ideias abertas de Hillel que com a "direita raivosa" de Schammai.

E demonstraria isso quando chegasse a hora.

Os saduceus – um de tal Shemaya e Rabban Gamaliel –, mais discretos que os que eu havia conhecido no dia anterior, também se mostraram amigáveis.

Queriam conversar – a sós – com Abner e os discípulos. E queriam que fosse sem atrito e sem os maus modos de seus colegas.

O *ari* desconfiou, mas, após olhá-lo nos olhos, aceitou.

Foram direto ao ponto. Não se preocupavam se Yehohanan incitava ou não o povo contra Roma ou contra Antipas. "Esse – disseram – é um problema menor." O que tentavam esclarecer era o delicado assunto do Messias. "Ele era ou não era o Batista, o Libertador?" E algo mais: "Que sabiam os 'justos' sobre esse pretenso e benéfico 'reino de Deus'?"

Abner fez o que pôde, o que não foi muito.

Eu, de minha parte, aproveitei a oportunidade para ter com eles uma deliciosa conversa. Foram entrevistas que deram luz ao panorama geral, e, em especial, aos grupos de saduceus e de escribas, que tanta relevância acabariam adquirindo na vida pública do Mestre e, tristemente, no fim de sua vida carnal.

Minha informação a respeito de uns e outros era incompleta. Eles, como disse, me ajudaram a centrar o problema.

---

além de tudo, fazia negócios com escravos (comprava e vendia), especialmente nos mercados de Jerusalém e Alexandria, no Egito. (N. do M.)

63 Conta-se o seguinte caso sobre Hillel e Schammai: um pagão se aproximou do rabi Schammai e comentou com ironia: "Eu me torno judeu se fores capaz de me explicar a Lei no tempo em que posso permanecer em equilíbrio em um pé só". Schammai bateu nele com sua régua. E dizem que Hillel, ao ser inquirido sobre o mesmo assunto, respondeu: "Não faças aos outros aquilo que não queres que te façam. Essa é toda a Lei". (N. do M.)

Eis alguns dados interessantes para entender, insisto, os futuros e graves enfrentamentos dos três grandes grupos (fariseus, saduceus e escribas) com Jesus de Nazaré:

Os saduceus, de fato, não acreditavam na ressurreição dos mortos. Isso provocaria tensões com o Galileu; principalmente depois da ressurreição de Lázaro. Mas nem todos os saduceus pensavam assim. E Shemaya e Rabban explicaram:

– Não acreditamos na ressurreição da matéria, e sim na imortalidade da alma.

Aquilo me deixou perplexo. E acrescentaram:

– A alma é imortal por natureza. É um dos presentes de Deus, bendito seja seu nome. Para que precisamos do corpo depois da morte?

Eu havia ouvido ideias semelhantes de lábios do próprio Jesus de Nazaré, e também do velho *Abba* Saul, o sábio de Salem com quem cheguei a viver um tempo.

E os saduceus, baixando o tom de voz, disseram-me que essas informações tinham uma origem remota. Procediam do próprio Sadok, e este, por sua vez, recebera-o de outros iniciados. E falaram de um "príncipe da paz", que chamavam de Malki Sedec.

Eu conhecia a história. Tratava-se do misterioso enviado de *Elyon*, o Altíssimo. Malki Sedec foi um homem sem nascimento, sem família e sem morte, que usava branco e que exibia no peito uns estranhos círculos. Três exatamente. Três círculos concêntricos azuis (a cor do amor).[64]

Foi esse príncipe que ensinou que a alma é imortal e que chega ao ser humano ao mesmo tempo que o Espírito, uma fração do próprio Deus. Eu também sabia desse assunto. O Mestre nos instruíra sobre isso.

Estava claro que eu estava diante de membros da secreta ordem dos "melquisedec". Mas não me atrevi a perguntar.

E falaram também sobre a liberdade humana. Os saduceus acreditavam nela. Meus interlocutores, porém, aceitavam "que tudo está escrito". E afirmaram algo surpreendente:

---

64 Malki Sedec (Melquisedec) aparece no Velho Testamento (Gênesis 14,17-20). Teve contato com Abraão (aproximadamente no ano 1980 a.C.). Foi o misterioso príncipe que falou, pela primeira vez, de um Filho do Homem. Referia-se, sem dúvida, a Jesus de Nazaré. Como já disse, esse príncipe da paz teria sido o verdadeiro precursor do Mestre, e não João, o Batista, ou Yehohanan. Os missioneiros de Malki Sedec percorreram o mundo com a grande mensagem de esperança: a alma do ser humano é imortal por presente de Deus. A vida é só uma experiência mínima (nem um suspiro). (N. do M.)

– O homem e a mulher, quando nascem, sabem para que vêm.

– Como isso é possível?

– É, simplesmente. Assim foi revelado pelo "príncipe da paz". Simplesmente, ao nascer, o *tikun* (a missão de cada ser humano) é apagado. Depois da morte, compreendemos.

O Mestre também defendia a imortalidade da alma e a presença do Espírito (a "centelha divina") no ser humano. A maioria dos saduceus, porém, repudiava essas propostas. Esse foi outro motivo de discórdia.

Mas o que realmente interessava àqueles inquietos homens era o Messias. E tinham uma poderosa razão. Malki Sedec anunciara isso 1.980 anos atrás: "E chegará o dia, venturoso, em que um *Bar Nasa* ('Filho do Homem') abrirá os olhos dos humanos e os fará compreender que são filhos de um Deus, que são imortais (aconteça o que acontecer), e que seu destino é um reino espiritual; sua verdadeira pátria".

Yehohanan era esse homem?

Abner e os íntimos do Batista não souberam responder. Na realidade, não sabiam do que ele estava falando. Um reino espiritual? Imortais por natureza? Condenados à felicidade? Todos os seres humanos exatamente iguais? Um Deus pai, benéfico? Sentados em seus joelhos? Um enviado que falaria de paz e que não quebraria os dentes dos ímpios?

Não entenderam e, a julgar por seu rosto, pensaram que os três indivíduos não estavam bem da cabeça.

E Nicodemos e os saduceus começaram a intuir que haviam feito a viagem por nada. Mas silenciaram a esse respeito.

Nicodemos, por sua vez, falou sobre os escribas, e pude entender que nem todos eram iguais, obviamente.

A casta dos *chachamim* (sábios) era responsável pela interpretação da Lei escrita, e também pela oral; mas, acima de tudo, "pela lei que não se lê nem se ouve". Nicodemos estava entre os afortunados que trabalhavam com o saber secreto e esotérico: a "chave da ciência", como definiria o próprio Jesus algum tempo depois. Essa tradição esotérica – segundo Nico – era mais importante até que a própria Torá. "É o que a justifica", sussurrou. Mas eu não compreendi o profundo significado daquelas palavras.

Nicodemos falou da *merkavah* (a carruagem que voa), a representação viva de Yaveh e de seus anjos. Não pude evitar: voltaram a minha mente as imagens das "luzes" sobre o Ravid.

Sim, quem tiver ouvidos, que ouça.

E falou de coisas impressionantes, como a "topografia" de Deus, como a eternidade (anterior e posterior à criação), como as mentiras sobre Moisés (arrebatado aos céus por outra *merkavah,* e jamais morto); como a "ilha eterna do Paraíso" (sempre imóvel), como o rapto de Enoch e de Elias, que jamais voltaram; como a magia dos nomes santos de Yaveh e seus prodigiosos efeitos na natureza e no homem; como o poder das letras sagradas do alfabeto hebraico, como os sete grandes universos, como o "não tempo", como o fim dos tempos (que nunca chegará).

E falou, especialmente, dos 94 livros apocalípticos, que contêm a sabedoria dos escribas.[65] Todos, segundo ele, de inspiração divina.

Julguei entender por que os *chachamim* se indignaram com o Mestre. Simplesmente porque Jesus de Nazaré falou de assuntos proibidos que não tinham por que chegar aos ouvidos do povo. O saber esotérico era "propriedade" de poucos – segundo os escribas –, e o Galileu permitira que "os impuros bebessem nos registros santos".

É importante compreender que esses escribas, os depositários do saber secreto da Lei, eram considerados os sucessores dos antigos profetas. Alguns eram mais que profetas. Assim rezava a Lei oral: "O escriba não tem necessidade de ser garantido" (Ber. I 7,3^{b} 56 [I,17]). Os escribas, enfim, não tinham que provar sua pureza de origem. A santidade era proporcionada pelo conhecimento. E Jesus, não obstante, metera-se com eles.

Aproveitei também aqueles dias de "descanso" para visitar a aldeia de Damiya; mais exatamente, a casa de outro velho amigo: Nakebos, o nabateu, o *al-qa'id,* ou alcaide corregedor da prisão do Cobre, na pequena ilha situada na desembocadura do Yaboq.

Ele me recebeu de braços abertos, com uma jarra de *legmi*, uma das bebidas típicas do vale do Jordão, obtido da fermentação da seiva da tamareira; uma bebida perfumada e traidora que eu já havia experimentado, e que deixara Eliseu bêbado na visita anterior à localidade.

---

65 O livro IV de Esdras acaba com a ordem de publicar os 24 livros redigidos anteriormente pelo pseudo-Esdras (os 24 escritos canônicos do Velho Testamento), "para quem é digno e para quem não é digno de ler" (IV Esd. XIV,45). E mais adiante diz (45-46): "Quanto aos 70 últimos livros, os guardarás e os entregarás aos prudentes de teu povo, pois esses livros fazem correr o manancial da inteligência, a fonte da sabedoria e o rio da ciência". Eram livros esotéricos e apocalípticos, aos quais o povo – segundo os escribas – não devia ter acesso. São livros inspirados – diziam –, mas superam os do cânone em valor, informação e santidade. A leitura desses escritos permitiria a descoberta, de uma só vez, da verdade absoluta. Naturalmente, não concordei com Nicodemos sobre esse último assunto. A verdade, em minha opinião, não depende de nosso entendimento. (N. do M.)

Foi o instinto – tenho certeza – que me levou até a casa de Nakebos. Conversamos e bebemos até o anoitecer.

Tentei arrancar dele informações sobre a recente visita de Antipas ao vau (Nakebos, segundo minhas notícias, era também, e acima de tudo, um dos oficiais da guarda do tetrarca e homem de confiança de Antipas).

Negativo.

O astuto árabe não disse nada.

Só no final, quando nos despedimos, deu-me um conselho: "Se fores esperto, abandona esse grupo de loucos, como fez Belša".

E recordei que o persa do sol na testa não visitava Yehohanan fazia tempo. O que Nakebos sabia? Por que Belša havia desaparecido? Algo estranho pairava sobre o vau das Colunas.

E amanheceu a quinta-feira, 2 de maio (ano 26).

Os dias, pouco a pouco, iam se alongando. Nessa ocasião, os relógios do "berço" apontaram o orto solar às 4 horas, 47 minutos e 48 segundos de um suposto Tempo Universal.

Dia maravilhoso. Céu aberto e altas temperaturas à espreita.

E ouviu-se o *chofar*.

Yehohanan voltou ao vau.

O acampamento se revolucionou.

"Finalmente! – gritavam. – Voltou o vidente!"

E as cenas de sempre se repetiram.

Os saduceus saíram de suas luxuosas tendas. Estavam meio adormecidos. Nenhum deles se levantava antes da terceira hora (nove da manhã). Tinham rolos de madeira nos cabelos. Seus camisolões eram de seda. As concubinas estavam nuas.

Corremos para a "praia" e tomamos posições.

Yehohanan era o de sempre, salvo por um pequeno detalhe: dessa vez, apareceu com o saco embreado e malcheiroso onde guardava o "323", o *megillah,* ou rolo da "vitória", do qual já falei em outro momento.[66]

O que pretendia?

Dificilmente voltava ao *guilgal* com aquele "tesouro". Sempre o escondia longe.

---

66 Ampla informação sobre o pergaminho da "vitória" em *Cavalo de Troia 8 – Jordão*. (N. de J. J. Benítez)

Eu me preparei. Estava tramando alguma coisa.

O Batista pulou sobre a pilastra de costume, a pouca distância da margem, deixou a colmeia colorida ao lado e se preparou para a "representação" habitual.

Observou os acampados e fez o também costumeiro minuto de silêncio, alimentando a tensão.

Depois, ergueu os braços. Na mão esquerda, brandia o saco embreado, como se fosse uma espada ou uma maça.

Os acampados o aclamaram.

Lentamente, saduceus e escribas foram chegando à "praia" dos seixos brancos. Olhavam uns e outros, aturdidos. Os homens que os protegiam estavam com eles.

Abner tremeu.

Como acabaria a manhã?

E começou o "discurso", com toda sorte de tropelias dialéticas, insultos e acusações ao divino e ao humano. Antipas e Herodíade, naturalmente, foram arrastados pelo barro. E o mesmo aconteceu com os *kittim*, com Tibério, o imperador, e com "essa mancha de sujos e corruptos sacerdotes de Jerusalém". Não ficou pedra sobre pedra.

A multidão, ensandecida, delirava.

E os saduceus e escribas, desconcertados, olhavam-se. Faziam constantes comentários. Os escribas eram os mais escandalizados. Não era de estranhar. Yehohanan usava os textos dos Profetas a seu bel-prazer e os virava do avesso como se fossem meias.

Pouco a pouco, a indignação dos *chachamim* foi aumentando, e não tardaram a se remexer, nervosos, convidando seus companheiros a se afastar daquele louco. Mas os saduceus continuaram na margem do Yaboq.

E a nova filípica se prolongou por três longas horas.

Quando já havia soltado um pouco mais de 50 insultos contra o tetrarca e Roma, os escribas deram meia-volta e se retiraram.

Abner e os "justos" sabiam o significado daquela retirada: Yehohanan havia sido desqualificado como profeta, e, evidentemente, como Libertador de Israel. Para os escribas, não havia dúvida: o Batista era um desequilibrado.

E às nove da manhã, como disse, o suplício acabou.

Os acampados, satisfeitos, voltaram a seus afazeres.

Abner e os discípulos cercaram o vidente e o escoltaram até o *guilgal*.

Até então, tudo andava mais ou menos normal.

Mas o desastre estava para chegar.

Yehohanan se sentou ao pé da acácia, cobriu-se com o "xale" amarelo e fez silêncio. Abner passou a lhe informar as novidades. E, naturalmente, falou da delegação que havia chegado da Cidade Santa.

O Anunciador não disse nada. Seguindo o costume, limitou-se a ouvir.

Nas tendas dos saduceus, percebia-se um ambiente tenso e agitado. Iam e vinham, discutiam aos gritos e arrancavam os cabelos, maldizendo e renegando suas respectivas estrelas. Pelo que pude captar, os escribas pretendiam voltar a Jerusalém de imediato e dar conta do visto e ouvido. Alguns saduceus - entre os quais estavam os "melquisedec"- queriam falar diretamente com o Batista. E argumentavam, com razão, que a viagem era longa e que não podiam voltar com as mãos vazias. Não haviam tido oportunidade de fazer perguntas a Yehohanan. Não podiam voltar sem interrogá-lo.

Os escribas cuspiam no chão e chamavam os saduceus de "cegos". Yehohanan - segundo eles - era um demente e, acima de tudo, "um perigo público". Tinham que advertir o Grande Sinédrio acerca da delicada situação. A maioria dos saduceus apoiava essa atitude. Não consentiriam que um louco arrastasse as massas e que a nação fosse envolvida em outro banho de sangue. Roma não tinha piedade com as sublevações. Eles bem sabiam.

Mas, finalmente, os saduceus decidiram dar uma oportunidade ao Batista.

E o grupo seguiu para o *guilgal*.

Abner e os seus, ao vê-los, levantaram-se. Yehohanan não se mexeu. Ficou sentado, com o saco embreado e pestilento nas mãos.

Os saduceus e escribas, com a tropa que os protegia, chegaram até o círculo de pedras, mas não o atravessaram. Não se atreveram.

E um dos saduceus ergueu a voz e perguntou ao vidente:

– Tu és o Libertador?

Creio que não exagero quando digo que assisti a um diálogo (?) quase grotesco (para não dizer coisa pior).

Yehohanan se ergueu e deu dois passos para os que perguntavam. Percebi temor no rosto deles. Alguns retrocederam. Aqueles dois metros de altura eram assustadores, ou, no mínimo, dissuasivos.

Retirou o "xale" e deixou à mostra a "borboleta" e as pupilas vermelhas. Yehohanan era desequilibrado, mas não tolo. Conhecia bem o efeito que produzia a visão daquele rosto dos diabos.

Ouvi um murmúrio dos recém-chegados.

E o da pergunta repetiu a questão:

– Tu és ou não o Messias que a nação espera?

E o Batista replicou com voz rouca e judiada por conta da recente peroração:

– Haveis chegado e haveis sujado minha terra.

Os saduceus e os escribas desviaram os olhares para o círculo de pedras. Não haviam entrado nele.

Não entenderam as palavras do Anunciador. Ele continuava invocando Jeremias.

– Deixastes minha herdade nojenta.

Os escribas logo perceberam. O gigante das sete tranças louras repetia palavras do profeta Jeremias; e fizeram o jogo dele, divertidos:

– Não te perguntamos onde está Yaveh, bendito seja seu nome, e sim quem és tu.

– Sou a voz que clama! Nem vós, os peritos da Lei, me conheceis.

– Tu és um profeta que profetiza pelo poder de Baal?

– Andais atrás dos inúteis? – perguntou por sua vez Yehohanan, prosseguindo com o capítulo segundo de Jeremias.

Os escribas se deram por aludidos e cochicharam entre si. Yehohanan não era um inimigo menor.

– E continuarei litigando convosco – prosseguiu o Batista –, e até com os filhos de vossos filhos, maldita raça de víboras.

– Que mal fizemos vindo até aqui?

– Haveis feito um duplo mal: ao meu povo, por dar-lhe falsas esperanças, e a mim, por tentar me enganar.

Os saduceus começaram a perder a paciência, e voltaram à primeira questão:

– Quem és?

– Sou d'Ele! Sou o escravo de Israel. Vós haveis levado o país à desolação, haveis incendiado suas cidades e as haveis deixado sem habitantes.

Não tinha jeito.

Yehohanan manipulava os versículos a seu bel-prazer.

Os saduceus e os escribas olharam para ele, perplexos.

– Como te atreves a nos insultar?

– E vós, como podeis dizer "somos sábios, e possuímos a Lei de Yaveh, bendito seja"?

– Porque assim é.

– Em mentira a transformastes! – explodiu o gigante. – Vossa pena (referia-se aos escribas) é mentirosa! Vós, sábios, passareis vergonha e sereis abatidos e presos, como esse chacal e a *dusara*, seu amante.

Outro murmúrio se elevou dos atônitos e indignados escribas e saduceus. Os homens de armas olharam para seus chefes, os saduceus. Só esperavam uma ordem para intervir.

Mas os "melquisedec" e Nicodemos pediram calma.

Abner não sabia o que fazer.

E Yehohanan, fora de si, prosseguiu:

– Eis que haveis descartado a palavra de Yaveh, bendito seja seu nome. De que vos serve vossa sabedoria?

– Mas, dize-nos, quem és realmente? Tu és Elias, como dizem? Talvez o Messias que deve vir? Responde, e com clareza!

O Batista repetiu, mostrando a palma da mão esquerda:

– Sou d'Ele! Quem como eu?

Os escribas e saduceus leram a "tatuagem" e deram de ombros. O lema em questão era comum para muitos judeus ortodoxos. Alguns, inclusive saduceus, tatuavam-no na testa.

– Isso é tudo?

– Envergonhem-se meus perseguidores, porque eu não me envergonho! Espantem-se eles, porque eu não me espantarei! Eu vos condeno, em nome do Santo! Ele trará para vós o dia aziago e vos quebrará duas vezes!

E os escribas, mais que fartos, replicaram:

– E diz Yaveh, bendito seja seu nome: "Não deis ouvidos às palavras dos profetas, que vos profetizam, ensinando-vos vaidades; falam da visão do seu coração, não da boca do Senhor."

Os escribas, inteligentemente, deram-lhe seu próprio "remédio". Aqueles eram versículos de Jeremias (capítulo 23), mas enunciados corretamente.

Yehohanan não se rendeu e voltou à carga:

– Enviarei a tempestade de Deus e farei explodir sua ira sobre vós, raça de corruptos e desgraçados! Um turbilhão vos arrebatará e não se apaziguará a ira de Yaveh, bendito seja o Santo, até que a execute!

– Fantasias! – clamaram os escribas.

O Batista, então, levantou o saco embreado e pestilento e o agitou, ameaçador, acima da cabeça, gritando:

– Aqui está o plano! Ele mo entregou!

O grupo, obviamente, não sabia do que ele estava falando.

E Yehohanan arremeteu, pronunciando outra sentença singular:

– Em dias futuros vos dareis conta disso! Ao chegar a lua 528, ardereis!

A lua 528? Isso nos situava no ano 70 d.C. Ele estava anunciando o cerco e a destruição da Cidade Santa pelo general Tito!

Fiquei novamente perplexo. Como podia?

E os saduceus explodiram, uma vez mais:

– Fantasias! Tu és um louco!

Mas os "melquisedec", intrigados, perguntaram o que ninguém havia perguntado:

– Que contém esse saco?

– São os planos de Yaveh, bendito seja.

– Que planos?

– Por que vais acreditar em minhas fantasias? Se por meio de minhas palavras se propaga a impiedade, como dizeis, por que me ouvis?

Dessa vez foi o Batista quem os humilhou.

– Quem te deu esses planos?

O gigante hesitou, mas foi só um segundo. E acabou respondendo algo que eu sabia (ele mo confessara na garganta do El Firan):

– O homem-abelha.

– O homem-abelha?

– O homem-abelha o desenhou para mim, e me entregou em uma *markavah*. É um *megillah* santo!

Foi demais. Os escribas morreram de rir, um riso coletivo, e contagiaram os saduceus.

Segundo Yehohanan, o homem-abelha em questão era uma das *hayyot* (uma criatura celeste) com quem – segundo ele – havia conversado em várias oportunidades. E o "323" (o pergaminho da "vitória") fora desenhado pela referida *hayyot* e entregue ao Batista dentro de uma carruagem voadora. O pergaminho, portanto, era sagrado.

Como disse, era demais para os *chachamim*.

Aí acabou o incrível diálogo.

E os saduceus e escribas se retiraram. Os comentários foram unânimes: "louco de pedra" e "louco perigoso".

Mas, enquanto se dirigiam às tendas, alguém, escondido no grupo, jogou uma pedra no *guilgal*. E acertou o peito de Yehohanan.

O gigante das sete tranças louras não se mexeu, mas os discípulos, indignados, pegaram suas *gladius* e as desembainharam. E avançaram para aqueles que se afastavam.

Os saduceus e os demais notaram a manobra, mas não souberam da pedrada. Viram apenas uns homens que se dirigiam para eles, armados, e não com boas intenções. Pararam, e a guarda armada se adiantou, pondo suas mãos nas espadas e maças.

Foi novamente Abner, auxiliado por Nicodemos e pelos "melquisedec", que se mostrou ágil e diplomático. Ordenou a seus homens que guardassem as armas e os obrigou a voltar para o *guilgal*. O perigo foi conjurado em segundos.

E escribas e saduceus deram início à desmontagem das tendas.

Nesse entardecer, quando a delegação abandonou o vau das Colunas, Yehohanan deu uma ordem seca: "Amanhã partiremos para o sul".

Não houve mais explicações. Abner não soube como interpretar a ordem. Ninguém sabia. Ainda assim, os rumores correram pelos acampados. Cheguei a ouvir de tudo: "O vidente está indo para Jerusalém"; "Chegou a hora"; "Finalmente ele se colocará à frente dos exércitos"; "Roma tremerá".

E, ao alvorecer do dia seguinte, sexta-feira, pusemo-nos a caminho.

O Batista tomou a dianteira. Os "justos" o seguiram, em silêncio.

Seguimos na direção sul, pela trilha que corria paralela à margem esquerda do *nahal*, ou rio Jordão. Tratava-se de uma estrada de terra batida, menos frequentada que a da margem direita, pela qual este explorador havia caminhado em diversas oportunidades. Aquele percurso era novo para mim.

Quais eram as verdadeiras intenções do Batista?

Fui incapaz de imaginar uma única minimamente racional. Mas havia algo racional na mente daquele homem?

Resignei-me. Imaginei que ele tinha tudo calculado.

Sim e não.

Logo após abandonar o vau, parte dos acampados na "praia" dos seixos brancos nos alcançou. Calculei umas 200 pessoas.

Aquilo era inquietante.

O que pretendia Yehohanan? Que pensava fazer à frente daqueles fanáticos?

Não caminhamos muito.

Na periferia de Adam, Yehohanan parou e ordenou que traçassem um *guilgal* ao pé das muralhas. Ninguém entendia nada. Os discípulos obedeceram. E no meio da manhã, quando o vaivém de homens e animais se tornou mais intenso, o Batista subiu em uma das *redas* que esperava às portas da cidade e deu início a um de seus habituais "sermões". Os seguidores o cercaram de imediato e o animaram com seus vivas e aplausos. Pouco depois, aquilo era um fervedouro de pessoas e de rumores: "É o Libertador, prestes a enfrentar os *kittim*. As armas estão a caminho".

Nenhuma novidade. Os mesmos insultos, os mesmos despropósitos e a mesma loucura (individual e coletiva).

A situação estava começando a me entediar. Continuava sentindo falta do Mestre. Mas tinha que continuar ao lado daquele insensato.

E me armei de paciência.

Todo dia percorríamos um pequeno trecho: entre três e cinco quilômetros; não mais. Sempre para o sul e sempre com um "discurso" no meio da manhã. Não importava que fosse em um vilarejo ou no meio do nada. Yehohanan subia em uma pedra, ou em uma carruagem, ou no lombo de um onagro, e praguejava contra os de sempre, no mesmo tom. As pessoas, felizes, incitavam-no. Não sei como, mas, dia a dia, o número dos seguidores foi crescendo. Apareciam em qualquer cruzamento e se juntavam ao grosso, ovacionando e gritando o nome do Libertador. E abertamente. Abner e os íntimos estavam em êxtase. Não acreditavam no que viam. E, pouco a pouco, foram aceitando o constante ir e vir de boatos sobre "exércitos, arsenais, batalhas iminentes, romanos covardes, fuga de Herodes Antipas e não sei quantas invenções mais sobre a chegada do reino dos céus".

Yehohanan não fazia comentários. Acabado o "discurso", pegava a inseparável colmeia, afastava-se dos "justos" e dos acampados e não tornávamos a vê-lo até o dia seguinte, ao retomarmos o caminho.

E chegou a segunda-feira, 6 de maio (ano 26).

Nesse dia, paramos em uma aldeia pequena chamada Halak. Os moradores nos receberam surpresos.

E Yehohanan, segundo o costume, enroscou-se em uma nova filípica.

Os humildes *felah*, que só entendiam de flores e de hortaliças, não compreendiam as estranhas e duras palavras daquele sujeito de dois metros de altura, montado no muro de um poço e insultando pessoas ilustres, como Antipas ou sua esposa, Herodíade. E entenderam ainda menos os ataques aos *kittim* e as promessas de um mundo melhor, "onde só os pagãos trabalhariam".

Mas as quase mil pessoas que seguiam o Batista o acolheram com seus gritos, e os aldeões, perplexos, acabaram se unindo ao coro geral, pedindo a morte de quem fosse preciso. Não importava quem. Essa era a triste e crua realidade depois de percorrer 15 quilômetros em apenas quatro dias. O que podia acontecer quando aquele bando de loucos chegasse a Jerusalém? Ou não eram esses os planos de Yehohanan?

E nisso estávamos, mergulhados em plena diatribe contra Roma e contra o tetrarca, quando os vimos à direita da estrada, não muito longe, trotando paralelamente à selva que cobria o rio Jordão.

Houve um breve silêncio.

Yehohanan também os viu, mas, após um instante de dúvida, prosseguiu com seus venenosos ataques a Roma, agitando a ira de Yaveh como uma bandeira.

Não pararam. Seguiam rumo ao sul.

E a multidão, ao vê-los, incendiou-se, e os gritos e insultos acabaram sepultando as palavras do Anunciador.

Era uma *turma*, uma unidade de cavalaria do exército romano, formada por 33 mercenários. Trotavam em três filas, com os decuriões à frente de cada uma delas. Diferentemente das *turma e* que eu havia visto em outras ocasiões, os cavaleiros dessa *turma* usavam, sob as cotas de metal, uma espécie de "camisa" de manga longa, violeta. As calças, muito justas, cobriam até metade da perna. Eram vermelhas, muito chamativas. Os decuriões, ou chefes de fila, usavam elmos dourados e longas espadas na cintura. O resto da *turma* usava elmos de couro e carregava *pilum,* ou lanças de 2,5 metros, com cabos de ferro. De um lado, presos às selas, os típicos escudos hexagonais, ornados com bordas metálicas. Fechando o grupo, um trio de cavaleiros sobre cavalos preto-e-brancos, em cujas garupas haviam sido arranjados feixes de lanças, um pouco mais curtas que os *pilum*. Pela indumentária, deduzi que estávamos diante de uma patrulha de origem síria, especialista no lançamento de projéteis de pedra. Eu os havia visto agir nas proximidades da pousada do "caolho", na estrada que ligava o *yam* com a Cesareia. Eram temíveis. Tratava-se de um corpo especial, e especialmente agressivo. Aqueles fundeiros podiam acertar seu alvo a mais de cem metros, mesmo alvos em movimento. Se parassem e enfrentassem os seguidores do Batista, o encontro poderia acabar em tragédia, e não exatamente para a *turma*.

Os insultos recrudesceram. E alguns fanáticos, histéricos, pegaram pedras e correram para a *turma*, jogando-as.

Abner empalideceu. Apesar de seus gritos e pedidos, ninguém obedeceu. E centenas de loucos correram para os cavaleiros. Distingui os reflexos de algumas espadas erguidas.

Eu não sabia o que fazer.

Mas os decuriões, atentos, ergueram os braços, e a *turma* avivou a marcha, afastando-se.

O prudente gesto dos romanos foi mal-entendido pela multidão que corria e vociferava, e os ânimos se agitaram até limites inacreditáveis. Era a vitória. Era o sinal que esperavam. Os *kittim* estavam fugindo.

"Abaixo Roma!"

Durante minutos eternos, os seguidores e os "justos" se abraçaram, choraram e amaldiçoaram os ímpios.

Este explorador estava desolado. Aquela gente não compreendia. Se a patrulha houvesse se defendido, naquele momento estaríamos contando cadáveres.

Situação nada boa, pensei. As coisas estavam se complicando.

Os romanos conheciam perfeitamente os movimentos de Yehohanan e de seus seguidores. Era mais que possível que os "escorpiões" estivessem camuflados no meio daqueles fanáticos. E todos os dias, presumivelmente, informavam seus superiores. A presença da *turma* não era uma coincidência. Os romanos simplesmente pareciam controlar a capacidade de reação dos rebeldes. Foi o que pensei. Não me enganei.

E a viagem prosseguiu, entre felicitações e novos boatos:

"Roma parlamentaria. Roma tinha medo. O Libertador chegaria a Jerusalém e exigiria a rendição dos *kittim*. Mas Yehohanan não teria piedade."

Eu estava cada vez mais confuso. Todos haviam perdido a cabeça.

E ao chegar ao *nahal* Auja – outro afluente do Jordão – pela vertente oriental, no meio de uma daquelas filípicas, Yehohanan, após os insultos de praxe ao tetrarca Antipas, à *dusara* e a Roma, falou de outra "visão" que, sinceramente, eu não soube classificar. Eis o que disse naquela quarta-feira, 8 de maio, em uma pequena aldeia chamada Sad:

– Vejo uma caverna. É o monte de Moisés.

Pensei no Sinai, mas não.

– Lá o conduziu Yaveh, bendito seja seu nome, para que visse sua herdade.

Podia estar se referindo ao monte Nebo, de onde Moisés contemplou a terra prometida antes de morrer (ou antes de desaparecer, como afirmavam os "melquisedec").

E prosseguiu:

– Vejo uma caverna onde foi depositada a Tenda, e também a arca sagrada.

Falava – supus – da Tenda da Reunião, usada pelos judeus como santuário durante sua peregrinação pelo deserto, e da arca da aliança, desaparecida praticamente desde os tempos do rei Salomão, havia mil anos.

– Vejo a Tenda e a arca sagrada, e a verdadeira história de *Bar Nasa* (Filho de Homem), escrita por quem não existe, mas existirá. Esse lugar ficará desconhecido até que Deus, bendito seja, volte a se unir a seu povo e lhe seja propício.

Fim da "visão".

Ninguém sabia do que estava falando. Julguei reconhecer um dos livros dos Macabeus, mas não tive certeza. Algum tempo depois, quando aconteceu o que aconteceu, eu fui o primeiro a me surpreender. Não foi só uma "visão". Foi muito mais.

Dois dias depois, ao chegar ao fim da selva do Jordão, muito perto de uma aldeia que chamavam de Tera', a pouca distância do *wadi* Nimrin, tornamos a ver os *kittim*. Nessa ocasião, foram duas patrulhas, duas *turmae*, idênticas à anterior. Ultrapassaram-nos, também pelo lado da selva, a uns 200 metros, a trote.

E os seguidores, animados pelo resultado do primeiro encontro, tornaram a se rebelar. E se repetiram as pedradas, a correria, os gritos, os desafios e os insultos. Abner desistiu. Era impossível apaziguar aqueles fanáticos.

Os cavaleiros deixaram que os judeus se aproximassem e, no momento oportuno, saíram a galope, deixando os furiosos seguidores a ver navios. E se afastaram rumo ao sul.

Estávamos a um passo da tragédia.

Yehohanan não se pronunciou, nem a favor nem contra.

A partir da quinta-feira, 9 de maio, as *turmae* aumentaram nas proximidades do grupo que caminhava, supostamente, rumo à Cidade Santa. As patrulhas se mostravam, ou nos acompanhavam, sempre à distância, de um ou de outro lado da trilha que corria paralela à margem esquerda do Jordão.

Os ânimos estavam alterados, irremediavelmente, avivados pelos "sermões" do vidente. Mas os *kittim*, cumprindo ordens, não arriscavam. Mantinham-se fora do alcance das pedras ou das lanças atiradas pelos mais audazes – ou pelos mais cegos. E digo bem: cegos. Sinceramente, eu não conseguia entender a atitude daquela gente. Naquele tempo, segundo nossas notícias, a Palestina estava ocupada por quatro legiões romanas: a décima, a terceira, a sexta e a décima segunda. No total, a província da Síria, que incluía a Judeia (Israel), concentrava nove legiões e cerca de 70 unidades auxiliares. Isso somava um contingente de 54 mil soldados, aproximadamente. Cada legião, por sua vez, contava com um corpo de cavalaria de 300 cavaleiros, divididos em unidades menores (*turmae*). A qualquer momento, Roma podia ordenar a seus homens que caíssem em cima do grupo de Yehohanan, pulverizando-o.

Mas ninguém, como disse, parecia se dar conta da situação.

No caso do vidente, era compreensível. Suas faculdades mentais estavam diminuídas, ou alteradas. Mas não acontecia o mesmo com o resto. Era gente normal – a maioria, camponeses – que conhecia o poder dos invasores. Aquele "não agir" dos *kittim* não significava que não estivessem atuando.

E Yehohanan prosseguiu com as filípicas, e com as provocações.

O que tudo aquilo tinha a ver com a mensagem do Filho do Homem?

Os três últimos dias daquele lento caminhar foram mais laboriosos do que eu poderia imaginar. Caminhávamos pela Pereia (território de Antipas), uma região ocupada basicamente por pagãos. Pois bem, casualmente, esses dias (9, 11 e 13 de maio) eram considerados "particularmente nefastos". Os romanos, e os gentios em geral, celebravam a festa dos Lemúrias.[67] Ninguém saía à porta de casa. Os mortos voltavam – isso dizia a lenda – e se vingavam. Era uma festividade semelhante à *Parentalia*, mas celebrada na intimidade. Era uma homenagem aos mortos, sob o medo da volta dos falecidos. A origem estava no assassinato de Remo por seu irmão Rômulo. Diziam que Remo aparecia toda noite, e Rômulo, para conjurar o malefício, instituiu a festa dos Lemúrias nos dias 9, 11 e 13 de maio. Tudo ficava suspenso durante esses dias aziagos: negócios, casamentos, cerimônias religiosas, execuções. A atividade social e econômica ficava paralisada.

E o grupo teve problemas de abastecimento. Não foi fácil arranjar comida. As pessoas recorreram a Yehohanan. Esperavam que o suposto Messias fizesse um prodígio, como o de Caná. Mas o vidente fingiu que não era com ele. Ele não tinha problemas nesse sentido. A colmeia lhe proporcionava a única coisa que ingeria: mel em abundância.

Jamais esquecerei aquela imagem: o gigante das sete tranças louras, à frente dos fanáticos, com a colmeia na mão esquerda e o "xale" amarelo cobrindo sua cabeça. Nada a ver com o Filho do Homem.

Disso os evangelistas também não falam.

E chegou o domingo, 12 de maio.

Fim da viagem. Uma viagem tensa e extenuante, e não por conta dos 30 quilômetros percorridos, e sim pela atitude dos seguidores

---

67 Os "lêmures" eram considerados os espíritos dos mortos. Ao lado dos "lares, gênios e penates", formavam o mais importante panteão dos deuses de além-túmulo. Nas datas mencionadas, voltavam à vida e acossavam os humanos, especialmente os que haviam se envolvido em mortes violentas. Quem não tomasse precauções, e fosse vítima dessas "presenças", acabava louco. Estes eram chamados de *cerriti* ou *laruati*. As "larvas" eram outros fantasmas, não menos daninhos, que também apareciam nesses dias de maio. Para evitar essa tropa de espíritos maléficos, os pagãos se trancavam em casa e recorriam a todo tipo de conjuro e ritual, cada um mais absurdo e desconcertante que o outro. Um dos mais populares consistia em comer favas negras. (N. do M.)

(mais de mil), pela ameaça das *turmae* e pelo tom dos discursos de Yehohanan.

O objetivo do Batista não era Jerusalém, como afirmavam, e sim o vau de Josué, também chamado vau das 12 Pedras. Lá ele havia começado a pregar 13 meses antes, em 3 de março do ano 25. Lá conhecera Abner, seu primeiro discípulo. Lá iniciara sua carreira de profeta e, curiosamente, lá a terminaria. Mas, antes, aconteceram outras coisas, também notáveis. Irei passo a passo.

O vau de Josué era um lugar especialmente santo. Segundo a tradição oral e os livros sagrados, foi naquele trecho do Jordão que se deu o primeiro prodígio do caudilho Josué, o homem que cuidou do "povo escolhido" após a morte (?) ou desaparecimento (?) de Moisés. Ao chegar à margem, Yaveh ordenou a Josué que introduzisse a arca da aliança na água. E assim ele fez. Quando os sacerdotes que carregavam a arca entraram no rio, as águas do Jordão pararam 30 quilômetros acima, dizem que na região de Adam e Damiya (vau das Colunas), e o povo e o gado cruzaram o Jordão. Em homenagem a esse milagre, Josué mandou tirar 12 grandes pedras do leito seco do rio e ergueu um monumento. Cada pedra representava uma das 12 tribos de Israel (as que haviam atravessado o rio).

O vau de Josué, enfim, era um lugar estratégico, tanto do ponto de vista das comunicações quanto da história e da religiosidade de Israel. Ali se cruzavam as rotas que partiam para Jericó e Jerusalém, a oeste, as que buscavam Betaramta (Julias) e o "caminho dos reis", pelo leste, e o mar de Sal (atual mar Morto), ao sul.

O vau em questão protagonizava um constante fluxo de peregrinos que visitava o monumento de Josué, seja para orar, seja para cumprir uma promessa, ou simplesmente por curiosidade. A questão é que o lugar era um contínuo ir e vir de caravanas, raças e credos.

Yehohanan soube escolher.

Ao deixar o *wadi* Nimrin para trás, entramos na região de influência do vau de Josué. Este explorador o havia visto de cima, quando voamos de Massada ao *yam*; mas agora, em solo, era diferente.

Foi um espetáculo deslumbrante.

O vau ficava a 7,5 quilômetros da costa norte do mar de Sal. Era um imenso verdor, de uns 4 quilômetros de largura, com um rio Jordão, às vezes verde, às vezes ocre, ziguezagueando entre bambus, hortas, plantações de flores, bosques de tamariscos, choupos, vinhedos, pomares e extensos palmeirais. Aquilo que estava diante de mim não tinha relação alguma com o que hoje (dizem) é o histórico vau das 12 Pedras.

Entre os verdes e os ocres, distinguia-se meia dúzia de aldeias, todas lutando para chegar ao pai Jordão. Eram pequenas. Quase cabiam na palma da mão. Eu conhecia algumas: Betânia e Haghtas, no lado oriental, e Bet Abara, Bet Hoglah e Yahud, no oeste. E um pouco além, a dez quilômetros do vau, a festiva e branca Jericó, adormecida entre milhares de palmeiras e as não menos célebres plantações de bálsamo, o grande negócio do momento. Ao sul, a exuberância desaparecia de repente. E entrávamos nos domínios do delta, uma região árida, extremamente salina, antessala do lendário e misterioso mar de Sal, semeada de brancos e de azuis. Quando a visitei, contei mais de 20 piscinas naturais e artificiais onde se criavam peixes e caranguejos ou se extraía sal.

E Yehohanan e Abner, decididos, adentraram as plantações. Conheciam bem a região.

Os *felah*, ao ver aquele grande grupo de judeus, abandonavam o que estavam fazendo e corriam a perguntar.

– É o Messias – respondiam os seguidores. – Anuncia o reino e o fim de Roma.

Os moradores ficavam mudos. Os mais velhos balançavam a cabeça negativamente. E murmuravam "que aquilo não podia ser grato aos céus". Não lhes faltava razão. Logo descobririam.

Calculo que devia ser a sexta hora (meio-dia) quando entramos em um pequeno bosque que dava, tímido e rosado, para as rápidas águas do Jordão. Era um bosque formado por resedas, de madeira muito apreciada (chamavam-na de *jarool*), de até 15 metros de altura, com os galhos muito separados e uma virtude que os tornava especialmente vistosos: as flores, nascidas em espigas apicais, mudavam de cor ao longo do dia. Pela manhã eram rosa. À tarde, talvez cansadas, tornavam-se violeta, a cor do amor impossível.

Yehohanan escolheu uma das resedas de maior envergadura e ordenou aos seus que arranjassem pedras e desenhassem o costumeiro círculo, ou *guilgal*.

Dito e feito.

Os discípulos obedeceram cegamente, e os demais seguidores, conhecida a notícia de que o líder acamparia naquele lugar, distribuíram-se pela região, sempre mantendo a distância exigida pelo vidente (não podiam colocar as tendas a menos de cem metros do *guilgal*). Outros preferiram as aldeias próximas.

Faltavam seis horas para o ocaso, e decidi dar uma olhada na região. A intuição me dizia que estávamos em um ponto-chave. Algo ia acontecer naquele vau; algo de especialíssima importância.

Tomar referências era vital.

Não me enganei.

Por onde começar?

Comecei pelo mais próximo. O bosque das resedas ficava entre o rio e um pequeno promontório, de uns 45 metros de altitude, que, sem querer, havia se transformado em um vigia. Daquele penhasco divisava-se um amplo setor (praticamente todo o vau). Chamavam-no de monte de Kharrar, mas, realmente, de monte tinha pouco. Contei os passos até o cume. Do *guilgal* ao topo, pelo caminho mais curto, não chegavam a 200. Tratava-se de um montículo de marga esverdeada, composta por argila e carbonato de cálcio. Era um terreno dócil e suave, onde crescia, feliz, uma colônia de estevas e arbustos de médio porte. Mas o que mais me surpreendeu foi o pequeno arvoredo que coroava o cume. Eram árvores de até seis metros, com as flores em longos cachos pendentes e de uma belíssima cor de ouro. Mais tarde, soube que se tratava do *Laburnum anagyroides*, uma leguminosa cujas sementes são letais. Os naturais do local chamavam essas árvores de "chuva de ouro" e usavam suas sementes pretas como poderoso veneno (tanto para pescar quanto para outros "interesses" menos confessáveis. Antipas, ao que parecia, era um importante comprador). Supus que estivesse diante de outro boato, mas não.

O Kharrar, como consequência das árvores venenosas, havia se transformado em um lugar pouco ou nada frequentado. Registrado. Do alto do penhasco da "chuva de ouro" (assim o batizei), apreciei com mais clareza todo o vau de Josué propriamente dito. A uns cem metros da base do promontório, e a 200 metros do *guilgal*, saltava sobre o Jordão uma pontezinha de troncos, mais bem-intencionada que bem montada. Bem perto, na margem esquerda do rio, divisei o famoso monumento, supostamente erguido pelo caudilho Josué. Era formado por uma série de pedras (seixos pesados) e, no alto, uma *menorah*, ou candelabro de sete braços.

O monumento ocupava o centro de uma grande planície. Um pouco mais ao sul, no fim da esplanada, vi sete cabanas, apoiadas umas nas outras. Em frente ao monumento, ao pé da trilha pela qual havíamos chegado, e que seguia, negra e batida, rumo ao delta, vi duas enormes rochas avermelhadas. A mais alta não passava de quatro metros de altura. Eram rochas de marga, arredondadas pelo tempo e pelos olhares das pessoas.

E nessa mesma margem do rio, entre hortas e pomares, a 200 metros do candelabro, cochilava a aldeia mais próxima: chamavam-na de Haghtas. Era marrom, com alguns penachos de fumaça. Não fosse pelo verde das plantações próximas e pelo branco azulado das colunas de fumaça, ninguém teria dito que era uma aldeia de vivos. Nunca ninguém passava por ali. E muito menos o tempo.

Do outro lado do Jordão, na margem direita, destacavam-se duas aldeias pintadas da mesma cor cansada: ocre. Eram cercadas por palmeirais, pomares, uma intrincada rede de trilhas, uma mais avermelhada que a outra, e outro aspirante a rio, o *nahal* Hoglah, que deslizava em silêncio rumo ao sul de Bet Abara e desembocava no Jordão, muito perto da ponte de troncos. Todos, logicamente, alheios ao que estava prestes a acontecer.

Dei uma nova olhada, tomei outras referências e desci do penhasco da "chuva de ouro" com a intenção de examinar a planície do monumento.

Naquela região do vau sempre havia gente. Geralmente peregrinos ou curiosos, como quem isto escreve.

O monumento era simples e belo.

Alguém se dera o trabalho de procurar e transportar 12 pesadas pedras (na realidade, seixos), talvez de cem quilos cada, e de empilhá-las em forma de pirâmide na margem do Jordão. Eram todas brancas.

No alto, foi colocada uma *menorah* de bronze de um metro de altura, provida, como disse, de sete braços. Era um lindo candelabro, limpo e reluzente, e sempre aceso. Não sei como conseguiam, mas as sete taças de metal ficavam acesas dia e noite. Minto. Sei como conseguiam. Perto do monumento uma equipe de vigias se movimentava constantemente. Eram chamados de *schomer*. Um deles, em particular, me impressionou. Era alto, de cabelos louros, sempre soltos, magro como um bambu, de olhar azul atento às chamas amarelas. Estava havia 40 anos no mesmo lugar e, segundo o povo, na mesma posição, atento ao fogo da *menorah*. Aquele *schomer* jamais respondia às perguntas. Sua missão era outra.

Ao longo dos dois braços inferiores do candelabro, foi gravado um texto de Zacarias (4, 6): "Ele me respondeu, dizendo: 'Esta é a palavra do Senhor a Zorobabel', dizendo: 'Não por força nem por poder, mas pelo meu Espírito', diz o Senhor dos exércitos." Nos cinco braços restantes, distribuído, lia-se outro texto do mesmo profeta: "São estes os sete olhos do Senhor, que discorrem por toda a Terra". E na base, em uma roseta, as duas primeiras palavras da mais conhecida prece judaica: "Ouve, Israel".

Águas abaixo, no fim da grande esplanada, acocoradas umas nas outras buscando sombras impossíveis, erguiam-se como podiam sete cabanas de bambus e tetos de folhas de palmeira. Era um mercado, de muito sucesso entre os caminhantes e caravaneiros. Era dirigido por moradores das aldeias próximas. Encontrei de tudo lá: comida, roupas, armas, plantas medicinais, feitiços contra "Adom-adom" (a misteriosa criatura que semeava o terror no vale) "mapas de viagens", vinhos e cervejas, prostitutas a bom preço e, naturalmente, "o que fosse preciso", desde que se tivesse dinheiro.

Memorizei o rosto dos vendedores. Nunca se sabia quando poderiam ser úteis.

Não havia muito mais na planície da *menorah*. Ao sul continuavam as hortas, os bosques e o Jordão, com sua pressa.

Subi na ponte de troncos e examinei o *nahal*. O rio, como disse, descia rápido. A inclinação era acentuada nessa região. Estávamos a 333 metros abaixo do nível do Mediterrâneo.[68] As águas arrastavam troncos, ramagem, animais mortos, caixas de madeira semidestruídas, dejetos e lixo das dezenas de aldeias que cercavam o rio. Efetivamente, o Jordão era impuro. O mais impuro dos rios, segundo os "santos e separados". O madeirame gemeu sob meus pés. Era uma ponte velha e cansada.

Caminhei pela margem direita e timidamente entrei na aldeia que chamavam de Bet Abara, a mais notável do vau. O mundo parecia haver parado dentro daqueles muros de adobe. Os verdadeiros habitantes eram as moscas e o esquecimento.

Prudentemente, dei meia-volta e retornei à velha ponte. Era cedo para novas aventuras.

Bem próximo, um riacho que imitava o Jordão em tudo, conhecido como *nahal* Hoglah, chamou-me de suas águas verdes e nervosas. Atendi, por pura curiosidade. Era um afluente presunçoso, mas infinitamente mais limpo que seu pai, o Jordão. Tinha uma esmerada escolta de choupos brancos. Eram árvores amabilíssimas. À menor brisa, agitavam-se e cumprimentavam com milhares e milhares de folhas de prata.

Comprei provisões – só o necessário – no mercado da *menorah* e tentei fazer amizade com alguns moradores. Eram *badu* (beduínos). Dei-

---

68 Conforme se aproximava do mar Morto, o Jordão sofria uma inclinação cada vez maior. Se no *wadi* Nueima era de 0,19 por cento, na região do delta às vezes ultrapassava 0,2 por cento. A correnteza, portanto, era forte, inclusive durante o refluxo. Os meandros no terço final do Jordão eram mais abundantes que na região norte, embora de traçado menor e perímetros pequenos. Contei mais de 20 entre o vau de Josué e a desembocadura, no mar de Sal. Nesse trecho, o *nahal* Jordão corria por um leito de solo sedimentar cuja largura oscilava entre um e dois quilômetros. Os judeus chamavam o canal de *ga'ón*. Os árabes o conheciam como *zur* ("mato"). Em geral, os precipícios caíam na vertical sobre o leito do rio, a uma altura entre 50 e 70 metros. Esses despenhadeiros – todos de marga – recebiam o nome de *qatara*. E embora o canal pelo qual corria o rio tivesse uns dois quilômetros de largura, as águas dificilmente ocupavam mais de 50 metros de rio. (N. do M.)

xei-me enganar nas pechinchas, e isso facilitou as coisas. Gravei seu rosto, seus nomes, e eles também. Isso era conveniente para nós.

Acertei. Os acontecimentos que se avizinhavam requeriam todo o apoio do mundo, e um pouco mais.

Ao voltar ao *guilgal*, Yehohanan havia desaparecido. Perguntei, e Abner apontou para o alto do cerro da "chuva de ouro". Como também era habitual, Yehohanan não dera ouvidos aos conselhos dos "justos" e fora para o Kharrar. O pequeno grande homem deu de ombros. Já estava acostumado.

Antes de ir para o "chuva de ouro", definiu o "programa" do dia seguinte. Mais ou menos o de sempre: ao alvorecer, quando a temperatura no vale era mais suportável, toque de *chofar*. Os discípulos deviam permanecer atentos a sua chegada. Depois, nada.

E em 13 de maio, segunda-feira, às 4 horas e 37 minutos, coincidindo com o orto, ou saída do sol, os íntimos, ao pé do cerro, tocaram o *chofar*.

O Batista passou em frente ao *guilgal* e, sem uma palavra, seguiu para a planície da *menorah*. Nós o seguimos, intrigados.

Situou-se em frente às 12 pedras brancas, colocou o barril colorido a um metro e tentou subir ao alto do monumento. Os *schomer* não permitiram. E o gigante das sete tranças louras foi chacoalhado e empurrado sem cerimônia. Os *schomer* o xingaram. E a multidão que havia começado a se reunir perto de Yehohanan fez silêncio. Os vigias tinham razão. Ninguém jamais tentara uma coisa daquela.

O único que não se mexeu foi o *schomer* dos cabelos louros. Parecia viver em outro mundo, exatamente como o Batista.

Mas o vidente também não se alterou nem se incomodou. Pegou a colmeia e se dirigiu às pedras de marga avermelhada que se erguiam do outro lado da trilha de terra preta e batida. Tornou a deixar o barril no chão e subiu, ágil, na rocha mais alta.

E deu início à nova "representação".

Yehohanan fez uma de suas habituais, monótonas, insultantes, intermináveis e negativas filípicas.

E as pessoas o ovacionavam e clamavam, entusiasmadas, cada vez que arrastava pelo chão o nome do tetrarca, da *dusara*, dos *kittim* e de Roma.

Os vendedores não sabiam se riam ou se choravam. Aquilo era formidável para seus negócios, mas os impropérios não pressagiavam coisa boa. Antipas podia pisoteá-los. E os *kittim* também.

E olhavam sem parar para a estrada de Jericó. Os gauleses e as patrulhas romanas, porém, não apareceram.

Os ataques do Batista se prolongaram por quatro horas.

Terminada a absurda e incompreensível peroração, o homem das pupilas vermelhas pulou ao chão, pegou a colmeia e desapareceu no alto do cerro da "chuva de ouro". Ninguém se atreveu a interrogá-lo. Estava claríssimo: "Só um homem capaz de enfrentar dessa forma os *kittim* e Herodes Antipas podia ser o Libertador de Israel". Foi o que proclamaram seus seguidores o resto do dia.

E assim foi durante 20 dias. Exatamente, 21.

Nesse tempo não aconteceu nada estranho, aparentemente. Eu explico: as *turmae* não apareceram, nem ao longe. Também não vimos os gauleses, mas todo mundo sabia que entre os seguidores havia uns e outros. E direi mais: os *tor* (bois), espiões do Grande Sinédrio e das castas sacerdotais, também se misturaram com a multidão. Como disse, eram fáceis de identificar. Faziam muitas perguntas.

No domingo, 2 de junho, o vau e os arredores estavam lotados. Não tenho certeza, mas o número de seguidores (ou supostos seguidores) do Anunciador rondava os cinco mil.

Aquilo era um manicômio. As aldeias estavam lotadas.

E em cada filípica os seguidores pulavam de alegria e choravam de entusiasmo, e contagiavam uns aos outros: "era a hora".

O grito unânime era incontrolável:

"Abaixo Roma!"

Foi nesse tempo que descobri movimentos "estranhos" nos acampados. Depois dos "sermões", reuniam-se em rodinhas, sempre afastados, e falavam e discutiam durante horas.

Eu me aproximei algumas vezes, mas, quando me juntava aos grupos, eles faziam silêncio ou prosseguiam com assuntos sem importância. Vários "justos" participavam dessas rodinhas.

Estavam tramando alguma coisa.

Por fim, decidi interrogar o *ari*. Mas a resposta de Abner me deixou mais confuso ainda:

– Mais vale que não saibas.

– O que está havendo?

– É para tua própria segurança – disse o pequeno grande homem. – É melhor que fiques de fora.

Deduzi que os partidários do Batista estivessem preparando alguma coisa – como dizer... – "especial".

Não insisti, mas fiquei alerta.

Yehohanan jamais participou dessas reuniões, que eu soubesse. Mais ainda: tenho certeza de que não sabia o que estava sendo tramado ao seu redor. Os fatos ocorridos na fatídica quarta-feira, 12 de junho, acabariam me dando razão.

Interroguei os vendedores *badu*, quantos me foi possível, mas os resultados foram negativos. Ninguém sabia de nada, ou melhor, ninguém queria se comprometer. Todos podiam ser espiões de todos. Alguns, inclusive, espiões duplos e triplos.

Os únicos que não pareciam alterados naquele momento eram o *schomer* que vigiava as sete chamas amarelas do candelabro e o próprio gigante das tranças louras.

Mas o Destino estava à espreita, naturalmente.

E chegou a segunda-feira, 3 de junho, o início do fim de Yehohanan.

Os relógios do "berço" marcaram o orto solar às 4 horas, 24 minutos e 54 segundos.

A noite foi escura e sem lua. Chovia de vez em quando, mas distraidamente. As nuvens não estavam muito interessadas, e seguiram rumo ao leste.

Este explorador mal descansou. Eu estava inquieto, mas não sabia por quê. Atribuí a inquietação à incerteza. Morria de vontade de voltar ao *yam* e ficar ao lado do Mestre. Yehohanan não era o que dizem que foi. Eu estava decepcionado.

Ao longe, rumo ao delta, e nas cachoeiras do mar de Sal, ouvia-se o lamento dos chacais.

Só o firmamento parecia me entender. De vez em quando, aparecia por entre as nuvens e piscava para mim. Agradeci.

Até quando teria que esperar? Junho era o mês no qual, segundo meus informantes, o Batista seria preso, especificamente por Herodes Antipas.

Precisava ser paciente.

E decidi aguentar um pouco mais. Só aquele mês.

Não foi preciso tanto tempo. O Destino, como dizia, estava à espreita.

Lua nova.

Devia ter imaginado.

Uma hora depois do alvorecer, os "justos" que estavam no *guilgal* começaram a comentar o anormal atraso do Batista. Em dias anteriores, assim que amanhecia, o responsável pelo *chofar* já havia dado os primeiros toques de advertência. Dessa vez, porém, Yehohanan não aparecia.

Que estranho!

Estaria dormindo? Achei estranho. Yehohanan quase não dormia.

Os discípulos fizeram conjecturas. Talvez estivesse em outro lugar. Era típico dele. De repente, mudava de ideia e montava o quartel-general a cinco ou dez quilômetros do *guilgal*. Já havia feito isso em outras ocasiões.

Alguns se inclinaram por uma explicação menos lógica: o vidente, nesse dia, não queria pregar.

A maioria se opôs. O vidente adorava as filípicas, e em especial os ataques a Roma e ao tetrarca.

Essa não podia ser a razão.

Por fim, chegaram a uma conclusão medianamente sensata: era preciso subir ao cerro da "chuva de ouro" e descobrir o que estava acontecendo.

Mas surgiu um problema: quem subiria? Todos arranjaram desculpas. Todos tinham algo importante a fazer. Falso. Ninguém tinha nada a fazer. Era o medo que os impedia de ir até o cume do penhasco. Temiam o vidente, e com razão. Yehohanan era imprevisível. Se o surpreendessem fazendo quem sabe o quê, a reação dele poderia ser tão desagradável quanto violenta. E foi preciso sortear.

Os "agraciados" protestaram, mas acabaram aceitando o exigido pela maioria. E subiram o monte, com mais medo que vergonha.

Foram minutos eternos.

Ninguém falava.

Todos olhávamos fixamente para o arvoredo da "chuva de ouro".

Também não ouvimos gritos.

Talvez tivessem razão os que apontaram a possibilidade de que ele houvesse mudado de lugar.

Mas não.

Minutos depois, voltaram. Desciam correndo, tropeçando aqui e ali. Pareciam assustados.

Precisaram de tempo e ar para reagir.

Abner os interrogou várias vezes. Todos os interrogaram, mas os discípulos, pálidos e alterados, não conseguiam falar.

Ouvi a palavra "ossos".

Abner se impôs:

– Que ossos?

– Ossos humanos! – replicaram os enviados por fim. – Há ossos por todos os lados!

– E o vidente?

– Está morto! Com os olhos arregalados!

– Morto? – repetia Abner. – Isso não é possível!

Os enviados sentaram-se no *guilgal* e se juntaram aos gemidos e ao pranto geral.

Abner e eu nos olhamos. Ele achava que Yehohanan não podia estar morto. Eu sabia.

E o *ari* correu para o alto do Kharrar. Este explorador foi atrás dele. Outros "justos" nos seguiram.

A cena que contemplei no meio dos *laburnum* (árvores que "choviam ouro") me deixou sem fala.

Aproximamo-nos devagar, sem saber o que esperar.

Estava realmente morto?

Yehohanan estava sozinho, sentado ao pé de uma das árvores.

Ao seu lado, a colmeia ambulante e o saco embreado.

Abner parou a poucos metros.

Yehohanan estava de olhos arregalados, sim, mas não estava morto; não me pareceu.

Aos pés do Batista havia uma caveira. Outros ossos estavam distribuídos perto do gigante da borboleta no rosto. Talvez uns 30.

E, de repente, ouvimos um gemido.

O vidente abriu a boca e disse algo. Nenhum de nós conseguiu entender. Balbuciava.

Yehohanan ergueu o braço esquerdo e apontou para o crânio aos seus pés.

Abner e os demais compreenderam. O vidente estava em choque. Estava aterrorizado.

E julguei saber por quê.

Um dos "justos", a uma ordem de Abner, desembainhou a *gladium* e introduziu a ponta da espada por uma das órbitas da caveira. A seguir, jogou-a longe. Os outros discípulos fizeram o mesmo com os ossos, afastando-os.

E, lentamente, com dificuldade, ajudado por seus homens, Abner conseguiu levantar o Batista. E o levaram para fora do arvoredo.

Yehohanan repetia, monótono:

– É tudo mentira. É tudo mentira.

Quando fiquei sozinho, dediquei alguns minutos à exploração do lugar, e também dos ossos.

Como disse, acho que sabia por que o vidente estava alterado e por que não havia comparecido ao encontro com seus seguidores. Alguém, aproveitando a lua nova, subira até o alto do cerro e, após localizar o gigante das pupilas vermelhas, espalhara pelo lugar um monte de ossos, violando um dos princípios básicos dos *nazir*, a seita à qual o vidente pertencia desde a infância.[69] Para os *nazir* (não confundir com *notzri*: habitante de Nazaré, ou nazareno), havia três grandes compromissos: não beber vinho, nem provar nenhum outro produto derivado da videira (passas, mosto, vinagre etc.); conservar o cabelo longo (símbolo de santidade) e não tocar os mortos (nem mesmo o corpo dos pais, irmãos ou familiares).[70] Nin-

---

69 O Major, em seus diários, narra o seguinte (ver *Cavalo de Troia 7 - Nahum*): "Um dia, os pais compreenderam que Yehohanan não poderia ser consagrado a Yaveh, tal como havia ordenado o 'homem luminoso'. Os defeitos que já haviam observado em seu rosto tornaram-se mais notáveis. Aquilo o invalidava como sacerdote. Foram dias de incompreensão e de angústia. O lógico era que o menino seguisse os passos do pai (sacerdote). Aos 20 deveria ser ordenado. Essa era a idade, reconhecida oficialmente, para o início de qualquer atividade pública. Mas como proceder à preparação da chegada do Messias se não tinha acesso ao sacerdócio?

"Restava outro caminho.

"E Zacarias (pai de Yehohanan), resignado, dirigiu-se à margem ocidental do mar Morto. Lá, em uma aldeia chamada Ein-Gedi, existia um grupo de homens e mulheres consagrados a Yaveh. O sacerdote negociou, e Yehohanan foi aceito como *nazir*. O *nazireado* foi estabelecido pelo próprio Yaveh (Números 6,3): 'Abster-se-á de vinho e de bebida forte; não beberá vinagre de vinho, nem vinagre de bebida forte, nem bebida alguma feita de uvas, nem comerá uvas frescas nem secas.' Foi uma decisão do Deus do Sinai contrária aos costumes dos cananeus, muito afeitos ao vinho.

"Enfim, o *nazireado* era uma consagração - temporal ou permanente - ao Todo-Poderoso. O menino ou a menina podiam ser 'afastados' para Yaveh desde antes de seu nascimento. Esse foi o caso de Samuel, o profeta, e de Sansão (ver Juízes, 13)". (N. de J. J. Benítez.)

70 Segundo as regras do *nazireado*, tocar um cadáver humano significava perder a condição de *nazir*. Não importava que fosse o pai, a mãe, irmãos, amigos ou desconhecidos. Só havia uma exceção: quando o *nazir* encontrasse o corpo, ou os ossos, no caminho. A Lei oral (registrada posteriormente na *Mishná*) diz literalmente: "Por conta das seguintes impurezas há de cortar-se o cabelo o *nazir*: Por conta [do contato] com um morto ou com um pedaço de cadáver, ainda que seja do tamanho de uma azeitona, ou por causa de uma secreção [de um falecido], mesmo que seja [do tamanho] de uma azeitona, ou por causa de uma concha cheia de pó de cadáver; por causa de uma espinha dorsal [de um cadáver], de uma caveira, do membro de um morto ou de um membro que ainda tenha carne, de uma pessoa viva; de meio *kab* (1,2 quilo) de ossos, de meio *log* (300 gramas) de sangue, seja por contato com eles ou por transportá-los ou por estarem todos sob o mesmo teto. (Por tudo isso deve cortar o cabelo.) E deve fazê-lo por causa de um osso, mesmo que seja como um filamento, seja que tenha contato com ele ou que o transporte. Por todas essas coisas, o *nazir* deve cortar o cabelo, e há de se fazer aspergir no dia terceiro e no sétimo, invalidando os precedentes. Não há de começar a conta antes de se haver purificado e há de oferecer seus sacrifícios.

"Por razão do teto [que pode ter sido oferecido pela ramagem de uma árvore sob a qual havia um pedaço de cadáver], por ruínas [que projetam sua sombra], pelo espaço de sepa-

guém estava autorizado a cortar o cabelo de um *nazir*. Podiam fazer tranças, mas era proibido cortar ou pentear o cabelo. Se o *nazir* (voluntária ou involuntariamente) bebesse vinho ou tocasse um morto, tinha a obrigação de cortar o cabelo e começar do zero sua condição de "guardado ou reservado" (é o que significava *nzr*: *nazir*).

Examinei a caveira e deduzi que não se tratava de um humano. Os arcos superciliares, a glabela, o recorte supraorbital etc. eram diferentes. Eram os restos de um macaco; possivelmente de um mandril.

Inspecionei os ossos que ficaram espalhados pelas árvores e cheguei à mesma conclusão: eram de gado bovino, onagros e, com certeza, cabras. Não encontrei um único osso humano.

Ou muito me enganava, ou Yehohanan havia sido enganado.

Depois, observei o terreno. A argila, úmida pela chuva dessa mesma noite, tinha uma série de pegadas que me deixou pensativo e desconcertado. Distingui com clareza o desenho das solas das sandálias usadas pelos legionários e mercenários romanos. Tive oportunidade de examiná-las na fortaleza Antônia, em uma de minhas visitas anteriores na sexta-feira, 7 de abril do ano 30. Era um calçado inconfundível. A sola era reforçada com um total de 14 pregos, em forma de "S". O desenho se distribuía por toda a sola do pé. Era um calçado concebido para que o soldado pudesse pisar firme no solo e, evidentemente, planejado como arma. De fato, o corpo do Mestre seria destruído por esses pregos durante a Paixão e Morte. Os pontapés dos mercenários que o escoltaram foram terríveis.

Pois bem, lá estavam aquelas pegadas em forma de "S", repartidas por entre as árvores.

Contei mais de 30, pertencentes a pelo menos meia dúzia de indivíduos. Dois deles pareciam mais corpulentos que o resto. As marcas eram profundas.

---

ração [que circunda a sepultura], por um país de gentios [que, segundo opinião rabínica, é considerado impuro], pela pedra que fecha o túmulo, pela pedra [do túmulo] na qual se apoia, por um quarto [de *log*] de sangue, pelo [contato] com uma tenda [na qual há um cadáver], por um quarto [de *kab*] de ossos, por objetos que tocaram um morto, pelos dias que lhe contaram ou pelos dias que devia complementar, por todas essas coisas o *nazir* há de cortar seu cabelo".

Os gentios, evidentemente, não estavam sujeitos ao voto de *nazireado*. As mulheres e os escravos podiam estar. A única exceção contemplada pelos escribas e doutores da Lei era a seguinte: que o *nazir* encontrasse o morto em posição usual (?). Isso o autorizava a removê-lo e não o tornava impuro. (N. do M.)

Teria sido uma patrulha romana a jogar os ossos no lugar onde descansava o Batista? Estaria eu diante de uma estratégia dos gauleses, a guarda pretoriana de Antipas? Ou outros é que haviam perpetrado o sacrilégio? Sacrilégio? Na realidade, à vista dos ossos (todos de animais), não havia sacrilégio ali. O vidente teria se dado conta disso? E os discípulos?

A situação estava complicada. Como reagiria Yehohanan? Como reagiriam os milhares de seguidores quando soubessem do ocorrido no alto do penhasco?

Como já mencionei, foi o início do fim do assim chamado Anunciador do Filho do Homem.

Quando voltei ao *guilgal*, era só confusão. Os discípulos iam e vinham sem saber por quê. Gritavam todos juntos, mas não tinham ideia do porquê. Yehohanan estava encolhido ao pé da reseda. Eu me aproximei e o examinei. Seu olhar estava perdido. Estava pálido e a musculatura de seus braços e rosto se agitava em uma típica contração tônica. Estava mergulhado em um estado catatônico. Não falava. De vez em quando, dava um gemido, muito abafado, e entoava a costumeira ladainha: "É tudo mentira".

Não sei o que aconteceu no arvoredo da "chuva de ouro", mas o Batista estava assustado e abatido. Aquela catatonia era outro sintoma da esquizofrenia de que padecia. Era fácil para ele passar da melancolia à obsessão, e desta ao estupor e ao decaimento físico.

E, apesar das sensatas recomendações de Abner advertindo os "justos" a não comentar o assunto dos ossos, a notícia voou pelo vau. O pior foi que logo corria montada em todo tipo de mentira, uma mais absurda que a outra: "O Batista enfrentou um grupo armado de mais de 500 homens e os pôs para correr"; "O vidente – diziam – é um herói. Lutou com uma corte e venceu. No cerro ficaram os restos, desmembrados, de seus inimigos. A ira de Yaveh caiu sobre os ímpios".

Não havia nada a fazer.

A indignação dos discípulos e dos seguidores circulava mais rapidamente que as águas do Jordão.

Dediquei o resto do dia a observar. Evidentemente, tive especial cuidado de não mencionar que os ossos não eram humanos.

Yehohanan permaneceu na mesma atitude e posição. Estava totalmente alienado. Não reconhecia ninguém nem respondia às perguntas. Abner me consultou. Só pude dar de ombros. Talvez fosse uma crise passageira, um choque causado pela experiência vivida no alto do Kharrar. Mas eu não tinha certeza. Com Yehohanan, tudo era possível.

E a partir da sexta hora (meio-dia), a agitação no vau foi desaparecendo. As pessoas voltaram a suas tarefas habituais, e os "justos" ficaram perto do vidente, atentos e silenciosos.

Foi estranho. Ninguém subiu a colina da "chuva de ouro". Ninguém se preocupou com os ossos ou pensou em examinar o lugar do suposto encontro com os "500 homens armados". Todo mundo deu por certo que a história era verdadeira e que o lamentável estado do vidente podia se dever ao esgotamento e à angústia provocada pela luta feroz.

Mas o dia não havia terminado.

Por volta da décima hora (quatro da tarde), notei uma atividade incomum em alguns seguidores e parte do grupo dos íntimos de Yehohanan. Os acampados convocaram os "justos", e todos eles foram se reunir em lugares reservados. Primeiro, no fundo do bosque das resedas, onde estávamos. Depois, desconfiados, atravessaram para o outro lado do Jordão e se perderam na aldeia de Bet Abara.

Abner foi chamado em duas ou três oportunidades.

Sempre voltava lívido e sério. Examinava seu ídolo e se sentava perto, armado de silêncio.

Ao entardecer, enquanto este explorador oferecia um pouco de água ao abatido Yehohanan, Abner decidiu falar. Estávamos sozinhos no *guilgal*. É possível que precisasse desabafar. A pressão, a julgar pelo que estava prestes a me contar, era insuportável. E deixei o Destino agir. Ele sabe.

Abner começou se desculpando:

– Deves nos perdoar.

Não entendi.

– Nós te mantivemos de fora, mesmo sendo Esrin.

– De fora do quê?

Abner se sentiu reconfortado com a ingenuidade daquele companheiro que todos chamavam de Esrin (Vinte).

Sorriu levemente e prosseguiu:

– O plano de libertação está muito avançado.

Notou minha perplexidade e pediu que não o interrompesse. Assim fiz.

– O que vou te contar não é fruto da improvisação, nem o trabalho de uns iluminados.

Aguardei, na expectativa.

– Somos muitos, demais, que desejamos a pronta libertação de Israel. Sabes disso.

Assenti.

– Pois bem, há tempos esse projeto foi concebido e está prestes a caminhar. Libertaremos nosso povo do poder ímpio e Yehohanan marchará à frente do "Nogha".

"Nogha"? A palavra, em aramaico, significava "amanhecer" ou "luz do amanhecer". Não compreendi, mas deixei-o falar.

– Esse é o nome do plano – "Nogha" – e, como te disse, está quase concluído. Muitos dos que seguem o vidente são membros ativos do "Nogha". Todos somos "Nogha". Tu também, embora não soubesses.

Abner esperou minha reação. Foi um momento delicado. Não o podia decepcionar.

E assenti de novo, em silêncio.

– Sabia que podíamos contar com Esrin.

Sorri, sem vontade. Em que nova confusão estava me metendo? Um plano para libertar o país da opressão romana?

– Temos dinheiro – prosseguiu o *ari*, cada vez mais entusiasmado. – Temos arsenais. Temos gente que nos apoia, dentro e fora do país.

Não pude me conter e perguntei:

– Aliados?

O pequeno grande homem se abriu por completo. Eu era de confiança, segundo ele.

– Aliados importantes.

Deixou-me em suspenso durante alguns segundos e desfrutou o momento.

– O exército de Eneias está disposto a servir sob as ordens do Messias. Já fizemos reuniões e foram estabelecidas as condições.

Eneias era o nome original de Aretas IV, rei dos nabateus, o império dos *a'rab*, fronteiriço com os territórios de Herodes Antipas.

Comecei a compreender o porquê das estranhas e misteriosas reuniões no vau.

Que pretendiam aqueles insensatos?

– Dispomos de um exército de dez mil homens.

Os olhos de Abner brilharam.

– Primeiro cairá Betaramta. Depois Maqueronte. Depois Tibérias. Depois...

Betaramta era uma cidade-fortaleza situada ao leste, a cerca de 18 quilômetros do Jordão e a mais 20 quilômetros da fronteira com os nabateus. Antipas a fortificara e mudara seu nome, chamando-a de Livias, em homenagem à mulher de Tibério, o imperador romano. Mais tarde, seria conhecida por Julias.

– Avançaremos pelo vale do Jordão – prosseguiu o *ari*, convicto – e expulsaremos esse lixo. Primeiro cairá Antipas, conforme anuncia o vidente. Depois chegará a vez dos *kittim*. E Yehohanan será coroado rei.

Pelo que deduzi das palavras do empolgado Abner, o plano em questão – "Nogha" – dependia de uma última e importantíssima reunião, à qual possivelmente compareceria o próprio Eneias. Foi o que afirmou o pequeno grande homem. Perguntei onde e quando aconteceria essa reunião com os generais nabateus e o rei Aretas IV, mas Abner, prudentemente, fez silêncio. Apontou para o céu, já estrelado, e deu-me uma única pista:

– Será na próxima lua cheia.

E insistiu em algo que já anunciara em outra ocasião:

– Lamento. Não posso te dizer nada mais. É para tua própria segurança. É melhor assim.

O retorno dos discípulos interrompeu a conversa.

Era suficiente.

E fiquei um longo tempo em silêncio, tentando organizar os pensamentos.

Era tudo muito estranho.

Abner não era um louco. Ao contrário. O pequeno grande homem era só sensatez e prudência. Havia provado isso muitas vezes. Mas, se estivesse sendo sincero (e não tive a menor dúvida), alguma coisa não se encaixava. Alguma coisa estava errada naquela aliança. Os nabateus odiavam Antipas. Isso era verdade. Os atritos, como disse, vinham de muito tempo antes, em consequência dos limites fronteiriços. O pai de Antipas – Herodes, o Grande – já havia tido problemas nesse sentido, e também com Aretas IV. Quanto à relação dos *a'rab*, todos beduínos, com Roma, o assunto era diferente. Não se davam bem nem mal. Embora Augusto – como escreve Flávio Josefo em seu livro *Antiguidades* (XVI, 10-9) – tenha tido inimizade com Eneias no início de seu reinado, posteriormente o reconhecera como rei e ajudara os nabateus sempre que pudera (ver assunto de Sileu, executado em Roma a pedido de Aretas IV). E um dado importante: com a morte de Herodes, o Grande (ocorrida em 13 de março do ano 4 a.C.), quando Varo, o legado romano na Síria, se voltou com suas legiões contra Israel, Aretas IV pôs à disposição de Roma um bom número de tropas auxiliares. Assim conta Josefo em *Antiguidades* (XVI, 10-9) e em *Guerras dos judeus* (II,5-1).

Em outras palavras: os nabateus sabiam do poder militar e econômico de Roma e, de fato, colaboravam com os *kittim*. Como aceitar que agora (ano 26) se colocassem do lado de uns "loucos visionários" que diziam obedecer a um pretenso profeta?

Obviamente, se as reuniões com os árabes fossem verdade – e, insisto, não tinha por que duvidar de Abner –, alguém estava enganando alguém.

Nessa mesma noite, quando foi possível, perguntei ao *ari* se Yehohanan sabia do "Nogha". A resposta foi categórica:

– É melhor que fiques de fora do não importante.

– Mas...

Abner não permitiu qualquer insinuação.

– Yehohanan tem sua missão – sentenciou. – Ele conduz e guia. Ele é o símbolo do "Nogha". Dos detalhes, cuidamos nós. O que importa é que o plano funcione, e o "Nogha", como te disse, está em andamento. Querido Esrin, dias de glória nos esperam.

Não era preciso ser muito esperto para imaginar como terminaria aquela loucura. E eu me espantei, mais uma vez. Por que nenhum dos evangelistas faz alusão aos planos dos seguidores do Batista? Os textos evangélicos, como mencionei, só falam dos ataques de Yehohanan a Herodes Antipas, "por ter tomado a mulher de seu irmão".

No dia seguinte, terça-feira, 4 de junho, o grupo teve uma surpresa.

Bem avançada a manhã, Judas Iscariotes apareceu.

Quem isto escreve ficou estarrecido.

E os "justos" o ouviram com desconfiança.

Disse estar arrependido "por seu comportamento infantil" e suplicou que o acolhessem novamente no seio dos escolhidos. "O importante é a luta", afirmou. Judas não queria renunciar à independência de seu povo. Sem o grupo dos "justos", sentia-se perdido.

Abner e os outros ouviram, mas um tanto perplexos.

Simplesmente desconfiaram. Mas o vidente não estava em condições de aceitar ou rejeitar a presença do Iscariotes, e Abner se responsabilizou pela admissão. E Judas teve uma nova oportunidade. A verdade é que Abner tinha outras preocupações – mais urgentes –, e não pensou no que estava fazendo.

Acho que todos no *guilgal* pensamos a mesma coisa: Judas teria algo a ver com o feio "episódio" dos ossos? Por que apareceu poucas horas depois? Coincidência? Mas ninguém indagou.

Os seguidores do Batista estavam começando a se inquietar. E em diversas ocasiões foram até o círculo de pedras. Queriam ver e ouvir o líder, mas o vidente continuava encolhido feito um novelo, largado ao pé da reseda. Não falava, não comia, mal bebia, salvo se alguém lhe dava um pouco de água na boca, e ficava o tempo todo com os olhos arregalados, em estado de choque. Comecei a me inquietar.

Abner e os demais arranjaram desculpas para fazer os fanáticos se afastarem do *guilgal*. Mas a estratégia – eles sabiam – acabaria se esgotando. Nesse caso, o que fazer?

Abner me consultou. Eu era médico. Não sabia o que lhe dizer. Ou melhor, não pude lhe dizer nada.

E limitei-me a pedir paciência.

Acertei.

Na quarta-feira, dia 5, Yehohanan "acordou" de sua letargia. Despertou subitamente.

Todos nos alegramos (eu mais que todos), mas ninguém se atreveu a interrogá-lo. Foi uma das constantes na relação do Batista com seus íntimos: o medo. Que enorme diferença com o Mestre!

Olhamos para ele, expectantes.

Como reagiria? Faria alusão aos que jogaram os ossos e supostamente o contaminaram?

Não disse uma palavra.

Dirigiu-se à colmeia, abriu-a, sentou-se ao seu lado e tirou várias porções de mel. Comeu em silêncio, e sem olhar ao redor.

Ninguém se atreveu a respirar.

Terminado seu café da manhã, saiu do *guilgal* e urinou.

Depois, voltou para a reseda e, após contemplar os ansiosos discípulos, chamou Abner.

Uma vez em sua presença, Yehohanan deu uma ordem seca e desconcertante:

– Corta as tranças.

Cortar o cabelo?

O *ari* dirigiu um olhar a seus companheiros. Todos haviam ouvido. E a maioria negou com a cabeça.

Abner olhou nos olhos do Batista e se negou.

Yehohanan, então, usou um truque que quase sempre dava resultado. Levantou-se e avançou para o pequeno grande homem.

Inclinou-se sobre Abner e o chamou de *jel'â* (desprezível).

O *ari* não retrocedeu, nem se alertou com o "ataque" do vidente. E tornou a se negar.

As pupilas vermelhas ficaram a uma polegada do rosto do *ari*. E os insultos caíram em cascata sobre o aturdido lugar-tenente. O vidente o chamou de tudo.

Abner, respeitosa, mas firmemente, explicou-lhe que ninguém podia cortar o cabelo de um *nazir*. A Lei proibia. E assim era. Só o *nazir* estava autorizado a cortar seu próprio cabelo, e nas circunstâncias previstas pela Lei.[71] Aquele, evidentemente, não era o caso; pelo menos, era confuso. Aceitando que o *nazir* (Yehohanan) houvesse sido contaminado pelos ossos, antes de fazer o corte, como prescrevia a Lei, tinha que se apresentar diante dos sacerdotes, ser aspergido com a água da purificação e oferecer os correspondentes sacrifícios. Isso podia ser feito na Cidade Santa ou em "províncias". Uma vez concluído o ritual, o *nazir* procedia à raspagem do cabelo, que era jogado ao fogo. Jamais devia ser guardado.[72]

Yehohanan gritou:

– Sabes quem sou?

Abner assentiu com a cabeça.

– Pois obedece, maldito *kuteo* (samaritano)!

O *ari* tornou a pedir ajuda aos discípulos, mas só uns poucos se atreveram a insinuar que o corte do cabelo podia ser um grave erro, e que Yehohanan sofreria o mesmo castigo de que padecera o lendário Sansão, quando fora enganado por Dalila.[73]

---

71 A *Mishná*, em seu tratado sobre o *nazireado* (capítulo VI, 6-7), diz literalmente: "A raspagem do cabelo pela impureza (por ter entrado em contato com um cadáver humano ou com ossos também humanos), como se realiza? Recebe a aspersão no dia terceiro e no sétimo (como indica Números, 19, 11 e seguintes, com a água da purificação), corta o cabelo no sétimo e oferece seus sacrifícios no mesmo dia.

Como se realiza a raspagem (uma vez cumprido o voto) em pureza? Apresenta três animais: o do pecado, o do holocausto e o do sacrifício pacífico. Sacrifica (primeiramente) o do sacrifício pacífico e a seguir corta o cabelo. Segundo Yehuda R. Eleazar: só se corta o cabelo depois do sacrifício pelo pecado, porque o sacrifício pelo pecado tem precedência sempre. Mas quando o corta depois de um dos três (sacrifícios), cumpre com sua obrigação".

A Lei exigia também que o cabelo, uma vez cortado, fosse jogado ao fogo, debaixo do caldeirão (onde se cozinhava a carne do sacrifício). (N. do M.)

72 O cerimonial era tão importante que os sacerdotes haviam preparado uma câmara especial para os *nazir* no átrio das mulheres, no Templo de Jerusalém. Lá iam os que haviam violado os votos, ou simplesmente os que os davam por concluídos. Após as oferendas dos sacerdotes, o *nazir* se retirava a essa câmara (onde fervia a carne, como símbolo de oferenda de paz), cortava seu cabelo e o jogava debaixo do caldeirão, no fogo. (N. do M.)

73 O livro dos Juízes (16) narra a história do popular e corpulento Sansão. Ele tinha uma longa cabeleira, como cabia a um *nazir* perpétuo. No vale de Soreque conheceu e amou uma mulher chamada Dalila. E a amante tentou arrancar-lhe o segredo de sua enorme força. Sansão a enganou em várias ocasiões, mas, finalmente, confessou seu segredo: "Nunca pas-

O vidente ignorou a argumentação, e os insultos choveram, em partes iguais, sobre todos os "justos", houvessem ou não houvessem falado.

Os discípulos acertaram. Após o corte das sete tranças, Yehohanan não foi mais o mesmo. Tudo se voltou contra ele, como se fosse um castigo.

Mas vamos nos ater aos fatos.

Abner acabou obedecendo e, resignado, pegou uma navalha. Pediu a colaboração de um dos íntimos e se preparou para executar a ordem do vidente.

O Batista se sentou ao pé da reseda e o deixou agir.

E as tranças, uma por uma, caíram ao chão.

Abner chorava, e também os "justos". O único que permaneceu impassível, com o rosto grave, foi o Iscariotes.

O ajudante recolheu o cabelo e o guardou em um saco.

Yehohanan nem o olhou. Ficou de olhos fechados e a cabeça levemente baixa.

Abner cortava o cabelo que continuava despontando louro, quase branco, no crânio; e, finalmente, banhou-o em espuma e o raspou sem piedade.

Ao terminar, como se fosse um aviso, surgiu o *maarabit*, o vento do oeste, e balançou as peças de cerâmica que pendiam dos galhos da árvore.

Foi uma advertência.

Pouco depois, após o vento, chegou uma frente fria, muito ativa. E começou uma chuva interminável, que se prolongaria por nove dias. Todos no *guilgal* se protegeram como puderam.

Sim, as palavras dos "justos" foram proféticas. A partir dessa manhã, tudo foi obscuro e lamentável.

Fiz as contas. Segundo minhas informações, fazia quatro anos que Yehohanan não cortava o cabelo. A última vez fora no mês de *elul* (agosto-setembro) do ano 22 de nossa era, quando o Batista tinha 28 anos de idade.[74] Nessa ocasião também não tinha razão. A morte de Isabel, mãe do gigante das sete tranças, aconteceu antes de Yehohanan chegar ao Hebron,

---

sou navalha pela minha cabeça, porque sou *nazireu* de Deus desde o ventre de minha mãe; se viesse a ser raspado, ir-se-ia de mim a minha força, e me tornaria fraco, e seria como qualquer outro homem". Foi quando Dalila cortou o cabelo de Sansão e ele foi capturado pelos filisteus. (N. do M.)

74 Segundo pude ler nas "memórias" de Abner, nesse mês de agosto do ano 22, ao chegar à casa da mãe, no Hebron, Yehohanan teve outra reação injustificada. Cortou seus cabelos e com eles trançou o "xale" que o cobria com frequência. Durante três dias ficou em casa em silêncio, sem comer nada. Limitava-se a caminhar perto de um poço e a exclamar aquela enigmática frase: "É tudo mentira". (N. do M.)

onde vivia a solitária e cada vez mais decepcionada mulher. Nem sequer chegou a vê-la. Como disse, não havia razão para que cortasse o cabelo. E, não obstante, raspara a cabeça.

E, de repente, debaixo da chuva, como que movido por uma força invisível, impossível de controlar, o vidente se levantou, ergueu o rosto para a densa ramagem da reseda e clamou com aquela voz rouca que o caracterizava:

– Oh, Deus Eterno, bendito seja teu nome! Lembra-te de mim! Eu te rogo, fortalece-me!

Os discípulos, perplexos, levantaram-se também. Não entendiam nada.

E permaneceu com o olhar perdido no cinza chumbo dos céus:

– Eu te rogo! Só mais uma vez! Oh, Deus, bendito sejas, para que só por essa vez possa me vingar dos *kittim*!

Eu não acreditava no que ouvia.

Yehohanan invocava o livro dos Juízes, com palavras parecidas com as que Sansão usara para pedir ajuda a Yaveh depois de Dalila ter cortado seu cabelo (Juízes 16, 28).[75] A única mudança notável que observei foi no final. Sansão não menciona os *kittim* (romanos), e sim os filisteus.

Definitivamente, aquela criatura estava transtornada.

Deixou que a chuva o encharcasse e, lentamente, foi baixando a cabeça.

O que pretendia?

Pegou o saco embreado e malcheiroso e o barril colorido. E, agitando o forro negro que continha o pergaminho da "vitória", correu para a esplanada da *menorah*. Todos o seguimos, desconcertados.

A chuva, tenaz, afogava-nos.

Os seguidores o viram se aproximar da rocha vermelha de marga e rapidamente o cercaram.

Yehohanan colocou a colmeia ao pé da grande pedra e, como era habitual nele, subiu até o alto.

A multidão se cobriu como Deus lhe permitiu e ovacionou o vidente antes que começasse a falar. Chamou-o de herói e gritou em coro um nome que eu já ouvira em Caná: "Inon", outra referência ao Messias.

E os gritos de "Inon! Inon! Inon!" se propagaram pelo vau.

E assim, debaixo daquele dilúvio, ele deu início a um dos discursos mais estranhos que me foi dado ouvir.

---

75 O texto dos Juízes diz: "Ó Senhor Deus! lembra-Te de mim, e fortalece-me agora só esta vez, ó Deus, para que de uma só vez me vingue dos filisteus pelos meus dois olhos". (N. do M.)

Hoje ainda não compreendo.

– Eis que o Eterno, bendito seja, sai de seu lugar!

E deixava as pausas livres. Era outro truque seu.

As pessoas ouviam com emoção.

– E o fará na forma de grande rocha!

Nova pausa.

– Assim, todos saberão de quem é o mundo!

Outra vez a "grande rocha". O que estava anunciando?

Uma fortíssima descarga elétrica fez recuar muitos seguidores. O estouro foi perto, águas do Jordão acima.

Yehohanan ergueu os braços, e o saco, ensopado, onde guardava o "323", se iluminou com mais dois raios.

A multidão explodiu:

– Inon! Inon!

– Eis que o Eterno, bendito seja seu nome, sai de seu lugar, e descerá, e pisoteará os altos da Terra!

Eu não tinha certeza, mas me pareceu que o Batista, dessa vez, recitava o profeta Miqueias.

– E as montanhas derreterão debaixo d'Ele! E os vales racharão, como a cera diante do fogo!

A água não dava trégua, mas os seguidores continuavam animados.

– Eis aqui nosso homem – repetiam. – Ele nos conduzirá à vitória.

E Yehohanan prosseguiu:

– Ele vestirá o mundo de gelo e de luto! E derramará fogo!

Fez silêncio e permitiu que os relâmpagos o substituíssem. A multidão, assustada, esperou. E eu me perguntei: "De que está falando?"

– Primeiro marchará contra a água e depois desatará sua cólera com um fogo implacável! E as águas se derramarão como nunca antes! Depois, enviará o dia da cinza!

Ergueu de novo os braços e perguntou:

– Por que acontecerá tudo isso?

Os seguidores murmuraram: "Pela transgressão de Roma".

O Batista esperou. E ouviram-se novos comentários: "Pela impiedade dos *kittim*".

Por fim, clamou:

– Pela transgressão de Antipas acontece tudo isto, e pelos pecados da casa de Israel!

De fato, usava os escritos de Miqueias... à sua maneira.

– Por isso farei do mundo um monte no campo, e farei rolar o que nunca havia rolado! Será o dia de Gog! Eu sou d'Ele! Eu vos anuncio que Gog chegará e, com Ele, descobrirei as fundações do mundo! E serão despedaçadas todas as imagens, e todos os galardões serão queimados a fogo, e todos os ídolos não serão nem significarão nada! Serão cobertos pela cinza de Gog!

Gog? Eu sabia alguma coisa sobre esse personagem (?) meio mitológico,[76] mas não entendi por que o citava.

E insistiu várias vezes:

– Gog! Ele já vem! Ele já vem! E com Ele o luto e o gelo!

Estava completamente louco.

– Porquanto da paga de uma puta, ela, a *dusara*, reuniu riquezas, e pela paga de uma puta se voltarão!

Não podia faltar a alusão a Herodíade.

– Por isso me lamentarei e gritarei! Eu me despojarei e andarei nu! Darei gritos lastimosos como os chacais, e me lamentarei como os avestruzes!

As pessoas não pareciam se importar com o dilúvio. Continuavam eletrizadas com a contundência daquelas palavras, embora também não entendessem grande coisa.

– E me veio a palavra do Eterno, bendito seja, dizendo: "Filho de Homem, põe teu rosto para Gog e profetiza!"

Agora se apoiava em Ezequiel (38). E, como sempre, a seu bel-prazer, sem respeitar o que o profeta escrevera.

– Assim diz o Eterno, bendito seja seu nome! Eis que sou contra ti, Antipas, príncipe da Pereia e da Galileia! Far-te-ei voltar e porei ganchos em tuas mandíbulas, e te puxarei para fora com todo teu exército, cavalos e cavaleiros!

A multidão explodiu de novo e o aclamou, ensandecida.

E gritaram "Inon" com tanta força que abafaram a voz do vidente. As frases seguintes não foram ouvidas por quem isto escreve.

---

76 O termo Gog procede, muito possivelmente, de Magog (literalmente "terra de Gog"). Magog, segundo o Gênesis (10, 1-2), foi um dos netos de Adão (filho de Jafé). Os descendentes foram os escitas (tribos nômades conhecidas desde o século VIII a.C.). A palavra Gog, usada como adjetivo ou substantivo, significa em hebraico "gigante, teto, alto, grande ou chefe", entre outras acepções. Para alguns, representava o diabo (tanto Gog quanto Magog) e também as trevas, no sentido mais tenebroso do termo. Em sentido literário, tanto Gog quanto Magog eram inimigos de Yaveh. Ao suprimir a vogal "o" da palavra "Gog", transforma-se em "teto ou escada". E é de "teto" que procede o principal significado de Gog: "alguém que está em um lugar alto". Tratar-se-ia, enfim, segundo os exegetas, de um personagem bárbaro que, em um futuro distante e impreciso, traria tribulações ao mundo. (N. do M.)

Por fim, os seguidores (eu diria que vários milhares) deixaram o "profeta" falar.

– E acontecerá naquele dia, quando Gog vier contra a Terra, diz o Santo, que minha fúria se levantará com meu fôlego.

Outro raio se precipitou sobre o Kharrar e o vau se iluminou com uma luz que feriu pupilas. As pessoas emudeceram, aterrorizadas. E a detonação fez que muitos corressem. Outros se prostraram, tomando os trovões como uma advertência dos céus.

Yehohanan não se alterou. Continuou agitando o saco embreado e anunciou com a voz arrasada pelo esforço:

– De tal sorte que tremerão diante da minha face os peixes do mar, as aves do céu, os animais do campo, e todos os répteis que se arrastam sobre a terra, bem como todos os homens que estão sobre a face da Terra!

Dessa vez, a invocação do profeta Ezequiel (38, 20) foi quase literal.

– Gog derrubará montanhas e abrirá outras! Cairão os penhascos e todo muro será abatido! Nada escapará à minha cólera, diz o Eterno, bendito seja! Cobrirei o mundo com a mão de Satã e manterei a escuridão por nove anos!

E clamou com teatralidade:

– Gog! Já se aproxima! A grande rocha me fará justiça!

Por que misturava o nome de Gog com a "grande pedra"? De fato, assim chamava a rocha: Gog.

Não soube, não entendi.

– A espada de cada homem será contra seu irmão! Todos roubarão e saquearão! Nada será de ninguém! Todos perderão! E saberão quem é Deus, o Eterno, bendito seja seu nome! Nesse dia, terminarão os reinos e os reinados! E reclamarão a peste e a morte como um bem! Gog porá cada um em seu lugar!

A multidão emudeceu, estupefata. O vidente estava profetizando? Para mim, ele era vítima de outra crise.

– Nove anos de escuridão, de fome, de brigas entre irmãos, de ausência do Santo, bendito seja seu nome, de longas buscas inúteis, de gelo e de luto!

A chuva cedeu, e a tempestade se afastou momentaneamente.

E o vidente prosseguiu com seu "Gog" e seu "Magog", e com as alusões ao fim do mundo. Deduzi que se referia aos sinais apocalípticos que precederiam o surgimento do profeta Elias. Essa era a crença generalizada dos judeus,[77] como já mencionei em outros capítulos destes diários. Em suma: nenhuma novidade.

Assim foi durante cinco dias.

Toda manhã, a mesma filípica apocalíptica, a mesma "grande rocha", as mesmas ameaças, o mesmo fervor dos seguidores, as mesmas reuniões secretas (e não tão secretas) e a mesma chuva, inclemente.

O vau e o bosque das resedas se transformaram em um lodaçal. Eu estava entediado e desesperado. Aquela loucura parecia não ter fim.

Mas tenho que ser sincero. Nem tudo foi negativo nesses dias de junho.

No sábado, 8, assim que amanheceu, tive uma grata surpresa: Tarpelay, o *sais* negro, apareceu no bosque com uma *reda*, uma carruagem coberta. Dadas as circunstâncias, foi uma bênção. Abandonei o *guilgal* e me refugiei na carroça. Tar se negou a partir, pelo menos enquanto durasse a chuva.

Ele estava preocupado. Acabou confessando que temia por minha segurança. Corriam pelo vale rumores pouco tranquilizadores. Antipas havia chegado ao limite da paciência. Era possível que mandasse seus homens para cima do vidente e que o prendesse. E, com Yehohanan, também os outros íntimos.

Mas isso não era o pior.

Roma também parecia disposta a acabar com aquela situação desconfortável. No Jordão, estavam a par das incursões das *turmae* e sabiam que os *kittim* não ficariam de braços cruzados. Yehohanan e seus simpatizantes estavam começando a incomodar. Se Herodes Antipas não capturasse o Batista e não acabasse com aquela tentativa de sublevação, Roma o faria, e sem contemplações.

---

77 Segundo essas crenças judaicas, a salvação final do mundo (que coincidirá com a chegada do Messias) será acompanhada (ou precedida) de grandes sinais e catástrofes. Assim proclamam Oseias e Daniel. Os escribas e doutores da Lei identificavam esse período de turbulências como *ḥbly hmšyḥ* ("as dores do parto do Messias"). Dentre outros sinais – diziam –, o sol escurecerá, aparecerão estranhas e luminosas "espadas" no céu, exércitos caminharão nas nuvens, o sol brilhará durante a noite e as árvores destilarão sangue. A comida será disputada e uma cebola será paga em ouro. Das rochas surgirão vozes, e a água doce se transformará em salgada. A terra ficará sem colheitas, e o gelo cobrirá tudo. Os homens perderão o bom-senso e matarão por um pedaço de pão. Tudo será fumaça e frio. As pessoas fugirão sem saber para onde. A loucura será constante, e sobre a Terra reinarão o pecado e a impiedade. Haverá batalhas constantes, mas não haverá vencedores. O amigo se erguerá contra o amigo, o filho contra o pai, e a filha contra a mãe. Às guerras se somarão os terremotos, o fogo e as trevas. Os animais fugirão ou devorarão os homens. E os sobreviventes devorarao os que ficarem. (N. do M.)

Era melhor que abandonasse quanto antes aquele grupo de loucos, ou pelo menos que me distanciasse por um tempo.

Tarpelay não era um homem expressivo, e muito menos suplicante. Dessa vez, porém, suplicou. Rogou, quase ordenou que eu saísse do vau imediatamente. Uns ou outros, gauleses ou romanos, ou conjuntamente, estavam para chegar.

Era o segundo aviso. O primeiro, como se pode recordar, foi-me dado por Nakebos, o alcaide da prisão do Cobre.

E eu disse que sim, que pensaria.

Tar não voltou a falar no assunto. O negro da túnica amarela nunca repetia as coisas. Era inteligente, e assim considerava os outros.

Meu objetivo era esperar a lua cheia. Nessa data (18 de junho, terça-feira), segundo Abner, deveria celebrar-se a importante reunião entre os partidários de Yehohanan e o exército nabateu. Seria o momento-chave. O "Nogha" entraria em ação, nas palavras do pequeno grande homem.

Mas os acontecimentos se precipitaram. Ou os precipitaram.

A questão é que no domingo, dia 9, à nona hora (três da tarde), aconteceu algo grave e imprevisto.

Gad era o cozinheiro dos "justos". Era um homem agradável.

E, como todo dia, foi ao mercado das sete cabanas. Sua intenção era adquirir víveres.

Os *badu* o conheciam.

Mas, nessa oportunidade, não sei exatamente por que, talvez por tédio, Gad foi acompanhado por mais dois discípulos: José e Shlomo.

Eu os conhecia pouco. Eram discretos, como Gad.

O caso é que, assim que entraram em uma das cabanas de bambu, segundo as versões dos *badu*, os três "justos" foram abordados por um grupo armado. Saltaram de uma *reda* coberta, estacionada perto das cabanas.

Shlomo resistiu. Empunhou sua *sica* e os enfrentou. Foi a pior coisa que podia ter feito. Os soldados o fulminaram com um golpe de maça na cabeça. Caiu no chão, em uma poça de sangue. Gad e José não opuseram resistência. E os armados, após amordaçá-los, empurraram-nos para dentro da carruagem coberta. No peito de Shlomo, ficou um pedaço de vasilha de barro onde alguém havia escrito: "Voltai de vossos maus caminhos, e guardai as minhas leis".

Quando li a inscrição na argila, reconheci o texto. Era uma frase do livro II de Reis (17, 13), levemente modificada.[78]

---

78 O original diz: "Todavia o Senhor advertiu a Israel e a Judá pelo ministério de todos os pro-

Houve grande agitação no vau. Abner e os seguidores do Batista interrogaram os beduínos, testemunhas do fato, mas as informações não foram muito além.

A carruagem coberta cruzou a ponte de troncos e afastou-se pelo caminho que levava a Jericó. A *reda* rodava veloz. Seis mulas a puxavam. Mais duas *redas* menores apareceram na esplanada e foram atrás da primeira.

A julgar pelas descrições, os armados eram gauleses. Usavam a indumentária habitual: túnicas verdes até os tornozelos e cotas de metal por cima das túnicas, até metade da coxa. Todos usavam elmos de metal, cônicos, com proteções laterais. Brandiam espadas e maças com espinhos. Falavam uma língua indecifrável para os *badu*.

Não havia dúvida: era a guarda de Antipas.

Tudo parecia minuciosamente calculado. Sabiam dos movimentos de cada um, e souberam escolher.

Examinei Shlomo. Estava inconsciente. A maça havia aberto uma ferida na região da sutura esfenoparietal, perto do olho esquerdo, mas, felizmente, era mais feio que grave. A copiosa hemorragia fez crer coisa pior. Com um pouco de sorte, acabaria se recuperando.

A chuva, incansável, tornou as indagações mais penosas.

Ninguém sabia mais nada, ou simplesmente ninguém queria se comprometer. Temiam Herodes Antipas e, acima de tudo, sua guarda pretoriana.

Shlomo foi levado para o *guilgal*, e Abner e os seguidores discutiram o que fazer. Não era fácil tomar uma decisão.

Antipas estava em Jericó, alojado em um dos palácios de inverno, construído por seu pai, o Grande. Nós contemplamos (contemplaríamos) a maravilhosa construção no voo, indo do monte das Oliveiras ao *yam*, em abril do ano 30. Era um palácio-fortaleza, muito bem defendido. Nele – diziam – foi assassinado Aristóbulo, cunhado de Herodes, o Grande, no ano 35 a.C.

Examinei de novo o *óstraco* e compreendi: Antipas estava dando um aviso.

"Voltai de vossos maus caminhos, e guardai as minhas leis."

O tetrarca respondia a Yehohanan usando a tática do vidente: apoiava-se em uma frase bíblica e a manipulava a seu bel-prazer. Esse era o estilo do Batista. E, para causar maior efeito, empregou um pedaço de cerâmica, exatamente como Yehohanan no *guilgal*. Antipas estava a par de tudo.

---

fetas e de todos os videntes, dizendo: 'Voltai de vossos maus caminhos, e guardai os meus mandamentos e os meus estatutos, conforme toda a lei que ordenei a vossos pais e que vos enviei pelo ministério de meus servos, os profetas'". (N. do M.)

Houve muitas especulações. A maioria exigia vingança. Não retrocederiam um só palmo. Se fosse necessário sacrificar a vida de Gad e de José, seriam sacrificadas. O "Nogha" em primeiro lugar. Judas Iscariotes foi um dos ardorosos defensores dessa postura. Outros advogavam por um "razoável entendimento com o tirano". Alguns, mais ousados, traçaram um plano para assaltar o palácio de inverno de Jericó. Logicamente, foi rejeitado. A fortaleza era defendida por pelo menos 500 homens bem armados.

Observei Yehohanan. Ele assistiu a várias dessas conversas e intrigas, mas ficou em silêncio. Eu não sabia (ninguém sabia) o que ele pensava sobre o sequestro de seus íntimos. Para dizer a verdade, a sorte de Gad e de José parecia não lhe preocupar.

Abner também não sabia o que fazer.

Mas, assim que escureceu, deu-se uma novidade que acabaria modificando a situação. De repente, um dos *badu* apareceu no *guilgal*. Trazia um pequeno *megillah*, um rolo de papiro, minuciosamente enrolado e lacrado.

Um cavaleiro encapuzado havia acabado de jogá-lo aos seus pés, nas sete cabanas. Ao jogar a *megillah*, gritara:

"Para esse *meshugah* (louco) de borboleta no rosto!"

E afastou-se a galope, cruzando para o outro lado do Jordão.

Abner rasgou o lacre e abriu o papiro. Yehohanan estava dormindo.

O *ari* leu o conteúdo e empalideceu.

A seguir, entregou-o aos outros "justos".

O texto, em um aramaico limpo e claro, detalhava as condições para a libertação dos discípulos.

"A vida deles – rezava a *megillah* – pela do vidente."

E exigiam a dissolução imediata dos seguidores. Naquele momento, segundo meus cálculos, superavam os três mil.

O prazo para a troca expirava ao entardecer da terça-feira, dia 11. O grupo, portanto, tinha dois míseros dias para fazer um acordo ou simplesmente rejeitar a oferta de Antipas. A *megillah*, naturalmente, não tinha assinatura.

E Abner e os íntimos abandonaram o *guilgal* e se refugiaram na aldeia próxima, Bet Abara. Lá, discutiram a noite toda, mas não chegaram a nada concreto. As opiniões, divididas, acabaram confrontando-os. A maioria se negava a entregar o Batista. "Se fosse a hora de Gad e de José, bendito seja." Outros recriminavam essa pouco caritativa postura e incitavam o resto a lutar. "Lutar? – perguntavam, com razão. – Com pedras e paus? Eles são muitos, e bem armados."

E se chamaram de covardes e insensatos.

Assim se passou aquela noite interminável.

Abner, ao alvorecer, confessou-me que temia o pior. O rei dos nabateus sabia do ocorrido e provavelmente daria para trás. Nesse caso, adeus aos sonhos de liberdade e de glória. Adeus ao "Nogha"!

Ao longo do dia seguinte, segunda-feira, uns e outros se obstinaram em suas já conhecidas posturas. Ninguém quis ceder. E chegou a hora em que uma parte dos seguidores, esgotada e temerosa, optou pelo mais prudente: abandonar o vau.

"A situação não está nada boa."

A frase de Tarpelay foi premonitória.

Algo denso e escuro se palpava no ar.

Yehohanan ficou no *guilgal*, fortemente custodiado. Não lhe permitiram abandonar o círculo de pedras, e nem foi informado da chegada da *megillah*. Ele nada soube do ocorrido naquela noite, nem da deserção de alguns seguidores que acampavam no vau e nas aldeias próximas.

Senti tristeza por ele.

E, durante aquela segunda-feira, tudo foi pressa, agitação e novas reuniões; todas tão inúteis quanto as anteriores. O prazo estava se esgotando, e Antipas podia executar Gad e José.

O que fazer?

O único que não parecia alterado naquele manicômio era o *schomer* dos cabelos louros. Continuava em frente à *menorah*, com os olhos fixos nas sete velas. Os vigias haviam coberto o monumento com uma grande tenda de peles embreadas. E lá permanecia o *schomer*, em seu mundo.

Minto. Yehohanan também estava alheio a tudo. Não se pronunciou nenhuma vez sobre o sequestro. Aquela criatura desafortunada, de fato, não tinha relação alguma com o magnífico e misericordioso Mestre.

E foi ao amanhecer da terça-feira, dia 11, que os "justos" e os seguidores chegaram a um acordo: iriam a Jericó e tentariam negociar com o tirano. Evidentemente, não entregariam Yehohanan.

E assim foi.

Nessa manhã, à sexta hora (meio-dia), o vau ficou deserto. Abner e parte dos "justos" se puseram à frente de uma longa comitiva e seguiram rumo ao palácio de inverno do tetrarca. Em questão de duas ou três horas, chegariam à cidade das palmeiras.

Yehohanan, como disse, foi deixado à margem do assunto. Ele permaneceu no *guilgal*, vigiado por um total de 20 homens armados até os dentes. Cinco desses homens eram discípulos. Eu cuidei de Shlomo. A ferida, conforme eu havia prognosticado, começou a melhorar.

Judas Iscariotes escolheu participar das negociações com Antipas.

Sinceramente, hesitei. Em um primeiro momento, eu não sabia que partido tomar. Acompanhava os seguidores do Batista até o palácio de inverno? Assistia às negociações? Prometiam ser intensas e interessantes.

Foi Tar quem propôs que o mais prudente seria ficar no vau de Josué. E concluiu:

– Essa marcha pode terminar em massacre.

E o vau ficou deserto, com a única presença dos *schomer*, os *badu* do mercado, os armados que guardavam o Batista, a chuva e quem isto escreve.

Antes do ocaso chegaram as primeiras notícias. Abner, sabiamente, montou um sistema de correspondência, a cavalo, que nos manteve informados. A ordem foi categórica: nenhuma informação ao vidente.

As negociações aconteceram no corpo de guarda do palácio de Antipas. Participaram dois funcionários do tetrarca, Abner, três "justos" (Judas não foi incluído) e mais três representantes dos seguidores de Yehohanan. As discussões foram longas e intrincadas.

Antipas exigia a dissolução daquele "movimento de loucos". Se os simpatizantes do profeta voltassem a suas casas, o tetrarca prometia o perdão geral. E perdoaria a vida de Gad e de José, inclusive a de Yehohanan, se o vidente não tornasse a pôr os pés em seus domínios. Em outras palavras: ele podia pregar, mas longe da Pereia e da Galileia.

Aquilo me pareceu estranho.

O prazo, como disse, acabava com o pôr do sol dessa terça-feira, 11 de junho.

Abner e os seus se retiraram para deliberar.

As notícias seguintes chegaram ao *guilgal* na segunda vigília da noite (já quarta-feira, 12): na nova rodada de negociações também não houve acordo.

Abner propôs a libertação dos discípulos e a renúncia de Herodes Antipas. "Era o povo contra o tirano."

O tetrarca não cedeu, mas quis demonstrar um gesto de "benevolência" e prorrogou o prazo até o entardecer de 12 de junho.

Como não percebi? Antipas tinha tudo previsto, e bem previsto.

A negociação – segundo a última mensagem – se estenderia. Os quase três mil seguidores que haviam acampado na periferia do palácio de inverno estavam dispostos a manter sua atitude o tempo que fosse necessário. Inclusive, se fosse a vontade de Yaveh, ofereceriam sua cabeça ao tirano.

Tarpelay estava inquieto. E fez um comentário ao qual não prestei a devida atenção:

– Se eu fosse Antipas, agiria exatamente como está agindo.

Compreendi horas depois, quando aconteceu o que aconteceu.

Mas vou tentar seguir a ordem dos fatos.

Yehohanan e seus "guardiões" não tardaram a adormecer. A chuva deu uma trégua, e as resedas, assim como o resto do vau de Josué, entregaram-se ao silêncio. Tar e quem isto escreve nos refugiamos na *reda*. E durante um tempo desfilaram estranhos pensamentos por minha mente: por que Antipas estava negociando? Ele não tinha necessidade disso. Era cruel e desprezível. Eu não conseguia compreender. Algo não se encaixava.

E acabei caindo em um sono profundo.

Foi quando voltei ao Ravid e pus os diários em dia que soube que o orto solar, naquele histórico 12 de junho do ano 26 de nossa era, registrou-se às 4 horas, 22 minutos e 54 segundos (TU).

Sim, um dia para a história.

Tudo começou minutos depois do alvorecer. A chuva golpeou de novo o couro que cobria a *reda* e me acordou. A visibilidade era pouca. E senti a urgência de fazer minhas necessidades.

Tar estava dormindo.

Desci da carruagem e, um tanto apertado, fui até a margem do rio.

A *reda* de Tarpelay (não sei se comentei) estava estacionada no meio do bosque, a uma centena de passos do círculo de pedras, e a pouco mais de três metros da margem do Jordão. Os cavalos comiam pelos arredores, com as patas dianteiras travadas. Só se ouvia o silêncio.

Não se percebia movimento algum no *guilgal*. Supus que todos ali também dormissem.

Eu me abaixei dentro do rio e fiz o que tinha que fazer.

E nisso estava quando, de repente, ao norte, ouvi o relinchar de cavalos. Pensei nos animais de Tar, mas não.

Pela estrada de terra batida, entre as árvores, vi uma tropa de gente armada e várias carruagens, de duas e quatro rodas. Eram *redas* cobertas.

Não sabia o que pensar.

Não podiam ser os seguidores do Batista. Procediam do norte, e, além de tudo, estavam a cavalo.

Eram gauleses!

Eu me precipitei para a margem e me escondi como pude, no meio dos juncos e dos bambus.

Eram muitos. Talvez 300. Trotavam rápido e sem ruído.

Como era possível? Os cavalos não faziam barulho.

Depois, reparei. Os cascos haviam sido cuidadosamente envolvidos em sacos de aniagem.

Usavam cotas de metal e calças verdes justas até a metade da perna. Também os típicos elmos cônicos, metálicos, muito brilhantes. Nas costas, os estojos vermelhos cheios de flechas.

Entraram no bosque dos reseda com decisão.

As mulas que puxavam as *redas* também foram providas de sacos nos cascos. Era impressionante. Nenhuma roda chiava. Provavelmente haviam sido lubrificadas.

Cheguei a me perguntar se estaria sonhando. Mas não. A visão era real.

Corria para a carruagem de Tar? Avisava o pessoal do *guilgal*?

Eu não estava em condições de fazer nem uma coisa nem outra. Assim que abandonasse a margem, teriam me visto. Além de tudo, eu era só um observador.

Quantas bobagens se pensam em momentos assim!

Os cavaleiros, como se a manobra houvesse sido ensaiada, espalharam-se pelo bosque e cercaram o *guilgal* com um duplo cinturão. E tomaram posições. Pegaram suas flechas e prepararam os arcos.

Alguns cavalos relincharam, inquietos, mas os gauleses rapidamente os acalmaram. O silêncio reinava no bosque ainda, um pouco incomodado pela chuva, cada vez mais intensa.

Vários cavaleiros se aproximaram do lugar onde eu me escondia. Inspecionaram a área e continuaram atentos ao círculo de pedras.

Eu me encolhi no meio dos juncos e quase parei de respirar. Não estava com a "vara de Moisés". Ela tinha ficado na carruagem. Se me descobrissem, estava perdido.

Eu usava a "pele de serpente", sim, mas minha cabeça não estava protegida.

Pensei em Tar. Aparentemente, continuava dormindo. A *reda* não estava muito longe. Os gauleses deviam tê-la visto, mas, até então, não lhe prestaram atenção. Seu objetivo, de fato, era outro.

E tentei manter a calma.

As carruagens pararam em frente ao *guilgal*, muito perto; talvez a dez metros. Eram cinco *redas*. Uma delas, a maior, puxada por seis mulas, situou-se à frente. Outra a ultrapassou e se dirigiu ao fundo da trilha. E a uns cem metros para o sul, bloqueou o caminho. Uma quinta *reda* fez o mesmo, mas na parte norte, por onde haviam surgido.

Tive um mau pressentimento.

A partir desse momento tudo foi muito rápido. Obviamente, a operação foi traçada com minúcia, e ensaiada.

Das três carruagens que permaneciam em frente ao círculo de pedras, desceram cerca de 50 homens armados. Um deles usava um elmo cônico dourado. Parecia o chefe.

Os gauleses, a um sinal do oficial, dividiram-se em dois grupos. Um, à direita do capitão, era formado por 20 homens. O outro, à esquerda, somava 30 soldados. Vestiam-se e se armavam como a guarda pretoriana que eu já havia visto em outras ocasiões: cota de metal, túnicas verdes, elmos prateados e grossas maças com pregos, bem como espadas de dois gumes.

O capitão ergueu o braço direito e os 50 homens armados, em absoluto silêncio, correram para o *guilgal*.

O contingente de 20 gauleses caiu sobre o adormecido Yehohanan e, em segundos, colocou-o de joelhos, amarrou suas mãos às costas, amordaçou-o e cobriu sua cabeça com um saco. Depois, com o mesmo sigilo, empurrou-o para a carruagem de seis mulas e o obrigou a entrar.

O segundo grupo havia tomado posições. Cercou os "justos" e os seguidores e, com espadas e maças em punho, aguardou ordens.

Eu estava perplexo.

Haviam acabado de capturar o Batista, e sem que o gigante oferecesse resistência alguma. Estava entregue, como se estivesse esperando aquele instante.

E uma velha ideia cruzou de novo minha mente. Os ataques ao tetrarca teriam sido uma estratégia do Batista para que o capturassem?

A carruagem das seis mulas partiu em seguida, perdendo-se em direção ao sul, rumo à esplanada da *menorah*. Aqueles que haviam capturado Yehohanan entraram na segunda *reda* e esta se afastou, também a galope, na mesma direção.

O pessoal do *guilgal* foi acordando com as espadas na garganta.

Os cavaleiros que cercaram o círculo retesaram os arcos, preparados.

O gaulês do elmo dourado esperou as carruagens partirem e se aproximou dos homens armados que vigiavam os "justos" e demais seguidores.

A chuva se tornou densa. Era uma cortina que impedia a visão.

Não tenho certeza (não enxergava direito), mas acho que foi Shlomo, apesar de seu estado, quem conseguiu se levantar primeiro e puxar uma *sica*. E a brandiu contra o gaulês que o ameaçava. Os demais seguidores se levantaram e pegaram nas armas. Mas os homens das túnicas verdes pareciam estar esperando esse instante. O oficial gritou algo em seu idioma e os gauleses se lançaram com fúria a um ataque corpo a corpo.

Julguei que fosse morrer.

O primeiro a cair, decapitado, foi Shlomo.

O resto lutou, mas não teve melhor sorte. Três ou quatro caíram imediatamente. A força, ferocidade e habilidade dos gauleses eram muito superiores. E os "justos" e seguidores, cientes da situação, acabaram jogando suas *sicas* e espadas no chão, fugindo em todas as direções.

Esse foi outro momento trágico.

Os cavaleiros dispararam seus arcos, alvejando os que fugiam.

E foram feridos no pescoço, nas costas e nas pernas.

Dois ou três correram para o Jordão e pularam nas águas. Nadaram com várias flechas cravadas no corpo. E se afastaram sob a intensa chuva.

Alguns, também feridos, correram para o cerro e se perderam na encosta do Kharrar.

Os cavaleiros não os perseguiram.

Outros ficaram no bosque, mortos ou feridos.

Havia sangue por todos os lados.

O do elmo dourado deu uma ordem, e os cavaleiros se agruparam perto das *redas*. A tropa a pé entrou nas carruagens e cavaleiros e *redas* partiram na mesma direção, para o sul.

Depois, só ficou a chuva, tão desolada quanto este explorador, e os lamentos dos feridos.

A operação se consumou em dez minutos.

Então, vi tudo com clareza. Tudo havia sido uma argúcia para limpar o vau. Tudo: o sequestro dos discípulos, a *megillah* com as condições, tudo. O importante era afastar os milhares de fanáticos e fazer que o vidente ficasse sozinho, ou na companhia de um mínimo de seguidores. Um ataque dos gauleses no meio de três mil furiosos simpatizantes do profeta e suposto Messias não seria recomendável, e não o fizeram.

Antipas era um assassino, mas também inteligente.

Dois minutos depois, eu me vesti e saí do meu esconderijo, disposto a chegar à carruagem de Tar. Minha mente estava confusa.

Mas, depois de dar dois passos, alguém se interpôs em meu caminho.

Não sei de onde saiu. Surgiu do meio das árvores e interceptou meu passo.

Era um cavaleiro gaulês.

Logo apareceu um segundo armado, também a cavalo. Provavelmente pertenciam a uma patrulha que percorria a região após a operação. Os outros cavaleiros não deviam estar longe.

Olharam para mim, perplexos. Acho que não souberam o que pensar. Mas as dúvidas logo se dissiparam.

Trocaram umas palavras em seu idioma e aquele que interceptara meu passo preparou o arco.

Então, vi Tarpelay ao lado da *reda*. Ele percebeu a situação, mas não sabia o que fazer. Se gritasse, os gauleses o descobririam e iriam atrás dele.

Senti fogo no estômago. Eu estava indefeso.

Eu estava certo. Os cavaleiros eram exploradores ou faziam parte de uma tropa avançada. Pela trilha de terra batida, ao norte, surgiu o grosso da patrulha. Os gauleses, a cavalo, acompanhavam outras duas *redas*, também cobertas. Com uma olhada calculei 50 cavaleiros. Um grupo marchava à frente e mais 20 ou 30 fechavam a comitiva. Estariam escoltando alguém?

O pensamento foi inevitável: Antipas?

O homem do arco continuava apontando para mim. Parecia gostar da situação.

Mas os céus vieram em auxílio deste perplexo e confuso explorador.

O segundo gaulês gritou alguma coisa para o do arco, deu meia-volta e trotou em direção à patrulha.

O soldado baixou o arco, guardou a flecha e sorriu com malícia. Era jovem, um pouco gordo, com a pele vermelha e descascada por conta do sol. Suas mãos e seus braços eram totalmente tatuados. Eram desenhos de serpentes, com as cabeças sobre as unhas e pontas dos dedos.

E, prestes a se voltar e se afastar, falou em um aramaico quase indecifrável:

– Tu, sorte! Agora não matar. Ti!

Piscou para mim e saiu trotando, tranquilo, para se juntar a sua unidade.

Respirei aliviado. Nunca soube para que lugar apontava com a flecha. Se fosse na cabeça, e se houvesse atirado, minha sorte teria terminado.

Tarpelay quis se aproximar, mas fiz sinais para que ficasse perto da carruagem. Ele obedeceu.

E, escondido atrás de uma reseda, fiquei observando a patrulha.

As carruagens haviam parado em frente ao *guilgal*, como fizeram as anteriores. Os cavaleiros se espalharam perto do círculo, exatamente como na primeira ocasião, quando capturaram Yehohanan.

Um dos gauleses que permanecia junto às *redas* bateu na madeira de uma carruagem, e de dentro saiu um grupo de infantes, também armado.

Entraram no círculo de pedras e passaram a revistar os mortos e feridos, e a carregar os sacos, as armas e os pertences dos "justos" e dos seguidores que guardavam o Batista.

A manobra também foi rápida. O material foi depositado na *reda* de onde haviam saído e voltaram para dentro da carruagem. Pouco depois, a patrulha se afastava em direção ao monumento.

E me veio à mente o saco embreado e malcheiroso em que Yehohanan guardava o misterioso pergaminho da "vitória". Também pensei nas "memórias" de Abner. O pequeno grande homem as escondia em um dos sacos de viagem. Tudo, parecia, acabava de ser confiscado pelos guardas de Herodes Antipas.

Eu me enganei. Nem tudo.

A questão é que a operação havia terminado.

Agora sim. Dei meia-volta e fui para a carruagem de Tarpelay.

Minha mente estava nublada.

Poucos passos depois ouvi uma voz atrás de mim que me pareceu familiar. Voltei-me e me vi diante do soldado da pele queimada. O cavaleiro estava no meio das árvores, a não mais de 20 metros. Apontava de novo para mim com seu arco. O cavalo estava com a cabeça baixa, mordiscando o mato.

Sorriu, malicioso, e, um segundo antes de atirar, comentou:

– Agora sim matar. Ti!

A flecha (de caça), de grande diâmetro e considerável peso, entrou em meu ventre, à altura do umbigo. O golpe foi tão forte que perdi o equilíbrio e caí de costas.

Possivelmente, essa queda me salvou.

O gaulês achou que havia me liquidado e se afastou.

Tar correu para mim e tentou me ajudar. Estava desconcertado. E não era para menos.

A flecha, ao acertar a "pele de serpente",[79] se quebrou.

---

79 Como já comentei em outras oportunidades, a Operação Cavalo de Troia obrigava seus exploradores, cada vez que saíam da nave, a usar uma espécie de "segunda pele". Essa "epiderme" era constituída por uma fina película, integrada por um composto de silício, em solução coloidal, em um produto volátil. Esse líquido, ao ser pulverizado sobre a pele, evaporava rapidamente o diluente, e ela ficava coberta por uma fina película opaca e porosa de caráter antieletrostático. A "armadura" era capaz de resistir ao impacto de um projétil (calibre 22 americano) a 20 pés de distância, sem interromper o processo normal de transpiração, e evitando a infiltração, pelos poros, de agentes químicos ou biológicos. A "pele de serpente" tinha que ser renovada a cada 90 dias (no máximo, a cada 120 dias). Os exploradores deviam ter especial cuidado com as datas de vencimento. (N. do M.)

Eu me sentei e verifiquei os "danos".

A túnica rasgada. Isso foi tudo.

Tar olhava para mim, sem acreditar. Não havia sangue. Não havia ferida.

Peguei os restos da flecha e os examinei. A haste, de madeira de cedro, partira-se ao meio. As plumas eram de peru, enormes, azuis e vermelhas, colocadas em forma helicoidal. Assim, aceleravam a estabilização do projétil. Aqueles malditos gauleses sabiam das coisas. A ponta, de bronze, antes triangular, estava deformada.

Tar a inspecionou e me olhou, confuso. Não disse nada. Para quê?

Peguei a "vara de Moisés" de dentro da *reda* e, sem uma palavra, fui para o *guilgal*. O fiel negro continuou mudo, mas não se afastou de quem isto escreve.

Aquilo havia sido um massacre.

Contei seis mortos (cinco eram "justos"). Fora do *guilgal*, espalhados pelas resedas, havia cinco feridos. Só pude lhes dar água e todo o consolo de que fui capaz.

Os gauleses levaram até as sandálias.

Fiz as contas e vi que faltavam nove seguidores dos que protegiam Yehohanan. Dois ou três se jogaram nas águas do Jordão. Quem sabe se estavam mortos. O resto, creio, conseguiu fugir para o alto do Kharrar.

Deus do céu! Por que nada disso foi mencionado pelos evangelistas? Mateus, o primeiro apóstolo que começou a escrever sobre o Mestre, e talvez o mais explícito, diz a respeito: "Pois Herodes havia prendido a João, e, maniatando-o, o guardara no cárcere, por causa de Herodíade, mulher de seu irmão Felipe; porque João lhe dizia: 'Não te é lícito possuí-la'. E queria matá-lo, mas temia o povo; porque o tinham como profeta".

Mateus não acerta uma. A verdade, uma vez mais, foi maltratada.

Os nomes dos cinco discípulos mortos pelos soldados de Antipas eram os seguintes: Shlomo (o primeiro mártir da cristandade), Davi, Arki, Issacar e Ageu. O nome do sexto falecido (um dos fiéis seguidores do Batista) eu jamais soube. Posteriormente, quando o Destino quis que voltasse a encontrar Abner e os demais "justos", eu soube que mais quatro seguidores também haviam falecido em consequência dos ferimentos causados naquele amanhecer do dia 12 de junho. No total, dez mortos. Os dez primeiros mártires do cristianismo, aceitando que as prédicas e a filosofia do Batista tivessem algo a ver com a mensagem e com o pensamento do Filho do Homem.

E está dito.

E aconteceu que, no exame de um dos cadáveres, ao virá-lo, encontrei o saco embreado e malcheiroso que guardava o "323". Os gauleses não o haviam encontrado.

Peguei-o e decidi levá-lo ao "berço". A história que Yehohanan contava sobre sua possível origem[80] me deixava intrigado. Queria analisar o pergaminho, esclarecer as dúvidas e devolvê-lo ao vau de Josué, onde o havia encontrado. A análise não alteraria o devir natural dos acontecimentos.

Tar me urgia.

Tínhamos que abandonar o local o mais rápido possível. Se algum sobrevivente houvesse conseguido chegar à esplanada das sete cabanas, provavelmente todos já estavam avisados. Os *badu*, ou os *schomer*, não tardariam a chegar ao *guilgal*. Nesse caso, se nos surpreendessem com os corpos, poderiam nos acusar de ladrões e saqueadores.

"Péssima ideia", comentou.

Além de tudo, a guarda de Antipas podia voltar.

Haviam se passado duas horas desde a captura de Yehohanan. A notícia não tardaria a chegar aos ouvidos de Abner e dos seguidores. Era lógico que aparecessem imediatamente no *guilgal*. Esperá-los seria uma loucura. Arriscado demais. Por outro lado, ninguém podia imaginar a reação do tetrarca. Uma vez atingido seu principal objetivo – descabeçar o grupo –, que importava o resto? Havia a possibilidade de que os prendesse ou os executasse. Tudo era possível.

Reconheci que o fiel *sais* tinha razão. O mais sensato era partir.

E assim fizemos.

Às sete da manhã, a *reda* deixou para trás o vau de Josué, também chamado das "12 Pedras". A experiência foi profunda e angustiante.

Eu precisava pensar.

E a carruagem se dirigiu ao norte, a galope.

Sim, eu precisava pensar.

Não lembro muito daquela viagem. Galopamos para o norte, sempre para o norte, até que Tarpelay compreendeu que aquela "fuga" não tinha

80 O pergaminho em questão, segundo o vidente, era de origem divina. Havia sido entregue a ele por uma das *hayyot*, uma criatura celeste. Segundo Yehohanan, o "323" foi desenhado pelo homem-abelha (!), uma das referidas *hayyot*. O pergaminho, como se pode recordar, continha um enigma. Nele liam-se as seguintes frases: "Do Eterno" (letras bordadas com ouro) e "Eis que eu vos enviarei o profeta Elias, antes que venha o grande e terrível dia do Senhor"; (Malaquias 4, 5). O resto eram números e estrelas. (Ampla informação em *Cavalo de Troia 8 – Jordão*.) (N. de J. J. Benítez.)

sentido. Ninguém nos perseguia. E diminuiu o ritmo da *reda*.

Acho que lembro que lhe dei uma única indicação: tínhamos que chegar ao *yam*.

Não falamos durante o resto do caminho. E quem isto escreve continuou pensando, pensando...

Flávio Josefo, o historiador judeu romanizado, foi o único que acertou.[81] Yehohanan foi preso por razões puramente políticas. Alguém teve medo. Alguém pensou que ele podia arrastar as massas a uma sublevação e cortou o mal pela raiz. Esse "alguém" foi Herodes Antipas.

Roma esteve envolvida na detenção?

Era muito possível. A presença de uma patrulha romana nas proximidades do *guilgal*, responsável, talvez, pela manobra de contaminação do *nazir* com os ossos, era eloquente. A história nunca esclareceu isso.

E os pensamentos me levaram até Jesus de Nazaré. Como reagiria à prisão de seu primo distante? Sairia em uma pregação aberta? Se bem me lembrava, isso fora estabelecido por Ele próprio em Beit Ids: não pregaria, não falaria publicamente de *Abba*, até que o Batista "terminasse seu trabalho".

Eu não tinha ideia do que o Mestre planejava. A que se referia com "finalização do trabalho" de Yehohanan? Pensava no fim de suas filípicas ou na morte do gigante?

A intuição tocou de novo meu ombro e sussurrou algo importante: era muito cedo ainda. Nem ao menos havia escolhido os outros apóstolos. Eu tinha que ser paciente. Estava tudo organizado, e bem organizado.

Pensei também em Judas. Que faria a partir daquele crítico momento? Seguiria com Abner?

Foi outra incógnita.

Eu sabia que ele acabaria se juntando ao Galileu, mas ignorava como e em que momento.

Nenhum dos "justos" confiava nele. Teria tido algo a ver com a conspiração contra Yehohanan? O fato de ele aparecer no vau de Josué poucas horas depois do incidente com os ossos foi suspeito. Sabia de alguma coisa? Delatara o grupo? Não me pareceu lógico. Não era necessário. Todo mundo conhecia os costumes do Batista. Além de tudo, segundo dizia, Yehohanan era seu ídolo. O fato de, anos depois, ter traído Jesus de Nazaré não tinha por que o transformar em traidor naquele momento. As circunstâncias, no caso do Filho do Homem, foram diferentes. Sim, eu estava me precipitando.

---

81 Ver o livro de Josefo: *Antiguidades dos judeus* (XVIII). (N. do M.)

E dediquei boa parte da viagem a imaginar a entrada do Iscariotes no círculo dos íntimos do Mestre. Como pôde chegar até Ele? Judas havia visto o Galileu no bosque dos lenços, perto do rio Artal, mas não lhe prestara muita atenção. Foi o que me pareceu. Judas era um fanático dos zelotes. Queria fazer parte da organização. Judas era um extremista. Apoiava a sublevação armada e a luta contra Roma. Eu não entendia como se tornou um apóstolo. O Mestre, desde o início, inclinara-se pelo amor e pelo "reino espiritual" de *Abba*. Eu não conseguia assimilar como o Iscariotes entrara no grupo de Jesus. Quem o convenceu? Foi o Mestre?

Tudo tinha uma explicação, que chegaria a seu devido tempo.

Senti pena de Yehohanan.

O que aconteceria depois da captura? Ele foi executado de imediato ou passou-se um tempo? Os evangelistas se inclinam pela última alternativa. Dizem que ficou na prisão e que manteve algum tipo de comunicação com o Filho do Homem. Mateus (14, 6) aporta um dado sobre a data da execução do Batista: "Festejando-se, porém, o dia natalício de Herodes (...)". Não tinha ideia da data em questão. Referia-se ao aniversário de Antipas ou ao aniversário de sua subida ao trono? Não consegui encontrar um único indício e, além de tudo, também não confiava em Mateus. Seus erros, em outros capítulos da vida do Mestre, eram terríveis. Nesse assunto também convinha esperar. O Destino mostraria o rumo. E acho que o fez! E de que forma!

As carruagens e os cavaleiros da guarda gaulesa haviam se afastado em direção ao sul. Isso significaria que estavam levando Yehohanan para a região do mar Morto? Lá existia uma fortaleza (Maqueronte), onde, segundo a tradição, o Batista foi executado. Também não era uma tradição confiável. Ao chegar à ponte de troncos existente perto do monumento da *menorah*, a tropa poderia ter tomado outro caminho. Estariam indo para o leste? Bem perto, por essa estrada, erguia-se outra cidade-fortaleza: Betaramta. Estaria preso nesse lugar? Teria escolhido Jericó? Pareceu-me arriscado. Também podiam ter escolhido a estrada que corria paralelamente ao Jordão, pela margem direita. Isso os teria levado para outras fortalezas, para não falar da Galileia.

Imaginei que eu logo saberia. Essas notícias, apesar das precauções de Antipas, acabavam vazando. O que eu não imaginava naquele momento é que estava a um passo da solução do enigma.

E o que dizer dos seguidores de Yehohanan? Como reagiriam os milhares de fanáticos quando soubessem da captura do "profeta"? Que destino teriam os discípulos sequestrados por Antipas? Como acabariam as negociações com os nabateus? Seria o fim do sonho de Abner e dos "justos"?

Fui assaltado por outra velha ideia; algo que havia caído no esquecimento: qual foi o papel de Belša, o persa do sol na testa, naquela história? Por que ele abandonou os discípulos do Batista? Belša era trigo limpo? Já insinuei isso uma vez, mas... Mais ainda: por que Nakebos, o *alqa'id* da prisão do Cobre, recomendou que eu fizesse o mesmo e me afastasse daquele "grupo de loucos e iluminados"? O que Nakebos sabia?

Foi então, perto de Damiya, que voltaram as recordações de um singular e enigmático "sonho" (?), ocorrido tempos atrás na garganta do El Firan. Nesses *helem*, ou "visão" (os judeus consideravam esses sonhos muito mais que um sonho), quem isto escreve, como já comentei, viu "cair" do céu uma série de letras e números. E, ao se depositarem em minhas mãos, formaram palavras. Uma dessas misteriosas "palavras" dizia "BELSA'SSAR", com um número, também em hebraico sagrado: "126".

Não sabia o que pensar. Aquilo era muito estranho.

"BELSA'SSAR 126" podia significar "Belša" e a data 12 de junho.

12 de junho? Esse era o dia em que estávamos, o dia da prisão do Batista.

"BELSA'SSAR" é uma palavra persa. Belša também era. Coincidência?

A questão é que eu estava diante do terceiro "acerto".

"ÔMEGA 141" e "PRODÍGIO 226" haviam se cumprido.

Alguém estava me "avisando". Belša podia estar envolvido em tudo aquilo.

Assim sendo, o que queriam dizer as demais e não menos enigmáticas "palavras"?[82]

A chegada a Damiya interrompeu essas especulações. Por um lado, agradeci. Eram muitas dúvidas e incertezas. Mas o Destino aguardava, e não muito longe.

Devia ser a quinta hora (11 da manhã).

Tar conduziu os cavalos com grande habilidade, mas eles precisavam de um descanso. Nós também.

E, de mútuo acordo, concedemo-nos um respiro. Como disse, já não havia pressa. A ameaça principal estava conjurada.

Minha intenção era chegar à base dos "13 irmãos" nessa mesma noi-

---

82 No "sonho" apareceram as seguintes "palavras e números" (nesta ordem): "ÔMEGA 141"; "PRODÍGIO 226"; "BELSA'SSAR 126"; "DESTINO 101"; "ELIŠA E 682"; "MORTE EM NAZARÉ 329"; "HERMON 829"; "ADEUS ORION 279"; e "ESRIN 133". (Ver informação em *Cavalo de Troia 8 – Jordão*.) (N. de J. J. Benítez.)

te, ou, talvez, na manhã do dia seguinte. De lá iria para o casarão dos Zebedeu, em Saidan, e informaria o Mestre, conforme solicitara.

Mas o homem propõe e Deus dispõe.

Optei por dar um passeio. E, mergulhado nesses pensamentos, caminhei sem rumo fixo.

Os passos, não sei por que, levaram-me à casa de Nakebos, o nabateu. E decidi entrar. Queria cumprimentá-lo.

Os servos, atentos, informaram-me da ausência do patrão. Nessa mesma manhã – disseram –, a guarda de Antipas havia chegado a cavalo, e Nakebos se fora com ela. Estava na prisão do Cobre. Não sabiam quando voltaria. Eu podia esperar. E a intuição avisou de novo.

Gauleses a cavalo? Interroguei os criados, e eles confirmaram minhas suspeitas: estavam levando um preso importante. Foi preso no vau de Josué. Eram gauleses, de fato. A notícia correu, rápida, por Damiya. O preso era um velho conhecido da gente do lugar. Havia pregado no vau das Colunas, muito próximo da aldeia. Tratava-se de Yehohanan.

Compreendi. Antipas tornara a usar outra argúcia. Fez crer que a patrulha se dirigia ao sul, mas, como imaginei, mudaram de direção, possivelmente na ponte de troncos do vau de Josué.

Certamente pegaram a trilha já mencionada (a que corria pela margem direita do Jordão), mais confortável e segura.

Mas por que Antipas escolheu a prisão do Cobre?

E os planos, efetivamente, mudaram em questão de minutos, como quase sempre, e como em todos os lugares.

Eu iria para a ilha. Precisava falar com o alcaide, Nakebos, e confirmar a notícia: o Batista estava na prisão?

Voltei para junto do *sais* e expliquei a situação. Ele me acompanhou até a confluência do Jordão com os rios Yaboq e Tirza, afluentes oriental e ocidental, respectivamente, e me preparei para embarcar. Nesse lugar, bem perto de Damiya, como expliquei em outro momento, existia um embarcadouro, quase exclusivamente destinado ao transporte a partir da terra firme à ilha do Cobre, e vice-versa. Na ilhota erguia-se uma construção um tanto insólita, um misto de fundição e de prisão.

Notei muita agitação no embarcadouro.

As pessoas protestavam.

Tarpelay interrogou os barqueiros.

As pessoas que vendiam coisas às portas da prisão tinham acabado de ser expulsas pela guarda gaulesa de Antipas. Todos os vendedores, prostitutas, aguadores, mendigos, oportunistas e afins, que ficavam às portas e até entravam e saíam do recinto, foram obrigados a voltar para o embarcadouro onde estávamos. Ninguém podia permanecer nos arredores do Cobre.

Vi cavaleiros patrulhando ao pé da muralha.

Agora tinha quase certeza. Yehohanan estava ali dentro. Porém, inepto e teimoso, quis me certificar, e contratei os serviços de um barqueiro. Tar não concordou. Os soldados não permitiriam que eu desembarcasse, e muito menos que tentasse entrar na maldita prisão.

Mas insisti, e partimos rumo à ilhota. Tar ficou cuidando da *reda*.

Ele não se enganou.

Não cheguei a pôr os pés em terra. Antes que a barca se aproximasse da margem, um grupo de cavaleiros cavalgou para nós e, gritando, mandou que déssemos meia-volta e desaparecêssemos. O barqueiro não perguntou. Não queria desafiar as flechas dos gauleses. E remou com vigor de volta ao nosso ponto de partida.

Ouvi a martelagem, ao longe.[83]

---

83 Da torre do Makhruq, nas proximidades de Damiya, o Major faz a seguinte descrição da ilha do Cobre e arredores: "O espetáculo foi inesquecível. Aos nossos pés corria o Jordão, já livre da cúpula da selva, alimentando com suas águas mansas as habituais hortas e plantações. Pelo leste descia um dos afluentes mais destacados: o Yaboq, ou Zarqal, cintilando como prata. À nossa esquerda, pela margem direita do Jordão, menos pretensioso, abria caminho por entre o verde e negro dos palmeirais o rio Tirza, pai do vale que chamavam de Fari'a. Os dois afluentes desembocavam quase em frente um do outro, dando nome à rica região de Ga'on Yarden (algo assim como 'Garganta do Jordão'). No encontro dos três leitos, os sedimentos arrastados pelas águas haviam formado uma ilha de dimensões regulares. Fiquei impressionado. A ilhota toda estava ocupada por uma singular construção de caliça, com muros e tetos enegrecidos. Um muro alto, de cerca de cinco metros, cercava os edifícios; mas creio que a palavra 'edifícios' não é a mais correta. O único com certo porte era o central, totalmente circular, arrematado por uma cúpula onde se destacavam cinco estreitas chaminés. Por todas elas saíam colunas de uma fumaça preta e densa. No pátio, coladas à muralha, alinhavam-se várias casinhas, também de pedra caliça, pretas de fuligem e suspeitosamente iguais. Por uma das portas do bloco circular – o que parecia mais importante –, notamos intensas labaredas. Imaginei que estávamos diante de uma *yesuqah*, ou fundição de ferro ou cobre.

– Sim e não.

A resposta de Belša me confundiu.

– É a prisão do Cobre. Um lugar maldito.

Era uma *yesuqah* e, ao mesmo tempo, uma das mais temidas prisões da Pereia. Lá iam parar os assassinos, os pedófilos, os sonegadores de impostos e os que tentavam se rebelar contra Roma ou contra o tetrarca Antipas. O 'melhor do melhor'.

Segundo o persa, lá só se entrava para morrer. A aldeia reclusa tinha mil pessoas, a maioria de origem pagã.

Eu me resignei.

Tinha que encontrar outra forma de chegar à presença de Nakebos. Poderia ter invocado o nome do *al-qa'id*, mas não me pareceu prudente. Eu estava protegido pela "pele de serpente" e tinha a vara, mas o barqueiro estava comigo. Eu não tinha direito de arriscar sua vida.

Parou de chover.

Trabalhavam os lingotes de cobre que chegavam regularmente das fundições de Ecion-Guéber, no mar Vermelho, as antigas e verdadeiras minas do rei Salomão. Longas caravanas subiam pelo Jordão com os carregamentos, que desembarcavam na ilha e lá eram reelaborados pela técnica de martelagem. Os fornos eram alimentados dia e noite com madeira cortada nas montanhas de Galaad. A fusão do cobre (a 1.083 °C) era obtida mediante a utilização de enormes foles de couro, ativados manualmente, e com o concurso – muito eficaz – dos ventos locais, especialmente fortes na desembocadura dos rios citados. As bocas dos fornos haviam sido estrategicamente orientadas para o oeste, de forma que os ventos que desciam pelo vale de Fari'a aumentavam a força, atingindo, assim, o 'laranja do sol no ocaso' (os especialistas fundidores estabeleciam os diferentes graus de fusão segundo as cores do sol. A obtenção do cobre, partindo da cuprita, da azurita e da malaquita, demandava um laranja similar ao do pôr do sol. O ferro, por exemplo, exigia uma temperatura – 1.539 °C –, que transformava o metal, proporcionando uma cor parecida ao do 'branco mate do sol entre a névoa'; e assim, sucessivamente, para o bronze, o ouro, a prata ou o estanho).
Logo nos acostumaríamos ao monótono e distante ruído dos martelos nas dúcteis lâminas de cobre. Um martelar que não parava durante a noite e que recordava a todos a natureza do lugar de onde procedia o som ritmado.
Segundo Belša, a prisão do Cobre era outro bom 'negócio' de Antipas, do qual participavam os de sempre: as castas sacerdotais e os mais notáveis burocratas de Roma. Lá, graças ao esforço dos prisioneiros, fabricava-se todo tipo de armas, ferramentas e adornos, tanto masculinos quanto femininos. Todos os dias, com as primeiras luzes do alvorecer, uma ou duas embarcações atracavam nas margens da ilhota, carregando os produtos manufaturados: lanças, pontas de flechas, espadas de toda espécie, adagas, machados de combate ou para o trabalho, enxadas, picaretas, cinzéis, bocal de cavalo, armaduras, braceletes, correntes e toda sorte de utensílios de cozinha.
A média de falecimentos naquele campo de concentração era alta: dois ou três 'trabalhadores' por dia. Os corpos acabavam nos fornos, fundidos com o cobre líquido. Isso – diziam – dava *hitpa* ao metal ('o espírito do morto enriquecia a mistura').
Damiya, a aldeia branca onde íamos descer, vivia em boa medida dessa prisão. Era uma aldeia a serviço dos fundidores e de seus guardiões. O cinturão de plantações que a cercava não era suficiente para abastecer a *yesuqah*, e todos os dias, pela trilha do Jordão, amanheciam várias carroças com mercadorias de toda espécie, incluindo as célebres prostitutas de Bet She'an e da cidade de Pella. De Damiya saíam os aguadores, os médicos, os adivinhos, os carpinteiros, os pedreiros, os agiotas ou os sacerdotes dos mais diversos deuses, que se ofereciam para o pessoal da ilha. As portas da prisão eram um mercado onde se negociava de tudo e com todos. A corrupção dos guardas era tanta que muitos moradores de Damiya acabavam entrando no recinto e vendendo seus produtos nos barracões dos condenados". Ver ampla informação em *Cavalo de Troia 7 - Nahum*. (N. de J. J. Benítez.)

Ao saltar à terra, o velho barqueiro respirou aliviado. Quando lhe paguei, deu-me uma notícia que confirmou minhas suspeitas: "Acontecera com o vidente o que acontecera como Sansão".

E esclareceu que, segundo os presos, o Batista havia perdido suas longas tranças louras. Yehohanan já não tinha força nem sorte. "De lá, não sairá vivo."

O dado, como disse, foi definitivo. Alguém viu o Batista dentro da prisão, e de cabeça raspada.

Mas a sorte não me acompanhou.

Não houve jeito de chegar até Nakebos. Esperei o dia 12 inteiro, e também o 13. Ninguém cruzou para o outro lado e ninguém saiu da prisão. Nakebos não apareceu em sua casa, em Damiya. Algo importante, de fato, estava acontecendo na prisão do Cobre.

Tar insinuou que devíamos seguir para o *yam*. Hesitei.

Eu sabia que Yehohanan estava naquele lugar, mas era importante que confirmasse.

Não sairia dali.

No embarcadouro, as coisas também não melhoraram. Cheguei a contar cinco caravanas imobilizadas, com todo tipo de mercadorias. Alguns, impacientes, tentaram chegar à ilhota. Tiveram a mesma sorte que este explorador. Viram-se na obrigação de dar meia-volta e desembarcar. A indignação era geral.

Mas, na madrugada do dia 13 para 14, tudo mudou.

Aguardando no embarcadouro, vimos passar as *redas* que haviam transportado Yehohanan e o resto da tropa. Eram escoltadas por cavaleiros gauleses.

Passaram velozes, em direção ao sul. Possivelmente estavam voltando a Jericó.

E as barcas se mobilizaram, iniciando um intenso vaivém de homens e animais. O fluxo com a ilha se restabeleceu, e as portas da prisão-fundição foram abertas.

Às cinco da manhã, com as primeiras luzes, estava diante dos indivíduos que montavam guarda na grande porta de entrada da prisão. Os controles eram muito estritos. Ninguém podia entrar sem a autorização expressa do alcaide. E os habituais comerciantes do local protestaram. Os vigias não lhes deram ouvidos e obrigaram os não autorizados a ficar longe das portas. A vigilância do Cobre, como no caso de outras prisões, era de responsabilidade dos *tsahov*, vigias, ou *schomer*, que sempre se vestiam de amarelo (por isso o nome *tsahov*.[84] Não confundir com os levitas ou policiais do Templo, que também se vestiam de amarelo). Esses guardas – os *tsahov* – eram mercenários. Serviam a quem mais pagasse. Usavam túnicas até os joelhos, cor de narciso, com *sicas* (punhais) ou espadas curtas na cintura. Em geral, eram pagãos.

O caso é que os *tsahov* ouviram meu pedido e perguntaram por que queria ver Nakebos. Só me ocorreu invocar nossa velha amizade. Eu estava de passagem por Damiya e queria cumprimentá-lo.

Não ficaram muito convencidos.

Um dos "amarelos" acabou cedendo e, de má vontade, ordenou que esperasse.

Com os *tsahov* moviam-se outros indivíduos, vestidos de uma forma muito peculiar. Pareciam vigias, mas de menor categoria. Usavam uns coletes cor de cinábrio. Viam-se de longe. O "uniforme" era complementado por calças brancas, muito largas, presas aos tornozelos, e umas varas de aveleira, sibilantes e ameaçadoras. Outros, dentro do Cobre, usavam coletes pretos e brancos. Nakebos, pouco depois, explicaria que os homens dos coletes e das varas eram presos de confiança. Eram chamados de *nesher*, ou "abutres". Estavam havia anos na prisão. Os que se vestiam de vermelho ajudavam os vigias no que se relacionasse à segurança. Os de colete preto cuidavam dos consertos e da manutenção em geral. Os de branco dirigiam as cozinhas e a intendência. Todos obedeciam aos *tsahov*. Ao que parecia, não era fácil chegar a ser um "abutre" ou preso de confiança. Além da fidelidade ao alcaide e ao sistema, o "abutre" tinha que ser mais corrupto que os outros corruptos. Segundo Nakebos, nem todo mundo servia.

Tarpelay me observava da outra margem.

E durante alguns minutos, enquanto aguardava, dediquei-me a uma de minhas fraquezas: observar.

Explorei com a vista tudo que estava ao meu alcance (tomarei como referência a porta de entrada da prisão).

Não vi Yehohanan. Pensei que podia estar dentro de um dos barracões que se alinhavam à minha direita, ao pé da muralha leste.

A prisão era um recinto praticamente quadrado, protegido por muros de cinco metros de altura. Tudo estava manchado de fuligem: desde os olha-

---

84 Roma não permitia a criação de exércitos, e, em consequência, os reis sujeitos aos *kittim* buscavam nos mercenários uma forma de proteger e guardar edifícios, instituições e propriedades públicas. (N. do M.)

res dos prisioneiros até a última pedra das muralhas. No centro do pátio, erguia-se uma construção de um andar, totalmente circular. Era a *yesuqah*, ou fundição, propriamente dita. Tinha várias portas. Por quase todas, viam-se as labaredas e os reflexos oscilantes dos fornos. As sombras dos operários iam e vinham. Cinco altas chaminés tentavam escapar do lugar, mas era inútil. Só a fumaça, às vezes branca, às vezes preta, conseguia.

Ao longe, por trás dos fornos, ouvia-se sem parar o monótono e permanente barulho da martelagem no metal. Era o som que este explorador havia escutado em muitas ocasiões, tanto no vau das Colunas como em Damiya. Era um martelar que, se me permitem a licença, fazia parte da paisagem.

Grandes foles, ou *tuyer*, foram acoplados aos flancos do edifício circular. Uma série de orifícios havia sido aberta no muro, em especial pelo lado oeste, aproveitando, assim, os ventos dominantes. Vários presos, praticamente nus, vigiavam as correntes de ar e os foles.

À direita, ao pé da muralha leste, como dizia, espremiam-se dezenas de casinhas, todas iguais, todas reduzidas à mínima expressão, todas pretas, e todas com as portas abertas, como um aviso. Eram os barracões dos presos.

Em cada esquina, uma torre de vigilância. E em cada torre, dois ou três "amarelos", acompanhados de outros tantos "abutres". Neste caso, os *tsahov*, ou amarelos, estavam armados com arcos.

Mas o que mais chamou minha atenção, pelo menos naquele momento, estava a uma centena de passos, perto da *yesuqah*. Eram três postes de madeira de quase dois metros de altura cada um. Estavam alinhados, e praticamente no meio do pátio. Era um lugar estratégico. Todo mundo passava pela frente.

Pois bem, em cada poste um recluso havia sido crucificado. Os infelizes foram colocados de ponta-cabeça, com as mãos amarradas às costas e grandes pregos que atravessavam seus pés. O sangue e as moscas os cobriam quase por completo. Um deles se agitava, entre gritos e lamentos. Os outros permaneciam imóveis. Talvez estivessem mortos.

O mais triste é que ninguém prestava atenção. Os trabalhadores passavam diante deles, mas nem olhavam.

Senti um calafrio.

Que lugar era aquele?

À esquerda, junto à muralha oeste, vi outros edifícios. Pareciam armazéns. Estavam fechados. Às portas, alguns "amarelos" vigiavam. O vidente estaria lá?

Também não vi nenhum rastro da guarda pretoriana de Antipas. Os gauleses cumpriram as ordens: levar o Batista até a prisão do Cobre. Uma vez lá, a vigilância era coisa dos *tsahov*.

Por último, naquela apressada observação, examinei as construções existentes à direita e à esquerda da grande porta de entrada da prisão. Eram construções de um andar, aparentemente mais bem cuidadas. Vi "amarelos" entrando e saindo. Podiam ser do corpo de guarda e dos alojamentos dos mercenários.

Não houve tempo para colher mais referências. O guarda voltou e indicou que o seguisse.

Entramos em um daqueles edifícios, à esquerda da porta, que eu havia imaginado ser o pavilhão dos mercenários.

O "amarelo" ordenou que esperasse e desapareceu por uma das portas. Eu estava em uma sala praticamente nua, iluminada por uma alta e estreita janela. As paredes estavam decoradas com escritos de diversos profetas. Só tive tempo de ler um dos textos. Era de Jó (capítulo 28, 5-12). Dizia assim: "Quanto à terra, dela vem o pão, e debaixo dela é revolvida como pelo fogo. As pedras que ali se encontram são o lugar de safiras, e há pó de ouro. A ave de rapina não conhece esse caminho, e ele nem foi visto pelos olhos do falcão. As feras altivas não pisaram, nem passou por ali o leão. O mineiro estende sua mão sobre a pederneira; transforma as montanhas desde suas raízes; corta canais entre as pedras e seus olhos descobrem todas as coisas preciosas. Tapa os veios d'água para que deixem de fluir, e traz para a luz aquilo que estava escondido. Mas c a sabedoria? Onde ela poderá ser encontrada?"

Foi então que se abriu outra porta e vi Nakebos. Atrás vinha o guarda que tinha me acompanhado.

Nós nos abraçamos e o "amarelo", mais confiante, desapareceu por onde havíamos entrado.

Mas surpresa...

Nakebos me convidou para que eu me instalasse em seus aposentos e foi ali que encontrei novamente o desaparecido Belša, o persa que havíamos conhecido no dia 24 de setembro do ano 25, quando Eliseu e quem isto escreve atravessávamos o Vale do Jordão, em busca do Mestre.

Ele também me abraçou, comovido. Não tinha mudado. Belša, o chefe dos "escaladores" na "selva" do Jordão, era um homem alto, forte, semelhante a Jesus de Nazaré. É por isso que nós o confundimos naquela viagem inesquecível.[85] Um "sol" na testa – símbolo de sua religião, o mitraísmo – o deixava inconfundível. Sua pele continuava branca (nunca permitia que ficasse exposta ao sol), e a barba era cuidadosamente raspada.

Ele me contemplou de cima a baixo, e seus olhos negros e profundos, ligeiramente amendoados, brilharam de satisfação. Belša e Nakebos não haviam se esquecido de minhas atenções quando ambos caíram enfermos em Damiya. Acho que gostavam de mim. Sempre fui honesto com eles. Nunca tentei enganá-los ou tirar proveito de sua amizade. Mas isso estava prestes a terminar...

Sentamo-nos e começou a correr o *legmi*, o licor favorito de Nakebos. Era cedo, mas nunca para beber, diziam eles.

Nakebos e Belša sabiam que eu frequentava o grupo dos "justos" e preferi contar a verdade, ou ao menos uma parte dela.

Eu lhes disse que tinha assistido à captura de Yehohanan e que, ainda que não soubesse como, consegui escapar da guarda de gala. Não fiz alusão ao incidente com o cavaleiro nem mencionei o *sais* que me acompanhava, o fiel Tarpelay.

Eles ouviram em silêncio. De vez em quando, trocavam olhares eloquentes. Percebi que eles estavam cientes de tudo, e de muito mais...

Após a exposição, Nakebos encheu minha taça de novo e perguntou:

– E agora, o que vais fazer?

Fui tão honesto quanto poderia ser.

– Eu vou continuar buscando a verdade...

Belša sorriu com benevolência.

– Tenho pensado em me unir ao grupo desse Jesus de Nazaré.

O tema despertou um vivo interesse, especialmente em Nakebos.

– Conheces esse louco?

– Não muito bem.

– Mas tu o acompanhaste em ocasiões diferentes.

Comprovei novamente que eles estavam bem informados.

– Isso mesmo. Eu tive essa sorte.

---

85 De acordo com o relato do Major, Belša ou Belšašsar (Baltasar) era um persa, nativo de Susa, a leste do rio Tigre, na Pérsia (atual Irã). Era um *parsay*. Ele vivia na aldeia de Hayyim, perto de Nysa ou Scythopolis. Sua profissão ("escalador") consistia em coletar cachos de tâmaras das altas palmeiras, além de realizar a poda e a polinização delas. Ele havia sido caravaneiro e falava persa, *koiné*, aramaico, egípcio, beduíno e um pouco de latim. Ele era um seguidor fiel do deus Mitra. Por um tempo, fora um discípulo de Yehohanan. (Ampla informação em *Cavalo de Troia 7 – Nahum*.) (N. de J. J. Benítez.)

– Por que dizes isso?

– Seus pensamentos são profundos. Não faz mal ouvir. E seus atos...

Nakebos acenou com a mão e parou a conversa.

– Atos? – perguntou ele. – Tu queres dizer aquele de Caná?

Eu balancei a cabeça, confirmando, enquanto tomava um segundo *legmi*.

– Conheço alguém que é muito interessado nesse homem dos milagres...

Belša sorriu novamente. Dessa vez, notei certo ar de zombaria em seu rosto.

– Então era verdade – prosseguiu o nabateu. – Esse carpinteiro é capaz de transformar água em vinho doce...

Como Nakebos sabia sobre o vinho doce? Esqueci-me da pergunta. Todos sabiam...

– Conta-nos sobre esse iluminado.

Eu me contive. Tinha que demonstrar frieza.

– Não sei... Não tem nada a ver com o Anunciador.

– Isso é verdade – destacou o do sol na testa. – Esse Jesus é mais inteligente...

E pensei: como Belša sabia que o Mestre era mais inteligente que Yehohanan?

– Isso o faz mais perigoso – interveio o terceiro, Nakebos. – O que achas?

Não soube o que dizer.

E o administrador voltou ao assunto de Caná.

– Qual foi o truque? Tu estavas ali. Como ele fez? Como ele transformou a água em vinho? Meu senhor fica fascinado com os prodígios e estaria disposto a...

Nakebos compreendeu que estava falando muito e tratou de conter-se, mas a *legmi* era uma bebida traiçoeira...

– Ao seu senhor – zombou Belša – e à sua senhora... Sobretudo à sua senhora...

Supus que se referissem ao tetrarca e a Herodíade. E aproveitei a oportunidade:

– Antipas está interessado no prodígio de Caná?

Nakebos deixou de dissimular. Eu era como alguém da família. E disse.

– Sim, meu senhor sente uma fraqueza pela magia... E pelos bons magos.

– E ainda mais a sua senhora...!

O comentário de Belša me fez suspeitar. Ele parecia conhecer bem Herodíade...

E o persa, consciente do erro que cometera, tratou de retificar o lapso:

– Bem, é isso o que eles dizem...

Tarde demais. As suspeitas começavam a se tornar verossímeis. Belša não era trigo limpo. Quem era ele, na realidade? Um confidente? Para quem ele trabalhava? Para Antipas? Ou quem sabe para os *kittim*? Foi ele que informou aos gauleses e permitiu a captura de Yehohanan?

Porém, o *legmi* começou a nublar a minha mente.

– Em resumo – interveio de novo o administrador do Cobre –, qual é a tua opinião sobre esse construtor de barcas de Nahum?

– Preciso ouvi-lo e vê-lo antes. Preciso de tempo – menti. – Penso unir-me a Ele enquanto seja possível. Essa é a minha intenção. Dirigia-me ao *yam*, eu ia a seu encontro, quando parei em Damiya e quis cumprimentá-lo.

– Os deuses têm tudo previsto – sentenciou Nakebos. – O que dizes interessa a todos nós...

– Não compreendo...

O nabateu trocou mais um olhar de cumplicidade com o persa. E este assentiu com um ligeiro movimento de cabeça.

O que eles tramavam?

Nakebos foi diretamente ao que lhes interessava:

– Tu queres trabalhar para nós?

– Continuo sem compreender...

Belša interveio e esclareceu o que eu pedia:

– Ambos informamos aos nossos senhores...

Ele me olhou intensamente. Achei que entendia. E ele prosseguiu decidido:

– Tu farás um grande favor se, de vez em quando, nos informar sobre as atividades e sobre os pensamentos desse iluminado...

– O Jesus de Nazaré?

– Isso mesmo. Só tens que segui-lo. Depois nós faremos chegar essa informação aos nossos respectivos senhores...

Estava claro. Nakebos era um homem de confiança de Antipas. E quanto a Belša, ele trabalhava para Roma? O persa havia falado de "senhores", no plural...

Duvidei, e foi o melhor que eu pude fazer.

Nakebos se adiantou e tratou de tranquilizar-me:

– Não é preciso que decidas agora... Pensa... Nós acreditamos que possa ser conveniente para ti... O pagamento é bom...

E acrescentou algo que me pareceu interessante:

– Além disso, eu poderia conseguir para ti uma audiência com meu senhor...

Prometi pensar. A proposta me pareceu atraente. Conversar com o tetrarca podia esclarecer dúvidas. Eu devia meditar sobre a "oferta"...

Certamente, não era minha intenção trair o Filho do Homem, nada disso. Era uma questão de "equilíbrio"... O contato com Antipas podia proporcionar informação extra e, quem sabe, acesso ao Batista... Quando fosse necessário.

Nakebos aceitou.

Esperaria o regresso deste explorador. Eu o faria saber...

Foi então que decidi jogar o jogo. Por isso eu estava ali.

– Gostaria de falar com o vidente...

Nakebos parecia estar esperando por esse pedido. E comentou:

– É muito tarde...

Insisti.

– Não podes falar com ele, mas eu permitirei, sim, que o vejas.

E acrescentou feliz:

– Assim conhecerás meus domínios...

Fiquei satisfeito. Era isso o que eu necessitava. Estava apenas tentando confirmar a presença do Batista no Cobre.

E o administrador nos chamou, e nos colocamos a caminhar.

– Vamos, antes que o sol fique mais forte...

Deveriam ser seis da manhã, aproximadamente.

Foi imediato. Bastou pisar no pátio e três "amarelos" e três "abutres" nos rodearam, protegendo-nos com espadas e lanças. E iniciamos uma visita difícil de esquecer...

Dirigimo-nos até as casinhas dos reclusos, na muralha oriental. Mas, ao passar perto dos crucificados, não pude resistir à tentação e perguntei. O que havia acontecido para merecerem um castigo tão cruel?

Nakebos sorriu, desdenhosamente, e pontuou:

– Não cumpriram a martelagem...

Não entendi.

– Entenderás em instantes – sorriu o nabateu com malícia. – Entenderás já...

Belša interveio e arredondou a informação:

– São lixo.

E apontou para dois dos infelizes, acrescentando:

– Eles violaram seus próprios filhos.

A lei judia era muito rigorosa com esse tipo de delito. Segundo o Deuteronômio (22, 29)[86] e o Levítico (18, 29), os acusados de violação deviam ser severamente castigados. A pena de morte era por abrasamento.[87]

Saímos dali.

Dois dos crucificados estavam mortos. Não demorariam em retirá-los e arremessá-los aos fornos.

Um dos cachorros que morava na prisão (contei mais de dez) se aproximou de Nakebos e se deixou acariciar pelo administrador. Depois, caminhou até o violador que continuava vivo e começou a lamber o sangue que gotejava pelo rosto. E ali ele permaneceu um tempo. Foi, seguramente, o único "consolo" do condenado...

Nakebos foi espiar uma das casinhas dos prisioneiros e deu meia-volta, visivelmente alterado. Limitei-me a dar uma olhada e compreendi o motivo das náuseas do nabateu. As casinholas eram um ninho de insetos, enormes como grão-de-bico. Corriam pelas paredes e pelas pernas dos beliches com inteira liberdade. Alguns dos presos, enfermos, tremiam em seus catres. Procurei não chegar perto. Eles se coçavam sem parar, assediados pelos piolhos e, provavelmente, pelas pulgas. O fedor era insuportável. Alguém fez suas necessidades e se mantinha em cima delas, porém ninguém parecia se importar com isso. E imaginei que as epidemias fossem tão mortais quanto o trabalho na fundição. As pulgas são transmissoras de uma perigosíssima peste bubônica, e os piolhos do corpo podem provocar tifo. A isto teria que se acrescentar a malária, endêmica na região do Jordão, e outras febres não menos destruidoras.

---

86 "Se um homem encontra uma jovem virgem não prometida – diz o Deuteronômio – a agarra e se deita com ela e são surpreendidos, o homem que se deitou com ela dará ao pai da jovem 50 moedas de prata; ela será sua mulher, porque ele a violou, e não poderá repudiá-la por toda a sua vida." A *Mishná* (Lei oral) era mais rígida. O tratado de *Ketubbot* diz sobre o assunto: "(...) Estas são as jovens por cuja causa se paga uma multa (imposta por violação): se um homem tem união sexual com uma bastarda, ou com uma gibeonita, ou com uma samaritana, ou se tem união sexual com uma convertida, ou com uma cativa, ou com uma escrava alforriada, ou que se fez convertida, ou que tenha sido liberada antes de cumprir o terceiro ano de idade e um dia, ou se tem união sexual com sua irmã, ou com a irmã de seu pai, ou com a irmã da sua mãe, ou com a irmã da sua mulher, ou com a mulher de seu irmão, ou com a mulher do irmão de seu pai, ou com uma mulher no período de menstruação... Tais transgressões estão sujeitas ao extermínio... O sedutor paga por três conceitos, o violador por quatro: o sedutor paga por razão da vergonha, por razão da indignidade e por razão da multa. O violador acrescido destes motivos tem a razão da dor causada... Se um homem tem relação sexual com a filha de sua mulher, ou com a filha do filho, não tem que pagar multa, já que se tornou réu de morte. (segundo San. 9,1 é réu de abrasamento)." (N. do M.)

87 Ampla informação sobre a pena de abrasamento em *Cavalo de Troia 4 – Nazaré*. (N. de J. J. Benítez.)

O administrador se afastou, apressado, das casinholas e me convidou a observar o coração da *yesuqah*, a fundição. E iniciou suas explicações. Nakebos estava orgulhoso. Ali chegava cobre de toda a região, principalmente do mar Vermelho. Tratava-se de minas muito antigas, já exploradas nos tempos de Salomão (1000 anos a.C.), e cantadas, inclusive, nas Sagradas Escrituras: "Cujas pedras são ferro e de cujas colinas poderás extrair o cobre" (Deuteronômio 8, 9). Também entrava mineral de Asiongeber, próximo de Elat (o que o grande arqueólogo Nelson Glueck qualificou como a "Pittsburgh da antiga Palestina"), das regiões de Jirbat, ao norte de Edom, de Dana, no *wadi* Faynan, e de Timná (as autênticas minas do rei Salomão, exploradas desde o quarto milênio antes da nossa era). O administrador tomou nas mãos algumas das pedras azuis e pediu que as tocasse.

– Trazem sorte – manifestou. – Aquele que as possui tem sonhos azuis...

O cobre chegava também em lingotes, previamente preparados em fundições como a de Ezion-geber ou Asiongeber, já mencionada. Tanto em um como em outro caso, a matéria-prima era fundida nos fornos que eu via e era transformada em todo tipo de armas, ferramentas, adornos ou utensílios de cozinha.

Os fornos haviam sido cavados na terra, com as paredes interiores recobertas de tijolo refratário e argila. Os enormes nichos se enchiam com carvão e com as pedras azuis ou com os lingotes. O cobre então se misturava com óxido de ferro ou com manganês. Acendia-se o fogo e se avivava o carvão mediante os grandes foles e os tiros praticados no muro. A corrente de ar elevava a temperatura acima dos 1.200 °C, e o óxido reduzia a viscosidade do líquido fundido. Em algumas ocasiões, acrescentavam o estanho (a 4 por cento), conseguindo assim o bronze, um material mais duro e resistente. O processo de fundição se prolongava entre cinco e sete horas. Depois, graças ao uso de conchas metálicas de longas hastes, o cobre fundido era transportado para moldes de pedra ou de cera e ali experimentava uma segunda fase de transformação. Antes de encher os moldes, o cobre ou o bronze eram filtrados para separar as substâncias aderidas (fundamentalmente o enxofre). Concluída a manobra, os presos faziam uma abertura lateral nos crisóis (alguns com até cinco metros cúbicos de capacidade) e esvaziavam a escoria restante.

Nesse momento, entre a fumaça, o fogo, o resfolegar dos foles, o calor sufocante e os olhares atravessados dos presos, vimos aparecer um grupo de "abutres". Carregavam o cadáver de um dos crucificados. E, sem mais nem menos, atiraram-no dentro de um dos fornos. O odor da carne queimada se misturou com o do enxofre. E o corpo se desintegrou entre o borbulhar do cobre fundido.

Ninguém fez nenhum comentário. Todos seguiram com seus labores.

Tentei me aproximar dos fornos, mas Nakebos me impediu. Tinha razão. A temperatura era tão alta que qualquer roupa terminaria por incendiar-se. Então compreendi por que os presos trabalhavam totalmente nus. Ainda assim, a permanência perto dos crisóis era sempre limitada. Os trabalhadores eram substituídos continuamente. Alguns tinham como missão lançar baldes de água sobre o corpo daqueles que remexiam o mineral fundido. Outros, de vez quando vertiam um estranho líquido nos fornos. Perguntei e o administrador explicou que esse era um dos segredos dos calibios, os mestres fundidores, os únicos que não cumpriam pena no Cobre. Eram peritos na fabricação de ferro, aço e bronze. Tratava-se, ao que parecia, de uma tribo de raça cita. Eram descendentes dos habitantes de Hattusas, a mítica capital do império hitita, destruída num incêndio no ano de 1200 a.C. O "segredo", segundo Nakebos, residia numa mistura de urina e o sangue de um verme desconhecido que os próprios calibios procuravam no vale. Isso – diziam – proporcionava *hitpa* ao metal, enriquecendo-o.

Agradeci a saída da *yesuqah*. O espetáculo foi tão intenso como demolidor. E compreendi as palavras de Belša: "O Cobre é um lugar maldito". A pergunta era: Yehohanan seria usado para esses fins?

E Nakebos e o persa me conduziram aos pavilhões de transformação do cobre e do bronze. Eram as salas de martelagem, outro lugar infernal...

Eu acreditava ter visto de tudo naquela aventura, mas não.

Uma vez vertido nos moldes, o metal era refundido e, graças à técnica de martelagem, transformado em ferramentas para toalete, hastes metálicas para prender o cabelo, instrumental para a escrita, medicina ou o comércio, peças de todo tipo, selos, chaves, ferramentas, armas, colares, braceletes, fíbulas, lamparinas, bridas para as cavalarias, espelhos em forma de pera, rodas de carroça, pontas de lanças, flechas e outros elementos que, sinceramente, não recordo. O negócio era redondo. O cobre, de fácil transporte, era vendido com facilidade, trazendo grandes lucros aos responsáveis pelo cárcere. Aquela prisão tinha deixado Antipas milionário e também a seus "sócios". Para que façamos uma ideia: somente os caldeus da Mesopotâmia consumiam ao ano em torno de dez mil talentos de prata em incenso (umas 260 toneladas). Isso significava um volume enorme de recipientes de cobre, de todos os tamanhos, fabricados na ilha.

A demanda era constante. Pois bem, uma das chaves do sucesso da fundição se achava, justamente, nos pavilhões de martelagem.

Nakebos se mostrou feliz. Ali, em três grandes salas, tudo funcionava minuciosamente e graças, de novo, aos mestres fundidores, os calibios...

Cada peça requeria uma martelagem concreta, com ritmo e com um número de batidas determinado. Os calibios a conheciam com perfeição.

O administrador foi explicando, entusiasmado.

O que fosse destinado para a cavalaria, por exemplo, exigia 258 marteladas. Nem uma a mais, nem uma a menos. Um machado, 210, se era considerado como ferramenta, e 260 se fosse uma arma. Os machados duplos, de guerra, demandavam 910 marteladas, em sequências de "três". Em sumo, toda uma arte, com uma complexidade muito grande de elaboração. Um trabalho que apresentava também uma face obscura e dramática... E eu explico.

Os presos que martelavam eram vigiados constantemente pelos calibios. Os mestres não perdiam nem um detalhe sequer. Contavam mentalmente as batidas. Cada calibio era capaz de fiscalizar cinco ou seis operários ao mesmo tempo. E aí surgia a parte trágica. Qualquer erro, seja na "entonação" da martelada, no número de batidas, ou nas sequências, era detectado no mesmo instante. O trabalho se interrompia e o preso era admoestado. Até aí, pareceu para mim, era uma atitude aceitável. O problema para o recluso começava a partir dessa advertência. Se ele voltasse a errar, era punido com uma redução na ração de comida. Se ele recebia uma fatia de pão e duas cebolas ao dia, o fornecimento caía pela metade. Se o operário cometia um terceiro erro, a questão se complicava. O cativo era transferido para um quarto que chamavam de *bor* ("cova") e lá era submetido a torturas e vexações. Segundo o administrador, a tortura mais temida e efetiva consistia em limar os dentes (especialmente os dentes incisivos centrais). Os carrascos, quase sempre os "abutres", talhavam os dentes no formato de um "V" invertido, deixando ao ar a polpa e os nervos. Isso produzia uma dor muito intensa e não só durante a limagem. O dente limado provocava um sofrimento de forma quase permanente. O atrito com o ar, com qualquer líquido (incluindo a saliva), ou com a comida, excitava os nervos, ocasionando uma dor infernal. A tortura havia sido "inventada" pelos egípcios.

Um quarto erro era fatal. O preso era conduzido ao pátio e crucificado de boca para baixo nos postes de madeira que eu acabava de ver.

Então compreendi a explicação de Nakebos: "Não cumpriram a martelagem..."

Prestei maior atenção aos presos e comprovei que, de fato, alguns deles apresentavam os temidos talhados e as fraturas nos incisivos centrais e também nos laterais esquerdos. Eram homens aterrorizados. Eles sabiam o que o Destino lhes reservava se cometessem uma só falha. E os olhares e as mentes permaneciam fixos nas peças incandescentes. Nada os distraía.

O trabalho era de sol a sol...

Sim, ninguém saía vivo daquele inferno.

E eu me perguntei de novo: Yehohanan resistiria a um suplício semelhante? Não acreditei. O Batista, se ficasse no cárcere do Cobre, tinha os dias contados.

Com certeza, tínhamos percorrido praticamente todo o presídio e eu não havia tido a oportunidade de vê-lo. E imaginei que eles o mantivessem escondido.

Sim e não...

Ou será que Nakebos havia esquecido sua oferta? O administrador nunca esquecia... Isso eu iria aprendendo com o tempo.

E agora que caio em mim, eu estou esquecendo um dado que me pareceu importante. Segundo as explicações de Nakebos, recolhidas, por sua vez, dos cruéis mestres fundidores, as técnicas metalúrgicas que eles dominavam foram ensinadas a seus ancestrais por alguns seres "vindos do céu" e que os judeus conheciam como "anjos caídos". Essas criaturas, imortais, violaram as leis estabelecidas na Criação e se uniram com as filhas dos homens. Isso aconteceu – segundo os calibios – uns 300 mil anos atrás. Pois bem, esses "anjos caídos ou rebeldes" foram os que ensinaram aos homens as artes e técnicas conhecidas: desde a agricultura à domesticação dos animais, passando pela maquiagem de homens e mulheres, a tecelagem e a confecção de roupas, a arte da pintura e, naturalmente, a metalurgia. Os calibios recordavam o nome do "anjo caído" que ensinou os segredos da fundição. Eles o chamavam de *Iahel* e o traduziam como "Deus respirando a si mesmo".

Seria apenas outra lenda? Quem sabe?

E terminei por agradecer que tivéssemos saído daquele lugar. A angústia dos que martelavam o cobre produzia mais barulho do que as maças...

Nakebos anunciou: "Só falta uma coisa..."

E nos encaminhamos na direção da torre de vigilância localizada a noroeste. Dali, eu supunha, após visitar os armazéns e depósitos, retornaríamos aos aposentos do administrador.

Comecei a ficar preocupado. Onde estava o Anunciador?

Porém, a incerteza acabou logo em seguida...

Ao chegarmos perto da referida torre, Nakebos, Belša e a escolta viraram de repente à direita e entraram em um longo beco, localizado entre a muralha e os pavilhões que acabávamos de visitar.

Eu os segui, sem saber...

Então, ao descobrir, fiquei paralisado.

Nakebos percebeu a minha surpresa, sorriu com malícia e me estimulou para que eu o continuasse seguindo.

Eu o fiz, atônito...

E chegamos ao centro do beco.

Não era possível...

Os guardas armados se detiveram frente a um poço de pedra de um metro de altura. A um passo aparecia uma roda hidráulica de madeira de três metros de diâmetro, provida de um engenhoso mecanismo com que se extraia a água.

Um par de jumentos, cinzentos e aborrecidos, olhou-nos desde a muralha. Estavam presos por uma argola. Em princípio, eram eles os responsáveis pela extração da água. Os asnos estavam enganchados à roda e eram obrigados a caminhar em círculo, esvaziando assim os baldes da roda hidráulica em um longo e sujo bebedouro.

No mesmo instante, os *tsahôv* e os "abutres" ocuparam suas posições entre a grande roda e Nakebos. Belša e este surpreso explorador permanecemos um pouco mais atrás. Belša o inspecionou com curiosidade e exclamou:

– Ele fez por merecer... Por ser estúpido!

Não pude evitar. Experimentei uma intensa tristeza...

Agora, era Yehohanan que girava a roda...

Havia sido acorrentado às barras para empurrar o mecanismo. Correntes nos punhos, nos pés e no pescoço.

Senti o sangue gelar.

Deus do céu!

O Batista tensionava a musculatura e empurrava com força a armação de madeira. Dois "amarelos" o vigiavam permanentemente. Um carregava um chicote na mão esquerda. Ambos se mantinham atentos aos movimentos do gigante.

Foi uma observação silenciosa, rompida apenas pelo rangido das madeiras e por um cantarolar que me era familiar.

Yehohanan, com o olhar fixo no chão, sussurrava uma de suas frases favoritas:

– Tudo é mentira...

O vidente havia perdido uma das sandálias, e os tornozelos sangravam por causa do roçar com os grilhões. As moscas procuravam as feridas. Logo seriam manchas negras sobre o sangue.

Comprovei que o Batista havia sido despojado do pouco que tinha. Achava-se totalmente nu. Nas costas e nos ombros, apareciam sinais do chicote. Imaginei que o gigante da "borboleta" no rosto era golpeado a cada vez que parava ou que titubeava.

– Tudo é mentira...

Ao passar em frente ao grupo, ele não levantou a cabeça. Sabia que estávamos ali, mas não se dignou a olhar. Suponho que eu, meio oculto por trás dos guardas armados e de Nakebos, tampouco fui visto. Melhor assim. Não sei o que teria acontecido se o homem das pupilas vermelhas chegasse a me detectar...

– Tudo é mentira...

Nakebos perguntou:

– O que ele quer dizer? Por que ele repete essa frase?

Não soube explicar-lhe. Eu tampouco sabia do que se tratava.

– Ele é um bastardo! – bradou o administrador. – Nem tem testículos!

Minutos depois, abandonávamos o beco. Eu não sentia muita simpatia por aquele desafortunado, mas o seu final me inquietou, e me deixei submergir na dor. Ninguém merece uma sorte assim...

E na nona hora (três da tarde), após prometer ao administrador e a Belša que retornaria, e já com uma resposta para a sua proposta, distanciei-me da ilha. Já havia visto e sofrido o bastante...

Nessa sexta-feira, 14 de junho do ano 26 da nossa era, Tar e quem isto escreve dormimos na base de fornecimento dos "13 irmãos". Não tínhamos pressa, mas eu tinha toda a pressa do mundo... Ele me esperava. Eu sabia.

Como senti falta dele!

Haviam transcorrido dois meses e meio.

Que estranho e formidável magnetismo daquele Homem!

Por outro lado, quanta surpresa nos reserva a vida... Nunca imaginei que a captura de Yehohanan me afetaria tão profundamente. Nunca se sabe...

Nada disso foi escrito pelo evangelistas.

No dia seguinte, sábado, à nona hora (três da tarde), o fiel *sais* me deixou em frente ao casarão dos Zebedeu, em Saidan. Paguei o que foi combinado e desejamos boa sorte um ao outro. Isso foi tudo. E o vi distanciar-se com sua carruagem...

Sabia que voltaríamos a nos ver e que isso não demoraria. Porém, tratarei de ir passo a passo. Foi tanta coisa que me coube viver...

Jesus não se achava em casa. Era sábado. Seguindo o costume, o Galileu e seus discípulos haviam comparecido à sinagoga de Nahum. Ali estudavam a Lei.

Salomé e a família me receberam com lágrimas nos olhos. A boa mulher chegou a pensar que eu havia morrido. E durante um tempo tive que ouvir, resignado e em silêncio, as carinhosas críticas de Salomé e sobretudo das filhas. Melhor dizendo, de Iyar (Abril). Nós nos olhamos várias vezes. Seu olhar era tão intenso que me transpassou. Fiquei desajeitado. Não compreendi.

A senhora da casa me colocou em dia com os fatos já ocorridos. Não havia acontecido muita coisa – isso foi o que ela disse –, mas sim algumas...

E prestei atenção.

Abril se mexia inquieta. De vez em quando vinha dar uma espiada na sala de jantar (o que este explorador chamava de "a terceira casa"), comprovava que continuávamos conversando e desaparecia. E voltava mais uma vez. Não dizia nada. Só olhava. E o fazia como só uma mulher sabe fazê-lo. Com o tempo, aprendi que as mulheres se expressam melhor com o olhar do que com a palavra, é natural. Porém, isso aconteceu muito depois...

Este foi o relato de Salomé:

Em primeiro lugar, fora o Mestre quem me ajudara a chegar a Saidan na amarga jornada do incêndio na *insula*. Minhas recordações, como disse, eram confusas. E foram elas – Salomé e sua filha Abril – as que deram início a uma primeira cura de quem isto escreve. Elas me lavaram e me enfaixaram.

Jesus continuava trabalhando no estaleiro do velho Zebedeu. Nesse sentido, não havia mudado em nada. Comparecia a cada manhã e regressava com o cair da tarde. Após o jantar em comum, o Filho do Homem se dedicava a ensinar aos seis, e também a Tiago, seu irmão carnal. Às vezes aparecia Judas, o outro irmão, que morava em Migdal.

Salomé confessou que escutava às escondidas, mas não compreendia grandes coisas. Não tinha como conseguir entender esse *Abba*, esse Pai do céu de quem Jesus tanto falava. Não aceitava que fosse um Pai bondoso. Não era isso o que haviam lhe ensinado desde criança. E tampouco se enquadravam os ensinamentos sobre esse reino invisível e espiritual ao qual fazia alusão o Filho de Maria, que era sua parente distante.

Salomé se consolava ao ver o rosto dos discípulos. Também nada entendiam.

– Certamente – intervim. – E como está Maria?

Salomé moveu a cabeça negativamente e esclareceu:

– Pior que amanhã...

Era um ditado judeu.

– Maria não se conforma. Ela quer ver o Filho no topo, porém Jesus permanece em silêncio. Desde o ocorrido com Ruth, só a visitou em duas ocasiões... É desesperador.

O ocorrido com Ruth?

E a mulher, à sua maneira, começou a explicar que a ruiva havia sofrido uma nova e grave crise. Um dia despertou meio paralisada e quase cega. Desde então não saía da "casa das flores".

Não fui capaz de reagir.

Paralisada e cega?

Insisti, mas ela não soube dar detalhes. Só a tinha visto uma vez.

– É uma pena... Uma criatura tão bela e tão boa...

Senti como se tudo tivesse vindo abaixo. Apesar dos meus firmes propósitos, apesar de minha intenção de esquecê-la, ela continuava no mais profundo do meu coração. Eu a amava e a amarei sempre...

Tinha que vê-la. Tinha que saber o que havia acontecido. Tinha que interrogar Eliseu. Era sábado. Certamente eu o encontraria na "casa das flores", ou na *insula* de *Si,* a "Gata" de Nahum, o novo alojamento do engenheiro e de Kesil. Tinha tempo. Ela era o mais importante.

E comecei a imaginar um modo de como partir imediatamente.

Salomé continuou falando, mas eu não a escutava mais. Sei que Abril continuava observando, porém meus pensamentos estavam longe...

A senhora disse algo sobre outro problema. Algumas das esposas dos discípulos tinham ido até o casarão e tentaram interrogar o Mestre sobre aquela "loucura" de sair pelo mundo para pregar.

Francamente, não prestei muita atenção.

Eu seguia imerso em Ruth.

E, logo, os meus planos foram desmontados. Quando vou aprender?

Devia ser a décima hora (quatro da tarde).

Primeiro vi Tiago Zebedeu. Logo atrás apareceu João, seu irmão, e por último o Galileu...

Os Zebedeu me cumprimentaram com frieza e acabaram se retirando.

O Mestre permaneceu quieto, contemplando-me.

Não sei como explicar. Não há palavras.

A angústia desapareceu.

Ele estava ali, a dois passos de mim, recebendo-me com aquele olhar que envolvia, que não escondia nada, que sabia de tudo...

Fiquei em pé e Salomé guardou silêncio.

Foram segundos muito intensos.

O Galileu vestia a túnica vermelha. Apresentava os cabelos mais longos do que o habitual, quase na metade das costas. Ele os trazia soltos e despenteados. Notei o rosto mais bronzeado, com a barba bem cuidada, mas com alguns pelos brancos recém-chegados.

Os olhos, cor de mel, se iluminaram.

E um sorriso, a princípio distante, foi amanhecendo naquele rosto belo e único.

Um "fogo" familiar me percorreu por dentro. O que havia acontecido com meus recentes pesares?

Desapareceram!

E Ele terminou de desenhar o sorriso e veio na direção deste explorador.

Não me mexi. Ele fez tudo. Abriu os braços e me acolheu, apertando-me.

Notei seu coração, poderoso e literalmente bom.

Eu também o abracei e deixei a alma naquele gesto. Ele soube, percebeu e me abraçou com mais força.

Senti que as lágrimas vinham, mas tratei de contê-las.

E todas as angústias foram descarregadas no Homem-Deus.

Agora eu sei. Um abraço do Filho do Homem é um renascimento. Eu nasci muitas vezes.

Finalmente, Jesus falou:

– Bem-vindo, *mal'ak*!

E, sem deixar de sorrir, me convidou para deixar ali minha mochila de viagem, para que me instalasse e o acompanhasse. Tínhamos muito que conversar...

Disse que me aguardava na praia.

E se distanciou.

Então percebi um perfume familiar, de malva; a essência que eu associava com o sentimento de amizade.

Duvidei.

Eu estava indo ao "pombal", meu antigo aposento?

Salomé me animou com outro sorriso.

– Você está em casa – acrescentou. – Você é da família. Ou já esqueceu?

E piscou o olho para mim. Tampouco compreendi. O gesto da mulher escondia outras intenções. Porém, como eu já disse mais de uma vez, sempre fui lerdo com as mulheres...

Subi ao "pombal", deixei a "vara de Moisés" e a bolsa e dei uma olhada no pequeno quarto. Tudo, de fato, continuava igual. Quer dizer, quase tudo...

Sobre a arca encontrei um pequeno jarro de argila e nele um lindíssimo lírio azul, um *iris versicolor.* Pensei em Salomé. Era uma mulher sensível e delicada. Aquele detalhe era próprio dela. Tinha que lhe agradecer.

A segunda "novidade" era um pedacinho de cerâmica (que eles chamavam de *óstraco*), depositado sobre o travesseiro da cama. Alguém havia escrito algo na argila.

Eu o peguei com curiosidade e li: "Também existe o que não vemos".

Não compreendi.

O que era aquilo? Quem havia escrito? Por que o haviam colocado sobre a cama?

Não quis me enredar em mais enigmas. O Mestre me esperava. Isso é que era importante.

Deixei o *óstraco* onde eu o achara e me dirigi à praia.

O céu estava encoberto. Era possível que chovesse.

Procurei o Galileu. Eu o achei bem longe, caminhando pela orla do *yam*. Ele andava distraidamente, com as sandálias nas mãos. Brincava com as ondas, todas suaves e tímidas. O *maarabit,* o vento do oeste, já se despedia. As gaivotas o empurravam, gritando: Que absurdo!

A areia gemeu sob os pés. Foram gemidos brancos, negros e vermelhos. No mesmo instante, recebi o inconfundível cheiro das *peridinium*, as algas que governavam o lago até o final de junho. A cor marrom das *peridinium,* como o seu perfume, preenchiam tudo.

Vislumbrei vários barcos. Os pescadores terminavam os preparativos das redes e outros aparatos. Com o pôr do sol terminava o sábado e iniciariam os afazeres da pesca. A *peridinium,* como já mencionei, formava grandes lençóis e atraía os cardumes de tilápias. A pesca estava garantida.

Alcancei o Mestre e, durante um curto espaço de tempo, permanecemos em silêncio, deixando que a água falasse. Certamente, em função do nervosismo, não tive a precaução de tirar as sandálias, e elas acabaram por ficar ensopadas...

O Galileu passou o braço direito sobre meus ombros (Ele sempre caminhava à esquerda de quem quer que fosse) e perguntou:

– O que vivenciaste desta vez?

A notícia do aprisionamento de Yehohanan já havia chegado ao *yam*. Jesus já conhecia a história, mas, ainda assim, me estendi ao comentar sobre o sequestro dos discípulos e sobre a captura do vidente por parte da guarda pretoriana de Antipas. O Mestre seguiu caminhando e escutando. Não interrompeu nem perguntou nada em nenhum momento. Para dizer a verdade, eu tive a sensação de que ele já sabia de tudo...

Não quis causar mais sofrimento e evitei falar sobre a questão do cárcere do Cobre.

Houve um momento em que eu o vi negar com a cabeça, como se não aprovasse. Foi na hora de contar sobre as injúrias de Batista.

Depois, continuou com o olhar fixo no horizonte.

O céu continuava negro e ameaçador.

Demos a volta e regressamos a Saidan.

Uma vez em frente à quinta pedra de amarração, em frente às escadas que conduziam ao casarão dos Zebedeu, o Mestre decidiu sentar-se sobre a borda de uma das barcas. Eu fiz o mesmo, ao seu lado. E por um instante fiquei contemplando o barco, que se chamava *Zal'apah* ("Tempestade"). Era provável que quem a construíra fora o Filho do Homem.

E permanecemos em silêncio, contemplando a costa oeste do mar de Tiberíades.

Certamente chovia naquele lugar.

Não me enganei.

Pouco depois, vimos aparecer a magia do arco-íris. Foi um arco duplo, mas não tão circular como o que avistávamos em Arbel, e, naturalmente, com as cores "em seu lugar"...

O arco primário se destacava com intensidade sobre o fundo escuro e nublado. Por acaso, contei as cores. Tudo parecia lindamente ordenado: o violeta em seu lugar (o mais intenso); depois os azuis, verdes e amarelos e, por último, os laranjas e os vermelhos. O arco secundário, mais acima, brilhava menos. Também inspecionei as cores. O vermelho se achava no interior e o violeta, onde correspondia, na borda exterior. Como se costuma dizer: tudo sábia e lindamente disposto...

E, entre ambos os arcos, uma região mais negra e opaca que o resto do céu. Chamam essa faixa escura de a zona escura de Alexandre.[88]

Na parte interna do arco primário se distinguiam algumas faixas excedentes, desenhadas delicadamente em rosa e verde.

Definitivamente, a beleza justa e correta...

E pensei: "Que inteligência há no bom Deus!"

Jesus me olhou, visivelmente satisfeito, mas não disse nada.

Outra vez Ele o fizera. Outra vez havia entrado em minha mente.

E acabei por fazer um comentário em voz alta:

– Ninguém merece uma sorte assim...

Ele soube que eu estava me referindo a Yehohanan. Guardou silêncio durante alguns segundos e finalmente perguntou:

– Sabes por que as formigas não olham para o céu?

– O que é isso, uma adivinhação?

O Mestre sorriu, divertido.

– Não exatamente...

E insistiu:

– Sabes?

Nunca havia pensado nisso. Sinceramente, não tinha nem ideia. E foi isso que respondi.

Jesus replicou rápido:

– Não olham para o céu porque não sabem que existe céu!

– Compreendo...

O Galileu me olhou e sorriu, zombeteiro.

Tinha razão. Eu não compreendia. E reconheci o fato:

– Bem, eu compreendo mais ou menos...

Jesus manteve o olhar e tive que me render:

– Na verdade, eu não compreendo nada.

– Assim está melhor – aceitou, sem deixar de ironia –, minha querida *nemalâ*...

Ele me chamou de formiga (*nemalâ*) e foi generoso...

Voltou a passar o braço sobre meus ombros e acrescentou com doçura:

– Não se deve falar de boa ou má sorte. Tu não...

---

88 A faixa em questão foi observada e descrita, pela primeira vez, por Alexandre de Afrodisias, no ano de 200 d.C. (N. do M.)

Desta vez entendi ainda menos, e Ele sabia.

Então Jesus apontou o arco-íris duplo e prosseguiu:

– Se o bom Pai é capaz de imaginar semelhante beleza, não crês que saberá considerar, igualmente ou muito mais, a vida das criaturas humanas?

– Tens razão. O Pai é extraordinariamente inteligente. É capaz disso e de muito mais, porém continuo sem entender. A vida é muito dura...

– A vida é a vida, querido *mal'ak* (mensageiro).

– Fala comigo. Estou precisando.

– Talvez não gostes...

– Não importa. Dá-me a tua versão...

– Minha versão?

Voltou a sorrir, surpreso.

Assenti, sem dizer palavra.

– Está bem... Eu te darei a minha "versão", como dizes.

Voltou a ficar em silêncio. Desta vez fui eu quem se atreveu a entrar em seus pensamentos:

– Acaba sendo difícil, não é mesmo?

– É...

– Não te preocupes – disse, para incentivá-lo. – Vem mais perto. Com isso será suficiente. Aproxima-te da verdade...

Agradeceu ao final e tentou "traduzir" as palavras que, obviamente, não eram fáceis de "traduzir".

– A vida não é o que parece...

E esclareceu na mesma hora:

– A vida humana, naturalmente. A vida está pensada para que pareça outra coisa...

– Espera – eu o interrompi. – Eu me perdi...

– A vida não é somente o que se vê...

Tratei de ajudar em sua explicação.

– Sei que existem coisas que não vemos...

Era isso que dizia o *óstraco* que acabara de descobrir sobre o travesseiro da minha cama.

– Agora eu falo da vida, não da realidade...

E completou sutilmente:

– Esta, a vida humana, não é a realidade. Tu sabes disso. Algum dia, regressarás à realidade. Porém, não me distraias...

Não era a minha intenção. Ao contrário.

– A vida humana está imaginada de forma que se acredite que é a única que existe. É outra genialidade do Pai.

– Certo – ratifiquei. – A maioria dos humanos considera que a vida é a única coisa que se tem, a única coisa real...

– E assim deve ser. Do contrário, a vida seria uma comédia.

– Ah! E não é o que é?

– É, meu amigo impaciente, porém não devia parecer...

– Estou ouvindo...

– Viver é uma oportunidade. Lembra-te? Também já falamos sobre isso...

Assenti com a cabeça.

– Viver é a oportunidade de fazer e de sentir coisas que nunca mais voltarás a fazer ou sentir...

Olhou-me com curiosidade. E perguntou:

– Estou indo bem?

Sorri, desconcertado.

– Creio que sim, meu querido Homem-Deus. Tu és o Chefe...

– Pois bem, então escuta o Chefe: viver é um presente. Que te foi dado para que experimentes...

– Para experimentar a dor, a ignorância e o desespero...?

– Para viver tudo isso e muitíssimo mais.

– Prossegue, prossegue...

– Viver é aproximar-se do tempo. Senti-lo. Degustá-lo. Ali, de onde tu vens e para onde regressarás, não há tempo. É aqui, na vida terrena, o lugar onde se pode experimentá-lo. Depois, quando voltares à realidade, viverás sem tempo. Não achas que é bom que fiques consciente dele?

– Entendo. Para a maioria dos seres humanos, o tempo é somente algo que passa...

O Mestre prosseguiu:

– E quanto à dor, à ignorância e ao desespero, agora tu não entendes, mas também são experiências únicas. Só na matéria, na imperfeição, é possível existir a tristeza, a impotência do doente e a amargura do que sofre e de quem vê sofrer... Amanhã, quando já não mais estivermos aqui, nada disso será possível. O reino de *Abba*, também falamos sobre ele, é um reino com outras leis: a perfeição invisível.

– Experimentar... Essa é a questão...

Experimentar – resumiu o Galileu – para que ninguém precise te contar...

– Viver para que ninguém me conte. Genial!

– Vejo que começaste a compreender...

E o incentivei para continuar. Aquilo começava a fazer sentido.

– ... Viver é experimentar a limitação porque amanhã serás ilimitado.

"Viver é duvidar porque, em teu estado natural, não poderias te permitir a isso..."

"Viver é estar perdido, temporalmente. Depois acharás a ti mesmo, outra vez..."

"Viver é aceitar a morte; tu que, na verdade, jamais morreste nem voltarás a morrer..."

"Viver é divertir-se no aparentemente pequeno e insignificante. Amanhã não será assim. Amanhã, quando regressares à realidade, grandes coisas te esperam..."

Foi nesse momento que percebi um intenso aroma de *tintal* (terra molhada); o perfume que este explorador associava à esperança.

Não resisti e comentei.

Jesus de Nazaré revirou os olhos, inspirou profundamente e se limitou a dizer:

– *Hu nejat!*

Isso significa o "Espírito que desce"...

E acrescentou, feliz:

– O Espírito perfuma a vida. É sua essência. Um aroma agradável...

E repetiu:

– *Leréaj nijóaj!* (Um aroma agradável.)

– Não sei – comentei quase que para mim mesmo. – Tudo isso é belo. Tem sentido. Mas a dor, em compensação... Eu não quero viver para sofrer...

– Eu te disse que não gostarias...

– De viver para sofrer?

– Não foi exatamente isso o que eu disse. Viver é muito mais. Sofrer é uma parte do todo...

– O que se entende por viver?

– Tu me surpreendes, querido mensageiro. Viver é tudo aquilo que sejas capaz de imaginar.

Eu esperava uma resposta mais concreta. Ele me viu duvidar. Esboçou um sorriso astuto e enumerou, sem interrupção:

– Viver é despertar, regressar, chorar, sonhar, ver e não ver, querer e não poder, cair, levantar-se, saber e ignorar, despertar na obscuridade, falar sem palavras, não partir, aborrecer-se, amar e deixar de amar, ser amado e deixar escapar, ver morrer e saber que vai morrer, trabalhar sem saber por que nem para quê, entregar-se, acariciar a criança, não esperar nada em troca, sorrir ante a adversidade, deixar que a beleza lhe abrace, ouvir e voltar a ouvir, contradizer-se, esperar como se fosse a primeira vez, envolver-se no que não quer, desejar acima de tudo, confiar, rebelar-se contra todos e contra si mesmo, deixar fazer, e sobretudo, olhar o céu...

– E tudo isso para que ninguém te conte depois que morrer...

– Algo assim, querido *mal'ak*...

– A vida não consiste em ser bom ou mau?

O Mestre riu com vontade.

– Como é que te ocorres esse tipo de coisa? A bondade e a maldade formam parte da vida, mas esse não é o objetivo. Viver, como eu te disse, é muito, muitíssimo mais... O Pai tem tudo ordenado.

E apontou para o arco-íris duplo.

– Ainda que não compreendamos.

Olhou-me intensamente e perguntou:

– Entendes agora? A vida tem sido desenhada de forma que pareça outra coisa...

E me veio à mente a teoria de Aristóteles. O grande sábio (300 a.C.) propôs a ideia de que o arco-íris, ao contrário do que a maioria pensava, não era um objeto material (numa posição definida no céu), mas um conjunto de direções luminosas...[89]

Eu me rendi. O Filho do Homem nunca mentia. Assim é porque assim o digo. A vida é muito mais do que dizem e tem sido estruturada de maneira que não conheçamos sua verdadeira intencionalidade. É a única forma de vivê-la com intensidade e sem armadilhas. Não, não é possível criar armadilhas com a vida...

– Porém – eu me lamentei –, por que tudo isso não é conhecido?

– É para isso que vieste: para descobrires que o céu existe, querida *nemalâ*...

Lentamente, o arco secundário desapareceu.

Foi mágico.

---

89 Teriam que se passar muitos anos até que os cientistas aceitassem (primeiro o monge Teodorico de Freiberg, em 1304, e René Descartes, em 1633) que cada gota de água é capaz de produzir um arco-íris. Aristóteles defendia que o arco-íris era a consequência da reflexão coletiva das gotas em uma nuvem. Tanto Teodorico como Descartes demonstraram que o arco-íris se forma pelos raios luminosos que incidem em uma gota e que refletem uma só vez. O arco-íris secundário, em contrapartida, é formado por uma dupla reflexão da luz. Vem daí que o primário seja sempre mais brilhante. (N. do M.)

Foi como se a natureza (?) quisesse sublinhar as palavras do Mestre...

Permaneceu somente o arco-íris primário, extremamente brilhante, com um lado escuro e outro iluminado.

A vida e suas duas caras... Foi um sinal...

Mensagem recebida.

E o Filho do Homem murmurou:

– Eleva teu coração, querido *mal'ak*!... Tudo está disposto e ordenado para o bem, ainda que agora não saibas olhar o céu... Confia. Eu te ajudarei. Para isso estou aqui. Tu farás chegar as minhas palavras ao teu mundo e muito mais: há gente que vive sem saber que vive...

E o arco-íris extinguiu-se.

A caminho do casarão, o Galileu me fez recordar algo. Eu havia esquecido...

– Eu tenho algo para ti...

A que ele se referia?

Porém, o Mestre subiu apressadamente as escadas e se perdeu no casarão. Não me deu nem uma pista sequer...

Nesse momento caí em mim e me dei conta: não lhe falei sobre Ruth. Como pude ser tão desajeitado?

De 16 de junho a 31 de dezembro

O domingo, 16 de junho (ano 26), foi outro dia especialmente doloroso. Faltou muito pouco para que eu desistisse. Faltou pouco para que eu aceitasse a chantagem de Eliseu, começasse a procurar o cilindro de aço, com as amostras, e regressasse ao meu tempo (1973).

Mas devo continuar de forma ordenada.

Naquela manhã, eu me apressei para visitar o estaleiro. Viajei desde Saidan com o Galileu, mas não perguntei. Não me atrevi. Ele sabia que eu estava apaixonado por sua irmã Ruth, mas fui incapaz de demonstrar interesse pelo estado da ruiva. Pura timidez...

Yu e o restante das pessoas se alegraram ao me ver. Não posso dizer o mesmo de Eliseu. Pareceu surpreso, mas isso foi tudo. E supus que o engenheiro também me dava por morto.

– Você o encontrou?

Foi essa a sua única pergunta.

Pensei que ele estivesse obcecado com o maldito cilindro. Estava crrado. Era mais do que uma obsessão...

– Nem sequer me incomodei em procurar.

Era a pura verdade.

– O tempo está se esgotando...

Ele me olhou com frieza e acrescentou algo que, naquele momento, não consegui compreender:

– Apresse-se. Pode ser que eu vá sem você...

Não quis entrar nessa dinâmica e fui direto para o que importava: Ruth.

Eliseu compreendeu, sim. Eu continuava apaixonado por aquela garota. E ele aceitou falar sobre o ocorrido. Mas não era muito o que ele podia contar.

Aconteceu na semana da minha partida. Fiz alguns cálculos. A crise ocorreu em 21 de abril, quando este explorador se encontrava no vau das Colunas, à espera de Yehohanan.

– Naquele dia, ela amanheceu inconsciente... Fui até a "casa das flores" e não soube o que fazer. Ruth parecia estar morta... Todo mundo gritava, todos corriam, mas ninguém sabia o que realmente estava acontecendo.

Fiz todas as perguntas que me ocorreram. Eliseu foi respondendo mecanicamente. Tive a impressão de que Ruth não lhe interessava. Mas eu não estou certo disso.

Por suas respostas, deduzi que a ruiva caiu em coma. Assim ela foi descoberta na manhã de 21 de abril.

– Assim ela permaneceu por cinco dias...

– Cinco dias sem consciência?

Eliseu assentiu.

– Pouco depois chegou seu irmão... Mas tampouco soube o que fazer. Permaneceu ao seu lado, como o resto da família.

– Jesus disse algo?

– Nada que eu me lembre.

Ruth finalmente despertou, mas não era a mesma. Segundo Eliseu, ela estava com parte do corpo paralisado. Não podia caminhar, tampouco falar. Balbuciava, mas ninguém a entendia. Enxergava com dificuldade...

– Eles recorreram aos médicos e aos curandeiros. Chamaram inclusive Meir, o *rofé* de Caná. Não serviu de nada.

E Eliseu resumiu:

– Ela parece um vegetal...

Comecei a suspeitar do acontecido. Teríamos visto algo nos exames anteriores, quando a submetemos à "inspeção" dos "nemos". Mas eu não estava certo. Tinha que vê-la...

Nessa mesma manhã, obedecendo às minhas ordens (coisa que eu estranhei), Eliseu me acompanhou até a "casa das flores".

E fazia a terceira hora (nove da manhã) quando nos apresentamos no pátio. Meu coração acelerou ao vê-la.

Eliseu caminhou decidido até a romãzeira que dominava o lugar. Eu o fiz devagar, mais morto do que vivo...

O que vi, tal como eu supunha, me gelou a alma.

Deus!

Ruth estava ao pé da árvore, reclinada em uma velha cadeira de balanço. Vestia a túnica azul de que eu tanto gostava...

Maria, a mãe, se achava aos seus pés.

Ao ver-me, a Senhora se levantou e correu ao meu encontro. E, com lágrimas nos olhos, implorou:

– Tu és médico... Podes curar a minha menina?

Eu a abracei, e assim permanecemos alguns segundos. A mulher se desfez em prantos. E eu, comovido, me perguntei: O que deveria fazer?

Não sei como, eu me aproximei da jovem. Deus bendito! Ela tinha somente 17 anos...

O que eu vi, como já disse, me derrubou.

Ruth havia sofrido um acidente cerebrovascular (não sei de que tipo)[1] e se encontrava semiparalisada. A metade direita do corpo não obedecia. Isso queria dizer que a região danificada no cérebro era a esquerda. Parte do rosto estava rígido. Provavelmente haviam sido afetados a língua, o paladar, as cordas vocais, os lábios e alguns músculos envolvidos no sistema respiratório. Um fio de saliva escapava pelo canto direito dos lábios. A boca entreaberta fazia esforços para articular palavras, mas somente conseguia emitir sons ininteligíveis. Ruth padecia de disartria (sons confusos e desarticulados), provavelmente originada pelo infarto cerebral.

A Senhora, atenciosa, procurava secar o fio de saliva e tentava animar Ruth com palavras carinhosas. E repetia sem cessar: "Ele o fará... Ele o fará..."

Nesses difíceis momentos, não consegui compreender. A quem ela se referia? Quem o faria?

O braço e a perna direita também estavam enfraquecidos. Em certas ocasiões eles se agitavam, mas os espasmos eram breves.

Os olhos verdes continuavam belíssimos. Agora voavam sem cessar, aterrorizados, como se buscassem explicação para aquilo que estava acontecendo. O olho direito parecia semifechado; os olhos eram o que havia de mais vivo naquela preciosa criatura.

---

1 Os acidentes cerebrovasculares, também chamados ictus ou infartos cerebrais, ocorrem como consequência de uma falta de irrigação em parte do cérebro. Ao não receber oxigênio e os nutrientes trazidos pelo sangue, a região afetada pode ficar danificada em questão de minutos. Existem vários tipos de infartos cerebrais: isquêmicos e hemorrágicos. No primeiro caso, o infarto se registra como consequência de um obstáculo que impossibilita a passagem do sangue (embolia ou trombose de artérias intra ou extracranianais). Geralmente se trata da obstrução de uma artéria. No segundo caso – acidente cerebrovascular hemorrágico –, o problema surge como consequência da ruptura de um vaso. O sangue derramado causa tumefação, lesiona o tecido cerebral e provoca um aumento da pressão. Há diferentes tipos de hemorragias: hipertensiva parenquimatosa e subaracnoidea. As causas do infarto cerebral são numerosas. Entre as mais comuns cabe destacar: endurecimento das artérias, determinados transtornos cardíacos, diabetes, hipertensão, níveis anormais de colesterol, índices de homocisteína elevados no sangue, desordem dos vasos sanguíneos no cérebro, traumatismos etc. No caso de Ruth, havíamos detectado uma série de cefaleias graves que, presumidamente, podiam provocar uma oclusão arterial. Fora esta a razão do infarto cerebral? (N. do M.)

Como eu a amava!

Ruth estava envelhecida e muito magra. O infarto a transformara quase em uma anciã.

De vez em quando ela levantava a mão esquerda, a única com mobilidade, e tentava transmitir algo. Porém, os movimentos eram lerdos e a Senhora não conseguia decifrá-los. E todos se desesperavam.

Por fim, ela desistia. Fechava os olhos e deixava cair a cabeça sobre o espaldar da cadeira de balanço. E o sono vinha em seu auxílio. Era o único que a compreendia...

Eu a olhei várias vezes diretamente nos olhos. Ela me reconheceu e soube que eu a continuava amando.

Esta, a mulher de Tiago, se apresentou em várias ocasiões e tentou dar-lhe água. Não conseguiu. A boca e a língua não respondiam, e o líquido acabava se derramando.

Eliseu não disse uma só palavra. Estava pálido.

Aproximei-me da jovem e tentei detectar alguma anomalia respiratória ou cardíaca. Se eu tivesse à disposição um estetoscópio, tudo teria sido mais simples, mas isso era inviável.

O fluxo nas artérias do pescoço, nas carótidas, era normal. A obstrução não havia se produzido nessa região. O pulso e a respiração eram erráticos. Ao examiná-la mais de perto, foi então que percebi o forte odor de urina. Ruth padecia de incontinência, ainda que não soubesse se nesse momento ela sofreria também de alteração dos esfíncteres.

Ruth, então, abriu os olhos e soube que eu sabia. Voltou a fechá-los e uma lágrima foi a sua única resposta...

Ao concluir a sondagem, a Senhora veio ao meu encontro de novo e exclamou:

– Fala com meu filho! Por favor! Fala com Ele! Eu sei que Ele pode curá-la!

Senti-me preso numa armadilha. Eu a amava e a mãe havia me repudiado. Ruth elegeu Eliseu... Por que tudo aquilo acontecia comigo? Por que ela solicitava a minha ajuda?

Não importava. Eu faria o que fosse necessário. Ela era o mais importante.

Disse que sim, que falaria com o Mestre. E a Senhora voltou a abraçar-me. Acariciei os seus negros e belos cabelos e tentei consolá-la. Foi então que me chegaram aquelas imagens... Eu fiquei perplexo.

Deus do céu!

Como eu não havia me dado conta?

E um fio de luz elevou o meu ânimo.

Tratei de refletir. Não havia dúvida...

Conheci Ruth no ano 30, ou seja, no futuro. Eu a vi em Nazaré. Falei com ela. Era uma mulher saudável, sem sinal algum de incapacidade. Como podia ser?

Só achei uma explicação. Não sei como, mas Ruth se curou antes desse ano 30 de nossa era. Nós nos encontrávamos agora no ano 26. O que foi que aconteceu? Foi curada por seu Irmão? Os infartos cerebrais podem ser mortais, a curto e médio prazo, ou incapacitantes, em diferentes graus. Ruth conseguira recuperar-se por conta própria? Para mim, parecia difícil, ainda que não impossível. Teria que deixar que os acontecimentos se desenrolassem. Teria que haver uma explicação...

Naturalmente, guardei silêncio. Eu era somente um observador.

E uma imensa alegria se instalou no meu interior. Ruth não permaneceria para sempre naquele estado.

E tomei uma decisão: eu lhe administraria de novo os "nemos frios". Precisava averiguar o ocorrido (agora mais do que nunca). Havia passado muito tempo (mais de dois meses) e talvez os "nemos" não conseguissem detectar nada, mas eu deveria tentar.

Eliseu, que não soube da minha "descoberta" (o engenheiro não viu Ruth no ano 30), aceitou. E preparou tudo novamente.

A operação foi praticamente uma cópia da anterior.

Subimos ao Ravid, programei as sondas biológicas, as demos de beber para Ruth, com notáveis dificuldades, sem dúvida, e retornamos ao "porta-aviões". Marcava as quatro da tarde (décima hora) de segunda-feira, 17, e "Papai Noel" nos ofereceu os resultados. Dos "bucoles", por certo, nem rastro.

Em síntese, os "nemos frios" detectaram o seguinte:

A hemiplegia foi produzida pela temida oclusão arterial já anunciada na revisão anterior. Não havia sinais de hemorragia cerebral, mas sim o rastro catastrófico de um coágulo (já desaparecido) que tapou a artéria cerebral anterior. O infarto (ictus) não se registrou na artéria cerebral posterior, como apontaram os "nemos". O erro foi de menos, o trágico é que o tapamento ocorreu e, com ele, a tragédia já relatada.

Os danos no núcleo do infarto[2], assim como na região de "penumbra",

---

2 Ao registrar-se o infarto cerebral, o tecido se torna danificado em duas grandes áreas: o núcleo e a "penumbra". Ao primeiro pertencem as células que são alimentadas pela artéria obstruída. A "penumbra" é a região próxima, que acaba igualmente minguada no fluxo sanguíneo. (N. do M.)

tinham sido devastadores. Foram afetadas áreas dos lobos frontal e parietal, assim como porções do corpo caloso, do núcleo caudado e da cápsula interna. Tudo isso foi que precipitou a referida hemiplegia ou paralisação de uma parte do corpo, a incontinência urinária e os transtornos na visão, na fala e nas emoções (confusão, apatia etc.). Também os gânglios basais e o tálamo foram comprometidos.

O prognóstico era grave...

Dado o tempo transcorrido desde o ictus (uns dois meses, aproximadamente), os "nemos" não puderam detectar a fonte que provocou a aparição da trombose ou coágulo sanguíneo. Ele se formou em uma artéria, sobre uma placa? Vinha do coração? Como digo, não soubemos, ainda que a essa altura não era demasiadamente importante.

Os "frios" constataram igualmente um excesso de "NOS" (óxido nítrico sintetase), a enzima que sintetiza o óxido nítrico (a partir da arginina) e que regula a pressão sanguínea.[3] Também se pôde observar um notável aumento de glutamato (neurotransmissor ativador) na região da "penumbra", provocada pelo infarto.[4]

Em outras palavras: o acidente cerebrovascular tinha danificado gravemente o cérebro de Ruth, deixando-a hemiplégica, com sequelas na fala e na compreensão, com dificuldades na visão e uma série de transtornos psíquicos (raciocínio abstrato, senso de juízo prejudicado, problemas no processamento de informação e na compreensão etc.) que convinha avaliar. Prognóstico: "muito feio".

Dificuldades com a visão?

Creio que fui conciso...

O infarto cerebral tinha causado danos irreparáveis em amplas re-

---

3 A presença de óxido nítrico provocou um aumento rápido da pressão sanguínea. (N. do M.)

4 A maior parte das lesões cerebrais na região da "penumbra" tem sua origem na secreção do glutamato por parte dos neurônios (como reação desencadeante pós-isquemia). Zivin e Choi descreveram a liberação excessiva de glutamato em várias fases (uma liberação que compromete o tecido neuronal): quando se tampa um vaso sanguíneo, os neurônios se veem privados de irrigação e, como consequência, também de oxigênio e glicose. Nessas circunstâncias, liberam glutamato em excesso, provocando uma reação em cadeia em outros neurônios vizinhos. O resultado é uma acumulação anormal de íons de sódio e cálcio. A cascata tóxica é questão de segundos. Finalmente, a degradação dos fosfolipídios gera ácido araquidônico que, uma vez metabolizado, dá lugar aos temidos radicais livres de oxigênio. Estes danificam as membranas celulares e colaboram nas oclusões dos vasos ainda incólumes. A isquemia se estende definitivamente e a destruição dos neurônios se torna incessante e irreversível. Ela contribui igualmente para o envelhecimento. (N. de J. J. Benítez.)

giões neuronais e também no núcleo lateral geniculado, afetando a V1 (o córtex visual primário).[5]

Repassei os dados, em estado de alerta, e comprovei que não existia erro. Os "nemos" dificilmente erravam...

Ruth estava ficando cega de maneira progressiva. A lesão na chamada zona V1 era letal. A garota terminaria numa cegueira total e em questão de pouco tempo... No momento, estavam afetadas a cor, a forma e o movimento. Segundo os "frios", as lesões na zona V4 haviam provocado uma acromatopsia. Em palavras mais simples, a ruiva havia perdido a capacidade de ver em cores. O mundo agora era cinza. O mais triste é que seu cérebro não conservava a memória da cor. Ruth era incapaz de memorizar as cores. O mundo, simplesmente, deu uma virada ante seus olhos...

De outro lado, as lesões provocadas no cérebro (concretamente na região V5) terminaram conduzindo-a a uma acinetopsia. Ruth deixava de ver os objetos ou as pessoas que se moviam. Enquanto este explorador, por exemplo, permanecia diante dela imóvel, a mulher me distinguia (na cor cinza, mas me via). Agora, se eu me mexesse, desaparecia da sua vista. Tratava-se, em suma, de um acréscimo ao seu suplício.

Ruth estaria consciente do que estava acontecendo com ela? Não soube o que pensar. Provavelmente sim, ainda que as funções mentais parecessem lentas.

Eliseu esperou pacientemente. Não mostrou inquietude enquanto "Papai Noel" processava a informação. Parecia resignado...

Ouviu os resultados sem mover um músculo. Foi nesse momento que eu intuí: ele não estava apaixonado pela ruiva. Quem sabe ele nunca estivera.

Da minha parte, tive especial cuidado em não revelar o que sabia. Não achei que fosse oportuno que ele soubesse que Ruth terminaria curada. Pobre tonto! O Destino já tinha tudo calculado... Agora me arrependo. Fui egoísta, eu sei. Cheguei a pensar que, dessa forma, se meu companheiro renunciasse à garota, eu poderia ter mais chances. Quem em sã cons-

---

5 O complexo mundo da visão tem sua origem nesta região do cérebro: a "V1" ou "retina cortical". As imagens chegam à retina e se dirigem ao córtex estriado ou córtex visual primário (V1). Essa ligação é propiciada pelo núcleo geniculado lateral, uma estrutura cerebral subcortical que consta de seis extratos celulares (dois na via magno celular e quatro na parvocelular). A V5 está especializada no movimento. A V4, a V3 e a V3A, nas formas. A V4 se ocupa do processamento da cor. Se uma lesão destrói a V3 e a V4, é bem possível que termine igualmente com a V1. A área da V3 é uma espécie de anel que rodeia a V1 e a V2. Este era o caso de Ruth. O final era a cegueira absoluta. (N. do M.)

ciência se comprometeria com uma pessoa com impedimentos de saúde, quase paralítica e condenada à cegueira?

Mas o Destino, como eu disse, tinha outros planos...

Na mesma tarde de segunda-feira, dia 17 de junho, regressamos a Nahum.

Não houve comentários à família. Não era o correto.

Ruth havia sofrido danos graves e irreparáveis no cérebro. Seu mal não tinha cura, pelo menos naquele tempo. Era um processo irreversível que sem dúvida terminaria com a morte ou com algo pior: uma invalidez e cegueira que a desgastariam de forma quase total. E durante um tempo não pude afastar o pensamento: "como ela conseguiu se restabelecer"?

Paciência. Essa foi a chave daquela assombrosa aventura...

Eu administrei a ela uma dose de anticoagulante (heparina) se por acaso se registrasse um novo episódio isquêmico (que importavam já as normas do Cavalo de Troia)[6] e deixei nas mãos de Eliseu uma medicação à base de benzodiazepina, puramente relaxante. Era o mínimo que se podia fazer por aquela criatura maravilhosa...

A Senhora, antes de retirar-me, insistiu:

– Fala com meu Filho... Ele pode curá-la... Ele pode!

Respondi que sim e saí da "casa das flores".

Meu coração estava confuso. Não conseguia apagar a imagem de Ruth, diminuída e aterrorizada, e ao mesmo tempo a esperança chamava constantemente à minha porta. Ela terminaria salvando-se. E pensava e pensava: "Como isso é possível?".

A lógica dizia que não, pois eu acabava de vê-la, convertida em um estado quase vegetativo. No entanto...

Quando cheguei ao casarão dos Zebedeu, em Saidan, todos dormiam.

Eu ardia de vontade de conversar com o Mestre, mas eu me resignei.

Como dizia o Filho do Homem, "Não vos inquieteis, pois, pelo dia de amanhã: porque o dia de amanhã cuidará de si mesmo. Para cada dia bastam as suas próprias dificuldades".

E caí num profundo sono.

---

6 A heparina tinha a missão de reduzir o risco do aparecimento de novos coágulos sanguíneos. Também administrei doses de dipiridamol e ticlopidina que deveriam atuar como antiplaquetários. As plaquetas, como se sabe, colaboram com a coagulação do sangue quando ocorre uma lesão. A medicação antiplaquetária consegue que as plaquetas se agreguem menos, conseguindo assim uma diminuição no risco do aparecimento de tromboses. A aspirina é um dos exemplos clássicos de antiplaquetários. (N. do M.)

Esqueci.

Nessa noite de segunda-feira, dia 17, eu voltei a encontrar outra "mensagem" sobre a almofada. Em um pedacinho de argila vermelha, alguém tinha escrito: "pega-me lentamente".

Dei voltas e voltas naquilo, sem compreender.

"Pega-me lentamente?"

E assim eu fui dormir com o *óstraco* entre os dedos. Alguém estava me dizendo algo, mas este explorador não conseguia enxergar...

Na terça-feira, 18 de junho, tudo foi normal, mais ou menos (?).

Acompanhei o Mestre em uma viagem curta de barco, de Saidan ao estaleiro de Nahum, e decidi perguntar sobre Ruth. O Galileu foi categórico:

– Não é uma enfermidade de morte...

A resposta me deixou atônito.

E Jesus mudou de assunto.

Eu não consenti e voltei à investida:

– Como podes dizer uma coisa assim? Ruth está muito enferma...

– Não é uma enfermidade de morte – insistiu, no mesmo instante em que me olhava fixamente. – Tu sabes melhor do que ninguém...

– Mas...

– Deixa que o Pai faça seu trabalho. Não pretendas fazê-lo...

Mensagem recebida.

O Mestre sorriu e acrescentou:

– Tudo está ordenado para a maior glória de *Abba*.

Compreendi.

Nunca mais voltei a tocar no tema de Ruth, pelo menos não na sua presença. Ele sabia e estava a par de tudo.

Jesus se dedicou ao seu trabalho no fosso, e quem isto escreve, pela primeira vez, não soube o que fazer. Não tinha ideia dos planos do Filho do Homem. E pensei na bolsa revestida que continha o pergaminho da "vitória". Ele havia levado ao pombal. Devia analisá-lo e devolvê-lo. Mas para quem? Pensei em Abner. Se o Galileu continuasse com sua rotina, no dia seguinte subiria ao Ravid e poria mãos à obra.

Sim e não...

Essa jornada eu a passei na "casa das flores".

Dediquei-me a estudar o caso da ruiva com mais calma e detalhamento.

A Senhora não deixava de chorar. E me perguntou umas mil vezes se eu tinha conseguido falar com seu Filho. Fiz a única coisa que podia fazer: pedi paciência.

Maria não prestou atenção aos meus conselhos. Na realidade não prestava atenção em nada nem em ninguém. Encontrava-se triste, desolada, afogada em seus pensamentos... A visão da garota era a sua única realidade.

Atendi Ruth da melhor forma que pude. Tomei suas mãos e lhe falei em silêncio, com o olhar. Ela respondeu à sua maneira, com lágrimas...

Notei como o frio a devorava.

Tinha problemas para beber. Engasgava-se com facilidade. Sugeri a Esta que acrescentasse algo que desse mais densidade à água. Isso a ajudaria.

Ela devia permanecer imóvel, para que continuasse me vendo.

Entrou gente na casa. A maioria, vizinhos. Todos se interessavam pelo estado da garota e todos traziam um presente. Geralmente comida. Ruth os olhava, mas, em alguns casos, parecia não reconhecer os rostos. Ruth estava padecendo também de prosopagnosia, um mal típico em tais circunstâncias.

Na última hora da tarde, com o trabalho terminado, o Mestre e seu irmão Tiago se apresentaram no pátio. Eu me retirei prudentemente. Jesus foi sentar-se aos pés da irmã e fez, mais ou menos, o que eu havia feito durante a parte da manhã: tomou as gélidas mãos de Ruth, as beijou docemente e assim permaneceu, em silêncio. De vez em quando a ajudava a beber ou a mudar de posição. Ou procurava animá-la com uma canção. Mas o consolo durou pouco. A Senhora, que tinha se mantido em seu quarto, acabou por se reunir com os filhos sob a romãzeira e voltou a solicitar a Jesus "que fizesse algo em favor de sua irmã".

O Mestre não respondeu e continuou a acariciar a ruiva.

Senti-me incomodado. Pensei em abandonar a "casa das flores", porém algo me obrigou a permanecer atento...

– Tu podes fazê-lo! – insistiu Maria, elevando o tom de voz. – Se desejares podes fazer isso!

O Mestre baixou os olhos e notei como ele empalidecia.

A Senhora tinha razão. Se o Galileu o desejasse, Ruth ficaria curada. Já o fizera com outras pessoas, que eu soubesse...

Mas o Mestre tinha outros planos, obviamente. E não cedeu aos lamentos da mãe.

– Tu podes fazê-lo! – soluçou a Senhora. – Olha como ela está! Só tem 17 anos!

Senti um nó na garganta. Se Maria conseguisse enternecer o coração do Galileu, quem sabe... Talvez se repetisse o prodígio que este explorador contemplou nas proximidades de Beit Ids, com o menino mestiço. Foram a ternura e a misericórdia de Jesus que realizaram a maravilha.

– Tu podes!

E a Senhora caiu, desmaiada.

Esta acudiu em auxílio de sua sogra e Tiago também.

Jesus, com o rosto grave, se levantou, deu meia-volta e abandonou o pátio.

Eu fui atrás Dele, desconcertado.

Mas as surpresas não tinham terminado naquela terça-feira, 18 de junho do ano 26...

Regressamos ao casarão dos Zebedeu com o pôr do sol.

Jesus não abriu a boca durante a viagem, desde o porto de Nahum à quinta pedra de atar, na praia de Saidan. A tristeza o consumia. Imaginei seus pensamentos. Ruth era a irmã menor, muito querida. Ruth se encontrava impedida, quase morta. Ele poderia curá-la. Poderia, mas isso não era o que combinou consigo mesmo nas colinas de Beit Ids. Mais uma vez, não invejei sua situação...

Tiago, o irmão de sangue do Mestre, chegou ao casarão quando terminávamos o jantar. Não disse nada. Sentou-se no lugar habitual e se dispôs a receber os ensinamentos de seu Irmão e Mestre. Tiago era assim: frio e distante... Aparentemente.

E, pela primeira vez, o Galileu rogou à família dos Zebedeu que permanecesse na "terceira casa". Tinha algo importante para comunicar...

Aquilo criou uma intensa expectativa. Todos nos olhamos, mas ninguém sabia...

E começou anunciando que não regressaria ao trabalho no estaleiro, pelo menos no momento.

Zebedeu pai foi o que ficou mais surpreso.

– Outros assuntos, relacionados com o meu Pai do céu, estão me requisitando...

Os discípulos voltaram a trocar olhares e se interrogaram em silêncio. A que "assuntos" ele se referia? Como eu digo, ninguém sabia.

– Estarei ausente por três dias...

Pedro se ofereceu para acompanhá-lo, e também João Zebedeu.

O Mestre pediu calma. Agradeceu o gesto, porém foi firme:

– Ali onde vou não podeis me acompanhar...

Eles o olharam, perplexos. Para onde ele pensava ir?

– Confiai em mim...

E, sem mais, passou para o segundo ponto.

Dirigiu-se a Tiago, seu irmão, e pediu que fosse falar com os responsáveis pela sinagoga de Nahum.

– Gostaria de conduzir o serviço de sábado...

E acrescentou:

– Tenho algo para comunicar...

Hesitou, mas terminou fechando a frase:

– É algo importante.

Tiago assentiu com a cabeça e todos continuaram em silêncio.

Não consegui imaginar do que ele falava. Ir a um lugar ao qual não podíamos acompanhá-lo? Comunicar algo importante? Pensei em Yehohanan... Teria intenção de viajar até a prisão do Cobre? Pareceu-me arriscado.

Teria que esperar, uma vez mais. Aquele Homem era um mistério permanente.

E o Mestre passou ao terceiro e último assunto, o mais delicado, ao meu parecer.

No domingo, 23, os discípulos empreenderiam uma primeira viagem pelas margens do *yam*. Isso foi o que disse.

A satisfação foi geral.

Finalmente!

Porém, os discípulos não haviam entendido.

E lentamente, conforme Jesus falava, a alegria foi se esvaindo dos rostos...

Nesse primeiro contato com as pessoas, os discípulos iriam sozinhos. E sublinhou:

– Não poderei vos acompanhar...

Sozinhos? Deveriam pregar sozinhos?

Os murmúrios se estenderam pela sala. Mas o Mestre não havia terminado:

– É da vontade do Pai que sejam 12 os que me ajudem na difusão da boa-nova... Deveis selecionar os seis que faltam. Esse será o trabalho que deveis fazer nesta viagem pelo *yam*.

As perguntas se atropelaram umas nas outras. Todos queriam informações, detalhes... Jesus só respondeu a uma das questões: "seria uma ausência por duas semanas".

Comecei a fazer as contas. Os discípulos deveriam partir no domingo, 23 de junho, e retornar no sábado, 6 de julho.

O Mestre solicitou calma e adiantou que daria os detalhes quando retornasse.

E prosseguiu com os ensinamentos, também sobre *Abba* e sobre o reino do invisível...

Não acredito equivocar-me se afirmo que foram poucos os que captaram o sentido daquela "aula". Todos, sem exceção, desapareceram em seus pensamentos. Uns pensamentos idênticos: "Pregariam, finalmente, a chegada do reino? Mas como fazê-lo sem o Filho do Homem? Como saber a quem selecionar?"

Tive a impressão de que sentiam medo. Estavam agoniados. Não sabiam como agir nem por onde começar...

Sinceramente, eu fui o primeiro a ficar surpreso. Nada disso figura nos textos evangélicos...

E durante o ensinamento (nada novo para quem isto escreve) tratei de organizar as ideias. Que deveria fazer? Tentaria seguir o Galileu? Ele o permitiria? Havia sido bem claro: "... Ali onde vou não podeis me acompanhar..."

Optei por deixar o assunto nas mãos do Destino. Estava onde estava. Isso era tudo.

E depois de me despedir dos mais íntimos, quando já estava disposto a retirar-me, o Galileu me chamou e pediu que eu o acompanhasse. Subimos ao seu quarto. Eu esperei na porta. Ele se dirigiu à arca, pegou a bolsa azul profundo em que guardava o cálice de metal, presente de Ticra, e a pôs em minhas pecadoras mãos, ao mesmo tempo em que ordenava:

– Guarda-o até que eu regresse...

Senti meu rosto ruborizar. Eu havia desejado, fervorosamente, examinar e acariciar a bela *gavîa* ou taça de metal. Cheguei, inclusive, a entrar no seu quarto e a tive em minhas mãos... Ele o sabia. Ele havia lido a minha mente.

E pensei: "Terra, engula-me..."

Porém, o Mestre, maravilhosamente compassivo, sorriu com benevolência. Ele percebeu minha perturbação e tentou consolar-me:

– Lembra-te: tudo está armado e...

Esperou a minha resposta.

Traguei a saliva e respondi com um fio de voz:

– Sim, tudo está armado e bem armado...

Sorriu satisfeito e insistiu:

– Guarda-o até que eu regresse. Para onde eu vou não podes acompanhar-me.

E deixou sair, com toda a intenção:

– ... E tu tampouco, por agora.

O sorriso foi se dissipando. Uma grande tristeza – eu o sabia – estava colocando raízes em seu coração...

Mensagem recebida.

Não devia acompanhá-lo. Mas para onde ele iria?

Ele desejou-me paz e desapareceu em seu quarto.

Eu regressei ao meu, me sentei na ponta da cama, peguei o belo cálice e o acariciei por um bom tempo. Estava frio, como a minha doce Ruth. E com toda a atenção o agasalhei entre as mãos, até que a *gavîa* recuperou o mínimo de calor. Era o mínimo que poderia fazer por ela...

Foi então, quando eu me preparava para descansar, que reparei melhor naquela nova mensagem, escrita também em um pedaço de cerâmica. Repousava sobre o travesseiro, como os outros pedaços antes dele, delicadamente abandonados à sua sorte. Li, perplexo. Dizia: "Pega-me lentamente, com tuas palavras, com tua voz, com teus silêncios".

E pela minha mente cruzaram, rápidas, as imagens das mulheres da casa. Porém, quem era a autora daquelas mensagens secretas, tão belas? Ou não eram de uma mulher?

Na manhã seguinte, quarta-feira, 19, ao descer para tomar o café da manhã, comprovei que Jesus já não estava mais no casarão. Havia partido, tal como anunciara. Perguntei para Salomé. Não sabia de nada. Ninguém tinha informação.

E pensei: "Pode ser que ele esteja nas colinas..."

Desobediência? Deveria tentar encontrá-lo?

Não faria uma coisa dessas...

Tomei meu café da manhã e decidi que usaria aquele tempo para colocar em dia os diários e as análises pendentes. Começaria por um estudo, a fundo, da *gavîa* ou cálice de metal. Era o mais urgente. Também devia ocupar-me do "323", e de algo mais...

A oportunidade era única. Não apareceria outra tão perfeita...

Os céus pareciam ter planejado tudo... A meu favor.

E lá estava eu, meditando sobre as tais incumbências, quando ouvi vozes. Vinham do pátio traseiro.

Era muito cedo. Talvez seis da manhã...

Os homens haviam saído. Todos estavam em suas ocupações habituais.

Eu estranhei.

Quem dava aqueles gritos e por quê?

Fui espiar, cauteloso e intrigado.

No curral, além de um punhado de galinhas pretas madrugadoras, bicando sem parar, pude distinguir Salomé, a dona da casa, e também a sua filha Abril. Elas se encontravam junto à porta de madeira que dava acesso às escadarias e à praia. Com elas se achavam mais duas mulheres, desconhecidas para quem isto escreve. Eram jovens. Uma carregava um bebê entre os braços. A outra parecia acompanhada por dois meninos de pouca idade. Os pequenos seguiam as evoluções das galinhas e o faziam levando tudo muito a sério.

As mulheres falavam. Melhor, discutiam.

Salomé, irritada, era a que mais gritava. A princípio, não entendi o motivo da discussão.

E nisso, também alarmada pelas vozes, percebi a presença no pátio da esposa de Tiago Zebedeu. Chamava-se Maria. E com ela chegaram dois de seus quatro filhos. E a galileia se uniu à algazarra.

Finalmente apareceram as outras filhas de Salomé, e aquilo se converteu em um manicômio. Ninguém prestava atenção em ninguém. Todas gritavam. Todas se insultavam. Todas diziam ter razão. Todas gesticulavam e ameaçavam. Em um primeiro momento, as crianças, desconcertadas, não sabiam para onde olhar. Depois se esqueceram das pessoas adultas e decidiram pelas galinhas; e começaram a correr atrás delas, brincando.

A palavra mais repetida na discussão era *shiga'on* (loucura).

Eram as desconhecidas que falavam de "loucura" e as que se lamentavam.

E, durante um pequeno espaço de tempo, todas permaneceram em uma atitude hostil. Não me atrevi a mover-me e muito menos a intervir.

Depois de uma meia hora, as desconhecidas desapareceram, rumo à praia.

Pude ouvir alguns gritos e insultos vindo das escadarias.

"Voltaremos, estúpidas!"

E Salomé e as outras as chamaram de tudo.

Assim terminou a violenta cena.

Cada qual voltou aos seus afazeres e Salomé permaneceu no pátio. Estava vermelha de raiva. E se vingou nas galinhas. Ela o fez com uma vassoura, e as perseguiu durante um tempo, a vassouradas. As galinhas, claro, protestaram...

Quando a mulher se acalmou, fui até ela e perguntei. Quem eram aquelas pessoas? Por que discutiram?

Fiquei perplexo (mais desconcertado, inclusive, do que as galinhas).

A que carregava o bebê era Perpétua, a mulher de Simão Pedro. A outra era Zaku, que em hebreu significa "inocência". Era a esposa de Felipe, o discípulo. As crianças que Zaku trazia pela mão também eram filhos de Perpétua e Simão Pedro.

Segundo Salomé, pretendiam falar com o Mestre.

– Com Jesus? Por quê?

– Queriam esclarecer algumas coisas.

Salomé soltou uma expressão de enfado e acrescentou:

– O que me incomodou foram as presunções, as pretensões. Chegaram com exigências demais...

– Não entendo...

– Queriam falar com o Mestre para que explicasse a questão da viagem pelo *yam*. É a segunda vez que tentam...

– E chamaram a isso de "loucura"?

– Isso foi o que elas disseram. Eu as fiz ver que o rabi não estava em casa e que tampouco sabíamos onde ele se encontrava.

"Não acreditaram em mim e me chamaram de mentirosa. Mentirosa, eu?"

Salomé voltou a enfurecer-se. Tratei de acalmá-la. Foi impossível. E começou a falar de novo de Zaku e Perpétua.

– Esfomeadas! Não sabem quem é o Mestre nem merecem que os maridos sejam discípulos... Mortas de fome!

– Elas se opõem à viagem pelo *yam*?

– Dizem elas que eles estão loucos de amarrar... E se perguntam como sobreviverão... Quem vai se ocupar de trazer dinheiro enquanto estão fora...

Compreendi. No fundo se tratava de um problema puramente econômico. As mulheres, logicamente, estavam assustadas. Tinham filhos. Quem levaria dinheiro para casa? Obviamente não entendiam...

A intervenção de Maria, a esposa de Tiago Zebedeu, não servira para nada. Ao contrário. A situação se complicou e Zaku e Perpétua terminaram indo embora, muito alteradas.

– Elas prometeram voltar – comentou a dona com desconfiança.

– Eu ouvi.

Salomé foi sincera:

– Não gosto nada disso... São umas perdedoras... Veremos o que o rabi diz...

E Salomé regressou para o pátio de trás, desafogando sua raiva com as sofridas galinhas pretas. Ela as chamou de tudo enquanto tratava de devolvê-las aos galinheiros. Supus que os insultos não estavam sendo dirigidos para as aves...

Fiquei perplexo.

Imaginei que os discípulos comentaram sobre a iminente viagem e as mulheres, como é natural, os interrogaram. Do que viveriam durante duas semanas? O que aconteceria com elas e com seus filhos?

Não precisaria ser muito esperto para entender que Perpétua e Zaku tinham feito um acordo e que unicamente pretendiam esclarecer o assunto. E desejavam fazê-lo com o responsável: Jesus de Nazaré.

Tive um mau pressentimento.

Prometi a mim mesmo que permaneceria atento. Desta situação violenta não se diz nada nos textos evangélicos e é certamente lógico. Falar de discrepâncias no seio das famílias dos apóstolos, e por culpa da difusão das boas-novas, não era o apropriado no império da Igreja. E os evangelistas guardaram silêncio. Mais uma vez...

Não me despedi de Salomé. Peguei minhas coisas e caminhei até o Ravid.

Também não me detive na "casa das flores" nem adverti Eliseu sobre minhas intenções de subir ao "porta-aviões".

Consegui provisões na plantação de Camar e aproveitei para perguntar ao velho *badawi* (beduíno) sobre os "bucoles" ou bandidos de Arbel. Não soube responder. Não sabia de nada. Não tinham regressado.

Isso significava que renunciaram aos seus planos de atacar o Ravid?

E nesta mesma tarde de quarta-feira, dia 19, pus mãos à obra. Encomendei a "Papai Noel" a análise do cálice de metal e quem isto escreve se concentrou em atualizar os diários.

A *gavîa* era o mais urgente. Não voltaria a dispor de uma oportunidade como aquela. Na sexta-feira, dia 21, o Mestre regressaria. Eu deveria estar no casarão e devolver-lhe o seu "tesouro".

Nessa mesma noite, recebi os primeiros resultados. "Papai Noel" foi minucioso e impecável, como sempre.

A surpresa chegou de imediato.

O computador central se equivocou?

Repassei a informação, mas, aparentemente, tudo estava certo. Não houve erros...

O cálice era de aço inoxidável, de fato. Porém, como aquilo era possível? Esse tipo de aço, como disse, só começou a ser industrializado depois de 1910...

As medidas eram as seguintes: altura total: 13 centímetros; diâmetro máximo da boca: 6,35 centímetros; diâmetro mínimo da dita boca: 6,05 centímetros; altura da parte superior da taça: 6,73 centímetros; "nó" central: 1,10 centímetros; altura do pé: 6,27 centímetros (economizarei ao hipotético leitor dessas memórias o resto das medidas, tanto interiores como exteriores).

Peso do cálice: 505,6 gramas. Volume: 65 centímetros cúbicos.

Tratava-se de uma só peça, trabalhada com um polimento esquisito. Como disse, o brilho era deslumbrante.

Não apresentava nenhuma solda.[7] Era estranho. A peça tinha sido "extraída" de um único bloco.

Para identificar os materiais que integravam a *gavîa*, "Papai Noel" trabalhou com um método chamado "fluorescência de raios X por energia dispersiva"[8], uma técnica bem exata que, além disso, não obriga a cortes de amostra. Em outras palavras: o cálice não sofreu nenhuma deterioração.

E chegaram as surpresas, uma após a outra...

A liga reunia os seguintes materiais: ferro, a 66,28 por cento; cromo, a 21,27 por cento; níquel, a 7,96 por cento; molibdênio, a 0,32 por cento, e manganês, a 2,32 por cento. Carbono não foi detectado, salvo alguns traços (menos que 0,03 por cento), e quase com toda a certeza a contaminação foi produzida pela própria análise.

Tratava-se, portanto, de aço inoxidável (!), tipo austenítico[9] (dúplex: Cr 20-30 por cento, Ni 5-8 por cento e C menos de 0,03 por cento), com umas características especiais: altíssima resistência à corrosão

---

7 Ainda que a solda que chamam de "heterogênea" seja muito antiga (data possivelmente do quarto milênio antes de Cristo), no cálice não detectamos nenhum rastro de soldagem de qualquer tipo e tampouco da "autógena" que começou a ser utilizada 1500 anos depois de J.C. Como se sabe, até os finais do século XIX, a única soldagem praticada para o ferro e o aço era da forja. Em 1890 o russo Slavianoff colocou em funcionamento a soldagem de arco, com eletrodo fusível. Pouco depois, em 1904, Kjeliberg inventou o eletrodo revestido. A partir de 1920 a soldagem de arco foi aceita mundialmente. Desde 1954, o mais utilizado é a soldagem por "bombardeio eletrônico". Seu criador foi Stohr. Desde 1970 se utiliza a soldagem a laser. (N. do M.)

8 Este método (conhecido como "ED-XRF") se baseia, fundamentalmente, na exposição do objeto a uma radiação incidente ou primária. Ou seja, o bombardeio de raios X modifica a camada de elétrons dos átomos, proporcionando uma informação bem precisa sobre a natureza dos elementos químicos que integram a dita peça (cada isótopo se estimula a uma energia determinada). A radiação X fluorescente secundária é característica de cada elemento. Seu valor depende da concentração do dito elemento na amostra (os átomos de ferro, por exemplo, se estimulam a uma determinada energia: 6,4 kilo-elétron-volts (kW). Em nosso caso se utilizou um sistema manual (nanotecnológico), com resultados em tempo real. Os limites de detecção foram de 0,002 por cento (20 pm). (N. do M.)

9 Entre os aços inoxidáveis se destacam três variações importantes: martensítica (com 0,4 por cento de carbono e entre 12 e 16 por cento de cromo), ferrítica (com 16 a 30 por cento de cromo) e austenítico. O aço austenítico se obtém graças ao níquel. Esta liga transforma o material em "austenita" (a proporção de níquel nos aços austeníticos é superior a 7 por cento). Trata-se de um material que resiste bem à corrosão, que se pode utilizar a temperaturas criogênicas ou muito elevadas, que não é atraído pelos imãs, e que pode permanecer longo tempo sob a água. Nos incêndios suporta até 900 °C. O cromo proporciona ao austenítico uma grande dureza (175-200 HB) e o torna muito resistente ao desgaste e às deformações. O níquel, por sua vez, concede enorme tenacidade e, ao mesmo tempo, uma considerável elasticidade. (N. do M.)

(incluindo a água do mar), ao fogo (até 400 °C) e grande resistência mecânica (60 kg/mm^2).

Fiquei desconcertado.

E as suspeitas iniciais, quando consegui examinar o cálice em Arbel, foram confirmadas. Era aço inoxidável (altamente especializado) que oficialmente "não podia existir naquele tempo". Esse tipo de liga, como se poderá lembrar, foi industrializado nos primeiros anos do século XX.

Eu estava confuso. Contudo, nem estranhei tanto. O que havia contemplado em Jerusalém (ano 30), num bairro de forjadores[10], tinha sido igualmente espetacular...

Teria que regressar a Caná e perguntar à família de Nathan sobre a origem da singular *gavîa*. Como ela chegou até eles? Quem a fabricou?

Porém, as surpresas não terminaram aí.

Foi o eficaz computador central que descobriu...

No interior do cálice, assim como na parte interna do pé, era possível apreciar - a olho nu - as espirais e os pontilhados, respectivamente, ocasionados (em princípio) pelo torno utilizado no polimento. As linhas do interior da taça (espirais) eram sutilíssimas. "Papai Noel" distinguiu 1.668. No pé, o torno (?) aparentemente havia trabalhado de outra maneira, combinando as espirais com os pontilhados. O computador somou 306 espirais igualmente delicadas, quase imperceptíveis. As linhas do pontilhado eram oito. Formavam círculos concêntricos. Partiam do centro geométrico da concavidade interior.

Como eu digo, a olho nu, os referidos pontilhados eram somente isso: impactos. E eu me perguntei: Por que o autor do polimento combinou ambas as técnicas naquela região específica do cálice? Não teria sido mais lógico o uso das espirais na totalidade do interior do pé? A resposta não demorou a chegar.

"Papai Noel" avaliou o polimento como "mecânico". As distâncias entre as espirais, entre os círculos concêntricos, as espessuras de umas e de outros e os índices de erro nos traçados (praticamente nulos) o levaram à citada conclusão. Isso não foi o mais estranho. Os tornos eram conhecidos desde muitos séculos atrás, em especial os de arco.[11] O que me

---

10 Ampla informação sobre a espada de "aço de damasco" em *Cavalo de Troia 1 - Jerusalém*. (N. de J. J. Benítez.)

11 Uma das imagens dessas ferramentas foi encontrada em um relevo, na tumba de Petoíris, grande sacerdote egípcio (século IV a.C.), ao sul da cidade de Hermópolis. (N. do M.)

desconcertou foi o seguinte passo do computador. "Papai Noel" examinou o pontilhado, utilizando para isso uma técnica de informática similar, de certo modo, ao que denominam "aplicação polinômica de texturas". As ampliações espetaculares alcançaram os 1.100 aumentos.

Quando eu vi, não pude acreditar.

Eu repassei mil vezes...

Não era um sonho, tampouco uma alucinação.

Aquilo era uma obra humana. Melhor dizendo, não podia ser obra humana... Eu já me explico melhor.

No "interior" de cada batida do entorno, em cada pontilhado, aparecia um signo.

Assombroso!

Os sinais não eram visíveis a olho nu. Foi necessário o auxílio do microscópio para detectá-los.

Isso foi surpreendente, incrível e impactante!

Isso não poderia ser trabalho humano. Ninguém naquela época dispunha de técnicas de impressão tão refinadas... E em metal.

Fui repassando até a exaustão. Desconcertante!

Honestamente, eu não era capaz de identificá-los. "Papai Noel" ofereceu uma explicação possível. No banco de dados apareceu um sistema de escrita relativamente semelhante. Hoje é conhecido como silabário chipro-minoico. Possivelmente, um conjunto de sinais e símbolos de origem cretense, como assegura Arthur Evans, ou talvez de natureza berbere, muito mais antigo. O silabário referido foi datado em cerca de 1500 anos antes de nossa era (Idade do Bronze). As primeiras "traduções" datam de 1871.

Bem, ao longo dos oito círculos concêntricos, e em cada um dos pontos (em milésimos de milímetro), foi impresso um símbolo. O computador também encontrou um total de 46 sinais, equivalentes a números.[12] A "tradução" parecia tão incoerente que preferi não incluí-la.

Em suma, de acordo com esse último achado, a taça de metal era muito mais antiga do que eu imaginava. E atrevo-me a pensar em algo mais ousado: a taça não poderia ter sido gravada por mãos humanas. Ou poderia?

Aí terminou a análise. Poderia ter continuado com o pergaminho da "vitória", o chamado "323", mas optei por adiar a investigação. Os achados

---

12 Os números em questão são os seguintes: 1365213735615133623521314652454531414144553373. No total, 46. A sequência se repetia (na mesma ordem) em cada um dos oito círculos. Ignoro o significado. (N. do M.)

do "Papai Noel" no cálice me deixaram mergulhado em confusão. É muita coisa que nós ignoramos do passado...[13]

Quem fabricou aquela bela peça de aço austenítico? Qual a tecnologia usada? Como eles conseguiram gravar os sinais microscópicos? Por que este cálice tinha chegado às mãos do Mestre? Eu vi outros semelhantes no casamento em Caná. Eram todos feitos de aço inoxidável? Lembro-me de ter visto cerca de dez... Será que as taças apresentam também uma gravação como a que eu acabara de contemplar?

Teria que visitar de novo a família de *Sapiah* e tentar esclarecer as incógnitas.

E, acima de tudo, por que Jesus de Nazaré, e quem isto escreve, sentiam tamanha atração pela brilhante e rara taça? Era apenas um símbolo? O que representavam os sinais gravados na parte interna do pé? Por que contemplá-los me causou tanto impacto? Por que eu não tinha sido capaz de decifrar a "mensagem", presumindo que seja uma? Além disso, por que o Mestre entregou-me o cálice? Ele poderia tê-lo guardado em seu quarto. Ninguém se atreveria a tocá-lo...

Como dizia o Filho do Homem, "quem tiver ouvidos que ouça"...

Dediquei-me a pensar e a escrever nos dias restantes.

De vez em quando, tomava a taça entre as mãos, a acariciava e a esquentava...

Ela respondia ao meu afeto com todos os tipos de centelhas...

Na sexta-feira, 21 de junho, eu regressei a Saidan. Deixei no "berço" o "323" e também o jade preto que encontrei na sala secreta de Yu no estaleiro. Eu os analisaria em outra oportunidade.

O Mestre não tinha retornado. Ninguém sabia de nada. Comecei a me preocupar. Onde Ele estava? Não entendia muito bem a razão para aquela ausência.

Nova surpresa. No travesseiro da cama apareceu outra mensagem misteriosa, também sobre argila. Dizia: "envolve-me com paixão".

---

13 Para fabricar de uma peça como o cálice austenítico teriam sido necessárias, entre outras coisas, as seguintes operações: torneamento cilindrado (mecanização de usinagem de um cilindro reto), de corte (seccionamento da peça), desbaste, usinar de frente, aplanação máxima (mecanização de faces), chato, mandril (usinagem e alargamento de orifícios, taça e interior do pé), roscados interiores, escareados diversos (alargamento dos orifícios) e serrilhados (impressões das gravações). Como eu digo, muito difícil e complexo para a época. (N. do M.)

No sábado, 22, o dia amanheceu às 4 horas e 23 minutos. O tempo melhorou sensivelmente. Previa-se um dia quente e azul. O lago ainda se mantinha em quietude quando fui lavar-me.

E, com o amanhecer, vimos chegar o Galileu.

Ele trazia o rosto resplandecente. Era outra pessoa.

Onde Ele havia estado?

Eu tinha que perguntar...

Ele desceu para a praia. Tomou um banho, trocou a túnica vermelha pelas vestes brancas e tomou o café da manhã com o resto da família. Eu o encontrei despreocupado, sem nenhum traço da tristeza passada. O que teria acontecido?

O Filho do Homem não fez menção de dizer onde ou com quem esteve. Ninguém se atreveu a perguntar. Nós o contemplávamos, assombrados e satisfeitos. Quando o Mestre aparecia feliz era contagioso...

Eu lhe devolvi o cálice, e, quando o fiz, ele piscou para mim. Não houve comentários. Eu sabia que Ele sabia...

E nesta manhã, como planejado, embarcou no barco que fazia a travessia até Nahum. A família Zebedeu foi com ele.

A solicitude do Mestre para falar na sinagoga causou expectativa e emoção, uma vez mais. Todo o povo o esperava. Ali estavam os irmãos Jolí, sacerdotes e responsáveis pela sinagoga, os notáveis da população, e de outras cidades e das aldeias da costa norte do *yam*, e, claro, espiões e confidentes de uns e dos outros.

Por que Ele dissera que tinha algo importante para comunicar? A que ele se referia?

Jesus conversou, amável, com seus compatriotas e amigos, permanecendo por um tempo às portas do edifício. Eu não vi a Senhora, nem Tiago, o irmão do Galileu. Talvez eles já estivessem lá dentro.

E pela quinta hora (11 da manhã) todos se sentaram. Eu me instalei lá em cima, na galeria destinada aos gentios e convertidos.

Primeira surpresa: ali eu achei Yu, o chinês, carpinteiro-chefe do estaleiro. "Eu fiquei curioso", disse.

Eu estava certo. Maria, a Senhora, se encontrava na galeria de mulheres judias na zona norte. Eu a vi na primeira fila, agarrando-se à grade que cercava a seção. Eu não vi Esta. Em seguida, juntou-se à Senhora de Zebedeu. Salomé a abraçou e conversaram.

Lá embaixo na sala, nos assentos preferenciais, eu distingui os discípulos. Eles se sentiam eufóricos. Pressentiam algo de importante... Eles não estavam errados.

Foi um difícil trabalho localizar Tiago e Judas, os irmãos do Mestre. Apareciam perto da porta principal e se confundiam entre aqueles que permaneceram em pé. Notei uma sombra de pesar no rosto de Tiago, mas eu não sabia a que se poderia dever aquilo.

O Filho do Homem tomou seu assento na *bema*, o púlpito onde tinha sido situada a "torre" ou *migdal*, uma pequena mesa sobre a qual foram colocados os livros da Lei e dos Profetas. E começou a cerimônia.

Tarfón, o funcionário que se ocupava de quase tudo na sinagoga, abriu a *tybh* (armários dos rolos da Lei) e extraiu um dos estojos de madeira e nácar. Dentro do seu interior se achava o rolo previamente escolhido por Jesus. Removeu o envoltório de linho que o protegia e desenrolou o "livro", mostrando parte do texto. A congregação, vendo as colunas com tinta preta com a letra quadrada e medida do hebraico sagrado, irrompeu em um suspiro geral.

Era a Lei, era a palavra de Deus!

Tarfón, então, levantou o rolo sobre a cabeça e começou uma lenta caminhada. Para que todos pudessem ver a esmerada escritura. Esse foi o ponto.

E os fiéis, emocionados, saudaram a passagem da Lei com gritos, aplausos e vivas à Torá.

Finalmente chegou em frente à *bema* e depositou o rolo sobre a mesa. Ele procurou o parágrafo selecionado pelo Mestre e fez um gesto para o arquissinagogo ou *Roŝ-ha-keneset*. Jolí assentiu com a cabeça e o silêncio se fez.

Jesus de Nazaré se levantou e aproximou-se do texto marcado por Tarfón com o dedo indicador esquerdo. Leu mentalmente as palavras indicadas no pergaminho e, depois de dirigir um olhar para os presentes, começou a ler. Melhor dizendo, a cantar o texto. A voz profunda do Mestre se derramou pela sala, comovendo os corações. O silêncio foi total e respeitoso.

"E vós sereis para mim um reino de sacerdotes, uma nação santa..."

Ele parou e o *meturgeman* ou tradutor se ocupou da tradução do versículo em aramaico, a língua popular. Ele o fez sem olhar para o livro e de memória, tal como indicava a Lei.

Concluído o *targum* ou tradução, o Mestre continuou:

"Yaveh é nosso juiz... Yaveh é nosso legislador... Yaveh é nosso rei... Ele vai nos salvar... Yaveh é meu rei e meu Deus... Ele é um grande Rei sobre a terra... "

O tradutor interviu, impecável.

E Jesus concluiu:

"A benevolência recai em Israel... Bendita seja a glória do Senhor porque Ele é o nosso rei."

Jesus voltou para seu lugar e a assembleia se preparou para o momento culminante: a "lição final", um discurso, geralmente breve, em que o *darshan* ou pregador expunha suas ideias sobre a passagem que acabara de ler. O Mestre, como não poderia ser de outra forma, escolheu o método que chamam de *Maftir*[14]: o ensinamento com palavras luminosas.

Foi nesse momento que eu pude perceber...

Nunca tinha acontecido isso comigo, ou muito raramente.

Poderia ser o cansaço? Parecia-me estranho. Eu tinha dormido bem...

O ponto é que eu não conseguia me lembrar a qual livro pertence o texto lido pelo Galileu. Era dos Profetas, mas qual?

Não dei maior importância. O Destino, no entanto, alertou...

O Mestre contemplou os que ali estavam reunidos. Ele o fez com o rosto sério. E a observação (eu diria que mútua) se prolongou durante alguns segundos. A Senhora e os discípulos se encontravam cheios de expectativas.

O tradutor também se preparou. Jesus falaria em hebraico e, a cada trecho, o *meturgeman* faria a tradução para o aramaico.

Tudo estava pronto...

E o Mestre quebrou o silêncio. Ele disse:

"Eu vim para proclamar o estabelecimento do reino de meu Pai..."

Parou e o tradutor traduziu corretamente.

Eu ouvi certo sussurro. E eu imaginei que a última frase – "o reino de meu Pai" – causou um choque e desagrado. De fato. Na galeria onde eu estava houve comentários: "O reino de teu Pai? Quem achas que és...?"

O Mestre advertiu os murmúrios, mas continuou:

"Este reino é composto da alma dos judeus e gentios, ricos e pobres, homens livres e escravos... porque o meu Pai não tem favoritos... Seu amor e misericórdia são para todos..."

O Galileu parou e incentivou o tradutor para que prosseguisse. E ele

---

14 Como mencionei em outra ocasião, a "lição final" poderia ser feita de duas maneiras: "por *Maftir*" ou "fazendo *amora*". No segundo caso, o convidado ou pregador sussurrava ao ouvido de um *amora* (uma espécie de tradutor) os postulados que estava bradando em seu discurso e o referido *amora* transformava-o em expressões e palavras inteligíveis. "Fazer *Maftir*" era falar diretamente com palavras claras, simples e objetivas. (N. do M.)

o fez, mas mudou o significado da declaração de Jesus. A versão foi: "Este reino abrange apenas a alma dos judeus... Seu amor e misericórdia são para todos".

O Filho do Homem hesitou. Ele entendeu perfeitamente, mas continuou com o discurso:

"O Pai Celestial envia Seu Espírito para ser derramado na mente dos seres humanos... e quando eu tiver terminado a minha obra na Terra..."

Ele se deixou traduzir para o aramaico. Mas o funcionário voltou a deturpar o que foi dito pelo Mestre: "... para que se derrame na mente dos judeus..."

Jesus levantou a mão esquerda e parou a versão mal-intencionada do tradutor. E educadamente, mas com firmeza, pediu para ele retornar ao seu lugar. O *meturgeman* corou de vergonha e se retirou. Olhei para Yehudá ben Jolí, o responsável pela sinagoga, e percebi como empalidecia. Nesse momento eu soube: o arquissinagogo e o tradutor estavam em conluio... Naquele dia, exatamente, começaram os problemas de Jesus com a casta sacerdotal. Jolí tinha tudo pronto para estragar as exortações do Galileu. Ele não teve sucesso...

O Filho do Homem tomou as rédeas da situação e prosseguiu, mas em aramaico. A maioria agradeceu-lhe.

"... E quando eu tiver terminado minha obra na Terra, o Espírito da Verdade também será derramado sobre a carne."

Jolí passou de pálido para vermelho de raiva. Alguns notáveis murmuraram. "Isso não foi ortodoxo... O *darshan* não poderia falar diretamente em aramaico."

Mas o Mestre, impassível, seguiu do seu próprio modo:

"... Meu reino não é deste mundo..."

E ele repetiu:

"Meu reino não é deste mundo..."

A Senhora estava séria, muito séria.

"... O Filho do Homem não conduzirá exércitos nem fará batalhas para ganhar nenhum trono..."

Ele ficou em silêncio e olhou para a assembleia. Os discípulos (particularmente João Zebedeu e Simão Pedro) permaneceram de boca aberta, atônitos.

Compreendi.

"... Eu sou o Príncipe da Paz e a revelação do Pai eterno..."

Foram poucos os que captaram o sentido daquelas palavras.

"... Os filhos deste mundo lutam pelo estabelecimento dos reinos materiais. Bem, em verdade eu vos digo que os que me seguirem entrarão no reino invisível e alado dos céus por suas decisões morais e seus triunfos espirituais... E lá encontrarão a alegria e a vida eterna."

A julgar pelos rostos, nenhum dos mais íntimos tinha compreendido. "Reino invisível e alado?" Isso não era o que pretendia Yehohanan ou o que apontavam as Sagradas Escrituras pela boca dos profetas. O "reino" em questão (*malku*) era algo físico e da terra, governado pelo Messias, o "quebrador de dentes" e sucessor do rei Davi.

Os murmúrios de desaprovação foram gerais. A Senhora tinha baixado a cabeça, desconcertada ou desconsolada. (Ou talvez ambas as coisas.)

O único que assentia com a cabeça e sorria era Yu.

"... Se buscais o reino de meu Pai, todo o resto vos será dado por acréscimo... E eu vos advirto: para entrar nesse reino é preciso que o façais com a confiança cega de uma criança... Caso contrário, não sereis admitidos..."

Desta vez era eu quem não concordava com o Filho do Homem. Eu confesso. Eu sei que todos os seres humanos – TODOS – estão destinados a esse reino maravilhoso, invisível para a matéria, e deliciosamente alado. Ele me disse: todos regressarão ao Pai. E eu percebi que era outra abordagem para a verdade. Jesus não podia falar de outra maneira... O que eu creio, esse foi o seu verdadeiro "calvário".

A desaprovação foi aumentando.

Jolí e os notáveis se revolviam, nervosos, em seus assentos.

Mas o Mestre estava disposto a chegar até o final:

"Não vos deixeis enganar... Não prestais atenção aos que asseguram que o reino é aqui e ali... O reino de que vos falo não é visível para vós. Na verdade, ele está em todas as partes, mas não é deste mundo... Na realidade, está dentro de vós, mas não o sabeis... Eu vim para tirar a venda dos olhos... Estou aqui para anunciar que o Pai existe, mas é muito mais do que imaginais... Yehohanan vos tem batizado com água para a remissão dos pecados, mas eu vos digo que para entrar no reino dos céus sereis batizados com o Espírito da Verdade."

Alguns pensaram que ele estava louco, e o boato correu.

"No reino alado não haverá judeus ou gentios."

Foi a gota d'água. E a assembleia, estimulada pelos notáveis, interrompeu o Mestre aos gritos de blasfemo e louco.

Maria começou a chorar, e os discípulos se olhavam. Pareciam aterrorizados.

"... E eu vos adianto – Jesus se impôs – que, em breve, estarei sentado com meu Pai, em seu reino..."

Alguns, escandalizados, se levantaram e abandonaram o recinto.

O Mestre, acidentalmente (?), estava desenhando o que seria o seu futuro ao longo da vida pública ou de pregação.

Estremeci. Os problemas foram suscitados antes do esperado.

Jesus esperou e o alvoroço foi se dissipando.

Quando o silêncio ficou levemente aceitável, o Galileu retomou seu discurso:

"Este novo reino alado é semelhante a uma semente que cresce em uma terra fértil. Necessita de tempo para se desenvolver... O mesmo acontece com o que estou anunciando... E chegará o dia em que se cumprirá o mandato de *Abba*: e sereis perfeitos como Ele é perfeito..."

E acrescentou, intencionalmente:

"Porém, não aqui nem agora..."

Aplaudi no meu coração. Agora sim eu reconhecia as suas palavras. Seremos santos (perfeitos), mas não aqui na matéria. Seremos perfeitos depois, ao regressar à "realidade"...

"Eu vim ao mundo para revelar esta boa-nova. Eu não vim para aumentar a carga... Não peço nada em troca... Basta confiar no Pai... Vosso destino é glorioso, mas não o sabeis... Não penseis em exércitos marchando... Que não é esse o plano do Pai... Não penseis em derrocadas, ou em revoltas, nem mesmo em quebrar o jugo do cativeiro... Falo de outra coisa... Eu vos digo, meu reino não é deste mundo..."

As pessoas ouviam, mas não podiam compreendê-lo. Era demais para a mente delas.

E o Mestre concluiu:

"Esse reino é eterno. Em seu momento chegareis à presença do Sagrado. Vós sois seus filhos, não vos esqueceis... E uma última questão: eu não vim para reclamar aos justos senão para os confusos..."

Ponto final. O Filho do Homem se retirou do púlpito e abriu passagem, saindo. Eu me apressei para segui-lo...

Esse foi outro momento histórico na vida de Jesus de Nazaré. Eu tinha acabado de presenciar o primeiro ensinamento "oficial" do Mestre. Na audiência anterior (2 de março, na mesma sinagoga), o Galileu praticamente não dissera nada. Paciência é apenas o que Ele solicitara aos que ali estavam reunidos. Agora Ele foi categórico. Ele pôde falar mais "alto", mas não de maneira tão clara. A assembleia não soube disso, mas naquelas palavras se encontrava a sua mensagem brilhante e revolucionária: o seu reino não é deste mundo; não era o Messias prometido pela tradição e pelos profetas; não entraria em assuntos mundanos, não guiaria exércitos; todos os homens têm a mesma origem e, claro, o mesmo destino, o que conta é a busca do Pai (o resto aparece como acréscimo e como consequência do Amor = ação); todos nós seremos santos (perfeitos) (amanhã); esse reino está dentro do ser humano (a partir da idade de 5 anos)...

Reafirmo: Ele poderia falar mais "alto", mas não de maneira tão clara.

E mais ainda: Jesus consumou um novo anúncio de sua morte, embora ninguém tenha captado, e muito menos os seus discípulos.

Em suma: ninguém neste dia e neste lugar veio a entender as palavras do Filho do Homem. Acredito, inclusive, que houve uma sutileza na escolha do parágrafo que "cantou". Esse texto apresenta Yaveh como juiz, como um legislador, como rei, como salvador e como Deus, mas não como Pai. Jesus, ao fazer *maftir,* falou constantemente de seu Pai...

Porém, como eu digo, não foi entendido.

O início de sua vida pública não poderia ser mais significativo.

Isso foi o que o esperava: rejeição, incompreensão e zombaria.

Mas vamos passo a passo...

Eu não demorei em localizá-lo. Deveria ser 13 horas ou algo assim. Ele se encontrava em frente à fachada da sinagoga.

Aproximei-me com curiosidade.

Jesus estava rodeado por um grande grupo de judeus. No começo eu não entendi... Então me dei conta. E eu testemunhei uma cena que também não aparece nos Evangelhos e que advertia, igualmente, o Destino do Homem-Deus.

Eu abri passagem como pude e me coloquei na primeira fila.

Os judeus, sobretudo os fariseus, o repreendiam severamente. Chamaram-lhe de tudo.

O Mestre os contemplava, mas não replicava.

Chamavam-no de carpinteiro louco, iluminado, presunçoso e blasfemo.

Senti fogo nas entranhas. Eu tinha me tornado seu amigo e, portanto, um péssimo observador. Porém, eu me contive.

Os "santos e separados" o censuravam pela falta de respeito à Lei e às regras. Foi a primeira vez que alguém se dirigiu à assembleia em aramaico, sem a ajuda de um tradutor. "Isso – eles diziam – era inadmissível."

Outros lhe jogaram na cara que ele estava se autoproclamando o enviado do Santo.

"Quem acreditas que és? – repetiam – O enviado do Santo, bendito seja seu nome?... Tu és apenas um carpinteiro e, para o cúmulo, de Nazaré..."

Alguns mais enfurecidos arrancavam os cabelos e gritavam:

"Como podes comparar os judeus com os gentios?... O Santo, bendito seja o nome dele, sim, tem favoritos: o povo escolhido! Nós!... Quem te pediu para ficar à frente dos exércitos de libertação?"

Eu contemplei o Mestre.

No começo, ele olhou para aqueles que o desafiavam. Então, consciente da inutilidade da discussão, ele baixou o rosto e permaneceu em silêncio.

Meu Deus!

Eu já tinha visto essa impotência no rosto do Mestre... Ou melhor, eu a veria.

"Blasfemo!... Volta para o teu pai, o carpinteiro!... Todos nós o conhecemos!... Não era tão soberbo, orgulhoso, nem tão prepotente como tu!... Maldito!... Some, vai embora para esse reino de efeminados!..."

Obviamente, eles não haviam entendido.

Mas o ódio daqueles energúmenos foi além. E alguns dos fariseus, cegos de cólera, empurraram o Filho do Homem pelas costas.

Jesus cambaleou.

Outros, contagiados, começaram a dar empurrões e pontapés no dócil Galileu.

O Deus-Homem empalideceu, mas não ofereceu nenhuma resistência.

Eu também empalideci.

O que eu deveria fazer?

Eu levava comigo a "vara de Moisés" na minha mão direita. Eu poderia usá-la. Com um par de descargas de ultrassom, a violência teria desaparecido. Mas esse não era o meu trabalho...

Felizmente, os céus foram benevolentes.

Na metade do tumulto vi aparecer os Tiagos (Zebedeu e o irmão de sangue de Jesus). Por detrás chegou Judas, outro irmão de Galileu. Ele carregava uma *gladius*, a temida espada de dois gumes.

Os "santos e separados", covardes, partiram. E os Tiagos levantaram Jesus e o resgataram daquele punhado de fanáticos. Judas permaneceu por alguns segundos na frente do confuso grupo exaltado, com a espada levantada ameaçadoramente. Então ele se virou e correu atrás de seu Irmão. Uma chuva de pedras e maldições seguiu os fugitivos...

E eu os vi desaparecer no centro de Nahum.

Foi uma imagem igualmente dramática. Aquele Jesus espancado, pálido, silencioso e em fuga foi mais um anúncio do que estava por vir...

Em Beit Ids assisti a uma cena (31 de janeiro), na qual o Mestre também fora insultado pelos convidados na tenda de Yafé, o *sheik*. Naquela ocasião, no entanto, os *badu* não chegaram a levantar as mãos contra ele...

E, de repente, quando me distanciava dos fariseus e dos outros fanáticos, disposto a reunir-me com o Mestre, alguém gritou:

– Tu és um deles...!

Virei-me e, de fato, eles se dirigiam a quem isto escreve.

Deram alguns passos, ameaçando:

– Nós temos te visto com ele... Tu és um dos seus seguidores!

Eu os enfrentei e disse que sim; que era. E me preparei. Acariciei a parte superior da "vara de Moisés". Se fosse atacado eu iria me defender...

Titubearam. Eles conversaram entre si e terminaram dando as costas para mim.

Alguém comentou com desprezo:

– É apenas um velho...

E desapareceram na sinagoga.

Ao chegar ao *cardo maximus*, a principal rua de Nahum, eu distingui os discípulos. Eles estavam reunidos sob um dos pórticos. Discutiam. Não vi o Mestre nem seus irmãos.

Na chegada, eu fui questionado. Contei o que aconteceu e continuaram discutindo. Pedro e João Zebedeu eram os mais exaltados. Eles haviam sacado as espadas e queriam voltar e enfrentar os "santos e separados". As pessoas que passavam olhavam para eles com estranheza.

André e Tiago Zebedeu não permitiram. Eles forçaram os seus irmãos a guardar as armas e empurraram todos, literalmente, rua abaixo. Felipe e Bartolomeu, confusos, permaneceram mudos. E fizeram o que foi recomendado pelos prudentes André e Tiago.

Eu deduzi que o Mestre tinha ido em direção ao porto, pronto para embarcar a Saidan. Estava errado.

O Filho do Homem se deteve na "casa das flores". Assim se fez saber aos íntimos.

Ao chegar em frente à grande porta de madeira, os discípulos, de comum acordo, decidiram esperar na rua e proteger o Mestre de um possível surgimento daqueles "miseráveis". Assim eles os chamaram.

Eu não pensei. Desejava ver Ruth...

Fui para o pátio a céu aberto e contemplei o que estava diante de mim.

Ali me esperava outra surpresa.

Ruth estava na cadeira de balanço. O Mestre estava a seus pés. Acariciou e beijou as mãos da menina ruiva.

Os irmãos, visivelmente nervosos, apareceram do lado da romãzeira observando a cena.

Nada havia mudado em Ruth. Ela olhava, parecia inquieta, sempre fazendo voar o belo verde de seus olhos.

Eu não vi a Senhora, nem Esta, a esposa de Tiago.

E, pouco tempo depois, o Galileu se levantou e virou-se para seus irmãos. Aproveitei e substituí Jesus. Eu me ajoelhei aos pés da menina e tomei as suas mãos. Estavam frias. E tentei aquecê-las. Ela me olhou e soube que eu continuava apaixonado. Eu sei que ela sabia...

Eu não tive saída. Eles estavam ali mesmo, bem ao meu lado. Inadvertidamente, ouvi a conversa entre o Galileu e os inquietos Judas e Tiago.

O Mestre ainda estava pálido. E gravemente, sem hesitação, lhes disse que não era aconselhável que a família viesse a fazer parte do grupo de discípulos que desejava reunir e que o sucederiam "quando Ele já não estivesse".

Tiago e Judas não entenderam, e o Galileu, paciente, explicou novamente.

Era uma decisão friamente meditada. A família não seria parte dos íntimos que deveriam acompanhá-lo durante a vida de pregação. É simples assim. E foi uma decisão não negociável. Não desejava que eles o encarassem com desprezo. Muito pelo contrário.

– Eu faço – ele acrescentou – pela vossa própria segurança...

Nem Tiago nem Judas captaram a intenção do Irmão. E protestaram:

– Nós temos estado contigo desde o início do batismo, no Artal...

Jesus ouviu com atenção e moveu a cabeça afirmativamente.

– Eu sei – ele manifestou-se – e aprecio isso... Eu sei quanto vos importais com o novo reino, mas a decisão já está tomada...

Os irmãos baixaram os olhos, contrariados.

– ... É a vontade do Pai do céu...

Tudo estava dito.

E quando o Mestre se dispunha a abandonar a "casa das flores" por uma das portas, veio a Senhora. Caminhou decidida até os filhos e ficou na frente do primogênito.

– Não tens vergonha...?

Entendi que ela havia escutado a conversa.

O Mestre a contemplou em silêncio.

Que difícil situação a dele!

E fez a única coisa inteligente que se podia fazer: não discutir.

Olhou para a mãe com tristeza, foi ao encontro de Ruth, beijou-a, e fez um gesto para mim para que eu o seguisse.

Maria, enfezada, gritou da romãzeira:

– Então preferes os estranhos!

Jesus não replicou.

E quem isto escreve foi atrás Dele.

Porém, a jornada não havia terminado...

Na rua, como não podia ser diferente, outra surpresa me aguardava.

Jesus se deteve junto aos discípulos. Também estavam ali Salomé, a esposa do velho Zebedeu, as filhas, Maria, esposa de Tiago Zebedeu, e Perpétua e Zaku, as esposas de Simão Pedro e Felipe, respectivamente. Eles acabavam de chegar.

Pedro e João Zebedeu discutiam com Perpétua e Zaku. Os discípulos, aparentemente, tratavam de retornar para casa com o compromisso "de que não se meteriam com as coisas dos homens".

Zaku não parava e gritava mais do que os discípulos. Ela os chamava de "irresponsáveis".

Jesus voltou-se para o confuso André e solicitou que reunisse os seis no casarão de Saidan. Eles tinham que falar sobre a viagem pelo *yam*.

Zaku ouviu o anunciado pelo Mestre e esqueceu-se de João e Pedro, aproximando-se do Galileu. E falou com ele. Fez isso com um especial tato...

– É verdade, rabi?

Jesus estava recuperando a cor e a olhou, intrigado.

– É verdade sobre a viagem pelo lago?

O Mestre se limitou a assentir com a cabeça.

– Mas do que viveremos?

Pedro tentou intervir, dando por encerrado o assunto.

Jesus não o permitiu. Ele ergueu a mão esquerda e pediu calma. Felipe havia empalidecido.

– Eu já vos disse...

E Jesus apontava para o norte, em direção ao local onde ficava a sinagoga.

– ... Se buscais o reino de meu Pai, todo o resto será providenciado a vós...

O Filho do Homem havia acabado de anunciá-lo na sinagoga.

Desta vez foi Perpétua, a esposa de Simão Pedro, que perguntou ao Mestre:

– Mas do que viverão nossos filhos?

Simão Pedro a incendiou com o olhar.

Jesus levantou a mão novamente e, sem dizer nada, pediu silêncio.

– Não me escutais – interviu o Galileu. – Eu vos digo... Não temais.

– Mas, rabi, nós não temos dinheiro... Dizem que estareis fora por duas semanas... Quem trará o sustento para casa?

– Estúpida!

Felipe não gostou nada do insulto de Pedro e encrespou com Simão. Foi André quem interviu, pedindo paz.

Então ouvi João Zebedeu. Referindo-se às recém-chegadas, exclamou:

– Mulheres... Elas sempre têm que complicar tudo!

Foi até o Filho do Homem e acabou enlameando mais ainda a situação:

– Não te preocupes, Mestre... Elas são mulheres! Elas não são muito inteligentes!

Desta vez foram elas que atearam fogo em Zebedeu, apenas com o olhar.

Jesus ficou sério e respondeu a João:

– Tu estás errado... Para nascer mulher é preciso ser mais valente e inteligente do que para nascer homem...

Ninguém entendeu, mas elas se sentiram recompensadas. Jesus havia se colocado ao lado delas.

Por fim, o Galileu foi colocar as suas mãos sobre os ombros de Zaku e olhou para ela com ternura, enquanto pedia:

– Confia! Nada vos faltará enquanto eles estiverem fora. Meu Pai e sua gente vão a um passo à frente de vós...

Ninguém entendeu, e muito menos isso de "sua gente".

E o Mestre caminhou até o porto.

Marcava a nona hora (três da tarde) quando o Galileu se acomodou na "terceira casa", no casarão dos Zebedeu, e se dispôs a informar aos seis sobre os detalhes da viagem iminente pelo *yam*.

Os discípulos, ansiosamente, aguardavam as instruções. Não conseguiam acreditar que estivessem a ponto de deixar tudo para dedicar-se ao anúncio do novo reino...

A viagem, é claro, continuava de pé. Deveriam sair de Saidan com as primeiras luzes no dia seguinte, domingo, 23 de junho (ano 26).

O Galileu foi muito explícito. Ele não deixou pontas soltas.

Caminhariam em pares: André e Simão Pedro de um lado, Tiago e João Zebedeu de outro e, finalmente, Bartolomeu (o "urso" de Caná) e Felipe de Saidan.

Seriam eles que escolheriam o vilarejo em que viveriam aquela primeira "experiência pessoal". E o Galileu sublinhou "experiência pessoal". Não era para pregar em público e tampouco batizar. Ele repetiu várias vezes.

Pedro e João Zebedeu não ouviram. E se parabenizaram pela possibilidade de – enfim – sair pelas ruas e anunciar a boa notícia: "O Messias está aqui..."

Jesus se viu obrigado a insistir: não desejava que falassem em público. Seu trabalho consistia em fazer contato com as pessoas e conhecer seus problemas. Jesus encorajou-os a sentar e conversar com todos os tipos de pessoas – judeus ou gentios, ricos ou pobres, torpes ou inteligentes, homens ou mulheres – e saber deles as suas inquietudes, suas preocupações. Isso era tudo.

Compreendi. Depois do que aconteceu com Yehohanan, não era apropriado que aqueles seis homens aparecessem nas aldeias do *yam* proclamando uma nova ordem. Antipas os detectaria imediatamente, e aquilo continha uma ameaça, um perigo que não deveriam correr. O Mestre sabia.

André, Tiago e o "urso" permaneceram pensativos.

Experiência pessoal?

Não conseguiam ver claramente. Mas o Filho do Homem sabia o que fazia...

Pedro e João seguiram por si próprios, incorrigíveis. Eles eram os embaixadores do Príncipe da Paz! Tampouco entenderam...

E quanto a Felipe, foi o único que perguntou e perguntou. Queria saber sobre tudo: alojamento, dinheiro, as provisões, o calçado, a roupa, a maneira correta de saudar, que deveriam fazer no caso de uma emergência e como se comportar se alguém ficasse doente...

O Mestre deixou que ele falasse. Depois sorriu e replicou:

– Confia, Felipe! Deixa que meu Pai faça o seu trabalho...

O engraçado de Felipe foi que ele não ficou satisfeito e continuou com as perguntas sobre o dia a dia...

– Não me escutaste, Felipe...

Aquele que chegaria a ser o intendente do colégio apostólico captou a intenção do rabi e emudeceu, envergonhado.

– Eu te dizia que meu Pai vos guiará... E de que bela maneira! Não te preocupes com o dinheiro, nem com o alojamento, nem com nada disso...

Desviou o olhar e me procurou. Então, olhando-me intensamente, repetiu:

– Deixa que meu Pai e sua gente vos guiem...

Mensagem recebida.

Nem os discípulos nem quem isto escreve podiam imaginar nessa ocasião até que ponto "seriam guiados" naquela primeira aventura solitária pelas margens do *yam*... Sim, foi uma surpresa, especialmente para mim...

Jesus, então, pediu que decidissem para quais povoados iriam dirigir-se. Não houve acordo. Alguns apontavam para o sul e outros a oeste. Foi André, sempre equilibrado, quem estabeleceu o sistema de seleção: ele tiraria na sorte. Foi para a cozinha e voltou com um punhado de peças de cerâmica. Nelas, havia escrito o nome de uma dúzia de povoados, todos no mar de Tiberíades. E foi mostrando. Lembro-me de ter lido Nahum, Tabja, Ginnosar, Migdal, Hamat, Tariqueia, Hipos, Kursi, Betsaida Julias, entre outros. As cidades de um determinado tamanho, de certo porte – como Tiberíades ou a "metrópole" – foram excluídas pelo desejo expresso do Galileu. Saidan tampouco entrou no sorteio. Todos aceitaram.

André introduziu os *óstracos* em uma bolsa e agitou os pedaços de argila. Pedro foi o primeiro a tirar um *óstraco*. O rosto dele se iluminou. E cantou feliz:

– Nahum!

O segundo par – o dos Zebedeu – deveria deslocar-se para Kursi, na margem oriental do lago, junto ao rio Samak, a um pouco mais de duas horas de Saidan. Felipe e Bartolomeu extraíram um *óstraco* no qual se lia "Tariqueia", um povoado que conheciam de passagem, localizado próximo da segunda desembocadura do Jordão, ao sul do *yam*.

Todos se deram por satisfeitos, especialmente Simão Pedro e André. Acreditei entender. Nahum se encontrava muito próximo de Saidan. Poderiam regressar a cada noite e dormir com a família. Isso aliviaria a tensão entre Simão Pedro e Perpétua. E quanto a Felipe, prudentemente, guardou silêncio. Ninguém sabia como reagiria Zaku...

E o Mestre passou para o último ponto: a escolha dos seis outros discípulos. Ele foi igualmente conciso e claro. Era da vontade do Pai Azul que o grupo que devia acompanhá-lo estivesse constituído por um total de 12 homens. E enfatizou:

– É a vontade do *Abba*...

Cada discípulo teria que escolher outro parceiro. Todos iriam trabalhar na divulgação da boa-nova.

Felipe perguntou:

– Mas Mestre, como fazer uma coisa dessas? Sob que critérios?

Jesus o envolveu em um sorriso e declarou, no mesmo instante em que me buscava com o olhar:

– Surpresa...

– Surpresa?

Felipe era muito "pé no chão", e solicitou esclarecimentos.

– Surpresa! – o Galileu insistiu, sublinhando com um sorriso travesso.

– Surpresa... – Felipe resignou-se. – Surpresa...

E quem isto escreve foi o que ficou mais intrigado, se possível, do que os discípulos desorientados. A que ele se referia? Eu estava acostumado com as suas "surpresas" e joguei as mãos à cabeça...

O mestre riu, divertido.

Eu estava feliz. Ele tinha conseguido que a tristeza se distanciasse por um momento...

Mas João Zebedeu não concordava com a eleição dos novos discípulos e disse:

– Mestre, tens certeza do que dizes? Esses seis são aqueles que compartilharão conosco o que temos aprendido contigo? Temos estado contigo desde o início, no Vale do Jordão. Como eles poderão ser iguais a nós?

Jesus repreendeu-o, docemente. Era a segunda vez, que eu me lembre, que ele chamava a atenção do prepotente João Zebedeu:

– Tenho certeza... Esses homens serão exatamente iguais a vós... Devereis ensinar-lhes, e com alegria, tal e qual eu tenho feito.

João baixou a cabeça, mas, em seu íntimo, não estava de acordo com o Filho do Homem.

E o Mestre, concluída a reunião, saiu da "terceira casa", dirigindo-se à praia.

Zebedeu, sem dúvida, nunca falou em seu evangelho dessa segunda reprimenda. Não lhe interessava...

E os discípulos se envolveram em outras discussões. Pedro e João mantinham uma postura oposta à do Galileu. "Os novos não poderiam ser como eles."

A discussão teria sido interminável se não fosse a intervenção oportuna de André, a quem todos consideravam como um *segan* ou "chefe". O irmão de Simão Pedro falava com sabedoria e acabou convencendo a maioria: "O Mestre está certo. Somos poucos para um trabalho tão ambicioso... É bom que aceitemos esses discípulos... Todas as mãos serão poucas..."

Partiriam ao amanhecer. Eles iriam à fonte de Saidan, que chamavam de "asa do pássaro". De lá, se dirigiriam para seus respectivos destinos. Eles sabiam que Jesus não gostava de despedidas e não estaria presente. Aceitaram. Aqueles homens tinham começado a amar Jesus de Nazaré, embora não o compreendessem. Algo assim aconteceu com quem isto escreve...

Nesta ocasião, não desci para a praia. Eu sabia que o Filho do Homem queria ficar sozinho. A tristeza voltou ao seu coração. E eu acreditei saber o motivo. Ruth pesava em seu ânimo como chumbo, e a distância entre Ele e a família se tornava maior, cada vez mais...

E eu me perguntei: o que pensava fazer o Homem-Deus durante essas duas semanas?

Eu me sentia perdido, mais uma vez...

Quando me retirei para o "pombal", outra mensagem me esperava, silenciosamente, sobre o travesseiro:

"Envolve-me para sempre."

Quem poderia ser? Eu teria que arriscar e perguntar. Mas por onde começaria?

E eu prometi que tentaria... Sem demora.

Era manhã de domingo, 23 de junho, quando descobri algo que me chamou a atenção. Examinei as peças de cerâmica com as mensagens e cheguei a uma conclusão: eram idênticas àquelas que André havia me mostrado no dia anterior, quando se realizou o sorteio dos povoados para onde deveriam se dirigir na primeira excursão. A cerâmica era a mesma. Pareciam os restos de um pote. Era uma de duas coisas: alguém aproveitou o objeto que havia se quebrado ou o objeto foi quebrado intencionalmente. Aquela era uma pista e eu a seguiria...

Mas, quando fui procurar na "terceira casa" a bolsa que André utilizou no mencionado sorteio, não conseguiu localizá-la. Deduzi que ele havia levado embora e, com ele, a argila vermelha. Eu perguntaria. Faria isso na cozinha. Eu tinha certeza de que acabaria dando com o autor ou a autora daquelas mensagens...

Eu tinha pressa.

Esqueci-me da cerâmica e fui até a fonte de Saidan, a leste da aldeia, junto ao rio ou *nahal* Zají.

Era incrível.

Ali encontrei metade da aldeia.

Todos queriam dizer adeus aos "heróis", como eles chamavam.

Ninguém tinha muita certeza do motivo pelo qual estavam indo embora, mas o importante é que estavam indo. Na pequena Saidan nada acontecia, e aquilo, sem dúvida, era um acontecimento.

As pessoas se beijavam, se abraçavam, choravam, desejavam sorte. Era como se eles nunca mais fossem voltar.

Só faltou Zaku, a esposa de Felipe. Alguns asseguravam que ela havia deixado a aldeia. Outros, cheios de malícia, disseram tê-la visto em casa, "presa ao baú com os víveres". A maioria simplesmente interpretou a ausência como um protesto. Foram esses últimos que acertaram...

Felipe se apresentou com uma volumosa bolsa de viagem. Parecia que o mundo ia acabar. O "urso", aturdido por aquela multidão tão barulhenta, ajudava como podia. Felipe estava falando para si mesmo, enumerando o conteúdo de sua mochila. Mas a minha surpresa foi total quando descobri que a dupla que deveria ir até a Tarqueia não ia sozinho. Felipe e o "urso" de Caná viajavam com uma cabra. Aquilo era um circo... Felipe – segundo explicou o paciente Bartolomeu – tinha passado parte da noite fazendo manchas no animal com tinta de barco.

Eu não podia acreditar.

A cabra tinha sido pintada de vermelho, amarelo, branco e azul. As cores formavam anéis concêntricos, desde o focinho até a cauda. A única parte que se salvou foi o úbere.

– É contra o mau-olhado – explicou o "urso". – Assim viajaremos protegidos.

– Naturalmente – respondi. – Foi uma medida muito inteligente.

Bartolomeu respondeu com um sorriso maroto.

Perguntei por Zaku e ele, baixando a voz, resumiu a situação com uma frase:

– É um mar de lágrimas...

O restante dos discípulos vinha chegando lentamente.

Pedro, eufórico, levantava os braços e deixava à mostra o gládio. André se manteve discreto entre os vizinhos. E o mesmo fez Tiago Zebedeu. Quanto a João, o que dizer... Estava radiante. Vestia uma túnica de seda, de um roxo brilhante, que achei ser caríssima, com um turbante combinando.

Ele acabou subindo em uma das muretas de pedra da fonte e começou um discurso inflamado sobre o novo reino de vida e de prosperidade que "já estava chegando". Tiago e André foram às pressas tirá-lo de lá, mas João teve tempo para lançar um último e incendiário grito:

– Abaixo Roma!

E o grupo saiu sem mais demora, sob os gritos e os aplausos da paróquia.

Eu os vi seguindo ao sul. Pedro e André desviaram para a praia e ali pegaram um barco com destino a Nahum.

A sorte estava lançada. O que aconteceria com aqueles discípulos tão voluntariosos?

Comecei a tremer.

O mais normal de todos era, sem dúvida, a cabra. Na verdade, Felipe a chamava de *Cipriota* porque não havia maneira de entendê-la (?), e também porque viera de Cyprus (Chipre).

E às seis da manhã desembarquei no estaleiro.

Jesus já estava em seu posto de trabalho, no fosso, martelando. Zal permanecia a seu lado, como quase sempre. O Galileu parecia sério. Não cantava.

Eu não vi Eliseu.

Perguntei a Yu e fui atualizado. Havia notícias. Algumas ruins, outras piores.

Todo mundo falava do que havia acontecido no dia anterior, na sinagoga. Todos discutiam sobre as palavras do Mestre, mas ninguém chegou ao fundo do discurso. O problema é que os boatos não demoraram a se espalhar... Boatos falsos e mal-intencionados. Com relação ao incidente em frente da sinagoga, as más-línguas garantiam que Jesus caíra de joelhos diante dos fariseus, que pedira por misericórdia, e que os "santos e separados" lhe haviam poupado a vida... E diziam que o Mestre tinha desistido de seu projeto em benefício do Santo, de seu povo e de sua família...

Encarei Yu intrigado, e disse a ele que tudo aquilo era falso. Yu já sabia que eram mentiras, mas se mostrou preocupado. E passou a contar o pior:

– A família o deixou.

– Que família?

– A do Mestre... Hoje, ao amanhecer, eles alugaram uma carroça e deixaram Nahum.

Olhei para o Filho do Homem. Continuava ensimesmado.

– Será que ele já sabe?

Yu assentiu.

– Mas por quê?

O chinês deu de ombros.

– Eu só sei que Tiago e os seus deixaram a aldeia.

– E a "casa das flores"?

– Fechada.

Então, pensei ter entendido a razão da ausência do engenheiro. Ele tinha ido embora com a família?

– Para onde eles foram?

– Eu não sei.

E o chinês voltou para suas obrigações.

Contemplei novamente o Mestre e compreendi a razão de seu rosto sombrio e o motivo de seu silêncio.

Eu hesitei. Deveria me aproximar d'Ele?

Deixei-me levar pela intuição e saí do estaleiro.

Yu estava certo. A "casa das flores" parecia fechada. Perguntei aos vizinhos. Todos concordaram. Ruth fora colocada num carro, junto a Esta, às crianças e a Senhora, e partiram todos para Nazaré. Tiago fora com elas. Perguntei o motivo dessa saída tão repentina, mas foram incapazes de me dizer ou não quiseram me esclarecer. Eu sabia o motivo. Na minha opinião, foram dois os motivos que desencadearam tudo: o discurso de Jesus na sinagoga, que terminou abatendo a Senhora, e a rejeição de Tiago e Judas como discípulos. A isso tudo ainda era preciso acrescentar a penosa situação da ruiva (Jesus, segundo a mãe, nada havia feito para curá-la) e o acúmulo de confrontos anteriores.

Fiquei andando sem rumo. Senti tristeza pelo Galileu, uma imensa tristeza... Nada disso foi registrado pelos evangelistas.

Meus passos terminaram por levar-me à *insula* da "Gata". Ali encontrei Eliseu e Kesil. O engenheiro estava ciente do que havia acontecido na "casa das flores", mas não quis falar sobre isso. Ele se limitou a perguntar a mesma coisa de sempre:

– Você achou?

Mais uma vez, ele estava se referindo ao maldito cilindro de aço.

Nem respondi.

E voltei para o estaleiro. Uma coisa estava clara para quem isto escreve. Meu dever era ficar perto do Filho do Homem, e era isso que eu faria. Agora mais do que nunca. Tentaria confortá-lo, mesmo que fosse apenas com a minha presença. Ele sabia que eu sabia...

E foi assim que eu fiz.

Comecei a trabalhar na seção de corantes e tintas, embora, verdade seja dita, não por muito tempo. O Galileu, é claro, tinha planos...

Ao retornar ao casarão, permaneci especialmente atento. Jesus estava visivelmente preocupado, e mal jantou. E, antes de nos retirarmos, nos separamos dos outros. Ele olhou para mim como só Ele sabia fazer, transbordando, e pediu sem pedir. Eu respondi que sim de imediato, embora não soubesse a que Ele se referia. Por fim, Jesus anunciou que estava determinado a viajar a

Nazaré e que desejava um amigo no qual se apoiar nos momentos de solidão. Eu respondi com um "sim" que iluminou a "terceira casa".

Partiríamos ao amanhecer.

Não fiz perguntas.

E, ao retirar-se ao seu "pombal", me abraçou. Desta vez fui eu quem o acolheu entre os braços. E Ele deixou que um humano aliviasse a carga de um Deus. Eu me senti feliz e recompensado.

Naquela noite, também havia uma mensagem sobre o travesseiro. Foi mágico. Dizia: "Envolve-me e me apanha".

Levou tempo para que eu descobrisse quem escrevia aqueles *óstracos*. Com o tempo, eu o fiz, e devo reconhecer que alguém invisível, e com asas, guiou a sua mão...

De acordo com os relógios internos do "berço", naquela segunda-feira, 24 de junho, o sol nascente se ergueu às 4 horas, 23 minutos e 24 segundos de um suposto Tempo Universal.

Fizemos nosso asseio pessoal. Tomamos o café da manhã e nos despedimos de Salomé e dos seus.

Abril me dedicou um sorriso breve, mas intenso.

E pensei: "Era ela quem escrevia aquelas mensagens?"

Eram seis da manhã quando saltamos em terra, em Migdal. De lá, sem atrasos, e no ritmo acelerado do Galileu, poderíamos chegar à aldeia de Nazaré em pouco mais de quatro horas.

O Mestre ergueu a cabeça e eu o segui, intrigado.

Foi uma viagem silenciosa. Mal nos falamos.

Ao deixar para trás a pousada do "Caolho", de tantas lembranças infelizes, o Mestre se colocou ao meu lado e perguntou de novo sobre Yehohanan. Fiquei surpreso. Já tínhamos conversado sobre isso.

Eu disse o que pensava.

Jesus me olhou de soslaio e não disse nada. Depois de pouco tempo comentou, quase que para si mesmo, que se sentira tentado a interceder por ele junto a Antipas. Mas acabou deixando a questão nas mãos de seu Pai Azul:

– Ele sabe...

Não respondi. Tenho certeza de que Jesus, na época, estava plenamente consciente de qual era o Destino reservado a seu parente distante. Tenho certeza...

E pela quinta hora (11 da manhã), de fato, divisamos a branca e amontoada Nazaré, no sopé de Nebi. Duas ou três colunas de fumaça azul fugiam pela chaminé das casas. Nada parecia ter mudado no pequeno vilarejo. As colinas, as oliveiras, as palmeiras, os silêncios, tudo continuava em seu mesmo lugar...

O Galileu tinha uma ideia muito clara do que queria, e a pôs em funcionamento.

Jesus atravessou a aldeia sem parar. Não sei se foi reconhecido.

E chegamos em frente à casa de Maria, "a dos pombais, no bairro alto. Agora, como já expliquei em outro momento, a casa estava ocupada por José e sua família, outro dos irmãos do Mestre. José era carpinteiro.

O Filho do Homem entrou na casa e eu fiz o mesmo.

Voltei a tropeçar no degrau. Maldita penumbra!

O lugar estava quase vazio.

Encontrei a Senhora no andar superior. Mexia em alguns pratos. Estava usando um avental.

No piso inferior, junto aos jarros, estava a ruiva. Eles a haviam colocado sentada em uma cadeira baixa. Muito perto dela luzia um candelabro. A chama amarela das velas oscilou em torno de nós.

Ouvia-se um martelar na oficina. Achei que fosse José.

Fiquei surpreso ao não ver a volumosa Tesouro, esposa do carpinteiro, nem os filhos, nem a cabra de chifres cortados.

A Senhora, surpresa, permaneceu imóvel por alguns segundos, contemplando seu Filho. Depois me dedicou um rápido olhar. Ela compreendeu o motivo de estarmos ali.

Ela se dirigiu aos degraus que ligavam os dois níveis. Fez isso lentamente, enxugando as mãos no avental.

Jesus, com a bolsa aos ombros, aguardou.

A mulher aproximou-se e beijou o Mestre. Percebi alguma frieza. Ele correspondeu com dois beijos. Não foi uma recepção cordial, como em outras ocasiões.

A Senhora se encaminhou para a porta da oficina e, ao passar em frente a este explorador, me lançou um breve sorriso. Reclamou com José, que, imediatamente, parou de martelar.

O irmão o recebeu com a mesma frieza e distanciamento. Os beijos foram pura educação.

Concluí que a Senhora tinha avisado a família sobre o que acontecera na sinagoga e sobre a decisão do Mestre de não aceitar nem Tiago nem Judas como discípulos. Eu estava certo.

Jesus foi direto ao ponto. Pediu à mãe para convocar a família. Ele tinha algo a dizer.

A Senhora obedeceu imediatamente. Ela se ocuparia de chamar Miriam e Marta. José avisaria os demais.

Dito e feito.

Ambos deixaram a casa, e o Galileu, depois de deixar a mochila no chão, aproximou-se de Ruth. E ajoelhou-se diante da jovem. Eu me aproximei bem devagar e fiquei de um lado.

Jesus tomou as mãos da garota ruiva e as beijou, mais de uma vez. Não disse nada. Somente a beijava e beijava. Ruth estava com os olhos úmidos, prestes a chorar.

Senti um nó no meu estômago. E me perguntei: "Mas ele não sente misericórdia por ela? Por que não a faz sarar?"

Eu não conseguia entender. Ou conseguia? Ele havia tomado uma firme decisão em Beit Ids: não realizar milagres. Eu sabia disso, mas ela era sua irmã mais nova...

"Ele curou a criança mestiça, e também Aru, o negro tatuado. Por que não Ruth?"

E eu estava nisso, me atormentando com essas reflexões, quando irromperam na casa a Senhora e suas filhas, Miriam e Marta. Logo atrás chegou Tesouro.

Fazia muito tempo que eu não via Marta. Na minha última visita a Nazaré, não consegui me encontrar com ela, nem com Simão, outro dos irmãos do Galileu e que também residia em Nazaré.

Repetiram-se os beijos e os cumprimentos, mas também frios. Havia algo estranho acontecendo por ali... Aquela frieza não era normal. Miriam era muito efusiva, sem mencionar sua cunhada Tesouro. O que estava acontecendo?

Durante os minutos de espera pelos demais membros da família, eles falaram apenas sobre assuntos domésticos e sem importância.

Tudo estava indo bem, disseram elas, as crianças, o trabalho...

Marta faria 23 anos em setembro. Era linda. Seus olhos azuis deixavam rastros por onde passassem. Era, talvez, um pouco séria demais.

A tensão ficou mais espessa e quase palpável.

Miriam, nervosa e incapaz de dissimular, se retirou e dedicou sua atenção para a ruiva. Ajoelhou-se aos pés da garota e perguntou se precisava de alguma coisa. Ruth negou com a cabeça, como podia. Miriam olhou para baixo e assim permaneceu por um tempo. Tinha o coração destroçado.

Pela sexta hora (meio-dia), os outros irmãos se uniram às mulheres: José, Simão e Jacó, o pedreiro, o marido de Miriam. Não vi Tiago.

As saudações foram igualmente parcimoniosas.

Simão acabava de completar 24 anos.[15] Era pedreiro de profissão e tinha problemas de obesidade, como Tesouro. Era um sonhador inveterado, mas não entendia o que pretendia fazer seu Irmão. Limitava-se a viver, sem perturbar ninguém. As pessoas o apelidaram de *tsav* (tartaruga) porque não fazia nenhum movimento sem pensar demoradamente antes. Não cheguei a conhecer sua mulher e seus filhos.

Jacó, o pedreiro, que fora amigo muito próximo do Mestre na infância e na juventude, foi o único a abraçá-lo com entusiasmo. E lhe comunicou que Tiago havia declinado o convite.

O mestre não respondeu. Seu rosto estava grave.

Era óbvio que Tiago não queria ver o irmão. E apoiaria o que a Senhora lhe dissesse.

Judas tampouco estava presente naquela decisiva reunião de família. Não houve tempo material para que ele fosse avisado.

E o grupo foi se acomodando ao redor da mesa de pedra. A histórica mesa, como se recordará, junto à qual se apresentou um ser luminoso no mês de novembro do ano –8, anunciando à Senhora a concepção e o nascimento do Galileu. Mas a mãe parecia ter se esquecido daquele evento milagroso.

Tesouro e José colocaram novos candelabros e eu fiz um movimento de me retirar da casa. Mas a Senhora, com um gesto, indicou que eu ficasse junto da ruiva. Maria estava muito séria.

Olhei para o Galileu e este assentiu com um leve movimento da cabeça.

Fui sentar-me então aos pés da menina. Acariciei suas mãos. Estavam frias, como mortas. Ela me olhou, agradecida.

Foi assim que tive a oportunidade de participar de uma conversa que marcaria a ruptura definitiva entre o Mestre e sua família de sangue. Naturalmente, nenhum evangelista dedicou uma linha sequer a isso...

---

15 Embora eu já tenha falado sobre isso em outro momento, acredito ser oportuno recordar quem eram os irmãos de sangue de Jesus de Nazaré. O mais velho, depois do Mestre, era Tiago, nascido no ano–3. Depois veio Miriam (na verdade, Mir'yam), no ano–2. O quarto filho de José e Maria foi José, nascido no ano 1. Simão veio ao mundo no ano seguinte. Marta nasceu em setembro do ano 3. Judas, o rebelde, nasceu no ano 5. Amós nasceria em 9 de janeiro do ano 7 e faleceria em dezembro do ano 12. Ruth foi a caçula, nascida em 13 de março do ano 9 de nossa era. (N. do M.)

O Filho do Homem foi direto ao que interessava. E, conforme ele falava, fui olhando para seus parentes, um por um.

Eu sabia, desde o início, que não havia nada mais a fazer. A decisão estava tomada. Eles rejeitariam o Filho do Homem.

– Não tenho a intenção de magoar ninguém – disse Jesus delicadamente, mas com firmeza. – Estou prestes a inaugurar minha carreira como educador e como um enviado do Pai, e somente aspiro a fazer sua vontade...

Ninguém respirava.

– ... Por isso, insisto, é que me ajusto sempre para espelhar essa vontade divina. É por isso que tento selecionar 12 homens que me acompanharão nos bons e maus momentos...

A Senhora franziu o cenho. Não gostava daquilo.

– A escolha desses 12 homens é a vontade de meu Pai. E eu sempre cumpro a sua vontade.

O silêncio era denso. Parecia chumbo.

– A família deve ficar afastada, para sua própria segurança.

Eu acho que nenhum dos presentes captou a sutileza do Mestre. Ninguém, naquele momento, podia imaginar o que estava por vir.

Jesus não se estendeu muito mais.

E acrescentou, com grande ternura:

– Não pretendo que aceiteis cegamente a minha mensagem...

Fez uma pequena pausa. Miriam baixou os olhos novamente. A Senhora olhou para ele, desafiadoramente. O restante ficou ouvindo, confuso.

– Mas, pelo menos, não me afasteis de seus corações. Vós sois a minha família, e isso nunca vai mudar. Sempre estarei convosco...

Ruth apertou a minha mão. Ela estava ouvindo.

Mensagem recebida.

E ele fechou os olhos. Eu sabia que estava sofrendo duplamente.

O Mestre tinha terminado.

Alguns se retiraram, desconfortáveis. Todos se refugiavam naquele silêncio de chumbo. Bem, nem todos...

A Senhora tomou a palavra e falou em nome do resto.

Ninguém fez um movimento sequer. Ninguém disse que sim, mas tampouco disse que não.

E Maria, sem hesitar, começou a expor as suas condições. Se o Filho do Homem não as aceitasse, não haveria trato; ninguém o seguiria. Simplesmente: ele seria deixado sozinho.

Isto é o que eu me lembro:

Primeiro: Tiago e Judas, os irmãos, seriam admitidos como discípulos. Além disso, seriam a mão direita do Galileu.

O Mestre ouviu atentamente.

Segundo: Jesus teria que se esquecer dessas ideias blasfemas e pretensiosas sobre *Abba*. Teria que se conformar com a tradição e com a Lei. Ele era o Messias prometido e teria que assumir essa responsabilidade. Teria que cumprir a profecia e conseguir a libertação de seu povo.

O Galileu baixou os olhos. Ele disse: não havia solução...

Terceiro: se ele foi capaz de transformar água em vinho, então podia também curar Ruth e levar Israel ao auge de sua glória. Esse era o seu Destino.

Se ele aceitasse as condições, a família, em bloco, o acompanharia e o protegeria.

Isso foi tudo.

A reunião não durou mais do que 45 minutos.

Nenhum comentário.

Tal como imaginei desde o início, as posturas eram inamovíveis.

Em suma: o Filho do Homem fora rejeitado primeiro pelos anciãos de Nahum e agora pelo seu próprio sangue.

O que aconteceu depois foi vertiginoso e não menos triste.

O Mestre, pálido e em silêncio, se levantou, pegou sua bolsa de viagem, e se encaminhou para a porta de entrada.

Soltei as mãos de Ruth e fui atrás dele. A menina chorava.

Minutos mais tarde, das colinas, contemplamos a fumaça azul que fugia de Nazaré. Não era de admirar...

Jesus passou vários minutos com o olhar perdido sobre a aldeia. E um par de lágrimas escorria pelo seu rosto.

Aquela segunda-feira, 24 de junho, foi mais um dia amargo para o Homem-Deus.

Naquela noite, pernoitamos em Caná, na fazenda de Nathan.

Ticra, ao nos ver, chorou de alegria. Continuava agradecida pelo enorme "favor"... E repetiu isso mais de uma vez, e novamente, ao Filho do Homem.

Nathan amaldiçoou o humano e o divino. Isso significava que ele estava contente com a nossa presença. Eu também me felicitei pela visita inesperada a *Sapiah*. Foi uma decisão do Mestre. Era mais prudente passar a noite em um lugar familiar. E, como eu digo, eu me felicitei por isso. Essa visita me proporcionaria mais informações sobre a origem do misterioso cálice austenítico.

Durante o jantar, eles nos deram detalhes do casamento.

Havia durado sete dias. Atar, o persa, suportara até o final, mas acabara histérico. Ele era um *tricliniarcha* profissional e, ao final de seu contrato, desapareceu. Ninguém sabia onde ele estava. Ele poderia estar em qualquer lugar, organizando festas, banquetes, o que quer que fosse preciso...

E quanto ao "vinho prodigioso", como o chamava este escritor, eles o beberam todo. No segundo dia, não restava uma gota sequer. A família foi parabenizada pelos convidados.

Não vimos os recém-casados. Estavam ausentes.

Após o jantar, fui perguntar a Ticra sobre o cálice de metal com que havia sido presenteado o Filho do Homem. A mulher com a pinta em forma de coração no queixo me olhou de maneira estranha. Não havia muito que contar...

Ela disse que foi um presente de seu marido. No começo, tinham sido 11taças. Foram compradas em Tiro, na Fenícia. Ela gostava. Mas não sabia muito mais do que isso.

Insisti e ela puxou pela memória.

O comerciante que as vendera era um grego chamado Thanos. Ele era inconfundível. Era cego e perdera ambas as pernas. Nathan pechinchou e conseguiu que os 11 cálices fossem vendidos por 916 moedas de prata (denários). Tinham estado em casa com eles há anos. Um belo dia, ela se deu conta de que faltava uma das taças.

– Não voltamos a vê-la, alguém a levou...

Pedi que me deixasse vê-las, e ela ficou feliz.

Logo, a serva colocava diante deste explorador um total de nove cálices.

Examinei-os detalhadamente.

Jesus continuava conversando com Nathan, mas não tirava os olhos de mim. Eu o vi sorrir levemente. Fiquei feliz, a tristeza estava indo embora...

Os cálices eram totalmente idênticos. Peguei as taças, uma por uma, e as submeti a uma inspeção completa.

Tinham o mesmo peso, o mesmo polimento, o mesmo material (aparentemente) e dimensões idênticas. Pareciam feitas em série (?). Inspecionei o interior de cada pé. Todos tinham oito espirais e círculos concêntricos, com os já familiares pontilhados.

Fiquei surpreso.

Eram iguais, inclusive no pontilhado!

A olho nu, não se conseguia distinguir nada mais. Será que os pontilhados teriam os mesmos números e símbolos que "Papai Noel" havia detectado no cálice de Jesus em Nazaré? Sem uma análise microscópica, era impossível saber. E eu desisti.

Era tudo que eu poderia investigar... Por enquanto.

E o Destino, eu suponho, sorriu ironicamente.

Ticra lamentou que fôssemos partir no dia seguinte. E voltou a beijar as mãos do Mestre, agradecida.

Naquela noite, eu dormi profundamente.

Pouco depois do amanhecer deixamos Caná, na direção do *yam*.

O Galileu tinha recuperado seu bom humor. Eu me senti mais tranquilo.

E, de repente, lembrei-me.

Maldito seja!

Esqueci o frasco que havia escondido entre os jarros, pouco antes do milagre. Estava vazio, mas...

Como eu pude me esquecer disso?

Pensei em voltar, mas desisti. O que eu poderia dizer ao Mestre ou a Ticra? Nem tudo estava bem, porque a ampulheta de barro permanecera em *Sapiah*. O lapso, no entanto, deixou-me preocupado. A memória voltara a falhar. Será que eu estava enfrentando uma nova crise? Se a amnésia que eu havia sofrido em El Firan se repetisse, não haveria solução, Eliseu não viria me procurar. Ninguém o faria.

Foi um segundo aviso.

Afastei meus pensamentos desse negro presságio e foquei a atenção em um assunto que me preocupava. Em 19, 20 e 21 de junho deste ano, como será lembrado, o Mestre desapareceu. Ele apenas disse, quando me entregou o cálice, para que eu o guardasse: "Para onde eu vou, ele não pode me acompanhar... e nem tu".

Eu estava ansioso para descobrir para que lugar ele tinha ido e por quê.

Levantei o assunto abertamente.

Jesus, enquanto caminhava, olhou para mim, entretido.

Ele manteve alguns segundos de silêncio, e, em resposta, disse:

– Tu comentas sobre tuas regras com as pessoas que estão à tua volta?

Ele continuou a andar em ritmo acelerado. Eu fiquei para trás, confuso.

Ele estava certo. Tinha razão. Eu não comentava sobre quem eu era na verdade, nem sobre o que estava fazendo no Ravid. Não tinha sentido. E eu deduzi... Bem, não deduzi nada.

Não voltei a perguntar sobre a ausência misteriosa do Filho do Homem.

Na quarta-feira, 26, o Galileu voltou a se juntar aos trabalhadores no estaleiro. Não havia notícias dos discípulos. Isso poderia ser bom ou ruim...

Jesus parecia calmo. E me deixei levar pelo dia a dia.

Conversamos muito.

A cada entardecer, descíamos à praia de Saidan e passeávamos sem pressa. Foram sete dias intensos. Eu e Ele nos esvaziamos.

Foi durante essa semana que anunciou que, se assim fosse a vontade de *Abba*, nos próximos seis meses dedicaria todo o seu empenho em ensinar os discípulos. Não daria um passo para longe dali até que a mensagem fosse minimamente compreendida.

Tomei nota. Seis meses. Isso me situava em dezembro daquele ano 26 ou possivelmente no janeiro seguinte.

Eu teria que me organizar...

Organizar-me? Quando vou aprender que o futuro não existe?

Mas o mais notável dessas conversas com o Homem-Deus está para ser contado. Eu não o fiz porque a hora ainda não chegou. O que posso adiantar (e algum dia eu as farei públicas) é que marcaram a minha vida. Sim, nada é como parece... Incluindo o futuro.

E as mensagens misteriosas continuaram a aparecer no travesseiro: "Sonho com você...", "Sei que sonhas comigo...", "Ousa caminhar sem mim..."

Não me lembro de todos eles. Minto. Lembro-me de todos perfeitamente.

"Eu esperava por ti...", "Não importa que te afastes...", "Beija-me ontem..."

E, em 3 de julho, precisando de uma pausa, fui para o Ravid. Eu tinha trabalho a fazer...

Outras surpresas me aguardavam lá, mas de natureza muito diferente...

Comecei as investigações pendentes pela peça de jade preto, aquela que eu havia encontrado quando conversava com Yu, o chinês, em seu pavilhão secreto.[16] Como já mencionei, o carpinteiro-chefe do estaleiro

---

16 Em *Cavalo de Troia 8 – Jordão*, o Major conta o seguinte, em relação à peça de jade: "Yu continuou falando e eu peguei uma das lamparinas. Aproximei-a e verifiquei que não era um engano. Lá, meio enterrado na cinza que forrava o barracão, justamente entre meus pés, encontrava-se um pequeno disco, de um preto brilhante.

Peguei-o e examinei-o com curiosidade. Não tinha certeza, mas parecia jadeíta, uma bela peça, delicadamente trabalhada e polida. Não acho que ultrapassasse os três centímetros de diâmetro. O centro havia sido perfurado e, em seu lugar, havia um pequeno círculo, com uma série de símbolos chineses, tudo de ouro. A gema aparecia engastada em uma finíssima lâmina, igualmente dourada. Tratava-se, evidentemente, de um pingente. E supus que fosse de Yu. Talvez o houvesse perdido. Não podia ser

negou que fosse sua propriedade. E eu estava intrigado. Como teria chegado a esse lugar?

"Papai Noel" organizou as análises em três capítulos. E aí começaram as surpresas...

O principal material, como suspeitava, era jadeíta. Nada estranho, exceto por um par de "detalhes"...

A gema viera das minas de Uru, um vale incrustrado em um afluente do rio Chindwin, na Birmânia.

Birmânia?

Isso ficava a mais de seis mil quilômetros de Saidan.

Como foi possível chegar até aqui?

O segundo "detalhe", ainda mais incomum, apareceu ao se perfurar a jadeíta.

Eu estava perplexo.

"Papai Noel" encontrou uma mistura impossível de minerais. Primeiro encontrou uma pedra chamada *maw-sit-sit*, também originária da Birmânia (da região de Namshamaw). Então, no fundo, havia um material que foi identificado como jade "arco-íris".

Eu, novamente, pensei em um erro do computador central. Nada disso. Não houve erro. O jade "arco-íris" era originário dos campos existentes no rio Motagua na Guatemala de hoje (!).

Como eu disse, fiquei surpreso. A América não tinha sido descoberta na época de Jesus de Nazaré. Ou tinha? Como é que os chineses sabiam da

---

diferente, dado que os símbolos eram chineses e que ninguém tinha acesso a seu *sancta sanctorum*. E ao fazê-lo girar entre os dedos, tornou a cintilar. Foi como um "sinal", mas, logicamente, não percebi...

Entreguei-o a Yu e expliquei que estava no chão, entre minhas sandálias.

Yu interrompeu a explicação sobre os *jing* e examinou a peça.

– Não é meu – declarou, ao mesmo tempo em que ma devolvia. – É jade preto...

O homem *kui* captou minha expressão de estranheza e apressou-se a explicar:

– Eu utilizo o jade para conseguir a imortalidade, como sabes, mas é verde, ou branco, ou malva, ou vermelho, ou amarelo, mas jamais preto...

Pediu de novo o pingente e procedeu a um exame mais detalhado. [...] Então, com certa emoção, Yu explicou que, para os *tao shih*, os buscadores da verdade, o jade preto era o símbolo do conhecimento do céu e a pedra que guardava os grandes segredos da alquimia. Tudo estava nela, se soubéssemos olhar. Por isso era uma gema sagrada, e um *kui* nunca se atreveria a consumi-la. Mais ainda, o jade preto tinha a propriedade de "dirigir nossos passos" e de aproveitar as energias da mãe terra, transmutando-as e ajudando o homem a atingir o grau *jing* ou radiante. Encontrar um jade preto entre os pés era uma bênção especialíssima dos deuses." (N. de J. J. Benítez.)

existência desses depósitos? Ou não foram os chineses que chegaram até as minas de jade "arco-íris"?

Ao colocar a peça sob a luz ultravioleta de largo espectro, o resultado me deixou igualmente confuso e espantado. O jade respondeu com um brilho roxo-azulado (4.375 Å). Era como se tivesse inteligência (inteligência geomântica). E o mais incrível é que o halo violeta, ou violeta-azulado, ia mudando de acordo com meu estado de espírito.

Realizei outros testes e o resultado foi o mesmo. Eu pressumi que a pessoa que o transportasse influenciava o jade. Ou era o contrário?

Eu estava ficando louco?

O segundo capítulo, dedicado à análise do ouro, era mais tranquilizador. O ouro era ouro (menos mal), mas sujeito a um banho químico que fez dele um coloide. Foram detectados tiossulfato de sódio e de ouro e aurotiopropanol, com um teor de ouro acima de 33 por cento. Esses sais proporcionavam algumas propriedades interessantes para o pingente, antitóxicas e anti-infecciosas (para ser mais exato: supostamente antitóxicas e alegadamente anti-infecciosas).

Nada disso era de estranhar. Os alquimistas chineses, especialmente os taoistas, eram capazes disso e de muito mais.[17]

A última parte da análise era dedicada às dimensões do jade preto. E aqui surgiram outras surpresas desconcertantes.

O diâmetro era de três polegadas, com um comprimento da circunferência de 9,4247787 centímentros. O peso mostrou outra figura reveladora: 3,1415929 gramas. O valor do número "pi"! Mais precisamente, o dos sete primeiros decimais. (Como se sabe, "pi" não tem fim.)

Todos os números, em suma, apareceram vinculados ou sujeitos ao "3", um número sagrado para os taoistas.[18] Não podia ser coincidência. Mas eu decidi não entrar no território do simbolismo misterioso e mágico. A autoridade, nesse caso, era Eliseu.

Eu o daria a Ruth...

---

17 Os alquimistas chineses conheciam o "ouro potável" (1500 anos a.C.). Eles o usavam para curar doenças como asma, artrite reumatoide, lepra e tuberculose, entre outras doenças. Os resultados eram duvidosos. Ao jade eram atribuídos todos os tipos de virtudes. Servia para combater a fadiga, as infecções do trato urinário, epilepsia, dor ciática e cegueira. Às vezes, eles misturavam bário, cobre, quartzo e chumbo ao jade, na busca da desejada imortalidade. Sua ingestão produzia graves distúrbios gastrointestinais. (N. do M.)

18 O "3", para os taoistas, é o símbolo do céu. O "3", dizem eles, é um número perfeito (chamam de *tch'eng*: a expressão do "fim"). O "3" é o homem, o filho do céu e da terra. (N. do M.)

E foi a vez do "323", o pergaminho da "vitória".

Não se sabia muita coisa sobre aquele hieróglifo não menos enigmático. As informações também vieram do Batista.[19] Em outras palavras, teve que ser posta em dúvida. Durante a sua estada na garganta de El Firan, ele me explicou que o pergaminho em questão lhe fora fornecido por uma *hayyot* (homem-abelha) (?), e durante a permanência de Yehohanan no deserto de Judá (por volta de 36 meses: nos anos 22-24 de nossa era). Eu não consegui descobrir o que ele entendia ser uma *hayyot*. O gigante de pupilas vermelhas não quis falar sobre isso. Segundo a tradição judaica, uma *hayyot* era uma criatura celestial semelhante a um anjo. O profeta Ezequiel (1, 5-28) refere-se às *hayyots* como seres vivos em forma humana, com quatro faces e quatro asas cada. Algumas escolas rabínicas garantiam que havia um céu habitado por essas criaturas aladas (!). Era um céu enorme, cujo comprimento era equivalente a cem anos de caminhada, com uma altura semelhante à de outros 500 anos de caminhada.

---

19 O pergaminho que o Major chama de "323" ou da "vitória" continha uma pintura em duas cores: vermelho e preto. As letras e os números se destacavam consideravelmente na superfície translúcida do pergaminho. Os símbolos formavam três círculos concêntricos. O primeiro, e central, era integrado por uma estrela de seis pontas e uma série de números, em hebraico, em torno dessa estrela. No centro do hexagrama, em uma variante da língua hebraica, se lia: "Do Eterno" ou "De Yaveh" (talvez mais bem traduzido como "Seu" ou "Deles"). "O Eterno" foi bordado em letras de ouro.

"Eu peguei o número situado no meu 'doze' como referência principal – escreve o Major – e a partir desse número, seguindo o sentido horário, lia-se a seguinte sequência: 1 0 4 0 2 0 3 0 2 0 2 0. Os 'zeros' foram pintados em vermelho, exceto o último, que estava localizado no 'meu onze', que tinha uma cor preto azeviche, como os já mencionados '1 4 2 3 2 2'. Salvo a tradução já mencionada – 'Do Eterno' – o resto, como disse, não significa nada para este escritor.

"O segundo círculo (?) formava uma frase em hebraico, também em preto. Dizia: 'E eis que os mandarei a Elias antes que venha aquele dia grande e terrível'. Lembro-me de que eu tive dificuldade em ler essa frase porque não estava claro onde o texto começava e onde acabava. Era como um 'todo', como uma 'roda', sem princípio nem fim aparentes. O texto pertencia ao versículo 23 do capítulo 3 de Malaquias.

"Uma terceira 'circunferência' completava o enigma. Era formada por um grupo de estrelas (cerca de 40 ou 50), em vermelho, como os cinco círculos que cercavam a estrela central. Eram menores do que a que ocupava o primeiro círculo. Finalmente, do símbolo central (?) saíam cinco linhas longas em preto, que se projetavam para além do último círculo. Essas linhas eram cobertas por outras estrelas. Estas eu contei. Somavam oito, idênticas em tamanho e forma às 40 ou 50. Foram desenhadas em preto.

E a intuição me avisou. 'Aquilo', o que quer que fosse, não era obra de Yehohanan. Não soube por quê, mas eu soube..."(N. de J. J. Benítez.)

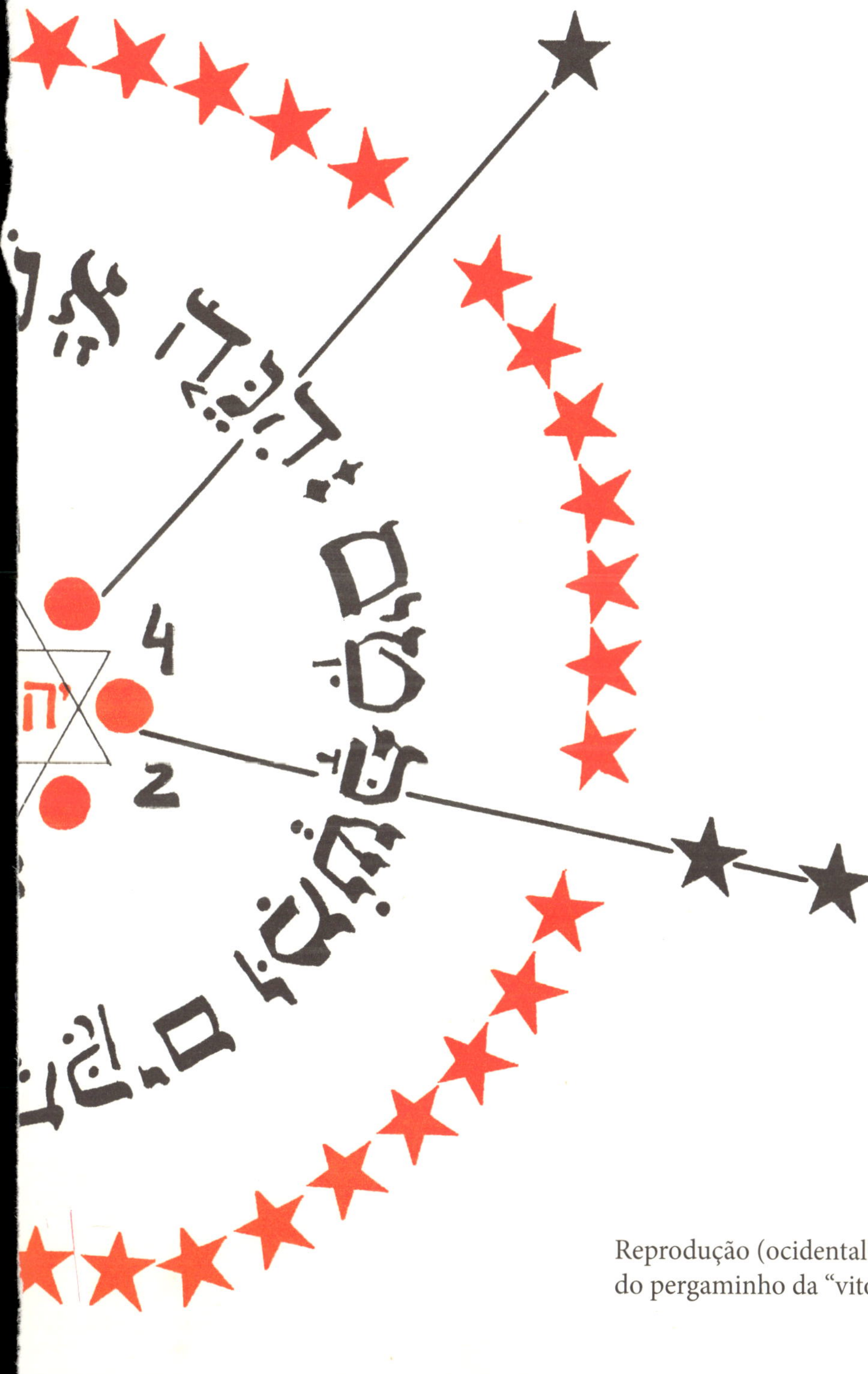

Reprodução (ocidentalizada)
do pergaminho da "vitória"

Para o Batista, os números, as estrelas e as letras eram nada mais do que um "plano de ataque para a libertação de Israel". O pergaminho da "vitória" era isso: a vitória do Messias prometido sobre os ímpios.[20]

Desenrolei o pergaminho e o contemplei com espanto. Na garganta de El Firan, como se recorda, não pude tocá-lo. Segundo Yehohanan, era um *megillah* sagrado, desenhado por uma das *hayyot* no interior de um *merkavah* (carro de fogo). A verdade é que não dei crédito às suas palavras loucas.

Loucas? Agora, após a análise realizada por "Papai Noel", não tenho mais tanta certeza...

Os relatórios iniciais tinham sido "normais".

Era uma pele *gevil* (não aberta em dois), em um couro intacto e bem trabalhado, que tinha pertencido a um asno selvagem. O peso foi de 93,001 gramas. Dimensões: 30 por 93 centímetros. Cor: castanho-claro. Provavelmente foi pintada no sistema de "junco partido", cantado no Salmo XLV. Era um método simples, no qual se utilizava um cálamo, talhado obliquamente e depois partido.

O cheiro do pergaminho era inconfundível: forte e picante.

Procurei tocá-lo com delicadeza.

"Papai Noel" projetou a análise em quatro fases. E aí começou o "impossível"...

Datação.

Eu escolhi a absoluta, aquela que fornece a idade real do objeto. Foi conseguida com um exaustivo rastreamento do pólen existente na amostra (palinologia).[21]

O computador iniciou o processo de racemização de aminoácidos [22] e confirmou os resultados com o método "K-Ar" (potássio-argônio).[23]

---

20 Segundo o Batista, um total de cinco exércitos se reuniria em Jerusalém sob as ordens do próprio Yehohanan, de Abraão, de Isaac, de Jacó e de Moisés. Um total de 142.322 homens. Os exércitos avançariam contra Roma e seus aliados. (N. do M.)

21 Todos os polens pertenciam à idade e ao local (deserto da Judeia, mar Morto, vale do Jordão e colinas de Jerusalém). No total, foram detectados 108 tipos de pólen. (N. do M.)

22 Basicamente, com a morte do indivíduo, inicia-se o processo de racemização e, portanto, o relógio biológico. "Papai Noel" usou o sistema de luminescência. A partir dos resultados obtidos, converteu as relações isoméricas em determinada idade. (N. do M.)

23 O sistema "K-Ar" remonta a 1948. Foi desenvolvido por Aldrich e Nier. O 40K (isótopo de potássio) tem um período de $1{,}25.10^9$ anos, com uma deterioração de 40Ar. Conhecendo a constante de decaimento, e as quantidades de isótopos, a idade da amostra é fácil de calcular. Usamos métodos de espectrometria de massa (para a concentração de 40Ar) e ativação de nêutrons (para o potássio). (N. do M.)

Não havia dúvida. Os procedimentos coincidiram: o pergaminho tinha uma antiguidade mínima. Naquela época (ano 26) era praticamente de "ontem". Foi datado em 23 d.C.

Batista, portanto, não estava mentindo. O pergaminho da "vitória" era contemporâneo, de sua época.

Microscopia.

Graças à microscopia óptica e à eletrônica de varredura (em um sistema nanotecnológico que não estou autorizado a descrever), "Papai Noel" analisou todos os detalhes possíveis sobre a cor, morfologia e textura do "323". Foi utilizada luz polarizada.[24] Esse tipo de microscopia permitiu o estudo de pigmentos e forneceu informações sobre a execução das técnicas de desenho, assim como sobre os aglutinantes (aos experimentos foi acrescentada a técnica de "teste microquímico ponto de gota"). Veio a primeira surpresa...

Tintas.

Para o exame das tintas que supostamente foram utilizadas na preparação do pergaminho da "vitória", o computador central se baseou em um método relativamente semelhante (não idêntico) à espectroscopia chamado "Raman"[25], com base em variações de frequência da luz quando ela interage com as vibrações moleculares do objeto ou da amostra a ser estudada.

Encontramos os elementos habituais das tintas usadas na época: fuligem, procedente do carvão, e "deyo", uma mistura de fuligem com água e goma-arábica. Quanto à fuligem de pinho e do óleo queimado nas lâmpadas, tinham sido adicionados a ela musgo e gelatina de origem animal.

Também encontramos ferro e cálcio. O primeiro poderia vir dos instrumentos utilizados na fabricação do pergaminho. "Papai Noel" não tinha certeza. Quanto ao cálcio, o mais provável é que sua origem estivesse na água contida no próprio pergaminho ou que tivesse sido utili-

---

24 Os microscópios foram equipados com dois polarizadores colocados no caminho da luz. Dessa maneira se aproveitaram as propriedades ópticas de anisotropia. (N. do M.)

25 Nosso sistema foi baseado na propagação inelástica da luz (semelhante ao efeito "Raman"). Parte da luz incidente é distribuída em todas as direções, e as partículas microscópicas da amostra (sensível à radiação eletromagnética) reagem transmitindo, refletindo ou absorvendo o feixe de luz monocromática. Isso permite identificar e estudar os materiais. O segredo está nos fótons da luz incidente, que podem interagir com as partículas da amostra, causando ou revertendo as vibrações moleculares. (N. do M.)

zada nas fases de elaboração do suporte. Havia cloro e manganês, mas em proporções minúsculas. O restante dos ingredientes das tintas era normal... Ou quase.[26]

A tinta vermelha utilizada nas estrelas era do tipo metalogálica, com uma porcentagem significativa de escarlate.[27]

Também apareciam restos de *sikra*, um corante extraído de uma cochonilha comum na costa da Fenícia.

Foi a partir da análise das tintas que começaram a surgir os "impossíveis"... E em cascata.

Deixe-me explicar.

O primeiro "impossível" era a anilina.

Esse derivado orgânico não apareceu no mundo até o século XIX.[28] Como aparecia em um pergaminho do ano 23?

Segunda surpresa: "Papai Noel" detectou vestígios de fucsina, um corante vermelho, muito bonito, derivado da oxidação da anilina usando tetracloreto de estanho.

Impossível!

A fucsina foi obtida em 1859 por Verguin, um químico de Lyon (França).

O que está acontecendo?

Eu poderia estar louco, mas o computador central estava completamente são...

Anilina e fucsina na pintura dos hieróglifos?

---

26 Os ingredientes principais de uma tinta, pelo menos naquela época, eram: corantes (pigmentos de origem mineral, vegetal ou animal), solventes (geralmente água ou azeite), pasta de cola (substância que ligava a cor ao suporte) e elementos complementares (antissépticos, para reduzir ou eliminar a atividade microbiana; umectante, para apressar a secagem; e espessantes, para modificar a densidade). (N. do M.)

27 Embora tenham sido identificados diferentes tipos de tintas metalogálicas, a que foi detectada pelo "Papai Noel" era do primeiro tipo, com percentuais claros de enxofre, cobre, ferro e zinco. Entre os ingredientes havia o vitríolo branco, sulfato de cobre e ferro. Os círculos vermelhos também apresentavam tintas metalogálicas, mas dos tipos dois e três, com porcentagens de ferro, enxofre e zinco e enxofre e ferro, respectivamente. O tipo dois ainda continha sulfato ferroso e ácido sulfúrico branco, e o terceiro apenas sulfato ferroso, como o único sal metálico. (N. do M.)

28 A anilina é uma amina primária, normalmente obtida do benzeno. Foi conseguida pela primeira vez em 1826, por destilação seca do índigo. Perkin (1838-1907) foi um dos promotores desse tipo de corante sintético, que recebeu nomes diferentes: roxo de anilina, malveína e malva, entre outros. A anilina é levemente solúvel em água. "Papai Noel", ao fazer um exame mais aprofundado da anilina, encontrou também álcool, ácido oxálico, dextrina, glicerina e outros aditivos, tudo "impossível" naquela época. (N. do M.)

O terceiro "impossível" surgiu ao mergulhar nas letras centrais ("Yaveh"), bordadas em ouro.

Este explorador cometeu outro erro. Não era um bordado em ouro, mas sim letras pintadas na cor amarela, com um relevo mais que notável. Eu vi de longe e, como disse, eu estava errado. Bem, a pintura amarela em questão era TiO_2 (anatásio), outro produto "moderno" descoberto em 1923. Os cristais sintéticos eram inconfundíveis.

Tive que parar as investigações.

Eu não conseguia entender...

Em breve retomei os testes, garantindo-me com a cromatografia líquida de alta resolução. Não havia erro. Aquilo era mesmo anatásio. E apareceu também o ácido carmínico, um elemento específico da tinta que se extrai do quermes, um inseto que vive nos galhos do carvalho, da macieira e da pereira. [29]

Algo parecia evidente. Alguém teve o cuidado de misturar o antigo e o novo nas tintas utilizadas para desenhar as imagens.

Este explorador não superava seu espanto...

Estudo das estrelas e dos círculos.

"Papai Noel" deu um veredicto: a incrível semelhança entre as 42 estrelas vermelhas e as 8 negras não era compatível com um artista que as tivesse desenhado à mão. O mesmo acontecia com os círculos. O computador não percebeu as variações lógicas que deveriam aparecer em um trabalho manual. Em outras palavras, as estrelas estavam suspeitamente semelhantes, bem como os seis círculos.

"Papai Noel" adiantou uma explicação: as estrelas e os círculos eram "cópias", coladas ao pergaminho.

Eu me recusei a aceitar a conclusão do computador central.

E solicitei verificações complementares.

Foram realizados testes de reflectografia infravermelha, espectrômetro, fluorescência ultravioleta, macrofotografia e fotografia com luz rasante.

Não havia fotos ou desenhos embaixo.

---

29 A tinta extraída desses homópteros era especialmente cara. Para fazer o desenho das imagens das estrelas e dos círculos vermelhos foram necessários, de acordo com "Papai Noel", cerca de cinco mil insetos. Para conseguir fazer esse corante era preciso capturar fêmeas adultas, e no mês de maio. Uma vez mortos, os insetos proporcionavam milhares de ovos fecundados, que em seguida eram secados e pulverizados, e misturados com água fervente. Apenas as pessoas ricas tinham acesso ao quermes. (N. do M.)

E "Papai Noel", sob a minha responsabilidade, começou a desgrudar uma extremidade de uma estrela negra.

Surpresa! A enésima...

O computador estava certo: as estrelas e os círculos foram colados ao pergaminho. A cola adesiva – à base de amido – era a usada na época.

Eu tinha que me render à evidência.

O "323" foi manipulado, e por alguém que conhecia as técnicas e os ingredientes da pintura moderna.

Tentei sintetizar as descobertas.

O pergaminho da "vitória" era daquela época (ano 23) e também parte da tinta usada no desenvolvimento do hieróglifo. Mas não era o caso de alguns dos ingredientes dos pigmentos. Eles eram modernos. E quanto à confecção das estrelas, o que se podia pensar?

O assunto me lembrou, de certa forma, a fraude do mapa de Vinland, um mapa que mostrava a Groenlândia e partes do Canadá e que, a princípio, pensou-se ter sido elaborado no século XV.[30]

Seria possível considerar o "323" como uma fraude? Sim e não.

O que ficou claro é que alguém tinha colocado a mão naquilo, e esse alguém não tinha nada a ver com Yehohanan e sua época. Mas por quê? Qual era o propósito disso? E o mais importante: o que realmente significavam os hieróglifos? Eles se referiam a esse momento histórico? Eu duvidava, mas não quis me aprofundar nisso. Não quis saber... Ou melhor: eu prefiro não saber...

E voltaram à minha mente as palavras significativas do Batista: "É um *megillah* sagrado! Foi feito pelas mãos das *hayyot*!"

O que viu e viveu o gigante de olhos vermelhos durante esses 36 meses no deserto de Judá?

Talvez ele não estivesse mentindo...

Abner, em suas memórias, falou de "eventos extraordinários".

A que ele se referia?

---

30 De acordo com minhas informações, o mapa de Vinland foi considerado, a princípio, como sendo uma cópia de um original do século XIII. Ele reunia, supostamente, o conhecimento geográfico dos vikings, que teriam visitado a América entre os séculos XI e XII. O carbono-14 deixou claro que o documento em questão era de antes de 1492, data da descoberta "oficial" da América. Mas a análise espectroscópica descobriu a presença de anatásio, invalidando a autenticidade do documento. O pergaminho era do século XV, mas alguém tinha desenhado os contornos da Groenlândia e do Canadá, e o fizera no século XX. A linha preta, após outra análise de microscopia Raman, foi feita com tinta nanquim, que contém carbono. (N. do M.)

E cheguei a uma decisão firme: eu tinha que tentar de novo, tinha que falar com Yehohanan e descobrir o que aconteceu no retiro do deserto.

Homem-abelha? Por que ele falava dessa criatura (?) como sendo a autora do "323"? Yehohanan afirmava que fora uma *hayyot*, ou "vivente", com o aspecto de um "homem-abelha" (?), quem desenhara o pergaminho da "vitória"; e fê-lo também no interior de um *merkavah* ou "carro de fogo capaz de voar". Essas foram as suas palavras.

Não pude evitar. Vieram ainda à minha mente as imagens das misteriosas "luzes" que havíamos testemunhado em várias ocasiões. Será que elas teriam algo em comum com a elaboração e a entrega a Yehohanan daquele pergaminho?

Minha intuição disse que sim...

Interrogar o Batista? Mas como?

Ele estava na prisão.

Antipas não me deixaria chegar perto dele. Ou deixaria?

O destino, novamente, teria a última palavra.

É claro, eu estava disposto a tentar. Sim, eu faria isso o mais rapidamente possível. Perguntaria ao Batista sobre as *hayyot.*

O que mais aconteceu no deserto de Judá?

Os discípulos se apresentaram em Saidan pouco antes do pôr do sol, no sábado, 6 de julho. Eu desci do Ravid no dia anterior.

Guardei a bolsa embreada e malcheirosa no "pombal" e decidi devolvê-la o mais rapidamente possível.

Pensei em Abner. Faria isso. Entregaria o pergaminho da "vitória" ao pequeno grande homem.

Os "heróis" entraram no casarão dos Zebedeu aos brados. Jesus estava na praia.

Eles se encontravam eufóricos.

Salomé e as filhas trataram de averiguar o que estava acontecendo. Impossível. Eles falavam todos ao mesmo tempo.

Perguntaram pelo Mestre.

Eles tinham acabado de regressar da viagem pelo *yam*. Pelo que entendi, exceto os Zebedeu, nenhum deles tinha passado por suas respectivas casas. O povoado ainda não sabia do retorno deles.

Salomé explicou que o Galileu, provavelmente, se achava às margens do lago. E os seis correram para a escada que ligava o casarão à referida praia.

O "urso" de Caná tropeçou e rolou pelos degraus. Levantou-se mais rápido do que havia caído. E, mancando, se dirigiu até o Filho do Homem. Ele foi a último a abraça-lo. Quem isto escreve ficou em segundo plano, observando e, certamente, atônito. A que se devia tanto alvoroço?

Durante alguns segundos foi impossível entender e se fazer entender. Tal como havia acontecido no casarão, os seis falavam, ou melhor, gritavam todos juntos.

O Mestre, recém-asseado, com os cabelos soltos, olhava de um para o outro, e tentava ouvir. Ele teve que levantar as mãos e pedir um pouco de calma.

André compreendeu e assumiu o comando.

O Mestre então se sentou ao pé de um dos barcos e os discípulos fizeram o mesmo ao seu redor. Uma distante brisa surgiu e, curiosa, agitou suas túnicas. Todos olhavam para o Filho do Homem como se tivessem acabado de conhecê-lo. Seus olhos brilhavam, e o sol, eu tenho certeza, se esforçava para não ir embora. Ele também queria ouvir os íntimos. O que tinha acontecido naquela primeira aventura?

André foi concedendo a palavra, um após o outro. Mas a ordem nem sempre era respeitada. Eles acabaram falando ao mesmo tempo, e André e o Mestre tinham de voltar a solicitar calma.

Foi a partir desse entardecer que André começou a receber, como de costume, o sobrenome de *segan*, que poderia ser traduzido aproximadamente como "chefe", ainda que seu verdadeiro significado em aramaico fosse o "governador ou comandante supremo". André ganhou o pseudônimo não só porque foi o primeiro discípulo de Jesus, mas principalmente pela sua serenidade e capacidade de organização.

"Foi a experiência mais intensa da minha vida."

Assim se expressaram. Todos concordaram.

"As pessoas estão com fome de consolo... Elas escutam com esperança... Desejam saber mais sobre o Pai Azul, tão diferente de Yaveh..."

O Galileu os ouvia com atenção. Seus olhos da cor do mel também brilhavam muito. Eu sabia que ele estava satisfeito.

E o sol, não menos satisfeito, se deixou cair no horizonte do mar de Tiberíades e se despediu vermelho, belíssimo e eloquente...

"Tu és o Messias das Escrituras... É preciso que fales com o teu povo... Tudo é medo e escuridão, mas tu és a luz ..."

Os discípulos, segundo o que contaram, haviam conversado com uns e com outros. Eles foram os primeiros a ficar surpreendidos. Não fora tão difícil. Quando chegava a hora de falar, se produzia um estranho e emocionante fenômeno: era como se alguém falasse por eles.

Eles fizeram o que o Galileu solicitara. Não pregaram em público. Eles se limitaram a visitar os amigos e tentaram conhecer seus problemas. Era o que o Mestre pretendia: que tivessem contato com seus semelhantes e que vivessem uma primeira experiência apostólica.

Como eu digo, eles regressaram encantados e cheios de otimismo. Suas ideias sobre o Messias não haviam mudado, mas isso não importava naquele momento. Foi o batismo de fogo de alguns homens que jamais imaginaram que um dia terminariam caminhando de povoado em povoado e falando de um "reino invisível e alado". Isso, pelo menos, foi o que aconteceu na vida do Mestre. Além disso, após a morte do Filho do Homem, as coisas mudaram. Mas isso é outra história...

No jantar, ante a expectativa da família Zebedeu, cada discípulo seguiu contando e contando, e anunciaram quem eram os seis novos discípulos e como haviam chegado até eles.

Foi então que eu me vi surpreso novamente. Não podia acreditar no que ouvia.

Irei por partes e na ordem.

O primeiro a falar foi o "chefe" (André), que formava um par com Pedro. Explicou como haviam perambulado por Nahum e como finalmente se decidiram por Mateus Levi, o *gabbai* ou arrecadador de impostos, que trabalhava na aduana, ao leste do povoado. André o conhecia há tempos e não sabe por quê, mas pensou nele. André chegou a Mateus, contou para ele sobre o Messias prometido e sobre o futuro reino, e o animou a integrar-se ao recém-organizado grupo. Mateus Levi disse que tinha que pensar e, sobretudo, que queria saber algo mais sobre o suposto Messias. Ficaram de se encontrar em um outro momento.

Houve algumas críticas. Em especial por parte dos Zebedeu. João e Tiago também conheciam Mateus e sua família. "Não é má pessoa – expressou João – mas é cúmplice dos *kittim* (romanos). Seria melhor pensar em outra pessoa."

O silêncio se fez presente e esperaram uma resposta de Jesus. O Galileu conhecia Mateus. Em Nahum, praticamente todos se conheciam.

– Lembrai-vos – respondeu o Mestre. – *Abba* não tem favoritos...

A maioria aceitou. Só João continuou renegando.

Simão Pedro foi o próximo a relatar sua experiência. Escolhera o Zelote. Ele vivia em Nahum. Havia sido mercador, mas agora trabalhava para a organização dos zelotes, o braço armado dos "santos e separados" que já mencionei em outras oportunidades. Simão, o Zelote, era um membro ativo da organização terrorista que guerreava, como podia, contra Roma. Todo o povoado de Nahum sabia disso. Jesus, naturalmente, também sabia. Pedro propôs a ele ser discípulo do Galileu.

E João Zebedeu falou por ele e por seu irmão:

– Será um grande discípulo. Ele sabe lutar contra os ímpios.

Assentiram.

Jesus, como eu falo aqui, ficou impassível.

E foi a vez do segundo par, formado por João e Tiago Zebedeu.

Naturalmente, foi João quem explicou o que aconteceu:

– Meu irmão e eu pensamos muito e chegamos à mesma conclusão. Os irmãos Alfeu, de Kursi, são o melhor do melhor: trabalhadores, disciplinados e obedientes... São pescadores. Gente de pouco cérebro, mas de grande coração...

A maioria encolheu os ombros. Não conheciam os Alfeu (Tiago de Alfeu e Judas de Alfeu), os gêmeos.

Terminada a exposição, o Mestre interviu:

– João, tu não sabes, mas é o meu Pai dos céus e sua gente quem escolhem...

O Mestre olhou para mim.

Mensagem recebida.

Os discípulos não souberam a que Ele se referia.

Em seguida falou Felipe de Saidan. E quem isto escreve não podia imaginar que me aguardava uma nova e desconcertante surpresa...

Felipe e Bartolomeu, o "urso" de Caná, se dirigiram à povoação da região sul de Tariqueia, muito próxima da segunda desembocadura do Jordão. Felipe explicou, e Bartolomeu ia assentindo com a cabeça:

– Ali nós permanecemos uns dias, confusos e receosos. Não sabíamos o que fazer. Não tínhamos a mínima ideia de para onde ir, nem a quem selecionar. Não conhecíamos praticamente ninguém. E num belo dia...

– Na terça-feira – corrigiu o "urso".

– Isso, na terça-feira passada (dia 2), quando visitávamos um dos secadouros de peixe, vimos Tomé e Judas.

– Não – interviu de novo Bartolomeu –, não foi assim.

– Está bem – se resignou Felipe. – Então conta...

– Encontrávamo-nos naquele secadouro, e de fato não sabíamos o que fazer. Haviam transcorrido nove dias desde a nossa partida. Falávamos com as pessoas, mas não tínhamos claro quem eleger. Não sabíamos... Ali trabalhava um grupo de obreiros. Eles estavam trabalhando com os peixes e com os cântaros...

Jesus permanecia atento à narração do "urso".

– E, então, aquele sujeito tão estranho se aproximou...

– Estranho? – perguntou Pedro. – Por que estranho?

O "urso" olhou para Felipe e o de Saidan fez uso da palavra de novo:

– Ele era muito alto. Como o Mestre, ou mais... Vestia uma túnica sem mangas. Era estranhíssima. Ela brilhava conforme a luz batia...

Senti um arrepio. Eu conhecia essa história; melhor dizendo, esse personagem...

– Não entendo...

O comentário de João foi muito oportuno.

– Quero dizer que ela brilhava com diferentes cores. Quando o sujeito estava na sombra, a túnica reluzia em vermelho, ou em azul, ou em verde, ou em preto, segundo...

Os discípulos escutavam com a boca aberta. Suponho que não acreditaram na história de Felipe.

Eu estava perplexo.

– O caso é que o homem veio até nós – continuou o de Saidan – e disse: "Olha para esses dois..."

Ele se referia a Judas e a Tomé.

"São o que tu buscas..."

E sorriu com um sorriso incrível.

– Nunca tinha visto um sorriso igual – completou o "urso".

O sujeito do sorriso encantador!

Os discípulos seguiam espantados e incrédulos.

– Depois ele se distanciou. O corte do cabelo também era muito estranho. Levava no cinturão uma estrela de seis pontas, como o escudo do rei Davi...

Foi assim que chegamos até Tomé e Judas, chamado o Iscariotes.

O Mestre não pôde evitar e me procurou com o olhar. Eu, suponho, deveria estar pálido. E o Filho do Homem sorriu levemente, com ar de astúcia.

Tomé, em teoria, foi selecionado por Felipe. Vivia em Tariqueia. Era carpinteiro, assentador de pedras e o que mais fosse necessário.

E Iscariotes, ao que parece, se encontrava ali de passagem. Foi "escolhido" por Bartolomeu.

E Jesus solicitou de seus homens que submetessem à votação o que haviam ouvido.

A seleção foi aprovada.

E os seis seguidores prosseguiram contando e contando. Como eu digo, estavam ali felizes e entusiasmados. A primeira viagem fora um êxito.

Finalmente, o Mestre recordou que deveriam regressar para casa, para suas famílias. Eles haviam se esquecido delas...

Ao despedir-se deles, o Galileu deu instruções a André, o *segan*: na segunda-feira, dia 8 de julho, eles empreenderiam uma nova caminhada pelo *yam* e visitariam os que eles haviam proposto como novos discípulos.

"Sairemos à procura deles", comentou o Filho do Homem.

Eu me retirei, desconcertado.

A seleção dos seis últimos apóstolos não teve nada a ver com o que foi narrado nos evangelhos. O que eu estava estranhando?

Não foi Jesus quem escolheu, senão os próprios discípulos. Pelo menos, na teoria...

Esta noite precisei de tempo para pegar no sono.

Tentei colocar minhas ideias em ordem...

O que foi que eu presenciei?

A designação de Mateus Levi, o publicano, o cobrador de impostos, não foi bem recebida; especialmente pelos Zebedeu. A de Zelote, em contrapartida, foi bem acolhida. Quanto à seleção de Iscariotes, ninguém se pronunciou, nem a favor nem contra. Também era certo que, com exceção de Felipe e do "urso", o restante o conhecia (todos tinham sido discípulos de Yehohanan). E eu me perguntei: como Judas Iscariotes vivenciou o aprisionamento de seu ídolo, o Batista? O que ele fazia em Tariqueia?

Em breve eu ia averiguar isso...

O certo é que nada disso foi contado pelos chamados "escritores sagrados".

Mas aqueles pensamentos foram subitamente interrompidos.

Ouvi passos no pequeno corredor da casa.

Prestei atenção. Eram passos rápidos.

Logo pararam e se detiveram justamente em frente à minha porta.

Fiquei alarmado. Era tarde. Nós nos encontrávamos na segunda vigília da noite (12 horas). Todos dormiam.

Alguém estava do outro lado. Acreditei ter ouvido uma respiração.

Peguei o candeeiro de barro e fui até a porta. Então eu a abri de uma só vez.

Ninguém. Ali não havia ninguém...

Fui dar uma espiada no curral.

Somente percebi a escuridão da noite.

Porém, quando eu voltava, acreditei ver uma sombra. Foi um segundo. Desapareceu entre as casinhas. Pareceu-me ser uma mulher...

Uma mulher? A estas horas? Que estava fazendo ela em frente ao "pombal"?

E uma ideia iluminou a minha mente: seria ela a responsável pelas mensagens secretas?

Por certo, além disso, fazia dias que não recebia nenhuma...

Desconsiderei aquele pensamento. Quem sabe eu estivesse nervoso. Podia tratar-se de uma simples casualidade. Alguém esqueceu alguma coisa e subiu até o "pombal". Isso é ridículo - rebati a mim mesmo. - Nestes quartos, os únicos que estão aqui são Jesus de Nazaré e quem isto escreve. E o Mestre dorme já faz um bom tempo... Ninguém teria como esquecer nada. Porém, e então?

Sempre fui desajeitado com as mulheres; já comentei isso em várias ocasiões...

Esta foi uma delas.

Contudo, tentarei prosseguir com o que me coube viver naquela desconcertante aventura, e tentarei narrar com um mínimo de ordem...

Os discípulos passaram pouco tempo com as suas famílias.

Na manhã seguinte, domingo, eles se apresentaram no casarão junto com as primeiras luzes do dia.

Jesus e este explorador estávamos tomando o café da manhã. O Mestre contava seus planos. No dia seguinte, segunda-feira, 8 de julho, tinha previsto iniciar uma pequena viagem pelo *yam*, já anunciada aos discípulos, com o propósito de visitar os "novos". Assim, Ele chamaria os seis apóstolos selecionados pelos três pares.

Simão Pedro e Felipe pareciam particularmente alarmados. E não era para menos...

Quase não podiam falar.

Eu supus que a excitação do dia anterior estivesse ainda perdurando. Mas não. A questão era outra.

E foi André, o que estava mais tranquilo, quem iniciou a explicação do que havia acontecido.

Segundo contaram Perpétua e Zaku, esposas de Pedro e Felipe, respectivamente, na segunda-feira, 24, no dia seguinte ao início da viagem pelo lago, quando o Mestre e quem isto escreve nos encontrávamos em Nazaré, alguém bateu à porta da casa de Pedro e de Felipe. Primeiro foi à de Perpétua. Era um personagem estranho, que causou uma vívida impressão a todos que o viram. Era muito alto, com uma vestimenta incomum, um sorriso encantador.

Lembro que engasguei com o leite quente.

O Galileu me auxiliou com umas amáveis palmadinhas nas costas. Eu o vi sorrir, com um ar divertido.

Em resumo: segundo Perpétua, aquele homem lhes entregou uma bolsa com uma importante soma de dinheiro: 413 denários de prata. E ao depositar a pequena fortuna nas mãos da esposa de Pedro, comentou: "De parte de *Abba*... e sua gente".

E então ele se afastou.

Isso ocorreu na sexta hora (meio-dia).

Pouco depois, sendo a nona hora (três da tarde), a cena se repetiu, mas desta vez foi à porta da casa de Felipe, também em Saidan. A quantidade de moedas de prata foi a mesma, e também o comentário do "mensageiro".

Aquele dinheiro era suficiente para o sustento das famílias pelo menos durante um ano, ou até mais.

Salomé e as filhas conheciam o assunto. Perpétua e Zaku haviam comentado o fato.

Eu os questionei discretamente e a resposta coincidiu: era o mesmo personagem que falara com Felipe e com o "urso" e que "recomendara" Tomé e Iscariotes quando os discípulos se encontravam no secadouro de Tariqueia.

E eu me lembrei das palavras do Mestre a Zaku, em frente à "casa das flores", quando a mulher mostrou interesse sobre a sobrevivência das famílias:

– Confia!... Nada vos faltará enquanto eles estiverem fora. Meu Pai e sua gente vão a um passo à frente de vós...

Pedro e Felipe traziam os denários. Desejavam que o velho Zebedeu administrasse o dinheiro e lhes proporcionasse algum rendimento.

Solicitei as bolsas e examinei o conteúdo.

De fato, eram denários de prata!

E observei algo estranho: eram moedas reluzentes, como se tivessem acabado de sair da forma.

E por que 413 em cada bolsa?

Senti-me perdido.

Devolvi os denários e, ao olhar para o Mestre, ele me respondeu com uma piscadela.

Mensagem recebida, claramente.

Sempre me perguntei: o que teria ocorrido se este explorador tivesse podido analisar uma daquelas moedas? Mas, deixa estar... Já tinha bastante a pensar com o que tinha...

O resto do dia, eles o dedicaram para conversar.

Na manhã seguinte, segunda-feira, como estava previsto, Jesus e os seis embarcaram rumo a Nahum. Eu fui com eles.

Era cedo. Talvez oito da manhã. O céu parecia limpo e os ânimos, para dizer a verdade, notavelmente mais relaxados. O misterioso aparecimento do dinheiro operou o milagre: as famílias se tranquilizaram – algumas mais, outras menos. As Zebedeu, por exemplo, se perguntaram por que a Perpétua e Zaku sim e a elas não. Os comentários chegaram aos ouvidos do Mestre. A explicação para quem isto escreve era simples: Perpétua e Zaku não dispunham dos recursos econômicos dos Zebedeu.

O grupo atravessou Nahum e se encaminhou diretamente à aduana, localizada a leste. Eu conhecia aquele velho edifício de pedras negras.

Mateus Levi atendia em um pedágio. Registrava as bolsas de um par de caminhantes.

André, que foi quem o selecionou, esperou perto dali. O resto ficou à beira do caminho. João Zebedeu parecia desgostoso.

Observei o futuro discípulo[31]. Ele agia com a calma de sempre, sem

---

31 Ficha de Mateus Levi: nascido em Nahum, em uma família abastada. Todos trabalhavam como *gabbai* ou coletores de impostos. Mateus tinha 31 anos de idade quando se juntou ao grupo de Jesus. Casado. Quatro filhos. Altura: 1,75 metro. Loiro. Olhos azuis. Nariz

agonias. Vestia a sua habitual túnica de linho branco. Ao terminar, Mateus foi em direção a André. Falaram por um minuto.

O publicano parecia surpreendido. Depois eu soube o motivo: ele quase havia esquecido a proposta de André.

Aproximou-se do Mestre e o olhou de frente. Como eu disse, eles se conheciam de vista.

Tudo foi muito rápido e intenso.

Mateus sorriu com timidez, sem saber o que fazer. Contudo, o Filho do Homem, como sempre, facilitou as coisas. Olhou intensamente para o publicano e se limitou a comentar:

– Segue-me!

Isso foi tudo.

Mateus ficou tão atordoado e tão impressionado com aquele olhar da cor de mel líquido que não conseguiu dizer uma só palavra.

O grupo o felicitou, com exceção feita a João Zebedeu. No entanto, o novo discípulo precisou de alguns segundos para reagir.

André o incentivou a pegar suas coisas. Mateus entrou na aduana, pegou e trouxe consigo uns *megillah* (pergaminhos) e seguiu o grupo.

Pouco depois, entrávamos na casa de Mateus, em Nahum. A família ficou desconcertada. Melá, a esposa (cujo nome poderia ser traduzido como "a que está repleta"), não entendia nada, e protestou porque Mateus não a havia avisado. E, grunhindo, foi para a cozinha. Mateus nos convidou para almoçar.

Jesus falou de novo sobre o reino, porém Mateus estava mais atento ao assunto da comida e a que tudo estivesse a bom gosto dos convidados. Disse sim para quase tudo e agradeceu ao Galileu "por ter-lhe admitido entre os eleitos". O publicano sabia que os vizinhos o depreciavam e aquele gesto do Mestre o encheu de satisfação e de sincero agradecimento. Melá não voltou a aparecer.

---

aquilino e algumas sardas no rosto. Corpo enxuto, magro. Ligeiramente encurvado. Cabelo ondulado sobre os ombros. Preocupado por causa do início da calvície. Mãos compridas e bem cuidadas. Sempre arrumado, limpo e perfumado. Voz alta e aguda. Dispõe de uma moderada fortuna. É provavelmente um dos mais sérios. Cauteloso e cético. Mente e visão materialistas da vida. Grande domínio de si mesmo. Dificilmente perde os nervos. Bom perdedor. Grande esportista: é fascinado pelos jogos gregos. Aceita a presença romana. Político habilidoso. Bem sociável. Excelente homem de negócios. Tem o dom de fazer amigos. Apelidaram-no como "aquele que consegue dinheiro"' (késep). Sua paixão: as finanças. Está muito grato a Jesus por tê-lo aceito no grupo. A maior parte dos judeus o despreza por causa de seu trabalho. É confiável. (N. do M.)

E, já na porta da grande casa, Mateus se voltou para André e propôs celebrar um jantar em homenagem ao Mestre e como sinal de boas-vindas a esse "reino tão promissor".

André transmitiu o recado para o Galileu e este aceitou, encantado. A reunião ficou marcada para este mesmo fim de tarde, começo de noite, após o pôr do sol.

Minutos depois, por sugestão do Filho do Homem, Simão Pedro nos conduziu pelas ruas de Nahum até o cais. Ali esperava um segundo reconhecimento oficial por parte do Filho do Homem.

Pedro entrou em um dos armazéns do referido cais. Em um letreiro, logo na entrada, se esclarecia a natureza do lugar: uma empresa dedicada à fabricação de caixas de madeira para o armazenamento de peixe. Simão, o Zelote ou Zelota, trabalhava na dita empresa ainda que, em realidade, se tratasse de uma fachada para esconder a organização terrorista zelote.

Pedro não demorou em regressar para o cais. Chegou em companhia do Zelote. Creio que Jesus e ele já se conheciam, igualmente de vista.

O Zelote inspecionou o Mestre e também o grupo. Parecia confuso. E desconfiou.[32] Entretanto, Pedro lhe sussurrou algo ao ouvido.

Acariciando a barba crescida, o Zelote fixou o olhar no Filho do Homem.

E o mesmo aconteceu como antes, na aduana. Foi Jesus de Nazaré quem fez fácil o difícil.

O Mestre caminhou até os Simões e foi colocar as mãos nos ombros do Zelote.

Jesus olhou o guerrilheiro e o inundou.

– Segue-me!

Foi a única coisa que Ele disse.

O Zelote pestanejou, desconcertado.

---

32 Ficha de Simão, o Zelote: nascido em Nahum. Ele se juntou ao grupo de Jesus quando tinha 28 anos. Solteiro. Outros o conhecem pelo pseudônimo de *Qanana* ("Zeloso"). Estatura mediana. Corpo bem-estruturado. Barba negra e desordenada, que vinha ao peito como sinal de resistência contra Roma. Olhos negros e fundos, sempre alertas. Grandes olheiras. Cabelos negros e longos presos em um rabo de cavalo. Cabelos brancos prematuros. Cicatriz na maçã do rosto esquerda, larga e profunda. (Possível sinal de uma briga.) Mente materialista e, acima de tudo, nacionalista. Pertence aos Zelotes. De alto grau. Muito religioso e culto. Fala *a'rab* (árabe) e *koiné* (grego helenístico). Leal e honesto com seus amigos. Odeia os *kittim* (romanos). Agitador. Corajoso, temerário e ousado. Desempenhou ofícios de mercador, de carpinteiro e pescador. Sempre armado. Ainda na ativa na organização terrorista. A família, rica, não compartilha de suas ideias separatistas. Preocupa-se, basicamente, com a liberdade de Israel e o bem-estar do povo. (N. do M.)

O que continha o olhar daquele Homem? Até onde chegava o seu poder?

E o Zelote voltou a entrar no armazém. Dentro de poucos instantes o vimos regressar e, sem uma palavra, se uniu ao grupo. João Zebedeu estava feliz.

Naquela noite, como havia planejado Mateus Levi, nós jantamos em sua casa. Ele vivia na região norte, no bairro das casas. Sua morada era esplêndida, muito ao estilo grego, bem decorada, com muitos mármores, estátuas e fontes. Tudo ali era bem servido.

O arrecadador de impostos foi rápido em convidar os outros *gabbai*, tão "pecadores" quanto ele, segundo o modo de sentir dos judeus. E lá ele reuniu a flor e a nata dos "traidores do povo de Israel", segundo João Zebedeu. O discípulo soltava maledicências sem parar...

Também foram convidados os notáveis de Nahum, mas a maioria, ao saber que se tratava de uma homenagem ao "carpinteiro louco", arranjou uma desculpa e recusou o convite. Os fariseus, mórbidos, eles sim acabaram comparecendo.

E logo descobrimos que alguns dos "santos e separados" que se reuniram na ampla casa de Mateus eram os mesmos que tinham insultado e agredido o Mestre às portas da sinagoga.

Foi uma situação estranha, desconfortável e violenta. Simão Pedro ia de um lado para o outro, furioso. O Filho do Homem teve que acalmá-lo.

Melá, a jovem esposa de Mateus, falou com André em diversas ocasiões. Eu estava perto. Ela estava indignadíssima.

"Que história era essa que seu marido contava? O que era esse novo reino em que Mateus chegaria a ser ministro das finanças? Por que ele havia deixado o trabalho na aduana? Que futuro lhes aguardava?"

André fez o que pôde, mas não foi o suficiente. O "chefe" tampouco sabia. E Melá continuou com sua zanga. A verdade é que, pela forma como os discípulos falavam, a mulher tinha toda a razão...

Antes do jantar, animados pelo vinho, João Zebedeu e Simão, o Zelote, levantando uma causa comum, discutiram longamente com os publicanos e os tacharam de "mendigos a serviço dos *kittim*". André se viu na necessidade de intervir uma outra vez e apaziguar os ânimos.

– Porém, tudo isso – resumiu João – está a ponto de mudar... O Messias cortará o pescoço da grande meretriz.

Ele se referia a Roma.

Por sorte, os vapores do vinho fizeram efeito com rapidez e ninguém prestou atenção ao acalorado discurso de João.

O Mestre se mostrou cordial com todos, inclusive com os fariseus. Ele parecia ter esquecido os empurrões e chutes que lhe deram ao sair da sinagoga. Em nenhum momento falou do Messias, tampouco do Pai ou do novo reino. Restringiu-se a seguir a corrente de algumas conversas, essas totalmente sem sentido ou significado.

E o jantar chegou.

Eu sentei-me perto de Simão Pedro e Bartolomeu.

E, como era de costume, o anfitrião abriu a rodada dos brindes:

– Pelo Mestre! Pelo novo reino, que tirará todos da escuridão!

Poucos levantaram as taças.

Outros também brindaram.

– Por Roma! Pela paz e pela ordem!

As opiniões estavam divididas.

– Pela liberdade!

O brinde de Simão, o Zelote, foi seguido pela minoria.

Finalmente, o Mestre levantou-se e se fez silêncio.

Levantou a taça e proclamou:

– *Lehaim!* Pela vida!

Mateus, entusiasmado, se uniu ao desejo de Jesus de Nazaré:

– *Lehaim!*

E os finos cristais das taças chocaram-se suavemente.

– Pela vida! – repetiu o Galileu.

Notei um murmúrio de desaprovação entre os "santos e separados".

Parece que eu entendi. Não compartilhavam o feito de que o Mestre brindara com um "pecador", contudo não lhes importava sentar-se à mesa desse *gabbai* e desfrutar (gratuitamente) de sua comida. O Mestre os qualificaria de "hipócritas" e tinha razão.

Em um dado momento, um dos fariseus, vermelho de raiva, se aproximou de Simão Pedro e comentou em voz alta:

– Como podes dizer que esse Homem é justo?

Pedro o olhou sem compreender.

– Ele está comendo com publicanos e pecadores! Não vê? É um frívolo!

O discípulo se agitou, disposto a esmagar aquele verme, mas o "urso" o segurou a tempo.

Minutos depois, incapaz de conter-se, Pedro foi até o local onde o Mestre estava sentado e o informou sobre o que havia ocorrido. Jesus ouviu em silêncio e continuou focado em si mesmo, conversando com Mateus. Pedro se voltou pálido e confuso. E manifestou:

– Teria que lhes dar uma lição...

E o jantar transcorreu sem maiores incidentes.

Fiquei pensativo.

Os problemas seguiam rondando, como uma matilha de lobos...

Chegado o final do evento, tal como marcava o costume, o convidado de honra pronunciou umas palavras de despedida.

Jesus, bem sério, disse o seguinte:

– Estamos aqui para dar as boas-vindas à nova irmandade de Mateus Levi e Simão... Traz-me satisfação presenciar a vossa alegria, entretanto, em verdade, eu vos digo que isto não é nada...

O vinho havia feito estragos. Poucos prestavam atenção. Contudo, o Galileu continuou:

– ... Deveis vos regozijar porque, algum dia, todos vós desfrutareis de uma alegria e de um vinho que não podeis sequer imaginar... Será a alegria e um vinho invisível do reino que vos anuncio: o dos céus.

Houve uma pausa, e se virou, olhando diretamente aos "santos e separados". Então proclamou:

– E aos que me criticam porque como e bebo com os publicanos e pecadores, deveis saber que estou aqui para despertar os que dormem, para libertar os que estão presos em si mesmos e para remover o véu do medo...

Os fariseus se remexeram, incomodados.

Porém, o Mestre não havia terminado.

– ... Tenho que recordar a vós que os sábios, como vós, não necessitam de luz? Não vim para despertar os justos, senão os que vós chamais de "pecadores". Venho para bater à porta dos confusos, e não à vossa...

Jesus voltou a se sentar, e os fariseus, muito alterados, optaram por sair da sala. Nem se despediram de Mateus.

Os problemas estavam se aproximando...

O Zelote, com mais vinho do que o desejável, tomou a palavra e iniciou um titubeante discurso sobre a necessidade de que os arrecadadores que estavam a serviço de Roma se unissem à causa nacionalista.

André, de reflexos rápidos, soube interpretar que a intervenção do guerrilheiro não era oportuna e se ocupou engenhosamente de silenciar o recém-estreado discípulo.

Praticamente foi aí que o jantar terminou.

Essa noite nós dormimos, e muito confortavelmente, na casa de Mateus.

Jesus falou a sós com o *gabbai* e o fez pelo tempo de quase uma hora. Mateus jamais falou sobre essa conversa que ele teve com o Homem-Deus.

O certo é que, depois da dita conversa, o publicano não voltou a referir-se a si mesmo como o "futuro ministro das finanças".

Melá se dedicou a chorar. E o fez desconsoladamente.

Na manhã seguinte, terça-feira, 9 de julho (ano 26), Jesus e os seus se colocaram a caminho. E embarcamos em Nahum, rumo à cidade de Kursi, na margem oriental do lago.

Era a quinta hora (11 da manhã) quando desembarcamos sem novidades.

O dia prometia ser quente.

Kursi, às margens do rio Samak, tinha uma das populações mais pujantes da costa leste do mar de Tiberíades. Eu a havia observado lá de cima.[33] Era branca e negra, populosa, com uma importante frota pesqueira. Frente à desembocadura do Samak (em aramaico significa "peixes") se estendia uma ampla área de rochas. A favor desta circunstância, Kursi se convertera em um centro nevrálgico do comércio pesqueiro. Ali viviam, em paz, diferentes raças, credos e línguas. Consistia, além de tudo, de uma região selecionada por Roma para o assentamento dos soldados veteranos (legionários e mercenários), especialmente das legiões estacionadas na vizinha Síria. Abundavam as vilas de lazer, bordéis e fazendas de gado suíno, a maioria gerenciada por pagãos (o porco, como se poderá recordar, é um animal proibido para os judeus).

No cais tudo era movimentado. Os barcos entravam e saíam, tanto com tilápias, o peixe mais abundante naquelas águas, como com toda espécie de mercadorias.

Os Zebedeu perguntaram pelos gêmeos Alfeu, os pescadores e candidatos ao colégio apostólico. Ninguém sabia de nada. Percorremos todo

---

33 Em sua viagem pelo *yam*, o Major conta em relação à cidade de Kursi: "... Na seção 'Galileia-4', numa questão de 12 quilômetros do Jordão, perto da desembocadura do provável rio Samak, se espalhava uma autêntica cidade, a maior e mais bonita daquela faixa de Kennereth. Em ambas as margens do rio se desenvolvia um fértil vale de três quilômetros de longitude por outros quatro de largura, intensamente cultivado. A cidade, assentada ao leito sul, ocupava quase metade do vale com uma farta representação greco-romana de edifícios, entre os quais se erguia uma colossal colunata circular, dois anfiteatros e um hipódromo. O porto também era um dos maiores. Um aterro, que servia como um quebra-mar, partia da costa, curvando-se em forma de arco com um comprimento de 150 metros. Na sua parte norte se interrompia, formando um boqueirão estreito. Em terra, um cais de 100 metros por 25 de largura completava o recinto portuário". (Ampla informação em *Cavalo de Troia 3 - Saidan*.) (N. de J. J. Benítez.)

o cais e finalmente um dos remendadores de rede falou de um barco chamado *Másri* ("A egípcia" ou algo assim). E apontou em direção ao lago. Os Alfeu, ao que parecia, estariam pescando. Não havia nenhuma outra solução a não ser esperar. Regressariam com o pôr do sol.

E o Mestre pediu calma. Aproveitariam o dia e visitariam a família dos Alfeu. Pareceu ser uma boa ideia a todos. E nos encaminhamos ao povoado.

Porém, quando nos achávamos no final do cais, aconteceu algo aparentemente sem importância, mas que me fez refletir. Em muitas localidades pagãs, tanto nos portos como na própria cidade, era frequente a presença de pintores e retratistas ambulantes. Por umas moedas, eles produziam um desenho ou uma caricatura (dependendo dos recursos). Entre os judeus, em especial entre os muito religiosos (no caso, os fariseus e os doutores da Lei), as imagens estavam proibidas. Jesus, como mencionei, foi um excelente pintor. Posteriormente, como já referi, as pinturas e os desenhos do Filho do Homem foram queimados por Ele mesmo. Porém, o bichinho da arte se mantinha em seu interior. E, ao passar em frente de um desses pintores, o Galileu se deteve por alguns instantes, contemplando a coleção de quadros (quase todos eram paisagens do *yam*) e algumas das caricaturas e retratos, feitos a carvão.

O pintor aproveitou para perguntar se desejava que lhe fizesse um retrato. O Filho do Homem negou com a cabeça e elogiou a boa mão, o talento do artista. E nos distanciamos.

E quem isto escreve pensou: "Pode ser que alguém, em algum dia, chegue a pintar o Mestre... Ele o permitiria?"

Quem sabe...

Perto das 13 horas, alcançamos o bairro dos pescadores.

João e Tiago Zebedeu caminhavam à frente, seguindo as indicações dos vizinhos. Os Alfeu viviam ao fundo, "junto a uma grande figueira".

Nós nos perdemos várias vezes.

O bairro era enorme e "catastrófico". Era formado por centenas de choupanas de madeira e tijolo e casebres com os tetos de palha. O solo era de terra preta e aplainada. E por todas as partes havia sujeira, persistentes moscas, crianças nuas com a cabeça raspada, matronas tagarelas e curiosas, jumentos famintos acorrentados, berros, cachorros esqueléticos e desconfiados, roupa estendida na qual tropeçávamos inevitavelmente, montanhas de redes, cheiros de todo tipo, pescadores bêbados e reclamões, e reverências na passagem do grupo, muitas reverências... Ninguém sabia quem éramos, no entanto parecíamos importantes.

Jesus vestia a túnica vermelha, e o *maarabit* (o vento estival) se ocupava em agitá-la.

Foi inevitável.

Logo em seguida, ao entrar no *Arad* (assim chamavam o bairro dos pescadores de Kursi; *arad*, em aramaico, significa "asno"), um grupo de crianças sorridentes e desocupadas começou a nos seguir. E o Mestre, com ar divertido, se pôs a brincar com elas. Cutucava, elas lhe cutucavam, Ele corria atrás delas, ou a criançada corria atrás Dele.

Faltou pouco para que caísse de bruços sobre alguns dos grandes e fumegantes caldeirões que ferviam à porta das choupanas.

Finalmente, chegamos ao nosso destino.

Uma enorme figueira tinha nascido, milagrosamente, entre duas grandes e negras rochas de basalto. A ramagem cobria uma considerável extensão. Pois bem, à sombra da árvore sustentavam-se (é um modo de dizer) três cabanas de médio porte, remendadas com madeiras, peles de cabras e trapos velhos. Os tetos eram igualmente de palha. Bem próximo, entre a figueira e os casebres, resmungava (em seu idioma) uma enorme porca, com barro até as sobrancelhas. Alguém a mantinha presa ao pau que dominava o lamaçal.

E, por aqui e acolá, outros cães, outras galinhas e mais crianças...

João Zebedeu debruçou-se sobre uma das escuras bocas de uma das choupanas e perguntou. Vimos sair várias mulheres, todas carregadas de filhos. Três delas estavam grávidas. A sujeira as devorava.

Depois, após a saída das mulheres, apareceram mais crianças. Contei 15 ou 20.

Os Alfeu, de fato, estavam pescando. Não tinham hora para regressar. Quem sabe pudéssemos falar com eles no fim do entardecer, no pôr do sol, mas não era totalmente certo. Isso elas disseram.

Todas elas eram parentes dos gêmeos. Duas delas eram as mulheres de Tiago e Judas de Alfeu. Também eram gêmeas. Eram de origem *a'rab* (árabe). Chamavam-se Kabar, que significa "grande" (esposa de Tiago), e Kore, em honra à deusa beduína de mesmo nome. Kabar tinha três filhos e esperava o quarto. Kore, a esposa de Judas, era mãe de dois meninos, também de tenra idade.

Alguém gritou do interior de uma das choupanas, e reclamou em *a'rab* a sua comida.

Depois eu soube. Era a mãe das gêmeas, uma anciã paralítica. O pai, também velho (ao que parecia rondava os 50 anos), se encontrava no *yam*, com os Alfeu.

Com Tiago e com Judas viviam três irmãos destes, e também eram casados e também com uma numerosa prole.

Em resumo, nos três casebres habitavam 12 adultos e ao redor de 20 criaturas, se não estava equivocado.

Todos os homens eram pescadores. Todos estavam ausentes.

E daí creio que entendi o porquê da porca. Os Alfeu não deviam ser muito observadores no que diz respeito à questão religiosa. De fato, haviam se casado com árabes, algo proibido na lei mosaica (referente à lei de Moisés).

Alguns vizinhos não demoraram a se aproximar dali. As notícias voavam em *Arad*. E Jesus e os seus se viram rodeados por uma multidão silenciosa e cheia de expectativa. "Aqueles forasteiros estavam ali por algum motivo – diziam uns para os outros. – Deviam ser arrecadadores de impostos..."

Nem os discípulos nem o Mestre explicaram às mulheres o porquê de sua presença naquele lugar. O que contribuiu para engordar o mistério.

Por último, aborrecidos ou desencantados, todos se retiraram.

O sol apertava, tornando-se mais intenso, e o Mestre foi buscar uma sombra, sentando-se ao pé da figueira.

Parte dos discípulos fez o mesmo ou se dedicou a esticar as pernas. André se aproximou do Filho do Homem e o lembrou de que deviam comprar provisões. Jesus remexeu em sua trouxa e entregou umas moedas ao "chefe". E André, acompanhado de Felipe, partiu para a cidade. Pouco a pouco se perfilavam as responsabilidades. André como "chefe" ou responsável dos 12. Felipe como intendente.

Observei o sol. Deviam ser duas da tarde. Faltavam quatro horas e meia para o ocaso.

O calor era sufocante.

O que fazer nesse tempo?

As crianças nos ofereceram a solução.

Os filhos das famílias Alfeu acabaram por ficar ao redor do Mestre. Eram de todas as idades. E o Galileu os animou a sentarem-se e foi perguntando seus nomes. Sinceramente, não prestei muita atenção. Só me recordo do nome de uma das meninas. Disse ser filha de Tiago de Alfeu. Ela se chamava Dahbi-Ḥḍuṛ, que em *a'rab* quer dizer "dourada presença". Todos a chamavam de "Da". Era uma criatura encantadora, de uns quatro anos, com uma característica especial: padecia de uma heterocromia (um dos olhos, o esquerdo, era verde; o outro, castanho como mel, parecido com a cor dos olhos do Filho do Homem). Tinha a cabeça raspada (para evitar os piolhos) e a sujeira tomava conta dela. Aparecia descalça e com um cachorrinho entre os braços. O Mestre perguntou e "Da", com desenvoltura, explicou que o cachorro se chamava *Ftata* ("Migalha").

Todos riram.

E o Galileu, após inspirar profundamente, reclinou a cabeça sobre o tronco da figueira e fechou os olhos. A felicidade, efetivamente, se mostrava enredada na barba, nos cabelos e nos longos e espessos cílios... O Mestre se sentia bem e o transmitia.

Mas alguma coisa o incomodou, e Jesus abriu os olhos de novo. As crianças seguiram os movimentos com interesse.

O Mestre soltou as sandálias e as colocou ao seu lado. Contemplou a plateia, sorriu e fechou os olhos.

"Da" olhou as sandálias e, em seguida, me procurou com seus olhos coloridos. Aproveitei e lhe dei uma piscadinha. A pequena me respondeu com uma risada marota e luminosa.

Não perguntou. Foi até o local onde estavam as sandálias. As calçou como pôde e começou a correr ao redor da figueira. "Migalha" foi atrás dela, tratando de mordiscar os cordões. E assim continuaram por um bom tempo.

O Mestre abriu os olhos de novo e os contemplou, feliz.

O "urso" quis recuperar o calçado, mas o Filho do Homem fez um sinal para que ele deixasse "Da" brincar.

Quando a menina se cansou, voltou a deixar as sandálias junto ao complacente Homem-Deus e, sem mais, foi procurar refúgio no colo do Galileu. Aconchegou-se entre os poderosos braços e ela, por sua vez, abraçou "Migalha".

Foram segundos intensos, pelo menos para quem isto escreve.

Um Deus abraçava uma de suas criaturas, ou melhor, duas, e cada qual mais indefesa...

E então o Mestre começou a contar histórias. Para ser mais exato, a cantar histórias. Eu as conhecia. Eram os contos que inventava (?) Yu nas mágicas "noites *kui*", nos bosques de Jaraba, na alta Galileia.[34]

E a gente miúda, e não tão miúda, escutou maravilhada.

E assim aquelas horas voaram.

Felipe e André regressaram com os alimentos e as mães acabaram chamando a criançada. Só "Da" e "Migalha", adormecidos, permaneceram entre os braços do Mestre.

O grupo se sentou ao redor do Galileu, e João Zebedeu, apontando a pequena, perguntou:

---

34 Ampla informação sobre as "noites de *kui*" em *Cavalo de Troia 8 – Jordão*. (N. de J. J. Benítez.)

– Rabi, essa mestiça será como nós quando entrarmos no novo reino?

O Galileu continuou acariciando uma das orelhas de "Da" e replicou com certo cansaço:

– Quanto mais terei que ser paciente contigo, João...?

O Zebedeu não se calou.

– Mas ela é uma mestiça – replicou – e, portanto, inferior...

"Da" não era mestiça, ainda que o fato de que a mãe não fosse judia a convertesse em cidadã de "terceira classe".

– João, no reino de meu Pai não há níveis, exceto aqueles obtidos pela experiência ou porque *Abba* assim o decide... O Pai não discrimina entre as suas criaturas... Todos vós sois iguais porque todos vós sois imaginados por Ele... Todos têm a mesma origem e idêntico destino. Lembra-te disso?

– Mas, Mestre, isso não é o que ensina a Lei...

O Zebedeu não arredava o pé.

– Eu não vim para mudar a Lei, senão para melhorá-la. No reino de *Abba* não há homens e mulheres, não há judeus e gentios, não há homens livres ou escravos... Todos são ricos. Todos são iguais aos olhos do Pai. Todos são meus irmãos. Todos vós sois irmãos. Todos vós sois filhos de Deus. Todos vós sois imortais por natureza. Todos vós haveis recebido a herança antes de abrir os olhos para a vida...

João Zebedeu negou com a cabeça. Era teimoso.

Contudo, o Mestre prosseguiu como se não tivesse visto:

– ... E, como consequência, não vos negará a dividir o pão com os mestiços, ou com os fariseus, ou com os *kittim*, ou com os escravos, ou com as mulheres...

Mateus estava feliz.

– Em verdade, em verdade vos digo – concluiu Jesus – que nesse reino não há portas... Ninguém entra nele porque todos vós estais nele...

E sublinhou:

– Estou aqui para retirar o véu do medo...

Quando regressei à nave, comprovei que, naquela terça-feira, 9 de julho, o ocaso solar se registrou às 18 horas, 38 minutos e 11 segundos (TU – Tempo Universal). Pois bem, pouco antes o Mestre animou os discípulos a voltar ao cais e esperar o desembarque dos gêmeos.

No caminho, André perguntou:

– Eu estava crente, rabi, de que o reino de que tanto falas estava por chegar. Agora eu o ouvi dizer que estamos nele. Não compreendo.

Jesus se deteve. A questão pensada e exposta pelo "chefe" era importante.

O Mestre depositou as mãos sobre os ombros do sereno André e comentou:

– É preciso que saibas que no reino não utilizamos palavras...

André olhou para Jesus, mas não sabia do que Ele falava.

– Aqui, agora, as palavras não me ajudam...

Ninguém entendeu.

– O reino está em vossa mente. O Pai está em vosso interior, no entanto muito poucos sabem disso...

Jesus se deu conta. Era difícil aproximar-se da verdade. E deixou correr:

– Não vos preocupeis. Ainda que o reino esteja dentro... Nós o buscaremos.

O céu mudou sua indumentária e se vestiu de vermelho-cereja. Os remendadores de redes seguiam costurando com suas grandes agulhas de osso, mas sem deixar de olhar para o horizonte. "O vermelho é vento – diziam. – Amanhã pode bailar o *qibela*." Eles faziam alusão a um vento, procedente do sul, que provocava perigosas tempestades no *yam*. Eu estranhei. O *qibela*, segundo as minhas informações, soprava no inverno.

Era assombroso. Os remendadores eram capazes de costurar e de correr os olhos e esquadrinhar o lago ao mesmo tempo.

Por fim, apareceu.

Másri, o barco dos Alfeu, era um visível desastre. Tudo estava despencando nele. Era velho até dizer chega. Azuis desbotados se soltavam pela cobertura e pelo casco. Ninguém daria um denário por ele, contudo navegava com alegria. Isso era o que contava.

Os redeiros observaram "A egípcia" e exclamaram: "Boa pesca". Deduziram pela linha de flutuação, que se mostrava pouco acima da água, e pelo "aviário" que trazia no alto. Dezenas de gaivotas gritavam no regresso do *Másri*. Uma vela negra e carangueja fazia com bondade tudo o que podia.

Atracaram exatamente quando o sol fechava as portas do dia.

A pesca, efetivamente, fora excelente.

Com os Alfeu navegavam seus três irmãos e o sogro.

Saltaram à terra, e os gêmeos abraçaram os Zebedeu. Depois, com parcimônia, vieram as apresentações.

Jesus não disse nada.

Tiago e Judas de Alfeu eram idênticos: loiros, olhos verdes, bem magros, abrasados pelo sol e pelo vento, e cada qual com seu *mesillah*, ou guizos, ao pescoço. Falavam pouco.[35]

E aconteceu algo que não sei explicar.

Os gêmeos não prestaram atenção ao Galileu. Seguiram com suas coisas. Primeiro, eles descarregaram a pesca. Contaram as peças (75 tilápias e outros peixes que eu não soube identificar), ordenaram por tamanho, limparam-nas, colaboraram com a arrumação artística e com a limpeza do convés.

João Zebedeu, nervoso, não podia acreditar no que via.

Tentou ir falar com os Alfeu e fazer-lhes ver que o Mestre esperava. Jesus o impediu e pediu que tivesse calma.

O Filho do Homem estava desfrutando dos afazeres dos pescadores.

Em determinado momento, o Galileu se aproximou das tilápias e as examinou. Abriu a boca de uma delas e extraiu um punhado de crias, ainda bem pequeninas. Estavam vivas. Aproximou-se da beira do cais e as devolveu para as águas. Os discípulos o imitaram e cada qual se dedicou a salvar as crias que podia.

O sol fechou sua porta, em vermelho, e desapareceu.

O sogro dos Alfeu e os três irmãos recolheram suas coisas e empreenderam o caminho de regresso ao *Arad*.

Foi em um desses instantes que os gêmeos se detiveram em frente ao Filho do Homem e o contemplaram em silêncio.

Jesus sorriu satisfeito e se limitou a dizer:

– Segue-me... Quando avaliarem que seja oportuno!

Não houve comentários e tampouco cumprimentos por parte dos íntimos.

Os Alfeu recolheram a parte da pesca que lhes correspondia e nos dirigimos ao bairro das choupanas.

---

35 Ficha de Tiago de Alfeu. Tinha 26 anos quando se uniu ao grupo de Jesus. Nascido em Kursi. Estatura: 1,70 metro. Loiro. Olhos verdes. Magro. Barba loira. Uma das narinas com septo nasal desviado. Serve para diferenciar de seu irmão gêmeo. Origem: *a'rab*. Péssima dentição. Casado. Três filhos e um a caminho. Amigo dos Zebedeu. Dócil, submisso e não é muito de falar. Baixo índice de inteligência. Certo atraso mental. É ingênuo, fiel e generoso. Não sabe mentir. Pescador e, em outras oportunidades, agricultor. Posteriormente será conhecido como Tiago Menor.

Ficha de Judas de Alfeu. O anterior é praticamente válido para Judas, a quem chamam de *Lebeu*. Sofre de gagueira. Casado também com uma mulher árabe. Tem dois filhos e, como seu irmão, de escassa ou nula cultura. Dedica-se à pesca desde a infância. É hábil com qualquer tipo de trabalho, mais do que Tiago; baixa inteligência. Não consigo entender como se uniu ao grupo do Mestre. (N. do M.)

Essa noite, de frente a um bom fogo, jantamos tilápias assadas.

Excelente, mesmo que fosse um peixe com espinhas demais. O "urso" lamentou:

– O Pai teria dormido ao criar as tilápias?

Jesus e o resto de nós o contemplamos, surpresos.

– Ao que te referes? – perguntou Felipe.

Bartolomeu cuspiu uma das espinhas e continuou lamentando-se:

– Por que não as coloriu?

O Mestre riu com vontade e seguiu o fluxo:

– Tomarei nota disso... Para a próxima.

E nisso, já escuro, vimos aparecer junto à figueira as crianças menores. Chegaram acompanhadas de suas mães. Chamou-me a atenção um detalhe. Todas ostentavam, ao pescoço, seus guizos. Durante o dia não levavam consigo.

Notei que as mulheres estavam nervosas. Nesse momento não soube dizer por quê.

Bartolomeu, sempre curioso, terminou perguntando o porquê dos *mesillah*.

Tiago de Alfeu respondeu com um frio e contundente "falar sobre isso atrai má sorte".

Mas Felipe se apressou em esclarecer a dúvida do seu amigo:

– Os guizos conjuram os *lilim*... É preciso pendurá-los no pescoço das crianças durante a noite... Melhor dizendo, antes que escureça.

Quando retornei ao "berço" soube quem eram os *lilim*. A tradição judaica acreditava que Lilith foi a primeira esposa de Adão[36] e que foi expulsa do Éden por ser teimosa e, sobretudo, por negar-se a fazer amor com Adão na postura tradicional (ela embaixo). Os filhos de Lilith eram os *lilim*, todos "demônios perigosos", como a mãe. Aproximavam-se das crianças na escuridão, as acariciavam e as sequestravam. A música de um guizo, sem dúvida, os fazia retroceder. Daí a crença dos Alfeu e da maioria dos judeus.

– Superstições! Os espíritos malignos não estão aqui para roubar crianças...

O comentário do "urso" não agradou. E Simão Pedro, irritado, replicou em voz baixa: "e que os demônios não ouçam".

---

36 Lilith foi uma personagem da mitologia assíria: *Lilitu*, um espírito do vento, sempre feminino. A literatura midráshica terminaria por tomá-la como sua e a incorporaria às lendas judaicas. Os hebreus asseguravam que derivava do termo *laylah* ("noite"). (Veja em Gênesis Rabbah 17, 4 e Números Rabbah 16, 25.) (N. do M.)

E fez uma detalhada exposição em relação ao que os judeus acreditavam sobre esse tema em particular. Falou dos anjos bons (subordinados a Yaveh) e dos maus, que haviam caído por culpa das mulheres.

Contemplei Jesus. Escutava atento e com ar divertido.

"Os anjos – continuou Pedro – estão em todas as partes: no vento, no fogo, na neve..."

Pedro conhecia o livro dos Salmos. Em 104, 4 se fala disso.

Também invocou o dos Jubileus e expôs como os anjos vivem nas nuvens, nos trovões, no frio, nos raios e como enviam mensagens através dos sonhos.

Bartolomeu negava com a cabeça. Esse gesto efervesceu ainda mais o fogoso Pedro.

– Sabias que são 70 os anjos que governam o mundo?

Essa era a crença do povo judeu. Pensavam que o mundo estava integrado por 70 nações. Os judeus se encontravam sob a tutela de Gabriel e Miguel. E Pedro mencionou o nome de outros espíritos benéficos e daqueles não tão benéficos: Adiriel, que se ocupava da alma dos arrependidos; Gadriael, que reunia a alma dos mortos pelos pagãos; Ahinael que cuidava da alma das crianças (judias, isso é claro) que não haviam tido a sorte de estudar a Lei; Adrahinael, responsável pela alma dos que se arrependem por má conduta (no último segundo de vida); Rahmiel, o que conduz os mortos diante de Yaveh...

E chegou a mencionar Luzbel e sua esmeralda, "a que se precipitou à terra quando ele foi vencido nos céus e que todos os povos continuam procurando..."

Depois se produziu um momento de especial emoção. Simão Pedro assegurou que, acima desses milhares e milhares de anjos, se encontra Micael, "o grande governante celeste". E o chamou de o "espírito que sabe contar estrelas".

O Mestre e eu nos olhamos.

Mensagem recebida.

E Simão Pedro, entusiasmado, se preparava para falar sobre os espíritos maléficos, "caídos – disse – por causa das más artes das mulheres", quando o Galileu fez um gesto para que ele parasse. Pedro não interpretou bem o sinal e prosseguiu com o tema dos anjos caídos, que são responsáveis – segundo a tradição judaica, baseada, por sua vez, nas tradições persas – pelas doenças, pelas más colheitas, guerras, incêndios, inundações e até mesmo pelas sogras...

O Galileu deixou que ele se esvaziasse.

Todos escutaram, desconcertados. De vez em quando olhavam ao seu redor ou faziam soar, dissimuladamente, os guizos das crianças. Todos acreditavam nos *lilim*, e de que forma...

Finalmente, quando Pedro terminou, o Filho do Homem tomou a palavra e proporcionou algumas revelações, mas eles não compreenderam. Jesus falou em primeiro lugar da natureza dos anjos. Disse que eram incontáveis. Eles não têm aspecto humano. São luz. E insistiu: "luz inteligente e bondosa". Eles são criação do Pai e são eternos. Não sabem viver sozinhos. São criados em pares. Às vezes abandonam seu estado e aparecem no tempo e na matéria. "Pura experiência..."

Guardou silêncio por alguns segundos e acrescentou:

– E nascem como um ser humano normal e comum...

Não captaram a sutileza do Filho do Homem.

– Os anjos são o que vós sereis depois da morte...

E enumerou algumas das funções dessas (para nós) incompreensíveis criaturas:

– São sussurradores...

Pareceu a mim uma aproximação à verdade de forma bem didática. Segundo o Mestre, eles acompanham o ser humano desde o princípio da história. São os que "sussurram" piedade, ternura, poesia, beleza, senso de valor ou medo...

São os que leem nosso Destino.

O "urso" não conseguiu se conter e interrompeu Jesus:

– Se não têm aspecto humano, como eles são?

O Galileu apontou as chamas que bailavam diante do grupo e declarou:

– Imagina que esse fogo pudesse pensar...

– Sim, Mestre, imagino.

– Pois é isso...

E acrescentou:

– O invisível pensa mais do que o visível...

Depois Ele se referiu ao que aconteceu há milhares de anos, quando os *'illek* (literalmente "eles") decidiram rebelar-se contra a ordem de *Abba*. Alguma coisa nos contara no Hermon...

Também os chamou de *lajcôr* ("os que perguntam").

– Por que eles se rebelaram?

Os discípulos se interessaram vivamente pelos anjos "rebeldes".

– Talvez tenham pensado demais...

A resposta do Galileu não convenceu Bartolomeu e muito menos Felipe.

– Pensar é ruim?

– Não, Bartolomeu, não é não... O que não é bom é pensar contra o estabelecido.

– E o que é isso?

– O Amor, com maiúscula. E esse Amor estabelece um ritmo e uma forma de progredir. Os *lajcôr* acreditaram que os humanos têm direito a utilizar atalhos...

E, nessa hora, eu também não entendi. Atalhos? De que estava falando?

O Mestre voltou a entrar em meus pensamentos e os leu.

– Eles decidiram que a trajetória do homem até a perfeição tinha que ser mais curta... Isso haveria alterado os planos de *Abba*...

– E houve guerra?

Cada qual ia em seu próprio ritmo, como sempre e em todas as ocasiões. E o Zelote não era uma exceção.

– Não da forma como a imaginas, Simão... Não se derramou sangue, mas sim lágrimas.

– E o que aconteceu aos *lajcôr*?

– Estão ilhados e à espera de julgamento.

– E o que nós, os homens, temos que ver com essa rebelião?

A pergunta de Simão Pedro foi muito oportuna.

– Tudo e nada...

Os discípulos aguardaram um esclarecimento.

– Vós sois vítimas, sem mais nem menos.

– Vítimas?

– Foram os responsáveis por este mundo que escolheram o caminho errado. Vós, os humanos, não tinham capacidade para saber, e muito menos para decidir de que lado estar...

E o Mestre, captando a inquietude geral, os tranquilizou:

– Tudo está sob controle. Os rebeldes foram apenas um punhado...

– E o que acontecerá quando forem julgados?

– O mundo voltará à luz...

– Nós chegaremos a vê-lo?

– Sim, André, mas do outro lado... Tu e teus irmãos já não estarão aqui.

– Não estaremos em Nahum?

A pergunta de Mateus Levi fez o Mestre sorrir. A ingenuidade daqueles homens era comovente.

– Não, Mateus, não estarás em Nahum...

– Mas então... onde?

– Na metade do reino...

– Ah! Compreendo...

Não era bem assim. Nem Mateus nem o resto entenderam as palavras do Filho do Homem. Contudo, Jesus não remexeu no assunto. Não valia a pena.

Então falou aos discípulos sobre o acontecimento no alto da montanha sagrada, no Hermon... E o fez com expressões fáceis. Mesmo assim, nenhum deles captou a essência do que ele estava contando.

Jesus lhes disse que, não fazia muito tempo (no verão do ano 25), subiu ao Hermon e recuperou o que era seu: a divindade. Tinha 31 anos, recém-completados.

Os *lajcôr* souberam da existência daquele Homem tão singular, se apresentaram na montanha e o interrogaram. "Quem és? Por que estás aqui?" Jesus explicou quem era na verdade, e os *lajcôr* trataram de suborná-lo, oferecendo-lhe poder. "Só servireis ao único Deus." E os rebeldes rejeitaram a clemência do Homem-Deus. Foi nesse momento histórico que o Galileu foi proclamado o Príncipe deste mundo.

E Jesus acrescentou, com ênfase:

– Nenhum rebelde pode agora incomodar o homem...

Pedro não aceitou.

– Conheço muitos endemoniados. E estes também...

– Em verdade eu digo, Pedro, que o poder dos *lajcôr* sobre o mundo está terminado.

O discípulo continuou negando com a cabeça, e o Mestre fez a única coisa inteligente que podia fazer: deixou que ele acreditasse nos espíritos malignos.

Anos depois, quando Mateus e os demais "escritores sagrados" relataram a vida do Mestre, a passagem sobre o Hermon foi deturpada e, como já manifestei em seu momento, localizado em outro cenário (Beit Ids). Lamentavelmente, nenhum dos evangelistas falou do mais importante: a recuperação da divindade por parte de Jesus naquele mês de *elul* (agosto-setembro). O Filho do Homem – também já falei sobre isso – não nasceu sabendo quem era. Viveu como um homem durante 31 anos, um homem atormentado, porém, um homem no final das contas.

Os discípulos, como eu digo, não estavam conscientes dessas revelações.

E nessa noite dormimos no chão, ao pé da figueira.

Dormir é uma forma de dizer...

A lua, quase na metade, se retirou logo do céu... Quero crer que adivinhava o que estava a ponto de acontecer...

Cada qual procurou abrigo (o mais longe possível do malcheiroso chiqueiro) e quem isto escreve dedicou alguns minutos para contemplar o céu.

Que nostalgia...

Próximo de Andrômeda brilhavam as estrelas Mirach e Almak. Enviaram-me sinais.

Mensagem recebida.

Eu também a amava.

E nisso, meu coração em pleno voo em direção a Ruth, ouvimos uns gritos. Vinham de uma das choupanas. Inquietaram-me.

Tiago de Alfeu e sua mulher, Kabar, discutiam. Gritavam e se insultavam sem piedade. Ela o chamou de "influenciável" e o acusou de abandonar seus filhos "e aquele que estava a caminho". Os pais das gêmeas se somaram à briga. A frase mais repetida era "por que vais embora?" Tiago titubeava e falava de um "reino em que não teriam que trabalhar". Kabar ria e o chamava de "retardado".

Suponho que o Mestre e os demais escutaram as discussões. Mas ninguém fez um só comentário nem se moveu. O mais feliz, sem dúvida, foi Simão Pedro. Limitou-se a roncar, que era já sua característica.

A briga reiniciou duas horas depois.

As estrelas, esgotadas, deixaram-se cair sobre o horizonte e foram desaparecendo. Não estranhei.

E chegou a quarta-feira, 10 de julho do ano 26 da nossa Era.

Novo dia e novas surpresas...

O nascer do sol aconteceu cedo: às 4 horas e 29 minutos.

Nós nos preparamos, tomamos o café da manhã e nos dispusemos a caminhar até o cais. Os planos eram simples: viajar de barco até a localidade de Tariqueia, ao sul. Ali devíamos procurar os últimos candidatos: Tomé e Judas Iscariotes.

Mas os Alfeu expressaram seus temores. O *qibela*, o vento que havia se mostrado no dia anterior, se pôs mais sério, e começou a soprar com rajadas que faziam ranger os galhos da figueira.

De todas as formas, tentaríamos...

E o grupo se pôs a caminho.

Eu fiquei ali meio que retardatário, não sei muito bem por quê, e assisti a outra cena que tampouco figura nos textos evangélicos. Mais uma.

Jesus e os discípulos, como digo, se distanciaram dos casebres. Nisso eu vi Kabar aparecer. Tiago de Alfeu estava entretido com "Da", a menina de olhos de cores diferentes. Ele a sustentava em seus braços e a beijava. "Da", por sua vez, abraçava "Migalha".

E Kabar, sem mais nem menos, se jogou aos pés do marido e se grudou a eles, gemendo e suplicando:

– Do que nós viveremos? Não te vás! Não te vás!

Senti um nó no estômago.

O Filho do Homem havia desaparecido entre os outros casebres.

Tiago tentou se safar do abraço da mulher, mas não conseguiu. E pouco faltou para que perdesse o equilíbrio. Segurou "Da" como pôde e ordenou à mulher que o deixasse ir. Kabar não ouvia. Só gritava e chorava.

E nisso chegou Kore, a gêmea. Temi pelo pior...

Os pais e os três irmãos, com as mulheres e os filhos, presenciavam a cena desde a porta das choupanas. Com frieza, Kore arrebatou a menina dos braços do cunhado e se retirou para um dos casebres.

Tiago conseguiu se livrar da esposa e se distanciou, pálido.

Foi então que eu vi se aproximar Mateus Levi. Caminhava só e com pressa. Portava consigo uma pequena bolsa de pano na mão direita. E com a outra carregava a trouxa.

Cruzou com o Alfeu, mas não se falaram.

E Mateus chegou até Kabar. A mulher desolada continuava gemendo e chorando com o rosto afundado na terra. A família continuava imóvel e impassível.

E o discípulo, sem nenhuma explicação, depositou a bolsa de pano nas mãos da árabe. Esboçou um leve sorriso, deu meio-volta e se retirou por onde havia chegado.

Kabar abriu a bolsa e, ao ver o conteúdo, intensificou seus gritos.

Não entendi.

E foi pegar um denário de prata. Ela o mordiscou e aí as lágrimas e lamentações terminaram. Revolveu o resto das moedas, se levantou e correu até seu casebre, desaparecendo no seu interior. A família se foi com ela.

Eu me distanciei, com o coração na mão. Ninguém soube do gesto e da generosidade de Mateus.

Os Alfeu estavam certos. O vento, fortíssimo, levantava ondas de dois ou três metros.

Impossível navegar.

O mar de Tiberíades se apresentou para este explorador com toda a sua fúria.

As ondas arrebentavam contra o quebra-mar e pulavam, brancas de espuma, sobre a doca. As embarcações, temerosas, se encolhiam umas nas outras, agitadas por uma ondulação menor. Os mastros gemiam e deixavam que a cordoaria voasse sobre todo o seu comprimento... Ao fundo, as águas se voltavam turquesa, de pura raiva, mas as peles de cabrito terminariam por ganhar a batalha.

Os remendadores de redes acertaram: "céu vermelho ao entardecer, pescado sentado até o amanhecer".

Ninguém em pleno juízo sairia ao mar enquanto governasse um *qibela*. Entre junho e janeiro, esse tipo de tempestade era frequente. Quem isto escreve teve a oportunidade de presenciar umas poucas, e sem falar de Eliseu...

As grandes folhas de palmeira, que habitualmente cobriam as choupanas, rodavam por toda parte.

As pessoas não se arriscavam a sair de casa. Com o *qibela* chegava também o pó do deserto. A temperatura e a pressão barométrica subiam, ficando nos 30 °C e 35 °C e em torno dos 1.015 ou 1.020 milibares. E os homens, sem querer, se carregavam de vinganças...

O Mestre e André consultaram os Alfeu. Era melhor beirar o lago ou esperar. O mal dos *qibelas* é que podiam se prolongar por dias e mais dias.

Jesus optou por se colocar a caminho a pé, e Pedro e o resto aprovaram. Era o mais sensato.

E iniciamos um caminhar lento e penoso, já que custava para avançar. As rajadas de vento eram como muros. Tínhamos que parar a cada instante e nos proteger onde Deus bem entendesse (e eu não pretendo fazer nenhuma piada).

Deixamos para trás os povoados de Nuqev, Ein Gafra, En Gev e o porto de Hipos.

E foi nas proximidades de Kefar, a duas horas de Kursi, que um dos gêmeos, Judas, veio abaixo. O homem coberto de pó, meio cego, pouco acostumado a caminhar, desatou a chorar. Queria voltar para junto dos seus. Sentia falta, tinha saudade.

Santo céu!

Só haviam transcorrido duas horas...

Os Zebedeu tentaram acalmá-lo. Todos ajudaram. Todos lhe falaram do "reino que estavam a ponto de conquistar e do dinheiro que eles levariam para casa".

O Mestre não escutou essas conversas. Estava um pouco afastado, tratando de explorar o caminho.

E finalmente, como o esperado, após quase seis horas de caminhada, divisamos a cidade de Tariqueia.

Uma densa nuvem de pó amarelo cobria a cidade e as praias do *yam*.

Cruzamos as vielas com pressa, e Felipe e o "urso" nos conduziram diretamente a um dos secadouros de peixe. Tariqueia era um pouco menor que Nahum, mas com uma florescente indústria pesqueira e construção de tonéis, cantada por Estrabón em sua *Geografia* (XVI,2).

As ruas estavam desertas; o *qibela* soprava na segunda desembocadura do Jordão com mais força e com piores intenções que na costa oriental. Era a boca pela qual se derramava no *yam*.

O trabalho do secadouro, ao ar livre, havia sido suspenso. Os operários se refugiaram em dois grandes armazéns; ali martelavam sem descanso, fabricando barris de madeira ou de ferro.

Deixamos as bolsas de viagem no chão e nos contemplamos mutuamente. E o riso se soltou.

Todo mundo, sem exceção, estava branco, com pó e areia até os cílios. Nunca vi Jesus de Nazaré tão "maquiado"...

Felipe se interessou pelos trabalhadores que procurávamos: Tomé, também conhecido como o Dídimo (Gêmeo), e Judas Iscariotes.

Encontrou Tomé. De Iscariotes, não havia o menor rastro. Fazia dias que não comparecia ao trabalho. Ninguém soube explicar o motivo.

Deveria estar faltando uma hora para o ocaso...

Vi Felipe nervoso. Falava com Tomé e este respondia, mas o Dídimo (Gêmeo) não deixava de martelar.

Eu me aproximei e assisti a uma cena que me fez lembrar a recepção gélida dos Alfeu ao Filho do Homem.

Felipe tentava fazê-lo ver que o Mestre havia se deslocado até Tariqueia para conhecê-lo e admiti-lo no grupo dos "lutadores pelo reino". Isso foi o acordado. Mas Tomé negava com a cabeça e continuava com o martelo. De vez em quando exclamava:

– Boa é 'Alam!

E prosseguia com o tonel.

'Alam, que eu soubesse, significava "eternidade". De quem ou do que ele falava?

Foi inútil. Felipe não conseguiu que Tomé se desgrudasse do tonel.

Voltou-se para o Mestre e expôs a situação:

– Ele diz que tem que terminar o trabalho... Do contrário não lhe pagarão.

Jesus se resignou, naturalmente. E o mesmo fez o resto. Esperaríamos. Na realidade, não havia pressa.

De vez em quando, Felipe e Bartolomeu se aproximavam do esforçado Tomé e o questionavam. Este explorador os acompanhou em várias ocasiões. E ele sempre respondia o mesmo:

– Tenho que terminar... Boa é 'Alam!

Perguntei aos discípulos. 'Alam era a esposa.

Tomé, ao que parecia, se encontrava em pleno processo de divórcio.

Era exatamente como o "recordava" (como chegaria a conhecê-lo anos depois): musculoso, de escassa estatura, com um estrondoso estrabismo no olho esquerdo e muito feio.[37]

Finalmente, ele deu por terminado o trabalho. Cobrou o salário e se dirigiu ao lugar onde o aguardávamos. Chegou contando as moedas.

Cumprimentou-nos brevemente sem deixar de contar as ases e as leptas (moedas romanas da época) e respondeu, à sua maneira, as apresentações que o paciente Felipe de Saidan conduziu.

O Mestre lhe anunciou: "Tomé, não é de sua natureza a fé..., porém eu te recebo. Segue-me!"

---

37 Ficha de Tomé Dídimo (o Gêmeo): tinha 29 anos ao ingressar na escola apostólica. Natural de Tariqueia, casado (na realidade em processo de separação da mulher). Quatro filhos, os pais e o resto da família vivem em Tiberíades. Estatura: 1,60 metro (ao lado de Bartolomeu, o mais baixo). Estrabismo no olho esquerdo. Grande barba. Rosto enegrecido, escuro. Nariz curvo. Cabelos pretos e alguns fios brancos. Forte (tipo enequético). Muito asseado. Unhas sempre limpas. Defeito na unha do dedo mindinho da mão esquerda. Grande força física. O irmão gêmeo morreu aos 9 anos de idade. Isto o afetou profundamente. Espírito racional e científico. Mente lógica e analítica. Bom raciocínio. Doente por ordem e limpeza. Ao seu aspecto físico (pouco agradável) adiciono timidez. Tendência ao pessimismo. Muito desconfiado. Misógino (odeia as mulheres). Ao conhecer o Mestre não acreditava em nada nem em ninguém. Honesto e leal. Reage com paridade diante dos estímulos. Fala com calma. Bonita voz. É tenaz e perseverante. Grande trabalhador. Brilhante com os assuntos de dinheiro. Muito avaro e extremamente cauteloso. A primeira coisa para ele é a segurança. Bom perdedor. Nada rancoroso. Aceita o critério da maioria, mesmo que não esteja de acordo. Apelidaram-no de *Zut* ("meticuloso"). Os companheiros, especialmente Simão Pedro, o acusam de azarento. Se algo sai mal, a culpa – dizem – é do Tomé. Valente, ativo. Mulherengo. Grande tendência à sexualidade; trabalha como carpinteiro e pedreiro. Viciado em jogo. Viaja sempre com dados no cinto. (N. do M.)

O discípulo não replicou. Nem levantou o rosto. Seguiu remexendo e contando as moedas na palma da mão e subitamente exclamou:

– Boa é 'Alam!

Deu meia-volta e regressou para perto do patrão do armazém. Ele lhe mostrou a paga e discutiram. Pelo visto havia um erro.

Jesus, sorridente, estava desfrutando daquilo...

Tomé terminou integrando-se de novo ao grupo do Galileu e comentou, dirigindo-se ao Mestre:

– Eles tinham me pagado a menos...

E o Galileu, com um ar divertido, resumiu:

– Claro, boa é 'Alam!

– Tu a conheces?

– De sobra, Tomé, de sobra...

O novo discípulo não percebeu a dupla intenção do Filho do Homem. Supus que se referisse à eternidade, não à sua mulher.

E o grupo, a pedido de Tomé, combinou que essa noite dormiria na casa do Dídimo (Gêmeo).

Ao entardecer, o *qibela*, esgotado, se enfraqueceu e se converteu em uma simples brisa, muito tímida.

A casa, às margens do lago, era tipicamente judia, com dois níveis, um curral e alguns animais.

Tomé tinha quatro filhos pequenos. A esposa era jovem e bonita. Muito bonita, ainda que com o quadril um pouco largo demais (para o meu gosto). Ela nos recebeu com alegria. A princípio, essa atitude me desconcertou. A mulher parecia jovial e bem-disposta. Sabia que o marido se dispunha a abandoná-los, mas isso não parecia importante. Ao contrário. Felipe me explicou. "Eternidade" estava farta do marido. Brigavam tanto que estavam a ponto de se matar. De fato, como eu disse, ele havia solicitado o documento de repúdio ou divórcio. Segundo 'Alam, Tomé era insuportável, pessimista, maníaco por organização, viciado em jogo e mulherengo. Estava desejando mesmo que fosse embora...

O Mestre decidiu aproximar-se do lago e tomar um banho. Todos o seguiram, com exceção do "urso", Felipe, João Zebedeu, Judas de Alfeu e Tomé. Eu optei por ficar em casa. Eu me assearia mais tarde. Não me equivoquei em tomar aquela decisão.

Bartolomeu, o discípulo que havia proposto a candidatura de Iscariotes, se mostrou preocupado. Judas não aparecia. Como disse, ninguém no armazém sabia dizer onde ele se encontrava. Fazia dias que não se apresentava ao secadouro de pescado.

Felipe se mostrou de acordo com o "urso": era melhor sair e procurá-lo.

Foi nesse momento que Judas de Alfeu, o gêmeo, voltou a sofrer outra crise de nostalgia. E desatou a chorar. João Zebedeu se apressou a consolá-lo, e voltou a prometer riquezas e honras "se ele permanecesse com eles, junto ao Messias".

"Eternidade" ofereceu a ele vinho quente, e o homem se resignou.

Foi então que Tomé exclamou:

– Vamos! Creio que eu sei onde encontrá-lo...

E nos pusemos a caminho, à procura de Iscariotes.

Felipe permaneceu na casa, cuidando do desconsolado gêmeo de Kursi.

E durante mais de uma hora, enquanto escurecia, Tomé, João Zebedeu, Bartolomeu e quem isto escreve percorremos as ruas de Tariqueia e, sobretudo, as tabernas e as casas de jogos.

Tomé era experiente. Conhecia todo mundo...

Finalmente o encontramos.

A taberna, ou o quer que fosse, apresentava na porta um letreiro em que se podia ler, em *koiné*: "Pelicano gago".

Demorei a me acostumar com a densa penumbra. Tudo eram vozes, cânticos dos bêbados, luzes amarelas e gente preguiçosa encostada às paredes, mesas ensebadas, jarras de barro com vinho ou cerveja, prostitutas com os peitos para fora e um taberneiro com um nariz enorme e afilado, que serpenteava entre os clientes e gaguejava:

– Mais vi-vi-vi-vi... nho! Mais cer-ve-ve-ve... ja!

Tomé andou ao acaso por ali e procurou no meio dos clientes; e se encaminhou até a frente de uma das mesas em um canto do "Pelicano gago".

Ali estava Judas Iscariotes na companhia de dois sujeitos de aspecto nada nobre, com uma sombra de deslealdade, mal-encarados e supostamente bêbados.

Pareciam confidentes, sabe lá a serviço de quem. Eram os que corriam em busca do pagamento das rondas.

Judas bebia vinho e sem medida.

Ele nos viu, mas continuou indiferente.

Tomé fez um gesto e os acompanhantes de Judas se levantaram e desapareceram.

Os discípulos sentaram-se e o "urso" reprovou Iscariotes por sua falta de palavra. Mas Judas, ébrio, se limitou a sorrir com má vontade.

– O Mestre está à tua espera...

Judas escutou o comentário de João Zebedeu, mas continuou segurando sua jarra.

– Nós combinamos de nos ver...

– Eu não tenho nada com ninguém...

O "urso" insistiu:

– Nós nos falamos no secadouro...

O Iscariotes não recordava, e o mais provável era que não queria recordar.

– E, além disso – acrescentou em uma linguagem áspera e embolada –, não tenho certeza se eu quero ou não participar dessa vossa organização...

– Por quê?

Judas pediu mais vinho e o fez aos gritos. Aquela faceta da bebida eu não conhecia. Senti pena por aquele homem solitário, sempre triste, sempre assediado pelos fantasmas, sempre um fracassado...

Apresentava olheiras bem aparentes, que alongavam o perfil de pássaro.

– Não gostei como trataram Yehohanan...

Notei como sufocava. Que estranho...

E o Iscariotes foi soltando:

– Esse Jesus, o carpinteiro, é um déspota, um prepotente, um blasfemo e um covarde...

João Zebedeu ficou vermelho.

Bartolomeu pediu calma. E perguntou de novo:

– Por que estás falando assim?

– Esse carpinteiro louco nunca atendeu aos requerimentos do verdadeiro Messias: Yehohanan...

Eu estava quase certo. Judas padecia de algum tipo de problema respiratório. As sibilâncias (ruído sibilante ao respirar), as tosses repetidas e a contínua dificuldade na respiração me fizeram pensar na asma (talvez do tipo bronquial) ou em algo pior (uma obstrução crônica pulmonar). E eu me perguntei: que tipo de asma o atormentava?[38] Se não fosse isso, o que era então? E, sobretudo, por que não detectei no ano 30 quando o vi pela primeira vez?

O Zebedeu interrompeu o Iscariotes e o fez recordar do acontecimento em Caná.

Judas riu das palavras de João:

---

38 A asma, especialmente a bronquial, é uma enfermidade que obstrui (de forma reversível) as vias aéreas. Estas apresentam hiper-reatividade. A mucosa bronquial se inflama. Existem diferentes fatores implicados no aparecimento da asma: fatores predisponentes (atopia: o enfermo padece de processos alérgicos), fatores causais (ácaros, pólen etc.), fatores contribuintes (infecções respiratórias virais) e emoções extremas. Tudo isso pode gerar crises asmáticas passageiras ou asma crônica, com sintomas continuados. Chamou-me a atenção um dado: Judas não sofria de asma antes da captura de Yehohanan. Isso teria influído no estresse e no aparecimento do problema? (N. do M.)

– Os magos egípcios fazem isso diariamente...

– Mas do que estás falando?

– E eu direi mais – entusiasmou-se o Iscariotes entre os sibilos e taquipneias (respirações rápidas e superficiais). – Se Ele é o Messias como dizem, por que não moveu um dedo para libertar Yehohanan?

João Zebedeu, que também foi discípulo do Batista, teve que reconhecer que o Iscariotes falava com algum senso de verdade. Até esse momento, o Filho do Homem não havia intercedido por seu parente distante. Em realidade, não devia...

– Não, não estou certo de querer me associar a vós...

E o "urso" e o Zebedeu, em seu desejo de converter Judas, regressaram ao ponto de sempre, e falaram com entusiasmo sobre o futuro reino:

– Dinheiro, Judas, muito dinheiro...

O Iscariotes encolheu os ombros. Não era dinheiro o que o atormentava.

– O Messias libertará o nosso povo – continuou João com os olhos brilhantes (não sei se pelo vinho ou por suas crenças, ou por ambas as coisas) – e nós estaremos ali... Escreverão sobre nós, como fizeram com Pinjás, com Elias ou com os Macabeus...

Aí deu um acerto, pegou no ponto. Judas se remexeu, inquieto. Pinjás (neto de Aarão) e também os irmãos Macabeus eram seus ídolos, os grandes libertadores do povo. Ele, na verdade, se autoproclamava *maquisard* ("guerrilheiro").

– A glória, Judas! A glória nos espera! Jesus nos guiará até a vitória...

Nisso, em plena arenga do Zebedeu, aproximou-se da mesa uma das prostitutas, que também faziam as vezes de garçonetes. Ela depositou sobre a mesa cinco novas jarras com vinho barato, e Tomé, muito sério, aproveitou para deslizar a mão esquerda debaixo dos panos que cobriam o corpo sem graça da mulher. Ela permitiu que Tomé a acariciasse por um tempo. O discípulo percebeu que eu estava observando e, sem deixar de passar os dedos sobre ela, deu-me uma piscadela.

Judas hesitou.

– Tu tens certeza? Ele tem entre seus planos a libertação de nosso povo?

– Isso mesmo, caro amigo...

O "urso" assentiu com a cabeça.

– E não apenas a libertação de Israel – continuou o Zebedeu. – Se te juntares a nós, vais testemunhar grandes maravilhas. Aquilo em Caná foi apenas o começo.

João não sabia, mas nisso ele estava certo.

– ... e libertará Yehohanan, não duvides disso.

A prostituta se afastou, feliz.

– Não sei...

O ataque do Zebedeu continuou. Judas estava quase convencido.

– E depois, mais glória, mais poder e mais dinheiro... Judas, tu vais nadar em ouro e prata! O reino anunciado está chegando. Entra em nosso carro agora, enquanto pode!

Os assobios do Iscariotes aumentaram.

E brindaram com fervor:

– Abaixo Roma!

Foi então que João perguntou sobre o destino de Yehohanan. Todos sabiam que ele fora preso por Herodes Antipas e levado para a prisão do Cobre, mas João queria mais detalhes. No dia anterior à captura, como se deve lembrar, o Iscariotes tinha ido a Jericó com Abner, o pequeno grande homem, e o restante dos "justos" e seguidores do Batista. Não fora testemunha, portanto, da prisão do gigante de olhos vermelhos. Mas, dominado pelo vinho, ele se deixou levar por suas fantasias. Assegurou que o Batista tinha lutado como um leão e deixado muitos corpos espalhados à sua volta. Depois, quando Antipas recebeu a notícia da prisão, mandou libertar Gad e José, os discípulos de Yehohanan que haviam sequestrados pela guarda no domingo, 9 de junho. E, segundo o Iscariotes, o tetrarca ameaçou executar Yehohanan se os seguidores – mais de 10.000, na versão de Judas – continuassem às portas de seu palácio, na referida cidade de Jericó. Aparentemente, a desesperança venceu, e a multidão se dispersou, voltando para casa. Abner e os mais próximos do Batista levaram vários dias para descobrir onde estava o Anunciador. Alguns sugeriram atacar a prisão do Cobre, mas a ideia não prosperou. E os "justos" terminaram desertando. Antipas colocou um prêmio pela cabeça de Abner, e ele fugiu. Judas não sabia seu paradeiro. E ele mencionou um detalhe que me intrigou: Antipas se aproveitou das lembranças do pequeno grande homem. Mas como Judas poderia saber disso se não estava presente no momento em que a guarda pretoriana do tetrarca registrou o *guilgal*? Como eu disse, isso me pareceu estranho, mas não prestei mais atenção ao assunto.

Ele não contou muito mais. Judas, assim como outros "justos", caminhou sem rumo por um tempo. Em seguida, não sabia por quê, apareceu em Tariqueia, e dedicou-se à procura de trabalho na secagem de peixe. Foi assim que ele conheceu Tomé, e como contatou Felipe e Bartolomeu.

O Iscariotes propôs outro brinde:

– Por Yehohanan!

Todos concordaram, e levantamos as jarras. Antes que alguém começasse a pedir uma nova rodada, o "pelicano" enfiou o incrível nariz e perguntou:

– Mais vi-vi-vi-vi-vi... nho?

Judas disse que sim e, claro, terminamos todos bêbados e falando sobre o humano e o divino. Eu, inclusive, acho que acabei cantando em inglês. Mas ninguém se deu conta do estranho idioma daquele grego rico e excêntrico. O que cantei? Suponho que alguma música *country*, tão adequada àquele inferno. Ninguém reparou? Não tenho tanta certeza...

Brindamos por Shlomo e pelos mártires que levaram à captura de Yehohanan.

Bartolomeu pagou a conta e Judas Iscariotes jurou fidelidade eterna aos discípulos e à causa.

E nos despedimos do "pelicano gago" com outro "Abaixo Roma!"

Não tenho ideia de como voltamos para a casa de Tomé.

Acho que nos apoiamos uns nos outros, ou algo parecido...

E foi assim que o Iscariotes se uniu ao grupo do Galileu.

Tomé procurou alojar todo mundo.

O Mestre e os discípulos já dormiam. Não sei se notaram a nossa chegada.

Simão Pedro roncava, como de costume.

E não me lembro de mais nada. Sei que dormi profundamente e tive sonhos estranhos.

Estranhos?

Sim, e algo mais...

Foram três sonhos dos quais me lembro. Um deles me impressionou profundamente.

Estávamos no "Pelicano gago".

Estávamos bebendo a uma mesa.

Ali estavam Jesus de Nazaré e sua irmã Ruth, a seu lado. E sentados, também com jarras individuais nas mãos, estavam Yehohanan, Eliseu e Curtiss. Eliseu vestia o macacão de piloto, exatamente como eu. Curtiss aparecia com o uniforme de general da Força Aérea dos Estados Unidos.

Yehohanan bebia água.

Lembro-me de Curtiss, chefe da Operação Cavalo de Troia, fumando um daqueles charutos intermináveis dos quais gostava tanto.

Eliseu e o general tentavam convencer o Mestre a se juntar à causa:

– Há muito dinheiro e poder em jogo – explicavam–, e só precisa nos autorizar a cloná-lo.

E Eliseu mostrava um documento (em papel timbrado do Pentágono). Em um dos cantos se lia: *President's eyes only*. (Só pode ser lido pelo Presidente.)

Clonar Jesus de Nazaré?

E lembrei-me do cilindro de aço, com as amostras...

Bastardos malditos!

Fiz uma série de perguntas:

– Por que o presidente dos Estados Unidos está ciente do Cavalo de Troia? Por que ninguém me disse nada sobre a clonagem do Galileu?

Curtiss me ordenou que fizesse silêncio e disse:

– Sua missão é escrever! Escreva! E resuma!

E me lançou uma baforada no rosto...

– Basta assinar aqui.

Eliseu indicou o lugar onde Jesus deveria colocar sua assinatura.

Mas o Filho do Homem hesitava.

E Curtiss contra-atacou:

– A CIA vai distribuir messias pelo mundo todo... Cem deles em Cuba! Dez mil na China comunista! Um milhão de messias nos países árabes! Entendeu? Será o novo reino! Mas, para isso, para que possamos proceder à clonagem, precisamos de sua assinatura...

– Vós não compreendestes – respondeu Jesus.

Yehohanan interveio:

– Tudo é uma mentira...

Ruth, paralisada, tentou falar. Não conseguiu.

E então o "pelicano" chegou e perguntou:

– Mais vinho?

Olhei com espanto. Ele estava sem gagueira.

– Ele me curou – explicou, apontando para o Mestre. – Foi ao pôr do sol...

E acrescentou, feliz:

– Ele se dá muito bem no pôr do sol.

Jesus rejeitou a "oferta". Ele não assinaria.

Finalmente, decepcionado, Eliseu guardou o documento e sugeriu ao general:

– Não adianta pressionar. Ele não vai assinar, eu o conheço. Seu reino não é deste mundo.

– Não importa – retrucou Curtiss. – Nós o faremos sem permissão. E vamos fazer antes de chegar a grande rocha.

Ao ouvir falar da grande rocha, Yehohanan ergueu o jarro com água e disse:

– Faltam 24.753,75 lunações para a grande rocha.

– O que esse maluco falou? – quis saber o general.

Yehohanan repetiu e completou:

– Faltam 24.753,75 lunações... Sindônicas, claro!

– Mas que palhaço! – comentou o general, quase para si mesmo.

– Tu não entendeste! – insistiu o Galileu. – Eu voltarei por trás da grande rocha.

Curtiss, aparentemente, não entendia o aramaico do Filho do Homem, e perguntou a Eliseu se ele poderia traduzir para o inglês.

– Ele diz que vai voltar com a grande rocha...

– Não foi isso o que eu disse – esclareceu Jesus ao tradutor. – Eu disse que voltarei por trás, e não com a grande rocha.

– Seja como for, quem se importa?

– Não é a mesma coisa – disse o Mestre.

– O quê? – solicitou Curtiss.

– Ele diz que voltará, meu general...

– A Parusia! Ele está falando da Segunda Vinda!

– E essa, quem é? – interveio o taberneiro.

Eliseu olhou para ele com desprezo e comentou:

– Não é uma de suas prostitutas. A Parusia é o advento glorioso do Messias no final dos tempos.

– Faltam 24.753,75 lunações... Sindônicas.

Yehohanan continuava a falar obstinadamente. Por que sindônicas?

Uma das garçonetes depositou outras jarras sobre a mesa e Curtiss deslizou a mão direita por baixo da túnica da jovem, acariciando suas nádegas.

Mas, desta vez, sem sorte. A garçonete, ofendida, se virou e lhe deu uma sonora bofetada. O general, vermelho de vergonha, retirou a mão e continuou a conversa:

– Então é verdade... Você pensa em voltar à Terra...

Jesus assentiu em silêncio.

– E o Vaticano já sabe?

O Mestre foi visto com um sorriso malicioso.

– Então, não sabe.

– Faltam 24.753,75 lunações...

– Sim, nós já sabemos – cortou o general, mais do que cansado da cantilena do Batista. – Lunações sindônicas... Lunações de 29,53 dias...[39]

Ruth finalmente conseguiu falar:

– Eles são o Vaticano... Eles, os discípulos.

E acrescentou furiosa:

– Eles são traidores de meu irmão. Eles vão mudar a mensagem e fundar uma igreja. Jesus nunca quis uma coisa dessas...

Jesus pediu silêncio.

– Mas quando vai ser isso da Segunda Vinda?

A pergunta de Curtiss pairou no ar. Ninguém respondeu. Ou melhor, Yehohanan fez isso a seu modo, com a história das lunações.

Comecei a adormecer. Outra vez aquele vinho barato.

Mas então fui despertado bruscamente.

Era o general, com as mãos em meus ombros, me sacudindo e gritando:

– Traduza! Jasão, está me ouvindo? Está me ouvindo?

E fui acordado, mas na vida real. O Mestre me agitava suavemente, com as mãos em meus ombros. E repetia:

– Jasão, estás me ouvindo? Acorda, nós já vamos...

Levei algum tempo para despertar.

Oh, minha cabeça... Parecia a de outra pessoa...

O Mestre sorriu, maliciosamente, e comentou:

– Mas que noite, hein?

Maldito vinho e maldito "pelicano"!

Jesus piscou para mim e repetiu algo que eu já tinha ouvido em outras ocasiões:

– Procura a "pérola" em cada sonho...

Os discípulos, de fato, se preparavam para partir.

Foi um alarme falso.

Quando chegamos à porta, o *qibela* estava esperando, ameaçador. Assobiou por um tempo, agitou as túnicas e os cabelos e deixou claro que não era o momento de abandonar Tariqueia.

Tomamos o café da manhã e, finalmente, o Filho do Homem aproximou-se do Iscariotes, dizendo-lhe:

– Judas, ao recebê-lo, peço a *Abba* que tu sejas sempre leal...

---

39 Yehohanan, no sonho, falava de lunação sindônica; na verdade, é lunação sinódica (período de tempo em que a Lua passa entre duas fases iguais). É equivalente a 29 dias, 12 horas, 44 minutos e 3 segundos. Como expressou Curtiss: 29,53 dias. (N do M.)

O Iscariotes, sentado a um canto, nem sequer se levantou.

Seus olhos estavam vidrados. Sua ressaca era pior que a minha.

E o Galileu terminou a recepção oficial:

– Somos todos a mesma carne, não te esqueças... E agora, segue-me...

Os discípulos o rodearam, e o felicitaram; em especial João Zebedeu e o "urso".

Mas Judas não disse nada. Realmente não entendia. Ele estava lá com um pedaço de pão e uma tigela de leite na mão, sentado na casa de Tomé, mas poderia ter sido em qualquer outro lugar. Ele não compartilhava das ideias do Galileu. E mais: desconfiava dele.

Simplesmente, eu acho que ele se deixou levar pelas circunstâncias.

Ele não sabia para onde ir. Seu ídolo Yehohanan estava na prisão. Tanto fazia cinco ou 25...

E nessa quinta-feira, 11 de julho (ano 26), ficamos em casa.

Os 12 haviam sido recebidos finalmente, e digamos que "oficialmente", pelo Filho do Homem.

Jesus aproveitou o mal tempo para ouvir cada um deles. Todos falaram, exceto o Iscariotes, que quase não abriu a boca.

Assim foram conhecendo uns aos outros, suas respectivas famílias, em que trabalhavam, suas esperanças, seus desejos, seus amigos e por que estavam ali pelo Mestre. Foi assim que eu soube que Mateus Levi tinha uma preocupação que o consumia: um de seus quatro filhos, chamado de "Neve nas mãos" e que todos em Nahum conheciam como *Telag,* estava doente. "Muito doente", disse ele, mas não especificou o tipo de doença. Eu descobriria mais tarde, em uma das visitas domiciliares. O menino tinha síndrome de Down.

O Zelote se expressou com transparência, tal como era: seu sonho era atirar os *kittim* ao mar.

O Galileu ouviu em silêncio.

O mesmo foi defendido pelos Zebedeu.

Felipe, mais modesto, só queria levantar dinheiro suficiente para se dedicar totalmente ao seu laboratório de óleos essenciais e viajar para longe, para a China.

Os gêmeos não tinham maiores aspirações.

Tomé encolheu os ombros e falou de sua esposa, 'Alam, e do divórcio. "Eu queria ver o mundo..."

Pedro aspirava a ter seu próprio barco. Ele o batizaria de *Êben* (em aramaico significa "pedra", nome que, aliás, Jesus lhe dera), ou talvez "Perpétua" (nome da mulher), "mas nunca *Amata*" (a sogra).

André só queria paz e saúde.

O "urso" fez um discurso, imaginando-se um grande latifundiário no Caná, dedicado inteiramente a seus netos e às suas romãs. Sua propriedade seria maior do que *Sapiah*, a propriedade de Nathan. Ele esperava ali morrer, cercado por livros...

O Mestre e quem isto escreve trocamos um olhar de cumplicidade, mais de um, e mais de duas vezes. Não era esse o Destino de Bartolomeu, o "urso" de Caná... Mas isso, claro, ele não podia saber.

Quanto a Judas Iscariotes, não foi possível extrair uma confidência sequer. Ele estava frio e distante, sempre montado naquele olhar negro e desconfiado.

Minto. Ele fez, sim, uma pergunta.

De repente, para surpresa de todos, ele se voltou para Jesus e perguntou sobre o destino do Yehohanan.

O Filho do Homem respondeu com uma frase:

– Permite que o Pai faça o seu trabalho...

Ninguém entendeu.

Fiz algumas contas.

Entre as esposas, filhos e outros parentes a seu cargo, o grupo contava com cerca de 34 pessoas ou mais, considerando quem dependia deles diretamente. Em outras palavras, de seus salários.

Eram 34 pessoas, 34 problemas.

Não tive inveja do Galileu...

No geral, foi um dia agradável e prático. Como eu disse, eles se conheceram um pouco melhor e, sobretudo, começaram a amar o Filho do Homem. Bem, nem todos...

Eternidade preparou a comida e nos ofereceu um saboroso jantar, à base de cordeiro assado e legumes do Jordão. E Tomé acabou pegando os dados e arriscando suas barbas...

O Mestre riu gostosamente.

No final, ao nos retirarmos para descansar, a casa parecia impregnada de um perfume familiar de mandarim, a essência que eu identificava com o carinho e o amor...

Não foi um mau começo para o grupo, apesar do "Pelicano gago".

Nessa madrugada, e com a missão cumprida, o *qibela* voltou para as terras do sul.

E o *yam* amanheceu azul e pacífico.

Nessa sexta-feira, 12 de julho, embarcamos para Saidan.

'Alam (Eternidade) estava pulando de alegria no cais. E veio se despedir de nós com toda a família. Tomé, no barco, a chamava de "tirânica e desagradável". 'Alam agitava os braços e gritava (sem gritar): "Não voltes!"

Teríamos cerca de três horas de navegação.

O capitão enfunou uma vela negra e quadrada e rezou aos deuses para que o vento soprasse a favor. Ele era um fenício que se dedicava ao transporte de pessoas e de mercadorias. Eu o conhecia de vista. Estava sempre cantando.

O céu foi estendendo seus azuis e o mar se aproximou, curioso, brincando ao redor do barco. As algas, as *peridinium*, logo descobriram a embarcação e se uniram à brincadeira das pequenas ondas, perfumando-nos.

O Mestre sentou-se à proa e deixou que os cabelos voassem ao vento durante um tempo.

Ao longe, na costa de Kursi, outras velas perseguiam as tilápias e pareciam que estavam se movendo, mas disso não se tinha certeza.

E, de repente, ao receber uma brisa suave e perdida, o fenício, satisfeito, começou a cantar:

"Oh, Iris, quero ser esculpido em teus sonhos..."

Era uma canção triste. Fizemos silêncio. E cada qual se afastou com os pensamentos debaixo do braço.

Eu fui com Ruth...

"Oh, Iris, faz-me de argila, de pedra ou de madeira, mas faz-me..."

A brisa ficou entre as dobras da vela. Não quis se mover mais... Acho que adormeceu.

"... Oh, Iris, sei que me amas, mas me ama em teus sonhos..."

O Filho do Homem, feliz, inclinou-se sobre o lago e foi recolher água na palma de sua mão direita. Ele a contemplou e a deixou escorrer. As gotas brilharam, não menos felizes.

"Oh, Iris, sou a água quando me bebes... Bebe-me!"

O Mestre repetiu a operação e levou água ao rosto. As gotas desceram, entusiasmadas. Depois, fechou os olhos e deixou que outra brisa, mais afortunada, fosse lhe secando a testa, as pálpebras, o nariz, as bochechas bronzeadas e as barbas.

"Oh, Iris, eu morrerei se me esqueceres... Lapida-me em teus sonhos como os deuses pintam os lírios... Oh, Iris, leva-me para tua nuvem!"

E o barco prosseguiu sulcando todos os tipos de azuis, alguns até mesmo bem profundos.

O Galileu, então, chamou a atenção de seus discípulos.

Todos eles se sentaram a seus pés. Apenas Judas Iscariotes permaneceu indiferente e absorto. Seus olhos estavam fixos em Tariqueia, cada vez mais distante e providencial.

E o Filho do Homem falou sobre um tema de enorme importância, é claro, que eles não captaram. Assim era Ele. Aproveitava cada ocasião para ensinar e, sobretudo, para educar. Se eu tivesse que eleger um título que definisse o Mestre, escolheria o de educador.

No início, a julgar pelos rostos, eles pensavam que Jesus estava blasfemando ou estava fora de si...

Os íntimos se entreolharam e trocaram gestos ou sinais.

"Mas o que ele está dizendo?"

Simplificando, Jesus começou a falar sobre "outros deuses". Talvez tenha tomado a letra da canção emprestada. Eu não tenho certeza...

Ele disse que o reino de seu Pai Azul tinha muitos deuses.

Depois, dirigiu-se a quem isto escreve e afirmou:

– Com maiúscula, querido *mal'ak*...

Mensagem recebida.

Um desses deuses, de particular importância, é chamado Espírito da Verdade, o "Ator ignorado". Assim foi definido. E entendi que ele estava se referindo ao que os crentes chamam de Espírito Santo (uma redundância, uma vez que os espíritos, especialmente os deuses, são sagrados, santos, perfeitos, por natureza).

Jesus não deu atenção para os sussurros dos discípulos.

Ele assegurou que o Espírito da Verdade é também um Deus silencioso e vital.

Habita na matéria, no imperfeito e no limitado.

"É sua especialidade."

Ele habita a matéria – rochas, plantas, chuva, raios, mar, a noite... – para divinizá-la.

"E assim o Divino, como um todo, é o dia."

Eu estava tão perplexo quanto os íntimos. Ou mais...

E vieram à minha mente algumas das conversas com o Mestre, nas quais desenvolvemos outra questão central: a presença do Número Um, *Abba*, em cada um dos seres humanos. O que este explorador chama de "centelha" para simplificar.

Se eu não entendi mal, assim como o Pai se fraciona e se instala na mente do homem (a partir dos cinco anos de idade), o Espírito da Verdade faz o mesmo com a matéria inanimada (ou supostamente inanimada). Se assim for, e Jesus nunca mentia, cada planta, cada animal, cada rocha, cada cor, cada raio "contém" (?) uma fração divina.

"...Um Deus que anima, que cuida, e que se informa... em troca."

Que deifica a matéria!

O Mestre notou que os discípulos não seguiam sua explicação, e decidiu usar um exemplo.

Pegou de novo a água do *yam*, a mostrou em suas mãos espalmadas e, em seguida, a derramou no convés. A água embebeu a madeira e os dois elementos se tornaram apenas um.

Mesmo assim, eles ainda não conseguiam entender.

"O Espírito da Verdade, prosseguiu Jesus, é água viva que fala..."

E ele olhou para mim intensamente.

Lembrei-me então do milagre de Caná. "Água falante. Um rio da água da vida..."

Eu senti uma emoção especial.

Era esse Espírito, esse Deus (novo para quem está escrevendo isto), que se "introduziu" também na água dos jarros de Caná...

E surgiu bem clara em minha mente uma velha e querida canção: "Deus é ela". O Mestre a cantava de tempos em tempos, especialmente no estaleiro de Nahum.

"Deus é ela... Ela, a segunda *Heh*, habitante dos sonhos..."

A letra *Heh*, em hebraico, representa justamente o Espírito.

Entendi, acho.

A letra *Heh* está contida no sagrado nome de Deus, e por duas vezes. A segunda *Heh* (יהוה), segundo os judeus, simboliza o referido Espírito da Verdade (a essência divina assegurada na matéria). Outros a chamam de *Shekinah* ou a Divina Princesa.

"Ela, a segunda *Heh*, habitante dos sonhos..."

Sim, comecei a compreender. O Espírito Mãe...

Bartolomeu, um dos mais cultos, levantou a mão e perguntou:

– Mas, rabi, isso não é possível.

Jesus escutou a exposição do "urso".

– Os doutores da Lei dizem que a Divina Princesa já não está mais onde sempre esteve... Quando os ímpios entraram em Israel, ela desapareceu. Agora vive com eles...

Como eu digo, Bartolomeu não entendeu a sutileza do Filho do Homem.

Jesus não se referia à *Shekinah*[40] que viveu, supostamente, no Templo. Ele estava falando de um Deus difuso, capaz de ocupar o quarto nível, o mais baixo, pelo puro prazer de "dar" ou, como Ele disse, "para deificar o imperfeito".

De acordo com isso, tudo é sagrado...

E o Filho do Homem veio para confirmar esses pensamentos.

Pegou novamente a água do lago e a derramou sobre o rosto do surpreso "urso". As gotas, se divertindo, esconderam-se em sua barba.

E Jesus disse:

– Em verdade vos digo, Bartolomeu, o Espírito da Verdade está vos falando... Ele desce, pelo desejo expresso do Pai, para levantar o que está abaixo...

Final do ensinamento.

E cada qual o interpretou à sua maneira. Discutiram, mas Jesus não entrou em polêmicas. Limitou-se a ouvir. Algum dia, eles compreenderiam. Ele estava plantando, abrindo as mentes a uma nova e revolucionária ordem. Ele queria, acima de tudo, que imaginassem: que é a forma mais sagrada de adoração.

O Espírito da Verdade: um Deus feito matéria. Eu não tinha pensado nisso. Ele, Jesus de Nazaré, foi um Deus feito carne. O Pai, o Número Um, desliza para dentro da mente. O Espírito (*Heh*) desce até o último nível de imperfeição... E todos são enriquecidos. Nós nos enriquecemos.

Deus, quanta coisa eu não sei!

Enquanto navegávamos, apareceu o silêncio. Cada qual, como eu disse, passou a conversar com seus próprios pensamentos.

Como tudo era diferente com aquele Homem! Tudo novo!

Por que os evangelistas não contaram as coisas como deveriam? Por

---

40 A crença difundida entre os judeus daquele tempo é que Deus (Yaveh) ocupava o Santo dos Santos no Templo em Jerusalém, e na forma de luz. Eles chamaram a isso de Essência Divina ou *Shekinah*. Era conhecido como *Mahaneh ha- Šekinah* ("Acampamento da Essência"). Bem, de acordo com os doutores da Lei, essa Essência Divina ou Divina Princesa havia fugido do Templo como consequência dos múltiplos pecados e das iniquidades do povo escolhido. A *Shekinah*, a quem muitos consideram a "noiva do Senhor" ou "Santa Matrona", vivia agora (na época de Jesus) entre os ímpios. "E isso os tornou fortes", disseram eles. Para os mais rigorosos e ortodoxos, a *Shekinah* era uma luz circular, como uma coroa ou *keter*, capaz de voar. Era ela que amamentava a Terra, permitia as melhores colheitas e trazia a chuva. Um dos grandes objetivos do Messias era a recuperação da *Shekinah*. Yehohanan me falou sobre isso muitas vezes. Ele estava convencido: os exércitos do Senhor, com o Messias liderando, iriam encontrar e libertar a Divina Princesa, trazendo-a de volta a Jerusalém. (N. do M.)

que tantas mentiras e tantas manipulações? Por que todos esses interesses mesquinhos?

E me deixei levar pelas ideias semeadas pelo Galileu.

Perfume de algas... O Espírito da Verdade flutuando sobre o *yam*.

Céu azul sem fim... O Espírito da Verdade que abre as asas.

A brisa, surgindo na ponta dos pés... O Espírito da Verdade que não deseja incomodar.

Água transbordando com vida... O Espírito da Verdade falando.

Mas a trégua durou pouco.

Imediatamente, como uma tempestade, voltaram à minha mente os escritos dos evangelistas. Nada daquilo que foi vivido durante a seleção e a recepção dos 12 tinha a ver com o conteúdo dos textos supostamente sagrados.

Mateus (4, 18)[41] não acerta uma. Não sei de onde ele tirou tantas mentiras...

A respeito de sua própria nomeação, narrada no capítulo 9, versículo 9, embora se ajuste à verdade, não deveria ter sido narrada após a cura de um paralítico. Jesus, na época, ainda não havia iniciado a série de grandes curas. Estava começando...

E o que dizer de Marcos?

Ele copia Mateus em 2, 13. Em 3, 13,[42] o desastre aparece novamente. Não havia nenhum monte. Ele não o subiu para chamar quem queria. Não deu poder aos discípulos para que expulsassem os demônios. Não os enviou para pregar (não naquele momento). Não chamou de Boanerges aos filhos de Zebedeu ("filhos do trovão"). E tampouco ocorreu a eleição quando Marcos a menciona...

Lucas também não é muito confiável.

---

41 O "chamamento dos quatro primeiros discípulos" diz o seguinte: "Andando ao longo do mar da Galileia, viu dois irmãos, Simão, chamado Pedro, e seu irmão André, os quais lançavam a rede ao mar, pois eram pescadores. Disse-lhes: 'vinde comigo, e eu vos farei pescadores de homens'. Eles, pois, deixando imediatamente as redes, o seguiram. E, passando mais adiante, viu outros dois irmãos, Tiago, filho de Zebedeu, e seu irmão João, no barco com seu pai Zebedeu, consertando as redes; e os chamou. Estes, deixando imediatamente o barco e seu pai, seguiram-no". (N. de J. J. Benítez.)

42 Texto de Marcos (3, 13): "Ele subiu ao monte e chamou os que quis; e vieram a ele. Designou 12 para estarem com ele e enviou-os a pregar, com autoridade para expulsar os demônios. Instituiu os 12 e deu a Simão o nome de Pedro; Tiago, filho de Zebedeu, e João, irmão de Tiago, a quem deu o nome de Boanerges, isto é, filhos do trovão; André, Felipe, Bartolomeu, Mateus, Simão, o Zelote, e Judas Iscariotes, que o entregou". (N. de J. J. Benítez.)

Em 5,1[43] ele se detém em coisas secundárias e de pouca importância e se equivocou sobre Simão, como creio haver me referido.

Em 5,27, ao falar sobre o processo de seleção de Mateus, ele copia Marcos que, por sua vez, copiou Mateus.

Em 6,12, Lucas copia de novo outros evangelistas, e mete os pés pelas mãos, colocando a seleção dos discípulos em um monte, escolhendo todos de uma só vez e colocando logo a seguir o fato da cura de um paralítico. Em outras palavras: quando um se equivoca ou falseia a verdade, o restante, ao copiá-lo, comete os mesmos erros.

Como eu disse, um desastre...

Eu digo mais. Em vista de tantos erros graves, por que qualificar os Evangelhos como a palavra de Deus?

Deus nunca comete erros... Que eu saiba.

João Evangelista, mais esperto, não diz nada sobre a nomeação dos outros apóstolos.

Olhei para os 12.

Isso eu não podia negar. O Mestre soube selecionar. Aquele grupo de homens (11 galileus e um judeu) era a representação viva daquele povo (naquela época). Pescadores, agricultores, carpinteiros, pedreiros, comerciantes e até mesmo um odiado cobrador de impostos. Não faltou um revolucionário (Simão, o Zelote) nem um traidor (Judas Iscariotes). Ele cuidou até mesmo de que dois deles (os gêmeos de Alfeu) não tivessem o mínimo de inteligência. Outro tinha soberba e arrogância (João Zebedeu). Simão Pedro não refletia antes de falar. Era corajoso, mas inseguro. Outros só se

---

43 Texto de Lucas (5, 1): "E aconteceu que, apertando-o a multidão para ouvir a palavra de Deus, estava ele junto ao lago de Genesaré; e viu dois barcos junto à praia do lago; e os pescadores, havendo descido deles, estavam lavando as redes. E, entrando em um dos barcos, que era o de Simão, pediu-lhe que o afastasse um pouco da terra; e, assentando-se, ensinava do barco à multidão. E, quando acabou de falar, disse a Simão: 'Faze-te ao mar alto, e lançai as vossas redes para pescar'. E, respondendo Simão, disse-lhe: 'Mestre, havendo trabalhado toda a noite, nada apanhamos; mas, sobre a tua palavra, lançarei a rede'. E, fazendo assim, colheram uma grande quantidade de peixes, que quase lhes rompia a rede. E fizeram sinal aos companheiros que estavam no outro barco, para que os fossem ajudar. E foram, e encheram ambos os barcos, de maneira tal que quase iam a pique. E vendo isto Simão Pedro prostrou-se aos pés de Jesus, dizendo: 'Senhor, ausenta-te de mim, que sou um homem pecador'. Pois que o espanto se apoderara dele, e de todos os que com ele estavam, por causa da pesca de peixe que haviam feito. E, de igual modo, também de Tiago e João, filhos de Zebedeu, que eram companheiros de Simão. E disse Jesus a Simão: 'Não temas; de agora em diante serás pescador de homens'. E, levando os barcos para terra, deixaram tudo, e o seguiram". (N. de J. J. Benítez.)

preocupavam com o dinheiro (Felipe e Mateus Levi). E também se cercou de um filósofo (Bartolomeu) e de um incrédulo e misógino (Tomé).

Na medida do possível, era uma representação aceitável do homem, tanto física como psicologicamente.

Para o meu gosto só faltou um negro e, claro, um discípulo do sexo feminino. Mas tudo chegaria a seu devido tempo... Além disso, quem sou eu para dar minha opinião?

Oh, Iris! ... Leva-me para tua nuvem!

O barco do fenício se afastou, rumo a Nahum.

Nós desembarcamos em frente da quinta pedra, muito perto do casarão dos Zebedeu.

Seria a terceira hora (nove da manhã) quando entramos na casa.

Salomé, a dona da casa, não gostou muito de ver tanta gente...

Jesus a tranquilizou. Os "estranhos" logo iriam embora.

E assim foi.

Jesus conversou com André, o "chefe", e este organizou a questão do alojamento.

Os gêmeos de Alfeu dormiriam na casa de Pedro e de André. Havia espaço de sobra, disseram. Tomé e Iscariotes foram acolhidos na casa de Felipe com Bartolomeu. Era o natural. Com Mateus Levi e o Zelote não houve problema. Eles foram para Nahum, para suas respectivas casas. No casarão dos Zebedeu não havia lugar para mais ninguém.

E Salomé suspirou, aliviada.

Eles marcaram um encontro no dia seguinte. Continuariam a organizar-se.

No meu quarto eu encontrei três novas mensagens. Dizia o seguinte: "Teu olhar me envolve", "Caminhemos com os olhos" e "Agora eu toco o céu".

Eu tinha quase certeza. A autora tinha que ser uma das filhas de Salomé... Mas como seria possível entender que ela pudesse se apaixonar por um ancião como eu?

Guardei os *óstracos* com os demais e desci até a praia.

Aquela sexta-feira, 12, foi dedicada ao descanso e à conversa. Eu conversei muito com o Mestre e também com a família de Zebedeu. Abril continuava me olhando com intensidade. Estava mais bonita e atraente do que o habitual.

Salomé não podia acreditar na escolha dos 12; especialmente na de Mateus, o publicano. Ou melhor, o "detestado publicano", segundo suas palavras. Nem gostou da escolha de Iscariotes. As mulheres não gostavam dele. Não olhava nos olhos e nunca sorria. E elas não estavam enganadas...

Quanto às minhas conversas com o Mestre, talvez seja melhor que eu as deixe para mais tarde. Há tanto para contar...

No dia seguinte, sábado, 13 de julho, os discípulos se apresentaram no casarão e se colocaram sob as ordens de André. O Filho do Homem retirou-se para as colinas próximas. Tinha que conversar com o Pai.

De acordo com André, o Galileu lhe havia confiado a organização do grupo.

E assim eles o fizeram.

Durante cinco dias, os íntimos se reuniram na "terceira casa" e falaram e falaram.

Quando o Mestre regressava, no final do dia, os discípulos se retiravam. Ficou claro que o Mestre não queria participar das decisões, como eu poderia dizer, puramente domésticas.

Todo mundo respeitou essa sábia posição do Filho do Homem.

E na noite de quarta-feira, 17 de julho, quando todos estavam sentados ao redor do Galileu, no silêncio da praia de Saidan, André foi descrevendo o papel de cada um, "a partir deste momento ou quando o rabi entendesse mais conveniente".

Jesus ouviu, visivelmente satisfeito.

E naquele dia, como eu digo, nasceu – oficialmente – a organização dos 12.

Em suma, isto foi o que eu ouvi:

De comum acordo, André foi eleito o "cabeça" de todos eles. Ele já desempenhava esse papel em teoria e na prática. Todos o procuravam quando havia um problema. André, como eu já mencionei, era uma pessoa calorosa e serena. Seus conselhos eram sempre equilibrados. Pena que os evangelistas não o tenham levado em conta.

E André continuou enumerando:

Por ordem de seleção, Simão Pedro e os Zebedeu foram os seguintes. Os três fariam parte da "tabbah", uma espécie de "guarda pessoal" que protegeria o Mestre em todos os momentos, ou pelo menos enquanto ele permanecesse em contato com as pessoas. A "tabbah", quase sem querer, foi formada em 27 de fevereiro em Caná, quando Pedro, João e Tiago Zebedeu rodearam Jesus e tentaram, com sucesso, que os inoportunos convidados do casamento fossem mantidos à distância. Foi nessa quarta-feira, 17 de julho, que vi isso claramente. Esta foi a razão pela qual Jesus apareceu cercado, em sua vida pública, por estes três discípulos. Não era uma questão de preferência ou de sentimentos. Foi uma atribuição aprovada por todos. O Mestre não tinha nada a ver com isso. Ele simplesmente limitou-se a aceitar a referida "tabbah".

O quinto discípulo selecionado, Felipe, foi designado o responsável pelos assuntos domésticos. E não podia ter sido de outra forma. Isso vinha sendo contado há tempos. Felipe era fascinado por duas coisas: cozinha e dinheiro. Ele era um bom administrador. Bastava a ele apenas olhar e já saberia onde estava cada coisa e o que poderia estar faltando. Ele parecia ter olhos de raios X... No início, seu trabalho foi fornecer alimentos para o Galileu e seus companheiros. Gradualmente, as funções de Felipe se espalhariam pelas multidões que ouviam ou que acompanhavam o grupo. E isso provocaria bem mais do que uma ou duas dores de cabeça...

Mas vamos por partes.

O "urso", o sexto discípulo, recebeu uma das responsabilidades mais incômodas. Ninguém a queria. Houve longas discussões. Finalmente, eles tiraram a sorte e coube ao bom Bartolomeu. Ele deveria estar ciente das necessidades das esposas e dos filhos de cada discípulo. Isso significava ter que viajar regularmente a Nahum, Saidan, Kursi e Tariqueia, e verificar como eles andavam de dinheiro, além de relatar qualquer doença ou incidente grave. Dado o temperamento de algumas das esposas, e os antecedentes já conhecidos, todo mundo estava relutante em aceitar tal tarefa. O "urso" se resignou a isso, simplesmente.

Dada a sua longa experiência com dinheiro, Mateus foi nomeado o administrador-geral. Seria o responsável pela tesouraria. Mateus Levi iria lidar com o acompanhamento dos fundos do grupo e de sua gestão. Nove dos discípulos lhe deram o poder de parar as pregações, quando fosse necessário, para que voltassem ao trabalho e assim reabastecessem o "fundo comum". Ele aceitou de bom grado. Era a cara dele. Judas Iscariotes e João Zebedeu se opuseram. Não digo que odiavam o publicano, mas quase...

Os gêmeos de Alfeu eram um caso especial. Foram nomeados os "garotos de recados". Eles ajudariam todos, e naquilo que fosse mais necessário. Eles não disseram que sim nem que não. Na verdade, eles nunca diziam nada. Judas de Alfeu continuava com sua crise de nostalgia. E ficava perguntando: "Quando voltaremos para casa?"

Com Tomé também houve problemas. Ninguém sabia o que fazer com ele. Queria tomar conta do dinheiro, mas André sabiamente desviou a questão. E ele, acometido de estrabismo, foi submetido a um sorteio. Tomé adorou. A sorte (?) quis que ele lidasse com o planejamento dos alojamentos e das viagens. Quando fosse o momento (isto é, a vida de pregação do Mestre), Tomé deveria se encarregar de prever um bom lugar para dormirem e que rotas deveriam seguir. Ele disse que conhecia bem as tabernas e casas de jogo do *yam*...

O Iscariotes foi nomeado o "pagador". Ele deu de ombros. Estaria sob o comando de Mateus Levi. Pagaria o que lhe fosse ordenado. Era uma espécie de tesoureiro, nada mais. Deveria fazer relatórios semanais das despesas. Isso foi o estabelecido, mas nunca foi cumprido. Judas terminou prestando contas a André. Com Mateus, o cobrador, quase não se relacionou. Para Iscariotes, o homem era um "lixo".

E durante as discussões, enquanto André tentava organizar o grupo, Judas não se cansava de perguntar sobre aquilo que ele considerava essencial naquela organização incipiente: "Onde eles esconderiam as armas?"

Ninguém sabia responder, exceto Simão, o Zelote.

O guerrilheiro aconselhava fazê-lo no fundo das embarcações. Seria conveniente ancorá-las no *yam*, não muito longe.

Eu não saía de meu espanto. Todos ainda continuavam com aquelas velhas ideias sobre o Messias e a libertação do povo de Israel. Como eu já disse em diversas oportunidades, não invejava o trabalho do Filho do Homem.

E eu deixei para o final Simão, o Zelote, porque a escolha de seu trabalho foi sem dúvida a mais trabalhosa. Desde o primeiro momento ele quis abordar a formação de discípulos. Ele sabia bem como manejar uma espada e havia participado de várias escaramuças contra os "amaldiçoados *kittim*". Também pensava em organizar os arsenais e ter a coordenação com outros exércitos (?). Ele propôs, inclusive, um plano para resgatar Yehohanan.

André viu esses planos e quis guardá-los para apaziguar o entusiasmado guerreiro. E ressaltou que esses assuntos não eram da competência do "chefe".

Finalmente, o máximo que ele pôde fazer foi lhe dar um "trabalho temporário". O Zelote iria lidar com as formas de relaxamento dos discípulos e do Mestre "durante as viagens". André, eu acho, improvisou como Deus lhe deu a entender.

Simão ficou com cara de idiota. Mas aceitou. "É outra maneira de elevar o moral da tropa", disse ele.

Em resumo: ele se tornou o responsável pelos jogos e entretenimento durante as viagens.

Comecei a tremer.

O Mestre os contemplou um a um e perguntou se todos estavam de acordo. Eles assentiram.

Nada mais se disse.

O Mestre passou a outros assuntos, não menos complicados: trabalho e família.

Ele disse que tinha pensado bem sobre isso. E declarou:

O novo período de ensinamento, que começaria praticamente naquela noite de quarta-feira, 17, iria se prolongar durante meses. Não disse quantos. Eu sabia que as intenções do Homem-Deus eram concretas e específicas. Ele lhes falaria e educaria ao longo do restante do ano. No total, mais de cinco meses.

Pois bem, durante esse tempo eles alternariam trabalho e ensino.

Simão, o Zelote, o interrompeu:

– Isso quer dizer treinamento da tropa...

O Mestre sorriu, divertindo-se, e assentiu com a cabeça.

Compreendi. O que mais ele poderia fazer?

Em suma, eles dedicariam uma ou duas semanas por mês ao trabalho, e as restantes às "aulas".

Retificou imediatamente:

– Melhor dizendo, o treinamento da tropa...

O Zelote, muito sério, balançou a cabeça concordando. João Zebedeu e Judas Iscariotes ficaram satisfeitos.

Eles formariam três grupos e se dedicariam, principalmente, à pesca. Jesus disse claramente: ele deixaria o estaleiro e acompanharia seus homens. Todos aplaudiram a decisão. Pescariam durante a noite. Uma parcela dos rendimentos iria para um fundo destinado às futuras viagens de pregação. Outras duas partes seriam destinadas à manutenção das famílias e ao pagamento das refeições na casa de Zebedeu, respectivamente.

Jesus submeteu essas propostas à votação e todos se mostraram de acordo com o Galileu.

Solucionado o problema.

E eu me perguntei: o que o Mestre faria com *Zal*, o seu lindo cão cor de estanho?

O velho Zebedeu se recusou a cobrar pelos almoços e jantares de Jesus e de seus discípulos. Salomé ficou uma semana sem falar com o marido...

Finalmente, por decisão do Filho do Homem, o grupo manteria um segundo dia de descanso por semana. Todo mundo ficou surpreso. Esse dia seria quarta-feira. E o Mestre esclareceu:

– A dedicação à boa-nova requer um grande esforço. Esse dia será entregue, especialmente, à vontade do Pai. Não fazer nada, e vós vere, é muito difícil...

Durante o resto do dia, o Mestre se dedicou a comentar outro problema, não menos delicado. Ele falou das autoridades civis, religiosas e de ocupação (os *kittim*) e deixou muito claro que não queria conflitos com ninguém. Nenhuma crítica a Antipas...

Lembrei-me das invectivas do Batista.

O Mestre sabia o que estava dizendo... E acrescentou categoricamente:

– Se achardes que os governantes devem ser censurados, deixai esse trabalho para mim... E atenção...

Os discípulos o seguiam, perplexos.

– Nenhuma crítica aos *kittim* e muito menos a César!

O Iscariotes e o Zelote discordaram, mas Jesus insistiu:

– Meu reino não é deste mundo...

As primeiras estrelas foram observadas, confirmando as palavras do Deus-Homem.

E Iscariotes – claro que seria ele – fez a sua pergunta de sempre:

– O que será feito para ajudar Yehohanan?

E o Galileu, impassível, respondeu com a habitual:

– Permita que *Abba* e seu povo façam o seu trabalho...

Judas não estava satisfeito.

No dia seguinte, quinta-feira, 18 de julho, o Filho do Homem colocou mãos à obra, de novo. E começou uma segunda rodada de ensinamentos, mas desta vez praticamente do zero.

Quando saíam para pescar, dormiam até o meio-dia ou uma da tarde. Depois, eles se reuniam no casarão de Zebedeu, e Jesus falava daquilo que ele e eu tínhamos conversado inúmeras vezes.

Quando se referia a *Abba*, era incansável, tenaz e imaginativo.

Os discípulos ainda não entendiam. A ideia de um Yaveh irado ainda era muito profunda em seus corações. Não era fácil a mudança daquele Deus racista e fiscalizador por um Pai bondoso e imaginativo que habita em nós, que espera (seja lá o que fizermos) e que, sobretudo, nos dá a imortalidade (não importa o quê).

Jesus se transportava quando falava Dele, e os íntimos o percebiam (ao menos a maioria deles). Os olhos cor de mel se iluminavam e as palavras fluíam, cristalinas e inesgotáveis. Como era possível que ele falasse assim? A resposta era simples: ele sabia do que falava...

E foi alternando entre "aulas" sobre a natureza do Pai Azul com aquelas sobre o reino alado e invisível, que também vive dentro de nós "embora não o saibamos". Cansou-se de repetir isso: não é um reino material. Não é algo físico, embora seja a realidade das realidades. E lembrei-me do sonho da janela: "É hora de voltar à realidade".

Ele estava ali para despertar o mundo para a boa-nova: estamos salvos porque sempre o estivemos! Deus não é o que dizem e, muito menos, aquilo que nos vendem!

– Eu estou aqui para vos revelar a natureza do Pai. A única possível. Vós agora, assim como o resto do mundo, sofreis de escuridão...

E explicou:

– Uma escuridão causada por outros... Mas confiai. Seu Destino é esplêndido. Estou aqui para enxugar as lágrimas da humanidade... Deixai de chorar por vós mesmos... É hora de olhar para cima! Não estais sós nem perdidos!... Meu Pai me enviou para remover o véu do medo... Vós não sabeis onde estais nem o porquê, mas isso não importa agora. Saibei que sois Dele e a Ele retornareis.

Os discípulos olharam para ele, incrédulos.

Pena que estas palavras não foram recolhidas pelos evangelistas...

Nesse momento, honestamente, os ensinamentos do Mestre me pareceram uma batalha perdida. Parecia impossível que pudessem perfurar o chumbo da tradição e romper as velhas ideias sobre a Divindade. Mas ele fez isso...

O "urso" fez muitas perguntas:

– E o que acontece com os maus e os perversos? Também são imortais? Se o Pai não é justo mas sim amoroso, como diz, Mestre, o que acontece com o pecado e as injustiças? Serão os ímpios tratados da mesma forma que os justos e os eleitos? Por que Deus permite a maldade? Por que as crianças morrem? Por que alguns seres humanos nunca levantaram a cabeça e outros, no entanto, tiveram de tudo? Por que não sabemos o nosso destino? Por que o mundo está vivendo no escuro? Por que tu, antes, vivias na luz?

O Mestre respondeu brevemente:

– São as regras do jogo...

Poucos dias depois, o Filho do Homem mudou de tática.

Antes de começar cada ensinamento, os discípulos que foram escolhidos em primeiro lugar falavam com os que foram selecionados por último. Eles se reuniam na "terceira casa" e os seis primeiros tentavam colocar em prática o que o Mestre havia lhes ensinado. Discutiam, trocavam ideias e se apresentavam novamente perante Jesus com mais e mais perguntas.

Não serviu para grande coisa.

O Galileu, a cada dois ou três dias, se retirava para as colinas próximas e fazia isso sozinho. Melhor dizendo, ia com *Zal*. Eu não sei como ele conseguiu convencer Salomé a permitir que o cachorro voltasse ao casarão. Na verdade eu sei, sim. Salomé o fez prometer que cuidaria de *Zal*. E assim foi. O Mestre cuidava de tudo. *Zal*, inclusive, dormia em seus aposentos. E reitero: os olhos vívidos e amendoados daquele *kuvasz* conquistavam quase todos...

Esse foi um período no qual os íntimos não aprenderam muita coisa, aparentemente, mas começaram a sentir afeição pelo Filho do Homem. Jesus conversava em particular com todos eles, exceto com Judas Iscariotes. E os discípulos, eventualmente, acabavam confessando suas preocupações, tristezas e sonhos. O Mestre descia com eles até a praia e ali caminhavam e caminhavam. Foi assim que eles abriram o coração para o Filho do Homem. Mateus Levi descreveu a situação muito apropriadamente:

– Há pessoas que quanto mais eu conheço, mais eu desprezo. Com este homem acontece o contrário. Eu não o compreendo, mas quanto mais o conheço, mais o admiro...

Em um daqueles aprazíveis dias, quinta-feira, 25 de julho, sentados na "terceira casa", o Mestre fez uma advertência histórica.

Lembro que ele estava segurando o cálice de metal em suas mãos. Ele o acariciava, como sempre, enquanto *Zal* dormia a seus pés.

Observou os discípulos atentamente e, sabendo o que dizer, começou:

– Refliti bem sobre o que vou comunicar-vos...

Os discípulos se entreolharam, sem entender.

– A boa-nova que anuncio, e que continuaremos anunciando, deve ser a vossa única mensagem.

Eles, é claro, não sabiam sobre o que o mestre falava. Mas eu comecei a intuir...

– Não é meu desejo que se desviem disso, pregando sobre mim e sobre meus atos.

Ele manteve alguns segundos de silêncio e, observando que não entendiam, insistiu:

– Não vos desvieis... Não caís na tentação de organizar cultos sobre a minha pessoa... Eu não sou importante, mas sim Ele.

E dirigiu o dedo indicador esquerdo à testa.

– Entenderam?

Alguns disseram que sim por pura obrigação.

Obviamente, era muito cedo para que eles chegassem a entender palavras tão proféticas.

E continuou, com doçura:

– Vós sois humanos, mas é meu dever relembrar-vos agora... Quando chegar o momento, proclamai a boa-nova. Proclamai quem é o Pai e qual é seu verdadeiro futuro... Dizei às pessoas que existe um reino invisível e que tudo está preparado para o bem. Não vos entretenhais em criar lendas, dogmas ou hierarquias. A boa-nova não precisa de templos, mas de mensageiros...

Senti um fogo interno.

Ele, então, desviou o olhar e me procurou.

E insistiu, pausadamente, enfatizando as sílabas:

– Men-sa-gei-ros... Men-sa-gei-ros...

Anos mais tarde, após a morte do Filho do Homem, estas palavras provocariam o primeiro cisma na Igreja nascente. Pedro, e parte dos 12, começaram a pregar sobre a figura de Jesus de Nazaré e sua ressurreição, esquecendo a verdadeira mensagem. Felipe, André, Bartolomeu, Tomé e Simão, o Zelote, lembraram-se dessa manifestação do Mestre e se distanciaram de Simão Pedro e do restante. Os evangelistas tampouco registraram o que foi dito pelo Galileu naquele dia 25 de julho. Não interessava...

Jesus não tinha pressa. Eu nunca o vi confuso ou perdido. Ele sabia o que queria e como e quando expô-lo. Era um espetáculo para ser visto. Nunca ficava alterado. Não se enervava diante da teimosia ou da miopia mental dos discípulos. Deixava que falassem até se cansar. Não discutia quando eles voltavam aos temas habituais: arsenais, armas, exércitos, generais do Messias, a distribuição das terras dos ímpios, a distribuição dos despojos...

Continuava acariciando o cálice ou permanecia de olhos baixos, pensativo. Depois, quando os íntimos, exaustos, ficavam em silêncio, ele prosseguia...

Mas os corrigia em outras questões: seu Pai e o reino invisível e alado.

Não permitia enganos a respeito da bondade de *Abba*.

– Vós estais sentados sobre seus joelhos – disse. – Essa é a revelação que vos faço. Esquecei o fogo, a raiva e a frieza de Yaveh. Meu Pai não é assim. Isso é o que deveis dizer ao mundo... Vós sois imortais por um dom Divino. Sois filhos de um Deus! Do que mais precisais? Olhai para vossos irmãos como sendo irmãos, porque é isso que sois.

Foi Mateus, o publicano, o primeiro a começar a despertar para a nova ordem. Foi o primeiro a intuir, ainda que tardiamente. Mais tarde uma frase sua tornou-se famosa, mas foi também ignorada pelos evangelistas: "Descobrir o Pai Azul é encontrar uma mina de ouro que, além do mais, trabalha sozinha".

Foi em 26 de julho, sexta-feira, que as notícias sobre Yehohanan começaram a chegar. Elas se espalharam rapidamente pelo *yam*.

Eram confusas. Falavam de uma transferência do Batista para o sul, ao mar de Sal (agora, o mar Morto). Também correram rumores sobre Abner e os "justos" (os poucos que ainda permaneciam). As pessoas diziam que Abner também havia sido capturado. Outros afirmaram que ele estava a salvo em Samaria, sua terra natal. Ninguém sabia se as notícias da perseguição aos seguidores do Yehohanan ordenada por Antipas eram verdadeiras ou não.

O Mestre ouviu todas as versões e ficou em silêncio.

O Iscariotes, muito irritado, não deixava de incomodar o Galileu com sua pergunta habitual: "Faremos algo por ele?"

André o repreendeu, mas Judas virou-lhe as costas.

No dia seguinte, sábado, o lago recebeu outra notícia. João Zebedeu, ao tomar conhecimento dela, cuspiu indignado. Tinha acabado de chegar à Cesareia um novo governador romano. Seu nome era Pôncio...

E lembrei que, no "berço", conservávamos um passe assinado pelo insano...[44] Esse documento foi (seria) assinado no ano 30, e nos deu a oportunidade de viajar pelo território sem problemas. Foi bom que, desde o mês de *elul* (agosto-setembro), ele foi colocado na bolsa de viagem.

E foi nessa tarde de 27 de julho que aconteceu algo que obrigou o Mestre a revelar seus planos aos íntimos.

De acordo com os relógios do "berço", o ocaso, nesse sábado, 27 de julho, ocorreu às 18 horas, 32 minutos e 16 segundos.

Estávamos na praia em Saidan. O sábado terminava. Em breve, com o pôr do sol, começaria o domingo.

Uma vez concluída essa jornada, Jesus e os 12 embarcariam e passa-

---

44 O documento, em grego, foi datado no mês de *elul* do ano 26. (Veja ampla informação em *Cavalo de Troia 5 - Cesareia*). Pôncio assumiu o cargo no final de julho desse ano 26 de nossa era. O documento, de acordo com o diário do Major, continha uma cláusula que dizia: "... e os gregos acima referidos (Jasão e Eliseu), amigos pessoais e servidores do divino Tibério, podem viajar livremente pelos territórios da província procuratória, sendo assistidos, se assim o reclamarem, pelas coortes e guarnições que estejam sob minhas ordens..." (N. de J. J. Benítez.)

riam a noite no *yam*, pescando. Cada noite de trabalho, como já me referi, o Mestre alternava com uma equipe. Desta vez, ele estava com o grupo dos Zebedeu.

Jesus e quem isto escreve estávamos perto dos barcos, brincando com *Zal*.

Notei que os discípulos estavam meio inquietos...

Eu não sabia o que estava acontecendo.

Eles conversavam entre si. Iscariotes levantou os braços. Parecia discordar. Discutiam.

O Mestre também percebeu, mas continuou atirando gravetos na água. *Zal* ia e vinha, com o pelo da cor de estanho encharcado, e mais encharcado ainda de alegria. A cada graveto atirado, ele se arrojava no *yam* como se fosse a última coisa que faria em sua vida. Era um cachorro corajoso... E, bem, ele demonstraria isso no momento certo.

De repente, Pedro, Judas Iscariotes e Tiago Zebedeu separaram-se do grupo, avançando em direção ao Galileu. O restante dos discípulos permaneceu em expectativa.

O Filho do Homem viu a chegada dos três íntimos e parou o jogo. *Zal* manteve-se próximo ao Mestre, enquanto aguardava que atirasse o graveto que segurava na mão esquerda. Não tirou os olhos do graveto durante todo o tempo que a cena durou.

Jesus olhou para os discípulos e esperou.

Foi Simão Pedro quem tomou a palavra. Estava nervoso. No começo, não estava bem certo daquilo que gostaria de expressar:

– Bem, senhor... Na verdade, esses aqui e eu...

Tiago era puro gelo, como quase sempre. Não movia um músculo sequer. O Iscariotes, mais nervoso do que Pedro, começou a remover a areia com os pés descalços.

– Bem – continuou Pedro –, quero dizer que estivemos conversando e...

Zal balançou a cauda, incentivando o seu dono.

Jesus sorriu levemente, e ficou esperando.

– Quero dizer que estivemos conversando...

Ele parou mais uma vez, e apontou para os companheiros. Eles, ao notar que Jesus dirigiu o olhar nessa direção, disfarçaram e fingiram que estavam fazendo alguma coisa.

– ... E nos perguntamos se já chegou o momento de entrar no reino...

O Mestre sentiu um inseto perto da cabeça e levantou a mão esquerda, tentando assustá-lo. *Zal* esticou os músculos, preparando-se.

Alarme falso. E *Zal* olhou o Mestre, como dizendo: “O que há de errado?”

– Temos discutido o assunto – continuou Simão Pedro, um pouco mais sereno –, mas não o compreendemos totalmente.

Jesus baixou a mão e *Zal* relaxou, mas continuou alerta. Assim que olhava para o graveto, dirigia seus olhos amendoados para os do Mestre.

O Filho do Homem incentivou Pedro:

– Bem...

– Pois é isso, rabi, nós não sabemos...

– Não sabeis o quê?

– Não sabemos se anunciarás o novo reino em Nahum ou se o farás na Cidade Santa (Jerusalém)...

– Eu entendo.

O Iscariotes assentiu.

Jesus ficou em silêncio. Ele sabia que havia algo mais...

– Por outro lado... – hesitou Pedro, sem saber como entrar no assunto. – Por outro lado, eles e eu...

E Simão Pedro levantou o braço esquerdo, apontando para aqueles que permaneceram com os barcos. *Zal* não interpretou bem o gesto do discípulo e deu um salto, colocando-se na frente do aturdido Simão.

Alarme falso de novo.

– ... Temos conversado sobre a questão que nos preocupa, e que preocupa as nossas famílias.

O Mestre sabia muito bem sobre o que o apaixonado e desajeitado discípulo estava falando, mas decidiu esperar...

– Estou falando sobre os cargos que vamos ocupar assim que o reino for estabelecido.

Pedro ficou aliviado. Finalmente havia falado...

– Cargos? Mas que cargos?

Imaginei que o Filho do Homem quisesse extrair a informação.

– Generais, governadores, advogados... Como sabes.

– E tu, Pedro, o que serias?

– O governador do *yam*. Foi o que disse Perpétua, minha mulher...

– Perpétua?

– É que as mulheres querem saber...

Jesus ficou sério e cortou seco:

– Por que vos escondeis atrás das mulheres?

Simão Pedro tentou continuar com as demandas, mas o Mestre não permitiu. Levantou a mão esquerda e chamou aqueles que esperavam na praia.

Zal se esticou novamente. E eu digo o que ele deve ter pensado: "Que estranho! O Mestre nunca engana..."

Os discípulos se aproximaram e *Zal* ficou totalmente confuso.

Quando todos estavam reunidos, apontou para Simão Pedro e disse:

– Eu vou ignorar o que disse vosso irmão...

Alguns baixaram a cabeça, envergonhados. Eles sabiam muito bem do que estava falando.

Ele acrescentou:

– Até quando eu terei que ser paciente convosco?

Pedro interveio:

– Os Zebedeu querem monopolizar os cargos...

– Isso não é verdade – gritou João Zebedeu, vermelho de raiva. – Nós o conhecemos muito antes que vós. Por isso, nada mais justo que aspiremos aos cargos mais altos...

– Isso mesmo – sentenciou seu irmão Tiago.

– Mas todos nós vamos lutar por esse reino...

A declaração de Iscariotes foi apoiada pelo Zelote. O restante do grupo se manteve à espera, mais ou menos como *Zal*.

Jesus falou suavemente, mas com firmeza.

– Eu não estou aqui para me sentar no trono de Davi. Eu não estou aqui para chefiar os exércitos, nem para fazer política, nem para tratar de assuntos materiais... Por que não entendeis?

Foi a primeira advertência do Filho do Homem sobre a questão igualmente sensível da política.

– Vós sois mensageiros de um reino espiritual.

Eles continuavam sem entender.

– Algum dia, e mais cedo do que supondes, vós me representareis no mundo. Devereis fazer tal e qual eu vos pedi. Falei de minha mensagem, e não de política. Revelai ao mundo quem é *Abba*, mas não o mistureis nos assuntos mundanos. Eu não vim para mudar a ordem social, econômica ou política. Não é essa a minha missão. Se eu fizesse algo assim, amanhã os acontecimentos do próprio mundo terminariam com essa ordem.

Ele olhou para mim com intensidade. Eu sabia o que ele queria dizer.

– Em verdade vos digo que é mais importante criar esperança do que bem-estar. Meus amigos, escutem-me: meu reino não é deste mundo... Eu não vim para mudar as leis ou para mudar os governantes, nem para abençoar ou condenar os sistemas políticos ou econômicos... Estou aqui para fazer a vontade do Pai. Que deve ser o grande objetivo de todo homem e toda mulher. Essa é a minha mensagem. Isso é o que eu quero que vós transmitais para o mundo.

Os 12 ficaram chocados.

Na minha humilde opinião, o problema (por agora) não tinha conserto.

Jesus pediu que eles se sentassem ao seu redor. O graveto continuava em sua mão esquerda, para espanto e alegria simultâneos do paciente *Zal*.

E Jesus falou com toda a franqueza, expondo seus planos imediatos. Eles trabalhariam e receberiam instruções durante os próximos cinco meses. Em janeiro, se essa fosse a vontade de *Abba*, eles se lançariam pelos caminhos e proclamariam o novo reino.

Desta vez, eles entenderam.

Aquilo era concreto, muito concreto. Cinco meses de "treinamento das tropas".

E todos ficaram satisfeitos.

Pedro queria se levantar e dizer algumas palavras, mas Tomé se adiantou:

– Nós não sabemos que reino é esse, rabi, mas não importa. Estamos contigo... Vamos!

Jesus os abraçou, um de cada vez. O Iscariotes foi o único que não se deixou abraçar.

O sol, dourado e satisfeito, foi rolando para o poente, e o Mestre exclamou:

– Agora vamos pescar... E amanhã eu os farei pescadores de homens.

E o Galileu, feliz, acabou jogando o graveto nas águas do *yam*. *Zal* se apressou em ir buscá-lo. Finalmente...

Minutos depois, ele os via partir. Em um dos barcos navegavam os Zebedeu, os gêmeos e o Galileu. No segundo, seguiam Felipe, o "urso", Tomé e Judas. No terceiro estavam André, Simão Pedro, Mateus e o Zelote.

Peguei *Zal* e voltei ao casarão.

Eu nunca vou esquecer a noite desse sábado, 27 de julho...

Preparei a comida do cachorro, jantei e conversei com a família.

Fiquei surpreso de não ver Iyar (Abril), mas também não perguntei nada.

Haviam chegado novas informações sobre o Batista. Aparentemente, pelo menos de acordo com os rumores, os seguidores haviam tentado um segundo ataque à prisão de Cobre. Fora mais um fracasso espetacular. Mas não se podia confiar nesses boatos. A cada dia nascia e se espalhava um novo...

Mas pensei: teria sido por causa dessa tentativa de ataque que Yehohanan havia sido transferido para o sul?

Também conversei com o velho Zebedeu. Fazia dias que uma ideia me rondava, mas não cheguei a contá-la para ninguém. O Mestre, como eu disse, estaria dedicado à pesca e a passar seus ensinamentos a seus discípulos durante os próximos cinco ou seis meses. Isso significava que ele não sairia de Saidan. Eu teria, portanto, tempo e tranquilidade de sobra, ao menos em teoria. Será que eu conseguiria convencer o patriarca dos Zebedeu para que me permitisse copiar, novamente, o conteúdo dos 20 rolos onde se relatavam as viagens secretas (?) de Jesus?[45] Eu tinha ficado sem informação como consequência do incêndio na *insula*, em Nahum. Ele aceitaria? Tive minhas dúvidas. Este explorador conseguiu acesso aos papiros no ano 30, quando o Filho do Homem já havia falecido. Agora era diferente. O velho Zebedeu prometera ao Mestre que guardaria segredo "enquanto vivesse".

Não importava. Gostaria de tentar...

E após o anoitecer, depois de deixar *Zal* na "terceira casa", dirigi-me ao "pombal". Eu continuava remoendo a ideia e a conservando em minha mente. Como poderia explicar a Zebedeu? Não seria fácil...

De repente, levei um susto.

Vi luz sob a porta de meu quarto.

Eu parei.

Estranho...

Eu não tinha o costume de deixar aceso o candeeiro de azeite. Fazia isso sobretudo pela segurança.

Caminhei lentamente.

Não, eu não estava errado. Por debaixo da porta podia se perceber o tímido oscilar de uma chama amarela.

A madeira rangeu sob meus pés.

Olhei em volta.

Tudo estava escuro.

Não havia ninguém lá.

Mas então, quem estava no meu quarto?

Aproximei-me da porta para tentar ouvir.

---

45 O Major conta: "... E Zebedeu, abrindo um velho baú, me mostrou uma vintena de grossos 'rolos', confeccionados também em papiro e escritos em seu próprio punho e em sua caligrafia. Segundo Zebedeu, havia sido o Mestre quem lhe pedira para que o ajudasse na elaboração daquele emocionante relato. O ancião fez o ditado. Durante três meses, em segredo, o Filho do Homem contou cronologicamente tudo que viu durante pouco mais de três anos. De março do ano 22 a julho do ano 25". (Ampla informação em *Cavalo de Troia 5 - Cesareia*.) (N. de J. J. Benítez.)

Nada. Silêncio.

Talvez tivesse sido um erro deste explorador. Quem sabe eu tivesse me esquecido de apagar o candeeiro.

Isso não seria possível. Eu era extremamente cuidadoso, sobretudo em se tratando de fogo...

Eu podia sentir meu coração batendo. Alguma coisa estava para acontecer. Eu sabia...

Pensei em me virar e regressar à "terceira casa". Mas por quê? Do que eu tinha medo?

A "vara de Moisés" estava lá dentro. Se fosse um ladrão...

Não, não tinha lógica. No quarto não havia nada de valor, exceto o saco de viagem com o "323" e o jade preto.

Eu não tinha escolha. Ou melhor, eu tinha sim, mas estava sendo consumido pela curiosidade, um dos meus piores inimigos...

E meu coração avisou: "Você não deve abrir essa porta".

Não obedeci, é claro.

Empurrei a porta lentamente.

A madeira se deixou abrir e me ofereceu uma visão que jamais esquecerei.

O candeeiro realmente fora aceso e estava sobre o grande baú, como de costume.

A suave luminosidade tremia um pouco, abalada por uma leve e não menos curiosa brisa procedente do lago.

Eu estava certo.

O coração continuava bombeando, mais e mais rápido.

Eu estava perplexo, sem saber o que fazer.

Quase recuei e fugi, mas não podia fazer isso...

Sentada na borda da cama estava Abril, uma das filhas de Salomé.

Nesse momento eu soube: era ela a autora das mensagens nos pedacinhos de cerâmica.

Ela olhou para mim com atenção.

Usava o cabelo vermelho recentemente escovado e uma túnica branca de linho, imaculada.

Estava escondendo alguma coisa nas mãos.

Seus olhos me seguiram com atenção. O castanho habitual tinha desaparecido. Agora era um castanho doce e luminoso. Não piscava. Mal respirava.

Fechei a porta, nervoso. Eu não sabia o que dizer.

Eu a contemplei e tentei sorrir, acho.

Meu coração estava prestes a saltar para fora da janela.

O que eu deveria fazer?

Já disse: sempre fui desajeitado com as mulheres. Isso estava muito claro...

Ela não falou nada. Apenas estendeu o braço esquerdo e me entregou um *óstraco*, um pedaço de cerâmica. Seu toque com os dedos me fez estremecer. Havia outra mensagem curta.

Li, atordoado: "Eu quero te beijar, mas não posso".

Olhei-a novamente.

Percebi como se agitava. Seu peito começou a oscilar, muito lentamente.

Mas continuou sem pestanejar, com o rosto sério.

Aquela mulher falava com os olhos, como a maioria delas.

E achei ter entendido a sua linguagem: "Vem..."

Mas eu não me mexi.

Finalmente, percebendo a minha falta de jeito, ela exclamou:

– Sabes por que eles me chamam de "Setenta e sete"?

Não me lembro de minha resposta. Eu estava hipnotizado. Suponho que tenha dito que não sabia.

Ela se levantou e, lentamente, começou a soltar o cordão que fazia as vezes de cinto.

Ela me olhou de novo, e me atravessou com seus olhos. Os lábios, finos e pálidos, se umedeceram.

Então abriu se inclinou, pegou a túnica pela barra e foi retirando-a até puxá-la pela cabeça.

Ela estava completamente nua.

Deixou a roupa cair sobre o tapete vermelho e ajeitou o cabelo rapidamente.

Ela era bonita, muito bonita...

Aproximou-se do baú, pegou a lâmpada e começou a passear a luz pelo corpo.

Os seios pontudos eram firmes. E quanto às pernas, eram suaves e intermináveis.

Ao iluminar o lado esquerdo do ventre, ela deteve o movimento da lamparina de azeite. A região estava povoada de nevos, as típicas pintas. Elas eram de todos os tamanhos. Parecia uma constelação.

– Eles dizem que são setenta e sete, mas não se tem certeza...

Ela fez um ligeiro movimento com a mão, convidando-me para me aproximar.

Pálido, eu dei alguns passos.

– São 217 – esclareceu. – São 217 pintas...

– Não sei...

– Queres confirmar?

As palavras não saíam.

E ela, hábil, continuou excursionando a pele com a ajuda da traiçoeira chama amarela.

Os seios não tinham pintas. Apenas o pescoço e os ombros.

Então ela me entregou a lamparina, se virou e me incentivou a examiná-la.

Suas costas eram doces, como ela, e também cheias de constelações de pintas. As nádegas, desafiadoras, me chamaram. E faltou pouco para que eu as acariciasse.

– Estás vendo? – perguntou ela, sugestivamente.

Eu respondi com voz sumida:

– Sim, estou vendo.

Ela se virou de novo e sorriu com aqueles olhos enigmáticos.

Pegou a lamparina e a depositou no chão.

Os olhos estavam brilhando. Foi se aproximando muito lentamente.

Eu queria voltar, mas não fui capaz. Ela me atraía. Eu gostei.

Sorriu brevemente e notei a sua proximidade. Seus seios me tocaram. Notei como eles se agitavam, para cima e para baixo.

E um intenso perfume de terra molhada me envolveu.

Abril então fechou os olhos e ficou na ponta dos pés sobre minhas sandálias.

Esperou...

Mas aquele beijo não chegou.

Eu a afastei delicadamente e sussurrei, do melhor modo que pude:

– Não me leves a mal, tu és luminosa, mas meu coração está em outro lugar...

Ela abriu os olhos e olhou para mim, incrédula.

– Sinto muito... – murmurei.

Quis sorrir, mas o sorriso escorregou e caiu no chão.

Eu não sei como fiz aquilo. Eu não sei como fui capaz de articular uma só palavra. Não sei por que reagi assim. Minto. Sim, eu sei. Eu amava Ruth...

Não houve um gesto errado da parte dela.

Acho que intuiu.

Ela me olhou muito séria, recolheu a túnica, vestiu-se, abriu a porta e desapareceu na escuridão da noite.

Eu fiquei lá, na companhia da lamparina traidora e dos meus pensamentos e desejos, todos lutando e em desordem.

O que tinha acontecido?

Permaneci longo tempo na janela, na expectativa das estrelas e das tochas que navegavam no *yam*.

Não consegui dormir. Meu amor por Ruth era violeta (impossível). Por que não aproveitei a oportunidade que Abril me dera? Ruth estava hemiplégica e quase cega. Sua mãe não me aceitava. Eu era um ancião. Por que continuava amando aquela mulher? Nada fazia sentido. Ou fazia? O que teria acontecido se Abril e eu...?

Recusei-me a continuar pensando.

Empacotei minhas coisas, preparei a bolsa de viagem, deixei a "vara de Moisés" à mão e, decidido, esperei o amanhecer.

E durante esse tempo, com o olhar fixo nas estrelas brilhantes, alguém repetia dentro de mim: "Confia!" Era uma voz familiar.

"Confia!"

E foi assim, atormentado e confuso, que vi chegar a cor laranja do amanhecer.

Decidi sair do casarão. Salomé ouviu minhas desculpas (nem lembro o que eu disse), sem deixar de lidar com os afazeres na cozinha. Estávamos sozinhos. Era muito cedo.

Notei certa reprovação em seus olhos.

Nesse momento, ainda não tinha percebido. A mãe sabia de alguma coisa. Melhor dizendo, sabia de tudo...

Não tomei café da manhã. Tinha pressa para chegar a lugar nenhum.

Não conseguia ver nem o Mestre nem os íntimos. Eles ainda não tinham voltado.

E fui diretamente para o Ravid.

Mais uma vez, menti. Sim, eu me despedi de alguém. Acariciei *Zal* e me afastei de Saidan.

E pela terceira hora (nove da manhã), sem problemas, entrei no módulo.

Tudo estava em ordem. Tudo, menos meu coração...

Tentei raciocinar, mais uma vez.

Por que eu havia fugido? Porque era assim que as coisas eram, afinal de contas.

Nunca soube o motivo. Simplesmente, eu não queria continuar no casarão e correr o risco de cruzar com Abril e suas 217 pintas...

Os "bucoles" não deram sinal de vida. Camar, o *badawi*, tampouco tinha notícias dos bandidos. Decidi remover os ganchos e as cordas que estavam dependuradas no penhasco.

Novo erro...

E durante quase três dias fiquei escrevendo febrilmente.

Antecipei o *check-up* previsto pelo "Papai Noel" para o mês de setembro.

Negativo. Nenhum sinal de tumores. A amiloidose continuava desaparecida.

Os níveis de óxido nítrico, no entanto, estavam elevados. "Papai Noel" fez uma advertência: os radicais livres – portanto, o envelhecimento – continuavam a vencer as redes neurais. A situação teria que ser observada de perto.

Dei de ombros. Não era isso o que mais me preocupava naquele momento.

Foi outro aviso...

No primeiro dia de agosto, quinta-feira, mais calmo, decidi viajar para Nazaré.

Foi puro instinto.

Eu queria ver Ruth...

Ficar no "porta-aviões" foi benéfico. Recuperei o espírito e organizei meus pensamentos. Incidentes como o ocorrido no "pombal", com Abril, deveriam ser considerados normais em uma aventura como aquela. Não lhe daria maior importância. O que era vital era Ele: suas palavras, seus atos, seguir o Filho do Homem.

Assim eu o faria.

Depois de visitar Ruth eu ia me dirigir a...

Mas não, não é bom fazer planos além de sua sombra. Essas palavras não eram minhas.

Eu me deixaria levar pelo Destino, ou por quem quer que fosse.

Ninguém me esperava em Nazaré, é claro. Mas se alegraram com minha visita, creio.

Miriam me disse para ficar em sua casa.

Ruth havia piorado.

Já quase não enxergava.

A hemiplegia do lado direito a mantinha prostrada e arruinada, física e mentalmente.

Eu a encontrei na casa da Senhora, no mesmo canto, sentada junto aos grandes jarros.

Miriam me avisou: "Ela está agressiva. Não suporta nada nem ninguém".

Ela já não controlava os esfíncteres. O cheiro confirmou as palavras da irmã.

Ajoelhei-me diante dela e a observei.

O olho direito estava fechado quase que completamente. As mãos continuavam frias.

Miriam me apontou os tornozelos. Estavam inchados e azuis.

E, de repente, ela exclamou, com uma voz irreconhecível:

– Que... que... queeeero!

Foi a única coisa que ela conseguiu pronunciar.

Miriam e eu nos entreolhamos.

Ruth estava envelhecida, deformada e dolorida.

Deus meu! O que fazer?

Eu fiquei com ela por três dias.

Àquela deformação se juntou um processo de alteração de comportamento.

Ela não prestava atenção a mais nada. Sua capacidade de concentração havia se esvaído. Vivia em constante mudança de humor. Em um momento permanecia em silêncio e, depois, balbuciava a esmo. Vomitava e de forma vulcânica. Tudo em torno dela ficava constantemente sujo...

Ela não falava, mas as agressões com a mão e com o pé esquerdos eram contínuas. Ninguém estava a salvo a seu lado.

Eu achei que ela estava perdendo a consciência de si mesma.

Pensando bem, isso era a melhor coisa que podia acontecer...

Eu lhe administrei benzodiazepínicos por via oral e consegui que ela relaxasse. Ruth dormiu muito. Precisava disso.

De vez em quando abria aquele olho verde, agora apagado, e olhava com desânimo. Eu conhecia seus pensamentos...

Ajudei a alimentá-la. Levei-a nos braços para passear pela aldeia. Todos a olhavam com estranheza.

Contei-lhe histórias fantásticas, quase todas falsas, e ela sorria a partir do verde de seus olhos. Apertava suas mãos até que conseguisse aquecê-las.

Eu fiquei profundamente triste.

Eu continuava amando-a, e como...

Conversei com a Senhora. Não muito. Ela estava apática.

Ela perguntou por seu Filho. Eu lhe contei a verdade, a mesma que todo mundo conhecia: “Ele está bem. Já escolheu 12 seguidores... Agora ele os está ensinando”.

Ela me ouviu com atenção e murmurou:

– Eu não o entendo, Jasão... Não sei o que ele quer...
– Tu deves confiar...
– Confiar? Confiar em quê?
– Ele sabe...

E Maria sentava-se a meu lado e escutava também as histórias *kui*. De tempos em tempos eu conseguia roubar um sorriso, o que não foi pouco...

Com Tiago quase não conversei. Ele sempre estava fora. Evidentemente não havia perdoado seu Irmão. Segundo Miriam e Jacó, o assentador de pedras e seu esposo, "não havia nada a fazer". A ruptura era definitiva. As condições estabelecidas pela mãe naquela histórica e desconhecida reunião familiar continuavam de pé. A Senhora não havia recuado nem um milímetro. Ela era teimosa. Como já mencionei: o distanciamento seria para sempre. Maria foi ao Gólgota e viu seu Filho morrer, mas ainda não compreendia. Foi apenas depois da morte, e ao se comprovar a Ressurreição, que ela cedeu e reconheceu seus erros. Mas isso, eu acho, está contado...

Quão equivocados estão os crentes a respeito de Maria, a Senhora!

Foi na véspera de minha partida, depois do jantar e de colocar os filhos para dormir, que Miriam e Jacó se interessaram por algo que pesava em meu coração. Agradeci pela conversa. Eu me senti mais livre...

– Por que estás fazendo isso?

Miriam era como a mãe: direta.

– Fazendo o quê? – perguntei como um idiota.

– Por que te preocupas com Ruth e com todos nós? Ele nem sequer voltou...

Deduzi que se referia ao Mestre.

– Não sei – menti. – É que vós sois como se fôsseis da família...

Miriam sorriu, incrédula.

– Os homens não sabem mentir... E tu muito menos.

– Não entendo.

Miriam foi direta, sem rodeios, ao que interessava. Jacó assistia à conversa, muda como sempre.

– Tu a amas...

Baixei os olhos e reconheci o fato.

– Desde quando?

– Desde que a vi...

– Mas tu não vês o estado em que ela se encontra?

– E o que isso tem a ver?

Minha resposta a confundiu. Então eu desaguei:

– Não peço nada em troca. Só vê-la de vez em quando... Eu a amo, tu compreendes?

O verde-folha dos olhos de Miriam foi se iluminando.

– Claro que compreendo, mas isso não é comum... Ela não se recuperará. Está quase cega. Morrerá em breve...

– Uma razão a mais para estar a seu lado.

– E o que se passa com teu amigo? Por que não vem para vê-la?

Falava sobre Eliseu. Eu disse a verdade, ou quase:

– Eu desconheço o motivo. Quase não nos vemos...

Estive tentado a falar-lhes do futuro. Ruth se recuperaria. Não sabia como, no entanto, mas ela se curaria.

Não disse nada, naturalmente. Não era o meu papel.

– É uma forma estranha de amar – murmurou Miriam. – Não recebes nada em troca...

– Engano. Recebo mais do que entrego.

Miriam me olhou, confusa, e acrescentou:

– Não te entendo...

– Pensar nela me faz voar, me transforma e me enriquece. Não importa que eu não a veja...

Alguém falava por mim.

– Sonho com ela, e essa é a forma mais bela de permanecer com alguém. Tenho contado os seus olhares, como um tesouro. Sempre me acompanham.

E decidi revelar um grande segredo:

– E sei que ela também me ama...

– Por que dizes isso?

– Não entendo as mulheres – hesitei. – Sei que falais uma língua própria... Ela me disse... Com o olhar.

Miriam não teve outra saída senão assentir com a cabeça.

E terminou confessando:

– Isso é típico de Ruth...

– Mas não te alarmes – intervim, desconcertado perante minha última revelação. – Não causarei problemas... Devo partir e ocupar-me de outros negócios.

– Chama-me de Mir-yam – cortou Miriam. – E, sim, tu és da família...

Titubeou por alguns segundos e, olhando no mais profundo deste explorador, perguntou:

– Negócios? Que negócios?

Não me deixou esclarecer.

– Minha mãe disse que tu és alguém especial... Quem és, realmente?

Eu me senti preso.

– Por que estás com meu Irmão?

– Sou um *mal'ak* – sorri, – segundo Ele...

– Um mensageiro? De quem? Meu Irmão é tão importante assim?

– Sou um mensageiro de mim mesmo – repliquei, tratando de escapar da incisiva mulher.

– Tu não me enganas. Eu olho e vejo que és uma pessoa diferente. Não tens nada a ver com os gregos que eu conheço...

– Eu vivo em uma Grécia distante e desconhecida... Eu vou te confessar algo: teu Irmão é importante para gente como eu, que só sabe duvidar...

– Acreditas que Ele curará minha irmã?

Miriam ou Mir-yam, como ela gostava de ser chamada, era um perigo. Pensava com agudeza e gabava-se de que não era possível esconder-lhe os pensamentos.

Escapei como pude do atoleiro.

– Confia...

Que seja, já passou, mas eu havia me apoderado de uma palavra que não era minha. Assim é a vida...

E no domingo, dia 4 de agosto, bem cedo, compareci à casa da Senhora e permaneci um tempinho aos pés de Ruth.

Não disse nada. Somente a contemplei.

Finalmente eu me levantei, me aproximei da garota e a beijei nas pálpebras.

Ninguém me viu, acredito.

Foi o único beijo que roubei...

E parti de Nazaré, mas sem meu coração. Ali ele ficou, aos pés da ruiva.

Eu me sentia só, extrema e alarmantemente só. Não tinha nada nem ninguém. Voltei a mentir. Eu tinha a esperança, mas eu a esquecera.

E me deixei levar pela intuição.

Chorei com toda a aflição, quando ali ninguém poderia me ver. Chorei por ela, por quem isto escreve e por aquilo que nunca fui...

Dirigi os passos até a base de aprovisionamento dos "13 irmãos", ao sul de Tariqueia, no vale do Jordão.

Sim, eu me deixei guiar pelo instinto... Esse nunca trai.

Abracei Tarpelay, o *sais* negro, e voltei a contratá-lo.

O condutor de carruagens continuava igual. Nada o alterava. As três adagas continuavam vivendo na sua cintura, enfiadas nas empunhaduras de prata. O olhar, de ferro, também era o mesmo. E idênticos eram seus silêncios e seu amarelos. Eu gostava daquele líbio...

Fechamos um trato: 14 denários de prata por semana e comida e alojamento (se houvesse) por minha conta. Se, ao finalizar o trabalho, eu estivesse satisfeito, Tar receberia um extra, como quase sempre.

Era bom que alguém me protegesse com o silêncio.

No dia seguinte, segunda-feira, quase ao meio-dia, eu cruzava a grande porta da prisão de Cobre, nas proximidades de Damiya. Tarpelay esperou no embarcadouro, do outro lado do rio Yaboq.

O *al-qa'id* teve uma boa surpresa. Não esperava me encontrar tão cedo.

Improvisei.

Desejava averiguar onde se achava o Batista e o que havia sido feito dele. Era verdade que havia sido transferido para o sul?

Nakebos, o alcaide, me observou com curiosidade.

– Isso que me perguntas é segredo, mas para ti eu posso contar.

E ratificou o que eu já sabia: Yehohanan fora conduzido ao mar de Sal, a uma fortaleza praticamente inexpugnável a que chamavam de Maqueronte. Negou-se a confirmar se a transferência foi por consequência de uma segunda tentativa de ataque à prisão por parte de Abner e dos "justos".

– Por que tens tanto interesse nesse louco?

Continuei improvisando.

– Sou também um *kásday* (astrólogo) e tenho visto algumas coisas...

– *Kásday*? Verdade?

Assenti sem dar-lhe demasiada importância. Eu sabia da atração que aquela gente sentia por esse tipo de predições. Já tinha ocorrido algo assim com Pôncio, no ano 30...

– E o que viste?

– Isso eu só direi a Antipas, pessoalmente...

– Queres uma audiência com o tetrarca?

– Isso mesmo. E tu podes consegui-la.

– Sem dúvida, posso sim.

Ficou pensativo. Depois se levantou e ordenou que viesse a comida.

Algo ele tramava...

– Bem – retomou a conversa –, tu sabes que sou capitão da guarda... Eu tentarei. No entanto, deves me dar algum tempo. Antipas regressará ao mar de Sal quando começar o inverno. Sua mulher não gosta das chuvas da Galileia. Diz que afetam a sua pele.

Inverno. Isso significava os meses de *kisléu* ou *tebet* (novembro ou dezembro, respectivamente).

– Não importa – repliquei, aparentemente satisfeito. – Sei esperar. O futuro nunca chega...

– Isso é o que um astrólogo costuma dizer?

– Praticar a astrologia não significa acreditar nela.

– Aprecio a tua sinceridade.

Um dos *nêsher* (preso de confiança) serviu o *r'fis*, outro prato típico do Jordão. Eu o havia provado em Damiya. Consistia em uma pasta de farinha, recém-levada ao forno, e na qual enterravam tâmaras sem caroço deliciosamente maceradas. O *r'fis* era polvilhado com uma calda dulcíssima, de iridescente âmbar, extraída igualmente das tâmaras, e que era reduzida com a ajuda do vinagre preto.

Falamos de outros assuntos, e também de Belša, o persa do sol na testa. Segundo meu anfitrião, ele se encontrava no norte, "em uma missão especial, encomendada pelo próprio Antipas". Não tive como arrancar mais nada. E o meu instinto avisou: Belša na Galileia?

E voltamos ao assunto de Antipas. Nakebos acertou:

– Suponho que solicitarás que te permitam conversar com o iluminado...

– Isso seria importante para confirmar, ou não, meus augúrios... A não ser que tu...

Arrisquei-me.

– A não ser que tu me leves até Yehohanan sem que ninguém saiba de nada...

– Isso seria uma traição, querido amigo, e tu sabes. Eu não faria uma coisa dessas...

Retrocedi. Não era o caminho correto. Assim eu não conseguiria chegar diante do gigante das pupilas vermelhas.

– Esperarei...

– Consideraste a nossa oferta?

Fiz-me de desentendido.

– Que oferta?

– Trabalhar para Antipas. Informar sobre o carpinteiro louco...

– Sim, andei refletindo sobre isso – menti. – Estou de acordo. Eu vos informarei – continuei inventando –, mas com uma dupla condição.

Nakebos me animou a prosseguir.

Olhei para o *nêsher* que nos observava e o alcaide entendeu.

– Não há problema. É surdo e mudo...

– Está bem – continuei a representação. – Trabalharei para o tetrarca se me for autorizado visitar o vidente quando eu avaliar oportuno...

Nakebos não se alterou. Pareceu estranho a ele, isso sim.

– E a segunda condição?

– Não quero dinheiro... Se eu precisar de outro favor, farei com que tu saibas...

– Eu te darei um conselho...

Nakebos se colocou numa postura séria.

– Não traias Antipas. Ele te jogaria para suas meninas...

Suas meninas? A quem ele estava se referindo?

Essa noite tive que suportar um jantar na casa de Nakebos e consequentemente um rio de *legmi*, o licor favorito do alcaide do Cobre.

Preparei-me para beber o imprescindível; o que quer dizer muitíssimo.

Eu me sentia sujo por dentro. Não pensava em trair o Mestre, mas o simples fato de aceitar uma proposta como aquela me deixou com um gosto ruim na boca. Chegado o momento, eu informaria a Nakebos sobre o que acreditava ser oportuno. A questão era garantir o acesso ao Batista. Algo me dizia que era importante. Tinha que estar atento, muito atento.

Com o amanhecer, abandonamos Damiya. Voltei a mentir para Nakebos, e comentei que regressava para o *yam*, com o "carpinteiro louco".

Não foi assim.

Assim que saí do povoado, ordenei a Tarpelay que dirigisse os cavalos para o sul.

Não perguntou. Obedeceu.

Na metade do caminho, durante uma parada, eu lhe expliquei. Queria aproximar-me o mais perto possível do palácio-fortaleza de Maqueronte.

Assentiu em silêncio e retomamos o caminho. A *reda*, de duas rodas, respondia bem e com alegria. Tar conhecia o lugar e sabia como chegar.

O que pretendia fazer?

Nem eu mesmo sabia.

Nakebos havia sido explícito. Maqueronte era inexpugnável. Ninguém podia ver o Batista sem a permissão de Antipas. Por que eu me arriscava?

No entanto, fui leal à ideia que acabava de se debruçar em minha mente: tentaria o impossível; buscaria uma forma de entrar na fortaleza e apresentar-me perante o gigante.

"Você está louco" – disse para mim mesmo.

Sim, maravilhosamente louco...

Consultei o sol ao chegar ao vau de Josué, de tantas lembranças amargas. Devia ser a terceira (nove da manhã) de terça-feira, dia 6 de agosto (ano 26 da nossa era).

As candeias continuavam acesas na *menorah*. E o vigilante de cabelos loiros continuava ao pé do candelabro, atento às chamas.

Nós nos detivemos.

E entramos no delta do Jordão.

Eu o vi à distância.

Era uma espécie de semicírculo enorme que começava na altura do *nahal* ou rio Jisbón, um dos afluentes ocidentais do Jordão. No total, uns quatro quilômetros de baixa vegetação, canaviais, urzais azuis, seixos e pedregulhos brancos e enormes como ovos de dinossauros, bancos de areia e mais de 20 "piscinas" naturais intercomunicadas, lenta e exaustivamente trabalhadas pelo pai tempo. Os pequenos caminhos serpenteavam inteligentes e se cruzavam sem aparente ordem, sem nenhum acordo em comum. Tar poderia ter guiado a *reda* pelo caminho oriental, que lambia o delta e que salvava como podia os *wadis* ou leitos secos que se chamavam Gharāba e Udheimi. Passando por ali, deixando o povoado de Gassul à nossa esquerda, nós entraríamos no Gor, na bacia do mar Morto propriamente dita. No entanto, o líbio que sempre se vestia de amarelo desejava me mostrar algo...

Nas piscinas, todas de água doce, pulavam uma infinidade de peixes, sobretudo carpas.

Fiz um gesto com a mão, mostrando que queria descer do carro. Desejava refrescar-me em uma das lagoas. Tarpelay proibiu. E se limitou a comentar: "Perigo..."

Perigo? Os crocodilos viviam mais acima, no leito do Jordão...

E prosseguiamos sob um sol implacável. A temperatura estava acima de 30 °C.

Ao se aproximar de uma das "piscinas", o *sais*, sem nenhum comentário, parou o carro. Desceu e me fez um gesto para que eu permanecesse no *reda*. Obedeci, claro! Tar sabia bem o que fazia.

Contemplei as águas. Eram assombrosamente violeta. Não soube como se produzia aquele curioso efeito. Talvez fosse algum tipo de alga.

Tar caminhou até uma enorme e voluntariosa tamargueira do Nilo. Apresentava milhares e milhares de flores brancas e azuis. À sombra da árvore mal se equilibrava uma humilde choupana de barro e palha.

Tar entrou na cabana e saiu logo depois, acompanhado de um ancião. Parecia um *badawi*, um beduíno.

Conversaram um pouco.

Depois, o ancião regressou ao interior da cabana e saiu de novo, mas com algo nas mãos. Era um macaco. Tinha as mãos e os pés presos. Ele se remexia inquieto.

Tarpelay fez sinais para que eu me reunisse a ele.

Aproximei-me e verifiquei que, de fato, se tratava de um mandril pequeno, uma cria. De onde ele havia saído? No Jordão eles não eram frequentes.

Tar pegou o macaco, agarrando-o pela nuca, e se encaminhou até a margem do reservatório violeta. Eu o segui intrigado. O *badawi* permaneceu à porta da choupana.

Ao aproximar-me da água, Tarpelay fez um gesto, recomendando que eu não chegasse perto demais.

O que havia naquela lagoa?

Fixei o olhar com atenção e observei, nas margens, numerosas grutas bem pequenas, com bocas de 15 a 20 centímetros de diâmetro.

Que animal habitava aquele lugar?

O líbio balançou o mandril duas ou três vezes e acabou jogando-o na água da lagoa.

Foi tudo muito rápido.

As águas começaram a borbulhar, o macaco se agitou, gritando com desespero.

Num piscar de olhos, o animal se viu coberto por dezenas e dezenas de caranguejos vermelhos, vorazes como piranhas.

Os gritos do macaco se prolongaram por 30 ou 40 segundos, não mais do que isso. Depois, a "bola" de caranguejos terminou por afundá-lo e desapareceu.

Fiquei sem fala.

Tarpelay repetiu:

– Perigo...

O negro adivinhou meus pensamentos. Que caranguejo era aquele? Não tinha notícias de nada parecido no Jordão...

Pegou uma ramagem e a introduziu na água. Pouco depois a tirou e me mostrou. Vários caranguejos, de uns 10 ou 15 centímetros de diâmetro, igualmente coloridos, se aferravam ao galho e o disputavam com obstinação.

Tar o jogou no chão e esmagou os caranguejos com as sandálias.

E então o meu procedimento foi examinar os restos.

Alguns mais jovens eram acinzentados. O maior alcançava, em medida, cinco por três polegadas.

Ao retornar ao "berço", verifiquei que o explorador Henry C. Hart tinha razão. Ele os havia descrito... Eram os temidos caranguejos canibais do Jordão: os *telphusas* (*Potamophilon fluviatilis*).

Não esqueceria.

"Perigo..."

E retomamos o caminho em direção ao mar de Sal.

O sol seguiu jogando fogo e não tivemos outra saída senão nos refugiar à sombra de um pequeno bosque de gengibres amarelos. Os cavalos suavam e nós estávamos desidratando. Tar aconselhou uma pausa. Esperaríamos algum tempo.

A um passo se distinguia a planície de prata do mar de Sal, hoje conhecido como mar Morto.

Tar acomodou o carro, soltou os cavalos e os levou para beber.

Fez apenas um comentário. Devia ter cuidado com as pedras.

– Não levantar...

Isso foi tudo. O que se escondia sob as pedras?

E, após um breve descanso, agoniado pelas nuvens de insetos e pela alta temperatura, decidi dar um passeio pelos arredores.

O *sais* continuava com os olhos fechados, reclinado contra um dos gengibres.

Enquanto eu me distanciava, ele gritou:

– Não levantar pedras...

E continuou com os olhos fechados, supostamente dormindo.

Nós nos encontrávamos no último trecho do delta.

Nessa época (ano 26 de nossa era), o rio Jordão desembocava a quase três quilômetros a oeste do que constitui o deságue atual (século XX).[46]

O rio penetrava rápido e suicida no mar de Sal e o fazia com uma considerável carga de despojos: ramagem de todos os tipos, animais mortos e inchados como globos, lixo em geral, troncos avariados, e inclusive cadáveres de seres humanos.

As correntes distribuíam os arrastos e formavam duas grandes barreiras que despontavam no lago a várias centenas de metros. Sobre essas

---

46 As investigações do velho professor Stener eram corretas. Enquanto o delta foi se formando, o Jordão modificou o curso e se "moveu" para o leste. Esse fenômeno não tem nada a ver com o movimento geral do rio (em todo o seu curso) para o oeste. (N. do M.)

estrumeiras voavam, e disputavam os fragmentos, centenas de sanguinolentos abutres egípcios, com os pescoços pelados, além de corvos de pescoço marrom e de rabo em leque, tão grandes quanto implacáveis. Eram os "inquilinos" habituais daquela região do delta. Existiam milhares deles. Formavam nuvens negras e apagavam o rumor das águas com seus permanentes e fúnebres grasnidos.

Um pouco mais abaixo, após o delta visível, se podia adivinhar o subaquático. Nessa época, de acordo com o que foi detectado por via aérea, o delta submarino se prolongava por quase 200 metros mar adentro.

O cheiro de podridão era insuportável. Teria que me acostumar. Era o "perfume" típico daquele mar estranho e misterioso, sempre quieto, como o chumbo.

Procurei uma sombra e tratei de lembrar as referências.

O que sabia sobre o mar de Sal?

Era a primeira vez que chegava a ele, ao menos a pé, e naquele tempo.

Tarpelay seguia minhas evoluções, atento.

O nome mais comum não era mar Morto ou mar da Morte. Essa denominação nasceu no século II da nossa era, das mãos de Pausânias, um geógrafo e historiador grego nascido em Lod. A referência à morte não tinha nada a ver com as citações sobre a destruição das cidades de Sodoma e Gomorra, ao sul do referido mar Morto. Foi a Igreja Católica que vinculou essa denominação – mar Morto – às supostas destruições, por parte de Yaveh, das mencionadas cidades bíblicas. No entanto, isto ocorreu em plena Idade Média. Para os gregos, a qualificação do mar da Morte tinha origem no fato – segundo eles – de que o lago carecia de vida. Aristóteles, no século IV a.C., em seu livro *Sobre o céu*, já propunha algo semelhante, determinando que a dita carência de vida se devia à alta salinidade das águas. E tinha razão, em parte.

O autêntico nome do mar Morto, como era conhecido habitualmente (nome que Jesus também pronunciou), era *yam ha-melah* (em aramaico), que significa "mar ou lago de Sal".[47]

O nome mar de Betume, ou de Asfaltite, era comum, mas não tão frequente como o de Sal. Como eu teria a oportunidade de verificar algum tempo depois, o nome mar de Asfaltite se devia aos blocos de betume que apa-

---

47 Em um mosaico existente em uma igreja do século IV, em Midba (Moab), aparece um mapa no qual foi desenhado o mar de Sal. Em grego ele é mencionado como "mar de sal, do betume e da morte". Trata-se de um mapa não sujeito às influências medievais da Igreja Católica. (N. do M.)

reciam com relativa frequência (especialmente ao sul), flutuando nas águas, e que constituíam toda uma indústria entre os habitantes das margens. Os "santos e separados" chamavam este mar como o Deuteronômio faz (3, 17): mar de Arabá. Também gostavam de denominá-lo "mar do oriente", como o chama o profeta Ezequiel (47, 18).

Contudo, visto do bosque dos gengibres, não se distinguia com amplitude o grande lago, e optei por me mexer, subindo numa rocha de arenito vermelha.

Sei que Tarpelay abriu um olho, inquieto.

E me fez sinais para que descesse da pedra.

Não obedeci...

O espetáculo, à quinta hora (11 da manhã), foi inesquecível.

O céu estendia o seu azul do começo ao fim. O sol, às minhas costas, estava se divertindo em pintar reflexos nas águas. Havia desenhado escarpas em ambas as margens em cor rosa, como correspondia à pedra de arenito núbia. O azul do céu também tinha desabado sobre as águas. Uma ou duas nuvens, brancas e perdidas, flutuavam na superfície do mar. O sol aproveitou a ausência do vento e desforrou, pintando.

Ao fundo, na margem sul, dava para pressentir o silêncio e o principal habitante do mar de Sal: o mistério.

Tudo era quietude. Tudo parecia morto; aparentemente morto.

Jamais vi uma desolação semelhante.

Como resumir o que eu tinha à vista?

Sal, deserto, azuis, rosas, insetos e uma temperatura inimiga (quase 40 °C). Apenas se moviam no Jordão, aventurando-se ao mar de Sal, os abutres, os corvos e minha curiosidade.

Naquele tempo o mar de Sal era menor do que agora na atualidade. As águas cobriam uma superfície menor. De norte a sul, 73 quilômetros. Na região do En Gedi, o lago alcançava a sua largura máxima: 15 quilômetros.[48]

Tar se colocou em pé e continuou fazendo sinais para que eu descesse da pedra vermelha.

Eu o fiz ver que estava tudo bem e continuei com as observações.

Nessa data, segundo dados obtidos no voo visto do "berço", o nível do mar de Sal se achava em "menos 408 metros" em relação ao Mediterrâneo.

---

48 A extensão do mar Morto (século XX) era de 80 quilômetros, com uma largura aproximada de 17 quilômetros. Volume das águas: 140 quilômetros cúbicos, com um total de 50 mil toneladas de minerais dissolvidos nas águas. (N. do M.)

Também medimos a profundidade. Existiam, por aquele momento, duas fossas principais: uma localizada em frente ao *wadi* Zarqa e a segunda na "cintura" do lago [entre o povoado de En Gedi e o leito ou *wadi* do rio Mujib (Arnón)]. Ambas rondavam os "menos 730 metros". Profundidade real, portanto, entre 322 e 350 metros.[49] Profundidade média: ao redor de 292 metros. O fundo era lodo, com uma espessura de uma centena de metros. Esses dados resultariam de especial transcendência quando, algum tempo mais tarde... Bem, não devo adiantar os acontecimentos.

Não, o fundo não era lodo. Era pura areia movediça...

Qualquer objeto que pudesse cair nas águas, ao chegar ao leito, era absorvido e sepultado para sempre...

Eu me encontrava, pois, diante de uns escarpados de rochas carbonatadas (especialmente da margem oeste), pertencentes ao Cretáceo superior. Os da margem oriental, formados basicamente por arenito núbio (mais jovem), eram mais altos, com inclinações bem demarcadas (até 30 graus). Era um lugar impressionante, basicamente de cor rosa, com uma antiguidade não excessiva: ao redor de 15 mil anos.[50]

---

49 Foi o tenente Saymonds (1841) quem averiguou, pela primeira vez, e por meio da trigonometria, o nível do mar Morto. Avaliou-o em "menos 428 metros". Em 1848, uma expedição da Marinha dos Estados Unidos estabeleceu com exatidão o nível do lago: "menos 394 metros" por debaixo do mar Mediterrâneo. A expedição partiu em dois barcos desde o Kennereth (mar de Tiberíades), desceu pelo Jordão, e navegou pelo mar de Sal, estabelecendo medições de todo tipo. Três anos mais tarde, Lynch publicou o informe completo. O principal achado da expedição foi a minuciosa cartografia do lago e a topografia do leito. A esta expedição seguiu-se a do duque de Lyns (1864), na qual o geólogo Lartet descobriu a densidade da água do mar Morto. A partir de 1900, um grupo de ginetes judeus, enviado pelo Hospital Escocês de Jerusalém, mediu a cada ano o nível do lago. As medições foram interrompidas com a Primeira Guerra Mundial. Os estudos foram reiniciados em 1929, por Ashbal, grande estudioso de climatologia em Israel. Depois, especialistas se uniram como Aharoni, Blankenhorn, Elazari-Volcani (o primeiro que defendeu que existia vida no mar Morto) e Neev e Emery, entre outros. Nos anos 1960, o nível do mar de Sal foi estabelecido em "menos 395,11 metros". A longitude era, até então, de 80 quilômetros, com uma superfície de 950 quilômetros quadrados. Em 1977, o nível do mar Morto desceu a "menos 399,6 metros". O limiar topográfico do istmo de Lynch ficou exposto. Em 1835, Costigan tentou avaliar as profundidades do lago. Molineux também tentou em 1847. Foi Lynch (1848) quem o conseguiu: "menos 798 metros", a oeste do *wadi* Zarqa. (N. de J. J. Benítez.)

50 A formação da depressão do mar Morto se produziu há milhões de anos, aproximadamente. Faz dois milhões que cessou o processo do afundamento do sal e se iniciou a "caída" da zona sul do lago, com o afundamento de Gomorra. Faz 60 mil anos que se registrou a formação das unidades morfotectônicas: bacia setentrional e meridional e desenvolvimento da língua. Nessa data surge a montanha chamada Sodoma. Faz 18 mil anos que se produziu a erosão ao sul do lago setentrional. Foi há 15 mil anos, mais ou menos, que apareceu o mar de Sal, tal e como o conhecemos hoje. A bacia setentrional tem a forma de uma banheira, com as bordas inclinadas e um leito bem plano, cujo nível oscila ao redor de "menos 700 metros". (N. do M.)

Porém, a característica mais notável do grande lago era (e é) sua salinidade. Registramos percentuais que oscilavam em torno de 27 e 27,5 por cento. Somente o lago Hot, no Estado de Washington (EUA), supera o de Sal, ainda que a profundidade daquele não se rebaixe aos três metros. Em outras palavras: para cada litro de água do mar Morto achávamos 345 gramas de sais. A densidade foi calculada em 1,236 gramas de sais por centímetro cúbico (a uma temperatura de 20 °C).[51] No resto dos mares, a porcentagem de salinidade é muito mais baixa (entre 4 e 6 por cento).

A esse alto índice de salinidade contribui – e de que maneira... – o alto grau de evaporação que experimenta o dito mar de Sal. Então, foi estimado em 25 milímetros por dia (no verão).

O mar de Sal dispunha, além disso, de outra característica que o fazia quase único: as águas superiores (desde a superfície até 40 metros) são menos salgadas e mais leves que as águas inferiores (de 100 metros até o fundo); a salinidade na massa de água superior oscilava entre 284 e 290 gramas por litro, com uma densidade (na superfície) de 1,201 a 1,205 gramas por centímetro cúbico. Na base a densidade chegava a 1,215 gramas. Na massa de água inferior, a salinidade era de 332 gramas por litro com uma temperatura que oscilava entre 21 e 21,7 °C (numa profundidade de 150 metros). A densidade da água foi fixada em 1,234 gramas por centímetro cúbico (para a dita massa de água inferior).

Em resumo: o mar de Sal é um lago "meromítico" com uma clara distinção de água mais salgada no fundo e água menos densa e menos salgada na massa "de superfície".[52]

Essa forte salinidade é que provoca em boa medida a falta de vida no lago e, sobretudo, a impossibilidade de afundar homens, animais ou mate-

---

51 A composição da água do mar de Sal e suas relações entre os componentes químicos também são únicos. Não existem muitos lagos no mundo com concentrações de íons de potássio, cálcio e magnésio tão especialmente altas. Os íons de bicarbonato e de sulfatos sem dúvida são baixos, se compararmos as ditas concentrações com outros lagos. No mar de Sal dominam o sal-gema, a aragonita e o gesso. (N. do M.)

52 Em 1979, registrou-se no mar Morto uma mudança excepcional. As massas de água se misturaram, terminando assim com uma das características mais espetaculares do lago. O Major, possivelmente, não teve conhecimento desta "inversão" (os diários foram concluídos em abril de 1979 e ele faleceu em 1981). Durante o inverno de 1978-1979, o carácter "meromítico" do mar Morto se extinguiu. Pela primeira vez, em muito tempo, as águas se tornaram uniformes. Isso representou o final da história da limnologia do lago do Sal. Algum dia uma nova mudança poderá acontecer? Ninguém sabe. (N. do J. J. Benítez.)

riais leves.[53] E recordei o que foi escrito por Flávio Josefo.[54] O general romanizado tampouco soube por que não havia forma de afundar no mar de Sal. Essa circunstância aumentou o mistério que rodeava o lago. Se alguém tivesse tido a possibilidade de levar até o fim uma simples análise química da água haveria comprovado o enigma, em realidade muito simples.[55]

Eu não devia esquecer que me encontrava numa zona sísmica. A depressão ou Gor do Sal é uma prolongação do Mar Vermelho e, em consequência, está sujeita ao movimento de deriva horizontal. Isso significa terremotos, a maioria deles fracos. Contudo, não poderia me fiar nisso. Zonas como a de Masada, o *wadi* Arnón e a ribeira de Qumran, ao norte do lago, foram estremecidas e derrubadas. Em 1759, segundo nossas informações, morreram em Safed 300 judeus. Pouco depois, outro sismo também em Safed provocou duas mil mortes. Flávio Josefo fala também de um grande terremoto (no ano 31 a.C.) que resultou em 30 mil vítimas.

Era igualmente importante que me preparasse para as altas temperaturas naquela região do sul de Israel. Se desejava visitar o Batista (tudo dependia da sorte e da autorização de Antipas), o mais provável é que tivesse que cruzar aquela região desértica em mais de uma ou duas ocasiões.

---

53 Talvez eu esteja generalizando. A falta de vida no mar de Sal se deve à grande concentração de salinidade, mas não é a razão fundamental. Em 1934, Bass-Becking anunciou o porquê de o mar Morto ser estéril: a alta concentração de íons de cálcio em suas águas. Isso é o que provoca a esterilidade. Em realidade, o mar de Sal, ou da Morte, deveria receber o nome de mar de Íons. (N. do M.)

54 "Da Lagoa de Asfaltite: digna coisa eu penso que será, que seja contada e declarada a natureza da Lagoa de Asfaltite. Esta é salgada e muito estéril, e as coisas que são muito pesadas, jogadas neste lago, se tornam bem leves e saem sobre a água, e não há quem possa afundar nem se afogar no fundo dela.

"Vespasiano, que veio vê-la, mandou que fossem jogados nela homens que não soubessem nadar, com ambas as mãos atadas às costas; e os fez cair na lagoa, e aconteceu que todos voltaram, como pela força do ar, a aparecer acima da água.

"Muda-se também a cor desta água maravilhosamente três vezes ao dia, e resplandece de diversas cores com os raios do sol: lança-se como pedaços de peixes em muitas partes, que estão nadando sobre a água, tão grandes como touros sem cabeça, ou pelo menos muito semelhantes.

"Os que conhecem e sabem desta lagoa vêm recolher o que podem de peixes e os levam à nau, mas quando os pegam e colocam nas naus estão então mais amigos e mais suaves, depois não podem rompê-los antes de ter atado ao navio"... (Guerra dos judeus) (N. do M.)

55 A primeira análise química da água do mar de Sal (que consta) ocorreu efetivamente em 1742. Só foi uma análise quantitativa. Foi Lavoisier (1778), da Real Academia Francesa, quem fez a primeira análise quantitativa. Ficaram surpresos diante do índice de sal. (N. do M.)

Não me equivoquei.

Os verões no mar de Sal eram abrasadores, com temperaturas que se aproximavam dos 50 °C, inclusive mais que isso. A radiação ultravioleta era sensivelmente inferior, devido ao fato de a camada de ar existente sobre a depressão ser mais grossa do que o normal. Nossos cálculos estimaram que o número de horas de radiação solar ao ano era de 4.000 (das 4.336 horas possíveis). Os invernos, em contrapartida, eram suaves e benéficos, com temperaturas médias de 20 °C. Os ricos procuravam a temperança e fugiam do norte e das inclemências da Judeia. Nakebos havia me avisado: Antipas e Herodíade se instalariam no palácio-fortaleza de Maqueronte até os meses de novembro ou dezembro. Para as mulheres, o mar de Sal era especialmente atrativo. O barro do lago, com suas propriedades medicinais (que eu havia referido), deixava a pele mais rija e rejuvenescida. Podiam se banhar em qualquer época, e no verão as águas alcançavam 32 °C e 33 °C. No inverno não baixavam mais que 25 °C.[56]

A umidade era outro problema que também considerei. A fortíssima evaporação provocava um aumento considerável de umidade absoluta, e o calor, por sua parte, multiplicava a umidade relativa. No verão, a relativa se fazia insuportável, escalando cotas de 95 por cento ou mais. No inverno, era mais leve, com "apenas" uns 85 por cento.

E nisso eu estava, absorvido nestas e em outras reflexões de índole mais ou menos técnica, quando me vi surpreendido pela chegada do *sais*. A verdade é que eu não senti ele se aproximar.

Ele levou o dedo indicador da mão direita aos lábios e me fez o sinal internacional de silêncio.

O que estava acontecendo?

Depois indicou que não me movesse.

Não me movi.

Tarpelay estava sério. Parecia irritado.

Que erro eu havia cometido? E lembrei como me fez sinais para que descesse da grande rocha vermelha.

---

56 Como se sabe, em uma depressão ou Gor, a temperatura do ar sobe conforme a zona seja mais baixa. Isso é o que acontece no mar de Sal. Essa mudança se denomina "declínio normal das temperaturas". No lago era de 0,66 graus para cada cem metros. Quer dizer, desde o alto dos escarpados até a superfície do mar, a oscilação termométrica podia ser de 4 °C. A pressão atmosférica também mudava de maneira notável. Quanto mais baixa a zona, mais alta era a pressão. Naquele tempo, segundo nossos cálculos, a pressão atmosférica ao nível do mar de Sal era de 1.050 milibares (no Mediterrâneo oscila em torno de 1.013). Ao meio-dia a pressão baixava, como consequência do aumento da temperatura. (N. do M.)

Desobedeci...

Olhei ao redor, desconcertado. Onde estava o perigo?

Não havia nada ali...

Tar extraiu uma das adagas e subiu, ágil e silencioso, ao alto do penhasco.

Indicou que eu me colocasse atrás dele, assim eu fiz.

O negro foi agachando-se, devagar, até que deu com um dos joelhos na pedra. E levou a ponta da adaga a uma pequena fissura. Fez isso lentamente.

Não a havia visto ou, quem sabe, não tinha prestado atenção.

Que seja!

Era uma brecha estreita, de uns quatro ou cinco centímetros de largura. Coroava parte da pedra.

Eu havia me movido sobre ela enquanto contemplava o mar de Sal e anotava as referências.

Ele introduziu o ferro na fenda e aos poucos eu os vi aparecer...

Oh, Deus!

Um era enorme. Deveria medir ao redor de 16 centímetros. Era de cor laranja.

Por detrás se apresentou um segundo escorpião, menor, em uma tonalidade amarela polida.

O primeiro, forçado pela adaga, fugiu pela rachadura com o rabo levantado, se colocando disposto para o ataque. Do seu abdômen luziam 12 segmentos, com um ferrão curvo, agudo e para fora em sua devida posição.

Estremeci.

Tar deixou que o grande desaparecesse pedra abaixo. Mas esmagou o amarelo com a sandália.

E comentou:

– Perigo...

Fiquei lívido.

A "pele de serpente" não protegia os pés, nunca tive a precaução de pulverizá-los. Foi um aviso. Aquele erro poderia custar-me caro. Não dispunha de antídoto, e aqueles exemplares, pelo que eu pude verificar quando regressei ao Ravid, eram altamente perigosos.[57] Os *akrab*, como

---

57 Naquele tempo, segundo "Papai Noel", existiam em Israel 14 espécies de escorpiões. Os mais perigosos eram os amarelos e quatro famílias de "matadores". Habitavam os desertos e a depressão do mar de Sal. O mais mortífero, especialmente para as crianças, era o escorpião comum amarelo (*Leiurus quinquestriatus*). Cheguei a vê-lo, inclusive no monte Carmelo, ao norte de Israel. O *australis* ("matador") era igualmente perigoso. Media em torno de 105 milímetros. Costumava andar pelas rochas e arenitos, quase sempre em grupos, à espreita

chamavam os judeus, eram muito frequentes no mar de Sal. Escondiam-se durante o dia sob as pedras e nos vãos das rochas e saíam ao entardecer, ou ao anoitecer, à caça. Eram rápidos e ligeiros. Podiam penetrar nos sacos de viagem ou inclusive entre as roupas. No caso em que estamos envolvidos agora tropeçamos com um exemplar de "matador hebreu" (o maior), pertencente à espécie *Androctonua amoreuxi hebraeus*. A picada é mortal. O segundo escorpião (amarelo) era uma fêmea de *Androctonus australis*, igualmente perigoso. A picada mata em dois minutos.

Tarpelay fez bem ao esmagá-lo. Cada fêmea traz ao mundo 45 crias. Nós nos achávamos em plena época do cio. Sua periculosidade aumentava. Aprendi a lição. Obedeceria às indicações do *sais*.

Tinha que prestar mais atenção...

Talvez já fossem cinco da tarde. Consultei o sol. Descia até a margem oeste. Faltava uma hora e meia para o crepúsculo.

Não tinha ideia de quais eram os planos de Tarpelay. Confiava nele.

E o guia e condutor de carruagens se debruçou sobre o lago. Verificou algo e exclamou:

– Agora sim! Vamos!

Com o tempo fui aprendendo. A essas horas, especialmente no verão, aparecia pelo noroeste uma brisa com um jeito de vento, que mudava tudo no mar de Sal. Era uma brisa nascida no Mediterrâneo que se apresentava ao lago com uma pontualidade britânica. Sempre às 17 horas. Trazia empurrões: soprava a 30 e 40 quilômetros por hora. Com ela, como eu digo, registravam-se mudanças notáveis. Descia a umidade e naturalmente a temperatura, fazendo respirável o Gor, o que não era pouco. O mar marulhava e movimentava pequenas e vaidosas ondas, mesmo que ainda fossem ridículas. A verdade é que todos agradeciam àquela variação adiabática.[58] A brisa que vinha da terra até o interior do *yam* chegava e apagava os belos reflexos que com tanto trabalho o sol havia feito. Os laranjas, azul-celestes ou pretos desapareciam, e em seu lugar o vento deixava cair tons azul-escuros. Às vezes, com sorte, o escarlate resistia e acompanhava o sol até a sua morte.

---

de uma vítima. Os escorpiões são carnívoros. Eu os vi também nas fissuras da costa. Eram o principal habitante das *halot*, as areias dos desertos. (N. do M.)

58 Transformação termodinâmica que um sistema experimenta sem que haja intercâmbio de calor com outros. (N. de J. J. Benítez.)

– Vamos!

Tar conhecia bem o caminho até Maqueronte.

Abandonamos o delta do Jordão, cruzamos a via seca de Udheimi e nos integramos ao caminho de terra batida que se dirigia ao sul. Não tardamos a alcançar os marcos que assinalavam a direção de Betaramta (Julias) e Bet Peor, o povoado em que Moisés supostamente foi enterrado.

Tomamos o caminho do mar de Sal. Betaramta e Bet Peor ficaram à esquerda, perdidas entre as colinas azuis e sombreadas de Abarim e um remoto monte Nebo, suave e desnudo.

De repente, ao sair de uma curva, Tar parou o carro.

Nós nos achávamos em frente a um verde e compacto bosque de canas.

Tar desceu do carro, se emaranhou entre seus utensílios e foi pegar uns sacos vazios de juta.

O caminho, valente, sem perguntar, entrava no canavial, agora remexido pela brisa do Mediterrâneo. Eram canas grossas como punhos, altas como pinheiros, de até 10 ou 15 metros.

Chamou-me a atenção algumas telas vermelhas, amarradas às canas de um lado e do outro da trilha. Pareciam avisar algo. Não perguntei.

O *sais*, em idêntico silêncio, caminhou até os cavalos e cobriu a cabeça deles com os sacos. Depois se voltou até quem isto escreve e levou de novo o dedo indicador direito aos lábios, pedindo silêncio.

Assenti com a cabeça.

E o guia, bem sério, comentou:

– Perigo! *Parpâr!*

Se posicionou à frente dos cavalos e os puxou.

Por que não subia no *reda*?

Qual era o perigo?

Parpâr queria dizer "borboleta"...

Por que tinha coberto a cabeça dos cavalos? A quem temia?

Desta vez eu me preparei. Tomei à mão a "vara de Moisés" e permaneci atento.

E penetramos entre as canas...

Durante alguns minutos fui todo ouvidos, todo olhos. Mas não distingui nada estranho. As canas, com a cumplicidade do vento, se debruçavam e nos contemplavam, não sei se pasmas ou quase mortas de tanto rir.

Parpâr?

Eu sabia algo sobre as numerosas lendas que corriam entre os supersticiosos judeus e não judeus...

Diziam que em locais como aqueles, nos grandes canaviais, habitavam mariposas gigantes, de até 30 ou 50 centímetros de envergadura. Eram *parpâr* enfeitiçadas. Em realidade se tratava de mulheres (filhas de Lilith) que tentavam regressar à realidade. Mas para isso deviam pousar em um ser humano e cantar. A melodia paralisava o caminhante e o fazia chorar com sentimento. Era o momento esperado da diabrura. A borboleta então bebia as lágrimas e se convertia em mulher de carne e osso. E o infortunado caminhante pereceria.

Outros asseguravam que, ao sussurrar a canção à vítima, esta se fazia invisível e vagava eternamente pelo canavial sem que ninguém pudesse vê-la ou ajudá-la.

Compreendi o temor do *sais*.

E eu, como um idiota, permaneci igualmente atento às possíveis diabruras aladas...

Pouco a pouco, conforme fui percorrendo o mar de Sal, enriqueci-me com a diversidade de histórias e lendas, cada qual mais falsa que a outra. Mas isso era o de menos. O que importava era o grau de imaginação e até que ponto eles acreditavam.

Quando visitei a cidade do Sal (de que falarei em seu devido momento) pude ouvir todo tipo de contos. Todos acreditavam de pés juntos. As margens do lago – diziam – se achavam marcadas com os ossos dos caça-tesouros. Ficavam no ar, como castigo das criaturas que habitavam o bosque submerso.[59]

O número de seres monstruosos era interminável. Uns habitavam nas profundidades (no referido bosque submerso e petrificado), outros nas salinas do sul, nas margens ou nos canaviais. Havia serpentes avermelhadas (do tipo *Tyrus*) (?), intermináveis com chifres que cuspiam o mesmo fogo que acabou com Sodoma e Gomorra, entre as outras cidades do sul do lago. Não faltava *Adam-adom*, o homem dos olhos vermelhos que extraía o san-

59 Em realidade, esse se tratava de um processo bem conhecido: a cristalização do sal-gema sobre os ossos. Quando um cadáver permanecia na margem do mar de Sal, os ossos terminavam por ficar salpicados pelas gotas de água e se registrava uma rápida evaporação. Ele dava lugar à sedimentação do sal-gema nos ossos. As partes afundadas na água apareciam cobertas de aragonita. Esse processo se dá fundamentalmente durante o verão. As margens aparecem branqueadas por uma infinidade de esqueletos, deformados por sua vez pelo sal. Daí provavelmente procede a famosa lenda da mulher de Ló, transformada em estátua de sal. E quanto ao "bosque submerso" se tratava de outra confusão. A grandes profundidades, a cristalização se conclui em forma de cubos e de enormes cristais. A imaginação fazia o restante. (N. do M.)

gue dos animais, e também um monstro gigantesco, como uma baleia, que era o responsável pelo mau cheiro do lago, assim como pelos vapores que matavam tudo o que voasse sobre ele. James Joyce, em *Ulisses*, se deixou influenciar por essas patranhas.[60]

Contudo, a lenda que mais me impactou foi a relacionada com os *reem*, que equivalia a "unicórnio". Tratava-se de uma criatura silenciada pelas Sagradas Escrituras. Foram criadas em pares e com conta-gotas, para que não tiranizassem o mundo. Yaveh ordenou que se emparelhassem a cada 70 anos. Era o momento da procriação. Depois se distanciavam um do outro, em direções opostas, até que voltassem a se reunir, passados outros 70 anos. Durante a ausência choravam sem cessar. Tinham um período de gestação de 12 anos. Sempre davam à luz gêmeos (macho e fêmea). Ao nascer, o *reem* morria. E os unicórnios recém-nascidos caminhavam em direções opostas. Voltavam a encontrar-se aos 70 anos. Os judeus asseguravam que o unicórnio foi o primeiro animal sacrificado a Yaveh. Adão o fez quando assistiu ao primeiro pôr do sol. Ele acreditou que a noite seria eterna e sacrificou um *reem* para solicitar a clemência do Santo. Porém, Deus – contava a lenda – se encontrava dormindo e não despertou em 12 horas. Daí vem que a noite dure esse tempo.

Como Shakespeare teria desfrutado desses relatos!

Tarpelay se deteve algumas vezes. Olhou ao redor, tentando ouvir, e enfiou a mão na empunhadura de uma das adagas.

Alarme falso.

As enfeitiçadas não apareceram. Que pena...

O que vimos, sim, foram borboletas comuns e normais, do gênero *Ornithoptera*, com as asas azuis, amarelas e verdes, ligeiramente sombreadas por uma linha aveludada preta (outro detalhe de Deus). Também havia as do tipo etíope, contudo mais austeras na indumentária...

Finalmente, deixamos para trás o canavial (a partir desse momento o denominei bosque das "borboletas feiticeiras") e fomos recebidos por um pequeno caminho mais alegre e igualmente serpenteante. Corria pela margem do mar de Sal bem colado à água e com certa inocência. É tudo o que há para dizer dele.

Decidi descer e caminhar por algum tempo.

---

60 Conta Joyce em relação ao mar Morto: "Uma terra estéril. Um árido deserto. Um lago vulcânico. O mar da morte: sem peixes, carente de vegetação, profundamente afundado na terra... Água de um veneno nebuloso... As cidades do vale: Sodoma, Gomorra, Edom. Todos eles homens mortos. Um mar de morte em uma terra morta... Lugar cinza e arrasado no mundo. Puro abandono". Não era assim... (N. do M.)

Tar me olhou, satisfeito. Retirou o saco da cabeça dos cavalos e fez uma só indicação; dormiríamos perto de Calirohi.

Não sabia nada sobre a dita aldeia, salvo que se achava relativamente próxima ao palácio-fortaleza de Antipas.

O importante é que o *sais* havia saído triunfante do bosque das "borboletas feiticeiras".

O sol dizia adeus e o fazia com seus típicos modos em vermelho e laranja. Tudo, ao nosso redor, mudou de cor. A desolação diminuiu.

À nossa esquerda, como acredito já ter dito, se levantavam grandes falésias de arenito núbio, agora mais rosa, se cabe afirmar. Eram escarpas íngremes sem rosto que se precipitavam no lago de forma suicida, com desníveis e precipícios muito acentuados. Não havia forma de distinguir uma só giesta, um só ramo de flores ou uma só árvore, ainda que fosse um tronco morto.

Pura desolação...

Na distância as suaves colinas, também em laranja, apareciam sulcadas por dezenas de caminhos de cabras. Distingui alguns rebanhos de cabras pretas, esquálidas, de cara branca e longas orelhas. Não iam acompanhadas por pastores. Eram conduzidas por jumentos de pequena estatura e a pele abrilhantada pela fome e pelo sol. Era o costume em Gor. Eram os asnos que pastoreavam. Iam e vinham e sempre retornavam para onde tinham que retornar.

Precisei de tempo para me acostumar ao cheiro fétido do mar de Sal. O odor preenchia tudo.

Na margem, num barro negro similar ao petróleo, comia e revoava um bom número de aves. Acreditei distinguir garças, pelicanos, gaviões, cegonhas, bútios, narceja-comum, papagaios-do-mar, pardais, águias, falcões. Nem se alteravam ao nos ver passar.

Aqui e ali sobressaíam ossos de animais, cobertos de sal, como uma advertência...

À nossa esquerda ficaram duas pequenas vilas de pedra e barro – Gassul e Bet Yesimot – sentadas à metade das colinas, como se temessem aproximação. Quem vivia em semelhante inferno?

Cruzamos cinco *wadis*, todos eles secos e abrasados, habitados, suponho, por escorpiões e serpentes.

Por último, com o sol rendido, divisamos outro canal que chamavam Zarqa ou Najaliel. Este sim trazia água. Ele se achava a 16 quilômetros do delta do Jordão, segundo minhas apreciações.

Final da viagem, por hora...

Tar indicou a ponte de troncos que pulava sobre o *wadi* e resumiu:

– Calirohi do outro lado...

E dispôs tudo para passar a noite.

A lua, esguia, nos acompanhou até as 21 horas, 43 minutos e 49 segundos. Isso rezavam os relógios do módulo quando o Destino permitiu que eu regressasse ao Ravid.

Fiquei novamente extasiado.

Ao desaparecer a lua, o firmamento se apresentou com todo o seu esplendor. Tarpelay me convidou a contemplá-lo com outro de seus habituais silêncios.

Oito mil estrelas somente para nós dois!

Não sei se disse. Eu as contei em várias oportunidades ao longo daquela inesquecível e fascinante aventura com Jesus de Nazaré.

Oito mil estrelas a olho nu! Oito mil brigando umas com as outras para brilhar mais do que a sua vizinha!

Jesus de Nazaré...

Eu sentia a sua falta.

Cassiopeia me deu várias piscadas. E pensei nas misteriosas luzes que havia visto em Beit Ids e no alto do "porta-aviões". Voltaria a vê-las?

Algenib e a constelação de Peixes também me cumprimentaram. Todas o faziam. Pareciam querer abandonar seus postos e nos deixar às escuras. Mas não...

Desfrutei imensamente. Só faltava ela...

Tar não permitiu que eu dormisse sobre a terra. A temperatura era excelente (em torno de 20 °C), mas ele se negou:

– Perigo...

Retirei-me para o interior da *reda*, e assim se passou a primeira noite no mar de Sal.

Na manhã seguinte, bem cedinho, me banhei no lago. Conhecia a sensação. Eu havia me banhado no mar Morto em outras oportunidades (em nosso tempo). Agora foi diferente.

O alvorecer se pôs violeta e debruçou nos escarpados, curioso.

Flutuar sem querer não é simples.

Tar me contemplava atento.

E decidimos aproveitar o relativo frescor do amanhecer para alcançar Calirohi.

O líbio tinha razão.

A aldeia se achava bem próxima ao *wadi* Zarqa. Calculei dois quilômetros e meio.

Calirohi – também chamada Callirroe – era um mísero punhado de casebres de pedra branca e teimosa, com tetos de palha, cada uma mais desordenada que a outra. Somei 20 casas e outros tantos currais.

A aldeia se apresentou na metade da trilha, como por arte da magia.

O lago se encontrava ali mesmo, mas acredito que nem se falavam, de puro tédio.

Tar foi diretamente a um desses casebres. Eu o esperei na *reda*, tomando notas.

Alguns vizinhos deixaram-se ver. Pareciam *a'rab*. Na realidade o eram. Quase todos eram nabateus. As crianças estavam sendo comidas pelas moscas, literalmente.

Os asnos também apareceram, vindo dos currais. E algumas cabras colocaram suas "mãos" sobre as cercas, observando-nos. Depois eu soube: nós éramos a primeira visita em muitos dias.

Não vi uma só sombra.

Isso me preocupou.

Calirohi se encontrava habitada até então pela família dos Jemâr. Eram primos, irmãos, sobrinhos e parentes em segundo e terceiro graus. Ninguém que não fosse um Jemâr podia habitar em Calirohi de forma permanente. Eram os melhores exploradores do mar de Sal. Sua especialidade era o asfaltite (vem daí o nome). Eram especialistas na localização das massas de betume que flutuavam nas águas. Com o tempo tive oportunidade de contemplar esse tipo de "captura" e as guerras que provocava a possessão de tais blocos.

Os Jemâr guardavam seus segredos. Vem daí que não admitiam ninguém que não levasse seu sangue nas veias.

Eram gente boa, mas ninguém os ensinou a pensar mais para fora e adiante. O Mestre também dedicou algum tempo a eles, ainda que jamais tenha sido dito...

Devido ao sal, e às duras condições do Gor, os Jemâr se tornavam velhos aos 30 anos, ou antes. As mulheres nem isso. Era gente enrugada, ainda que somente por fora. A maioria terminava com problemas de visão ou totalmente cegos. Eram quase negros, com um alto percentual de olhos claros.

As crianças eram abertas e carinhosas. Aproximavam-se e se limitavam a olhar. Nunca soube quem comia quem: as moscas a eles, ou o contrário.

Tarpelay chegou a um arranjo. Os Jemâr o conheciam e o estimavam.

Nós deixaríamos a *reda* e os cavalos sob a custódia de um dos vizinhos. Mais soluções seria questão de trocados.

Prosseguiríamos a pé.

E assim o fizemos.

Ninguém perguntou nada em Calirohi. Era o costume no mar de Sal. Ninguém perguntava nada a ninguém. Já tinham o bastante com suas próprias vidas para preocuparem-se com a vida alheia.

Tar foi moderado como sempre:

– Perigo...

Não discuti. E me resignei.

Deviam ser mais ou menos oito da manhã quando divisamos a grande torre.

Havíamos caminhado outros dois quilômetros.

O guia parou e examinou o lugar.

Não encontrei nada diferente. Tudo seguia sendo deserto, laranja e desolação.

E repentinamente, como eu digo, surgiu aquela enorme torre, que se achava ao pé da trilha.

Era alta e robusta, plantada como um quadrado e com pouco mais de oito metros de altura. Havia sido erguida com pedras negras basálticas, transportadas Deus sabe de onde...

Muito perto da torre se abria caminho ao enésimo *wadi* ou canal seco. Recebia o nome de Zarad.

E o líbio fez um sinal para o alto de uma das colinas na direção leste, ao mesmo tempo em que exclamava:

– Maqueronte...

Sobre um cone quase perfeito se distinguia, de fato, uma fortaleza, meio apagada pelas sombras.

Ali se encontrava o Batista, segundo Nakebos.

– Mas onde está a estrada?

Tarpelay encolheu os ombros e replicou:

– Não estrada...

Para chegar à fortaleza, era preciso aventurar-se entre os penhascos, subindo e descendo sem parar. Calculei em torno de seis quilômetros. Maqueronte se encontrava a 400 metros de altura.

Aquele, o enclave da torre, era o lugar adequado para iniciar a subida até o palácio e fortaleza de Antipas. A entrada principal, com a estrada correspondente, se achava, justamente, do outro lado, na direção leste. Era um caminho que eu desconhecia.

Tar interpretou meus pensamentos com perfeição. Alcançar a fortaleza pela porta principal seria uma perda de tempo e uma temeridade. Por este lado, quem sabe tivéssemos uma possibilidade...

Duvidei. Possibilidade de quê? De entrar no forte?

Algo em meu interior me disse que eu estava cometendo um erro...

O *sais* fez um gesto para que eu o seguisse, pois na torre vivia alguém que poderia nos proporcionar mais informações.

Não chegamos a dar quatro passos quando ouvimos os latidos.

Tar não se alterou e continuou em frente, decidido.

Pouco depois, por trás da torre, apareceram os mastins brancos, com uma cara pouco amigável. Instintivamente levei os dedos ao instrumento de ultrassom. Não foi necessário.

Correram até o líbio, como se o conhecessem, e pularam ao seu redor, celebrando a chegada do negro que sempre vestia amarelo.

Detive-me, por prudência.

Ao chegar à torre, Tar entrou em seu interior acompanhado pelos cães.

Olhei em volta.

Encostada na face esquerda se via outra construção de médio porte, de uns dois metros de altura, sem portas e sem janelas. Deduzi que se tratava de uma cisterna, destinada a recolher as águas pluviais. A única porta da torre se colocava na direção leste. Supus que eu me encontrava diante de uma velha edificação militar, utilizada em seu devido momento para a transmissão de sinais (geralmente luminosos, como eu havia observado no caminho para Cesareia).

Por trás da torre se levantava um cercado de troncos e juncos, amarelos e entediados. Imaginei que se tratava de um curral.

Algo mais abaixo, a uns dez metros, me olhava um diminuto embarcadouro, com umas tábuas intensamente negras e brilhantes e umas estacas, branqueadas pelo sal, que vigiavam não sabia o quê.

Não vi embarcações.

Decidi chegar perto da torre.

Ao chegar à frente da porta, descobri algumas inscrições, gravadas sobre o umbral. Uma, em *a'rab*, dizia: "Allat me protege. Mas quem me protege de mim mesmo?"

Allat era uma deusa árabe, identificada posteriormente com Afrodite.

A segunda gravação, também na pedra, aparecia em grego: "Na boa sorte. Zeus Oboda ajuda a Abdalgos que construiu esta torre sob bons presságios, no ano 188, com a ajuda do mestre de obras Wailos e Eutiques".

E nisso, enquanto refletia sobre o que havia lido, Tar regressou. Chegou acompanhado de várias mulheres. Três eram jovens, ou, pelo menos, não tão enrugadas como as outras duas.

Os cães se aproximaram e me cheiraram. Acariciei um deles. Tinha uma máscara negra.

O líbio parecia satisfeito. Aqueles mastins, fiéis guardiães, não faziam amizade com qualquer um...

As mulheres falaram em *a'rab*.

Disseram algo sobre um tal de Raisos. Era o dono da torre. Havia saído. Encontrava-se no lago e regressaria com o cair da tarde.

Tarpelay ficou pensativo.

Finalmente, após consultar-se consigo mesmo, e por último com este explorador, decidiu que esperaríamos. Conversar com Raisos era importante. Tratava-se de um dos fornecedores habituais do palácio-fortaleza de Maqueronte. Como Tarpelay o chamou? Creio que utilizou o termo *lehasîg*, que poderia traduzir-se como "conseguidor". Raisos conseguia tudo, não importava o quê ou para quê. Com aquele indivíduo me aguardavam novas e desconcertantes surpresas...

Foi nesse momento, conversando com as esposas de Raisos, que percebi algo de anormal. As mulheres mais jovens terminaram por descobrir o rosto e comprovei que sofriam de uma enfermidade pouco comum. A princípio pensei em algum tipo de lepra, mas não era.

O rosto e o pescoço apresentavam uma intensa tonalidade verde. Eu me lembrava de ter lido algo sobre este assunto em particular, mas jamais vi nada semelhante. Grupper descobriu isso em certa ocasião e atribuiu o problema dermatológico a uma dieta vegetariana muito rígida, consistente em cebolas e cenouras como única alimentação. Também o peito e os genitais se tornam verdes. Não sei...

Duas das jovens (?) padeciam igualmente de uma espantosa deformação no nariz. Era como se as ratazanas o tivessem devorado.

Fixei o olhar com detalhamento e vi que estava quase certo. Aquilo era uma leishmaniose cutânea. Neste caso, de tipo úmido ou rural, com elevações eruptivas pequenas e sólidas (pápulas indolores de crescimento lento). Os nódulos se achavam ulcerados. Na realidade, o nariz como um todo era uma úlcera. As infelizes não podiam permanecer muito tempo com as feridas ao ar. As moscas caíam nelas aos batalhões.

Era provável que tivessem sido infectadas por algum tipo de roedor, tipo gerbo, gerbil ou esquilo da mongólia, ou pelo mosquito (fêmea) do gênero *Lutzomyia* (mosquito-palha).

Uma pena. Os olhos das garotas eram grandes, verdes e cheios de luz.

Foi assim que eu soube como e por que a torre do *wadi* Zarad era conhecida no *yam* como a torre das "Verdes".

Mas as mulheres não pareciam se importar com o problema. Elas riam, conversavam e brincavam com o líbio. Eles se conheciam de muito tempo. Além disso, Raisos tinha oferecido uma de suas filhas em casamento. Tar não aceitou. Tinha trabalho suficiente com seus cavalos e para manter as adagas brilhantes.

Tarpelay esquadrinhou o horizonte do lago. Nenhum sinal do barco de Raisos.

E resumiu a situação:

– Esperar...

Depois recordou algo e, conhecendo-me, advertiu:

– Não levantar pedras...

O sol se encontrava ainda se divertindo sobre as falésias e as colinas. Era difícil para ele despertá-las. E decidi aproveitar o relativo frescor da manhã. O lugar, em breve, se converteria em um forno.

Tar permaneceu na torre com as "Verdes".

Um dos mastins, o da máscara negra, veio ficar comigo.

A companhia do cão me tranquilizou. Na proximidade de um escorpião ou de uma serpente, ele seria detectado pelo animal muito antes deste desastrado explorador. Além disso, eu portava a "vara de Moisés". Não poderia me acontecer nada de mal... (!)

Quem poderia imaginar naquela época que, algum tempo depois, quem isto escreve voltaria a andar por aquelas mesmas vielas a ermo, e na companhia do Mestre... Nós já sabemos: o Destino... Mas eu tenho que ser forte. Eu devo chegar ao final desta aventura.

Não demorei a vê-lo.

Encontrava-se do outro lado do *wadi*.

O que era?

Na distância não consegui distinguir com nitidez.

Parecia...

Caminhei na direção sul, desci até o canal seco do rio Zarad, me esquivei dos seixos brancos e subi por um pequeno barranco, reintegrando-me à trilha que viajava pela margem do lago.

Não estava nem um pouco errado.

Era o que eu acreditava ter visto.

Fui aproximando-me, vagarosamente.

O mastim começou a latir. O sol se deu conta da nossa presença e começou a mostrar um grande interesse por nós. Teríamos que ter pressa.

Do outro lado do *wadi*, como eu digo, a cerca de cem metros da torre das "Verdes", habitava uma família de penhascos. Somei cinco. Eram vermelhos, de puro arenito núbio. Estavam ali por toda a eternidade.

A senda corria aos seus pés, contudo sempre em silêncio.

Uma das rochas era adulta. Alcançava uns 17 metros de altura. Era plana, e sua face a oeste era a que dava para o mar de Sal. No alto havia nascido uma jovenzinha macieira de Sodoma. Assomava-se ao vazio com precaução.

Os penhascos restantes eram de menos corpulência. Simplesmente faziam companhia ao principal.

Toquei a pedra. Estava despertando. Estava fria.

Olhei para o alto e voltei a surpreender-me.

Incrível!

Como terão feito isso?

A pergunta era uma estupidez.

"Como acredita que tenham feito? Com uma escada, tonto!"

Podia ser, mas com uma escada de tantos metros...

"E por que estava ali?"

A isso eu não soube responder. Não tinha ideia.

Pensei em regressar e perguntar ao *sais*, ou às mulheres. Eles deviam saber...

Faria isso mais tarde.

E gravei na memória o que tinha diante de mim.

A cerca de 15 ou 16 metros do solo se distinguia uma legenda (?), gravada na rocha,

Era em aramaico antigo.

Li com dificuldade.

A gravação era impecável. Não parecia recente. Alguém teria se dado o trabalho... e muito.

Pensei em subir acima da rocha de arenito e inspecionar com mais detalhamento. As letras eram perfeitas e de idênticas dimensões. Só uma palavra aparecia com mais destaque.

Sim, eu subiria o penhasco e exploraria...

A legenda – ou o que fosse – começava com a frase:

"Eram 200 os que baixaram de cima do monte Hermon."

Como eu disse a mim mesmo. "Nem ideia".

O restante formava cinco colunas de nomes. Lido da direita para a esquerda, dizia textualmente:

Primeira coluna: *SEMIHAZAH* (era a única palavra maior entre as demais). Ao seu lado se lia: "chefe dos encantamentos".

E continuava na referida primeira coluna:

Ar'teqo'f (segundo chefe e conhecedor dos signos da terra).

Ramt'el (terceiro conjurado).

Hermoní (o que ensinou a desencantar).

Segunda coluna:

Baraq'el (o que ensinou os signos dos raios).

Kokab'el (o que conhece as estrelas e pratica a ciência das estrelas).

Zeq'el (o que sabe de relâmpagos).

Ra'ma'el (o sexto).

Terceira coluna:

Dani'el (o que conhece as plantas).

Asa'el (o décimo de todos eles).

Matar'el (o que conhece os venenos).

Iah'el (o que conhece os metais).

Quarta coluna:

Anan'el (o que conhece os adornos).

Sato'el (décimo quarto).

Shamsi (o que conhece os sinais do sol).

Sahari'el (o que conhece e ensina os signos da lua).

A quinta e última coluna aparecia apagada em sua totalidade. As letras haviam sido marteladas, intencionalmente. Não pude reconstruir nem um só dos possíveis nomes.

A leitura, como eu digo, não me recordou de nada, salvo um dos nomes: *Iah'el*. Os calíbios (mestres fundidores) do cárcere do Cobre me falaram de alguém com um nome parecido (*Iahel*). Segundo eles, foi o anjo caído que ensinou aos seus ancestrais os segredos da metalurgia.

Pensei numa casualidade. No entanto, desde quando este explorador acreditava em casualidades?

Encontrava-me diante de uma lista de nomes de anjos caídos? Por que mencionava o monte Hermon? Fora ali, justamente, onde ocorreu o encontro do Mestre com os representantes dos rebeldes, quer dizer, dos anjos caídos. Porém, esse "encontro" aconteceu no verão do ano 25 da nossa era... O que tinha à minha vista era uma inscrição muito mais antiga. Como era possível? Não conseguia entender.

Quem era o autor daquele escrito?

Quando retornei ao Ravid e consultei os arquivos do "Papai Noel", só obtive algumas pistas... Poucas e fracas. Os essênios, baseando-se em um livro apócrifo de Enoch (6, 4-8, 1), faziam alusão a estes e outros nomes dos supostos anjos rebeldes, conjurados no monte Hermon. Foram os célebres "filhos dos deuses, que se misturaram com as filhas dos homens".

Quem isto escreve não podia imaginar a extraordinária transcendência do que tinha adiante. Quão certo é que Deus escreve certo por linhas tortas!

Mas eu, logicamente, não sabia... Isso sucedeu depois, quando aconteceu o que aconteceu.

A coincidência com aquele nome – *Iah'el* – me superou. E a curiosidade subiu de tal forma, quase como quando a água chega à altura do nariz.

Tinha que averiguar algo mais sobre a singular inscrição na rocha (desde esse momento a batizei como a "pedra dos *graffiti*"; eu sei, foi algo irreverente).

O que fazer?

Devia constatar detalhes: medidas exatas, grau de oxidação das linhas etc.

Para isso teria que subir e observar a legenda o mais perto possível.

Dito e feito.

Procurei uma trilha e escalei o penhasco. O mastim ficou lá embaixo alucinado: "o que estava se passando com aquele ser humano?"

E, enquanto eu subia, eu me lembrei da advertência do guia negro: "Não levantar..."

Cheguei ao alto sem dificuldade. O panorama era esplêndido.

O lago se tornara rosa e, pouco a pouco, era empurrado para o novo dia. A jovem macieira (uma *Calatropis procera*), de apenas um metro, ficou me olhando, com as folhas desconcertadas. Mais atônito estava eu. Como ela havia conseguido prosperar em semelhante inferno?

Maqueronte também me contemplava, suponho. Apesar da distância, os guardas podiam me ver. Isso me preocupou, mas só por alguns segundos. Deixei a trouxa e o saco embreado na rocha e me dediquei àquilo que importava.

Debrucei-me ao fio do penhasco e verifiquei que a inscrição havia sido disposta com bastante minúcia e ao longo de três metros e meio. Servi-me da "vara de Moisés" para medir.

Cada coluna ocupava 50 centímetros, exatamente. Todas mediam o mesmo, tanto em altura como em largura.

Fiquei pensativo. Que estranho! Como era possível que as medidas coincidissem? Alguém havia planificado e tinha trabalhado com esmero; disso não restava dúvida...

E, de repente, o mastim começou a latir. Eu o olhei, mas não entendi. E continuei o que estava querendo fazer.

Necessitava comprovar o grau de oxidação das linhas gravadas. Era importante para descartar que fosse recente. À primeira vista, as estreitas incisões na rocha apresentavam a mesma tonalidade do resto da pedra. Isso significava que o grau de oxidação era idêntico em ambos os locais. Por consequência, as inscrições não eram "modernas". O ideal era pegar uma amostra e analisá-la no "berço"...

E por que não?

Não tinha por que causar nenhum dano à inscrição. Algumas miligramas do arenito, extraídos da superfície riscada, seriam suficientes. O "roubo" na rocha seria mínimo.

Durante alguns minutos pensei como fazer.

O mastim continuava latindo, muito alterado. O que acontecia?

Olhei ao redor. Não observei nada de incomum.

Em cima do penhasco não se viam fendas. Isso me tranquilizou.

A legenda aparecia a um metro e meio do fio da grande rocha. Como chegar até ali?

Não devia tentar uma descida sem o mínimo de proteção. Cair de uma altura de 15 metros poderia ser mortal...

Somente me ocorreu uma solução.

Era arriscada, mas factível...

Desceria pela parede, aproveitando as saliências, me colocaria na altura das gravações e empregaria o laser de gás para "recortar" uma das incisões e conseguir a amostra.

E o faria preso.

Parecia simples, mas não gostei. Se eu caísse...

Eu sei. Fui um estúpido. A extração da amostra podia ser feita do solo, lá do chão. O laser tinha um alcance efetivo superior a 20 metros...

Mas, ofuscado pela curiosidade, não levei isso em consideração.

Precisava de uma corda.

Dei uma olhada na trouxa. Negativo.

E no saco não encontrei o que necessitava.

Só restava uma alternativa.

Não pensei.

Soltei as cordas egípcias que serviam de cíngulo, calculei as distâncias e terminei por atá-las à base da macieira.

Era o suficiente.

Puxei com força. A jovem e voluntariosa *Calatropis* resistiu e também a corda que me servia de cinturão.

Vamos lá!

Amarrei dando um nó nas egípcias ao tornozelo direito e, sem mais, iniciei a descida pela parede. Eu fiz o movimento devagar, firmando cada pé nas rugosidades da rocha. Não eram muitas. Tinha que manobrar com cautela. A "vara de Moisés" na mão esquerda era um estorvo, mas não tinha opção...

O mastim continuava latindo.

E lentamente fui me aproximando das inscrições.

Calculei bem.

A corda se esticou. Até ali eu podia chegar...

Achava-me em frente à quarta coluna. Examinei as incisões. Eram perfeitas. Tinham sido trabalhadas com minuciosidade. A superfície riscada, de acordo com as minhas suspeitas, apresentava o mesmo grau de oxidação que o resto da rocha. Eram gravações muito antigas, sem dúvida.

E me dispus a manipular a "vara de Moisés".

O equilíbrio era precário. As pontas das sandálias não encontravam fendas...

Selecionei a palavra *Anan'el*. Só tinha que ativar o laser e, com paciência, "recortar" a parte da última letra. O dano seria mínimo...

Depois recolheria a amostra e "Papai Noel" se ocuparia do resto.

O cachorro seguia como um louco.

Que diabos estava acontecendo?

E um súbito pensamento me prendeu: "Se eu escorregasse e caísse, a macieira de Sodoma resistiria?"

Engoli em seco.

Foi um pressentimento?

Olhei para baixo. O mastim ia e vinha na base do penhasco muito inquieto.

A *Calatropis* tinha que resistir. Isso era uma ordem!

E nisso eu estava, com os nervos à flor da pele, quando aconteceu...

Escorreguei, perdi o equilíbrio, a "vara de Moisés" pulou pelos ares e quem isto escreve se precipitou ao vazio...

E nesses segundos não se pensa.

E me vi de cabeça para baixo, milagrosamente preso pela corda que havia amarrado no tornozelo direito.

Oh, Deus!

Mas a *Calatropis* e as egípcias resistiram.

E ali fiquei, oscilando como um pêndulo a uns 15 metros acima do chão. Se a corda se rompesse, adeus explorador...

Isso não foi o pior.

De repente, "a luz se apagou"...

A túnica, obediente à lei da gravidade, e como não poderia ser de outra forma, deslizou em direção à minha cabeça...

Perdi o controle.

Que desastrado!

E ali ficou aquele "inteligente e aguerrido piloto da Força Aérea americana", de cabeça para baixo, com o rosto coberto pela túnica e o *saq* ou tanga para o ar, para ainda deixar a vergonha mais crua e nua...

Tentei subir por trás.

Impossível.

As rugosidades que me auxiliaram na hora de descer... já não estavam mais. Desapareceram!

O mastim latia e latia, com razão. No alto estava dependurado um idiota em tamanho natural.

E o sol, percebendo o apuro em que me encontrava, não teve a mínima compaixão por quem isto escreve. Comecei a suar copiosamente.

E tentei uma outra vez.

Negativo.

A túnica se enredava cada vez mais.

Batalhei para desembaraçar-me dela.

Negativo.

Tudo era negativo nessa ridícula manhã...

O que eu podia fazer?

Gritar? Para quem?

Daria uma ordem ao cachorro?

Senti-me perdido.

Tentei pensar. Tinha que achar uma solução...

E, de repente, me veio à mente a imagem do Mestre. Não pude evitar. Imaginei que estivesse rindo muito...

Notei como as forças me falhavam.

Tinha que sair do atoleiro.

Mas como?

Foi o mastim que resolveu a comprometedora situação.

Era um cachorro inteligente.

O animal não demorou em ir até a torre e deu o aviso.

As "Verdes" e Tarpelay compreenderam que algo acontecia e saíram às pressas.

Não demoraram em descobrir-me, com as pernas para o ar, e o *saq* ensopado de suor.

Ouvi os gritos... E os risos.

O líbio subiu à rocha "dos *graffiti*" e puxou a quem isto escreve, liberando-me.

O *sais* me olhava com os olhos espantados e repetia:

– Mim não compreender... Mim não compreender...

Não soube o que dizer.

Recolhi as coisas, desci da maldita pedra, recuperei a maldita "vara de Moisés" e acariciei o bendito cachorro. Eu estava lhe devendo uma...

Ele se chamava *Bêji* ("O que chora").

Eu também tinha vontade de chorar...

O restante do dia passei em um canto, morto de vergonha e fazendo anotações sobre a torre. Eu sei: eu não tenho conserto...

Tar me acompanhava, ainda com o susto presente na alma e no corpo, e movia a cabeça negativamente:

"Mim não compreender..."

Finalmente, consegui serenidade e terminei perguntando algo coerente: "Alguém sabia alguma coisa sobre as inscrições na rocha?"

As "Verdes" estavam de acordo com Tar: "Era obra dos gênios..."

E aí terminou a aventura com a pedra "dos *graffiti*". Minto. Ainda restavam uma segunda e terceira partes...

Eram 17 horas, e com a chegada da brisa do Mediterrâneo o *sais* deu o aviso de alerta: uma vela se aproximava do embarcadouro.

Tratava-se de uma barcaça pançuda e cheia de artimanhas, daquelas que se atiravam conforme o vento. Aparecia pintada de laranja, como a vela. Tudo tinha sua explicação...

E com Raisos, patrão, esposo das "Verdes" e dono da torre, desembarcou um velho amigo.

Abner, o segundo de Yehohanan! O pequeno grande homem! O *ari*!

Ao ver-me no embarcadouro, fez sinais para que não dissesse nada e para que mantivesse distância. Tar e eu nos olhamos, atônitos.

Acredito que compreendi.

Antipas havia posto um preço pela sua cabeça...

Abner apresentava um aspecto diferente. A dentição seguia calamitosa, com as gengivas avermelhadas e sangrentas e meia dúzia de dentes inclinados e briguentos entre si, mas a aparência melhorou, em parte. Isso se devia ao corte do cabelo. Tinha raspado o couro cabeludo, estava careca. Uma túnica açafrão escondia o corpo de criança.

Em um aparte, enquanto o patrão abraçava Tarpelay, Abner se apressou em esclarecer que se achava como incógnito e que trabalhava sob as ordens de Raisos, o "conseguidor".

As suspeitas se confirmaram.

Depois, sentados na embarcação, um pouco mais relaxado, Abner começou a contar o que, em boa medida, eu já sabia.

Após a prisão do Batista, os seguidores se dispersaram. Ele conseguiu reunir vários "justos" e, após localizar o paradeiro de Yehohanan, planejaram um primeiro e segundo assalto-resgate ao cárcere do Cobre, nas proximidades de Damiya. Foram estrepitosos e notórios fracassos. Careciam de armas e, o que era mais importante, de organização.

O tetrarca foi informado e ordenou que transferissem o Batista ao mar de Sal. Pôs um preço ao pequeno grande homem: 500 denários de prata.

Abner fugiu e, como o resto dos discípulos, se refugiou no Gor. Encontrou trabalho às ordens de Raisos e ali continuava, ajudando-lhe nas tarefas de transporte de mercadorias; a torre das "Verdes", como disse, achava-se próxima de Maqueronte, e isso proporcionava esperanças ao *ari*. Quem sabe dali pudesse receber notícias de seu ídolo e inclusive chegar até ele. Fiquei admirado diante da fidelidade daquele samaritano.

Abner não sabia nada sobre o Iscariotes. Judas participou de ambos os assaltos-resgate à prisão do Cobre, mas acabou fugindo como os outros.

Não disse nada sobre o fato de que se unira ao Galileu. Em breve se inteiraria...

Ao perguntar o motivo de me encontrar no lago, expliquei que o procurava para entregar-lhe algo e, sobretudo, porque desejava averiguar como se achava o Yehohanan.

Agradeceu meu interesse e me jurou fidelidade "até o fim". Eu seguia sendo Esrin ("Vinte").

Nessa noite, a sós, eu fiz a entrega do "323". Ao contemplar o pergaminho da "vitória", chorou. Ele o conservaria como um tesouro, e nunca mais voltei a ver o saco embreado e malcheiroso...

Após o jantar, Tar engendrou uma forma de desviar a conversa ao ponto que lhe interessava: Maqueronte. Raisos conhecia bem a região e também o palácio-fortaleza de Herodes Antipas.

Mas Tar, inteligentemente, não expôs a questão de maneira aberta. O *sais* conhecia minhas intenções: este explorador queria averiguar se era possível entrar na fortaleza, e como. E o líbio utilizou a astúcia...

Raisos era um sujeito curioso. Havia deixado para trás os 50 anos e já fazia um bom tempo... Era míope, com as pernas tortas, e sobretudo um enganador, que tomava sempre o melhor para si... Jurava que um antepassado seu, alto funcionário do rei de Petra, algo assim como Abdalgos (o nome que figurava sobre o dintel da porta da torre), era o construtor daquele lugar. Ele o herdou. Era *a'rab* e patrão do barco dos pecados. Essa era sua verdadeira profissão. Era um trabalho que nenhum judeu desempenhava. A lei oral estabelecia que os pecados chamados nefandos ("diante dos quais Deus oculta a vista") não podiam ser satisfeitos - do ponto de vista econômico - no Templo de Jerusalém ou nas sinagogas. O dinheiro que servia para reparar (?) tais ofensas a Deus devia ser arremessado às águas do mar de Sal. Assim conta na *Mishná* (tratado *Nazir*, capítulo IV). E assim ganhava a vida o *a'rab*. A barcaça que dormia agora no embarcadouro era *hata'*, a única embarcação autorizada a transportar o dinheiro dos pecados. Por isso foi pintada naquele laranja tão chamativo. E me recordou o *mot*, o barco da morte que navegava no mar de Tiberíades, cuja missão era transportar cadáveres. Tudo no *mot* era branco. Obrigatoriamente branco.

Mas, feita a lei... Feito o embuste.

Raisos jogava "as bolsas dos pecados" ao lago e na presença dos "pecadores", mas logo depois, cumprida a cerimônia de submergir o dinheiro, a bolsa era içada e eles repartiam as moedas. E todos regressavam felizes e "perdoados"...

Este era o suculento "negócio" de Raisos, porém não era o único.

O *a'rab* da torre das "Verdes" tinha outras paixões...

Por exemplo: conseguir coisas. Quanto mais difíceis, melhor.

Outro exemplo: os ditados. Ele conhecia todos. Creio que os colecionava. Falava utilizando provérbios.

Por exemplo: se gabava por encantar escorpiões.

Ao pescoço luzia um canino de hipopótamo. Servia para espantar pesadelos. Isso é o que diziam...

Raisos era conhecido pelo apelido de *lehasîg* ou "conseguidor". Era o grande *lehasîg* do lago. Todos recorriam a ele, inclusive Antipas. Isso me interessou.

Pelo que fui averiguando, o tal Raisos era um intendente de primeira. Desfrutava de excelentes contatos. Vendia trigo de Moab, verduras do oásis de En Gedi, bálsamo de Jericó, canas "antiborboletas" procedentes da Nabatea, lamparinas de sal[61] "para trazer serenidade aos espíritos atormentados", sangue de morcego "para ver na escuridão"[62], bandagem com mel (para moribundos)[63], um algodão azul especial (nunca soube como ele o obtinha), cristais de cores para ver o futuro (?), amuletos de todos os tipos (em especial contra os escorpiões)[64], vestimentas de seda (supostamente preparadas contra o fogo) e urina das "Verdes" para amaciar os blocos de asfaltite, entre outras "lindezas".

Contudo, a grande "fraqueza" do patrão, como digo, eram os escorpiões.

Falou deles durante horas. Disse ser um *jerp serket* ou "encantador de escorpiões". Aprendera (?) a arte no Egito no livro santo de Rá, na Casa da Vida, em Alexandria. Provavelmente, era alguma invenção por parte dele, mas desfrutamos da beleza.

E Tar se deixou cair na metade da explicação sobre os escorpiões. Brincou com Raisos. Inventou, mas fez isso com habilidade. Expôs que aquele grego rico, que guiava, havia ouvido falar do veneno do escorpião, capaz de fazer sonhar em cores a quem bebia pequenas doses, e acrescentou que se tratava de um escorpião sem mãos. Alguém o havia visto nas fendas das ladeiras de Maqueronte...

Fiquei perplexo.

Nunca ouvira Tarpelay durante tanto tempo e com semelhante desenvoltura.

Raisos caiu na armadilha, caiu no embuste.

"Um escorpião que faz sonhar colorido?"

Ele conhecia essas fendas...

---

61 Ele conseguia blocos de sal-gema, os perfurava, e introduzia neles uma candeia ou um pequeno lampião de azeite. As pessoas que compravam essas lamparinas se sentiam felizes e relaxadas, e existe até certo princípio científico que justificava o dito bem-estar. A luz, ao atravessar o sal, multiplicava o número de íons negativos e a qualidade do ar melhorava. Perto das cascatas, por exemplo, foram detectados até 10 mil íons negativos por centímetro cúbico. (N. do M.)

62 Chamou-me a atenção a coincidência com o escrito, séculos depois, por Alberto Magno em seu livro *Das Maravilhas do Mundo*: "Se queres ver na escuridão e ler os livros à noite, unta o rosto com sangue de morcego". (N. do M.)

63 O mel dispõe de um elemento – o peróxido de hidrogênio com forte caráter antisséptico – que o distingue na luta contra as bactérias e germens. Raisos não andava desinformado... (N. do M.)

64 Raisos vendia essência de violetas, assim como de alho com menta, contra as picadas de escorpião. Mas o ideal – segundo disse – era o odor que desprende de outro escorpião queimado. (N. do M.)

E ficou tudo acertado. Ele nos guiaria e ajudaria a encontrar o fantástico *akrab*.

Tarpelay me olhou e deu uma piscada.

A armadilha foi perfeita. Raisos era bem conhecido pela gente armada da fortaleza. Não suspeitariam se nos vissem perambular com ele pelos arredores...

E a curiosidade me venceu, mais uma vez.

Terminei questionando o "conseguidor" sobre Yehohanan.

Abner não podia acreditar na minha ousadia. E me fez sinais para que esquecesse o assunto. Eu compreendi. O patrão poderia ser um confidente. Arrisquei-me.

Raisos resumiu com um dos seus habituais provérbios:

– Se tu desfrutas, sentes prazer com o amargo, deves saber cultivá-lo... Esse Yehohanan é um louco...

– Por quê?

– Estimado amigo, dar cabeçadas à outra cabeça pode não te causar nenhum dano... Se o fazes contra uma rocha, se quebra.

Não tive outra solução senão confessar. Havia sido seguidor do Batista e me interessava pela sua situação...

– Ninguém sabe de nada – explicou. – Ele é um prisioneiro especial...

– Além disso – acrescentou, ao mesmo tempo em que apontava para as paredes da torre –, os ouvidos, mesmo que não estejam ao norte, ouvem as palavras do norte...

Abner protestou. Ele não era confidente...

– A idade e a prudência contam, inclusive entre os macacos...

Tarpelay, astuto, colaborou da sua maneira. Enchia e enchia a taça vazia de Raisos. E o *legmi* foi surtindo efeito. A língua do patrão se desenredou.

Abner ficou em silêncio.

– Não acredito que seja para tanto – improvisei. – Esse louco é incapaz de matar uma mosca.

– A abóbora pública não deve se lamber por baixo...

– Não te compreendo.

– Se te dedicas a procurar mel, deves saber que as abelhas podem te picar...

– Ele é alguém que fala e fala. Só isso...

– A intenção é uma casa que é telhada só por seu proprietário... Fala por ti mesmo, se desejas. Quem sabe encontras alguém mais idiota que tu, que te escute...

– Yehohanan pedia arrependimento – menti. – Só isso...

O Batista exigia outras coisas, muito mais sensíveis, e Raisos sabia disso...

– Alguém não pode ser mestre (utilizou a palavra *marabú*) se antes não tenha sido discípulo... Arrependimento? Do que deves se arrepender se és menos do que uma mosca?

O "conseguidor" era um filósofo. E não lhe faltava razão.

– Não é melhor ser paciente do que sábio? Por que ele a pregar para os crocodilos?

Suspirou, consumiu mais uma taça de *legmi* e acrescentou:

– Agora está preso e lamentando... As lamentações são filhas da pressa e do descuido...

Tar perguntou:

– Yehohanan é um profeta?

– Os profetas se distinguem, sobretudo, porque deixam tudo por fazer. O que fez esse louco?

O patrão voltava a falar com razão. O Batista só aqueceu as massas, colocando-as contra Roma e contra o tetrarca. Sua mensagem e seu pensamento – já disse isso – não tinham nada a ver com a filosofia do Filho do Homem. Nunca entendi por que o qualificaram como o Anunciador...

– Eu te direi o que ele fez... O tal Yehohanan pretende ter mais visão que um ancião sentado, mas só é uma criança em pé. Quer vender prosperidade com uma vela na mão... A prosperidade não vem. Está ou não está.

Arrisquei-me.

– Existe alguma possibilidade de vê-lo?

– Nenhuma sem a permissão da rocha...

– Da rocha?

– Antipas...

E Raisos colocou o dedo na ferida, de novo:

– Esse louco cometeu dois erros: atacar Antipas e insultar uma mulher... Não é o mesmo insultar uma mulher que atacar um homem... O pensamento deve ser contido antes da língua.

– Talvez não tenha sido a sua intenção insultar Herodíade...

Meu argumento era insustentável.

– Se vendes algo, lembra-te sempre que isso te vende...

Abner mordia os punhos de nervosismo, mas soube permanecer em silêncio.

– E te dei mais ainda: o discurso pode soar melhor ao orador que para aquele que escuta: sobretudo se o que escuta é uma mulher... Querido grego: com frequência, alguém se afoga no rio que tenha subestimado... Nunca subestimes uma mulher... nem pelo bem nem pelo mal.

– Tu crês que Antipas acabará por soltá-lo?

Raisos caiu na risada.

– Tu não conheces a rocha. Ele crê que é o sol e que pode apagar as listras das zebras...

– Mas o libertará ou não? Tu dizes conhecer bem Antipas...

– Eu o sirvo há tempos, verdade, mas ainda não falo o idioma dos crocodilos... Sou um malandro patife, mas não roubo a alma dos meus semelhantes. Antipas sim. Yehohanan, se ele o soltará? Sim, o soltará. Morto, ou quem sabe o soltará para suas meninas...

"As meninas", outra vez. O que queria dizer com isso? Logo eu iria averiguar...

Tar se interessou por Antipas.

– Como ele é realmente?

– Ainda que passe décadas em um rio, um pau não pode converter-se em crocodilo. Com o tetrarca acontece o mesmo: nunca será um ser humano... Ele já nasceu odiando. Isso vem de família. Ele é um louco, rodeado por pessoas razoáveis.

Nakebos o advertiu. Era impossível chegar à presença de Yehohanan... Segundo Raisos, a Guarda Pretoriana estava em todo lugar. Maqueronte era uma ratoeira. "Se conseguires entrar sem ser visto, o que é impossível, nunca sairás vivo. Se conseguires sair, é porque estarás morto." Era esse o destino que aguardava o vidente...

– Concentra-te em procurar esse escorpião – sentenciou o "conseguidor". – Eu te ajudarei, mas esquece o Yehohanan. Dez não pode ser nove, e nove não pode ser dez...

Ele me olhou nos olhos e proclamou:

– Quando a grande árvore cai, as aves se dispersam...

Isso continuou por parte da noite. Raisos tinha ditados e provérbios para tudo e para todos.

Eu me recusei a aceitar as dificuldades. Gostaria de tentar penetrar na fortaleza. Não sabia como, mas eu o faria...

Nesse momento, eu percebi que era minha obrigação estar na presença do Batista.

O dia seguinte, quinta-feira, 8 de agosto, amanheceu às 4 horas e 47 minutos (segundo os relógios do módulo). E nos preparamos para sair. O objetivo, como já me referi, era impossível: visitar as cavernas de Maqueronte e procurar um escorpião sem mãos e que, além disso, provocava sonhos em cores...

Raisos seria o guia.

Abner recusou o convite. Ele disse que tinha outras obrigações. Ficou claro que ele não queria correr riscos. Eu entendi.

Antes de sair da torre, o senhor ordenou-nos que nos emplastássemos (dos pés à cabeça) com gordura de lebre. Era outra das soluções contra escorpiões e víboras. Pelo menos foi o que me garantiu Raisos. Não tive escolha a não ser obedecer. Tar recusou. "Suas adagas é que eram um bom remédio..."

O fedor durou dois dias.

E, com as primeiras luzes do dia, partimos.

Raisos ia na frente. Atrás vinha o guia negro, com o odre de água. Eu era o último, como sempre, carregando a bolsa com as provisões.

Fomos acompanhados por dois cães. O patrão insistiu que eles deviam ser contratados, "como um a mais". Aquilo me pareceu um abuso, mas depois eu entendi...

Entramos no leito seco do Zarad. Tudo era uma questão de seguir o *wadi*, numa escalada contínua, até alcançarmos a base do grande cone sobre o qual se assentava a fortaleza de Maqueronte. Calculei que seriam uns seis quilômetros. O terreno, muito acidentado, nos forçava a andar de forma lenta e insegura. Iríamos precisar de pelo menos duas horas. Era importante aproveitar a tepidez da manhã. Quando o sol começasse a subir pelo azul do céu, o calor seria sufocante, superando os 40 °C ao meio-dia. Nessa hora já deveríamos nos encontrar nas cavernas.

Eu estava errado. A distância até Maqueronte era maior. Iríamos precisar de, no mínimo, três horas.

Raisos conhecia o terreno que pisava. Não o vi hesitar em nenhum instante.

Não existia uma estrada propriamente dita.

Como descrever o *wadi*?

Era uma área rochosa branco-amarelada, sem mais sombras do que as rochas que nos viam passar, e aquelas de um par de nuvens totalmente perdidas na imensidão azul. Olhasse para onde olhasse, distinguia apenas ocres, arenito que se preparava para ser cozido, colinas que despertavam amarelas e sem esperança, desolação (que se estendia como um gigantesco manto), cabras ao longe, tentando em vão movimentar a paisagem, cavernas que não eram convidativas para se dar uma espiada, barrancos ansiando por um verde, moscas-varejeiras, algumas ervas que fugiam das cabras e que Raisos qualificou como sendo benéficas (contei 36) e silêncio... Um silêncio incomodado por pensamentos e pelo rolar das pedras, precipitando-se a cada um de nossos passos através dos declives.

Que tristeza imensa ser uma pedra!

Tudo correu bem durante a primeira hora.

Mas, às seis da manhã, um dos cães alertou nosso "conseguidor".

Raisos solicitou silêncio (isso sobrava) e que não nos mexêssemos.

Os mastins, vorazes, entraram em um buraco ao pé de uma rocha. Só se via uma poeira vermelha e os cães atacando e atacando, mais de uma vez.

Tar estava impassível, com a mão direita abraçando a empunhadura de prata de uma das adagas.

Raisos esperou, tranquilo.

Aos poucos, a luta terminou.

A poeira vermelha foi se tranquilizando e *Bêji*, o mastim da máscara negra, foi em direção a seu dono, abanando o rabo em triunfo. Em suas mandíbulas se pendurava uma serpente de quase 80 centímetros de comprimento.

Tarpelay se aproximou dele e cortou a cabeça da cobra com um golpe.

O cão deixou cair o corpo da cobra e ela se contorceu por alguns segundos.

Eu continuei a examinar os restos.

Era uma *áspide* (víbora) de cabeça triangular, pupilas verticais e a ponta do focinho voltada para cima. Tinha um "V" invertido entre os olhos.

Não havia dúvida. Era uma cobra venenosa[65], com barriga rosa e uma cauda muito estreita.

Foi a partir desse momento que eu tive certeza. O *wadi* estava infestado por serpentes.

Elas deslizavam e se escondiam por todas as partes. Algumas delas, inclusive, enfrentavam os passantes. Enroscavam-se todas, preparando-se para o ataque. Os cães obedeciam a Raisos e as deixavam de lado.

Eu me lembro de ter visto 30 delas, de diferentes espécies.[66]

---

65 A *Vipera aspis* (víbora áspide) usa um veneno cuja composição é baseada em uma combinação de proteínas enzimáticas e não enzimáticas, cátions metálicos, lipídios e peptídeos. O veneno age no sistema nervoso e no sangue (efeitos proteolíticos, coagulantes, neurotóxicos e hemolíticos, principalmente). A picada pode ser fatal. Nos seres humanos, causa descoloração, dor e inchaço na parte ferida. A ação proteolítica envolve uma vasodilatação geral e local, com uma queda na pressão arterial. Os tecidos tornam-se necrosados e a ação de coagulação provoca a formação de microcoágulos. Os glóbulos vermelhos são destruídos. A hemoglobina é excretada na urina e a anemia surge. O veneno também leva à paralisia muscular. A morte pode ocorrer dentro de 24 horas. (N. do M.)

66 Entre as que consegui identificar estava a víbora do Gabão, a mais perigosa, com cabeça branca e um metro e meio de comprimento. Suas presas eram espetaculares, e a picada mata em

Era um momento difícil.

Meus pés não estavam protegidos.

Desde aquele dia, o Zarad recebeu outro nome: o *wadi* das cobras.

Raisos resumiu bem a situação:

– Anda com os olhos...

Bêji, inteligente e carinhoso, andava ao meu lado, me alertando.

As cobras saíam da clandestinidade no frescor da madrugada e iam caçar. Elas também eram vistas no crepúsculo. Estes eram os piores momentos do dia. Nós tivemos que passar com muita cautela.

Apesar de todas as precauções, vê-las rastejar em terra e no solo rochoso colocava os meus cabelos em pé. É difícil lidar com essas criaturas...

E pouco antes da terceira (cerca de oito horas da manhã), Raisos parou.

Ele apontou para o enorme cone de terra branca que tínhamos à nossa frente e disse:

– Maqueronte... Os legumes não crescem para aqueles que não se mexem...

Calculei 15 quilômetros desde a torre das "Verdes".

A colina, com 400 metros de altura, estava no meio do nada. Flávio Josefo tinha razão ao descrevê-la: "A fortaleza consiste em uma protuberância rochosa de grande altura, o que já a torna difícil de conquistar, mas a natureza a tornou ainda mais inacessível. Ela é, de fato, completamente rodeada por ravinas..." (*Guerra dos Judeus*, livro VII, 6, 2-3).

Ravinas? Flávio Josefo, tão propenso ao exagero, acabou ficando aquém na descrição de Maqueronte, também chamada de Macairous ("espada").[67] Hoje, no século XX, os árabes lhe dão o nome de *Jebel*

---

cinco minutos. Também vi a *orsini*; a já familiar *cerastes cerastes*, de lembranças tão amargas; a víbora-cornuda e a *pelíade*, não menos perigosas. A mais abundante era a *aspis*. (N. do M.)

67 Maqueronte foi construída por Alexandre Janeu (ano 90 a.C.) como uma fortaleza dedicada a monitorar a fronteira com o império nabateu. Anos mais tarde (57 a.C.), o palácio-fortaleza foi conquistado pelo general romano Gabinius, que procedeu à sua destruição. Herodes, o Grande, o reconstruiu em 30 a.C. e transformou o lugar em uma residência de inverno, com todo tipo de luxo. Alexandra, a esposa de Janeu, escondera um valioso tesouro em Maqueronte, que terminaria nas mãos de seu filho Aristóbulo. A fortaleza tinha três muralhas (algumas delas com 20 metros de altura). Sólidos pilares foram ajustados ao terreno, tornando o local um pouco menos que inexpugnável. Segundo Josefo, no interior da fortaleza havia um palácio e uma vila de serviços, assim como numerosos tanques. Depois da morte de Herodes, o Grande, a fortaleza passou para as mãos de Antipas, seu filho, tetrarca da Galileia e Pereia. Em 66, os judeus tomaram a fortaleza e mataram os ocupantes, todos romanos. As legiões tinham sido cercadas e Maqueronte, então, foi demolida. Assim continua até hoje. (N. do M.)

al-Mishnaqa ou “morro da forca”. Outros lhe chamam de “torre negra” e “a coroa”.

Maqueronte era um grande cone truncado de base circular, branco e perfeito, com uma fortaleza no topo. Uma enorme fortaleza de pedras, também brancas, com um total de seis torres quadradas. Uma delas, construída em pedras negras, tinha mais de 28 metros de altura. Era a torre que dava nome ao palácio. Olhava para nordeste.

As encostas tinham desníveis que superavam 40 por cento. Ninguém conseguia escalar sem ser visto.

Um olhar já foi o suficiente para perceber. Eu havia subestimado o lugar. Maqueronte era uma fortaleza de acesso muito difícil...

E fomos rodeando a base do cone, de norte a leste.

Examinei a muralha exterior. Era enorme, compacta, sem portas e com alturas que oscilavam entre os 10 e os 20 metros. Eram paredes diagonais, com as torres estrategicamente distribuídas. Em todas elas era possível distinguir o brilho do capacete dos guardas pretorianos.

Segundo Raisos, a guarnição era composta por cerca de 500 homens. Talvez até mais...

Eu conhecia a sua maneira de agir e suas características, mas o patrão os descreveu melhor:

– São leões velhos, mais perigosos do que lobos jovens...

A alvenaria me impressionou. Os blocos de calcário eram enormes. Alguns tinham cerca de dez metros e, possivelmente, dez toneladas de peso. Como eles tinham conseguido trazer esses blocos até o alto do cone? Muito simples: com lágrimas, suor e sangue...

No interior da fortaleza – pelo que fui averiguando – havia um palácio e aquilo que eles chamavam de “cidade baixa”, uma aldeia de serviços que recebia o nome de Ataroth. Ali vivia a guarnição e suas famílias, e também o conjunto de criados e muitos dos fornecedores.

Demos a volta no grande morro e fui tomando nota de todas as referências possíveis.

Não notei um único ponto fraco.

Raisos, como que adivinhando os meus pensamentos, comentou com sarcasmo:

– Empurrar este bote para a praia exige um monte de gente.

E chegamos às cavernas. Elas apareceram na encosta oriental de Maqueronte. Contei dez delas. Pareciam desabitadas. Em algumas, eles guardavam o gado.

Fizemos como se estivéssemos em busca do maldito escorpião e decidimos passar nelas o resto do dia. O calor era sufocante.

A partir desse ângulo eu podia ver o lado leste da fortaleza como um todo. A porta principal, e única, era enorme. Um caminho nascia no portão, descia de lá, se contorcendo entre as falésias, e desaparecia nas montanhas de Moab. No canto sul, eu descobri uma notável peça de engenharia. Um aqueduto de tamanho considerável trazia água ao longo da encosta do Maqueronte. Dali a água era jogada em duas "piscinas" situadas a cerca de 30 metros da muralha. Fileiras de jumentos e de escravos eram responsáveis por levar os odres cheios ao interior da fortaleza.

Não consegui ver muito mais.

Raisos e Nakebos estavam certos. Penetrar no Maqueronte sem autorização era um suicídio. Eu teria que me acostumar com a ideia. Não se podia visitar Yehohanan sem a bênção de Antipas. Mas, para isso, seria preciso conseguir marcar uma audiência com a "rocha", como o chamava o chefe da torre das "Verdes".

O retorno ao mar de Sal foi rápido e agoniante.

O sol parecia chumbo derretido. Não tínhamos escolha a não ser caminhar nessas condições. E com o cair da tarde as coisas ficaram mais comprometidas. As víboras estavam mais agressivas...

Raisos descreveu a situação com outro provérbio:

– Reconhece a estatura daquele que é mais alto do que ti.

Mensagem recebida.

E às 17 horas divisamos, finalmente, o azul esmaecido do mar de Sal.

Minha primeira aventura no Lago da Morte foi chegando ao fim.

Informei ao pequeno grande homem e ele estava de acordo: ninguém sabia se voltaríamos a ver o Batista.

Tudo dependia do Destino.

Na sexta-feira, 9, antes do raiar do dia, nos despedimos.

Prometi a Abner e a Raisos que voltaria. Não sabia dizer quando, mas eu o faria. E voltaria com "algo" especial. Isso foi dirigido ao patrão.

Raisos me olhou, com ar cético, e murmurou:

– Sê generoso apenas com aquilo que te pertence...

E, às portas da torre, insisti:

– Eu voltarei!

O "conseguidor" agitou as mãos em sinal de despedida, e deixou cair outro de seus provérbios:

– Visita menos o teu vizinho, ou vais odiá-lo amanhã.

Bêji nos acompanhou por um tempo. Depois, voltou à torre. A manhã, violeta, foi buscá-lo e encheu o lago de luz.

No dia seguinte, sábado, 10 de agosto, Tar me deixou às portas do casarão dos Zebedeu, em Saidan.

Eu li em seus olhos. Tarpelay queria trabalhar a meu serviço permanentemente.

Eu não disse nada. Não era o momento.

Eu sei que voltaríamos a nos ver.

Entrei na casa com alguma apreensão.

O Mestre não estava.

Abril e eu nos olhamos. Parecia mais calma. Continuou fazendo suas atividades, mais nada. De vez em quando ela me olhava.

Salomé, a mãe, sim, me acolheu de braços abertos.

O Mestre estava na praia, com *Zal*.

Eu fui atualizado sobre as coisas. Jesus continuava com seus ensinamentos, e os discípulos, ao que parece, com sua teimosia. Além de obstinados, eles não o compreendiam. Nada de novo...

Deixei as coisas no "pombal" e me dirigi ao lago. Desejava ardentemente rever o Galileu. Eu queria falar com Ele e que Ele me falasse...

Faltavam duas horas para o anoitecer. Parecia um bom momento para tomar um banho.

Não consegui ver o Filho do Homem. Nem *Zal*. Às vezes eles passeavam um longe do outro.

Não havia ninguém entre os barcos encalhados na areia.

Eu não pensei duas vezes.

Tirei a roupa, deixei o manto e o *saq* na proa de um dos barcos, larguei minhas sandálias e corri para a água.

Estava fresca e limpa.

Aproveitei o banho de mar. Nadei e me distanciei um pouco da orla.

Depois de algum tempo, já relaxado, voltei à praia. Caminhei lentamente em direção ao barco. Eu me vestiria e esperaria pelo Mestre.

Mas...

Ei! Onde estavam as minhas roupas?

Eu tinha colocado na proa do...

Inspecionei as outras embarcações.

Negativo.

A roupa não apareceu... Mas como era possível?

Tampouco encontrei minhas sandálias.

Olhei em volta.

Não havia rastro dos pescadores nem dos remendadores de redes.

Eu estava sozinho na praia. Lógico. Era sábado.

Que mistério era aquele?

Pensei em alguém do casarão... Abril? Teria sido ela a levar a túnica, a tanga e minhas sandálias?

Nem tive tempo de pensar direito. Ouvi um grunhido. Depois, algumas risadas mal contidas.

Vinham de um dos barcos. Dirigi-me até ele, cauteloso.

E, quando espiei para dentro, eu os vi.

– Mas será possível?

Era o Mestre, agachado, segurando o cachorro de cor de estanho. Na mão esquerda, vi minhas roupas e minhas sandálias.

Jesus de Nazaré estava segurando o riso quanto podia, mas não deu mais e ele escapou.

E antes que este explorador pudesse reagir, soltou uma gargalhada, liberou *Zal* e, dando um salto, escapou da barcaça. O cachorro o seguiu. E ambos se afastaram pela costa.

Eu também não pensei muito.

Fui atrás dos dois, correndo.

Mas o Filho do Homem era um atleta. Eu, em contrapartida...

Depois de pouco tempo, caí na areia, exausto e ofegante.

O Mestre voltou. *Zal* simplesmente me lambeu e ficou me olhando com aqueles intrigantes olhos oblíquos.

Nós não falamos por um tempo. Mas rimos e rimos.

Eu me vesti e contemplei.

Aquele era o verdadeiro Jesus de Nazaré: um brincalhão empedernido...

Depois, a seu pedido, comecei a contar. Ele me observava, feliz. Apreciava as minhas histórias. Na verdade, ele gostava de tudo.

Não me perguntou sobre Yehohanan, mas ficou impressionado com a história do *wadi* das cobras. Tive que dar mil explicações sobre tudo o que vi.

Finalmente, ficou sério e me perguntou de Ruth.

Eu disse a verdade, como sempre.

A resposta, apesar de conhecida, me deixou confuso:

– Não é uma doença de morte...

E passou a me contar sobre seus planos imediatos. Queria que eu o acompanhasse. No dia seguinte, ia começar uma nova experiência com os íntimos. Melhor dizendo, com dois dos discípulos. Ele caminharia com a dupla ao longo das margens do *yam* e eles permaneceriam duas semanas longe de Saidan. Depois, trabalharia alguns dias. E então, durante mais outras duas semanas, repetiria a aventura com uma segunda dupla de discípulos. E assim sucessivamente. No total, faria isso por cerca de três meses.

Eu calculei.

Isso nos situaria em novembro.

Eu não tinha ideia do que ele queria. Os evangelistas também não dizem nada sobre aqueles três meses.

De qualquer forma, o importante é que eu tinha voltado a tempo.

Naquela noite, antes da "aula", André fez o sorteio. A primeira dupla que deveria acompanhar Jesus foi a formada por Tiago Zebedeu e Judas de Alfeu, um dos gêmeos. Eu disse a mim mesmo: "Mas que dupla... Um fala pouco e o outro nem fala".

Fiquei intrigado. Qual seria o propósito do Galileu? Ele estava tentando inaugurar a etapa da pregação pública?

Logo descobriríamos.

Os outros discípulos não protestaram. Eles estavam tão confusos quanto este explorador. Enquanto a ausência perdurasse, eles se ocupariam de seus trabalhos; principalmente da pesca.

E no dia seguinte, 11 de agosto, domingo, saímos à primeira luz da manhã. Jesus não permitiu que *Zal* ficasse no casarão. Ele nos acompanharia.

Nós carregamos os sacos de viagem com provisões e aquilo que fosse essencial e marchamos para o sul.

Zal era o que estava mais contente. A essa altura ele estava com nove meses de idade. Começava a se tornar um cachorro a se considerar. Era tão grande quanto leal, e tão belo quanto inteligente.

Jesus se colocou à frente. Atrás vinha Tiago, perdido em seus pensamentos. Por último, vinham o Alfeu e quem isto escreve, sem palavras. *Zal* corria na frente do Mestre e parava de vez em quando. Olhava para o chefe, compreendia que tudo estava bem e se empenhava em novas corridas.

O que me chamou a atenção foi que passávamos ao largo das cidades e das aldeias. Demorou alguns dias para que eu começasse a compreender, ou compreender em parte, quais eram as intenções do Filho do Homem.

Ele só parava nas casas e nas granjas isoladas. Procurava por qualquer motivo para manter contato com os moradores. Não importava qual fosse. Um dia era água, no outro para perguntar a forma de chegar não sei onde, em outro a oportunidade de ficar à sombra de uma árvore...

A questão é que ele conseguia falar com os habitantes locais e entrar nas casas, indo até a cozinha...

Ouvia incessantemente. Escutava todo mundo. Não importava se fossem jovens ou velhos, livres ou escravos, crianças ou adultos, homens ou mulheres... Ouvia e fazia isso como se fosse a última coisa que faria em sua vida. Ele se misturava com todos. Perguntava sobre os problemas da rua, sobre os doentes, sobre a pesca ou sobre a colheita... Sentava-se na última cabana do último povoado e deixava que as moscas o comessem vivo. Apenas para conhecer a família de mendigos e de marginais que lá vivessem. Brincava com as crianças, segurava-as nos braços, ajudava a limpar as infecções nos olhos, consolava aqueles que nada tinham, sorria para aqueles que não sorriam, ajudava a carregar água, cortava lenha, cozinhava para todos, repartia o pouco que restava nas bolsas de viagem, cantava com os pagãos, ajudava a limpar estábulos e currais, bebia da jarra comum e comia da mesma panela...

"Eles são meus filhos", dizia.

Os discípulos escutavam e viam, desconcertados. Não entendiam o motivo de ele fazer tudo aquilo. E eu comecei a intuir, eu lhes afirmo, ao segundo ou terceiro dia.

Jesus evitava as aglomerações. Fugia das cidades. Ele só queria o pequeno, o perdido, o aparentemente miserável; em resumo, o humano...

Nessas duas semanas, o Mestre fez apenas um único discurso. Não disse quem era tampouco o que pretendia. Ele se limitou – insisto – a buscar o contato com seus semelhantes, a permanecer a seu lado (e, se possível, a ouvir), a rir com eles e a apreciar as pequenas grandes coisas.

Era um Homem-Deus que observava suas criaturas...

Não tenho palavras para descrever essa atitude, mas, para o meu governo, eu escolhi uma palavra em aramaico que a descreve, embora com alguma dificuldade: *'im*. A tradução seria "em companhia de". "Fazer *'im*" seria uma das mais altas aspirações de um Deus encarnado. "Fazer *'im*" era beber e dar de comer ao mesmo tempo (um jogo de palavras que, em aramaico, se dizia *te'em* e *te'am*, respectivamente). O Homem-Deus "bebia" dos demais e "dava de comer", embora fosse apenas com os olhos. Ele experimentava (*lajavôt*) com o contato direto e pessoal e se enchia (*mela'*), ao mesmo tempo em que derramava (*nesak*). O aramaico, nesse sentido, era muito bom.

Jesus deu continuidade, assim, ao que havia iniciado anos antes (beber de suas criaturas), mas na companhia daqueles que seriam seus embaixadores. Pena que nada disso foi contado...

E, como eu disse, durante essas duas semanas, e nas restantes, o Filho do Homem se dedicou por inteiro a esse contato pessoal. Ele "fez *'im*" sem parar. Misturou-se com o último, leu o último dos corações, deu de comer ao último, abraçou o último, tornou-se uno com o último e foi o último. Para ser exato, foi o último entre os últimos.

Ele nunca o disse, mas eu sabia: "fazer *'im*" era exercer a mais importante virtude de um Homem-Deus, a misericórdia.

E em um desses entardeceres em frente ao *yam*, o Mestre explicou, não sei dizer se claramente:

– Ninguém é inferior a ninguém. Todos são superiores a todos...

Nem Tiago nem Judas de Alfeu conseguiram perceber, de momento, as bordas daquela verdade.

Jesus sabia e tentou incentivar os discípulos confusos:

– Depois da morte, as dúvidas permanecerão na tumba. Ânimo!

Tiago o olhou, intrigado. Como Jesus podia saber que ele era todo dúvidas?

O Filho do Homem desceu de novo ao poço de seus pensamentos, leu todos e sorriu ao Zebedeu. Depois explicou:

– Vós não sabeis disso, meus amigos, mas a dúvida é o estado natural do ser humano. O espírito não duvida. A matéria, sim...

Judas de Alfeu não se atreveu a abrir a boca. Não tinha muitas dúvidas. Era realmente um homem de sorte.

E Jesus continuou:

– O começo da sabedoria não é o medo, como afirma o salmista, mas a dúvida...

O Mestre fazia alusão ao Salmo 111 (10): "O temor do Senhor é o princípio da sabedoria; têm bom entendimento todos os que cumprem os seus preceitos..."

– E direi mais: a dúvida prolonga a vida. Não existe nada mais frágil do que a autoconfiança.

O Galileu apontou o lago. O *maarabit*, o vento do oeste, ondulava as águas e fazia ondas que vinham até a praia. Algumas se recusavam a morrer em terra.

– Vedes as ondas? As dúvidas são assim, inevitáveis... A própria vida as impulsiona. Não temais. Duvidar é um triunfo.

E enfatizou a expressão "triunfo": *le nétzaj netzajim*.

– Animai-vos! Vesti-vos com as dúvidas, como Moisés se vestiu com a nuvem, então segui em frente e subi a montanha...

O Mestre se referia ao que estava escrito no Êxodo (24, 18), mas os íntimos também não compreenderam.

Judas de Alfeu interveio e colocou um ponto final nas palavras do Filho do Homem:

– Se... Se... Se... nhor. Tenho uma dú... dú... dú... vida.

O Alfeu, como talvez eu tenha advertido, sofria de um problema de disfemia, ou gagueira. Seu irmão gêmeo Tiago, no entanto, não sofria desse distúrbio no sistema nervoso. Eu nunca perguntei. Talvez Judas de Alfeu tivesse sofrido algum trauma na infância que o tenha levado a essa descoordenação entre os hemisférios cerebrais.

Jesus esperou e sorriu, encorajando-o.

Judas tentou perguntar:

– Pre... Pre... fe...fe...re car...car...ne ou pe... pei...

– Sim, peixe – simplificou o Galileu.

Definitivamente, o gêmeo não tinha grandes dúvidas.

Na sexta-feira, 16, por volta das 22 horas (segunda vigília da noite), alguma coisa "catastrófica" aconteceu, de acordo com os discípulos. "É o anúncio de uma desgraça, eles disseram. Quem vai morrer desta vez?"

Estávamos no bairro das choças, em Kursi.

Minutos antes, os cães começaram a uivar.

Zal ficou agitado. Ele se sentou ao lado do Filho do Homem e permaneceu lá, olhando o céu.

A lua estava cheia.

Bem, às 22 horas e 18 minutos (de acordo com os relógios da nave) houve um eclipse parcial da lua. Com a duração de 78 minutos.

Para aquelas pessoas, um fenômeno astronômico dessa natureza (absolutamente normal e comum) representava um aviso; um sinal dos deuses, de Yaveh ou dos espíritos infernais. Algo estava prestes a acontecer. Algo ameaçador, é claro.

Judas de Alfeu se recusou a olhar para o céu. E cobriu a cabeça com seu manto.

Tiago Zebedeu baixou os olhos e se refugiou no silêncio, como de costume.

Jesus manteve os olhos fixos no eclipse enquanto acariciava *Zal*.

Nós nos olhamos um par de vezes, mas não nos falamos.

Finalmente, tocando no ombro do assustado Alfeu, o Filho do Homem proclamou:

– Vós somente enxergais a pedra-pomes... *Abba* também é ouro e prata...

Eu não entendi.

Naquela noite, depois que tudo passou, Jesus de Nazaré e quem isto escreve tivemos outra conversa – como melhor defini-la? – "confidencial". Ele me revelou um "segredo" fora do alcance de qualquer mortal. Os discípulos não estavam presentes. Mas eu tratarei dessa questão em seu devido tempo. Ainda resta muita coisa a contar sobre a vida daquele Homem, e muito pouco tempo me foi concedido... Não sei se o hipotético leitor destes diários aceitará perdoar esses adiamentos.

Mas vamos lá.

Cinco dias depois do eclipse da lua, o Galileu recebeu uma pequena grande notícia.

Era quarta-feira, 21 de agosto.

Sinceramente, me deu um "branco". Esqueci completamente.

Quando penso agora, deduzo que foi outro aviso... Algo estava errado de novo em meu cérebro.

Era o aniversário do Mestre. Fazia 32 anos.

E lembrei-me que o último aniversário fora comemorado no monte Hermon, na companhia de Eliseu. Eram outros "tempos"... (?)

É claro, nada sabia sobre o engenheiro.

Como eu estava dizendo...

Estávamos em uma fazenda perdida, ao norte de Hipos, perto da costa oriental do *yam*.

Era um lugar fedorento, dedicado à criação de porcos. A fazenda era administrada por uma família *a'rab* a quem chamavam de *Nsura* ("Urubus"). Eles eram tudo, menos afetuosos. E isso era compreensível. O trabalho os escravizava, e que trabalho! O dia inteiro entre porcos, com lama até os tornozelos, levando rebanhos pelas colinas, fedendo o tempo todo, sendo rechaçados pelos judeus e desprezados pelos gentios. Eles eram a escória da escória.

E o Mestre decidiu ficar naquela fazenda por um par de dias.

Lá eu conheci Hbal, outro árabe. Hbal era um homem velho com sintomas avançados do mal de Alzheimer: desorientação espaçotemporal, distúrbios de linguagem, alterações motoras, incontinência dos esfíncteres, falta de memória e agressividade quase constante.

Ele era mantido amarrado a uma cerca com uma corrente de três metros. Não podiam soltá-lo porque, se Hbal se visse livre, terminaria fugindo e desapareceria. Isso já havia acontecido várias vezes.

Hbal era o pai do clã. Ele trabalhou e construiu a fazenda até que começou a sofrer aqueles descuidos. No começo eram pequenos e de pouca importância. Mas a amnésia se agravou e tornou-se mais ampla e incapacitante. Hbal acabou sem saber quem era ou quem eram seus familiares e amigos. E caiu em um perigoso processo de agnosia, não reconhecendo mais pessoas ou objetos.

Agora eles o chamavam de Hbal ("Loucura") porque acreditavam que um ou mais espíritos malignos haviam entrado pela boca ou pelos ouvidos e o mantinham sob controle.

Jesus não hesitou em se aproximar do pobre homem.

Eles o advertiram. É violento. Ele dá golpes com as mãos, com a cabeça e com os pés.

Nada disso aconteceu.

O ancião, com a pele amarelada e as pálpebras inchadas, limitou-se a olhar o Mestre e a repetir diversas vezes:

– A Luz... a luz... a luz... a luz...

Hbal sofria de afasia total.

Fiquei espantado.

O Filho do Homem não se separava de Hbal. Tratava-o com uma doçura interminável. Ele o abraçava. Tomava suas mãos e as beijava. Ele acariciava suas costas e, sobretudo, assobiava. Ao ouvir os assobios, Hbal sorria. Foram, provavelmente, alguns momentos de felicidade para o velho enfermo.

O Mestre se encarregou de despi-lo e lavá-lo. E fazia isso com uma ternura comovedora. As pessoas que trabalhavam nos chiqueiros deixavam suas tarefas de lado e se aproximavam para vê-los. E levavam as mãos à cabeça, perplexos.

Para que Hbal bebesse ou comesse, o Mestre colocava em frente ao ancião uma jarra de água, ou uma tigela com legumes ou peixe, e assobiava.

Mão de santo.

Hbal bebia ou comia.

Os discípulos não se atreviam a se aproximar. Hbal estava possuído pelos demônios. Os espíritos malignos poderiam aparecer saindo pela boca e saltar sobre eles.

O Filho do Homem nem tentou convencê-los de nada. Nem mesmo os informou sobre Hbal. O seu exemplo era mais eloquente do que qualquer discurso.

E foi nessas circunstâncias que vimos chegar a já citada quarta-feira, 21 de agosto do ano 26.

Tiago Zebedeu e quem isto escreve, como já disse, não nos lembramos do aniversário do Galileu. Mas alguém, sim, lembrou. E foi alguém que, aparentemente, tinha pouco entendimento. Foi Judas de Alfeu quem fez a surpresa.

Ao entardecer, enquanto preparava o jantar, o gêmeo se apresentou perante o Homem-Deus e deu-lhe um presente.

Nesse momento, me veio à mente as palavras de Jesus: "Ninguém é inferior a ninguém..."

Eu não sei como ele sabia. Mas isso foi o de menos. O caso é que ele sabia e encantou o Líder.

O Mestre recebeu o pacote com surpresa. Olhou o gago e o rosto de ambos brilhou de felicidade.

– É pa... pa... pa... pa...

– Eu sei – adiantou-se o Galileu. – É para mim.

– Isso...

E Jesus apressou-se em retirar o lenço preto que envolvia o presente.

Oh!

O Mestre se levantou. Analisou de um lado e de outro. Procurava avaliar se estavam bem. Perfeitas.

E abraçou o Alfeu, agradecendo-lhe.

Eram calças persas, em seda azul, ajustadas na altura dos tornozelos. Eram frescas e folgadas. Ao redor da cintura, bordada em ouro, aparecia uma frase em *a'rab*. Dizia: "A coisa mais fácil torna forte os fracos".

E nesse instante fui assaltado por outra dúvida. Até onde eu podia me lembrar, no ano 30, quando fui apresentado pela primeira vez aos gêmeos de Alfeu, Judas não gaguejava, ou pelo menos eu não percebi. Era estranho. Aconteceu o mesmo com Simão Pedro e suas alterações de sono, e também com André e a psoríase da qual ele sofria. Mas acabei ignorando o assunto...

O Mestre vestiu as "persas" até regressarmos a Saidan. Ele levantava o manto vermelho até a altura dos rins e se vangloriava de suas calças; era outra das modas que faziam furor em grande parte da bacia do Mediterrâneo.

Eu nunca tinha visto o Galileu de calças...

O jantar de aniversário foi saboroso. Judas de Alfeu se esmerou. Além de um bom pescador, era também aceitável como cozinheiro.

Ele preparou um pato assado recheado com cascas de laranja, fatias de tangerina, mel, canela, suco de limão, sal em abundância, alho, cebolas picadas e pimenta-preta.

Lembrei-me daquele aniversário no Hermon, e o pato selvagem carbonizado...

Jesus de Nazaré levantou a taça de metal cheia de vinho e pronunciou seu brinde favorito:

– *Lehaim!*

E todos nós respondemos:

– Pela vida!

Foi Tiago quem lembrou ao Filho do Homem do velho costume dos judeus, e dos não judeus: antes do pôr do sol, aquele que estivesse festejando seu aniversário deveria fazer um desejo; só um.

O Mestre acenou com a cabeça, satisfeito. Levantou o rosto para o céu azul, já partindo, e fechou os olhos.

Ele permaneceu assim por alguns segundos.

Todos nós ficamos com vontade de saber qual teria sido o desejo. O que poderia pedir um Homem-Deus?

Depois ele nos olhou, um por um, mas não disse nada. Estava no topo da paz... E, você sabe, quando há paz acima de tudo...

Jesus se levantou e pediu licença. Tinha que assobiar para Hbal.

Algumas estrelas desceram até o lago e se puseram a brincar de fazer reflexos. Eu sabia que era uma desculpa para ver o Homem-Deus de perto.

No dia 24, sábado, regressamos ao casarão dos Zebedeu.

Ao longo do caminho, o Senhor recomendou algumas coisas a seus discípulos. Eles não deviam falar sobre Yehohanan nem sobre sua prisão. Isso era importante.

Tiago e Judas de Alfeu prometeram.

Nem era bom também comentar o assunto de Caná. Havia boatos demais rodando por todo lado, e eram todos falsos. E Ele lhes disse:

– Falai sempre sobre aquilo de que tendes certeza. Porque vossos inimigos vão cuidar das mentiras...

Quando o restante dos discípulos perguntou do que se tratava aquela experiência, nem Tiago nem o Alfeu souberam o que responder, mas uma coisa estava clara no coração deles: amavam um pouco mais aquele Homem tão único e cativante. O mesmo acontecia com este explorador...

Durante três dias, o Mestre fez uma pausa. Ele saía para pescar com seus homens ou se retirava para as colinas próximas. Ali, conversava com o Pai. *Zal* o acompanhava e ficava admirando-o com aqueles intrigantes olhos oblíquos... Eu também fui com Ele em algumas ocasiões. E nós conversávamos ou não. Mas isso era o de menos. O mais interessante era contemplá-lo.

No domingo, 25, assim que regressei, ocorreu algo novo para este escritor.

Primeiro, foi o cheiro intenso de enxofre.

Olhei pela janela e vi.

Ao descer do "pombal", todos estavam impacientes e inquietos.

O Mestre estava nas colinas, com *Zal*.

- Eu sabia - gritava Tiago Zebedeu. - Eu sabia!

Fui até a praia e verifiquei de perto o que eu havia visto da janela: milhares de peixes mortos boiando ao longo da costa.

Os Zebedeu jogaram a culpa nos *lilim* (espíritos malignos). O eclipse tinha sido um aviso.

A grande mortandade se estendia por todo o leste, norte e oeste do *yam*. As águas eram uma grande massa de peixes, de todos os tipos, balançando lenta e tragicamente.

As mulheres choravam. E se perguntavam: "Do que vamos viver?"

Os discípulos não demoraram muito para chegar ao casarão. Discutiram. Simão Pedro era um dos mais exaltados. Ele pretendia ir buscar o Galileu e convencê-lo a dar a vida de volta aos peixes. A maioria se opôs e considerou aquela uma proposta "sem sentido".

E todos se envolveram em uma amarga controvérsia.

"Os espíritos maléficos - diziam - vão continuar agindo. Depois dos peixes, eles matarão as galinhas e as cabras..."

Felipe, pálido, invocou os céus e pediu clemência para sua *Cipriota*.

Eu não podia acreditar no que estava vendo...

Com exceção de Tomé e André, o restante do grupo estava uma pilha de nervos. Pura superstição.

Quanto ainda restava a fazer!

Quando voltei para o Ravid, "Papai Noel" deu uma explicação. A grande mortandade de peixes no mar de Tiberíades era algo relativamente comum. Tudo se devia a um processo natural, descrito por especialistas como Nun e Yeshuv.[68] O responsável era o *maarabit*, o

---

68 Segundo Yeshuv (*La mortalidad de los peces en el lago Kinneret*, 1965) e Mendel Nun (*Las corrientes de agua en el Kinneret*, 1960), o problema é devido ao que eles chamam de "ondas internas" (*seiche*). O *maarabit*, além de criar uma corrente circular, também provoca no

vento de verão. Quando soprava com força, ele levava a massa de água de oeste para leste e as lâminas inferiores subiam até a superfície do lago, cobrindo assim o "oco" que surgia com o referido deslocamento. O desastre ocorria precisamente quando a massa de água inferior chegava a uma profundidade média. Ali ficava a maior população de peixes, que era pega de surpresa pelas *seiches*, ou "ondas interiores", como são chamadas por Mendel Nun. Essas águas inferiores, sem oxigênio e com altos níveis de enxofre tóxico, acabavam envenenando toneladas e toneladas de peixes.

E, durante horas, o *yam* era um imenso amontoado de peixes podres cheirando a enxofre.

Os discípulos teriam continuado a discutir se André não tivesse arrumado a casa. Era desejável aproveitar o momento e sair para pescar. Mas eles pretendiam encher os barcos com peixes mortos? Não exatamente...

Aqueles pescadores veteranos sabiam que, nessas circunstâncias, muitos peixes não chegavam a morrer, e ficavam flutuando na superfície das águas, fracos e abalados.

Juntei-me a eles e comprovei o resultado.

Não muito longe da costa, os peixes realmente estavam se agitando na superfície. A pescaria era tão fácil quanto se inclinar na borda do barco e capturá-los com as mãos.

O medo e a superstição desapareceram naquele momento diante da alegria daquela "pescaria" excelente. As embarcações se encheram até a amurada.[69]

Nessa mesma tarde, quando o Mestre regressou ao casarão, os ínti-

---

yam um movimento vertical das diferentes lâminas de água. A formação dessas correntes internas se deve ao seguinte: o vento empurra a massa de água para a costa oriental e, em seu lugar, ascendendo do fundo, vêm as lâminas de água inferiores. Às vezes, registram-se "ondas interiores" de até 12 metros. O eixo dessas "ondas" não coincide com o do lago, uma vez que vem de sudeste para noroeste. Por causa da aceleração (mediante o vai e vem) surgem as "ondas *seiches*", com direção invertida. Com o surgimento de uma terceira *seiche*, mais fraca, tudo volta à normalidade. Esse tipo de "ondas internas" pode subir e descer até três vezes ao dia, representando um papel importante na mistura e na oxigenação das águas.Os peixes costumam descer até a camada intermediária de água em busca de algas, e é aí que eles encontram a morte, quando a "onda interior", vinda do fundo, sobe e os surpreende. O verão é a época mais propícia para esses envenenamentos em massa. (N. do M.)

69 No dia 2 de julho de 1956, os habitantes da cidade de Tiberíades (pescadores e não pescadores) recolheram mais de 15 toneladas de peixes que flutuavam sobre as águas do *yam*, como resultado dessas "ondas interiores". (N. do M.)

mos continuavam discutindo sobre os espíritos malignos e sobre o nefasto futuro que os aguardava.

Jesus os observou por algum tempo. Pegou o cálice de metal e, como de costume, começou a dar polimento nele, silenciosamente.

Não havia maneira de os homens chegarem a um acordo. A pergunta, repetida mais de uma vez, era a seguinte: "Quem vai morrer desta vez?"

Finalmente André, em uma tentativa de esfriar os ânimos, pediu a opinião do Galileu.

Jesus foi conciso:

– Vós acreditais que *Abba* é responsável pela chuva?

Eles se entreolharam. Não entenderam a pergunta.

E o Galileu explicou:

– Não culpeis os céus pela escuridão... A noite chega sozinha, sem a necessidade de Deus...

– Mas isso significa – perguntou Pedro, confuso – que os espíritos malignos não são os responsáveis por essa matança dos peixes?

– Os espíritos malignos, como tu os chamas, já têm o suficiente com o que possuem... Não procureis culpados porque eles não existem, não da maneira como pretendes. O Pai inventou a morte, mas, sobretudo, inventou a vida.

– Mas esses peixes...

Pedro era teimoso como poucos.

– Tudo obedece a uma ordem, Pedro. O Espírito, sobre o qual já falei, a tudo impregna, a tudo permeia. Achas que Ele deseja o mal?

Simão Pedro continuou balançando a cabeça.

– Em verdade, em verdade vos digo: não culpeis a Deus por vossa ignorância... E mais: não percais vosso tempo e vossa energia erguendo os punhos contra *Abba*. Aquele que se rebela contra Deus é porque não enxerga.

No dia seguinte, segunda-feira, 26, o *yam* mantinha-se com seu cheiro podre e de enxofre, e milhares de peixes mortos continuavam chegando às praias. De repente, a superfície do lago ficou verde e começou a borbulhar.

Os discípulos caíram em terror: "Eram os espíritos, que nos avisavam..."

As explicações eram igualmente simples. O *yam* ficou verde como consequência das "ondas interiores". Elas acabaram arrastando para a superfície algumas algas esverdeadas chamadas *Botriococum*. Um fenômeno espetacular, mas inofensivo. Já em relação às bolhas, não eram espíritos malignos que estavam retornando, mas simplesmente os gases produzidos pela *peridinium*, outra alga agonizante nessa época do ano.

Custou para que Pedro e os outros saíssem para pescar...

Finalmente, pressionados pelas mulheres, eles saíram ao mar e não se arrependeram. Os peixes capturados sem necessidade de lançar a rede foram em excelente quantidade. Eles só tinham que correr o "risco" de enfiar as mãos nas águas borbulhantes...

Na terça-feira, 27, assisti a uma cena que também não foi narrada nos evangelhos.

Na noite anterior, o Mestre decidiu acompanhar seus homens ao *yam*. E, munidos de tochas, fizeram uma pescaria não menos excepcional. Os peixes saltavam na superfície do lago.

Eu os esperei na praia. Ao meu lado estavam *Zal* e o romper da aurora.

Eles chegaram felizes.

Aquele saque (não se podia falar em pescaria) somara um total de 750 peixes, considerando os três barcos.

E participei de um ritual de costume: o Mestre e alguns de seus discípulos começaram a colocar as peças em ordem (pela espécie e por tamanho). Outros se ocuparam de lavar o convés das embarcações.

Debrucei-me sobre os peixes e os contemplei, admirado. Eu só conhecia algumas daquelas espécies. E o Mestre, inclinado sobre mim, começou encantado a sanar as minhas dúvidas. De início, listou o nome das espécies mais destacadas. O *amnūn*, ou tilápia, era o mais numeroso. Assim como o *śĕfāmnūn*, ou bagre. Depois, foi me mostrando os *bīnīt*, ou salmonetes. Também havia espécies diferentes. Muitos daqueles peixes eram considerados "puros", e outros, "impuros", como já foi explicado em outra ocasião, mas o Galileu não prestava atenção a essas considerações bíblicas.

Um deles, o *grypus*, era enorme. Chegava a um metro de comprimento. O Mestre explicou que ele tinha sido trazido ao *yam* após o exílio na Babilônia. Eles o chamaram de *šibbūta*.

Também me mostrou o *gīrít,* um peixe que, de acordo com os gêmeos, sabia a língua das vacas.

E fiquei sabendo mais sobre as enguias e os *hīpūsa*, que roncam com a boca fora d'água.

Jesus apontou Pedro e fez uma brincadeira:

– É primo do Pedro...

O discípulo olhou para o Mestre, depois para o *hīpūsa* e continuou com seus afazeres. Não entendeu a piada. Pedro não tinha senso de humor, pelo menos naquela época.

– E estes são os *šaltanit*...

Eles eram os menores, parecidos com sardinhas. Brilhavam como se fossem feitos de prata.

– Também são chamados de "tarít"...

Nisso, João Zebedeu aproximou-se e interpelou o Filho do Homem:

– Por que perder tempo com esse grego?

O tom da frase era insípido.

Fiquei imóvel, petrificado.

O Galileu ficou sério. Contemplou o Zebedeu e esse, não satisfeito, voltou à carga:

– Ele é um homem muito rico e desocupado. Não sei que importância ele tem ao nosso lado. Não sei o motivo de lhe dar tantas explicações... Ele que pague, se quiser saber...

O Mestre se aproximou do irritado João e colocou as mãos sobre os ombros do discípulo. E disse suavemente, mas com firmeza:

– Este grego é um *mal'ak*... Evita ofendê-lo. Ele divulgará a minha mensagem quando chegar o momento...

Fez uma pausa e acrescentou:

– E será mais confiável do que ninguém... Amigo João, não corrige para que nunca sejas corrigido. Não difama, para que não sejas difamado. Não semeies as trevas... Ninguém é inferior a ninguém... Não julgues, porque isso é tão perigoso quanto dormir em pé...

Eu me senti desconfortável, porque a atitude de João Zebedeu não foi agradável. Será que a triste história vivida no ano 30 se repetiria agora?

Fui otimista.

Quis acreditar que não...

E na quarta-feira, 28 de agosto, Jesus partiu então com a segunda dupla: os Simões (Pedro e o Zelote). Jesus era muito respeitoso com relação aos sorteios.

Permaneceríamos outras duas semanas em algum lugar do *yam*.

Fomos diretamente para a região de Kefar Zemaj, a sudeste do mar de Tiberíades. Também era terra de criadores de porcos.

Pedro começou a aventura entre protestos.

Aquelas pessoas, em sua maioria, eram pagãos (quase todos *a'rab*).

E Pedro começou a murmurar: "Por que começar anunciando a boa-nova na terra dos porcos? Qual o problema com a Cidade Santa? Não seria melhor anunciar o novo reino entre os eleitos?"

O Mestre não gostava de ser obrigado a repetir as coisas. Ele as anunciava e tomava como certo que todo mundo as tivesse compreendido. Com os íntimos, porém, não era assim. Jesus se viu com a necessidade de insistir e repetir mais de uma vez a mesma coisa:

– Quantas vezes terei que ser paciente contigo? – disse a Pedro. – Eu não vim revelar o Pai a um povo em particular. Eu vim para mostrar a esperança... Pura. E isso interessa a pobres e ricos, a escravos e a homens livres, a jovens e velhos, a mulheres e homens... Deixa-me fazer o meu trabalho.

A reprimenda de nada serviu. Pedro continuou criticando. Quando ele viu o Filho do Homem "fazendo *'im*", perdeu o controle de novo e lamentou "a perda de tempo, de dinheiro e de energia".

E disse entredentes, quando Jesus estava longe:

– Essa gente não sabe lidar com uma espada. O que faremos com eles?

Quão diferente da realidade é a imagem que as igrejas têm hoje do fogoso e errático Pedro!

Jesus não dava atenção a esses murmúrios. O Galileu continuava se dedicando a seu trabalho, atento aos menos favorecidos.

O Zelote, mais alerta, interpretou o *'im* como uma espécie de ensaio geral. Ele não estava tão equivocado...

– Um bom líder – proclamava – sabe quando cobrir de lama as suas sandálias...

O guerrilheiro de olhos negros e de barba até o peito dedicava parte de seu dia a visitar as regiões onde paramos a fim de procurar esconderijos para esconder as armas da revolução.

Quando Simão Pedro compreendeu que não havia nada a fazer, e que o Filho do Homem dedicava tempo, e toda a sua atenção, a crianças e mendigos, mudou de tática. Ele se fixou no companheiro e empreendeu uma campanha de críticas contra ele.

Quem isto escreve não conseguiu superar seu espanto.

Fora justamente Pedro quem escolhera Simão, o Zelote. Eles eram amigos e se conheciam há muito.

Pois bem, como eu dizia, ele começou a implicar com aquele que tinha uma cicatriz do lado esquerdo do rosto. O Zelote tinha um problema com odores corporais, especialmente nos pés, e Pedro soube aproveitar a circunstância. Ele o chamou de todos os nomes existentes sob o sol e o obrigou a dormir a não menos do que 20 passos do Mestre.

"Temos que fazer uma seleção – justificou-se. – Neste grupo de embaixadores sobram incompetentes..."

Esse era o Pedro dos primeiros tempos: falastrão, de escassa compreensão e sem refletir sobre nada. Depois, lentamente, o contato com o Mestre o foi moldando, embora não muito...

Simão, o Zelote, por sua vez, não deixava barato. E respondia às provocações e maledicências com patadas nos lugares mais íntimos de Pedro. Ele o qualificou de "corno, beberrão e fantasioso, capaz de enxergar fantasmas no guisado". Tendo em vista o que aconteceu algum tempo depois, ele realmente tinha um pouco de razão. E arrematou com uma venenosa alusão aos roncos: "És tu que deves dormir no fim do mundo, desgraçado".

As discussões continuavam, mas sempre na ausência do Chefe.

Quando Jesus voltava, a dupla mudava de assunto, e eles pareciam dois loucos, desdobrando-se para servir ao Filho do Homem.

Eu sei que Jesus sabia...

Senti falta do silêncio da dupla anterior – Tiago Zebedeu e Judas de Alfeu – e sua quase nula conversação.

Mas assim eram as coisas...

No sábado, 7 de setembro, nos aproximamos de um poço que estava situado no sopé de uma colina. No topo, conseguíamos distinguir duas ou três choupanas.

Jesus decidiu parar e beber água.

E estávamos fazendo isso, debaixo de um sol sufocante, quando desceram da colina uma mulher idosa e um menino de 4 ou 5 anos. Imaginei que fosse o neto dela. Eram os dois *a'rab*.

Ao ver que estávamos junto ao poço, a mulher se deteve e hesitou.

Ela segurava um aro de madeira de um metro de diâmetro, que rodeava as pernas. Com ambas as mãos, junto ao aro, sustentava dois baldes de metal separados.

O aro era uma "ferramenta" muito utilizada na hora de transportar água. Eles o chamavam de *jishûc*. Dessa forma, evitavam que as latas lhes batessem nas pernas.

O fato é que a velha acabou se aproximando do poço. Precisava encher os baldes, e a criança trazia um terceiro recipiente.

Ela cumprimentou em árabe, e Jesus e o Zelote responderam, também em *a'rab*.

A mulher, algo apressada diante da presença dos galileus, foi rápida em puxar a corda e recuperou um odre negro e inchado com água. Então o esvaziou nos baldes e encheu também o recipiente do menino.

Despediu-se laconicamente e tentou levantar os pesados baldes.

Fez isso com muita dificuldade.

Ela deu dois passos, mas teve que largar os recipientes no chão. O menino vinha atrás, também com pressa. As latas que a mulher levava deviam pesar em torno de dez quilos...

Jesus deixou sua bolsa de viagem aos pés do poço e foi, determinado, na direção da anciã.

A mulher fez uma segunda tentativa.

E eu me perguntei: "Como ela pretende chegar assim até o alto do morro?"

Nenhum dos discípulos fez qualquer movimento.

Ela era árabe e, ainda por cima, mulher...

O Mestre lhe pediu que soltasse o aro e Ele ocupou seu lugar. Carregou a água e caminhou na direção das choupanas.

A velha senhora permaneceu em silêncio, confusa.

Fui até o menino e tentei ajudá-lo com o balde. Mas a avó não permitiu. Colocou o recipiente sobre a cabeça e seguiu os passos do Galileu.

E ali ficamos os três; os discípulos ainda mais perplexos do que este escritor.

O Mestre passou o dia nas choupanas. Era uma família de pastores. Cuidavam de porcos e de cabras. Somei mais de 50 *a'rab*.

E Jesus se interessou por suas vidas, por suas ilusões (quase ninguém sabia o que era isso), por aquilo que possuíam (quase nada) e pelo que esperavam vir a possuir (alguns porcos a mais e que as cabras parissem bem).

Ele não falou do Pai nem do reino invisível e alado. Eles não o teriam entendido. Eles estavam no nível que estavam...

Mas o Filho do Homem desfrutou do pouco que havia. Em troca, Ele deixou um rastro de luz, alguns carinhos mais do que oportunos e uma sensação de bem-estar. Ninguém jamais subia aquela colina...

Nessa noite, Pedro perguntou:

– Rabi, por que ajudaste aquela mulher? Tu sabes que era sábado...

– Pedro, se o próprio *Abba* estivesse presente ali, teria rompido o *shabbat* para ajudá-la...

Mas os Simões não captaram a mensagem.

E assim foram correndo aqueles dias, entre brigas, "localização de referências" por parte do Zelote (e ele não era o único) e contatos diretos e pessoais do Homem-Deus com suas criaturas, "as mais modestas de seu universo", segundo Ele.

Pedro e o Zelote não tiveram mais alternativa a não ser reconhecer que Jesus era diferente. Ele amava a quem mais ninguém amava. Ouvia todos os que não tinham voz. Acariciava os asquerosos. Olhava nos olhos dos cegos. Brincava com os bastardos. Aprendia com os inúteis. Compartilhava o pão com os impuros e ria com os surdos-mudos.

Eu também aprendi a minha cota. Desde então eu me fixo mais nas pessoas, eu as toco, eu as escuto. Ninguém é superior a ninguém.

Na segunda-feira, dia 9, de volta a Saidan, decidimos acampar às margens do lago.

Jantamos. As estrelas se uniram à reunião, mas em silêncio.

Pedro, que continuava com suas farpas, perguntou ao Filho do Homem, e com um mal disfarçado sarcasmo:

– Mestre, quantas vezes eu devo perdoar a esse tonto?

E apontou o Zelote.

– Talvez sete vezes, para chegar limpo ao *shabbat* (sábado)?

Mateus, em seu evangelho (18, 21), faz alusões a essas perguntas, mas modifica seu sentido, tanto em relação ao que foi dito por Pedro quanto à resposta do Galileu.[70] Pedro não se referiu a "irmão" em sentido geral, mas sim ao Zelote, a quem chamou de "tonto".

Sem comentários...

Jesus conhecia bem os pensamentos desastrados de seu amigo, e porque ele perguntava uma coisa semelhante a essa.

Ele olhou intensamente para Simão Pedro e esse ficou vermelho. O Zelote havia empalidecido. Mas teve o bom-senso de não responder à provocação do companheiro.

O Mestre se inclinou ligeiramente sobre a areia vermelha e preta da praia e começou a alisá-la. Depois passou a desenhar com o dedo indicador esquerdo (Jesus, como eu acredito ter mencionado anteriormente, era canhoto).

– Eu não digo sete vezes, Pedro...

Eu o vi desenhar o número 7. E continuou:

– Sabias que o caminho para o reino de meu Pai começa justamente no perdão?

Silêncio.

Depois, desenhou a letra *yod* (equivalente ao número 10) e prosseguiu falando:

– *Ayin* representa a humildade...

---

70 Em 18, 21-23, Mateus diz: "Então Pedro, aproximando-se dele, lhe perguntou: 'Senhor, até quantas vezes pecará meu irmão contra mim e eu hei de perdoar? Até sete?' Respondeu-lhe Jesus: 'Não te digo que até sete, mas até setenta vezes sete.'" (N. de J. J. Benítez.)

A letra hebraica *ayin* é o resultado da multiplicação de 7 por 10. Essa foi a minha interpretação. *Ayin*, portanto, equivalia a 70.

– Pois bem, Pedro, bebe na humildade, no 70, para seres capaz de perdoar.

Compreendi a metade.

Jesus jogava com os conceitos cabalísticos. O 7 era a letra *zain* (que simboliza a fertilidade). A *yod* (o 10) era (e é) a Unidade Primordial, *Abba*, o maravilhoso e benéfico Pai Azul. O resultado da multiplicação de 7 × 10 é 70 (a letra *ayin* representa a humildade).

Como dizia o Mestre, quem tem ouvidos que ouça...

Jesus continuou falando na mesma linha:

– O perdão vai te abrir todas as portas. A humildade é um rio de vida. Atira-te nele...

As estrelas piscaram, perplexas.

E o Mestre insistiu:

– Não digo sete vezes, Pedro, mas setenta vezes sete... O perdão deve ser exercido do mesmo modo que o ato de comer e dormir... Perdoa setenta vezes sete e vais rejuvenescer.

Pedro estava com a boca aberta. Duvido que ele chegou a compreender a profundidade daquelas palavras.

Então notei um perfume quente e delicioso no ambiente. Cheirava a nardo. Cheirava a misericórdia...

Olhei em volta. Estávamos no litoral. Ali não cresciam nardos. E as estrelas, cúmplices, piscaram os olhos, todas ao mesmo tempo.

Mensagem recebida.

Era *Hu Nejat* ("O Espírito que desce") mais uma vez...

Eu nunca serei suficientemente grato àquele Homem.

Sim, a resposta do evangelista Mateus estava certa ("Não digo até sete vezes, mas até setenta vezes sete"), mas estava incompleta. Lamentavelmente incompleta.

O Zelote interveio. Não suportava mais de tanta curiosidade.

– O que é mais importante, Senhor, perdoar ou saber esquecer?

O Galileu o observou com complacência. E agradeceu com o olhar que o Zelote soubera perdoar as inconveniências de Pedro.

– Se fores humilde, Simão, irás perdoar. Se fores compassivo, irás perdoar setenta vezes sete...

Sorriu levemente e completou:

– E se fores humilde e compassivo, quer dizer que és inteligente. Por consequência, esquecerás setenta vezes sete...

– Mas a resposta não foi respondida – insistiu o guerrilheiro. – Devo escolher? Perdoar ou esquecer?

– Mas eu respondi, Simão, eu respondi... Mas o farei de novo. Perdoa sempre. Depois, se desejares, mantém a lembrança da ofensa, mas que o rancor não te devores. E isso não vai acontecer se tiveres perdoado de verdade.

Olhou os discípulos com infinita piedade e proclamou:

– A memória está livre de pecados. Guardai as boas e as más, sem manchar-vos. Porque essa será a única coisa que ireis trazer após a morte... Não duvides, Simão. Perdoa e serás assim testemunha de mais um milagre do Espírito: teu inimigo, ou aquele que te ofendeu, vai se afastar de ti misteriosamente. E o mais importante: tu beberás paz até ficares saciado...

Juntei-me ao brilho das estrelas e aplaudi, à minha maneira, com o silêncio.

Mas a conversa, que deveria ter terminado naquela altura, foi salpicada de assuntos mais prosaicos. O Zelote não conseguiu se conter e levantou novamente a "necessidade de nos organizarmos politicamente". O Mestre o deixou falar. Finalmente, com resignação, recordou a eles que não estava ali para "encher os bolsos, mas os corações".

– Eu estou aqui para fazer a vontade de *Abba* – declarou. – Não para fazer a tua vontade, e tampouco a minha. Somos mensageiros do invisível. Não o substituas pelo humano. Deixa que o mundo resolva os seus assuntos. Limita-te a apontar o caminho que, inevitavelmente, cada ser humano irá percorrer depois de sua peregrinação pela vida. Isso é o que é importante.

Continuaram sem entender. Aquilo nada tinha a ver com o Messias ou com a libertação do povo escolhido.

– Resgata o mundo da escuridão e deixa que ele sozinho se liberte do resto.

Na quarta-feira, 11 de setembro (ano 26), voltamos a Saidan.

Foi um alívio.

Jesus concedeu a si mesmo sua pausa habitual e eu aproveitei aqueles três dias para entrar no Ravid, colocar meus diários em dia e visitar Ruth mais uma vez. A ruiva continuava sua curva descendente. Já quase não ouvia, e não enxergava.

Voltei ao *yam* com a velha angústia me estrangulando.

Pensei muito sobre Ruth.

O que eu poderia fazer?

E, mais de uma vez, apareceram em minha mente as palavras do Filho do Homem: " Não é uma doença de morte..."

Foi assim que vi chegar o dia 15, domingo. De lua cheia.

E partimos com a terceira dupla, que era formada por Felipe de Saidan e Tomé, aquele do estrabismo no olho esquerdo. A nova experiência não poderia ser pior da que tinha sido vivida com Simão Pedro e com o Zelote... Ou poderia?

Metade da cidade chegou para se despedir de nós.

Felipe me surpreendeu, mais uma vez. Parecia que ia partir para a guerra, ou para a sua amada China...

Ele apareceu no casarão usando um turbante, uma túnica e um manto furiosamente amarelos, tipo gema de ovo. Carregava duas bolsas de viagem, cada uma mais volumosa do que a outra. Do cinto vinham pendurados dois pares de sandálias. No rosto, além dos olhos vivos e de cor verde, usava um sorriso que não o abandonaria pelas próximas semanas. O sorriso deixava a gengiva inferior a descoberto, desprovida de dentes e com uma gengivite[71] que fazia sangrar essa gengiva com regularidade.

Eu teria que dar uma olhada naquele desastre dentário.

Naturalmente, ao lado de Felipe, obediente e orgulhosa, aparecia a *Cipriota*, a cabra-irmã-amiga do discípulo, recém-retocada com pintura de barco. Como já expliquei na ocasião, a *Cipriota* abastecia seu dono com leite e, ao mesmo tempo, por conta dos círculos coloridos que a cobriam, ainda o protegiam de mau-olhado.

Naquela noite, aparentemente, Felipe havia se esmerado, repintando a cabra com círculos vermelhos, amarelos, brancos e azuis, desde a barbicha até a cauda.

Como eu disse, parecia que ele ia para a guerra, ou para sua amada China.

Zal cheirou a cabra, mas, diante daquela singular "camuflagem", optou por não se intrometer. E fez bem. A *Cipriota* era alguém com quem não seria bom se meter, pois tinha um coice que era uma arma...

Tomé, mais discreto, limitou-se a levar o imprescindível, como haviam sugerido André e o próprio Mestre. A saber: seu habitual pessimismo e os dados... Para que mais?

---

71 Entre as enfermidades periodontais mais comuns naquele tempo estavam a gengivite e a periodontite. A primeira consiste em uma infecção, associada geralmente à placa bacteriana dental, que provoca a inflamação e o sangramento da gengiva. Ela pode desencadear uma periodontite (destruição do osso maxilar que suporta os dentes). Se não for corrigida a tempo, termina por causar a perda generalizada dos dentes. (N. do M.)

Dessa vez, entramos na cidade de Tariqueia, na segunda desembocadura do Jordão, ao sul do lago. Foi um pedido de Tomé. O Galileu concordou em satisfazer ao estrábico, desde que a visita à família fosse breve.

E assim foi.

Tomé abraçou seus quatro filhos, mas 'Alam ("Eternidade"), a esposa (melhor dizendo, a "ex"), se manteve distante. Ao vê-lo, ela o amaldiçoou.

"Boa é 'Alam!"

A família, juntamente com os pais de Tomé, estava prestes a se mudar para Tiberíades.

Na terça-feira, 17, saímos de Tariqueia e nos dedicamos a explorar a costa sul do *yam*, sempre longe de Bet Yeraj, da cidade de Kennereth ou de Senabris. A visita a essas povoações chegaria mais tarde. Mas disso quem cuidaria seria Eliseu...

Jesus retomou os contatos diretos e pessoais com o povo, e assim foi até o domingo, 29 de setembro, data de retorno a Saidan.

Foi uma experiência muito confortável e benéfica. Não me enganei. As duas semanas com Pedro e com o Zelote, em comparação, tinham sido um suplício.

Felipe e Tomé, eles já eram outra história.

O intendente falou e falou (ele falava pelos cotovelos) de sua verdadeira vocação. O que ele gostava de fazer na vida era trabalhar com os óleos essenciais. Ele possuía um modesto "laboratório" em Saidan. Disse haver aprendido com Meir, o *rofé* ou curador de rosas em Caná.[72] Tinha visitado o Egito e aspirava agora juntar dinheiro suficiente para viajar à China, seu sonho dourado. Ele sabia tudo sobre a China (pelo menos, o que se podia saber naqueles tempos).[73]

Felipe era encantador, divertido e espontâneo, mas apegado demais ao dinheiro e sem um pingo de imaginação.

Ele gostava de amarrar pequenos trançados com alhos pendurados em cada tornozelo. Assim espantaria os *lilim*. Pelo menos, é o que ele dizia. Era vegetariano "por parte de pai" e especialista em frutas. Chegaria a ser o "médico" (ou o paramédico) do grupo. Ele fazia bem quase tudo, exceto as comidas: insossas demais para o meu gosto.

---

72 Ampla informação sobre Meir, o botânico, em *Cavalo de Troia 4 – Nazaré*. (N. de J. J. Benítez.)

73 Felipe jamais pisou na China. Morreu crucificado em Hierápolis (atual Mamby, na Síria); Tomé, por sua vez, nunca chegou à Índia, como se diz. Ele visitou a costa norte da África, a Sicília, Chipre e Creta. Foi executado em Malta, onde foi sepultado. (N. de J. J. Benítez.)

Em suma, era uma pessoa falante, boa, curiosa e de espírito medíocre.

Passava horas olhando para um denário de prata, que corria para esconder na faixa. Jamais o utilizou. Era seu amigo e confidente. Felipe lhe perguntava: "Você vai me abandonar?"

Lembro-me de uma conversa entre o Galileu e Felipe precisamente sobre esse assunto: o dinheiro.

Era a primeira vez que eu ouvia o Mestre falar sobre isso. E jamais esqueceria. Suas palavras me ajudaram muito na vida...

Felipe discutia com o Filho do Homem...

– Este denário – dizia ele – é o meu melhor amigo.

– É apenas dinheiro, Felipe.

– Mas existe alguma coisa mais importante do que isso?

Jesus olhou para ele, incrédulo. Acho que não sabia por onde começar.

– Dize, Felipe, para que serve o dinheiro?

Mesucrán ("Curiosidade" – era assim que o Mestre e os íntimos também o chamavam) contemplou seu "amigo", o brilhante e impecável denário de prata, e o passou de uma mão para outra enquanto respondia, com orgulho:

– Ele compra tudo.

– Tudo, não.

Felipe esperou uma resposta. E o Galileu a deu; acredito que tenha dado, pelo menos...

– O dinheiro não serve quando não há saúde. O dinheiro não engana a morte. E nem te dás um único pensamento.

Felipe tentou refutar, mas o Mestre estava falando a verdade...

– Se amas o dinheiro, não vais prestar a devida atenção à beleza, e muito menos a teus semelhantes. Tua cabeça vai soar como uma panela repleta de ases (de moedas de troco). O dinheiro é uma névoa no coração.

– Isso só diz aquele que não necessita dele...

– Eu tenho alguns anos a mais que tu, Felipe, e também viajei mais. Dá-me um mínimo de credibilidade.

Felipe ainda não tinha se dado conta. Ele estava conversando com um Homem-Deus...

– Eu vou te contar para que serve o dinheiro.

Tomé e a *Cipriota* olharam para cima, na expectativa. Aquela cabra era mais esperta do que parecia...

Felipe esperou, um pouco cético.

– O dinheiro foi inventado para duas coisas...

– Só duas? Eu poderia citar duzentas.

Jesus pediu calma. A *Cipriota* balançou a cabeça. "Esse Felipe é um apressadinho, mesmo", deve ter pensado a colorida.

– ... Para ajudar e para divertir.

E acrescentou:

– Não te esqueces de que o dinheiro não é uma invenção humana. Alguém, muito acima, pensou nisso antes que vós.

E reafirmou o que foi dito:

– O dinheiro é bom para ajudar teus semelhantes, não importa em que circunstâncias. Depois, se fores esperto, vais empregá-lo contigo mesmo, em tua própria diversão.

Ajudar aos outros e se divertir. Gostei. Desde esse dia, tenho colocado essa ideia em prática. Se você pensar nisso friamente, o dinheiro não tem outro sentido.

– Além do mais – acrescentou o Galileu –, por que apreciar tanto uma coisa que não poderá levar até o "outro lado"?

Jesus me olhou, divertido. O do "outro lado" tinha se apresentado a Eliseu durante a nossa estada no monte Hermon.

Felipe não entendia.

– Como "outro lado"? Está se referindo à China?

– Não, Felipe – sorriu o Mestre. – Mais longe...

– Mais longe? Impossível. A China é o fim do mundo.

A *Cipriota* se levantou e emitiu um par de balidos muito eloquentes. "Esse cara é muito bobo, mesmo...", traduzi.

– Quando morreres – esclareceu o Filho do Homem –, quando passares para o "outro lado", o dinheiro ficará aqui. Lembra: tu estarás levando apenas as tuas memórias.

– Mas eu não vou abandonar o meu "amigo"...

– Ah, então pensas em levá-lo junto? Mas como?

– Não sei, eu escondo...

– Eu estarei a teu lado quando despertares nas salas de ressurreição. Se eles descobrirem esse denário, irão removê-lo.

– Então é possível. Poderei esconder o dinheiro...

Jesus se deu por vencido. E a *Cipriota* também.

– A morte não é o que pensas, Felipe. O corpo fica aqui. Não passa de um manto velho. Tu não poderás levar nada, a não ser tuas lembranças.

Nós havíamos conversado sobre isso em Beit Ids.

– Felipe, confia em mim: na reunião de meu Pai tu não precisarás de dinheiro. Usa-o agora, porque é assim que foi ordenado, e faz bom proveito, mas não te esqueces do que te recomendei: os demais e tu. Só isso justifica o dinheiro. O dinheiro serve para medir e para te medir. Nos céus não há medidas; e por isso não há dinheiro. Emprega o dinheiro como se fosse uma ferramenta. Com o martelo ou com a rede, obténs o necessário para teu sustento. Pois bem, isso é tudo. Não te ajoelhes diante do dinheiro; não compres dignidade com algumas moedas. Não o persegues e o dinheiro irá procurar a ti.

E Jesus concluiu com a chave:

– *Abba* sabe. Ele, e seu povo, irão te proporcionar, a cada momento, o que for justo e necessário. Não implores aos céus por riquezas. Há assuntos mais importantes...

Mas a Felipe, – aliás "Curiosidade" – faltava imaginação, e ele não conseguiu enxergar através das palavras do Mestre. Tomé continuou em silêncio. Não acreditava nem deixava de acreditar. A tudo ele era indiferente. A tudo menos a "ex"...

Em outra ocasião, na periferia da metrópole, enquanto Felipe cozinhava, Jesus se aproximou da panela. Felipe preparava uma sopa de tilápias. O Mestre a provou e balançou a cabeça negativamente:

– Falta sal...

Naquela noite, a falta de sal na sopa de Felipe serviu de pretexto para arejar um assunto do qual nunca havíamos falado: a imaginação. Felipe e Tomé escutaram, mas foi como assistir à chuva cair. *Zal* e a *Cipriota* permaneceram por perto, aparentemente na expectativa, mas eu não sei...

Nem mesmo este explorador andava repleto de imaginação...

Jesus disse:

– A imaginação é como o sal. Ou a sopa tem, ou não tem...

E respondeu às minhas perguntas com transparência: "A imaginação – disse ele – se desenvolve e se exercita, do mesmo modo que o corpo e a mente, mas não nos deixemos enganar... A imaginação (Ele a chamava *dimiôn*, em hebraico) é um dom. É o sal da inteligência".

Entendi que a imaginação aparece com o sujeito, da mesma maneira como ele nasce ruivo ou com pés chatos. Beethoven tinha esse dom e soube exercitá-lo. A mesma coisa aconteceu com Michelangelo. Os céus lhes deram imaginação e ele a moldou e pintou.

– Assim, ninguém deve ser culpado por lhe faltar imaginação.

Jesus olhou para Felipe, mas o intendente pareceu não entender que se referia a ele.

– *Abba* é sagrado porque desfruta do máximo da imaginação... Em verdade eu vos digo que não é o poder que distingue o Pai, mas sim a sua capacidade imaginativa.

E resumiu:

– Toda a criação visa assemelhar-se a *Abba*...

Depois, colocou alguns exemplos. Eu me lembro dos seguintes:

"Os seres humanos que desfrutam do dom da imaginação são mensageiros especiais. Eles anunciam o céu."

"É por isso que a poesia é o que existe de mais parecido com a perfeição". (Ele usou o termo "santidade", e eu entendo que perfeição e santidade sejam sinônimas.)

"Por isso – porque imaginais – é que vós invejais os pássaros..."

"Por isso é preferível a intuição à razão."

Desta vez foi Tomé quem não compreendeu. A razão era algo intocável para o discípulo de Tariqueia. A intuição era algo de que só as mulheres e os iluminados falavam...

E o Mestre esclareceu:

"Aquele que imagina intui sem cessar. E aquele que racionaliza se equivoca sem cessar..."

"Por isso – para que possais imaginar– o reino de meu Pai é invisível e alado."

"Por isso, a criação nasce do nada... aparentemente."

"Por isso, para que possais imaginar, o silêncio é sonoro."

"Por isso, Deus não é o fim."

"Por isso, para que possais imaginar, Deus não tem aparência."

"Por isso, Deus não é religioso."

"Por isso, para que possais imaginar, Deus é simetria."

"Por isso, o 'para além' cabe na palma da tua mão."

"Por isso, para que possais imaginar, nada é para sempre."

"É por isso que o amor é apenas divisível por si mesmo."

"Por isso, para que possais imaginar, eu Tenho porque Dou."

Recordei-me da fórmula do pavilhão secreto de Yu, corrigida pelo Mestre: "A=T×D".

"Por isso, Deus não grita, sussurra."

"Por isso, para que possais imaginar, a matéria é visível."

"Por isso, Deus viaja sem se mover."

"Por isso, para que possais imaginar, morrer é regressar à realidade."

"Por isso, vós estais condenados a ser felizes."

"Por isso, para que possais imaginar, descei sempre ao 'vós', tal como eu faço."

Entendi que aqui estava se referindo a "fazer *'im*".

"Assim, enamorar-se é ensaiar a vida eterna."

"Por isso, para que possais imaginar, Deus imaginou a curva..."

Jesus era um fã de seu Pai. Acho que já devo ter dito isso. Como resultado, era um fã da imaginação. Sempre a utilizava na medida do possível. Metáforas e parábolas o acompanharam pelo resto da vida.

Ele continuou falando e falando da imaginação. Fiquei com aquilo que pude, o que não foi muito. A última frase do Galileu seria um salva-vidas para quem isto escreve:

"Se morreres imaginando, não saberás que estás morto."

Tomé escutou em silêncio, respeitosamente. O mais feio do grupo tinha imaginação, sim – muito mais do que Felipe –, mas a sua situação pessoal era angustiante. Como descrevê-la? Para Tomé, a vida era "dois mais dois". Aí tudo terminava. Sua mente, naquela época, era um deserto. Talvez, em algum momento da vida, tenha aprendido o que era ilusão. Mas isso havia desaparecido em uma vida monótona, na qual todos os incentivos e atrações foram afogados, um a um.

Ele não lamentava a sua sorte, mas sua aridez espiritual era evidente. Ela emanava por onde quer que ele passasse. Era um homem triste e inteligente ao mesmo tempo; uma das piores combinações possíveis...

O Mestre sabia. Ele lia os corações...

Foi ao entardecer de quinta-feira, 26, que o Filho do Homem, com sutileza, despertou a alma de Tomé, aquele que era apelidado de *Zut* ("Meticuloso").

Estávamos acampados nos arredores de Migdal, na costa oeste do lago. Dentro de dois dias estaríamos de volta a Saidan.

A aventura, até então, tinha decorrido com suavidade.

Jesus teve a oportunidade de "fazer *'im*" (contatar suas criaturas), e Felipe e Tomé se limitaram a observá-lo. Não mais do que isso.

Naquela tarde, o céu ainda estava quieto e azul. Ele parecia saber...

Felipe, terminado o jantar, dedicou-se aos seus afazeres mais apreciados: esfregar, limpar, esfregar... Era incansável.

A lua, quase nova, havia se lançado às 15 horas e 49 minutos. O ocaso, tímido, podia ser visto sobre as colinas, como se não soubesse o que fazer.

Zal perseguia as borboletas, ou qualquer criatura que voasse, e a *Cipriota* simplesmente ruminava sobre o "agora". Que outra coisa ela poderia fazer?

Tomé avivou o fogo, espalhou seu manto sobre o chão e se dedicou a seu jogo favorito: rolar os dados.

Eu havia examinado esses dados em outras ocasiões. Eram três, de marfim, impecáveis e lustrosos, com os números gravados em grego (*koiné*).

O Mestre então se sentou ao lado da fogueira e contemplou Tomé.

Os dados rodopiaram sobre o manto e Tomé, segundo o costume, cantou um lance:

"134!"

Havia outras possibilidades de "leitura", mas o discípulo escolheu o referido lance "134".

E então, quando Tomé estava prestes a recolher os dados e realizar um segundo arremesso, o Filho do Homem, sem mais, começou a cantar:

"Eu gostaria de acender uma luz... Eu gostaria de acender uma ilusão que me ajude..."

Tomé olhou para o Mestre, terminou de reunir os dados e voltou a arremessá-los.

E cantou:

"333!"

E o Galileu prosseguiu com a canção:

"Eu gostaria de acender uma ilusão... Talvez a neve entre os dedos..."

Felipe parou de esfregar e ficou observando, intrigado.

No terceiro arremesso, Tomé cantou o número "626".

E Jesus retomou a melodia:

"Eu gostaria de acender Deus em meu coração..."

Quarto arremesso:

"255!"

"Eu gostaria de cantar que sou ágil à tua chamada, meu Pai..."

"353!"

"Eu gostaria de te dizer: o segredo do Eterno é a alegria... Eu gostaria de te acender..."

Tomé parou de jogar; melhor dizendo, parou o aparente jogo. Ele olhou o Galileu e perguntou:

– O que estás querendo me dizer, Senhor?

Jesus respondeu, mas cantando:

"Eu gostaria de acender uma ilusão em teu coração... Hoje, nesta noite. Amanhã, Deus dirá..."

– Eu não sei o que é isso – respondeu Tomé. – Sobre o que estás falando?

– Estou falando de acender uma ilusão na mente de Tomé.

– As ilusões flutuam, elas não caminham...

– Felizmente, Tomé.

– E como eu faria, então?

– Tu só tens que me observar...

O Filho do Homem não disse mais nada. E Tomé, inteligente como era, captou a intenção do Mestre. Fui eu quem não percebi parte dessa "mensagem"; uma parte importante... Seria Eliseu, algum tempo depois, quem o traria à luz.

Aquela canção ainda ressoa em meus ouvidos:

"Eu gostaria de acender uma luz... Eu gostaria de acender uma ilusão que me ajude... Eu gostaria de acender uma ilusão... Talvez a neve entre os dedos... Eu gostaria de acender Deus em meu coração... Eu gostaria de cantar que sou ágil à tua chamada, meu Pai... Eu gostaria de te dizer: o segredo do Eterno é a alegria... Eu gostaria de te acender..."

E um mecanismo mágico ativou-se na mente de Tomé, e na minha também.[74] Desde aquele dia 26 de agosto (ano 26), busco diariamente uma ilusão (quanto menor, melhor) que me mantenha vivo até o dia seguinte. É pouca coisa, mas serve, do mesmo modo que serviu a Tomé...[75]

No sábado, dia 2, retornamos a Saidan. A experiência com Felipe e com Tomé foi pacífica. Eles não aprenderam muito naquele momento, mas, como eu digo, passaram a amar um pouco mais o Filho do Homem. Era uma delícia ouvir o que dizia, ou simplesmente ficar contemplando.

---

74 Por meio da leitura dos diários do Major, descobri que são as pequenas grandes coisas que realmente proporcionam sentido à vida. Os grandes ideais estão lá, sim, mas em uma vitrine. Assim nasceu meu livro *Cartas para um idiota*. (N. de J. J. Benítez.)

75 Exemplos de ilusões "caseiras". Eu as incluí para o caso de o hipotético leitor estar sem ideias. A saber: um copo de bom vinho, em pequenos goles. Beethoven (no meu caso, ao entardecer). Contemplar o mar (não importa onde ou quando). Ler, mesmo com os olhos fechados. Buscar borboletas-azuis. Organizar a vida (amanhã). Meu pai, debruçado sobre uma mesa. Olhar para cima e saber que alguém pastoreia as estrelas (o dia todo). Beber o tempo. Contar nos dedos. Ouvir o silêncio forçado dos peixes. Contemplar a esteira do número *pi*. Observar o vento, despenteando as ondas. Surpreender a espuma do mar entre os pés, e fingir não ver. Meus passos na areia (sinal de retorno). A memória de um olhar que eu amava. Flores anônimas. Cavalgar em uma nuvem e sonhar. Sentar-se para rever o álbum de memória. Um livro dormido (e despertado). Uma carícia (não importa de quem). Uma canção, de passagem. O inverno, feroz, no vidro de uma janela. A cor azul, não importa em que momento. Saber que Ele espera por mim. Ver o amanhecer chegar sem nada para fazer. Viver sabendo que eu vivi. Falar comigo mesmo sobre o que nunca conversei. Ver passar o tempo e não reclamar. Dormir sabendo que não tenho urgência de acordar. Ter um amigo com quem não precisa falar. Dar a mão a uma criança. Meu sofá, onde eu me sento no final do dia, e nós rimos de tudo (os meus tênis e eu). Pão frito e sua música. Minha mesa limpa de papéis. Um arco-íris de repente. Aprender que o tomate vem de uma flor. Sentar e aprender. Receber as ideias com a roupa de domingo. Não contar dinheiro. Uma casa sem espelhos. Mudar de posição uma pedra para que ela possa ver a vida de outra perspectiva. (N. do M.)

E quem estas linhas escreve aproveitou os dias de descanso que se seguiram para colocar em dia outro assunto pendente: visitar a casa de Felipe, Simão Pedro, Mateus Levi e Simão, o Zelote. Eu tinha curiosidade de saber como eles se comportavam no ambiente doméstico.

Todos permitiram que eu os visitasse. Todos menos um. O Zelote não consentiu. Ninguém pisava em sua casa. Eu respeitei sua vontade, naturalmente.

O Mestre foi para as colinas vizinhas, acompanhado por *Zal*.

Ele desejava conversar com *Abba*.

Felipe e Pedro eram vizinhos. Suas casas eram parede com parede, na entrada de Saidan (na estrada que levava a Nahum). Ali mesmo, em frente às casas de pedras negras, havia um forte desnível de cerca de 30 por cento, que caracterizava o nascimento de Saidan nessa região norte e pelo qual se deixava cair, contente, o caminho das cinzas vulcânicas.

As casas, pequenas e sem grandes ambições, observavam o lago sempre que podiam. Estavam situadas em frente à segunda pedra de amarração. Do outro lado, a leste, a vista era igualmente esplêndida: pomares, moinhos para levar a água, canalizações meticulosas, frutas e os *felah*, sempre curvados.

Saidan, acredito que eu tenha dito, era agrícola e pesqueira.

A casa de Felipe me atraía especialmente.

Durante a aventura de duas semanas por Tariqueia, e pela costa ocidental do *yam*, Felipe falou e falou sobre seu *mu'badâ* [que poderia ser traduzido como "laboratório"(?)].

Felipe era um especialista em óleos essenciais, como expliquei, e sentia-se orgulhoso disso.

Ele me mostrou seus "domínios", encantado com a oportunidade. Ninguém em sua família compartilhava de seus sonhos. Zaku, a esposa, odiava aquele lugar, ao qual sua entrada era proibida. Ela dizia que aquele era o "quarto dos horrores". Tinha e não tinha razão...

Depois de atravessarmos a sala principal, com os dois níveis típicos, e outros três cômodos labirínticos, cada qual mais escuro do que o outro, Felipe me conduziu a um pátio localizado na parte de trás da casa. Ali havia um jardim, as correspondentes latrinas e uma construção fechada com uma porta de ferro. O metal havia sido pintado com um *nejushtán* de um metro de altura (a serpente construída por Moisés que, segundo Números [21, 9], tinha a propriedade curar picadas de cobras.

Bastava olhar para o *nejushtán* – isso era o que dizia a tradição – e a vítima ficava curada).

Em um canto pude ver a *Cipriota*. Ela nem me olhou, tão cheia de si que era.

Felipe vasculhou entre as enormes chaves de ferro que se penduravam em seu cinto. Não aparecia aquela que ele estava procurando. Pediu licença e foi tentar encontrá-la em outro lugar.

Aproveitei para dar uma boa olhada.

Oh, que surpresa!

O jardim não era bem o que eu imaginava...

Eu me aproximei. Não havia dúvida.

Mas...

Aquilo era uma pequena plantação de mandrágoras e de papoulas...[76] A primeira era considerada a "flor do amor". Diziam que era um dos melhores afrodisíacos. Da segunda se extraía o ópio, entre outras coisas...

Fiquei perplexo.

Felipe voltou, abriu a porta de metal e pediu que eu esperasse.

Eu o percebi se movimentando no escuro. Acendeu várias lamparinas e me convidou a entrar em seu "templo, refúgio e verdadeiro lar".

Como eu poderia descrever aquela sala retangular, de cinco metros de comprimento, com teto negro e inatingível?

O que mais me impressionou no *ma'badâ* foi a desordem. Era caótico. E depois o cheiro, impossível de ser identificado. Era uma mistura de madeira, pó, essências mil e lugar fechado.

O intendente espalhou cinco lamparinas de óleo em pontos estratégicos e me convidou, sorridente, a dar uma olhada.

Eu não sabia por onde começar.

No meio da sala ficava uma grande mesa, dotada de uma paciência franciscana. Sobre ela se acumulava de tudo: frascos, alambiques de diferentes calibres, latas com as bocas abertas, frascos que ele chamava de *foliatum*, do tipo que impedia a passagem da luz, esquilos dissecados, enormes jarras de vidro transparente com cobras vivas, cabaças "para guardar

---

76 A mandrágora, ou "maçã do amor", é muito antiga e considerada um estimulante sexual. Ela foi alvo de todo tipo de superstições, em grande parte devido às raízes com formas antropomórficas. Hipócrates e Teofrasto escreveram sobre ela, elogiando suas propriedades hipnóticas. A papoula pertence à família das papaveráceas. Aquela que era cultivada por Felipe era da espécie conhecida como papoula vermelha. Dela é extraído o ópio, mais consumido na época do que se acredita. Suas principais "fontes" de exportação, além da China e da Índia, eram Chipre e Creta, no Mediterrâneo. (N. do M.)

os raios da lua cheia", pétalas e pétalas de rosas, secas, e rolos e mais rolos de papiros e pergaminhos com todos os tipos de receitas "médicas". Felipe me permitiu olhar esses papiros. O que eu li foram receitas estrambóticas, e outras nem tanto, sobre a couve chinesa ("ideal para curar úlceras e tumores malignos"), o aipo ("revigorante sexual"), a cenoura ("para não envelhecer nunca"), a canela ("para manter a energia e não sofrer desmaios indesejados")... A lista era interminável.

E, de repente, eu vi.

A *Ilíada* e a *Odisseia*.

Perguntei a Felipe, incrédulo.

O discípulo confirmou. Ele era um assíduo leitor de Homero. E explicou:

– Esse gênio sabia tudo sobre plantas e óleos essenciais. Tudo o que eu preciso está aqui.

Ele pegou um dos rolos e procurou. Depois apontou um parágrafo e sugeriu que eu o lesse.

Correspondia ao livro IV da *Odisseia*. No parágrafo se falava de uma droga (*nepente*) que Helena dá de beber a Telêmaco. Provavelmente, um alucinógeno.[77]

Mas que grande erro considerar os apóstolos incultos. Todos, menos os gêmeos de Alfeu, haviam recebido estudos (pelo menos os elementares). A sinagoga de Nahum, onde estudara a maioria dos 12, era considerada de grande prestígio.

Sinceramente, fiquei intrigado e fascinado por esse homem.

Depois, ele foi me mostrar a parte mais "nobre" do laboratório: alcovas e nichos localizados nas quatro paredes e que guardavam centenas de jarros de todos os tamanhos e cores. Eram os óleos essenciais, seu "tesouro". Cheguei a contar 390 recipientes. Felipe coletava ou comprava a planta, extraía sua essência e submetia o produto a uma destilação minuciosa. Era assim que o óleo essencial se materializava. Em certas ocasiões, ele trabalhava com as folhas e também com os pelos e as glândulas embutidas na casca ou nas zonas fibrosas. Ele também desenvolvia óleos essenciais a partir da casca de frutas cítricas. Era um especialista.

---

77 Ao que parece, Helena, rainha de Esparta, recebeu essa informação de Polidamna, esposa do rei egípcio Ton. A droga em questão aliviava qualquer sofrimento, deixando Telêmaco em um estado de inibição hipnótica. O *nepente* mencionado poderia ter sido a mandrágora. Para os egípcios, era a planta que acompanhava os mortos para o além. (N. do M.)

Cada óleo essencial recebia um nome: "Iris = Abril", "a última chuva do ano", "a terra prometida", "a sede do *Heh*", "a pedra da Arca" e "a menina dos olhos", entre outros.

Seria exaustivo enumerar todos os remédios preparados pelo míope e voluntarioso Felipe. Tinha de tudo e, presumivelmente, para todos os tipos de males: essência de alecrim e hortelã para combater a depressão e o desgosto amoroso; preparados contra a flatulência e a gordura; para remediar as fraturas; contra hemorragias; para combater a insônia; para resolver dores de cabeça, queimaduras, asma e malária; para ter um pensamento mais claro; contra a tristeza que carregava o *maarabit*... E seu grande segredo: o *puchaput* (óleo de patchouli), uma planta proveniente da China que era infalível contra picadas de cobra. Em uma das jarras eu li a palavra "calvície". Perguntei a respeito e Felipe me disse que se tratava de extrato de raízes de peônia, também de sua querida China. Aparentemente, tendo em vista sua própria calvície, não funcionava...

Felipe era um zeloso seguidor de Hipócrates e de seus livros. Ele teria gostado de pertencer a uma *Asclepíades* (uma espécie de academia ou de uma reunião de médicos), mas, em Nahum, aquilo era um sonho.

Ele gostava de ser chamado de "holístico" (ele considerava que, na medicina, o corpo era um todo, não apenas uma coleção de partes).

Na época em que se juntou ao grupo do Galileu, Felipe estava tentando novas experiências. Uma delas lhe trouxe complicações na vida... Ele estava convencido de que o poder do alho era total. Se pudesse encontrar o procedimento adequado, ele acabaria com os males do mundo. Felipe tinha começado amarrando cordas com alhos aos tornozelos, esperando que o "perfume" do alho se transmitisse ao restante do corpo, incluindo o hálito. Dessa forma, dizia ele, com um alho ao pé, seria possível curar "sem sentir" enxaquecas, tumores, mau-olhado e não sei mais quantas outras doenças.

Eu o ouvia espantado e entretido. Era uma alegria ouvir Felipe falar...

Fiquei no laboratório dele durante dois dias.

Aprendi muitas coisas, a maioria delas inútil. Mas isso não importava...

E também pude entender por que Zaku, a enérgica esposa de Felipe, odiava o *ma'badâ*. Ela ficava com os nervos atacados só de saber que havia todos aqueles répteis vivos em sua casa. As broncas eram contínuas. Somente a *Cipriota* o compreendia (mais ou menos).

Quanto a Perpétua, a mulher de Simão Pedro, eu a encontrei pacificada. As ausências do marido "lhe davam vida". Além disso, o dinheiro que aquele sujeito de sorriso encantador lhe dera ainda não tinha se esgotado. Falando nisso, eu não o tinha visto...

A casa de Pedro (melhor dizendo, de Perpétua) não era tão interessante quanto a de Felipe. Tinha a sala principal (com os dois níveis comuns nas casas judaicas), duas salas sem janelas, um pátio a céu aberto, com um galpão e um poço, e pouco mais. Por esse poço desfilava toda a vizinhança para buscar água, cada um com seu balde.

Na casa, escura como poucas, vivia o casal, os três filhos, André, os gêmeos de Alfeu e Amata, a sogra de Pedro.

Amata era uma "anciã" submissa, com saúde precária. Tinha vivido 45 anos. Também teve seu papel na vida do Mestre. Mas essa é outra história...

Sobre a casa de Mateus Levi, no bairro ao norte de Nahum, eu já a conhecia. Era confortável, luminosa e, como já disse, coberta de mármore. Mas o que realmente me interessou foi um dos seus habitantes.

Já tinha ouvido falar em Tariqueia, e dos lábios do próprio Mateus. Mas agora estava diante de mim...

Naquela ocasião não fui capaz de imaginar como seria importante aquele encontro com Telag (sobretudo para o futuro). Mas vamos por partes...

Mateus era divorciado. Ele se casou duas vezes. Melá era a segunda esposa. Não teve filhos com ela. Os quatro filhos do cobrador de impostos foram o resultado do seu casamento com Hélem (que se traduz aproximadamente como "Visão"): Ruth era a mais velha (algum tempo mais tarde, ela fez parte do grupo de mulheres que se juntou ao Mestre). Vinham depois Isaac e Šeleh ("Tranquila") e, finalmente, o referido Telag ("Neve").

Telag tinha seis anos. E tinha síndrome de Down.

E não sei por quê (agora eu sei), senti uma atração especial por aquela criatura. Examinei-o cuidadosamente. Eu pude brincar com ele e verificar o que era óbvio: olhos oblíquos, cabeça pequena e arredondada, capacidade de falar escassa e desajeitada, língua para fora, linha única e profunda que atravessava toda a palma da mão, entre outras características típicas.[78]

---

78 A anomalia cromossômica (trissomia 21) era evidente. Eu detectei as seguintes características típicas da síndrome de Down: crânio pequeno, com o diâmetro anteroposterior reduzido; possível microcefalia; hipoplasia ou desenvolvimento incompleto dos ossos na linha média da face; olhos, nariz e boca agrupados (próximos) no centro do rosto; distância interorbital reduzida; maxilares subdesenvolvidos; ângulo da mandíbula obtuso; deslocamento da lâmina crivosa; modificações na sela túrcica; nos ossos do crânio, seios subdesenvolvidos; fendas palpebrais oblíquas; ponte nasal

Problemas com o cromossomo 21...

Mau negócio.

Não sei quanto tempo ele conseguiria viver, mas a verdade é que Telag estava condenado à morte, e em curto prazo. Um menino com síndrome de Down tem grandes possibilidades de sofrer de uma enfermidade cardíaca congênita. Nos estudos realizados por Fabia e Drolette (1970), entre 40 e 60 por cento das crianças portadoras de síndrome de Down apresentavam cardiopatia congênita e não conseguiam chegar aos dez anos de idade. Telag tinha seis anos, como eu já disse...

Teria sido necessário administrar os "nemos" no menino para fazer uma análise em maior profundidade, mas eu não o fiz. Infelizmente, eu não o fiz... E não devemos nos esquecer daquela mancha singular na planta do pé esquerdo: uma espécie de trevo de cinco folhas, de cinco centímetros de diâmetro. Seria muito útil, em seu momento...

Na quinta-feira, 3 de outubro, o dia amanheceu chuvoso.

Jesus começou uma nova aventura, desta vez com João Zebedeu e o segundo gêmeo, Tiago de Alfeu. *Zal* ficou no casarão sob os cuidados de Abril.

À frente, tínhamos duas semanas...

Destino? Eu não sabia. Na verdade, nenhum de nós sabia. O Mestre não quis nos revelar. João insistiu em saber, mas o Filho do Homem repetia: "Confia... deixe que o Pai faça o seu trabalho".

A atitude do Zebedeu não me agradou. Quando ele notou que eu me juntava à pequena expedição, olhou-me de cima a baixo e cuspiu entre as minhas sandálias.

Jesus andava na frente de todos. Não viu.

Eu não disse nada. Eu fiquei em último lugar, de acordo com meu costume, e deixei as coisas nas mãos do Destino...

---

deprimida; diminuição do tamanho da orelha, com implantação mais baixa e oblíqua, em forma bilateral; lábios proeminentes e mais grossos, com tendência a rachaduras, boca aberta, protrusão da língua; umidade excessiva nos lábios; cantos da boca inclinados para baixo; hipertrofia das papilas; caixa torácica curta (é possível que tivesse 11 costelas); deformação do esterno (*pectus excavatum*); abdômen distendido e saliente (diástase do reto?); metacarpos e falanges mais curtas; prega palmar única e transversal; fusão nos dedos dos pés e vinco plantar entre o primeiro e o segundo dedo dos referidos pés. (N. do M.)

Milhares de cegonhas e de pelicanos foram passando pelo *yam*. Eles vinham do lago Hule, ao norte, e possivelmente iriam em migração até o mar de Sal em questão de dias ou semanas.

Contemplei o "rebanho", maravilhado.

O erroneamente chamado pelicano branco (na verdade é de um rosa pálido com as pontas das asas negras) era mais numeroso que seu irmão, o pelicano crespo. Não creio estar errado se afirmar que a colônia superava os 30 mil exemplares. Os crespos eram mais tranquilos. Os brancos voavam sobre as margens e caíam como uma maldição sobre o lago, esgotando as reservas de peixes. Cada pelicano precisava de mais ou menos um quilo de peixe por dia. Era uma catástrofe, de acordo com os moradores vizinhos ao mar de Tiberíades. E eles tinham razão. O "sindicato" dos pescadores do *yam* (uma fraternidade conhecida pelo nome de *Al*) tentava o que podia para combater os "malditos *sacnâi*". Eu os vi fazerem de tudo: veneno, varas, fogo, cães treinados, armadilhas, pedras e gente cantando... Nada deu certo.

As cegonhas eram outra história. Elas também chegavam aos milhares, mas ocupavam nichos diferentes. Elas eram extremamente benéficas. Em poucas semanas terminavam com a maior parte dos gafanhotos, cobras, grilos e insetos da região. Elas também pescavam, mas o impacto era mínimo. Havia judeus que plantavam ciprestes com a finalidade de ajudar as *ciconias* a construir seus ninhos, como está citado no livro dos Salmos (104, 17).

Elas nos viram passar, brancas e circunspectas, com os bicos e patas pintados de vermelho, como se estivessem vestidas de gala.

Acho que elas sabiam quem nos estava liderando...

Fomos para o sul, ao longo da costa e em bom ritmo.

O tempo, como eu digo, estava desbotado. As tempestades começaram a se tornar frequentes e pesadas. E a temperatura caiu sensivelmente.

Eu pensei em Antipas. Logo ele se mudaria para o palácio-fortaleza de Maqueronte, no Gor. Era importante que ficássemos atentos.

Mas as primeiras coisas em primeiro lugar. Ele tinha prioridade...

Para onde nos levava desta vez?

Surpresa...

Jesus adorava fazer surpresas. Como as chamava? Sim, de "pratos amorosamente cozidos..."

Paramos no *Arad*, o bairro das choças de Kursi. Tiago desejava ver sua família. Não sei se ficaram alegres, porque ninguém disse nada.

Almoçamos e continuamos em direção ao sul.

João era pertinaz, tentando persuadir o Galileu. O Mestre era incorruptível. Sorria, travesso, e isso era tudo. Jamais falava além do necessário. Ninguém era capaz de extrair um *yod* se Ele não se prestasse a isso. Eu até que tentei, mas finalmente compreendi.

Deixamos Ein Gafra para trás e, finalmente, avistamos a vila de En Gev. Devia ser meio-dia, ou um pouco mais.

Jesus deu a volta na aldeia e se desviou para leste.

Prestei atenção. Aquilo era novidade para mim.

Ninguém falava.

O Galileu procurou a margem direita do *nahal* (rio) En Gev e prosseguiu com seus passos clássicos e determinados. Evidentemente, sabia muito bem qual era o nosso destino.

E fomos subindo por um terreno plano, verde e povoado de flores.

O Mestre se deteve um par de vezes, inspirou profundamente e contemplou o *yam*. O sol rompeu lentamente por trás das nuvens, mas chegava ao lago com autoridade suficiente para domá-lo e desenhá-lo em um azul profundo.

Jesus usava o manto vermelho. A familiar fita branca segurava os cabelos. Aos pés, a sacola de viagem.

Deixou que a brisa o envolvesse, apertou os olhos e eu sei que deu graças ao Pai (por tudo). Eu conhecia essa atitude...

Se fôssemos continuar naquela direção, não demoraríamos a alcançar o território da Gaulanitis, uma região pouco aconselhável. Os "bucoles" (bandidos) eram frequentes também naqueles barrancos. Mas Ele sabia...

E numa questão de uma hora e meia (eram 14 horas), a expedição deixou para trás o leito do rio e subiu ao topo de um platô. Ali voltamos a parar.

Tínhamos andado cerca de cinco quilômetros desde En Gev. Segundo comprovei mais tarde no meu retorno ao Ravid, estávamos na elevação 284.

Diante de nós, como disse, se abria um platô estimável, de cinco por seis quilômetros, total e absolutamente atapetado de verde; o verde de milhares de vinhas.

Fiquei atordoado por alguns segundos. Como eu digo, não conhecia o lugar.

Ao voltar ao "porta-aviões" soube que, do outro lado do platô, se erguiam três povoados de tamanho médio, que eram chamados de Zaki, Seshur e Eli. Quase todos habitados por gentios.

Naquele dia 3 de outubro, quinta-feira, o ocaso se registrou às 17 horas, 20 minutos e 16 segundos (TU). Naquela ocasião, faltavam pouco mais de três horas para que se fizesse a escuridão. O Mestre sabia disso e caminhou, depressa, por entre as ordenadas fileiras de vinhas (as célebres *kerem* da Bíblia). Eu as examinei enquanto marchava.

Eram videiras altas, de um metro e meio, postas com cuidado ao estilo grego. Esse era o método aconselhável em um lugar como aquele, sujeito a chuvas em que as precipitações superavam os 600 milímetros. Dessa forma, em estacas altas, a planta evita o contato com o solo, e o risco de enfermidades é menor.[79]

À distância, e estrategicamente colocadas, levantavam-se as obrigatórias torres de vigilância, como havia sido ordenado pelo profeta Isaías (21, 8). Eram negras e quadradas, de dez metros de altura. Tudo tinha sua razão. O negro era um "aviso aos ladrões", o quadrado simbolizava a "pureza e defesa", e os dez metros de altura, uma forma de "aproximar-se de Deus" (a letra *yod* ou *iod* é o símbolo do Eterno). Cada torre ou *migdâl* era um "milagre"; ou pelo menos era isso que diziam os judeus. E tinha um fundamento científico. As grossas paredes protegiam os guardas, e suas famílias, do rigor do verão (o professor Zwi Ron demonstrou que a temperatura no interior de um *migdâl* é cinco graus mais baixa do que a do lado externo). Mas os principais ladrões de uvas não eram os seres humanos, e sim as raposas, seguidas de perto pelos javalis, que formavam manadas e tinham alta periculosidade. Os guardas se posicionavam no alto das torres e lançavam flechas ou dardos envenenados quando detectavam uma sombra suspeita. Os vigilantes eram submetidos a exames especiais. Nem todos estavam capacitados. Eles eram chamados de "o olho de Isaías".

A uva era esplêndida: branca, com os cachos inchados, e com uma bela transparência.

Eu as provei às escondidas.

Ela se separava facilmente do pedúnculo. Tinha um agradável sabor adocicado, sem aspereza e com um sumo viscoso.

Era a estação.

Em Israel, os que entendiam do assunto procuravam atrasar a colhei-

---

79 As videiras são sujeitas a quatro fatores importantes: a pluviometria, que registra o nível de água que a planta recebe; a temperatura, que soma as temperaturas (maiores que 10 °C) tomadas de 1º de abril a 31 de outubro, e que deve ser superior a 1.000 °C; vento e luz (necessária para a fotossíntese). Quando o *kerem* (vinhedo) está úmido demais, as folhas não evaporam corretamente, e as enfermidades se multiplicam. (N. do M.)

ta. Assim, eles conseguiam fazer vinhos mais alcoólicos, mais doces e, em última análise, de melhor qualidade.[80]

Era possível notar que as *anavim* (uvas) eram mantidas com cuidado.

Iríamos colher uvas?

Uma ideia me apareceu, na ponta dos pés...

Andamos cerca de meia hora em um bom ritmo, sempre entre as videiras, até que começamos a ouvir latidos. O Galileu, então, diminuiu a marcha.

Logo apareceu uma grande casa, de pedra vulcânica preta, como as torres. Os cinco cães que a guardavam estavam amarrados com cordas.

Ficamos a uma distância segura.

A casa, com dois andares, era rodeada por 14 árvores bastante curiosas, que eles chamavam de "árvore lírio". Eram árvores bastante ramificadas desde a base, e com flores em forma de sino que tinham a virtude de mudar de cor de acordo com a incidência da luz. Primeiro, ao amanhecer, elas se mostravam douradas, depois verdes e, finalmente, quando o sol se punha, luziam com um roxo intenso. Consultei, em seu devido tempo, o "Papai Noel" e deduzi que se tratava de um híbrido (possivelmente um cruzamento entre *Magnolia denudata* e *Magnolia liliflora*). Eram fascinantes.

Imediatamente, veio o capataz. E, com um sinal, ordenou silêncio para os cães. Eles obedeceram.

Ele nos convidou a nos aproximar.

Na porta, sobre a verga, lemos: "Não entregue às feras a alma da tua rola".

Era um salmo. Pertencia ao 74 (19).

Estávamos na frente da fazenda *Yehuda*, de propriedade da família de mesmo nome. Eram fariseus, mas do ramo ultraortodoxo. Não demoraríamos a comprovar isso...

Os Yehuda eram imensamente ricos. Metade da Gaulanitis era deles. Aquela fazenda destinada ao cultivo das vinhas reunia 10.028 cepas.

O Mestre pediu trabalho.

João Zebedeu estava atordoado. Acho que a ideia de colher as uvas não o agradou.

Colher uvas! Eu bem que havia intuído!

O capataz respondeu negativamente. Os postos de colhedores esta-

80 Os judeus calculavam a data da colheita a partir do momento em que a flor da videira fora fertilizada e dava origem ao bago. O tempo de maturação era de 100 a 120 dias, dependendo da variedade da uva e das condições meteorológicas. Os "provadores" sabiam em que momento se alcançava o máximo de glicose. (N. de M.)

vam todos ocupados. Os Yehuda tinha o hábito de contratar com bastante antecedência. Neste caso, os coletores foram os gregos, provenientes da península de Chalkidiki. Eram os gregos que também se responsabilizavam pelos cuidados da plantação; a uva, de fato, era de origem grega (particularmente da Trácia e da Acaia).

O Galileu permaneceu pensativo.

E o capataz deu uma solução. Nós poderíamos participar da limpeza das latrinas e das prensas de uva.

O Mestre não hesitou. Aceitou.

Agora eu sei. Ele estava procurando por isso...

E, novamente, depois de concordar com o pagamento (um denário por dia), o homem levou-nos por entre os corredores da vinha, no sentido leste, para o acampamento dos referidos gregos. O local, também rodeado de vinhas, ficava a mais ou menos mil metros da casa.

Observei João. Ele estava pálido. O Zebedeu sabia muito bem o que estava por vir. Eu, francamente, não tinha ideia...

O acampamento era composto por dez grandes barracas, um fogão a lenha e duas latrinas, também feitas de tábuas. Cada latrina era, na verdade, uma grande caixa com um poço escavado no chão. Nas aberturas eram depositadas latas de metal nas quais devíamos defecar obrigatoriamente. Os Yehuda eram intransigentes. Nenhum pagão podia contaminar, com suas "impurezas", a terra judaica. Era proibido inclusive que os gregos urinassem fora das latrinas. Alguns dos gentios eram contratados como "esvaziadores" (eles percorriam as vinhas com baldes e coletavam a urina dos que faziam a colheita; as mulheres não trabalhavam como colheitadeiras). Uma vez cheias, as cubas das latrinas eram retiradas e transportadas no lombo de burros, ou dos próprios pagãos contratados. Viajavam entre três a quatro quilômetros até os povoados de Eli e Zaki, respectivamente. Ali eles vendiam a urina e os excrementos como fertilizantes.[81]

---

81 Para os fariseus (especialmente para os extremistas), a pureza era um dos pilares de sua religião. A lei oral estabelecia que, além da água, existiam seis líquidos que poderiam provocar impureza (eles chamavam *makhshirin* ou "purificantes"). Eram orvalho, vinho, óleo, sangue, leite e mel. Os "santos e separados" acrescentaram os líquidos derivados das funções vitais (caso da urina ou das fezes). As interpretações distorcidas foram baseadas em Levítico (11, 34 e 37, 38). A primeira diz que todo alimento preparado com água será imundo, e todas as bebidas também, independentemente do jarro que a contenha. As proibições, cada uma mais absurda do que a outra, atingiam centenas de regras (como se vê no citado tratado *Makhshirin*). (N. do M.)

Comecei a tremer...

O capataz nos atribuiu uma das tendas. Deixamos lá nossas bolsas de viagem e ele nos conduziu de novo ao sul da grande casa principal. Ali, escavadas nas rochas calcárias, se alinhavam três grandes vinícolas, com suas correspondentes prensas e barricas de carvalho. Nosso trabalho consistia em limpar as latrinas e as prensas de uva. O capataz nos explicou como fazer isso. Era simples... E muito desagradável.

Com as prensas de uva não havia problema. Elas eram cobertas de gesso e de pedra, o que facilitou as coisas. A tarefa consistia, basicamente, no branqueamento das paredes (feitas à base de uma pasta de cal à qual se adicionava sulfato de cobre) e na limpeza dos pavimentos. Tudo era uma questão de levar água limpa, e de forma constante. Os barris de madeira eram limpos com sal comum, previamente dissolvido em água fervente. Convinha agitar e esfregar os barris várias vezes com a citada água quente. Depois eles clareavam, e clareavam, até que o capataz dissesse que estava bom. No caso de alguns tonéis, era o capataz que cuidava da parte interna, com pequenas quantidades de enxofre. Com isso conseguia uma aceitável ação desinfetante por causa do dióxido de enxofre que se formava na parte interna. Ele usava três ou quatro gramas por hectolitro.

A raspagem dos barris, com a finalidade de resgatar o tartárico, era uma coisa dos gregos. Eles friccionavam com escovas e obtinham assim um máximo de sedimentos. O tartárico era vendido pelos Yehuda (como quase tudo).

João Zebedeu não hesitou.

Ele não aceitou compartilhar uma tenda com os "malditos gregos, cúmplices dos *kittim*", e muito menos "limpar a merda dos pagãos".

Ele me olhou, muito irritado.

O Mestre não respondeu. Continuou fazendo suas coisas e desfazendo sua bolsa de viagem.

Creio que o silêncio foi o que mais contrariou o Zebedeu.

Ele acabou pegando sua bolsa, cuspiu de novo entre as minhas sandálias e saiu da barraca com pressa. Pelo caminho foram caindo maldições e cuspidelas...

Assim era de verdade o "discípulo amado de Jesus".

O Filho do Homem, Tiago de Alfeu e quem isto escreve trabalhamos nas latrinas e nas prensas de uva durante nove dias.

A coisa mais difícil, sem dúvida, era o "negócio" de latrinas.

Eu nunca poderei apagar essas imagens...

Jesus se despia, entrava na caixa de madeira e, com a ajuda de Tiago de Alfeu ou de quem isto escreve, tirava o pesado caldeirão e o puxava para fora. O mau cheiro e a visão das fezes eram insuportáveis. No começo eu vomitei.

O Mestre fazia a tarefa cantando.

Tiago cobria o rosto com um pano e ajudava com grande coragem. Jamais reclamou ou se lamentou. Era um homem simples e igualmente admirável.

Depois, esvaziávamos os caldeirões em sacos de couro que, por sua vez, repousavam sobre jumentos ou mulas. Então, antes de empreender a marcha até as aldeias onde venderíamos os "fertilizantes", fazíamos a limpeza dos caldeirões. Era outro momento "delicado".

Nesses nove dias, o Filho do Homem não teve um gesto ruim (o que seria compreensível). Não o vi renegar sua sorte ou dizer uma palavra mais alta do que outra. Foi desconcertante. Ele trabalhou nessa tarefa ingrata com o mesmo entusiasmo que o fazia no estaleiro ou com as redes no *yam*.

À tarde, nós voltávamos para o acampamento e o Mestre tinha tempo de lavar-se e de conversar em *koiné* com os gregos. Era uma esponja. Perguntava e perguntava. Ele se interessava pelas famílias, pelas vinhas, pelos salários, por seus sonhos e projetos... As pessoas acabavam terminando por ter carinho... Assim, ganhava pulso...

Com o gêmeo, mal falava. Tiago chegava esgotado. Comia alguma coisa e ia dormir.

Eu resistia, mas o sono acabava me vencendo. Mais de uma vez fui despertado pelo Galileu. Ele me ajudava a caminhar até a barraca.

Conheço apenas uma palavra para qualificar o comportamento do Filho do Homem na fazenda *Yehuda*: admirável.

Foi sem dúvida a obra mais repugnante que veio fazer. No entanto, nenhum evangelista falou dela...

Na sexta-feira, 11, fomos chamados pelo capataz. Haviam se registrado diversas baixas entre os colhedores de uvas. Tinha aparecido um surto de gastroenterite. Algo muito perigoso naqueles tempos. E Jesus, Tiago de Alfeu e quem isto escreve abandonamos as latrinas e as prensas e nos unimos aos bandos de colheitadores.

Fiquei muito satisfeito, especialmente por Ele. Eu não conseguia me acostumar com a imagem de um Homem-Deus afundado diariamente na merda.

O Mestre continuou a trabalhar com o mesmo sorriso. Nem bem se agitava como "esvaziador", correndo de um lado para o outro com o balde de urina, logo cortava os cachos ou ia ajudar os companheiros. Com as uvas, tinha um comportamento único. Limpava com delicadeza, conversava com os bagos, separava os danificados, um a um, e cantava para eles sua canção favorita: "Deus é ela..."

Nessa ocasião, a colheita foi atacada – moderadamente – por um fungo importado pelos gregos e que, segundo minhas informações, era a causa da chamada "podridão cinzenta". Os Yehuda conheciam tudo isso e conseguiam assim fazer vinhos muito mais finos.[82]

O Mestre enchia os cestos de vime e o fazia lentamente, até a metade, evitando que o peso pudesse danificar as uvas. Onde havia aprendido isso? Atrevi-me a perguntar, e o Galileu, sorrindo, respondeu:

– Eu já viajei muito, querido *mal'ak*...

Presumi que ele estava se referindo à chamada "viagem secreta"...

Eu teria que voltar a copiar os rolos do velho Zebedeu.

Cada uma das cestas era esvaziada nos carregadores existentes no estábulo. Os Yehuda eram rigorosos quanto a isso: cada carregador deveria ser truncado, com base elipsoidal e elaborado com aduelas de avelã. Assim rezavam as leis orais...

A carga de um carregador desses não era maior do que 90 quilos. Cada jumento levava dois carregadores.

Após as transferências das uvas nos estábulos, os recipientes usados teriam que descansar de cabeça para baixo. Assim era a lei.

Ao voltar para o acampamento, o Galileu se ocupava dos doentes. Continuava "fazendo *'im*"...

O Mestre se tornou popular por causa de suas canções.

Na quarta-feira, 16, concluída a colheita, voltamos a Saidan.

A chuva ficou mais intensa.

E eu pensei em Antipas e em Yehohanan. Era necessário encontrar

---

82 O fungo chamado *Botrytis cinerea* (também conhecido como "Niebra") destruía a casca da uva, mas respeitava a polpa (pelo menos nas condições climáticas da fazenda). Isso permitia uma maior concentração de sumo e uma porcentagem mais elevada de ácido málico e açúcar. O resultado foi altamente benéfico para os Yehuda: os bagos atacados por fungos foram cuidadosamente separados e, em seguida, foi extraído o vinho de melhor qualidade. Curiosamente, os bagos que não foram atacados pela *Botrytis* eram destinados a vinhos comuns. Na colheita não detectei a presença de bolor verde, do gênero *Penicillium*, nem a chamada "podridão branca" (*Aspergillus*). A introdução do *Botrytis* no país era proibida, mas os Yehuda, no caso de serem descobertos, culpariam os gregos. O vinho dos Yehuda era famoso pela doçura e pela baixa acidez. Era disputado nas mesas dos mais poderosos. (N. do M.)

uma brecha e viajar de volta para o mar de Sal, eu não sabia por quê, mas eu tinha que fazer isso.

Jesus caminhou lentamente em direção ao litoral. A estada na fazenda dos Yehuda lhe devolveu o otimismo, fazendo-o esquecer do incidente com João Zebedeu. E cantava debaixo da chuva forte.

Fiz alguns cálculos.

Faltavam dois pares. Aqueles formados por Bartolomeu e Judas Iscariotes, e André e Mateus Levi.

Eu me submeteria ao Destino...

João Zebedeu nos recebeu com frieza.

Ninguém perguntou, ainda que todo mundo soubesse que havia acontecido algo de estranho. O gêmeo Tiago de Alfeu se mostrou discreto e prudente, como sempre.

Três dias depois, Jesus deu as devidas ordens. Partiríamos.

E no domingo, dia 20 de outubro, sob aquele intenso aguaceiro, o Mestre, o "urso", Judas Iscariotes, este explorador e *Zal* abandonamos o casarão dos Zebedeu. Ninguém, salvo o Galileu e André, conhecia o destino daqueles expedicionários.

Felipe, o intendente, obrigou cada um de nós a se cobrir com grossos sobretudos (casacões) de pelo de camelo, adquiridos por ele em Nahum. Eram chamados de *aba* e costumavam ser utilizados por pastores e por condutores de burros. Eram pesados e incômodos, mas se mostraram muito práticos. O pelo do camelo atuava como nossos modernos impermeáveis e fazia com que a chuva se tornasse mais suportável, mais leve.

Nessa ocasião não viajamos para longe.

Caminhamos até o sul, pela costa e a três quilômetros da desembocadura do Zaji, o *nahal* que morria perto do cais de Saidan. O Mestre, mantendo-se à frente, girou para leste, seguindo o curso de outro rio que chamavam de Kanaf. O território entre ambos os rios (Zaji e Kanaf) era um mosaico de lagos e riachos, entre os quais se destacava o *nahal* Daliot. Eu tinha contemplado o lugar em nosso périplo pelo ar. Correspondia ao que denominávamos "Galileia-2" e parte de "Galileia-3".[83] No total mostrava 24 quilômetros quadrados de lagoas, bosques e vegetação aquática.

---

83 Ampla informação sobre o périplo aéreo em Saidan em *Cavalo de Troia 3 - Saidan*. (N. de J. J. Benítez.)

A região era conhecida como os "pântanos de Kanaf" ou simplesmente *Agam* (lagoas). Contei 16, muitas delas intercomunicadas. Os bosques eram espessos. Frequentemente encontrávamos ciprestes, carvalhos, azinheiras *velani*, as chamadas "galhas" (valentes), algarobos, e, sobretudo, os *geshem* (olmo cano). Os frutos - bolotas aladas - flutuavam por toda parte. *Zal* passava horas perseguindo-as.

Caminhamos entre as lagoas, seguindo trilhas quase invisíveis, camufladas por plantas aquáticas. Distingui mais de 200 espécies. As mais entusiastas e prolíficas eram a cana, a énula viscosa, a adelfa e o papiro. Na realidade, eles formavam "bosques" impenetráveis.

Para onde se dirigia o Filho do Homem? Que surpresa nos reservava nesta ocasião?

Em questão de uma hora, apesar do dilúvio, alcançamos uma clareira em que se alçavam duas choças de canas e juncos. Ao retornar ao Ravid soube que era cota zero. Essa foi a referência no futuro: "nível zero".[84]

As choças se achavam perdidas no meio de um "bosque" de juncos da lagoa, os altos e maleáveis *Scirpus lacustres* (bunho), muito utilizados na construção, assim como para reforçar cercados e confeccionar recipientes. As cabeças dos juncos ou *agmon* apareciam inclinadas e maduras, como se estivessem nos dando as boas-vindas. E lembrei-me das palavras de Isaías (58, 5) "... e dobraram as cabeças como juncos".

Aquilo me pareceu uma linda deferência.

Ali nos instalamos. E a partir do "nível zero" e durante duas semanas percorremos o restante das lagoas e dos bosques. Era uma região habitada por caçadores de gansos e cisnes.

Foram duas semanas de chuva e de um aprazível contato com a natureza.

O dono da maioria das choças e líder dos caçadores era um sujeito que vivia no "nível zero". Apelidaram-no de Gelal (Pedra lavrada), em alusão a uma varíola que havia bombardeado o seu rosto. Era seco e silencioso, como Tarpelay, mas extraordinariamente eficaz. Ele nos recebeu com os braços abertos. Era um velho conhecido de Jesus e de alguns de seus discípulos. O Mestre o ajudara no estaleiro quando as coisas não iam bem para ele nos pântanos.

Agora, como eu digo, vivia da captura de gansos e cisnes.

As lagoas eram visitadas por quatro espécies de gansos: os acinzen-

---

84 Naquele tempo, o nível do *yam* (mar de Tiberíades) se encontrava a 212 metros abaixo do nível do Mediterrâneo. (N. do M.)

tados, sempre gordos; os *Anser anser*, os maiores; os *careto*, fáceis de distinguir pela larga faixa branca que luzia na testa, como se estivessem a ponto de empreender uma viagem; os *Anser fabalis*, com os bicos e patas impecavelmente laranja; e os *caretos menores*, de olhos maquiados com um anel amarelo. Às vezes chegavam à noite, fazendo um grande estrondo, e partiam aos poucos, para o sul, com o pescoço estirado para a frente e desenhando no céu formações de "flechas" e "grades".

Os caçadores utilizavam todos os meios a seu alcance para capturá-los. Desde veneno em pequenas doses (suficiente para atordoá-los e capturá-los) até redes, passando por anzóis, cachorros adestrados, pedras, paus ou a captura corpo a corpo (no fator surpresa). Também imitavam o canto da fêmea e os atravessavam com flechas, arpões e lanças de pequenas dimensões. Incomum era o dia em que não caçavam 30 ou 40 exemplares.

Jesus os acompanhava, mas nunca participava da caça. Para dizer a verdade, jamais tive conhecimento de que chegara a matar um animal, pelo menos enquanto permaneci a seu lado. O Mestre (creio já ter mencionado) sentia uma repulsão natural por qualquer tipo de violência. Ele não suportava.

Em algum momento, durante a estada nas lagoas, o Filho do Homem falou com saudade de *Telat,* a gansa que conhecera na granja de um de seus tios, nas proximidades de Migdal. *Telat* (que poderia ser traduzido como "a terceira no governo") havia sido companheira de brincadeiras de Jesus quando criança. O Mestre sorria feliz e comentava:

– Nunca vi uma gansa com tantas pulgas...

Os gansos eram vendidos em Nahum e nos arredores.

Com cisnes tinham que ter mais esmero. Eles precisavam ser capturados vivos e ilesos. Caso contrário, não haveria negócio. Em geral, eram comprados por patrícios romanos e judeus ricos. O mais cotado era o cisne cantor, de testa plana, bico preto e pescoço reto e delicado. Ofereciam por ele entre 200 e 300 denários. Gelal o caçava ao entardecer, no mais absoluto silêncio, e com horas e horas de santíssima paciência. Ele e seus ajudantes cravavam uma estaca na margem entre os juncos e amarravam um tecido vermelho numa altura mediana. Depois se escondiam na água ou nos lamaçais. E ali esperavam o milagre. O cisne macho via o pano vermelho e se aproximava, curioso. Então caíam sobre ele e o prendiam. Às vezes os caçadores falhavam. O cisne conseguia se safar ou bicar os surpreendidos caçadores e então fugia a toda a velocidade, sapateando a superfície da água e a favor do vento. Precisava de 10 ou 15 segundos para decolar. Nesse caso os cães agiam e o pegavam, mordendo unicamente pernas e testículos.

Soube também do cisne mudo, branco e senhorial, e do pequeno (*Cygnus columbianus*), menos atrativo que as outras espécies.

O cantor vivia principalmente nas lagoas do norte. As lagoas eram chamadas de "Manasés", "Lontra" (e, aproveitando, não vimos nenhuma delas), "O mal espírito" e "Suf" (um gigante criadouro de espadanas de três, quatro metros de altura, cantado em Êxodo [2, 3-4], em Jonas [2, 5] e Isaías [19, 6]).

O "urso" de Caná (Bartolomeu) desfrutava essas caçadas.

Judas Iscariotes fechou a cara quando soube que ficaríamos duas semanas naquele lugar "esquecido da mão do Santo". Contudo, não agiu como João Zebedeu. Seguiu ao nosso lado, em silêncio e com uma postura depreciativa. Odiava os galileus em geral e os habitantes dos pântanos em particular.

Ao entardecer, nos protegíamos no "nível zero", jantávamos depressa e nos apertávamos na choça de Gelal, dispostos a ouvir as mil histórias que "Pedra lavrada" contava. O Mestre e o "urso" passavam o tempo se divertindo e, como digo, jantavam rápido a fim de aproveitar o tempo. Não me cansarei de repetir: Jesus era como uma criança.

O Iscariotes assistia a tudo com cara séria. Jamais falava. Ele se mantinha atento e olhava por cima do ombro.

Jesus percebia, mas não dizia nada.

E assim foram se passando os dias e as noites.

"Pedra lavrada" assegurava que na lagoa da "Azinheira", bem perto dali, se erguia uma árvore oca, de mais de mil anos, que tinha resistido às machadadas de mil raios. Inventava e exagerava, como quase todos os caçadores e pescadores. E afirmava que era um milagre que a árvore em questão seguisse com vida. Dias depois, quando tive que caminhar pela margem da dita lagoa, descobri, de fato, uma centenária azinheira, praticamente oca, da qual havia saído uma apreciável ramagem verde. Algum raio a partira em dois e isso alimentou a lenda. A explicação para a vida que brotava naquele cadáver, e que resistia em pé, era simples. A vida se preparou para prosperar no interior da casca, no câmbio vascular e no xilema (o anel mais recente). Isso era tudo. Como dizia o Mestre, "o milagre da vida".

Gelal narrou também a história de outra lagoa – "A negra" – na qual, segundo ele, habitava uma serpente com cabeça, mas sem fim. A "negra" – dizia convencido – fora depositada no pântano pelos *kittim*, o exército romano. Naturalmente, quando visitei a lagoa, não descobri rastro algum da fantástica "negra".

O Mestre escutava e fazia perguntas. Eu não saía do meu assombro. Para o Filho do Homem, essas fantasias eram encantadoras, e Ele as vivia intensamente.

O "urso" também participava, e de que forma!

Cada noite ele tomava impulso e apresentava histórias de todas as cores e tamanhos. A maioria, eu conjecturava, seria inventada ou lida.

Falou, por exemplo, da cidade de Angamán, onde os homens (não as mulheres) têm cabeça de rato. E disse saber isso de boa fonte. Acreditei saber quem era a fonte de informação: seu amigo e sócio Felipe, que adorava a distante China. (Bartolomeu se referia, provavelmente, às ilhas de Andamán, no golfo de Bengala, longe da China. Mas... o que isso importava?)

Outra noite, contou a história dos "chineses" que comiam carne humana e que adoravam ao primeiro que vissem quando se levantavam. Essa coisa podia ser um cavalo, uma pedra ou uma mulher. Ele os chamou de "chineses apaixonados".

Jesus ficava com a boca aberta, e eu mais ainda.

Gelal não o deixava respirar e solicitava novas histórias; mais histórias e mais, e mais...

Cada vez que terminava uma narração, Bartolomeu era aplaudido pelos caçadores de gansos e de cisnes; o "urso" se levantava, inclinava a cabeça levemente e agradecia às demonstrações de respeito e admiração. Judas ficava frenético.

Jesus também solicitava novas histórias. Isso me fez recordar das belas "noites *kui*", na alta Galileia...[85]

Bartolomeu era inesgotável. Sabia de tudo e sabia contá-lo. Criava expectativa, temor e ansiedade. Era um gênio.

O que mais o fascinava eram as lendas que tinham como protagonistas os chineses (nítida influência de Felipe). Assegurava que na província de Talas (?) já se conheciam os trajes de asbesto. Com eles era possível caminhar entre as chamas. Os inventores – chineses, naturalmente – "tinham feito importantes e decisivas demonstrações". E assegurava que, no futuro, as túnicas e outras roupas seriam de asbesto e ninguém morreria nos incêndios.

Se não fosse pelo fato de que era impossível, eu poderia acreditar que o "urso" teria lido Marco Polo...

---

85 Ampla informação em *Cavalo de Troia 8 – Jordão*. (N. de J. J. Benítez.)

Também mencionou umas tribos, muito distantes, que comiam trigo em forma de macarrões compridos (de até um metro).

Os caçadores ficavam satisfeitos e maravilhados.

O Iscariotes, sem dúvida, torcia a cara e negava com a cabeça. Judas não gostava de Bartolomeu. Para ele, era um sujeito nada sério. Em realidade, Iscariotes não gostava de ninguém, começando pelo Mestre.

Uma manhã, na lagoa "Lontra", enquanto assistíamos a uma das caçadas de gansos, o Iscariotes se aproximou de Jesus e, aproveitando a ausência de Bartolomeu, foi criticar o comportamento do "urso", taxando-o de "frívolo e indigno".

Jesus escutou em silêncio.

– Além disso – arrematou Judas Iscariotes –, está fisicamente impossibilitado de caminhar. Deveríamos prescindir dele para a proclamação da boa-nova...

O Mestre o interrompeu imediatamente:

– Cuidado, Judas! Não tomes atribuições que não são tuas. Ninguém deve julgar a seu irmão...

– Mas Bartolomeu não é sério. Ele conta histórias mentirosas...

– O Pai não exige somente seriedade. Tu estás enganado, Judas. A vida, e a vida no novo reino, é alegria... Deixa teu irmão em paz e permite que preste contas a *Abba*... Faz bem o teu trabalho. Isso é tudo.

Judas, pálido, se distanciou do lago. Foi outro momento de tensão. O Iscariotes nunca se esqueceu da repreensão do Filho do Homem. Era rancoroso e foi somando o que considerava como sendo uma afronta à sua dignidade. Não seria o último aviso do Galileu...

Bartolomeu, como eu já adiantei em outras oportunidades, sofria de varizes. Isso lhe fazia manquejar na hora de caminhar, mas não era correto afirmar que se achava impossibilitado de andar. Judas exagerava. Bartolomeu ou Bar Tolmay (filho de Tolmay) tentava aliviar o problema com faixas de couro que apertava ao redor da perna esquerda.[86] Felipe de Sai-

---

86 As veias varicosas (varizes) são consequência da debilidade progressiva das paredes dos vasos, incapazes de bombear o sangue, que tende a acumular-se nos membros inferiores. Nas pernas há dois sistemas venosos diferenciados: o superficial e o profundo. As veias do primeiro têm as paredes mais frágeis e se encontram rodeadas de tecidos elásticos. O sistema profundo reúne 90 por cento do sangue venoso que se acumula nos citados membros inferiores. A acumulação de sangue pode provocar o aparecimento de edemas e inflamações. Em outras palavras: as varizes são veias superficiais dilatadas. No caso de Bartolomeu, ainda que eu não tenha inoculado os "nemos", o mais provável é que as varizes se devessem a fatores como a obesidade, bipedismo prolongado e herança genética. (N. do M.)

dan, seu amigo e sócio, havia lhe proporcionado uma boa dose de sumo de uva vermelha, especialmente recomendado contra as varizes. Não faltava razão à Felipe. A uva vermelha contém taninos e derivados polifenóis que ajudam no retorno venoso do sangue até o coração. Esse tipo de uva, além disso, é rico em pectina, carotenos, açúcares e vitaminas A, C, B_1 e B_2. Tudo nela ajuda como diurético e reconstituinte. Felipe, portanto, não estava equivocado em suas recomendações.

E abro um parêntese.

Bartolomeu (também conhecido como Natanael) padecia de varizes, mas foi um dos discípulos que mais caminhou. Após a morte do Galileu, ele se opôs às ideias de Pedro e se dirigiu ao leste. Morreu na Índia.

Fecho o parêntese.

Nessa manhã de 30 de outubro, quarta-feira, quando Judas se distanciou, atrevi-me a perguntar ao Mestre sobre dois assuntos que me mantinham desconcertado.

Por que Jesus insistia em não julgar? Ele proclamou isso com João Zebedeu e agora com Iscariotes.

O Mestre escutou a pergunta com atenção e me animou a caminhar pela margem. Estávamos na lagoa que chamavam de "Lontra", mas, como eu disse, não conseguimos ver nenhuma.

– Teus irmãos cumprem um papel... E para isso eles vieram... Por que julgar o que tu desconheces?

– Não entendo...

– Querido *mal'ak*, tentarei me aproximar da verdade...

Isso eu entendia. Não era fácil encontrar as palavras certas.

– Nada é que parece ser. Nada é o que acreditas. Tu não estás aqui para o que supões estar...

– E para que estamos na vida?

– Já falamos sobre isso, tu te lembras?

– Sim, disseste-me que a vida é uma série de experiências, ou mais ou menos assim...

O Galileu sorriu.

– Mais ou menos... A vida é uma experiência...

Não o deixei terminar.

– Isso.

Voltou a sorrir e continuou:

– A vida é uma experiência suficientemente importante para que não se veja sujeita ao acaso.

Ele me olhou intensamente. Acreditei saber por onde ia.

– Quer dizer que está tudo programado?

– Algo assim...

– Então a liberdade humana...

O Galileu ficou sério, contudo não respondeu de imediato. Continuou caminhando entre os juncos. De repente, parou. Em frente a Ele se abriam duas pequenas trilhas. E perguntou:

– Qual delas devo escolher: a da esquerda ou a da direita?

– Não sei...

E escolheu a que corria para a esquerda. Depois de três passos, ali se deteve de novo, me olhou e declarou:

– Nada é acaso. Quem sabe chegues a acreditar que tenhas escolhido o caminho da esquerda porque assim tenhas decidido.

Titubeou. Não sei se Ele se arrependeu do que havia dito.

– Não é tu que eleges, e ao mesmo tempo é.

– Não entendo...

– A casualidade não existe. São os sábios os que se escudam nela.

Tinha razão. Em meu tempo são os cientistas os que mais utilizam esse vocábulo. O que não se encaixa com as ideias deles é falso ou casual.

– Por que me dizes que sou o que escolhe, mas não...?

Voltou a hesitar. Compreendi que fazia um grande esforço. Estava a ponto de revelar um segredo.

– Tu escolhes... antes de te aproximares da vida. Depois, já na matéria, acreditas que és livre porque caminhas pela esquerda ou pela direita...

Sorriu com certa amargura.

– Não escolhes, porque já o fizeste.

– E por que sonhamos com a liberdade?

– Porque a vida está magistralmente projetada. Também já conversamos sobre isso...

– Eu não me lembro de ter escolhido nada...

– Claro...

– Como "claro"?

– Assim é... Estou te dizendo. A vida é um prodígio de imaginação. Se recordasses disso, nada seria igual...

Jesus nunca mentia. Eu já disse isso muitas vezes. Assim, ainda que não visse sua exposição com muita clareza, eu aceitei. A liberdade é um belo sonho.

– Respondi à tua pergunta?

Eu a havia esquecido.

– Que pergunta?

– Por que não se deve julgar um irmão...

Assenti em silêncio. E ele arrematou:

– Julgar não é justo nem ético. Quem sabe sobre o que tenha escolhido teu irmão e por quê?

Deixou que os segundos se perdessem na vala do tempo e acrescentou:

– Todos cumprem um papel. Tudo está ordenado.

Não pude conter-me e, tendo em vista o que o aguardava, exclamei:

– E se alguém é torturado e executado injustamente?

Ele me olhou intensamente de novo e senti fogo em seu interior.

– Não julgues, *mal'ak*. O mal também tem seu papel no jogo. Assim está concebido na imperfeição. Não serão julgados nem mesmo do "outro lado", como disse teu irmão... Não te esqueças: a ordem é muito rígida. Nada é o que dizem que é. Nada é o que vendem. Tudo é infinitamente melhor do que se pode supor.

– Mas o mal...

– O mal não procede do norte, como declara Jeremias.[87] Eu vim para mudar isso...

Não sei o que se passou, mas eu pensei no meu tempo e no "norte", no meu país...

E o Filho do Homem fez outra declaração histórica:

– ... O mal acompanhará o ser humano até que os anjos rebeldes sejam julgados. O mundo então retornará à luz.

– Quer dizer que o mal, como o conhecemos, tem os dias contados?

– Não tenhas a menor dúvida, *mal'ak*. Nada é para sempre.

A curiosidade foi maior e me venceu, e acabei perguntando:

– Quando será isso?

Jesus voltou a sorrir com ar maroto, mas não respondeu, pelo menos com palavras.

Afastou-se uns passos e procurou o pântano. Eu fui atrás Dele.

Partiu um junco, colocou-se de cócoras diante do barro e começou a escrever, em aramaico, sobre a negra e macia superfície.

---

87 No capítulo 1 (versículo 14), o profeta Jeremias diz: "E Yaveh me disse: 'É do norte que se iniciará o desastre sobre todos os moradores desta terra...'" Jeremias começou sua atividade profética no ano 626 antes de Cristo, no reinado de Josias, em Judá. O "desastre" ao qual ele se refere se centrou, fundamentalmente, na destruição da Cidade Santa (Jerusalém) e no desterro dos judeus na Babilônia, no ano 586 a.C. (N. do M.)

Isto foi o que consegui ler:

"Pergunta ao terceiro *mal'ak*."

E eu o vi distanciar-se, sorrindo, como se estivesse se divertindo. Ali ficou o junco, cravado no barro.

A lagoa terminaria por apagar a frase. A que Ele se referia? Quem era o terceiro mensageiro?

Eu o alcancei e expus a segunda dúvida. Ele havia falado da alegria que domina o reino invisível e alado do Pai. Isso foi o que eu entendi.

– Devo aceitar que o Pai tem senso de humor?

O Mestre voltou a deter-se. Parecia perplexo.

– Senso de humor? Tu te referes a *Abba*?

Assenti.

– Claro, Ele o inventou.

– Isso não pode ser...

– Ora! E por que não?

– O sentido de humor consiste, sobretudo, em rir de si mesmo... Não imagino o Pai rindo de si mesmo... Ou será que sim?

O Mestre me observou, com ar satisfeito, e não replicou.

Distanciou-se alguns passos e o vi procurar entre as plantas que atapetavam aquela margem do "Lontra".

Fiquei quieto, à espera.

Ele continuou o que estava fazendo, dando voltas e mais voltas. Cheguei a pensar que teria esquecido a pergunta, mas não. O Mestre nunca esquecia...

Resolvi me sentar. E se passou uma hora, mais ou menos.

O Filho do Homem olhava, olhava e olhava de novo entre as plantas.

Estava intrigadíssimo. Não conseguia entender aquele estranho comportamento. Pensei que Ele havia perdido alguma coisa...

Ao final de um bom tempo, como eu digo, regressou para perto deste perplexo explorador.

Trazia algo em suas mãos.

Ele me presenteou e sorriu, feliz.

Eu o contemplei, mas não soube...

Ele se deu conta da minha confusão misturada com quem quer disfarçar e comentou:

– É a resposta para a tua pergunta...

– Que pergunta?

Ele riu para valer.

– Tu estás pior que eu...

E esclareceu o que este explorador havia esquecido:

– O Pai tem senso de humor?

Contemplei o trevo que acabara de presentear-me. Contei as folhas. Quatro! Um trevo de quatro folhas!

Permaneci com a boca aberta, ao mesmo tempo em que uma voz (?) sussurrava em meu interior: "Os trevos riem do método científico!"

Mensagem recebida.

E o Filho do Homem, muito sério, comentou entredentes:

– Que estranho! Antes eu os encontrava num piscar de olhos...

Assim era Jesus de Nazaré.

Regressamos a Saidan no sábado, dia 2 de novembro.

Tudo continuava igual.

O "urso" falou e falou e não parou.

Eu destinei aqueles dias de descanso ao "Papai Noel" e a Ruth. Guardei o trevo de quatro folhas no "berço", coloquei em dia os diários e enchi a casa da Senhora, em Nazaré, de lírios azuis. Era a flor favorita da ruiva. Ela já não estava mais muito consciente...

Às escondidas, recitei para Ruth alguns versos de Claudel; sobretudo o do lírio azul. Ela nunca soube disso...

E na quarta-feira, 6 de novembro (ano 26), partimos para a última aventura no *yam*. Última não; vamos deixá-la como penúltima.

O par era formado por André, o tranquilo, e Mateus Levi, o publicano. Mateus seria o primeiro dos discípulos a compreender a mensagem do Filho do Homem.

Passaríamos duas semanas na costa ocidental do *yam*. Melhor dizendo, eles passariam. Eu tive que me ausentar antes de concluir as duas semanas. Porém, vamos por partes.

O tempo melhorou um pouco. As tempestades e os aguaceiros se distanciaram.

E nessa manhã do dia 6 de novembro, como eu digo, nós desembarcamos na região do En Sheva, hoje conhecida como Tabja ou "lugar das sete fontes". Eu conhecia aquela parte noroeste do lago. Tinha cruzado por ela em inúmeras oportunidades (sobre todo o caminho para o Ravid). En Sheva se encontrava entre os povoados de Ginnosar, ao sul, e Nahum, ao norte. Era um esplêndido jardim no qual brotavam três fontes principais e vários mananciais satélites que jorravam em Nahum e em um complexo labirinto de acéquias, e lá havia também a mais importante concentração de moinhos farinheiros do lago. Contei nove. E no centro do grande jardim, entre os palmeirais, hortos e árvores frutíferas vindas de meio mundo, abria-se uma piscina octogonal de 20 metros de diâmetro e 8 de profundidade. Ela recolhia as águas de um veio espetacular, com um caudal próximo dos três mil metros cúbicos. Era um manancial de água sulfurosa, aflorando a 27 °C.

No jardim de En Sheva se elaborava a farinha para boa parte do *yam*, e inclusive para Jerusalém. Junto aos moinhos farinheiros se levantavam outros, destinados à serragem da madeira, à trituração da azeitona e da uva, e também à moenda da pimenta.

En Sheva tinha boa fama por seu pão. No jardim descobri cerca de 30 choças, muitas delas especializadas em confecção de fogaças de trigo, de centeio, de cevada e uma mescla de pão preto e branco ao qual chamavam de *tsel*. Delicioso. Em certas ocasiões o coziam com passas, com nozes ou com mel e amêndoas. O Mestre adorava o *tsel* de passas.

No ano 30, nesse lugar, quem isto escreve conheceria Nakdimon, o funcionário responsável pelo fornecimento de água à Nahum e à indústria dos moinhos. Pelo que pude apreciar nos dias que permanecemos acampados junto à piscina octogonal, Nak não era ainda funcionário. E isso não era de estranhar. Estávamos no ano 26.[88]

Tanto o Mestre como os discípulos conheciam bem o lugar, assim como os moendeiros, funcionários das águas e panificadores.

Deram-nos autorização e acampamos, como disse, bem próximos da piscina de água sulfurosa. Jesus sabia...

Aqueles banhos a 27 °C foram uma bênção.

Ali permanecemos até sábado, dia 9.

Jesus "fez *'im*" à vontade. Conviveu com gente de En Sheva e trabalhou como moendeiro e como padeiro. Cuidou dos moinhos de pedra, engraxou os pinos de ferro, limpou o grão, passou a farinha pela peneira e a peneirou ao som de sua canção favorita. Terminava sempre com as sobrancelhas, a barba e os cabelos brancos.

Como padeiro era um desastre (tudo deve ser dito).

Esmerava-se, mas a massa não "crescia" quando Ele trabalhava nela. Algo estranho acontecia. E os padeiros se enfezavam com razão.

---

88 Ampla informação sobre os moinhos farinheiros e a nacionalização das águas pelos romanos em *Cavalo de Troia 3 – Saidan*. (N. de J. J. Benítez.)

Terminou escavando nos fornos.

Também o fazia cantando.

Soube dos problemas de todos, conviveu com as crianças e com os jovens, auxiliava os velhos quando transportavam água aos seus casebres, compartilhava o pão com eles e, sobretudo, os ouvia. Jesus de Nazaré era um mestre na hora de escutar. Deixava que as pessoas falassem e se expressassem, e só intervinha quando o coração tinha esvaziado e, em outras ocasiões, apenas com o olhar. Era suficiente. Os *felah*, moendeiros, funcionários ou padeiros, agradeciam que alguém se dispusesse a ouvi-los. Naquele tempo, como agora, ninguém escutava ninguém. Por não ouvir, não se ouviam a si mesmos...

André foi cúmplice de Jesus nesses exercícios, nesses ministérios, de fazer contato direto e pessoal. O discípulo acreditava nessa estratégia e a demonstrou ao longo de sua vida.

O irmão de Pedro ajudava em tudo e era sempre o primeiro a sentar-se aos pés de Jesus e escutar. Tinha o máximo cuidado em esconder as mãos. Sempre estava preocupado com o mal a que estava submetido: a psoríase. Não tinha as unhas, como já expliquei, e as manchas brancas e escamosas apareciam pelo pescoço, mãos, braços e couro cabeludo. As placas eram incontáveis e possivelmente se estendiam pelo resto do corpo. Em nenhum momento ele se banhou em público. Não desejava que soubessem que era um *sapáhat* (quase pestilento). Admirei sua coragem. O nome ("valente") lhe fazia honra.

E quanto a Mateus, não sei como explicá-lo... Parecia que estava mais triste do que o normal. Colaborava, mas sempre que podia se retirava para um canto e ali permanecia cabisbaixo. O Mestre se deu conta disso desde o primeiro momento. Algo acontecia...

E no sábado, dia 9, o Galileu levantou acampamento e nos transferimos a um quilômetro de En Sheva, na direção sul, também na costa. O local continuava sendo um lugar próspero, com dezenas de hortas e plantações, e com uma surpresa: uma agradável surpresa...

O Mestre e André decidiram que a lagoa que chamavam de "Minnim", às margens do *yam*, era o lugar adequado para acampar. Soltamos as trouxas e me dediquei ao que era meu: explorar as imediações. Nós nos achávamos relativamente perto da via Maris, a estrada romana que rodeava o mar de Tiberíades pelo flanco oeste e pela margem norte. Pois bem, entre a dita estrada e o *yam*, alguém com muita sabedoria havia disposto dezenas de "estufas" (para chamá-los de alguma maneira) nas quais cultivavam todo tipo de flores, ao estilo das plantações do vale do Jordão. Os engenhosos *felah* construíam as "estufas" à base de grandes pirtigas (varaus) e finas redes de esparto (planta: *Stipa tenacissima*, L.), de malha bem fechada que permitia a passagem da luz, mas não dos pássaros. Chamavam-na de *jamamâ*. Na realidade, não era uma invenção judia, e sim etrusca.

A totalidade das "estufas" era de propriedade de Herodes Antipas. Ao que parece, estávamos diante de um próspero negócio. Herodíade, a esposa do tetrarca (amo e senhor da Galileia e da Pereia), era um dos principais clientes.

Os *jamamâ* ficavam sob os cuidados de um exército de *felah* ou camponeses (a maior parte de origem etrusca), dirigido por um casal de idosos procedente do vale do Fiora, ao sul da cidade de Sovana (atual Itália). Ela se chamava Suvas ("Fogo selvagem") e ele recebia o nome (também etrusco) de Senti, que poderia ser traduzido como "o que tem pressentimentos".

Jesus passou muitas horas com eles, trabalhando e dialogando.

Era um casal peculiar. Amavam as flores acima de tudo e, em especial, as íris. Ambos eram especialistas em hibridação. Viviam como suas flores: durante o dia. Jamais falavam do futuro. "Isso é uma invenção de Roma", eles diziam.

Costumavam se vestir de azul, como muitas das íris, e prendiam os cabelos em longas tranças. Nenhum cabelo deveria cair nas flores. Isso as afogava (?). Desde a aurora apareciam maquiados: sobretudo se precisassem entrar nos recintos das íris azuis. Tinham aprendido jardinagem na cidade de Cortona, também pertencente ao velho império etrusco (já desaparecido). Desconfiavam dos deuses. Acreditavam na reencarnação e rezavam diariamente para que as suas vidas futuras fossem "azuis, amarelas ou verdes". Em outras palavras, para nascerem flor...

Cheguei a contar mais de cem espécies do gênero *Iris*. Haviam conseguido cruzamentos que proporcionavam cores espantosas: bronze, bordô, framboesa, laranja, púrpura e 20 tonalidades de azul. Ela era a encarregada de "batizá-las". Então as chamavam de "azul esmaecido", "azul profundo", "azul que rodeia as nuvens", "azul perto" ou "azul distante", segundo eles...

Senti que estavam obcecados, por muitos anos, pelo fato de não terem conseguido uma única íris vermelha intensa brilhante. Eu também amava as íris e sabia por que nunca iria obter um exemplar com essa tonalidade (que era um problema de falta de pelargonidina), mas não pude explicar a eles. Foi melhor assim. Senti que eles acordavam a cada dia com a ilusão de que iriam conseguir.

O Mestre também trabalhou na "estufa" e soube das penúrias em que viviam os *felah*. Na parte da tarde, nós nos reuníamos com Senti e com Suvas e falávamos sobre íris, é claro. Segundo Suvas, a flor em questão era uma mensageira dos deuses. Íris era a representação do amor puro. E eu pensava em Ruth. Sem saber disso, acertei com as flores que levei para Nazaré...

Suvas insistia. A mulher tem um coração "íris": doce, terno, espiritual e positivo. O Mestre ouvia, cativado. Desde então, tenho dedicado muito tempo estudando a íris e reconheço que os etruscos tinham razão: até os mortos as agradecem...

Senti que eles iam além e proclamaram, em voz baixa, que haviam visto anjos em sua "estufa". André questionou, cético, e o etrusco respondeu com uma explicação que me deixou atordoado. Ele disse que, em algumas noites, via luzes no céu, e que essas luzes desciam e penetravam nos *jamamâ*. Tudo se iluminava como se fosse de dia. Então se apresentavam os mencionados "anjos". Um deles era mais alto do que o resto. Usava uma túnica incrível, capaz de brilhar em cores diferentes, e tinha um sorriso encantador.

O Mestre e eu nos olhamos. Creio que este explorador estava lívido.

E os "anjos" - assegurava Senti - se dedicavam a colorir as íris, uma por uma.

E, pelo amanhecer, apareciam belíssimas...

Avaliei que tudo fora inventado, menos uma coisa: o "anjo" do sorriso encantador...

E a conversa acabou desembocando em outro dos temas favoritos do Mestre. As íris foram a desculpa perfeita.

Diante da perplexidade geral, o Galileu foi levado pelo instinto e falou - quase em êxtase - sobre a beleza e a inteligência de *Abba* na hora de criar. Suvas e Senti dispunham de um "catálogo" de 30 mil deuses (adorados na bacia do Mediterrâneo), mas não prestavam muita atenção a qualquer um deles. Esse Pai Azul, ao qual se referia o Filho do Homem, eles não o conheciam. E ouviram atentamente.

O Mestre utilizou uma palavra que sintetizava ambos os conceitos: a beleza e a inteligência. Era uma invenção sua, uma licença literária. *Bellinte*, como tal, não existe em aramaico nem em hebraico, tampouco em *koiné* (grego internacional). Ele falava de *iôbi*, que foi traduzido como a soma da metade das palavras *iôfi* ("beleza" em hebraico) e *binâ* ("inteligência", também do hebraico sagrado). *Iôbi*, portanto, seria equivalente a *bellinte*.

Foi, como digo, um monólogo excepcional.

Todos nós acabamos com a boca aberta e gratamente surpresos.[89] Todos não...

Foi nesse momento, enquanto Jesus elogiava a *bellinte* do Criador, que reparei em Mateus Levi. Encontrava-se sentado perto do Mestre. Os olhos azuis estavam úmidos. Notei como os lábios tremulavam ligeiramente. O que ocorria? O primeiro pensamento que me veio foi de que as palavras do Galileu o haviam emocionado.

Sim e não...

O Mestre continuou, entusiasmado, e, de repente, Mateus começou a chorar de maneira incontrolável.

Jesus parou. Todos nós olhamos para o discípulo, e André, solícito, jogou o braço em torno dos ombros do *gabbai*, tentando confortá-lo. Mas... o que houve? Qual era o problema?

---

89 Referindo-se à beleza e inteligência do Pai na hora da criação (*bellinte* ou *iôbi*), Jesus disse: "A *Bellinte* sempre é ímpar. Eu adoro ao Pai com os olhos abertos. *Bellinte*: se respira, se morre. Deus cria tudo curvo, sabendo. Deus cria a luz para que me reconcilie comigo mesmo nos dias mornos. Deus derrama beleza na primavera, mas sempre guarda algo para o outono. O reino invisível e alado de *Abba* cabe em um pensamento. *Bellinte* das *bellintes*: desaprende e aprende mais rápido. Deus coloca asas nos gorjeios. Outra *bellinte*: o final é por demais belo; por isso não deve ser mostrado. Deus imagina desde o exterior envolto por puro amor. Ele não muda de opinião porque não tem opinião. Na realidade, a palavra de Deus são sussurros e os sussurros não se escrevem. Crer em Deus não anula os problemas, mas os suaviza. *Bellinte* é a derrota, que o contempla. Se Deus fosse religioso não teria senso de humor (e Ele o tem). *Bellinte*: Deus permite que o imaginemos. *Bellinte*: *Abba* desce em cada metáfora. Deus é o único que imagina no presente. *Bellinte*: Ele cria estrelas para que não seja esquecida qual é a sua verdadeira pátria. Deus imagina a imperfeição e aparecemos. *Bellinte*: criar é não temer. *Bellinte*: Deus não é antigo; é agora. Deus não usa as despedidas. Se o Pai fosse unicamente racional não existiria *bellinte*. Deus, além da engenhosidade, tem perspectiva (como para nós nos falta a segunda e, portanto, a engenhosidade é limitada). Deus não tem olhos; Ele se basta com o imaginar. *Abba* é enganosamente simples. Deus sorri quando escuta a palavra "impossível". A grande *bellinte* de Deus é como aquele que viaja sem mover-se. Deus não está proibido; portanto é obrigatório. Se Deus é impossível, necessariamente é o mais belo. *Bellinte*: a imperfeição (nós) nos sentamos em seus joelhos. Uma coisa é a verdade e outra bem distinta é Deus. *Bellinte*: o Pai aparece no relâmpago. Deus imagina o ser humano para que se distancie de si mesmo. Deus criou a matéria por pura curiosidade. Deus dá de comer aos pensamentos. A *bellinte* de Deus é mais importante que os resultados. A invisibilidade do Pai é outro ato de amor. A *bellinte* de Deus está em sua capacidade para o infinitamente pequeno. Ou existe ou não existe (Deus): ambas as possibilidades são fascinantes. A *bellinte* me faz dormir com os olhos fechados. Deus cria a matéria ante sua impotência de ser matéria. Se captar *Abba* já está com Ele. Se Deus empreende uma corrida, uma parte Dele chegaria antes que Ele. Deus não outorga revelações; perde-as. Se Ele não existisse, seria duplamente desprovido da graça. *Bellinte*: o amor nasce sem memória. Deus nos espera para ser Deus. *Bellinte*: experimentamos o Pai fora Dele. O que nos deve assombrar em Deus não é seu poder, senão Sua *bellinte*." (N. do M.)

André perguntou ao arrecadador e este, incapaz de evitar, deixou que as lágrimas corressem. Ele abaixou a cabeça e gemeu desconsoladamente.

Suvas empalideceu.

Notei um nó na minha garganta.

E o publicano finalmente acabou confessando.

Jesus falava e falava da maravilhosa *bellinte* do Pai, mas ele não podia afastar de sua mente e superar a imagem distorcida e perdida de seu filho Telag, a criança com síndrome de Down.

"Onde está a *bellinte* em alguém assim?"

Mateus soltou.

"Telag é um endemoniado..."

Jesus replicou, negando com a cabeça. Contudo Mateus, com o olhar baixo, não viu. E relatou, com requinte de detalhes, como a criança envelhecia a cada instante e como todo mundo fugia dele. Naquela casa, em Nahum, havia peregrinado um exército de *rofés* ou "auxiliadores" (médicos), sem contar o punhado de bruxos, caldeus, jogadores de carta, astrólogos, feiticeiras e vigaristas... Mateus gastou uma fortuna inutilmente. Recomendaram a ele de tudo para curar Telag: pó de formigas; cinza de cascos de jumentos selvagens; respirar o ar de pombas; olhar para os olhos delas por dias inteiros; criá-las na casa como se fossem rainhas; que Telag dormisse em contato com um cão de pequeno porte; que comesse filhotes de falcão; carne de víbora, esfolada com abundância de água e azeite; carne de cascavel; bile verde de víbora e, muito especialmente, que bebesse sangue de cobra macerada com mel...

Sinceramente, estava aborrecido. Pior do que isso: estava desesperado.

Senti tristeza. Telag tinha seis anos, mas, de fato, parecia mais velho. Tudo se devia a um problema genético: o desequilíbrio da porção genética originada pela existência de três cromossomos 21 (em lugar de dois). Por essa razão, os neurônios do portador de Down se oxidam mais rapidamente e morrem antes do normal. Porém, como dizia, quem isto escreve não tinha como esclarecer o tema para Mateus.

E ele, em sua cegueira, lamentou não ter seguido o conselho dos anciãos. A lei oral (como está refletido no tratado *Berakot*) recomendava que as crianças do sexo masculino fossem concebidas em camas que estivessem orientadas de norte para sul. Do contrário, poderiam ocorrer abortos ou criaturas diabólicas poderiam ser concebidas (como foi o caso de Telag, segundo eles).

Quando Mateus se acalmou, Jesus insistiu:
– Teu filho não é um endemoniado...
O publicano seguia sem prestar atenção ao Filho do Homem.
– Sei que tudo se deve aos meus muitos pecados...
– Mateus – disse o Galileu, levantando o tom de voz –, Telag não é a consequência de tuas culpas...
O publicano olhou para Jesus e tentou compreender.
– Ninguém pode ofender o Pai, ainda que o pretenda...
Também havíamos falado sobre isso.
Contudo, Mateus, André e o casal etrusco não entenderam.
Não importava. Jesus continuou:
– Telag faz parte dos desígnios de *Abba*.
– Então por que nasceu assim? – murmurou o publicano.
O Mestre repetiu e com ênfase:
– Telag não é um possuído pelo demônio nem é consequência de teus muitos pecados...
Ele deixou correr uma pausa e disse, assertivamente:
– Teus muitos pecados?
Ele sorriu e acrescentou:
– Com os dedos de uma mão se poderia contá-los...
Mateus Levi não deu atenção à interessante conclusão do Mestre sobre seus pecados e voltou ao que lhe atormentava:
– O que é Telag, então?
O Filho do Homem respondeu com uma segurança que me surpreendeu:
– Um *guibôr*!
Jesus usou o hebraico, não o aramaico. *Guibôr* significa "herói".
Nós nos olhamos, perplexos.
Suponho que o publicano tenha pensado: "o rabi está zombando de mim..." Mas não. Esse não era o estilo do Filho do Homem.
E o Mestre leu a mente do seu entristecido discípulo:
– Não estou zombando, Mateus...
– Eu sei, rabi, mas eu não entendo... Telag é um herói?
E Jesus decidiu continuar a explicar o que havia me adiantado nos pântanos de Kanaf: você escolhe antes de nascer...
Creio que os homens não acreditaram. Suvas, em contrapartida, assentiu surpreendida.
Mateus resumiu o sentimento dos homens:
– Como pode ser que alguém escolha uma coisa dessas?

– No reino do espírito – declarou Jesus – existem leis e razões que a matéria ignora... Eles escolhem encarcerarem-se em si mesmos e viver uma experiência dramática...

Reservou um tempo num respeitoso silêncio e acrescentou:

– A mais dramática... Entendes por que os chamo de heróis?

Silêncio.

E eu tentei olhar a mente daqueles portadores da síndrome de Down, com paralisia cerebral, autismo, gente que eu tenho encontrado, que conheci e que conheço. Heróis? Criaturas "encarceradas" entre as grades de si mesmas? Se fosse verdade – e o Mestre jamais mentiu –, essas experiências dramáticas fariam sentido, eu suponho...

O Filho do Homem leu igualmente em meu coração e se apressou em declarar:

– Esses heróis, além disso, multiplicam o amor, ali onde estejam e por onde passam. Ninguém ama tanto como aquele que ama uma dessas criaturas...

Retificou:

– Ninguém ama tanto como aquele que ama uma dessas maravilhosas criaturas...

Mateus, atônito, deixou de soluçar. O azul de seus olhos se fez mais "profundo ou intenso", como diria Suvas.

– Mateus, ninguém exerce a generosidade e o amor puro como fazem os pais ao cuidarem desses seres... únicos. Sim, filhos meus... Telag e os iguais a ele são, na realidade, heróis... É prcciso muita coragem para dar continuidade a um trabalho dessa natureza... Eles também constroem o mundo, e com amor puro. Mateus, não olhes apenas as vestimentas de Telag...

Jesus usou a palavra *begadim* (vestimentas), mas não consegui captar o sentido exato do termo. Pensei que poderia fazer alusão ao corpo, como "vestimenta" da alma e da "centelha".

– Aprende a olhar o interior das pessoas. A leitura não é a mesma...

Observou intensamente Mateus e perguntou:

– Tu acreditas agora que Telag é uma *bellinte*?

Suvas tinha os olhos umedecidos. Ninguém se atreveu a responder.

A anciã se levantou e, em silêncio, caminhou até uma das "estufas".

Jesus prosseguiu com a voz trincada pela emoção:

– Ajoelhemos a alma quando estivermos na presença de um *guibôr*... "São a admiração dos céus."

Mateus e André estavam pensativos, muito pensativos...

E nisso Suvas regressou. Trazia um lindo ramo de íris amarelas. Eram íris com os cálices pontilhados em negro e umas ligeiras manchas verdes. Desfrutavam de três pétalas cada um. Eram lindas. Pareciam roubadas do jardim de Monet, em Giverny, ou de algum dos quadros do genial Van Gogh.

Ela se aproximou de Mateus e lhe entregou as flores, ao mesmo tempo em que desejava:

– Aceita-as, para que Telag cumpra a sentença com brevidade...

Entre a crença daquela gente, as íris amarelas representavam boa sorte e riqueza. Sei que, desde aquele instante, o arrecadador as conservou em seu coração, e com ele se secaram.

Jesus apontou o ramo de íris e acrescentou:

– Se *Abba* pinta à mão, a cada noite, todas e cada uma dessas flores, o que fará por uma criatura humana?

Olhou para Mateus, depois para André, e por fim ao casal, e quase gritou:

– Confia! A beleza de Telag é infinitamente maior do que a de uma íris.

Mateus se levantou e, sem palavras, abraçou o Galileu. E o discípulo chorou de novo (suponho que de alegria).

Todos nós choramos...

Na quinta-feira, 14 de novembro (ano 26), recebi uma surpresa. Tarpelay, o guia negro, se apresentou nas "estufas".

Ele me procurava.

Estava há três dias dando voltas pelo *yam*.

Nakebos, o alcaide da prisão do Cobre, reclamava a minha presença.

Tar desconhecia a razão. Eu a imaginei: Antipas desejava me ver. Devia agir com prudência...

Tive um aparte com o Mestre e lhe expliquei.

– Vai e vê – replicou –, e conta-me...

Não houve despedidas. Só um "até breve", segundo o costume do Filho do Homem.

E o instinto tocou em meu ombro:

"Cuidado com o tetrarca! É cruel e sanguinário!"

Decidi preparar-me.

Pedi a Tarpelay que esperasse às portas de Migdal e me dirigi, andando, ao topo do Ravid.

Tudo continuava em ordem. Eliseu comparecia à nave uma vez por semana, conforme nosso acordo.

Renovei a "pele de serpente" e pulverizei, inclusive, os pés. Fiz isso pensando no *wadi* Zarad, nas víboras. Era possível que tivesse que cruzá-lo de novo.

Preparei-me com uma nova dose de antioxidantes, peguei um pouco de dinheiro e o salvo-conduto estendido por Pôncio (válido até o mês de *elul*: agosto-setembro do ano em que nos encontrávamos [26 de nossa era]).

No último minuto consultei o fiel "Papai Noel". Lembrei-me do patrão da torre das "Verdes" e sua fixação pelos ditos e provérbios e memorizei quantos pude, procurando entre os países mais exóticos. Raisos me agradeceria por isso.

Naquela noite, dormimos na base dos "13 irmãos", perto da segunda extremidade do Jordão. O *sais* preparou a *reda* de duas rodas e, na manhã seguinte, ao alvorecer, nós começamos nossa viagem para Damiya.

Ao meio-dia eu ingressava na prisão.

Nakebos nervosamente confirmou as suspeitas. Herodes Antipas estava em Maqueronte, disposto a passar o inverno, e havia autorizado a audiência.

O alcaide me deu um conselho:

– Se tu falares como um astrólogo, procura dizer-lhe que seu futuro é maravilhoso... Caso contrário, eu te vejo servir de alimento para suas meninas...

Pressenti algo. Não me senti à vontade, não gostei da nova aventura.

Nakebos enviou o correio correspondente, anunciando ao tetrarca que chegaríamos ao palácio-fortaleza em torno do meio-dia do domingo, dia 17.

E assim foi.

Partimos para Damiya, no sábado, dia 16, e, por segurança, passamos a noite no vau de Josué. Eu viajava na primeira *reda* que ia à frente. Tar nos acompanhou atrás no seu.

Nesse domingo, dia 17 de novembro, o nascer do sol se registrou às 6 horas, 5 minutos e 15 segundos. O declínio – de acordo com "Papai Noel" – ocorreria às 16 horas e 37 minutos. A lua apareceria na fase minguante às 19 horas e 43 minutos e se ocultaria às 10 horas e 6 minutos. Tudo foi calculado. Melhor dizendo, quase tudo...

O amanhecer se apresentou distante e violeta, como quase sempre.

E começamos o caminho até a fortaleza; uma nova trilha para quem isto escreve. Fiquei atento durante toda a viagem observando todas as referências do caminho.

Os primeiros 17,5 quilômetros (do delta do Jordão à base do monte Nebo) foram percorridos numa boa velocidade. Nakebos imprimia um contínuo galope aos cavalos. O terreno, quase plano, ia permitindo. Em seguida, começou a subida e seguimos a borda das colinas nuas de Abarim, ressecadas desde os tempos bíblicos. Medeba, a antiga cidade *a'rab*, se achava a seis quilômetros de Nebo. Percorremos sem novidades. E o deserto, vermelho e pedregoso, apareceu de repente. O céu azul se estendia além de Moab, e nós tínhamos pressa. A temperatura logo iria subir e os lugares se tornariam um óleo poeirento e sufocante. Tar não tardou em cobrir o rosto com um pano (amarelo, claro). Ele levantou o chicote e me fez ver que tudo estava em ordem.

Tomamos o caminho dos Reis e o trajeto se tornou mais suportável. Era uma pista mais bem cuidada, de quase cinco metros de largura, que seguia em direção ao mar de Aqaba, a mais de 200 quilômetros.

Cruzamos com várias caravanas, quase todas do império nabateu.

Mas o bom teve vida curta. Na altura de uma aldeia chamada Libb, a 12 quilômetros de Medeba, Nakebos virou à direita e se deixou cair por uma trilha estreita, branca, cheia de curvas e desolada como as falésias que eu tinha diante de mim.

Descemos por um tempo, sempre segurando os cavalos. Libb estava a 737 metros de altitude e Maqueronte, a 717.

O mar de Sal brilhava à distância, mas em tons de prata. Ainda era muito cedo para que os ventos o pintassem de azul.

A última aldeia, antes de ver o grande cone branco sobre a qual repousava a fortaleza-palácio de Antipas, era conhecida como Atarūz. Dificilmente poderei esquecer...

Ficava a pouco mais de sete quilômetros de Maqueronte. Havia quatro barracos de adobe, cercados por poeira e esquecimento.

Cruzamos, velozes, levantando uma nuvem de poeira e de protestos. Alguns moradores atiraram pedras. Nakebos não se alterou.

Mas, logo após deixar para trás o povoado, a *reda* em que eu seguia viajando foi forçada a parar abruptamente. Algo interrompeu a passagem.

Quando a poeira se dissipou, Nakebos e quem isto escreve distinguimos na metade daquele pequeno caminho outra *reda*, maior, descoberta e puxada por quatro mulas.

Talvez fossem 11 da manhã.

No topo do carro três soldados se mexiam, três soldados gauleses com as típicas túnicas verdes de meia manga. Não levavam consigo as "camisas" ou as couraças, armaduras trançadas com escamas metálicas. Tampouco usavam capacetes nem traziam armas.

Pareceu-me estranho.

Outros dois gauleses permaneciam em terra, alertas para os companheiros que estavam no alto da *reda*.

Não havia dúvida. Eles eram os *sōmatophylax*, os sanguinários "guarda-costas" de Antipas.

Eles se encontravam a cerca de 30 ou 40 passos das casas. De um lado da estrada distingui as armaduras e os arcos, bem como as temidas aljavas com as flechas.

Nakebos desceu e me encorajou a segui-lo.

– Agora tu verás quem é Antipas...

Os gauleses saudaram Nakebos e continuaram com o que levavam em suas mãos.

Os que estavam na *reda* alçavam uns cabazes negros (cestas mais fundas com alças), feitos de esparto, perfeitamente cobertos, e os desciam à terra. Ali eram carregados pelos soldados que permaneciam junto ao carro e caminhavam com eles para o penhasco mais próximo. Uma vez na beira do barranco, deixavam cair as cordas que mantinham os cabazes fechados e seu conteúdo era despejado.

Eu tremi, sentindo um calafrio.

Uma bola de serpentes vivas caiu rolando encosta abaixo, perdendo-se no *wadi*.

Nakebos, malicioso, disse:

– O tetrarca quer um inverno tranquilo, sem intrusos...

Isso explicava a abundância incomum de víboras no *wadi* Zarad. Segundo Nakebos, de tempos em tempos a guarda pretoriana "semeava" as cobras nos arredores de Maqueronte. Que tipo de sujeito eu estava prestes a enfrentar?

E então, quando os soldados voltaram para o carro, me fixei com mais atenção em um deles.

Era ele!

Foi aquele gaulês que me havia feito de alvo com uma flecha na manhã de 12 de junho, quando Yehohanan foi capturado.

Não tinha dúvida: jovem, gordo, com a pele esfolada pelo sol, e os braços e mãos tatuados com serpentes azuis.

Nem olhou para mim.

E os da *reda* trataram de entregar mais outro lote de cobras.

Mas a má sorte foi que uma das cordas que sustentavam o cesto seguinte se rompeu e ele caiu, chocando-se contra o solo e abrindo-se. E numerosos ofídios apareceram em cena, dividindo-se na área. Os primeiros a reagir foram os cavalos. Encabritaram-se e fugiram rapidamente, arrastando a *reda* e derrubando os gauleses que estavam no alto.

Um dos soldados que estava em pé foi atingido pelo carro e projetado à distância. O outro, o "tatuado", permaneceu imóvel, e prestando máxima atenção às serpentes. O garoto sabia que, se ele se movesse, alguma delas o pegaria. Tinha que esperar e orar, se é que ele sabia fazer isso...

Nakebos, pálido, não soube o que fazer. E indicou calma.

Em poucos segundos, quase todas as víboras haviam desaparecido entre as rochas e na areia daquela paragem. Todas menos uma...

Era uma cobra de pescoço preto, de uns dois metros de comprimento.

Ela se encontrava a uma pequena distância do gaulês, e em posição de ataque.

Era negra, amarronzada, com uma larga faixa escura no pescoço. O ventre brilhava em vermelho. Não demorou em dilatar o pescoço e em colocar-se em posição ereta, emitindo um forte sibilo.

Estávamos diante de uma cobra cuspideira, possivelmente de origem egípcia, bem conhecida por sua habilidade de jogar veneno à distância, especialmente nos olhos de suas vítimas.

Se aquele sujeito fizesse um só movimento, a cobra lançaria o veneno (não o cuspia) e o soldado ficaria total ou parcialmente cego. Aquele tipo de *Naja nigricollis* não era mortal, mas quase...[90]

E foi nesse instante, em frações de segundos, enquanto a *naja* estava olhando fixamente para os olhos do gaulês, que tive a ideia (ou, melhor dizendo, que eu recebi a ideia)...

Deslizei os dedos em direção ao topo da "vara de Moisés" e acariciei o botão de laser de alta energia. Aquele dispositivo de defesa foi projetado contra animais, nunca contra pessoas. A potência oscilava entre frações de um watt e várias centenas de quilowatts. O fluxo do jorro de fogo, exibido

---

90 A capacidade da *naja* de lançar veneno à distância (geralmente a dois ou três metros) se deve à colocação dos caninos. Os caninos são dispostos quase em um ângulo reto e isso permite pulverizar para a frente e à distância. O veneno atua sobre as mucosas e pode originar conjuntivites, irritações nasais e cegueira total ou parcial. O veneno da *naja* não afeta a pele humana. Existem três tipos conhecidos de cobra cuspidora (todas na África): a *Naja nigricollis*, a *Naja n. nigricincta* e a *Naja n. woodi*. Em Togo, foi detectada uma subespécie: a *Naja n. crawshayi*. Após lançar o veneno uma ou duas vezes, a *naja* foge. (N. do M.)

em IR e, portanto, invisível ao olho humano, poderia furar o titânio a uma taxa de dez centímetros por segundo, com uma potência de 20 mil watts.

À merda com as normas do Cavalo de Troia!

Ele havia me perdoado uma vez e eu desejava corresponder.

Lancei uma descarga, mas falhei. Não dispunha das "crótalos" e isso fazia o tiro ser mais difícil.

O segundo clarão acertou e o capuz da cobra se desintegrou. O animal retorceu-se durante alguns segundos e acabou morto. Um leve e breve fiozinho de fumaça se elevou naquele lugar.

E o gaulês e Nakebos olharam para o céu.

Por que todo mundo, nesses momentos, age da mesma forma? Por que as pessoas levantam os olhos para o céu?

Não tive dúvida.

Aproveitei-me da situação e me aproximei do soldado.

Ele ainda estava pálido. Olhou para a cobra e depois olhou de volta para o céu azul.

Fui até ele e sussurrei em seu ouvido:

– Tua sorte... Agora não matam...tu!

Ele me reconheceu.

Sorriu de maneira fugaz, eu dei uma piscada, e voltei para junto do não menos atônito alcaide da prisão do Cobre.

Nakebos acabou reagindo e ordenou ao gaulês que cuidasse do companheiro ferido. Não foram necessários muitos socorros ou atenções. O soldado se recuperou, e ambos saíram à caça para capturar a *reda* e as mulas.

Nakebos me fez ver que o lugar não era seguro. Eu lhe dei razão. Muitas (demais) serpentes por metro quadrado...

E retomamos a estrada para Maqueronte.

Fiquei surpreso. O silêncio de Nakebos nos sete quilômetros e meio que restavam até o topo do cone branco não era normal. Não devia esquecer. Nakebos era um árabe inteligente, e homem de confiança de Antipas. Além de alcaide do Cobre, era o capitão da guarda do Tetrarca.

Quase esqueci. Desde aquela época, o gaulês tatuado recebeu o apelido de *Ti*. Esta não seria a última vez que voltaria a vê-lo. Santo Deus, e sob que circunstâncias!

No palácio-fortaleza de Maqueronte tudo havia sido minuciosamente projetado (para o bom e para o menos bom).

Nesta oportunidade, só o contemplei por fora. Não tive uma circunstância adequada para entrar no palácio propriamente dito.

A 400 metros da fortaleza, a pista parou de se contorcer e ficou reta. Antipas a tinha ladrilhado e ela subia ao topo, limpa e ampla, meticulosamente encaixada entre dois muros de um metro de altura, que serviam de escada. Os cavalos e as *redas* subiam ou desciam pela calçada central. Aqueles que não tinham escolha, a não ser andar, o faziam pelos muros. O lado direito (olhando a fortaleza em relação à sua base) era utilizado para descer. Pelo outro lado se subia para Maqueronte.

As pedras que davam forma aos "muros-escadas", se me permite a expressão, eram calcárias – como os blocos de pedra das muralhas – e deviam ter sido transportadas de muito longe. Possivelmente do sul, da região de Kerak. Toda uma maravilha de muito esforço e habilidade. Antipas desejava se parecer como seu pai, Herodes, o Grande, o grande construtor. E ele quase conseguiu.[91]

Desde o delta do Jordão até a base do grande cone, calculei 52 quilômetros. O caminho pela orla do mar de Sal era mais curto e menos comprometido. Teria isso em conta para outras expedições.[92]

Era meio-dia quando nos detivemos, por fim, na pequena esplanada que se abria em frente ao portal da fortaleza. Tratava-se, na realidade, de uma ponte levadiça, de uns dez metros de altura, protegida com placas metálicas.

Fiquei surpreso.

As muralhas eram o que eu havia visto e muito mais. A palavra que as defi-

---

91 Como já expliquei no devido momento, Antipas fortificou a cidade de Betaramta (no lado leste do rio Jordão) e lhe deu o nome de Livias, como recordação da mulher do imperador (mais adiante se chamaria Julias). Também reconstruiu a cidade de Séforis, capital da Galileia, destruída por Varo e suas legiões, e lhe proporcionou poderosas muralhas. Contudo, a obra mais notável de Herodes Antipas foi a construção de uma cidade maldita: Tibérias ou Tiberíades, erguida entre os anos 17 e 22 de nossa era. Tibérias foi fundada com o conceito de suprir a falta de uma capital administrativa na região oriental da Galileia, desempenhada por Filoteria, até que foi arrasada na época de Janeus. E digo "cidade maldita" porque, ao fim da limpeza dos escombros, os construtores acharam um antigo cemitério judeu. Desde o ponto de vista legal e religioso, as tumbas deixavam o local inviável para a construção da cidade, e começaram as disputas e as tensões. Antipas, finalmente, se veria obrigado a levantar Tibérias com a ajuda de pagãos e mercenários, e, o que foi mais penoso, a colonizá-la com todo tipo de aventureiros, estrangeiros, mendigos e indesejáveis. Tibérias se converteu assim no que era e no que conhecemos: uma mistura de raças, credos, idiomas e costumes. Os judeus ortodoxos nunca o perdoaram. (N. do M.)

92 Desde o delta de Maqueronte, seguindo a orla oriental do mar de Sal, somei 26,7 quilômetros. Desde a desembocadura do Jordão à torre das "Verdes": 19,7 quilômetros. (N. do M.)

nia era "solidez". Rondavam os seus 17 metros de altura e pareciam armadas, feitas com blocos de pedra de mais de cem toneladas. Demônios... Como eles subiram tudo até ali? Era simples. Já disse isso antes: com sangue, suor e lágrimas...

As torres eram excepcionais. À direita do portão de entrada se elevavam duas. Uma delas, praticamente colada à ponte levadiça. A outra (conhecida como a "Torre Negra") situava-se na esquina nordeste e se destacava do resto, não só por seus 28 metros de altura, mas, acima de tudo, pela cor da pedra (negro-grafite).

Desde que a vi, não gostei.

À esquerda da ponte levadiça, nessa mesma "fachada" do palácio-fortaleza, se distinguia a torre número três. Por trás, na outra extremidade da grande elipse que formava Maqueronte, apreciei os contornos das torres quatro, cinco e seis. Em todas elas brilhavam os capacetes e as "camisas" metálicas dos soldados gauleses. A vigilância era intensa.

Saltamos da *reda* no momento em que uma das patrulhas se aproximava dos cavalos.

Cumprimentaram Nakebos e me revistaram. Eram as regras. Além dos arcos e flechas carregavam longas espadas do tipo *xiphos* de 90 centímetros, com uma lâmina de ferro larga na ponta e estreita perto da empunhadura (isso facilitava o golpe). As empunhaduras eram feitas de bronze e imitavam um homem com os braços erguidos. Alguns dos soldados carregavam as temidas achas (arma com o feitio de machado), com cabo de madeira e uma ponta afiadíssima, que servia para perfurar armaduras.

Enquanto caminhávamos em direção ao portão, escoltados pela patrulha, um dos gauleses se fixou na "vara de Moisés" e fez sinais, acenando para que eu a deixasse do lado de fora. Eu não podia seguir com ela.

Nakebos assentiu com a cabeça e eu não tive escolha a não ser colocá-la no carro de Tarpelay. O *sais* tampouco tinha permissão para entrar. Esperaria na esplanada.

Senti-me inquieto. A "vara de Moisés" era uma excelente ajuda em casos de emergência. O que me aguardava no interior daquele lugar?

Ao pisar nas pranchas de ferro da ponte levadiça, a grandiosidade de Maqueronte me fez esquecer essa nova preocupação.

Eu me senti um idiota em relação às minhas avaliações anteriores.

Entre as muralhas, Herodes, o Grande, tinha criado um fosso, agora cheio de água verde e estagnada, com cinco metros de largura e que cercava o forte inteiro, incluindo Ataroth, a aldeia de serviço a oeste, no extremo oposto à porta principal.

Patrulhas de soldados faziam rondas permanentes no alto, em ambas as muralhas, cruzando-as a cada 10 ou 15 minutos.

Raisos, o "conseguidor" e patrão da torre das "Verdes", tinha razão. A força que atuava em Maqueronte era superior a 500 homens.

Tentar um ataque e o resgate de Yehohanan seria um suicídio.

E continuei fazendo anotações mentais...

Ao cruzar a ponte me achei diante de um grande átrio, de uns 80 metros por 20 metros, cercado de colunas (contei 31) pintadas com cores bem vivas. No centro, havia sido disposta uma piscina, de uns 40 metros de comprimento por 5 de largura.

Cheguei mais perto, deslumbrado.

No fundo e nas paredes, belíssimos mosaicos azuis se mostravam. No centro geométrico, os mosaicos foram substituídos por pequenos vidros de cor branca, formando círculos concêntricos.

Três círculos?

Um dos guardas me obrigou a regressar e ficar junto de Nakebos e indicou através de sinais que eu não me separasse do capitão.

Pedi desculpas e me juntei ao alcaide, na esquina sudoeste da piscina.

Ali estavam à espera três cadeiras com respaldos de couro. Uma delas, cujas pernas luziam, era de marfim com cabeças de leões nos pés. Presumi que fosse o lugar de assento do tetrarca.

O local se achava protegido do rigor do sol por algo que tinha visto na fazenda *Sapiah,* em Caná. O conjunto de criados e ajudantes teve o cuidado de amarrar as extremidades de enormes tules de cor roxa aos capitéis das colunas. E a atmosfera, de repente, ao ficar sob a influência do tule, se tornava suave e extremamente benéfica.

Nakebos sugeriu que eu não me sentasse. O adequado seria esperar pelo anfitrião.

A uma curta distância da piscina ficava o palácio residencial, construído em mármore rosa. Tinha as portas abertas e era possível ver a agitação nas sombras, indo e vindo. Distingui algumas paredes e parte de uma escada, todas decoradas com gesso azul. Eu achei belíssimo e especialmente deslumbrante. Erguer semelhante luxo em um lugar como aquele era, pelo menos, surpreendente.

Perto da torre negra, entre a piscina e as colunas, encontrei o que, num primeiro momento, associei a um poço. O parapeito tinha um metro de altura e, curiosamente, as pedras tinham sido pintadas com um tom de vermelho raivoso. Era a única nota dissonante no harmonioso átrio. Fiquei tentado a me aproximar, mas não, eu me contive. A advertência do soldado tinha sido muito séria.

Não tivemos que esperar muito...

De repente, ele apareceu.

E os gauleses formaram um círculo à volta da cadeira de marfim.

Olhei para Nakebos, e o alcaide, sorrindo, encolheu os ombros.

– É *Osíris*...

Osíris era um gato, com um precioso pelo azul. Suponho que fosse natural. Recordou-me os gatos de Malta. Brilhava como o visom. Era um exemplar jovem, flexível e esbelto.

Caminhou nas pontinhas das patas sobre o mármore do piso e foi procurar a cadeira de Antipas.

E, num pulo só, se incorporou ao assento.

Tinha os olhos verdes, grandes e distanciados.

Olhou-nos, um por um, e esperou em silêncio.

Por detrás de *Osíris* chegou o estafe de serviços. Um dos escravos era particularmente alto e corpulento. Tinha uma cabeleira longa e loira. Carregava uma mesa de cristal com três pés. Sobre ela se alinhavam diferentes pratos e bandejas, todos repletos. Tentei averiguar o conteúdo, mas, sinceramente, não consegui. Não reconheci nenhum dos "manjares".

Depois, vindo do palácio, irrompeu no átrio outro grupo de gauleses, armados até os dentes. Formaram uma passagem entre a porta do palácio e a esquina da piscina onde nos encontrávamos e se colocaram em posição de guarda. Contei 50 deles.

Finalmente Antipas se apresentou.

Era como eu me lembrava; não muito alto, esquelético e com o corpo coberto de crostas cinzentas e sujas.[93] Era possível que se tratasse de um tipo de sífilis. As lesões eram abundantes nas mãos, no pescoço e no rosto.

Reluzia um cabelo longo e azul sobre os ombros, com a franja recortada na frente. A última vez que eu o vi (no ano 30) tinha o cabelo loiro, escandaloso.

Calculei que ele tivesse por volta de uns 45 anos, mas aparentava ter mais idade.

Vestia uma túnica transparente e um saiote (um *shenti*) com notória influência egípcia. Havia sido fabricado em linho e tingido de azul, simulando umas asas recolhidas.

As sandálias eram de couro, para combinar com o cabelo e o *shenti*.

---

93 Ampla informação sobre Antipas em *Cavalo de Troia 1 – Jerusalém*. (N. de J. J. Benítez.)

Os olhos apareciam realçados com uma grossa linha de *mesdemet*, também num azulão exagerado e chamativo. As pálpebras não podiam ficar de fora e foram maquiadas com uma galena brilhante, bem apropriada para proteger os olhos do intenso sol do Gor. As maçãs do rosto eram uma confusa mescla de *kohl* e quem sabe o que mais, que protegeria dos insetos, porém dava um aspecto de máscara. Era, definitivamente, um Antipas sofisticado, enfermo e azul.

Nakebos fez as apresentações e o tetrarca respondeu com um sorriso breve e falso.

Então, sem uma palavra, começou a andar ao meu redor, me observando. Nakebos fez um sinal para que eu não se movesse. Mantive-me imóvel.

Foi quando eu ouvi aquele tilintar...

Pensei nas sandálias.

Uma vez satisfeito, ele foi para a cadeira de marfim, pegou em seus braços o seu gato azul e sentou-se estrepitosamente, como se estivesse esgotado. E eu deixei de ouvir o tilintar misterioso.

Por alguns desconfortáveis segundos, apenas me observava. Ele fez isso descaradamente, percorrendo-me da cabeça aos pés. Enquanto fazia isso, acariciava as grandes e pontudas orelhas de *Osíris*.

Eu também o examinei...

Eu me encontrava diante do indivíduo que tentaria interrogar o Mestre em Jerusalém, poucas horas antes da Crucificação. Aquele Herodes Antipas era o sujeito que Jesus qualificaria de "raposa", ainda que não como um símbolo de astúcia, senão como de "destruição". E nisto eu concordo com os critérios de especialistas como Schürer, Leaney, Manson e Hoehner, entre outros exegetas e escritores. Como veremos mais adiante, o Galileu não chamou Antipas de "raposa", mas de *su'al*, que significa "escavar" e que é sinônimo de chacal. Eram esses canídeos que desenterravam os mortos e devoravam a carniça. Os judeus os odiavam, tal como se reflete no livro dos Salmos. Eles também os conheciam como *'iyyim* ou "uivadores".

– Então quer dizer que tu és um *ašap*...

Eu retifiquei. Não era um "adivinho".

– Sou um *kásday*. Leio as estrelas...

– E qual é a diferença? São uns malditos mentirosos... Astrólogos, adivinhos, magos, bruxos e caldeus: todos deveriam estar mortos...

Antipas falava em um grego arcaico, repleto de desvios no dialeto ático. Custava-me entender. Era um "helenizante". Assim chamavam os que bebiam da cultura grega. Em Israel, naquele tempo, era outra das modas. Antipas era árabe (*a'rab*), como sua família, mas fora educado em Roma. Adorava o grego e, como uma brincadeira do Destino, se viu obrigado a governar (é uma forma de dizer) judeus, que odiava.

Centrei-me no diálogo.

– Há uma notória diferença, tetrarca, entre um *ašap* (adivinho) e um *kásday* (astrólogo)...

– Qual?

– O adivinho mente.

– E o astrólogo não?

– O astrólogo se equivoca, não é o mesmo.

Nakebos me olhou, satisfeito.

– Quer dizer que tu lês as estrelas...

Assenti em silêncio.

– E tu conheces o futuro?

– O futuro não existe.

– Então, para que serve ler as estrelas?

– Para ganhar dinheiro.

O tetrarca se inclinou sobre a mesa, inspecionou os pratos e as bandejas, e acabou por introduzir o dedo em um dos manjares. Provou-o e convidou-nos a compartilhar o "refrigério". Assim ele o chamou. Depois, dirigindo-se a Nakebos, manifestou:

– Eu gostei do teu amigo...

Um dos servos encheu as taças.

Legmi, o licor favorito de Nakebos!

E o alcaide me deu uma piscada, olho no olho.

Aquela reunião podia terminar como o maldito *simposion*, na Cesareia.[94]

Não tive outra solução senão provar um dos pratos.

Não sabia o que era e hesitei.

Antipas percebeu e perversamente foi listando: gafanhotos vivos (adormecidos com alho e limão), testículos de hiena (para aumentar a virilidade), sangue de cavalo frito, larvas coletadas em cemitérios, vulvas de éguas ruivas (para evitar envenenamento) e uma massa negra e viscosa que eles chamaram de *hippoman*. Nakebos e Antipas se olharam, mas nenhum deles esclareceu o que era o repugnante *hippoman*... Cheirava a excrementos.

---

94 Ampla informação sobre o *simposion*, no palácio de Pôncio, em *Cavalo de Troia 5 - Cesareia* (N. de J. J. Benítez.)

Desculpei-me. Eu falei a eles sobre o meu delicado estômago e me refugiei nos gafanhotos.

Eram crocantes e amargos.

E Antipas prosseguiu com o que lhe interessava.

– Quer dizer então que tu és astrólogo...

Não me deixou replicar.

– Quem é teu mestre?

– Trasilo...

– O astrólogo do imperador Tibério!

Eu ia responder afirmativamente quando o tetrarca chamou o servo de cabelos loiros. Ele veio e, como fosse um costume habitual, inclinou-se em frente a Antipas e deixou que o sujeito das úlceras limpasse os dedos em seus cabelos. Eu já tinha visto algo semelhante na fortaleza Antônia, numa das salas secretas de Pôncio. Aparentemente, tratava-se de outra nova moda...

Antipas fez um sinal e um dos servos apressou-se a reunir-se com ele. Carregava uma bolsa preta, de tamanho médio. Ele a abriu e o tetrarca olhou para seu interior. Sorriu, satisfeito.

Nakebos estava sério, focado em seu *legmi*.

Notei que o saco estava se mexendo. Continha algo vivo.

Osíris se ergueu sobre os joelhos de seu amo e ficou em posição de guarda.

Eu continuei com os gafanhotos, prestando atenção na misteriosa bolsa.

Antipas acabou introduzindo o braço direito e tirou de lá um pequeno rato branco.

O gato se lambeu, mas o rato não era para ele.

O servo se retirou e, após passar o aterrorizado roedor sob os bigodes de *Osíris*, Herodes Antipas ficou de pé.

Nakebos e quem isto escreve nos levantamos e ficamos em pé no mesmo instante, e o tetrarca caminhou até o extremo oposto da piscina. Vários dos gauleses foram atrás dele.

E voltei a ouvir aquele singular tilintar...

Aproveitei a ausência e perguntei a Nakebos o que era aquilo.

Ele me explicou entre risos, que mal podia conter. Era outra coisa que estava na moda, provocando furor entre os "helenizantes". Eram importadas das ilhas orientais (possivelmente da atual Malaca). Tratava-se de uma dúzia de pequenas contas ocas, de ouro, em forma de cachos, que continham sementes ou grãos de areia. O "cacho" em questão se prendia sob a pele do pênis e se costurava. Era um sinal de distinção e, sobretudo, proporcionava um extraordinário prazer para a mulher. Isso dito por Nakebos.

E compreendi o porquê do tilintar cada vez que o tetrarca se movia.

Assim era Antipas.

O tetrarca chegou ao poço vermelho e um dos soldados começou a remover a tampa de madeira. Antipas se aproximou e começou a gritar para alguém, também em grego, de uma forma carinhosa, como se fossem conhecidos desde muito tempo atrás.

Pensei em Yehohanan...

Estaria preso naquele poço?

Depois arremessou o rato no interior e permaneceu um tempinho contemplando a cena (?).

Não falou. Limitou-se a se apoiar no parapeito e assim continuou uma meia hora.

Voltei a perguntar ao alcaide.

O Batista estava ali, naquele poço de paredes vermelhas?

Nakebos riu muito. A pergunta deste explorador o encantou.

– Antipas está falando com suas meninas...

– Suas meninas? Quem são?

– É melhor que tu não saibas...

O tetrarca regressou e estava feliz, com um largo sorriso.

– Onde estávamos?

Nakebos refrescou a sua memória.

– Falávamos de Trasilo, o astrólogo do divino Tibério...

– Ah! Lembrei. É que tenho tantas preocupações. Então tu conheces Trasilo...

– Conheço Trasilo, Tibério – menti – e também o novo governador.

Creio que me precipitei ao mencionar este último (Pôncio chegou à Judeia ao final de julho desse ano 26).

– Também conheces Pôncio?

Notei certa incredulidade em Antipas. E comentou:

– Não será melhor que Valério...[95]

---

95 Valério Grato foi o governador romano imediatamente anterior a Pôncio. Permaneceu 11 anos na Judeia. Anteriormente, segundo Flávio Josefo (*Antiguidades* XVIII [29-35]), haviam ocupado esse cargo Copônio (que foi enviado ao mesmo tempo em que foi Quirino). Quando Copônio regressou a Roma, quem lhe sucedeu foi Marco Ambinio (sob seu governo faleceu Salomé, uma das irmãs de Herodes, o Grande). O sucessor de Ambinio foi Annio Rufo (sob seu mandato ocorreu a morte de César Augusto [19 de agosto do ano 14]). A César Augusto sucedeu Tibério, que enviou como governador o referido Valério Grato, que sucedeu a Annio Rufo. Grato destituiu tristemente o célebre Anás como sumo sacerdote de

E cometi um novo erro. Ou não?

Desejoso de convencer-lhe da minha amizade com Pôncio, imaginando que isso viesse a me beneficiar, enfiei a mão na faixa que me servia de cinto e na qual guardava o salvo-conduto do governador.

Notei como os olhares me transpassavam. E aprendi algo importante: na presença de Antipas, não convinha procurar nada no meio da roupa.

Algumas mãos dos soldados viajaram rápidas às empunhaduras das espadas, e ali se mantiveram.

Nakebos fez um gesto de tranquilidade e os gauleses relaxaram, aparentemente.

Antipas, apesar da máscara, estava pálido. Tinha ficado com o gafanhoto entre os dedos, na metade do caminho entre o prato e a boca. O único que se mostrava feliz e confiante era o gato azul.

E acabei por mostrar o pergaminho.

Nakebos o tomou em suas mãos e o desenrolou, e então procedeu à leitura. Depois o examinou, na frente e atrás, e chegou a cheirá-lo.

Antipas leu com curiosidade. De vez em quando levantava a vista e me examinava de novo.

O escravo serviu outra rodada de *legmi*. A cabeça começou a dar voltas...

E, ao chegar a um dos parágrafos, leu em voz alta:

– "... e os gregos anteriores mencionados (se referia a Eliseu e a quem isto escreve) – amigos pessoais e servidores do divino Tibério – poderão viajar livremente pelos territórios desta província..."

Deteve a leitura, me olhou diretamente e perguntou:

– Quem é Eliseu? Por que não está contigo?

– Ele é meu sócio – improvisei. – Outros negócios o retiveram no norte.

Antipas cruzou um olhar de cumplicidade com o alcaide e capitão da guarda. Este assentiu com a cabeça.

Malditos!

Nakebos investigara sobre nós...

Não se podia confiar em ninguém.

– Portanto, já que és amigo de Pôncio... – Antipas retomou a conversa como se nada tivesse acontecido – ... Tu conheces o futuro dele?

Jerusalém, e nomeou Ismael (filho de Fabi). Depois escolheu Eleazar (filho de Anás). Um ano depois ele foi destituído também e elegeu Simão (filho de Camitos). Simão sucedeu ao não menos célebre Caifás, que "julgaria" Jesus no ano 30. No ano 26, Valério Grato foi substituído por Pôncio. (N. do M.)

– Conheço e creio – me precipitei. – E o teu...
Não me pareceu surpreso.
– Meu futuro todo mundo já sabe... Esse profeta louco se ocupou de soltar pelos ares.
E apontou para a torre negra.
Foi uma pista. Yehohanan se achava prisioneiro na mencionada torre. Isso foi o que acreditei, pelo menos.
Sim e não.
– Certamente, e Nakebos me disse que desejas vê-lo. Por que tanto interesse em um louco?
– Observei alguns sinais estranhos em seus olhos e preciso confirmar...
Voltou a interromper-me.
– Estás interessado no futuro do Batista ou no meu?
Antipas era um réptil, mas não deveria me esquecer da sua inteligência.
Saí do apuro como pude.
– Conheço o futuro de ambos, mas quero confirmar o que dizem as estrelas...
– E por que fazes isso?
– Não entendo...
– Querer saber o futuro de Yehohanan é perigoso...
– Somente quero vê-lo.
– Agora sou eu quem não compreende. Por que queres vê-lo?
– Estou escrevendo um livro e desejo contar a verdade. É Yehohanan que se diz?
Permaneceu pensativo.
A saída do "livro", ainda que seja verdade, foi um improviso. E creio que acertei, pelo visto.
– Ah, além de *kásday*... és escritor. Tu também escreverás sobre mim?
– Assim espero...
– Pois te darei motivos para que não te esqueças de mim...
Não gostei do tom da voz dele.
O que ele pretendia?
Não demoraria muito a descobrir.
Deixou o gato no chão e comentou:
– Se tu és um astrólogo como dizes, e sabes o futuro dos demais, é lógico que conheças o teu, e melhor do que ninguém...
Olhou-me com expectativa.

– Talvez...

Sorriu com a metade esquerda do rosto. Nunca vi coisa igual.

Levantou-se, agitou o salvo-conduto e ordenou que o seguíssemos.

E foi até o poço das paredes vermelhas no extremo oposto.

Nakebos, os soldados e quem isto escreve nos apressamos atrás dele.

Deveriam ser 13 horas.

Olhei para trás e comprovei que *Osíris* foi o único que não obedeceu. Saltou sobre a mesa de cristal e se dedicou a farejar os "manjares".

O poço em questão não era grande coisa... Aparentemente.

Antipas ordenou que o destampassem de novo. Um dos gauleses obedeceu.

O da máscara aproximou-se e me pediu que o acompanhasse.

A princípio não vi nada.

– Qual é a tua opinião?

Nakebos se situou do outro lado do parapeito. Estava sério. Eu diria que desgostoso.

– O que tu achas? – repetiu o tetrarca.

Não soube a que ele se referia. Encontrava-me diante de um poço seco, de uns três metros de profundidade, e pouco mais de 1,20 metro de diâmetro. As paredes eram de pedra, benfeitas. O fundo havia sido dividido em quatro paredes iguais, separadas por muretas de 40 ou 50 centímetros de altura e um pouco mais de 25 de espessura. Não entendi o porquê daqueles quadrantes.

Aquilo me lembrou um viveiro, mas não consegui ver nenhuma serpente ali.

Cada quadrante aparecia coberto de pedras, troncos e plantas.

E, de repente, distingui o rato branco. Corria por um dos quadrantes. Parecia assustado.

– Não sei – balbuciei. – Não sei do que se trata...

– É a casa das minhas meninas...

Deu-me um branco e me vi incapacitado de raciocinar. Quem diabos eram suas "meninas"? Por que aquele indefeso ratinho corria com desespero? O que existiria ali embaixo?

Antipas permaneceu em silêncio, atento ao fundo.

Eu tentei descobrir algo, mas não sabia o quê.

Nas paredes interiores do poço observei algo que me chamou a atenção. A cerca de 30 centímetros do parapeito e ao longo de toda a circunferência haviam escavado as pedras, formando uma canaleta de cinco centímetros. Toda ela parecia estar coberta com um pó amarelo. Por baixo, a um metro e meio do referido parapeito no qual nos apoiávamos, distingui um segundo canal, idêntico ao primeiro e igualmente cheio daquela substância amarela. Pensei em enxofre. Obviamente, pareciam ter sido feitas como medidas de segurança, para evitar que "algo" subisse até a superfície.

O tetrarca saiu de sua mudez e foi direto ao que o havia levado até ali:

– Se tu és um *kásday* e conheces o futuro...

Sorriu com a metade do rosto.

– ... em especial o teu, saberás que decisão tomar...

Não sabia do que ele falava.

Agitou o salvo-conduto entre os dedos e terminou jogando-o para o fundo do poço.

Voltou a sorrir com aquele singular e diabólico trejeito e acrescentou:

– Se tiveres coragem suficiente para descer, recolher teu salvo-conduto e chegar vivo até aqui, permitirei que vejas esse louco. Somente vê-lo...

Fez um sinal e dois dos soldados se dirigiram à torre negra.

Maldito bastardo! O que ele estava propondo?

Olhei para Nakebos. O alcaide, pálido, negou com a cabeça, e entendi. Não deveria descer.

Dali a pouco, os gauleses regressaram e ajustaram à boca do poço uma escada de mão, daquelas mais simples.

E Antipas, feliz, começou a gritar em grego, reclamando a presença de suas "meninas".

Chamou-as de "preciosas", "doces" e "herdeiras".

Sabia que eu me encontrava protegido, e bem protegido, pela "pele de serpente", mas...

Hesitei.

Senti medo.

E no mesmo instante pensei em Yehohanan. Era a única oportunidade de vê-lo. Apenas tinha que descer pela escada, recuperar o pergaminho e subir.

Decidido.

Dei outra olhada no fundo, mas não vi nada. Ali, num simples golpe de vista, somente pude ver o rato branco, correndo por um dos quadrantes.

Saltei sobre o parapeito e iniciei a descida pela escada.

Eu recordo o rosto dos soldados, perplexos.

Na metade do trajeto me arrependi. Detive-me por alguns segundos e aproveitei para inspecionar a segunda canaleta. Toquei o pó amarelo e o levei ao nariz, assim confirmando a minha suspeita: enxofre.

Não havia alternativa. Tinha que seguir até o fim. Se eu retornasse sem o pergaminho, aquele miserável podia encarcerar-me ou cortar o meu pescoço.

Saltei sobre as muretas do fundo e instintivamente me grudei à parede. A luz entrava de forma conveniente.

Percebi meu coração. Bombeava de medo.

Acima, Antipas e Nakebos olhavam atentos. O tetrarca tinha deixado de chamar por suas "meninas".

E durante uns minutos - eternos - explorei os quatro quadrantes, atento ao menor movimento, ou a algum som.

Negativo.

Cheguei a pensar que era alguma brincadeira de mau gosto daquele sanguinário.

Não, não era brincadeira de Antipas...

Finalmente avancei até o quadrante em que se encontrava o salvo-conduto, me inclinei, recolhi-o entre as pedras e galho e foi nesse instante que observei de novo o rato branco, bem perto. Parecia imóvel, tinha os olhos abertos e espantados, e se agitava, cada vez mais lentamente.

Dei um passo para trás.

Então eu a vi.

Senti como os pelos se eriçavam.

Estava protegido, mas mesmo assim eu precisava de uma arma.

Olhei ao meu redor e peguei um dos troncos, poderia servir...

Tinha diante de mim uma aranha de 30 milímetros de cor branca, com duas longas faixas marrons e o ventre negro. Na parte de cima transportava dez crias.

Quem isto escreve foi treinado para reconhecer alguns tipos de aranhas (especialmente as muito venenosas), mas meus conhecimentos sobre esses artrópodes eram escassos. Ao retornar ao Ravid soube que aquela aranha era uma *Lycosa narbonensis* (uma tarântula). A *Lycosa* havia terminado de caçar o rato e o estava "absorvendo", literalmente.[96]

---

96 As aranhas, ao caçar uma presa, injetam veneno e uma notável quantidade de enzimas que dissolvem o interior da presa, como os sucos gástricos fazem no estômago do ser humano. A aranha, então, limita-se a aspirar o interior da presa, convertido em líquido. Outras famílias (no caso das aranhas-lobo) trituram a vítima e a esmigalham. As *Pholcidae* perfuram um pequeno orifício na presa, injetam o líquido digestivo, aspiram o "conteúdo", e deixam o "envoltório" intacto. As aranhas são carnívoras e predadoras. Todas terminam a digestão fora do corpo; um fenômeno que se dá também nas estrelas-do-mar. (N. do M.)

Passei algum tempo observando o resto dos cubículos e, sabendo o que procurava, acabei por distinguir outras aranhas. Os quatro quadrantes estavam infectados. Em um deles vivia uma aranha de cerca de 20 centímetros de tamanho, grande como um prato, peluda, pertencente a uma das famílias *mygalomorphae*. Se ela se visse assediada, poderia jogar uma nuvem de pelos urticantes, altamente tóxicos.

Eu não me movi.

Se elas não se sentissem ameaçadas, não reagiriam. Antipas não sabia, mas suas "meninas" não viam bem. Apesar de terem oito olhos, as aranhas só respondem ao toque e à vibração do ar.

O problema era o veneno.

Eu não deveria confiar.[97]

De repente, ao levantar o olhar, descobri que haviam retirado a escada.

Antipas continuava sorrindo.

Eu o amaldiçoei em meu interior.

Nakebos optou por retirar-se. Creio que tivesse apreço por mim e não desejava contemplar um espetáculo tão lamentável.

E ali eu permaneci atento, grudado na parede e com o galho na mão, preparado. Se alguma aranha viesse até a minha posição, eu a esmagaria.

Mas quantas havia?

O suplício se prolongou durante uma hora, mais ou menos.

E pude descobrir outros tipos de aranhas, isoladas entre si. No terceiro quadrante se moviam uns aracnídeos negros, com manchas vermelhas em seu abdômen. Eram os *Latrodectus*, de 15 milímetros, possivelmente fêmeas, aparentadas com a célebre "viúva negra"; sem dúvida, as mais perigosas. Seu veneno – neurotóxico – é letal.

No quarto cubículo, entre as pedras, se distinguia outro tipo de tarântula, de uns cinco ou seis centímetros. Eram negras com faixas de cor coral nas patas. Pareceu-me estranho. Ao consultar o banco de dados do "berço", comprovei que a espécie, conhecida como *Euathlus*

---

97 A maior parte das aranhas tropicais é venenosa (em certas ocasiões, de uma toxicidade superior, inclusive, à das serpentes). Utilizam dois tipos de veneno: neurotóxicos e necróticos. O primeiro ataca o sistema nervoso e descontrola os músculos. Os venenos necróticos destroem os tecidos contíguos à zona da picada. A chamada "viúva negra" é uma das mais perigosas quanto ao veneno neurotóxico. O gênero *Loxosceles* é altamente tóxico no que diz respeito ao veneno necrótico. A picada apresenta, geralmente, o aspecto de uma queimadura. Os necróticos destroem os glóbulos vermelhos. (N. do M.)

smithi, é originária de determinadas regiões do México. O que faziam ali aqueles exemplares de "joelhos vermelhos"? A América ainda não havia sido descoberta...

Também eram altamente perigosas.

E os céus se apiedaram daquele explorador.

A essa nona hora (três da tarde), a escada foi devolvida ao seu lugar, permitindo o meu regresso à superfície.

Ali me esperavam o tetrarca e o mais que nervoso Nakebos.

Antipas, cruel e retorcido (começo a entender por que Jesus não se dignou a levantar a cabeça quando ele o interrogou em Jerusalém), me pegou pelo braço e me conduziu feliz até o canto em que se encontrava a mesa de cristal.

E, após felicitar-me por minha suposta valentia, se interessou por suas "meninas". O que eu tinha achado delas?

– Quando nos encontrarmos novamente – calculei, – eu te darei uma resposta. Consultarei as estrelas...

E me arrisquei:

– Agora é hora de cumprir com a tua palavra...

Nakebos não saía de seu assombro.

Antipas não respondeu.

Voltamos a nos sentar, bebemos e a conversa derivou para outros rumos. Cheguei a pensar que ele havia esquecido a promessa.

Não sabia bem o que fazer.

E, de repente, a surpresa surgiu.

– Então quer dizer que tu agora te dedicas a seguir os passos desse carpinteiro louco...

Olhei para Nakebos. A informação de Antipas só podia ter vindo dele...

Não importava. Eu segui o jogo do tetrarca.

Respondi afirmativamente.

– Qual é a tua opinião? – perguntou Antipas. – Ele será capaz de levantar o povo... como Yehohanan tentou?

Não me permitiu replicar. Ele mesmo respondeu à sua pergunta:

– Isso também não importa!

– Não entendo, tetrarca...

– Faça o que faça...

Olhou para Nakebos e depois me incendiou com o olhar:

– Faça o que faça, eu o esmagarei...

– Mas ele ainda não fez nada. Vive no *yam*, pacificamente...

Antipas sorriu com a metade esquerda do rosto. Como ele conseguia fazer aquilo?

E contestou, convencido:

– Esses iluminados são todos iguais. Esse carpinteiro louco não demorará em sair pela estrada e chamar Herodíade de rameira...

Não pude conter-me.

– Ele não é assim.

– Também sei disso...

– O que insinuas?

– Sei tudo sobre Ele...

Parecia desfrutar da conversa.

– Sei de sua família, de suas diferenças... Sei que a mãe e os irmãos fugiram de Nazaré...

– Não é bem assim...

Não prestou atenção às minhas palavras.

E cometeu um erro.

– Alguém próximo desse carpinteiro louco trabalha para mim.

Em um primeiro momento pensei em mim mesmo. Era o que estava compactuado com Nakebos. Depois tive dúvidas. Falava de Judas Iscariotes? Era um confidente de Antipas? Ou talvez, refleti, seria outro discípulo? O tetrarca, igual a seu pai, Herodes, o Grande, dispunha de um exército de espiões e informantes. Não era de estranhar que estivesse tecendo sua teia de aranha ao redor do Galileu.

Ele deu meia-volta e mudou de assunto:

– Não estou enganado, Jasão... O carpinteiro louco não é como esse iluminado da borboleta na cara: é muito pior...

E me contemplou, desafiante.

– Dizem que converteu água em vinho...

– Aonde queres chegar?

Não respondeu.

O pôr do sol se derramou, e Antipas e seu gato se retiraram.

Nakebos os acompanhou até o portão do palácio. Fiquei de pé perto dos soldados, e especialmente intrigado com a confissão do tetrarca. Nada disso foi dito pelos evangelistas. Foram dois os traidores?

Antipas sussurrou algo ao ouvido do alcaide e se despediu.

Nakebos conversou com um dos gauleses e voltou para a mesa de cristal.

– Vamos – indicou –, o tetrarca autorizou. Tu podes ver o Batista...

Fiquei perplexo.

Caminhamos pela beira da piscina até a torre negra, e parte da escolta nos acompanhou.

Um dos gauleses abriu uma porta negra e brilhante e nos franqueou a passagem.

Nós nos encontrávamos na parte baixa da torre. A escuridão era quase completa.

Cheirava mal.

Alguém conseguiu uma tocha e pude ter uma ideia de onde me encontrava.

Uma dúzia de soldados armados apareceu dividida naquela área.

Olhei em volta. O prisioneiro não estava ali.

Tudo foi rápido e bem calculado.

O que comandava a patrulha ordenou algo em sua língua, e um dos gauleses se apressou em levantar um alçapão.

Eu vi chegar novas tochas.

Nakebos indicou que não me separasse dele.

E iniciamos a descida pelos degraus, presos a uma das paredes de um reservatório enorme.

Três soldados, munidos de tochas, nos precediam. Às nossas costas caminhavam mais cinco gauleses, armados igualmente com tochas.

A luz, ora verde, ora amarelada, iluminou uma caverna cúbica trabalhosamente escavada na rocha.

Ouvi o murmúrio da água.

Não consegui ter uma ideia exata das dimensões do reservatório, mas não creio que tivesse uma altura inferior a 30 metros. Era um cubo, gigantesco, com as paredes rebocadas com gesso. Tratava-se, sem dúvida, de um dos reservatórios de água da fortaleza.

Os degraus não terminavam nunca.

A diferentes alturas, distingui três grandes brechas. Supus que fossem as bocas de outros tantos túneis, e talvez se conectassem com o palácio ou com as cavernas que havia visitado na ladeira noroeste do cone branco.

Necessitamos de algo como três ou quatro minutos para alcançar o final da escadaria de pedra. Ali começava a água. Uma piscina quadrada de uns 30 metros.

Paramos.

Os soldados que caminhavam à frente não hesitaram. Era óbvio que faziam aquele caminho com frequência.

Entraram na água e, mantendo as tochas no alto, se dirigiram à direita. O resto da patrulha permaneceu ao nosso lado.

A água cobria os joelhos.

A princípio, não distingui grande coisa. A escuridão era densa.

Depois, conforme caminhavam, observei algo que me desconcertou: um prato de madeira flutuava na piscina.

Oh, Deus!

Na tigela, navegavam duas enormes ratazanas. Comiam algo.

De repente, ao descobrir a presença dos soldados, saltaram na água e saíram a nado em direção à obscuridade.

Não demorei em vê-lo.

A cinco metros do final dos degraus, na parede da direita, se achava o gigante das pupilas vermelhas.

Estava acorrentado ao calcanhar esquerdo.

Eu o vi encostado na rocha, observando-nos.

Os soldados não falaram. Limitaram-se a puxá-lo e a empurrá-lo.

E assim, aos pontapés, o conduziram até o lugar em que nos encontrávamos.

O Batista estava totalmente nu, muito magro e com grandes olheiras. O seu cabelo havia crescido. Agora era um emaranhado sujo, até os ombros.

Fazia cinco meses que não o via.

A corrente se esticou e a argola da parede protestou.

As tochas o iluminavam perfeitamente.

Nós nos olhamos em silêncio.

Senti piedade.

– Já o viste? – perguntou Nakebos.

Assenti em silêncio.

– Contemplaste-o nos olhos como desejavas?

Voltei a assentir, novamente com a cabeça.

– Pois bem, vamos sair daqui...

Assenti.

E Yehohanan foi obrigado a regressar para junto da argola.

Foi então que vi as costas e aqueles sinais. Havia sido açoitado, e recentemente. As feridas sangravam.

Não sei como explicar. Experimentei uma escura e profunda tristeza, tão hostil como aquele úmido reservatório.

E, retornando à superfície, me refugiei no que pude.

Contei os degraus: 252...

Eu soube. Eu sabia. Não sei como eu sabia. Yehohanan não sairia vivo daquele buraco.

O que eu não imaginava nesse dramático momento, é que este explorador seria testemunha de sua morte; uma morte mais violenta e dolorosa do que foi contada...

Mas devo ir passo a passo.

Era noite quando cruzamos a ponte levadiça.

Nakebos tentou convencer-me a pernoitar em Maqueronte. Declinei do convite. Só desejava fugir daquele lugar.

Tarpelay não perguntou. Olhou em meus olhos e compreendeu.

E nos distanciamos daquele cone branco.

Na aldeia de Libb, decidimos descansar.

"Baste-lhe a cada dia o seu afã..."

A lembrança das palavras do Mestre me consolou, relativamente.

As estrelas, uma a uma, conseguiram liberar-me daquele sentimento de tristeza. Não compartilhava das ideias de Yehohanan, mas tampouco lhe desejei um destino tão cruel.

Antipas era pior do que eu imaginava.

E nessa noite modifiquei os planos. Adiaria meu regresso ao *yam*.

No dia seguinte, segunda-feira, 18 de novembro (ano 26), abraçamos Raisos, o conseguidor e patrão da torre das "Verdes", e também o pequeno grande homem.

Contei a Abner o que havia visto e não ocultei a minha preocupação por Yehohanan.

Ele estava informado de tudo. A corrupta população de Ataroth, a aldeia de serviço de Maqueronte, o mantinha informado. Sabia o que comia, quando o torturavam, quantos soldados o vigiavam e o quão extraordinariamente difícil era entrar e tentar libertar o seu ídolo. Mas Abner não se rendia com facilidade. Havia traçado um plano. Ele me explicou às escondidas. Não confiava em ninguém.

Fiquei assombrado.

Podia ter êxito.

O assalto-resgate devia acontecer por um dos túneis que, de fato, se comunicava com o grande reservatório com os buracos da ladeira nordeste. Era questão de entrar, romper a corrente e fugir pelo mesmo caminho.

Permanecemos na torre por uma semana.

Limitei-me a "pescar" betume no barco dos pecados, a passear com *Bêji*, o mastim branco, e a conversar com Raisos e com Abner. Também conversei comigo mesmo, e muito.

O conseguidor recebeu, encantado, as frases, ditados e provérbios que eu lhe ofereci. "Papai Noel" os selecionara dentre os existentes nos países africanos. A coleção continha provérbios das etnias mandinka, aku, fula e wallof.

E no domingo, dia 24, partimos em direção ao *yam*.

Não fui capaz de lhes dizer quando regressaria, mas fiz Abner me prometer que, caso o suposto assalto-resgate a Maqueronte fosse mesmo acontecer, ele deveria avisar-me dias antes. Desejava participar dessa operação, ainda que fosse somente como testemunha.

Ele prometeu, mas o Destino tinha outros planos...

Já na *reda*, quando nos despedíamos, Raisos exclamou:

– Não esqueças que o melhor remédio para a enfermidade do homem é o próprio homem...

E acrescentei, para comigo mesmo:

"Sim, o próprio Homem, com maiúscula..."

Tar incitou os cavalos e iniciamos o caminho. Dali a pouco, para nossa surpresa, vimos Raisos aparecer na estrada. E voltou a gritar sorridente:

– E não te esqueças de que não é possível coçar a planta dos pés enquanto corres...

Tar me deixou no casarão dos Zebedeu na manhã de terça-feira, dia 26.

Nada havia mudado, a princípio.

Jesus e o último par de discípulos haviam retornado a Saidan no dia 19.

O Mestre seguiu ensinando, mostrando e pescando.

Nenhum dos 12 conhecia seus planos. Ardiam de desejo de sair pelo mundo e proclamar a boa-nova, mas o Galileu pedia calma.

"Tudo em seu momento", Ele dizia. "Convém esperar a vontade de *Abba*."

Falei com o Filho do Homem e descrevi o que havia visto na fortaleza de Maqueronte.

De acordo com seu hábito, limitou-se a ouvir e a formular perguntas. Em nenhum momento se pronunciou sobre Yehohanan, mas eu sabia que Ele sabia...

Em geral, aquele mês de *tébet* (dezembro) foi tranquilo.

Visitei Ruth em Nazaré. Sua ruína física era interminável. Meu amor por ela continuou crescendo, aceitando que o amor pode superar a si mesmo.

Tive três novas e importantes conversas com o Mestre (as quais contarei no seu devido momento) e tentei convencer Zebedeu pai para que me permitisse copiar os textos das viagens "secretas" de Jesus de Nazaré.

E, como eu já imaginava, ele se negou totalmente. Havia dado a sua palavra. Eu me resignei, até certo ponto...

Quanto a Eliseu, quase não o vi. Melhor dizendo, tive uma rápida conversa com ele na tarde de terça-feira, dia 24, nesse mês de dezembro.

Perguntou de novo pelo cilindro das amostras. Respondi como de costume: "Nem tenho procurado nem penso em procurá-lo..."

E o engenheiro, frio como o gelo, me deu um ultimato:

– Você tem um mês, exatamente, para devolvê-lo à nave.

– E se eu não o fizer?

– Voltarei sem você...

Não podia acreditar.

E dezembro, como eu digo, foi se apagando lentamente.

Foi um mês em que os barbos debruçavam cabeça no *yam* e lançavam gritos, como crianças atemorizadas com a escuridão. Pareciam pressentir algo... Eram enormes, com oito bigodes. Eram chamados de *lebuš*.[98]

Era raro que os pescassem. "Trazia má sorte", diziam.

E chegaram também os grandes bandos de mergulhões, que atrapalhavam a pesca. Uma das espécies – a que chamavam de "convencida", pela curiosa franja-topete na cabeça – merecia um ódio especial. Era a mais pescadora de todas. Centenas de exemplares mergulhavam diariamente no lago e arrebatavam toneladas de peixes. Os supersticiosos galileus contratavam todo tipo de bruxos, que embarcavam com os pescadores e maldiziam as "convencidas" à distância. O resultado era um absoluto fracasso...

Era igualmente a época dos *Phalacrocorax*, aves aquáticas branquíssimas que tinham o costume de pousar na margem com as asas estendidas, como se estivessem saudando umas às outras.[99] Chamavam-nas de *drishât shalôm*, que poderia ser traduzido como "saudadoras da paz".

Ao navegar em frente a elas, os pescadores levantavam os braços e as saudavam. As aves respondiam com rápidos movimentos das asas. O Mestre também levantava a mão esquerda e as cumprimentava.

Assim terminou aquele inesquecível ano 26...

---

98 O barbo em questão, típico do mar de Tiberíades, é o *Clarias macracantus*, com um corpo parecido com o das enguias. (N. do M.)

99 A falta de glândulas sebáceas nessas aves as obriga a estender as asas, com o propósito de secarem-se depois de cada imersão. O nome completo é *Phalacrocorax grandes*. Hoje, praticamente, não existem mais no *yam*. (N. do M.)

De 1º de janeiro a 27 de outubro (ano 27)

Foi surpreendente.

Naquele sábado, 11 de janeiro (ano 27), a lua saiu às 17 horas, 6 minutos e 52 segundos, de um suposto Tempo Universal.

Era uma lua cheia, maravilhosa, e estava enorme. Situou-se na primeira linha, como se soubesse o que iria acontecer.

Quem isto escreve havia se retirado para o "pombal". A noite pousou sobre o lago e todos nós dissemos adeus aos afãs e devaneios do dia.

Pois então estava bem ali, contemplando a lua, quando aquilo apareceu sobre a posição vertical do casarão. Se não fosse pela estranha forma e pela forte luminosidade, o mais provável seria que eu estivesse confundindo aquilo com uma das estrelas.

Permaneci absorto e desconcertado, uma vez mais. Já as havia contemplado em diferentes oportunidades, mas sempre era como uma primeira vez.

Pulsava com uma misteriosa cadência.

Era uma luz branca, romboidal (um paralelogramo cuja forma se assemelha à do losango), com um tamanho considerável (praticamente a metade da lua cheia).

Não conseguia me acostumar...

O que era aquilo?

As "luzes" apareciam sempre um pouco antes de acontecer algo notável, e sempre relacionado com o Filho do Homem...

O "losango" (?) ficou estacionário durante três ou quatro minutos; um tempo mais do que suficiente para descartar qualquer explicação racional.

Foi então que ouvi aquela "voz" na minha cabeça.

Ou foi imaginação minha?

A "voz" - ou o quer que fosse - repetiu várias vezes:

- Claco!

Senti um arrepio.

Fazia muito tempo que não me chamavam assim. Era o apelido carinhoso que meu avô, caçador de patos, costumava usar. Eu, até então para a família, não valia nada. Não servia para nada. Isso era o que diziam. E isso significava "claco": menos que um centavo.

Quem isto escreve devia ter nove ou dez anos...

Depois, a "luz" se extinguiu. Melhor dizendo, se apagou, igual a uma lâmpada.[1]

Não voltei a vê-la.

Permaneci um bom tempo prestando atenção no céu. Foi inútil. A "luz" não regressou.

No dia seguinte, 12 de janeiro, domingo, perto da quinta hora (11 da manhã), recém-chegado do *yam*, o Mestre reuniu os 12 e fez um gesto para me eu me unisse a eles. *Zal* ficou no casarão.

Ninguém sabia para onde nós estávamos nos encaminhando.

Desembarcamos em Nahum e, em silêncio, deixamos para trás o povoado, indo em direção ao oeste. Pouco depois, subimos por uma colina, bem conhecida por este explorador. Tratava-se do promontório existente a noroeste de Nahum, local em que aterrissou o "berço" após o segundo "salto". Ali permanecemos um tempo e tivemos oportunidade de dar continuidade a uma análise transcendental do "corpo glorioso" do Galileu. Naquele lugar mantivemos igualmente uma importante conversa com o Ressuscitado.[2]

O céu se nublou, de repente.

E o vento começou a soprar. Vinha do oeste. Chegou forte e sibilante.

Os discípulos faziam comentários, porém, como eu digo, ninguém conhecia as intenções do Mestre.

Por que caminhávamos por aquela colina?

O tempo não se mostrava firme. Talvez viesse a chover.

Felipe era o que mais reclamava. Não levávamos comida nem água, tampouco os casacos com os quais poderíamos nos cobrir em caso de chuva.

Mas o Galileu sabia...

Seguiu subindo na frente.

Deixamos para trás o circo rochoso e a cripta funerária, de tão amargas lembranças, e continuamos para cima.

---

1 Eu cheguei a duvidar na hora de escrever se eu incluiria o presente assunto. A questão é que, durante a visão daquela "luz", na minha mente apareceu também um número: "532". E se repetia: "532-532-53..." Em um momento determinado, que não soube precisar, o número variou ligeiramente: "53-2532537..." Ignoro o significado, se é que tem algum... (N. do M.)

2 Ampla informação em *Cavalo de Troia 3 – Saidan*. (N. de J. J. Benítez.)

Uma grande área de flores violeta se mostrou no encontro.

E às 13 horas alcançamos o cume.

Bartolomeu respirava com dificuldade.

Jesus deixou que seus homens se recuperassem.

Aos nossos pés, o lago se tornara escuro e ondulado. Algumas velas procuravam a costa com certa impulsividade. Aquilo poderia terminar em tempestade...

E o Mestre solicitou que os discípulos se sentassem na grama. Formaram um círculo em torno Dele. Eu permaneci em pé, por trás do citado círculo. A curta distância, curiosa, vi espiar entre as flores a família de nódulos basálticos. Fazia muito tempo que não pisava naquele lugar. A 400 metros, na direção sul, se encontravam as lajes calcárias sobre as quais a nave pousou.

O Mestre esperou alguns segundos.

O vento agitava a túnica branca, a temperatura tinha baixado. Tentamos nos abrigar com os mantos. O Galileu levava o de sempre, o manto de cor vinho.

Olhou para os discípulos, um por um, e o fez com especial ternura. Eu também recebi o presente daquele olhar, cor castanho-mel.

Observei o céu. As nuvens densas não pressagiavam nada de bom. Não demoraria muito e começaria a chover.

Felipe, sentado ao lado de André, sussurrou algo ao ouvido do "chefe". Este olhou para o alto e ficou pensativo. Felipe parecia preocupado com a ameaça da chuva.

Finalmente, o Filho do Homem, afastando os cabelos do rosto, anunciou:

– A hora chegou... Desejo proclamar-vos meus embaixadores...

Os íntimos se entreolharam. Pedro sorriu, mas acredito que não entendeu o alcance das palavras do Galileu.

E Jesus continuou:

– Irmãos meus, é chegada a hora do reino... Eu vos trouxe aqui para que sintais, bem de perto, a presença de *Abba*.

Olhou-me de forma fugaz.

– A partir de hoje sereis especiais... Quero que proclameis minha mensagem com fidelidade...

Deteve-se por alguns segundos e insistiu:

– Quero que proclameis a mensagem do Pai com fidelidade. Em especial quando eu não esteja. Esquecei os assuntos terrenos, esquecei as rivalidades. Esquecei quem é mais ou quem é menos. Todos são superiores a todos... Não esqueçais... Sois filhos de um Deus.

Deteve-se de novo. O vento também se aquietou, em expectativa.

– Vós sois imortais, pelo expresso desejo de *Abba*! Sois imortais, façais o que fizerdes e penseis o que pensardes...!

Os discípulos se olhavam, incrédulos.

– Esquecei as proibições. Esquecei os dogmas. Esquecei a política.

Cruzamos os olhares. Sim, isso eu compreendi...

– Esquecei-me, inclusive! Esquecei a minha pessoa, se assim o desejardes, mas não deixeis que o esquecimento afogue a mensagem do Pai!

Pedro e João Zebedeu protestaram secretamente.

– Nunca te esqueceremos, Mestre...

Efetivamente, não entendiam o Galileu.

– E qual é essa mensagem?

Jesus a havia repetido dezenas de vezes. Contudo, voltou a falar sobre ela:

– O Pai não é o que dizem... Sois seus filhos! Sois imortais por natureza! Sois irmãos! Há uma esperança! E foi para isso que eu vim: despertar os que dormem, falar da imortalidade aos que sofrem na escuridão da ignorância, liberar os oprimidos de espírito, carregar os corações de alegria, respeitar todas as opiniões, não vender...

O rosto de Jesus se iluminou.

– Este reino invisível e alado de que falo é o reino do qual a humanidade sente falta, desde sempre e para sempre... Em verdade eu vos digo que esse reino chegará. Vós agora sois os primeiros arautos. Não vos afasteis do que eu prego...

Pedro explodiu:

– Nunca, rabi! Jamais nos afastaremos!

Sorri comigo mesmo. O Mestre, suponho, também o fez. Pedro era assim.

– Buscai o novo reino em vossas mentes e o resto chegará por acréscimo.

Entretanto, o Mestre falou de algo que deixou os 12 perplexos, e para o que não encontrei explicação:

– Em verdade eu vos digo que esse reino está tão perto que um de vós não morrerá até que o tenha visto...

Por fim, fez um novo anúncio de sua morte, contudo nenhum deles captou o sentido das palavras do Galileu:

– E quando eu tiver ido, espalhai a minha mensagem...

E o vento regressou.

Jesus ficou em silêncio.

Como diria... Foi uma espécie de reconhecimento “oficial” dos discípulos. A partir daquele domingo, 12 de janeiro, eles podiam ser considerados os representantes do Filho do Homem na Terra. Porém, lamentavelmente, não levaram em consideração as palavras Dele. Quando o Mestre morreu, Pedro e uma parte do grupo renegaram a mensagem... E acabaram fundando uma Igreja.

Entretanto, essa, de fato, é outra história.

Os discípulos continuavam sentados e fizeram alguns tímidos comentários entre si.

Não sabiam do que o rabi estava falando, nem remotamente.

E uma súbita ideia me arrebatou naquele lugar e naquele instante: "Quem dos 12 era o segundo traidor?"

Inspecionei os íntimos, mas não soube.

E esqueci o assunto. Talvez se tratasse de uma bravata de Antipas...

Estava a ponto de assistir a uma cena de muita emoção, algo especial e... como poderia descrevê-la? Incrível? Mas, antes, aconteceu algo que refletiu bem a distância entre o que era dito pelo Galileu e o que era entendido pelos discípulos.

Felipe, de repente, levantou a mão esquerda e perguntou:

– Mestre, é possível que chova... Devo descer até Nahum e buscar os casacos?

E acrescentou com timidez:

– Eu falo pelo dinheiro...

Jesus sorriu, satisfeito pelo interesse do intendente. E respondeu:

– No momento não é necessário.

– Mas, Senhor, pode ser que chova...

– Eu sei...

– E não estás preocupado?

– Não, Felipe... O Pai sabe...

Felipe ficou de cara feia.

E comentou com Pedro:

– Eu estou dizendo que vai chover...

E lá longe, como se houvessem escutado o voluntarioso Felipe, relampejaram alguns raios.

O Mestre prosseguiu.

Solicitou aos discípulos que se colocassem de joelhos e assim o fizeram.

Logo em seguida, na metade de um sonoro silêncio, elevou o rosto em direção às nuvens, cerrou os olhos e murmurou algo, ao mesmo tempo em que levantava os braços e mostrava as palmas das mãos. Não consegui ouvir o que dizia.

Por um momento pensei em ajoelhar-me. Não o fiz. Eu era só um observador.

Instantes depois, o Filho do Homem caminhou até Judas Iscariotes, colocou as mãos sobre a cabeça dele e, sem tocar os cabelos, deixou que se passassem alguns segundos.

O silêncio seguiu trovejando.

Alguns discípulos, intrigados, levantaram a vista discretamente, contemplaram a cena e voltaram a baixar os olhos.

E o Mestre começou a cantar. Era um cântico suave, melodioso e cheio de mistério. Parte do que disse está por ser decifrado.

– Quando regressares, querido Judas, tua dignidade será restabelecida...

O Iscariotes se remexeu, inquieto. Não compreendeu, ninguém entendeu. Eu, então, muito menos.

O silêncio seguiu em pé no alto da colina.

Jesus se dirigiu a Tomé. Posicionou as mãos sobre a cabeça do discípulo e voltou a entoar um cântico, ao mesmo tempo em que dirigia os olhos para o céu:

– Quando regressares, querido Tomé, tu serás o profeta...

Depois passou ao primeiro dos gêmeos e voltou a cantar:

– Quando regressares, querido Tiago, tu serás...

Quarto discípulo: o segundo gêmeo.

– Quando regressares, querido Judas, tu atarás os acordos...

Em seguida, chegou diante de Simão, o Zelote, e repetiu a colocação das mãos, cantando:

– Quando regressares, querido Simão, nada permanecerá oculto...

Mateus foi o seguinte:

– Quando regressares, querido Mateus, o mundo será do Pai...

Continuava trovejando à distância. Inspecionei a base dos cúmulos-nimbos. Aproximavam-se perigosamente.

– Quando regressares, querido Bartolomeu, o valioso flutuará a olho nu...

E chegou a vez do intendente:

– Quando regressares, querido Felipe, terás vencido para sempre...

Felipe não deixou passar a ocasião, alçou o olhar e perguntou:

– Continuas pensando o mesmo?

O Mestre titubeou, e Felipe esclareceu:

– Eu te digo que vai chover...

Jesus sorriu, acariciou a cabeça do incombustível intendente e se dirigiu ao seguinte.

Tiago Zebedeu deixou fazer o que seu amigo deveria fazer.

Jesus colocou as longas mãos sobre a cabeleira do "filho do trovão", ergueu o olhar em direção às nuvens e voltou aos cânticos.

Um forte trovejar se abateu sobre a colina. Não consegui ouvir o Galileu.

E começou a chover, mansamente.

Jesus permaneceu com o rosto voltado para os céus. E a água foi iluminando-o.

Felipe mexeu a cabeça, negativamente.

O Mestre não parecia ter pressa. Deslocou-se em direção a João Zebedeu e repetiu a imposição das mãos. Desta vez eu ouvi:

– Quando regressares, querido João, o mundo será ancorado na luz...

Notei como a água me ensopava.

E o rabi se colocou na frente de Simão Pedro.

– Quando regressares, querido Pedro, tu me precederás...

Pedro olhou ao redor, procurando alguém que lhe explicasse. Ninguém explicou. Ninguém soube do que falava o Mestre.

E chegou à frente de André. Colocou as mãos sobre a cabeça do primeiro dos selecionados e cantou, feliz:

– Quando regressares, querido André, não haverá palavras, nem explicações...

Outro trovão irrompeu, bem próximo.

E o Mestre, com as roupas e o cabelo pingando, saiu do círculo e se dirigiu a quem isto escreve.

Foi instantâneo. Eu soube o que Ele iria fazer.

Ajoelhei-me e inclinei a cabeça.

E o Galileu colocou as suas mãos perto dos meus cabelos brancos.

Percebi a energia que emanava daquele Homem.

E o ouvi cantar, com ímpeto:

– Quando regressares, querido *mal'ak,* a noite se retirará e serei venerado como o Divino...

Não sei explicar o que aconteceu. Contarei, apenas, o que vi e o que senti.

Nesse instante, ao finalizar o misterioso cântico, tudo se tornou azul: a chuva, a colina, as nuvens, as roupas, os rostos...

Talvez tenha durado cinco segundos. Tudo era azul...

Deixei de ouvir os trovões, deixei de ouvir o vento e o som da chuva... E experimentei uma indescritível sensação de paz e leveza. Tudo parecia flutuar ao meu redor, começando por mim mesmo e pelos meus próprios pensamentos.

Depois eu soube. Todos viram a luz azul e todos tiveram a mesma sensação de paz. E recordei as palavras do Filho do Homem: "... Eu vos trouxe aqui para que sintais, bem de perto, a presença de *Abba*".

Mensagem recebida.

Instantes depois, como eu disse, o azul desapareceu.

Deixou de chover.

Os discípulos se entreolharam, desconcertados.

As roupas estavam secas.

Como era possível?

E todos se abraçaram...

Ninguém sabia o que havia acontecido. No entanto, se sentiam bem, começando por este atônito explorador.

Talvez fosse a nona hora (três da tarde), mas o que importava o tempo...

Era a segunda vez que o Mestre colocava suas mãos sobre a cabeça de quem isto escreve. A primeira ocorreu no monte Hermon, em agosto do ano 25.[3] Naquela oportunidade, como se poderá recordar, Eliseu me acompanhava...

Recordo as palavras de Jesus: "Pai... Eles são os primeiros!... Protege!... Guia-os!... Dá a eles a tua bênção!"

O Galileu teria se equivocado? Eliseu, obviamente, não era lá dessas maiores maravilhas não...

Não, o Mestre nunca se equivocava... Ele sabia.

Contudo, não me adiantarei aos acontecimentos...

O Filho do Homem deixou que os discípulos se tranquilizassem.

As nuvens se retiraram – espantadas, eu diria – e a luz se deixou cair, atentíssima, sobre a colina. Todas as criaturas – flores, aves, rochas, insetos, ervas... – esticaram as cabeças, surpreendidas.

Não há dúvida. Tudo esteve minuciosamente desenhado.

Os íntimos sentaram-se de novo.

Felipe era um dos mais confusos.

E o Mestre assim falou:

– Agora, meus amigos, já não sois mais como os demais... Agora vós sois os embaixadores de um reino invisível e alado... Deveis vos comportar como tais... Sois como esses seres maravilhosos que conhecem a glória do Pai e, sem dúvida, renunciam a ela e comparecem ao auxílio das criaturas do tempo e do espaço...

---

3 Ampla informação em *Cavalo de Troia 6 – Hermon*. (N. de J. J. Benítez.)

Fiquei atônito.

Jesus falava dos seres descendentes, um dos temas das conversas que ainda não havia revelado...

Procurou-me com o olhar e deu uma piscadela de cumplicidade.

Seres descendentes. Seres que têm tudo, que vivem na perfeição e que não obstante aceitam "descer" até a matéria... Para socorrer, aliviar e guiar muitos... Operação "Misericórdia".

Algum dia eu tenho que relatar, com detalhes, o que foi conversado com o Filho do Homem sobre esse tema em particular...

Porém, vamos continuar com o que importa.

Naturalmente, os 12 continuavam com os olhares perdidos. Não compreendiam.

E o Senhor continuou:

– Algumas das coisas que estou a ponto de revelar podem vos parecer duras... É a lei do novo reino: nada se consegue dormindo...

"Em breve eu vos enviarei para que retireis a venda dos olhos do mundo... Atende-vos à minha mensagem: fora o medo! Aquele que faz a vontade de *Abba* não voltará a caminhar em trevas!

"Quando encontrardes meus filhos aflitos, falai com eles com ânimo e dizei:

"Bem-aventurados os que sabem ler o arco-íris, porque eles estão no caminho.

"Bem-aventurados os que são perseguidos por causa de sua retidão, porque deles é o reino dos céus.

"Bem-aventurados os que vivem na solidão da alma, porque eles terão percorrido a metade do caminho.

"Bem-aventurados os pacificadores, porque eles serão chamados filhos de Deus.

"Bem-aventurados os que não temem, porque eles encontrarão Deus em sua mente.

"Bem-aventurados sereis quando fordes amaldiçoados e perseguidos e quando disserem todo tipo de coisas más contra vós, falsamente, porque grande será a recompensa no reino.

"Bem-aventurados os que sabem e calam, porque eles serão exaltados... algum dia.

"Bem-aventurados os misericordiosos, porque eles obterão misericórdia.

"Bem-aventurados os que escolhem nascer na imperfeição, porque eles serão duplamente recompensados.

"Bem-aventurados os que sofrem o luto, porque eles serão consolados.

"Bem-aventurados os buscadores da verdade, ainda que não a encontrem, porque eles serão recompensados com a busca.

"Bem-aventurados os que choram, porque eles receberão o Espírito.

"Bem-aventurados os que não buscam a felicidade, porque eles serão encontrados pela felicidade.

"Bem-aventurados os limpos de coração, porque eles verão a Deus muito antes.

"Bem-aventurados os que não mentem, porque eles não se importam com os que enganam.

"Bem-aventurados os mansos, porque eles receberão a terra como herança.

"Bem-aventurados os que se entregam à vontade de *Abba*, porque terão encontrado a verdade.

"Bem-aventurados os que têm fome e sede de retidão, porque eles serão saciados.

"Bem-aventurados os que amam a si mesmos, porque começarão a amar os demais.

"Bem-aventurados os humildes e os pobres de espírito, porque deles são os tesouros do reino.

"Bem-aventurados os que desaprendem, porque eles renascem.

Ouvi-lo era uma delícia.

Muitas daquelas "bem-aventuranças" não figuram nos textos evangélicos. Mas... Por que eu deveria estranhar?

Foi nesse momento que caí em mim e me dei conta. Estava assistindo ao célebre e não menos manipulado "sermão da montanha". Na realidade, da colina...

E o Mestre continuou falando.

Em síntese, isto foi o que consegui ouvir.

"Vós sois o sal da terra... Não percais nunca a curiosidade nem a confiança..."

"Vós sois a luz do mundo... Uma cidade assentada em um monte não se pode esconder... Brilhai e iluminai as pessoas... Que elas digam: eles são especiais..."

"Eu vos envio ao mundo para que me representem, mas, sobretudo, para que griteis minha mensagem: o homem é filho de um Deus."

"Confiai no Pai. Não resistais às injustiças pela força. Não vos vendais ao poder... Se o próximo vos golpear no rosto do lado direito, dai-lhe o lado esquerdo... Sofrei antes de lutar entre vós..."

"Não utilizeis o mal contra o mal... Não respondais à injustiça com vingança."

Os discípulos ouviam com espanto. O rosto de João Zebedeu, de Simão, o Zelote, de Judas Iscariotes e de Pedro era uma dissimulação. Não era isso o que eles pensavam ou o que eles pretendiam. Roma merecia o pior dos castigos...

"E eu vos digo: Amai vossos inimigos, fazei o bem aos que vos odeiam, bendizei os que vos maldizem, orai pelos que vos ofendem."

Iscariotes começou a se levantar para deixar o grupo, mas André, com um gesto, forçou-o a sentar-se.

O Mestre percebeu, mas continuou:

"E fazei tudo aquilo que crede seria feito por vós."

Ele fez uma pausa de alguns segundos. Contemplou os 12 e, erguendo a voz, repetiu:

"Vós sois filhos de um Deus... Ele vos deu a luz. Que ela seja dada a outros, da mesma forma como vós a recebestes de graça."

"Não a vendais. Limitai-vos a mostrá-la... Que cada qual decida."

Ele me procurou com os olhos e proclamou:

"É mais importante sugerir do que convencer... Deixai que o Pai faça o seu trabalho."

"Não se deve cometer o erro de tirar o cisco do olho do irmão quando há tanta areia no vosso. Retirai primeiro a areia de vossos olhos para depois limpar o cisco do outro..."

Mateus Levi foi o único a assentir com a cabeça. O coletor de impostos estava começando a levar vantagem sobre o resto. Era mais atento e responsivo.

"É possível viver sem medo. Junto ao Pai nada vai faltar. Não temais. Ele está dentro de vossa mente..."

Eles tampouco captaram a grande verdade. Embora Jesus estivesse falando da "centelha divina" dentro de nós, eles continuavam ancorados no Yaveh colérico e constantemente irritado. Como não viver atemorizado em uma sociedade tão rígida e legalista como a dos judeus?

"Vós pudestes ouvir o que eu disse: 'Se o cego guiar outro cego, ambos cairão no abismo'. Se quiserdes guiar outros ao reino invisível e alado de meu Pai, deveis caminhar na luz... Escutai minhas palavras e, acima de tudo, alimentai essas palavras quando eu tiver partido."

"Não se deve perder tempo com aqueles que não desejam ouvir... Não lanceis o que é sagrado aos cães, nem atireis suas pérolas aos porcos, pois eles destruirão tudo e depois rasgarão em pedaços."

Eu me senti mencionado. Não sei exatamente o motivo.

"Ficai atentos. Muitos falsos profetas virão até vós vestidos de cordeiros. Mas são lobos..."

"Pelos frutos os conhecereis... O importante não é o que o homem diz, mas o que ele faz."

Ele respirou fundo e concluiu:

"Além do mais, o importante não é nem isso. O que importa é o que vós sentis..."

Senti admiração e gratidão.

Ali terminou o ensinamento. A um sinal do Mestre, os 12 se levantaram e desceram a "colina da bem-aventurança".

O ocaso aparecia sobre o lago quando avistamos o casarão, em Saidan.

Durante o caminho eles discutiram. Jesus caminhava sozinho na frente, com suas típicas e rápidas passadas.

Não havia como eles chegarem a um acordo. Dava a impressão de que tinham assistido a sermões diferentes.

E apenas uma hora tinha se passado!

Nessa noite, depois do jantar, o Mestre fez um anúncio: dentro de uma semana eles viajariam até a Cidade Santa.

– É chegada a hora – anunciou. – Vamos despertar o mundo...

Jesus sustentava o cálice de metal entre os dedos.

Ele olhou para seus homens, mas sabia que eles estavam confusos.

André, finalmente, resumiu o sentimento geral:

– Mestre, nós não conseguimos entender tuas palavras sobre o reino...

Jesus parecia estar à espera do comentário. E ele respondeu, seguro:

– Vós achais difícil entender a minha mensagem porque vos esforçais para construir meus ensinamentos sobre aquilo que já está estabelecido. Despertai! É preciso que desaprendeis para renascer... É o que eu digo.

Os discípulos prestaram toda a atenção, mas não foi suficiente.

O Mestre insistiu:

– A boa-nova não pode ser acomodada ao que já existe. Desaprendei!

Eu acho que ele estava pedindo o impossível...

E completou:

– Vou deixar mais fácil. Não estou aqui para destruir, mas sim para iluminar e refrescar a memória do ser humano. Vós esquecestes quem sois, de onde viestes e para onde ireis, inexoravelmente...

E ressaltou:

– Inexoravelmente!

– Para onde vamos, Senhor?

A pergunta do "urso" comoveu o Galileu.

– Para o Pai, para a perfeição...

E repetiu:

– Inexoravelmente... Vou deixar tudo ainda mais fácil...

Ele continuou polindo a taça e lançou uma declaração simples, mas difícil de implementar:

– Abandonai-vos à vontade de *Abba* e se fará a luz em vossas mentes.

– Assim, sem mais?

– Sim, Bartolomeu, sem mais.

– Mestre, se tiveres algum novo mandamento, gostaríamos de ouvir...

Era Simão Pedro. E o Galileu disse:

– Não julgueis jamais. Eu já vos disse isso.

A conversa ficou animada a ponto de o sempre calado Tiago Zebedeu propor algo:

– Mestre, o que devemos ensinar ao povo sobre o divórcio?

O Filho do Homem se manifestou claramente:

– Eu não vim para legislar nem para sucumbir à tentação de mudar os assuntos mundanos. Se assim fosse, a evolução natural da sociedade iria corrigi-lo. O que é bom hoje não tem por que ser bom amanhã...

Ele me olhou intensamente...

Tiago continuou preso às dúvidas e Jesus percebeu.

Mas foi Tomé, envolvido em trâmites de divórcio, quem veio a indagar o Mestre:

– O que tem a ver o Santo, bendito seja seu nome, com o casamento?

O Galileu esboçou um sorriso travesso.

– Na verdade, nada... Na verdade, Tomé, no novo reino não há casamento nem laços de família...

– Então, não há sogras...

A intervenção de Pedro foi amplamente aplaudida.

– Sim, não há sogras... – admitiu o Filho do Homem – nem pais, nem irmãos...

Eu tinha ouvido alguma coisa a respeito disso durante a estada no Hermon. Agora, o Galileu confirmava.

– Em outras palavras, o casamento não é sagrado – resumiu Tomé.

– É um pacto humano – replicou Jesus.

E acrescentou mordaz:

– Por que vós insistis em pisar na cauda de Deus?

Eles o observaram de boca aberta. Somente Ele falava do Pai com semelhante descaramento. No entanto, era uma despreocupação agradável, não era nada agressivo.

E Jesus voltou ao assunto principal:

– Vós tropeçais naquilo que ensino porque interpretais a mensagem literalmente. Olhai para além das palavras. A mensagem é mais importante do que eu... Não tenteis me imitar. Não tenteis lutar contra o mundo. Despertai o mundo. Com isso é o suficiente.

Hesitou, mas acabou falando:

– Se não estiverdes de acordo, podeis sair agora...

Aquela foi a primeira vez que o Filho do Homem fez um convite daquele tipo, e a seus próprios discípulos. Nada foi dito sobre isso...

Eles o contemplaram perplexos.

Jesus permaneceu em silêncio e continuou acariciando o cálice. *Zal* aproximou-se do Mestre, introduziu a cabeça entre o braço e o lado esquerdo e começou a lamber a barba de seu dono. O "beijo" do cão foi uma repreensão muda aos íntimos.

O Galileu acariciou as orelhas de *Zal* e manteve os olhos baixos.

O Filho do Homem estava se sentindo sozinho.

Os discípulos trocaram pontos de vista e Pedro falou em nome de todos:

– Mestre, vamos continuar... Estamos preparados para pagar o preço...

Ele hesitou. Olhou para o restante do grupo e André encorajou-o com as mãos para continuar.

– Quero dizer, Senhor...

Pedro apontou para o cálice e concluiu:

– Beberemos contigo nesse cálice!

O Mestre não disse nada no momento. Manteve-se atento ao seu trabalho com a taça. Ele a polia e polia...

E, depois de um pesado silêncio, disse:

– Nesse caso, se quiserdes ser meus discípulos, segui-me...

E acrescentou:

– A partir de agora, quando derdes esmola, fazei-o em segredo. Que vossa mão esquerda não saiba o que faz vossa mão direita; quando fizerdes vossas orações, fazei-o sozinhos e apenas com o Pai, e falai de vós. Fujais das orações prontas e vazias. Manifestai vossos desejos e inquietudes. *Abba* vos ouvirá sempre... Ele está dentro de vós. Vós o carregais para todas as partes... E lembrai-vos também que o Pai sabe o que precisais, e inclusive o sabe antes que o peçam. Refugiai-vos no jejum. Não acumulai riquezas. Deixai que o Pai faça seu trabalho. A lâmpada do corpo são os olhos... Se teus olhos são generosos, todo o teu corpo será luz. Mas se teus olhos são mesquinhos e egoístas, teu corpo se encherá de trevas...

Tomé pediu a palavra e perguntou:

– Senhor, devemos continuar compartilhando tudo?

– Sim, Tomé. É preciso que sejamos uma grande família. Agora sois os embaixadores do reino, e isso significa trabalhar com exclusividade. Como bem sabes, nenhum homem pode disparar dois arcos ao mesmo tempo. Tu não poderás servir a *Abba* e ao dinheiro. Ou um ou outro...

Pedro, impulsivo como sempre, gritou o nome de *Abba*.

O Mestre sorriu e terminou sua exposição:

– Neste caso, mantende a calma. Não vos preocupeis com comida ou com roupas. O Pai sabe... Buscai primeiro o reino de Deus. Quando encontrardes a porta, podereis comprovar, maravilhados, que o restante vos será entregue adicionalmente, e antes que seja solicitado...

Os olhos de Mateus brilhavam.

Aquele Ser tão especial sabia transmitir confiança...

Jesus acariciou a cabeça de *Zal* novamente e comentou:

– Olhai para ele. Não sabe que é um cão, mas confia em seu dono. E eu, como sabeis, sou dependente dele...

Eles concordaram.

– Bem, se Deus se importa, e assim tão amorosamente, com uma criatura como *Zal*, como ele não se preocuparia convosco, que valeis infinitamente mais do que um cão?

João Zebedeu interveio e perguntou algo que todo mundo sabia. Imaginei uma intenção distorcida na questão...

– Mestre, quem é o meu próximo?

Jesus não caiu na armadilha.

– Olha ao teu redor...

João não desistiu e deu um passo adiante:

– Roma é o meu próximo?

O Iscariotes e o Zelote aguardavam, impacientes.

– João – respondeu o Filho do Homem com resignação –, tu não me verás tomando partido em disputas políticas, sociais, econômicas ou militares... Eu não vim para isso, e tu já sabes disso...

– Mas, Mestre, Roma...

O Galileu não permitiu que ele continuasse. E encerrou o assunto:

– Meu trabalho é semear a esperança. Eu vim a este mundo para revelar o Pai Azul e despertar a memória adormecida: vós sois imortais... Lembrai-vos disso? Vós sois os filhos de Deus e, portanto, fisicamente irmãos!

O Iscariotes não se conteve:

– Roma escraviza!

– Judas, sê prudente como as serpentes e inocente como as pombas...

Não sei se o Iscariotes e os demais compreenderam. Eu tive a sensação de que não.

– Eu vos envio como cordeiros no meio de lobos...

Eles o contemplaram sem saber ao que se referia.

– Eu vos envio a um mundo que vive na escuridão. Ficai atentos... Ainda assim, vossos inimigos vos levarão aos juízes e vos condenarão...

Ele ficou em silêncio por alguns segundos e concluiu:

– Alguns de vós sereis executados...

Ninguém compreendeu. Eles realmente não sabiam...

O Zelote se animou e, vencendo a timidez, perguntou ao Mestre:

– Todos os homens são filhos de Deus?

– Sim, Simão.

– Os *kittim* também?

– Os romanos também... É para isso que eu vim, querido Simão, para proclamar a boa notícia: os seres humanos, mesmo os ímpios, são filhos de *Abba*. Essa é a minha mensagem.

E João Zebedeu perguntou novamente:

– Mestre, o que é o reino dos céus? Como é possível que alguns miseráveis, como os *kittim*, sejam chamados para esse reino?

Jesus negou com a cabeça, desaprovando a pergunta do Zebedeu.

Mas respondeu:

– Todos os homens e mulheres, amigo João, desempenham um papel na vida. Agora tu não entendes. Sê humilde e aceita que *Abba* é antes e mais do que tu...

Desta vez foi João que balançou a cabeça.

– O reino dos céus é baseado em três coisas essenciais – prosseguiu o Filho do Homem. O reconhecimento da soberania do Pai, a aceitação da filiação entre as criaturas e a aplicação do princípio dos princípios, "que a minha vontade seja a sua vontade".

Ele olhou para eles, um por um, e proclamou de forma bastante clara:

– Esta é a mensagem que eu quero que transmitais aos homens.

Assim terminou aquele inesquecível 12 de janeiro, domingo...

Ao me retirar para o pombal, não pude deixar de me lembrar da experiência, e a comparei com aquilo que li e estudei nos textos evangélicos.

O resultado foi catastrófico, mais uma vez...

Mateus, que estava presente na colina das bem-aventuranças, assim como João, começa o capítulo 5 de seu evangelho de uma forma desconcertante: "Vendo as multidões, subiu ao monte; e, tendo se assentado, aproximaram-se os seus discípulos, e ele se pôs a ensiná-los, dizendo: Bem-aventurados..."

Eu sinceramente não entendi. A qual multidão Mateus se referia? Nesse dia estavam apenas os 12...

Ele nem se refere à totalidade das bem-aventuranças e, além disso, mutila, distorce e oculta muitas das palavras do Filho do Homem no famoso "Sermão da Montanha". Tudo aparece misturado e mal misturado. É como se Mateus tivesse perdido a cabeça...[4]

E o mais incrível: ele não menciona uma única vez o ato transcendental da imposição de mão aos 12...

Em relação a Marcos, seu capítulo 10 (especialmente o versículo 9) é outro exemplo claro de manipulação vergonhosa das palavras do Galileu.

---

4 Jesus nunca disse coisas como: "... Porque em verdade vos digo que, até que o céu e a terra passem, de modo nenhum passará da lei um só i ou um só til, até que tudo seja cumprido. Qualquer, pois, que violar um destes mandamentos, por menor que seja, e assim ensinar aos homens, será chamado o menor no reino dos céus; aquele, porém, que os cumprir e ensinar, será chamado grande no reino dos céus" (5, 18-20). Um pouco mais tarde, no mesmo capítulo 5 (versículos 27-37), o evangelista disse: "Ouvistes que foi dito: Não adulterarás. Eu, porém, vos digo que todo aquele que olhar para uma mulher para a cobiçar, já em seu coração cometeu adultério com ela. Se o teu olho direito te faz tropeçar, arranca-o e lança-o de ti; pois te é melhor que se perca um dos teus membros do que seja todo o teu corpo lançado no inferno. E, se a tua mão direita te faz tropeçar, corta-a e lança-a de ti; pois te é melhor que se perca um dos teus membros do que vá todo o teu corpo para o inferno. Também foi dito: Quem repudiar sua mulher, dê-lhe carta de divórcio. Eu, porém, vos digo que todo aquele que repudia sua mulher, a não ser por causa de infidelidade, a faz adúltera; e quem casar com a repudiada, comete adultério. Outrossim, ouvistes que foi dito aos antigos: 'Não jurarás falso, mas cumprirás para com o Senhor os teus juramentos'. Eu, porém, vos digo que de maneira nenhuma jureis; nem pelo céu, porque é o trono de Deus; nem pela terra, porque é o escabelo de seus pés; nem por Jerusalém, porque é a cidade do grande Rei; nem jurei pela vossa cabeça, porque não podei tornar um só cabelo branco ou preto. Seja, porém, o vosso falar: Sim, sim; não, não; pois o que passa daí, vem do Maligno". Tudo falso. Jesus nunca disse coisas como essas (estive a ponto de escrever "coisas estúpidas como essas"). (N. do M.)

“Porquanto – escreve o evangelista a respeito do casamento – o que Deus uniu, não o separe o homem.”

Quando o Mestre disse isso? Nunca...

E ele repetiu várias vezes: “O casamento não é sagrado, trata-se apenas de uma aliança humana”.

Eu já disse e repito: a Bíblia (eu deveria escrever em letras minúsculas) não é a palavra de Deus. A Bíblia é um naufrágio.

Mas vamos em frente...

Foi nesse mês de janeiro que Saidan, a pequena vila de pescadores em que Jesus vivia, começou a ser visitada por pessoas de origens diversas. Eles chegaram às dezenas. Havia árabes, fenícios, egípcios, judeus...

As notícias sobre o milagre de Caná correram sem fronteiras, e inevitavelmente distorcidas. Todos desejavam conhecer o autor de tal maravilha. E durante dias eles desfilaram diante do casarão dos Zebedeu, pedindo para ver e ouvir o Mestre.

Alguns acamparam na praia e outros foram acolhidos nas casas de Saidan e da vizinha Nahum.

Entre os forasteiros havia de tudo, como sempre.

Eu soube de gente sincera, que ansiava por receber um pouco de esperança; havia os curiosos, que buscavam somente a satisfação pessoal e, claro, os espiões e informantes a serviço de Roma, de Antipas, das castas sacerdotais, dos “santos e separados” e dos saduceus.

Um grupo de *a'rab* me chamou a atenção. Eles tinham vindo de Pereia, e tinham conhecimento de uma cura misteriosa realizada pelo Galileu durante sua estada na aldeia de Beit Ids. Eles disseram que o Filho do Homem fez ressuscitar um menino deformado e mestiço chamado Ajashdarpan...

Nos primeiros momentos, o Galileu, sempre atento, foi recebendo os recém-chegados. Falava com eles e respondia às perguntas. Mas, aos poucos, os discípulos, temendo pela segurança do Mestre, optaram por serem eles a conversar com os estrangeiros. Jesus aprovou a decisão, e os 12 passaram a negociar com todo aquele que viesse ao casarão. Assisti a várias dessas reuniões e fiquei decepcionado. Os íntimos explicavam que Jesus era o Messias prometido, o Libertador de Israel, o “quebrador de dentes”, e que o dia da ira estava próximo. Os esforços do Filho do Homem pareciam consumir-se em pura fumaça. E cheguei a pensar que a próxima viagem, programada pelo Galileu para o domingo 19, era consequência da pressão daqueles que se haviam instalado na praia e nos arredores.

Sim e não.

Para falar a verdade, o Filho do Homem tinha tudo planejado...

Nesse grupo de *a'rab* eu notei uma família em especial. Ela consistia de pai, mãe e dois filhos.

Eram os Ruṭaḷ. Assim eram chamados. Eram os "Polvos". Esse apelido se devia a um defeito genético do pai, herdado dos antepassados: uma polidactilia (existência de dedos extras). Era um caso espetacular. Ele mostrava oito dedos em cada mão, com duplicações dos dedos polegares, dos médios e dos indicadores. O pé esquerdo ainda tinha um dedo a mais. Total de 27 dedos. Provavelmente eu estava diante de uma síndrome de Patau (um caso de trissomia ou aberração cromossômica), mas nunca cheguei a confirmar isso.

O "Polvo" era um *halak*, ou barbeiro. Como é fácil de imaginar, ele demonstrava grande perícia em sua função, mas provocava em seus clientes um medo mais do que lógico.

Era cego do olho esquerdo, que tinha sido ferido numa luta. Era isso o que dizia.

A esposa, na casa dos 60 anos, era a típica mulher árabe: só sabia trabalhar. Falava pouco e quase sempre para dentro. Ela sofria de artrite reumatoide grave, associada possivelmente a uma síndrome de Felty.[5] Nas articulações interfalangianas proximais e nas metacarpofalangianas, as mãos e os pulsos apareciam deformados e com um considerável aumento simétrico dos tecidos moles. A dor devia ser considerável. Eu inferi que ela devia padecer do mesmo problema nos pés, nos joelhos e talvez nos tornozelos. Ela ainda apresentava uma considerável perda de peso, e as pernas se mostravam permanentemente ulceradas.

A filha mais velha era chamada de Nŭwwar (Flor), embora ela assegurasse que seu verdadeiro nome fosse "flor que aparece na neve". Seus parentes a chamavam de Nŭ.

Ela era um caso dramático.

Nŭ vivia prostrada. Era tetraplégica.

Devia ter uns 25 anos.

A moça tinha algum tipo de lesão transversa aguda na medula espi-

---

5 A síndrome de Felty se apresenta, geralmente, em associação com a artrite reumatoide, a leucopenia e a esplenomegalia. Com essa síndrome também ocorrem anemia, infecções, alterações da pigmentação cutânea, perda de peso, úlceras e linfadenopatia. (N. do M.)

nhal (talvez ao nível do C-4)[6], que causava uma paralisia flácida e a perda da sensibilidade e das atividades reflexas, incluindo as funções autônomas, sob aquele "choque medular". Nŭ, em suma, estava paralisada do pescoço para baixo.

Seus enormes olhos negros estavam sempre atentos.

O irmão mais novo contava que Nŭ havia caído em um poço quando era criança, "e fora condenada pelos deuses por sua travessura".

Deduzi então que aquela lesão da medula espinhal cervical tinha sido o resultado da queda. Isso fazia uns 20 anos.

O quarto membro da família era um garoto com cerca de nove ou dez anos, que eles chamavam de Har, o que poderia ser traduzido como "calor" ou, mais precisamente, "aquele que nasce com o calor".

Ele cuidava da irmã e tocava flauta doce de seis furos. Tocava constantemente enquanto Nŭ cantava. Uma de suas canções me impressionou profundamente. Dizia: "Eu sou uma peregrina... Nasci perto do paraíso e a ele voltarei... Eu sou uma peregrina... Meu nome é flor que espreita para fora na neve..."

A família teve dez filhos. Cinco morreram e três foram vendidos para que pudessem viajar e tentar curar a filha Nŭ.

O velho barbeiro árabe vivia na aldeia de Rakib, ao norte de Beit Ids, e perto da colina "778", também chamada de "escuridão" ou de *žnun*. Foi em Rakib que ele soube da misteriosa cura do menino mestiço e foi ali, em um ato de coragem, que tomou a decisão de vender tudo quanto possuía, incluindo três de seus filhos, e embarcar em uma aventura para encontrar o igualmente misterioso "Príncipe Yuy", como em Beit Ids eles chamavam Jesus de Nazaré (Yuy significava "Dois").[7]

E os deuses, segundo o "Polvo", os guiaram até o *yam*.

Todas as manhãs, Nŭ era transportada de maca para a porta da frente do casarão dos Zebedeu. E lá permanecia sob os cuidados de Har, a criança da flauta.

Os pais trabalhavam naquilo que fosse necessário.

Ao anoitecer, o barbeiro voltava e levava a "peregrina" embora. Eles

6 As lesões nas vértebras C-4 e C-5 (ou acima delas) causam tetraplegia completa. As lesões graves da medula espinhal, acima da C-5, geralmente são fatais. Assim como no cérebro, as terminações neurais cortadas ou degeneradas da medula espinhal não podem ser recuperadas com os métodos atuais. A lesão é permanente. Nos adolescentes ela é relativamente comum como consequência de mergulhos de cabeça em praias ou piscinas de pouca profundidade. (N. do M.)

7 Ampla informação em *Cavalo de Troia 8 – Jordão*. (N. de J. J. Benítez.)

tinham montado acampamento perto da fonte, junto ao rio Zaji. O bom homem conversou com André assim que chegou, expondo os seus desejos. Ele sabia, como eu disse, da cura de Ajashdarpan e pediu que Yuy fizesse a mesma coisa com sua filha. Eles não iriam embora de Saidan até que o Filho do Homem realizasse esse milagre.

André ouviu com atenção, olhou para a paralítica e encolheu os ombros. Prometeu transmitir o pedido a seu Mestre, embora não pudesse garantir nada. "Essa", afirmou ele, "é uma decisão pessoal do rabi."

André comunicou a Jesus o que estava acontecendo e acompanhou-o até o local onde estavam os filhos do *a'rab*. Har continuava tocando. O Mestre observou a menina e, depois de alguns segundos de hesitação, voltou ao casarão. Dentro em pouco eu o vi voltar para junto de Nŭ. O Galileu trazia uma flauta de madeira. Nunca soube onde a conseguiu. Tinha uns 30 centímetros e também seis orifícios.

Jesus sentou-se ao lado do menino e, sem dizer uma palavra, começou a tocar com ele.

E não tocava mal.

E assim foi, durante pouco mais de uma hora.

Nŭ sorria e cantava.

E todas as manhãs, se não estava no lago, pescando, o Mestre se reunia com a paralítica e o menino da flauta doce e tocava melodias conhecidas ou improvisava. Os pais coincidiram com a chegada do Galileu em algumas oportunidades, mas nenhum deles sugeriu ao Príncipe Yuy que curasse a menina. Entendi a postura de Jesus. Ele havia prometido a si mesmo que não usaria seu poder. Não faria maravilhas. Não curaria. Isso, como eu digo, eu entendia. O que foi surpreendente foi a atitude dos pais. Por que não aproveitar a presença do Filho do Homem e transmitir os seus desejos? Levou tempo para descobrir que um árabe não age assim. Eles já haviam dito isso ao Príncipe, esse era o motivo da sua presença na frente do casarão. Eles não tinham razão para perturbar desnecessariamente o Príncipe. Ele sabia... No fundo era uma questão de confiança. E Nŭ recebeu a sua recompensa...

Mas eu devo seguir pela ordem.

Em janeiro, atraído pelos rumores, chegou a Saidan um contingente de mascates, párias e canalhas de toda espécie. Era inevitável. Eu já havia visto esse tipo de gente nos acampamentos que seguiam Yehohanan. Desta vez, eles se misturaram com os visitantes na praia e tentavam viver às custas deles. Vendiam o divino e o humano. Vários deles eu conhecia dos vaus do Ômega e das Colunas. Um era o falso coxo que conheci em 25 de setembro do ano 25. Ele escondia o pé no interior de uma prótese de madeira e vendia "água de Dekarim", que era o sumo de raízes de palma, altamente recomendado contra a ressaca.[8] Também descobri falsos mancos, falsos cegos e, inclusive, falsos leprosos. Todos pediam a proteção dos céus e um bocado de moedas...

Por enquanto eles se mantinham distantes do casarão dos Zebedeu.

Perto da fonte de Saidan foi se reunir um pequeno grupo de leprosas. Eram dez. Elas vieram da costa fenícia. Estavam cobertas com um pano vermelho obrigatório que justamente diferenciava os *ame* ou "impuros".

As pessoas da aldeia não permitiam que elas se aproximassem das casas e muito menos da fonte. Elas se viram na necessidade de contratar os serviços dos não judeus a fim de que eles as abastecessem do essencial. As crianças se divertiam jogando-lhes pedras.

Passei algumas horas com elas.

A maioria era portadora de hanseníase "branca" ou "Moisés" (agora conhecida como "anestésica"). Os rostos tinham os típicos caroços inchados, muitos deles ulcerados e em estado terminal, já murchos. As mãos em forma de garra (provocadas pela lepra tuberculoide) eram também frequentes.

Havia mulheres jovens, quase meninas, e outras idosas. Elas não tinham cabelos e sobrancelhas. Outras se mostravam invadidas por placas vermelhas e múltiplas lesões nodulares no pescoço, nas maçãs do rosto e nas orelhas. Uma das anciãs quase não tinha dedos. A hanseníase virchowiana as havia devorado...

De início me olharam com suspeita. Depois, percebendo que eu queria ajudar, me permitiram conversar com elas. E eu soube assim de suas intenções. Tinham ouvido falar do Galileu e de seu milagre em Caná, e queriam que seu calvário fosse aliviado. Só pretendiam vê-lo. Isso, disseram, já seria suficiente.

Nunca vi tanta fé...

Elas, por sua vez, admiravam a coragem daquele ancião grego, que não temia se contagiar.

Foi assim que vi se aproximar aquele sábado histórico, 18 de janeiro (ano 27), do qual também não se encontra nada nos textos evangélicos.

---

8 Ampla informação sobre os mascates e os tratantes em *Cavalo de Troia 7 - Nahum*. (N. de J. J. Benítez.)

Na véspera, 17 de janeiro, nem bem acabara de regressar do *yam*, o Mestre voltou a nos surpreender. No dia seguinte, na primeira luz, subiríamos de volta para o topo da colina das bem-aventuranças.

Ele não deu explicação.

Os discípulos perguntaram uns aos outros, mas ninguém pôde dar uma razão. Ninguém sabia por quê.

André se limitou a transmitir a ordem e a definir a hora e o local da reunião dos 12: depois do amanhecer, e no cais de Nahum.

Quem isto escreve tampouco sabia de nada. Por mais voltas que eu tivesse dado na memória, não fui capaz de descobrir o texto do Evangelho que falasse dessa segunda subida à colina. Não consegui encontrar o texto porque ele simplesmente não existe. Nenhum dos evangelistas reflete o que aconteceu naquela manhã de sábado, 18 de janeiro. E não entendo. Na minha opinião, foi outro importante acontecimento...

Foi a segunda vez em uma semana. O que pretendia o Filho do Homem?

Lembro-me de que Felipe, o intendente, estava histérico. A primeira grande viagem de pregação estava prestes a começar e, segundo suas palavras, "estava tudo virado de cabeça para baixo". Felipe precisava de informações, mas ninguém as fornecia. Na verdade, ninguém sabia de nada. A única coisa de concreto é que partiríamos no domingo, 19, em direção à Cidade Santa, seguindo sempre pelo vale do Jordão. Lá, em Jerusalém, seria realizada a festa da Páscoa. Mas isso seria em abril... Faltavam quase três meses. Felipe não sabia o que preparar e, acima de tudo, em que quantidade. Ele ia e vinha. Falava sozinho. Tropeçava com uns e outros e, além disso, teria que fazer uma pausa no trabalho e subir a colina das bem-aventuranças, como já tinham começado a chamar o morro em questão.

Eu compreendi o nervosismo de Felipe.

E no sábado, 18, como fora planejado, Mateus Levi e Simão, o Zelote, os dois que mantinham sua residência habitual em Nahum, juntaram-se ao resto do grupo e partimos todos para a colina.

O dia prometia luz e paz. Calculei que estava 18 °C. O vento foi embora e o sol surgiu a leste, despertando as montanhas, bosques e aldeias.

O Mestre guardou silêncio, multiplicando a curiosidade geral.

Notei um detalhe incomum n' Ele.

Ele usava a túnica branca e o manto cor de vinho, mas em seu cinto pendia uma pequena bolsa de tela negra. Eu nunca tinha visto antes. Pensei no dinheiro. Acabei rejeitando a ideia. Quem cuidava desse assunto era o Iscariotes.

Perguntei sobre a bolsa, mas ninguém tinha a menor ideia. Os discípulos também a tinham notado.

Felipe deu de ombros. O intendente continuou em sua lide: lentilhas ou grão de bico?

A escalada serviu para uma revisão dos alimentos e da bagagem que deveriam ser transportados no dia seguinte.

E na terceira (nove da manhã), sufocados pelos incômodos mantos, chegamos finalmente ao cume.

O Mestre solicitou que os 12 se sentassem em um círculo, como da última vez, e todo mundo se acomodou na grama alta, espalhando seus mantos pelo chão.

Felipe continuava pensando em sua tarefa, murmurando a lista de provisões e como elas deveriam ser distribuídas na carroça.

Nossa, isso era uma novidade. A expedição contaria com uma *reda* de quatro rodas.

Jesus, no centro do círculo, esperou que seus homens se acalmassem. Ficou observando-os, um depois do outro, enquanto acariciava a bolsinha pendurada nas cordas que faziam as vezes de cinto.

Todos nós desviamos os olhos para o misterioso saco de tela.

O que ele conteria?

O Galileu adivinhou os nossos pensamentos e sorriu, divertido.

Quando o Filho do Homem avaliou que era o momento certo, começou a caminhar dentro do círculo e lembrou aos discípulos a mensagem que ele queria que fosse transmitida para o mundo. Levou tempo. Ele falou e falou, relembrando o que dissera sobre a imortalidade da alma, sobre a realidade da filiação divina e sobre a necessidade de esperança. Ele não disse nada de novo, exceto um par de frases:

– E quando chegar a hora, quando tiverdes que falar, não vos preocupeis com o que tereis que dizer... O Espírito que vos habita falará por vó...

Eu entendi que estava se referindo à "centelha". Os discípulos, porém, não entenderam.

Eu estava fora do círculo, em pé, e continuei inspecionando o rosto dos íntimos. A maioria estava ausente, perdida em suas preocupações. Com exceção de Mateus, ocasionalmente assentindo com a cabeça, os demais ouviam, mas não escutavam.

E o Mestre foi parando na frente de cada um dos discípulos. Ele chamava um por um pelo nome e perguntava se continuava disposto a continuar nessa aventura. Todos responderam positivamente, embora, verdade seja dita, sem saber do que Ele estava falando.

Duas horas mais tarde (era a quinta, 11 da manhã), o Galileu deu por concluído o ensinamento e pediu que todos se ajoelhassem. Eu, instintivamente, fiz o mesmo.

Os 12 se entreolharam. Continuavam sem entender...

Jesus, então, levantou os braços e olhou para o azul sereno do céu. Tudo era expectativa. Tudo ficou em silêncio.

E o Filho do Homem proclamou em voz alta:

– Este é o momento de vossa consagração à vontade de *Abba*...

Pensei entender.

Ele permitiu que os discípulos absorvessem a ideia e continuou:

– Pai, recebe-me! Consagro-me a ti agora e para sempre...

Deixou que corressem alguns segundos e clamou novamente:

– Pai, recebe-me! Consagro minha vontade à tua, ainda que não compreendas...

Pedro questionou seu irmão André com os olhos, mas o "chefe" não sabia o que dizer, e encolheu os ombros.

– Pai, recebe-me! Sei que me habitas. Ajoelho-me e proclamo tua *bellinte*... Leva-me pela mão.

O silêncio se fez.

Jesus tinha acabado a oração. Provavelmente, depois do Pai-Nosso, era a mais notável já pronunciada pelo Homem-Deus.

Em seguida, o Galileu foi até o Iscariotes, colocou as mãos sobre a cabeça do discípulo, e repetiu a fórmula de consagração à vontade do Pai:

Pai, recebe-me!
Consagro-me a ti agora
e para sempre.
Pai, recebe-me!
Consagro a minha vontade à tua,
ainda que não compreendas.
Pai, recebe-me!
Sei que me habitas.
Ajoelho-me e proclamo tua *bellinte*.
Leva-me pela mão.

Judas não moveu um músculo.

E lentamente, um após o outro, o Mestre foi se colocando na frente dos íntimos, e recitando a mesma oração.

Percebi como Mateus ficou com os olhos úmidos. Ele foi o único que demonstrou alguma emoção. E eu abro um parêntese. Se Mateus Levi foi testemunha desses fatos (e foi), por que não os mencionou em seu evangelho? Será que foi suprimido posteriormente? Fecho o parêntese.

Como já disse o Mestre, quem tem ouvidos para ouvir, que ouça...

Finalmente, Ele chegou a este explorador e proclamou a fórmula de consagração à vontade de *Abba*, mas com uma variante sutil:

Pai, recebe-me!
Consagro-me a ti agora, no tempo,
e amanhã, em nenhum tempo.
Pai, recebe-me!
Consagro a minha vontade à tua,
ainda que não compreendas.
Pai, recebe-me!
Sei que me habitas.
Ajoelho-me e proclamo tua *bellinte*.
Leva-me pela mão.

Tomei nota. Desde então, essa se tornou uma oração que repito com frequência, especialmente nos momentos difíceis.

Após a cerimônia, Jesus encorajou seus homens a se levantarem.

Foi então que, em meio ao silêncio, o Galileu pegou na mão a pequena bolsa de tela.

Ficou nos olhando, divertido. Ele sabia de nossa curiosidade e conhecia todos os comentários que haviam sido feitos.

Manteve o suspense por mais alguns segundos...

Finalmente, abriu a bolsinha e retirou parte de seu conteúdo. Mas não disse nada. Tampouco o mostrou.

Caminhou lentamente na direção do Iscariotes e depositou na mão esquerda do discípulo. Depois, abraçou Judas e declarou:

– Bem-vindo!

E repetiu a operação, um por um.

Todos contemplaram "aquilo", desconcertados.

Ele se limitava a sorrir e a proclamar:

– Bem-vindo!

Quando chegou à minha frente, modificou a ordem. Primeiro me abraçou, e com força. Senti sua energia me atravessando. Era um calor branco, sem começo nem fim. Aquilo me inundou. Notei um nó na minha garganta. Eu não sabia o que dizer.

Ele sussurrou:

– Bem-vindo... embora já estivésseis!

Depois, feliz, abriu minha mão direita e depositou nela uma pedra azul, perfeitamente redonda, belíssima, com cerca de dois centímetros de diâmetro.

Eu a olhei com espanto.

O que era aquilo?

Jesus não deu explicações. Era esse seu estilo. Cada um deveria descobrir o sentido ou a simbologia daquela pedra. Quando regressei ao Ravid, eu a submeti a todo tipo de testes e soube que estava diante de uma pedra preciosa conhecida como iolita, ou safira-d'água.[9] Ela é uma pedra com um pleocroísmo[10] intenso, capaz de provocar reflexos azul-celeste, violeta e amarelos da cor do mel. Foi Eliseu quem, tempos depois, me colocou na trilha do simbolismo da gema azul. Ele mencionou algo assim: na Antiguidade, os vikings usavam a iolita como um filtro. Nos dias nublados, procuravam o sol com aquela pedra e isso lhes permitia orientar-se durante a navegação.

Mensagem recebida.

E, ao meio-dia, quando estávamos prontos para descer colina abaixo, um bando de pelicanos nos sobrevoou. Eles formavam um "V" e se dirigiam ao sul. Foi mais um sinal, pelo menos para quem isto escreve. Para os judeus (e para os pescadores), o pelicano simboliza o amor total e desinteressado. Como se sabe, quando a mãe não consegue o alimento necessário para sua ninhada, ela abre o peito e dá seu coração para os filhotes.

---

9 A iolita é um silicato de alumínio e magnésio. A peça analisada apresentava a seguinte fórmula: $Mg_2Al_4Si_5O_{18}$. Dureza: 7,2 na escala de Mohs. Densidade: 2,57. Índice de refração: 1, 53. Birrefringência: 0,009. Índice de refração negativo. Dispersão fraca (0,018). Hoje também é conhecida pelo nome de dicroíta, devido ao seu grande pleocroísmo. Alguns deram o nome de cordierita. A peça fornecida pelo Galileu provinha das minas em Coimbatore, Madras (Índia). Eu nunca soube como chegou até Ele. Foi o engenheiro que conseguiu descobrir. (N. do M.)

10 O pleocroísmo de um mineral é a sua propriedade de apresentar cores diferentes conforme a direção e a incidência da luz. (N. do M.)

Todos receberam o mesmo tipo de pedra preciosa. Todos foram consagrados à vontade de *Abba*. Todos contemplaram os pelicanos e todos eram bem-vindos ao reino da fraternidade. Mas duvido, no entanto, que essa múltipla mensagem fora compreendida por todos os que estavam ali reunidos. Na verdade, como já disse, nada disso foi refletido pelos evangelistas...

Mas... por quê? Eu não conseguia entender isso.

As pedras azuis foram guardadas como um tesouro. Por que os assim chamados "escritores sagrados" – sobretudo Mateus e João – não disseram uma só palavra sobre elas?

Naquela noite, eu receberia uma possível explicação.

Quando a tarde se foi, voltamos a Nahum.

Ali nos aguardava outra surpresa, não tão agradável.

Quando estávamos prestes a embarcar em direção ao bairro pesqueiro de Saidan, as mulheres apareceram. Eram as esposas dos discípulos, acompanhadas de outros familiares e amigos. Liderando o grupo, como sempre, estava a inquieta Zaku, esposa de Felipe, e Perpétua, a mulher de Simão Pedro.

Elas questionaram Jesus.

"Que história é essa de uma longa peregrinação até a Cidade Santa? O que será dos filhos deles?"

O Mestre deixou que falassem. Os discípulos se mexeram, inquietos e irritados.

– Nós voltaremos... Confiai no Pai.

As palavras do Galileu não causaram o efeito desejado. E elas continuaram discutindo com os esposos e entre elas.

Mateus Levi interveio, e isso foi muito oportuno.

Ele levou as mulheres para um lado e explicou que não havia nada a temer. Teriam dinheiro suficiente para custear as despesas da viagem. Nos últimos seis meses, a pesca havia proporcionado a eles mais de 500 denários de prata de lucro. Com isso eles iriam sobreviver e ajudariam as famílias que estivessem em apuros.

Elas não ficaram muito convencidas...

Foi por causa desse incidente, já no casarão dos Zebedeu, que os discípulos levantaram a necessidade de criar um sistema de correios que os mantivesse informados sobre as respectivas famílias e suas necessidades.

Discutiram.

Jesus se retirou para seu quarto e se manteve à margem dos debates.

Fez bem. Ele precisava descansar. Havia surpresas pela frente e, acima de tudo, tensões.

André propôs que o sistema de mensagens fosse organizado e controlado por Davi Zebedeu, o irmão de João e de Tiago. Foi aprovado por unanimidade.

Foi assim que nasceu o corpo de mensageiros que tanta coisa proporcionou na vida pública de Jesus e, especialmente, nos dias amargos da Paixão e da Morte do Mestre.

O restante da noite foi dedicado a comentar o que aconteceu na colina das bem-aventuranças.

Apenas Felipe estava ausente. Os preparativos para a viagem, como eu disse, o mantinham ocupado. Na última hora surgiu um problema: o carro previsto para o transporte de alimentos era pequeno. Eles precisavam de uma *reda* maior. E o paciente Felipe se viu com a necessidade de se deslocar para Nahum a fim de contratar um veículo de maior capacidade. Felipe rugia. E o Iscariotes, ao que parecia, não soltava o dinheiro para contratar a nova *reda* sem a prévia autorização por escrito do administrador-geral: Mateus.

"Questão de ordem", dizia Judas. "Questão de burocracia", protestava Felipe.

Mateus, finalmente, resolveu o tumulto, e Felipe saiu às pressas.

E, como eu dizia, retomaram o fio do mistério da pedra azul, presente do Galileu.

Cada um deu a sua opinião.

João Zebedeu, o Zelote e o Iscariotes chegaram a um consenso: "A iolita era um código secreto; com ele estabeleceriam contato quando chegasse a hora certa".

Os gêmeos nada disseram, como também era o habitual.

Pedro, Tiago Zebedeu e Tomé falaram de bruxaria. "A pedra – disseram – enfeitiçaria os *kittim*."

Bartolomeu, o "urso" de Caná, aproveitou a ocasião para deixar escapar outra de suas fantásticas histórias, assegurando que, durante uma viagem pela Índia (?), ele tinha visto homens que voavam, com a ajuda de pedras como aquelas. Bastava que o sujeito as segurasse na mão e dirigisse seu pensamento a um lugar determinado, para que a iolita levantasse o dono da gema pelo ar.

Ninguém acreditou nele, e começou a zombaria.

Pedro mostrou a pedra azul, prendeu-a em sua mão esquerda, fechou os olhos e desejou transportar-se para Roma, para "bem longe de sua sogra".

Todos contemplaram a cena, perplexos e ansiosos. Mas o pescador, obviamente, não saiu do lugar. E as risadas e provocações pioraram. O "urso" teve de permanecer em silêncio.

Mateus, como não podia ser diferente, avaliou a posse daquela bela pedra como sendo "uma reserva financeira".

André se absteve de comentar. Sua preocupação estava em outro lugar: na bendita carroça...

E quem isto escreve se perguntou: será que pode ter sido aquele evidente desacordo entre os discípulos o que acarretou o desaparecimento nos textos evangélicos de qualquer menção à passagem da consagração à vontade do Pai e a posterior entrega dos presentes por parte do Filho do Homem aos 12?

E chegou o incrível domingo, 19 de janeiro (ano 27).

Esse dia amanheceu às 6 horas e 37 minutos.

Quando cheguei à "terceira casa", o lugar parecia um manicômio.

Todo mundo estava gritando. Todos corriam. Todo mundo entrava e saía. Ninguém prestava atenção em ninguém.

Procurei ver se encontrava o Mestre. Não consegui. Ninguém soube me dizer nada.

Tomei o café da manhã da melhor forma que consegui e me dediquei a observar o pessoal.

Felipe não tinha conseguido dormir a noite toda. Ele era o mais alterado de todos.

Na frente do casarão estava estacionado o carro de quatro rodas, coberto.

Metade da cidade estava concentrada nos arredores da casa. Todas as línguas eram faladas. E todos diziam conhecer o verdadeiro e secreto objetivo daquela viagem: clamar contra Roma durante os festejos da Páscoa. Todos diziam saber disso por uma boa fonte.

Alguns dos estrangeiros que viviam acampados regularmente na praia também tinham se aproximado das portas do casarão. Eles assistiam, intrigados e na expectativa, aos últimos preparativos da viagem.

Em um canto, como sempre, estavam Nŭ, a tetraplégica, e seu irmão, o menino da flauta. Eles assistiam a tudo espantados.

A troca da *reda* foi acertada, a julgar pelos víveres e pela bagagem programada pelo intendente.

Duas velhas mulas de um cinza mesclado puxavam o carro. Velhas, não: velhíssimas. Eram do tipo *hinni* (mistura de cavalo com burro). Chamavam-se *Baqâr* e *Schôr*. Os termos significavam "trabalhador" e "robusto", respectivamente.

Eu olhei dentro do carro e fui pego de surpresa.

Não parecia que íamos fazer uma excursão ao vale do Jordão. Parecia mais que estávamos dispostos a atravessar o deserto de Gobi...

Eu me lembro do seguinte: Felipe conseguiu duas grandes tendas de pele de cabra (uma preta e outra branca), o equipamento necessário para a montagem, postes, cabos, peças de couro, e suprimentos para três meses. Três meses? Eu diria que para seis...

Felipe subia e descia da carroça com agilidade. Cada vez que descia ele se lamentava por alguma coisa, e corria para o interior do casarão em busca do paciente André.

Não me lembro de todos os víveres que haviam sido colocados na carroça. Mas havia, pelo menos, cinco sacos de grãos (arroz, lentilhas, grão-de-bico e feijão), com o peso por saco de uma *efa* (43 quilos aproximadamente). Além disso, havia ainda carne salgada em abundância (cerca de três *efa*), peixe defumado (especialmente tilápias), tâmaras de diversos tipos (secas e moles, muito doces), lagostas cozidas ("saltadoras"), e mais panelas, dois foles para alimentar o fogo, um prato grande, curvado, para assar o pão, duas grades de ferro para as carnes, 13 lamparinas de argila (com as respectivas reservas de azeite de oliva), jarros (não se sabe em que quantidade) com os óleos essenciais e os remédios (?) "prescritos" por Felipe, chapéus de palha (dois por discípulo), frutas secas, queijos e as "estrelas" da expedição: *Tiberia* e *Cleo*, duas galinhas poedeiras da espécie guiné. Não perguntei o motivo daqueles nomes. Não me atrevi...

André, como líder do grupo, inspecionou a *reda* em diversas ocasiões. E em todas elas encontrou algo que deveria ser retirado do carro. Em uma das oportunidades, ele ordenou a Felipe que se livrasse de dois potes. Fiquei atordoado. Um deles continha caracóis vivos. Felipe os alimentava com uma mistura de farinha e mosto de uva. Os protestos do intendente de nada serviram. E os caracóis foram distribuídos aos estrangeiros. O conteúdo da segunda vasilha era ainda mais "espetacular". Felipe teve a santa paciência de reunir uma "família" de ratos-do-campo, vivos. Não sei se já mencionei, mas esse tipo de roedor era uma iguaria para os judeus e gentios. Eram disputados no mercado. Na vasilha haviam sido colocadas várias bolotas e nozes para que eles se alimentassem durante a viagem.

Fiquei feliz pela sábia e prudente decisão do "chefe".

E às 11 da manhã (quinta hora), Felipe foi fazer a enésima revisão da *reda* e dos sacos de viagens de seus companheiros. Os gêmeos o ajudavam em todos os momentos.

Cada qual apresentou seu saco de viagem e teve que mostrar o conteúdo para André e Felipe.

Não observei nada de estranho, salvo o arreio de couro que Simão Pedro devia usar durante a noite, e que foi idealizado para prevenir os roncos do discípulo.

No cinto, obrigatoriamente, iam dependurados um par de sandálias e uma pequena cabaça, que fazia as vezes de um "cantil". As sandálias tinham sola plana, de madeira ou de papiro prensado.

E eu estava me esquecendo de um detalhe não menos importante...

Dentro da *reda*, envoltas em uma lona, contei 15 *gladius* de gume duplo. O Iscariotes, João Zebedeu e Simão, o Zelote, foram os responsáveis por verificar as espadas e dar seu assentimento.

Naturalmente, amarrada ao carro e recém-pintada, aparecia a *Cipriota*, a cabra de Felipe.

Estávamos todos.

E os ali reunidos saudaram os discípulos.

"Abaixo Roma!"

Também vi as esposas. Pareciam agora mais calmas, e fizeram coro com os vizinhos e com os forasteiros:

"Abaixo Roma!"

Foi André quem notou a ausência de Jesus. Ninguém o tinha visto desde a manhã. O que havia acontecido? Onde estava o Mestre?

Alguém entrou no casarão e perguntou. Ninguém sabia de nada.

Zal tampouco fora visto por ninguém.

E os discípulos se mobilizaram.

André foi até a praia.

Devia ser meio-dia.

Eu fui atrás dele.

Não demoramos em descobrir *Zal*. Ele estava na praia, com as pernas dianteiras sobre a borda de uma das embarcações encalhadas na areia. Ele latia e abanava a cauda com insistência.

Dentro do barco, distingui a figura alta do Mestre. Estava sentado, com a cabeça baixa. Não parecia estar prestando atenção aos latidos preocupados de seu cão.

André e eu nos entreolhamos.

Alguma coisa estava acontecendo.

Caminhamos lentamente, tentando adivinhar. O que teria acontecido?

Nós nos posicionamos em frente ao Mestre, mas Ele não reagiu.

Manteve-se, de fato, com a cabeça inclinada e os cabelos soltos. Vestia a túnica branca. A seu lado, no fundo do barco e perfeitamente dobrado, via-se o manto. E um pouco além estava o alforje.

Zal continuava latindo, e fazia isso sem perder de vista seu dono.

O nobre animal sentia alguma coisa...

Mas o que foi que aconteceu? Nem nos cumprimentou. E sabia que estávamos ali...

Foi André quem decidiu falar primeiro:

– Senhor, todos te esperam...

O Galileu não respondeu. Continuou com o rosto enterrado e oculto pelos cabelos.

Zal latia e latia.

Comecei a ficar preocupado.

– Senhor – insistiu o "chefe" –, hoje é o grande dia, o dia triunfal. Devemos ir...

Jesus, então, levantou a cabeça, afastou o cabelo do rosto e nos observou em silêncio.

Senti um calafrio.

O Homem-Deus estava chorando.

Era um choro sereno e contínuo.

As lágrimas deslizavam e se precipitavam através de sua barba. E ali desapareciam.

Zal começou a gemer...

André, espantado, deu um passo para trás. Era a primeira vez que o discípulo via seu rabi chorar.

Não entendia muito bem. Por que estava chorando?

O discípulo se recuperou e perguntou, com a voz entrecortada:

– Mestre, quem te ofendeu? Dize-me e eu irei arrancar o coração dele...

Jesus não conseguiu responder. O choro o afogava.

Ele enxugou as lágrimas e, aos poucos, tentou desenhar um sorriso. Conseguiu apenas até a metade...

E o bom André insistiu:

– O que fizemos, Senhor?

O Mestre sacudiu a cabeça. As palavras ainda continuavam desobedientes.

E tudo passou pela minha mente. Ele chorava por causa de alguma desgraça? Pensei em Ruth e voltei a estremecer. Será que tinha morrido? Mas isso não seria possível...

Ele captou as minhas preocupações, olhou para mim e balançou a cabeça, negativamente. Como era difícil de me acostumar com isso...

Pelo menos, não se tratava de Ruth.

– Por favor, rabi, o que aconteceu?

André estava lívido.

O Filho do Homem recuperou o controle. As lágrimas desapareceram e um sorriso foi iluminando seu rosto.

Finalmente respondeu:

– Pouca coisa, André... Acontece que estou triste.

Foi a única vez, pelo menos que eu lembre, em que Jesus de Nazaré reconheceu que estava entristecido.

Zal continuava gemendo, sempre com as patas sobre a borda do barco.

E o Mestre explicou o motivo de sua tristeza: aquela era a primeira excursão de pregações, de fato, e ninguém de sua família de sangue havia aparecido para se despedir. Simples assim.

Ele tinha razão.

Nem André nem este explorador nos atrevemos a fazer um único comentário. Mas o que poderíamos dizer? A família do Mestre, na verdade, estava longe e era contra Ele. Mas nada disso foi relatado... Obviamente, não estavam interessados em prejudicar a imagem da Senhora.

Jesus foi breve em sua explicação.

Pulou do barco na areia e *Zal* correu para Ele. Colocou as patas sobre o peito do Galileu e começou a lamber seu dono. O Filho do Homem agradeceu o carinho do cão e acariciou com força a cabeça e o lindo pelo da cor de estanho.

O rabi fez menção de pegar sua bolsa de viagem, mas eu não permiti. Adiantei-me e peguei a bagagem.

Jesus sorriu, pegou seu manto cor de vinho, piscou para mim e proclamou, decidido:

– Vamos! Vamos despertar o mundo!

E nos dirigimos para a escada que levava até a parte de trás do casarão.

A bagagem era pesada. O que levava o Homem-Deus em sua bolsa de viagem?

Ao ver Jesus, os aplausos aumentaram.

"Abaixo Roma!"

Tudo estava pronto para a grande aventura.

O Mestre amarrou na cabeça a fita branca para segurar os cabelos, como de costume, e se preparou para a marcha.

Nisso, alguns dos forasteiros que acampavam na praia se apresentaram. Eles desejavam unir-se à "marcha contra Roma". Foi assim que a definiram.

O Galileu tentou fazê-los ver o seu erro. Aquilo não era uma marcha política, mas os acampados não deram ouvidos.

Foi André quem lhes suplicou que deixassem que partissem. Eles aceitaram com relutância. Na verdade, não aceitaram. Eles simplesmente permitiram que a expedição saísse. Algum tempo depois, nós os vimos à distância. Eles nos seguiam com grande tenacidade. Calculei cerca de uma centena deles.

E a expedição se pôs em movimento.

Felipe conduzia as mulas e os gêmeos seguiam cada um de um lado da carroça, aguardando as ordens do intendente.

Salomé e as filhas choravam.

Os amigos e familiares nos acompanharam durante um trecho.

De repente, Abril surgiu do meio dos caminhantes, pendurou-se em meu pescoço, me beijou e fugiu correndo.

Fiquei parado, perplexo. E a vi perder-se ao longe no caminho em direção a Saidan.

Quando já havíamos caminhado uns 500 metros, também de surpresa, vi Har aparecer, o irmão da moça tetraplégica. Ele chegou perto do Mestre, que seguia na frente de todos, e entregou sua flauta doce. O menino, muito sério, exclamou em árabe:

– Para que te lembres de nós...

O rabi aceitou a flauta, sorriu ao menino, agradeceu e continuou com suas rápidas passadas de sempre.

E a *reda* e os corajosos embaixadores do reino invisível e alado continuaram pela trilha na costa leste do lago, em direção ao sul.

Levamos o dia todo para chegar à segunda desembocadura do rio Jordão.

Aquilo foi uma loucura.

As pessoas saíam de casa e aplaudiam Jesus e seus discípulos. Não importava que não os conheciam. Éramos importantes, a julgar pela *Cipriota*.

Os íntimos saudavam e correspondiam. Os vizinhos os abraçavam e lhes ofereciam de tudo: pão fresco, vinho, frango, flores...

O mais feliz de todos era Felipe, e nós sabíamos o motivo. O carro ia ficar lotado.

O Iscariotes, João Zebedeu, Pedro e o Zelote não andavam; eles flutuavam.

Aquilo era um sonho. Nem haviam ainda começado o trabalho de divulgação da boa-nova e já eram tratados como heróis...

Eles se felicitavam uns aos outros.

O Mestre seguia em seu próprio ritmo, sempre na frente de todos, com *Zal* a seu lado, atento.

Houve apenas um percalço.

Ao chegar a Em Gev, por volta da nona hora (três da tarde), as mulas deram um basta. Era peso demais. Não teve modo de fazê-las prosseguir. Os gêmeos começaram a incitá-las com um pedaço de pau, mas o Mestre os repreendeu. Não era um problema de teimosia das mulas, mas é que elas eram incapazes de arrastar tudo aquilo. A *reda*, segundo meus cálculos, levava uma carga superior a 1.100 quilos.

Finalmente, a sanidade prevaleceu.

Era preciso transferir parte dos apetrechos para uma segunda *reda*.

E começou uma discussão entre o Iscariotes, Mateus e Felipe.

Jesus deixou que discutissem.

Judas não queria desequilibrar a tesouraria. Era cedo demais para um gasto desse porte. Felipe clamava: que outra coisa eles poderiam fazer? O Iscariotes propôs que cada um de nós carregasse uma parte. A ideia foi rejeitada por todos.

Por fim, Felipe e o Iscariotes entraram no povoado em busca de uma segunda carroça e outras duas mulas. O inesperado contratempo representou um desembolso de 200 denários. Se a *reda* e os animais fossem devolvidos no prazo de uma semana, Judas recuperaria metade desse pagamento.

Foi realizada a transferência do excesso de carga para a outra carroça e a expedição continuou seu caminho.

O Iscariotes reclamou os diabos...

Pensei bastante sobre aquilo.

Antipas logo seria informado sobre aquela "marcha contra Roma", como a definiram erroneamente os estrangeiros. E o mesmo aconteceria com os *kittim* e com as castas sacerdotais... Enfim, não tinha solução.

Passei a observar os discípulos. Existia mesmo um traidor entre eles? Se a informação do tetrarca estava correta, qual deles era o confidente?

Eu teria que ficar atento. Era importante descobrir o espião.

Nessa noite, dormimos fora de Bet Yeraj, um dos núcleos urbanos que integravam aquilo que eu havia chamado de "metrópole",[11] um con-

---

11 O extenso núcleo, ao sul do *yam*, reunia as seguintes cidades e vilas: Bet Yeraj, as duas Deganias, Senabris, Kennereth e Philoteria, as mais destacadas. Não dava para saber onde uma terminava e onde começava a seguinte. (N. do M.)

junto de cidades e vilas que, interligadas, somavam mais de 40 mil habitantes. Bet Yeraj, ou "Casa da Lua", era a cidade mais populosa e antiga ao sul do mar de Tiberíades.[12]

Tomé, o responsável pelo itinerário, conhecia bem o lugar. E escolheu acampar perto do que chamavam de "celeiros": dez enormes torres de pedra negra, basáltica, de nove metros de diâmetro cada uma, e que guardavam o trigo de Antipas. Os "celeiros" eram protegidos por outro muro, também de pedra. Em seu interior havia, vigilante e permanentemente, uma patrulha *kittim* que estava baseada em Tiberíades.

João Zebedeu não gostou do lugar e muito menos o Iscariotes e o Zelote. Mas todos nós estávamos cansados demais e ninguém discutiu a escolha. Ademais, não teríamos motivo para ir ver os romanos...

Foi o teste decisivo para Felipe. Era seu primeiro jantar com o grupo e ele teve que se multiplicar. Bartolomeu estava com a perna esquerda dolorida e precisou que seu amigo de Saidan lhe arrumasse um bálsamo e esfregasse bem o local. Outros discípulos exigiram que Felipe fizesse o mesmo com seus pés. E o fizeram com maus modos. Felipe não se acanhou e mandou todos diretamente para o inferno. E nasceram novas discussões e brigas.

André se viu na necessidade de mediar a discussão e a paz foi restabelecida, ao menos momentaneamente.

Jesus conversou em separado com Tomé, e deduzi que eles estavam planejando o roteiro do dia seguinte. E eu estava certo. Pouco depois, Tomé confirmou minhas suspeitas e anunciou que o Mestre queria acampar nas proximidades do rio Artal, no sinuoso Ômega, o local de seu batismo.

Estávamos a pouco mais de 30 quilômetros. Eu conhecia a estrada que levava até lá. Já a havia percorrido em diversas ocasiões. Caminhando num bom ritmo e sem atropelos e incidentes, precisaríamos de algo como seis ou sete horas.

Mas o delicioso aroma das lentilhas me arrancou dessas reflexões. Eu estava faminto.

Jesus exalava um excelente humor. Repetiu as lentilhas e parabenizou Felipe.

"Tudo perfeito."

E estávamos assim, relaxados ao redor do fogo e com os respectivos canecos de madeira nas mãos, quando rompeu um novo e estúpido conflito.

---

12 Bet Yeraj foi fundada pelos cananeus em 5000 a.C. (N. do M.)

O Iscariotes, de repente, fez um comentário.

Ele apontou as silhuetas dos celeiros, desbotadas pelo ocaso, e recomendou ao Mestre que, uma vez inaugurado o reino, voltasse a Bet Yeraj, assaltasse as torres e repartisse o trigo de Antipas entre os mais necessitados.

O Galileu o encarou, entre surpreso e intrigado.

O silêncio se fez, mas foi muito breve.

O Zelote e João Zebedeu apoiaram a iniciativa de Judas e afirmaram que deveria ocorrer o mesmo com os celeiros de Tibérias e de Nahum.

Obviamente, eles não haviam entendido nada...

Jesus continuou mexendo a sopa, e seu rosto se endureceu.

Não sei se estava disposto a responder quando Mateus, dirigindo-se ao Iscariotes, o repreendeu por sua "miopia". E acrescentou, corretamente, que aquele não seria o reino do qual tanto o rabi falava.

Como eu já disse, Mateus, o publicano, foi o primeiro (e talvez o único) a entender pelo menos metade da mensagem do Filho do Homem.

Judas, ainda irritado com o incidente da segunda *reda*, descontou em Mateus. Ele se levantou. Insultou-o entre tosses e chiados e solicitou a Jesus "que expulsasse do grupo aquele maldito *gabbai* (coletor de impostos) a serviço dos romanos".

João Zebedeu se uniu ao pedido.

Todos ficaram em silêncio.

Mateus estava apavorado.

Olhou para Jesus, mas Ele continuou com as lentilhas.

Quem não esperou foi o Iscariotes.

E, antes que alguém dissesse alguma coisa, ele se aproximou de Mateus e jogou as lentilhas em seu rosto.

Mateus se levantou, pronto para responder à ofensa de Judas.

André foi rápido ao intervir, ajudado pelos gêmeos de Alfeu, e Mateus foi obrigado a voltar ao seu lugar.

As tosses e chiados aumentaram em Judas, assim como as maldições e impropérios contra o antigo coletor de impostos.

E Iscariotes, então, se encaminhou na direção da panela de lentilhas e a derrubou no chão com um pontapé.

Felipe, impotente, começou a soluçar.

E os discípulos se dividiram. Uns trataram de consolar o intendente. Outros recolheram o que puderam, o que não foi muito.

E o Iscariotes pegou sua bolsa de viagem e se refugiou na escuridão.

Quando passou perto do Mestre, *Zal* se levantou e começou a latir com força contra Iscariotes.

O Mestre não disse nada. Ele havia perdido o sorriso e o bom humor. Todos nós nos sentimos desconfortáveis. Eu logo me acostumaria com essas brigas, mais frequentes do que imaginamos, e igualmente ignoradas nos textos evangélicos.

No dia seguinte, segunda-feira, 20 de janeiro (ano 27), o amanhecer chegou às 6 horas e 37 minutos (segundo os relógios do "berço"). E ele veio bonito, distribuindo azuis e laranjas.

Tudo parecia ter sido esquecido.

Os discípulos tomaram o café da manhã bem satisfeitos. *Zal* estava feliz. A *Cipriota* nos ofereceu um leite excelente e André e Felipe reviram os apetrechos da viagem.

Jesus se levantou cantando... Menos mal.

Judas tomou seu café da manhã, mas continuou com aquele olhar torto. A crise asmática parecia ter arrefecido.

Não conversou com ninguém. E continuou assim por todo o caminho.

A marcha foi retomada e percorremos os quase 40 quilômetros em pouco mais de sete horas, como o Mestre e Tomé haviam previsto. Não houve incidentes que valessem a pena mencionar, exceto a descoberta à distância, como já referi, do grupo de seguidores (?) que acampavam na praia de Saidan quando partimos. Eles permaneceram distantes mas, obviamente, tinham intenção de se unir à expedição do Filho do Homem assim que fosse possível. E foi o que ocorreu.

Paramos na aldeia de Ruppin, muito próxima das "11 lagoas" e do criadouro de crocodilos, e depois de nos abastecermos do imprescindível cruzamos o rio Jordão, entrando em um local bem conhecido de quem isto escreve: Ômega.[13] Ele era, como já relatei em certa ocasião, um gigantesco meandro em forma de ferradura, de cerca de 700 metros de diâmetro. Era formado pelo Artal, um dos afluentes do Jordão. Os judeus conheciam o lugar como *Ahari*, mas a designação mais popular era Ômega, pela semelhança da curva do rio com a letra grega.

Pensei que Jesus fosse estabelecer o acampamento na área de costume, perto das cinco grandes lajes de pedra negra, do lado mais oriental do Artal. Mas não foi assim.

---

13 Ampla informação em *Cavalo de Troia 8 - Jordão.* (N. do M.)

Às três da tarde (nona hora), prestes a entrar no bosque dos lenços[14] e quando havíamos percorrido apenas um quilômetro desde a aldeia de Rubbin, o Galileu deixou a estrada que atravessava o referido bosque e se dirigiu à margem direita do Artal. Nós estávamos justamente no extremo oposto ao local onde se registrou a emocionante cerimônia de batismo do Filho do Homem, em 14 de janeiro do ano 26.

O Mestre deu as ordens apropriadas e André, depois de inspecionar a região, indicou que podíamos descarregar as *redas*.

Ficaríamos ali por duas semanas.

O lugar era silencioso, entre as altas *davidia* e a um passo das pacíficas e murmurantes águas do Artal.

Eu me senti bem. Não pude distinguir nada nos arredores. As lajes ficavam a coisa de dois quilômetros. Era preciso atravessar o bosque para chegar até elas.

E Felipe, com o restante do grupo, se ocupou da montagem das barracas e da organização do acampamento.

Jesus e sua *tabbaḥ* (sua escolta pessoal) iriam ficar na barraca branca. Judas de Alfeu, o gago, os acompanharia. André tomou para si o sorteio, e todos aceitaram. Na tenda negra dormiria o restante do grupo. Judas Iscariotes se recusou a dividir o mesmo alojamento com Mateus e escolheu dormir ao ar livre, entre as árvores. Eu também me decidi a ficar no bosque, mas por razões diferentes. A temperatura era agradável (ao redor de 18 °C). Eu tinha pensado bem. Foi preferível manter uma certa distância do grupo. Eu estava certo...

Jesus se despiu e mergulhou nas águas do Artal.

Desfrutou de um banho.

Naquela noite, na hora do jantar, o Mestre se dirigiu a seus homens e fez uma série de esclarecimentos.

Em primeiro lugar, e insistiu nisso várias vezes, nada de pregar em público.

Os discípulos não esperavam um aviso desses. E ficaram decepcionados.

Mas o Mestre prosseguiu:

---

14 O Major descreve o lugar assim: "... Ômega era um bosque apertado com alguns pequenos claros, muito poucos. Dominavam as tamareiras e os arbustos baixos, como a sempre-viva, que mantinham a base do bosque com um violeta bonito e relaxante. Mas o que chamava a atenção naquela grande 'ferradura' eram algumas árvores de cerca de 20 metros de altura, bem geminadas, ocupando quase todo o meandro, com enormes flores brancas penduradas como lenços no ar. A menor brisa as fazia oscilar. Ao longe, um viajante tinha a sensação de que era saudado por milhares de amigos. Para mim foi o bosque dos 'lenços'. 'Papai Noel' identificou essa espécie de árvore como sendo a *Davidia involucrata*, da família dasdavidiáceas. Elas vieram do oeste da atual China". (N. do M.)

"Nada de críticas... A ninguém."

Repetiu isso por três vezes.

E na minha mente apareceu a imagem de Yehohanan, manchando o nome de Antipas e Herodíade.

Eles estavam ali para refletir e se preparar. O que estava por vir era importante.

– Instalar o reino de meu Pai no coração dos homens não é fácil...

E o Galileu chamou a atenção sobre algo que eles sabiam de sobra: nós estávamos na Decápolis; aquele não era um território do tetrarca, mas Antipas possuía olhos e ouvidos em toda parte. Como ele estava certo!

Eles deviam ficar atentos às indicações de André, o chefe.

Nessa ocasião (a primeira vigília da noite), observamos luzes do outro lado do bosque. Algumas tochas iam e vinham... Os discípulos fizeram comentários. E o Zelote lamentou não estar armado. As *gladius* tinham ficado na carroça, por ordem expressa de André.

Jesus também olhou para as luzes, mas continuou falando.

Pensei nos estrangeiros que nos seguiam.

Aquela situação me parecia familiar.

E o Galileu insistiu em algo que já havia expressado meses antes:

"Quando for chegado o momento, eu cuidarei das críticas."

Ele olhou para seus homens e se deteve por alguns instantes no irritado Iscariotes. Judas sustentou o silêncio e o olhar intenso do rabi e, como sempre, fez isso à sua maneira. Ele se levantou e foi embora. Realmente, ele era mais rancoroso do que eu pensava.

No dia seguinte, terça-feira, eu comprovei que estava certo. As tochas pertenciam àquela centena de estrangeiros que seguiam o Mestre desde que saímos de Saidan. Eles haviam acampado junto das lajes.

Eles se reuniram com André e prometeram respeitar a privacidade do acampamento dos 12. Ficariam onde estavam.

Jesus pegou *Zal* e se perdeu na parte mais espessa do bosque.

Os irmãos Zebedeu e Pedro não reagiram a tempo e o Mestre desapareceu entre as *davidia*. A escolta falhara.

As lamentações de Simão Pedro duraram pouco.

Jesus havia alertado a André sobre o que deveriam fazer e, por volta das nove da manhã, uma vintena dos seguidores solicitou ao chefe que os ensinasse sobre o reino. Era o que havia sido previsto pelo Filho do Homem. E os discípulos, aos pares, foram sentando-se sobre as lajes negras. De início, conversaram com pequenos grupos (não mais do que 20 pessoas).

Felipe e os gêmeos ficaram de fora. Judas, depois de consultar André, tomou a segunda *reda* e foi para En Gev com a intenção de devolver o carro e recuperar parte do dinheiro. Sinceramente, todos respiramos mais tranquilos...

Eu assisti a quase todas as "palestras"...

Em um primeiro momento, embora as explicações dos discípulos não se ajustassem direito à mensagem do Mestre, tudo correu com discrição. Eles falavam em voz baixa, inclusive.

Tudo era temor.

Os discípulos olhavam os estrangeiros e tentavam averiguar (inutilmente) qual deles poderia ser espião de Roma, de Antipas ou dos "santos e separados".

Acabei ficando entediado e voltei para a "cozinha" do acampamento.

As "palestras" giravam e giravam sobre as mesmas ideias de sempre: Jesus era o Messias prometido, a libertação de Israel era questão de dias, eles eram os futuros governantes do mundo, o dinheiro iria correr como as águas do Jordão, o resto das nações iria se ajoelhar diante do trono de Davi, os exércitos de Israel imporiam a ordem e a paz e Jesus levaria a cabo grandes maravilhas...

Eles só acertaram esse último...

A partir daquele dia eu assumi a tarefa de lavar os pratos e de ajudar Felipe e os gêmeos nas tarefas domésticas. Nisso eu me dava bem e era preferível.

Então, pouco a pouco, as "lições" foram esquentando. O tom dos professores foi se elevando – em especial o de Pedro e de João Zebedeu –, e aqueles "grupos discretos" terminaram de pé, gesticulando e adiantando-se nas palavras uns dos outros.

André teve que intervir mais de uma vez, acalmando os ânimos e relembrando as orientações do rabi.

A paz não durou muito tempo. Os enfrentamentos se intensificaram e recomeçaram...

Ao entardecer, Jesus regressou ao acampamento e escutou atentamente o que era dito.

E fez isso com uma estranha paciência. Depois lhes deu a entender que esse não era o caminho. Ele não era o Messias do qual os profetas falavam. Seu reino não era deste mundo. Ele trazia outro tipo de esperança, mais bonita e duradoura...

Foi inútil.

A quarta-feira, 22, segundo o que fora acordado por todos, era o dia destinado ao descanso. Jesus ficou no acampamento e o Zelote, depois do desjejum, nos surpreendeu. Ele era o encarregado dos jogos e das brincadeiras e, na minha opinião, o fazia muito bem. Todos nós passamos um grande momento, e Jesus principalmente.

O Zelote tinha tudo planejado. Ele procurou uma ampla clareira e montou duas equipes. E a parte da manhã foi gasta jogando um esporte que chamavam de *keri* (na verdade *keritizein*). Era um tipo primitivo de hóquei, importado da Pérsia, e muitas vezes praticado na Grécia e no Egito. Os jogadores usavam ramos de *davidia* e Felipe, mais hábil, fez uma bola de trapo. Os jogadores tinham que golpear a *sphaîra* com bastões ou varas improvisadas e deveriam lançar a bola entre duas árvores determinadas. André era o árbitro.

Eu não saía de meu assombro.

Eu nunca imaginara o Filho do Homem de tangas, correndo atrás de uma bola de trapos, gritando e animando seus companheiros de equipe, golpeando a *sphaîra* e protestando contra as decisões do árbitro. Jesus era um excelente driblador. Apesar de sua corpulência, tinha um belo jogo de cintura e suas pernas eram puro músculo. O *keri* durou duas horas. A equipe do Mestre, formada pela *tabbaḥ* (os guarda-costas Simão Pedro, João e Tiago Zebedeu) e pelos gêmeos Alfeu, venceu por uma esmagadora diferença de 25 a 3.

Um bom número de seguidores se aproximou da clareira e aplaudiu muitas das jogadas.

Depois de um longo banho, o Zelote veio com outra distração: o *harpaston*, um rúgbi rudimentar, em que cada equipe tentava cruzar uma linha imaginária com a bola em suas mãos. Nesta ocasião, as equipes foram reforçadas por voluntários da plateia. E eu comecei a ver coisas estranhas. Os ataques a Jesus eram tão numerosos quanto desmedidos. E eram sempre realizadas pelos mesmos jogadores: dois ou três tipos de Pereia.

O Mestre foi derrubado violentamente em várias ocasiões. Em uma delas foi atingido por uma pedra. O supercílio esquerdo se abriu, correu sangue e os discípulos se assustaram.

A partida foi interrompida. Felipe limpou e curou a pequena ferida e o Galileu foi obrigado a abandonar o jogo. O Filho do Homem protestou, mas André, o árbitro, obrigou-o a sentar-se com o público.

Aqueles sujeitos que sempre derrubavam Jesus eram familiares.

De onde eu os conhecia?

E logo eu me lembrei.

Eram seguidores de Yehohanan.

Quem isto escreve se encontrou com eles no vau de Josué. Eles estavam entre aqueles que chegaram a Jericó para marcar o protesto contra o sequestro dos discípulos do Batista.

Naquela tarde eu fiz uma viagem de inspeção pela área das placas e descobri que estava certo. O número de seguidores aumentara significativamente. Eles chegavam a todo momento. Veio gente de Pereia e da Judeia. Havia famílias inteiras. Reconheci muitos adeptos do Anunciador.

Eu tinha um palpite.

A presença daqueles seguidores não me agradou.

A maioria, como eu mencionei na época, acreditava que Yehohanan fosse o verdadeiro Messias libertador. Jesus era um impostor.

E eu comecei a entender por que a violenta e desnecessária abordagem no jogo ao Galileu.

O dia, porém, terminou em calma. Jesus, com um curativo volumoso na cabeça, foi o primeiro a rir de si mesmo e de sua aparente falta de jeito. Olhamos um para o outro em várias ocasiões e nós dois sabíamos dos pensamentos um do outro. Mas ninguém disse nada. Ninguém suspeitava...

Simão, o Zelote, foi elogiado. O dia estava uma delícia, em geral.

Na quinta-feira, 23 de janeiro, tudo voltou ao normal. Pelo contrário, quase tudo...

O Mestre se retirou com *Zal* para dentro do bosque dos lenços e os discípulos passaram parte da manhã, e parte da tarde, com os "ensinamentos" a pequenos grupos.

Todos nós fomos surpreendidos. O número de curiosos e seguidores continuava a multiplicar-se. Eu somei cerca de 500.

Isso forçou os íntimos a aumentar o número de ouvintes.

E havia as discussões habituais e muito mais...

Os seguidores de Yehohanan logo deram as caras para enfrentar os discípulos amedrontados.

Pude ouvir duas críticas principais:

Em primeiro lugar. Por que Jesus não fez nada para ajudar Yehohanan? Por que ele permitiu que continuasse na prisão? Por que não usava o seu suposto poder para libertar o Anunciador?

Os íntimos não sabiam o que dizer. E prometeram responder no dia seguinte, uma vez realizadas as consultas necessárias.

Segundo. Por que os discípulos de Galileu não batizavam?

Também não houve resposta.

André visitava seus companheiros e lembrava a eles, constantemente, da necessidade de não entrar em rusgas com ninguém.

As súplicas do paciente e inteligente chefe foram atendidas em parte. Pedro e João Zebedeu eram os mais agressivos e, para entrarem em discussões, não precisava muito...

Aquilo não teria fim...

À noite, depois de ouvir as questões levantadas pelos seguidores de João Batista, o Filho do Homem simplificou a solução:

– Eu tenho dito muitas vezes: nós estamos aqui para proclamar a imortalidade da alma e mudar a face de Yaveh. Deus é um Pai. Isso é o que deveis responder. O resto é mundano, e é meu Pai quem cuida deles.

E Jesus se retirou para descansar.

Ninguém entendeu e reacendeu-se o debate entre os 11.

Eu também me retirei, desapontado. Aqueles homens estavam a anos-luz da mensagem do Galileu. O pior é que não houve acordo. Mesmo após a morte eles não aceitariam a boa-nova, pelo menos a maioria...

O resto da semana não experimentou grandes mudanças.

Entrei na tenda branca certa manhã, por motivos de limpeza, e recebi uma pequena-grande surpresa.

Ao limpar o canto onde dormia o Mestre, acabei encontrando algo que já havia visto no pombal. E entendi por que o saco de viagem pesava tanto. Na cabeceira da esteira de palha que servia de leito eu encontrei a misteriosa almofada cilíndrica, feita daquela estranha pedra de cor verde.

Eu a acariciei de novo, comprovei o peso (ao redor de cinco quilos) e tentei descobrir a natureza do mineral. Não consegui. Mais adiante, quando aconteceu o que aconteceu, Eliseu me deu uma dica... Foi mágico.

Na sexta-feira, 24, retornando para o acampamento, durante o jantar, o Filho do Homem decidiu discutir uma questão de particular importância: o que aconteceu durante os 39 dias de retiro em Beit Ids, não muito longe do meandro do Ômega. Ele explicou, muito por cima, as decisões tomadas na colina dos *žnun* e aquilo que chamou de *At-Attah-ani*[15], o

---

15 O Major conta em *Cavalo de Troia 8 – Jordão*: "... Foram 39 dias de comunicação, de reflexão constante com o Pai do céu, e que ele chamou de *At-Attah-ani*. Eu não consegui traduzi-lo, e duvido que haja uma aproximação bastante precisa, exceto para grandes iniciados. Decompondo a expressão aparece *at* (pronome feminino que significa "você"), *attah* (pronome masculino, que também significa "você") e *ani* ("eu"), todas em hebraico. *At*, em aramaico, é uma palavra de significado especial no que diz respeito à expectativa messiânica. Ela simboliza o "milagre", o "prodígio" ou "sinal" que acompanharia o dito Libertador de

processo (?) integrador (?) das naturezas divina e humana do Galileu. Eles não entederam nada. Não os culpo. Eu tampouco entendi grande coisa.

O ronco de Pedro alertou o Filho do Homem. E os íntimos ficaram sem saber o que aconteceu com Ajashdarpan e "Despertar", o barco construído por Jesus nas proximidades de Beit Ids.[16]

Que pena...

No domingo, 26, às 13 horas e 29 minutos (segundo os instrumentos da nave), houve um eclipse do sol moderado. Apenas dez por cento do disco solar estava escondido. Nada de importante, realmente, mas o evento não passou despercebido para nós que estávamos no Ômega. Os discípulos ficaram preocupados. "Alguma coisa séria nos ameaça", disseram eles.

Tomé, o mais cético, tentou acalmar seus companheiros, mas todos riram dele.

Durante a refeição da noite, Jesus de Nazaré ouviu os comentários sobre o eclipse.

Todos os olhos foram erguidos para o céu. Entre as árvores, pudemos ver os milhares de estrelas: pulsantes, brancas, azuis e vermelhas. Elas pareciam felizes com a presença do Mestre.

Eu reconheci o cinturão de Órion e a Águia. Além disso, M-75 e o Cisne.

O Galileu permaneceu um tempo com os olhos emaranhados nas estrelas. Na verdade, todas brilhavam para ele, e eu acho que se acotovelavam para serem vistas...

E, de repente, no silêncio do meio do acampamento, ouviu-se a voz de Bartolomeu, o "urso" de Caná.

– Mestre, o que são as estrelas?

Para a maioria dos judeus daquela época, o céu, ou *raquia*, era uma extensão "sem sentido", algo criado por Deus que não estava ao alcance do homem, tampouco ao alcance de sua compreensão. Algumas escolas rabínicas defendiam que o céu, especialmente à noite, era "a sacada dos mor-

---

Israel. Bem, então o que eu consegui entender, e não era muito... O *At-Attah-ani* consistia em um "processo" (?) pelo qual o *At* (o feminino, com letra maiúscula) aprendeu (?) a conviver (?) com o *attah* (masculino), resultando em um "milagre": um *ani* (eu), composto da dupla natureza, divina e humana. Eu estava tão perplexo quanto confuso. Foi outro dos mistérios que não me atrevi a descobrir. Ele disse, e eu acredito. Durante quase seis semanas em Beit Ids, as naturezas divina e humana do Homem-Deus aprenderam (?) a conviver e a ser "um em dois". Esse foi o "milagre": o "tu" (feminino) e o "tu" (masculino) se reuniram em uma única criatura, o Homem-Deus que apareceu..." (N. do M.)

16 Ampla informação em *Cavalo de Troia 8 – Jordão*. (N. de J. J. Benítez.)

tos". Ali brilhavam as almas daqueles que tinham morrido e mereciam a recompensa divina. Toda vez que uma estrela cintilava, eles diziam, significava "eu estou aqui".

O próprio "urso" fez alusão a essas crenças, mas Tomé o interrompeu, rechaçando-as. O estrábico, como eu já mencionei, não acreditava em nada.

O Mestre interveio e repreendeu, amorosamente, Tomé.

– Nada é o que parece. A realidade não é o que tu pensas...

Aquilo finalmente ia ficar interessante.

– A realidade – prosseguiu o rabi – depende da mente do observador...

Nisso eu estava de acordo. E lembrei-me das ideias de Timothy Leary e sua defesa da cultura psicodélica: "O conceito de realidade depende de quem a observa". E assim nasceriam doutrinas como o idealismo, o antirrealismo ou o instrumentalismo. "Tudo o que vemos é pura construção mental."

E Jesus de Nazaré, percebendo que seus homens começavam a se perder, fez uso de uma imagem. Ele falou de um belo peixe azul, preso dentro de uma tigela de cristal. Os íntimos seguiam a narração com expectativa.

– Pois bem, imaginai a visão do mundo que tem esse peixe... Ela tem alguma coisa a ver com a vossa visão do mundo?

Alguns responderam negativamente. Outros não sabiam.

– E, ainda assim, as duas visões são reais...

E eles discutiram.

Até essa altura, ninguém tinha questionado sobre o ponto de vista de um peixe. Nem eu...

Jesus deixou que a discussão se esvaziasse. Então perguntou:

– Quem está certo: o peixe ou vós? Qual é a realidade?

Não souberam responder. Apenas o "urso" tentou dar uma resposta tímida:

– Ambos, rabi.

O mestre assentiu com a cabeça. E acrescentou:

– Em verdade vos digo, há tantas realidades quantas mentes existirem.

Tiago Zebedeu decidiu participar no diálogo, o que era raro:

– Isso quer dizer, Mestre, que o Pai, bendito seja seu nome, é uma realidade que nos rodeia?

Jesus olhou para ele com admiração. Não poderia defini-lo melhor.

– Algo assim, caro Tiago, algo assim...

– E onde vive esse Pai Azul? – perguntou Felipe, sem parar de servir a comida. – Porque se supõe que ele tenha uma casa...

O Galileu não respondeu ao intendente. Continuava pensando na pergunta de Tiago. E murmurou, quase que para si mesmo:

– Não foi a carne nem o sangue que te revelou esta verdade, Tiago, mas o meu Pai... Ele nos envolve, como o peixe é envolvido pelo mundo... Mas o peixe não sabe.

Felipe insistiu:

– Senhor, eu perguntava se *Abba* tem uma casa...

– Uma casa?

– Sim, casa, como todos nós... Tu sabes, quatro paredes e um telhado...

– Claro, Felipe. *Abba* tem uma casa, mas também tem milhões e milhões de outras casas...

– Como é isso? – indagou Mateus, intrigado. – Quer dizer que ele tem milhões de lares? Mas por que todo esse gasto?

Jesus sorriu, comovido.

– Cada mente é a casa dele, eu já te disse.

Ele estava se referindo à "centelha".

– Ele habita em vós desde os 5 anos de idade.

Felipe estava com essa ideia fixa:

– Mas como é a sua casa de verdade?

Jesus respirou fundo. Ele olhou para o céu estrelado e eu pensei que estava procurando as palavras. Que trabalho tão difícil e apaixonante ao mesmo tempo!

O "urso" tentou ajudar:

– Ele mora em uma dessas estrelas?

– Sim e não...

Tentou se explicar:

– Aquelas estrelas que tu estás vendo, e muitas mais, são o meu reino.

Todos ficaram boquiabertos. Não acreditaram nele.

Mas Jesus insistiu, enfático:

– Eu já vos disse, meu reino não é deste mundo. Eu sou o Príncipe e o Criador desse grande império. Mas sou apenas um príncipe. Há milhares e milhares de príncipes, assim como eu. E cada um governa um reino diferente.

Eles estavam mudos. Eu entendi, ao menos a metade. Algo que nós conversamos antes. Ele, Jesus de Nazaré, é o Príncipe, Criador e Deus de um universo (poderíamos dizer que de uma galáxia: a nossa própria). Mas há milhões e milhões de galáxias, cada uma com um Deus. E acima dos milhares de príncipes e deuses teriam outros deuses, mais notáveis, como pode ser o caso do Pai (*Abba*), do Filho e do Espírito da Verdade, entre outros. Se me é permitida a expressão, o Galileu, de acordo com esta hierarquia, não seria o Filho, tal como interpretado pela teologia, mas um dos "netos" de *Abba*.

– Mas qual é a sua casa?

Felipe não se esquecia disso nem se estivesse preso e amarrado.

– Além, caro Felipe, há uma ilha...

O Mestre apontou o firmamento.

– Além? Onde?

Felipe e os outros seguiram a direção indicada pelo dedo indicador esquerdo de Jesus. Eu fiz a mesma coisa.

Ele apontava o céu noturno, mas os íntimos entendiam com dificuldade. Eles não sabiam nada do cosmos nem de sua natureza nem sobre as distâncias. Jesus fez o seu melhor...

– Por trás dessas estrelas – explicou (?) –, no centro do universo dos universos, há uma ilha de luz. *Abba* vive lá.

– O Pai é um náufrago?

A observação de Bartolomeu aliviou as tensões.

– De certa forma sim...

Jesus manteve o sorriso. Ele amava as questões do "urso".

– Mas como é essa casa? Tem portas? Tem janelas? Existe um jardim? Será que vamos chegar a ela algum dia?

Jesus pediu calma. As perguntas de Felipe estavam se acumulando.

– Eu não posso descrevê-la, da mesma forma que tu não podes descrever a tua realidade ao peixe azul.

Felipe pareceu desapontado.

– A minha palavra deve ser o suficiente. Ela é infinitamente melhor do que tu pensas...

– Então já foste lá na ilha...

– Sim, Bartolomeu, eu conheço o lugar. Ele existe. É tão real quanto esse fogo ou as árvores que nos abrigam. E todos chegarão a ela, em seu devido tempo...

– Quanto tempo?

– Quando tu morreres, deixarás de viver o tempo. Simplesmente chegarás lá...

– Todo mundo? Faça o que fizer? Sendo bom ou ruim? Cumprindo ou não os mandamentos?

A pergunta múltipla de Mateus foi muito oportuna.

Jesus se limitou a assentir com a cabeça. Ele esperou uns segundos e disse:

– Tu és imortal e, portanto, duplamente feliz...

Isso eu não entendi bem.

E foi nesse momento, tão animador e cheio de esperança, que percebemos aquele perfume no ar. Cheirava a terra úmida. Mas como poderia ser isso? Não tinha chovido. E então eu me dei conta. Ele estava transmitindo esperança e alegria. Ele cheirava a *tintal*...

Mensagem recebida.

– Então tu és um pequeno Deus...

A nova questão do "urso" surpreendeu o Filho do Homem.

E ele sabia como encaixar a piada.

– Sim, e muito pequeno se comparado com o Pai...

Pequeno, eu pensei comigo, mas extraordinariamente misericordioso. Pequeno? Mas há deuses pequenos?

– Eu estou vendo um Deus – interveio Mateus acertadamente. – Mas dize-me, rabi, como eu posso ver o *Abba* de que tanto falas?

– Tu não podes, por enquanto...

– Por quê?

Os roncos de Pedro marcaram o final da conversa.

– Amanhã vou dizer por que tu não podes ver...

Mateus aceitou, assim como o restante de nós. Estávamos exaustos.

Naquela noite, precisei de tempo para conciliar o sono e dormir. O que foi dito pelo Galileu me encheu de dúvidas e de esperanças, ao mesmo tempo. E lembrei-me do sonho singular da janela. "É hora de voltares à realidade." Sim, eu concordava com o Homem-Deus, existem infinitas maneiras de olhar a realidade e, provavelmente, todas elas são certas. Eu tinha aprendido isso com a física quântica. Sua realidade não tem nada a ver com a realidade da física clássica. E, no entanto, ninguém pode negar nem uma nem outra.

Senti uma dor profunda...

Aquele homem maravilhoso seria torturado e executado. Como isso podia acontecer?

Na segunda-feira, 27 de janeiro, enquanto tomávamos o café da manhã, Mateus recordou ao rabi a pergunta que havia ficado pendente no dia anterior.

Jesus deixou de ordenhar a *Cipriota*, colocou o balde com leite sobre a grama e pediu ao discípulo que o acompanhasse. Meio curioso, fui atrás deles.

Jesus procurou uma clareira.

O dia estava esplêndido. Céu azul e sol jovem e radiante.

– Eu te disse que não podes ver o Pai neste instante, lembra-te?

Mateus assentiu.

Então Jesus replicou:

– Olha o sol. Contempla-o...

– Não posso, Senhor. Vai me cegar.

– Pois então lembra, Mateus: o sol é só um humilde servidor de *Abba*. Se é difícil para ti contemplar o sol, como poderias ver o Criador dele?

Mateus se deu por satisfeito.

E a vida continuou seu curso. O número de seguidores continuou crescendo, até o ponto em que o dia de sueto (dia de folga) teve que ser suspenso. Não se davam por saciados. Todos desejavam saber. Os discípulos falavam e ensinavam (a seu modo), mas cada vez havia mais gente na margem do Artal. No dia 31, sexta-feira, quando Judas Iscariotes regressou, contei mil pessoas. Ali tinha de tudo: fiéis seguidores do Mestre, vendedores de peles, farsantes, discípulos do Batista, informantes, traidores, aproveitadores e desocupados vindos dos quatro pontos cardeais.

André estava assustado, e com razão.

Também vi a família Ruṭaḷ, os "Polvos", com Nŭ, a paralítica, e seu irmão Har. Mantiveram-se à distância, perto das lajes.

O Mestre seguiu sua rotina (?). Toda manhã desaparecia na companhia de seu cachorro dos olhos oblíquos. "Necessitava conversar com o Pai." Era o que Ele dizia.

E chegou o fatídico sábado, 1º de fevereiro (ano 27).

Ninguém imaginou o que estava prestes a acontecer. Ou imaginou?

Depois de ter passado a "hecatombe", os discípulos voltaram com toda a força: "foi anunciado pelos céus..." Eles se referiam ao eclipse do sol no domingo, 26 de janeiro. Mas não... A causa do desastre foi outra.

Calculo que eram 15 horas. O sol se deixava cair pelo oeste. O crepúsculo chegaria às 17 horas, 9 minutos e 7 segundos (TU [Tempo Universal]).

Felipe, os gêmeos e quem isto escreve nos encontrávamos em plena preparação do jantar. O Galileu não demoraria a voltar.

E nisso estávamos quando, de repente, apresentou-se ali Bartolomeu.

Chegou cambaleante. Gemia.

A túnica, sempre impecável, se mostrava manchada de sangue.

Caminhou alguns passos e acabou caindo.

Corremos até ele:

– O que houve? – Felipe o interrogou. – O que está acontecendo?
– É a guerra! – resmungou. – A guerra!
– Que guerra? Do que estás falando?
E o "urso" apontou na direção das lajes negras.
– A guerra!
E perdeu os sentidos.
Felipe correu até a *reda*, em busca de remédios e de seus óleos essenciais.
Os gêmeos, sem falar nada, empreenderam uma corrida até a margem em que se achavam as mencionadas lajes.
Que diabos estava acontecendo?
Intuí algo.
E fui atrás de Tiago e Judas de Alfeu.
Na metade do caminho eu me dei conta: não levava comigo a "vara de Moisés". Não importava. Segui adiante.
Ao alcançar o acampamento dos seguidores, ouvi gritos.
Os gêmeos se esgueiraram entre as tendas e tropeçaram em várias mulheres e crianças. Tudo era confusão.
As pessoas corriam com os braços para cima e gritavam sem parar.
Ao chegar ao Artal fiquei atônito. Não sabia para onde olhar.
Brigavam entre eles com bastões, pedras e vasilhas de metal.
O que era aquilo?
Um numeroso grupo de seguidores do Batista aparecia no meio das águas, golpeando sem piedade os discípulos. Eram 30 ou 40 contra oito.
Eles os estavam massacrando.
Pedro e o restante cobriam a cabeça como podiam.
Os gritos das mulheres vinham da laje. Vários cachorros latiam, não menos enfurecidos.
E os bastões continuaram caindo sobre os discípulos. Vi o Zelote defendendo-se aos chutes.
André lutava para impor-se entre os agressores e seus companheiros, mas o êxito não estava em sua companhia. Recebeu pancadas e mais pancadas, como os demais.
Senti-me impotente. Não devia fazer nada.
Os gêmeos entraram no tumulto e, como puderam, arrastaram os amigos.
Fugiram na correria, tropeçando e amaldiçoando.
Pedro teve que ser assistido por seu irmão. Mancava.
As pedras voaram. A maioria se estraçalhou nos troncos das *davidia*.
O grupo se perdeu no arvoredo.

Eu permaneci alguns segundos no mesmo lugar, imóvel e desconcertado.

Então vieram até mim, e a chuva de pedregulhos se dirigiu para quem isto escreve.

Fugi como um coelho.

Regressei ao acampamento, ofegante.

Não nos seguiram.

O espetáculo era desolador.

Felipe, que tentava deter a hemorragia do "urso", não sabia o que fazer. Gritava para todo mundo.

Os discípulos se deixaram cair sobre as plantas. Gemiam e choravam.

O Iscariotes e o Zelote revolviam o interior da carruagem. Procuravam as espadas.

Tratei de proceder com alguma ordem.

Primeiro examinei os feridos.

Havia sangue por toda parte.

Felipe pedia explicações ao "urso" e este, um pouco recuperado, falava de provocação.

Os seguidores de Yehohanan haviam insultado o Mestre e a sua família. Disse que "aqueles desgraçados chamaram Maria, a mãe, de prostituta". Então, segundo Bartolomeu, começou o alvoroço. Pedro não gostou da afronta e se arremeteu contra alguns dos fanáticos do Batista. Assim os "enquadraria"...

Depois se formou aquele alvoroço.

Os esforços de André, e de outros, para acalmar os ânimos, como disse, não serviram de nada.

O resultado de uma primeira e superficial inspeção foi o seguinte:

Pedro: duas costelas trincadas ou fraturadas, um talho no alto da testa, hematomas por todo o corpo e uma possível lesão no joelho direito.

João Zebedeu: múltiplas contusões (a maioria de escassa importância) e dois dedos do pé esquerdo esmagados.

Tiago Zebedeu: três dentes quebrados.

Tomé e Mateus: milagrosamente incólumes.

O Zelote: pancadas leves e o septo nasal esmagado.

O Iscariotes não permitiu que eu o examinasse. Pelo que pude avaliar, só recebera pontapés e empurrões. O olho esquerdo se mostrava roxo.

André: inúmeros hematomas e o lábio superior arrebentado.

Bartolomeu: recebera golpes, várias mechas da barba foram arrancadas e possivelmente o tímpano direito fora estourado.

Quando André viu o Iscariotes e o Zelote com as *gladius* nas mãos, perdeu o controle dos nervos. Encarou os discípulos e lhes arrebatou as espadas, chamando-os de "inconscientes".

Ninguém protestou.

As *gladius* voltaram para a *reda*, e André e os gêmeos colaboraram em cuidar dos feridos e providenciar as ataduras dos que sofreram contusões.

Tudo ali eram gemidos e gritos de vingança.

Por sorte o Galileu não estava lá.

E pensei: "Era de imaginar. Cedo ou tarde aconteceria o enfrentamento..."

Que pensaria o Mestre quando voltasse de suas meditações e contemplasse o panorama?

Ajudei no que pude. As lesões eram leves e isso me permitiu acudir com a farmácia e os medicamentos disponíveis que eu tinha. Felipe sabia, e fez os procedimentos corretamente.

Agora convinha esperar. Os mais machucados eram Bartolomeu e Pedro. No caso do primeiro, não havia solução. Perdeu parte da audição. Pedro se recuperaria. Era questão de tempo e de imobilização.

E me assaltou um inquietante pensamento: no ano 30, quando conheci o "urso" de Caná, Bartolomeu não apresentava problemas de audição. Que estranho...

Finalmente, ao entardecer, o Galileu apareceu com *Zal*.

Fez-se um silêncio denso.

O panorama era dramático: cabeças com ataduras, machucados, restos de sangue...

Jesus viu e escutou. Depois, sem perguntas, sem reprovações, Ele foi se aproximando de cada um dos feridos. Acariciou-os e consolou-os.

Todos, em maior ou menor medida, estavam perplexos. O Filho do Homem poderia repreendê-los. Eles sabiam até que ponto a violência o repugnava. Sem dúvida, Jesus se comportou com doçura. Ninguém percebeu uma má expressão em seu rosto ou qualquer sinal de desgosto ou rejeição.

O Iscariotes e o Zelote foram os que mais ficaram confusos.

O Mestre trocou impressões com André e com o intendente, e o chefe deu uma ordem sucinta:

– Vamos embora!

As tendas foram desmontadas sigilosamente e Pedro foi obrigado a subir no carro. Com a primeira vigília (eram 11 da noite), o grupo se pôs em movimento e nos distanciamos do Ômega.

Ninguém percebeu a nossa fuga; porque disso se tratava: uma fuga, sob todos os aspectos. A primeira de uma dramática série...

Naturalmente, nada disso foi registrado nos textos evangélicos.

Nós nos dirigimos para o sul.

Cruzamos os adormecidos povoados de Mehola, Ghirur, Khiraf e Coreae e, por último, nos detivemos ao pé das ruínas de El Makhruq, "o queimado",[17] a uma curta distância de outro lugar que eu conhecia de sobra: Damiya, na confluência do Jordão com o rio Yaboq.

Ali vimos o amanhecer. Havíamos percorrido 43 quilômetros e o fizemos praticamente em silêncio. O grupo parecia, física e moralmente, abatido.

Felipe não demorou em se dar conta. Nós nos encontrávamos ao relento, ao pé de umas ruínas e muito próximos ao movimentado caminho que unia a cidade de Filadelfia, a leste, com o vale de Fari'a, a oeste.

Consultaram o Galileu e este, sem hesitação, recomendou que a expedição se dirigisse para o outro lado do Jordão.

Foi assim que aparecemos em outra familiar paragem: o chamado vau das Colunas[18], a pouco mais de 300 metros da citada povoação de Damiya, no território de Antipas (a Pereia).

Faltava pouco para a terceira hora (nove da manhã) quando Felipe deteve a *reda* perto da "praia dos seixos".

---

17 Ampla informação em *Cavalo de Troia 7 - Nahum* (N. de J. J. Benítez.)

18 Vau (parte baixa de um rio, mar ou de uma lagoa). Vau das Colunas, segundo o Major: "... A 300 metros do povoado (Damiya), um pequeno caminho de terra vermelha foi nos levar para a frente do rio Yaboq, na margem esquerda... O rio, de apenas 20 metros de largura, formava naquela paragem um considerável alagamento – algo similar a um "lago" – de águas pouco profundas, perfeitamente vadeáveis (que se pode atravessar). No leito sobressaíam quatro bases de pedra, bem deterioradas pelo tempo e pela força da correnteza. Eram os restos de outros tantos reservatórios, destinados, em seu devido momento, a sustentar as abóbadas de uma ponte. Talvez nunca tenham chegado a terminar. A questão é que davam este nome ao lugar: o "vau das Colunas". Em outras épocas – eu supus –, o rio foi mais caudaloso, o que recomendava a referida construção da ponte de pedra.

"Na outra margem, à direita, a pouco mais de 50 metros de onde nos encontrávamos, se levantava um muro de acácias do Karu, agora floridas, alegrando os verdes e os azuis com milhões de flores amarelas e esféricas.

"O resto eram colônias de canas, juncos e *Cyperus*, os sarmentos lianas, cipós, tão úteis na fabricação de móveis e cestos. Aqui e ali, nas ribeiras, fiéis à linha da água, despertavam também ao novo e radiante dia algumas altas e despenteadas tamargueiras do Nilo, com suas flores rosa, formando estreitos ramos. Alguns, descuidados, tocavam a água, com o perigo de serem arrastados... Bem perto dali eu distingui uma "praia", formada por um terreno seixoso e integrada por milhares e milhares de pequenos cantos arredondados de um branco assombroso..." (N. de J. J. Benítez.)

O lugar se achava deserto.

Estávamos esgotados e mortos de sono.

André aguardou instruções.

O Mestre pediu calma. Nada de tendas, pelo menos por hora.

Pensei que se tratasse de uma parada "técnica". Questão de uma ou duas horas. Eu me equivoquei.

Ignorava os planos do Galileu. Supus que tentava dirigir-se à Cidade Santa. Dali, das Colunas, o mais lógico era continuar para o oeste e tomar o caminho de Jericó e de Jerusalém. No entanto, estávamos longe, e tudo isso eram apenas suposições.

Jesus pegou a bolsa de viagem, selecionou uma das corpulentas tamargueiras do Nilo, perto da água, e se dispôs a dormir um pouco; *Zal* tombou a seu lado.

Pareceu-me uma excelente ideia.

O resto do grupo, agradecido, fez o mesmo.

Eu permaneci ao pé do carro, com a *Cipriota*, atento. O instinto me prevenia. Algo estava prestes a acontecer...

Uma hora depois, os discípulos se encontravam praticamente adormecidos. André tinha estabelecido turnos de vigilância. Estava na vez de Felipe, quando de repente vimos Pedro pular da *reda*. Claudicava. Contemplou Jesus e seus companheiros e se aproximou sigiloso de seu irmão André. E, com lágrimas nos olhos, lhe comunicou que abandonava os embaixadores do reino. André conhecia bem o errático e volúvel Pedro e o olhou com incredulidade.

O Mestre continuava dormindo, a uns 50 passos.

André tentou dissuadi-lo, e o resto dos discípulos, que acordaram pelo som da conversa, terminaram se integrando ao assunto.

Pedro lhes informou de tudo, afirmando que sua decisão "havia sido longamente pensada..." (!).

Eu continuava assustado.

Foi inútil. Ninguém conseguiu convencê-lo.

Pedro carregou sua trouxa e, arrastando a perna direita, se dirigiu para o caminho de terra vermelha, em direção a Damiya.

Em questão de segundos, Judas Iscariotes, o Zelote e João Zebedeu pegaram suas respectivas bolsas e foram embora atrás dos passos de Pedro.

Estava sendo testemunha da primeira grande crise do colégio apostólico. Certamente, nenhum evangelista o menciona.

André afundou a cabeça entre as mãos e começou a soluçar. Os discípulos estavam consternados. Ninguém soube o que dizer ou o que fazer. O Mestre dormia, feliz.

Assim continuamos até o meio da tarde.

Ninguém se atreveu a despertar o Filho do Homem. Ninguém se preocupou em fazer uma fogueira, nem com as tendas ou com o jantar.

Tínhamos o coração apertado.

Como o Galileu reagiria?

O Filho do Homem acabou despertando. Deu um passar de olhos em sua gente e soube que algo acontecia.

André, o chefe, se adiantou e o pôs a par da situação.

Jesus, sério, deu algumas ordens.

Ficaríamos aquela noite no vau, mas nada de tendas. Convinha passarmos despercebidos.

Nessa noite, Jesus tentou animar seus companheiros. Não era fácil. E lhes disse:

- Confiai...

Aquela palavra era especialmente gratificante para quem isto escreve. Mas os discípulos não sabiam de que Ele falava.

- Confiai... O Pai tudo sabe. Tudo na vida acontece por algum bom motivo, inclusive o mal.

Bartolomeu inseriu uma pitada de humor, sem querer:

- Disseste algo sobre um pau?

André cuidou de consertar:

- Pau não, mal.

- Pau mal? Não entendo...

André esqueceu o "urso".

Jesus sabia e escolheu permanecer no vau das Colunas. A parada nesse lugar se prolongou por três semanas. Não levantaram as tendas.

Se não fosse pela ausência dos quatro discípulos e pelo permanente receio de sermos descobertos, aqueles dias teriam sido extraordinariamente aprazíveis. Para dizer a verdade, o céu nos concedeu um respiro.

Jesus se dedicou a passear e a meditar, sempre na companhia de *Zal* e de um de seus discípulos. Após o acontecimento no rio Artal, André não permitiu que o Galileu se distanciasse sozinho do vau. Um dia era incumbência de Tiago Zebedeu, outro dia de cada um dos gêmeos, outro, do chefe, e também deste explorador... Felipe foi o único que não acompanhou Jesus. Suas obrigações o impediam.

As provisões foram minguando, e de forma alarmante.

Contudo, André proibiu que comparecêssemos ao mercado de Damiya. Resistiríamos.

O lugar favorito para passear eram as acácias do Karu. Só era preciso vadear as águas e perder-se no imenso e silencioso bosque. Era o local que chamavam de Ga'ón. Ninguém o percorria. Este explorador o percorreu em várias ocasiões, à procura do Batista.

Tive novas e interessantes conversas com o Homem-Deus, todas inéditas.

Ao entardecer nos reuníamos ao redor do fogo e trocávamos impressões, ao mesmo tempo em que saboreávamos as últimas lentilhas e a escassa carne salgada, guardada por Felipe como ouro em pó. Carecíamos de pão, mas nos acostumamos.

Foi ao longo de um desses jantares que saiu à luz o tema da violência. Ninguém mencionou a briga no Ômega, entretanto as imagens flutuavam no pensamento de todos. Qual era a opinião do Mestre?

E Jesus abriu seu coração, explicando por que sentia aquela repugnância natural a qualquer tipo de violência (física ou verbal):

– Utilizar a violência – resumiu – é baixar de nível até o mais primitivo do ser humano... Só na imperfeição há violência... Quando regressardes à realidade, tudo isso vós parecerá um sonho ruim. E se extinguirá lentamente. A passagem pelo mundo será praticamente esquecida...

– Mas, Mestre – interviu André –, como mudar isso? Como terminar com a violência? O homem nasce com ela... O homem é uma criatura violenta...

– É questão de tempo, André. A violência vem do medo. Vós deveis agora tentar modificar isso. A confiança no Pai deve substituir o medo. Só assim eliminarão a violência.

Jesus disse muitas coisas relacionadas à violência.[19] Todas bem as-

---

19 Eu me lembro de frases como estas: "Não há velhos soldados; só velhos desconcertados... O caminho para a luz não passa pela guerra... O soldado não é a manifestação mais nobre da humanidade; em todos os casos, é sua face mais obscura... Só os mortos presenciam o término da guerra (segundo Platão); pois eu lhes digo que nem isso... A guerra não enriquece o acervo humano; só o enche de rapacidade... A guerra é a pior das amnésias... O melhor guerreiro é o que não sabe guerrear... Não sei de nenhuma guerra que tenha contribuído para a justiça, e muito menos para a paz... A guerra cansa antes de começar... Após uma guerra não há vencedores... Repugna-me o que chamam moral combativa... A guerra suja tudo, começando pelo olhar... Se os generais contemplassem o firmamento com o coração, não haveria mais guerras... Nenhuma guerra é santa... Com a guerra não se ganha nada que já não tivesse, e se perde tudo o que se tinha... Falar da fortaleza moral na batalha, no mínimo, é cínico... Guerra e ética são irreconciliáveis... Se um militar estiver contra a guerra é que ele transcendeu a escuridão... As causas primárias das guerras se tornam esquecidas pelas vitórias..."

E acrescento pela própria experiência: Segundo os militares, matar milhões de seres

sertivas e proféticas. Creio que Mateus, André e o "urso" compreenderam a fundo essa questão. Tiago Zebedeu continuou mudo e pensativo. Era o mais enigmático de todos.

Aproveitei aqueles agradáveis dias para visitar a prisão do Cobre. Nakebos, o alcaide, se achava ausente. Poderia ser encontrado no palácio-fortaleza de Maqueronte, no mar de Sal. Eu sabia e, de certo modo, eu me alegrei. A presença do homem de confiança do tetrarca na região de Damiya teria sido um perigo. Cedo ou tarde ele se inteiraria da nossa proximidade...

E foi em um de nossos passeios pelo bosque das acácias (pelo que posso recordar, era domingo, 23 de fevereiro) que presenciamos algo – como chamá-lo – estranho?

Aconteceu durante a manhã. O dia se achava nublado. A temperatura estava moderada.

E, de repente, Jesus se deteve. Melhor dizendo, quem se deteve primeiro foi *Zal*. Cheirou o chão e começou a latir furiosamente, com o pelo eriçado e o rabo levantado e hostil.

Ele havia detectado algo.

O cachorro se lançou então em direção a uma das acácias e ali permaneceu, latindo sem trégua, com o pelo erguido e os olhos oblíquos fixos na ramagem.

Explorei os galhos de flores e os ramos, mas não distingui nada de incomum.

Jesus, como eu digo, se deteve à frente de umas singulares pegadas.

Aproximei-me e as contemplei em silêncio.

Eram circulares, grandes, de uns 15 centímetros de diâmetro e com

---

humanos pode ser uma genialidade... O mundo prosperará quando souber prescindir das castas guerreiras... Muito poucas nações têm renunciado aos exércitos: verdadeiramente, o ser humano ainda engatinha... A guerra, em si, é uma enorme criminalidade... Se a guerra dispõe de leis é que somos piores do que imaginava... Justiça militar é um insulto à inteligência... A dignidade castrense vai contra a dignidade humana... Há algo mais cruel que a fé de um soldado?... Hiroshima e Nagasaki foram outro Holocausto... Truman foi tão assassino quanto Hitler... Às vezes, quando éramos estúpidos, sonhávamos com a guerra... Os conquistadores são a vergonha da inteligência... Falar da arte da guerra é depreciar a arte... Alguns, para denominar as guerras, as chamam de cruzadas... A guerra é fonte de inspiração para os que nunca combateram... Como pode um militar treinar-se moralmente?... Honra e carreira militar é uma contradição... Desde quando a morte na batalha significa honra?... Mas existem virtudes militares?... A vitória final é um absurdo... A inteligência militar é um insulto à inteligência... Que diferença há entre um assassino em série e um general?... Dever, honra e pátria, segundo... (Dito por um militar.) (N. do M.)

uma profundidade assombrosa (ao redor de dez centímetros), tendo em conta que nos achávamos em um terreno seco e bem batido.

Pensei em um felino. Tinha que ser enorme, com um peso superior aos 300 quilos...

Na selva do Jordão, como já mencionei, havia leões, leopardos e, sobretudo, javalis.

Não sei por quê, mas pensei na segurança do Mestre.

Depois, ao examinar as pegadas com mais detalhe, compreendi que não se tratava de um felino, tampouco de um porco selvagem. As pegadas formavam uma fileira e se dirigiam à árvore diante da qual o cachorro de cor de estanho continuava latindo. Um javali, ou um leão, não deixavam esse tipo de pegadas em fileira. Os javalis, além disso, não subiam em árvores.

Não sabia o que pensar.

Encaminhei-me à acácia e investiguei a ramagem de novo.

Alguma coisa se escondia no topo da árvore, obviamente.

Zal estava furioso. Poucas vezes o vira tão alterado.

E me veio à mente a lenda do "homem vermelho", o diabo dos manguezais: uma criatura provavelmente fantástica, capaz de voar, e com os olhos vermelhos. Chamavam-no de *Adam-adom*. A luz avermelhada que projetava dos olhos – isso diziam os *felah* – lhe permitia orientar-se na escuridão. Pobre daquele que estivesse caminhando e tropeçasse com ele...

O Galileu, de cócoras, continuava olhando as pegadas; regressei ao seu lado e apalpei o terreno. Pressionei com força, mas não consegui afundar a terra; nem mesmo um milímetro. Aquela criatura pesava mais do que eu imaginava.

Somei 15 marcas. Algumas mais claras apresentavam as pegadas de uns dedos afiadíssimos, como se o animal (?) dispusesse de unhas ou garras retráteis.

Tive um mau pressentimento.

Jesus me observou, sério, deu uma piscadela, se levantou e se dirigiu até a acácia onde *Zal* estava latindo. Eu o vi olhar para o alto. Depois acariciou o cachorro, tranquilizou-o e seguiu o seu caminho.

Zal voltava a olhar de vez em quando e ladrava, apontando a acácia.

Apressei-me a seguir o Mestre.

Não sei explicar. Em determinado momento, quando eu me achava ao pé da árvore, os pelos do meu corpo se arrepiaram. Que havia lá no alto? O que quer que fosse, nos observava...

Não fizemos nenhum comentário, salvo a piscadela, entretanto ambos sabíamos...

Finalmente se produziu o inevitável.

No dia 26 de fevereiro, quarta-feira, começou a chegar gente ao vau das Colunas. Os discípulos estavam perplexos. Eram seguidores do Filho do Homem. Como descobriram onde estávamos? A pergunta era estúpida. Simplesmente, não importava como.

Eram 40 ou 50.

Acamparam na praia dos seixos brancos e se dirigiram a André, interessados no Galileu.

Jesus não estava presente. Achava-se no bosque das acácias em seu costumeiro passeio matinal. Desta vez quem o acompanhava era Mateus.

André se desculpou como pôde e saiu correndo à procura do rabi.

Essa noite, pela segunda vez, empreendemos a fuga.

Antes de partir, Jesus aconselhou André que tomasse o carro e se dirigisse ao *yam* para procurar seu irmão Pedro e os "desertores". Tomé o acompanharia.

Felipe repartiu as escassas provisões entre o grupo e sigilosamente, como delinquentes, nos dirigimos para o sul. André e Tomé se encaminharam para o norte.

Nós nos veríamos na casa de um tal Kbir, na aldeia de Betânia, perto do Jordão (não confundir com a outra Betânia, próxima a Jerusalém).

Tive uma estranha sensação ao ver os discípulos silenciosos e atemorizados, a caminho do vau do Josué. O Mestre, como sempre, caminhava na frente, com o fiel *Zal*. Fazia isso com pressa. Atrás Dele seguiam Felipe com a *Cipriota*; os gêmeos; o "urso", surdo e manquejante; Tiago, mudo; e Mateus Levi, fazendo contas mentais. O dinheiro se esgotava...

Que novas aventuras nos aguardavam em Betânia?

A cada hora, mais ou menos, descansávamos.

A viagem, de cerca de 37 quilômetros, foi relativamente rápida e sem tropeços.

Ao alvorecer avistamos o *nahal* Hoglah. Desembocava no Jordão com pressa. É curioso: também fugia.

Cruzamos a ponte de troncos e deslizamos, velozes, pela frente do monumento das "12 Pedras". O *schomer* dos cabelos loiros continuava na mesma posição, atento às chamas amarelas da *menorah*.

O sol se entretinha no alto do *tel* Kharrar. Estava colorindo o local...

Quantas recordações!

Deixamos para trás a pequena aldeia do El Haghtas, com suas colunas de fumaça azul e seus ocres entediantes, e Jesus de Nazaré se perdeu entre hortos e palmeiras. Nós o seguíamos com dificuldade, já que conhecia o lugar com perfeição.

A um quilômetro do Jordão apareceu a aldeia de Betânia.

Era um pouco maior que Saidan, porém mais cansada e descuidada. Tudo era barro vermelho, canas, pó, sujeira, moscas em pencas, cachorros desconfiados e famélicos, árabes de olhos profundos e crianças choramingando em algum lugar.

Ninguém prestou atenção em nós. Betânia era um lugar de passagem. Numerosas caravanas do sul e do leste faziam paradas na aldeia. Os habitantes locais nem olhavam.

O Mestre atravessou a povoação e se dirigiu para fora.

Ali, entre palmeiras e mais palmeiras, erguia-se a fazenda de Kbir, um árabe que fazia honra a seu nome (Grande). Tudo em Kbir era desproporcional. Pesava 200 quilos. Media quase dois metros de altura e suas mãos pareciam presuntos.

Era um velho conhecido do Mestre. Fizeram amizade em uma das viagens secretas do Galileu.

Kbir era um nobre de estirpe e de coração. Recebeu o Filho do Homem com três beijos e rogou que aceitasse sua hospitalidade.

Nós nos acomodamos na parte de trás da casa, entre as palmeiras. Era uma fazenda enorme, com mananciais próprios, que Kbir chamava de "Selva". Era preciso percorrê-la a cavalo.

Felipe estava em glória. Isso sem dizer a *Cipriota*.

Instalamo-nos e eu pensei: "Aqui sim estamos a salvo..."

Sim e não.

Jesus falou a sós com o *a'rab*. Imaginei que lhe pôs a par da situação.

Kbir era casado. Tinha cinco esposas e havia sido chefe de escaladores, igual a Belša, o persa do sol na testa.[20]

---

20 Na minha estada na "Selva", em Betânia, aprendi mais sobre tâmaras e palmeiras que em toda a aventura na Palestina de Jesus. Os chamados "escaladores" eram os trabalhadores privilegiados da região. Tinham por missão escalar as palmeiras e proceder à colheita dos cachos de tâmaras, à poda e, sobretudo, à fertilização (polinização). Subiam com os pés descalços, sem nenhum tipo de proteção, e raramente envoltos em cordas. Os cachos eram protegidos todo o tempo. Contra a chuva utilizavam capuzes. Subiam ágeis e protegiam as tâmaras com grandes sacos. A colheita se encerrava no inverno, e era um espetáculo. Os escaladores subiam pelo tronco, cortavam as tâmaras, uma a uma, e as iam passando aos

Durante dois dias se ocupou, orgulhoso e feliz, de nos mostrar suas posses. Conhecia cada palmeira. Ele as chamava cada uma por seu nome. Ele sabia tudo sobre tâmaras. Era seu negócio.

Mostrou-nos seus armazéns.

As tâmaras mais suaves e adocicadas eram destinadas aos mais velhos, aos anciãos.

O resto – que chamavam de *blah*, deliciosamente ásperas – era descaroçado, secado ao sol e armazenado em cestas ou ânforas. As tâmaras saíam da "Selva" e eram exportadas para meio mundo. Tibério e Antipas as exibiam permanentemente em suas mesas.

Também fabricavam caldas e sucos. Deliciosos.

Só a fazenda de Kbir produzia mais de cem toneladas de tâmaras por ano.

Da palmeira se aproveitava praticamente tudo.

Quando um dos exemplares morria – geralmente devorado pela "morte branca" –, Kbir chorava e com ele toda a sua gente. A palmeira era cortada e transportada com grande respeito para o lado mais profundo da fazenda. Ali era "desvestida" (só na presença de mulheres) e aproveitada ao máximo.[21]

No sábado, dia 1º de março, Jesus anunciou André seu desejo de abandonar a fazenda e de retirar-se uns dias para meditar e entrar em conexão com *Abba*. O chefe ficou preocupado. Ele não gostava que o rabi caminhasse só. E aceitou, com uma condição: que Jesus fosse acompanha-

---

seus companheiros, até chegar ao pé da palmeira. Em outras plantações utilizavam redes. Os escaladores subiam e jogavam os cachos do alto. Essas tâmaras eram de menor qualidade. No choque com a rede, muitas se estragavam. Kbir era muito ciumento com a sua colheita. Na "Selva", eles colhiam vários tipos de tâmaras: a *bou* (de uma especial delicadeza: era de dar água na boca), a *jihel* (escura e raríssima), *taker* (amarela, redonda e sempre tardia), *ghars* (só para príncipes), *deglet* ou "dedos de luz" (a rainha das tâmaras), *kentichi* (jamais endurecia), *amri* (grande e negra) e a *khadraiya* (sempre verde), entre outras que não me recordo. (N. do M.)

21 O tronco, ou talo da palmeira, era transformado em "madeira" e em todo tipo de móveis. Os esburacados formavam canais para a condução de água. Delas se extraía também o *lif*, uma fibra que recobre o tronco e com a qual se fabricavam cordas, cortinas, colchas, cadeira para os estábulos e se reforçava a argila com a qual fabricavam tijolos. As folhas das palmas eram usadas nos telhados, para confeccionar tapetes e para dar sombra nas casas e jardins. Com elas se pescava e se fabricavam cestos e chapéus. As "raques", previamente queimadas, proporcionavam carvão. Com os cachos, uma vez despojados das tâmaras, se confeccionavam vassouras e, inclusive, chicotes. As hastes eram talhadas e vendidas como elementos decorativos e como amuletos. (N. do M.)

do, em todos os momentos, por um de seus íntimos. O Galileu aceitou e, por sorteio, quem ficou com a incumbência foi Mateus.

Ao sair da "Selva", o Filho do Homem fez um gesto para que eu fosse com ele. E assim eu o fiz. Eu o acompanhei.

Deveria ser perto da terceira hora (nove da manhã) que, sem despedidas, abandonamos Betânia. Kbir não sentiu estranheza. Já conhecia o singular comportamento de seu amigo, o rabi da Galileia.

A última coisa que vi foi Felipe repintando a *Cipriota*.

Este explorador se apegou com enorme carinho à cabra...

Jesus caminhou, alegre.

Mateus perguntou se eu conhecia o nosso destino. Eu não sabia. Ninguém entre os discípulos sabia de nada, como sempre.

Assim era o Filho do Homem: imprevisível e enigmático.

Para onde ele nos levava desta vez?

Surpresa.

Rodeamos Jericó, uma das cidades mais antigas do mundo[22], e deixamos para trás a multidão que entrava e saía sem cessar da cidade. Tomamos o pequeno caminho que se abria para a passagem sul da muralha, entre palmeirais e plantações de bálsamo, e então avançamos para o oeste.

Jesus sabia.

Caminhava à frente com *Zal*.

A trilha, branca, se despediu dos verdes e começou a subir pelos contrafortes do deserto de Judá. Tudo mudou.

A paisagem se tornou vermelha e áspera, e o caminho começou a me fazer pensar: subia ou não subia? Subiu, claro, porém o fez serpenteando e evitando uma maré de pedras calcinantes. A vegetação desapareceu, suponho que aterrorizada ante aquele sol implacável e mais perto do que nenhum outro.

Jesus usava a faixa branca que prendia os cabelos. Sinal de viagem longa...

---

22 Naquele tempo, Jericó reunia mais de 50 mil almas. Dispunha de uma tripla muralha, de quatro metros de altura. Era o centro de um oásis esplêndido, com centenas de milhares de palmeiras e extensas plantações de bálsamo de Galaad, do qual se obtinham óleos e fármacos contra dor de cabeça e catarata. Quase todas as plantações eram de propriedade de Antipas e das castas sacerdotais. Antipas as herdou de seu pai, o Grande. Jericó dispunha de hipódromo, anfiteatro, vários mercados, condutores de água corrente, rede de esgoto e uma residência invernal para o tetrarca. Provavelmente foi fundada 10 mil anos antes de Cristo. A cidade foi destruída 17 vezes. Segundo o arqueólogo Garstand, foi um evento sísmico o que provocou a célebre caída das muralhas, no governo de Josué. Eu não estou bem seguro disso... (N. do M.)

Estava errado.

Depois de quase duas horas de caminhada, quando havíamos percorrido oito quilômetros desde Jericó, o Mestre se deteve.

Mostrou um dos cumes que se levantava à nossa direita e comentou:

– Ânimo!... Ali dormiremos...

Mateus e eu nos olhamos resignados. E fomos atrás Dele.

Que demônio se havia perdido naquele lugar?

Estávamos no meio do nada. Nada? O que eu estou dizendo? Aquilo era muito além do nada...

Ao retornar ao "berço", marquei as posições e soube que havíamos subido no alto de um penhasco vermelho e calcário chamado Makkuk, de 345 metros de altitude. Ao seu redor vigiavam outros irmãos, igualmente nus e abrasados, de 153, 300, 313 e 500 metros de altura, respectivamente.

Em quilômetros em volta, ali só se distinguiam os azuis distantes e prometedores, e o vermelho que rugia no deserto. O verde, como eu disse, havia fugido.

Também me equivoquei.

E marcava a nona hora (três da tarde), faltando duas horas e meia para o ocaso, quando coroamos por fim aquele suplício. Suávamos e respirávamos com dificuldade. O Mestre, em contrapartida, parecia como novo.

Zal nos olhava com os seus olhos oblíquos e pensava: "Pobres coitados..."

Como disse, no topo outra surpresa nos aguardava...

O mestre caminhou, decidido, até o centro da planície que formava o cume do Makkuk.

E o vento começou a soprar, como eu posso dizer, movido pela curiosidade.

O primeiro elemento que distingui foi uma família de pequenas árvores, de uns cinco metros de altura, de um verde espesso e bem entrelaçado.

Aquilo era um milagre...

Porém, eu não havia visto tudo.

O Mestre se aproximou das árvores, deixou sua trouxa no chão e se ajoelhou em frente a um grosso canal de água.

Mateus e quem isto escreve corremos. Estávamos sedentos.

Mas de onde saía aquele manancial?

Eu me equivoquei. Não era um e sim dois canais de água.

Brotavam em uma rocha lisa e formavam uma *ḥuḍ* ou piscina natural. As árvores – que eram advindas da família dos "pilriteiros" – viviam à custa daquele presente dos céus. Eram *Crataegus*, da família das rosáceas, com centenas de diminutas flores brancas, com uma característica que me deixou atônito, já cantadas em seu tempo por Teofrasto.

Mas esse achado chegaria mais tarde...

Dei uma olhada, como é do meu costume.

Estávamos sós. E pensei: "Você é redondamente idiota... Quem poderia habitar naquele penhasco, esquecido da mão de Deus?"

Perdido sim, mas não tanto...

A rocha da qual emanavam os mananciais era igualmente singular. Aparecia colonizada por liquens que a vestiam de ouro, de branco e de um vermelhão aceso. Examinei-a com curiosidade. Era uma interessante mistura de liquens "vagabundos", não sujeitos ao substrato e que o vento arrastava como diminutas plantas que rodavam, e outros "sócios" que não soube identificar e que formavam uma perfeita simbiose.[23] Alguns me faziam recordar os "soldados britânicos", descritos por Ahmadjian e Vernon.

Era como se o Pai tivesse se divertido em pintar a rocha em seu tempo livre...

Não descobri nada mais na parte de cima do Makkuk e não era pouco: um paraíso de brinquedo no meio do nada...

Jesus nos animou para que fôssemos nos refrescar.

Tiramos a roupa e desfrutamos de um bom banho.

O Mestre parecia feliz e recompensado.

O jantar foi inesquecível: tâmaras, queijo, frango frito com mel e passas de Corinto, sem sementes, outra "fraqueza" do Filho do Homem. As passas foram um detalhe de Felipe, que se fazia presente em tudo.

E eu quase esquecia: além do delicioso jantar... estrelas. Mais de oito mil. Fartamo-nos de frango e de estrelas.

O Mestre respondeu às perguntas de Mateus.

Por que estava ali?

Jesus foi o mais explícito que podia ser:

– Subi até aqui para conhecer a vontade de *Abba*...

– Mas como fazes isso?

– Me isolo e escuto.

Eu sabia que havia algo mais, mas o Mestre desviou a conversa. Não era o momento...

---

23 Os liquens são formados por fungos, em associação com colônias de algas ou de cianobactérias. O sócio dominante (fungo) se aproveita da fotossíntese das algas. No mundo existem mais de 20 mil espécies de liquens. (N. do M.)

E foi nesse instante, com a escuridão caminhando nas pontinhas dos pés vinda por cima do Makkuk, que notei aquela singular característica dos pilriteiros.

No início pensei que estivesse alucinando, mas não...

As pequeninas flores brancas dos *Crataegus*, que deveriam permanecer fechadas com a escuridão, se achavam abertas, e de que forma! Em pequenos intervalos de tempo elas se fechavam sobre si mesmas e voltavam a se abrir.

Parecia que dava para escutá-las.

A lua se mostrava no céu na fase crescente.

Coloquei-me perto de uma das pequenas árvores e verifiquei que não sonhava. As flores, hermafroditas, reunidas em corimbos, se abriam e se fechavam ritmicamente. Eram milhares de pétalas subcirculares, abrindo e fechando...

Só achei uma explicação: os pilriteiros estavam submetidos ao conhecido efeito hemastópico. A crescente umidade noturna provocava essa reação, já referida, como disse, por Teofrasto, e algum tempo depois por Dioscórides.[24]

Foi nessa noite, enquanto Jesus falava sobre o benéfico Pai Azul e os pilriteiros bebiam orvalho, que voltei a experimentar aquela agradabilíssima sensação: o lugar ficou saturado por um intenso aroma de sândalo branco.

Como podia ser? Ali não crescia sândalo...

Deduzi que eram a paz interior e a serenidade que flutuavam no ambiente. Ele as transmitia...

No domingo, 2 de março (ano 27), o dia amanheceu às 6 horas e 4 minutos (TU). O alvorecer veio brilhante e violeta.

Jesus se asseou no *ḥuḍ*, comeu alguma coisa no café da manhã, amarrou a faixa branca na cabeça e saiu com *Zal*.

Quando Ele estava prestes a desaparecer ao longo da borda de cima, voltou-se para Mateus e a este escritor e gritou:

– *Shalom!* (Paz.)

E nós o vimos descer pelo caminho estreito que tínhamos galgado para o topo da Makkuk.

---

24 No século XIX, descobriu-se que o pilriteiro desfruta de excelentes qualidades antiespasmódicas. Também é sedativo e muito recomendável nos transtornos cardíacos ou de origem nervosa. (N. do M.)

Nunca soube para onde Ele ia, tampouco perguntei. Eu tinha vivido uma experiência semelhante no Hermon, a montanha sagrada. Ele desaparecia todas as manhãs e voltava com o pôr do sol. Ele dizia que falava com *Abba*, e eu acreditava.

Foi assim que programou toda a sua vida, nos mais ínfimos pormenores. Eu nunca vi um ser humano com tal grau de confiança (muito mais do que a fé) no bom Deus, isto é, no Pai. Ele não fazia nada que não estivesse sujeito, anteriormente, à vontade de *Abba*. O que eu chamei, no momento, e com razão, de "o princípio Ômega".

O que eu poderia fazer? Nós tínhamos o dia inteiro pela frente e nenhuma ocupação séria, exceto os preparativos do jantar.

Decidi conversar com o discípulo.

Mateus agradeceu. Sentia falta dos seus, em especial de Telag, o menino com síndrome de Down.

Eu conheci muito sobre sua infância, sobre sua paixão por gatos, sobre sua fascinação por números e matemática em geral e sobre o seu calvário após o divórcio de sua primeira esposa.

E nisso nós estávamos quando, mais ou menos na décima (quatro da tarde), ouvimos vozes.

Nós nos inclinamos na direção da borda do cume, bastante alarmados.

Pelo pequeno caminho valente se aproximava um grupo de dez homens.

Nós não vimos Jesus.

Quem eram eles? O que pretendiam?

Corri para o pé das árvores e agarrei a "vara de Moisés".

Mateus tranquilizou-me, em parte:

– Eles não estão armados...

Saudaram, cordiais.

Cinco eram orientais (eu não sei se eram japoneses). Os restantes, caucasianos. Eles não pareciam judeus.

Eles conversaram entre si em *koiné* (grego internacional).

Todos estavam vestidos de branco.

Os orientais prendiam suas longas cabeleiras em volumosos coques. Usavam calças até os joelhos, médias, e arrematavam os coques com uma espécie de solidéu que chamavam de *tokin*. Todos agitavam seus respectivos leques amarelos e negros e tinham ao pescoço três ou quatro conchas penduradas, brancas e brilhantes.

Ajoelharam-se e, em seu idioma, entoaram o que parecia ser uma oração. Depois, ao conversar com eles, foram me explicando.

Primeiro solicitaram permissão à montanha (?) para pisar em seu cume.

Depois, em *koiné*, perguntaram se podiam se aproximar da água.

Mateus resumiu, também em *koiné*:

– A água é de todos...

Sorriram e, satisfeitos, caminharam até as pequenas árvores e à pedra dos liquens.

Falaram entre eles, beberam, se refrescaram e decidiram sentar-se ao redor do *ḥuḍ*.

Abriram as bolsas de viagem, também de cor branca, e extraíram dali verduras (algumas eram desconhecidas para quem isto escreve).

Eles nos ofereceram e iniciamos uma interessante conversa. Foi assim que eu soube quem eram e ao que se dedicavam.

Os brancos eram gregos. Vestiam túnicas de linho e caminhavam descalços. Tinham os pés maltratados. Eram missionários pitagóricos. Eu havia ouvido falar neles. Só isso.

Fiquei desconcertado.

Viajavam pelo mundo cantando as excelências de Pitágoras[25] e sua filosofia.

Eu entendi que era uma ocasião única e os submeti a todo tipo de perguntas.

Responderam encantados e, ao mesmo tempo, desconcertados ante aquele estranho encontro no meio do nada.

Um dos orientais proclamou em *koiné*:

– Nada é por acaso...

E continuou se abanando.

Os pitagóricos diziam que a reencarnação, ou a transmigração das almas, era uma das chaves da sua doutrina. E asseguravam que Pitágoras se lembrou de todas as suas vidas, enquanto estava vivo.[26]

---

25 Pitágoras, filósofo e matemático grego, nasceu em Samos, no ano 570 a.C., e faleceu em Metaponte, no ano de 480 a.C. Emigrou a Crotona (530) e ali fundou a "Academia", uma espécie de associação de caráter científico, filosófico e musical. Hoje o que se recorda dele é ter sido fundamentalmente um matemático, mas suas atividades culturais foram muito além disso. A ele se atribui o descobrimento da incomensurabilidade da diagonal e do lado de um quadrado, ainda que estes achados já fossem conhecidos na Babilônia antiga. (N. do M.)

26 Heráclides do Ponto – segundo Laércio – refere que Pitágoras dizia de si mesmo que "em outro tempo havia sido Etálides, e tido como filho de Mercúrio...". Segundo seus discípulos, Pitágoras viveu numerosas encarnações e recordava-se de todas. Diziam que, depois de morto, passou para o corpo de Euforbo e também viveu incorporado em toda espécie de plantas e animais. Depois que morreu Euforbo, sua alma passou

E disseram coisas assim (baseadas na filosofia de seu ídolo):

"Entre os amigos, todas as coisas são comuns. A amizade é a igualdade."

"Ninguém deve falar durante os primeiros cinco anos de iniciação."

"O ídolo (Pitágoras) não deve ser visível, da mesma forma que os deuses não o são."

Mateus estava assombrado.

E explicaram que deveriam se abster da madeira do cipreste na hora de fabricar ataúdes (porque ela é o cetro de Júpiter).

Pensavam que Pitágoras fosse um deus. Concretamente, Apolo, chegado dos Hiperbóreos.

E afirmavam, convencidos, que uma das coxas de Pitágoras era de ouro maciço.

Não comiam animais nem coisas animadas. A alma dos animais – diziam – é idêntica à nossa. Matá-los era um crime.

Comiam unicamente o que necessitasse da luz. O vinho, as favas, os salmonetes, os ovos e os animais nascidos dos ovos estavam terminantemente proibidos.

Não podiam ferir o fogo com a espada.

Ajudavam a levar a carga. Jamais a impunham.

Era importante não mostrar a imagem de Deus (Pitágoras) e tampouco exibir anéis.

Jamais urinavam com o rosto ao sol, nem acolhiam andorinhas em casa ou cortavam o pão.

Acreditavam que a Terra era redonda, e também nos antípodas (habitante da Terra que, em relação a outro, vive em lugar diametralmente oposto), no sol e na lua como deuses e consideravam o sêmen humano como parte do cérebro.

Eles dividiam a alma em mente, sabedoria e ira, e estavam convencidos de que os olhos eram a porta do sol. E asseguravam que a alma é nutrida pelo sangue, "e as palavras são ventos da alma".

Defendiam a igualdade entre homens e mulheres.

Uma vez por ano eram obrigados a declarar em público seus erros.

O número – eles diziam – é o princípio de tudo. Atribuíam um número (inteiro) para todas as coisas.

---

para Hermótimo, e deste passou para Branchida. Também viveu no corpo de Pirro, um pescador de Delos. Finalmente, ao morrer Pirro, passou a ser Pitágoras. Claro, tudo isso era pura especulação. (N. do M.)

Eles acreditavam na harmonia universal.

Eles estimavam que a alma humana se encontrava como uma prisioneira do corpo (*sōma*), como consequência do dogma órfico da queda.

O pior dos males era a anarquia.

Com a purificação – asseguravam – se encurta o ciclo das reencarnações (a metempsicose, ou transmigração das almas, foi exportada pela Índia).

O objetivo primordial da alma era a fusão com a divindade.

A imortalidade poderia ser alcançada através da filosofia e da compreensão do mundo.

A alma pura – apregoavam – reencarna em um ser de maior relevância moral (e vice-versa).

Apenas com a pureza física, e o pensamento, é possível alcançar a salvação e a imortalidade da alma.

A música era um excelente meio de purificação.

Esta, em síntese, era a filosofia dos pitagóricos, uma das seitas que dominavam a bacia do Mediterrâneo naquela época. Havia outras, como os epicuristas, os estoicos, os cínicos, os céticos e os fiéis das religiões de mistério, às quais espero dedicar algumas linhas depois. O Filho do Homem dialogou com todos eles... Primeiro foram os pitagóricos.

Mas eu devo ir pela ordem.

Dos orientais eu não sabia nada. Eles explicaram-nos...

Eu percebi, em conclusão, que eram monges-ascetas-esportistas-guerreiros-filósofos, com uma paixão vital: as montanhas. Eles eram, de certa forma, adoradores de picos. Subiam em todos que podiam.

Procediam do maciço do Sinai e, segundo eles disseram, estavam se dirigindo para o Hermon, passando por outros picos menores, tais como Guilboá, o Sartaba e o Tabor, entre outros.

Não sabiam por que eles tinham parado naquele morro nu.

Mateus aproveitou e exclamou, imitando o oriental que continuava se abanando:

– Nada é por acaso...

Sorriram.

E pensei: "Se permanecessem no Makkuk assistiríamos a um debate interessante..."

Não me equivoquei.

Eram taoistas.

Entre eles se chamavam *yamabushi*, que poderia ser mal traduzido como "os que dormem nas montanhas".

Yu, o chinês, teria desfrutado de um belo momento ao lado deles...

Como os pitagóricos, eles veneravam a natureza. Nas cimeiras praticavam exercícios físicos e mentais, a fim de atrair os poderes sobrenaturais e dispor da capacidade para arrancar os demônios, adivinhar o futuro, curar pessoas e animais e, finalmente, alcançar o *dô*: o caminho.

Afirmaram ter visto estranhas "luzes" no Sinai (as chamavam *yama no kami* ou "divindade da montanha"). Isso significava "sorte". Os seus passos – eles diziam – eram orientados pelos céus.

Não sabiam até que ponto isso era verdade...

Eles diziam caminhar sobre o fogo e saber apagar os pecados mediante a água fervente. Não ousei ir mais fundo.

Chegado o momento, se a busca da verdade não fosse satisfatória, praticavam o *shashin-gyo* (suicídio). Eles, sutilmente, a denominavam como a "prática de deixar o corpo".

Dispunham de fórmulas (*tonaegoto*) e de poemas mágicos (*Majinai-uta*) para quase tudo.

Também acreditavam na reencarnação e, como Yu, procuravam desesperadamente uma fórmula que lhes desse a imortalidade. O fim da vida os deixava nervosos. Eles não sabiam o que havia do outro lado e, o que era pior, tinham dúvidas de que houvesse algo.

Haviam visitado montanhas como Meru, na Índia, o Fujiyama, o Olimpo, Alborj, na Pérsia, Kailāsa e K'uen-luen, na China.[27] Entre os seus projetos figurava subir até o "Os Cinco Tesouros das Neves" e "Mãe do Universo" (eu não soube de que montanhas estavam falando).

Foi uma delícia escutá-los. Eu aprendi muito.

E com o pôr do sol o Mestre regressou.

Mateus já tinha organizado tudo. Tudo em comum: jantarmos juntos, fogo para todos, conversas em comum e as estrelas, aos milhares, em comum...

Jesus veio sem um traço de suor, sem mácula, como se não tivesse dado nem um passo sequer.

Olhei para ele, intrigado. Onde Ele havia estado?

---

27 Para os taoistas, o K'uen-luen era similar ao paraíso dos católicos: o final da criatura humana (sempre como prêmio por seu comportamento na vida). Contava a lenda que o mestre Tao-ling subia ao K'uen quando, de repente, foi arrebatado por um dragão de cinco cores. E foi levado ao céu. Quando regressou não pôde contar nada do que viu, porque os deuses que habitavam o dragão o deixaram intencionadamente cego e mudo, com o propósito de que não revelasse em que consistia a imortalidade. (N. do M.)

Zal, no entanto, apareceu sem fôlego e morto de sede. Ele bebeu meio *ḥuḍ* e caiu exausto sob os pilriteiros.

Mateus fez as apresentações e, de uma forma simples, compartilhamos o espartano jantar.

Estava a ponto de assistir a uma conversa que me atreveria a qualificar como histórica...

Os pitagóricos e os *yamabushi* – que viajavam juntos por comodidade – também perguntaram o que faziam aqueles três "loucos" no topo do Makkuk.

Jesus respondeu por nós e assegurou que éramos arautos.

– Mensageiros de quem?

E o Mestre falou de *Abba*, de seu caráter e natureza benéficos, do presente da alma humana, de sua imortalidade (acontecesse o que acontecesse), da fraternidade entre os homens (base de todo o planejamento ético) e sobre o formidável destino da humanidade.

Eles o olhavam, perplexos.

– Condenados a serem felizes?

A segurança daquele Homem quando falava era tamanha que ninguém soube o que argumentar contra.

– Sim, condenados à felicidade, e não vai tardar...

– Como é isso?

– Quando abandonardes este mundo e regressardes à realidade, à montanha das montanhas, será tal o achado que não haverá nem palavras...

Havia tanta convicção no que afirmava que um dos adoradores de montanhas, o que chamavam de Haguro, acabou comentando:

– Falas como se conheceste a esse Deus...

Jesus respondeu no mesmo instante:

– Eu o conheço...

Um dos pitagóricos protestou:

– Nenhum humano pode ver os deuses e continuar vivo...

– Disseste bem: nenhum humano...

O Mestre se dispunha a ampliar a sugestiva afirmação, mas outro dos missionários desviou o assunto:

– Tu és, talvez, como Pitágoras?

– Sou diferente...

– Tu também te lembras de tuas encarnações anteriores?

– O Pai não solicita isso de nós...

– O que queres dizer?

– O que ouviste...

– Mas tu crês ou não na transmigração das almas?

– Não é necessária.

Eles mudaram de lugar, inquietos. E iniciaram um ataque a toda a força. Enumeraram as razões pelas quais entendiam que a reencarnação era necessária e, inclusive, justa. Um dos argumentos era a necessidade de aprender:

– São necessárias muitas vidas para assimilar o que nos rodeia e, sobretudo, para crescer espiritualmente...

O Filho do Homem escutou atentamente. Então, sem dizer uma palavra, se levantou e caminhou até os pilriteiros.

Eles tinham certeza de que o haviam convencido...

O Galileu voltou, e com várias flores brancas nas mãos.

Mostrou a eles as flores e perguntou:

– O que estais vendo?

– Flores...

– E em que elas se converterão quando o momento chegar?

Os pitagóricos e os orientais olharam uns para os outros. Eles não entendiam aonde Ele queria chegar.

Jesus insistiu:

– Em que elas se transformarão?

– Em drupas...

– Sim – manifestou outro dos *yamabushi* –, em frutos redondos e de cor vermelha.

– Frutos! – exclamou o Galileu. – Isso é maravilhoso! Isso é um milagre!

Seguiam (seguíamos) perplexos. Sobre o que Ele estava falando?

– Não entendo, rabi...

Mateus expressou o sentimento geral.

– É muito simples – replicou o Filho do Homem. – Alguém pode me dizer como se obter fruto de uma flor? Não é maravilhoso?

Assentiram timidamente.

– Em verdade eu vos digo que nem com um milhão de vidas poderíeis imaginar uma coisa assim...

Comecei a entender.

O Mestre falava da impossibilidade da mente humana de aproximar-se do segredo da vida e da criação em geral. Nesse aspecto, a reencarnação não é a solução.

Mas ele sugeria algo mais...

Jesus estava invocando o imenso poder imaginativo do Pai. Quem no século XX, com toda a nossa tecnologia, seria capaz de transformar uma simples flor de pilriteiro em uma saborosa drupa vermelha? Quem dispõe de um poder e uma imaginação semelhantes?

E o Homem-Deus insistiu:

– Por que a madeira flutua?

Não sabiam. Jesus deu a resposta:

– Porque alguém o imaginou...

("Alguém" deveria se escrever com maiúscula.)

E seguiu perguntando e respondendo:

– Por que o mar não se cansa?... Porque alguém o imaginou assim. Por que existe a verticalidade?... Porque alguém o imaginou. Por que a morte?...

O silêncio se fez mais denso. Jesus falou decidido, sem medo:

– ... Porque alguém o imaginou... Porque é a melhor maneira de voltar à realidade...

Abriu os braços, elevou o olhar para as estrelas e resumiu:

– Pura imaginação!

– Quer dizer: tu não admites a reencarnação...

– A imaginação de *Abba* está acima do entendimento humano...

– Não respondeste à questão...

– Eu a respondi sim, estimado amigo, respondi sim... Nem em um milhão de anos, nem em um milhão de vidas, será possível beber este mundo e muito menos o universo...

– Mas nós estamos aqui para aprender...

– Não exatamente. Estamos aqui para experimentar, o que é diferente.

Eles estavam desconcertados. E o Galileu prosseguiu:

– E quanto ao enriquecimento espiritual, é verdade que a alma deve abandonar a imperfeição com um máximo de sabedoria. Mas quem lhe traz isso não é a aprendizagem, ou o estudo, nem a contemplação, nem a comunicação entre os homens... Quem dá isso é a experiência: é estar cheio ou vazio... É uma questão pessoal, previamente estabelecida com o Criador.

Eu estava tão surpreso que não sabia o que dizer.

Uma coisa era clara, claríssima: o conceito tradicional da reencarnação (tal como entendem as filosofias orientais) é uma invenção humana, e, além disso, de voo curto e baixo. Em outras palavras: só satisfaz algumas dúvidas...

O Mestre me olhou, leu os meus pensamentos e exclamou:

– O Pai é imaginação. Ele faz com que a água flutue nas nuvens, sem que ninguém tenha que segurá-la, ou tornar-se branca quando desce em forma de neve. Ele arranca reflexos do interior das pedras e obriga o alvorecer a ser pontual... Em verdade eu vos digo que o que vos aguarda após a morte vos fará tremer de emoção... Não há palavras para descrevê-lo, nem nunca haverá.

Haguro, visivelmente emocionado, proclamou:

– Não sei se estás louco, amigo, mas tua loucura sacia a minha sede...

– Quanto mais cresceres – respondeu o Mestre –, mais se diluirá a tua realidade, e maior será a tua sede...

– Por isso nós buscamos subir à montanha...

– Buscar ao Pai é subir ao HaMaqom...

Foi a primeira vez que ouvi esse termo. Poderia ser traduzido como "Lugar", no qual habita o incomensurável.

Os estrangeiros permaneceram no Makkuk por mais dois dias.

Estavam entusiasmados e Jesus de Nazaré mais ainda.

O Mestre falou de *Abba*, do reino invisível e alado, do que nos espera após a morte (o que Eliseu chamava de mundos MAT)[28], da necessidade de "escalar" o interior, do dom, do presente do Pai (a imortalidade, aconteça o que acontecer), da necessidade de viver (apesar e acima de tudo), e de fazê-lo sempre no presente (o futuro não existe) e, principalmente, falou do mais importante e benéfico: a consagração da vontade do bom Deus, o Número Um.

Os pitagóricos – adoradores dos números – foram embora desconcertados.

Os orientais – estou certo disso – souberam por que o Destino os havia conduzido, praticamente pela mão, para o alto daquele cume vermelho, pelado e, aparentemente, perdido no nada.

Eu também o experimentei.

Na quarta-feira, 5 de março, regressamos a Betânia do Jordão.

Surpresa.

André e Tomé haviam feito seu trabalho com eficiência e rapidez.

Ali estavam os "desertores"...

Kbir não permitiu que saíssem às colinas para nos procurar. Ele os reteve na "Selva".

---

28 Ampla informação sobre os mundos MAT em *Cavalo de Troia 6 – Hermon*. (N. de J. J. Benítez.)

Ao ver o Mestre, Pedro correu ao seu encontro, se lançou aos seus pés e, entre lágrimas, pediu perdão.

O Zelote também se ajoelhou diante do Filho do Homem.

João Zebedeu e o Iscariotes se mantiveram à distância, com o rosto voltado para o chão.

Todos pareciam notavelmente recuperados de suas lesões.

Jesus se apressou em levantar os discípulos e, sem dizer palavra, os abraçou.

Depois ele se reuniu com João e com Judas, e abraçou-os também.

Ninguém disse nada, exceto o pedido de desculpas de Simão Pedro. Mais uma vez fiquei maravilhado. A bondade daquele Homem não tinha fim. Ele poderia reprovar ou repreendê-los, mas não o fez. O rosto de Jesus estava radiante. Seus amigos haviam regressado...

A partir do dia seguinte, de 6 de março até 28, sexta-feira, o Galileu se dedicou a duas tarefas básicas que ocuparam, praticamente, todo o seu tempo: trabalhar e ensinar.

Ao amanhecer, Ele se dirigia aos palmeirais e ali escalava os troncos, trabalhando na polinização e em recolher os frutos da colheita tardia. Ele fazia isso com carinho, e cantando.

Eu desfrutei vendo-o e ajudando-o. Foi como nos velhos tempos, nas florestas de Attiq na Alta Galileia.[29]

Os discípulos o acompanhavam, e escalavam ou trabalhavam no transporte.

Jesus se despojava de suas roupas e, apenas com sua vestimenta íntima, sem cordas, subia ágil até a coroa da árvore. Ali Ele derramava pólen ou cortava as tâmaras, uma por uma, e passava-as aos seus companheiros. Era uma maneira de pagar pela hospitalidade generosa de Kbir para com Ele e com os 12.

Kbir estava preocupado.

A chamada "morte branca" havia aparecido em alguns dos palmeirais de Jericó. Estávamos diante de uma praga (possivelmente um fungo chamado *Fusarium oxysporum*) que arrasava as plantações.[30] Desde a noi-

---

29 Ampla informação sobre a tala das árvores no Attiq em *Cavalo de Troia 8 – Jordão*. (N. de J. J. Benítez.)

30 Naquele tempo, os palmeirais se achavam submetidos a numerosas enfermidades, mas o *bayoud*, ou "morte branca", era a mais temida. Trata-se de um fungo que penetra pelo terreno e ataca as raízes, interrompendo o abastecimento de água e nutrientes. A palmeira termina morrendo por asfixia. Os primeiros sintomas aparecem nas folhas. O isolamento do local afetado era a única solução. O *Fusarium* é altamente qualificado, podendo, inclusive, mudar de forma, segundo as exigências climáticas. Os esporos estão protegidos por uma grossa casca, quase inviolável. (N. do M.)

te até a manhã, mesmo que o horto estivesse bem cuidado, as palmeiras apareciam mortas, com as folhas brancas e dependuradas, como penas umedecidas. A morte se estendia como uma mancha de óleo. Era a ruína.

Os supersticiosos *a'rab* lutavam contra o mal não saindo da casa, ou da fazenda, enquanto durasse a praga. Essa foi uma razão pela qual o Mestre e seus íntimos permaneceram na "Selva" pelo espaço de tempo de 23 dias.

Nesse período, e acompanhado por Kbir, Jesus compareceu à Betânia em uma só oportunidade. Mas disso eu me ocuparei mais tarde...

Depois do trabalho, durante o jantar, o Filho do Homem se reunia com os embaixadores do reino e prosseguia com os seus ensinamentos.

Felipe, o intendente, desfrutava das colheitas das tâmaras. Ele se ocupou em preparar essências para mil usos. As maduras – ele dizia – eram boas para embalar crianças ao dormir e para curar crises nervosas. As verdes proporcionavam infusões com ação adstringente e eram muito apropriadas para as úlceras (?).

Kbir o assistia com a boca aberta. E ambos juraram amizade eterna. "Os negócios são negócios..."

Mas o pior daquelas quase quatro semanas na plantação de palmeiras de Betânia não era a ameaça da "morte branca". O pior foi o clima criado por Iscariotes...

Tudo começou com um rumor, orquestrado pelo próprio Judas.

O fato de que Jesus se achava relativamente perto do mar de Sal e, consequentemente, do palácio-fortaleza de Maqueronte, tocou a imaginação dele, que havia sido um discípulo de Yehohanan: "Jesus se prepara para libertar o Batista". E o Iscariotes fez correr um boato. "Tudo está organizado – assegurava com a voz baixa. – O Mestre assaltará Maqueronte e romperá as correntes do Anunciador e colocará em fuga Antipas e sua maldita guarda gaulesa".

André ouvia com uma santa paciência e tentava fazê-lo ver que o que ele falava não tinha pés nem cabeça. Maqueronte era inexpugnável e isso, além do mais, também não fazia parte dos objetivos do rabi.

E a polêmica surgiu novamente.

João Zebedeu, Pedro e o Zelote fizeram causa comum com o Judas Iscariotes e deixaram suas armas preparadas.

João Zebedeu chegou a perguntar ao Mestre sobre as suas intenções a respeito do Batista. E Jesus, desconcertado, negou a notícia espalhada pelo Iscariotes.

Ainda assim, os "desertores" continuaram maquinando e traçando todo tipo e toda sorte de detalhes sobre a operação que conduziria à libertação de Yehohanan.

Jesus tinha assuntos mais importantes e não prestou muita atenção.

Ao anoitecer, como eu vinha dizendo, uma vez que o trabalho era concluído, o Galileu e os 12 se sentavam à beira dos dois grandes açudes, jantavam e conversavam.

Embora um deles fosse alimentado por uma nascente subterrânea, os açudes em questão eram de um tipo vernal (da primavera). Eu os explorei muitas vezes. Eles eram relativamente rasos e cheios de vida. Ali os sapos pulavam excitados, febrilmente à busca de acasalamento, salamandras, ninfas de libélulas verdes, e dezenas e dezenas de rãs, sempre competindo com seus cantos entediantes. Eu não acho que tivesse mais de um metro de profundidade. No meio do verão eles secavam e restava ali uma camada de lodo esponjoso, igualmente vivo e palpitante.

Lembro-me de uma ocasião, quando tomava as referências de costume, um dos trabalhadores *a'rab* se aproximou e avisou para que eu tivesse cuidado. Não devia me aproximar das águas verdes dos açudes. Quando perguntei por quê, o *badawi* ou beduíno não me respondeu. Ou, melhor dizendo, o fez à sua maneira: ele levou o dedo indicador direito em volta do pescoço e da garganta e executou um gesto que sugeria degolamento.

E acrescentou:

– Ali vive *alma*...

Não soube o que ou quem era *alma*. Ninguém desejava falar da criatura em questão. Supus que eu me achasse diante de outra lenda...

Jesus, como eu digo, costumava sentar-se sobre uma família de rochas brancas, que montavam guarda à borda de um dos açudes. Lá, ele ensinava e ouvia as perguntas dos discípulos.

Enquanto falava, seu braço direito caía, desmaiado, sobre a água, e os dedos revolviam a superfície.

Desde que soube da *alma* já não assistia tranquilo aos ensinamentos. Deixava-me arrastar pela imaginação e perscrutava a água em busca de qualquer sinal "estranho"...

Eu mesmo me reprovava de minha absurda postura. Ali não havia nada, salvo os inquilinos habituais de um açude, de uma lagoinha, já mencionados anteriormente...

Jesus falou várias vezes do evento sucedido no Hermon durante o verão do ano 25. Explicou quem era na realidade[31] e como ficou consciente de sua divindade quando cumpriu os 31 anos.

Já havia entrado nesse tema, porém considerou oportuno voltar a falar sobre ele.

Os dedos seguiam brincando com as águas...

Tudo era paz e sossego.

Em algum lugar, as rãs coaxavam ritmicamente, alheias à transcendência do que o Homem-Deus relatava.

Mas os discípulos começaram a balançar a cabeça em sinal de cansaço. Eles tinham sono.

Só Bartolomeu e Mateus Levi se sentiram atraídos pela exposição de Jesus.

E foi o "urso", fascinado com a história dos anjos rebeldes que desceram sobre o Hermon para interrogar Jesus (nunca para tentá-lo, segundo suas próprias palavras), quem mais perguntou e quem solicitou detalhes. O Mestre respondeu a todas as questões e foi, inclusive, além. Entendo que aquele entardecer do dia 12 de março foi igualmente histórico... Jesus disse algo que jamais foi escrito pelos evangelistas...

O Mestre explicou que os anjos rebeldes se achavam "presos ao domínio" (?) e que chegaria o dia em que seriam julgados. "Esse dia – Ele afirmou – será de especial satisfação para os mundos que se rebelaram..."

– Por quê, Mestre?

– Nesse dia, Bartolomeu, essas humanidades regressarão à luz e conhecerão um prolongado período de paz...

– E quando será esse juízo?

Jesus permaneceu em silêncio, agitando a água da pequena lagoa.

Eu estava inquieto, tanto pela resposta como pelos dedos...

Então Ele me dirigiu o olhar. Soube que as palavras seguintes seriam destinadas a quem isto escreve. Eu sabia...

– Quando o povo que andou na escuridão vir uma grande luz...

Deteve-se por alguns instantes e desviou o olhar para a superfície do açude. Distraiu-se? O que havia na água?

O Mestre retirou a mão.

Respirei aliviado.

---

31 Ampla informação sobre a estada de Jesus no monte Hermon em *Cavalo de Troia 6 – Hermon*. (N. de J. J. Benítez.)

E continuou com o que, sem dúvida, era uma profecia; uma importantíssima profecia:

– ... Então, querido *mal'ak*, será o momento de meu regresso.

Bartolomeu interviu:

– Teu regresso?

– Sim, Bartolomeu – manifestou o Galileu sem deixar de me olhar. – Em breve eu vos deixarei...

– E regressarás?

– Isso foi o que eu disse...

Repetiu a frase:

– Quando o povo que andou na escuridão vir uma grande luz, então será o momento de meu regresso.

E se recreou em duas palavras, enchendo o hebraico de ênfase:

Or gadol ("Grande Luz").

As palavras utilizadas pelo Filho do Homem eram de Isaías (9, 1).[32] E eu fiquei pensativo. Será que o Mestre falava de sua segunda vinda? Em caso afirmativo, a qual momento da história Ele estava se referindo? Por que mencionou a escuridão e essa "grande luz"? Por que me olhou enquanto pronunciava a profecia?

Mateus estava presente e escutou. Por que nunca falou dele em seu evangelho? Não compreendeu? Pareceu estranho? Será que de fato escreveu e foi manipulado posteriormente?

Tudo é possível...

Seria Eliseu, meu companheiro, quem acharia o fio da meada algum tempo depois. Mas essa é outra história...

Aproveitei aqueles dias tranquilos para materializar uma ideia que havia me ocorrido, tempos atrás: visitaria a cidade de Jericó e procuraria a família de Judas Iscariotes. Sabia em que lugar vivia. Trataria de arrecadar o máximo de informação sobre o traidor. Sabia quem era, o que fazia e como atuava, porém desejava averiguar algo mais; em especial sobre a sua infância.

---

32 O texto do profeta Isaías diz: "O povo que andou na escuridão viu uma grande luz. Os que moravam na terra da sombra e da morte, sobre eles tem brilhado a luz..." Mais adiante (versículo 5), Isaías lança uma profecia que tem sido identificada com Jesus de Nazaré: "Por quanto nos tem nascido um menino. Se nos foi dado um filho, sobre cujo ombro estará o mando. E seu nome é *Pele Yoet El Guibor Avi Ad Sar Shalom* (Maravilhoso) Conselheiro é Deus Todo-Poderoso, Pai Eterno, Príncipe da Paz..." Obviamente, o Mestre conhecia o texto de Isaías, e o acomodou às suas intenções. (N. do M.)

Apesar dos pesares, como acontecera com Yehohanan, a figura do Iscariotes me atraía. Não sabia exatamente por quê. Intuía que continha um segredo.

Não estava errado.

Não o comentei com ninguém, nem com o Mestre, ainda que saiba que Ele soubesse...

Kbir não perguntou. Só me advertiu das condições estabelecidas contra a "morte branca", para todo aquele que entrasse na "Selva". Aceitei. Cada vez que regressasse à propriedade, as sandálias deveriam ser queimadas e a roupa também. Eu teria que submeter-me a um banho de natrão.

Não foi difícil localizar a casa dos Iscariotes. Eram saduceus. Eram ricos. Todo mundo os conhecia. Viviam ao leste da cidade, bem próximos à entrada. Isso facilitou as coisas.

E na casa, de um piso, viviam os pais de Judas e os serviçais.

Simão da Judeia, o pai, era comerciante. Dedicava-se profissionalmente à exportação de trigo de Moab, tâmaras, bálsamo, flores do Jordão e não sei quantas coisas mais. Sua fortuna se contava em talentos. As más-línguas a calculavam em cinco mil (mais de 72 milhões de denários de prata).

Recebeu-me no átrio.

Era um velho antipático, amargurado, que falava constantemente só e unicamente em negócios.

Via a vida passar de uma velha cadeira, tão decepcionada como o amo. Dali ele controlava os seus negócios.

Seu coração se mantinha à espreita, como um abutre.

Calculei uns 80 anos de idade.

Vestia uma rica túnica de seda, bordada em ouro, com um espetacular medalhão em forma de mosca pendurado no pescoço. Alguém me sussurrou que continha as cinzas do pai.

O cabelo, branco e solto, chegava até a cintura.

Jamais se calçava, e aí estava um dos motivos, entre outras coisas, pelos quais nunca abandonava a casa. Fazia 31 anos que não pisava na rua. Mais adiante soube por quê...

O nariz, aquilino, tipicamente judeu, era idêntico ao do filho.

Não tive tempo de explicar. Quando mencionei o nome de Judas, sem mais nem menos levantou um bastão e tentou me bater.

Perseguiu-me até a porta, chamando-me de "filho de Belzebu" e não sei quantas lindezas mais.

Fugi, claro.

E nisso, enquanto eu me distanciava da casa, certamente abatido ante o aparente fracasso, ouvi uma voz que me chamava.

Era uma anciã.

Debruçara-se por uma porta lateral da casa do Iscariotes e fazia sinais para que eu me aproximasse.

Eu o fiz com receio.

A mulher sorriu, e, sem mais, indicou que eu a seguisse. E fomos até um pátio que ficava na parte de trás da casa.

Ali, às escondidas, a mulher se identificou como Amidá ("18 bênçãos"), a mãe de Judas, e perguntou por seu "menino". Havia meses que nada sabia sobre ele. Alguém lhe falou de uma nova seita, da qual ele participava, dirigida por um carpinteiro louco de Nahum.

Fiquei assombrado.

A mulher era o extremo oposto do marido.

Tinha os olhos claros, muito tristes, a pele enrugada e docemente conquistada por uma tribo de pintas.

Devia ter cerca de 70 anos.

O sorriso, como o do misterioso indivíduo da túnica que mudava de cor, era uma bendição. Quando sorria, tudo ao seu redor se aquietava, contemplando-a.

Era doce, carinhosa e compreensiva.

Também me chamaram a atenção as mãos. Eram extremamente longas. Ela sabia disso e tratava de escondê-las sob a túnica. Luzia um anel de prata...

A melancolia, suponho, a havia consumido. Não creio que pesasse mais de 45 quilos.

E foi assim que o Destino me abriu as portas para a informação.

Amidá se ofereceu para falar-me sobre Judas, sempre e desde que não a delatasse para seu marido.

Naturalmente, assim foi.

Eu a visitei em mais duas oportunidades.

O pai deserdou Judas quando soube que ele havia se enrolado no grupo do Batista. As esperanças do ancião se converteram em fumaça.

A mãe, diante dessas lembranças, chorava amargamente.

Ela amava muito o filho, como era lógico e natural.

Procurei tranquilizá-la, explicando que ele se encontrava bem. A mulher agradecia com um daqueles sorrisos espetaculares, e quem isto escreve se sentia reconfortado.

Esta foi a recordação das intensas conversas no pátio na parte de trás da casa dos Iscariotes:

Amidá não tivera mais filhos. Diziam que era estéril. Lamentavelmente, como já mencionei em outros momentos destes diários, naquele tempo a esterilidade era uma mancha que só afetava as mulheres. Os varões nunca sofriam semelhante "pecado"...

E um belo dia, quando a mulher contava com seus 40 anos, apareceu em Jericó um caldeu, com uma grande capa negra. Era um "geomântico". Que dizer, um sujeito que dizia praticar a adivinhação através das figuras que se formavam das cinzas que lançava ao ar e que se depositavam sobre as pedras no chão.

No meu entender, pura charlatanice.

Pois bem, o caldeu lançou as cinzas ao ar naquela mesma casa e começou a "ler" as figuras.

"Terás um filho – vaticinou – que morrerá antes de vós. E morrerá com os olhos espantados pelo horror..."

O caldeu o chamou de "homem do cálice".

Perguntei à mãe o porquê do dito sobrenome, mas não soube ou não quis esclarecê-lo.

O homem do cálice?

E me veio à mente – não sei por quê – a imagem do cálice de metal que habitualmente acompanhava o Mestre. Mas o que tinha a ver com o Iscariotes? "Quanta imaginação", pensei.

Não disse nada, naturalmente. E reconheci em meu interior que o geomântico tinha acertado em parte. Judas não demoraria em morrer (ano 30) e de forma dramática (numa tentativa de enforcamento que resultou em um fracasso).[33] Quando consegui descobrir o cadáver, na companhia do jovem João Marcos, tinha os olhos bem abertos e espantados. Os ratos já haviam começado a devorá-lo...

Judas nasceu aos nove meses da previsão do caldeu (exatamente no mês de *siván* [junho] do ano –4). Quando conheceu Jesus, no ano 26, acabara de fazer 30 anos.

O pai o rejeitou desde a gravidez. Apregoava em segredo que não era filho seu, e sim daquele maldito caldeu.

Amidá o negou com lágrimas nos olhos. O filho era de seu marido.

---

33 Ampla informação sobre a tentativa de suicídio de Judas Iscariotes em *Cavalo de Troia 1 – Jerusalém*. (N. de J. J. Benítez.)

Outra questão é como o gerou...

A mulher me olhou nos olhos e, adivinhando os meus pensamentos, proclamou:

– Aquele geomântico era um *mal'ak* (mensageiro)... O Santo, bendito seja seu nome, fez um milagre e eu fiquei grávida.

Essa história não me era estranha.

Não a aceitei nem a rejeitei. Realidades mais delicadas e maravilhosas eu já havia contemplado...

O nascimento de Judas foi anunciado, da mesma forma que aconteceu com Yehohanan e com o mesmíssimo Jesus?

Algo estava claro...

Judas Iscariotes, após a traição e a Crucificação do Mestre, foi considerado maldito, e sua história, total e absolutamente apagada. Ninguém se preocupou em indagar sobre sua vida, e muito menos sobre seu nascimento ou sua infância. Os evangelistas o mencionam pelo que foi mencionado e aí termina tudo.

Definitivamente, Judas foi um menino mimado pela mãe e rejeitado visceralmente pelo pai. Cresceu só, sem amigos, e construiu seu próprio mundo. Era tímido, receoso e esquivo. Foi educado nas melhores escolas rabínicas de Jerusalém, mas nunca se licenciou como rabi. Via mal no escuro. Era lento nas percepções, friorento, sujeito a depressão e com uma crescente agressividade. Sofria de síndrome hematófoba ou temor à visão do sangue.[34] Fora violado por uma patrulha romana quando tinha 8 anos de idade (sua vida foi salva por um milagre). Daí provavelmente vinha o seu ódio pelos *kittim*. Viveu um tempo na ilha grega de Ko, na frente da atual Turquia, e ali conviveu com os pitagóricos. Além de seu temperamento esquizotímico (já adiantado na "ficha" do Iscariotes), Judas apresentava um nítido perfil paranoide. Desconfiava de tudo e de todos. Jamais abriu seu coração a ninguém e muito menos ao Mestre. Era sensível de uma maneira doentia. Via alusões negativas nos gestos e nas conversas. Suspeitava que sempre falavam mal dele (nisso ele tinha razão) e que conspiravam para afundá-lo ou afastá-lo. As brigas com os discípulos foram constantes e cada vez mais azedas. Era rude, retraído, sem senso de humor (jamais ria ou sorria), arrogante e com uma mente fria e dis-

---

34 As fobias se caracterizam – segundo Sadock e Kaplan – pela provocação, no paciente, de uma especial ansiedade que, por sua vez, leva ao pânico (em circunstâncias muito específicas para cada indivíduo). Existem dezenas de fobias tipificadas pela psiquiatria. (N. do M.)

tante. Calculava tudo. Sua visão da vida era permanentemente negativa. Exagerava os detalhes e procurava motivos, por mais insignificantes que fossem, que pudessem ir contra suas ideias ou projetos. Provavelmente nunca desenvolveu delírios, mas faltou pouco... Sua relação com a autoridade foi conflitiva (inclusive com o Mestre). Era tenaz e meticuloso. Foi um bom tesoureiro, como já expliquei antes.

O Iscariotes, em resumo, se movia na invisível fronteira entre a realidade e os desejos.

E algo importante que não me cansarei de repetir: Judas foi tachado pela história de ladrão. Grave erro. Judas foi tudo, menos ladrão...

Sempre estarei em dívida com Amidá. Ela tratou-me com cortesia e respondeu às minhas perguntas. Pariu um homem de caráter complexo, mas ela não teve culpa da traição de Iscariotes. A mãe não era dessa natureza.

Prometi regressar, mas nunca o fiz. Eliseu o faria por mim...

Dia 26 de março, quarta-feira, foi outra jornada inesquecível.

Jesus aceitou sair da "Selva".

Fez isso a pedido de Kbir e dos discípulos. Uma trupe de missionários havia se instalado em Betânia. A cada entardecer eles convocavam a vizinhança e lançavam os mais assombrosos discursos. Era o alimento do povo.

Todos sentiam curiosidade.

E nesse dia nós nos reunimos no centro da aldeia.

Havia centenas de curiosos.

Cada qual carregava uma cadeira da sua casa ou procurava se acomodar sobre os jumentos ou sobre os cestos ou sobre os baldes.

Duas horas antes do pôr do sol e já não cabia uma alma entre as paredes de barro e as nuvens de curiosos que se formavam na "praça" do povo.

Jesus procurou um lugar e se sentou na primeira fila; ali nós nos apertamos todos.

Felipe lamentou não ter trazido a *Cipriota*. Nessas reuniões – ele dizia – sempre se fazem boas amizades.

E de repente, por uma das ruas, apareceu a trupe: dez missionários, todos homens, da seita dos cínicos.

Eram magros, magérrimos. Vestiam tangas e longas e desfiadas capas vermelhas. Distingui anciãos e jovens. Todos caminhavam descalços e portavam enormes bolsas, também de cor vermelha, a tiracolo. Apresentavam o cabelo raspado e as olheiras típicas de quem dorme pouco e sobre o chão.

Cada um sustentava uma lamparina de azeite. Se apagasse, era uma desgraça.

Falavam uma mistura de grego internacional (*koiné*), aramaico e *a'rab*.

Aproximaram-se do público e, em silêncio, trouxeram as lâmpadas para perto do rosto dos surpreendidos assistentes. Depois, após explorá-los, exclamavam:

– Busco a um homem!

As pessoas caíam na gargalhada e apontavam com o dedo indicador o seu respectivo vizinho.

E o da lamparina repetia a operação com o que se achava ao lado e perguntava de novo:

– Busco a um homem!

E os risos se encavalaram uns nos outros.

Algumas crianças começaram a chorar. Os jumentos moviam os rabos como dizendo: "Não sei não..."

O Mestre olhava, assombrado...

Kbir se inclinou algumas vezes em direção ao Galileu e sussurrou algo, ao mesmo tempo em que levava o dedo indicador direito à têmpora e fazia um gesto de loucura.

Os cínicos não estavam loucos, mas quase...

Era uma seita que havia herdado a filosofia e os importantíssimos princípios de um ser enigmático, ao qual já me referi em outras oportunidades, e que conheceram com o nome de Melquisedec (1980 a.C.).[35] Esses fundamentos, sem dúvida, foram alterados com o passar do tempo.

---

35 Na época de Jesus, como já referi em outras ocasiões, havia centenas de seitas e um total de 30 mil deuses (só na bacia mediterrânea). Os grupos organizados, e mais influentes, eram os pitagóricos, os cínicos, os epicuristas, os estoicos, as chamadas "religiões mistéricas", e os céticos. Para os epicuristas, uma das chaves era a busca da felicidade. Combatiam as superstições e questionavam os deuses. O fatalismo – diziam – é uma fraude e os deuses, um meio para sujeitar as vontades. Defendiam que o homem deve pensar por si mesmo. Seu objetivo era a ausência de dor. Não acreditavam na imortalidade da alma e negavam todo conceito transcendental.

O estoicismo, por sua parte, era a filosofia das classes abastadas, ricas, com muito dinheiro. Acreditavam no Fado-Razão que governava a natureza. A alma (imortal) se acha encarcerada no corpo – asseguravam –, mas pode alcançar a liberdade se viver em harmonia com a natureza e com Deus. Nunca descobriram o Pai Azul. Muitas de suas ideias estavam inspiradas na filosofia dos cínicos.

Os céticos defendiam o "presente" e asseguravam que toda certeza era enganosa. Não foram bem-aceitos e acolhidos.

As religiões mistéricas garantiam a vida eterna, a troco da servidão moral. Dispunham de lendas e rituais mais ou menos complexos. Foram a origem das sociedades secretas. (N. do M.)

Os cínicos que tínhamos diante de nós defendiam que o ser humano pode alcançar a salvação por si mesmo (se quiser). Predicavam a simplicidade e a virtude. Combatiam o medo à morte. Asseguravam que existe outra vida, mas que é preciso ganhá-la com firmeza e disciplina, libertando-se dos desejos e reduzindo ao mínimo as necessidades. Para os cínicos, a ciência, as riquezas, o poder e as honras eram bens a serem depreciados. Caminhavam por povoados e cidades, sempre com suas lamparinas acesas e, de certo modo, prepararam o caminho para o cristianismo.

Gritavam que seu fundador havia sido Diógenes, o ateniense[36], mas disso não se tinha certeza. Outros falavam de Antístenes, discípulo de Sócrates (435 a 370 a.C.). A verdade é que tanto um quanto o outro terminaram por contaminar os sublimes ensinamentos de Melquisedec, o autêntico Anunciador de Jesus de Nazaré.

---

36 Diógenes, filósofo grego, nascido em Sínope no ano 404 a.C. Sua vida foi uma confusa mistura de verdades e lendas, provavelmente inventadas por seus discípulos. Platão o chamou "Sócrates delirante". Caminhava descalço, dormia nos pórticos dos templos, se abraçava às estátuas, foi falsificador de moeda, e carregava sempre uma enorme bolsa. Nela ele levava toda a sua vida. Considerava os governantes como "ministros da plebe". Pregava que o homem é o animal mais recomendável. Odiava os adivinhos e os astrólogos. Explicava que "devemos esticar as mãos aos amigos, mas com os dedos estendidos, não dobrados". Odiava a humanidade e gritava pelas ruas: "Busco a um homem!" Os discípulos o seguiam, em silêncio, e sem perdê-lo de vista. Essas eram suas ordens. Xeníades perguntou como desejava que o enterrassem e Diógenes respondeu: "De boca para baixo". Quando Xeníades se interessou sobre o porquê de tão estranha postura, o filósofo replicou: "Porque daqui a pouco as coisas se voltarão de baixo para cima". Chamava de lesados aos que não portavam bolsa e qualificava a si mesmo de "cachorro". Levava dependurada no pescoço uma tabuleta com os nomes dos que o ofendiam, e passeava pelos povoados e cidades. Comia carne crua e defendia o canibalismo. Perguntado em certa ocasião qual animal morde mais perniciosamente, respondeu: "Dos bravos, o caluniador; dos domados, o adulador". Assegurava que a oração para conseguir favores era uma armadilha caramelada. Odiava as mulheres. Tendo visto uma vez mulheres enforcadas em uma oliveira, gritou: "Oxalá que todas as árvores trouxessem este fruto!" Defendia que as mulheres deviam ser propriedade dos homens e que cada qual as usasse como bem pudesse ou soubesse. Depreciou a música e a geometria como coisas inúteis e desnecessárias.

Terminou suicidando-se, ainda que tampouco isso esteja esclarecido. Uns asseguram que o fez "deixando de respirar" (coisa impossível) e outros que ele morreu quando repartia um polvo entre os cachorros. Um dos cães o atacou e ele faleceu por causa das feridas. Seus escritos foram perdidos.

Na minha opinião, tratava-se de um desequilibrado mental. Foi discípulo de Antístenes. Faleceu no ano 323 a.C. Os discípulos de Diógenes acabaram reformando suas peculiares ideias e costumes. (N. do M.)

O Mestre estava presente aos discursos dos cínicos missionários e o fazia com prazer. Em nenhum momento observei um gesto de discórdia ou um comentário de desaprovação, embora, verdade seja dita, aqueles com as lamparinas proclamaram muitas coisas estúpidas...

Creio já ter dito: o Filho do Homem tinha as ideias muito claras, mas era extremamente respeitoso com as crenças dos outros. Jamais impunha a sua vontade. Apenas sugeria. Informava. Nunca o vi discutir. Nunca vendeu a sua forma de pensar. Ele se limitava a expor as ideias. Depois, cada qual tomava o caminho que considerasse mais conveniente. Jesus jamais se viu sujeito ao peso do que as pessoas dissessem. Nunca o vi afetado pelas críticas ou pelos elogios. Também não me recordo de vê-lo corrigindo alguém ou pedindo conselhos... Ele sabia. Sua paixão era entrar em contato com os seres humanos e ouvir. Nunca se desculpou. Eu, pelo menos, jamais fui testemunha disso. Não gostava de despedidas, como já mencionei, mas gostava dos reencontros. O importante – dizia – era chegar; não importava onde.

Assim era o Filho do Homem...

Os discípulos não deixavam de se espantar. Em especial quando os cínicos defenderam a bondade do canibalismo. "Todas as coisas – pregavam – estão umas nas outras, e entre si participam. A carne, por exemplo, está no pão, e o pão nas ervas, e assim nos demais corpos, em todos os quais, por alguns poros ocultos, penetram as partículas e se coevaporam e se unem."

A palavra "coevaporar" me deliciou...

Foram horas deliciosas.

Este era o panorama filosófico daquele tempo.

Como já disse, eu não invejava o trabalho do Mestre.

Os últimos dias na "Selva" foram intensos.

Percebíamos algo.

O tempo de isolamento estava chegando ao fim.

Jesus falou várias vezes na Cidade Santa. A festa da Páscoa se aproximava.

O reino alado e invisível estava perto. O Mestre estava prestes a inaugurá-lo.

O Iscariotes continuava com a sua obsessão: o Galileu iria agir e daria a liberdade a Yehohanan. A verdade é que o entusiasmo de seus companheiros foi se desinflando.

Os discípulos - especialmente Bartolomeu e Mateus - levantaram uma questão de grande profundidade a Jesus. Os ensinamentos dos missionários cínicos os haviam confundido. "O homem pode ser salvo se assim o desejar - diziam -, mas o restante das escolas filosóficas não falava a mesma coisa."

- Ser salvo?

A pergunta de Jesus os deixou ainda mais perplexos.

- Ser salvo de quê? - insistiu o Galileu.

- Ser salvo da *gehenna*...

A *gehenna* era um depósito de lixo existente ao sul da cidade de Jerusalém, sempre ardendo e sempre habitado pela escória da sociedade. Era uma representação do inferno: um lugar de condenação para onde iam as almas dos pecadores (sobretudo dos pagãos).

- Não pareceis ter entendido em que consiste a boa-nova...

Eles se entreolharam, confusos.

- O homem não precisa ser salvo. Sua alma é imortal, pelo desejo expresso de *Abba*.

Ele os olhou, divertido, e prosseguiu:

- Estou aqui para revelar esse Pai maravilhoso e benéfico. Estou aqui para destapar aquilo que está oculto. Não deveis se preocupar com a salvação. Antes de ser, já éreis... Só pretendo que façais correr a voz: abandonai-vos nas mãos do Pai; isso é tudo...

Eles não compreenderam ou não entenderam a metade.

E chegou o dia 31 de março, segunda-feira.

Na madrugada, antes do amanhecer, tomamos o caminho da Cidade Santa.

Ninguém veio se despedir de nós. Kbir conhecia os hábitos do Mestre.

Jerusalém, afinal!

Foram 25 quilômetros de uma viagem confortável, sem pressa.

Ninguém conhecia as intenções do Filho do Homem. Ninguém imaginava o que estava reservado pelo Destino...

Foi pior, muito pior, do que este explorador pudera suspeitar.

Mas vamos prosseguir pela ordem.

Entramos em Betânia (a de Jerusalém) pouco depois do meio-dia.

Quantas lembranças do futuro!

Como se imaginava, Jesus parou na propriedade de Lázaro, seu amigo de infância e aquele que, anos mais tarde, seria ressuscitado.

Pegou todos de surpresa (típico do Galileu).

Lázaro abraçou o Mestre e o cumprimentou efusivo.

Ele estava com uma aparência esplêndida: corpo enxuto, olhos luminosos e músculos, muitos músculos.

Lázaro era um pouco mais velho do que Jesus. No dia 27 completaria 33 anos de idade.

Marta, a irmã mais velha, continuava séria e atraente. Às vezes sorria e revelava o fio de ouro que usava para prender os dentes postiços. Era ela a responsável pela casa.

Maria, a mais nova, também admirava Jesus, e seus olhos negros o seguiam por toda parte. Achei que ela estava apaixonada por Ele...

Por certo, não havia rastro da paixão de Marta em relação a quem isto escreve. Isso aconteceria apenas bem mais tarde, no ano 30.

Não sei como ele o fez, mas Lázaro conseguiu convencer Jesus a se hospedar na fazenda. E mais: suplicou para que o Mestre e os seus celebrassem a próxima festa da Páscoa em sua casa.

Maria aplaudiu.

Aquele que seria ressuscitado pelo Filho do Homem foi além e propôs que Betânia fosse o quartel-general do grupo enquanto Jesus permanecesse na região.

Todos olharam para o Galileu, cheios de expectativa.

Como eu disse, ninguém sabia de seus planos.

Jesus acabou aceitando, porém não disse nada mais. E nos deixou com vontades.

Será que inauguraria o reino imediatamente? Faria um templo? Aproveitaria a solenidade da Páscoa? Como pensava em fazê-lo? Quc papel os discípulos teriam?

Betânia se achava bem perto de Jerusalém. Se pegasse o caminho mais longo, desde a fazenda até o portão da Fonte, ao sul da Cidade Santa, a distância era de 15 estádios - um oitavo de milha (em torno de 2.800 metros). Isso se podia caminhar em 30 minutos, aproximadamente.

A ideia do quartel-general em Betânia, portanto, era viável.

A terça-feira, 1º de abril (ano 27), foi dedicada ao descanso.

Jesus falou muito com Lázaro e suas irmãs.

Eu aproveitei a curiosidade de Bartolomeu, o "urso" de Caná, e me uni a ele em um transcurso por Betânia. No último momento, Felipe, o intendente, decidiu nos acompanhar.

Betânia era um povoado que não superava os dois mil habitantes. As casas, de pedras lavradas, deixavam claro o poder aquisitivo de seus moradores. Quase todos eram camponeses. Os arredores eram um contínuo verde, integrado por bosques de figueiras, velhos sicômoros, e palmeirais jovens e promissores.[37]

A família mais notável não era a de Lázaro, mas sim a de um tal de Ananyah, descendente da tribo de Benjamim. Ali se instalaram seus antepassados após a volta do exílio da Babilônia.[38]

Betânia, assim como Nazaré, dispunha de uma "cidade troglodítica" aos seus pés. Dezenas de grutas se estendiam pelo subsolo e nos arredores. Nelas guardavam grãos, azeite, figos e tâmaras.

Felipe nos conduziu a uma dessas cavernas, a oeste da aldeia. O intendente conhecia o proprietário. Faziam negócios regularmente. Tratava-se de outro Ananyah, também fabricante de óleos essenciais, e de "algo mais"...

Enquanto Felipe cumprimentava seu amigo, o "urso" e quem isto escreve, vencidos pela curiosidade, demos uma explorada pela gruta.

Espantoso!

Ananyah, ao que apelidaram *Racdân* ("Bailarino"), era um ancião judeu, com os dedos do pé direito de madeira. Eram réplicas perfeitas, envernizadas e com as unhas pintadas, segundo o humor do dono. O negócio consistia na venda de próteses de todo tipo.

Como eu disse, fiquei assombrado.

Ali, penduradas no teto, oscilavam numerosas pernas de pau e também de bronze. Dispunham de artefatos e engrenagens que permitiam o movimento do pé ou da perna completa. Também observei braços e mãos articulados, dentes de bezerro para substituir os que se perdiam, olhos de cristal e de marfim (alguns com capilares de arame de ouro), narizes postiços, orelhas de cera, e, inclusive, pênis de madeira de todos os tamanhos, que eram presos mediante o uso de correias.

Racdân tinha sido bailarino, e muito famoso. Daí vinha o apelido. Em função de um acidente, de que Felipe não quis falar, perdeu os dedos do pé e ficou impossibilitado para a dança. Desde então se dedicava à fabricação e venda de próteses. Eram uma "ortopedia" muito estimada por judeus e gentios.

Porém, o Bailarino, além disso, era especialista em óleos essenciais. E Felipe foi mostrar-me o último do último. Era uma poção, extraída de uma raiz, cujo cheiro me pareceu familiar. Nesse momento eu não iden-

---

37 Ampla informação sobre Betânia em *Cavalo de Troia 1 - Jerusalém*. (N. de J. J. Benítez.)

38 O nome de Betânia era Bet-Ananyah ou Casa de Ananyah. Viria daí o nome Betânia. Posteriormente foi chamada de "casa da miséria" e de "casa da obediência". (N. do M.)

tifiquei. Eles a chamavam de *ša'an* (que poderia ser traduzido como "estar calmo" ou "proporcionar paz").

Felipe me presenteou com uma amostra e algum tempo depois, quando retornei ao Ravid, procedi a seu exame. Estava certo. Conhecia aquele cheiro... Não era outra coisa do que aquilo que hoje conhecemos como alcaçuz. Naquele tempo eles o utilizavam como remédio contra o resfriado e dor de garganta.[39] As infusões eram consumidas como refresco.

E de Betânia nos encaminhamos para Betfagé, o povoado mais próximo, localizado a coisa de 800 metros.

Betfagé era um punhado de casas, a serviço dos sacerdotes que não residiam habitualmente na Cidade Santa e onde se vendiam os retalhos das carnes oferecidas em sacrifícios. Na minha opinião, Betfagé era a cobertura de alguns dos negócios das castas sacerdotais. O procedimento era simples: uma vez sacrificados e imolados os animas (fundamentalmente bois e cordeiros), uma parte era retida para o sacerdócio a serviço do Templo. Pois bem, essas porções (quase sempre as mais suculentas) acabavam, por debaixo do pano, em Betfagé. Ali eram vendidas, e o dinheiro obtido se repartia entre os sacerdotes.

Felipe conhecia tudo isso e compareceu ao povoado com o ânimo de comprar carne (a melhor) e a bom preço.

Naturalmente, os vendedores não eram sacerdotes...

Na quarta-feira, 2 de abril, Jesus quis fazer uma surpresa a seus íntimos. E conseguiu...

Deixamos *Zal* e a *Cipriota* na fazenda de Lázaro e nos encaminhamos até a Cidade Santa. Todos conheciam Jerusalém, com exceção dos gêmeos Alfeu.

Devia ser a terceira hora (nove da manhã).

A primavera assomava entre os sicômoros.

Bandos de pombos se aninhavam nos bosques e nos terraços. Eles nos viam passar e arrulhavam, coquetes.

Jesus resplandecia com a túnica principal, a branca, sem costuras.

Parecia alegre e despreocupado.

O cabelo flutuava ao vento e também a cor castanho-mel dos olhos.

Era um Jesus ansioso. Aproximava-se a sua hora...

---

39 Nos exames no "berço", "Papai Noel", entre os componentes do alcaçuz, descobriu altas doses de ácido glicirrízico, muito ativo contra a hepatite crônica e o vírus do sarcoma de Kaposi. (N. do M.)

O Mestre passou os braços sobre os ombros dos gêmeos Alfeu e caminhou com eles um bom tempo, cantando:

"Pai..., eu o vejo em todas as partes!"

Os íntimos o seguiam, sem saber o que iria acontecer.

"Voa, pombo!"

E os gêmeos se animaram e acompanharam o cântico. Judas, o gago, fez o que pôde. Pensei que se tratasse de uma canção popular, cantada pelos peregrinos que caminhavam a Jerusalém.

"Pai..., eu o vejo no verde do trigo, amanhã amarelo por Tua bondade!"

"Voa, pombo!"

O restante imitou Jesus e os Alfeu e se uniu ao estribilho:

"Voa, pombo!"

Não soube que salmo era...

"Pai..., eu o vejo no sorriso da minha amada, manhã minha!"

"Voa, pombo!"

"Pai..., eu o sinto em meu interior... Eu, tão pequeno, sobre seus joelhos!"

"Voa, pombo!"

Todos nós acabamos cantando, exceto o Iscariotes. Ele nos olhava com uma expressão de fúria, nos depreciando.

Assim que deixávamos para trás Betânia, a trilha procedente de Jericó se dividia em três. O primeiro caminho subia, ágil, para o alto do monte das Azeitonas e ali se detinha um instante, entre as oliveiras, a uma questão de 818 metros de altitude. Depois se deixava cair até a torrente do Cedron, ao pé da muralha oriental da Cidade Santa e morria, muito dignamente, na chamada porta das Misericórdias, também conhecida como Oriental.[40]

Quantas recordações!

A segunda trilha, mais modesta, buscava também a muralha leste, porém a encosta sul do referido monte das Azeitonas (hoje conhecido como das Oliveiras ou Olivete). Era recebida por uma porta, não tão frequentada: a dos cavalos.

---

40 Na atualidade, a porta das Misericórdias (*Sha'ar Ha Rahamin*) é conhecida como Porta Dourada. Foi o imperador Justiniano (século VI) quem lhe deu forma e nome. Supunha-se que por esse lugar havia entrado Jesus no Domingo de Ramos. Grave erro. Como já referi, a citada entrada triunfal se deu pela porta da Fonte, ao sul da Cidade Santa. Foi nas cruzadas que tamparam, lacraram a dita porta, e assim continua no século XX. Alguns afirmam que será aberta quando aparecer o Messias (!). O nome ("Dourada") é a má tradução da palavra grega *oréa*, que significa "bela". Outra tradição assegura que a abertura da dita porta provocará um rio de calamidades ao mundo. A superstição procede da época otomana, quando os turcos estimaram que a referida abertura daria lugar à conquista de Jerusalém por parte dos francos. (N. do M.)

O Galileu escolheu o terceiro caminho, o mais longo, que desembocava na porta da Fonte, ao sul de Jerusalém e a coisa de 660 metros sobre o nível do Mediterrâneo.

Eu conhecia os três caminhos.

Este último era mais frequentado.

E prosseguimos com "Voa, pombo!"

Não demoramos em ser ultrapassados por arreatas de burros e rebanhos de cordeiros, guiados com pressa para o sul da cidade.

E o trânsito de gente foi se intensificando.

Como disse, se aproximava a festa da Páscoa, a mais solene de todas. Jerusalém, nessas datas, se convertia em um fervedouro de raças, de cores, e muito especialmente de dinheiro.

E Jesus continuou cantando.

Alguns discípulos, ao misturarem-se com o gentio, fizeram silêncio.

Foi então que me chegou aquela ideia: a canção não pertencia ao Livro dos Salmos, como cheguei a acreditar em um primeiro momento. Achava-me diante de uma improvisação do Galileu? Tudo era possível. Aquele Homem era uma permanente surpresa...

E na metade do caminho, pela esquerda, ao chegar à altura de um monte de 685 metros de altitude, algo me chamou a atenção. Na ladeira norte, a que se derramava até a trilha, se estendia um importante cemitério judeu. Eu já o havia visto em outras ocasiões, mas agora era diferente. Entre os túmulos e as pedras que sinalizavam as sepulturas observei um bom número de operários. Procediam no labor de branquear as referidas pedras e túmulos. E o faziam com meticulosidade. Depois, no Ravid, soube que era o monte do Escândalo e averiguei também o porquê do processo de branquear os túmulos. Os escrupulosos judeus o faziam para que os peregrinos vissem o cemitério à distância e o evitassem; o judeu ficava impuro se alguém pisasse no cemitério e contaminasse o solo. Isso significava que seu cordeiro não seria aceito no dia da Páscoa. Obviamente isso supunha uma perda de dinheiro para as castas sacerdotais...

E me veio à mente outra expressão, pronunciada pelo Filho do Homem durante a vida de pregação e repetida várias vezes:

"Sepulcros branqueados..."

Compreendi.

Semanas antes da festa, por ordem do Grande Sinédrio, as casas de Jerusalém eram saneadas e caiadas. Os móveis velhos eram jogados na *gehenna* e as fachadas e janelas, adornadas com flores e com todo tipo de pássaros cantores. Os funcionários do Templo, e de Antipas, inspecionavam cada bairro e faziam vistoria nas pousadas e casas de albergue. As calçadas e caminhos eram reparados, assim como as pontes e marcos. Tudo em favor do peregrino..., e do dinheiro do peregrino.

Foi ao deixar para trás o cemitério que, ao sair de uma das curvas do caminho, a vimos...

Os gêmeos se detiveram, impressionados.

Todos pararam.

Jesus tinha os olhos brilhantes.

Jerusalém apareceu diante de nós, como um leão deitado ao sol.

As muralhas, azuis, alcançavam 30 ou 40 metros de altura. Uma fumaça branca e espessa se levantava no centro do Templo. Era uma fumaça de oferendas.

Absorto na contemplação da cidade, eu não reparei no mar de tendas que estavam nos engolindo. Era outro dos sinais da proximidade da Páscoa: centenas, quem sabe milhares, de improvisados abrigos (quase todos confeccionados com peles de cabras) se repartiam em um e no outro lado do caminho e assim até o vale do Cedron, ao pé das muralhas. Não soube calcular o número de peregrinos.

Ali conviviam em paz milhares de judeus chegados da diáspora, e com a santa obrigação de gastar um dízimo de seus ganhos anuais na festividade que se aproximava. Era lógico, portanto, que os moradores da Cidade Santa esfregassem as mãos...

O Mestre não se demorou. Atravessou rápido entre as tendas e desceu até o portão da Fonte, um dos mais concorridos de Jerusalém.

Ali nos esperava o habitual, mas desta vez multiplicado por dez: uma nuvem de pedintes, de falsos mendigos, aleijados, falsos aleijados, criminosos, enganadores profissionais, cegos e falsos cegos... O melhor do melhor.

O Mestre conhecia bem esse submundo e deslizou com habilidade entre os que faziam soar suas canecas de metal, solicitando um *asse* (em diversos idiomas). André puxou os ingênuos e comovidos gêmeos, e os advertiu da falsidade e do teatro que aquela gente encenava.

E entramos na zona meridional de Jerusalém, a qual chamavam de *sûq-ha-tajtôn* (Akra) ou bairro baixo. A cidade, como já detalhei em uma ocasião[41], era formada por uma série de suaves colinas que tinham sido redu-

---

41 Descrição completa da Cidade Santa em *Cavalo de Troia 1 – Jerusalém*. (N. de J. J. Benítez)

zidas por sucessivas invasões (Jerusalém foi conquistada e reconstruída 20 vezes). Uma depressão, conhecida como vale do Tiropeão, dividia a cidade em duas metades: a zona alta e o bairro baixo já mencionado. Na parte alta viviam as pessoas mais ricas. Ali se erguia o impressionante Templo, que Herodes, o Grande, terminara de construir, a fortaleza Antônia (sede dos *kittim*) e o soberbo palácio de Herodes, entre outros edifícios oficiais. Cada região dispunha de seus próprios mercados, bairros de artesanato, banhos públicos, sinagogas, teatros e um hipódromo de 195 metros de comprimento.

Nunca cheguei a conhecer a Cidade Santa por completo. Cada bairro era um labirinto dentro de outro labirinto.

E Jesus, decidido, prosseguiu pelas ruas estreitas da cidade baixa, em direção ao noroeste. Achei que sabia para onde se dirigia...

Aquela região era um entremeado diabólico de vielas e de becos sem saída, impossível de clarificar para quem isto escreve. Tentei anotar os pontos de referência muitas vezes, mas sempre acabava me perdendo.

O bairro palpitava.

Os odores voltaram para mim e, com eles, as recordações.

As pessoas cozinhavam na porta das casas, gritavam por qualquer coisa, discutiam sem motivo e atiravam a água suja pelas janelas. Tinha-se que andar por ali bem atento...

Não conseguia decidir para onde olhar.

Tudo era sujeira: gatos esquivos, cores desbotadas pelas passagens estreitas, fumaça, interiores tenebrosos, ratos enormes, crianças imundas nos observando com enormes olhos negros, matronas sem dentes, roupa penduradas nos varais diminuindo o ritmo das passadas, lamentações (nunca se sabia de quem), mais mendigos tão falsos quanto aqueles da porta da Fonte, artesãos, vendedores de pedaços do céu e da terra, videntes de olhos vidrados, mulas perdidas, suor e mais sujeira. Jerusalém, e digo isso sem medo de me equivocar, era uma das cidades mais imundas do mundo conhecido. As mulheres varriam, mas os excrementos dos cavalos e os resíduos iam parar no vizinho, que os varria de volta.

Os gêmeos, excitados, foram repreendidos pelo chefe várias vezes. Faltou pouco para que eles se perdessem entre os guisados e os mercados.

André puxava-os pelo cinto, afastando-os de lá.

Eu não estava enganado.

Jesus se dirigia ao Templo.

O que faria? Teria chegado o grande momento? Revelaria o Pai Azul àquela gente perdida e amedrontada?

Foi tudo muito rápido.

Chegamos à parte externa do Templo às 11 da manhã.

O sol, no alto, já tinha tudo sob controle.

Jesus entrou na frente, pelo túnel de duas mãos que desembocava na chamada Porta Dupla, em pleno átrio dos Gentios.

Fazia muito tempo que não passava por aquele *msybh* (assim eram chamados os túneis).

Uma maré humana nos acompanhou.

A cada dois metros, alojada em um pequeno nicho, uma corajosa lamparina de azeite fazia o melhor que podia.

André, consciente daquela enorme multidão, repetia sem cessar:

– Prestai atenção! Ficai juntos!

Nesse mesmo lado sul do Templo havia um segundo *msybh*. Eu também já o havia atravessado (no ano 30). Agora ele estava fechado para reformas. Quando nos aproximamos, descobri um grupo de levitas, ou a polícia do Templo, que procurava desviar os peregrinos para o único túnel que estava aberto.

Eu não gostava dos levitas. Eram servis e cruéis.[42] Era possível dis-

---

42 Eu já comentei, mas vou repetir. Os levitas eram uma espécie de "baixo clero". Desde tempos remotos, estavam ocupados com o monitoramento do Templo, principalmente na parte externa, bem como cuidavam da segurança dos sacerdotes. Eles eram os porteiros, zeladores, mantinham o santuário limpo, cuidavam do sacrifício de muitos animais e formavam grupos de músicos e cantores. Vinham originalmente de Levi, um dos filhos do patriarca Jacó, ou "Israel". Foram os célebres "filhos de Levi" que se uniram a Moisés, quando ele pediu ajuda ao descer do Sinai, encontrando o bezerro de ouro (Êxodo 32). Por terem atendido ao chamado de Moisés, Yaveh lhes confiou uma tarefa especial no serviço do Tabernáculo. A tribo sempre foi "diferente". Eles eram intocáveis, mas nunca alcançaram prestígio na casta de sacerdotes. Por não possuírem terras, Yaveh ordenou que eles recebessem um dízimo de tudo que fosse produzido ou cultivado. Os três filhos de Levi deram origem a muitos outros clãs. O de Coate foi incumbido de transportar os equipamentos da Tenda do Encontro. Gerson e seu povo foram os responsáveis pelas cortinas e, finalmente, Merar levou o Tabernáculo. Depois da peregrinação de 40 anos pelo deserto, as funções dos levitas mudaram gradualmente. Ao construírem o Primeiro Templo, os levitas foram encarregados de cuidar das portas e da vigilância externa (era proibido, sob pena de morte, que se aproximassem do altar). Dessa forma, acabaram se convertendo em policiais a serviço dos sacerdotes e, muito especialmente, do Sinédrio. Havia cerca de 10 mil. Lidavam com a abertura e o fechamento dos portões do Templo (internos e externos). Eles mantinham 21 pontos de vigilância. Cinco grupos de levitas montavam guarda nos cinco portões principais (o *Hulda* ou duplo, no sul, o *Kiponus*, a oeste, o *Tedi*, ao norte, e o "das Misericórdias", a leste). Foram os levitas que acompanharam uma patrulha romana ao jardim do Getsêmani para efetuar a prisão

tingui-los de longe. Usavam túnicas verdes que desciam até os pés. Neste caso, apesar de estarem a serviço, não usavam as "camisas" de escamas metálicas nem seus capacetes polidos. A aljava e as flechas tinham sido substituídas pelos temidos bastões com cravos. Eles me lembraram dos gauleses de Antipas.

No túnel, ao lado dos enormes blocos de pedra que formavam a construção, havia outra patrulha de levitas. Serviam para filtrar os peregrinos. Eles carregavam tochas e olhavam fixamente nos olhos dos que passavam na frente deles. Ao vê-los, as pessoas baixavam a vista, aterrorizadas.

Finalmente desembocamos no átrio dos Gentios.

As memórias estavam lá, me olhando...

Apesar de já ter visto antes, e o percorrido, fiquei de novo maravilhado.[43]

Aquele lugar contrastava com a sujeira de Jerusalém.

Tudo brilhava. O piso do átrio, de mármore branco, jaspeado, era pura neve. O sol chegava e se derretia, feliz.

Distingui centenas de peregrinos. Eles iam e vinham. Paravam, curiosos e maravilhados. Apontavam para os pórticos, para as colunas, para os portões, os arcos, a fortaleza Antônia no extremo noroeste e, acima de tudo, para o ouro e a prata que estavam presentes em toda parte.

O Mestre permaneceu quieto, e olhou em volta.

Os discípulos o rodearam, igualmente mudos e atônitos.

Flávio Josefo foi curto: "É o edifício mais extraordinário que se pode ver debaixo do sol" (*Antiguidades* XV, 412).

O Templo ocupava um quinto da área total de Jerusalém. Foi um trabalho de titãs e com dimensões espetaculares: 245 metros de largura por 428 metros de comprimento.

---

do Filho do Homem. Eles montaram guarda fora do túmulo em que foi depositado o corpo de Jesus de Nazaré. Seus métodos eram brutais. Além de detenções, tortura e de executar as sentenças impostas, os levitas eram famosos por sua habilidade como assassinos. Eram os responsáveis pela degola da maioria dos animais que foram sacrificados no Templo. Entre os seus deveres também estavam incluídos o de ajudar a vestir e despir os sacerdotes, a preparar o livro da Lei, a empilhar os *lulab* no Dia da Expiação e a acompanhar com a sua música o culto diário. As brigas com o clero principal estavam na ordem do dia. Se uns roubavam, os outros não ficavam muito atrás. Essas brigas entre levitas e sacerdotes eram um espetáculo à parte. A entrada em seu círculo era tão difícil como no sacerdócio. Eles exigiam um testemunho de "pureza" racial de até oito gerações. (N. do M.)

43 Ampla informação em *Cavalo de Troia 1 – Jerusalém*. (N. de J. J. Benítez.)

O Mestre reagiu finalmente e tomou a iniciativa, explicando aos seus as características mais importantes do lugar onde estavam.

Fiquei agradavelmente surpreendido.

Jesus tinha conhecimento de muitos dos detalhes daquele soberbo edifício. E prosseguiu comentando, como se fosse um dos modernos guias turísticos...

Falou de Salomão, o construtor do Primeiro Templo (no ano 1000 a.C.), e explicou por que o portão oriental levava o nome do sábio rei. Ali se supunham que ficassem os estábulos de Salomão: 10 mil cavalos (tantos quantas as concubinas).

Em seguida, referiu-se às destruições sucessivas, e também à mais devastadora de todas, que foi realizada pelos persas (em 586 a.C.) e que terminaria com o exílio de 42 mil judeus na Babilônia.

Os 12 escutavam atentos e impressionados. Era a primeira vez, ao menos que eu me lembrava, que o Galileu dava uma lição de história...

Na sua construção foram envolvidos mais de 18 mil trabalhadores de todas as especialidades, muitos dos quais vindos da Fenícia, de Roma, da Grécia, do Egito e até mesmo da China e da Índia.

Eu não conhecia esse fato.

O ouro e a prata utilizados na obra teriam enchido centenas de vagões, até formar uma fila de 16 quilômetros. (Esse foi o tesouro que o general Tito roubou depois da destruição de Jerusalém, no ano 70.)

A reconstrução foi atacada por Herodes, o Grande, no ano de 23 a.C., e ainda não estava concluída.

O Mestre apontou a seus pés e comentou que "aquilo que não se via naquele Templo era tão importante, ou até mais, do que aquilo que se via". Ele estava certo. O subsolo era atravessado por um labirinto de túneis que iam desde o "lugar santo", no centro do Templo, até os diferentes portões. No total, de acordo com nossos cálculos, eram 15,7 quilômetros de galerias. Várias delas levavam até a câmara do tesouro.

Mais tarde, ao retornar ao Ravid e atualizar os diários, meditei sobre aquilo que havia sido dito pelo Galileu. Agora não estou bem certo de que se referia apenas à rede de túneis. Será que, talvez, estivesse pensando na Arca da Aliança perdida? Estaria ela em algum lugar secreto no subterrâneo do Templo?

Mas não desejo me desviar da questão central...

Ele caminhou alguns passos e se dirigiu ao esplêndido pórtico que eles chamavam de Real: uma galeria coberta, de três pisos, e que se prolongava ao longo de 245 metros daquele lado ao sul do Templo. Os pisos (que abrigavam corredores e cômodos para os altos dignitários) apareciam balizados por uma quádrupla fileira de colunas, cada uma mais esbelta que a outra.

Jesus continuou apontando detalhes: cada coluna, feita de mármore e em uma única peça, superava os 11 metros de altura. Eram projetadas ao estilo coríntio. No total, 162. Com o restante dos pórticos, tínhamos 628 colunas.

Os tetos eram feitos de madeira de cedro, caprichosamente esculpidos.

E aconteceu algo de imprevisto. Melhor dizendo, duas coisas totalmente inesperadas...

Primeiro, foi o povo. Após ouvir as explicações do Mestre, alguns dos peregrinos se juntaram ao grupo dos 12, e foram escutando e seguindo o Filho do Homem. Em determinado momento, quando percorríamos o referido pórtico Real, ou Régio, contei por volta de 50 pessoas. O Mestre não se importou. Alguns dos discípulos, porém, torceram o nariz, mas nada disseram.

O segundo foi mais grave...

Quando nos encontrávamos na metade das colunas, o Mestre me procurou, dirigiu-se a quem isto escreve, e solicitou emprestada, com um sorriso, a "vara de Moisés".

Acho que empalideci.

Jesus a tomou ao redor da área da curvatura e apontou ao alto de uma das colunas.

Oh, Deus!

Eu não podia acreditar.

Se tocasse a cabeça dos pregos, seria o desastre.

Alguém poderia ficar ferido ou machucado...

Se pressionasse inadvertidamente o laser de alta potência, um fogo invisível se propagaria pelo...

Deus!

Eu não sabia o que fazer. Não podia arrancar-lhe a...

Que situação!

A partir desse momento, quase deixei de prestar atenção às explicações do Galileu.

Jesus, com a ajuda da "vara", indicou o teto. Na coluna aparecia gravada uma palavra dupla e alguns sinais estranhos. Li, distraído: *Ha-Tikvá*, que poderia ser traduzida como "A Esperança". Dos símbolos, sinceramente, não me recordo mais. Meus cinco sentidos estavam em outro lugar...

Deduzi que aquilo fosse a marca do assentador de pedras de plantão, alguma chave.

Como fui bobo...

E o Galileu continuou o passeio, com a "vara" bem presa na mão esquerda. De vez em quando a erguia e apontava algumas coisas ou, simplesmente, colocando-a em posição vertical, ajudava o grupo a não se perder.

Passou entre as mesas dos vendedores e cambistas, localizadas principalmente no canto sudeste do pátio, sob os pórticos Real e de Salomão.[44] Um grande número de prostitutas vagava entre as colunas. Jesus passou entre elas, mas não prestou atenção.

Os discípulos fizeram comentários sobre as prostitutas e algumas, mais atentas, se insinuaram. Tomé parou e entabulou uma conversa com duas delas. Mas André logo percebeu suas intenções, regressou sobre os próprios passos e puxou o manto de Tomé sem a mínima cerimônia. E ali ficaram as duas mulheres, decepcionadas.

Jesus continuou a explicar. Caminhou por baixo do pórtico de Salomão, falou sobre o portão das Misericórdias e apontou com a "vara" uma representação da cidade persa de Susa. E ouvi algo sobre a importância daquele enorme portão, porque, uma vez por ano, passava escoltada por ali uma vaca vermelha. As cinzas do animal voltavam

---

44 O Major, em *Cavalo de Troia 1* – Jerusalém, fala a respeito: "O pátio dos Gentios – em especial toda a parte próxima às colunatas do chamado pórtico Régio – apresentava um movimento incomum. Boa parte dessa área sul do grande "retângulo" do Templo encontrava-se repleta de tendinhas, mesas e gaiolas com pombos. Considerando que a esplanada media, em sua parte mais estreita (justamente ao pé da colunata do pórtico Régio), 735 pés, é fácil ter uma ideia da quantidade de pontos de venda que, em três ou quatro fileiras, haviam sido montados na esplanada. Não cheguei a somá-los, mas duvido que as bancas dos mercadores do Templo fossem menos de 300 ou 400. Em sua maioria eram "intermediários", que comerciavam com animais destinados aos sacrifícios da Páscoa. Ali se vendiam cordeiros, pombas e até bois. Em muitas das bancas, que não passavam de simples tabuleiros de madeira montados sobre as próprias gaiolas – ou, quando muito, providos de pernas ou suportes dobráveis –, eram ofertados e "cantados" em público muitos dos produtos necessários ao rito do sacrifício pascal: azeite, vinho, sal, ervas amargas, nozes, amêndoas tostadas e até marmelada. E, no meio daquele mercado ao ar livre, pude distinguir também uma longa fileira de mesas dos chamados "cambistas" – gregos e fenícios em sua maioria –, que se dedicavam à troca de moedas. A circunstância de que milhares de peregrinos eram judeus residentes no estrangeiro havia tornado quase obrigatória a presença de tais "'banqueiros". Vi ali moedas gregas (tetradracmas de prata, didracmas áticas, dracmas, óbolos, calcos e leptons de bronze), romanas (denários de prata, sestércios de latão, dispôndios, asses, semis e quadrantes) e, naturalmente, todas as divisões da moeda judaica". (N. de J. J. Benítez.)

então para o Templo e eram utilizadas nas cerimônias de purificação. Não me recordo bem, na verdade...

Depois seguimos até a esplanada norte, igualmente elegante e deslumbrante.

Ali, no extremo noroeste, se descortinavam os muros de Antônia, o quartel-general dos *kittim* em Jerusalém. Uma dúzia de soldados montava guarda nas torres.

João Zebedeu não conseguiu se conter e os chamou de *arîts* (tiranos).

O Mestre estava um pouco afastado e não ouviu.

A visita à parte externa do Templo prolongou-se durante duas horas.

Eu estava com os nervos à flor da pele.

Jesus continuava com a "vara" das maravilhas...

E eram 13 horas, aproximadamente, quando decidiram entrar no santuário.

Os pagãos, como já expliquei, não tinham acesso ao interior do Templo.

Estávamos no topo de uma escadaria que rodeava completamente o referido santuário. Contei os degraus muitas vezes: 14. Cada um com 22,5 centímetros. Eu sei: não faz sentido...

Jesus se aproximou de quem isto escreve e me devolveu a "vara".

Ao fazê-lo, comentou:

– Como estás pálido, *mal'ak*.

E piscou para mim, enquanto sorria divertido.

Gaguejei, mas não sei o que respondi...

Assim era o Filho do Homem.

O grupo passou ao outro lado da *soreg*, a balaustrada de mármore de 1,40 metro de altura que demarcava a fronteira para os gentios. Grandes sinais, gravados na pedra ou pintados em vermelho, advertiam as pessoas como eu: "Nenhum não judeu pode passar além deste ponto. Aquele que o fizer corre o risco de ser punido com a pena de morte". O aviso se repetia por toda a extensão da *soreg* em grego, latim e aramaico.

E Jesus e os 12 entraram naquele formidável edifício.

Uma das patrulhas de levistas foi atrás deles. Conversaram. Depois continuaram e os perdi de vista.

Sentei-me nos degraus e comecei a examinar a "vara de Moisés". Estava tudo em ordem.

E, aliviado, prossegui com minha habitual anotação dos pontos de referência. Nunca se sabe.

Olhei de novo para os degraus que rodeavam o santuário. Eram magníficos. Permitiam a passagem desde a esplanada do átrio dos Gentios até o terraço que chamavam de *Chel*, de quase cinco metros de largura e que ficava muito próximo da parede "interior" do Templo.

Por que me sentia atraído por aqueles 14 degraus?

Agora eu sei. Naquela altura, no entanto, eu não podia sequer imaginar a importância daquele cenário. Ali aconteceria um evento particularmente importante. Melhor dizendo, vários...

E eu estava assim, absorvendo detalhes de tudo aquilo que me cercava, quando vi se aproximar uma patrulha de vigilância. Eram cinco levitas, todos com porretes com cravos.

Eles se detiveram ao pé do primeiro degrau, na frente deste explorador, e um deles apontou para a minha perna direita. Disse algo em aramaico, mas não consegui entender. Nesse mesmo instante começou um dos toques de trombeta de costume, a partir do canto sudoeste do Templo. Em dias comuns, os sacerdotes ou os levitas tocavam as trombetas de prata num total de sete vezes.[45]

O policial achou que eu não entendia o aramaico e falou em grego.

O comprido cordão da sandália direita estava desatado.

– Deves manter a compostura – esclareceu ele.

Agradeci ao policial, também em *koiné*, e me apressei a resolver o problema.

Ao se retirarem, eles comentaram entre si em aramaico:

– Malditos pagãos! Yehohanan tinha razão... É uma pena que Antipas o tenha executado...

Fiquei perplexo.

Yehohanan tinha sido executado? Quando? Eu não tinha recebido nenhuma notícia a respeito disso. Que estranho! Os discípulos teriam comentado alguma coisa...

Nisso, absorto na declaração do levita, percebi que o vento aumentava. A brisa da manhã se alterou e ficou agressiva e sujeita a rajadas. E o inevitável aconteceu: a espessa coluna de fumaça que subia

---

45 No referido canto sudoeste, acima dos arcos e escadarias levando à cidade baixa, havia uma grande pedra com uma cavidade e uma legenda: *Lbyt hrqy'h lhk ryz* ("lugar para o som da trombeta, para os anúncios"). O sacerdote, ou o levita, se posicionava na cavidade e começava a dar os diferentes toques anunciadores chamados *Thekiah*, *Theruah* e *Thekiah* ("um alarme no meio de uma nota comum antes e depois"). Segundo a tradição, os toques de trombeta lembravam a proclamação do reino de Deus e, especialmente, eram um aviso: o Dia do Juízo Final está próximo. Para abrir as portas do Templo se estabeleceu dar três toques. O fechamento também se convencionou com três. O sábado também era anunciado com três toques de trombeta que podiam ser ouvidos por toda a cidade. (N. do M.)

desde o centro do santuário se rompeu e passou a varrer a esplanada inteira. O cheiro de carne queimada, resultado dos sacrifícios dos bois e carneiros, se espalhou por todo o átrio. Depois notei um forte cheiro de incenso, que era usado durante as 24 horas do dia.[46] As pessoas, longe de tapar o rosto, respiravam aquela fumaça profundamente, alçando os braços aos céus e gritando: "Glória ao Santo, bendito seja o seu nome!"

Eles estavam orgulhosos.

Tudo estava coincidindo, como se assim tivesse sido planejado pelos céus...

À fumaça, e à mistura de cheiro ruim e perfume, se uniram os balidos e mugidos dos animais aterrorizados, e o cântico dos levitas. E, com o Salmo 94, redobraram os tambores. Os corais, nos quais se destacavam as vozes melodiosas dos filhos dos levitas (nunca menos de 12), suavizaram a dramaticidade do momento.

Era a hora de um dos sacrifícios múltiplos.

Menos mal que minha entrada não tinha sido permitida.

Depois se incorporaram os sons de flautas, das harpas de 12 cordas e das trombetas de prata.

E escutei parte do referido Salmo 94:

"Deus da vingança, Yaveh! Deus da vingança resplandece... Exalta-te, ó juiz da terra, dá aos soberbos o que merecem!"

Imaginei o rosto do Mestre, presente no momento dos sacrifícios dos animais, vendo o sangue correr, sentindo o cheiro da carne queimada e, acima de tudo, ouvindo os corais cantando uma concepção de *Abba* diametralmente oposta...

"Até quando os ímpios, Yaveh, até quando os ímpios exultarão?"

Eu me senti desconfortável. E adivinhei que o Filho do Homem estava sofrendo...

Não estava enganado.

"... Yaveh, nosso Deus, os destruirá!"

---

46 O Templo de Jerusalém queimava quase três toneladas de incenso por ano. Na verdade, era uma mistura de sal de Sodoma, conchas marinhas moídas, mirra, resina de terebintina, cássia, canela, açafrão, bálsamo, óleo vegetal e uma substância chamada *maalah ashan*, que provocava um rápido aumento da fumaça. A família que mantinha o segredo de fazer esse especialíssimo "incenso" era a Avtina (da casta sacerdotal). Suas esposas não podiam usar perfumes, para evitar a suspeita de corrupção. Esse costume foi tomado a partir da cultura egípcia, que venerava o fogo perpétuo no altar. (N. do M.)

Eu devia ter adivinhado.

Jesus abandonou o Templo antes do que se esperava.

Quando eles alcançaram de novo os 14 degraus, o Filho do Homem trazia um semblante sério, quase furioso. Ninguém falou nada.

O Galileu me procurou com os olhos. Compreendi.

Aquele espetáculo dos sacrifícios não tinha sido de seu agrado, exatamente como eu imaginara.

Ele sentou-se no último degrau, o mais alto, e permaneceu em silêncio, com a cabeça baixa. Eu o achei triste. Fazia tempo que não o via assim...

Os discípulos não entendiam o motivo daquela atitude do rabi. E faziam comentários entre eles. O Zelote, João Zebedeu e o Iscariotes pareciam orgulhosos daquilo que tinham visto e ouvido.

"Yaveh destruirá os *kittim*."

Jesus não deu nenhuma resposta ao comentário do Zebedeu.

Devia ser a nona hora (três da tarde).

André não sabia o que fazer.

E interpretei a inquietude dele. Seria mais conveniente que todos se mexessem e voltassem à fazenda de Betânia.

Mas o Mestre continuava ausente, em silêncio.

Passaram outras duas patrulhas de levitas. Eles nos observaram com atenção e seguiram seu caminho. Os cravos nos porretes brilhavam ao sol.

E foi Judas de Alfeu, o gago, quem conseguiu resgatar o Galileu de suas reflexões. Fez um esforço e perguntou o que estava no coração de quase todos os seus companheiros:

– Mestre... O Pa... Pa... Pai... está... aí no... no... no San... San... to dos San... San... tos?

Alguns dos íntimos o fulminaram com o olhar, enquanto outros o chamaram de ignorante.

Jesus, então, ergueu a cabeça e pediu calma a todos.

E foi enfático e explícito na resposta ao gêmeo:

– Amigo Judas, o Pai de quem vos falo prefere as vossas mentes a essa suntuosidade e a essa vaidade das vaidades.

Aquilo soou como blasfêmia. O Iscariotes levantou-se, ofendido. Deu meia-volta, desceu os degraus e se afastou, misturando-se aos peregrinos.

Caiu outro espesso silêncio.

Os discípulos não captaram o significado das palavras do Galileu, ou então compreenderam apenas a metade delas.

Outra das patrulhas regressou e continuou seu caminho até o pórtico Real.

E eu me perguntei: o que poderá acontecer no dia em que o Filho do Homem falar em público, exatamente neste mesmo lugar?

Faltava uma hora antes do pôr do sol quando entramos na casa de Lázaro. O Iscariotes estava em um canto, devorado por seus pensamentos.

Os dias que se seguiram foram tranquilos.

Jesus e os discípulos ajudavam nos afazeres do campo.

Marta acolheu na cozinha Felipe, os gêmeos e, é claro, a fiel e paciente *Cipriota*. O intendente aproveitou a folga para repintar sua cabra. O mau-olhado espreitava. Ele repetia isso, e não estava errado...

Quanto a mim, dediquei todo o tempo ao Mestre, como tinha sido o habitual. Procurei não me separar Dele. Eu o acompanhei, inclusive, quando se retirava para os bosques de figueiras de Betânia. *Zal* e eu brincávamos enquanto o Filho do Homem meditava ou entrava em contato com o Pai Azul.

Pouco a pouco, fui me esquecendo dos dramáticos acontecimentos vividos dentro do Templo. Creio haver mencionado: Jesus tinha uma aversão natural a qualquer tipo de violência. Os sacrifícios de bois ou de cordeiros, tal e como eu havia imaginado, o fizeram passar um momento difícil.

Depois que o sol se punha, nós jantávamos e, enquanto fazíamos isso, o Galileu ensinava e respondia às perguntas dos íntimos e da família. O Iscariotes continuava afastado e isolado. Aquele homem não tinha jeito...

Jesus não voltou a pisar na Cidade Santa até o histórico e funesto dia 10 de abril, quinta-feira. Outra data importante e que nunca foi mencionada nos textos evangélicos... Mais uma...

Os discípulos, sim, eles visitavam Jerusalém. E faziam isso quase que diariamente.

E voltei a me perguntar: "Quem será o segundo traidor?"

Mas eu não sabia...

Chegaram notícias de Saidan e de Nahum, e também da família dos Alfeu e dos filhos de Tomé, em Tariqueia.

André resumiu a situação: "O dinheiro está no fim..."

Mau negócio.

Mateus, o chefe e Iscariotes fizeram várias reuniões e adotaram algumas medidas.

Jesus permaneceu à margem.

Assim que a Páscoa acabasse, Bartolomeu, o "urso", deveria regressar ao *yam* e tomar pé do assunto em detalhes. Se fosse necessário, e com a aprovação do rabi, eles voltariam a jogar as redes e trabalhariam durante algum tempo. "O reino invisível e alado pode esperar..."

Intuí que haveria problemas.

No dia 4 de abril foi o aniversário de Iyar (Abril). Eu me surpreendi, sentia falta dela!

E chegou o grande dia, quarta-feira, 9, a festa da Páscoa, a solene *ḥag ha-pesaḥ*, tal como mencionado no Êxodo (34, 25).

Começaria com o pôr do sol e se prolongaria durante sete dias (oito na diáspora). [47]

A *Pessach* era uma das grandes festas. Ela comemorava a milagrosa saída dos judeus (na verdade, eles eram clãs de beduínos) das terras do Egito, quando o anjo do Senhor sobrevoou (*pessach*) a casa dos israelitas e respeitou os primogênitos, acabando com a vida dos filhos mais velhos dos egípcios. Para os ortodoxos, esse tinha sido o começo da nação judaica. O povo hebreu se colocou então em movimento e foi dirigido até a terra da promissão por Yaveh. Também era conhecida como *Hajerut* (a festa da Liberdade) e *Hamatzot* (a festa dos Pães Ázimos).[48]

Todos estavam nervosos na casa.

Marta se multiplicava. Felipe e o restante ajudavam como podiam. Ninguém foi ao campo.

E na terceira hora (nove da manhã) vários dos íntimos, acompanhados por servos da fazenda de Lázaro, se encaminharam até Jerusalém. Se bem me lembro, o grupo era formado pelos irmãos Zebedeu, o Zelote, Judas Iscariotes e Simão Pedro. Eles levavam cinco cordeiros sem defeitos, tal como estava prescrito na Lei.[49] Eles deveriam ser abatidos no Templo

---

47 Juntamente com a Festa das Semanas e a dos Tabernáculos, a Páscoa representava uma das razões para a peregrinação a Jerusalém. Na verdade, havia duas festas: a *Pessach*, ou o sacrifício do cordeiro, e a festa dos pães ázimos, que se prolongava durante sete dias. Assim dita o Levítico (23, 5), Números (28, 16), Crônicas (30, 15) e Esdras (6, 19). Geralmente começava no 14 de *nisan*, dependendo da lua cheia. A Páscoa era o primeiro dos festivais em que homens israelitas deviam comparecer fisicamente diante de Yaveh, ali onde havia sido estabelecido. Era também o início da primavera, a estação das frutas. (N. do M.)

48 É o que diz o Êxodo (12, 15): "Por sete dias comereis pães ázimos". O mencionado livro diz também: "Ora, o Senhor falou a Moisés e a Arão na terra do Egito, dizendo: Este mês será para vós o princípio dos meses; este vos será o primeiro dos meses do ano". "... E naquela noite comerão a carne assada ao fogo, com pães ázimos; com ervas amargosas a comerão". (N. do M.)

49 A Lei era bastante específica no que se referia ao cordeiro pascal. Ele devia ser macho.

pelos ofertantes e na presença dos sacerdotes; posteriormente, uma vez que estivessem sem pele e sem gordura[50], a carne voltaria para a fazenda, sendo então submetida a um assado especial.

Jesus tentou ajudar, mas Marta e Maria não permitiram. Quase o expulsaram a vassouradas da cozinha. E eu o vi retirar-se com *Zal* para as profundezas dos pomares. Eu o deixei em paz. Imaginei que desejasse meditar...

Ajudei na elaboração do cardápio.

Os discípulos e os servos regressaram à décima hora (quatro da tarde). Entraram na casa às pressas, suando e ofegantes. Faltavam duas horas para o ocaso.

Tudo estava pronto para fazer o assado.

Não podia ter menos de oito dias nem tampouco mais de um ano. O mínimo defeito o invalidaria. Cada cordeiro era destinado a uma "companhia": não menos de dez pessoas e não mais de 20. (N. do M.)

50 No Templo ocorriam diariamente duas imolações, uma na parte da manhã e a outra na parte da tarde. Os discípulos atenderam na parte da manhã. "O cordeiro – segundo reza a tradição oral – era sacrificado em três grandes grupos (como está escrito): "e toda a assembleia da congregação de Israel o matará à tardinha" (Êxodo 12,6). Quando o primeiro grupo entrava, se dirigia ao átrio. Quando os portões do átrio eram fechados, tocavam o *sofar*, em seguida a trombeta clamorosamente e mais uma vez o *sofar*. Os sacerdotes ficavam de pé formando duas fileiras, e segurando nas mãos vasos de prata e de ouro. Uma fileira tinha todos os vasos de prata e a outra, todos os vasos de ouro... Esses vasos não tinham base plana, de forma que não pudessem coagular o sangue... Um israelita (cada proprietário) imolava o cordeiro (o degolava) e o sacerdote recebia o sangue, e o entregava a seu companheiro, e este ao seu, e o devolvia vazio. O sacerdote que estivesse mais perto do altar vertia o sangue na base do altar. Quando o primeiro grupo saía, entrava o segundo. Quando saía o segundo, entrava o terceiro... E eles recitavam o *halel* (Salmos 113-18)...

De que forma se dependura e se tira a pele do cordeiro da Páscoa? Eram fixados garfos de ferro nas paredes e nas pilastras onde ele deveria ser dependurado e ali despelado. Para aqueles que não tinham lugar onde pendurar o cordeiro, havia ali finos postes que se colocavam sobre o próprio ombro e o ombro de um companheiro e ali penduravam e despelavam o animal...

Depois de haver cortado e separado em porções (para o sacrifício), colocavam em uma bandeja e queimavam sobre o altar. O primeiro grupo saía e parava no monte do Templo (no sábado, quando não se podia levar para casa as carnes do cordeiro), o segundo no contraforte e o terceiro ficava no mesmo lugar. Quando o sol se punha, eles iam embora e assavam seu próprio cordeiro pascal.

Cada grupo devia somar 30 participantes (número simbólico do divino e do completo). Os ofertantes respondiam aos cânticos dos sacerdotes e dos levitas com a primeira linha do salmo correspondente e também com "Louvai a Yaveh" e "Aleluia". (N. do M.)

Eles entregaram os cordeiros a Marta, e Felipe começou: atravessou as peças com varas compridas (de cabo a rabo) e começaram a fazê-las girar muito lentamente, e sem permitir que os cordeiros entrassem em contato com qualquer coisa. Era proibido pela Lei. Eles só podiam ser "acariciados" (e não tocados) pelo fogo. Yaveh exigia, igualmente, que nenhum dos ossos fosse quebrado e que a peça fosse comida em sua totalidade. Não devia restar nada para o dia seguinte. Se sobrasse alguma coisa – dizia o Êxodo (12, 8-10) – a família teria que queimar no fogo. Nunca era fervido.

E Felipe, atento, foi supervisionando esse assado.

As pessoas começaram a se lavar e a vestir suas melhores roupas. Eu só tinha uma segunda túnica, assim como o Mestre.

E uma hora antes do crepúsculo e, portanto, na entrada de um novo dia, Lázaro, no papel de cabeça da família, realizou a cerimônia do *chametz*. Com a lamparina na mão, e acompanhado pelo Mestre, pelas irmãs, pelos servos e pelos discípulos, foi percorrendo a casa, cômodo por cômodo, em busca daquilo que não existia: o *chametz*, ou o alimento fermentado, preparado com levedura. Geralmente se tratava de tortas ou pães feitos de trigo, de trigo-vermelho, cevada, aveia ou centeio, e que haviam estado em contato com a água. Isso teria causado um processo de fermentação. Mas os serviçais e as irmãs eram extremamente cuidadosos. Não existia *chametz*. A Lei, entretanto, era a Lei. E o numeroso grupo se divertiu, fingindo que havia *chametz* aqui ou acolá. Eles riam como crianças...

Felipe deu o alerta.

O assado estava pronto.

Lázaro e o restante das pessoas saíram da casa e contemplaram o sol se pôr. Naquele dia isso aconteceu às 17 horas, 54 minutos e 46 segundos (TU).

Havia chegado o momento: era o *Pessach*! Era a Páscoa!

Todos se abraçaram e se cumprimentaram.

Jesus, sorridente, me abraçou. Notei algo raro...

Ele estava usando a túnica branca, a principal...

Marta bateu palmas e ordenou que todo mundo se sentasse em torno da grande mesa.

As mulheres e os gêmeos haviam se esforçado.

Tudo era luz, uma toalha de linho, delicadíssima, bandejas, taças de cristal, e os pratos de *seder* (de jantar). Ali esperavam a erva amarga (escarola com alho) que representava os dias negros dos judeus no Egito; a *matzá* ou pão ázimo (sem fermento), que simbolizava a libertação do Egito (apressadamente); o *charosset*, um doce delicioso, feito com maçãs, nozes e vinho; pratos com ovos cozidos; azeitonas; amêndoas; alho-poró no vinagre; brotos de feno grego; ervilhas e *karpa* (aipo e salsa mergulhados em água salgada e que representavam também as lágrimas dos israelitas no solo egípcio).

Foi servida a primeira taça de vinho com água (era permitido somente o vinho tinto). As taças eram grandes, com capacidade para um *log* (em torno de 600 gramas).

Lázaro chamou a atenção dos presentes e formulou a primeira das bênçãos do *seder*: "Bendito seja, Santo, nosso Deus, que criastes o fruto da videira... Bendito seja, que nos escolheu entre todos os povos e tens nos exaltado em todas as línguas..."

Olhei para o Mestre.

Tinha o rosto sério e voltado para o chão. Sei que aquelas expressões não eram do seu agrado...

Então, como mandava a tradição, o mais jovem daqueles ali reunidos (neste caso era João Zebedeu) formulou ao cabeça da família a primeira das quatro perguntas obrigatórias na ceia de Páscoa: "Por que esta noite é diferente das demais?"

E Lázaro se estendeu na conhecida história das pragas enviadas por Yaveh contra o povo do Egito, e de como o Santo feriu os primogênitos dos egípcios, e "passou sem ferir" sobre as casas dos israelitas que mostravam nas portas as manchas de sangue do cordeiro que haviam sacrificado naquela noite "sem fim". Eu conhecia a história da libertação do povo judeu, mas Lázaro acrescentou alguns detalhes que eu desconhecia. Por exemplo: ele assegurou que foram 10 mil *merkavah* (carros de fogo) que sobrevoaram as terras do Egito naquela noite. "E de cada um deles descia um *raz* (mistério) que matava os primogênitos dos egípcios." Naquela noite, foram vistos milhares de *raz*.

E, na minha mente, surgiram as imagens das "luzes" que eu havia observado em diferentes oportunidades...

Como dizia o Mestre, quem tem ouvidos que ouça...

Na metade da história, alguns dos presentes começaram a bocejar. Eles estavam famintos. E Marta deu a ordem para que servissem o *zeroa*, o cordeiro. Aquele era o símbolo do milagre de Yaveh, que evitara o sacrifício dos filhos dos judeus... (mas que assassinara os primogênitos egípcios) (?).

As peças, bem douradas, foram delicadamente cortadas (não se podia tocar nos ossos) e repartidas entre os comensais.

Ao chegar ao Mestre, um dos servos tentou lhe proporcionar uma bela porção, mas o Filho do Homem a recusou polidamente.

O serviçal ficou sem saber o que fazer. Olhou para Lázaro e depois para Marta, a senhora da casa.

Desceu um silêncio bem carregado.

Por que Jesus estava recusando a carne do cordeiro? Será que não estava a seu gosto?

Quando Felipe se deu conta do que havia sucedido, lançou-se imediatamente sobre a porção em questão e a examinou detidamente. Estava perfeita.

Então, perguntou:

– Mestre, o senhor deseja outro pedaço?

Jesus negou com a cabeça. Ele percebeu o silêncio de chumbo que havia caído sobre a sala e sorriu brevemente.

– O senhor está doente?

A nova pergunta de Felipe obrigou o Galileu a dar uma breve explicação:

– Estou bem... E o cordeiro, suponho, deve estar requintado... Eu prometi a mim mesmo não celebrar nenhuma Páscoa com a carne de cordeiro...

Silêncio.

Lázaro prosseguiu com a narração da história da *pessach* e, pouco a pouco, todos ali reunidos foram se animando e devorando o jantar. O Mestre comeu apenas o *charosset* e alguns pães.

Ele estava sério, muito sério, como poucas vezes eu havia visto. Alguma coisa estava acontecendo...

Correram as quatro taças de vinho, como mandava também a tradição[51], e logo o ambiente ficou festivo.

Naturalmente, todos terminaram cantando.

E o Mestre continuou bicando a comida.

Marta, assim que o cordeiro terminou, colocou em uma extremidade da mesa uma bela taça lavrada, também em cristal vermelho e azul, destinada ao profeta Elias, "pois ele regressava". Era outro dos costumes da Páscoa.

Olhei para aquele copo cheio de vinho até a borda e depois observei o Mestre.

---

51 Cada taça de vinho representava uma das promessas de Yaveh: "Eu os tirarei da escravidão... Eu os libertarei da servidão... Eu os redimirei com o braço estendido... Eu os tomarei como o meu povo..." (N. do M.)

Nenhum dos presentes havia compreendido. Elias devia preceder a chegada do Messias libertador. Essa era a razão daquela taça. Mas esse Messias nunca vai chegar...

E, de repente, Tiago Zebedeu dirigiu a palavra ao Filho do Homem, e o fez com coragem:

– Rabi, fomos ensinados que não estás aqui para mudar a Lei, tampouco os ensinamentos dos profetas, mas, ao se negar a comer o cordeiro pascal, não estarias violando essa Lei?

Jesus contemplou o Zebedeu com ternura.

O silêncio regressou, curioso.

– Disseste bem – respondeu o Mestre –, eu não vim para modificar o espírito da Lei...

Fez uma breve pausa e perguntou:

– Alguém sabe qual é o espírito da Lei?

Todos se entreolharam, mas tinham muito vinho na cabeça. Ninguém respondeu:

– Pois eu direi: ama a teu próximo como a ti mesmo...

Eles sabiam disso. Jesus continuou:

– E ainda mais: ama a ti mesmo primeiro, para poder depois amar o teu próximo...

Mateus e o "urso" assentiram com a cabeça. O restante estava de boca aberta.

– Esse é o espírito da Lei – proclamou Jesus. – Isso não será mudado. O resto foi agregado...

A conversa se animou:

– Mas a que te referes como coisa que foi agregada? – retrucou o Zelote.

– O tempo dos sacrifícios, dos holocaustos, e de toda essa liturgia sangrenta já passou.

Ele até poderia ter dito isso mais alto, mas jamais de forma tão clara.

E acrescentou:

– A boa-nova que anuncio não precisa de templos, de animais degolados, de liturgias, de incenso, ou de bater no peito, ou de carne queimada, não precisa sequer de sacerdotes... Tudo está dentro.

Alguns olharam para ele espantados. Aquilo parecia uma blasfêmia.

Bartolomeu interveio acertadamente:

– Mas, Mestre, a ideia do sacrifício nas Sagradas Escrituras equivale à substituição...

O "urso" falava com acerto, como disse. Para a ortodoxia judaica, a essência do sacrifício era o sangue, como está registrado em Levítico (17, 11).

O sangue era entregue em troca da vida do sacrificador. Foi Yaveh quem introduziu a ideia da substituição.

– Eu sei o que o salmista diz – replicou o Galileu, que conhecia bem os textos sagrados. – "Bem-aventurado aquele cuja transgressão é perdoada e seu pecado coberto..."

Jesus invocava o Salmo 32. E continuou:

– Bem-aventurado o homem a quem Yaveh não atribui a iniquidade...

Eles assentiram, satisfeitos. Mas o Filho do Homem ainda não havia terminado. Faltava o melhor, na minha humilde opinião:

– Pois em verdade vos digo: tudo isso pertence à história distante...

Eles se entreolharam. O que isso quer dizer?

Jesus esclareceu:

– Ninguém pode pecar contra o Divino...

(Algo me diz que devo escrever com letra maiúscula.)

O cheiro de blasfêmia continuava no ambiente. Mas o Mestre não retrocedia um milímetro:

– Em verdade vos digo: é possível pecar contra o homem e, o que é pior, contra vós mesmos, mas nunca contra o Pai.

Já havíamos conversado sobre isso. Quem isto escreve compreendeu.

– Eu, agora, ofereço-vos um jugo mais leve. Fazer a vontade de *Abba* é a verdadeira *Pessach*... Não percebestes que a palavra "sacrificar" (*hiqriv*) também pode ser usada para dizer "ficar mais perto" (*qerev*)? Aproximai-vos e estendei a mão ao próximo, e a unidade com *Abba* se dará por acréscimo.

Ele estava certo. A palavra *hiqriv* em hebraico tem como sua primeira acepção "sacrificar" e, como terceira acepção, "ficar mais perto, aproximar-se". *Qerev*, por sua vez, tem como primeiro significado "aproximar-se" e "sacrificar, imolar" é sua terceira acepção. Curiosamente, *ahavá* ("amor") tem o valor numerológico de "13" (na Cabala). Exatamente o mesmo que "unidade" (*ejad*).

– O verdadeiro *corbân* ("sacrifício") é a aproximação ao Pai... E ele já está em vós! Entendeis agora por que a verdadeira *Pessach* (Páscoa) é *Abba*? Aproximai-vos Dele e tereis imolado o melhor dos sacrifícios... Lembro-vos do salmo do rei Davi: "... Meu bem maior é estar ligado ao Senhor".

Tenho certeza. Nenhum dos discípulos (exceto Mateus) conseguiu se aprofundar no sentido mais intrínseco das palavras do Galileu.

Desde esse dia, o Mestre não provou o cordeiro durante as festas da Páscoa. Era outra forma de abrir uma porta para o futuro...

Jesus se retirou com um breve e cordial "bom proveito".

E ali continuaram os comensais, bebendo e discutindo sobre o que havia sido dito. A reunião se prolongaria por várias horas.

Eu soube. O coração de Jesus de Nazaré havia começado a se turvar.

Mas o pior ainda estava por vir.

O dia 10 de abril (do ano 27), uma quinta-feira, foi uma data histórica e que marcaria a vida pública do Galileu...

Quando Jesus apareceu na cozinha, Felipe e o "urso" apressavam-se atarefados para cá e para lá, ajudando na limpeza e preparando o café da manhã. O restante das pessoas ainda dormia.

O Mestre, como era de costume, ordenhou a *Cipriota*.

Serviu-se do desjejum e expressou a vontade de ir ao Templo.

Os discípulos entreolharam-se surpresos e perguntaram se deviam ir acordar os outros dez.

O Mestre negou com a cabeça, e isso acabou com qualquer dúvida.

Depois do desjejum, Jesus de Nazaré, Felipe, seu amigo Bartolomeu e quem isto escreve deixamos a fazenda e nos dirigimos para Jerusalém.

Eu me lembro dos olhares de *Zal* e da cabra colorida, como se dissessem: "Ai, Deus...!"

A caminhada foi rápida e sem obstáculos.

Felipe carregava uma pequena bolsa "apenas com o essencial". Não sei a que ele se referia, mas eu estava com medo...

E passada a terceira hora (nove da manhã), deixamos para trás o túnel e ingressamos no átrio dos Gentios.

Os pórticos e a esplanada estavam lotados. Era a grande festa e as pessoas chegavam felizes. Em breve, começaria o primeiro holocausto do dia.

Era uma manhã azul e de temperatura agradável. E o sol começou a tomar sua posição. Ele sabia de alguma coisa...

Jesus quase não falou durante a viagem. Ninguém sabia o que pretendia. Por que quis voltar ao Templo em uma data tão importante quanto aquela? Por que ele deixou o resto do grupo em Betânia?

Logo iríamos descobrir.

É claro que nenhum dos evangelistas mencionou o que aconteceu naquela manhã.

Observei numerosos fariseus entre os visitantes e os peregrinos.

Eu me senti desconfortável...

Mas o Mestre parecia ter tudo planejado.

Ele dirigiu seus passos para a esplanada norte do átrio, e os discípulos foram atrás, em silêncio. E eu os segui, é claro.

Vi patrulhas de policiais do Templo. Sempre de cinco em cinco, sempre armados com porretes, sempre atentos...

E, ao alcançarmos a altura do portão principal do santuário, o Filho do Homem deteve-se por alguns instantes. Ele olhou para o Templo e, em seguida, subiu os 14 degraus, avançando aos saltos, de três em três.

Ficamos aos pés da escada, atônitos. O que Ele pretendia fazer?

Ao chegar ao alto, ficou imóvel por alguns segundos, de costas para nós, em frente à balaustrada de separação, e olhando para o interior do referido santuário. Pensei que estivesse avaliando a possibilidade de entrar.

Mas não...

O Mestre acabou girando nos calcanhares e nos olhou. Então elevou o rosto para o azul surpreso do céu e fechou os olhos.

Estava pálido.

Felipe fez um comentário. Jesus quase não havia comido na ceia, e pensou que não estivesse se sentindo bem. Ele remexeu em sua bolsa e extraiu de lá uma laranja, limpa e reluzente.

Os peregrinos, intrigados, começaram a se deter e a perguntar a Felipe e ao "urso" quem era aquele homem e o que ele estava fazendo.

O Mestre estava no alto da escada, completamente sozinho. E foi erguendo os braços, com as palmas das mãos estendidas.

Eu já conhecia aquela postura. Estava rezando.

Em questão de minutos, o lugar se encheu de gente. Todos perguntavam o que estava acontecendo.

As trombetas soaram. O primeiro sacrifício coletivo de animais estava a ponto de ser iniciado.

Os mugidos de terror não demoraram a ser ouvidos. Depois ouvimos os cânticos. E depois vimos a coluna de fumaça subindo aos céus...

Uma das patrulhas dos levitas chegou, às pressas, e se misturou com a multidão.

O Mestre continuava na mesma posição, com o rosto voltado para o céu. A túnica branca caía com suavidade, proporcionando majestade. O vento não se atrevia a interromper.

"Quem é ele? – perguntavam os policiais – Ele está louco?"

Alguns diziam que era Yehohanan ressuscitado. Outros citavam Elias, que havia se "apresentado" na metade da festa de Páscoa. Enfim, era uma confusão...

Vi quando chegou uma segunda patrulha. A situação se complicava.

Os cânticos pararam e os mugidos e balidos dos animais degolados se extinguiram.

Jesus desceu os braços e olhou para a multidão.

O que havia naquele olhar? Os peregrinos ficaram hipnotizados.

O Mestre, de fato, exibia uma palidez intensa.

E Felipe, em outro de seus surtos, subiu rapidamente os 14 degraus de mármore. Ficou em frente ao rabi e depositou a bonita laranja na mão esquerda do Mestre. Depois, sem uma palavra, voltou e se postou ao lado do "urso".

E o Galileu, sem deixar de olhar para aqueles que estavam ali reunidos, acariciou a laranja com ambas as mãos. E assim permaneceu por alguns segundos, que pareceram a eternidade.

Finalmente, o Mestre deixou ouvir sua voz. Que flutuou, clara e poderosa, no lado oriental do átrio.

Eu não me dei conta de que isso estava acontecendo até que alguns segundos já tivessem se passado.

Era a primeira vez que Jesus de Nazaré falava – "oficialmente" – em público! E fazia isso no coração da ortodoxia judaica!

Nada disso foi casual...

– Amigos...

O silêncio ficou espesso.

Notamos como o rosto do Galileu recuperava as cores.

– Amigos, estou aqui para celebrarmos juntos a nova Páscoa!

Senti um calafrio.

Ele estava se metendo na boca do lobo. Melhor dizendo, já estava dentro da boca...

Alguns dos peregrinos romperam o silêncio:

"O que ele disse? Que nova Páscoa é essa? Quem é ele?"

A polícia do Templo continuava observando, muito atenta, e pronta a intervir. No momento, limitaram-se a ouvir.

– Fui enviado para revelar aquilo que permanece oculto... Eu vos trago uma boa-nova...

Mais peregrinos continuavam a chegar. Já não cabia uma alma viva naquele setor. Calculei mais de 500 pessoas.

"Enviado por quem? – perguntavam os peregrinos. – Enviado para quê?"

O Mestre não respondia a nenhuma das pessoas... Mas respondeu a todas elas.

– *Abba* não é medo! Não é vingança! O Pai não é sangue derramado! Não é fogo nem espada!... Não é raiva nem prêmio ou castigo!... Não é justiça!

Os peregrinos estavam desconcertados. Aquele Homem não gritava e ainda assim todos o ouviam. Aquele Homem parecia saber do que falava. Sua voz era segura. Ela penetrava no âmago de cada um.

– *Abba* é amor!... O Pai não tem um livro dando contas de vossos erros e de vossas boas ações!

Alguns se aperceberam do propósito incomum daquele Homem e clamaram:

"O Santo, bendito seja seu nome, é a justiça... Quem é esse sujeito? Está blasfemando!"

Jesus continuou:

– Eu fui enviado para despertar todos...

E as pessoas replicavam:

"Já estamos despertos, estúpido! Veja o sol! Volta para casa e vai curar sua bebedeira!"

Então, o Filho do Homem apontou ao santuário e proclamou algo que foi igualmente mal recebido e mal-entendido pelas pessoas, e que fez crescer a ira de muitos dos presentes:

– Vede bem...

As pessoas seguiram a direção do dedo indicador esquerdo do rabi. Estava indicando o interior do Templo, como já mencionei.

– O Pai não está lá!

O silêncio desabou sobre aquelas centenas de judeus. Os policiais se entreolhavam, sem saber muito bem o que fazer.

E o Galileu repetiu, com ênfase:

– Ele não está lá, está aqui!

E levou seu dedo indicador esquerdo até a testa.

Um murmúrio de desaprovação se ergueu na multidão como se fosse uma onda.

Ao apontar o santuário, o Filho do Homem estava se referindo, de forma inequívoca, ao Santo dos Santos, o lugar mais sagrado do Templo e das crenças religiosas judaicas.[52]

---

52 Nunca tive acesso ao *debir*, ou Santo dos Santos, mas eu confio no que foi descrito por Rops e outros especialistas: "... O Santo é muito simples; emoldurado por 38 cômodos em três pisos, que proporcionam habitação e escritórios, é uma espécie de galeria comprida, de paredes cobertas por madeira. Está dividido em dois por outra cortina, um segundo 'véu do Templo' , ou melhor, por um sistema de cortinas

Não interpretei como sendo uma blasfêmia (Jesus jamais ofendeu alguém), mas sim como algo literal. Ele tinha razão: o *Debir*, ou Santo dos Santos, estava vazio. Sempre esteve.

Mas também deixou no ar uma verdade formidável, que era praticamente desconhecida para aquelas pessoas: o Pai habita na mente do ser humano (desde os 5 anos de idade).

Obviamente os peregrinos não entenderam nem admitiram isso.

E o chamaram de "blasfemador" e "filho do senhor das moscas" (Belzebu).

Alguns o reconheceram:

"É o carpinteiro louco de Nahum... Transformou a água de Caná em vinho... Ainda está bêbado..."

As risadas e os impropérios se misturavam.

Comecei a tremer. A situação poderia resultar em algo catastrófico.

O que eu devia fazer?

Nada.

Tentei me recompor. Eu era apenas um observador. Esse era o meu trabalho.

Foi isso que fiz... Embora fosse meu amigo.

Dois levitas se destacaram entre a multidão, começaram a subir as escadas e se dirigiram até o Galileu. Pensei que eles o prenderiam.

Mas não.

Passaram na frente Dele, continuaram até a balaustrada e se perderam no interior do santuário.

Jesus não vacilou. Continuou seu discurso:

– Eu vos trago a esperança! ... O Pai não está lá, mas dentro de vós... Ele vos ama! Ele espera! Ele sabe! Ele não faz diferença entre as raças e os credos!... Ele não entende a diferença entre homens livres e escravos...! Não importa se sois judeus ou pagãos!... Não importa se sois ricos ou

---

que vedam todos os olhares indiscretos. O primeiro quarto, bem iluminado por janelas entreliçadas, é o *Hechal*, o Santo propriamente dito: aí estão a mesa dos pães, o célebre candelabro de sete braços – que Tito levou como saque e que se vê representado no Arco do Triunfo em Roma – e o altar dos perfumes, todo coberto de ouro e onde depositam o incenso. Mais escura, e mergulhada em perpétuo silêncio, a segunda é o *Debir*, o lugar Santíssimo, que tradicionalmente é chamado o Santo dos Santos ou *Qadosh haqedoshim*. Completamente vazio, como se sabe, sem que contenha uma única estátua, sem um único símbolo, nada mais do que a pedra bruta, o 'umbigo do mundo', onde uma vez por ano o sumo sacerdote entra e coloca o incenso do Yom Kippur". Rops se refere possivelmente à rocha que "fecha o inferno", segundo a crença judaica. O *Debir*, portanto, estava completamente vazio no tempo de Jesus de Nazaré. (N. do M.)

pobres, homens ou mulheres, jovens ou velhos, bons ou maus, doentes ou sãos! Ao Pai não interessa o vosso passado!

A multidão irrompeu de novo, interrompendo o discurso.

"Louco! Blasfemo!"

As pessoas gritavam esses e outros qualificativos. Os punhos se ergueram ameaçadores.

Felipe e o "urso", lívidos, não sabiam se fugiam ou se ficavam ao pé das escadas.

O Mestre continuava acariciando a bela laranja...

– Nós estamos em seu colo! Somos todos filhos de um Deus! Será que não compreendeis?... Estamos sentados no colo do melhor dos Pais!

"Isso é blasfêmia, maldito! Como te atreves a falar assim do Santo, bendito seja seu nome?"

Os fariseus se colocaram na primeira fileira e repreenderam furiosamente o Galileu. Os levitas tentavam acalmá-los.

– Não há nada a temer – prosseguiu o Filho do Homem com grande ternura. – Anuncio que existe um reino, do qual eu venho, e que não se consegue ver com os olhos da carne, mas ao qual regressareis inexoravelmente... Essa é a boa-nova! Sois todos imortais pelo expresso desejo do Pai!

E enfatizou:

– Imortais! Sois todos filhos de um Deus e, portanto, irmãos!... Corações ao alto! Confiai!

Foi nesse momento que vimos os policiais do Templo regressando. Eles vinham acompanhados por sacerdotes e por outros levitas. Reconheci um dos chefes de seção da polícia: um tal de Ben Bebay, famoso por sua crueldade (ele se ocupava, por exemplo, de açoitar aqueles que tentavam trapacear no sorteio das funções do culto).

Os sacerdotes quase nem prestaram atenção ao Mestre. Passaram diante Dele com pressa e se reuniram com os levitas que aguardavam ao pé das escadas. Eram sacerdotes comuns, com as túnicas brancas de *byssus*,[53]

---

53 Oficialmente, as vestes dos sacerdotes comuns eram feitas de *byssus* (linho fino e branco). Como já detalhei em dado momento, esses vestidos consistiam no seguinte: um *kolbur*, também chamado *mknsym* (short, também de linho, que descia até a altura do joelho, sem aberturas naturais, e um cordão ao redor dos joelhos acima mencionados. Para remover o calção, eles sempre o faziam sem tirar a túnica. No inverno, era uma peça completa, com mangas curtas), a túnica em si, chamada de *efod* ou *ktnt*, também de linho, sem algodão (era estritamente proibido misturar as duas plantas), e que descia até os pés (as mangas eram estreitas, para não prejudicar o trabalho de adoração). A túnica era tecida em uma só peça, com exceção das mangas, que eram feitas separadamente e depois costuradas à túnica. Tinham quatro

com largas faixas vermelhas e azuis e com turbantes igualmente impecáveis. Nenhum deles usava calçados.

Falavam, argumentavam, apontavam para o Galileu e voltavam a discutir.

– A partir de agora – continuou o Mestre – tudo é novo... Tudo é diferente... Tudo é esperança... Somos todos filhos de um Deus!... Deixai a escuridão, estou aqui para dar-vos a mão!... Vim para que a humanidade recupere aquilo que é seu por direito... Confiai!

Os peregrinos, cegos de ódio, continuavam insultando o rabi.

"Blasfêmia!"

Os sacerdotes e os levitas tentavam chegar a um acordo, mas os esforços eram infrutíferos: "Prender? Expulsar do Templo? Levar até os chefes de seção? Surrar ali mesmo?"

Meu Deus!

As pernas de Felipe não paravam de tremer...

Foi então que reparei num detalhe menor (?). Estávamos no dia 10 de abril (do ano 27). Faltavam três anos, quase exatamente, para a condenação ali mesmo, em Jerusalém, do Filho do Homem! Jesus foi "julgado" (?) pelo Grande Sinédrio na madrugada do dia 7 de abril do ano 30. Coincidência? Acredito que não...

Vários dos levitas correram de novo para o interior do santuário. Imaginei que eles tivessem ido se consultar com alguém de escalão superior.

Os "santos e separados", raivosos, continuavam levantando o punho contra o Mestre, pedindo a sua prisão.

Foi nesse momento, em que eu estava misturado aos peregrinos, ouvindo horrorizado o que diziam uns e outros, que perdi o rabi de vista. Foi questão de segundos.

Quando olhei para o topo dos 14 degraus, o Mestre já não estava mais lá.

Mas aconteceu de eu vê-lo quando se dirigia tranquilamente para o túnel. E desapareceu entre os que entravam e saíam.

No chão, no lugar que até há pouco estava sendo ocupado pelo Ga-

---

túnicas. O linho era da espécie *shesh* (seis) porque cada fio tinha seis filamentos, como rezava o Êxodo. A túnica só poderia ser colocada pela cabeça, o *hazor*, ou cinto, também conhecido como *'bn't*, era trançado com linho e colorido em azul e vermelho (era muito longo, até 14 metros e se amarrava quase sempre na altura do peito; muitos deles tinham frases extraídas do Livro dos Salmos ou Provérbios), e seu turbante ou lenço de cabeça, conhecido como *mgb't* ou *ma'aphoret*, sempre branco e de linho. O branco era obrigatório no vestuário, uma vez que representava a pureza e a sobriedade. (N. do M.)

lileu, solitária e brilhante, descobri a laranja que tinha sido acariciada durante todo aquele tempo.

Foi como um símbolo...

O "urso" também reparou a caminhada de Jesus até o túnel e, no meio da confusão, teve reflexos suficientes para puxar Felipe, o de Saidan, e correr, literalmente, pela esplanada.

Eu me senti tentado a segui-los, mas não o fiz.

Aquilo ainda não havia terminado.

A súbita ausência do rabi irritou ainda mais aos fanáticos.

Os fariseus amaldiçoavam e batiam o pé no chão de mármore.

Eles tinham deixado um blasfemador escapar...

Logo os levitas retornaram. Chegaram trazendo um chefe. Eu já o conhecia. Tinha-o visto em novembro do ano 25, nos lagos de Enaván (hoje Enon), quando uma representação dos sacerdotes do Templo apareceu na região e tentou descobrir quem era Yehohanan.[54] Era chamado de Mašroqi ("Flauta"), porque "soprava" ao falar. Diziam que ele era tão violento quanto beberrão.[55]

O Flauta conversou com as outras patrulhas. Eles explicaram tudo. Descreveram Jesus. E o chamaram de "o louco da laranja". Ninguém sabia como nem para onde o louco tinha ido.

Alguém pronunciou a palavra "milagre". Os fariseus quase o devoraram...

Eles vasculharam o átrio dos Gentios por completo. Procuraram e reviraram tudo. Negativo.

Nem rastro do "louco da laranja".

Eu continuei no alto das escadas, observando.

Sentei-me. Peguei a laranja, contemplei-a e tentei refletir.

O que era aquilo que eu tinha visto e ouvido na histórica manhã de 10 de abril?

A avaliação foi breve e dramática...

---

54 Ampla informação em *Cavalo de Troia 7 - Nahum*. (N. de J. J. Benítez.)

55 O Major o descreve assim em *Nahum*: "... Os policiais (levitas) estavam sob o comando de um *ammar-kelîn*, uma espécie de guardião do Templo, ainda que meu confidente, Abner, tivesse assegurado que seu escalão fosse superior (talvez se tratasse de um *srym* ou chefe de turno dos levitas). Era um sujeito muito corpulento, com quase 1,90 metro de altura. Era também chefe dos açougueiros e a sua habilidade com a faca era assombrosa. De acordo com Abner, degolava três cordeiros com uma só facada. Se alguém se colocava no seu caminho, estava morto... Quando se embriagava, dia sim, outro também, era ainda mais terrível. Sozinho poderia incendiar uma cidade". (N. de J. J. Benítez.)

Eu acabara de assistir a uma "declaração de princípios" do Homem--Deus. Essa era a sua filosofia, e sua bela e revolucionária mensagem. Mas ninguém a entendia. Esse seria o conteúdo principal de sua vida pública, mas muito poucos teriam acesso a ele.

O pior de tudo é que, além de ser incompreendido, o Filho do Homem começava a ser odiado.

Aquela quinta-feira, 10 de abril do ano 27, foi o princípio do fim... Nenhum evangelista mencionou isso.

Os problemas rugiam em torno Dele, e cada vez mais próximos.

Não sei quanto tempo se passou enquanto eu refletia sobre essas questões.

Deixei a bela e sofrida laranja no chão e saí do Templo.

Retornei a Betânia.

Jesus não estava na fazenda. Ninguém sabia de nada.

Felipe e Bartolomeu fingiam que estavam fazendo alguma coisa. Eles se mexiam na cozinha, preocupadíssimos.

Conversei com eles, mas não souberam me informar de nada. Eles tinham perdido o Mestre de vista. Imaginaram, assim como eu, que tivesse começado a percorrer o caminho de volta para a aldeia de Lázaro, mas não. Tampouco mencionaram o ocorrido aos demais discípulos ou aos membros da família. Escolheram ficar em silêncio, pelo menos até quando o Galileu aparecesse de volta. Foi uma atitude prudente. O que havia acontecido naquela manhã no átrio dos Gentios tinha sido algo grave, muito grave. Se alguém fosse tomar a iniciativa de contar aos demais, esse alguém teria que ser Jesus.

A verdade é que, conforme se passavam as horas, Felipe e o "urso" aumentaram seu nervosismo.

Marta ficou intrigada. Aquela era a primeira vez que ela via Felipe a um canto, pálido, mão sobre a mão. Nem prestava atenção à *Cipriota*.

Quem isto escreve observou *Zal*. Estava tranquilo em seu canto. Aquele era um bom sinal. E esperamos.

Pouco antes de o sol se pôr, o Mestre chegou.

Tinha uma expressão amável e serena. Disse que havia caminhado bastante. Tinha subido ao Monte das Oliveiras, e se permitiu perder-se entre os bosques de figueiras de Betânia e Betfagé.

Eu o olhei, espantado.

Não parecia ter sido nem um pouco afetado pelo incidente no Templo.

Nem perguntei.

Se tivesse essa vontade, teria tocado no assunto, como já fizera em outras ocasiões.

Felipe e o "urso" entenderam que Jesus devia estar cansado, e que seria melhor deixar para discutir os eventos daquela manhã em outra oportunidade. Imagino ter dito isso antes: ambos eram discretos e inteligentes.

E assim foi: o Galileu estava esgotado (nunca soube a causa disso). Jantou alguma coisa, deu algumas risadas com as pessoas e depois se retirou para descansar.

E o dia se apagou...

Outro dia para a história...

No dia 14, segunda-feira, houve uma novidade. Um mensageiro chegou até a fazenda. Era inevitável. A notícia da presença de Jesus em Betânia acabou vazando.

O mensageiro tinha sido enviado por Anás, antigo sumo sacerdote de tão amargas lembranças.[56] Ele se encontrou a sós com o Galileu. Jesus explicou mais tarde. Anás era um parente de Salomé, a esposa do Zebedeu pai. Jesus havia conhecido Anás há muito tempo, em sua juventude, e por intermédio de Salomé. Pois bem, o antigo sumo sacerdote desejava se encontrar com Ele.

Os discípulos saudaram o convite. Anás era realmente uma pessoa importante, e não apenas pela posição que havia ostentado.[57] Metade de Israel era sua. Durante os anos em que ocupou a posição de sumo sacerdote, acumulou uma fortuna que as más-línguas estimavam em mais de 40 milhões de denários de prata.[58]

---

56 Ampla informação em *Cavalo de Troia 1 – Jerusalém.* (N. de J. J. Benítez)

57 Anás ou Anano, como Flávio Josefo o chama, foi sumo sacerdote durante 20 anos (desde o ano -6 até 15 d.C.). Depois de deixar o cargo, cinco de seus filhos e um de seus genros ocuparam a mesma posição: Eleazar (16-17 d.C.), Caifás (seu genro) (18-36), Jônatas (36--37), Teófilo (a partir do ano 37), Matias e, finalmente, seu filho também chamado Anás (62). Todos eram homens-chave nos negócios de Anás, intimamente ligados ao Templo: venda de animais, de especiarias, incenso, roupas para os sacerdotes, revenda de carne e sangue dos holocaustos e, principalmente, troca de moeda estrangeira. Como foi mencionado, o imposto religioso só poderia ser pago em moeda judaica. Daí a necessidade dos cambistas no átrio dos Gentios. Anás ficava com uma porcentagem, que era muito considerável. (N. do M.)

58 Na época do Galileu, o dinheiro que entrava no Templo por causa do imposto religioso (meio *shekel* por varão judeu) equivalia a 2.280.000 denários de prata por ano. Uma vez que os banqueiros estavam autorizados a cobrar um *méah* (um sexto de denário) sobre cada meio *shekel*, os lucros eram espetaculares: entre 270 mil e 285 mil denários de prata anuais. O salário de um trabalhador era de um denário por dia. (N. do M.)

Felipe e Bartolomeu não disseram nada, mas suspeitaram que o convite tinha a ver com o que fora dito pelo Mestre no Templo naquela manhã do mencionado dia 10 de abril. Eu também imaginei que fosse isso.

A entrevista na casa de Anás em Jerusalém não prenunciava nada de bom...

O Galileu marcou a conversa para sexta-feira, dia 18.

Eu não o vi apurado e muito menos nervoso... Comportou-se como de costume. Continuou ensinando as pessoas e retirando-se para os bosques, na companhia de *Zal*, o cachorro cor de estanho.

E no dia 18 de abril, sem pressa, Jesus e os discípulos (Felipe e os gêmeos ficaram na fazenda de Lázaro) atravessaram a cidade baixa, cruzaram o vale do Tiropeão e entraram no bairro alto de Jerusalém. A mansão de Anás, à qual já me referi, se levantava perto do portão de Sião, no extremo oeste. Um jardim, com um muro baixo, cercava a propriedade. E as lembranças me assaltaram novamente.

Naquele lugar, anos mais tarde, se registraria a quádrupla negação de Pedro...

O sol estava a pino, atento.

Entramos no jardim e esperamos.

Anás apareceu logo depois. Naquela época ele estava com 67 anos e o mal de Parkinson já havia dado as caras. Era um ancião desgastado pelos anos e pela ganância, mas conservava ainda um olhar rutilante. Nenhum detalhe escapava dele.

Um de seus servos colocou uma cadeira na sombra e Anás sentou-se nela com alguma dificuldade, e soltando alguns gemidos. As mãos tremiam e seu rosto parecia rígido, como uma pedra.[59]

Ele estava nos observando, um a um.

O Mestre e os discípulos continuavam de pé, ao redor do ex-sumo sacerdote.

Outro dos servos chegou com um amplo leque de penas azuis e se colocou atrás da cadeira, espantando as moscas e proporcionando alguma brisa naquela manhã quente de primavera.

Anás demonstrava profundo cansaço.

Um terceiro servo ajoelhou-se e depositou uma bacia de prata aos pés de Anás. Encheu o recipiente com água, jogou um punhado de sal

---

59 O mal de Parkinson é uma perda de neurônios (especialmente na região da substância negra). O cérebro, em última análise, deixa de produzir a dopamina e passa-se a registrar lentidão nos movimentos, rigidez e tremores. É uma doença degenerativa do sistema nervoso. (N. do M.)

grosso no líquido e tomou os pés do ancião, colocando-os na pequena tigela. O rosto do parente de Salomé relaxou.

Todos estavam (estávamos) na expectativa.

Jesus esperou. Notei certa tensão em seu rosto.

Anás - cujo nome em aramaico significa "punição" (ele não devia nunca se esquecer disso) - desenhou um sorriso distante e pouco reconfortante, e foi direto ao assunto:

- É verdade o que me contaram?

Ele não esperou pela resposta, e passou a mencionar "o que lhe tinham contado":

- Tu te proclamaste enviado do Santo...? Bendito seja.

Anás estava se referindo às palavras pronunciadas pelo Mestre na manhã do dia 10 de abril, no átrio dos Gentios.

Pensei ter visto problemas pululando ao redor no jardim...

- De que nova Páscoa falaste? Estás tentando mudar aquela que foi estabelecida pelo mesmíssimo Santo, bendito seja, e pelos anciãos da cidade?

Os discípulos se entreolharam, consternados.

O tom de voz do ex-sumo sacerdote era claramente ameaçador.

- Como devo entender que o Santo, bendito seja, não seja levado em conta por ti?

Jesus permaneceu impassível. Ele não tinha dito isso, exatamente.

- E te atreveste a dizer que o Santo, bendito seja seu nome, não é justo?

Um murmúrio de desaprovação perpassou todos os íntimos.

Bartolomeu continuava mudo e pálido.

Jesus finalmente falou, com confiança e determinação. Foi a única vez em que participou do interrogatório:

- Onde há amor, não é necessário justiça...

Anás não ouviu. Não era para isso que ele estava ali. Antes de receber o Filho do Homem, ele já havia decidido a sua sentença...

Jesus percebeu. Aquela "conversa" não tinha sentido.

E Anás elevou o tom:

- E te atreveste também a comparar os judeus, o povo eleito pelo Santo, bendito seja, com os pagãos?

O Mestre, com os olhos fixos nos olhos de seu amigo (?), não moveu sequer um músculo. Jesus estava ciente da importância daquele encontro...

Os discípulos, por seu lado, continuavam sem entender. Não sabiam do que falava aquele indignado Anás.

O "urso", que sentiu a tempestade chegando, se retirou para o fundo e tentou passar despercebido.

Anás concluiu com as seguintes palavras:

– Serei indulgente... Em consideração a Salomé e à nossa antiga amizade, eu te darei a oportunidade para te retratares...

Houve silêncio, quebrado apenas pelo voo negro e rápido das andorinhas.

– Eu ordeno que te apresentes aos notáveis do Sinédrio e solicites o perdão deles, humildemente, por tuas blasfêmias.

A tempestade tinha acabado de desabar.

– Serão eles a te impor o castigo correspondente...

Eu estava perplexo.

Essa era a primeira acusação formal das castas sacerdotais contra o Filho do Homem. Se a condenação de blasfêmia prosperasse, o Sinédrio poderia condená-lo à morte. Era isso que dizia a Lei.[60]

E Jesus respondeu suavemente:

– Amigo, não cometi nenhum erro...

Anás se mostrou tal e qual como era:

– Se negares e se não te arrependeres, eu mesmo ordenarei que sejas preso.

Jesus o interrompeu:

– Não poderás fazer nada sem o consentimento do Pai.

O ex-sumo sacerdote, confuso, deu um soco no braço esquerdo da cadeira, e babou furioso.

Os discípulos e os servos deram um passo atrás, atemorizados.

O Galileu não se moveu. Seus olhos brilhavam.

E comecei a perceber um perfume familiar. Cheirava a sândalo branco. Cheirava serenidade...

---

60 De acordo com os tratados chamados de *Sanhedrin* e *Makkot* (o direito penal rabínico), a blasfêmia era um crime condenado pela lei mosaica com a pena de apedrejamento. No sétimo capítulo do tratado (*Sanhedrin*) afirma-se textualmente: "A seguir estão os que serão apedrejados até a morte: aquele que tem relações sexuais com sua mãe ou com a mulher de seu pai ou com a nora ou com um homem ou com uma besta, a mulher que trai com uma besta (ao acasalar com ela), o blasfemo, o idólatra, o que ofereceu seus filhos para Molok, o necromante, o vidente, aquele que profana o sábado, o que maldiz o pai ou a mãe, o que copula com uma jovem prometida, o que induz à idolatria, o feiticeiro, o sedutor (o que arrasta toda uma cidade à idolatria), o filho contumaz e rebelde...". A lei oral enumera 36 crimes pelos quais alguém poderia ser apedrejado. O julgamento é realizado pelo conselho maior, que compreende 72 membros, ou pelo tribunal inferior, composto de 23 juízes. Ambos os tribunais tinham jurisdição em casos criminais, embora a sentença de morte tivesse que ser ratificada por Roma. (N. do M.)

– Sabes o que fazemos com os profanadores?

Anás se referia aos castigos mencionados nas Sagradas Escrituras, especialmente o Levítico e o Deuteronômio.[61]

Silêncio.

– Sabes que posso mandar te açoitar?

Silêncio.

– Que posso te enviar ao exílio?

Silêncio.

– Que posso mandar te cortar?[62]

Silêncio.

– Sabes que o Santo, bendito seja, pode fazer cair sobre ti as pragas do Egito?

Anás havia invocado uma passagem do Deuteronômio (28, 58-62);[63] o texto que era recitado precisamente quando um judeu era açoitado por outro judeu.

Silêncio.

– Sabes que posso pedir a Roma para te crucificar?

O Mestre empalideceu ligeiramente.

Anás, sem o saber, tinha feito uma profecia...

– Sabes que posso destruir todos os teus?

O ancião, irritado com o silêncio que seu suposto amigo mantinha, se colocou de pé e tirou o pé esquerdo de dentro da bacia, mas, desajeitado, não conseguiu levantar corretamente o pé direito, tropeçou e caiu de bruços sobre as lajes do pátio.

---

61 A lei judaica estabelecia quatro tipos de penas capitais: a queima, a decapitação, o apedrejamento e o enforcamento. Havia dezenas de motivos pelos quais um judeu (ou pagão) poderia ser executado. Yaveh as endossava. (N. de M.)

62 A Lei e a tradição oral falavam de dois tipos de morte "nas mãos do Céu" e "por cortes". A morte "nas mãos do céu ou de Deus" era o resultado de delitos menores (eram 11 no total). Mas ser "cortado" era mais grave. Além de acabar com a vida do profano, a pena dos "cortes" era estendida para o resto da família. Toda ela era salpicada pela vergonha e também poderia ser executada. Em Coríntios I se faz referência a esse tipo de punição: "Quando o Senhor vier é anátema!". (N. do M.)

63 O texto em questão diz: "Se não tiveres cuidado de guardar todas as palavras desta lei, que estão escritas neste livro, para temeres este nome glorioso e temível, a Yaveh teu Deus; então Yaveh fará espantosas as tuas pragas, e as pragas da tua descendência, grandes e duradouras pragas, e enfermidades malignas e duradouras; e fará tornar sobre ti todos os males do Egito, de que tiveste temor; e eles se apegarão a ti. Também Yaveh fará vir a ti toda enfermidade, e toda praga que não está escrita no livro desta lei, até que sejas destruído. Assim ficareis poucos em número, depois de haverdes sido em multidão como as estrelas do céu; porquanto não deste ouvidos à voz de Yaveh teu Deus". Nada a ver, de fato, com a ideia de um Pai Azul... (N. do M.)

A bacia de prata rolou pelo pavimento e, como um escárnio do destino, foi parar bem na frente das barbas de Anás. Ali rodopiou por alguns segundos e, finalmente, satisfeita, parou.

Nenhum dos servos veio em seu auxílio.

Jesus foi o primeiro a reagir.

Inclinou-se sobre o dolorido ex-sumo sacerdote e tentou prestar-lhe ajuda. Anás rejeitou de maneira grosseira e ordenou que desaparecesse da sua vista.

Os serviçais, finalmente, vieram em seu auxílio e o levantaram.

Jesus abandonou o jardim, mas, antes de cruzar o umbral da porta, se voltou para Anás e declarou:

– Eu te ofereci a luz, porém escolheste o medo...

Girou sobre os calcanhares e saiu da propriedade. Os discípulos o seguiram atropeladamente.

Nesse entardecer, em Betânia, o Mestre explicou aos seus o que ocorreu na histórica manhã de 10 de abril, no Templo.

Os íntimos entenderam apenas em parte.

O que estava claro é que Anás não ameaçava em vão.

E surgiu a polêmica.

O ex-sumo sacerdote era um indivíduo poderoso, com influências no Grande Sinédrio e nas castas sacerdotais em geral. Anás era saduceu. Isso significava que não desejava complicações com o poder estabelecido (Roma).

André, Tiago Zebedeu, Felipe e Bartolomeu opinaram que era melhor cumprir as exigências de Anás.

Pedro, João, o Zelote e Judas Iscariotes se opuseram. Não compreendiam o que foi dito pelo Filho do Homem, mas não aceitavam dobrar os joelhos diante daquele "sanguinário".

Tomé, Mateus e os gêmeos de Alfeu não disseram nada.

Jesus tampouco se pronunciou. Limitou-se a comentar:

– Deixemos que o Pai faça o seu trabalho...

Ninguém, com exceção do Galileu, captou nesses momentos o alcance das ameaças de Anás. Os problemas, efetivamente, rugiam muito próximos...

Foi o "urso" quem desviou a conversa, expondo a Jesus uma pergunta interessante:

– Mestre, por que respondeste ao "Castigo" (Anás) dessa maneira?

O Galileu, acredito, agradeceu a pergunta e lançou:

– Qual, vós podeis dizer, é o pior inimigo do homem?

Discutiram.

Não houve forma de resumir os diferentes critérios.

Uns defendiam que era a inveja. Outros se inclinaram pela cobiça, pelo orgulho e pela idolatria. Tomé se retratou, assegurando que era a mulher.

Pedro aproveitou a oportunidade e apontou sua sogra.

Jesus deixou que eles falassem.

Depois, uma vez expostos os argumentos, se dirigiu aos seus homens e proclamou:

– O grande inimigo do homem é o medo.

E acrescentou:

– Estais aqui para proclamar a boa-nova: o medo terminou.

Eles o olhavam, estupefatos.

– Vós sois imortais! – prosseguiu o Filho do Homem, tentando despertar a alma dos íntimos. – Aquele que confia, aquele que se entrega à vontade do Pai, nunca mais voltará a esbarrar com esse tirano...

– Tu te referes a Anás?

– Não, Bartolomeu, estou falando do medo, o grande tirano do homem...

Mateus, sim, compreendeu, e apontou acertadamente:

– Estamos sentados no colo do Número Um... É impossível temer...

Jesus correspondeu com um sorriso esplêndido. Era isso mesmo.

– Mas se não tenho medo – interviu Tiago Zebedeu –, em que eu me converto? Não é isso o que diz a Lei...

– Vê uma criança... Ela confia plenamente em seu pai. Não há medo nela. Isso é o que eu peço e quero que soliciteis ao mundo: medo, nunca mais! Estais sentados no colo de um Deus! Medo, nunca mais!

– E o que sucederá com os meus muitos pecados?...

Era Felipe quem perguntava.

– ... Como saberei que o Pai me perdoou?

O Galileu, então, começou a contar uma parábola. Falou de um judeu que escrevia seus pecados em um livro. Nesse mesmo pergaminho tomava nota dos pecados cometidos por Deus contra ele e contra a sua família e amigos.

Os discípulos ouviam, atônitos.

E chegou o Kippur (o dia do Perdão). Então o judeu em questão pegou o livro, o abriu e, dirigindo-se a Deus, exclamou: "Hoje chegou a hora para nós dois... Tu, meu Deus, e eu, repassaremos as contas... Aqui tenho a lista de meus pecados e a lista dos teus: as tristezas e desgraças que tu ocasionaste à minha família, aos meus amigos e a mim mesmo... Se calcularmos, tu me deves mais do que eu a ti..."

Bartolomeu, o "urso" de Caná, assentiu com a cabeça, com ar divertido.

E Jesus concluiu:

"Porém, como hoje é o Kippur, o dia em que cada um deve fazer as pazes com o vizinho, eu te perdoo..., se tu concordares em perdoar-me."

Fim da parábola.

E o Mestre perguntou:

– Qual é a vossa opinião, com relação ao judeu que perdoou a Deus?

Uns o chamaram de "irreverente". Outros o qualificaram de "blasfemo".

Mateus o chamou de "estúpido" e acrescentou:

– Perdeu seu tempo... Pelo que nos foi ensinado, ninguém tem a capacidade de ofender a Deus.

Foi o único que compreendeu.

E o Mestre sentenciou de novo:

– Anás prefere o medo à luz...

Nos dias seguintes, os mensageiros não deixaram de chamar à porta de Lázaro. Contei nove.

Traziam convites para Jesus de Nazaré. Todo mundo desejava conhecer o Homem que havia desafiado os corruptos sacerdotes do Templo de Jerusalém.

Isso não era certo. Jesus não desafiara ninguém. Mas os boatos se apoderaram da Cidade Santa.

Os convites – para "comer" e "passar o dia" – procediam dos notáveis do mundo financeiro, dos ricos saduceus, de membros destacados da irmandade dos "santos e separados" e também dos judeus e pagãos curio sos, que não tinham coisa melhor para fazer.

Jesus estudou cada pergaminho, porém não decidiu nada imediatamente. Reuniu-se várias vezes com André e conversaram.

Os discípulos, inquietos ao compreender que o Galileu não cumpriria o que fora ordenado por Anás, decidiram montar guarda à porta da fazenda de Lázaro. E fizeram isso às costas do Filho do Homem e armados com as *gladius*. Cada um por vez.

O Mestre soube, mas deixou-os fazer.

Finalmente, o Homem-Deus tomou uma decisão. Visitaria, unicamente, a casa de um tal Flávio, um judeu de origem grega, conquistado pela helenização e incircuncidado.

A visita ocorreria na segunda-feira, 21 de abril.

Alguns dos íntimos protestaram, mas o fizeram quando o Mestre não se achava presente.

Pedro, Judas Iscariotes e o Zelote foram os mais teimosos.

Não desejavam nem encostar em Flávio, um "judeu de átrio" (pelo fato de não estar circuncisado, não tinha acesso ao Templo) e, além disso, homossexual assumido. O Levítico, nesse sentido, é claro e contundente.[64]

Quem isto escreve não saía do assombro. Quão diferente é a imagem desses homens nos tempos atuais! Assim é a história...

Pedro e os "teimosos" levantaram um protesto ao chefe e este, sempre responsável, o trasladou ao rabi.

Jesus fez um único comentário: eram livres para acompanhá-lo à casa de Flávio.

Jesus jamais entrava numa polêmica, e deixou o assunto na mão de André.

João Zebedeu não se pronunciou. Ele sabia muito bem por quê...

O resto encolheu os ombros.

E na segunda-feira, dia 21, como previsto, Jesus e a metade do grupo se dirigiram à Cidade Santa. Pedro, o Zelote, o Iscariotes, Felipe e os gêmeos permaneceram na fazenda. Os três primeiros pelo já mencionado, e os três últimos por razões de trabalho.

A casa de Flávio se erguia próxima do hipódromo e da muralha que cruzava a cidade de oeste a leste, dividindo-a nos referidos bairros. Flávio, ao que parecia, dada a sua natureza de "judeu de átrio", não era bem-visto pelos ricos habitantes do bairro alto. Esta era a razão pela qual teve que edificar sua propriedade na cidade baixa, mais própria de gente plebeia.

Chegamos um pouco antes da sexta hora (meio-dia).

Como descrevê-la?

A casa de Flávio era uma *domus tiberiana:* uma mansão com dezenas de quartos, unidos entre si, nos quais viviam a família e os serviçais. Não fui capaz de memorizá-la em sua totalidade, ainda que a tenhamos visitado ao longo de dez dias. Segundo a informação do próprio Flávio, a *domus* (assim a chamarei daqui para a frente) tinha mais de 1 mil metros quadrados. Era suntuosa, cheia de luz, de mármores, de telas de pinturas... e de mistérios.

Nós a visitaríamos diariamente, como eu digo, até que nos surpreendeu aquela fatídica quarta-feira, 30 de abril...

---

64 O Levítico (20, 13) diz: "Se um homem se deitar com outro homem, como se fosse com mulher, ambos terão praticado abominação; certamente serão mortos; o seu sangue será sobre eles". Também a lei oral era contundente. O tratado *Yebamot* (capítulo 8) diz textualmente: "... por razão (da união) com a pessoa de duplo sexo se incorre na pena do apedrejamento, como ocorre com a união com o varão". O tratado *Sinédrio* (capítulo 7) insiste no mesmo: "aquele que tem relação sexual com um varão há de ser apedrejado". (N. do M.)

Mas eu devo conservar a calma e prosseguir em ordem.

Ao contornar o alto muro de pedra que rodeava a *domus* por completo, o Mestre, os discípulos e quem isto escreve ficamos assombrados.

O pavimento era uma reluzente e interminável sucessão de mosaicos vermelhos e brancos, as cores favoritas do proprietário.

E, na porta principal, sobre as colunas de mármore amarelo que formavam os batentes, Flávio havia colocado estrelas de Davi, de mais de um metro de altura cada uma.

Permanecemos embasbacados, absortos nas enormes estrelas.[65]

O artista as havia confeccionado com conchas marinhas, vermelhas e brancas. Calculei mais de cem por estrela.

Apresentavam o ápice cortado e um detalhe que me chamou poderosamente a atenção: as espirais eram levogiras (partiam do mencionado extremo ou ápice e percorriam a concha dos gastrópodes ao contrário do habitual: viravam à esquerda). Nos dias de vento, os caracóis ululavam. Era uma singular e nada tranquilizadora sinfonia, que chamava a atenção de longe. Flávio explicou que os enigmáticos silvos não eram outra coisa que os cânticos das sereias que não conseguiram seduzir Ulisses em sua longa viagem a Ítaca. Flávio, como todos os homossexuais, era um romântico...

Conseguia os caracóis em suas constantes viagens pelo mundo conhecido afora. As mais apreciadas, como as que eram exibidas na entrada, vinham das águas profundas das ilhas Cícladas, no que hoje conhecemos como Mar Egeu, a leste da Grécia. Sorria e afirmava: "As Cícladas são os restos de uma ilha afundada pela queda de uma grande pedra..." Eu supus que se referia à legendária Atlântida, cantada por Platão e desaparecida no mar, misteriosamente. Isso tinha mais de oito mil anos...

Os pescadores de esponjas tinham ordem de guardar todas as conchas que fossem levogiras: "as conchas de Sira" (assim chamava a suposta

65 Ainda que não exista segurança absoluta sobre isso, alguns especialistas da cultura judaica veem na estrela de seis pontas o selo do rei Davi (1000 a.C.). Segundo Asher Eder, o nome de Davi (em hebraico, *daleph-wav-daleph*) equivale a dois triângulos *(daleph)*, parecidos com a letra grega delta (Δ). A combinação das ditas *daleph* resultaria na célebre estrela de seis pontas. Outra tradição judaica fala de uma misteriosa inscrição, que foi achada no escudo de Davi, similar a uma estrela de seis pontas. Os seis triângulos exteriores indicariam outros tantos atributos de Deus: conhecimento, sabedoria, conselho, temor, poder e entendimento. Outros afirmam que o escudo de Davi tinha a forma de estrela de seis pontas. Sem dúvida, como digo, nada é certeza. Hoje, contudo, a estrela de Davi figura na bandeira da moderna Israel. Na minha opinião, o nome primitivo era *Magen David* ou "Escudo de Davi". O rei salmista o cita no Livro dos Salmos 3 (3) e 18 (2, 30). (N. do M.)

grande ilha, arrebatada pelo mar como consequência do impacto do enorme meteorito que – segundo a lenda – colidiu na região).[66]

Flávio era de Sira, "como o poeta Homero". Era o que ele assegurava, mais do que satisfeito.[67]

E dizia mais: Homero era um poeta cego, sim, mas o seu verdadeiro nome era Zakynthos... Não soube o que pensar a respeito.

Flávio era outro fanático pela *Ilíada* e pela *Odisseia*. Deu-se muito bem com Felipe...

Assisti a conversas insólitas, nas quais Flávio defendia que Ulisses foi o verdadeiro inventor do cavalo de madeira com que os gregos se meteram em Troia.

Ulisses era chamado por ele de *Nanos* ("Errante") e assegurava que era homossexual também.[68]

Os singulares caracóis vermelhos e brancos também chamaram a atenção de Jesus. Permaneceu alguns segundos, como digo, contemplando-os. E apontou as espirais, igualmente surpreso (não é habitual que as conchas de caracóis levogiros existam no hemisfério norte).

Ao retornar ao Ravid, "Papai Noel" ofereceu informação sobre as conchas em questão. Eram as chamadas *Columbarium harrisae* e *Columbarium spiralis*, ambas de águas profundas. No banco de dados do computador central não apareciam exemplares levogiros.[69]

Sim, outro mistério...

---

66 As ilhas Cícladas ou Kyklades formam uma espécie de grande círculo, ao qual os gregos chamam *kyklos*, nos arredores de Delos. Siros é uma das ilhas do dito arquipélago. (N. do M.)

67 Provavelmente se tratava de outra fantasia de Flávio. Não há certeza sobre o lugar de nascimento de Homero. Segundo Heródoto, ele era jônio. Quem sabe de Esmirna? Outras seis cidades gregas disputam a honra de seu nascimento. Na realidade, nem sequer há certeza de sua existência. No século XVII, o abade D'Aubignac, baseando-se nas inconsistências da *Ilíada*, assegurou que Homero era uma enteléquia (enigma) e que as duas grandes obras que lhe são atribuídas (a *Ilíada* e a *Odisseia*) eram anônimas. A polêmica segue no ar. (N. do M.)

68 Do herói grego, e rei da mítica Ítaca, já foi escrito de tudo. Dante o fez chegar a seu *Inferno* até o círculo 26, em busca do desconhecido. Segundo Sófocles, Ulisses era um cínico (ver informações nas páginas anteriores). Para Platão, era um mentiroso compulsivo (*Hipias Menor*). Eurípides considerou que era um demagogo, e Shakespeare (*Troilo e Créssida*) o tomou como exemplo de político. (N. do M.)

69 A *harrisae* alcança dez centímetros de altura e dispõe de espirai convexas, com costeletas espirais espinhosas. A *spiralis* é muito leve e delicada, com espirais arredondadas e finas. Dispõe de uma espiral alta e um canal longo e estreito. Vive próxima da costa e em águas profundas. O assombroso é que "Papai Noel" rejeitou a possibilidade de que ela pudesse ser achada em águas do Mar Egeu. Era mais natural em seu habitat da Nova Zelândia... (?). (N. do M.)

Flávio saiu para nos receber à porta.

Estava surpreso. Achou que Jesus não aceitaria o convite.

Encontrei-me diante de um indivíduo de baixa estatura, relativamente jovem (eu diria que tinha a idade de Jesus) e com olhos verdes deslumbrantes. Era atlético, sempre bronzeado, mas muito calvo. Usava peruca. Duas ou três ao longo do dia, segundo o humor e as circunstâncias. A alopecia o mantinha obcecado. Empregava graxa de gato, expressamente trazida do Egito, para esfregar no couro cabeludo, mas os resultados estavam à vista... Usava cabelo humano, sempre tingido de azul. Às vezes eram perucas curtas, quadradas, com o fio de divisão no meio, ao estilo dos antigos egípcios. Outros dias ostentava a peruca "tripartida", também em azul, também de cabelo humano (quase sempre de escravo germânico), com o risco no centro e longos cachos até o peito. Os cachos o fascinavam. Em ocasiões ele se levantava na metade da conversa, desaparecia, e dali a pouco regressava com uma nova peruca, com as madeixas até os cotovelos. Seu problema, além da calvície, eram as orelhas. Eram grandes e desgrudadas. Quase podia voar...

Apresentou-se ante o grupo com uma ampla e longa túnica transparente. Era um homem sem pudor.

As unhas, impecáveis, tinham cada dia uma cor diferente, dependendo também do humor e do lugar onde se achasse.

Sempre aparecia cheio de joias. Era outra de suas fixações.

Naquele primeiro encontro, reluzia nos dedos um total de dez anéis, confeccionados com fio de ouro retorcido, em forma de cordão, e com pérolas enfiadas alinhadas em cada anel. Nas orelhas estavam pendentes em ouro e quartzo dois brincos, ao estilo de Oplontis (outra moda vinda de Pompeia). Ao pescoço um espetacular camafeu, de 22 por 18 centímetros, em ouro e marfim, que representava a coroação do imperador Augusto (cópia da *Gemma augustea*, de Dioscórides de Egeu, o grande gravador de pedras preciosas).

Flávio era imensamente rico.

Seu trabalho era dedicado à fabricação de embalagens para ânforas e dispunha de um bom número de empresas, cada qual mais extravagante. Preparava ataúdes para os pagãos. Comprava e vendia obras de arte. Era um especialista. Revendia conchas levogiras e se orgulhava de haver formado a primeira sociedade judaica de cobrança aos caloteiros (uma espécie de *convicium*, muito na moda naquele tempo no Império Romano). Os empregados de Flávio apareciam quase nus pelas ruas de Jerusalém e seguiam o caloteiro de perto, cantando canções em que o estribilho recordava o devedor da dívida não saldada. A tortura do mau pagador era tal que ele terminava abonando a dívida. Flávio levava uma comissão.

Mas o grande negócio do judeu helenizado era a agiotagem. Os empréstimos eram sangrentos. Flávio cobrava 30 por cento de juros e em prazos asfixiantes. A Lei proibia esses abusos, mas ninguém cumpria.

Definitivamente, estávamos diante de um indivíduo tão invejado quanto odiado e temido.

Flávio, fiel seguidor das modas romanas e gregas, se movia sempre com um *nomenclator* ao seu lado: um escravo especialmente inteligente e desenvolto que lhe sussurrava, a cada momento, o nome dos visitantes ou interlocutores. O *nomenclator* se ocupava praticamente de toda a *domus*.

E foi esse servo que ficou a cargo das sandálias, oferecendo-nos água e perfumes. Tive que deixar a "vara de Moisés" aos seus cuidados.

Flávio, feliz, foi nos guiando pela enorme casa.

Ficamos deslumbrados.

À esquerda, assim que entramos, nos vimos em um átrio descoberto, rodeado por um pórtico espetacular, todo ele repleto de obras de arte. No centro se abria um estimável *impluvium*, uma piscina que servia para recolher a água da chuva. Os pisos eram de mosaicos ao estilo de Pompeia. Os mosaicos eram incríveis: um material vítreo que permitia o desdobrar de uma enorme gama de cores. Vi reproduções da casa do Fauno, de Pompeia e numerosos motivos nilotas. Flávio, como disse, era outro apaixonado pela mítica Pompeia.[70]

As paredes, em metade da casa, eram espelhos de bronze até o teto.

E quanto às obras de arte, sinceramente, não saberia por onde começar...

Naquele átrio, sobre peanhas e bases de pedras e de madeiras nobres, se alinhavam estátuas, bronzes, métopas, vasos...

Contei mais de 60 peças.

---

70 Segundo os arqueólogos, Pompeia foi levantada no final do século VIII a.C., muito próxima do Vesúvio. Foi dominada pelos oscos e pelos gregos. No século V passou para as mãos dos samnitas. No ano 310 a.C. se converteu numa cidade aliada de Roma. No ano 80, após a guerra civil, recebeu o nome de Cornelia Veneria Pompeianorum. Graças a Sila, a cidade foi restaurada, convertendo-se num exemplo de urbanismo e de bom gosto. Era célebre por suas termas, seu anfiteatro, o odeão, pela pavimentação das ruas e, especialmente, pelos mosaicos e afrescos que embelezavam os palácios e casas particulares. Dispunha de uma centena de fontes públicas. Foi organizada em bairros. No dia 5 de fevereiro do ano 62 d.C. foi sacudida por um grande terremoto. No dia 24 de agosto do ano 79 d.C. foi sepultada pela erupção do Vesúvio. (N. do M.)

Eram réplicas, eu supus.

Fiquei cativado diante da "Deusa das serpentes", numa peça de cerâmica brilhante e delicada, procedente de Cnossos.

Jesus se deteve em numerosas ocasiões diante das referidas obras de arte e perguntou, interessando-se por toda sorte de detalhes. A chamada "Máscara de Agamenon", em ouro, lhe chamou especialmente a atenção. Era pura arte micênica. Flávio se sentiu orgulhoso.

Depois nos detivemos em uma cópia do "Vaso com patos", em terracota policromada, também grega, de quase 800 anos de antiguidade. Flávio assegurou que estávamos diante de uma peça autêntica. Não acreditei.

Dali nós passamos a uma excelente coleção de *kuroi* (estátuas masculinas) e *korai* (femininas). Os homens eram jovens e atléticos, totalmente nus.

João Zebedeu rangia os dentes e resmungava. "Estávamos pecando..." Isso ele murmurava às escondidas.

Depois, "Kuros de Melos", em um mármore com vida e a chamada "Dama de Auxerre" com a mão direita sobre o peito. Flávio tocou a pedra calcária com veneração. As lágrimas quase saltaram dos olhos.

Depois chegaram as de bronze: guerreiros e, sobretudo, o *Hoplitodromoi*.

Flávio, sensual, acariciou o pênis de um dos "guerreiros de Riace".

Depois os "discóbolos" (duas cópias em mármore e em bronze). Uma delas do escultor Mirón (?) e outra de Alcámenes (sempre segundo o judeu helenizado).

Uma hora depois entrávamos no que Flávio chamava de "A Via da Abundância" em memória de sua querida Pompeia. Tratava-se de outra longa galeria, igualmente com pórticos, com mais de cem estátuas. Contei 32 métopas, com uma excelente reconstrução da "centauromaquia", de Fídias, em mármore.

Incrível!

Mateus, com os olhos muito abertos, comentava:

– Quanto dinheiro...!

Contemplamos o "Nascimento de Afrodite", também em mármore e chegamos finalmente à peça favorita do dono da *domus:* um mármore branco e brilhante que representava o "Hermafrodita dormindo", do século II a.C.

Flávio, extasiado, percorreu com a vista os delicados perfis do hermafrodita, dormindo nos braços de um anjo (?).

Desta vez ele se rendeu às lágrimas.

A visita ao "museu" prosseguiu por mais uma hora.

O "urso" também perguntava pela lenda de cada peça. Flávio estava encantado. Até que enfim tinha encontrado alguém sensível...

Tiago não abriu a boca em todo o percurso.

Nem vi Tomé. Creio que ficou na entrada. Tinha os pés doloridos e aproveitou para jogar dados com alguns dos servos.

André seguiu junto com o Mestre, atento às suas palavras.

Após a visita na Via da Abundância, Flávio nos conduziu ao triclínio (sala de jantar), mas passando por um pátio a céu aberto, que nos deixou igualmente perplexos. Era uma espécie de peristilo, com uma importante piscina octogonal no centro. A dita piscina, em sua totalidade, foi elaborada em mármore amarelo (o *giallo antico* que adornava a entrada). No centro foi disposto um labirinto no qual, eu entendi, Flávio e seus convidados praticavam jogos aquáticos.

O Mestre permaneceu um bom tempo observando, perguntando e brincando com a água.

Era salgada.

Flávio ordenava seu envio, uma vez por semana, vinda do Mediterrâneo.

No tanque era possível ver conchas e caracóis vivos, todos levogiros...

E no centro da piscina, sobre uma base de metal, outra deliciosa cópia: "Os esposos", de Cerveteri, obra mestra da arte etrusca. Flávio a mandou talhar em quatro partes, como na original, com os bustos igualmente erguidos e sobre um colchão de terracota. As tranças da mulher foram pintadas em azul. Por quê?

Pouco depois nos integramos ao triclínio.

Ali nos aguardavam novas e desconcertantes surpresas. Sobretudo uma delas...

O salão de jantar era também espaçoso. Achava-se aberto até o peristilo. As outras três paredes eram espetaculares. Flávio não havia economizado na hora de decorá-las.

À direita e à esquerda cantarolavam dois *ninfeos* (fontes de grandes proporções que derramavam águas em três níveis).

Cada fonte havia sido trabalhada com mármores de diferentes origens e texturas. A água, ajudada pela pedra, se tornava azul, ou vermelha, ou verde... E como eu digo, cantava e sussurrava.

O resto dessas duas paredes era um gigantesco espelho de bronze, até o teto. E o teto, perto da cobertura, foi decorado com um formidável bronze polido de quase cem metros quadrados. Os espelhos proporcionavam luz e profundidade, quase até causar vertigem.

A parede frontal foi outra surpresa.

Flávio a decorou com um mural de dez metros de altura, e se apressou em nos explicar. Tratava-se, ao que podia parecer, de uma pintura, cópia da existente na chamada Vila dos Mistérios, também na cidade de Pompeia.[71] Assegurou que estávamos diante da representação de um casamento no estilo etrusco. E foi explicando o porquê de cada um dos 29 personagens, todos em tamanho natural: a bailarina nua vista de costas, a mulher que a penteia, uma escrava com uma bandeja de tortas de sementes de sésamo, a recém-casada, a figura alada que brandia um chicote, a criança que lê...

Em um primeiro momento não o vi.

E Flávio pediu que nos acomodássemos.

No centro do salão apareciam cinco triclínios ou divãs, em forma de ferradura, estofados em vermelho e branco, com as pernas torneadas em bronze, e os *fulcra*, ou apoios para a cabeça, também em bronze. Foi o único incômodo na visita ao *domus*.

O *nomenclator* deu as oportunas ordens, e outros servos, vestidos com túnicas vermelhas e brancas, todos homens, foram surgindo pelo peristilo e depositando uma mesinha de um só pé no centro de cada ferradura. Cada *monopodia* apresentava várias tigelas de prata nas quais se oferecia um refrigério. Flávio o chamou de *iantaculum* (algo parecido com um café da manhã bem leve).

Diante da dúvida de alguns dos discípulos, o anfitrião explicou que só se tratava de um pão molhado em vinho, com um pouco de alho e de sal.

Delicioso.

Jesus lambeu os dedos.

E Flávio aproveitou o respiro para agradecer ao Mestre por sua generosidade.

André não compreendeu, e Flávio esclareceu:

– Não é todo mundo, em Jerusalém, que está disposto a pisar nesta casa...

Creio que pude entender.

E continuei observando o lugar.

À minha esquerda se distinguia um *abacus*, um móvel negro, magnificamente trabalhado, de possível origem etrusca, no que Flávio fazia

---

71 Em 1900 se descobriu em Pompeia a chamada Vila dos Mistérios. Foi edificada no século III a.C. O grande afresco que cobre uma das paredes foi obra de um artista de Campânia, que viveu no século I a.C. A megalografia está sujeita a discussão. Para alguns se trataria da representação de um ritual de iniciação aos mistérios dionisíacos. Para Flávio era somente a imagem de um casamento etrusco. (N. do M.)

exibir uma louça de porcelana da Numídia. Cada peça – ele disse – estava avaliada em 10 mil sestércios.

Ao pé do afresco do casamento etrusco, em uma preciosa base de marfim à esquerda, distingui uma enorme ânfora. Parecia ática.

Perguntei e Flávio me levou até ela. Era ática de fato, pintada com o touro de Minos e Héracles. Disse que era obra de Lisípedes. Tampouco acreditei. Se fosse isso mesmo, a peça teria idade aproximada de 500 anos.

Ao passar eu descobri... Eu o vi durante um instante.

Flávio, entusiasmado pelo interesse daquele grego, me levou ao lado extremo oposto, também ao pé do grande mural, me mostrou uma caixa de madeira. Ali apareceu uma notável coleção de moedas antigas. Contei 55. Havia gregas, fenícias, egípcias, babilônicas... Flávio assinalou dois dos exemplares. Uma mostrava uma abelha. Era de ouro. Fora encontrada em Éfeso três séculos antes. A outra, em bronze, vinha de Corinto. Em um lado mostrava um cavalo galopando. No outro, uma cruz gamada. Flávio assegurou orgulhoso que tinha mais de 500 anos.

Contudo, a minha mente seguia ocupada com o que acabara de ver no afresco. Parecia-me familiar. Onde eu havia visto, ou ouvido anteriormente?

E retornamos ao triclínio.

A decoração do *cenatio iovis*, como o judeu helenizado gostava de chamar, havia sido complementada com uma estátua, em mármore amarelo, de quase três metros de altura, representando Héracles nu (provavelmente cópia do Héracles Farnesio). Flávio jurava por tudo o que era mais santo que era a original esculpida por Lisipo. Era difícil de acreditar...

E André recuperou o fio da meada da conversa:

– Por que dizes que não é todo mundo em Jerusalém que está disposto a pisar nesta casa?

Era óbvio, mas o anfitrião aclarou:

– Pelas minhas obras de arte...

E Flávio recordou aos discípulos o que a Lei Judaica dizia: o uso de imagens é proibido.[72]

---

72 O Êxodo (20, 4 e 20, 22) é inflexível: "... Não terás outros deuses diante de mim. Não farás para ti imagem esculpida, nem figura alguma do que há em cima no céu, nem embaixo na terra, nem nas águas debaixo da terra. Não te encurvarás diante delas, nem as servirás; porque eu, o Senhor teu Deus, sou Deus zeloso, que visito a iniquidade dos pais nos filhos até a terceira e quarta geração daqueles que me odeiam...". "... Então disse o Senhor a Moisés: Assim dirás aos filhos de Israel: Vós vistes que do céu eu vos falei. Não façais outros deuses comigo; deuses de prata, ou deuses de ouro, não os façais para vós."

O Mestre escutou, atentamente.

Depois, quando Flávio concluiu, expressou um pensamento generalizado em boa parte da nação judia:

– Se faz muito disso...

O Galileu estava certo. A norma contida no Êxodo tinha pelo menos 1.300 anos.

E Jesus arrematou:

– Os tempos mudam.

João Zebedeu protestou.

Jesus não prestou atenção e, dirigindo-se ao surpreendido Flávio, proclamou:

– Eu te anuncio, amigo, que existe um reino invisível e alado em que a beleza tudo ocupa...

– Mas Moisés disse...

– Insisto, Flávio: eram outros tempos. Moisés ficou justificado para evitar a idolatria. Hoje, em contrapartida e em tempos de mudança, não há que olhar a letra da Lei, senão seu espírito...

O judeu helenizado não sabia se ria ou se chorava. Estava desconcertado. Era a primeira vez que lhe falavam dessa forma.

– Em verdade eu vos digo, Flávio, que nesse reino só se adora a beleza...

Jesus se deteve por uns instantes. Deixou que a ideia os embebesse e prosseguiu:

– Nesse reino magnífico, ao qual vós chegareis, só se adora ao Pai, a máxima beleza...

– Queres dizer que...

– Quero dizer que chegará um dia – e dirigiu o olhar para quem isto escreve – no qual os homens saberão apreciar a arte e ninguém rasgará as vestimentas diante de uma imagem de mármore, de madeira ou de ouro...

Mensagem recebida.

Isso significava que os judeus não deviam fabricar imagens (de nenhum tipo), nem contemplá-las ou comercializá-las. A ordem, segundo interpretavam as escolas rabínicas, se referia a Yaveh e aos seus "servidores", entendendo pelos tais os anjos (fundamentalmente as *hayyot* ou "viventes" (já descritas nestes diários) e os *ofanim* (um tipo concreto de "mensageiro"). Os *ofanim* (que careciam de asas), os serafins e as *hayyot* ou "viventes" habitavam – segundo os doutores da Lei – em *arabot* ou no sétimo céu, o mais distante. Ali viviam junto ao Eterno. Porém, tampouco nisso se colocavam de acordo. Para alguns, os querubins podiam, sim, ser reproduzidos, já que não habitavam em *arabot*. De fato, no alto da arca da Aliança apareciam as imagens de dois querubins. (N. do M.)

– Em verdade eu te digo, Flávio: tudo é *bellinte*...

– *Bellinte?* A que te referes?

Jesus lhe explicou. *Bellinte* significa beleza mais a inteligência de Deus na hora de criar...

Flávio flutuava.

– Um Deus Azul!

E acariciou a peruca azul.

– Sabes qual religião pratica o Pai?

A súbita pergunta de Jesus nos desconcertou. Não sabia que *Abba* fosse religioso...

Interessante.

Os discípulos olharam uns para os outros. Flávio encolheu os ombros.

Foi João quem respondeu, não sei se em nome do resto:

– O Pai, naturalmente, professa a religião judaica...

O Mestre sorriu, maroto, e se apressou em explicar:

– O Pai pratica a religião...

Fez uma pausa e deixou todos no ar.

– A religião da arte!

Alguns discípulos protestaram, não estavam de acordo. *Abba* era judeu, com certeza.

O Galileu não fez comentários.

Flávio começou a iluminar-se e sussurrou:

– Necessito saber mais coisas desse Pai. Não é por acaso que estás aqui...

Então, não sei por quê, dirigi o olhar para aquilo que eu tinha visto no mural que representava o casamento etrusco. Casualidade?

Parecia-me familiar...

Um dos personagens (o menino nu) lia com atenção um pergaminho. Na parte do "livro" que dava a frente ao espectador, a quem via de fora, se podia ler: *Or gadol* ("Grande luz").

Não conseguia lembrar. Eu havia visto ou ouvido essas palavras...

Foi um aviso. A memória continuava falhando.

As visitas à *domus* de Flávio, o judeu helenizado, se prolongaram, como dizia, durante dez dias.

A cada manhã nós viajávamos a Jerusalém e regressávamos a Betânia no fim da tarde, ao pôr do sol.

João Zebedeu não voltou àquela casa, salvo em uma ocasião. Não suportava as imagens. Foi isso que ele disse.

Pela *domus* desfilaram numerosos judeus e pagãos, todos notáveis e todos curiosos.

Os rumores sobre Jesus de Nazaré continuavam à solta, rodando, e a que velocidade!

As ameaças de Anás, o ex-sumo sacerdote, não demoraram em infiltrar-se, e o povo começou a fazer apostas. O prestígio do Mestre entre as pessoas mais simples, que odiavam os corruptos sacerdotes, se elevou consideravelmente.

Os discípulos, através do conselho de Pedro, redobravam a guarda às portas da fazenda de Lázaro. Ali os únicos tranquilos eram *Zal* e a *Cipriota*.

Pelo que cheguei a observar, a maior parte dos que compareciam para conversar com o Galileu era formada de notáveis temerosos, que não desejavam ser vistos em público com o Mestre. Era compreensível. O Filho do Homem havia sido acusado de blasfêmia e nada menos do que pelas castas sacerdotais. Como já expliquei em seu momento, era o sacerdócio o que movia os dinheiros na Cidade Santa e no resto do território. Ninguém estava interessado em colocar-se mal com aqueles sujeitos...

Jesus conhecia essas circunstâncias e, ainda assim, recebeu todos aqueles que se apresentavam à *domus*. Foi amável e discreto. Jamais perguntou nomes. Limitava-se a observar seus interlocutores e a responder às perguntas.

Falou com clareza sobre o Pai Azul e sobre sua nova e revolucionária visão de Deus.

Em nenhum momento eu o vi temeroso. Foi valente, como sempre. Não atacou as ideias dos judeus, mas deixou os visitantes com uma saudável dúvida.

A maioria não conseguia entender. Do mesmo modo que acontecia com os discípulos, eles se encontravam presos, cravados às ideias ancestrais, cada qual mais obscura, densa e desgastante. Não era fácil mudar a filosofia de um Yaveh justiceiro e vingativo por um Pai benéfico que, além disso, presenteava com a imortalidade.

Alguns daqueles notáveis não voltaram à casa de Flávio.

Jesus também falou do reino invisível e alado e da necessidade de "ler" o espírito da Lei: o amor que nos rodeia passando primeiro pelo amor de si mesmo.

As perguntas foram constantes. Todos desejavam saber. Quase todos se sentiam insatisfeitos, a rigidez da Lei mosaica (Moisés) era tal que não permitia olhar ao mundo interior do indivíduo.

Jesus os animou.

Solicitou uma vez mais que "desaprendessem". Era a chave, o código. A busca por Deus e, definitivamente, da felicidade, é uma questão pessoal, uma experiência única, que ninguém viverá por nós. Não importa como isso será feito. O que conta é o resultado: achar o Pai, saber que somos seus filhos e consequentemente que somos – fisicamente – irmãos.

E repetiu sem cessar: *Abba* presenteia a vida e presenteia a imortalidade. Aconteça o que acontecer. Independentemente do que façamos. Não importa o que falarmos. Tudo está medido. Tudo obedece a uma ordem benéfica, ainda que não estejamos capacitados (agora) para entender.

E pediu, simplesmente, que pensassem.

– Soltai as amarras!... Naveguai rumo ao novo reino!... Apressai-vos!... Não percais vosso tempo escrutinando a letra da Lei!... O pai está em vosso interior!... Ele vos guiará!... Ele é o melhor piloto!

Nesses dias, como eu digo, foram formuladas muitas perguntas. Eu me lembro de algumas...

Um tal Jacó, mercador judeu de Creta, expôs ao Mestre um dilema interessante: "Os profetas falam de um Yaveh ciumento, destrutivo, que odeia os ímpios e é implacável com os que não cumprem a sua Lei. Esse Deus é discriminador. Manda matar sem cessar. Todos o temem. Em contrapartida escuto falar aqui de um Deus Pai bondoso, que não leva tudo à risca e que presenteia sem pedir. Um desses deuses não é o certo. Podes me dizer qual é?"

O Mestre respondeu assim:

– O Pai é imutável... Nunca muda.

E acrescentou:

– É o ser humano que modifica a percepção de Deus. Antes era necessário um Deus de justiça. Agora se avizinha um tempo de amor... Hoje estamos mais próximos da verdade, da mesma forma que o ancião está cada dia mais próximo da realidade... Eu vos anuncio uma nova concepção desse Deus grande e benéfico. Ele me envia...

Entendemos mais ou menos.

Em outra oportunidade lhe perguntaram: "Como estaremos certos de que tu és um enviado e que esse reino invisível e alado existe?"

– Todos terão comprovado alguma vez – replicou Jesus com segurança. – Quando a verdade se aproxima, algo se estremece no interior. O coração treme, ainda que não saibamos por quê...

Eu lhe dei razão. E me recordei de Ruth.

– O que desejas saber... – prosseguiu o Galileu – é como o enamorar-se. Não há palavras. Se sente. Está aí, ainda que pareça difícil descrevê-lo... Com o novo reino acontece o mesmo. Quando se incorpora a ele, tudo faz sentido.

E concluiu com uma frase que me deixou atônito:

– Aquele que ama ao próximo..., me pratica.

Flávio, atentíssimo, aproveitou o momento e as palavras do Filho do Homem e perguntou sem rodeios:

– Mestre, tu estás apaixonado?

Jesus foi igualmente rápido na resposta:

– Não no sentido tradicional...

– De verdade?

– Nunca minto, Flávio.

– Como é possível? Tu és extraordinariamente atraente... Não acredito nisso...

Jesus sorriu, mas não disse nada.

– Tu gostas dos homens, como eu?

Quem isto escreve estava desconcertado. Nunca havia falado com o Galileu sobre esses assuntos...

– Não, Flávio – respondeu Jesus com delicadeza. – Não gosto dos homens no sentido que tu concebes...

– Não compreendo...

– É bem simples, querido amigo. Não vim ao mundo para suscitar descendência, ainda que esteja no meu direito. Estou aqui para aquilo que já sabes: para despertar o ser humano...

– E alguma mulher, ou homem, já se apaixonou por ti?

Jesus desviou o olhar para quem isto escreve. Captei sua impotência. Ninguém parecia entender as suas palavras.

Mas Jesus foi sincero como sempre:

– Uma vez, sim...

– Uma vez o quê?

– Aconteceu de uma mulher se apaixonar por mim...

– Tu poderias falar-me dela?

Foi a única vez que o Mestre se negou a responder. Eu conhecia o nome e a história dessa mulher: Rebeca, de Nazaré...[73]

---

73 Ampla informação sobre Rebeca em *Cavalo de Troia 4 – Nazaré.* (N. de J. J. Benítez.)

Flávio compreendeu e aceitou a negativa.

Na quinta-feira, 24 de abril, apareceram na *domus* dois velhos conhecidos. Chegaram como os demais, intrigados e curiosos. Também o fizeram às escondidas, pelo menos a princípio...

Um era Nicodemos, o escriba e fariseu, a quem eu havia conhecido em maio do ano 26, quando interrogaram Yehohanan.

Cumprimentou-me, desconcertado. "Aquele grego estava em todas as partes..."

O outro era José de Arimateia, com quem me encontraria coincidentemente no ano 30 e por motivos bem diferentes.[74]

Obviamente não me reconheceu.

E se sentaram, como faziam diariamente, perto do Galileu, atentos a seus gestos, suas palavras e até aos seus silêncios.

Nos primeiros instantes, ainda que eu conhecesse o desenlace final, cheguei a pensar que eram informantes. Eu me equivoquei. Tanto Nico como o de Arimateia estavam ali a título pessoal, e, como eu digo, por curiosidade.

A princípio não perguntaram.

Na segunda-feira, dia 28, Nicodemos, homem instruído (não era em vão um *hakam* ou "doutor ordenado"), formulou uma primeira pergunta a Jesus de Nazaré.

– Rabi, sabemos que és um mestre, enviado pelo Santo, bendito seja seu nome, posto que nenhum homem simples poderia ensinar como tu o fazes. Como posso conhecer mais detalhes desse reino invisível e alado?

Se não me falha a memória, era a primeira vez que o Mestre falava com Nico. E o fez com naturalidade, como se fosse um a mais. Jesus esqueceu (?) que se achava na frente de um fariseu.

– Em verdade te digo, Nicodemos, que se o homem não voltar a nascer do alto não compreenderá...

---

74 Segundo consta nos diários do Major, "José, o de Arimateia, era um nobre decurião (uma espécie de assessor do Sinédrio, em virtude de sua riqueza e estirpe nobre), membro de um Beth Din inferior (um dos tribunais de Jerusalém). Tratava-se de um personagem de grande prestígio. Sua disposição liberal, fruto, sem dúvida, de suas viagens pela Grécia e pelo Império Romano, lhe conduziu aos ensinamentos de Jesus de Nazaré. Nasceu na aldeia de Arimateia (hoje Rantís, ao nordeste de Lidda), ainda que sua vida tenha transcorrido fundamentalmente na Cidade Santa. Era um *euschēmōn* (um rico fazendeiro) que havia feito fortuna graças aos negócios de construção. Dispunha de uma importante casa em Jerusalém. No ano 30, como foi escrito, mediante as irregularidades cometidas por alguns dos membros do Grande Sinédrio, José de Arimateia se apressou em informar Jesus e os discípulos do complô existente contra o Filho do Homem". (Ampla informação em *Cavalo de Troia 1 – Jerusalém.*) (N. de J. J. Benítez.)

Nico, como quase a totalidade dos judeus, interpretava as palavras literalmente. Obviamente, não entendeu. E voltou a perguntar:

– Como isso pode ser? Sou velho. Como posso entrar pela segunda vez no ventre da minha mãe?

O Filho do Homem ficou olhando, e moveu a cabeça, negativamente. Fez-se um grande silêncio. Flávio e o de Arimateia estavam atentíssimos.

– Quando o vento sopra – o Galileu respondeu –, tu o sabes porque escutas o rumor das folhas ou porque vês como se movem. E eu te pergunto: podes ver o vento?

Nicodemos negou no mesmo instante.

– Em verdade eu te digo que o Espírito é como o vento. Desce sobre a carne, mas ninguém o vê. Isso é nascer do alto: compreender que a verdade é derramada... gratuitamente.

Nico o olhou com assombro.

– Nascer de novo é despertar o Espírito que movimenta a alma.

– Não compreendo, rabi...

– E tu és mestre de Israel? Por que não ensinas essas verdades superiores? Terás a coragem necessária para crer em mim?

Nico silenciou-se.

– Em verdade eu te digo que o Pai já está em ti... Ânimo! Deixa-te guiar pelo Espírito que habita em ti e, em breve, começarás a ver com os olhos da alma. A realidade que contemplarás nada tem a ver com a que conheces agora...

– Mas, como posso? – titubeou o escriba – Como...?

O Galileu foi categórico:

– Confia e desaprende!... Abandona-te nas mãos de *Abba*! Deixa que Ele faça o seu trabalho!

E insistiu:

– Desaprende!

Nicodemos continuou observando o Mestre. Os dedos nervosos seguiam enredados nas barbas. Acreditei saber quais eram seus pensamentos: "Que diz esse insensato?... Depois de tantos anos, de tanto esforço e de tanto estudo, pretende que se esqueça tudo?"

Jesus havia semeado a semente da dúvida. Era um primeiro e promissor passo...

Foi a partir daquela segunda-feira, 28 de abril, que os rumores se precipitaram. A fazenda de Lázaro se tornou um manicômio.

Todo mundo dizia saber de fontes seguras. Todos falavam da iminente apreensão judicial do Galileu por parte da polícia do Templo. "Os levitas já estão em Betânia", gritavam.

Falso.

Maria chorava.

Lázaro, desesperado diante da intensidade dos boatos, chegou a propor ao Mestre que pegasse a *reda* e fugisse da Galileia, ou pelo menos para a cidade de Filadélfia, do outro lado do Jordão. Ele tinha amigos na região de Decápolis. O poder de Anás e dos sacerdotes não chegava tão longe.

Jesus ouviu os conselhos, mas não fez comentários.

Ninguém sabia quais eram as suas intenções.

A histeria foi tamanha que Judas Iscariotes, não dando importância e se fazendo omisso das prudentes palavras de André, recuperou sua *gladius* e começou a afiá-la.

Jesus o viu, mas não disse nada.

O Zelote e João Zebedeu, auxiliados todo o tempo por Pedro, traçaram um plano de defesa na fazenda, com duas ou três "saídas de emergência" (eufemismo muito próprio de João). Fugiriam para Decápolis, como havia sugerido Lázaro.

Quem isto escreve não saía do assombro.

Se as ameaças de Anás se cumprissem e ele enviasse suas forças para pegar o Filho do Homem, como pretendiam se defender de todo um exército de levitas, armados com porretes?

Nada disso foi contado. Provavelmente não interessava...

No dia seguinte, terça-feira, dia 29, enquanto se alimentava no café da manhã, o Mestre deixou claro que visitaria de novo a *domus* de Flávio, na cidade baixa de Jerusalém.

Pedro e o resto permaneceram mudos, mas só durante alguns segundos. Recuperados da surpresa inicial, explodiram. E se formou outra confusão.

Tratavam de dissuadir Jesus. Os levitas estavam por chegar. Lutariam.

Pedro ia e vinha, solicitando a aprovação geral. Uns o apoiavam. Outros hesitavam. Os gêmeos seguiam ordenhando a *Cipriota*. Felipe movia a cabeça, desaprovando as "loucas ideias de Pedro".

O Galileu seguiu em silêncio, esvaziando a tigela de leite quente.

Não disse uma palavra, foi o melhor que pôde fazer...

Saiu pela porta de trás da cozinha e desapareceu.

Imaginei que se dirigia à Cidade Santa.

Os discípulos continuaram discutindo o plano de defesa, até que se deram conta da ausência do Galileu. Durante alguns instantes ficaram paralisados. Depois, em vez de sair atrás Dele, se amontoaram uns por cima das opiniões dos outros, acusando-se de "não estarem preparados".

O que fariam?

Sairiam à sua procura? Onde? Deveriam ir à casa de Flávio?

E o medo os absorveu.

Refugiaram-se na polêmica e ali permaneceram.

Na minha opinião, foi um dos momentos mais vergonhosos do "colégio apostólico". Deixaram Jesus à mercê dos levitas, supondo que os rumores estivessem certos...

Por isso nenhum evangelista escreveu nada.

Eu me apressei a sair da fazenda e caminhei rápido até a *domus*.

Eu não estava errado. Jesus compareceu pontualmente à reunião com Flávio e com os curiosos e os notáveis habituais. E conversou com todos eles em absoluta normalidade.

Não percebi nada de incomum. Ninguém fez alusão às ameaças do ex-sumo sacerdote. Ninguém parecia temeroso. Se os boatos fossem certos, Flávio teria insinuado algo.

E permaneci atento, se por acaso...

Nessa manhã, estávamos na sexta hora (meio-dia), à hora do refrigério, quando nosso anfitrião nos conduziu ao peristilo. Queria nos mostrar algo.

Por detrás da piscina octogonal, na face leste, Flávio havia aberto uma destacada coleção de relógios de sol.[75] Pude contemplá-los em outras ocasiões. O judeu helenizado era um sujeito obcecado pelo tempo: melhor dizendo, pelo passar do tempo. Odiava envelhecer. Para ser exato: aterrorizava-lhe essa ideia...

Ali eu contemplei quadrantes solares hemisféricos, comprados na velha Roma, delicadamente trabalhados em pedra, e também relógios construídos com rodas de carros, rosetas, e até mesmo em lápides funerárias. Um de seus favoritos era um relógio esférico, em mármore, adquirido na distante Hispânia. A esfera era uma representação da abóboda celeste. Nessa área fora gravada uma série de linhas que indicavam o solstício de inverno e do verão, e os equinócios da primavera e outono. Outras 11 linhas (traçadas do alto para baixo) dividiam a esfera em 12 partes (círculos horários).

---

75 O relógio solar indica a hora temporal durante o dia, graças à sombra produzida pelo Sol. A clepsidra, ou relógio de água, era um recipiente, devidamente marcado, que registrava as horas conforme se esvaziava. Os minutos e os segundos, como eu já expliquei em seu momento, procedem da divisão sexagesimal do grau (invento dos astrônomos babilônicos). (N. do M.)

Era um prodígio e uma beleza. Contava as horas romanas, muito diferentes das astronômicas. Era um dos modelos de relógio "tiberiano". O imperador o contemplava diariamente (especialmente em seu retiro, em Capri).

Flávio havia conseguido reunir igualmente um bom número de clepsidras, assim como esferas de Arquimedes. Algumas das clepsidras, seguindo as orientações de Vitrúvio, eram capazes de mover figuras (Flávio as chamava de "autômatas").

Fiquei maravilhado.

Uma delas era uma genialidade. Além de medir o tempo, a clepsidra, chamada "de leão" (?), dispunha de uma série de discos giratórios que apresentavam uma cúpula celeste (em projeção estereográfica), oferecendo assim o movimento diário das estrelas fixas.

Flávio era um especialista em "gnomônica"[76] e um hábil construtor de relógios solares. Havia aprendido a dialogar com o Sol e com as estrelas, como escreveria Portaluppi em sua obra *Gnomónica Atellana* (1967).

Pois bem, como eu dizia, o judeu helenizado desejava nos mostrar sua última aquisição em matéria de relógios...

Quando nos inteiramos da peça, fiquei perplexo. Como era possível?

Flávio mostrou, orgulhoso, um dos inventos da escola "gnomônica" de Alexandria: um "autômato" fabricado em metal, com sete faces e sete pés igualmente de bronze. O "invento" media um metro de altura. Uma complexa engrenagem permitia conhecer a posição do Sol, da Lua e das estrelas. A parte inferior indicava as horas e os dias do ano (incluindo as festas judaicas e romanas). Na região superior, outros sete discos proporcionavam informação sobre a Lua e os planetas conhecidos. No total – segundo Flávio – eram 170 peças.

Como eu digo, assombroso...

Eu o olhei e olhei novamente, incrédulo.

A história está com um erro, uma vez mais.

Não é certo que o primeiro testemunho de um relógio mecânico seja no ano 1283 da nossa era. Isso dizem os ingleses...

---

76 A "gnomônica" pode ser definida como a arte de medir o tempo graças às sombras produzidas pelo Sol e por outros astros. Trata-se do estudo dos movimentos do Sol e as relações matemáticas e geométricas existentes entre as diferentes magnitudes astronômicas. "Gnomônica" se origina do elemento básico dos relógios solares: o estilo, varinha, indicador ou *gnômon* ("juiz", em grego, ou "o que tem conhecimento"). Mais que colecionadores, os "gnomonistas" eram autênticos cientistas, no sentido atual do termo. Eram chamados também de "buscadores do meio-dia". (N. do M.)

Quem isto escreve se achava diante de um modelo muito anterior.

Mas eu voltei a desviar-me do assunto...

Jesus inspecionou o "autômato" com curiosidade e acabou piscando um dos seus olhos na minha direção.

Foi ali mesmo, diante dos relógios solares e das clepsidras, que Flávio interrogou o Mestre sobre um assunto... delicado. Eu diria que delicadíssimo.

– Por que nós envelhecemos, Mestre? O que é o tempo?

O Galileu ficou sério. Permaneceu em silêncio durante uns segundos. Passeou para cima e para baixo, contemplando os artefatos e acreditei entender a sua impotência na hora de dar uma explicação medianamente compreensível para a mente humana. Não tinha outra saída senão apelar para os exemplos. Definitivamente, praticar o que Ele chamava "aproximação da verdade". Era como se este explorador tivesse que tentar explicar nossa "viagem" ou a realidade dos *swivels*[77] aos gêmeos Alfeu ou ao próprio Flávio. Como se pode fazer alguém compreender que a luz precisa de oito minutos para chegar até o Sol, ou que, em 1973, eu poderia falar de Jerusalém com outra pessoa, localizada em Roma e em tempo real?

No entanto, Jesus de Nazaré não gostava de refugar as perguntas. Quase sempre respondia. Outra questão é se seus interlocutores compreendiam ou não. E eu me incluo nisso...

Finalmente, colocou-se à frente de Flávio, pôs as mãos sobre os ombros do inquieto judeu e proclamou com ternura:

– Por que tu te preocupas com o tempo se, na verdade, és imortal?

– Não gosto de envelhecer...

– Envelhecer é dar passos de encontro à eternidade. Tu deverias sentir-te feliz...

– Oh!

Flávio e o resto estavam desconcertados.

– Mas o que é tempo? Por que ninguém conseguiu enjaulá-lo?

O Mestre sorriu com benevolência.

– Poderias enjaular a mar?

Curioso. Não sei se já me referi a isso. O Galileu sempre se referia ao mar no feminino. Enfim, vamos em frente...

– Não poderia, rabi...

– Com o tempo acontece a mesma coisa. Não tentes controlá-lo. Deves desfrutar dele! Sei que o fazes e que vives o momento. Essa é a verdadeira sabedoria.

---

77 Ampla informação sobre os *swivels* em *Cavalo de Troia 1 – Jerusalém*. (N. de J. J. Benítez.)

– Mas...

– Não te ocupes em analisar o que não podes compreender... agora. O tempo é uma criatura do Pai, outra mais... O tempo foi criado com dois objetivos: embeber a matéria e permitir que tu te aproximes dele. Tu és um nascido do tempo.

– Ah!

– Experimenta a vida e o tempo! Faz o que digo porque nenhum deles regressará...

Meditou no que ia dizer e o disse:

– Quando chegares ao reino invisível e alado, não haverá tempo. Essa criatura ficará abaixo...

– Não poderei medir nem estudar o tempo?

Jesus sorriu de um modo travesso e comentou:

– Deixa que o Pai te surpreenda...

Gostei das imagens: "nascer do tempo" e "aproximar-me do tempo". Sim, são razões que justificam a vida.

Flávio terminou perdido, mas se agarrou a uma das informações proporcionadas pelo rabi:

– Não há tempo depois da morte? Não há tempo no *šeʾol*?

O *šeʾol* para os judeus era o mundo do além-túmulo.[78] Ali as almas permaneciam durante um tempo.

Jesus prescindiu de um sorriso que habitualmente lhe acompanhava e declarou:

– Esse lugar, amigo Flávio, não existe...

O judeu helenizado ficou desconcertado. E o resto também.

E o Mestre foi preciso:

– Pensais que um Pai Azul e benéfico é capaz de imaginar um lugar como esse? Acreditais que um Ser que pratica a arte condenaria seus filhos às trevas ou ao fogo eterno?

---

78 Como já tenho comentado em outras ocasiões, para os judeus a morte não significava a separação de corpo e alma. Ambos viajavam ao *šeʾol*, um lugar remoto, frio e escuro, que guarda certa semelhança com o inferno para os católicos. *Nefeš* (alma) era julgada num prazo de 30 dias. E outro tanto acontecia com o corpo. No dia da Ressurreição – segundo as escolas rabínicas –, uma voz celestial ressoará sobre os cemitérios, gritando: "Despertai-vos de vosso sono e entonai louvores, aqueles que repousais sob a terra, porque o orvalho que cai sobre vós é um orvalho de luz...". Outra tradição judaica assegurava que se o morto havia levado uma vida digna, os parentes e amigos se mostrariam para eles, transbordantes de alegria. Se o moribundo não era digno, só "via" os amigos e familiares condenados, convertidos em tições em combustão. Sobre a morte rondavam dezenas de crenças, cada qual mais singular que a outra. (N. do M.)

Abro um parêntese.

Não há como remediar.

São falsas todas as frases sobre o inferno atribuídas ao Mestre. Penso, por exemplo, em Mateus (23, 33 e 25, 41). Nos primeiros versículos, o Galileu disse, supostamente: "Como tu váis escapar da condenação da *gehenna*?" (referindo-se aos fariseus). E, no segundo, o evangelista escreve: "Então dirá também aos que estiverem à sua esquerda: Aparta-os de mim, malditos, para o fogo eterno, preparado para o Diabo e seus anjos".

Falso.

Jesus de Nazaré jamais pronunciou palavras assim.

Fecho o parêntese.

O Mestre compreendeu. Era belo demais e demais complexo para as pessoas amarradas às leis mosaicas. Tinha que ir passo a passo.

E deixou que Flávio continuasse perguntando.

– Então, segundo o que tu dizes, não devo temer a *Duma*...

Duma é uma criatura (parecida com um anjo), cuja função era tomar a alma do ser humano e jogá-la no inferno.[79]

– Não deves temer..., a ninguém.

– Mas eu tenho sido pecador – retificou. – Sou pecador... Que será de mim após a minha morte?

– Viverás!

Flávio abriu a boca, perplexo.

O Filho do Homem recuperou o sorriso e prosseguiu, devotando-se às incertezas:

– Ninguém te julgarás pelo que tu tenhas escolhido.

– O Santo, bendito seja, não me julgará?

Jesus riu, divertidamente.

– Nem o verás...

– Como é isso?

Havíamos falado no Hermon...

– A estrada que leva ao Paraíso, ao encontro com *Abba*, é uma longa viagem...

E esclareceu:

– Cheia de surpresas... Todas boas.

---

79 *Duma* expressa "silêncio". Nas Sagradas Escrituras pode-se ler duas vezes *Yorede Duma* (os que tenham ficado em silêncio). Era outra interpretação do *še'ol* ou morada dos mortos. Assim o ratifica o Livro dos Salmos (94, 17). (N. do M.)

Alguns dos notáveis rejeitaram as afirmações do Homem-Deus.

Jesus captou e insistiu:

– Após a morte, ninguém julga ninguém... Ao despertar vereis que tudo está correto.

– E o que tu dizes sobre os ímpios? – perguntou um dos notáveis.

– Ali não existe essa diferença.

– Não há maus?

– Não.

Aquele "não" foi instantâneo. Caiu como uma tonelada de mármore sobre o ânimo dos que estavam presentes. Jesus, em determinados momentos, era implacável.

Aceitei a sua palavra, naturalmente.

Devo reconhecer: injetando esperança, Ele era único.

– Despertar? A que tu te referes?

– A morte é só um sonho... A isso eu me refiro.

A volta para Betânia foi tranquila.

Os ânimos na fazenda haviam sossegado, relativamente.

Judas continuava afiando as espadas. Agora eram as dos companheiros.

Ninguém perguntou nada, nem houve nenhum comentário. André havia chamado a atenção de todos...

E clareou a quarta-feira, 30 de abril (ano 27); outra data para a história, jamais mencionada nos evangelhos.

Tentarei não me apressar...

Aquele dia amanheceu às 4 horas, 50 minutos e 12 segundos, segundo os relógios do "berço".

Jesus manifestou seu desejo de voltar a caminhar até a *domus* de Flávio, em Jerusalém, e os discípulos, não desejando repetir as desagradáveis cenas do dia anterior, se ajustaram aos prudentes conselhos do solícito e discreto André. A solução desenhada pelo chefe dos íntimos contemplava que o Mestre fosse e voltasse, mas sempre sob a atenta vigilância da *tabbah*, a guarda selecionada por eles mesmos, formada pelos irmãos Zebedeu e por Pedro. A escolta não deveria perdê-lo de vista.

Jesus, como era o seu habitual, não interviu nesses assuntos domésticos.

Naturalmente a *tabbah* caminharia a seu lado e fortemente armada.

O resto do grupo permaneceria na fazenda, atento a qualquer contingência. Em caso de extrema gravidade – "se os levitas aparecessem em Betânia" –, parte do grupo procuraria Jesus. Eles se reagrupariam na "Selva", a propriedade de Kbir, na Betânia do Jordão.

Aquilo parecia uma operação militar da qual, no cúmulo dos cúmulos, o líder (Jesus de Nazaré) não participava, nem desejava fazê-lo...

E já era a quinta hora (11 da manhã) quando alcançamos as colunas de mármore amarelo da entrada da casa de Flávio. Pedro e João Zebedeu decidiram permanecer na porta, "vigiando".

Não era toda a verdade. Pedro e João não desejavam entrar na *domus* por duas razões: pelas imagens ali reunidas e pelo fato de que Flávio era um homossexual assumido publicamente. Se eles entravam, pecavam, e isso representava o abono (um pago) de uma quantia em dinheiro ao Templo. Para obter a absolvição, segundo a lei oral, deviam providenciar uma *méah* (quatro asses) para cada falta. O problema se tornava mais agudo ao ter em conta que cada olhada para uma imagem proibida se considerava pecado...

Tiago, mais sensato, acompanhou o Mestre ao interior da *domus*.

Ali esperava outra surpresa, francamente desagradável...

Nicodemos, José de Arimateia e outros dez notáveis, todos de Jerusalém, discutiam acaloradamente. Mostravam-se muito nervosos.

Aquela cena, no meio do salão de jantar, não tinha nada a ver com o que fora vivido nos dias precedentes.

Flávio escutava, pálido.

Nico elevava a voz cantante e apontava para um pergaminho enrolado que o dono da casa sustentava na mão esquerda.

O que estava acontecendo?

Ao nos ver chegar, emudeceram.

Os olhares se dirigiam ao Mestre. Este seguiu caminhando pelo peristilo, em direção aos divãs do triclínio.

Flávio tratou de ocultar o pergaminho mas, nervoso, não achou o vão da manga onde iria escondê-lo, e o rolo caiu ao chão, rodando entre os pés dos triclínios.

O judeu helenizado fez menção de ir buscá-lo entre os pés de bronze, mas Jesus, atento, se adiantou. Pegou o pergaminho e foi entregá-lo a Flávio.

Este titubeou. Deu um meio sorriso e desviou a vista para seus colegas.

Tiago Zebedeu e quem isto escreve trocamos olhares.

O que ocorria na *domus*? Por que aquelas expressões tão estranhas?

Não houve palavras. Ninguém correspondeu aos cordiais cumprimentos do Galileu.

O Mestre se deu conta na mesma hora.

Era chumbo, um ar pesado que se respirava no triclínio.

Mas aguardou...

Segundos depois, Nicodemos, com a voz insegura, se dirigiu ao Filho do Homem e expôs o problema.

Ninguém se sentou.

No fim da tarde, do dia anterior, segundo o que eu entendi, o Grande Sinédrio havia se reunido a portas fechadas para discutir o que acontecera no átrio dos Gentios na manhã do dia 10 de abril. Anás esteve presente nas deliberações. Discutiram sobre as supostas blasfêmias de Jesus e chegaram a um acordo. Essa resolução, segundo o escriba e fariseu, membro também do citado Grande Sinédrio, se achava registrada no documento que Flávio portava.

Comecei a tremer.

Fez-se de novo um espesso, espessíssimo silêncio, e Nicodemos estimulou o dono da *domus* para que entregasse o rolo ao Mestre.

Flávio esticou o braço e depositou o pergaminho nas mãos do Filho do Homem. A peruca azul tremia.

Mais silêncio.

Jesus desenrolou o pergaminho e começou a ler.

Fez isso tranquilamente.

Não vi lhe tremerem as mãos.

Não pestanejou.

Uma vez lido, permaneceu com o rosto grave. Passeou o olhar entre os notáveis e todos, sem exceção, baixaram o rosto. A maioria, pelo que fui averiguando, tinha estado presente na referida assembleia.

Finalmente, o Galileu passou o pergaminho a Tiago Zebedeu.

Este leu com avidez, mas tampouco fez algum comentário.

E, subitamente, o Zebedeu se distanciou e foi para a porta de entrada. Ele foi com o pergaminho na mão.

Ninguém chamou a atenção de Tiago.

Jesus continuou em silêncio, observando os ali reunidos.

Deus meu! Que situação incômoda.

O que estava acontecendo?

Uns poucos minutos depois, vi chegar a *tabbah*, completa.

Pedro entrou, tropeçando. Lia enquanto caminhava.

E os três se situaram ao redor do Galileu, como se o estivessem protegendo. Mas do quê?

Pedro terminou e passou o rolo a João.

A nova leitura foi breve. E João bramou:

– Bastardos!

Pedro interrogou os notáveis:

– Isso é verdade?

Assentiram.

E Nicodemos, o escriba, assinalou:

– Está assinado por 53 dos 72 membros do Sinédrio.

E esclareceu:

– Dezenove de nós nos negamos a assinar semelhante despropósito...

– Que devemos fazer?

A pergunta de Tiago era a chave.

Jesus acabara por sentar-se em um dos divãs. Estava pálido. O que foi lido no pergaminho tinha que ser especialmente grave...

E teve início outra árdua discussão, similar à que presenciamos ao ingressar na *domus*.

Os únicos mudos eram o Mestre, Flávio, Tiago Zebedeu e este explorador.

Finalmente me aproximei de João Zebedeu e solicitei o rolo.

E li atônito:

"Ano 3787 do Santo, bendito seja..."[80]

"Os que entregam seu nome, após considerar a santa Lei, estimam que Jesus, construtor de barcos em Nahum, deve comparecer ante este sagrado tribunal para dar conta de seus pecados contra o Santo, bendito seja seu nome."

"Esta corte mobilizará os meios necessários para que a Lei seja satisfeita e o tal Jesus, filho de José, sujeito a domínio."

Ao final do escrito estava escrito: *He'têc* (cópia).

Ao pé estava o nome dos 53 sinedritas que estavam de acordo com o procedimento da captura de Jesus. Eu recordo todos: Zacarias ben Quebutal, Jolí Kufrí, Yehohanan ben Zakay, Yehudá ben Betera, Simeón ben Gamaliel, Nahum, Eleazar ben Dolay, Dostay Kefar, Yehudá ben Tabay...

Para que prosseguir...

Como eu imaginava, era uma ordem de caça e captura do Filho do Homem. O primeiro "ataque oficial" contra o Mestre. O primeiro ataque sério e estruturado das castas sacerdotais, dos escribas, dos saduceus e

---

80 Os judeus, como eu já expliquei em seu momento, tinham seu próprio calendário. Estimavam que o dia primeiro da criação fosse 7 de outubro de 3761 a.C. Roma tinha seu próprio calendário, estabelecido por Julio César ("juliano"), reformado posteriormente pelo imperador Augusto. Deste último procede nosso ano de 12 meses, com ciclos de 365 dias e um quarto ano (bissexto) de 366. (N. do M.)

dos "santos e separados" (fariseus) contra este dócil e maravilhoso Jesus de Nazaré.

Os problemas, efetivamente, se aproximavam como hienas famintas...

"Sujeito a domínio", segundo Nicodemos, era uma expressão habitual no jargão jurídico do Sinédrio e das autoridades religiosas judias. Queria dizer que o detido podia ser torturado, desterrado ou executado. Qualquer um que se negasse a colaborar com o Sinédrio, ou dificultasse o seu trabalho, ficava "sujeito a domínio".

Os notáveis, sem exceção, suplicaram ao Mestre que abandonasse a cidade, imediatamente.

Não havia tempo a perder.

A polícia do Templo o procuraria (se é que já não estava fazendo isso).

Saímos da *domus* pela porta lateral e com grandes precauções.

Pedro ficou na frente, com a mão esquerda permanentemente apoiada na empunhadura da *gladius*. Os Zebedeu caminharam por trás do Filho do Homem. Eu fechava a comitiva.

Ninguém falou na viagem de regresso a Betânia.

Jesus parecia ter pressa.

O que o Destino nos reservava?

Na fazenda, por sorte, todos agiram com presteza.

O Mestre organizou uma reunião com Lázaro e com André.

Todos aguardavam, impacientes.

Por último, o chefe dos íntimos chamou Felipe e o instruíram sobre a marcha. Ninguém protestou, no momento.

A *reda* foi carregada com o imprescindível e aguardamos o cair do sol.

Foi então, enquanto Felipe amarrava a cabra colorida ao carro, que Judas se apresentou diante de André e exigiu que lutássemos. O chefe desbaratou as loucas intenções do Iscariotes com uma frase: "Pretendes que 12 espadas enfrentem 12 mil bastões?"

Todos se mostraram de acordo. O exército de levitas os esmagaria, em caso de luta.

Fugir era o mais inteligente...

André me explicou durante o percurso. Jesus não desejava enfrentamentos (de nenhum tipo). Tinham que partir de Jerusalém e buscar refúgio em regiões nas quais o Grande Sinédrio não tivesse influência.

E com o ocaso (pouco depois das 18 horas), entre abraços, a pequena expedição se colocou novamente na estrada.

Lázaro, as irmãs e os serviçais disseram adeus entre lágrimas.

Era a enésima fuga...

Perdemo-nos na noite, silenciosos, como se fôssemos "bucoles" (bandidos).

Jesus e *Zal* caminhavam à frente, como sempre. Bem perto, a guarda pessoal do Mestre. Por trás, o carro, a *Cipriota* e o resto do grupo, também com as espadas ao cinto. E, fechando o grupo, quem isto escreve, desconcertado. Tudo aquilo era novo para este explorador.

E fugimos, sem cessar. Não fizemos outra coisa em quase seis meses.

Foram estabelecidas as guardas. Levantava-se o acampamento em pouco tempo. Voltávamos a fugir, sempre com o temor do aparecimento dos levitas, e começávamos tudo de novo...

Atravessamos as regiões de Belém, Hebron, deserto de Judá, Samaria, monte Gilboá, mar de Sal...

Jesus seguiu ensinando aos seus e conversando com este explorador.

E assim, quase sem sentir, nos alcançou o mês de *tišri* (outubro).

Foi na segunda-feira, dia 27, que recebi aquela inesperada visita.

Acabávamos de retornar do mar de Sal.

Tarpelay, o *sais* negro, meu fiel companheiro de viagens, se apresentou no acampamento em Gilboá.

Estava há dias me procurando.

Kesil, nosso servo (agora a serviço de Eliseu), reclamava a minha presença.

Tar não soube me dar o motivo. Ignorava o porquê do requerimento.

Expressou unicamente que Kesil parecia preocupado.

O Galileu e os íntimos se dispunham a seguir até o próximo território de Decápolis. Era um lugar "neutro", sob a tutela de Roma, ao qual a polícia do Templo de Jerusalém não tinha acesso de comando. Devia ser, portanto, uma região segura.

Diante da insistência de Tarpelay, não tive outra saída senão abandonar o Gilboá e dirigir-me ao *yam*.

Jesus soube dessa mudança nos planos. Chamou-me à parte e comentou:

– Confia, *mal'ak*. Confia sempre...

Depositou as mãos sobre os ombros deste explorador e acrescentou:

– Agora regressa ao lago. Depois, volta e informa-me...

Sorriu e se distanciou para o alto do monte. *Abba* o esperava.

E, sem despedidas, deixei para trás o Gilboá...

De 27 de outubro a 18 de janeiro (ano 28)

Terça-feira, 28 de outubro (ano 27), na sexta hora (meio-dia), o *sais* deteve o carro diante da *insula* da "Gata", nas proximidades do cais de Nahum.

Tarpelay esperou, "se acaso eu precisasse dele".

E, desde já, creio que precisarei, sim!

Kesil se lançou em meus braços, chorando.

Não conseguia tranquilizá-lo para que pudesse explicar-me.

Gemia, se lamentava e se culpava, mas este explorador não sabia do que se tratava.

Tive que sacudi-lo para que conseguisse colocar um pé diante do outro...

Finalmente me conduziu a um dos quartos alugados junto a *Si*, a dona da *insula*.

Na cama, tremendo, se achava alguém...

No primeiro momento, não consegui identificá-lo.

Tinha o cabelo branco, como a espuma marinha.

Tive que me aproximar para...

Deus!

Era Eliseu, meu companheiro!

O que havia acontecido?

Eu o examinei.

Tremia de frio. Ardia em febre. A magreza era extrema. A pele parecia retraída, os olhos, fundos e tristes, e as orelhas, separadas das apófises mastoides.

Exibia olheiras negras e profundas que o desfiguravam.

O nariz, afinado, anunciava o pior...

Sentei-me a seu lado e prossegui o reconhecimento.

Kesil chorava e chorava. Não havia forma de tirar-lhe uma só palavra.

Num primeiro momento, desisti.

O pulso estava rápido. Demais.

Examinei os cabelos. Conhecia o problema. Era um embranquecimento súbito, como o que vivenciou este explorador na garganta de El Firan.[1] Algo provocou a perda dos cabelos pigmentados.[2]

Perguntei de novo a Kesil.

Admitiu que Eliseu ficara velho da noite para o dia. Isso foi tudo.

A suspeita foi imediata: o engenheiro estava sendo atacado pelo mesmo mal que me consumia desde o princípio da Operação. As redes neurais eram destruídas pelos radicais livres, provocando, entre outros problemas, um envelhecimento rápido.

Kesil, finalmente, conseguiu conter o choro e explicou que o engenheiro estava há uma semana sem poder se mover. Tudo começou com uns alarmantes vômitos de sangue. Depois se apresentaram a febre, os olhos amarelos, aquelas intensas dores nos ossos e um infinito cansaço.

Fazia dias que reclamava a minha presença. Ele precisava me ver.

Só era capaz de ingerir água.

Kesil, desesperado, chamou Tarpelay e mandou-me procurar.

Então, sob o tecido que o cobria, descobri uma tala enfaixada. Eliseu tinha a perna esquerda fraturada.

Como havia acontecido?

O criado não soube explicar. Um dia, ao tentar levantar-se da cama, o engenheiro rodou para o chão. Resultado (?): a perna quebrada.

O rapaz se queixava também de intensas dores nas costelas, na região lombar e nos quadris.

Descobri hematomas e vermelhões no peito e nas costas, como se alguém tivesse batido nele. Kesil não sabia...

E houve algo que me deu uma pista e que me alarmou: os gânglios linfáticos pareciam inchados.

Mau sinal, pensei.

As náuseas e os vômitos de sangue eram quase constantes.

A perda de peso era alarmante. Eliseu era um ancião esquelético...

---

1 Ampla informação em *Cavalo de Troia 8 – Jordão*. (N. de J. J. Benítez)

2 Personagens como Thomas More e Maria Antonieta sofreram o mesmo problema antes de suas respectivas execuções. No transcurso de horas, o cabelo se tornou totalmente branco. Possíveis causas: transtornos nervosos e vasculares periféricos e eflúvios telogênicos dos cabelos pigmentados. No caso de Eliseu, como consequência do estresse provocado pelas inversões de massas dos *swivels*. Já o caso de Maria Antonieta da Áustria e Lorena, filha do imperador Francisco I da Áustria, casada com Luís XVI e convertida em rainha da França em 1770, é um dos mais documentados. Em 16 de outubro de 1796, às quatro e meia da madrugada, ela foi conduzida, com a cabeça coberta com um saco, até a guilhotina. Quando o carrasco retirou o saco, a loira cabeleira de Maria Antonieta era branca como a neve. (N. do M.)

Deus santo!

A degradação geral de seu estado (caquexia) era demolidora.

Ao me ver, ele se levantou como pôde e me chamou com a voz distante e irreconhecível:

– Major...!...

Suava copiosamente, devorado pela febre.

Tratei de acalmá-lo.

Pensei nos "nemos". Era a única forma de averiguar o que estava sucedendo.

– Major! – repetiu com os olhos amarelos e vidrados. – Estou morrendo!... Tenho algo para lhe dizer, muito grave!

Eu lhe falei sobre os "nemos", mas Eliseu se aferrou ao meu braço e repetiu:

– Estou morrendo, Major!...

Isso não era possível. Eliseu estaria comigo anos depois no ano 30, quando iniciávamos a Operação Cavalo de Troia. O que estava acontecendo?

– Major, tenho que lhe falar! Não me abandone!

Tentei apaziguá-lo.

– Eu não o deixarei! Fique tranquilo! Descanse!

Não deu importância.

E me obrigou a escutar...

O que tinha a dizer era muito grave.

Eu o ouvi, atentamente, entre vômitos e vômitos de sangue...

Falou em inglês.

Kesil não se afastou do seu lado. Afortunadamente não entendeu.

Em um primeiro momento acreditei que ele estivesse delirando, mas não...

E com dificuldade, detendo-se a cada instante, foi contando.

Eu sabia de algo e suspeitava muito, mas o que ouvi me deixou abalado. Necessitei de tempo para recuperar-me. Na verdade, não sei se consegui...

1. A Operação na qual havíamos embarcado, e que praticamente nos estava custando a vida, era uma farsa. O grande objetivo não era seguir Jesus de Nazaré e conhecer a sua vida. Cavalo de Troia fora projetado para algo obscuro e reprovável: trazer o DNA de Jesus, da Senhora e de José (o pai terreno do Galileu) ao nosso tempo (1973). Por isso o cilindro de aço era vital.[3]

---

3 No dito cilindro, como se explica em *Cavalo de Troia 8 – Jordão*, foram depositadas amostras de sangue, de cabelo, suor etc. do Mestre, da Senhora, de José e do pequeno Amós (irmão de Jesus). Também foi incluída uma segunda mecha, arrancada de Jesus quando estava podando árvores nos bosques do Attiq, na alta Galileia (4 de janeiro do ano 26). A segunda mecha de cabelo foi roubada por Eliseu. (N. de J. J. Benítez.)

2. As amostras de DNA de Jesus de Nazaré, de sua mãe e de José (a princípio) estavam destinadas à clonagem.[4]

Eu havia intuído. E mais: tivera um estranho sonho (narrado em páginas anteriores) no qual Eliseu e o general Curtiss, chefe do projeto, falavam em clonar o Mestre. O sonho acontecia no "Pelicano Gago", no povoado de Tariqueia, ao sul do *yam*. Curtiss tentava convencer Jesus: "A CIA distribuirá Messias por todo o mundo... Cem em Cuba! Dez mil na China comunista! Um milhão de Messias nos países árabes! Compreende? Será o novo reino!"

Continuei ouvindo Eliseu. Quem isto escreve era um perfeito idiota...

E entendi o porquê do interesse do engenheiro em recuperar, a todo custo, o maldito cilindro de aço. Compreendi seu ultimato: "Você tem exatamente um mês para devolvê-lo à nave... Se não o fizer, regressarei sem você".

Isso fazia dez meses...

Como a vida muda!

Mas esses diabólicos projetos do Cavalo de Troia não eram os únicos.

Eliseu foi enumerando-os: um dos óvulos, uma vez fertilizado, seria depositado na matriz de uma jovem virgem. E assim assistiríamos ao segundo nascimento virginal do Mestre...

Estavam loucos!

Depois ensaiariam com os clones de José e da Senhora. Os cruzariam (!). E fariam testes ao mesclar os ditos clones com negros.

"A presença de um duplo de Jesus na Terra – diziam – terminará com as injustiças e com as revoluções. Será o final de tanto pecado comunista..."

Mas havia mais, muito mais...

Os militares norte-americanos pretendiam manipular (?) a alma e tentar reconstruir o "corpo glorioso" do Ressuscitado com base nos achados obtidos em nossas expedições.[5]

---

4 A técnica de clonagem (transferência nuclear) foi descoberta pelos militares muito antes que Watson e Compton Crick (1953) apresentassem ao mundo o modelo estrutural do ácido desoxirribonucleico. Foi outro segredo muito bem guardado. A clonagem, como eu expus em seu momento, consiste em fundir, mediante um pulso elétrico, duas células humanas ou de animais. De uma delas (óvulo não fecundado ou ovócito) se extrai o núcleo e se substitui por outro que contém o código genético que se deseja clonar. O pulso elétrico provoca a divisão celular e o novo embrião começa a ser viável. No momento indicado, o dito embrião é implantado em uma mãe de aluguel, ou vigiado em laboratório. Dessa forma se consegue um duplo físico (não mental ou espiritual) do DNA que se deseja. O material dispõe da informação necessária para o desenvolvimento do indivíduo. (N. do M.)

5 Ampla informação sobre o "receptáculo" da alma humana e sobre as características do "corpo glorioso" de Jesus de Nazaré em *Cavalo de Troia 3 – Saidan*. (N. de J. J. Benítez.)

Quem isto escreve não saía do assombro.

3. O interesse por transportar novas amostras de DNA ao nosso tempo se devia a um feito, acontecido pouco depois do primeiro regresso, em fevereiro de 1973. As amostras de sangue e de cabelo do Filho do Homem teriam se danificado. O processo de inversão de massa, quase que com certeza, terminou contaminando o DNA e tornando-o sem serventia alguma.[6] Era preciso repetir a "viagem". Necessitavam de um novo DNA. Não tinham nada!

Por isso nós regressamos...

---

6 Ainda que os laboratórios tenham conseguido uma importante informação sobre o sangue (ver diários anteriores), a poucas horas de nosso regresso a membrana plasmática que protege o conteúdo celular havia sido desmembrada, afetando o referido DNA, e o contaminando. Foi, provavelmente, a inversão axial que afetou a citada membrana, alterando as moléculas de lipídios e proteínas que atuam como barreira seletiva reguladora.

Como se poderá recordar, em 12 de fevereiro (1973) o "berço" retornou de seu primeiro "salto" no tempo.

Nessa mesma manhã, o general Curtiss se apoderou das amostras de sangue e de cabelo, e elas foram transportadas para a embaixada norte-americana em Israel. Tudo estava preparado. Quem isto escreve não foi informado.

Às 15 horas desse mesmo dia, enquanto dávamos conta da perda do microfone utilizado para gravar o som da última ceia, e dos sismos registrados durante a morte do Galileu, Curtiss recebeu um envelope da embaixada americana. Notificava que as amostras apresentavam um DNA contaminado. Souberam disso, portanto, oito horas depois do nosso retorno.

Curtiss, então, tomou a decisão de "voltar" ao tempo de Jesus, mas devia consultar antes o doutor Kissinger e o Pentágono. Segundo Eliseu, Curtiss solicitou uma nova análise das amostras.

Na noite de 13 de fevereiro, terça-feira, o general fez uma viagem-relâmpago a Atenas e conversar com o referido Henry Kissinger.

Nessa mesma noite do dia 13, Curtiss regressou a Jerusalém. Kissinger e o Pentágono autorizaram o segundo "salto". Eliseu sabia. Curtiss usou a desculpa do microfone perdido para projetar o segundo "salto" no tempo.

20 de fevereiro. As amostras, enviadas aos EUA na "vara de Moisés", foram submetidas a novas análises. Confirmou-se que o DNA estava fora de condições de uso e não serviria ao propósito. Jesus de Nazaré não podia ser clonado.

24 de fevereiro. Curtiss abandonou, inesperadamente, o acampamento de Massada e viajou para Mojave (EUA), confirmando que o DNA se encontrava contaminado. Ao regressar a Massada, não contou a verdade. Nesse momento eles já conheciam a data de início da quarta guerra israelense. Por isso eles agilizaram o segundo "salto".

Dia 6 de março. Regressam os dois técnicos que haviam transportado a "vara de Moisés" para os EUA. Trazem notícias sobre o envelhecimento prematuro de Eliseu e de quem isto escreve. Curtiss fingiu preocupação. Eliseu estava inteirado de tudo. Sabiam do problema desde maio-junho de 1972.

Tudo foi uma simulação. Não lhes importava que estivéssemos indo para o matadouro. Eliseu, como digo, estava informado de tudo. (N. do M.)

"Você acredita que voltamos para recuperar o maldito micro?"

Eliseu fez um esforço e prosseguiu:

"Você o colocou na bandeja do general..."

Tinha razão. O microfone oculto na mesa da última ceia, na casa de Elias Marcos, em Jerusalém, não era tão importante. Ninguém naquela época poderia saber o que era. Além disso, que importava abandoná-lo? Teria se decomposto em questão de anos.

Fui muito torpe, eu sei...

4. Tudo foi um teatro. Eliseu dissimulou. Curtiss dissimulou. Todos no projeto dissimularam...

O pior: não há o que questionar. Foi o engenheiro.

Disse acreditar nas palavras do Filho do Homem. Ele se "entusiasmou" no monte Hermon. Prometeu "consagrar-se" à vontade do Pai. Maldito seja Curtiss e todos os seus.

Tudo falso.

Simulou o defeito no ECS (Sistema de Controle Ambiental)[7] e colaborou na farsa do traslado da vergôntea de oliva ao tempo do Galileu...

Os militares estavam conscientes e presentes em tudo. Imaginaram que eu apoiaria o terceiro "salto" no tempo e providenciaram, inclusive, o arsenal farmacêutico, com os fármacos vitais de efeito antioxidante: glutamato, N-tert-butil-α-fenilnitrona e a providencial dimetilglicina.

Tudo calculado em benefício não da verdade sobre o Mestre, mas por nebulosos interesses.

Eliseu era um "obscuro". Mais exatamente um *dark-darn*, um "obscuro do inferno". Ele reconheceu isso abertamente.

Assim chamam aos agentes especiais do DRS (Serviço de pesquisa da Defesa); os mais temidos, tanto por sua preparação como por sua audácia. São os "obscuros" os que empreendem as missões pioneiras, quase sempre com objetivos pouco ou nada confessáveis, e o Cavalo de Troia era um projeto "especial e muito apetitoso".[8]

E lembrei-me das palavras do engenheiro naquele dia 25 de setembro do ano 25, à margem do rio Yaboq, quando, delirando, exclamou:

– Eles me obrigaram... Sinto muito, Major...

Agora eu compreendia muitas coisas...

Eliseu era um dos 52 agentes infiltrados na Operação. São palavras suas.

---

7 Ampla informação em *Cavalo de Troia 7 – Nahum*. (N. de J. J. Benítez.)

8 Ampla informação sobre os projetos secretos do DRS em *Cavalo de Troia 8 – Jordão*. (N. de J. J. Benítez)

5. Reconheceu que simulou também sua paixão. Ruth não lhe importava, ao menos a princípio. Depois foi diferente...

Sinceramente, não acreditei que estivesse apaixonado pela ruiva.

Simulava de novo?

A confissão se prolongou durante duas horas.

Deu todos os detalhes.

Quem isto escreve foi afundando-se, lentamente, conforme o engenheiro explicava e esclarecia.

Mas aquele intenso sentimento de raiva não durou muito.

Olhei pelo lado positivo: os "obscuros" não tinham alcançado o que pretendiam, por hora. O cilindro de aço, com as amostras, estava perdido, e graças a Deus! Não seria eu quem iria procurá-lo...

Eliseu descansou. A confissão – isso foi o que ele disse – havia lhe tirado um grande peso. E suplicou que avisasse Ruth. Desejava vê-la pela última vez.

Não comentei nada sobre o delicado estado da ruiva. Não tinha sentido. E prometi que viajaria a Nazaré depois de administrar os "nemos" a ele.

Aceitou resignado.

E nessa mesma tarde de 28 de outubro, Tar me conduziu até as portas de Migdal. Dali eu subi ao Ravid e preparei os "nemos frios". Foi nessa andança que me dei conta de algo importante: continuava desconhecendo a senha que ativava a SNAP 27, a pilha atômica que colocava a nave em funcionamento. Sem esse código, não era possível a decolagem do "berço". Eliseu a tinha modificado. Se falhasse, eu ficaria preso e ancorado naquele tempo para sempre.

Mas isso não era possível... Ou era?

Enquanto programava as doses de "nemos", sempre sob o controle do computador central, pensei muito no que me fora revelado por Eliseu.

Como pude ser tão cego?

O general Curtiss era um fanático religioso. Eu sabia. E pensei que essa questão era algo pessoal, que não tinha por que afetar o nosso trabalho.

Comecei a compreender. Estava muito equivocado. O poder do Pentágono, e das mais importantes e obscuras agências de inteligência dos EUA, estava a serviço da extrema direita...

Não haviam entendido nada. Não sabiam quem era realmente o Filho do Homem, nem o que fez ou o que disse. Todos os evangelhos foram manipulados.

Que deveria fazer?

Primeiro, acima de tudo, deveria averiguar o que acontecia com meu companheiro. Depois eu veria o restante...

No dia seguinte, quarta-feira, dia 29, eu lhe administrei os "nemos".

Nessa mesma noite, "Papai Noel" ofereceu os resultados.

Demolidores...

A gravidade do estado do engenheiro era extrema.

Demorei a aceitá-la. Tratava-se de um jovem atleta, saudável, inteligente e otimista.

Como pôde mudar tão drasticamente, e em tão pouco tempo?

Li e voltei a reler os resultados. Não tinha nenhum erro. "Papai Noel" não se equivocara.

Os "nemos" manifestaram os seguintes resultados:

Eliseu padecia de um mieloma múltiplo: um câncer nas células plasmáticas.[9]

Um dos piores tipos de câncer...

Isso provocava uma falha no sistema imunológico, com a queda gravíssima na produção de anticorpos.

Possível origem: exposição a uma radiação. "Papai Noel" apontou a inversão axial. Era o imaginado. Era o mesmo mal de que eu havia padecido e do qual continuava padecendo, ainda que em menor grau.

O câncer estava provocando também a destruição do tecido ósseo. A pélvis, por exemplo, se mostrava muito ferida.

As dores eram insuportáveis.

Os "nemos" detectaram osteoporose (perda da densidade óssea) com significativos riscos de fraturas de todo tipo.

O cálcio no sangue estava elevado. Isso podia levar a problemas no coração, nos rins e no cérebro. Não demoraria a aparecer confusão mental, prisão de ventre e aumento da frequência da micção.

---

9 Trata-se de uma enfermidade neoplásica progressiva, caracterizada por tumores medulares de células plasmáticas, com uma produção excessiva de uma só imunoglobulina monoclonal intacta ou proteína de Bence Jones. As células plasmáticas se desenvolvem a partir de um tipo de glóbulos brancos chamados linfócitos B. São as células plasmáticas normais que permitem a defesa do organismo humano, especialmente contra as infecções. O mieloma múltiplo sintomatiza e vem acompanhado de lesões nos ossos, problemas renais, aumento da sensibilidade às infecções bacterianas, anemia e hipercalcemia, entre outros riscos. O crescimento das células plasmáticas estava descontrolado. Era bem provável que a deterioração na produção de imunoglobulina se devesse à presença de um monócito que impedia a maturação das células B. (N. do M.)

A anemia já estava presente, devida à alarmante queda de glóbulos vermelhos. Isso explicava o infinito cansaço do rapaz.[10]

Os "nemos" confirmaram a produção excessiva de anticorpos IgG, IgA e IgM.

Eliseu, definitivamente, se encontrava na antessala da amiloidose, o mal do qual eu havia sido operado por "Papai Noel".

Expectativa de vida: entre quatro e seis meses, segundo o prognóstico do computador.

Permaneci imóvel na frente do "Papai Noel".

Não dava crédito ao que estava lendo.

Sinceramente, estava horrorizado.

Se meu companheiro viesse a falecer, que seria deste explorador? Como eu disse, sem o código de acesso para ativar a SNAP, o "berço" não se moveria. Mas se ele se recuperasse, se Eliseu saísse daquele atoleiro, que faríamos? Não dispúnhamos do cilindro de aço. O que aconteceria se voltássemos ao nosso tempo?

E quem poderia garantir que voltaríamos para o ano de 1973?

Não seria melhor procurar a menina selvagem de Beit Ids e tentar recuperar as amostras?

Que besteiras eu cheguei a pensar!

Para o cúmulo de tudo, não dispunha dos medicamentos necessários para administrar os paliativos para as dores e o avanço do mieloma múltiplo.[11]

Revisei o "berço".

Negativo.

Apanhei uma bateria de antibióticos e isso foi tudo.

Não dispunha de muito mais. Deveria reidratá-lo ao máximo, permanecer com ele, rezar. Supondo que eu soubesse rezar...

---

10 Foi detectada uma anemia normocítica normocrômica, com formação de empilhamentos de eritrócitos no fronte periférico. O índice de sedimentação dos eritrócitos se encontrava muito elevado (mais de 100 mm/h, Westergren). Os padrões mostraram hipogamaglobulinemia sem pico monoclonal. Também a creatina sérica e o ácido úrico se achavam mais elevados do que o recomendável. A hipercalcemia avançava inexorável. Os "nemos" mostraram um pico M (homogêneo alto) nas proteínas séricas (estreito em 75 por cento dos exames) (N. do M.)

11 Teria necessitado de corticosteroides (dexametasona ou prednisona). Esta última, em doses de 60 a 80 miligramas por dia (via oral), teria combatido de maneira eficaz a hipercalcemia. Também precisaria de alopurinol. Com 100 miligramas (três vezes ao dia) a hiperuricemia teria ficado controlada. Tampouco dispunha de medicamentos quimioterápicos, tipo melphalan ou ciclofosfamida. A vincristina e a doxorrubicina seriam o tratamento ideal, mas isso estava em Mojave... (N. do M.)

Mas os problemas não terminavam aí.

Os "nemos" anunciaram algo que eu já sabia: o cérebro de Eliseu estava se desintegrando. Os radicais livres, como no meu caso, estavam canibalizando as redes neurais.[12]

A capacidade cerebral do engenheiro, decodificada por "Papai Noel" em 10^{15} bits (10^{10} neurônios, com umas 10^4 sinapses por neurônio), diminuía de forma alarmante, e à razão de quase 500 mil neurônios/dia. (A perda normal em um adulto saudável é de 100 mil neurônios por dia.)

Os "nemos" calcularam a produção diária de radicais livres em 20 bilhões.

Era uma "represa" que perdia água sem solução e, em seu lugar, entrava veneno puro...

Por último, ainda que não saiba se eu deveria ter mencionado em primeiro lugar, os "nemos" registraram um alarmante déficit na produção da melatonina, um hormônio segregado pela glândula pineal, no ponto mais profundo do cérebro.[13]

Para "Papai Noel", e para quem isto escreve, a diminuição da produção de melatonina foi a chave na queda do sistema imunológico de Eliseu, assim como na proliferação dos radicais livres. A melatonina, como se sabe, é um potente antioxidante, capaz de neutralizar os radicais livres e de evitar o envelhecimento. A tudo isso ainda se deve acrescentar sua enorme capacidade oncostática (de eliminação ou redução de tumores cancerígenos).

---

12 Ao que parece, durante a fase de inversão dos *swivels*, "algo" incomum (uma radiação?) afetava o sistema neuronal, estressando-o. Ele consumia uma grande quantidade de oxigênio e provocava o aparecimento dos radicais livres (R-OH). O oxigênio, definitivamente, permite a vida e, ao mesmo tempo, abre as portas do envelhecimento. Assim os cientistas costumam defender, tais como Harman, Hosta, Nagy e, sobretudo, J. Miquel. Os radicais livres não são outra coisa que o oxigênio normal, transformado e ativado pelas células. Um excesso de R-OH acaba convertendo-se em um poderoso e corrosivo oxidante que envelhece e mata. (N. do M.)

13 A melatonina é fabricada na hipófise ou glândula pineal (de *pinea*: pinha, em latim). A pineal se encontra no centro do cérebro, entre o mesencéfalo e o diencéfalo. Nos adultos se assemelha a um grão de milho. Trata-se de uma glândula esférica, ímpar, localizada sobre o teto do terceiro ventrículo cerebral. Herófilo a descreveu no século III a.C. Acreditava que servia ao "fluxo do pensamento". Galeno a chamou de *konarium* (cone de pinha). Séculos mais tarde, Vesalio a descreveu anatomicamente (*De humani corporis fabrica*, 1543). Descartes (1633) a denominou "terceiro olho", porque estimou que a pineal fosse o habitáculo da alma. Não estava tão errado nem tão mal informado assim...

Em 1943, Bargman apontou a possibilidade de que a glândula pineal fosse um órgão com uma função endócrina, regulada, fundamentalmente, pela luz. (N. do M.)

Nunca soubemos o que teria acontecido primeiro: a diminuição na produção de melatonina provocou o mieloma múltiplo ou foi ao contrário?

Pouco importava o motivo.

O mal estava ali, em pé, com as garras estendidas, dessangrando o engenheiro...

A glândula pineal, simplesmente, falhava.[14] Tudo estava falhando.

A expectativa de vida de meu companheiro, como disse, não superava os seis meses, segundo "Papai Noel". E eu acrescentei: "com sorte..."

Concluindo: uma situação de extrema gravidade.

Só um milagre ou um transporte imediato para 1973 poderiam resolver o problema, e não sei até que ponto. Um milagre do Mestre? Jesus não desejava fazer prodígios. Eu sabia disso melhor do que ninguém...

Transportá-lo ao nosso tempo? Teria que tentar. Tinha que arrancar dele a contrassenha...

Eu me senti triste. Profunda e intensamente desolado.

Curioso. As maldades de Eliseu passaram para segundo plano.

Só me interessava por sua saúde e em colocar num lugar seguro o que havíamos encontrado naquela mágica aventura.

E falo certo mesmo: mágica...

Que podia fazer? Melhor dizendo, o que eu deveria fazer?

A quinta-feira, 30 de outubro (ano 27), eu dediquei, completamente, à revisão dos dados facilitados pelos "nemos frios".

Não havia erros.

Consultei a possibilidade de que "Papai Noel" pudesse operar Eliseu.

Negativo.

Não dispúnhamos dos equipamentos e do plasma necessários.

Estava onde estava.

Solução? A já apontada: milagre ou viajar de volta para Massada... Ambos deveriam acontecer (?) o mais rápido possível.

---

14 A síntese da melatonina é controlada pelo denominado núcleo supraquiasmático (sincronizado, por sua vez, com o ciclo luz-obscuridade). A formação de melatonina se inicia com a captação do aminoácido triptofano, procedente do sangue. O triptofano sofre hidroxilação na mitocôndria pela Trp-hidroxilase. A maior parte do 5-HTP se converte então em serotonina, graças à intervenção de uma enzima descarboxilase. Após isso, a serotonina é acetilada pela arilalquilamina-N-acetiltransferase, e se registra N-acetilserotonina. Esse metabolito dá lugar à melatonina. Também pode ser sintetizada em outros órgãos extrapineais nos sistemas endócrinos: cerebelo, trato gastrointestinal e sistema imunológico. (Informação obtida em *Investigación y ciencia*. Guerrero, Carrillo-Vico y J. Lardone.) (N. de J. J. Benítez.)

Jesus se encontrava em Decápolis.

Teria que localizá-lo e pedir-lhe que ajudasse meu irmão.

Não era simples, pelo menos para mim. Nunca havia solicitado nada ao Filho do Homem. Não sabia como fazê-lo, nem o que lhe dizer. Mas, chegado o momento, teria que tentar. Eliseu era o primeiro. Ou não?

E desejando postergar ao máximo o retorno à *insula* de Nahum, procurei Tarpelay às portas do povoado de Migdal e nos dirigimos a Nazaré.

No dia 1º de novembro, sábado, conseguimos divisar a branca e aconchegante aldeia, ao pé do Nebo.

Chovia com força.

A Senhora, Miriam, Tiago e os outros se alegraram ao me ver.

Permaneci com eles vários dias.

Conversamos muito.

Conheciam as ameaças de Anás e, certamente, sabiam da ordem de busca e captura de seu Irmão. Os mensageiros estabelecidos pelos discípulos, com Davi Zebedeu como chefe, funcionaram aceitavelmente. A mãe e os irmãos do Galileu estavam a par de tudo, e da mesma forma também sabiam dos meses de permanente fuga e do ódio do Sinédrio.

Maria, a Senhora, chorou amargamente.

E recordou seus vaticínios: se seu Filho não abandonasse aquelas loucas ideias, todos sofreríamos. Era preciso que se ajustasse à Lei e aos profetas. Era um Filho do Destino. Era o Libertador político de Israel. Era o momento de organizar os exércitos e sair para as estradas, pelos caminhos, quebrando os dentes dos ímpios. Seus irmãos estavam preparados, e se uniriam a Ele no mesmo instante. Só tinha que reconhecer seu equívoco.

Tiago, o irmão de Jesus, se mostrou especialmente duro.

Sentia-se excluído e com ciúme.

Acusou o Filho do Homem de "insensato e de levar à ruína muitas famílias".

Miriam me olhava com seus lindos olhos de cor verde folha e assentia. Jacó, seu marido, não disse nada. Tampouco se pronunciaram José e Tesouro, a esposa. Entendi que estavam confusos. Amavam o Mestre, mas não compreendiam aquela atitude.

Não discuti, e nem os enfrentaria. Não tinha sentido.

O tempo colocaria cada um em seu lugar.

Eu me interessei, obviamente, pela minha amada. Miriam me informou.

Ruth continuava vegetando. Seu estado não havia se modificado. Ou melhor, tinha piorado...

Aceitei vê-la apenas mais uma vez.

Ela tremia constantemente. Era uma luz que se apagava...

A cabeça estava caída sobre o peito. Já não era capaz de levantá-la.

Babava incessantemente.

Ninguém compreendia o que ela dizia.

As lágrimas surgiram de repente nas maçãs do rosto da ruiva e romperam meu coração.

Ela sabia que eu estava lá, e que a continuava amando.

Sua mente ainda estava funcionando, mas ela era prisioneira de si mesma.

Era preciso dar-lhe de comer e de beber. Era preciso carregá-la para todas as partes. Ruth não conseguia fazer nada por si mesma, exceto chorar...

Os olhos estavam escurecidos e enfumaçados pela dor e pela angústia.

Pouco a pouco, braços e pernas se inflamaram e se tornaram azuis.

O que mais me impressionou foram os constantes suspiros.

Ela sabia que estava se dirigindo para o fim...

A morte logo iria bater à porta da casa das pombas.

Saí dali sem alma. Ali ela ficou...

– Tu ainda a amas? – perguntou Miriam.

Sorri com amargura, e respondi que sim.

– Mais do que nunca...

Ela não me compreendeu, mas me deu o melhor de seus sorrisos.

– Que estranho grego! – sussurrou.

No dia 5 de novembro, quarta-feira, despedi-me da Senhora e de sua família.

Só voltaria a ver Ruth no ano 30.

E voltamos para a *insula* da "Gata" no atracadouro de Nahum.

Eliseu estava inconsciente, em coma.

Foi a melhor coisa que poderia lhe acontecer.

Perguntei a Kesil:

– Ele deixou alguma mensagem para mim?

O servo negou com a cabeça.

Insisti.

– Uma mensagem, um pergaminho...?

– Nada.

E esperei, pacientemente, que recobrasse os sentidos. Eu precisava da contrassenha para poder decolar com o "berço" e devolvê-lo a seu tempo (nosso tempo). Era a única maneira de ajudá-lo.

Esperei em vão.

Eliseu não despertou.

Simplesmente estava morrendo.

A vida escapava por entre seus dedos...

Regressei ao Ravid em várias oportunidades. Precisava pensar. Precisava decidir o que fazer. Escrevi muito.

Deus!

Ruth e Eliseu estavam indo embora, e eu não podia fazer nada por nenhum dos dois...

Kesil chorava, e chorava ainda mais quando coincidia em me ver.

Ele sabia da minha impotência.

Ajudei naquilo que pude. Ministrei a dimetilglicina que restava na nave e procurei novos antioxidantes nas frutas (especialmente no melão, nos pêssegos, no limão e nas amoras), na carne, nos aspargos e no espinafre. Todos continham betacaroteno, tocoferol, selênio e ácido ascórbico.

Não foi suficiente...

Ele mal seguia em frente...

Não me separei dele durante dois meses.

No casarão dos Zebedeu, em Saidan, continuavam chegando notícias do Mestre e dos 12. Eles ainda estavam em Decápolis, sem novidades.

Eu vivia na *insula* da "Gata", enquanto aguardava o engenheiro.

E foi em um desses dias de dezembro que soube da morte de *Kuteo*, o bom samaritano da barba tingida de vermelho, e suposto autor do incêndio que matou os meninos "lua". Os rumores, em Nahum, apontavam para Gozo, a prostituta e mãe dos trigêmeos. Ao que parece, ela lhe cortou a garganta na taberna de seu comparsa Nabu, o sírio.

Gozo desapareceu.

Sentia falta do Filho do Homem.

Ele, sem dúvida, saberia como agir, tanto no caso de Ruth como no caso de Eliseu.

Foi Kesil, sempre atento a meus movimentos, quem sugeriu: por que não ir procurar o "fazedor de maravilhas", como ele chamava Jesus, e propor a cura de ambos?

Quem isto escreve já havia feito semelhante pedido com relação à ruiva, mas o Mestre rejeitou a petição, alegando que "não era uma doença de morte". Eu não insisti, é claro.

O servo, porém, voltou a tocar no assunto e me incentivou a partir, a localizar o Mestre e a propor a cura dos dois.

Pensei sobre isso com cuidado.

Algo em meu interior continuava dizendo para ter confiança. Eliseu e Ruth iriam se curar, com o tempo. Mas... Como?

A visão da agonia do engenheiro me convulsionava por dentro. E o pior é que eu não sabia o que fazer.

Foi assim que, na manhã da segunda-feira, 5 de janeiro do ano 28, e incentivado por Kesil, peguei minhas coisas e me dirigi até a base de suprimentos dos "13 irmãos", no Jordão.

O objetivo era localizar o Mestre e suplicar – implorar de joelhos – que fizesse alguma coisa por Eliseu.

Ele não poderia recusar...

Tarpelay se ofereceu para acompanhar-me naquela nova aventura, mas comentou, corretamente:

– Decápolis grande... Por onde começar?

Ele tinha razão. O território da liga das cidades gregas e romanizadas (do outro lado do Jordão) era uma extensão como a da atual Suíça.[15] Por onde começar? Eu não tinha a menor aposta. Nem uma...

O Mestre e os discípulos poderiam estar em qualquer parte. Já haviam transcorrido mais de dois meses desde que os deixara no acampamento de Gilboá. Era possível até que eles já tivessem saído de Decápolis e estivessem em outro território.

Tar esperou pelas ordens.

Pensei na torre das "Verdes". Talvez Raisos, o conseguidor, estivesse informado sobre o paradeiro do grupo.

Viajaríamos ao mar de Sal e consultaríamos o dono da torre.

A ideia não pareceu ruim ao *sais* negro. Ele pensava o mesmo...

Dito e feito.

Na segunda-feira, 8 de janeiro, a *reda* de Tarpelay parava na frente da torre das "Verdes", na margem oriental do atual mar Morto.

Raisos, o mestiço, nos abraçou.

Ele sabia da triste sorte de Jesus e de seu grupo, em fuga permanente, e da obsessão do Sinédrio em capturar todos. E concluiu: "Os olhos e os ouvidos de um macaco chegam até onde não alcança a sua cauda".

---

15 Como já expliquei em outras ocasiões, a chamada Decápolis alcançou sua independência política com Pompeu. Alexandre Janeu a subjugou, mas, como disse, o general romano Pompeu libertou o território do domínio judaico. Nessa época eram sete grandes cidades (e não dez): Pella, Citópolis, Dióm, Gerasa, Gadara, Filadélfia e Hipo. A esses núcleos urbanos se somaram mais de 200 aldeias de certo porte. (N. do M.)

Quanto ao paradeiro do Mestre, não tinha ideia, mas prometeu se informar. Seria questão de dias...

Decidimos esperar.

E nisso apareceu na torre um velho conhecido.

Nós nos cumprimentamos.

Ele estava vestido da mesma maneira, com aquelas chamativas calças vermelho vivo presas nos tornozelos. Usava uma jaqueta da mesma cor, sem mangas.

– Mas o que fazes aqui? – perguntou.

Eu lhe disse a verdade.

E Atar, o *tricliniarcha* que havia organizado o casamento em Caná, voltou a me abraçar, comovido. Ele gostava de mim, de verdade.

– Eu devo muito a esse Jesus – disse. – Esse casamento passará à história.

Não tinha muita certeza até que ponto...

Ele também não sabia me dizer nada sobre o Galileu. O efeminado estava em Maqueronte como *tricliniarcha* ou *maître* da festa em comemoração à subida ao trono de Herodes Antipas.[16] Ele falou exatamente de *šm'mydyn bw mlk* ("o dia em que o rei subiu ao trono"). Conhecia a fama de Raisos como conseguidor e estava ali com alguns "encargos" de última hora. A saber: o persa precisava urgentemente de natrão (sabão) de leite de jumenta, passas de Massandra, uma fruta chamada *al-tiv'î* ("milagrosa")[17] e uma espécie de "massa" (não entendi bem) que se chamava *lagano*, e que se servia em tiras (assadas ou fritas). Misturada à sopa de alho-poró com grão-de-bico ficava deliciosa.

Raisos tomou nota dos pedidos e solicitou alguns dias.

Eu não conseguia deixar de ficar espantado. Massandra ficava no sopé das montanhas de Crimeia. Como ele poderia conseguir algo assim com tanta rapidez?

O *tricliniarcha* retirou-se para o alto do cone branco, mas prometeu que voltaríamos a nos ver. Tinha muitas "festas" para me contar...

E intimou o conseguidor para que cumprisse aquilo que fora acordado. O responsável pelo barco dos pecados levantou a mão, despedindo-se, e clamou: "Se te enganar, e tu enganares a mim, o último a ser enganado viverá lamentando-se".

---

16 O reinado de Antipas começou no ano –4. Ele era tetrarca da Galileia e de Pereia. Nessa altura, janeiro do ano 28, comemorava-se, portanto, o 32º aniversário de sua proclamação. (N. do M.)

17 A *al-tiv'î* era uma fruta vermelha procedente da África ocidental e que parecia ter todos os sabores numa única fruta. Era degustada com uma rodela de limão. Hoje em dia se sabe que o intenso sabor se deve a um composto chamado de "miraculina". (N. do M.)

Curioso, o Destino.

Nunca imaginei que fosse voltar a ver o *tricliniarcha* de *Sapiah*, a propriedade de Nathan, em Caná.

E esta não seria a última vez que o vi. Ainda restava o pior...

Naquela noite, durante o jantar, Raisos teve uma boa ideia.

Em Maqueronte, de acordo com suas notícias, estava Nakebos, capitão da guarda de Antipas e homem de confiança do tetrarca.

Talvez ele tivesse conhecimento do atual paradeiro de Jesus de Nazaré. E soltou outra de suas frases de efeito: "A vida do comerciante está em seus ouvidos".

Ele não deixava de ter razão.

Nakebos, para o qual eu trabalhava como "informante", era um sujeito bem informado.

Eu perguntaria a ele.

No sábado, 10 de janeiro, acompanhei Raiso e três de seus servos até o alto do cone sobre o qual se erguia o palácio-fortaleza de Antipas: Maqueronte.

Subimos pelo *wadi* Zarad e, depois de entregar a mercadoria solicitada em Ataroth, a aldeia de serviços, o persa me conduziu até a leste do palácio. Raisos, ao despedir-se, me advertiu: "Atenção! O louco nunca sente medo!"

O que ele quis dizer?

Logo descobriria...

Deveria ser a quinta hora (11 da manhã) quando o *tricliniarcha* se posicionou na frente da grande piscina existente no átrio e procurou Nakebos com a vista.

O que era aquilo?

– Não te surpreendas – suspirou o afeminado. – Eles estão há cinco dias em festa. Tudo está virado de cabeça para baixo...

Calculei uns cem convidados. Sentados, deitados, outros roncando diretamente sobre cerca de 30 leitos. As cortinas de *chiffon* violeta que pendiam das colunas os nivelava, mas aquilo era apenas ilusão.

A maioria era árabe. Vestiam as típicas e intermináveis túnicas brancas. Outros pareciam funcionários (talvez a serviço de Roma e do tetrarca). Também pude distinguir a casta dos saduceus, com suas sedas e linhos, muito luxuosos. Outros, deduzi, eram comerciantes ou, simplesmente, aduladores do tetrarca.

Quase todos estavam bêbados.

Osíris, o gato azul de Antipas, saltava de mesa em mesa, e de triclínio em triclínio, roubando o que podia.

Três mulheres nuas se banhavam nas águas da piscina.

Não sabia quem eram elas.

Não consegui distinguir Herodes Antipas.

Entre as 31 colunas coloridas, estava de serviço uma patrulha de soldados gauleses, uniformizados, com as cotas de malha reluzentes e as maças e as espadas de dois gumes prontas.

Eles se moviam entre as colunas, observando os convidados e, especialmente, as mulheres que se banhavam...

Eu tentei, mas não consegui descobrir *Ti*, o soldado das tatuagens nos braços e nas mãos.

À minha direita, na esquina, perto da torre negra, vi o poço das "meninas"...

Senti um calafrio.

Maldito Antipas!

O persa me chamou de um dos sofás. Lá estava Nakebos, tão bêbado quanto o resto das pessoas, ou até mais.

Caminhei com dificuldade entre os triclínios. O piso parecia acarpetado com vômitos. O cheiro de azedo me envolveu imediatamente.

Nakebos me viu, se levantou e me abraçou com tanta força que acabamos caindo desajeitadamente sobre outros dois divãs, arrastando conosco jarras de vinho e parte da comida.

Um coro de risos e de gritos acompanhou nossa queda estúpida.

Os soldados se mexeram, inquietos. Mas os serviçais acudiram rapidamente, e Nakebos e quem isto escreve fomos erguidos do chão com presteza.

O capitão da guarda se apressou a encher uma taça e a me oferecê-la.

Ele tentou falar, mas mordeu a língua. Estava bebendo há cinco dias...

Foi então que a vi. Estava muito perto, em um dos sofás próximos. Estava bebendo e olhando ao redor.

Eu já a tinha visto, fugazmente, em 7 de abril do ano 30, quando o Mestre foi levado à presença de Antipas, em Jerusalém.

Não tinha mudado muito.

Agora estava usando uma túnica de linho, transparente. Distingui a pele morena, azeitonada, e os seios pequenos. Era árabe (de Edom), descendente de Esaú, embora não gostasse dessa condição de *a'rab*.

Seu cabelo loiro, escandaloso e tingido, tinha amplas ondas que emolduravam o rosto pequeno. Na parte central, o cabelo havia sido arranjado na forma de um melão, outra moda romana.

As unhas das mãos e dos pés estavam pintadas de amarelo, com uma grande crosta de hena. As pálpebras, sobrancelhas e lábios faziam jogo, combinando com um azul dourado. Um toque de malaquita verde animava as maçãs do rosto.

Nessa época ela estava com 36 anos de idade.

Era bonita...

O que me chamou mais a atenção foi o seio esquerdo. Sob o mamilo foram pintadas dez pintas, em forma de flor (uma moda de Pompeia).

Mas o mais deslumbrante era o colar.

Quando eu tive a oportunidade de chegar mais perto, percebi que era um colar de ouro trançado com impressionantes engastes ovais de pérolas. Entre cada uma das pérolas apareciam prismas de esmeraldas. Contei dez. Os lampejos das esmeraldas eram constantes.

De pé, ao lado da mulher, estava uma escrava, uma *ornatrix*, atenta aos cuidados com o cabelo, o vestido (?), a maquiagem e as joias da patroa. Nas mãos da serva brilhava um espelho de bronze com a imagem gravada de Lara, a deusa etrusca dos espelhos.

Sim, era Herodíade, a esposa de Antipas...

A seu lado, no mesmo divã, e reclinada, estava outra mulher, esta mais jovem. Não a identifiquei.

Prestei atenção.

Falavam de Pompeia.

Herodíade, ao que parece, era fanática pelos costumes etruscos e pelas belezas e tesouros da referida cidade romana. Ela argumentava que os judeus tinham ainda muito que aprender sobre a igualdade de direitos da mulher etrusca. E defendia, com ardor, a necessidade do matronímico (o nome completo da mulher) e a presença da mulher em julgamentos, banquetes, reuniões e, acima de tudo, nas sinagogas (como já foi dito, as mulheres judias não podiam se misturar com os homens, não estavam autorizadas a ser sacerdotisas e, muito menos, a entrar no Santo).[18]

Enquanto falava, notei algo especial, e muito característico do idioma etrusco: Herodíade acentuava com força a antepenúltima sílaba de cada palavra. Era um exercício complicado, mas ela adorava.

---

18 Ampla informação sobre a desigualdade da mulher na sociedade judaica na época de Jesus em *Cavalo de Troia 1, 2, 3, 4* e *5*. (N. de J. J. Benítez.)

Perguntei a Nakebos sobre a jovem que conversava com Herodíade.

O capitão da guarda me olhou, surpreso. Ficou sério e interpretou errado a pergunta:

- Não te metas aí... Salomé é a enteada de Antipas.

E, baixando a voz, acrescentou:

- Todo mundo sabe que ele gosta...

Surpresa!

E na minha mente vieram as alusões de Flávio Josefo à morte de Yehohanan (*Antiguidades dos judeus*).

Devia permanecer vigilante.

Salomé era, de fato, filha de Herodíade e de outro Herodes, irmão de Antipas.[19] Nesse ano 28 ela estava com 17 anos de idade. Dois anos depois (em 30 d.C.) ela se casaria com Filipo, o filósofo e explorador, a cujo cargo ficaram os territórios do norte e do leste: Gaulanitis, Traconítide, Auranitis e Batanea.

Salomé era atraente, nada mais.

Não era muito alta. Talvez 1,60 metro.

Loira, com cabelos ondulados, sempre descansando sobre os ombros.

Os olhos eram bonitos, em forma de amêndoa, doces, inquietos, e de um castanho lânguido. Eu diria um pouco desconfiados.

Dentes amarelados.

Uma família de sardas havia se instalado nas maçãs do rosto e no nariz. Um nariz algo grosso e descomposto. Mas o sorriso era rápido e travesso.

Naquele dia usava guizos nos tornozelos.

Estava quase nua, como a mãe.

Sete faixas de crepe colorido se dependuravam da estreita cintura.

O sexo estava depilado.

As orelhas, pintadas de amarelo, combinavam com os cabelos.

Apesar de sua juventude, sua perna esquerda tinha varizes primárias.[20]

---

19 O evangelista Marcos, como já foi informado, comete um erro ao identificar o marido de Herodíade como Filipo (rei de Gaulanitis). O verdadeiro marido de Herodíade foi outro Herodes, irmão do referido Filipo, o filósofo. Esse citado Herodes (talvez com Filipo como segundo nome) foi filho da terceira esposa de Herodes, o Grande (uma das filhas de Simão, filho de Boeto, sumo sacerdote). Herodíade, finalmente, se casou com Antipas, de quem não teve filhos. Salomé, filha de Herodíade com o "outro Herodes", se casaria mais tarde com o citado Filipo, o filósofo, e com Aristóbulo de Cálcios, com quem teria três filhos. (N. do M.)

20 Nós usamos o termo "varizes primárias" se não existe nenhuma evidência de obstrução venosa. Naquela época era relativamente comum. As varizes eram registradas como resultado de uma insuficiência local das válvulas. A origem podia estar no histórico familiar (proble-

Nakebos me serviu uma segunda e generosa taça de *legmi*, seu licor favorito, e me incentivou a provar as "delícias" do *tricliniarcha*.

Atar, o efeminado, era um excelente cozinheiro. Eu sabia disso. Ele teve a oportunidade de demonstrar isso no casamento em Caná. Pois bem, aqui tinha se superado...

Nas mesas colocadas entre os divãs, alinhavam-se pratos e pratos com úberes e vulvas de leitoas virgens, lúcios do Tibre (pescados entre as pontes da cidade de Roma), ostras vindas da Bretanha, esturjões do mar Negro, carne da Germânia, sopa de melancia com sal e pimenta (servida com a neve do monte Hermon), couve, linguiças da Hispânia (cobertas de feijão), atum cru com ovos cozidos (picados), línguas de papagaio, *garum* para tudo, mil tipos de doces árabes (um deles, parecido com um bolo de frutas, com iogurte de azeite de oliva, me deixou perplexo, era delicioso), cerveja gelada, vinhos aromatizados com especiarias colhidas nas inundações do Nilo, e *legmi*, todo o *legmi* que existia no mundo...

Uma legião de escravos vigiava os alimentos e espantava as moscas.

A cada seis horas, Atar retirava as comidas e as substituía por outras "especialidades".

E estavam assim há cinco dias!

Perguntei até quando durariam os festejos, mas Nakebos não soube responder. Ou melhor, ele respondeu, mas do seu jeito:

– Até que não reste ninguém de pé...

De repente, vi entrar outro contingente de soldados armados até os dentes.

Eles formaram um corredor desde a porta do palácio até o divã onde nos encontrávamos, e esperaram em posição de sentido.

Achei que fosse Antipas que chegava.

Estava certo.

Ao vê-lo entrar no átrio, todos os convidados ficaram em silêncio.

E todos os olhares se voltaram para o tetrarca esquelético e não muito alto.

Ele se aproximou do triclínio e escutei de novo aquele tilintar...

Desta vez, Antipas usava uma túnica de linho que descia até os pés, com uma pele de guepardo sobre os ombros e envolvendo a cintura.

---

ma genético) ou um trauma que, por sua vez, destruía uma válvula em uma veia perfurante. No caso de Salomé não tive a oportunidade de descobrir a causa dessa patogenia. Não consegui falar com ela nem mesmo uma vez... (N. do M.)

Usava uma peruca branca (presumi que fosse feita de fibras vegetais) até a nuca, que gotejava essência de tâmaras.

O perfume era mortificante.

Ele me viu e sorriu da melhor forma que pôde. A máscara de *udju* (malaquita procedente do Sinai), que cobria as feridas e cicatrizes do rosto, do pescoço e das mãos, não permitia que Antipas mostrasse muita expressividade.

Os olhos, avermelhados, denotavam falta de sono e excesso de *legmi*...

Ao redor de seu pescoço brilhava uma corrente de ouro que levantou murmúrios de admiração. Contei 94 peças em forma de folhas de hera, todas em relevo e de ouro maciço. O colar dava três voltas ao redor do pescoço e teria feito empalidecer o ingênuo Oscar Wilde e o ilustrador Aubrey Beardsley.[21]

Nakebos e eu nos levantamos com sua aproximação, mas o tetrarca sugeriu que deixássemos o protocolo de lado. Afinal, estávamos em sua grande festa.

Atrás dele vinha o corpulento e sempre mudo escravo de cabelos loiros. Trazia nas mãos um *gimbal*, um pequeno incensório que colocou aos pés do seu amo. E o novo perfume foi eclipsando o da peruca branca. Menos mal...

Nakebos serviu *legmi* a seu senhor e este, encantado, ergueu a taça e preparou um brinde.

As centenas de convidados ficaram em silêncio novamente.

– Para o único *ašap* (adivinho) que entrou no poço das "meninas" e saiu com vida.

Os convidados me procuraram, curiosos, e terminaram brindando por quem isto escreve.

Nakebos sorria e repetia feliz:

– É meu amigo! É meu amigo!

Herodíade me passou em revista de cima a baixo. Salomé me dedicou um olhar discreto. Creio que o que lhe chamou mais a atenção foi meu cabelo, branco como o de seu padrasto.

---

21 Eu entendo que o Major se refere a *Salomé*, peça escrita por Wilde, lançada em 1894 em Londres, com desenhos do referido Beardsley. No texto, em que se diz que Salomé está apaixonada por Yehohanan, Herodes Antipas alude às suas joias, garantindo que tem "um colar de quatro fileiras de pérolas". E também diz: "Eu tenho ametistas de duas espécies. A primeira é negra como o vinho. A segunda é vermelha, como o vinho colorido pela água. Tenho topázios amarelos como os olhos de tigres, e topázios rosa como os olhos do jovem pombo...". Como veremos, nada do que foi sugerido por Oscar Wilde tem fundamento. (N. de J. J. Benítez.)

Enrubesci.

E bebi o *legmi* até o fim.

– E o que dizem os astros sobre esta celebração?

Eu não sabia o que dizer. Sentia algo de grave, muito grave, mas tampouco tive a opção de responder.

Antipas logo se esqueceu da pergunta e sussurrou algo no ouvido de Nakebos. Este levantou o braço e fez um sinal ao *tricliniarcha*. Era o momento combinado...

Atar, o persa, tinha tudo pronto.

Cinco núbios, altos como as palmeiras, e muito bonitos, apareceram entre os sofás, e foram se colocar no canto leste da piscina, perto do poço das "meninas". Eles levavam pequenos e grandes tambores de madeira, revestidos de pele de gazela. Dois deles tinham amarrados aos pulsos *timbrel* ou *tabret* (pequenos tamborins), que serviriam de acompanhamento. Cada *tabret* era segurado por uma das mãos (geralmente a esquerda) e golpeado com a outra. Entre as peles de gazela, ou de jumento, foram colocadas pequenas peças de cobre, ou de bronze, que sacudiam a cada vez que as peles eram golpeadas. O som era único e excitante. O número de peças de bronze preso às peles era um segredo dos músicos núbios.

O silêncio sentou-se ao nosso lado. Tudo era expectativa.

E soaram os tambores...

A tragédia também apareceu no grande átrio do palácio-fortaleza de Maqueronte.

Tudo estava pronto para o momento terrível...

Salomé, de repente, se levantou e começou a dançar.

Os convidados viram e pararam com o que estavam fazendo. Eles só tinham olhos para a jovem loira.

Antipas a seguia de boca aberta. A taça de *legmi* não demorou a ser esvaziada. Nakebos a encheu novamente.

A garota movia-se ao ritmo dos tambores, embora, agora que estou pensando melhor, não estou tão certo assim: era ela que dançava ao som dos tambores ou eram os núbios que acompanhavam os movimentos dos braços, dos ombros, dos seios, dos quadris e dos pés?

A princípio, os movimentos foram delicados e insinuantes...

Os tambores estavam, mas não estavam.

Os braços subiam e serpenteavam, e os dedos, em permanente agitação, buscavam o roxo iridescente. Os indicadores e os polegares se uniam e davam a entender algo. Era o começo do fim... Salomé falava com o corpo.

Assim transcorreram 10 ou 15 minutos.

Depois, deslizando ágil entre os triclínios, a jovem foi exigindo mais e mais de seus quadris. Vibravam. Agitavam-se lentos ou rápidos. Os negros a seguiam, tenazes.

Os convidados suspiravam.

As mulheres que estavam se banhando na piscina se acomodaram na borda e assistiram à bailarina.

A guarda gaulesa esqueceu-se de seu trabalho e permaneceu contemplando aquele corpo nu e insinuante. Eles cochichavam entre si.

E Salomé, intencionalmente, aumentou o ritmo. Os músculos abdominais tomaram a iniciativa e as tiras de pano colorido se agitaram, para cima e para baixo, deixando descobertos o púbis e as nádegas.

Alguns comensais deixaram escapar murmúrios de admiração...

Antipas a devorava com os olhos.

E a mulher veio se aproximando do divã onde estávamos sentados, Antipas, Nakebos e quem isto escreve.

O capitão da guarda encheu a taça de seu senhor, a sua e fez o mesmo com a minha.

Nakebos e Antipas beberam apressadamente.

A mulher se aproximava.

Herodíade seguia os movimentos da filha e acompanhava o frenesi da percussão tamborilando rapidamente com os dedos sobre a mesa de cristal. Ela estava gostando...

O *tricliniarcha* estava em todas as partes.

Os núbios estavam com os olhos brilhantes. Suavam copiosamente. Era um suor violeta.

Salomé continuou sua estudada aproximação ao tetrarca.

Ela sorriu brevemente e Antipas correspondeu.

A bailarina também suava.

As gotas, igualmente violeta, corriam pela testa e pelas têmporas e se precipitavam apressadas sobre os pequenos e agitados seios. Ali, como se soubessem, paravam um instante, beijavam os mamilos escuros e se suicidavam de prazer, arrojando-se sobre os convidados.

Dois dos negros, aqueles com os tambores mais pesados, se destacaram entre os triclínios e se aproximaram da enteada.

O persa me procurou com os olhos. Estava quase desmaiando. O que estava acontecendo? O que era tudo aquilo?

Encolhi os ombros.

Eu não sabia de nada... Ou sabia?

A dança (soube mais tarde) era conhecida como *raqs sharqi* ("dança oriental", uma variação da dança do ventre praticada no Egito) e provavelmente tinha sido importada dos desertos árabes.

Era uma dança sensual e sedutora, com inúmeras mensagens ocultas para aquele que soubesse "ler" o corpo.

Os braços estendidos para o alto, ondulantes, perdidos no céu, era uma forma de dizer "estou triste", "não tenho"... Os pés no chão, firmes e seguros, constituíam outro símbolo: "Sou sua", "Sou como a terra"... Os movimentos dos quadris eram "ondas que chegavam sem cessar". Era uma representação da fertilidade... Quando os braços formavam um "U" era o símbolo do ar, das aves, da liberdade...

A bailarina chegou ao triclínio, mas seu olhar foi unicamente dirigido a Antipas. Ela sabia...

Os braços escapavam, uma e outra vez, como se quisessem atravessar a cúpula violeta.

E o ritmo dos seios e dos quadris aumentou furiosamente.

Os tambores não permitiam o menor afrouxamento.

O suor nos salpicava.

Antipas capturou uma das gotas e a levou aos lábios.

Nakebos tinha os olhos fixos no sexo de Salomé.

Então percebi um perfume intenso, uma mistura de nardo e gálbano. Vinha de pequenas bolsas presas aos pulsos.

Senti vertigem.

Aquela dança se arrastava.

Ela continuou insinuando-se, mostrando seus encantos sem o menor pudor.

Os convidados haviam parado de beber. Estavam perplexos. Compreendiam e não compreendiam.

Por que Salomé dançava assim na frente do tetrarca?

A mulher, então, ficou a um passo de Antipas e o desafiou.

Os seios assumiram o controle e ela os agitou sem descanso, muito perto do rosto do padrasto.

Nakebos bebeu de novo, mas engasgou.

E o suor da garota veio de todo o seu corpo.

Os núbios enfureceram-se com as baquetas. A bailarina se esvaziou e tudo foi agitação (sobretudo no interior de Herodes Antipas).

Perfume, quadris, seios, tiras de pano que apareciam e desapareciam, sexo, suor violeta, olhares de cumplicidade...

Eu pensei que fosse desmaiar.

Antipas se rendeu e recuou um pouco.

Foi apenas um segundo.

O tetrarca se recuperou. Ele terminou o que restava do *legmi* em sua taça, levantou-se e se inclinou em direção aos seios brilhantes de Salomé.

A mulher parecia estar esperando por esse momento.

Não demonstrou medo. Pelo contrário. Avançou um pouco, sem deixar de mexer os seios e os quadris.

Antipas estava fora de si. Nakebos estava fora de si. Eu estava fora do mundo...

Os negros eram máquinas.

Osíris, o gato de Antipas, há muito havia escapado de tal loucura.

E o tetrarca, ganancioso e sedento, aproximou os lábios do mamilo direito da mulher.

Herodíade deixou de ser levada pelo ritmo. Estava lívida.

Porém, quando se preparava para sugar, Salomé, inclinada, recuou um passo para trás, e o tetrarca, confuso, acabou perdendo o equilíbrio e caiu sobre o pavimento.

Os soldados deram um passo, colocando as mãos sobre a empunhadura de suas espadas.

Mas não foi necessário. Nakebos se apressou em levantar seu senhor e tudo voltou à normalidade (?).

Antipas, verde e bêbado, voltou a se sentar no divã.

Nakebos serviu mais *legmi*.

Salomé foi embora.

O ritmo da dança diminuiu.

Os tambores e os pandeiros foram se apagando.

A garota chegou à borda da piscina, executou um último movimento, levantou os braços e atirou-se de costas na água.

Fim da histórica dança de Salomé no aniversário da subida ao poder de Herodes Antipas.

Os convidados aplaudiram. Eles se levantaram e aplaudiram freneticamente. A homenagem durou cinco minutos.

Herodíade continuava séria. Seu olhar parecia amarrado no marido. Era um olhar incendiário.

Mas o tetrarca não vacilou.

E, no meio do clamor geral, eu o vi inclinar-se sobre Nakebos, seu homem de confiança. Sussurrou alguma coisa.

O capitão assentiu com a cabeça, levantou-se e caminhou até a beira da piscina. Chamou Salomé e conversaram rapidamente.

Em seguida, ela foi até o triclínio onde estava Herodíade. Falou com a mãe e essa respondeu, mas não sei o que conversaram.

Depois, por quase um minuto, Herodíade permaneceu em silêncio. Parecia pensativa. Nakebos continuava a seu lado, esperando.

E Herodíade, finalmente, sussurrou outras palavras ao ouvido do capitão da guarda gaulesa.

Nakebos deu meia-volta e retornou para junto do tetrarca. Mas Antipas tinha adormecido, ou pelo menos assim parecia.

Contrariado, Nakebos sentou-se em seu lugar e então esvaziou sua taça de licor.

– O que acontece? – atrevi-me a perguntar.

Nakebos agradeceu meu interesse. Ele estava pálido e precisava desabafar.

– Antipas – explicou em voz baixa – pediu que Salomé voltasse a dançar para ele... Se ela o fizer, irá dar a ela um marido...

– Um marido?

– Sim, e poderá escolher entre os presentes.

– E o que disse Salomé?

– Que falasse com sua mãe. Ela decide...

Pensei ter entendido, mas não. Não tinha compreendido.

– E então? – pressionei.

– Herodíade pensou. Depois pediu que eu transmitisse o seguinte a Antipas: "Salomé dançará para ti, se antes me trouxeres a cabeça do louco Yehohanan..."

Nakebos olhou para Herodíade. Serviu-se de mais uma taça de *legmi* e acrescentou:

– Devo trazê-la numa bandeja de prata...

Ele me olhou com desagrado e estava prestes a dizer mais alguma coisa quando Antipas acordou de repente.

Eu estava assistindo a outro momento histórico, muito mal narrado pelos evangelistas. A verdade não é como foi contada. Era pior...

Antipas, visivelmente chateado, perguntou a Nakebos:

– O que ela respondeu?

– Que antes de bailar para ti quer a cabeça do louco...

– Que louco?

– Yehohanan... E a quer numa...

Nakebos não terminou a frase. Chegou mais perto do tetrarca e sussurrou algo ao ouvido. Imaginei que estivesse falando da bandeja de prata. Sim, e não. O pedido de Herodíade não terminava aí...

Antipas olhou para a esposa e o fez com desprezo.

Então, sem hesitação, ordenou ao capitão para prosseguir.

Tremi.

Nakebos se pôs de pé, chamou a guarda que vigiava entre as colunas e comentou, dirigindo-se a quem isto escreve:

– Que dizem as estrelas sobre este dia?

Não soube o que responder.

– Não importa. Tudo está escrito, como poderás comprovar em breve...

Fez um gesto para que vários dos gauleses o acompanhassem. E saiu com os soldados.

De repente, Nakebos se virou e gritou para mim:

– Como andas de estômago?

Tampouco compreendi, mas respondi:

– Bem, acho que...

Ele sorriu, maldoso, e ordenou:

– Veremos... Vem, acompanha-me!

Pedi permissão ao tetrarca e esse indicou que eu fizesse como solicitara o capitão.

Uma risadinha flutuou no triclínio.

Maldito Antipas! Maldito chacal!

Nakebos se dirigiu até a torre negra.

Pressenti algo terrível.

Um soldado abriu passagem e entramos na escuridão da torre.

Os gauleses de guarda levantaram-se e bateram continência.

Nakebos exigiu mais tochas e mandou que abrissem o alçapão.

Assim foi feito.

No interior do grande reservatório outra surpresa me aguardava, ou melhor, várias surpresas desagradáveis...

Chegaram as tochas.

Então consegui ver *Ti*, o gaulês das tatuagens nas mãos e nos braços, que havia tentado me ferir no vau de Josué em 12 de junho, e ao qual ajudei em novembro na frente da perigosa *Naja nigricollis nigricollis.*

Ele me reconheceu, sorriu maliciosamente e comentou:

– Tu, sorte... Agora não matar... *ti*!

Não era hora para brincadeiras...

Vários soldados se lançaram escada abaixo. Nakebos e quem isto escreve descemos atrás deles. Por trás de nós, igualmente armados, e com tochas nas mãos, seguia outro grupo de cinco guardas.

Eu sabia muito bem para onde estávamos indo, e por quê...

Ao entrar no reservatório, ouvi vozes.

Quem estava lá com o Batista?

Logo compreendi.

Era o eco, rebatendo nas paredes da caverna.

Ouvi novamente o som da água.

Descemos rapidamente e em silêncio.

A lembrança das ratazanas me fez estremecer.

Prestei atenção à gritaria.

Era a voz raivosa de Yehohanan, que clamava:

– Pois eis que vem o dia...

Eram versículos do profeta Malaquias (3, 19).

Ao distinguir as tochas no topo das escadas, Batista intensificou suas invocações, e o eco bateu de parede em parede. Tive a nítida impressão de que o eco também pressentia o que estava prestes a acontecer e tentava escapulir dali.

– ... Pois eis que (que) vem o dia (dia) ardendo (ardendo) com fornalha (fornalha)...

Os guardas não lhe deram atenção e continuaram.

– Holocausto! Holocausto!

E o eco repetiu: "Holocausto".

Mas do que ele falava?

A loucura, com certeza, continuava com ele.

A patrulha chegou até a água e entrou na piscina, dirigindo-se para a direita dos malditos 252 degraus.

Iluminaram o local e esperaram as ordens.

Não demorei em avistar Yehohanan. Continuava preso por correntes no tornozelo esquerdo. Estava a cerca de cinco metros, encostado na parede de gesso. E gritava e gritava:

– Chegará o dia em que cairão todos os arrogantes e todos os que praticam iniquidades!...

O cabelo tinha crescido consideravelmente. Agora já lhe chegava ao peito.[22]

---

22 Ao inocular os "nemos" (naquela vez), quem isto escreve encontrou outra característica única no Anunciador. Ou seja, as redes de capilares que alimentavam os folículos pilosos, de onde nasciam os fios do couro cabeludo, eram mais extensas do que o normal, causando

Quase não o reconheci.

Era puro osso, pura miséria...

Seus olhos estavam esbugalhados. Não sabia qual das tochas olhar.

– E nesse dia arderão, disse o Santo, bendito seja!...

Senti uma pena infinita por aquele despojo humano. Sua deterioração, física e mental, havia chegado ao fundo. A morte seria sua libertação...

Os soldados perguntaram: "O que faremos?"

O capitão ordenou que o segurassem e o iluminassem.

– E nesse dia arderão... E não restará nem raiz nem ramo!

A partir desse momento, tudo foi vertiginoso.

– Porque é Ele quem forma as montanhas e quem cria o vento, quem anuncia a sua palavra ao homem...!

Agora ele recitava o profeta Amós (4, 13).

Nakebos pediu uma espada. Nunca me esquecerei. Era uma *xiphos*, com uma lâmina de ferro larga e brilhante. O guarda, seu dono, cuidava bem dela. Junto da empunhadura no cabo, o metal ficava mais estreito, para facilitar o golpe.

– Eis que vem o dia...

Nakebos ficou na frente do gigante de olhos vermelhos e repetiu que o imobilizassem com força.

Assim os guardas o fizeram.

– Holocausto!

Então, eu observei-lhe os dentes. Uma parte havia desaparecido. Teria sido por causa dos espancamentos dos guardas? Eu sabia que aqueles bárbaros o torturavam muitas vezes...

– Holocausto! – repetiu. – Holocausto!

Foi a última palavra a ser dita.

O capitão pegou o pênis do Batista, puxou o órgão o mais que pôde e, com frieza, cortou-o de um golpe.

Um jorro de sangue brotou imediatamente e espirrou em cima de Nakebos e daqueles que seguravam o infeliz Anunciador.

Fiquei horrorizado.

---

uma anormalidade na queratina (principal componente das hastes que servem para moldar o cabelo e os pelos do corpo). Os "nemos" também indicaram um desvio cromossômico na medula e no córtex do cabelo, o que causava um crescimento excessivo dos pelos (cerca de cinco, seis centímetros por mês). O que é desconcertante é que o resto das papilas dérmicas aparecia atrofiado. Em outras palavras: Yehohanan era imberbe. Ele não tinha pelos em quase todo o corpo, exceto no couro cabeludo mencionado acima, cujo crescimento era cinco vezes maior do que o normal em um homem. (N. do M.)

Foi esse o pedido secreto de Herodíade?

O Batista, pálido, com os olhos arregalados, não emitiu som algum. Olhava para seu baixo-ventre ensanguentado e tentava dizer alguma coisa, mas não conseguia.

Os guardas, a uma ordem de Nakebos, soltaram aquele que tinha uma borboleta no rosto.

Eles retrocederam.

Havia sangue por toda parte.

O Batista cambaleou.

Mas não teve tempo de cair. Nakebos deu outra ordem. Desta vez, cabia a *Ti* cumpri-la.

–Atravessa-o!

O jovem soldado desembainhou a espada e, sem hesitação, deu uma estocada em Yehohanan. A lâmina penetrou pelo lado esquerdo e saiu do lado contrário.

O Batista me olhou, incrédulo.

Quis dizer a ele que eu não era o responsável. Que nem sequer estava lá...

O soldado, conhecedor de seu trabalho, esperou por alguns segundos. Acho que dez.

A julgar pela trajetória, a lâmina havia seccionado o coração.

Morte imediata.

Ti retirou a espada e fez isso lentamente, enquanto a fazia oscilar, rasgando as artérias, pulmões, tudo...

Um momento depois, Yehohanan caía morto.

Segundo meus cálculos, devia ser a nona hora (três da tarde). Curioso: foi na mesma hora em que o Mestre morreu, só que 27 meses antes.

O corpo permaneceu sobre os últimos degraus de pedra, virado para baixo.

O sangue corria sem cessar. Tudo estava vermelho: a água, as roupas, o gume das espadas, a visão...

Nakebos, cada vez mais irritado, olhou com asco o pênis que segurava entre os dedos. O sangue tinha estragado seu robe de seda.

E gritou aos soldados para que acabassem com o serviço de uma vez.

Os guardas se entreolharam. Ninguém sabia o que tinha que fazer.

Nakebos compreendeu. Ele levou a mão esquerda ao pescoço e fez o gesto de decapitação.

Um dos soldados tentou mover o corpo a fim de colocá-lo virado para cima, e continuar com mais facilidade. Não conseguiu. O

Batista era pesado. Ele precisou de ajuda. E o sangue continuou correndo pela escada.

Foi então que ouvimos aqueles golpes.

As tochas iluminaram o fundo do reservatório e vimos as ratazanas. Elas saltavam dos túneis e nadavam em nossa direção.

– Vamos, vamos! – apressava o capitão.

O corpo estava com as costas sobre os degraus de pedra e as pernas dentro da água do reservatório. O cabelo loiro escondia parte do rosto.

Um dos soldados afastou os cabelos e deixou a garganta exposta.

– Vamos!

As tochas iluminaram o Batista.

Outro dos mercenários empunhou a espada com ambas as mãos. Ele a levantou no ar e descarregou um golpe terrível sobre Yehohanan.

Os nervos o traíram e a espada feriu a boca, abrindo parte do rosto.

Outro jorro de sangue me gelou a alma.

– Malditos sejam!...

Nakebos estava observando as ratazanas. Elas continuavam nadando e avançando...

Foi a vez de outro dos gauleses. Ele repetiu o golpe, também violento. Mas a espada foi desviada para os degraus de pedra e se partiu em dois.

Os soldados amaldiçoavam em sua língua...

Foi *Ti* quem deu o terceiro e derradeiro golpe.

Desta vez, a lâmina separou a cabeça.

Ti a agarrou pela cabeleira, levantou-a para que todos vissem e proclamou, muito sério, dirigindo-se ao corpo do Batista:

– Tu sem sorte!

Os olhos de Yehohanan continuavam espantosamente abertos. A ferida na boca deixava o maxilar inferior pendurado.

Tudo era sangue e horror.

– Vamos, vamos! – gritou Nakebos. – Para cima!

A patrulha cumpriu a ordem do capitão. Subimos todos com pressa.

Não virei a cabeça para olhar.

Lá ficou o cadáver de Yehohanan, à mercê das ratazanas...

Ao chegarmos à torre, estávamos ofegantes. Não sei se pelo esforço ou pelo cansaço da alma diante de tanto horror...

Alguns dos soldados que aguardavam no alto deram um passo para trás ao ver a cabeça e nossas roupas, ensanguentadas.

Nada perguntaram. Não era preciso.

De repente, Nakebos reparou: faltava a bandeja de prata.

E, furioso, ordenou que buscassem uma.

E insistiu:

– De prata, maldita seja! São as ordens da senhora!

Ele se referia a Herodíade, obviamente.

Vários soldados deixaram a torre negra, e a cabeça do Batista ficou sobre as pedras do pavimento, nos observando.

Nakebos soltou o ensanguentado pênis e pediu água para se lavar.

Não consegui me conter.

Ajoelhei-me diante da cabeça e tentei fechar os olhos.

Foi inútil. Eles voltavam a se abrir.

Foi nesse instante que vi surgir o *tricliniarcha*. Trazia a maldita bandeja de prata.

Entrou na torre, deu alguns passos, mas, por causa da penumbra, não viu a cabeça e tropeçou nela. O persa rodou pelo solo e a bandeja foi junto com ele.

Os soldados riram e zombaram dele.

O *maître* se apressou em levantar-se.

Foi só nesse momento que ele notou o "obstáculo". Soltou um grito e caiu desmaiado.

Um dos gauleses abriu o alçapão e um segundo soldado jogou o efeminado para dentro da cisterna. Fecharam o alçapão e continuaram rindo.

Nakebos pegou a cabeça de Yehohanan, colocou-a cuidadosamente sobre a bandeja e ordenou que um de seus homens introduzisse o pênis na boca. Esse era o desejo da esposa de Antipas.

Depois, ele pegou uma tocha. Passou-a ao redor da cabeça e, satisfeito, pediu que abrissem a porta da torre.

E Nakebos deixou o local. Atrás dele vinha a escolta e quem isto escreve, deprimido.

Caminhamos entre os divãs.

Os convidados, desprevenidos, gritavam ao ver passar aquela bandeja. Outros se levantaram e foram embora.

Nakebos deixou o "presente" aos pés do tetrarca.

Antipas, mais do que bêbado, contemplou atônito a cabeça e acabou por vomitar em cima dela.

Em seguida, exigiu que levassem "aquilo" e entregassem a quem o havia solicitado.

O capitão da guarda obedeceu. Pegou a bandeja do chão e a transportou para o triclínio de Herodíade. Depositou-a no piso, deu um passo para trás e aguardou.

Salomé, reclinada ao lado da mãe, olhou a cabeça e o pênis com frieza.

Foi tudo muito rápido e desagradável, mas entendo que devo contar.

Herodíade olhou a cabeça em silêncio. Ela fez isso durante 10 ou 15 segundos. Depois se levantou, caminhou até a bandeja e se colocou bem em cima dela. Recolheu ligeiramente a túnica transparente de linho, agachou-se e urinou sobre os restos de Yehohanan.

Antipas aplaudiu.

Os convidados, temerosos, aplaudiram também. Foi a ovação mais vergonhosa que já cheguei a ouvir.

Ela urinou por bastante tempo...

Senti algo estranho dentro de mim, como se alguma coisa tivesse se quebrado por dentro...

Terminada a humilhação, Herodíade disse aos servos que recolhessem a bandeja e que a seguissem.

Os convidados se levantaram, preparados para um novo ultraje.

A mulher caminhou até o poço das "meninas" e ordenou que o abrissem.

Dois dos soldados se apressaram para fazer sua vontade.

Eles destaparam o poço e Herodíade fez um sinal.

O escravo que estava segurando a bandeja despejou o conteúdo dentro do poço.

Aquela dor, na boca do estômago, ficou insuportável...

Herodíade olhou para dentro do poço das aranhas.

Eu também fiz a mesma coisa.

A cabeça do Anunciador rolou até o terceiro quadrante, aquele das "viúvas-negras".

Ele mantinha os olhos abertos. O pênis havia desaparecido.

Eu nunca vou me esquecer daquele olhar, e suponho que Herodíade também não. Parecia gritar: "Tudo é mentira!"

Herodíade cuspiu e clamou:

– O vento ardente de Yaveh levará a todos... Começando por ti!

Essa era uma frase de Isaías. Yehohanan a utilizava contra Antipas e contra ela. Herodíade se lembrou dela e acrescentou:

– *Hara'im* (excremento humano).

Esse era um dos insultos favoritos do Batista.

Ela cuspiu uma segunda vez e gritou:

– Em nome da *dusara*!

A esposa de Antipas estava familiarizada com os epítetos cortantes que o Anunciador lhe havia dedicado.

Esta era sua vingança.

O poço foi fechado e Herodíade regressou triunfante ao seu triclínio.

Não me despedi de ninguém. Não disse nada...

Abandonei aquele lugar de sangue e de pesadelos e me refugiei na esplanada, em frente à ponte levadiça.

A dor havia me derrubado.

Ali estavam esperando, pacientes, muitos dos *sais* que haviam trazido os convidados até Maqueronte. Cochilavam ou conversavam entre os carros.

Nenhum deles olhou para mim.

Faltava pouco para o ocaso.

Busquei refúgio entre as *redas* e, às escondidas, vomitei violentamente.

Tentei me recompor.

Aquela dor...

O que havia acontecido?

Estávamos no sábado, 10 de janeiro do ano 28 de nossa era.

Herodes Antipas, o chacal, tetrarca da Pereia e da Galileia, acabava de executar João, o Batista (Yehohanan), chamado erroneamente de Anunciador de Jesus de Nazaré. Nakebos, capitão da guarda, cortou-lhe o pênis previamente. Um dos guardas, sendo três da tarde, o atravessou com sua espada de lado a lado. Depois de várias tentativas, eles o decapitaram.

Em seguida...

Fechei os olhos e tentei colocar os pensamentos em ordem.

O que tudo isso que eu vi e ouvi tinha a ver com aquilo que foi narrado pelos evangelistas?

Mateus não acertou uma.[23] Marcos copiou Mateus e também não

---

23 Em seu evangelho (14, 6-13), Mateus diz: "Festejando-se, porém, o dia natalício de Herodes, a filha de Herodíade dançou no meio dos convivas, e agradou a Herodes, pelo que este prometeu com juramento dar-lhe tudo o que pedisse. E instigada por sua mãe, disse ela: "Dá-me aqui num prato a cabeça de João, o Batista". Entristeceu-se, então, o rei; mas, por causa do juramento, e dos que estavam à mesa com ele, ordenou que se lhe desse, e mandou degolar a João no cárcere; e a cabeça foi trazida num prato, e dada à jovem, e ela a levou para a sua mãe. Então vieram os seus discípulos, levaram o corpo e o sepultaram; e foram anunciá-lo a Jesus".

Por sua vez, Marcos, o evangelista (6, 21-30), diz: "Chegado, porém, um dia oportuno quando

acertou. Lucas não fala da morte do Batista, e João, mais esperto, não diz uma única palavra sobre o destino de Yehohanan...

Vejamos alguns erros:

Não foi no aniversário de Antipas.

O tetrarca nunca ofereceu metade de seu reino. A razão é simples: ele não podia dar aquilo que não era seu. Roma era a proprietária dos territórios que eram "governados" pelo chacal.

E ele tampouco ficou entristecido com o pedido da cabeça de Yehohanan. Antipas odiava o Batista...

A cabeça com o pênis enfiado na boca (detalhe que foi esquecido pelos "escritores sagrados") foi posta aos pés de Herodíade, e não de sua filha.

E quanto ao corpo, conhecendo a crueldade de Antipas, ninguém se atreveu a reclamá-lo. Algum tempo depois tive conhecimento daquilo que aconteceu com os restos mortais do Anunciador. As ratazanas o devoraram. Aquilo que sobrou foi retalhado e queimado. Nenhum discípulo se apresentou à frente de Antipas. Teria sido um suicídio. O tetrarca não esquecia.

No máximo, os evangelistas ouviram o soar dos sinos... Isso foi tudo.

A narração da morte de Yehohanan foi outro desastre.

Pouco a pouco, aquela dor pungente foi se reduzindo.

De início, eu atribuí ao estresse das últimas horas.

Sim e não.

O Destino continuava avisando.

E agora, o que eu devia fazer?

Pensei em voltar à torre da "Verdes".

De fato, eu não havia perguntado a Nakebos sobre o paradeiro do Mestre.

Abri os olhos, perplexo. Como pude ser tão descuidado?

Herodes no seu aniversário natalício ofereceu um banquete aos grandes da sua corte, aos principais da Galileia, entrou a filha da mesma Herodíade e, dançando, agradou a Herodes e aos convivas. Então o rei disse à jovem: 'Pede-me o que quiseres, e eu to darei'. E jurou-lhe, dizendo: 'Tudo o que me pedires te darei, ainda que seja metade do meu reino'. Tendo ela saído, perguntou a sua mãe: 'Que pedirei?' Ela respondeu: 'A cabeça de João, o Batista'. E tornando logo com pressa à presença do rei, pediu, dizendo: 'Quero que imediatamente me dês num prato a cabeça de João, o Batista'. Ora, entristeceu-se muito o rei; todavia, por causa dos seus juramentos e por causa dos que estavam à mesa, não lha quis negar. O rei, pois, enviou logo um soldado da sua guarda com ordem de trazer a cabeça de João. Então ele foi e o degolou no cárcere, e trouxe a cabeça num prato e a deu à jovem, e a jovem a deu à sua mãe. Quando os seus discípulos ouviram isso, vieram, tomaram o seu corpo e o puseram num sepulcro". Lucas (3, 19-21) toca no assunto de passagem: "Mas o tetrarca Herodes, sendo repreendido por ele por causa de Herodíade, mulher de seu irmão, e por todas as maldades que havia feito, acrescentou a todas elas ainda esta, a de encerrar João no cárcere". (N. de J. J. Benítez.)

Eu teria que voltar ao átrio e perguntar ao capitão da guarda. Não poderia voltar à torre sem essa informação.

E eu estava nisso, disposto a entrar mais uma vez no palácio-fortaleza, quando testemunhei aquele estranho fenômeno.

Talvez estivéssemos na décima hora (quatro da tarde).

No céu, azul e sereno, apareceu um arco-íris. Tinha os pés nas margens do mar de Sal.

Não era possível...

As condições meteorológicas não eram adequadas. Não havia nuvens. Não estava chovendo em parte alguma e, de fato...

Mas o arco-íris evoluiu gradualmente e eu o vi transformar-se em um arco branco e denso.

Sentei-me, perplexo. Nunca tinha visto algo semelhante.

E sob o arco branco surgiu uma parede de nevoeiro.

Outros *sais* também viram o fenômeno e comentaram entre si. Isso me tranquilizou, porque não era o único que estava vendo...

Aquela névoa se levantou e escalou as colinas que nos rodeavam. Maqueronte também foi encoberta. E, em questão de minutos, o nevoeiro e o silêncio se apoderaram do local.

Todos estavam impressionados... O que era aquilo?

Não se ouvia nada; nem sequer o distante rumor da festa.

Os cavalos e as mulas estavam ficando inquietos. Os *sais* tiveram que tranquilizá-los.

Eu tive que esperar.

Não era conveniente andar com tal nevoeiro.

Sentei-me ao pé de uma rocha e tentei acalmar minha mente.

Foi assim, acredito, que acabei dormindo. E foi assim, acho, que tive aquele sonho desconcertante...

De dentro da neblina surgiu um velho conhecido.

O sujeito de sorriso encantador!

A túnica não brilhava. A neblina lhe fazia companhia.

Ele se aproximou, decidido, e se ajoelhou ao meu lado.

O sorriso era espetacular. Ele me olhou, compassivo, com aqueles pequenos e vivos olhos azuis, sem fundo, e acabou tomando meu pulso.

– Tu és médico? – perguntei no meio do sonho. (?)

O sorriso se ampliou, mas ele nada disse.

Então, ele me mostrou um cálice de metal, semelhante ao que Jesus possuía. E me convidou a beber.

Tomei o cálice em minhas mãos. O metal estava quente.

Observei o conteúdo.

Era um líquido azul.

Mas de onde ele havia tirado tudo isso?

Ao me ver hesitar, ele moveu a cabeça, incentivando-me a beber.

Foi o que eu fiz. Aquele homem (?) me inspirava confiança.

Era um licor muito doce, semelhante ao suco de abacaxi. Mas isso não podia ser. Não existiam abacaxis naquele lugar, naquele tempo.

Depois de pegar o cálice de volta, ele foi embora, desaparecendo no nevoeiro.

Não me lembro de mais nada...

Não sei o que aconteceu. Não tenho consciência, nem lembrança, de como cheguei à torre das "Verdes".

Raisos, Tarpelay e as mulheres me recolheram na porta.

Já estava escuro.

Eles acreditavam que eu havia descido pelo perigoso *wadi* Zarad, o das víboras. Tarpelay me repreendeu.

Mas não soube explicar.

Segundo Raisos, eu me queixava de uma intensa dor no ventre.

Não conseguia dar nem um passo...

Eles me recostaram e dormi até bem tarde do dia seguinte, domingo, 11 de janeiro.

Ao despertar, eu me sentia quase bem.

Conseguia me recordar do "sonho", com a aparição daquele personagem de sorriso encantador e do líquido azul, mas aí tudo terminava.

Tar falou de Yehohanan. A notícia de sua morte corria por toda a região.

Não contei nada sobre aquilo que vivi em Maqueronte.

Raisos, o conseguidor, nos deu uma notícia: Jesus e seus discípulos se encontravam no meandro Ômega, perto da cidade de Pella. Acabavam de chegar. Vinham da Decápolis e continuavam fugindo. O Grande Sinédrio tinha jurado vingança. Capturariam o Mestre fosse onde fosse, custasse o que custasse...

Raisos não dava um asse pela cabeça do Galileu.

E comentou: "Temos que ver os olhos da noiva para saber se está chorando..."

De repente, fiquei com pressa.

Jesus estava no rio Artal. Eu teria que ir ao seu encontro e suplicar que fizesse algo por Eliseu. Não havia tempo a perder.

Tarpelay logo organizou tudo e, na manhã de segunda-feira, 12, nos despedíamos de novo das pessoas da torre. Raisos gritou: "A pressa te rasgará a túnica e o coração..."

Ignorei seu comentário e galopamos até Ômega.

Pouco antes do crepúsculo entramos no bosque dos lenços. Ali estavam o Mestre e as pessoas.

Fazia dois meses e meio que não O via.

Eu o encontrei mais magro e desgastado.

Os cabelos grisalhos continuavam conquistando aquela cabeleira cor de caramelo.

Eles sabiam da execução do Batista.

Todos se alegraram ao nos ver. Tarpelay era como se fosse da família.

Judas Iscariotes se mantinha afastado. Imaginei o motivo.

Nunca perdoou o Filho do Homem por não ter feito nada por Yehohanan. Por sorte, ninguém em Ômega conhecia os detalhes de sua morte horrível.

Limitei-me a guardar silêncio e observar.

E, de repente, quando eu ajudava o *sais* a descarregar a *reda*, o Galileu veio ao meu encontro. Ele me segurou pelos braços e me levou para longe dos íntimos. E ali, entre as corpulentas *davidia*, olhou-me nos olhos e pronunciou uma frase:

– O mal de teu irmão não é de morte...

Sorriu e proclamou:

– Confia!

Isso foi tudo. O mestre salvou-me do trabalho de implorar, mas, sinceramente, não consegui compreender. Como se podia dizer algo assim? Eliseu agonizava. Seus problemas não tinham solução, ele estava condenado à morte. Talvez já estivesse morto, a essa altura.

André e o resto das pessoas me atualizaram sobre tudo, mas quase não prestei atenção.

Meu pensamento estava em outra parte, na *insula* da "Gata", em Nahum, junto ao engenheiro e a Kesil.

Eles falaram sobre o que já sabia, acho. Relataram sobre suas andanças por Decápolis, as fugas permanentes, os receios, as chegadas dos mensageiros com notícias do Sinédrio e das famílias... Não pregaram em público. Jesus se limitou a passar os ensinamentos em particular.

E assisti a intermináveis discussões sobre a maldade do Sinédrio...

Nada de novo.

Nessa noite, depois do jantar, o Mestre se dirigiu aos íntimos e anunciou:

– Yehohanan está morto... Não esperaremos mais.

Os discípulos ficaram surpresos.

E Jesus proclamou com força e segurança:

– A hora chegou! Anunciaremos o reino abertamente! Preparai tudo. Amanhã regressaremos ao *yam*...

A maioria ficou contente. Outros demonstraram dúvidas. O que significava isso de "anunciarem o reino abertamente"?

Aquele era o pior dos momentos. Herodes Antipas tinha ficado mais forte com a execução do Batista. As castas sacerdotais os perseguiam como vingança. Se aparecessem na Galileia, ou em Jerusalém, seriam capturados...

Jesus nada disse, e se retirou para descansar. E ali ficaram seus homens, perdidos novamente na perplexidade.

Na terça-feira, 13 de janeiro (ano 28 de nossa era), ao amanhecer, o grupo se pôs em marcha.

Pensei ter entendido. Jesus foi fiel à decisão adotada nas colinas de Beit Ids: esperaria que se cumprisse o Destino de Yehohanan.

Agora, tudo era diferente...

Começava uma nova era para o Homem-Deus. Começava a verdadeira vida de pregação...

E uma ideia ficou flutuando em minha mente: as duras críticas do Batista a Herodes Antipas, e também a Herodíade, teriam sido intencionais? Teria Yehohanan planejado sua morte?

Recomenda-se não abrir estas páginas com antecedência

No caminho de volta ao mar de Tiberíades, eu me mantive sempre no final da expedição.

Foi, sem dúvida, a viagem mais "longa" das que me recordo...

Não desejava voltar. Não queria me reencontrar com aquele Eliseu agonizante, quase morto.

Não entendia, como disse, a atitude do Mestre.

Foi uma caminhada angustiante.

Alguma coisa estava me puxando em direção ao lago. Algo, no mais profundo de meu ser, me dizia para confiar. Mas, ao mesmo tempo, eu não queria regressar...

O instinto (?) sussurrava palavras que eu não aceitava.

Alguma coisa estava acontecendo. Algo muito assustador...

Eu me lembro de não ter falado com praticamente ninguém.

Chegamos antes do ocaso.

Em Saidan tudo transcorria como sempre: sem transcorrer...

No caminho, tomei uma decisão. Se os Zebedeu autorizassem, eu transferiria o engenheiro para o casarão. Parecia-me um lugar mais tranquilo. Se Eliseu tivesse que nos deixar, que o fizesse longe da agitação de Nahum.

Negociei com Salomé, e com o Zebedeu pai, e eles aceitaram.

Propus-me a pagar pela estada de meu companheiro e de Kesil, mas eles rejeitaram a sugestão.

E naquela mesma noite, com a ajuda de Tar e de Kesil, Eliseu foi transferido para o pombal.

Eu o encontrei consumido, quase sem pulso. Continuava em estado de coma. A respiração era agitada. A vida estava se extinguindo. Deduzi que faltava pouco. Talvez horas.

E me perguntei, uma vez mais: o que o Destino nos reservava?

Quem isto escreve não havia sido capaz de obter a contrassenha para ativar o "berço". Estávamos enterrados naquele agora! A menos que acontecesse um milagre (!), não regressaríamos.

Abril se entregou aos cuidados de meu amigo. Que criatura incrível!

Jesus sabia da presença de Eliseu no casarão, mas, inexplicavelmente, não aceitou ver o engenheiro.

Fiquei perplexo e magoado. Muito magoado...

O obtuso fui eu, na verdade. Ele sabia.

E chegou a quarta-feira, 14 de janeiro. Outra jornada singular.

Lembro que o "terremoto" começou por volta da sexta hora (meio-dia).

De repente, ouvimos vozes.

Deixei Eliseu aos cuidados de Kesil e desci até a "terceira casa".

Pedro discutia com Salomé e com as filhas.

O discípulo falava de Amata, sua sogra. Entendi que ela estava morrendo.

Salomé conhecia a personalidade de Simão Pedro – fantasioso, exagerado e volúvel – e não lhe deu demasiada atenção.

Jesus estava presente, escutando.

Pedro, ofegante e suado, tentava mostrar que não estava mentindo.

E nisso irrompeu no casarão a esposa do discípulo, Perpétua.

Chegou chorando e confirmou as palavras do marido.

Todos correram até a casa de Pedro, nos arredores de Saidan. Jesus foi com eles.

Quem isto escreve seguiu atrás, intrigado.

E pensei: "Era o que faltava!"

Na humilde casa se reuniu metade da cidade. Em um lugar como Saidan, as notícias voavam. Pedro era querido na aldeia, mas Amata, a sogra, e Perpétua, a esposa, eram muito mais que ele.

Pedro pediu licença e os vizinhos se afastaram, permitindo a passagem do Galileu.

A sogra estava no piso superior.

O Filho do Homem subiu os degraus de pedra que ligavam os dois andares e se ajoelhou ao lado de Amata.

As pessoas murmuravam:

– É o profeta de Nahum...

Cheguei até as escadas.

A sogra estava estendida sobre uma esteira de palha e coberta com algumas mantas.

Tremia.

Supus que tivesse febre.

Amata, como já disse, era uma "anciã" de 45 anos de idade.

Tinha o cabelo branco, a pele branca e delicada como de um bebê e um sorriso indescritível. Era só bondade e silêncio. Dificilmente falava. Só sabia trabalhar e obedecer.

Padecia de surdez, mas havia aprendido a ler os lábios.

Os olhos claros eram muito bonitos...

O peso da casa, e a educação dos três filhos de Pedro, tudo corria por sua conta, com a ajuda de Perpétua, sua filha.

Era uma mulher que não contava para ninguém, mas, no fim das contas, era imprescindível.

O Mestre pegou as mãos de Amata, acariciou-as e lhe dedicou palavras de consolo.

A sogra de Pedro não reagiu, e o pouco que respondeu foi de maneira distante.

Parecia esgotada.

À primeira vista, não sabia o que estava acontecendo com ela.

"Está morta... O profeta a curará... Já é tarde... Amata merece uma cura..."

Felipe, o intendente, chegou apressadamente. Vivia bem próximo dali.

Ordenou a Perpétua que esvaziasse a casa. Tanta gente, em um lugar tão exíguo, não era saudável...

Pedro ajudou sua mulher e, pouco a pouco e entre protestos, a multidão foi se retirando.

Felipe se posicionou junto ao Galileu e começou a colocar panos molhados em água sobre a testa da anciã.

Assim ele permaneceu um bom tempo.

Todos o agradecemos em silêncio.

Finalmente o Filho do Homem se levantou e caminhou em direção aos degraus.

Ao passar do meu lado, me olhou intensamente e sussurrou:

– Também não é uma enfermidade de morte...

Deu-me uma piscadela olho no olho e se distanciou, saindo da casa.

Eu não sabia se caminhava atrás Dele ou se permanecia na casa.

A curiosidade foi mais forte e subi ao piso superior. Aproximei-me de Felipe e tentei averiguar a que se devia tanto alarme.

Felipe resumiu tudo, e acertadamente:

– Febres malignas... Não é a primeira vez.

Eu a examinei, muito por alto, e cheguei à conclusão de que Amata se achava em plena crise de malária.

A febre era alta. Rondava em torno de 40 graus. Seu corpo era puro fluxo de arrepios e tremores...

Pensei em uma infecção por *Plasmodium falciparum*, um dos parasitas mais comuns. Naquele tempo causava milhares de mortes (especialmente entre as crianças).[1]

---

1 Há mais de 60 espécies de mosquitos que transmitem o paludismo (malária) aos seres humanos. *Plasmodium falciparum* é a mais perigosa. No século XX ocasiona a ordem de cem milhões de novos casos por ano, com resultados fatais de mais de um milhão de pessoas. A região da África subsaariana é a mais castigada. O ciclo biológico do parasita da malária é complexo e isso dificulta sua erradicação. Ao picar, o mosquito introduz esporozoítos

Os judeus sabiam que a enfermidade era provocada pelos mosquitos. Acreditavam que os espíritos imundos eram enviados por Yaveh e inoculados em cada picada. Quanto mais pecados, mais possibilidades de contrair a malária.

Para combatê-la, faziam uso de uma invenção egípcia, mencionada por Heródoto cinco séculos antes. Besuntavam as redes com óleo de peixe (ou com algo menos poético) e se cobriam com elas. Assim caminhavam, trabalhavam ou dormiam. Assim nasceram os primeiros repelentes da história.

Não pensei que a gravidade fosse tão extrema como proclamava Pedro. Não detectei convulsões nem tampouco sintomas de anemia. Tratava-se ali de uma crise. Convinha ficar atento, mas não acreditei que Amata se achasse nas últimas...

Pensei em ministrar-lhe cloroquina ou, talvez, uma dose de sulfadoxina-pirimetamina (um antibiótico que impede a síntese do ácido fólico por parte do *falciparum*)

Afastei a ideia.

Não estava autorizado a fazer algo assim...

Foi Felipe quem remediou o problema, em parte.

Preparou uma infusão e lhe deu para beber.

Era outro de seus "remédios", que aprendera com os sábios da sua querida China: essência de artemísia, uma planta medicinal utilizada como antitérmico.

Ao consultar "Papai Noel", comprovei que uma das variedades – chamada *annua* –, com altas proporções de tuiona e cineol, dava resultados positivos na hora de repelir os parasitas da malária.

Felipe havia colhido a artemísia entre julho e setembro (como a sabedoria chinesa ordenava) e deixara secar as folhas à sombra, com o calor natural.

Aos poucos, a artemísia surtiu efeito e a febre cedeu.

A mulher se estabilizou e dormiu.

Não havia muito mais o que fazer na casa de Pedro e regressei para junto de Eliseu.

---

que invadem as células hepáticas. Estas terminam arrebentando e liberam merozoítos, que destroem os glóbulos vermelhos do sangue. A partir desse instante, as infecções se multiplicam. Na época de Jesus, a malária era uma das principais causas de morte. Não existia remédio que pusesse fim ao contágio. Durante a Operação, como já mencionei em seu momento, foi uma de nossas preocupações permanentes. Tomávamos cloroquina diariamente. (N. do M.)

O discípulo e Perpétua, a esposa, seguiam as evoluções de Felipe e o faziam de um canto da casa, chorando a cântaros.

Entendo que Pedro foi sincero. Pensou que a sogra estivesse morrendo.

Instalei-me de novo no pombal e me debrucei à janela.

Jesus passeava pela margem do *yam*. Fazia sua caminhada de maneira solitária. *Zal* corria a seu lado.

E disse a mim mesmo: "Que estranha criatura! Por que não curou Ruth? É sua irmã... Por que não se preocupou com Eliseu?"

Regressei para o lado do engenheiro.

Peguei sua mão. A pulsação continuava debilitada.

Aquela respiração, pela boca, tão intensa, me mantinha obcecado.

Examinei as pupilas.

Passeei a lanterna em frente aos seus olhos e a luz o feriu. Não havia midríase (dilatação anormal das pupilas).

Então percebi como a mão esquerda do engenheiro apertava. Foi por um instante.

Fiquei perplexo.

Eliseu tentava se comunicar...

Mas a mão ficou morta. Não houve mais movimentos.

E uma lágrima solitária surgiu pelo olho direito de meu amigo. Brilhou por um momento e se deixou cair pelo rosto.

Mensagem recebida.

Senti como se a tristeza estivesse me afogando.

E o sol, igualmente esgotado, se ocultou pela região do Migdal.

Nesse dia, o ocaso se registrou às 16 horas e 53 minutos.

Decidi descer e mudar de pensamentos, espairecer.

Pois bem, nesse instante, quando acabava de entrar na "terceira casa", Pedro irrompeu de novo no casarão. Melhor dizendo, não foi o discípulo que entrou: foi um torvelinho. Pedro pulava, gritava, chorava, abraçava todo mundo...

Salomé tratou de interrogá-lo.

– O que foi?

O discípulo era incapaz de articular uma só palavra.

Abril e eu nos olhamos. Ninguém sabia de nada...

Salomé acabou segurando Pedro pelos ombros com força.

– O que houve?

– Um milagre!

– Que milagre?

Pedro continuava chorando. Estava pálido.

– Que milagre? – insistiu a mulher.

– Ele o fez! – balbuciou o discípulo e indicou a sua casa. – O Mestre o fez!

– O que Ele fez?

– Um milagre!

– Maldição! – replicou Salomé, exasperada. – Fala com mais clareza!

Pedro engoliu a saliva, nos olhou com os olhos espantados e proclamou entre lágrimas:

– Ele o fez! Ele curou a minha sogra! Ela está viva!

– Mas o que dizes?

Pedro se deixou cair sobre o pavimento e continuou com as lágrimas...

Voltamos correndo para a casa do discípulo.

A casa se encontrava praticamente vazia.

Perpétua e Felipe cuidavam de Amata. A anciã se encontrava sentada nos degraus de acesso ao piso superior.

Fiquei desconcertado.

Aproximei-me e a mulher sorriu. Bebia em uma tigela de madeira. Era sopa quente.

Perguntei a Felipe e este negou com a cabeça. Ali não ocorrera nenhum milagre. A febre desapareceu, mas provavelmente estava obedecendo à ação da artemísia. A mulher continuava debilitada.

Acreditei ter entendido.

A crise tinha altos e baixos...

Pedro confundiu a melhoria com algum prodígio do rabi.

Perpétua, mais sensata, compartilhava da mesma opinião de Felipe. Convinha esperar.

E nisso vimos Pedro entrar.

Ele continuava com suas próprias convicções. Dançava, gritava, proclamava que havia sido um milagre, abraçava todo mundo, chorava...

André tentou acalmá-lo.

Foi inútil.

– Milagre! Aconteceu um milagre! – clamava com ímpeto. – Depois de Caná, Amata!

E saiu da casa, soltando aos quatro ventos o suposto milagre.

A vizinhança não demorou em ingressar de novo na casa. Contemplava a sogra, que estava aprazivelmente sentada na escadaria, e se retirava contagiada pela euforia de Pedro. A aldeia se converteu em um manicômio. Todo mundo corria, entrava e saía das casas e gritava anunciando o milagre do construtor de barcos de Nahum.

Felipe e quem isto escreve não fizemos comentário algum. Ninguém prestaria atenção.

Permaneci na casa durante horas.

E às 12 horas da noite, passado então o efeito da artemísia, Amata caiu em outra crise de tremores. A febre se apresentou, intensa, e a anciã ficou sem controle e enfraquecida.

Como foi falado: não houve nenhum milagre (pelo menos nesse momento).

Na realidade, não há dúvida, mesmo acontecendo sua recaída, o "milagre" não se instalou efetivamente; e mesmo que houvesse a tentativa de replicar, não foi possível. Mas o boato continuou circulando e... a que velocidade!

No dia seguinte, quinta-feira, 15 de janeiro, os rumores dispararam. Foi a fofoca do *yam*. Todo mundo falava, sabia ou esteve ali, na casa de Pedro, o pescador. Todo mundo assegurava que Amata fora "resgatada das trevas pelo construtor de barcos". Alguns inclusive mencionaram a palavra "ressurreição" (!).

Apesar da experiência, este explorador não saía da perplexidade.

E o povo começou a chegar a Saidan.

Naturalmente, a sogra de Pedro não melhorou, ou sua melhora acontecia de tempos em tempos, dependendo do tratamento de Felipe.

Pedro, envergonhado, se retirou do meio. Desculpou-se e se dedicou à pesca, solitariamente. Não voltei a vê-lo...

E ri comigo mesmo, discretamente.

Três dos quatro evangelistas fazem menção à "cura da sogra de Pedro".[2] Pois bem, mentiram ou foram cruelmente enganados. Jesus certamente tocou a mão de Amata, mas a febre não deixou a anciã. E tampouco é verdade que uma vez curada "se pôs a servir-lhe". O Mestre permaneceu pouco tempo na casa e não regressou depois.

Tampouco é verdade que o Galileu pegou a enferma pela mão e a levantou.

---

2 Mateus (8, 14-15) disse a respeito: "Ora, tendo Jesus entrado na casa de Pedro, viu a sogra deste de cama; e com febre. E tocou-lhe a mão, e a febre a deixou; então ela se levantou, e o servia". O texto de Marcos (1, 29-31) é uma cópia do anterior. E quanto a Lucas (4, 38-39) disse textualmente: "Ora, levantando-se Jesus, saiu da sinagoga e entrou em casa de Simão; e estando a sogra de Simão enferma com muita febre, rogaram-lhe por ela. E ele, inclinando-se para ela, repreendeu a febre, e esta a deixou. Imediatamente ela se levantou e os servia". (N. de J. J. Benítez.)

Lucas, por sua vez, se refugia na fantasia e escreve que Jesus "repreendeu a febre e a febre a deixou".

É provável, como já mencionei anteriormente, que tanto Marcos (então uma criança) como Lucas (que nem sequer conheceu o Mestre) se tenham deixado influenciar pelas narrações de Pedro. Mais adiante ficará demonstrada a credulidade do discípulo e genro de Amata...

Já a respeito de Mateus, não sei o que pensar. Ele soube da verdadeira história de Amata. Escreveu o que escreveu por respeito a Pedro? O texto foi modificado com o passar do tempo?

Seja como for, o certo é que o incidente com a sogra de Pedro – quem o teria imaginado – terminaria desembocando em um fato extraordinário e único na história da humanidade.

Porém, eu devo respeitar a ordem dos acontecimentos. Quando aprenderei?

Na sexta-feira, dia 16, Amata piorou. A febre a consumia.

Felipe lutou o quanto pôde. Providenciou novas doses de artemísia e a malária retrocedeu. Porém, aos poucos, naturalmente, o mal voltava a apoderar-se da anciã.

Nada disso foi levado em conta pelas centenas de curiosos e de enfermos que continuavam chegando à aldeia.

Era a segunda vez que Saidan acabava por ficar tomada – literalmente – por pessoas de todos os tipos e condições.

Acampavam nas ruas, na praia, junto à fonte, nos terraços, nos pátios, no caminho que conduzia a Nahum e a Kursi, nos jardins e nas margens do rio Zají.

Estavam em todas as partes.

E, como sempre, junto com os enfermos de verdade, junto daquela gente necessitada de consolo e de um pouco de paz, surgiram falsos coxos, falsos cegos, falsos leprosos, vendedores, vigaristas, pedintes, vagabundos de sempre e trapaceiros.

Percorri a aldeia, assombrado.

Muitos se acocoravam em frente à porta principal do casarão dos Zebedeu. Ali permaneciam dia e noite, como na vez anterior, suplicando e esticando os braços ao primeiro que encontrassem e coincidisse de entrar ou sair da casa. Imploravam o nome do Mestre. Solicitavam o perdão dos pecados e a cura de seu corpos.

Entre enfermos de verdade, familiares e amigos que os acompanhavam, maliciosos, curiosos e desocupados, somei ao redor de 2 mil pessoas.

Jesus, inteligentemente, se retirou para as colinas. Ele se foi com *Zal*. Não quis que ninguém o acompanhasse.

Nessa noite Ele dormiu fora.

E chegou o incrível sábado, 17 de janeiro (ano 28).

O dia amanheceu nublado. Não demoraria a começar a chover.

O instinto me colocou em estado de alerta. Senti aquele fogo interior, que sempre precede as emoções extremas... O que ia acontecer?

Percorri a aldeia, atento.

Continuava chegando gente. Vinham do norte, do sul e inclusive por mar.

Ali se reuniram judeus e gentios, ricos e pobres, escravos e homens livres, enfermos e sãos, crédulos e incrédulos, amigos do Mestre e inimigos coléricos, informantes e famílias que desejavam passar um sábado "diferente".

E foi diferente. Eu tinha fé que iria ser diferente!

Na fonte, próximo do caminho que partia em direção sul do *yam*, descobri a família dos Ruṭaḷ, o barbeiro dos 27 dedos. Estavam todos ali: os pais, Nŭ (a filha tetraplégica) e Har, o garoto da flauta doce. Ele havia feito outra com junco e tocava sem parar. Nŭ sorriu para mim e seguiu cantando.

Um pouco mais abaixo, distantes do burburinho, vi também as leprosas da Fenícia.

Passei um tempinho com elas. Estavam ali, como sempre, atentas e esperançosas em relação ao Filho do Homem. Se Ele as olhasse, se chegasse a tocá-las, elas se curariam. Isso é o que elas diziam...

Surpresa!

Em uma das ruas tropecei com a família de Hbal, o *a'rab* que vivia na granja dos porcos, ao norte de Hipos, na costa oriental do lago. A notícia da suposta cura milagrosa de Amata chegou também aos ouvidos de Nsura, e alguém propôs transportar o ancião, enfermo de Alzheimer, até Saidan.

Fiquei desconcertado.

O pobre Hbal aparecia ali preso com uma corda. Um dos filhos o obrigava a permanecer sentado. Para eles, como disse, era alguém com o demônio no corpo.

Acabava sendo difícil de avaliar o número de entrevados, cegos, doentes de todo tipo. Eram centenas...

Na aldeia, como eu digo, era um lamento.

E ao caminhar para o norte, a fim de visitar a anciã Amata, recebi outra agradável surpresa.

Não podia acreditar...

Assi, o essênio, responsável pelo *kan* localizado no lago Hule, na alta

Galileia, se encontrava acampado fora de Saidan, perto das casas de Felipe e de Pedro.

Abraçamo-nos.

Também ouvira maravilhas sobre Jesus e sobre a incrível cura da sogra do discípulo.

"Algo" que não soube explicar o havia colocado em movimento. Reuniu a totalidade dos enfermos do *kan*[3] (nesse momento mais de 60) e caminhou até o *yam*. Este explorador se lembrava de muitos deles.[4]

Ali eu encontrei Denário, o menino surdo-mudo, afilhado de Assi, de tão gratificantes recordações. Nessa época teria 10 ou 11 anos. Os olhos verdes do ruivo mantinham a vivacidade de outrora. O pequeno *mamzer* se lembrava de mim com perfeição. E, por sinal, se interessou por Eliseu...[5]

Mudei de "conversa".

Cumprimentei também a Hašok (Trevas), o homem de confiança de Assi. Continuava silencioso, com aquela longa túnica vermelha até os pés e com a cabeça sempre coberta. Não mostrava o rosto e tampouco as mãos, devido à hipertricose lanuginosa congênita (abundância de pelo duro e grosso) que o cobria e que lhe trazia um aspecto terrível. Para os estranhos era um "sanguinário lobisomem".

Hašok continuava ocupando-se de tudo e de todos.

Quem não consegui encontrar foi Aru, o negro tatuado que, na minha opinião, acabou misteriosamente curado pelo Filho do Homem no dia 17 de setembro do ano 25, quando descemos do monte Hermon e nos detivemos no citado *kan* de Assi. Aquele rapaz, como já expliquei, sofria de

---

3 Ampla informação sobre o *kan* do lago Hule em *Cavalo de Troia 6 - Hermon* e *Cavalo de Troia 7 - Nahum* (N. de J. J. Benítez.)

4 Ali estavam os autistas, igualmente acorrentados; os oligofrênicos (deficientes mentais profundos); a enorme mulher com "corcunda de búfalo" (síndrome de Cusshing); a anciã que sofria de hipotireoidismo (déficit na secreção dos hormônios tireoidais); o afetado pela síndrome de Turette; os cegos de nascimento; o menino que se automutilava (síndrome de Nyhan); o menino-ancião (Tamid) e seu amigo e companheiro, o jovem paralítico (provável esclerose lateral amiotrófica); os anciãos afetados pelo mal de Parkinson e de Alzheimer; a mulher com coreia de Huntington (transtorno degenerativo que se caracteriza pelos movimentos rápidos e complexos, em especial das extremidades); os loucos (já não me recordo quantos); os paralíticos cerebrais (os considerados endemoniados); o doente "de trapo" (doença de Paget) e não sei quantos mais... Os *kan*, naquele tempo, eram asilos e albergues de passagem. A maioria tinha um caráter público. Eram subvencionados pelos governantes e também pelas castas dos saduceus. Neles eram abandonados os enfermos incuráveis e, sobretudo, os dementes. (N. do M.)

5 Ampla informação sobre Denário em *Cavalo de Troia 6 - Hermon*. (N. de J. J. Benítez.)

uma doença mental que, em nosso tempo, recebe o nome de *amok* (em malaio: "lançar-se furiosamente à batalha"). Era um homem agressivo que, até aquela ocasião, havia permanecido acorrentado a um dos casebres do *kan*.[6]

Conversei com Assi, o "auxiliador", durante boa parte da manhã.

Recordamos os velhos tempos.

Interessou-se pelo Mestre e lhe contei quanto esteve em minha mão e quanto estimei oportuno.

Assi não o compreendia, mas sentia um enorme apreço pelo Galileu.

O médico essênio, sempre de branco imaculado, sempre humilde e bondoso, estava ali porque desejava beneficiar a sua gente. E fez as coisas conforme suas convicções.

Assi me causou uma excelente impressão, desde a primeira vez que eu o vi.

Regressei ao casarão quando era a nona hora (três da tarde).

Os discípulos – com exceção de Pedro e Mateus Levi – se achavam reunidos na sala de jantar ("terceira casa").

Discutiam de forma agitada.

Estive a ponto de passar longe. Sentia-me cansado de tanta disputa...

Mas permaneci na porta, ouvindo.

O tema de suma importância era o gentio que esperava na aldeia.

"Que deviam fazer?"

João Zebedeu, o Zelote e o Iscariotes argumentavam que a situação os beneficiava. Se o Mestre operasse um prodígio e curasse tanta gente, o Sinédrio seria vencido e não teria outra saída senão reconsiderar a ordem de busca e captura.

"E Jesus será proclamado rei..."

André, o "urso" de Caná e Tomé se mostravam céticos.

E foi a vez de Tiago Zebedeu. Falou pouco, como sempre, mas o fez com sensatez: "Passe o que passe, aconteça o que acontecer, as castas sacerdotais alimentarão o ódio contra o rabi..."

Definitivamente, era mais lenha na fogueira.

Palavras proféticas, na minha opinião.

Os gêmeos olhavam, em silêncio, mas não entendiam bem.

Felipe, por sua vez, estava com a cabeça em outro lugar: "Se o Mestre decidisse – comentou – se o rabi quisesse que aquelas centenas de forasteiros fossem alimentadas, de onde tirariam o dinheiro para a comida?"

---

6 Ampla informação sobre Aru, e sua possível cura, em *Cavalo de Troia 7 – Nahum*. (N. do J. J. Benítez.)

João fez um gesto depreciativo e o resto do grupo seguiu com o assunto da cura:

"Tinham que convencer o Filho do Homem a curar a multidão..."

"Não, isso seria o nosso fim..."

"O ideal é fugir de novo... O Sinédrio nos localizará e será a nossa total ruína."

"Esperemos o rabi..."

Finalmente se deram conta de algo que consideraram muito grave: o Mestre se achava, solitário, em alguma das colinas que rodeavam a aldeia. Por que tinham consentido aquilo? Era perigoso...

E se enroscaram em outra polêmica.

A culpa, enfim, recaiu sobre Pedro e em seu "deslize".

A *tabbah*, a guarda pessoal que foi designada ao Mestre (Pedro e os irmãos Zebedeu), não funcionou nessa ocasião por causa da ausência de Simão Pedro. A dita ausência, como disse, foi provocada pelo erro de Pedro a respeito da cura milagrosa de sua sogra.

Os discípulos esqueciam-se de algo importante: Jesus deixou claro que não desejava companhia. "Tinha que conversar com *Abba* a sós..."

A disputa derivou até chegar ao insulto pessoal. Chamaram Pedro de tudo. André permaneceu em silêncio. Seus companheiros tinham razão. Pedro era um bocudo...

E, de repente, suponho que irritados, os gêmeos se levantaram e sussurraram algo ao ouvido de André, o chefe. Este assentiu com a cabeça. O "urso" se colocou em pé também e foi atrás dos passos dos Alfeu.

André explicou que desejavam sair para pescar.

Pareceu ser uma boa ideia e me uni a eles.

Mas, antes, dei uma corrida até o pombal e informei Kesil.

Abril estava sentada na beira da cama, junto ao engenheiro.

Aproximei-me de Eliseu e notei algo estranho.

A respiração – antes agitadíssima – estava mais calma e ritmada.

Examinei as pupilas.

Estavam dilatadas...

Não gostei daquilo.

A midríase (dilatação das pupilas) podia ser um sinal ou o princípio de morte cerebral. O estado de coma se esgotava...

E percebi a morte, sentada também no leito, afilando o nariz de Eliseu.

O fim estava muito próximo.

Que fazer? Ficava no quarto ou me ausentava por um tempo?

Hesitei.

Abril me observava em silêncio. O doce castanho de seus profundos e carinhosos olhos falavam sem falar. Foi nesse momento que soube que ela me amava...

Não sei se fiz bem. Eliseu estava morrendo. Tudo parecia indicar que não passaria daquela noite e, sem dúvida, o Destino escolheu por mim. Ou fui eu quem escolhera? Quem sabe...

A questão é que eu saí para pescar.

Kesil me animou. Ninguém podia fazer nada por Eliseu. Isso era certo.

A sorte estava lançada...

E na décima hora (quatro da tarde), com o céu tempestuoso, eu embarquei com Tomé, o "urso" e os gêmeos de Alfeu em um dos barcos dos Zebedeu.

Tinha o nome de *Lebab* ("Coração"). Eu nunca esquecerei.

Era uma embarcação velhíssima, mas ajustada. Eles a haviam pintado de branco e vermelho, com a borda e o convés em azul-claro, bem chamativo. Não tinha mastro. Era mais do que isso para essas frivolidades. O porão do barco sempre se enchia na água. Era outro de seus ataques.

E Coração saiu de Saidan, para minha desgraça...

Minha desgraça?

Agora já não estou tão certo disso...

Navegamos durante uma hora até um lugar da Betijá que chamavam de "rochedo de Lucas". Senti estranheza com o nome: ali não havia uma só rocha.

Fiz os cálculos e tomei notas.

Quando os gêmeos ancoraram o barco, nós nos encontrávamos a duas milhas a oeste de Saidan e a outras tantas, mais ou menos, de Nahum.

Eles prepararam os equipamentos de pesca e quem isto escreve, não desejando incomodar, me dediquei com afã a diminuir a água que inundava o porão.

Busquei o sol.

Ele se apagava, sem querer, entre as nuvens densas que denotavam chuva.

Ao retornar ao Ravid, verifiquei que, nesse sábado, o ocaso solar se registrou às 16 horas, 55 minutos e 58 segundos (TU).

Pois bem, nisso nós estávamos, a ponto de iniciar a labuta, quando Tiago de Alfeu pediu atenção geral. E assinalou o céu na direção norte.

– O que é isso?

Entre as nuvens, sobre o lado vertical de Nahum, havia aparecido uma luz azul-celeste.

Ficamos perplexos.

Não era uma estrela. O sol estava a ponto de fundir-se na costa de Tiberíades. Faltavam segundos.

Era uma luz não muito forte. Aparecia entre as brechas das nuvens. O silêncio se fez.

Ninguém sabia o que era...

Calculei altura e distância. Devia achar-se a uns 500 metros do solo, em plena base da frente nebulosa. Distância? Ao redor de três quilômetros.

Retifiquei.

Não se encontrava sobre Nahum, senão um pouco mais atrás, na direção oeste (provavelmente na vertical da colina das Bem-aventuranças).

O que quer que fosse não fazia ruído. E o objeto estacionário era impecável. Não se moveu em nenhum momento.

Como eu digo, era de um azul-claro, metálico, que se destacava entre a massa de nuvens.

Notamos uma ligeira brisa e o lago se eriçou.

Os gêmeos deixaram de olhar o céu e prestaram atenção no vento.

Aquela brisa era rara...

Tomé continuava mudo, com o olho bom fixo na luz, e o outro não se sabe onde.

Bartolomeu rompeu o silêncio e começou a contar uma das suas habituais histórias. Disse ter visto uma dessas "luzes" sobre Caná em não sei qual viagem...

Não teve tempo de terminar.

Quando apenas haviam transcorrido alguns minutos desde a aparição da estranha "luz" (?), Judas de Alfeu, o gago, apontou a leste, ao mesmo tempo em que tentava chamar a atenção de seus companheiros:

– O... o... o... o... outra!

De fato.

Sobre Saidan, também oculta debaixo das pesadas nuves, vimos clarear outra "luz" azul, gêmea da anterior. A única diferença é que se situava sobre a aldeia citada...

Tinha vida ou parecia que tinha.

Olhei até o lugar onde o sol deveria se pôr. A julgar pelos vermelhos e laranjas que flutuavam na água, acabava de se ocultar.

E se fez um silêncio estranho e sonoro.

Os cinco ficaram encolhidos e sem fala.

O que era aquilo? O que estava acontecendo?

Então assistimos a outro fenômeno impossível...

Da "luz" parada sobre a colina partiu uma espécie de raio serpenteado ou relâmpago (?) branco que foi impactar (?) na segunda "luz".

Não se produziu nenhum trovão.

Mas que idiotices eu estou dizendo? Aquele "raio serpenteado" não era tal...

Entre "luz" e "luz" calculei seis quilômetros.

O "urso", aterrorizado, se enfiou no porão. Depois vi aparecerem uns olhos, espantados...

Os gêmeos, com as redes nas mãos, não sabiam o que fazer nem para onde olhar. Estavam perplexos, mas não assustados.

Tomé tinha sentado no convés, e acredito que se deleitava.

Esquecemos a pesca, naturalmente.

Então, após a "pequena serpente", se produziu algo não menos desconcertante e mágico.

De repente, procedentes da "luz" que palpitava (?) sobre Saidan, começaram a descer, lentamente, milhões e milhões de pontos luminosos azuis.

O "urso" começou a chorar.

E a "nuvem" azul se precipitou sobre a aldeia e sobre os arredores...

Em questão de segundos, Saidan se tornou azul; um azul-celeste, claríssimo.

Eu já havia visto anteriormente essa luminosidade...

Por quanto tempo se prolongou o fenômeno? Ignoro. Quem sabe um minuto. Talvez três.

E tão subitamente como surgiu, assim se extinguiu.

As "luzes" também se apagaram (?) e a escuridão nos cobriu, enciumada.

E regressaram os sons naturais do lago: os guinchos das gaivotas ao longe, os gritos de outros pescadores longínquos e não tão distantes, referindo-se à "tempestade azul"; o bater da água contra o casco de madeira e a chuva.

As nuvens descarregaram e trataram, inutilmente, de lavar o susto daqueles galileus e de quem isto escreve.

Eu tentava analisar e analisar, mas não conseguia.

Carecia de parâmetros. "Aquilo" (tudo o que foi contemplado) era "impossível"...

A chuva, morna e pertinaz, foi a desculpa perfeita.

Ninguém desejava pescar.

"Aquilo" poderia voltar...

Era melhor regressar ao porto.

O "urso", visivelmente assustado, teve forças e vontade para revolver o assunto que volta e meia ficava em pauta e jogou a culpa em Tomé, o azarado do grupo. O pobre Tomé enfrentou Bartolomeu. E retornamos a Saidan ensopados e em plena discussão.

Intuí algo na viagem de volta.

Aquela luminosidade azul...

Mas fiquei em silêncio.

Saltamos a terra às sete da noite.

Tudo em Saidan parecia tranquilo.

Algumas lamparinas brilhavam, tímidas, nas casas. As pessoas tinham fugido da chuva. Muito lógico, eu pensei.

Não, não era tudo normal...

Outros pescadores desembarcaram igualmente na quinta pedra e comentaram com os discípulos a estranhíssima "tempestade azul".

Tinham medo, ainda que tentassem ocultá-lo.

E os quatro íntimos se dedicaram a encaixotar as redes e a guardar os equipamentos. Faziam-no em silêncio, sob a chuva e às escuras.

Compreendi. Tratavam de retardar a volta ao casarão dos Zebedeu...

Não lhes faltava razão.

Todos nós sabíamos que algo singular havia acontecido em Saidan no momento do pôr do sol. Porém, como eu digo, tínhamos medo.

Ali eu os deixei, supostamente ocupados.

E caminhei, decidido e ensopado, até as escadarias que conduziam à parte traseira do casarão.

Nem em mil anos teria imaginado o que me aguardava na aldeia...

Cruzei o pátio do fundo e observei luz nos pombais. Jesus se encontrava em seu quarto.

E cometi dois erros.

O primeiro foi não subir ao meu quarto e comprovar o estado de saúde de Eliseu. Segui adiante.

Segundo e grave erro: cheguei à "terceira casa" e, após deter-me por alguns segundos, prossegui até a porta principal.

Na sala de jantar, os discípulos continuavam engalfinhados nas habituais disputas.

Descobri que Salomé e sua família se achavam também junto aos íntimos, mas não considerei que isso fosse importante.

Escutei por alguns segundos e, como disse, continuei em direção à saída.

Não sou capaz de explicá-lo. Por que cometi aqueles erros?

“Algo” se atirou em mim, uma vez mais.

Tinha que sair para o exterior...

O portão estava trancado. Que estranho!

Procurei a porta lateral.

Saidan me recebeu, encolhida e incomodada pela chuva.

Nada parecia ter mudado.

Os que estavam acampados nas ruas se protegiam da água como podiam. Utilizavam casacos, bacias, tendas improvisadas...

Ouvi risos e cânticos, mas não me detive para investigar.

Ao dobrar uma das esquinas, quase tropecei num grupo de judeus. Aguentavam, em pé, a forte chuvarada. Tinham as mãos e os rostos elevados em direção à negrura do céu e entoavam a “prece” por excelência: as 19 *Šemoneh esreh,* a oração obrigada todo dia a cada varão mais velho (a partir dos 12 anos e meio).

Era incomum. Por que rezavam sob a chuva?

“Deus grande”! Poderoso! Terrível!

Olhei de um lado para o outro, olhei as pessoas e não sei por que fui parar nas proximidades da fonte.

Agora sim eu sei. “Alguém” guiava meus passos, como sempre...

A princípio, tudo parecia normal. Melhor dizendo, quase tudo.

Foi então, assim que cruzei a pequena ponte que pulava sobre o rio Zají, que se apresentou aquela dor na boca do estômago.

Desta vez foi como um golpe de aríete.

Dobrou-me, literalmente.

Cravei os joelhos no barro e vomitei sangue. Foi uma hematêmese, na qual, inclusive, percebi coágulos de sangue.

Foi a última coisa de que me lembro.

Quando abri os olhos era dia. Achava-me junto à fonte.

Havia parado de chover.

Observei as pessoas ao meu redor.

Escutei um som. Era uma flauta...

O que havia acontecido?

Alguém colocava panos frios sobre a minha testa.

Senti as pontadas de dor no estômago e logo lembrei.

Mas...

Estava morto, claro!

Que outra coisa podia pensar ao ver “aquilo”?

Fechei os olhos, angustiado. Morrer é estranho, muito estranho...

Voltei a abrir os olhos e voltei a vê-la.

Meu Deus!

Era ela, mas como era possível?

E cheguei à mesma conclusão: Jasão acabara de falecer!

Engoli saliva.

Nunca imaginei que os mortos chegassem a tragar saliva e que sentissem tanto medo.

Arrisquei-me de novo e a contemplei.

Deus bendito!

Não estava equivocado. Era ela!

O céu é tão simples assim? E por que o som da flauta? Eu preferia Beethoven...

Era Nŭ, a "flor que se debruça na neve", a garota tetraplégica!

Não podia ser...

Nŭ aparecia ao meu lado, de joelhos, sorridente. Cuidava dos panos frios. Ela os tirava de uma tigela e os depositava, delicadamente, sobre a testa deste explorador..., obviamente morto.

Fechei os olhos pela enésima vez.

E pensei: "Uma tetraplégica não se comporta dessa maneira. Uma tetraplégica é uma paralítica, do pescoço até os pés... É impossível que se ajoelhe e que mova os braços... Sim, eu estou morto!"

E lembrei-me do que havia pensado (em vida) quando a contemplei pela primeira vez: "... lesão transversal aguda na medula espinhal (talvez no nível da C-4), que provocava uma paralisia flácida e perda das sensações e das atividades de reflexo...".

Meu Deus!

Eu tampouco queria morrer...

E ela continuou cantando:

– Sou uma peregrina... Nasci próximo do paraíso e a ele regressarei!

Então toquei o barro. Sim, era barro! No céu tinha barro?

Algo não se encaixava.

E levei os dedos à boca.

Era barro!

Nŭ repreendeu-me em árabe.

– O barro não se come...

E chamou seu pai, o velho Ruṭaḷ.

Abri os olhos novamente e vi o "Polvo" ao lado de sua filha.

Não era possível!

Fechei os olhos e chorei amargamente.

Era verdade. Estava morto!

Aquele que eu via em minha frente não era Ruṭaḷ. O *a'rab* que eu conhecia tinha 27 dedos. Mas este não sofria de polidactilia. Suas mãos eram normais.

Sim, eu estava mortíssimo!

E o "Polvo" perguntou a Nŭ:

– Por que choras?

A menina não respondeu.

Abri os olhos e gritei:

– Tu não vês? Estou morto!

Então, aconteceu algo impossível. Algo que só ocorre no além. Ou não?

Fixei a vista uma e duas vezes, e até três.

Ruṭaḷ olhava para mim, perplexo. E fazia com os dois olhos, e não apenas com um.

Mas...

O "Polvo" era caolho! Ele não tinha o olho esquerdo. Tinha sido vazado em uma briga...

Olhei pela quarta vez. Sim, o árabe me contemplava com os dois olhos muito abertos, e cheios de assombro.

Pai e filha acabaram rindo alto.

Eles não acreditavam em mim.

Eu estava morto... Ou não?

Nŭ levantou-se, pegou a tigela com água e correu, ágil, até a fonte. Oh, Deus! O que estava acontecendo?

A menina voltou e continuou a me refrescar.

Foi então que me atrevi a perguntar:

– Eu estou morto?

Pai e filha riram novamente.

Levantei-me como pude e vi Har, o irmão da tetraplégica (?). Estava sentado muito perto, e tocava uma flauta com seis orifícios. Ele me olhou e deixou escapar um breve sorriso.

Os mortos ouvem?

E o Destino continuou zombando deste desolado explorador.

Por trás de Har vi chegar um grupo de mulheres. Vestiam-se de vermelho e cobriam a cabeça.

Eram dez.

Eu as conhecia. E lembrei: eram as leprosas da Fenícia.

Tinha passado horas com elas. Sofriam da lepra branca e da mosaica.

Deus!

Mas onde estava a lepra? As peles estavam brancas, limpas, sem rastros dos nódulos, das cicatrizes ou das úlceras. Tampouco vi as mãos em garra, provocadas pela lepra tuberculoide.

A anciã que não tinha os dedos me mostrou ambas as mãos.

Estavam intactas!

Ela as agitou, para que eu as visse, e sorriu feliz.

Um pânico que não sou capaz de entender, e muito menos de explicar, se apoderou de quem isto escreve. Levantei-me e, sem uma palavra, escapei às pressas.

Eu era um morto muito vivo...

Corri sem rumo, tropeçando aqui e ali. As pessoas não me insultavam nem me maldiziam. Todos sorriam. Todos cantavam. Todos estavam chorando e se abraçando. Todos se apressavam em vir me ajudar.

Ouvi palmas e louvores ao Santo...

Mas o que estava acontecendo? Eu tinha enlouquecido?

Então, em uma das quedas, alguém veio depressa para me ajudar. Era um dos filhos de Hbal, o ancião que mal vivia em uma granja de porcos, ao norte de Hipos, na margem oriental do lago.

E o rapaz me conduziu a uma barraca de peles de cabra improvisada. Ali, sorridente, me convidou para descansar.

E o que eu acabei vendo no interior da barraca me deixou ainda mais perplexo.

Hbal comia e conversava com os outros filhos e parentes.

Isso não é possível, pensei.

O ancião, que um dia tinha assumido a família Nsura, padecia do mal de Alzheimer, e a um grau muito severo. Vivia amarrado. Não se lembrava de nada e não reconhecia ninguém. A desorientação espaçotemporal, a incontinência dos esfíncteres, a agressividade permanente, os transtornos de linguagem e os distúrbios motores eram o cotidiano desse infeliz. Jesus o havia tratado com grande ternura.

Pois bem, agora ele conversava com seus filhos, tinha lembrança de tudo e de todos, chamava cada um pelo nome, não apresentava alterações de nenhum tipo e seu rosto refletia serenidade.

Quando perguntei, o filho que me havia auxiliado resumiu:

– Esse homem, Jesus, a quem conhecemos na fazenda de porcos, espantou os demônios que o consumiam...

Eu desisti.

Permaneci um tempo junto de Hbal, observando e tentando racionalizar a *bellinte* de Deus.

Eu nunca poderia prová-lo cientificamente. E o que isso importava? Eu estava lá. Eu sei que era verdade.

Como fez isso? Eu não sei. Simplesmente fez...

Como homem da ciência, recebi uma das maiores lições da minha vida.

O método científico é sagrado, mas não tanto...

Na noite anterior, em Saidan, aconteceu algo prodigioso, sobrenatural, não humano, magnífico e benéfico, misterioso e rápido, impossível de ser levado a uma mesa de laboratório.

Esse poder (?) afetou mais de 600 pessoas. Segundo meus próprios cálculos, 683 judeus e não judeus foram curados. Talvez mais...

Não importava o tipo de patologia.

Foram curados, e em segundos, ou em décimos de segundos!

Simples assim.

A pobre e mediana mente humana só é capaz de reconhecer a *bellinte*, e não é pouco...

Juro por minha honra que tentei descobrir como, em tão pouco tempo, alguém foi capaz de regenerar (?) ou substituir (?) (as palavras não me ajudam) uma medula seccionada ou esmagada... com todas as suas conexões e devolver o movimento a uma tetraplégica.

Como reconstituir um olho que não existe? Como tirar do nada cones e bastonetes? Como colocar em pé interneurônios e células ganglionares? Como realizar a maravilha de que tudo isso se relacione e funcione? E, além do mais, sem cicatrizes, impecavelmente...

Houve momentos em que pensei que tivesse ficado louco.

A polidactilia é um problema genético.

Isso significa que "Alguém" (?) modificou a informação genética de Ruṭal em cem por cento... Em outras palavras, fez uma intervenção (?) ou reestruturou (?) algo como 10^{13} células (10.000.000.000.000 de células).[7] E em segundos!

---

7 Essa é a quantidade, aproximada, de células que compõem um ser humano adulto saudável: 10^{13}. Bem, tiveram que ser modificadas na sua totalidade. Não podemos esquecer que a atividade humana é uma consequência da ação sincronizada dessas células. Modificar esse processo vertiginoso é muito complexo. Cada célula, como se sabe, contém o mesmo genoma (25 moléculas de DNA: 24 DNA nuclear ou cromossômico e um mitocondrial). O

É claro que estou falando a partir do único ponto de vista que conheço: o humano. Provavelmente Deus tem outros caminhos...

E o que dizer de uma memória perdida? Como é possível ativá-la? Como recuperar os milhões de lembranças que o Alzheimer devorou?

O exemplo não é de todo ruim: o Alzheimer, entre tantos outros problemas, acaba apagando o "disco rígido" da memória. Começa pelas imagens mais recentes e termina com tudo. Em outras palavras: ele destrói a complexa rede neural e seus cem bilhões de conexões. É o hardware que acaba sendo consumido na fogueira do Alzheimer.

Como reconstruir (?) tudo isso? Como devolver o frescor a milhões de neurofilamentos, dendritos e axônios?

Aquela manhã de domingo, 18 de janeiro (ano 28), passará à história como a maior cura de humildade para quem isto escreve.

Somos nada nos joelhos de um Deus...

O restante que foi vivido em Saidan é fácil de imaginar.

A totalidade dos doentes do *kan* do lago Hule foi também curada.

Os que tinham paralisia cerebral, os doentes mentais, os autistas...

Em todos eles, o cérebro foi recomposto, o sistema nervoso, as lembranças (inexistentes na maioria dos casos) (!)...

Quando cheguei ao acampamento improvisado, Assi chorava a um canto.

Compreendia menos do que eu...

Hašok, o "homem lobo", aparecia limpo. Havia encontrado um espelho de bronze e se olhava constantemente. Mas continuava escondendo o rosto e as mãos sob a túnica vermelha. Ele precisava de tempo, como todos os demais...

Denário ouvia, e tapava os ouvidos com as mãos.

Chorava também, embora eu nunca soubesse o motivo.

Alguém teria que ensiná-lo a falar.

DNA em si é extremamente complexo. Ele é chamado de ácido desoxirribonucleico. Tem uma dupla hélice, composta por duas cadeias de DNA (unidas por fracas ligações de hidrogênio). Cada fita de DNA aparece formada por uma sucessão de "desoxirribose", ligada a uma base nitrogenada (nucleotídeo). Os elementos-chave dos nucleotídeos são formados pelas famosas "adenina", "timina", "guanina" e "citosina". Cada genoma é composto de três bilhões de nucleotídeos. Para piorar a situação, os nucleotídeos estão emparelhados de uma maneira específica: a "guanina" só faz par com a "citosina" e a "timina" com a "adenina". Não é possível qualquer outra combinação. Em suma: a modificação total da rede celular é quase inimaginável para a ciência moderna. (N. do M.)

Bom Deus! Como fora possível fazer funcionar o órgão de Corti e as vias neurais? Que extraordinária delicadeza!

E me lembrei daquele estranho sonho que tive na pousada do cruzamento de Qazrin, aquele do dia 19 de agosto do ano 25...[8]

---

8 Em *Cavalo de Troia 6 - Hermon*, o Major relata o seguinte sonho:

"... Estávamos nas margens do *yam*. Era uma aldeia, talvez Saidan. No sonho, isso não aparecia com clareza. Agora tenho certeza de que se tratava do pequeno povoado de pescadores.

Era inverno. Todos nos cobríamos com os pesados roupões.

O sol estava prestes a desaparecer por trás do Ravid.

De repente, um dos íntimos chamou a atenção do Mestre. Pelo caminho de Nahum uma multidão se aproximava.

Saímos à rua.

A multidão, ao ver Jesus, parou. Eram centenas. A maioria, doentes e aleijados. Coxos, cegos, mancos, paralíticos...

E, na frente, um querido amigo: 'Denário'.

Gritavam. Imploravam. Rogavam ao rabi que fizesse um milagre, que tivesse piedade deles...

O ruivo havia crescido.

Um dos discípulos se acercou do Galileu e lhe sussurrou ao ouvido. No sonho eu soube o que ele dizia:

– Esquece-os, Senhor... São *mamzer*, loucos, lixo.

O Mestre continuou mudo, observando-os com ternura e compaixão.

E os gritos aumentaram.

'Denário' então saiu da multidão e foi se ajoelhar aos pés do Mestre. E, por meio de sinais, com lágrimas nos olhos, mostrou que não ouvia...

Eu me aproximei do rabi e lhe disse:

– Impossível, Senhor. É surdo de nascimento.

Jesus virou-se e perguntou uma coisa absurda:

– Hipoacusia de transmissão ou de percepção?

– De percepção – respondi como se fosse a coisa mais natural. – O ouvido interno está desintegrado. Curá-lo seria um sonho...

O Mestre me olhou e, num tom de carinhosa repreensão, exclamou:

– Tu, melhor do que ninguém, devias saber disso: os sonhos se tornam realidade.

Mas eu, teimoso, insisti:

– Ninguém pode! O órgão de Corti e as vias neurais estão destroçados... Não te esforces... Só Deus poderia...

Jesus deu uma gargalhada. E todos o imitaram.

– Mas eu sou Deus – esclareceu o rabi. – Eu posso... É só querer. E agora quero...

E, de imediato, o gentio irrompeu num alarido, sufocando as palavras do Filho do Homem.

Ele continuou falando, alheio ao alvoroço, dando mil explicações sobre a misericórdia divina.

Eu quis avisá-lo. 'Alguma coisa' incrível acabava de acontecer. Os paralíticos caminhavam. Os cegos viam...

'Denário', pálido, olhava para todos os lados, tapando os ouvidos.

'Denário' ouvia!

O Mestre, contudo, sem notar o prodígio, continuava falando e falando...

– Meu Deus! - gritei – É um sonho! Estou sonhando!

Então, Jesus levantou os braços, pedindo silêncio. A multidão emudeceu.

Deus, ou o seu "povo", fala por meio dos sonhos. Tenho certeza disso.

Terminada a manhã, regressei ao casarão.

E o fiz passando pela casa de Pedro. Amata, a sogra, também tinha sido curada. Agora sim tinha havido um milagre... De Pedro, nenhum traço.

As ruas acabaram se convertendo em uma festa. As pessoas iam e vinham. As notícias sobre aquele formidável ato de poder e de misericórdia voaram pelo lago, e para além do *yam*.

E, em frente ao casarão dos Zebedeu, a ponto de entrar no quartel-general, eu os vi...

Foi a enésima surpresa daquele dia histórico (mas não a última).

Eram eles, não havia dúvida.

Examinei a criança.

Não sabia andar, mas havia superado a paraplegia inferior ou crural que o consumia.

Meu Deus!

Era a família de Nahum que conhecera nos *te'omin*, as fontes gêmeas de Enaván. Como se pode recordar, eles apareceram no lugar com a ilusão de que Yehohanan pudesse curar seu filho.[9] Claro, isso não aconteceu.

O menino tinha as pernas paralisadas. Em novembro do ano 25 ele sofria, além disso, de um grave déficit neurológico, com perda do controle intestinal e da bexiga. Em suma, como eu já expliquei, ele sofria de um distúrbio congênito chamado de "meningomielocele". Algo incurável naquele tempo.

Queriam agradecer ao construtor de barcos de Nahum...

Sorriu e, colocando as mãos sobre os ombros deste perplexo explorador, comentou:

– Não é um sonho, Jasão.

Em seguida, pegando as folhas de papiro, escrevi: 'Curou centenas... Hora: cinco a.m.'.

O Mestre apontou para o 'caderno de campo' e corrigiu:

– P.m., Jasão. Cinco p.m. O 'sonho' se concretizou às cinco p.m.

Retifiquei o erro.

–Tens razão, a.m. é pela manhã, Senhor...

Nesse momento, acordei.

Alguém, batendo na porta da cela, gritava:

– Já é de manhã, senhor!

Compreendi. Tinha sonhado. Um estranho e absurdo sonho.

Absurdo?

[...] Durante um tempo eu não soube o que pensar. [...] Mais adiante, no começo da vida de pregação, eu comprovaria que, às vezes, o supostamente 'absurdo' é o mais real...

[...] Definitivamente, não existe o acaso." (N. de J. J. Benítez.)

9 Ampla informação sobre o incidente em *Cavalo de Troia 7 – Nahum*. (N. de J. J. Benítez.)

Eles me abraçaram e asseguraram que este explorador lhes tinha trazido sorte.

O menino, de uns 4 anos de idade, parecia perplexo, com enormes e luminosos olhos azuis.

Ele, obviamente, não tinha ideia de sua grande sorte...

O pai explicou que vieram a Saidan quando ouviram os rumores sobre a cura de Amata, a sogra de Pedro.

– Estamos aqui por acaso...

E ri comigo mesmo. Por acaso?

Mas a jornada ainda não havia terminado.

Entrei no casarão por volta das 13 horas, esgotado.

Aquela dor no estômago...

Procurei por Jesus, mas não o encontrei. Ninguém sabia de nada.

E cometi outro erro. Fiquei na sala de jantar, sem me preocupar com o pombal. Não vi Kesil nem Abril. Imaginei que continuassem ao lado do engenheiro.

Sim, foi outro grave equívoco...

Os discípulos, igualmente esgotados, haviam acabado de se retirar a seus respectivos aposentos. Na "terceira casa" tinham ficado André, desesperado com a ausência de seu irmão, Mateus Levi com sua jovem esposa Mela' e uma criança que eu não conhecia.

Eles conversavam em voz baixa. O pequeno dormia nos braços da mulher.

O "urso", Tomé e os gêmeos também já tinham ido embora para sua casa. Precisavam descansar.

Quis saber de Pedro, mas André não foi capaz de me dar muitas explicações.

– Ele é burro como ninguém – opinou o chefe. – Disse que foi dele a culpa pelo erro e que não voltará por aqui e nem à casa dele...

André estava se referindo à propagação, por parte de Pedro, do boato sobre a falsa cura de Amata.

– Sabemos que ele vai pescar e que inclusive dorme no barco... Deve ter sido isso...

O restante da família dos Zebedeu não estava também no casarão. Parecia estranho. Mas depois deduzi que deviam ter se juntado às festas que ocorriam nas ruas de Saidan.

Então, aproveitei a presença do prudente André para perguntar sobre o ocorrido no entardecer do dia anterior, enquanto nos encontrávamos no lago.

André sorriu, e começou a chorar. Ele levantou os braços e a túnica escorregou, deixando a pele exposta.

A psoríase havia desaparecido!

Examinei as mãos. Nem sinal das placas escamosas.

As unhas apareciam intactas e brilhantes.

Deus!

As manchas nos polegares também não existiam mais.

André já não era mais um *sapáhat*...

Foi então que pensei compreender. Eu nunca cheguei a detectar a psoríase de André no ano 30 porque, simplesmente, ela fora curada antes, em janeiro de 28. E o mesmo aconteceu com o restante dos discípulos, com exceção de Tomé, Bartolomeu e os gêmeos de Alfeu, que não receberam aquela misteriosa "luz azul". Tomé continuou com seu estrabismo no olho esquerdo (do tipo *deorsum vergens*: desvio do olho para baixo). O "urso" continuou sofrendo de varizes e os gêmeos de Alfeu mantiveram seu ligeiro retardo mental.

Quanto a mim... Bem, era meu Destino.

E André contou o ocorrido.

– Nesta tarde, pouco depois de tua partida, vimos quando o Mestre regressou. As pessoas continuavam em frente da casa. Chegavam de todas as partes. Havia centenas buscando os favores do rabi...

Mateus e a esposa seguiam as explicações com atenção.

O menino dormia placidamente...

– Perguntamos a Jesus o que devíamos fazer, mas não houve resposta. Ele sentou-se aí onde estás e serviu-se de leite numa tigela. Estava sedento...

– Mas onde estava?

– Falou sobre as colinas. Permaneceu em contato com *Abba*. Continuávamos discutindo, mas ninguém chegava a um acordo. Recordas?

Alguns dos discípulos eram partidários de uma cura maciça das pessoas. Outros eram contra. Tiago Zebedeu falou do ódio do Sinédrio...

– Pois bem, estávamos nisso quando ouvimos música...

– Que música?

André não conseguia se lembrar do nome de alguém. Mateus, atento, ajudou:

– Har. Foi Har...

– Claro, o irmão da garota paralítica... Ouvimos sua flauta... E, durante um pequeno espaço de tempo, houve silêncio na sala. Jesus se levantou, deixou a tigela com leite e saiu da sala. Logo em seguida, regressou. Tinha uma flauta nas mãos... A que Har deu de presente. Jesus deixou o casarão, procurou o menino e sentou-se ao lado dele. E tocaram juntos. Ninguém levantou a voz. Todos nós escutamos fascinados.

– Tu viste Nŭ, a irmã?

André não sabia dela. Nem Mateus.

– Quando eles pararam de tocar – prosseguiu o chefe –, alguém no meio da multidão gritou: "Rabi, diz uma só palavra e a saúde voltará para nós! Tem piedade!"

Os olhos do bom André ficaram úmidos.

– Ninguém respirava, Jasão... Havia centenas de enfermos, aleijados, cegos e coxos... Houve um longo silêncio. Esperamos...

– Já estava escuro?

– Quase...

– E o que aconteceu?

– O Mestre ficou de pé e contemplou as pessoas...

– O que Ele disse?

– Nada. Limitou-se a olhar... Foi a multidão que, finalmente, eclodiu em uma súplica coletiva. Levantavam as mãos, rogavam, choravam...

Nós estremecemos.

Então, surgiram aquelas lágrimas nos olhos do rabi.

André se emocionou e guardou silêncio.

Mateus também tinha os olhos úmidos.

– Depois – balbuciou o chefe dos discípulos – apareceu aquela luz azul entre as nuvens...

André e Mateus olharam para mim, buscando minha compreensão.

Não disse nada, mas continuei atento.

E André, mais calmo, comentou:

– Tudo ficou azul...

– Mas como?

O chefe encolheu os ombros. Não sabia, logicamente.

– Ninguém sabe. Tudo ficou azul: as casas, as ruas, as pessoas, as roupas, os animais, as mãos, os pés... Nevou azul!

Sim, eu sabia o que havia acontecido naquele entardecer em Saidan. Já tinha testemunhado em outras ocasiões...

O Filho do Homem, simplesmente, sentiu compaixão por suas criaturas. E seu coração se colocou ao lado daqueles que imploravam. Imaginei seus pensamentos: "Se for da vontade do Pai... Eu gostaria que meus filhos fossem curados".

E a infinita compaixão do Homem-Deus fez o milagre.

Instantaneamente, o "povo" a serviço do Pai se pôs em movimento (?) e agiu: foram curadas entre 600 e 700 pessoas. Aconteceu algo semelhante com o menino mestiço – Ajashdarpan -, com Aru, o negro tatuado, e também em Caná.

Jesus foi o primeiro surpreso.

Já o disse mais de uma vez. A característica do Mestre não foi o poder, nem a sabedoria. Era sua misericórdia inesgotável. E volto a me perguntar: quantos milagres Jesus de Nazaré fez e que jamais foram conhecidos? Quantas pessoas se beneficiaram de sua ternura?

– E então começou a chover – concluiu André – e a multidão foi à loucura. Estavam curados! Os coxos e os paralíticos caminhavam! Os cegos de nascença enxergavam! Os leprosos!

Ele olhou para suas mãos e seus braços e começou a chorar.

"Nevou azul..."

Notei um nó na minha garganta.

Mateus prosseguiu:

– As pessoas foram à loucura. Batiam na porta. Pediam a presença de Jesus. Queriam nomeá-lo rei e colocá-lo à frente dos exércitos de libertação de Israel!

– E o Mestre?

– Desapareceu. Trancamos o portão e nos fechamos neste lugar, discutindo... E já sabes: uns a favor e outros contra.

Mateus entrou em detalhes.

Aquele, sem dúvida, foi o melhor dia para João Zebedeu, o Iscariotes e Simão, o Zelote. Eles precisaram de tempo para assimilar o acontecido. Se o reino invisível e alado ainda não havia começado, e já havia ocorrido tudo aquilo, o que os aguardava, então? Estavam eufóricos. Mais chocados do que em Caná. O restante do grupo foi mais prudente, mas ardia por dentro. Apenas o Messias prometido, o Libertador, o filho de Davi, o "quebrador de dentes", podia ter realizado um milagre semelhante.

Eles tinham razão, mas não...

De repente, o menino que Mela' segurava nos braços começou a gemer. E se mexeu.

A esposa o confortou, e o acariciou.

E então, observei a planta do pé esquerdo.

Reconheci aquela mancha singular de Telag, o menino com síndrome de Down de Mateus: uma espécie de trevo de cinco folhas...

E tive um pressentimento.

Aquele menino...

O pequeno acabou despertando e sentou-se.

Não o reconheci.

André se deu conta de minha confusão e esclareceu:

– É Telag...

– Telag?

Mateus e Mela' assentiram em silêncio.

Deus do céu! Mas como era possível? Telag era uma criança com síndrome de Down!

Acho que fiquei pálido.

Pedi aos pais que me permitissem reconhecer o menino e eles concordaram, docilmente.

Mateus comentou feliz:

– Já não é mais um endemoniado... O Mestre expulsou o espírito imundo que o habitava.

Telag, de fato, era uma criança normal. Não descobri nenhum vestígio dos sintomas de anormalidades cromossômicas (trissomia 21).

Fiquei desconcertado.

Alguém havia retificado o segmento distal do braço longo do cromossomo 21 (responsável pelo fenótipo da síndrome de Down). Como é sabido, esse segmento contém os genes que, por serem triplicados, representam a causa do problema.

Todas as células de Telag – milhões e milhões – foram modificadas (?), de modo que a criança não apresentava mais as três cópias do cromossomo 21 (local onde se pode encontrar o gene da proteína beta-amiloide), e apenas as habituais.

Outro milagre genético, impossível de ser realizado mesmo em nosso tempo!

Deu-me trabalho aceitar a realidade. O aspecto de Telag era diferente.

E me atrevi a perguntar:

– E como sabes que é ele?

Mela' sorriu e foi mostrar aquilo que havia me chamado a atenção: a mancha na sola do pé esquerdo.

– Além disso – acrescentou Mateus –, Telag estava conosco. Naquele momento em que o Mestre expulsou os demônios, eu estava segurando a mão dele...

E o casal explicou como havia chegado a Saidan naquela mesma manhã de sábado, 17. Eles ouviram em Nahum as conversas sobre a cura de Amata e se apressaram em visitar Pedro. Nesse dia, não sabiam por quê, Mateus decidiu que sua esposa e seu filho caçula o acompanhariam. E foi desse modo que chegaram ao casarão dos Zebedeu no momento mais que oportuno...

Mateus não se atreveu a falar em coincidência. O discípulo era especialmente inteligente e sensível...

– Ele já não é mais um endemoniado – repetiu.

Eu não disse nada. O importante era que Telag havia recuperado a sua normalidade.

A família flutuava.

O entardecer do sábado, 17 de janeiro (domingo para os judeus), foi um dos momentos mais marcantes na vida do Homem-Deus e, me atreveria a dizer, na história da humanidade.

Os evangelistas, para minha irritação, dedicaram somente umas poucas linhas ao sucedido.[10] Mateus faz isso em sete. Marcos, em oito, e Lucas, em outras oito linhas.

Entendi que Mateus, sempre prudente e sábio, não colocara nada em seu evangelho sobre Telag, seu filho...

A partir daquele dia, o amor do *gabbai*, ou ex-coletor de impostos, pelo Galileu não teve medida nem fim. Jesus era o Messias prometido. Nada poderia convencê-los do contrário.

---

10 Mateus disse: "Caída a tarde, trouxeram-lhe muitos endemoniados; e ele com a sua palavra expulsou os espíritos, e curou todos os enfermos; para que se cumprisse o que fora dito pelo profeta Isaías: Ele tomou sobre si as nossas enfermidades, e levou as nossas doenças" (8, 16-18).
Marcos disse: "Sendo já tarde, tendo-se posto o sol, traziam-lhe todos os enfermos, e os endemoniados; e toda a cidade estava reunida à porta; e ele curou muitos doentes atacados de diversas moléstias, e expulsou muitos demônios; mas não permitia que os demônios falassem, porque o conheciam" (1, 32-34).
Lucas disse: "Ao pôr do sol, todos os que tinham enfermos de várias doenças lhos traziam; e ele punha as mãos sobre cada um deles e os curava. Também de muitos saíam demônios, gritando e dizendo: 'Tu és o Filho de Deus'. Ele, porém, os repreendia, e não os deixava falar; pois sabiam que ele era o Cristo" (4, 40-41).
Na minha opinião, foi muito mais do que a confirmação das palavras de Isaías. Foi um gesto de piedade de um Deus para com suas criaturas.
Marcos, por sua vez, inventou "que não permitia que os demônios falassem".
E quanto ao crédulo Lucas, se atrapalhou uma vez mais. Jesus não colocou as mãos sobre ninguém. Não precisava fazer isso. Nenhum "demônio" gritou coisa alguma e o Filho do Homem tampouco repreendeu alguém.
Enfim, outro desastre... (N. do M.)

Foi nesse momento que percebi algo importante...

Como pude ser tão estúpido!

E corri para o pombal.

Era a nona hora (três da tarde).

Naquele dia, o ocaso se deu às 16 horas, 56 minutos e 49 segundos (de um suposto Tempo Universal).

Era o Destino, claro, que segurava as rédeas...

Abri a porta, apavorado.

Meu Deus!

Por que fui tão estúpido?

Vazio! O pombal estava vazio!

Onde estava? Para onde o haviam levado? Por que ninguém me disse nada? Kesil tinha uma bela bronca à sua espera...

E pensei: "Terá morrido?"

Compreendi.

"Se o levaram, foi porque ele faleceu..."

Deixei-me cair na cama, desolado.

Meu amigo, morto!

Quis chorar. Não foi possível.

Pensei em descer até a "terceira casa" e pedir explicações.

Mas, de repente, "algo" me puxou e me levou até a janela.

O que era esse "algo"? Retifico: o que é esse "algo" que me move?

O pressentimento ficou intenso...

E eu o vi imediatamente.

O sol rodava, laranja, em direção ao Ravid. Faltavam duas horas para o ocaso.

Era Ele.

Caminhava pela margem do lago. *Zal* brincava na água.

Perto do Mestre observei uma mulher e dois homens...

Senti um arrepio.

Um dos homens parecia... Aquele jeito de andar era bem familiar para quem isto escreve.

Mas não. Isso não era possível...

Eles estavam longe. Não os distinguia com precisão. Tinha que aproximar-me.

Dei meia-volta e voei, escadaria abaixo.

Mas, subitamente, quando corria pela praia, aquela aguda dor de estômago me freou em seco.

Tomei fôlego e tentei dar um passo.

Impossível.

Ensopei-me de um suor frio e fui caindo, de joelhos, sobre a areia.

Estava a ponto de perder a consciência...

Mesmo à distância continuei contemplando o Galileu. Ele estava parado e conversava com os homens. A mulher se mantinha a um passo distante.

Zal começou a latir e avançou em direção a este explorador, sempre latindo.

Jesus e o resto me olharam. Soube que falavam de mim.

Instantes depois, a mulher seguiu os passos do cachorro cor de estanho. E começou a correr...

A dor aumentava. Mantinha-me preso.

Depois foram os homens os que se lançaram correndo, também em direção a este imobilizado explorador.

Acreditei reconhecê-lo...

Sim, era ele!

O suor frio me inundou. Acreditei estar morrendo...

O Mestre permaneceu só, na margem do lago. Então levantou o braço esquerdo.

Acenava.

Mas a quem?

Olhei ao meu redor, como um perfeito estúpido.

Na praia não havia ninguém. Só barcos encalhados, gaivotas num voo folgado, ondas adormecidas e as cores do entardecer, tudo se divertindo na aldeia de Saidan.

Jesus manteve o braço no alto. E agitou a mão em sinal de cumprimento.

Cumprimentava a quem isto escreve.

Levantei o braço com timidez e correspondi.

Por que me cumprimentava?

O gesto do Filho do Homem se prolongou por quase um minuto.

Não sei explicar. Na minha mente soou uma palavra, "5 por 5" ("forte e claro"):

– Confiai!

Não compreendi. Nesse momento não. Agora sei por que foi no plural. O conselho era para mim e para o hipotético leitor dessas memórias..., possivelmente.

Depois, o Mestre abaixou o braço, deu meia-volta e se distanciou com suas típicas passadas.

Zal chegou como um raio. Saltou algumas vezes à minha volta, me presenteou com duas ou três lambidas e partiu, também correndo, à procura de seu amo.

Mensagem recebida.

Abril me abraçou.

Depois eles chegaram.

Kesil, alarmado, se jogou igualmente nos meus braços. Não sabia se ria ou se chorava.

O último foi ele.

Ficou olhando por alguns segundos. Sei que desfrutou da minha perplexidade.

Eu o explorei, de cima a baixo, e tive que me render à evidência.

Era o engenheiro! Eliseu!

Mas...

Estava mudado!

Não era ele! Não era o Eliseu que eu havia deixado no meu quarto! Melhor dito: era ele, em seus melhores momentos...

O cabelo se mostrava negro. Não se apresentava nem um único fio de cabelo branco. O que foi feito do embranquecimento súbito?

A pele era rija, limpa, juvenil, brilhante...

Não podia ser!

Horas antes estava em coma, a ponto de morrer.

Não havia ossos fraturados, nem osteoporose. Que aconteceu com o mieloma múltiplo? O câncer das células plasmáticas era mortal...

As perguntas e os sentimentos se atropelaram.

Finalmente me abraçou.

Foi um abraço longo e firme.

Não houve palavras. Para quê?

O Mestre o havia curado...

Depois, todos quiseram falar ao mesmo tempo. Todos desejavam explicar o acontecimento daquele entardecer de sábado, dia 17 de janeiro.

Eliseu pediu calma, e contou o seguinte:

"De repente abri os olhos. Não sabia onde estava... Vi Kesil e tentei perguntar, mas não pude... Sentia-me confuso. Kesil olhava pela janela. E, de forma imprevisível, tudo ficou azul... Os móveis, as paredes, as roupas... Terminei sentado na cama e perguntei. Kesil me explicou. Dali a pouco a luz azul desapareceu... Procuramos você, mas não estava... Depois soube da grande cura..."

Enquanto ouvia, regressaram à minha mente duas não menos assombrosas imagens. Primeiro, a do pilão ou *zevivon* de madeira de salgueiro, presenteado a este explorador na festa de Janucá por Eliseu e por Kesil. Na tarde do dia 29 de dezembro do ano 25, como se recordará, "anunciou" um milagre.[11]

Naquela tarde, começo de noite, no Ravid, o pilão, como disse, "anunciou" a letra *nun*: "milagre". Nas quatro faces do *zevivon* se podia ler as iniciais *nun, guimel, hé* e *shin* ("milagre grande foi além").

Sim, o milagre grande aconteceu em Saidan...

Casualidade? Duvido.

A segunda e misteriosa lembrança foram as letras e os números que pousaram em minhas mãos durante o "sonho" vivido na garganta de El Firan, e ao qual me referi em outras páginas destes diários; aconteceu em novembro do ano 25.

A quarta e quinta palavras diziam: "DESTINO 101" e "ELIŠA E 682", respectivamente.

Não saía do meu assombro.

Yehohanan encontrou seu Destino no dia 10 de janeiro ("DESTINO 101")

"ELIŠA" (Eliseu) era o curado número 683 da minha lista, na histórica cura de Saidan: "ELIŠA E 682".

As "palavras" que desceram sobre este explorador haviam se cumprido, com exceção de quatro.[12]

Não tenho a menor dúvida: Deus, ou o seu "povo", fala conosco nos sonhos.

Entretanto, um súbito vômito de sangue - espetacular - me devolveu à realidade.

Empalideci. Lembro-me dos rostos, aterrorizados.

E a dor me venceu, novamente.

Caí na areia, inconsciente...

Quando recuperei a consciência, eu me achava no assento do copiloto do "berço".

---

11 Ampla informação sobre a aparição da letra *nun* (milagre) em *Cavalo de Troia 8 - Jordão.* (N. de J. J. Benítez.)

12 Faltavam "MORTE EM NAZARÉ 329", "HERMON 829", "ADEUS ÓRION 279" e "ESRIN 133". (N. do M.)

O que havia acontecido?

Não conseguia recordar...

Vômito de sangue... Perdi os sentidos... Caí de bruços na praia... Nada mais.

Descobri que estava vestido com o traje espacial.

Eliseu, à minha esquerda, pilotava a nave.

Senti-me debilitado. A mente era um lugar distante e cheio de neblina.

Contemplei o escafandro. Mostrava-se salpicado de sangue.

Havia vomitado de novo?

Voávamos.

Percebi a suave vibração do motor principal, o J85.

Tentei falar.

Não foi possível. Estava sem forças...

Inspecionei o instrumental. Precisava de uma pista. O que estava acontecendo?

O indicador de combustível encostava-se ao mínimo. Havíamos consumido a maior parte dos 7.211 quilos que restavam. Nesse instante sobravam 315 quilos e a reserva (uns 3 por cento do total): 492 quilos.

Tratei de fazer as contas. Consegui mais ou menos...

A nave dispunha de combustível para um total de 161 segundos.

Isso era ruim!

E meus olhos se detiveram nos cronômetros monoiônicos.

Ali estava a chave...

A contagem foi reveladora: "1973... junho... dia 28... hora: 21 (local)... quinta-feira".

Voltei a consultar.

Não havia dúvida.

1973!

Estávamos regressando!

O módulo havia decolado do Ravid, cobriu as 109 milhas que nos separavam de Massada, no mar Morto, e "Papai Noel" se ocupou da oportuna inversão de massa dos *swivels.*

Deus Santo!

E imaginei a razão pela qual havíamos regressado ao nosso "agora". Eliseu, alarmado diante da minha situação, optou pelo retorno. Em meu país (EUA), teria mais possibilidades de sobreviver.

Mas eu tinha tanto a fazer ainda...!

O "berço" seguia queimando à razão de 5,2 quilos por segundo.

O caudalímetro não tinha piedade...

Eliseu, finalmente, percebeu a minha volta à vida (?).

Sorriu e comentou com uma inexplicável serenidade:

- Ânimo, Major! De volta ao lar!

Não perguntei. Não tinha forças nem ânimo.

Altitude: 300 pés e baixando...

O engenheiro pediu atenção do computador e os sistemas continuaram no automático.

A estibordo, apareceu a superfície do mar Morto.

Não faltava muito para o ocaso.

Descendo a 23 pés por minuto... 175 para a tomada de contato... Redução da velocidade a 2,5 pés por minuto... Redução a 2...

Os oito foguetes auxiliares colaboraram na freada e o fizeram com doçura.

E, de repente, eu me dei conta.

Nós descíamos sobre Massada!

Estávamos caindo diretamente no mar...

Permaneci tranquilo. Meu companheiro sabia... Era um excelente piloto.

Nível: 30 pés...

O "berço", obedecendo ao "Papai Noel", ficou estacionário e começou uma louca correria contra o tempo, queimando seis quilos por segundo.

Por que tínhamos parado?

Estávamos no limite. Já não havia mais combustível... Os tanques de reserva entraram em funcionamento. Disponibilidade: 492 quilos...

Olhei para Eliseu. Continuava atento a tudo.

Deu uma última ordem a "Papai Noel" (que não cheguei a captar), liberou os cinturões de segurança e saltou do assento, animando-me para que o seguisse.

- Fim da viagem, Major! Nós só temos 80 segundos!

Ficou olhando-me, aguardando.

- Vamos, vamos! A Operação terminou para nós!

Não compreendi.

- Major, Cavalo de Troia termina aqui! Vamos! Os israelitas não irão demorar em nos detectar!

Tentei. Foi impossível. Não era capaz de levantar-me.

O engenheiro intuiu algo. Lançou-se sobre este explorador, soltou os cintos de segurança e meu ajudou a caminhar até o centro do "berço". Lembro-me que arrastava os pés... O que estava acontecendo comigo?

O engenheiro pulsou o sistema hidráulico e, no mesmo instante, o alçapão localizado no piso do módulo se abriu por completo.

Vi as águas azuis, a pouco mais de dez metros, eriçadas pelos gases do peróxido de hidrogênio.

– Vamos, Major! Temos que saltar!

Indiquei que estava com o escafandro.

Eliseu assentiu e se desculpou pela falha.

Ele o retirou e fez o mesmo com o seu.

– Já! – ordenou o engenheiro. – Não há tempo nem combustível!...

Dirigiu o olhar para os controles e confirmou:

– Restam 40 segundos!

Porém continuei hesitando...

– Maldição! Vamos!

Eliseu não me esperou, acabou empurrando-me no vazio.

E caí...

Senti o roçar quente dos gases nos cabelos e na pele.

Depois, senti o choque contra a água...

Depois, tudo azul.

Afundei.

Fechei os olhos.

Sabia que, em breve, a intensa salinidade me devolveria para a superfície...

Algumas bolhas escaparam do traje. Riam.

Deixei-me levar.

Silêncio.

Tudo era azul...

Que importava morrer?

Então eu vi (em minha mente?).

Era o Mestre.

Levantou o braço esquerdo e cumprimentou. Vestia a túnica branca. Uma leve brisa o acompanhava e desarrumava os cabelos cor de caramelo. Sorria, mostrando a sua impecável dentição. Olhou-me intensamente e o amor se derramou por aqueles olhos cor de mel.

E gritou:

– Confiai!

Assim permaneceu um tempo, agitando a mão em sinal de saudação. Ou foi uma despedida?

O *yam*, então, se tornou azul, como o amor...

Nunca mais voltaria a vê-lo!

Abri os olhos e o sal me feriu. O instinto de sobrevivência me despertou.

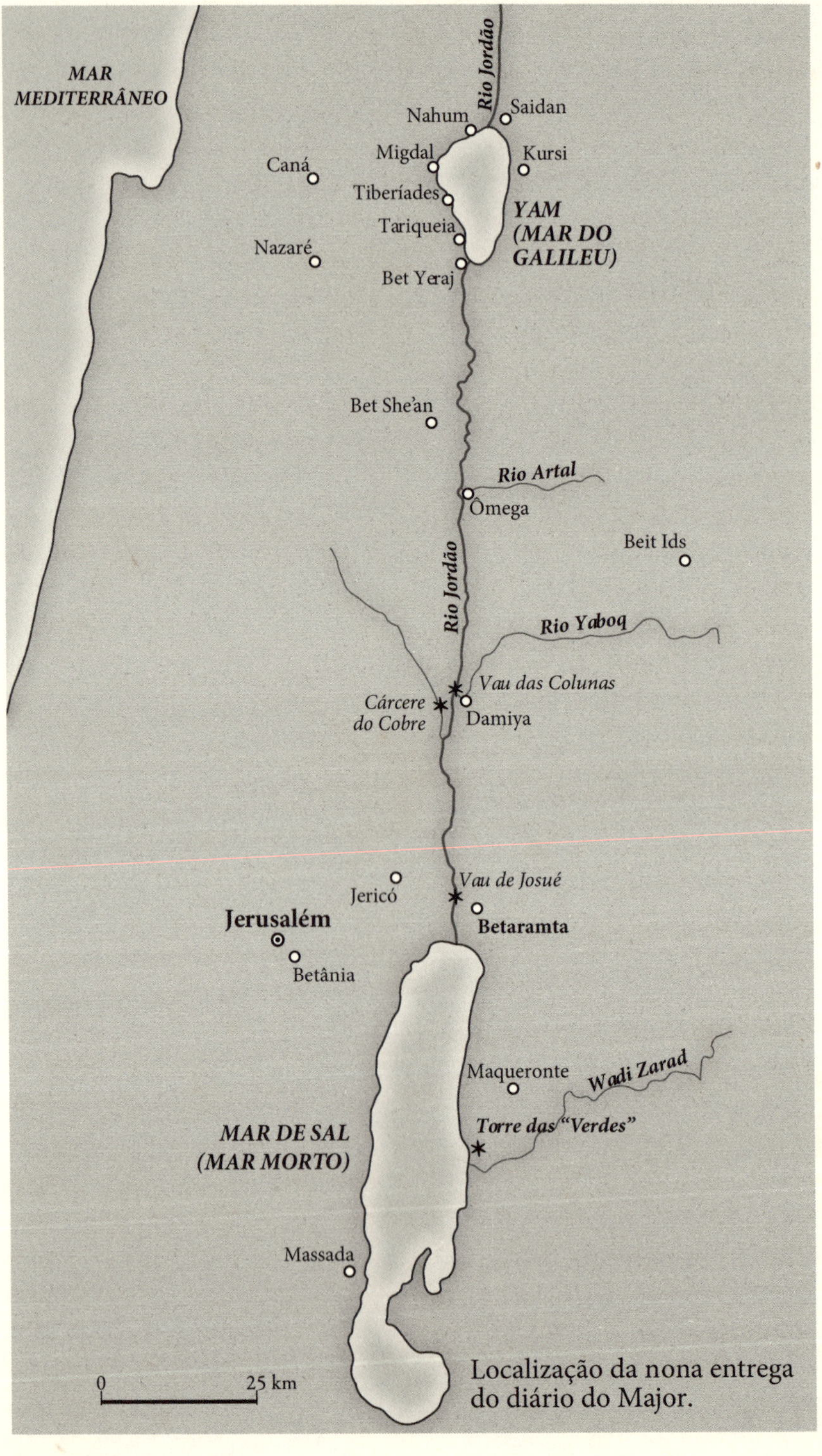

Localização da nona entrega do diário do Major.

Não sabia a que profundidade eu tinha ido parar. A luz abria passagem com esforço. Abaixo de mim habitavam trevas sinistras...

Jamais gostei daquele fundo. A 300 metros só havia lodo e morte...

Comecei a subir.

E nisso, para meu assombro, ele surgiu...

Tratei de frear a subida. Era impossível.

Encontrava-se muito perto. Talvez a 10 ou 15 metros...

Quis nadar ao seu encontro.

Não pude. A água me empurrava para cima, não tinha como ser diferente.

Ele afundava!

Enormes trilhas de bolhas saíam de sua base.

Meu Deus!

Era o "berço"! Ia se perder no fundo!

Descia lentamente, com leves balanceios. As bolhas pediam socorro, eu sei.

E Eliseu?

Deduzi que havia pulado...

A luz perseguiu a nave por um tempo, não muito.

Brilhava como prata.

Depois, desapareceu nas profundezas...

Sim, era o fim da Operação Cavalo de Troia; o fim da mais incrível aventura humana...

Eu o conheci. Conheci sua verdadeira mensagem. Estive ali, com Ele. Eu o amei.

Jesus de Nazaré...

Em *Abba*, às 12 horas,
de 12 de julho de 2011.

NOTA

Seguindo as instruções do Major da USAF, a nona entrega de seus diários foi tornada pública em 2011, uma vez transcorridos os 30 anos de sua morte, em agosto de 1981.

Da mesma forma, cumprindo o seu desejo, incluo agora o seguinte texto (de seu próprio punho e letra): "Nos presentes diários foram introduzidos - intencionalmente - erros de terceira ordem, assim como afirmações não comprovadas e inconclusivas, fatos anunciados e não narrados e supressões que não afetam o essencial. Tudo obedece à necessidade de reduzir, sempre que possível, a credibilidade da narrativa".

Se deseja fazer contato com J. J. Benítez, poderá fazê-lo pela Caixa Postal (Apartado de Correos) nº 141, Barbate 11160, Cádiz (Espanha) ou também em sua página oficial na internet: <jjbenitez.com>.

Este livro foi composto em
AkzidenzGroteskBE e Minion Pro
para a Editora Planeta do Brasil
em novembro de 2011